長澤規矩也監修
長澤孝三編

改訂增補 漢文學者總覽

汲古書院

序

數十年間、古書目録を作り續けているうち、同類の書物の順序を決めるには、編著者の沒年を調べる必要を生じた。そこで、人名事典の類を參考にすると、その記述に繁簡の差があるばかりでなく、記載内容の叙述の順序が一定していないため、檢索に手間どる。號から引ける芳賀矢一博士の名儀のが簡便であるから、各方面に推賞したため、複製が二回も出たが、あの本でもまだまだ簡便でない。しかも、生沒年が各書まちまちであるばかりでなく、享年だけの場合は、戰後の出版物では數え方がまちまちで困る。

編著者が漢學者である場合、記載が表示形式になっている『儒家小誌』（渡俊治編）を私は最も愛用し、使用のつど補訂すべき事項があれば補訂を加え、未載漢學者は常に補い續けて來たが、かなり補訂がふえた。

嗣孝三は、編目を手傳ってくれているうちに、その必要性を痛感して、これをまとめ上げることを申し出たので、それではと、家藏の傳記類を全部取り出して、資料に供した。私は若い時から、收書の一方針として、圖書館では扱い上きらって集めない、薄冊を集めているので、孝三の手間は並々ではなかった。鄉里と生地との別、生沒年の差については、特に大變で、二年餘も、私の手傳以外は、これが完成に沒頭した。その成果が本書である。本書の必要性を特に感じているのが私なので序は私が書くことにした。

昭和五十四年八月

長澤規矩也

凡　例

○本書は、昭和五十四年十二月に初版を發行した『漢文学者総覧』に、初版の編修方針通り改訂・増補を加えたものである。

○本書は、漢學者・漢文學者の姓・名・通稱・字・號・生地・沒年・享年・師名・その他を一覽に表示したものである。

○對象者は、前記の學者のみならず、漢詩文及び書に秀でた者は勿論、古書整理の實務に携わる人々の便も考え、關係する圖書(書誌)學者や藏書家などまでも收錄した。

○對象とする期間は、江戸時代を中心とするが、その前後にも亘り、明治以降最近までの物故者をも收錄した。

○標目は、原則として「姓—號」をもって表し、その排列は五十音順による。

姓・一般的な讀み方で讀んだ姓の第一次の音の同じものを一括して揭げ、同音中では畫數の順に、同一の畫數内は長澤規矩也編著の漢和辭典の部首順に排列し、各同第一字中では、第二字以降の發音によって第一字と同樣に排列した。故に、同字でも讀み方が異なる場合は、それぞれ別れて排列した。

　數種の讀み方のある姓の内、いずれか一方に統一出來るものはまとめてその場所に、出來ない場合はそれぞれの場所に揭出したが、それ以外の讀み方からも檢索出來るようにした。

號・通常音の音讀みとし、排列は姓の場合と同樣である。

號以外の標目・通常音の音讀みとした。

○表記の文字の字形は、所謂「舊字」を用いたが、それ以外の字形を慣用している者については、それに從っている。

○漢學者には修姓が多いので、修された姓からも本來の姓が檢索出來るようにしたが、修姓の場合の姓は、凡て音讀みとし、非修姓と修姓が同字の場合も、非修姓は一般的な讀みによるが、修姓は音讀みとして普通姓と區別するとともに、相互に參照記號を附け、區別が明確でない場合も檢索出來るようにした。

○號には書齋號・文庫名等も含まれるが、これを區別していない。

○各人の傳記では、生地と鄕貫（本籍地）の別が必ずしも明瞭でない。本書では、知り得る限り、實際に出生した場所を示すことに務めた。それ故、任地などで出生した場合は、鄕貫と著しく異なる場合がある。

○享年は、數え年（昭和二十五年以降は滿年齢）による。沒年・享年に異説がある場合は、各欄の左側に「（　）」を附けて記入した。沒年が未詳な場合でも、推定出來る場合は年號のみ記入した。

○師名欄には、主として漢文學に關係の深い人物を揭出したので、漢文學以外にも造詣の深い者のその分野における師名が含まれないことがある。

○備考欄には、本姓・親子關係・仕官藩名（役職）・活動分野（多く、詩・文・歌・句・畫等と略記）・修姓・私諡等を記入した。役職は、漢文學方面に關係のあるものを主としたので、凡ての活動を示すものではない。また、仕官藩名と活動地が異なる場合の實際の活動地や沒年が未詳な場合の主な活動期は（　）内に附記した。

○各欄中の「・」で結ばれる事項は、原則として周知のものから記入し、必ずしも先後はないが、「—」で結ばれる事項には先後のあることを示す。

○各欄中の「（　）」は、文字の書き替えがあることを示す。（例）元（彦）齢→元齢・彦齢

○各欄中の「〔　〕」は、文字の追加があることを示す。（例）久次〔右〕衞門→久次衞門・久次右衞門

○各項中の「→」は、指示された新項目を、「↔」は、新項目をも見ることを示す。

新しく指示された項目の下の數字は、各項目の上に附けられた番號を示し、「（）」がある場合は、（）内の番號より後に指示された項目のあることを示す。

○本書には、各項目の各欄の內容を注記した一面と、江戸時代の年號を時代順に印刷した一面をもつ栞を附錄としている。これは、各欄の內容を各頁に印刷することによる收容能力の低下を防ぐと共に、各項の右側に當てることによって、左右の項目との混亂を防ぐためであり、年號の先後を一瞥出來ることによって、沒年に西曆を加えなくとも各人の沒年順による資料の排列を決定するに便ならしむるためである。

改訂増補 漢文學者總覧

長澤孝三 編

〔あ〕

	姓	號	名	通稱	字	號	生地	沒年	享年	師名	備考
	安		→アン336〜								
1	安枝	蘇民	正亮	和助		蘇民・雲从堂	肥後	天保14	60	安野公雍・大城壺梁等	熊本藩士澤村氏儒
2	安積	希齋	貞吉	介之丞(允)	惠吉	希齋	水戸	寛文6	37		水戸藩儒、詩・文
3	安積	艮齋	重信・信・學	祐介(助・輔)	思(子)順・子明	艮齋・見山樓	岩代郡山	萬延元	71	佐藤一齋・林述齋	本姓安藤氏、後、今泉氏モ稱ス、江戸ノ儒者(見山樓)–二本松丹羽侯儒–昌平黌教授
4	安積	澹泊	覺	彦六–覺兵衛	子先	澹泊(齋)・老甫(圃)・常山–老牛居士(道士)・碧於亭	水戸	元文2	82	朱舜水	希齋男、水戸藩儒(彰考館總裁)、安澹泊ト修ス
5	安達	雨窓	舒長	十郎右衛門–八十綱	伯民	雨窓・櫻所・松菊・猶存舍・憂庵	周房岩國	明治19	79	森脇斗南	岩國藩士、詩
6	安達	清河	于慶–修	文仲	吉甫–文仲	清河・玉泉・市隱艸堂・市隱詩社〔堂〕	下野烏山	寛政4	67	服部南郭・松崎觀海	江戸ノ儒者、詩・文、安玉泉ト修ス
7	安達	清風	和太郎–忠貫	清藏–志津馬–清一郎	子孝	清風・竹堂・竹處・宅廣	鳥取	明治17	50	會澤正志齋	鳥取藩士、詩・砲術
	安野		→ヤスノ6172								
	安武		→ヤスタケ6170								
8	安倍	完堂	傳	泰佐	教	完堂	江戸				姓ヲ安倍トモ書ク、詩(文久)
9	安部	恭庵	惟親		主善	恭庵・李山	因幡	文化5	75	河田東岡	鳥取藩儒醫

10	安部 玉峰	治郎-弘忠	次郎・伊勢・次郎三右衛門	有隣	玉峰・石齋	伊勢山田	延寶6	67	林 門	本姓與村氏、一時、黑江氏ヲ稱シ、安倍氏トモ書ク、松江藩儒	
11	安部 椋亭	憲章・憲	龜三郎	成夫	椋亭	阿波	明治3	84	石黑篁溪 鐵 復堂	庄屋、詩・書・句、姓ヲ安倍トモ書ク	2
	安部	↔安部8・阿部22～									
12	安部井澹園	鱗	吉哉(藏)	子龍	澹園	會津				帽山養父・會津藩儒(天明)	
13	安部井帽山	褧	辨之助	章卿	帽山・芝浦	會津	弘化2	68	古賀清里 林 述齋	本姓安田氏、澹園養子、會津藩儒、安褧ト修ス	
14	我孫子貽堂	億		君(召)宜	貽堂	越後水原			菊地五山 谷 文晁	商人、詩・畫(江戸後期)	
15	足代 立溪	弘道	玄蕃・一學	仲行	立溪・進修	伊勢山田	寶暦11	59	伊藤東涯 伊藤介亭	本姓度會氏、攝津平野ノ儒者(含翠堂)-伊勢ノ儒者	
16	足立 溪隣	信頭	左内	子秀	溪隣	大坂	弘化2	77	麻田剛立	幕臣、暦學	
17	足立 櫟亭	榮建・杵		碎山	櫟亭・天年子	江戸	天保中			初メ江澤氏、宇田川榕庵弟、蘭學	
18	阿久津龍湖	致忠		元治・弘龍	龍湖	下野	文政8	27	昌 平 黌	本姓大田原氏、大田原藩士	
19	阿藤 伯海	簡		大簡	伯海・虚白堂		昭和40	71		詩	
20	阿野 蒼崖	信	茂平	子行	蒼崖	下野宇都宮	文政5	54	岩瀬華沼	本姓松野氏、島原藩士-福江藩儒(育英館學頭)	
21	阿比留西山	順泰	健助	健甫	西山	對島	元祿元	(31)29	木下順庵		
22	阿部 垣園	信任	東亭	東亭	垣園、無患子	秋田	天保中			矢島藩儒醫	
23	阿部 嶽陽	鶴鳴	玄議	子野	嶽(岳)陽	陸前	文化2	54	富田玉屋	儒醫、文	
24	阿部 吉雄	吉雄				山形	昭和53	73	東京帝大	朱子學、東大教授	
25	阿部 絹洲	温	良平	玉倩(清)・伯玉	絹(縑)洲・良山堂・介菴・印癡・生白齋	讃岐	安政中	餘60	賴 山陽	篆刻・詩	

26	阿部	好繁	陳與			好繁	下總	天明3			岡藩儒醫
27	阿部	耕雲	省		耕太郎	耕雲	上野	明治11	（60）74	岡永松陽 昌平黌	上野ノ儒者（耕讀堂）-東京下谷ニ開塾（廣濟學舍）、足利學校・金澤文庫ノ再興ヲ圖ル
28	阿部	松園	伯孝	淸兵衞・富三郎・八助	士錫	松園	尾張	慶應2	66	天野恬庵	名古屋藩儒（明倫堂教授）
29	阿部	將翁	輝（照）任	友之進	伯重	將翁〔軒〕・舟山	盛岡	寶曆3	（88）104		幕臣、本草學
30	阿部	正武	正武	寅之助・善七郎				寶永元	56		忍藩主、湯島聖堂再建
31	阿部	石年				石年	藤澤	天保6			藤澤ノ儒者、書
32	阿部	椶軒	子純			椶軒		文政9	53		福山藩主、畫・詩
33	阿部	淡齋	正令	六郎	子恭	淡齋・綠漪（猗）園	豊後府内	明治13	68	廣瀨淡窓 佐藤一齋	府内藩儒-府内ノ儒者（綠漪（猗）園）
34	阿部	鳳樓	虎次郎-正識	兵庫・美作守・豊後守	子遠	鳳樓・游藝館	江戶	享和3	40		武藏忍藩主、詩・文
35	阿部	北溟	元秀	右膳		北溟	越後	明和2	62	伊藤東涯 香川修庵	越後ノ儒醫、一時富山藩ニ出仕、詩・文
36	阿部	默齋	謙	祐吾		默齋	陸前	明治23	66	樋口閑齋	仙臺ノ儒者
37	阿部	裕軒	剛藏-正弘	正一・主計・伊勢守	叔道	裕軒		安政4	39		備後福山藩士、詩・文
38	阿部	隆一	隆一				福島本宮町	昭和58	65		慶大名譽教授、斯道文庫長、東洋思想・書誌學
39	阿部	櫟齋	喜任・成	友之進	士亨・亨〔父〕	櫟齋・巴菽園・矴庵	江戶	明治3	66	岩崎灌園	將翁孫、本草學
40	阿部	漏齋	玄達		玄令	漏齋・鷹起子	武藏	天保10	80	安部好繁	本姓井上氏、好繁養子
	阿部	↔安部8・安部9～									
41	阿萬	鐵崕	忠厚	豊藏	篤夫	鐵崕・尙友堂	日向	明治9	67	安井息軒 昌平黌	日向飫肥藩儒（明倫堂教授）

	阿波屋清右衛門		→中山高陽4437								
42	合田	華陽	悳		伯求	華陽・泰溪	播磨	延享中			
43	合田	恒齋	武明	力五郎		恒齋	京都	文政元	46	久米訂齋	如玉五男
44	合田	如玉	通温	榮次		如玉	京都	安永10	57		德島藩儒
45	合田	晴軒	厚元		仲循	晴軒	京都			三宅鞏革齋	鞏革齋次男、德島藩儒
46	合田	汶上	直信		叔穆	汶上	京都	寛政10	37		如玉七男
47	合原	窓南	餘脩(修)	草野權八-藤藏		窓南・蓊齋	筑前三潴	元文2	75	淺見絅齋	久留米藩儒
48	相木	紫溟	常德	市兵衛	子容	紫溟・春水堂	日向延岡	安政6		篠崎小竹	延岡藩士、詩・文
49	相澤	雪廼舍	朮			雪廼舍	江戸	明治37	80	前田觀海	儒・歌・醫
50	相澤	大味	玄東	玄伯		大味	越後絲魚川				醫・詩(安政5・88在世)
51	相澤	竹僊		玄伯		竹傀・竹亭		文化12		山脇東洋 小栗十洲	大味孫、醫・詩
52	相田	信也	信也	東知退			京都	正德3	73	松永寸雲 伊藤仁齋	水戸藩士、儒・書
53	相場	九方				九方				荻生徂徠	和泉岸和田藩儒(天保)
54	相原	三畏	友直	三畏		嘯傲(嗷)軒	陸前氣仙郡	天明2	84	小野寺格庵 佐久馬洞巖	仙臺藩儒醫
	相馬		→ソウマ3478〜								
55	相見	香雨	繁一			香雨・觀文樓・飛鳥山房	松江	昭和45	97	東京專門學校(早大)・大村西崖	美術史・藏書家
56	愛敬	四山	武元	四郎次		四山・白雲樓・華奴・蕉月	肥後	嘉永5	51		熊本藩儒(時習館訓導)

57	愛甲	喜春	季定・廣隆	諸兵衛・平左衛門		玄德・喜春	薩摩	元祿10	93	津田曲桃庵・(僧)如竹等	鹿兒島儒醫(私諡)文嶺玄德居士
58	愛甲	季平	季平			季平				室鳩巣	鹿兒島藩儒
59	會澤	正志齋	安	市五郎—安吉・恒藏	伯民	正志齋・憩(憇)齋・欣賞肅	水戸	文久3	82	藤田幽谷	水戸藩儒(彰考館總裁・弘道館創設)、姓ヲ饗澤トモ書ク
60	會田	稼堂	脩—琬		德卿	稼堂	福島				詩
61	藍澤	南城	祇	要助・丈助	子敬	南城	越後刈羽郡	萬延元	69	藍澤北溟	北溟男、越後ノ儒者(三餘堂)
62	藍澤	北溟	仲明		子晋	北溟	越後刈羽郡	寛政9	42	寺澤石城・片山兼山	越後ノ儒者
63	藍澤	朴齋	美中		文暢	朴齋	越後刈羽郡	明治13	63		本姓山崎氏、南城養子
64	藍澤	無滿		藤右衛門		無滿・乙滿・蓼園	上野	元治元	90	藤森天山	詩・文・國學
	饗澤		↔會澤59								
65	饗庭	篁村	與三郎			篁村・竹の屋主人	江戸下谷	大正11	68		藏書家
66	饗庭	東庵		五伯		東庵	京都	延寶元	59	曲直瀬玄朔	醫
	青井	蘊遊	→村瀬文三5991								
	青井	幹三郎	→村瀬文三5991								
67	青方	簡齋	晉陽	晉太郎	明德	簡齋	肥前	安政6	40		福江藩家老、洋學・詩・書
68	青木	雲岫	體信	直右衛門		雲岫・餘韻	羽後	安永7			儒學・兵學・歌
69	青木	海嶠	忠武	恭平	士叔	海嶠	越後中蒲原郡	慶應2	32		弘安男、青城弟、能登ノ儒者、詩(私諡)靖愨
70	青木	煥光	根元・煥光	隼人	三友	三友堂・柳亭・象軒	伊勢	天保14	69	小野蘭山	伊勢神宮神官、本草學

71	青木	葵園	節	源藏	和卿	葵園	周防 德山	安永7	31	國富鳳山 瀧鶴台	德山藩儒
72	青木	彊齋	定志	埋藏		彊齋	羽後 角館	明治13	47		秋田藩儒(櫻明德館教授並)-祠官
73	青木	玉園	永章	左京		玉園・秋の屋	長崎	弘化2	59		本姓藤原氏、歌、藏書家
74	青木	金山	督暢(陽)	晋平-清九郎	士條	金山・無琴齋(道人)・無不可齋・午晴・泉石	佐渡	文政元	38	山本北山	書・畫
75	青木	琴水	幸子			琴水	飛驒	明治23	35	菊池三溪	白川慈攝女、詩
76	青木	欽曾	欽曾	庄五郎	孝夫		越前				
77	青木	錦村	先孝	敬藏	思孝	錦村	上野 高崎	明治7	58	寺門靜軒	江戸ノ儒者-高崎藩校助教
78	青木	月橋	邦彦		周弼	月橋	周防	文久3	61	宇田川榛齋	萩藩醫(蘭學)
79	青木	元愷	殷	善之丞		元愷・南薫		文政10	33	龜井元鳳 古賀侗庵	彦根藩士、儒・兵學
80	青木	五龍	萬・興勝	次(治)左(右)衛門・次郎	定遠・季方	五龍山人・卮言狂夫	福岡	文化9	51	龜井南溟	本姓百野氏、福岡藩儒(甘棠館助教)、蘭學者
81	青木	弘安	恭理	三之丞	子紀	弘安	越後	安政3	58		新發田藩主溝口侯儒-越後ノ儒者
82	青木	光延	光延	新四郎	子繼		備後 三原	文化3	47		廣島ノ儒者、隱密、子纘ト同一人カ
83	青木	昆陽	半五郎-敦書	文藏	厚甫	昆陽・甘藷先生	江戸 日本橋	明和6	72	伊藤東涯	本姓源氏、幕臣(御書物奉行)、蘭學、青厚甫ト修ス
84	青木	子纘	淵・充延	新四郎	子纘		備後 三原	文化13	57		商人、詩・文、光延ト同一人カ
85	青木	樹堂	可笑		陽春・孟純	鷲巣-樹堂・祖方	尾張	明治14	57	齋藤拙堂 梁川星巖	初メ僧、尾張藩士、後、還俗、詩・文
86	青木	周齋	惇		叙卿	周齋・雲峰	越後	文政4	42	三繩桂林	恭庵男、儒醫-越後ノ儒者、詩・文
87	青木	秋溪	邦彦	吉次郎・研藏・謙造	子祐	秋溪・凌宵軒	周防 大島	明治3	56	廣瀬淡窓 宇田川榛齋	萩藩醫

	青木	叔元	→青野栗居 109								
88	青木	松秀	萬邦			松秀		天保12			丸岡藩儒醫
89	青木	信寅	信寅				尾張名古屋	明治19	52	古筆了仲	姓ヲ齋宮トモ稱ス、司法官・藏書家・鑑定家
90	青木	翠樹	重威	長五－一郎太夫	子彪	翠樹	伊勢	安政6	74	廣瀬蒙齋	桑名藩士、兵學
91	青木	瑞翁	元敬	藤兵衛		瑞翁	京都	正德8	74		
92	青木	青城	熊之介－苾	三之丞	邦光・吉夫	青城・蘭村	越後	明治2	47	藤澤東畡・藤森天山	弘安男、海嶠兄、越後ノ儒者－越後村松藩儒
93	青木	禪溪	弘道	富八	弘卿	禪溪	江戸				昆陽曾孫
94	青木	滄海	善民	弟三郎		滄海・花源樵夫	陸前	文政8	59	新井滄州	岩出山藩儒
95	青木	東庵	澄		元徵（澄）	東庵（菴）・松岳（嶽）・竹雨齋	京都	元祿13	51	木下順庵	本姓余氏、後、大内氏ヲ稱ス、醫・書・佛、余元徵ト修ス
96	青木	東山	訥	春之助	行藏・剛藏	東山・六幽書樓	美濃	明治17	59	角田錦江・篠崎小竹	美濃ノ儒者、詩・文（三餘私塾）
97	青木	德峰	喜	芝翁	宇角	德峰（峯）	近江膳所	明和6	70	山本北山	商人、詩・歌
98	青木	南薫	元愷		殷善	南薫	近江	文政10	33	龜井之鳳・古賀侗庵	彦根藩儒
	青木	北海	→殿岡北海 4134								
99	青木	迷陽	正兒		君雅	迷陽・拙道人・守拙廬	山口	昭和39	78		支那文學、東北大・京大等教授
100	青木	木米	八十八－米	木米	木屋佐平	九々鱗・青來・百六散人・古器觀・停雲樓・聾米	京都	天保4	67		茶亭木屋佐兵衛長男、陶工、『陶説』ヲ出版
101	青木	柳坪	貞賢	能登守		柳坪・篠の屋	甲斐	明治29	78		神職、詩・書・句
102	青木	龍峰	修	忠－維五郎	此三・羊卿	龍峰・翠雲堂		明治42	80		福井藩士、書・儒

103	青木　廉齋	直		子良	廉齋・栢堂	江戸				廣瀬蒙齋三男、翠樹養子、桑名藩士
104	青木　蘆洲	重隆	生三−旌藏	鳳毛	遠碧−蘆洲	伊勢	安政6	48		
105	青木　老樗	順道		益	老樗	岐阜	明治22	63	廣瀬淡窓	岐阜ノ儒醫、詩
	青地　叔元	→青野栗居 109								
106	青地　讓水	定理−齊賢	太郎助・彌四郎・藏人	伯孜	讓水・兼山	佐渡	享保13	57	室　鳩巣	本姓本多氏、仁智樓兄、加賀藩士
107	青地仁智樓	庸德・禮幹	山十郎・源次郎・藤太夫	貞叔	仁智樓・浚新齋・麗澤	佐渡	延享元	70	羽黒養潜 室　鳩巣	讓水弟、加賀藩士
108	青地　芳滸	盈−林宗	林宗	子遠	芳滸	江戸	天保4	59	宇田川榛齋	幕臣（天文方）−水戸藩儒醫、蘭學
109	青野　栗居	叔元	源左衞門	欽之	栗居	京都	寛永3	54		水戸藩儒、姓ヲ青地氏・青木氏トモ稱ス
110	青葉　南洲	直年−士弘	辨之助・傳兵衞	道遠	南洲・索珠堂・鶡適軒・翠竹樓	讃岐高松	明和9	70	林　鳳岡 室　鳩巣	高松藩儒、詩、葉廣ト修ス
111	青柳　剛齋	剛		子健	剛齋	越後	明治23		昌　平　黌	本姓吉川氏、越後ノ儒者（菁莪學舍）−柏崎縣學校教師
112	青柳　東里	文藏		茂明	東里・錦（近）水樓主人	奥州仙臺	天保10	79	井上金峨	仙臺城内ニ青柳館文庫ヲ開ク
113	青柳　柳涯				柳涯	越前	明治11	60		鯖江藩士
114	青柳　一溪	興道	淸内	子誠	一溪・西塢	水戸	寶暦6	55		水戸藩儒
115	青山　延方	延方			延方	水戸	天保11以前	夭折	拙齋五男	
116	青山　拱齋	思道	默藏	子默	拱齋					幕臣、詩（江戸後期）
	青山　松溪	→佐藤松溪 2819								
117	青山　焦桐	忠親−忠雄	伊勢千代	焦桐		信濃小諸	貞享2	35		濱松藩主、畫・歌・書

118	青山　拙齋	延于	量(良)介	子世	拙齋・雲龍・醒狂	水戸	天保14	68	立原翠軒	瑤溪三男、水戸藩儒(彰考館總裁)(江戸)
119	青山鐵槍齋	延壽	量四郎	季卿	鐵槍齋	水戸	明治39	87	青山拙齋 藤田東湖	拙齋四男、水戸藩儒(彰考館總裁)
120	青山佩弦齋	延光	量太郎	伯卿	佩弦齋・晩翠・春夢居士	水戸	明治4(3)	64	青山拙齋	拙齋長男、水戸藩儒(彰考館總裁)大學中博士
121	青山　瑤溪	延彝(彛・彜)	一之進	子好	瑤溪	常陸	享和元	73	菊池南汀 青山一溪	本姓小泉氏、一溪養子、水戸藩儒
122	青山　雷巖	勇之助−延年−勇			雷巖	水戸	明治43			佩弦齋男
	青山　柳庵	↓佐々木柳庵 2784								
123	青山　六雄	璋	熊一郎	章玉	六雄・菊居					(天保・江戸)
124	赤井　東海	繩	秀之助−巖三	士巽・直至・直繩・藤三	東海・槐窓・蕉窓・竹窓・笨齋	讃岐	文久2	76	古賀精里	本姓源氏、高松藩儒、姓ヲ蘆田氏トモ稱ス(江戸)
125	赤井　得水	明啓	文次(治)郎		得水	加賀金澤	延享3	57		書
126	赤石　槐陰	希范(範)	巳之次・退藏	宋相	槐陰	備前和氣郡	弘化4	63	菅　茶山	明石氏トモ稱ス、岡山藩儒醫、詩・文
	赤石	↕明石155〜								
127	赤石　淨心	駒福−行覺	伊作・六郎兵衛		淨心		享保18			秋田藩士、韻・易・書
128	赤尾　鷺洲	秀實		子穀	鷺洲	江戸	安永3			江戸ノ儒者
129	赤城　彩霞	世謙	總太郎	士光	彩霞	紀伊	弘化5	44		和歌山藩儒
130	赤崎　海門	楨翰・貞幹	源助	彦(元)齡(禮)	海門・尚友軒	薩摩	享和2	64	山田月洲 藪　孤山	本姓平氏、鹿児島藩儒(造士館教授)−昌平黌教官、和歌
131	赤澤　一堂	一・萬	太(多)一郎	太乙(一)	一堂・萬庵	讃岐	弘化4	52		詩(京都)
132	赤田　臥牛	朱義−元義	新助	伯宜	臥牛山人・靜修館	飛驒高山	文政5	76	津野滄洲	酒造業、飛驒ノ儒者(靜修館)(京都)(私謚)文獻先生

133	赤田　義	義	晋助	君宜		飛驒				宋義ト稱ス
134	赤田　章齋	光暢	新助	永和	章齋・公茂・鉅埜逸民	飛驒高山	弘化2	62		臥牛男、飛驒ノ儒者(私諡)恭靖先生
135	赤田　誠軒	玿・商衡	雌雄五郎‐瑛次郎	子黄	誠軒	飛驒高山	明治6	43		章齋男、飛驒ノ儒者(私諡)長景先生
136	赤津　泇水	盛孝	長治		泇水	秋田	弘化元	55		
137	赤塚　芸菴	正隅			芸菴	京都	明暦4			
138	赤沼　節山	恭・利恭		子愿	節山・二峯庵・炭瓢齋・柳外庵					(江戸末期)
139	赤沼　蓬園		伍八郎		蓬園	江戸下谷	大正5			藏書家、掃苔家
140	赤根　武人	武人	文平・乾之丞・柴屋和平	貞一		周防	慶應2	29	吉田松陰・梅田雲濱	本姓松崎氏、郷黌克己堂教授‐奇兵隊總督
141	赤松宇宙堂	友裕	清次郎‐小三郎‐惟敬		宇宙堂	信濃上田	慶應3	37	佐久間象山	本姓源氏、初メ芦田氏ヲ稱ス、上田藩士、兵學
142	赤松　鳩峯	榮	官吾	彦先	鳩峯・男山	山城	文化7	61		徳島藩儒、詩
	赤松　劍吾	→日柳燕石 2374								
143	赤松　香雨	善則	琴二	子群	香雨・浪華生・小雅堂・松琴草堂		明治7	62		鑑定家
144	赤松　高洲	翼	文平	士禮(亮)・子高	高洲・常習館	播磨高砂	文政9	56	尾藤二洲	本姓越智氏、春庵男、大坂ノ儒者
145	赤松　沙鷗	舊邦		新甫	沙鷗	播磨	明和4	100		大庾父、松山藩儒
146	赤松　春庵	惟義		子方	春庵	播磨				本姓越智氏、大坂ノ儒醫
147	赤松　寸雲	元	元四郎	季吉	寸雲	美作	明治12	62	昌平黌	本姓豊福氏、仙臺支藩儒、書・詩・文
148	赤松　滄洲	鴻	大川良平	國鸞	滄洲・靜思翁	播磨三日月	享和元	81	宇野明霞	本姓船曳氏、幼時大川氏ノ養子、著述ニハ赤松氏ヲ稱ス、赤穗藩儒‐赤穗ノ儒者(三白社)、詩

149	赤松	太庾	弘	良平	毅甫	太(大)庾・赤草・述齋・木瓜翁(亭)	江戸	明和4	59	太宰春臺	沙鷗男、大川氏トモ稱ス、磐城侯儒
150	赤松	蘭室	勳	太郎兵衛	大業	蘭室	播磨	寛政9	55	赤松滄洲	滄洲長男、大川元東養子、赤穂藩儒、詩・文
151	赤松	龍南	豊泰	豊太	有年	龍南					大庾男、江戸ノ儒者
152	赤松	椋園	範圓	渡	士方	椋園	高松	大正7	76	片山沖堂	高松市長(初代)、詩
153	赤松	魯齋	通綸・綸	二(次)郎平・次郎-五郎八	大經	魯齋	播磨赤穂	天明6	28	赤松滄洲	滄洲次男、赤穂藩儒(博文館教官)、河野魯齋ヲ稱ス、詩
154	赤寄	海門	楨幹	源助	彦(元)禮	海門		文化中	餘60		薩摩島津侯儒-昌平黌講官
155	明石	秋室	肅-武甫	仙次・大助	雨若	秋室・(畫)雲居	杵築	慶應元	72	三浦黃鶴	本姓豊田氏、佐伯藩士(書物奉行)、書
156	明石	反哺	景文	龜藏		反哺〔堂〕	播磨	寶暦9	25	深田公善・冷泉爲村	明石藩儒、和歌
	明石		↕赤石 126〜								
157	縣	琴梧	朗	鏗二郎	晴峰	琴梧					(天保)
158	縣	六石	信緝	勇記(紀)-駒之助(進)	敬止	六石・在田東洲	宇都宮	明治14	59	大橋訥庵・佐藤一齋	本姓安形氏、宇都宮藩士、勤皇家
	縣		↕ケン (2515)								
	秋		↓シュウ (3160)								
159	秋月	韋軒	胤永	悌次(二)郎	子錫	韋軒	會津	明治33	77	昌平黌	會津藩儒-熊本高等學校教授、詩・文・書
160	秋月	胤繼	六助-胤繼			胤繼	茨城	昭和20	73		本姓塚原氏、韋軒養子
161	秋月	橘門	龍	小相・之龍	伯起	橘門・瑞城・凌霜葊・橘翁	豊後	明治13	72	廣瀬淡窓・龜井昭陽	佐伯藩儒-葛飾縣知事、劉水筑ト稱ス、詩・文・書
162	秋月	古香	種樹			古香・雲烟外史	日向	明治37	72	昌平黌	日向高鍋城主種任三男

163	秋月天放	士新・新	新太郎	瑞華	天放・必山人・七劒(硯)堂・無何有山人・玉池・秋畝・七山・瑞華・知雨樓	豊後	大正2	75	廣瀬淡窓	橘門男、佐伯藩儒―貴族院議員
164	秋重梅崦	復		愼(眞)卿	梅崦・赤樂舍	筑後	明治中		廣瀬淡窓・深水玄門	儒醫―福岡ノ儒者(赤樂舍)
165	秋田秋雪	晴		晴吉	秋雪・白環居士	阿波				
166	秋場桂園	祐	謙吉		桂園・天香		明治28	82		
167	秋葉格非	誠			格非・可蘭堂	下總飯沼				詩(江戸末)
168	秋元甲山	坤	荀龍	厚載	甲山・春星草堂					白河安部侯士(天保)
169	秋元好謙	地山			好謙	三田尻	明治40	67	太田稻光	儒醫
170	秋元小丘園	時憲	辰之進	習之	小丘園	越前	天明3		服部南郭	本姓菅原氏、菅時憲ト稱シ秋時憲ト修ス、間部氏臣(江戸)
171	秋元凌郊	忠藏―良	純一郎・武兵衛		凌郊・欽古	笠間	文政7	52	吉田立節・依田松軒	笠間藩士、私塾(欽古塾)―笠間藩儒(時習館教授)
172	秋元澹園	以正	喜(紀)内	子帥(師)	澹(淡)園・須谿・須溪・嵎夷・古毛山人	下野那須	寶暦元	64	荻生徂徠	本姓鈴木氏、一ニ秋本氏トモ書ク、三河岡崎藩儒、秋子帥・秋以正ト修ス
173	秋元梅園	與	與助		梅園	下野喜連川	明治18	35		喜連川藩士、儒・醫・詩・文
174	秋山寒綠	勝剛	直太郎	伸卿	寒綠		明治30	61	秋山白賁	白賁男、桑名藩儒
175	秋山玉山	儀・定政	儀右衛門	子羽	玉山・青柯	豊後鶴崎	寶暦13	62	林鳳岡	本姓中山氏、藩醫秋山需庵養子、熊本藩儒(時習館教授)、秋玉山ト修ス
176	秋山景山	朋信	多門太	子交	景山―醉翁	越後	天保10	82	服部白賁	長岡藩儒
177	秋山嚴山	浪江―惟恭	伊豆・大蔵	仲禮	嚴(巖)山・如瓶・千別舍	讃岐	文久3	57	賴山陽・小寺楢園	神職・丸龜ノ儒者
178	秋山蠔山	新			蠔山・希叟					

179	秋山　春潮	弘道	太郎左衛門	子皓・能甫	春潮		嘉永元	73		岡山藩儒（閑谷學校教授）
180	秋山靜正堂	盛恭	彌九郎	子謙	靜正堂	常陸	弘化3	44	高橋坦室 藤田幽谷	水戸藩儒
181	秋山　遜	遜	遜太夫	子順		豊後			昌平黌	玉山男、熊本藩儒（天文–明和）
182	秋山　白賁	勝鳴–淸風・固	五郎吉–五郎治	叔先	白賁（堂）–蝸庵・三無・無所爲・恕闇居士・鷃鳩（鵙）外史	陸奥白川	明治7	77	廣瀬蒙齋 昌平黌	白河–桑名藩儒（立教館教授）、致仕後鈴木氏ヲ稱ス
183	秋山　罷齋	斷・勝機		子勿	罷齋・蕉窓・蠔山	陸奥白川	昭和4	81	秋山白賁	白賁男、桑名藩士
184	秋山不羈齋	愼太郎		不羈（覊）齋						景山孫、長岡藩儒–東京師範學校校長（三代）
185	秋山　富南	章	文藏	子成	富南・近禮	伊豆	文化5	86	並河誠所	『豆州志稿』
	芥	↓カイ（1785）								
186	芥川　歸山	濟	拾藏・舟之	子軫	歸山・進濟・道齋・樂山園	江戸	明治23	74	芥川玉潭	玉潭男、鯖江藩儒–城南讀書樓教授
187	芥川　玉潭	希由	才次郎	子轍	玉潭	鯖江	天保3	56	芥川思堂	思堂次男、鯖江藩儒
188	芥川　思堂	元澄	左民	子泉	思堂	京都	文化4	64	芥川丹邱	丹邱長男、鯖江藩儒、芥元澄ト修ス
189	芥川　丹邱	煥	淸太郎・采女	彦章	丹邱（丘）・養軒・薔薇館	京都	天明5	76	伊藤東涯 宇野明霞等	京都ノ儒者、芥煥・芥丹邱ト修ス
	芥川　道齋	↓芥川　歸山 186								
190	揚　弘齋	惟馨–世晋	辰之助・晋十郎・小四郎	子德・子明	弘齋・靜香・對栗山房		文久2	25	藤澤東畡	本姓平氏、初メ上野（アゲノ）氏、後揚氏ヲ稱ス、高松藩儒、詩・歌・古器鑑定
191	淺井　華園	正贇	吉太郎–義一郎	思文	華園・九皐		明治16	56		紫山男、名古屋藩醫
192	淺井　海樓	置長（良）		士俊	海樓	京都	安永元	53	淸田君錦	（京都）
193	淺井　噏霞	勝任	定右衛門	子陸	噏霞・休軒	越後		40	泉　豊洲	本姓杉浦氏、村上藩士（江戸後期）

194	淺井	毅齋	芬	才次郎	〔士〕芳	毅齋					京都ノ儒者(天保)
195	淺井	國軒	正典	德(篤)太郎	子迪	國軒・淡海・獨喜庵		明治36	56	中山梅軒	華園男、名古屋藩醫
196	淺井	策庵	正純	周伯・周璞		周庵	京都	寶永2	63		京都ノ醫
197	淺井	紫山	正翼	桃太郎－董太郎	亮甫	紫山・希望齋	尾張 名古屋	安政7	64	古賀精里	貞庵男、名古屋藩醫、詩・書
198	淺井	舜臣	舜臣		堯寅		尾張				詩、姓ヲ淺ト修ス(江戸中期)
199	淺井	節軒	雍	益太郎	穆卿	節軒	尾張	文久2	40	齋藤拙堂	名古屋藩儒醫
200	淺井	貞庵	正封	小藤太－平之丞	堯甫	貞庵・槲園・靜觀堂・文燭堂	尾張	文政12	60	中村習齋 岡田新川	圖南外孫、名古屋藩醫
201	淺井	圖南	政直－維寅	冬至郎・藤五郎・周北・賴母	夙夜	圖南・篤敬齋・幹亭	京都	天明2	77	田中東泉	名古屋藩儒醫、畫、滕維寅ト稱ス
202	淺井	東軒	正仲－包政	周迪		東軒	尾張	寶暦3	82		策庵男、名古屋藩醫－尾張ノ儒醫
203	淺井	栢庭	政昭	八百里	明卿	栢庭・秋水軒・清夏堂	越前	嘉永2	37		福井藩士、程朱學
204	淺井	奉政	奉政	順次郎－〔稻〕左衛門	士德			享保19	38		本姓下田氏、高松藩士－幕臣(御書物奉行)
205	淺井	琳庵	重遠	萬右衛門		琳庵	近江	正德元	60	植田玄節 山崎闇齋	園部侯儒
206	淺石	活水	長安	治左(右)衛門		活水・山陽舍・竹水	陸中 三戸	明和7	餘60		甲州流軍學者
207	淺岡	芳所	蓂(冥)之・之蓂	喜藏	子喜	芳所山人・遊文居	武藏 川越			室鳩巣 河口靜齋	川越藩儒(明和6在世)
	淺香	意林菴	↓朝山意林菴 236								
208	淺田	弘	弘	權兵衛		弘	尾張	明治10	79	昌平黌 佐藤一齋	名古屋藩老志水氏儒
209	淺田	上山	寛	六兵衛	子裕	上山・大陸山人	江戸			細井廣澤	書(江戸中期)

210	淺田	栗園	直民-惟常	宗伯	識此	栗園	信濃 栗林	明治26(27)	80(81)	頼 山陽 猪飼敬所	幕府醫官、詩、姓ヲ麻田トモ書ク
211	淺野	青洲	韋相		巨卿	青洲	尾張	寛政中	80	中西淡淵	
212	淺野	梅堂	長祚	金之丞	胤卿・池香	梅(楳)堂・蔣潭・蝦侶・漱芳閣・秋芳閣・池香・五萬卷樓(堂)・樂是幽居・柏洪樓		明治13	65	友野霞舟 栗本翠菴	本姓源氏、幕臣(赤穂)、書・文・畫、藏書家
213	淺羽	成儀	金右衛門-成儀	三右衛門				貞享4			本姓小笠原氏、幕臣(御書物奉行)
214	淺見	海樓	直良		士俊	海樓		明和9	55	闕 思恭	福井藩士、書・詩・文
215	淺見	絅齋	順良-安正	重次郎		絅齋・望楠樓(堂・軒)	近江 高島	正德元	60	山崎闇齋	一時高島氏ヲ稱ス、京都ノ儒者(錦陌講堂)
216	淺見	巣雲	正敏	又兵衛	子愼	巣雲	德山	安政5	74	武元登々庵	德山藩儒、書
217	淺見	東岱	寔		君實	東岱	越前				福井藩士
218	淺見	飯峯	資深	省吾	逢原	飯峯	出羽				上杉氏臣-文部省・東京府・岡山縣・朝鮮總督府
219	麻生	復軒	公道		遠卿	復軒	豊後	安政2	37	帆足萬里	
220	麻生	綠溪	美	伊織	彦國	綠溪	日田	弘化4	56	廣瀨淡窓	本姓館林氏
	麻田	公輔	→周布觀山 3211								
	麻田	剛立	→綾部璋庵 277								
221	麻田	翼	翼		公輔		長門	元治元	43		山口藩士
222	麻田	栗園	直民・維常・宗伯			栗園	信濃	明治27	82		幕府醫官、詩
223	麻野	林曹	正修	猪三太	子業	林曹	河內	嘉永4	61	平田竹軒 篠崎小竹	本姓笠原氏、詩・文
	朝夷奈	南山	→朝比奈南山 235								

224	朝枝　毅齋	世美	善(源)次(二)郎	德濟	毅齋・玖珂	周防岩國	延享2	49	宇都宮遯庵 伊藤東涯	岩國藩儒、華音ニ通ズ、晁氏ヲ稱ス(私謚)信好先生
225	朝岡　久齋	正博―正毓	久米一郎	柳昌	久齋・寂然堂	尾張	明治22	67	細野要齋	名古屋藩士―尾張ノ儒者
	朝川壽太郎 →片山修堂 1860									
226	朝川　尙齋				尙齋					片山述堂男、朝川同齋養子、平戸藩儒(維新館助教)(幕末―明治)
227	朝川　善庵	鼎		五鼎	善庵・學古堂(塾)・樂我小室〔堂〕・小泉書院	江戸	嘉永2	69	山本北山	片山兼山末男、默翁養子、松浦藩儒(私謚)學古先生
228	朝川　同齋	鼐・愼	晋四郎	士修・永甫	同(道)齋・喜(嘉)遯舍・眠雲山房・小泉漁夫・聖城山人	大聖寺	安政4	44	市河米庵 朝川善庵	本姓横江氏、善庵養子、平戸藩儒(私謚)紹復先生
229	朝川　鳳山	馨	大三郎	子德	鳳山・海岳					善庵男、江戸ノ儒者
230	朝川　默翁				默翁				片山兼山	善庵父
231	朝倉　荊山	景璞	玄蕃	琢卿	荊山	京都	文政元	64		兩替商、儒・詩
	朝倉庄太郎 →小原大丈軒 1243									
232	朝倉　無聲	龜三			無聲・移山〔文庫〕	河内八尾	昭和2	51	早稲田専門學校	國書刊行會
233	朝日　一貫齋	集義	直次郎	秀道	一貫齋・中丈	常陸	天保5	52	小沼直方	盤城平藩儒
234	朝比奈玄洲	文淵	平八―甚左(右)衞門	涵德	玄洲・玉壺山人	尾張	享保19		荻生徂徠	名古屋藩士、晁玄洲・晁文淵ト稱シ、朝大淵ト修ス
235	朝比奈南山	泰亮	與兵衞・賴母	君栞(采)	南山―(致仕後)養拙齋	河内狹山	明和9	75	荻生徂徠	本姓酒井氏、狹山藩家老、詩・文、姓ヲ朝夷奈トモ書キ、晁泰亮ト稱ス
236	朝山意林庵	守愚	勝藏	藤丸	意林庵・修好齋(菴)(法號)素心	京都	寛文4	76	李　文長	本姓大伴氏、後、源氏モ稱シ、淺香氏トモ稱ス、詩・文
237	旭　千里	道一		伯貫	千里	長門				徂徠學(江戸後期、大坂)
238	足利　欽堂	衍述			欽堂〔文庫〕	伊豫宇和島	昭和5	53		日大・明大・東洋大教授、儒學史

239	足利　栖龍	義根	又太郎・熊八郎・左衞門	子寛	栖(棲)龍閣・君山莊・了義院	阿波平島	文政9	80		本姓源氏、平嶋氏トモ稱ス、詩・文
240	蘆　玄虎	玄虎	左文	文炳		京都			服部蘇門	
	蘆	↔ロ(6579)								
241	蘆川　桂洲	正柳	正立	道安	桂洲	長門				醫・儒(江戸前期)
242	蘆澤下田翁	武卿	三藏	一甫	下田翁	陸奥				盛岡藩士(江戸時代)
	蘆田　東海	→赤井東海124								
243	蘆野　巨山	持僚	韋右衞門		巨山・廉讓亭	陸中東磐井			志村石溪	大肝煎、經・史・詩・文(天保)
244	蘆野　三省	永光	西松―三右衞門	有從	三省	陸中				本姓金野氏、東山義兄、居所ヲ細桑屋敷ト稱ス、(江戸中期)
245	蘆野　東山	胤保―德林	勝之助・善之助・幸(孝)七郎	世輔・仲坰・茂仲	東山・玩易齋・澁民梅隱・松叟・柿貝・赤蟲・東嶠梅隱・貴明山叟・山下幽叟・東民・畏齋	陸中澁民	安永5	81	三宅尚齋 室鳩巢等	本姓岩淵氏、仙臺藩儒、蘆原東山トモ稱シ蘆東山ト修ス(私諡)恭懿先生
	蘆原　東山	→蘆野東山245								
	味	→ミ(5827)								
246	味木駒之助	駒之助		駒之助						立軒甥、廣島藩儒(享保5在世)
247	味木　立軒	虎―忠行	虎之助	允明	立軒・覆載	山城	享保10	76	那波木庵 山鹿素行	廣島藩儒、味立軒と修ス
248	味池　修居	直好	松之助―儀(義)平		修居	播磨	延享2	57	淺見絅齋 三宅尚齋	味池安貞長男、一時岩崎氏ヲ稱シ、後復姓、京都ノ儒者
249	飛鳥　圭洲	淵	六左衞門・彌三兵衞	子靜	圭洲	長崎	寶曆5	43	中西淡園	飛圭洲と修ス
	東	→トウ(4088)・ヒガシ5035～								

250	渥美	坦庵	正幹		貞卿	坦庵	江戸	明治32	65	藤森弘庵	馬琴外孫
251	渥美	類長	類長	參平	學孫		伊勢			馬淵嵐山	(江戸後期)
252	跡部	光海	良顯(賢)	宮内		光海・重舒齋	江戸	享保14	71	佐藤直方・淺見絅齋等	幕臣、神道家
	穴井	祝次	→孔　珠溪　2679								
253	穴澤	杏齋	篤信	總内－九右衛門	子居	杏齋・春嶽(岳)	米澤	天明4	84	片山童觀・服部南郭	米澤藩士、地動説
254	天方	曆山	璞	隆助	良明	曆山・竹籟山人・有期齋	江戸				江戸ノ儒者(文久)
255	天木	時中	時中	善六		時中	尾張	天文元	41	小出侗齋・佐藤直方等	本姓越智氏、長島藩儒－京都ノ儒者
256	天田	愚庵	五郎	鐵眼		愚庵・二休樓	磐城平	明治37	51		歌・詩、得度シテ鐵眼ト稱ス
257	天津	源之進	源之進				廣島	寶曆3			廣島藩儒
258	天沼	恒庵	有美－〔天〕爵	千藏	子齋(齊)－樂善・履仁	恒(弘)庵	江戸神田	寛政6	52	三浦瓶山・宮瀬龍門	寶曆13、華岡ノ養子トナリ姓ヲ伊藤ト稱ス、幕臣－川越ノ儒者(墨池庵)、姓ヲ天沼ニ戻ス、一時島氏トモ稱ス、詩・文・書
259	天野	錦園	韶・好之	助四郎	九成・子樂	錦園・翠松觀					詩(天保)
260	天野	曾原	景胤			曾原山人	信州	寛延元	71		本姓藤原氏、江戸ノ儒者、音韻學
261	天野	恥堂	長章・章	孫太郎	説之・斯文	恥堂・旗山・雪鳴・雪翁	佐渡	明治12	61		詩
262	天野	恬庵	定一	久右衛門	士德	恬庵	尾張	嘉永2	68	恩田蕙樓	名古屋藩儒(明倫堂教授)
263	天野	白華	信景	治部		白華	尾張	享和17	73		名古屋藩士、宋學
264	天野	容齋	道明		貞甫・固仲	容齋	江戸	明治元	67		江戸ノ儒者、書

265	甘粕醉月樓	半藏-繼成	虎之助・備後	尙絅	醉月樓		明治2	38	興讓館	姓ヲ甘槽トモ書ク、米澤藩士、一時、新保勘左衞門ト變名
266	雨	↓ウ(938)								
	雨宮 春譚	九五郎			春譚	武藏寄居	明治37	64		儒醫-私塾(切偲塾)
267	雨森 炎洲	↓雨森炎川 267								
	雨森 炎川	增質	太郎兵衞・甚四郎	有文	炎川(洲)・花陽居士	越前	文化11	76		城橋男、越前藩士、致仕後小林畫月ヲ號ス
268	雨森 牛南	宗眞		牙卿	牛南・松陰・二翠軒・牛南子	越前	文化12	60	山本北山	本姓笹島氏、越前大野藩儒醫、詩・文
269	雨森 城橋	温	太郎兵衞	如玉	城橋	越前				福井藩儒、詩(江戸中期)
270	雨森 精齋	謙	謙三郎	君恭	精齋〔翁〕・老雨・鶯里(谷・山)・雨隱	出雲松江	明治15	61	田村寧我 安積艮齋等	本姓妹尾氏、松江ノ儒者(養正塾)松江藩儒(修道館)-松江ノ儒者(亦樂舍)
271	雨森 天水	明卿	三哲		天水	高松	享保7	56		高松藩儒
272	雨森 白山	章廸			白山・白隱齋		天明6	55		
273	雨森 芳洲	東平-俊良-誠淸-東一	東五郎・東	伯陽	芳洲・尙絅堂(齋)・橘窓・聚化軒	近江	寶暦5	88	木下順庵	本姓橘氏、對馬藩儒、雨芳洲ト修ス、詩・歌
274	綾小路左大夫	↓菊池黃山 2233								
	綾部 絅齋	進平-安正		伯章・惟木	絅齋	杵築(京都)	寛延3	75	伊藤東涯 室 鳩巣等	復之男、麻田剛立兄、杵築藩儒、詩(私諡)有終先生
275	綾部 佐	佐		輔之		杵築				富阪男
276	綾部 重麗	重麗	恒兵衞	重麗		日向高鍋				大塚觀瀾甥、高鍋藩儒(明倫堂教授)(寛政)
277	綾部 璋庵	妥彰		剛立	璋(正)庵	杵築	寛政11	66	綾部絅齋	絅齋次男、杵築藩醫-大坂ノ醫・天文學、後ニ麻田氏ヲ稱ス
278	綾部 富阪	妥胤	卓平	伊承	富阪(坂)	杵築	天明2	63	綾部絅齋	絅齋長男、杵築藩儒、致仕後姓ヲ麻田ト稱ス

279	綾部	復之	道弘	佐兵衛		復之	杵築	元祿13	66		絅齋父、杵築藩儒
280	綾部	文淵	融	順輔	文漪	文淵	日向高鍋	天保8	52	尾藤二洲	高鍋藩儒醫
281	荒井	晴湖	繇行	次郎右衛門・治右衛門	堯民	晴湖	江戸	文政8	61	大田錦城	江戸ノ儒者
282	荒井	坦々	公履	甲四郎		坦々	阿波	文久2	48		鳴門男、淀藩儒
283	荒井	鳴門	公廉・豹	半藏	廉平・斑藏	鳴門・南山・豹庵・蠖屈軒	阿波	嘉永6	79	那波魯堂 林述齋	淀藩儒、詩・文・書
284	荒川	元英	元英	右門	方正	元英	京都	寶暦2	59		方至甥
285	荒川	天散	秀	善吾(吉)	敬(景)元	蘭室—天散生・千里駒	京都	享保19	(81)83	伊藤仁齋	和歌山藩儒
286	荒川	方至	方至	文藏	温恭		京都	享保19	52	小川弘齋	
287	荒川	汶水		勝吉		汶水		明治18		高野眞齋	
288	荒川	養愚	常春		元禧	養愚	江戸				詩(天保—文久)
289	荒川	栗園	英(央)政・政	潤吉郎	德卿	栗園	讃岐琴平	安政5	43	三井雪航 大原東野	詩・畫、姓ヲ荒河トモ書ク
290	荒木	喬	喬		子遷		攝津				
291	荒木	吳江	克之・維岳	長藏	子盈・嵩天	吳江・東水	江戸	寛政5	65		是水男、丹波篠山藩士、書
292	荒木	士諤	謇			士諤					唐津藩儒(江戸・江戸後期)
293	荒木	翠軒	孝繁	平左衛門	仲衍	翠軒・天外	武藏	明治20	76	大槻磐溪	
294	荒木	是水	維時	綿屋山三郎	藏六	是水・陸沈洞・信的齋・自醉軒・道庵	江戸			佐々木志津磨	書
295	荒木	適齋	翹之	左治(二)	公楚	適齋・吳喬・靑茘居	江戸	文化8	58		吳江男、書

296	荒木 彪	彪	一助	子皮		越前丸岡				丸岡藩儒
297	荒木 蘭皐	鐵五郎-定堅	吉右衛門	子剛	鐵齋-蘭皐・如竹居士	大坂	明和4	51	田中桐江等	富永茅春四男・謙齋弟、詩(懷德堂-呉江社-如蘭社)(私謚)蘭陵先生
298	荒木 李谿	廷喬	吉太郎-善右衛門	陳衍・伯遷	李谿・商山・梅里・北山	攝津池田	文化4	72	懷德堂 田中桐江	蘭皐男、詩(混沌社)・畫
299	荒木田五十槻園	正董-久老	主稅	五十槻園		伊勢	文化元	59		本姓渡會氏、伊勢內外宮權禰宜、宇治氏トモ稱ス
300	荒木田齋震	氏筠	丹下	春生	齋震	伊勢	寛延4	33	伊藤蘭嵎	本姓福島氏、山田ノ祠官渡會末茂男、後、林氏ヲ稱ス、詩
301	荒木田正富	正富		君忠		伊勢				山田ノ祠官
302	荒木田息雅	正富	中西平馬	風興	息雅	伊勢				山田ノ祠官
303	荒木田鼎湖	龜丸-興正・息正	釜谷數馬・右京・靫負	董(薰)卿	鼎湖・南陵	伊勢	文化9		江村北海	荒木田(中西)息雅長男、伯父釜谷(屋)正富養子、山田ノ祠官、詩・醫・本草
304	荒木田武遇	隼人-武遇	藤右衛門	斯于		伊勢				山田ノ祠官
305	荒瀨 桑陽	勤	武五郎	子成	桑陽	三田尻	明治17	79	猪飼敬所	農業
	新	→シン(3202)								
306	新井 雨窓	義誼・誼道	三太夫-儀(義)右衛門	子浩・希中	雨窓・雈(藿)園・退軒	陸前	明治8	63	增島蘭園 古賀侗庵	本姓戶板氏、剛齋養子、仙臺藩儒(養賢堂學頭)、詩
307	新井 琴齋	榮吉-正毅	甚太郎	伯夫	琴齋・梅園	武藏川越	明治35	76	海保漁村 尾高高雅	明治政府出仕、國學、藏書家、考證家
308	新井 剛齋	彰	顯藏	子常	剛齋	仙臺	天保5	49	邊田樂齋 櫻田欽齋	佐久間洞巖孫、仙臺藩儒
309	荒井 思齋	輔德	周藏	直	思齋	加賀	慶應3	73	昌平黌	本姓不破氏、加賀藩儒、易
	新井 水竹	→新居水竹 4580								

311	新井　精齋	元稹(禎)	萬輔	叔泰	精齋・嶺松軒東甯・鞭羊居愚僊・自雲	上野厩橋	天保12	69		本姓志鎌氏、佐渡ノ新井氏ヲ繼ギ醫ヲ業トス
312	新井　成美	成美	傳次郎・勘解由			江戸	寛政6	23		邦賢男
313	新井　宣卿	宣卿	百亮(助)・平藏			江戸	享保8	25		白石次男
314	新井　滄洲	義質	市郎・彦四郎	子敬	滄洲	仙臺	寛政4	79	服部南郭	佐久間洞巖男、仙臺藩儒、詩・書
	新井　坦々	→荒井坦々 282								
315	新井　稻亭	豊	豊太郎	大年	稻亭・蠹書生					(安政・江戸)
316	新井　白蛾	祐登	織部	謙吉	白蛾・黃(靑)州(洲)・龍山・古易館	江戸	寛政4	68	菅野兼山	江戸ノ儒者‐加賀藩儒(明倫堂學頭)、易學
317	新井　白石	璵‐君美	與五郎‐傳藏‐與次右衛門‐勘解由	行‐在中・濟美・晋伯	白石・錦屏山人・紫陽(太守)・天爵堂・勿齋・桐蔭・玉縄・尚友古人	江戸	享保10	69	木下順庵	本姓戸板氏、幕府儒官、源璵・源(原)君美ト稱シ新白石・井璵ト修ス
318	新井　文山	亥之助‐升・世傑・世文	潤藏・文左衛門	宏(公)明	文山・漁々翁・天門・文翁	安房館山	嘉永4	73	佐藤一齋 松崎慊堂等	初メ林氏、漁人‐江戸ノ儒者‐館山藩士
319	新井　邦賢	邦賢	傳次郎			江戸	天明7	58		明卿次男
320	新井　邦孝	邦孝	源太郎			江戸	安永4	53		明卿長男
321	新井無盡齋	篤光	升平		無盡齋	江戸	文化7	44	新井白蛾	白蛾長男、金澤藩儒
322	新井　明卿	千太郎‐明卿	傳藏	大亮	林覺(法號)	江戸	寛保元	48		白石長男
323	新居　百梅	甫	莊甫	甫則	百梅・桂堂	阿波	天保10	餘80		德島ノ儒醫、詩、姓ヲ「ニイ」トモ稱ス
	新居	↕ニイ 4580								
324	有井　進齋	範平			進齋	阿波	明治22	60	那波鶴峯 岩本贅庵	長崎縣師範・東京府師範學校等教諭
325	有賀　柳川	忠重	左兵衛		柳川	松本安曇	明治21	79		松本ノ教育者

326	有木	雲山	吉	元善		雲山道人	備前沼隈	明和中		山脇東洋	京都ノ醫
327	有馬	純信	純信	峻太郎			丸岡			朝川善庵	丸岡藩儒
328	有馬	白嶼	成・常清	源内	元章	白嶼	肥後八代	文化14	83	熊本藩黌(時習館)	熊本藩儒、詩
329	有馬	百鞭			醉魚	百鞭		明治39		安井息軒	鳥羽藩士、儒・詩・畫
330	有馬	賴永	彌作—賴永		君成	思難齋・雪船・勤子齋	久留米	弘化3	25	佐藤一齋	久留米藩藩主、詩・文
331	有本	樂山	應寅	兵庫		樂山	紀伊				和歌山藩儒
332	有吉	高陽	公甫	新六(祿)	蒸民	高陽	周防山口	天明5(7)	47		山口藩士、經濟
333	有吉	藏器	以顯	和(賴)介	叔孝	藏器	備前	寛政12	67		大庄屋、閑谷郷黌講官
334	粟田	逸齋	朗	安兵衛		逸齋	上野桐生	天保14	54	館 天籟	絹買繼商、詩
335	粟野	文樵	實繁	幾之助—三内		文樵	陸前	明治26	64		仙臺藩士、詩・書・篆刻
336	安	海(僧)	安海			聞信院	長門	明治19	67	廣瀬淡窓 野坂三益	俗姓下間氏、淨土眞宗僧
	安	玉泉	→安達清河 6								
	安	修	→安達清河 6								
	安	斐	→安部井帽山 13								
	安	清河	→安達清河 6								
	安	澹泊	→安積澹泊 4								
	安	武	→安井武山 6160								

337	安西　雲煙	武・於菟	和泉屋虎（寅）吉・虎	武臣・山君	雲煙（烟）道人・舟雪	江戸	嘉永5	46（47）		書畫商、鑑定家
338	安西　赤松	愛	孫四郎		赤松・謙堂	高松	明治9	68		鑑定家
339	安東　永年	俊貞・貞	四郎二郎	白（伯）幹	永年・梅竹長者	熊本	天保3	55		畫・安藤貞卜修ス
340	安東　鶴汀	松年			鶴汀	熊本				永年女、畫
341	安東　間菴	守官	幾治	虞民	間菴・富春子	柳川	享和元	80	中村蘭林	仕學齋男、柳川藩儒
342	安東仕學齋	守經	助之進・多紀	士勤・斯文	仕學齋・續醒齋	柳川	寶曆10	72	伊藤東涯・安東侗庵	侗庵男、柳川藩儒
343	安東　省菴	親善―守正―守約	四郎―助四郎・市之進	魯默・子牧	省菴・恥（耻）齋	柳川	元祿14	80	松永尺五・朱舜水	侗庵父、柳川藩儒、詩・文
344	安東　節庵	守禮	助四郎	子和	節庵・順蕉堂	筑後	天保6	51	高木紫溟	本姓多賀氏、省庵五世ノ孫仞山養子、柳川藩儒
345	安東　侗庵	守直	正之進―平吉	元簡	侗（洞）庵・蠖屈子	柳川	元祿15	36（31）	安東省庵	省庵男、柳川藩儒
	安東	↔安藤346～								
346	安藤　箕山	章	庄助	子憲	箕山	因幡	天明元	44	荻生徂來	鳥取藩侯儒、藤章卜修ス
347	安藤　秋里	秉	彌（稱）太郎・太郎	維義	秋里・介軒〔亭〕	大坂	安政4	55	篠崎小竹	詩・文・書
348	安藤　順德	忠芳			順德	江戸	安永10			江戸ノ儒者
349	安藤　素軒	爲實	內匠	之賓	素軒・抱琴	丹波	享保2	64		朴翁長男、水戸藩儒
350	安藤　大心	萬象	五筆和尚		大心―天倪	讃岐	明治26（27）	85（86）	昌平黌	弘法大師三十代ヲ稱ス、書
351	安藤長松軒	喜多麿―伏見宮邦茂王―安藤惟實			長松軒・抱琴園・惟翁		永祿13	41		詩
352	安藤　適齋	原淵	鄉右衞門		適齋	日向	嘉永2	71		延岡藩儒醫

353	安藤 東野	煥圓(圖)	仁右(左)衛門	東壁(璧)	東野・商丘道人	下野黑羽	享保4	37	中野撝謙 荻生徂徠	本姓龍田氏、甲斐柳澤侯儒-伊勢本多侯儒、詩・書、藤東野・藤煥圓ト修ス
354	安藤 年山	爲明-爲章	右平-新助(介)		年山	丹波	享保元	58	安藤朴翁 伊藤仁齋	朴翁次男、水戸藩儒、書・國學
355	安藤 朴翁	定爲	新五郎		朴翁	丹波	元祿15	76	冷泉爲景	了翁男、伏見宮家内匠頭
356	安藤 陽洲	謙之-知冬-依中	滿藏	貞卿	陽洲	讃岐	天明3	66	伊藤東涯	本姓高畑氏、宇和島藩儒(内德館教授)
357	安藤 龍淵	宜	傳藏		龍淵・晩翠塾	江戸	明治17	79	市河米庵	幕臣、書
358	安藤 了翁	定明	新太郎・右京亮		了翁	丹波	寛永14	61	藤原惺窩	伏見宮家士
359	安藤 老山	友太郎	一郎		老山・晴雷		明治44	69	菱田毅齋 大槻盤溪	大垣藩儒-大垣高等女學校教諭
	安藤	↕安東339〜								
	安野	↓ヤスノ6172								
360	安養寺禾麿	禾麿	幸之丞			土佐	明和4	71	谷 秦山	詩・國學家

〔い〕

	姓號	名	通稱	字	號	生地	沒年	享年	師名	備考
361	五十嵐三省	師曾	儀一		三省・愛山-巽谷	土浦	明治7	56	藤森弘庵 昌平黌	土浦藩儒
362	五十嵐穆翁	浚明・方德(篤)		方德	穆翁・孤峯・弦峯	新潟	天明元	82(83)	山崎闇齋	本姓佐野氏、姓ヲ吳ト稱ス、詩・書
363	五十嵐榕堂	其遠		子寧	榕堂	越後				詩(天保)
364	五十川鶴皐	剛伯		濟之	鶴(霍)皐・梧月軒	京都	元祿12	51	朱 舜水	加賀藩儒、源鶴皐ト稱ス
365	五十川訒堂	淵	左武郎	士(子)深	訒堂	備後福山	明治35	68	江木鰐水 昌平黌等	大阪府師範學校教諭、漢學

井 →セイ (3395)

366	井伊 四娟	萬	半三郎	大年	四娟(妍)	江戸	弘化4	61		江戸ノ儒者、書
367	井伊 仁山	友直・朝直	彌市―源左衛門	成美	仁山・鳳陵	武藏	天保中			忍藩儒、詩・畫
368	井內 南涯	季嶢・收	壯一郎・純一・傳右衛門	孚卿	南涯	肥前	弘化3	63	昌平黌 古賀精里	佐賀藩儒
369	井岡 櫻仙	冽	道亭	元泉	櫻仙					(文化・江戸)
370	井狩 雪溪	總	彦三郎	季群	雪溪〔處士〕・醉墨主人	攝津	明和3			大坂ノ儒者
371	井川 拙齋				拙齋				三宅牧羊	
372	井川 東海	長〔恭〕・恭		思堂	東海	江戸	文政8	63		江戸ノ儒者、松田氏トモ稱ス
373	井口 機山	重基	兵左衛門―祖右衛門	大業	機山・陋齋・楓館・澤翁・眞葛屋眞風・裏風	越後十日町	弘化4	62	林　述齋 佐藤一齋	本姓青山氏、畫
374	井口 蘭雪	文炳	喜太夫	仲虎	蘭雪	紀伊	明和6	53	上野海門 伊藤蘭嵎	和歌山藩儒
375	井口 榴莊	重直	祖之太郎―彌右衛門	士温	榴莊・樹庵・霞村・楓館・石貌	越後	明治36	82	井口機山	機山長男、越後ノ儒者、詩・文
376	井坂 松石	七十郎―廣正	市藏・泉屋六郎左(右)門・次郎兵衛	雲卿	松石・平野	大坂	文政2	75	片山北海	本姓板東氏、詩(混沌社)、井廣正ト修ス
377	井澤 宜庵	卓		子立	宜庵	紀伊	慶應元	43	賴　山陽 篠崎小竹	本姓志富田氏、醫・詩
378	井澤 強齋	剛中・則中	道治・三郎兵衛	子悅	強齋・灌園	播磨高砂	寶曆5	51	三宅尚齋	播磨ノ儒者、詩・文
379	井澤 蟠龍	長秀	十郎左衛門		蟠龍子・亨齋	熊本	享保15	63		熊本藩士
	井澤 蘭軒	→伊澤蘭軒 453								
380	井田 龜學	長秀	要人		龜學・澹龍堂		享和2	47		備中松山藩士、易

381	井田	金洞	富藏―日爽	智朗	智仙・大愚	金洞	佐渡	明治40	78	遠山雲如 大沼秋山	日蓮宗僧、詩
382	井田	信齋	經綸・寬		子裕	信齋					姓ヲ石ト修ス(文政・天保)
383	井田	赤城	龍	定七郎	雲卿	赤城・愚直翁・退耕處士	武藏 玉川	天保13	75(70)		本姓長尾氏、道學、江戸ノ儒者
384	井田	澹泊	均	徹助	畊(耕)夫	澹泊	美濃 大垣	慶應2		菱田剛齋 龜田鵬齋等	大垣藩儒
385	井土	學圃	周磐・誠懿	佐市郎・佐助	鴻卿	學圃・古谷・鋸溪	筑前	文久2	81		筑前秋月藩儒
386	井土	南山	周德・周利	佐太夫	子好	南山	福岡	寬政12	53		福岡藩儒
387	井上	靈山	經重		子常	靈山		昭和10	81		詩
388	井戸	甘谷	方愨・愨	勘右衞門		甘谷	江戸	寬延3		室鳩巢	幕臣
389	井戸	廣川	弘梁	平助	九如	廣川・癡齋	江戸	享和2	59		幕臣、書
390	井東	弦齋	實勝・守常	八之丞		弦齋・信齋	越後	明治22	75	渡邊豫齋 藤田畏齋等	越後新發田藩儒―越後ノ儒者
391	井野	勿齋	好問	淸左衞門	審卿	勿齋		明治5	57	齋藤拙堂 横田半溪	本姓村瀬氏、津藩士、書
392	井上	爲山	復	權藏	子休	爲山・朴庵	岡山	寶曆5	37	河口靜齋 伊藤澹齋	本姓源氏、岡山藩士、漢學
393	井上	頤堂	悳	熊藏	士常	頤堂	甲斐	天保中			
394	井上	雨石	和雄			雨石	京都	昭和19	56		浮世繪研究、『慶長以來書賈集覽』
395	井上	鴨脚	收	彦市		鴨脚	福岡	明治5	76	昌平黌	久留米藩士、詩・歌
396	井上	櫻塘	揆		一卿	櫻塘	陸奥			藤森弘庵	八戸藩賓師、詩(舊雨社)(明治12在世)
397	井上	峨山	景文	鐵藏	君章	峨山・淡洲・樂山樓	伊勢	天保2	46		殘夢弟、桑名藩儒(立教館學頭)

398	井上	夬庵	章倫			夬(叏)庵・尖庵(菴)・宣明(名)齋	江戸				(江戸中期)
399	井上	海山	衡	貞吉	君輿	海山	京都				京都ノ儒者
400	井上	鶴洲	教親・敬親	主殿	和卿	鶴洲・耕石	加賀			新井白蛾	大坂ノ易占家(文政)
401	井上	毅齋	天覺(學)	直記	先民	毅齋	江戸	弘化3	55	井上槑齋	槑齋次男、岡山藩士
402	井上	義齋	貞寛		弘甫	義齋	京都	延享3	58		京都ノ儒者
403	井上	金峨	立元	文平	純卿	金峨〔道人〕・考槃翁(堂)・柳塘閑人	江戸	天明4	53	川口熊峯 井上蘭臺	常陸笠間藩士(考槃塾)—醫學館學頭—上野東叡府記室、井金峨ト修ス
404	井上	梧陰	多久馬—毅			梧陰	熊本	明治28	52	木下犀潭	本姓飯田氏、熊本藩士、文部大臣
405	井上	岡坊	宣宗			岡坊・永月樓	豊前	明治5	80	廣瀬淡窓	詩
406	井上	紅梅	進			紅梅		明治28	95		中國文學
407	井上	殘夢	政矩	八郎右衞門	松卿	殘夢・限山堂・極樂庵主人	伊勢	嘉永2			桑名藩儒、詩
408	井上	四明	潛	仲	仲龍	四明・佩弦園(堂)・蘼蕉園・狂客・仲越浚人	江戸	文政2	97(90)	井上蘭臺	本姓戸口氏、蘭台養子、高田—岡山藩儒(江戸)、井四明・井潛ト修ス
409	井上	懿德	養		大成	懿德	豊後	文政12	64	三浦梅園	日出藩儒
410	井上	春漁	默	左門太・伸庵	蹊夫	春漁・春海・春洋・不鳴・泡翁・臥遊齋・文會樓	洲本	明治25	81		本姓前羽氏、德島藩醫、詩・歌
411	井上	升齋	篤好	闢平		桂翁・升齋・李樹散人・峯松軒	攝津住吉	享保20	52	山本複齋	神道家
412	井上	松濤	遵	剛介	公道	松濤	福井	明治2	55		福井藩士
413	井上	松濤	翠			松濤	姫路	昭和25	76		支那語

414	井上神習舍	鐵直—賴圀	二郎—大學・肥後		神習舍	三河碧海郡	大正3	76	平田銕胤 權田直助	『古事類苑』
415	井上靜軒	謙	謙藏	頤卿・子靜	靜軒	但馬出石			賴春水 若槻幾齋等	出石藩儒（江戸後期）
416	井上石溪	儀備		子文	石溪	江戸	安永元	84	平野金華	福井藩士、兵術（私謚）胡安先生
417	井上赤水	正臣	退藏・左平	投轄	赤水・鎖平・翠堂主人・懷德舍人・援卿散人	堺				大坂含翠堂・懷德堂講師（享保—寛保・京都）
418	井上雪溪	有基	仁左衛門	冲默・子業	雪溪	肥後	元文4	56	林 樫宇	熊本藩儒
	井上尖菴	↓井上夬庵398								
419	井上竹陵	政文	右仲		竹陵		明治30	78	昌平黌	本姓上田氏、峨山養子、桑名藩儒
420	井上巽軒	哲次郎			巽軒	福岡	昭和19	90	東大	本姓富田・船越氏、哲學者、東大教授、詩
421	井上天爵	天爵		錫民		江戸			井上罧齋	罧齋四男
422	井上天祥	天祥		徵民		江戸			井上罧齋	罧齋長男
423	井上天祐	天祐		順民		江戸			井上罧齋	罧齋三男
424	井上東溪	公祺	源藏	考甫	東溪	江戸			太宰春臺	江戸ノ儒者（享保）
425	井上桐齋	知德	仁兵衛	逸休	桐齋・隨處・培根堂・桐曆・梧之屋	越後			吉澤竹翠	詩（寛政3生、享年70前後）
426	井上道	道	從吾衛門		夜歸讀書齋	江戸				和歌山藩儒
427	井上南皐	詮	良右衛門	元衡	南皐	久留米				久留米藩儒
428	井上南山				南山					學圃父、福岡藩儒
429	井上南臺	湛	新藏	子存	南臺	常陸	寛政10	50	井上金峨	本姓山田氏、金峨養子、幕府儒官

430	井上	南天荘	通泰			南天荘		昭和16	76		柳田國男兄、眼科醫−古典學者
431	井上	槑齋	觀	觀太	賓玉	槑(梅)齋	江戸	文政11		井上四明	四明四男、岡山藩儒(江戸)
432	井上	富有	富有	富藏	子新		江戸		19	山本北山	南臺男
433	井上	復齋	脩	千太郎	子勉	復齋		明治41	68	大槻磐溪、石合江村	岡山藩士
434	井上	挹翠	玄桐	寺井玄東		挹翠	京都	元祿15			初メ寺井玄東ト稱ス、水戸藩儒醫−京都ノ儒者
435	井上	翌章	素良	織之丞	思卿	翌章・歸橋		文政3	68		福井藩儒
436	井上	蘭臺	鍋助−通熈	縫殿−嘉膳	叔−子叔	播庵−蘭臺・圖南・卜叔・玩世教主(戲號)	江戸	寶暦11	57	林鳳岡、細井平洲等	岡山藩儒、井通熈・井蘭臺・井子叔ト修ス(江戸)
437	井上	蘭澤	逸	新右衛門	休夫	蘭澤	越前大野	天明元	64	太宰春臺	大聖寺藩士
438	井上	靈叟		玄撤		靈叟・交泰院	山口	貞享3	85	曲直瀬玄朔	幕府醫官、法印
439	井上	蘆洲	觀國	主稅	孟光	蘆洲・葦廼舍	大坂			平田篤胤	鶴洲男、醍醐家臣、易(寛政12生、文政11在世)
440	井部	健齋	見・潛	潛藏	子龍	健齋	越後	明治25	68	井部香山	本姓田中氏、香山養子、高田藩儒(修道館教授)−越後ノ儒者(温知塾)
441	井部	香山	鳴	萬三郎	子鶴	香山・五華山人・荃齋	越後	嘉永6	60(61)	葛西因是	一時葛西氏ヲ稱ス、江戸ノ儒者−高田藩儒−濱松藩儒
442	井邑	毅齋	剛		子剛	毅齋	常陸			山本北山	詩
443	生駒	比君菴	傳吉−重信	九郎	萬子	比君菴・水國館		享保4	66		加賀藩士
444	生駒	柳亭	直武	内膳(記)・監物・右近	君烈	柳亭・萬松樓	加賀	延享12	68	伊藤莘野	加賀藩士
445	生駒	魯齋	賴寛	造酒−彦左衛門−藏人	太吉・利積	魯齋・心叟	大和	天明3	55		本姓岡野氏、柏原藩士

伊　東涯　→伊藤東涯　513

	伊 良憲	→伊良子大洲 546								
446	伊形 太朴	淳	伊作		太(大)朴	肥後	天明2	27	藪 孤山	靈雨弟、熊本藩士、詩
447	伊形 靈雨	質	莊助	太(大)素	靈雨山人	肥後	天明7	43	藪 孤山	熊本藩儒、詩
448	伊古田 楢陵	純道・寧	寅次郎	致(敬)遠	楢陵・自茅樵舎	武藏秩父	明治19	85		醫・詩
449	伊佐 如是	岑滿	新次郎		如是	江戸	明治24	81	岡本況齋 小島五一	幕臣、書・歌
450	伊澤 昇軒	元安-信階	長安	大昇-隆	昇軒	備後				蘭軒父、福山侯醫
451	伊澤 榛軒	棠助-信厚	良(一・長)安	朴甫	榛軒	備後	嘉永5	49	狩谷棭齋 伊澤蘭軒	
452	伊澤 柏軒	信重-信道	磐安		柏軒		文久元	54		蘭軒三男、幕臣(奥醫師)
453	伊澤 蘭軒	力信-信恬	辭安	君悌-憺甫(父)	蘭軒・蓤齋・簡齋・都梁・笑僊(仙)・藐姑射山人・三養堂・容安書院・酌源堂・芳櫻書院・伊澤文庫	江戸	安政12	53	泉 豊洲	福山藩儒醫、考證學・詩(江戸)
	伊勢 次郎	→黑澤石齋 2480								
454	伊勢 小湫	華		君華	小湫	長門	明治19	67	長門藩黌	長門藩士、詩
455	伊地知 貞馨	貞馨				薩摩	明治初			
456	伊東 華山	方得・爲則	玄禎	伯壽	華山・蓬壺	陸前	文化6	66		仙臺ノ儒醫、姓ヲ井東トモ書ク
457	伊東 奚疑	祐道	太輔	子成	奚疑・茹堂-一枝	陸前	安政6	65		仙臺藩士、易
458	伊東 黃雪	謙一		國禎	黃雪・雨外		昭和元	77		詩、教育者
459	伊東 冲齋	淵	玄樸	伯壽	冲齋・長壽・長春院	肥前	明治4	72		幕府醫官、法印

460	伊東	鼇岳	惟肖	幼(良)之助	良弼	鼇岳(嶽)	江戸			伊東藍田	藍田長男、豊後日出藩儒、詩、東惟肖・東鼇嶽ト修ス(寛政)
461	伊東	勃海	晃	良助	元明	勃海		享和3	63	赤松大庾	磐城平藩侯士
462	伊東	蘭洲		周輔	兆熙	蘭洲・秋颿・文海・西湖外史・(獻作)金太郎主人	江戸			井上金峨	姓ヲ伊藤トモ書キ東ト修ス、漢學・獻作(文化頃)
463	伊東	藍田	龜年	金藏-善右衞門	龜季	藍田・天遊(游)館	江戸	文化6	76	荻生金谷 大内熊耳	菱田房明季子、江戸ノ儒者-日出藩儒、詩・文、東藍田・東龜年ト修ス
	伊東	↕伊藤464〜・井東390									
464	伊藤	威山	松		貞一	威山	豊後				豊後ノ儒者(天保)
465	伊藤	葦村	介夫	軍八		葦村・有不爲齋	土浦	明治45	80	奥野小山	土浦藩士-天王寺中學漢文教師、藏書家
466	伊藤	損齋	宗雲			損齋・葆眞常					桑名藩儒醫(元祿)
467	伊藤	鴛城	謙	三郎	太虚	鴛城		昭和11	73		詩
468	伊藤	華岡	益道	善藏	子行・行通	華岡・容衆堂	伊勢	安永5	68	細井廣澤 關鳳岡	書畫ノ鑑定(江戸)
469	伊藤	霞臺	輝祖		大佐・必大	霞臺・省齋	京都	寶暦3	30		梅宇次男、福山藩儒、詩・文
470	伊藤	峨眉	璞		國器	峨眉	出羽鶴岡				藤璞ト修シ東璞ト稱ス
471	伊藤	介亭	長衡		正藏	介亭・謙々齋	京都	明和9	88	伊藤仁齋	仁齋三男、高槻藩儒(私諡)謙節先生
472	伊藤	海嶠	弘朝		海藏	海嶠	淡路	文政元	53	伊藤東所	蘭嵎養子、和歌山藩儒(私諡)緝明先生
473	伊藤	甘露堂	孝一	久彌		甘露堂	名古屋	昭和初			藏書家・登山家
474	伊藤	冠峯	一元・元	一元	吉甫	冠峯	伊勢	天明2	70	中西淡淵	呉服商、詩・文・書
475	伊藤	閑牛	克誠		伯亨	閑(閒)牛・竹外	伊豫松山	明治5	57	昌平黌	松山藩儒

476	伊藤 宜堂	雅言		俊藏	宜堂・不如及齋	伯耆	明治7	83	朝川善庵	出雲ノ儒者(有隣塾)—鳥取藩儒、書
477	伊藤 菊圃	寛	善之助・寛平	子栗	菊圃	仙臺	明治25	68		詩
478	伊藤 匡山	長秋	長藏	萬里(年)	匡山・日南・執古齋・稱葛覃居	江戸	天明7	52	松山天姥	書
479	伊藤 鏡河	幸猛	文藏・作内・左衞門	寛叔	鏡河(湖)・環翠園	豊後岡	文政12	78	本田莊藏 安達清河	本姓田近氏、岡藩儒
480	伊藤 錦里	縉	莊治・宗太郎	君夏	錦里・鳳陽	京都	明和9	63	伊藤龍洲	龍洲長男、福井藩儒(私謚)文恪先生
481	伊藤 君嶺	榮吉	文四郎	士善	君嶺	播磨北條	寛政8	50	伊藤錦里	本姓鹽田氏、錦里養子、福井藩儒
482	伊藤 玄周	玄周			吟松軒		寛永16			桑名藩儒醫
483	伊藤 玄節	先勝	兵左衞門・行勝		玄節・有隣(齋)	桑名	天和2			玄周次男、桑名藩儒醫、姓ヲ伊ト修ス
484	伊藤 固庵	立誠			固庵—寸庵	京都	正徳元	71	熊谷活水 陳元贇	名古屋藩儒—京都ノ儒者
485	伊藤 弘甯	惟章	修(文)藏		弘甯		天明元	41		竹里男、高槻藩儒
486	伊藤 弘齋		壽賀藏		弘齋・東峯	京都	弘化2	47	伊藤東里	東里男
487	伊藤好義齋	儀		邦達	好義齋	長門	享保13	71	伊藤仁齋	土屋但馬侯等儒(私謚)恭節先生
488	伊藤 好和	好和	兵左衞門		吟松軒・高風齋		享保14			
489	伊藤 江亭	聖訓		世典	江亭		安永元	23		錦里次男、京都ノ儒者、詩
	伊藤 恒庵	↓天沼恒庵 258								
490	伊藤 鯤厓	資之	深造	深造	鯤厓・經訓堂					(安政・江戸)
	伊藤 三藏	↓山田三川 6301								

491	伊藤	鷲山	長有	三平	無公	鷲山					盛岡藩士(安政・江戸)
492	伊藤	春畝	利助‐俊輔(介) 博文		子簡・義詮・正光・博詢・甦休	春畝・滄浪閣主人・芳楳書屋	周防	明治42	69	吉田松陰	本姓林氏、政治家、書・詩・文
493	伊藤	春淋	元固			春淋	長崎	元祿頃		安東省庵	長崎ノ醫‐三河吉田藩主儒臣‐京都ノ儒醫‐若狭小濱藩主儒醫、(寛永18生)
494	伊藤	樵溪	輔世	羆一郎	孟德・子長	樵溪	豊後岡	萬延元	70	田能村竹田 角田九華	鏡河男、岡藩儒
495	伊藤	莘野	祐之・雨言	由言・齋宮	思忠‐順卿	剡溪‐莘野・忠溪・白雪樓・春秋館・觀文堂	京都	元文元	56	伊藤萬年 松永昌易	萬年養子、京都ノ儒者
496	伊藤	仁齋	源吉‐源七郎‐ 維貞‐維禎	鶴屋七右衛門	源(原)佐(助)・祐	敬齋‐仁齋・棠隱〔齋〕・櫻隱・古義堂	京都	寶永2	79		東涯父、京都ノ儒者(私諡)古學先生
497	伊藤	靖齋	武綱(矩)	祥助・藤太郎	子直	靖齋・東河	伊勢山田	弘化4	76		詩・文・歌
498	伊藤	聖訓	聖訓		世典						錦里男
499	伊藤	石臺	嘏・祐實	將曹・淳八郎	純夫	石臺	加賀	寛政元		伊藤莘野	莘野男、金澤藩儒
500	伊藤	千里	伯元‐千里		世父	幽篁亭	鳥取	享和2	66	安東箕山	鳥取藩儒(寛政11致仕)
501	伊藤	漱平	漱平			兩紅軒〔文庫〕	愛知碧海	平成21	84	東京帝大	中國文學『紅樓夢』
502	伊藤	遜齋	長生	連之助	鶴夫	遜齋・含圓樓主人		明治15	70		備中岡田藩主男、書
503	伊藤	臺嶽	敦祐	雄之助	太陰	臺嶽					京都ノ儒者(文化)
504	伊藤	坦庵	宗恕		元務	坦庵(菴)・白雲散人・不輟齋・自怡堂	京都	寶永5	86	那波活所 江村專齋 等	曲直瀬玄理女婿、福井藩儒、藤坦庵ト修ス
505	伊藤	淡翁	安之		五言・淡水	淡翁	播磨	天保12	69	中井履軒	大坂ノ儒者
506	伊藤	澹齋	貞	貞右衛門・悠哉	智量	澹齋	長門	明和元	66	伊藤好義齋 室　鳩巣	好義齋養子、松平周防侯・土屋侯賓儒
507	伊藤	竹坡	貞吉‐弘亨		貞藏	竹坡		文政11	69		蘭畹男、梅宇孫、備後福山藩儒(弘道館教授)(私諡)巖恭先生

508	伊藤 竹里	長準	平藏	平藏	竹里・崔城	京都	寶曆6	65	伊藤仁齋	仁齋四男、久留米藩儒
509	伊藤 長蔭			貞喬	長蔭	備前府中	明治3		齋藤拙堂	
510	伊藤 長文	長文		健藏			文政11	25		蘆汀男、備後福山藩儒（弘道館教授）（私諡）撝謙先生
511	伊藤 聽秋	祐之	介一	士龍	聽秋・默成子・瓢庵	淡路洲本	明治28	76	木下順庵 梁川星巖	詩・文
512	伊藤 東河	武綱・武矩	祥助・藤太郎	子直	東河・靖齋	伊勢山田	弘化4	76		詩・文・歌
513	伊藤 東涯	龜丸－長胤		源（元）藏	東涯・慥々齋	京都	元文元	67	伊藤仁齋	仁齋長男、藤長胤・藤東涯ト修ス、古義堂二世（私諡）紹述先生
514	伊藤 東嶽	弘貞	幹藏		東嶽・吳竹宇		明治2	50		東岸男、長岡藩士
515	伊藤 東岸	弘充		滿藏	東岸	京都	元治元	74		東所五男、東涯孫、長岡藩儒（崇德館教授）（私諡）繼明先生
516	伊藤 東皐	弘明		良藏	東皐		文化7	21		東所四男、詩・文
517	伊藤 東所	善韶		忠藏	東所・施政堂・雅作軒	京都	文化元	75	伊藤東涯 伊藤蘭嵎	東涯三男、詩・文・書、古義堂三世（私諡）修成先生
518	伊藤 東峯	壽賀若－弘濟		壽賀藏	東峯・古義堂	京都	弘化2	47		東所七男、古義堂五世（私諡）靖共先生
519	伊藤 東里	弘美		延藏	東里	京都	文化14	61	伊東東所	東所長男、古義堂四世、藤弘美ト修ス（私諡）恭敬先生
520	伊藤 南昌	元啓	一臈（臘）	維廸（迪）	南昌	江戸			荻生徂徠	江戸ノ儒者、藤南昌・藤元啓ト修ス
521	伊藤 梅宇	長敦－長英		重（十）藏	梅宇	京都	延享2	63	伊藤仁齋	仁齋次男、德山－福山藩儒（私諡）康獻先生・紹孝先生
522	伊藤 板溪	信		順卿	板溪	江戸	文化10	47		
523	伊藤 平庵	温		元恭	平庵・龍洲	京都	享保10	55	伊藤坦庵	坦庵男、福井藩儒
524	伊藤 鳳山	馨	鄉太郎－大三郎	子德	鳳山・學半樓	出羽酒田	明治3	65	朝川善庵	一時朝川善庵養子、三河田原藩儒－江戸ノ儒者

525	伊藤渤海	晃	良助	玄(元)明	渤海	江戸	享和3(安永5)	63	赤松太庾	磐城平藩侯儒
526	伊藤萬年	由貞		士亨(享)	萬年・春秋館	京都	元禄14	61	松永尺五	本姓藤原氏、京都ノ儒者、後金澤ニ僑居スル
527	伊藤萬年	祐祥	兵衞		萬年・敬勝館	秋田	文政12	56		佐竹侯儒
528	伊藤幽篁軒	祐胤	伯元・夕顔・石巖・千里		幽篁軒・世文		享和2	66	河田東岡 安藤箕山	鳥取藩儒醫
529	伊藤輶齋	多米吉―重光	由藏	德藏	輶齋・東原・六有齋		明治40	77	伊藤東峯	東峯男、京都ノ儒者、古義堂六世
530	伊藤藍卿	清綏		君履	藍卿	播磨加古川				龍洲ノ姪
531	伊藤蘭畹	懷祖	修佐		蘭畹・圖南	京都	天明8	62		梅宇三男、福山藩儒(私謚)彰常先生
532	伊藤蘭嵎	長堅	才藏	尙節介	蘭嵎・應躔・啓齋・六有軒(齋)・柏亭・抱膝(剳)齋	京都	安永7	85	伊藤仁齋	仁齋五男、和歌山藩儒(私謚)紹明先生
533	伊藤蘭溪	重遠		龜之助	蘭溪・清嘯軒		明治5	28	伊藤東峯	東峯男
534	伊藤蘭齋	仲道		環夫	蘭齋	上野	安永5	49	梁田蛻巖	姫路藩儒(好古堂教授)、藤蘭齋ト修ス
535	伊藤蘭林	德裕		益卿	蘭林・山陰・六々山人	土佐	明治28	81	廣井遊溟	書
536	伊藤龍洲	元基・道基	莊司	子崇	龍洲(州)・宜齋・平菴	明石	寶暦5	73	伊藤坦庵	本姓清田氏、坦庵養子、福井藩儒(私謚)莊肅先生
537	伊藤兩村	逸彦	民之輔	民卿	兩村樵史	尾張	安政6	63(64)	永井星渚 昌平黌	本姓池田氏、尾張ノ儒者
538	伊藤臨皐	弘剛		泰(大)藏	臨皐・實齋・三橋		嘉永4	56		東所六男、蘭嵎養子(蘭嵎家四代目)、詩・文(私謚)文端先生
539	伊藤蘆岸	良有		格佐	蘆岸		文久元	57		竹坡次男、梅宇養子、福岡藩儒(弘道館教授)(私謚)幽讓先生
540	伊藤蘆汀	良炳		文佐	蘆汀(東)		文政4	46		本姓川越氏、竹坡―梅宇養子、福山藩儒(弘道館教授)―京都ノ儒者(私謚)斐恭先生
541	伊藤鹿里	祐義	大助	忠岱	鹿里・仰繼堂	信濃	天保9	61	大田錦城 吉益南涯	信濃ノ儒醫

	伊藤	↔伊東456〜									
542	伊能 東河	三治郎−詮興−忠敬	三郎右衞門・勘解由	子齊	東河・樂天翁	下總山邊郡	文政元	74	高橋東岡	本姓神保氏、釀造業−測量『大日本沿海輿地全圖』
543	伊庭 一貫堂	淺次郎−靜一	金兵衞		一貫堂	上總	明治2	84	鈴木養齋・稻葉默齋	
544	伊庭 順信	順信	金四郎							一貫堂男（江戸末）
545	伊房 雨亭	房		穎父	雨亭	桐生				書・詩（文化）
	伊良 憲	→伊良子大洲546								
546	伊良子大洲	吉太郎−憲	彌左衞門−忠（中）藏	子典・子成	大洲	因幡	文政12	67	安藤箕山・河田東岡	乾長孝ニ仕エル、伊良憲ト修ス
547	壹岐 桐園	幸猷	五郎左衞門	道夫（太）	桐園	日向	享和9	57	古賀精里	本姓杉本氏、飫肥藩儒
548	猪飼 箕山	彦纘	貞吉	子統	箕山	伊勢	明治12	64	平松樂齋・猪飼敬所	本姓井早氏、敬所養子、津藩儒−伊賀藩儒−津ノ儒者
549	猪飼 敬所	安治（次）郎−彦博	三郎右衞門	文卿・希文・敬文	敬所・千一居士・洛下儒隱聱叟	京都	弘化2	85	岩垣龍溪	本姓川喜多氏、京都ノ儒者−津藩儒
550	猪飼 履堂	傑		斗南	履堂・東皐樵者	江戸			古賀精里	（幕末）
551	猪狩 史山		又藏		史山		昭和13	66		漢學
552	猪苗代喜太郎	喜太郎			喜太郎	岩代				會津藩士
553	猪木 熊山		邦介		熊山	紀伊新宮	明治36	60	森田節齋	大坂ノ儒者
554	猪熊 信男	信男			恩頼堂	德島	昭和38	81		本姓蜂須賀氏、圖書寮御用掛
555	猪瀬 天遊	世美		良平	天遊	長崎	天保2		萩原大麗	詩
556	猪瀬 豊城	愿	周助（輔）・太右衞門	子温	豊城	下總	文久2	82	立原翠軒・龜田鵬齋	庄屋、下總結城藩主賓師−下總ノ儒者、詩

557	飯岡	義齋	孝欽		德安	義齋・薝寧〔斎〕	大坂	寛政元	73	鈴木貞齋・石田梅岩	本姓篠田氏、賴春水・尾藤二洲舅
558	飯田	雲臺	良		君貞	雲臺	彦根	寛政6	58		彦根藩儒
559	飯田	桂山	宜祥	米屋彌右衛門	子麟	桂山	攝津今津	寶暦10	58	山本復齋	釀造業、大坂ノ詩人(大觀樓)
560	飯田	玄野	美允		君成	玄野	阿波				
561	飯田	高嶺	晋	宇門	子晋	高嶺・懸羅館	尾張			中西淡淵	尾張ノ儒者、姓ヲ田ト修ス
562	飯田	昌秀	昌秀	武兵衛・軍次・郡二			三河寶飯郡	天保3	40	市河米庵	本姓山本氏、書・國學
563	飯田	太華	規文		巨卿	太華・謙齋	江戸	安永2	58		百川男、書
564	飯田	東溪	隆興・裕然	左仲	裕善	東溪	江戸	元文3			江戸ノ儒者
565	飯田	百川	規儔・潤	源四郎	季甫	百川	江戸	明和4	74	細井廣澤	書、姓ヲ飯室トモ稱ス
566	飯田	蓬室	武鄉	彦助–守人		蓬室	江戸	明治34	74	服部南郭・平田篤胤	本姓藤原氏、諏訪藩士、國學、勤皇家
567	飯田	默叟	忠彦	要人・刑部–左馬	子邦	默叟・夷濱釣叟	周防德山	文久元	63		本姓里見氏、飯田忠直養子、德山藩士、自刃
568	飯田	幽澗	有倫・忠林		子育	幽澗	米澤	文化7		佐藤中陵・細井平洲	米澤藩儒醫(好生堂)
569	飯田	樂軒	居謙	市之進	子勉	樂軒	萩	天明7	52	山根華陽	萩藩士
570	飯田	柳橋	豹	半太夫	公文	柳橋・芭蕉園	近江彦根	文化6	68		詩・文・歌
571	飯田	良平	良平				下總香取	昭和32	79	重野安繹	靜嘉堂文庫
572	飯塚	西湖	納	修平		西湖		昭和4	84		詩
573	飯塚	瀨北				瀨北	駿河	明治19	73		足利ノ儒者、詩

574	飯塚 蘭洲	道沖	大助・圖書	沖漠	蘭洲	弘前	寛政11	67		弘前藩儒
575	飯沼 慾齋	本平-長順	專吾	龍夫	慾齋・桐亭	伊勢龜山	慶應元	84	上野蘭山	本姓西村氏、本草學
576	飯室 昌符	昌豊-昌符	龜之丞・傳次郎							幕臣(寶暦3生)
577	飯室 天目	偉文	近右衛門	武仲(中)	天目	江戸	寛政3	(62)66	宇田川榛齋	津山侯儒、徂徠學(江戸)
	飯室 百川	→飯田 百川 565								
578	飯盛 鳳山	嘉・喜滿	喜彌太	子亨	鳳山	肥前	弘化中	61	龜井昭陽 辛嶋鹽井	佐賀藩老多久氏儒
579	家里 松嶹	衡	新太郎・直之祐	誠懸(縣)	松嶹・磊々軒・賢齋・豹隱・百林樵人	伊勢	文久3	37	齋藤拙堂	本姓近藤氏、尊皇家
580	家長 韜庵	正惇・淳	彌太郎	伯厚(原)	韜庵・松濤	大和	慶應2	58	頼 山陽	京都ノ儒者、詩・文
	生駒	→イコマ 443〜								
	生島 春卿	→陶山南濤 3216								
581	生田 華山	雄・瞭-囦(國)秀・道滿(麿)・篤道	萬・小膳・多門	救卿(鄕)	華山・東華・大中道人・利謙の舍・鏡の室・桃園・東寧山人・首道麿・桑園主人・博桑山人	上野館林	天保8	37	平田篤胤	本姓菅原氏、館林藩士-私塾(厚載館)-自刃、國學・易學
582	生田 好好	美濃吉-永貞	十兵衛	無(无)咎	好好	松江	天保14	73		本姓中原氏、松江藩士、詩・歌・兵學
583	生沼 蘭臺	頼	善内	子行	蘭臺	江戸	寶暦10	61	秋元淡淵	足利藩儒
584	生野 臨犀	克長			臨犀・自得堂・癡(痴)雲	信濃	明治28	88	安積艮齋	金澤藩儒、詩・文
585	生山 秋齋	正方	兵部		秋齋	甲斐	文政13	67	加賀美光章	
586	池 玉瀾	町			玉瀾・葛覃居・松風	京都	天明4	57		本姓徳山氏、大雅妻、畫・歌

587	池	大雅	又次郎-勤・亮・耕・無名	秋平	公敏・貸成-子識	大雅堂・待賈堂・霞樵・九霞山樵・三嶽(岳)道人(者)・玉海・竹居・皃滸釣叟	京都	安永5	54	祇園南海・柳澤淇園	書・畫、姓ヲ池野トモ稱ス
588	池	大進	晋			大進				葛西因是	濱田藩儒
589	池内	義方	義方	禎助	仲立		大和	文化中		服部栗齋	大和ノ神官、松山藩儒
590	池内	陶所	奉時	大學・泰藏	士辰・辰一	陶所	京都	文久3	50	賴　山陽	勤皇家
591	池口	杏圃	福綏	一雄	履甫	杏圃	讃岐	安政4	30	中　清泉	丸龜藩士、詩・文・劍術
	池澤邑	舒嘯	→後藤松軒 2670								
592	池尻	葛覃	始	茂左衛門	有終	葛覃	久留米	明治11	77	松崎慊堂	久留米藩儒、勤皇家
593	池田	雲樵	政敬	桂莊	公維	雲樵・半仙窟・鱧臍・素雲		明治19	63	中西耕石	津藩士、詩・文・畫
594	池田	冠山	鐵之助-定常	縫殿頭	君倫	冠山・天山・不輕居士・愼齋	江戸	天保4	67	佐藤一齋・(僧)大　典	因幡侯支族若櫻藩主、松平氏ヲ稱ス、藏書家
595	池田	溪水		謙藏		溪水	伊豫			三上是庵	
596	池田	謙堂	定禮		士達	謙堂	伊豫	文久元	51	齋藤拙堂	津藩士
597	池田	光政	幸隆-光政	新太郎			岡山	天和2	74		岡山藩主、儒學奬勵(閑谷學校)
598	池田	秋水	龍	太田儀左衛門	潛	秋水	小倉	嘉永元	71	龜田鵬齋	小倉藩士-江戸ノ儒者
599	池田	小石	寛	寛藏	寛叟	小(松)石・矣菴	信濃	天保14	61	山本北山	書・詩・畫(江戸)
600	池田	靑波	克信	梁藏		靑波		明治3	38	小國武彝・貫名海屋	德山藩士
601	池田	草菴	歌藏-緝	禎藏・但馬聖人	子敬	草菴(庵)	但馬	明治11	66	相馬九萬・佐藤一齋	京都ノ儒者-但馬ノ儒者(立誠塾-靑谿書院)、詩・文
602	池田	貞雄	貞雄	千助・勘兵衛			江戸	貞享4	75		幕臣(御書物奉行)

603	池田	氷川	榮之		子禮	氷川・清彌庵	丹波	天明元	45	山口等庵・那波魯堂	丹波ノ儒者
604	池田	蘆洲	胤	四郎次郎	公承	蘆洲・此豫宅・古道照顔樓	大坂	昭和8	70	坂本葵園・近藤南州	修省書院—二松學舍・國學院教授
605	池永	道雲	榮春			道雲・一峯〔子〕・龍研堂	江戸	元文2			書・篆刻
606	池永	碧於亭	淵	源藏	子(士)深	碧於(游)亭・壽敬	紀伊				田邊藩士(幕末)
607	池永	楓村	寛		仲栗	楓村(邨)	紀伊	天保2	30		
	池野	大雅	↓池　大雅　590								
608	池野	長川	孝暢			長川	江戸	安政2	46		藏書家
609	池原	雲山	以文		良章	雲山・櫻顛山人		文政中	38		幕府儒醫、詩
610	池邊	鶴林	盛唯	藤平		鶴林	肥後	寛延元		池邊丹陵	熊本藩儒
611	池邊	悰川	樂水		悰川	自足堂・欲翁・困知翁	豊後	元祿11	71		熊本藩儒醫
612	池邊	丹陵	樸	謙助	大璞	丹陵	肥後	弘化3	77	富田大鳳	熊本藩儒
613	池邊	蘭陵	匡卿	平太郎	匡卿	蘭陵	熊本	天明2	57	秋山玉山	鶴林男、熊本藩儒
614	池部	璞	璞・春近	彌八郎	汝玉		肥後	安永7	47		熊本藩老小笠原氏儒、天文・暦算
615	池守	秋水	龍	儀右衛門	潛夫	秋水・烏足園	江戸	嘉永元	71	龜田鵬齋	本姓太田氏、小倉藩儒—江戸ノ儒者
616	諫山	菽邨	秩	東作	平甫	菽邨(村)・橙園	日田	明治26	69	廣瀬淡窓	儒醫
617	石	桃陽	文瑩		子龍	桃陽	大坂			鳥山菘岳	

石　↔セキ(3400)

618	石合　江村	文之・克	文藏・嘉太郎	子禮・之文	江村・默翁	江戸	明治6	56	古畑玉函	田口・古畑・田中氏ヲ稱シ石江村ト修ス、唐津藩侯儒-館林藩賓師
619	石井　回陽	彰信	意伯		回陽子・臥陰軒	仙臺	享保18	60		仙臺藩主侍醫
620	石井　鶴山	有	有助	仲車	鶴山	佐賀	寛政2	47	高　葛坡 (僧)大　潮	佐賀藩儒
621	石井　磯嶽	光致	吉之進・吉兵衛	子德	磯嶽(岳)・磯亭	下野	弘化3	63		本姓片柳氏、絹織業・下野ノ儒者、江戸ニ來往ス
	石井吉兵衛	↓元　政(僧)2516								
622	石井　欽齋	孝愛	欽四郎	士敬	欽齋					川越藩儒醫(安政・江戸)
623	石井　研堂	民司			研堂・漂譚樓	奥州郡山	昭和18	79		浮世繪研究家
624	石井　至穀	秉傍・秉知・盛時-至穀	萬之助・市右衛門・内藏允	萬	梅樹・菅刈學舍・弓馬之家・玉川文庫・此華堂・杉乃菴・梅奴・垂穗舍・木華園・茶仙堂	武藏玉川	安政6	82	長坂蘭柯	本姓菅原氏、幕臣(御書物奉行)
625	石井　周庵	一素	音吉		周庵	上總	明治36	69	三上是庵	道學協會
626	石井　樟齋	教景	新藏人	子行	樟齋・弘山・南圭・靑互	羽後	安政5	64	金蘭齋風	羽後茂木氏臣(鄕校教授)、書
627	石井　松堂	鐵	龍右衛門		松堂	肥前	明治15	58	佐賀藩黌	佐賀藩儒-佐賀ノ儒者
628	石井　繩齋	耕	俊助	子耕	繩齋・佛塢	伊豆	天保11	55	山本北山 皆川淇園	本姓土屋氏、駿河田中藩儒(日知館教授)(江戸)
629	石井積翠軒	光雄			積翠軒	三重	昭和41	85		銀行家、藏書家
630	石井　祚景	祚景	藏人			羽後	明治24	72	平元謹齋	岩崎佐竹侯士
631	石井　雙石	碩			雙石	千葉	昭和46	98	岩溪裳川 日下部鳴鶴	書(篆刻)・詩・文
632	石井　擇所	文衷	良平	子哲・子若	擇所	武藏	天保13		尾藤二洲	川越藩儒

633	石井	潭香	徽言	子告(吉)	士勱	潭香	江戸	明治3	65	江 芸閣	松前藩士、書ニハ韓氏ヲ稱ス(江戸)
634	石井	澹翁	超─絢		延禮	澹翁・澹雅樓・見隆・隆庵(菴)	尾張	明治17	74	貫名海屋	本姓山田氏、名古屋藩奥醫師、詩・文
635	石井	南橋	隆驥	龍治	子龍	南橋・太奇子・竹陽・吟座居士・數奇屋雜史	筑後	明治20	57	廣瀬淡窓	狂詩
636	石井	白圭	元容		子兌	白圭	彦根				彦根藩士
637	石井	豊洲	威臣	儀右衛門	儀卿	豊洲	安藝竹原	文久2	87	賴 春水 尾藤二洲	三原藩士─竹原ノ儒者(竹原書院)、詩・文
638	石井	揚州	蠡	條太夫・東武野史	子彭	揚州・若無子	江戸	文化9	75	大内熊耳 安達清河	本姓服部氏、館林藩士(藩主右筆・藩學教授)
639	石井	熊峯	元恭	武平次	子禮	熊峯	長門	享和3	78		
	石井		↕イワイ846								
640	石王	塞軒	明誠	安兵衛	康介(助)・士則	塞軒・黄裳・確廬	近江	安永9	80	三宅尚齋	伊豫大洲侯─仙臺侯─阿波侯儒─京都ノ儒者
641	石垣	柯山	成廉	甚之助─兵衛		柯山	羽後	明治31	71		本姓沼田氏、秋田ノ儒者
642	石金	瀬濱	宣明	多仲	子誼	瀬濱・召南	岩代信夫郡	寶暦8	38	大内熊耳	江戸ノ儒者、石多仲・石宣明・石瀬濱ト修ス
643	石川	安亭	信順	乙五郎	思(忠)甫	安亭	水戸	享和元	29	矢田部東叡	水戸藩士、詩・文
644	石川	櫻所	良信		玄貞	櫻所・香雲院	陸奥	明治13	59	伊東玄樸	幕府醫官
645	石川	侃齋	元輅	龍助	公乘	侃齋・二橋(柳)外史・信天翁・老香・穉鳴老人・越後大雅堂	越後	天保11	77	木村巽齋	文・書・畫
646	石川	義闇	利清	小山屋善右衛門		義闇	八尾	寶暦4	59	伊藤東涯	鄕學(環山樓)主
647	石川	菊溘	咸倫	文助		菊溘		正德元	63		京都ノ儒者
648	石川	金谷	貞	賴母	太一(乙)	金谷山人	河内(伊勢)	安永7	42	南宮大湫	京都ノ儒者─膳所藩儒─延岡藩儒、唐音

石川玄迪　→大鶴篠谷 1435

649	石川彦岳	剛	元兵衛	君潛	彦岳(嶽)	小倉	文化12	70(71)	石川鱗洲 上柳四明	鱗洲次男、小倉藩儒(思永館學頭)
650	石川公瑟			子偲	公瑟	秩父			安達清河	詩、姓ヲ石ト修ス(江戸中期)
651	石川香山	安貞(定)	貞一郎–忠次	順夫	香山・覺齋	尾張鳴海	文化7	75	小出愼齋 淺井圖南	名古屋藩儒(明倫堂督學)、石安貞ト修ス
652	石川晃山	晃	宗助	士晃	晃山・眞髮山人	下野	明治2	49		
653	石川鴻齋	英輔・英		君華	鴻齋・芝山外史・雪泥居(處)士・泉石粼々居	豊橋	大正7	86	西岡翠園 曾我耐軒	詩・文・書・畫
654	石川梧堂	總明(朋)		錫我・龜甫	梧堂・知秋(炑)庵(菴)	江戸	嘉永5	餘60		幕臣
655	石川丈山	重之–凹	三彌–嘉右衛門・左近(親)衛	丈山	六々山人(洞)・四明山人・凹凸窩(窠夫)・遷齋・壽春翁・詩仙堂・東溪・大拙・頑仙子・烏鱗子・山木山材・藪里翁・三足老人・至樂窩・嘯月翁・梅關・半仙子・蜂要・小有・蓮軸・吟狂叟・吁齋・歎啓・華月翁	三河碧海郡	寛文12	90	藤原惺窩	本姓源氏、安藝淺野侯賓師–京都ノ儒者、詩(詩仙堂)・書・武藝、石丈山ト修ス
656	石川疊翠		左金吾		疊翠(軒)・蟠杜・琴籟・石川文庫		天保12	35	市河米庵 菊池五山	龜山藩士、書・詩
657	石川愼齋	清秋	儀兵衛	公勤	愼齋・太清	常陸	嘉永4	79		水戸藩士
658	石川清盈	清盈	半右衛門				享保13	61		幕臣(御書物奉行)
659	石川清賞	明德	吉次郎	仲峻	清賞	常陸	慶應3	68		本姓鯉淵氏、水戸藩士

石川誠(清)之助　→中岡迂山 4267

660	石川滄浪	清	清平	獨	滄浪・一癖	東奥	天明3	39	井上金峨	武藏金澤藩士・米倉侯賓師(江戸)
661	石川操齋	幹忠	德五郎	公恕	操齋	水戸	安政4	62		水戸藩儒

662	石川 退休				退休		天保2	80		岡崎藩士、詩
663	石川 大椿	廣亮	勇大・直右衛門・兵左衛門		大椿・天台(臺)	羽後	寛政11	64		秋田藩士、詩
664	石川 大凡	之清	重(十)太(次・三)郎	叔潭	大凡山人・默齋	江戸	寛保元		荻生徂徠	幕臣‐名古屋藩士、石之清ト修ス
665	石川 竹厓	之褧	貞一郎・仙之丞	士尚	竹厓・果育精舍	近江膳所	弘化元	51	村瀬栲亭	本姓源氏、津藩儒(有造館督學)(私謚)文貞先生(京都)
666	石川 直中	直中				江戸牛込	明治23	55	昌平黌	教育者
667	石川 艇齋	年覽	鋠太郎	公通	艇齋・梧所・觀劇老人	尾張	安政中		市河寛齋	名古屋藩士(江戸)
668	石川 桃蹊	久徵	久次(右)衛門	伯誠	桃蹊齋・箕水	水戸	天保8	82		水戸藩儒
669	石川 藤陰	章	和介	君達	藤陰	福岡	安政中			福山藩儒、書
670	石川 柳溪	則正・澹	次郎作	若水	柳溪	江戸	元治元	67		幕臣(昌平黌助教)
671	石川 柳幛	濬	俊右衛門	宣卿	柳幛					京都ノ儒者(文政)
672	石川 麟洲	正恒	平兵衛	伯卿(敬・毅)	麟洲	京都	寶暦9	53	柳川滄洲　堀南湖	小倉藩儒(思永館學頭)
673	石川 魯庵	居貞‐嘉貞	順治(次)	公幹	魯庵・三己叟	岐阜	天保12	69	石川香山	本姓水野氏、香山養子、名古屋藩儒
	石川	↕石河 674〜								
674	石河 爲用軒	定源	文左衛門	孔昭	爲用軒・道竹‐領全	山城	明和2	79	中江藤樹	本姓細川氏、津藩儒
675	石河 明善	幹克‐幹修	幹二郎	仲安	明善・公磊	常陸	明治元	50	杉山復堂　會澤正志齋	水戸藩儒(弘道館助教)
	石河	↕石川 643〜								
676	石黑 南門	貞度	小藤太(治)	俊藤	南門	備前	安政4	68		岡山藩士‐岡山ノ儒者

677	石崎　遮莫	又造			遮莫	筑後	昭和34	54		東京帝大圖書館司書
678	石澤　二水	成遠	淩（凌・俊）平	子明	二水	仙臺	明治25	88		本姓淸野氏、仙臺藩儒（養賢堂副頭役）
679	石島　筑波	芸–正猗	與右衛門–左仲	子遊–仲緑	筑波山人・頴（穎）川・芰荷園	江戸	寶暦8	51	服部南郭	本姓尾貝氏、濱松藩儒士–江戸ノ詩人（芰荷園）、姓ヲ石ト修ス
	石城	→イワキ 847								
680	石田　一鼎	兵三郎–宣之	神（安）左衛門		一鼎・下田處士	佐賀	元祿6	65		佐賀藩士、詩・文（大坂）
681	石田　牛渚	雄國	新助	器之	牛渚	備前	寛政5	61	太宰春臺	岡山藩儒
682	石田　醉古	眞鶴–僞襲	三郎–圖書–三郎		醉古・愛溪餐玉	紀伊	明治18	63	野呂松廬	田邊藩儒–和歌山ノ儒者
683	石田　天洲	言	九十郎	君謹	天洲				雨宮大湫	本姓三浦氏、大坂ノ儒者
684	石田　東陵	羊一郎			東陵	仙臺	昭和9	70	齋藤眞典・國分靑厓	開成中學校教頭・大東文化學院教授等、詩
685	石田　梅岩	興長	勘平		梅岩（巖）	丹波	延享元	60	小栗了雲	心學ノ祖（京都）
686	石谷　江村	克–文之	喜太郎	子禮–文藏	江村–默翁	江戸	明治6	56	古畑玉函	商賈–下野壬生鳥居家士
687	石津　灌園	賢勤–發	發三郎	士（子）儉・子節	灌園	京都	明治24	49	萩原西疇	
688	石塚　確齋	胤國・崔高	五（次）郎左衛門	士（子・志）堅	確齋・雪堂	薩摩	文化14	52	古賀精里	詩・書・韻
689	石塚　豐芥子		鎌倉屋重（十）兵衛		豐芥〔子〕・豐亭・集古堂・からし屋・戯書屋	江戸	文久元	63		藏書家
690	石作　駒石	貞	貞一郎	士（子）幹	駒石・翠山樓	木曾福島	寛政9	57	南宮大湫	木曾福島山村氏儒
691	石野　雲嶺	彝・世夷（彝・彜）–遽	金平	希之–栩然	雲嶺・天均堂・翁山	駿河	明治3	81		詩、石雲嶺ト修ス（駿河藤枝）
692	石野　古處	精	精吉		古處	備前				岡山藩儒（江戸・安政）

693	石野	樵水	黄裳	駿藏	學美	樵水	播磨太田	明治9	63	辻元崧庵 古賀侗庵	東陵男、林田藩儒、詩・文
694	石野	東陵	卿鄰	充藏	子揚（楊）	東陵	播磨太田	安政中		中井履軒 古賀侗庵	林田藩儒
695	石橋	直之	直之	新右衛門			和泉	正德2	57		詩・歌
696	石幡	東嶽	貞	貞橘		東嶽・謙齋	岩代	明治中		安積艮齋	第二高等學校教授
697	石原	寛信	寛信	權平		寛信	新發田	安永4	49	稻葉迂齋	新發田藩儒
698	石原	桂園	亨		龍卿	桂園・芝場（庵）・梓山	美濃				
699	石原	哲菴	學魯・魯		貫卿	哲（鼎）菴（庵）・梓山	長崎	元祿11	42	木下順庵	江戸ノ儒者、詩・書、石哲菴・石鼎庵ト修ス
700	石原	陳水	徵		君亮	陳水	江戸			西島柳谷	
701	石原	東隄	和		子周	東隄（亭）	美濃				桂園男、詩（江戸後期）
702	石丸	龜峯	良幹		禮介	龜峯	肥前	文化9	78		佐賀藩儒
703	石村	桐陰	貞	貞一	子剛	桐陰	長門	明治中			
704	石山	瀛洲	公文		章卿	瀛洲・牆東庵	近江		60		近江ノ儒醫、詩・文（江戸後期）
705	石渡	介菴	謙	謙三郎	君益	介菴・詩禪居士・竹涯漁者					秋田藩士、詩（江戸）
706	泉	泉窩	仲愛	八右衛門		泉窩	備前	元祿15	80	中江藤樹	熊澤蕃山弟、岡山藩士
707	泉	全齋	晋	淺右衛門	康侯	全齋・涵（函）虛樓	石見	慶應元	48	賴山陽 坂井虎山	本姓藤間氏、濱田藩士、詩
708	泉	達齋	家寛－家胤	佐仲（中）－靜也		達齋	羽後大館	明治18	67	中田錦江	易
709	泉	豐洲	長達	斧太郎	伯盈	豐洲・遊文館	江戸	文化6	52	南宮大湫 細井平洲	幕府與力、細井平洲女婿

710	泉川星堂	世寧	良弼(輔)		星堂・草蘆・迷花・星翁	讃岐高松	天保15	77		讃岐ノ儒者、詩・書
711	泉澤節齋	鉉	鉉吉	玉鉉	節齋	南部				履齋孫、丹波龜山藩儒(江戸・安政)
712	泉澤端齋	恭	良作	子基	端齋・柳外	南部				履齋男、龜山藩儒
713	泉澤履齋	允	牧太	始達	履齋・玄對堂	南部	安政2	77		龜山藩儒(江戸)
	和泉屋金右衛門	→太田玉巖 1492								
	和泉屋庄二郎	→松澤老泉 5598								
714	磯谷滄洲	正卿(鄕)	覺左衛門	子相	滄洲	尾張	享和2	66	松平君山	名古屋藩士、詩・文
715	磯田健齋	章	長兵衛	伯煥	健齋・西嶺・因章	武藏比企	天保6	75		書
716	磯野渙齋	員胤―員純	平八		渙齋		安永3	70前後	蟹養齋・吉見幸和	名古屋藩士、神道
717	磯野希聲	公道		弘道	希聲	江戸	弘化4	76		江戸ノ儒醫
718	磯野貴誠堂	道弌	貫一郎	謙亨	貴誠堂	秋田檜山	明治4	60		
719	磯野秋渚	惟秋	於菟介	秋卿	秋渚・少白山人・碧雲仙館・玉水廬・杏華龕	伊勢	昭和8	72	町井臺水	詩・書、姓ヲ磯埜トモ書ク
720	磯邊懿齋	忠智	太吉郎		懿齋	秋田	文化8			
721	磯邊鯤齋	忠貫	典膳	子文	鯤齋・隱茶老人・銀齋	秋田	文化中			本姓樋口氏、懿齋男、華頂宮家士
	板	→バン (4996)								
722	板井靑霞	文獻	運右衛門	徵卿	靑霞洞	肥後	文化3	71	古屋愛日齋	熊本藩儒
723	板垣聊爾齋	矩	眞庵・宗憺	陰德	聊爾齋・眞庵	武藏	元祿11	60		水戸藩儒醫

724	板倉　篁軒	長命―重矩	又右衛門		篁軒		寛文13	57	熊澤蕃山	下野烏山藩主、詩
725	板倉　璜溪	安世・重賢	安右衛門・彌一郎・助次郎	美仲	璜溪・帆丘(邱)	江戸	延享4	39	荻生徂徠	復軒次男、幕臣―江戸ノ儒者、倉安世・板帆立・板美仲ト修ス
726	板倉　震齋	弘毅	兵次郎		震齋	越後新發田	文化13	71	石原寛信 久米訂齋	新發田藩士、書
727	板倉　節山	鶴五郎・百助―勝明	伊豫守	子赫	節山・甘雨(亭)・白雲山人	上野安中	安政4	49	林　檉宇 古賀侗庵	安中城主、『甘雨亭叢書』
728	板倉　復軒	九	九右衛門	惇叔(叙)	復軒	江戸	享保13	64	木下順庵	幕臣、板復軒ト修ス
729	板倉　蘭溪	惇行	助三郎	敬德	蘭溪	江戸			荻生徂徠	復軒長男、幕臣
730	板倉　龍洲	經世	經之丞	美叔	龍洲	江戸			荻生徂徠	復軒三男、幕臣
	板倉屋清七	↓松本月痴 5697								
731	板坂　卜齋	如春	長太郎		卜齋・東赤・如春叟・意齋	甲斐	明曆元	78		儒醫、「淺艸文庫」(江戸)
732	一井　鳳梧	光宣	桐助	桐助	鳳梧・桐梧・攸齋―敬齋	出雲松江	享保16	117	林　羅山	本姓一色氏、大坂ノ儒者
733	一色　東溪	龜鶴麿・元成・範常・嗣徽・時棟	市(一)之進	子績	東溪・菊叢・克己齋・雲溪・二酉洞	京都	享保10	(70)76		松山藩儒、後ニ前田氏ト改姓、一ニ「延享元年沒七十二歳龜山藩儒」トアリ
734	一色　芳桂	規	清左衛門	範通	芳桂	江戸	寛延元			江戸ノ儒者
735	一ノ瀬庄助		庄(正)助			肥前武雄				佐賀藩儒(弘道館教官)、姓ヲ一瀬トモ書ク(天明)
736	一萬田如水	希			如水・樂山	上野北甘樂	明治13	71		詩
737	市井　九峰	紀方	良藏	良造	九峰					京都ノ儒者
738	市浦　毅齋	惟直	清七郎	季清	毅齋・愚齋	武藏	正德2	71		岡山藩儒(閑谷學校教授)
739	市浦　南竹	直春	善作	子木	南竹	備前	天明4			毅齋男、岡山藩儒

740	市川 霞洞	德	齋		霞洞・復堂		明治23	76		和歌山藩儒
741	市川 鶴鳴	匡・匡麿	藤兵衛・多門	子人	鶴鳴・無息	高崎	寛政7	56	大内熊耳	本姓源氏、高崎藩儒
742	市川 松筠	有翼	十郎	仲則	松筠・敏齋	江戸	明治元	56		達齋男、高崎藩儒-幕府儒官、兵學
743	市川 松齋	秀衷	京輔	子和・天赦	松齋	江戸				書
744	市川 達齋	綎(廷)	一學・一郎・梅右衛門	孟瑤	達齋・梅顚・鐵心齋	江戸	安政5(嘉永7)	81	昌平黌 齋藤節義	本姓源氏、鶴鳴男、高崎藩儒、兵學(江戸)
	市川 梅客	→福原梅客 5223								
745	市川 晩齋	寧	太輔	君安	晩齋	廣島	天保2	66	香川南濱	廣島藩儒
746	市川 非非	守信	玄伯	仲草・章甫	非非・思無邪堂・臥龍窟	長門	嘉永5	57	古賀侗菴 佐藤一齋	山口藩老毛利氏儒
747	市川 復齋	住傚	辨五郎		復齋	津和野		35	昌平黌	津和野藩儒(文久)
748	市川 陸沈居	任三			陸沈居	東京	平成11	80		無窮會圖書館長、藏書家
749	市川 彬齋	永保	庫次	子文	彬齋					土佐藩儒(致道館教授補導)(幕末)
750	市河 寬齋	世寧	山瀬新平-小左衛門	子靜・嘉祥	寬齋・西野・半江漁夫(詩屋)・西鄙人・江湖詩老・玄味居士・蕉竹園	江戸	文政3	72	關 松窓 細井廣澤	蘭台男、一時山瀬氏ト稱ス、書、幕府儒官-富山藩儒、河世寧ト修ス(私諡)文安先生
751	市河 恭齋	三千	三千太郎	桃翁	恭齋・古學道人	讃岐	天保4	38	市河米庵	米庵養子、姓ヲ稻毛・渡邊氏トモ稱ス、書
752	市河 遂庵	三治・三乳・乳	三治郎	士成・子敘	遂庵(菴)・三山居士・靖所	上野	明治18	82	市河米庵	本姓横井氏、米庵養子、書(江戸)
753	市河 得庵	三鼎	周吾・小右衛門	鉉吉	得庵	上野				遂庵男、金澤藩士、書(天保5在世)
754	市河 萬庵	三兼	昇六	叔井	萬庵	上野	明治40	71		米庵季男、幕臣、書

755	市河　米庵	三亥	小左衛門	孔陽・小春	米庵(莽)・小山林堂・金羽(洞)山人・百筆齋・樂齋・亦顚道人・顚道人	江戸	安政5	80	林　述齋 柴野栗山	寛齋長男、富山藩士—加賀藩儒、書、河三亥・河米莽ト修ス(江戸)
	市河　蘭臺	→山瀬蘭臺 6286								
756	市島　春城	雄之助—謙吉		五峯廣業・湘南・小聖・師古	春城(子)・雙魚(堂)・小精庵(廬)・紅霞山房・坐中佳士	新潟	昭和19	84		早大、藏書家、隖(嶋)謙吉ト稱ス
757	市島　靜修	正俊	熊太郎	士杰	靜修	越後下條	弘化2	24		商人、詩・書
758	市島　岱海	肅文	次郎吉	敬季・巍父	岱海・樂文・易翁	越後	文化10	57	龍　草廬	越後ノ儒醫、詩・文
759	市島　屛山	泰	秀松	交通	屛山・追蠡	越後	弘化3	54	梁川星巖	岱海兄、詩・琴
760	市野　天籟	靖	俊藏	節父(夫)	天籟・無弦齋(琴堂)	尾張	明治19	57	澤田眉山 安部松園等	本姓安井氏、名古屋藩士、詩・文・書
761	市野　東谷	光業	市野屋三右衛門・三郎兵衛・市松	子曄	東谷・開號信士	江戸	寶曆11	35	太宰春臺	神田ノ質商、江戸ノ儒者、藏書家
762	市野　迷庵	光彦	市野屋三右衛門・彌三郎	俊卿—伯(子)邦	篔(蒷)窓—迷庵(菴)・醉堂	江戸神田	文政9	62	黑澤雉岡	東谷孫、質商、藏書家(靑歸書屋)、自ラ林下一人ト稱ス
	市野屋三右衛門	→市野東谷 761・迷庵 765								
763	市場　霞汭	謙	謙之助	公謙	霞汭・把群堂					(安政・江戸)
764	市橋　黄雪	詔之助—長昭	仁正侯	世懋	黄雪[園・書屋]・格南・此君軒・星峯・檀春園(齋)		文化11	42	林　述齋 佐藤一齋	長璉男、近江仁正寺藩主、詩(風月社)、藏書家
765	市橋　長璉	豊三郎—長璉	安之丞・民部				天明5	53		本姓稻葉氏、近江仁正寺藩主、詩・文
766	市村　器堂	瓚次郎		圭卿	器堂・筑波山人—月波散(山)人	常陸筑波	昭和22	84	小永井小舟	東洋史學、詩、藏書家
767	市村　水香	謙		子牧	水香・梅軒・強堂	高槻	明治32	58	藤澤東畡 藤井竹外	詩
768	櫟原　踅齋	篤好	主佐・修助		踅齋	美濃	寛政12	78	久米訂齋	美濃垂井ノ儒者(明倫堂卽チ垂井ノ聖堂)

769	佚	山(僧)	佚山	森修來	默隱	常足道人・調古庵	大坂			新興夏岳	俗姓森氏、書(篆刻)・畫(京都)
770	齋宮	靜齋	必簡	少助・五右衛門	大禮・叔子	靜齋	安藝沼田	安永7	50	宇野明霞・服部南郭	本姓齋藤氏、京都ノ儒醫、齋靜齋・齋必簡ト修ス(私謚)文憲先生
	稲		↓トウ(4099)								
771	稲生	恒軒	正治・屈顯		見茂・謙甫	恒軒	大坂	延寶8	71	古林見誼	本姓波々伯氏・波伯部氏、若水父、淀藩儒醫—宮津侯士
772	稲生	若水	宣義	正助	彰信・信彰	若水・白雲道人	江戸	正德5	61	木下順庵	恒軒男、金澤藩儒醫、稲若水ト修ス
773	稲垣	寒翠	茂松	武十郎	木公	寒翠・雪青洞・研嶽・雪洞・石巒	美作津山	天保14	41	古賀侗庵	津山藩儒、詩
774	稲垣	香雲	章	宏濟	公含	香雲					詩・書・畫(新發田・弘化中)
775	稲垣	成齋	濟		成濟		武藏埼玉			龜田鵬齋	本姓中村氏、酒問屋稲垣市兵衛養子(文政10・60在世)
776	稲垣	東山	長和	茂助・源五郎	惠明	東山・流芳園	奥洲森山	寛政3	49	鵜殿本荘	本姓佐久間氏、白巖養子、越前大野藩士、詩
777	稲垣	白巖	長章	茂左(右)衛門	穉明	白巖(嵒)・白叟・葆光園・白島	越前大野	安永6	83	太宰春臺・梁田蛻巖	本姓川岸氏、大野藩儒、詩(江戸)
778	稲毛	尾山	直道	宣左(右)衛門	聖民	尾山・息齋・燕々居		文政5	68	皆川淇園・高芙蓉	篆刻・詩
779	稲田	福堂	政吉	山域屋		福堂・江風山月荘・奎章堂		大正5	64		日本橋ノ書肆、政治家
780	稲留	希賢	希賢		子善		筑前			伊藤仁齋	筑前侯儒
781	稲葉	迂齋	通經—正義	十五郎—十左衛門		迂齋	江戸	寶暦10	77	佐藤直方	本姓鈴木氏、唐津藩儒(盈科堂教授)
782	稲葉	華溪	貞隆	兵吉		華溪	江戸	寛政12			書
783	稲葉	君山	岩吉			君山	新潟	昭和15	65		本姓小林氏、滿鮮史、京城大教授
784	稲葉	玄圃	正美	采女		玄圃	越前	寛保元			越前藩士

785	稲葉 大壑	直好	徳一郎	公徳	大壑	臼杵	安政4	51	東條一堂・龜田綾瀬	臼杵藩儒(學古館學頭)
786	稲葉 蔦溪	隆禮・隆	啓輔	法士	蔦溪(蹊)	上總勝浦			春田九皐	(安政・江戸)
787	稲葉 默齋	正信	又三郎		默齋・孤松庵	江戸	寛政11	68	稲葉迂齋・野田剛齋	迂齋次男、上總ノ儒者
788	稲村 三伯	三伯		白羽		因幡	文化8	54	大槻磐水・龜井南冥	鳥取藩儒醫、蘭學、後ニ海上隨鷗ト稱ス
789	稲本 陽洲	治太一			陽洲・頂雲閣	備中			大沼枕山	詩(幕末―明治)
790	犬飼 松韻	温	清藏	子新	松韻	備中高松	明治23	44		漢學、詩
	犬飼	↔犬養 791								
791	犬養 松窗	博	源三郎	淵卿	松窗(窓)農史・半農叟	備中	明治26	78		農家―備中ノ儒者、姓ヲ犬飼トモ書ク
	犬養	↔犬飼 790								
792	犬塚 印南	遜	唯助	退翁	印南	姫路	文化10	64	昌平黌	一時青木氏ヲ稱ス、幕府儒官―江戸ノ儒者
793	犬塚 五松園	盛傳	平吉・子良・男右衞門		五松園	庄内	寛保3	25	太宰春臺	庄内藩士、詩・文
794	犬塚 赤城	喜章	喜十郎	公琢	赤城・睡香・蕉雨		文化中			(江戸)
795	犬塚 蘭園	義卿	源次右(左)衞門		蘭園	遠江掛川	文化3		千葉芸閣	掛川ノ儒者
796	乾 莊岳	祐直	新四郎	子健	莊岳(嶽)・山水堂	加賀	明和8	餘70	土橋辰眞等	金澤藩士、詩
797	乾 長孝	八次郎―長孝	甲斐―平右衞門	子肥	長孝	備前	寛政10	60		本姓池田氏、鳥取藩家老
798	茨木 皆山	文藏―定興			皆山	土佐	明治45	78	伊藤蘭林	佐川藩黌教官―高知中學校・師範學校教諭
799	今井 一淵	在中	少允	碩美	一淵					詩(安政3在世)

800	今井 晦堂	潛	才次郎	子龍	晦(魁)堂	米澤	明治10	48	山田蠖堂	米澤藩士–足利藩儒(足利學校)
801	今井 鏡州	子履	助之進	元吉	鏡洲・申甲樓・龍門舍	越後柏崎	文化6	餘60	寺澤石城	越後ノ儒者
802	今井 崐山	兼規		子範	崐(崑)山	佐倉	安永6	60	井上蘭臺	佐倉藩儒
803	今井 史山	璞	元雄	韜光	史山・百花叢居	江戸	明治18	55	廣瀬淡窓	和歌山ノ儒醫
804	今井 師聖	師聖	九郎右衛門				慶應3	65		小濱藩士、書
805	今井 似閑	市兵衛	小四郎		似閑・偃鼠亭・見牛	京都	享保8	67		三手文庫
806	今井 松庵	敏卿		子愼	松庵	江戸	寶暦中		松崎觀海	江戸ノ儒者、井松庵・井敏卿ト修ス
807	今井 松順	松順				上總	明治36	66	朽木爲齋 石井周庵	
808	今井 翠雨	光隆	東太郎	文山	翠雨・梅花園					江戸ノ儒者(天保)
809	今井 隨庵	良恭		子讓	隨庵・夏雲	紀伊	天保9	25	山本樂所 仁井田南陽	和歌山藩士
810	今井 東海	東		伯陽	東海	秋田	文化中			矢嶋藩儒
811	今井 桐軒	順・有順・弘潤	新平	可汲	桐軒	水戸	天和3	38		魯齋兄、水戸藩儒
812	今井 魯齋	弘濟	小四郎	將興	魯齋・松菴・宋柏	水戸	元祿2	38	朱　舜水	桐軒弟、水戸藩儒(江戸)
813	今泉 芝軒	麟	麟藏	聖祥	芝軒・立志齋	豊後佐伯	明治6	39	昌平黌	大坂ノ儒者
814	今泉 文峯	彰	龜太郎–雄作–	有常	文峯・也軒・无礎庵・常眞居士		昭和6	82	昌平黌	美術史家、藏書家
815	今泉 利興	利興				岩代				會津藩士
816	今大路 愼齋	源浦			愼齋					聖護院宮ニ仕エル

817	今大路悠山	源秀			悠山		嘉永2	60		聖護院宮ニ仕エル、畫・醫
818	今川岳南	吉利	吉太郎-新	天祐	岳(嶽)南	周防	明治29	69	山縣大華	防府藩儒(明倫館)
819	今城峴山	九之助-世綱	周左衞門	公紀	峴山	阿波	文化3	59		松本藩儒、城峴山ト修ス
820	今北洪川	眞三郎-宗温(僧名)守拙		洪川	蒼龍窟・遊仙窟・虚舟・案山子	攝津福島	明治25	77	藤澤東畡・大拙承演	臨濟宗僧、詩・文・書
821	今關天彭	壽麿			天彭	千葉東金	昭和45	87	石川鴻齋・森槐南	詩
822	今田龍泉	頼武	府生-不笑	文卿	龍泉	周防				岩國藩士
823	今津秋庵	誌	文右衞門	德甫	秋庵	周防	明治8	49		桐園男、山口藩儒
824	今津桐園	鳳	喜三郎-治平	鳴卿	桐園・岐山	安藝	安政3	68	吉江武陽	本姓竹屋氏、周防三田尻藩士
825	今西正立齋	玄芳		陽甫	正立齋・白野	大坂豐中	寶暦11	79	五井持軒・伊藤東涯	大坂ノ醫、詩、教育者
	今堀大次郎	→(僧)大典 3599								
826	今堀東庵				東庵					僧大典父、儒醫
827	今村活堂	忠實			活堂	伊勢崎	文久元		寺門靜軒	了庵次子、詩
828	今村松齋	宗博	文吾	子約	松齋堂	大和添下	文久4	57		儒醫・國學
829	今村竹堂	忠次郎-直内・温知・脩立・義勝			竹堂	筑後府中	文化2	43	高山畏齋・西依成齋	久留米ノ儒者(會輔堂)
830	今村了庵	亮		祇卿	復庵-了庵	伊勢崎	明治23	77	佐藤一齋・多紀安叔	江戸ノ醫
831	今村蓮坡	勝寛・寛・完	五兵衞	士孟・綽夫	蓮坡・退翁・耦風居	福山	安政6	79		福山藩士(弘道館讀書掛)、詩
	今利屋小兵	→岩井玉洲 848								

832	入	習軒		古金屋彌三兵衛		習軒	攝津	寛延4		三宅石庵	
833	入江	育齋	友俊	和泉屋理兵衛		育齋	大坂	寛政11	82	五井蘭洲	本姓住友氏
	入江	只吉	↓菊池黄山2233								
834	入江	若水	兼通	清水太郎右衛門	子徹	若水・櫟谷山人、江山人	攝津高槻	享保14	59	鳥山芝軒	造酒業、詩、江兼通ト修ス
835	入江	正雄	正雄	彌内			土佐	天明4	76	谷　泰山	谷泰山女婿、高知藩儒
836	入江	石亭	壽喜		李鶴	石亭	大坂	天保10	餘70		本姓小山氏、鑑定家
837	入江	太華	駿	幸三郎	千里	太華	武藏	元文3	18		南溟男
838	入江	長輔	昌善	榎並屋半次郎		長輔・狻猊子・獅子童・浪速蘆父・白澤老人・幽遠窟	大坂	寛政12	79	(僧)契　沖	國學家・考證家
839	入江	東阿	敬善−修敬−脩	平(兵)馬	悝叔−君義−保叔	東阿・龍渚−寧泉	筑後	安永2	75	中根白山	江戸・大坂デ開塾−久留米藩儒、暦算・軍學
840	入江	南溟	忠囿	幸八	子園	南溟・滄浪居(士)	武藏(秋田)	明和2	88	荻生徂徠・平野金華	江戸ノ儒者、江忠囿ト修ス
841	入江	寧	寧	皆助	子道		武藏	文化9			北海男
842	入江	北海	貞	與右(左)衛門	子實	北海	出羽	寛政元	76	入江南溟	南溟養子、伊賀藩儒(江戸)
843	入交	幽山	允	巻藏	子欽	幽山	土佐	文政7	75		高知藩國老深尾氏儒
844	曲江	梅賓	梅賓				攝津今津				(寶永頃)
845	色川	東海	三(弐)中・英明	三郎兵衛		東海・瑞霞園	水戸土浦	安政2	59	諸葛碧堂	商人、國學者・藏書家
846	石井	三朶花	收	彌五兵衛・關義方		三朶花	安房	享保9	76		水戸藩儒(彰考館編纂員)、詩

石井 ↕イシイ619〜

	石城	東山	→岩波東山881								
847	石城	南陔	勉		子勉	南陔	駿河	文政5	68	大竹東海	高嶋藩儒
848	岩井	玉洲	春和	少(庄)平	子爾—子雨	墨泉—玉洲・眉卿・眉公・蟾蜍園	高知	明和6	41	富永維安	姓ヲ祝トモ書ク、高知豪商(今利屋)、詩・文・書
849	岩井	松嶺	又助・又兵衛			松嶺		慶應2			岡部藩儒
850	岩井	晩香	武德	省吾	保大	晩香	敦賀	明治11		春田九皐 佐藤一齋	敦賀藩儒
851	岩井	笠澤	清則	金彌・安金吾	子養	笠澤				(荻生徂徠)	本姓源氏(江戸中期)
	岩井		↕巖井893〜								
852	岩井田	昨非	希夷(庚)	舍人・左馬助	子微	昨非・甀岳(嶽)・屠龍	下野	寶暦8	61	桂山彩巖	二本松藩士
853	岩垣	果育	菊苗	日向介	延壽	果育	京都				本姓源氏、京都ノ儒者(儉讓館)
854	岩垣	月洲	龜	六藏		月洲	京都	明治6	66	岡田南涯 岩垣龍溪	本姓岡田氏、南涯男、京都ノ儒者
855	岩垣	謙亭	信成・松苗	大舍人少允・内記・權助	子功・長尊	謙亭	京都			岩垣龍溪	龍溪從弟、京都ノ儒者、詩(江戸中期)
856	岩垣	東園	維光—松苗	大舍人	長等・千尺	東園・謙亭	京都	嘉永2	76	伏原宣光 岩垣龍溪	本姓西尾氏、龍溪養子、京都ノ儒者、音博士
857	岩垣	龍溪	彦明	長門介	亮卿・孟厚	龍溪・松蘿館	京都	文化5	68	伏原宣條 皆川淇園	本姓三好(善)氏、京都ノ儒者、詩(松蘿館詩社)
858	岩倉	華龍	具視		周丸	華龍・對嶽—友山	京都	明治16	59		本姓掘河氏、書
	岩城	東山	→岩波東山881								
859	岩崎	鷗雨	雍		元熙	鷗雨・玉來居士・殘夢老人	近江坂本	慶應元	62	賴　山陽	米商、詩・文(齋號)臨湖樓
860	岩崎	灌園	常正・萬	源藏(三)	士方	灌園・又玄堂・東溪	江戸	天保13	57	小野蘭山	本姓源氏、幕臣、本草家

861	岩崎	毅堂	敏─寛	彌太郎	好右	毅堂─東山	土佐	明治18	52	岡本寧甫・安積艮齋	土佐藩士
862	岩崎	久彌	久彌				土佐	昭和30	90		毅堂長男、東洋文庫
863	岩崎	求齋	安清	滿五郎・政右衛門		求齋	上總姫島	天保15	66	稻葉默齋	
864	岩崎	些齋	舍明─舍徒	鐵(徹)之助		些齋・象雪軒		天保10	54		南合蘭雪弟、桑名藩儒(立教館學頭)、劍術
865	岩崎	守齋	修敬	宗助		守齋	土佐	享保9		淺見絅齋	
866	岩崎	東海	小彌太			東海・竹甫		昭和20	67		蘭室男、靜嘉堂文庫
867	岩崎	蘭室	彌之助			蘭室	土佐	明治41	58	重野成齋	毅堂弟、靜嘉堂文庫
868	岩下	櫻園	貞融	多門	會侯	櫻園・萱山・太子堂	善光寺	慶應3	67	家田大峯・賴山陽	漢學(周易)
869	岩下	君恭	通靖	宇左衛門─吉太郎	君恭		肥後	文政4	75	草野潛齋	探春男、熊本藩儒、詩・文
870	岩下	探春	通亮	吉右衛門	大雅	探春亭	肥後	天明5	70	秋山玉山	熊本藩儒(時習館訓導)
871	岩瀨	華沼	行言	勘平	子言	華沼	江戶	文化7	79	川口靜齋・三井親和	島原藩儒(稽古館教授)、書・詩・文
872	岩瀨	尙庵	顯	中藏	純甫	尙庵・櫻溪	大垣	明治4		佐藤一齋・大橋訥庵	大垣藩儒、書
873	岩瀨	醒世	甚太郎─田藏─醒	京屋傳藏	酉星・有濟(儕)	醒世(齋)〔人・亭・軒・窗・居〕・山東京傳・山東庵		文化13	56		戲作者(山東京傳)・繪師(北尾政演)
874	岩瀨	蟾洲	忠震	篤三郎─修理・肥後守・伊賀守	善明(鳴)	蟾洲・鷗所・岐雲園・百里	江戶	文久元	44	昌平黌	本姓設樂氏、林述齋外孫、幕臣(學問所教授)、畫(私謚)爽恢先生
875	岩瀨	彌助	彌助				西尾	昭和5	64		岩瀨文庫
876	岩田	夫山	忠恕	來助	子貫	夫山・寒松堂・見石亭	江戶	文政12	62		幕臣(外國奉行)、書
877	岩谷	文淵	宗賢	新助─岩五郎─善久		文淵	羽後土崎	寛政3			醫・儒・詩・文

878	岩溪 裳川	裳川					昭和18	89		
879	岩名 展親	展親							家田大峯	(寛政)
880	岩永 梅石	良顯	勝左衛門		梅石	熊本	弘化3	73		
881	岩波 東山	義亮-義臣	與三郎-一作		東山	信濃	慶應3	34	日尾荊山・若山勿堂	本姓里見氏、岩波石城養子、後本姓ニ復シ、又姓ヲ石城・岩城トモ稱ス、高島藩儒
882	岩橋 遵成	遵成				紀伊	昭和8	51		本姓妻木氏、日本大學・國學院大學
	岩淵 東山	→蘆野東山 245								
883	岩松 菫齋	文進	菫十郎	有本	菫齋・德門道人					江戸ノ儒者、詩・書(天保)
884	岩宮 晴溪	こと			晴溪	江戸			遠藤鶴洲	女流儒者、書
885	岩村 南里	秩	半右衛門	大猷	南里・辣庵	丸龜	天保8	59	中井竹山・尾藤二洲	丸龜藩儒(正明館教授)(私謚)明哲先生
886	岩室 雲處	恭豊	嘉(喜)右衛門	子饒	雲處	廣島	明和元			酒造業、詩、室恭豊ト修ス
887	岩室 恭先	恭先	源八	教叔						雲處弟、室恭先ト修ス
888	岩本活東子		忠次郎-三七-三二		活東子(屋號)達磨屋(二世)-一二三屋		大正5	76		本姓萩原氏、法齋養子、書肆、『燕石十種』
889	岩本 栞城	範次		栞城			明治36			鳥取藩士、詩・文
890	岩本 贅庵	復	大介・尚作	不遠	贅庵	德島	文久3	71(72)	古賀洞庵	德島蕃家老賀島氏儒、詩・文、姓ヲ巖本トモ書キ巖ト修ス
891	岩本 法齋	市太郎-覺(狂名)花迺(廼)屋蛙麻呂	伊三郎・五(吾)一	五(吾)心	法齋・無物〔翁〕・草蛙翁・東居・鶉翁・一時閑人・陶々逸民・待賈堂(屋號)達磨屋(初世)・美織屋文庫		明治元	52		書肆、狂歌、藏書家
892	岩本 霧洲	觿(鑴)	祝之進	蘭韻	霧洲・渙丘	播磨				福本藩士、詩・文(安政・江戸)

	岩谷		→イワタニ 877								
893	巖井	雲洞	牧太—重賢	壽太郎	翼飛	雲洞	上野碓氷	慶應元	38	羽倉簡堂	白灣長男、安中ノ儒者、和算・詩・文、姓ヲ岩井トモ書ク
894	巖井	白灣	重遠・任重	右内・庄之丞・泉	致卿	白灣・湛々・桃溪書院	上野碓氷	明治11	75		本姓五十嵐氏、安中藩士、和算、姓ヲ嵒井・祝トモ書ク
	巖井		↔岩井 848〜								
	巖垣	松苗	→岩垣東園 856								
895	巖田	洲尾	恕卿		忠治(恕)	洲尾・夙夜堂	越後	文化13	25	古賀精里	詩・文・書
896	巖溪	嵩臺	恭	帶刀	敬甫	嵩臺	京都				姓ヲ岩溪トモ書キ、巖・岩ト修ス(江戸中期)
	巖村	南里	→岩村南里 885								
897	巖谷	一六	修		誠卿・古梅	一六居士・迂堂・呑澤・古梅園・金粟道人・嗡霞樓	近江水口	明治38	72	皆川西園 中村栗園	水口藩士—元老院議員、書・詩
	祝		→岩井 848〜								
	祝田	霽南	→河野鐵兜 2096								
	印牧		→カネマキ 1902								
898	胤	康(僧)				彭康・定康・胤康	武藏	慶應3(2)	47(46)		俗姓篠崎氏、曹洞宗僧、儒學・軍學、勤皇家
899	飲	光(僧)	慈雲		飲光	百不知童子(道人)・葛城仙人		文化元	87	伊藤東涯	書・畫(河内葛城)
900	隱	元(僧)	佛慈・廣鑑・徑山・首出・覺生・圓明		隱元	大光普照國師	明國福州	延寶元	82		承應中歸化、黃檗宗僧、宇治萬福寺開山(俗姓名)林隆琦
901	隱	之(僧)	欄牛—道顯	隱之			金澤	享保14	67	木下順庵	曹洞宗僧、俗姓藤岡氏
	隱	廣福	→隱岐五瀬 1289								

隠　秀明　→隠岐茱軒　1290

〔う〕

姓	號	名	通稱	字	號	生地	沒年	享年	師名	備考
宇	槐園	→宇田川槐園 911								
宇	鑒	→宇野志朗 928								
宇	恵	→宇佐美灊水 904								
宇	三的	→宇都宮圭齋 921								
宇	子廸	→宇佐美灊水 904								
宇	士新	→宇野明霞 939								
宇	志朗	→宇野志朗 928								
宇	成憲	→宇野醴泉 938								
宇	成之	→宇野東山 933								
宇	灊水	→宇佐美灊水 904								
宇	鼎	→宇野明霞 936								
宇	遯庵	→宇都宮遯庵 924								
宇	明霞	→宇野明霞 936								
902 宇井	愷翁	雄眞		文翼	愷翁	紀伊新宮	寶暦9	58	伊藤東涯	朝鮮人金作壽男、和歌山ノ儒者 61

903	宇井　默齋	弘篤	小一郎	信卿	默齋	唐津	天明元	57	久米訂齋・服部南郭	本姓丸子氏、唐津藩士─古河藩儒─京都ノ儒者
904	宇佐美灊水	惠	惠助(介)	子廸(迪)	灊水・優遊館	上總	安永5	(67)64	荻生徂徠	江戸ノ儒者─松江藩儒、宇惠・宇子廸ト修ス、一時片山兼山義父
905	宇佐美淡齋	正平	源兵衛	士衡	淡齋	松山	文化13	68	丹波南陵・(僧)明月	松山藩士、詩
906	宇佐美梅窩	謙	醇仙	益之	梅窩・存身堂	江戸				詩(安政・江戸)
907	宇佐美蘋亭	充	久五郎	公實	蘋亭・蓬蒿(篙)園	常陸	文政9	46		水戸藩儒(彰考館)
908	宇佐美樸仙	常善	朴仙	克一・克	筆齋・樸々老人・樸(朴)仙・對此君堂	江戸				江戸ノ儒醫(天保)
909	宇田　利起	利起	貞造			山城				詩・文(文化)
910	宇田　栗園	淵	健齋		栗園	京都	明治34	75		京都ノ儒醫、尊皇家
911	宇田川槐園	晋	玄隨	明卿・晋	槐園・東海	江戸	寛政9	43	大槻玄澤・桂川月池	美作津山藩儒醫、姓ヲ宇ト修ス
912	宇田川興齋	瀛			興齋・紅梅樓	江戸	明治20	67	安積艮齋・宇田川榕庵	本姓飯沼氏、菊舟氏トモ稱ス、榕庵養子、津山藩醫
913	宇田川榛齋	璘	玄眞	玄(元)眞	榛齋	伊勢山田	天保5	66	大槻玄澤・宇田川槐園	本姓安岡氏、槐園養子、津山藩醫
914	宇田川榕庵	榕	賀壽麻呂		榕(養)庵・〔觀自在〕菩薩樓・玎瑲・綠舫	江戸	弘化3	49		本姓江澤氏、榛齋養子、津山藩儒醫
915	宇高　丹齋	十郎─正郎			丹齋	伊豫	明治34	49	三上是庵	
916	宇津木共甫	靖道	憲之丞・兵太	共甫					大鹽中齋	彦根藩士
917	宇津木昆嶽	雄三郎─久純	兵庫・圖書・下總	德卿	昆(崑)嶽(岳)・靑霞居士	近江	文政9	(52)66	龍　草廬	彦根藩中老
918	宇津木昆臺	益夫・謙	太一郎	天放	昆臺・五足齋・霞谷	名古屋	嘉永元	70	松田隸園	本姓藤原・平氏、宇都木トモ書ク、京都ノ儒醫、姓ヲ宇と修ス
919	宇津木靜齋	靖道・靖・竣	憲之丞・矩之允・俵二・友三郎・辰丸	共甫・東昱	靜齋・靜區・春堂・不息	近江	天保8	29	中島棕軒・大鹽中齋	昆嶽次男、彦根藩士

920	宇都宮玉山	由己(巳)	文平		玉山	岩國	享保9	30		遯庵孫
921	宇都宮圭齋	三的	一角	文甫	圭齋	岩國	享和9	48	伊藤仁齋 宇都宮遯庵	遯庵男、宇三的ト修ス(京都)
922	宇都宮恕齋	知方			恕齋	岩國	享保3	22		遯庵男
923	宇都宮愼齋	尙綱	兵助		愼齋		寶曆12	73	眞野時綱	尾張津島神社神職、詩・文
924	宇都宮遯庵	的	三近	由的(迪・廸)	遯(遁)庵(菴)・頑拙齋・三近子	岩國	寶永6(4)	77(75)	松永尺五	京都ノ儒者-岩國藩儒、宇遯庵・都三近ト修ス
925	宇都宮默森		眞名介		默霖・雪溪	安藝				
926	宇都宮龍山	原田宗彌-靖		好直・清記	龍山・竹雲山房・百八山人・白茅山	伊豫	明治19	84	山田東海 古賀侗庵	本姓原田氏、大洲藩儒-備後尾道ノ儒者
927	宇仁謙齋	清堅	森田廣平-道統		謙齋		寶曆5		臼田竹老	本姓森田氏
928	宇野志朗	鑒	兵介・龜千代	士茄-士朗	志朗	京都	享保16	31	荻生徂徠	明霞弟、京都ノ儒者、宇鑒ト修ス
929	宇野春溪	實俊	敬藏	德民	春溪		明治22	51	田中玉溪 龍三瓦	伊勢ノ煙草商、詩・文
930	宇野笙山	義信	達次郎	成卿	笙山		明治10	32	宇野南村	南村男
931	宇野蘇翁	貞憙(德)	騏八郎		蘇翁(致仕後)		天保2	68		熊本藩士、詩・文
932	宇野哲人	哲人				熊本	昭和49	100		支那哲學、東大教授
933	宇野東山	成之	秀齋	子成	東山[逸民]、耕齋	江戸	文化10	79	清水江東 服部南郭	本姓小林氏、儒醫、姓ヲ宇ト修ス
934	宇野陶民	智信	逸八	靜庵	陶民・靜名道人・靜窓山人・常樂居士・半農書齋・養生窟・其道・樂山	三島	明治7	71		儒醫
935	宇野南邨	義以	忠三郎	士(子)方	南邨(村)	美濃	慶應2	54	梁川星巖	大垣藩士
936	宇野明霞	鼎	三平	士新	明霞[軒]	京都	延享2	48	入江若水 (僧)大潮 等	運漕業、志朗兄、京都ノ儒者、宇士新・宇鼎・宇明霞ト修ス

937	宇野	蘭泉	秀毅	乙之助	公實	蘭泉、友古人齋	秋田	天保中			秋田藩儒
938	宇野	醴泉	元章	長佐(左)衛門	成憲	醴泉	近江	安永8	58	江村毅庵、(僧)大潮	詩・書、宇成憲ト修ス
	羽	太玄	→羽淵青城 4740								
	雨	芳洲	→雨森芳洲 273								
	雲谷		→ウノヤ 1039								
939	養鸕	古溪	徹定			古溪・古經堂(爛人)・杞憂道人・松翁・古狂堂・華頂文庫	久留米	明治24	78		淨土宗僧、書・詩・文、藏書家、姓ヲ鵜飼トモ書ク
	鵜		↕テイ (4017)								
940	鵜飼	強齋	千之		子果	強齋		享保10			江戸ノ儒者
941	鵜飼	稱齋	眞泰	權平	子權(雅)	稱齋・松嶺	京都堀河	享保5	69	鵜飼錬齋	石齋四男、錬齋弟、水戸藩儒
942	鵜飼	石齋	方正―信之・信興		子直	石齋(庵・菴)・貞節・心耕子	江戸	寛文4	50	那波活所	尼崎藩儒―京都ノ儒者、鵜信之ト修ス(私諡)貞節先生
943	鵜飼	拙齋	知信	菊三郎・吉左衛門	子熊	拙齋・聒齋(翁)・廣邦	水戸	安政6	62		水戸藩士、刑死
944	鵜飼	練齋	眞昌・信勝	金平	子欽	錬齋	京都	元祿6	(61)46	鵜飼石齋、山崎闇齋	石齋次男、水戸藩儒(彰考館總裁)
	鵜飼		↕養鸕 939								
945	鵜澤	近義	近義	幸七郎			上總	寛政3	72	稻葉迂齋	
946	鵜殿	本荘	昌一―孟(長)一	半四郎・左(主)膳	士寧	本荘・桃花園	江戸	安永3	(54)65	服部南郭	本姓村尾氏、金田氏モ稱ス、幕臣、(私諡)本荘先生
947	鵜沼	北涯	家興	助四郎・伊市郎	維馨		秋田				詩(江戸中期)

948	上河 柿園	正揚・義言	文次・莊兵衛・愿藏	子鷹	柿園・淇水・東海	近江	文化14	70	手島堵庵	本姓源氏、初メ志賀氏、手島堵庵ノ養子トナリ分家ノ上河ヲ嗣グ、京都ノ儒者(心學・明倫舍)、姓ヲ河ト修ス
949	上杉 鷹山	治憲・勝興	杉三郎・直松(丸)・彈正大弼・越前守	世章	鷹山・南亭・餐霞館・鳳陽・稽古堂・白鶴臺・白雀主人・本章閣・紫霞園・休々齋	日向高鍋	文政5	72	細井平洲・瀧鶴臺等	高鍋藩主秋月種美次男、米澤藩主上杉重定養子、米澤藩主、(法名)元德院聖翁文心
950	上田 嬰翁	及淵			嬰翁		明治12	61		本姓平井氏、岡山藩士
951	上田 槐堂	昌榮	與五郎・惣藏	儉德	槐堂	江戶	慶應2	76	三縄桂林	素鏡曾孫、弘前藩儒
952	上田 雅明	爽	友格	雅明	古梅堂	美濃(三河)	文化3	69	龍草廬	本姓後藤氏、醫・詩
953	上田 淇亭	忱・小成	爲右衛門	伯斐	淇亭	大和	明治9	63	谷三山	大坂ノ儒者―高取藩儒(明倫館創建)
954	上田 宜珍	宜珍	源作・源太夫			肥後天草	文政12	75	藪孤山	本姓滋野氏、庄屋、儒學・國學・測量
955	上田 孤雪	一道	英八		孤雪	肥後	嘉永4	84		熊本藩士(時習館訓導)
956	上田 子幹	貞固―章	專太郎	子幹		紀伊	明治14	49	松崎慊齋・安井息軒等	和歌山藩士(明教館寮長)
957	上田 子琴	靜	武助	子琴		木曾福島				詩(寶曆―明和)
958	上田 秋成	仙次郎―東作			秋成・漁焉・無腸・餘齋・鶉居・鶉の屋・和譯太郎・剪枝畸人・三餘亭	大坂曾根崎	文化6	76	懷德堂	自話小說・讀本
959	上田 生生	元冲(仲)	太(大)藏	太瀛	生生・一串居士・法自然庵・種豆拙者	京都	明治8	63	伊藤東所	本姓栖林氏、聖護院宮侍醫
960	上田 千風		平右衛門	子德	千風・金嶺	信州佐久	明治2	66	佐藤一齋・川路敬齋	本姓紀氏、初メ川上氏、幕臣、漢學・和歌・兵學・茶等
961	上田 善淵	節	八三郎・雄次郎・善右衛門	子成	善淵・觀稼翁	伊豫西條	嘉永4	79	細井平洲	西條藩儒(江戶)
962	上田 素鏡		與右衛門・與五郎	思父	素鏡・隨古堂	信州上田	明和8	74	內藤素水	弘前藩主賓士、書(江戶)
963	上田 堂山	修・光陳	少藏		堂山・不夕・不昧居	周防	天保9	81		周防ノ大庄屋、酒造業、詩

964	上田　白水	寛	平藏	大心	白水・淵靜		安永6	75		本姓源氏、淀藩儒
965	上田　復軒	利容	孫太夫		復軒	岩代	天明8	68		二本松藩儒、老子
966	上田　碧水		隆三郎		碧水・蘿紅	阿波	明治22	81	三宅松庵	阿波ノ儒者(發生塾)
967	上田　鳳陽	纘明	茂右衛門・幾之允	恭述	鳳陽・濯纓堂	周防	嘉永6	85	萩明倫館	本姓宮崎氏、萩藩士-山口ノ儒者(講習堂)
968	上田　雍洲	希貞	友賢	守眞	雍洲	河内	安政5	67	中井履軒 柘植龍州	古梅堂孫、儒醫、詩
969	上田　陸舟	望	格之助	士幹・中秋	陸舟・愚溪	伊豫	嘉永5		古賀侗庵	善淵男、伊豫西條藩士、詩・文
970	上田　龍郊	貞幹-耕	虎之助-作之丞	叔稼	龍郊・龍野・幻齋・據遊館	加賀	元治元	78	藩明倫館	加賀ノ儒者(據遊館)
971	上田　和英	和英	八十吉	文吉	石齋・澹寧居	甲斐				幕府儒醫
972	上野　華山	政・延年		可(公)保	華山・臥龍・海棠園	越中富山	明治6	51		江戸ノ儒者(程朱學)・書・詩(鳴泉草堂)
973	上野　霞山	眞清	吉左衛門	伯修	霞山・不言亭・梅隱	肥後	寛政3	69	秋山玉山	本姓渡邊氏、熊本藩儒(時習館句讀師)
974	上野　海門	義剛	玉屋市兵衛・喜右衛門	士柔	海門	紀伊	延享元	59		藥種商、荻生徂徠ニ私淑、古文辭學
975	上野　麃谷	勝從	浪江		麃谷(溪)・眞碌	福岡	慶應2	70	清水素堂 若槻幾齋	書
976	上野　士鄉		昇吉郎・健茂	尚志	士鄉・集義堂	信州上田	明治17	74	山田篁軒 古賀侗庵	上田藩士
977	上野　聰翁	廣俊	中務		聰翁	甲斐	文化11	83	加加美櫻塢	
978	上野　白圭			平仲	白圭	江戸	文化中			
	上野　白水	→上田白水 964								
979	上野不先齋	賢知			不先齋	栃木	昭和34	75		無窮會

980	上原	立齋		甚太郎		立齋	近江	嘉永7	61	川島栗齋	梅田雲濱岳父、儒
981	上村	閑堂	觀光			閑堂	福井小濱	大正15	54		五山文學、藏書家
982	上村	好古		東藏		仙庵–好古	白河		餘44	昌平黌	白河藩儒
983	上村	鹵園	範之	老之輔	伯驅	鹵園・正義堂・廣斥居士	阿波				醫・詩・文・畫（文化・文政）
984	上村	鷺洲	昌質	修藏	求信・彬卿	鷺洲・蠖齋	土佐宿毛	明治4	45	三宅大藏 坂井虎山	宿毛藩儒（致道館教授）
	上森	↓ウワモリ1068									
	上柳	↓ウワヤナギ1069～									
985	植木	雨鼎	文剛	簡修	公賁	雨鼎	丹波	天保9	53	岡田南涯	儒醫、詩・文
986	植木	環山	友風	教之助	士雲	環山・玉堂・斑竹・晩風軒	丹波	明治14	74	猪飼敬所 巖垣松苗	雨鼎長男、丹後ノ儒者（學半館）、詩
987	植木	玉厓	飛–巽–晃	八三郎	春逸–子健・居晦	玉厓・鑾峯・桂里・（狂詩）半可山人	江戸	天保10	59	昌平黌	本姓福原氏、灞水弟、幕臣、狂詩
988	植木	椒園	遷明		子串・元德	椒園	越後柏崎			寺澤石城	椿齋義兄、詩（文化頃）
989	植木	惺齋	擧因・幸順	敝齋		惺齋	土佐	安永3	(89)87	玉木葦齋 宮地靜軒	土佐藩儒
990	植木	筑峯	金	善藏	子善（甫）	筑峯	常陸	安永3	55	河口清齋	
991	植木	椿齋	子惠	三左衞門	儀與八–仲寧	椿齋・無窮・新好齋	越後柏崎	天保9	69	寺澤石城 大田錦城	詩
992	植田	桂南	順	清之丞	子和	桂南・咬菜堂	土佐	天明8	57	谷北溪 戸部愿山	土佐藩士、儒・醫等
993	植田	秉山	賛	賛三郎	子襄	秉山	安藝廣島	慶應3	60		詩・文・書
994	植田	艮背	金松–成章		玄節	艮背・動山・淡久子・淡々子・因齋	京都	享保20	85	山崎闇齋	本姓菅原氏、廣島藩儒

995	植田　子齋	景賢	彌十郎	子齋		京都				京都ノ儒者(安永・天明頃)
996	植松　果堂	彰			果堂	佐倉	明治42		川田甕江	佐倉藩士、靜嘉堂文庫
997	植村　棋園	正直		希汲	棋園	江戸			太宰春臺	江戸ノ儒者
998	植村　蘆洲	正義		子順・俊利	蘆洲・蒼齋	江戸	明治18	56	大沼枕山	幕臣、詩
	魚住　善司	↓日尾荊山 4999								
999	魚住　樂處	明誠・明昌	三郎八		樂處	福岡	明治8	67		福岡藩儒
1000	牛尾　旗峰	德言	加門	子行	旗峰	播磨				大坂ノ儒者(寛政)
1001	牛島　鶴溪	賴房	宇平太	仲賛	鶴溪	肥後	天保11	85	藪　孤山	熊本藩士、算術・天文
1002	牛丸　温齋	重明	兵左衛門	正麗・麗正	温齋・養拙軒・致和堂		安政7	48	小川鷗亭	秋田藩士、詩
1003	氏家過擴堂	素行	傳次・大隅		過擴堂	陸前	延寶4	55	谷　逝水	本姓眞山氏、仙臺藩士
1004	氏家　閑存	顯	晋	士德	閑存	陸前	明治22	62	昌平黌	綠山男、仙臺藩儒(養賢堂教授)
1005	氏家　綠山	參	雲喜－省吾	瑛	綠山	仙臺	弘化4	51	昌平黌 佐藤一齋	昌平黌(舍長)－仙臺藩儒(養賢堂指南役)
1006	臼井　青堂	歡	左仲	士歡	青堂・柳塘老人					秋田藩士、儒・詩(天保・江戸)
1007	臼杵　横波	張・鎮張	駿平	景張	横波	周防豊浦	元治元	59	昌平黌	鹿垣次男、長門府中藩士(敬業館教授)
1008	臼杵　溪村	鎮匡	辰之進	子愼・子順	溪村	福岡	文化10	42	月形鷦窠	福岡藩儒
1009	臼杵　鹿垣	辰	太仲	子商	鹿垣	周防德山	文化10	42	龜井南溟 細井平洲	名古屋藩士－長門府中藩儒(敬業館教授)
1010	臼田　畏齋	可久	五郎左衛門		畏齋	備前	元祿3	46		本姓坂口氏(京都・銅駝坊)

1011	臼田衍々子	榮	榮吉		衍々子	伊勢渡會	寶暦5			伊勢ノ儒者、詩・文
1012	臼田竹老	香		升叔(寂)	竹老―葉山・陽山・翼々齋・春草	美濃			伊藤仁齋	富山藩儒―宇治山田ノ儒者(元文―延享)
1013	堆橋俊淳	紹章―俊淳	八之丞―主計				享保19	52		幕臣(御書物奉行)
	歌垣綾麿	→九鬼温齋 2327								
1014	歌川秋南	絢	兼太郎	子素	秋南	越後	昭和2	66	遠藤朝陽 蒲生褧亭等	本姓眞柄氏
1015	歌原松陽	稱・澹	宗藏	子平・靜夫	松陽・碧山・素翁	松山	安政6	63	古賀精里	松山藩儒
	内海	→ウツミ 1037〜								
1016	内井篠溪	景明	太郎左衛門	顯之	篠溪				山本北山	備前ノ備者
1017	内田遠湖	周平			遠湖	遠江	昭和19	88		大東文化大教授
1018	内田公均	脩	斧吉郎		公均〔釣者〕	武藏				詩(慶應)
1019	内田周齋	楨		元盛	周齋・舊雨・(俳號)似雲亭	武藏	文化13	47	大田錦城	音韻學・俳諧
1020	内田鵜洲	叔・升	平右衛門・文藏	叔明	鵜洲・頑石〔眞人・庵〕・冠嶽・醉鄕太守・酣樂都督	江戸	寛政8	61	伊藤竹里 板倉璜溪等	江戸ノ儒者
1021	内田桃仙	崎			桃仙	江戸	享和5	40		郡山侯士(女性)
1022	内田南山	士顯	外記	長卿	南山・君子軒	丹波龜山	寛政12	73	伊藤蘭嵎 松崎觀海	龜山藩醫、詩
1023	内田蘭渚	宣經	駒屋源兵衛		蘭渚	名古屋	天保4		本居宣長	
1024	内野元華				元華・西嶽・桃幸堂(洞)・大明堂・菊花園・荒津桃花舍	筑前			龜井南冥	初メ鹽氏、儒醫(延享4生)
1025	内野皎亭	五郎三			皎亭	下總	昭和9	62	滑川澹如 森槐南	滑川澹如三男、實業家、收集家、『官版書目』、詩(東京)

1026	内堀	英長	繁太郎-英長	繁太			近江大津	天保3	59	川崎栗齋 山崎闇齋	酒井忠順賓士(京都)
1027	内村	鱸香	篤棐	音之助・與三郎-友輔	子輔	鱸香・倉山	出雲	明治34	81	篠崎小竹	松江藩儒-松江ノ儒者(相長舍)
1028	内山	貫齋	良隆	隆佐		貫齋	越前	元治元	52	朝川善庵 佐久間象山	洋式兵學者、大野藩老
1029	内山	眞龍	眞龍				遠江	文政2	80	渡邊蒙菴	儒・句・歌
1030	内山	靑藍	高基・冠	助太郎	子良	靑藍	江戸				磐城平藩士(天保-嘉永・江戸)
1031	内山	端庵	善	清藏	士德	端庵	江戸	天保10			
1032	内山	椿軒	淳時	傳藏(三)	文卿	椿軒・賀邸・勝賞樓・芙蓉樓・合歡亭	江戸	天明8	66	昌平黌	初メ永田氏、幕臣、歌・狂歌
1033	内山	芳洲	冷儀・宗周		子翼	芳洲	江戸	安政中			儒醫、詩・書
1034	内山	栗齋	之明	藤藏(三)	士璞	栗齋・老龍軒・枝栖・栖齋叟人	播磨西九條	文政中			本姓源氏、大坂西町奉行所組與力、詩・文(元文4生・寛政8在世・大坂天滿)
1035	打越	樸齋	直正	彌八郎	子中	樸齋	水戸	元文5	65	三宅觀瀾	本姓米川氏、水戸藩儒(彰考館總裁)
1036	打它	雲泉	光軌	十右衞門		雲泉・藻蟲庵	京都	元祿中			中村藩儒、歌
1037	内海	雲石	重彜(彝)	左門	原卿	雲石	伊勢	嘉永2	餘50		本姓源氏、藤堂侯世臣、易
1038	内海	釣經	孜		子文	釣經	上野	明治12	77		高崎藩儒(文武館教授)
1039	雲谷	任齋	雄次郎-弘	寛介	毅卿	任齋・坐馳・截石	美濃	明治22	63	水野陸沈 菱田毅齋等	水野陸沈弟男、兵藤氏ヲ稱ス、大垣藩儒(敬教堂教授)-大垣ノ儒者(興文社)(私謚)好古先生
1040	姥柳	有莘	元聖	左格	子文	有莘(華)	豐後	天明6	66	服部南郭	岡藩儒-豐後ノ儒者
1041	生方	鼎齋	寛	造酒之助・造酒藏	猛叔	鼎齋・一粟居士・相忘亭主人・乳嶽・不動山人	上野沼田	安政3	58	巻 菱湖	本姓源氏、書

1042	馬來 南城	温	謙介	良玉	南城		天保4	38		岡山藩儒
	馬杉	→マスギ 5458								
1043	馬屋原重帶	重帶	呂平			廣島 蘆名	天保7			廣島ノ儒者
	海上 隨鷗	→稻村三伯 788								
1044	海内 孤山	勝成			孤山	越中				詩・文・書
1045	海内 蒙堂	果		君育	蒙堂・老田居士	越中	明治14	32	岡田呉陽	孤山弟
1046	海妻己百齋		甘藏		己百齋	福岡	明治42	86		井上周盤男、福岡藩士―福岡ノ儒者
	海野	→ウンノ 1071～								
	梅	→バイ 4773～								
1047	梅澤 西郊	肅	彌(與)十郎	子肅・維(惟)艾	西郊・驢虞堂	江戸	天明3	(56)40	井上金峨	一橋侯儒
1048	梅澤 巽齋	敬之	三之丞	維思	巽齋・白山	江戸				臺陽男(安政・江戸)
1049	梅澤 臺陽		和助		臺陽	江戸	安政6	62		書(御家流)
1050	梅澤 北溟	幸高	三右衛門	子仰	北溟	越前				
1051	梅園 大嶺	之清	文英―文平			廣島	文化6			廣島藩儒醫
1052	梅園 直雨	敏行	立介		直雨	廣島	嘉永元		内田五觀	大嶺孫、廣島藩儒、天文
1053	梅田 雲濱	義質―定明	源次(二)郎		雲濱・湖南・東塢	若狹 小濱	安政6	45	山口菅山 藤田東湖	本姓矢部氏、小濱藩士―京都ノ儒者(湖南塾)
1054	梅田 仙菴	見周		道砥	仙菴・養華齋	紀伊			永田善齋	和歌山ノ儒者(江戸前期)

1055	梅津　忠宴	半藏―忠宴	外記・半右衛門			秋田	元祿8	53		秋田藩士
1056	梅津　白巖	忠常	定之丞	君恕	白巖・無二園	羽後角館	文政4	80		秋田藩儒(明德館教授)
1057	梅辻　秋漁	更張		玉佩	秋漁・彩連・平格	近江坂本	明治30	74		姓ヲ琴氏トモ稱ス、春樵男、京都ノ儒者―韮山中學校長(維新後)
1058	梅辻　春樵	希聲	勘解由	延調・子琴	春樵・愷軒・無絃	近江	安政4	82	皆川淇園 村瀨栲亭	本姓祝部氏、琴氏トモ稱ス、星舲兄、日吉神社禰宜―京都ノ儒者、詩、(私謚)文換先生
1059	梅辻　星舲	希烈		延耀	星舲	近江	文久2	79	村瀨栲亭	春樵ノ弟、後、生源寺氏ヲ稱ス、日吉神社禰宜、詩、祝希烈ト修ス
1060	卜部　金英	菊		女華・長生	金英					柴山老山妻、詩・畫(文化・江戸)
	浦	→ホ(5343)								
1061	浦池　九淵	濳	左五郎	鱗長	九淵	備中岡田	天保7	78	山本北山 中根君美	岡田藩士、詩・文・書
1062	浦上　玉堂	磯之進―弼・孝弼	兵右衛門	君輔	玉堂〔琴士〕・穆齋	備前	文政3	76		本姓紀氏、岡山藩士、畫・儒・琴・詩・文・書(京都)
1063	浦上　春琴	選	紀一郎	伯擧・十千	春琴(琹)・睡庵・文鏡亭・二鄕(卿)	備前	弘化3	68		本姓紀氏、玉堂長男、詩・文(京都)
1064	浦田　改亭	長民	織部・鐵二郎・穀太郎・穀夫・土佐		改亭・樂郊子	伊勢渡會	明治26	54	鷹羽雲淙 齋藤拙堂	內宮權禰宜、詩・文
1065	浦野　神村	知周	次郎兵衛・平太左衛門・仁左衛門		神村・隅叟	上野	文政6	80	村士玉水	本姓源氏、田中氏トモ稱ス、伊勢崎藩儒
	浦安邦一郎	→菊池澹如 2244								
	瓜中　眞二	→吉田松陰 6489								
1066	漆原　漆園	寧景	彌義右衛門	千齡	漆園	讃岐	文政7	54		詩・畫
1067	漆山　天童	珍藏	文(又)四郎		天童・白鷹山樵・東海釣客・雲客老人	山形	昭和23	76	幸田露伴	漢文學・浮世繪

1068	上森	坦齋	茂	岡山花畑	仲成	坦齋	備前	天保13	82		伊木氏侍醫
1069	上柳	四明	美啓・啓	治兵衞	公通・公美	四明・士名	京都	寛政2	80	向井滄洲	備前小倉藩儒(思永館助教)、姓ヲ柳ト修ス
1070	上柳	牧齋	敬基		公簡	牧齋・軫石	京都	寛政4	56		四明男、考證・詩、姓ヲ柳ト修ス
1071	海野	一琴	琴	梨女	恕上	一琴					宥齋妻、詩・書(安政・江戸)
1072	海野	柯亭	珊	藤藏	貢父	柯亭	江戸	天保4	86		蠖齋養子、出雲廣瀬藩老(江戸)、詩・書・畫
1073	海野	蠖齋	瑗		君玉	蠖齋	備中	文政中		佐々木琴臺	柯亭養父、詩・書・畫
1074	海野	紫瀾	彬之	彌平四郎・彌四郎	子彬	紫瀾	松江	天保12	68	古賀精里	出雲廣瀬藩儒
1075	海野	石窗	豫	豫介		石窗(窓)	遠江掛川	安政4(6)	73	松崎慊堂	掛川藩儒
1076	海野	宥齋	楨幹	宥輔	景美	宥齋	江戸				江戸ノ儒者(安政)
	雲	華(僧)	→大含(僧) 3596								
1078	雲	室(僧)	鴻漸—公軌	證逐—了軌	元義—公範	雲室・拳石道人・石窓・小拳子・大洲山人	信濃飯山	文政10	75	宇佐美灊水等	淨土眞宗僧、詩(小不朽社)・畫、私塾(聚正義塾)ヲ開ク
	雲谷		→ウノヤ 1039								

〔え〕

	姓	號	名	通稱	字	號	生地	沒年	享年	師名	備考
	江		→コウ (2681)								
1079	江上	苓洲	源	源藏	伯華	苓洲・成章閣	肥後天草	文政3	63	龜井南溟	福岡藩儒(甘棠館教授)、詩・文
1080	江川	近情	成之		士信	近情・夜春房・兩日庵・月心・春雲	伊勢	大正10	70	龍 三瓦	書

1081	江川	松濤	良安	左金吾		松濤・常盤園・弄泉堂	江戸	慶應4	43		和歌山藩士、和歌
1082	江川	坦庵	芳(邦)次郎－英俊・英龍	太郎左衛門	九淵	坦庵	江戸	安政2	55	市河米庵・谷　文晁	幕臣(伊豆韮山代官)、砲術家、書・畫
1083	江木	鰐水	戩・貞通	繁太郎・健哉	晋戈	鰐水・健齋・三鹿齋	安藝	明治14	72	賴　山陽・篠崎小竹等	本姓福原氏、藩醫江木玄珠養子、福山藩儒醫(教授)
1084	江崎	東軒	初		得生	東軒		正德3	62		貝原益軒妻、書・儒、江初卜修ス
1085	江尻	蓊松	成章	益左衛門		蓊松	能登	慶應2(元)	71	賴　山陽	金澤藩士－熊本藩儒
1086	江尻	簣山	興	莊三郎	莊三	簣山	江戸	文久2	51		
1087	江田	霞村	重威	大之進－泉	子固(園)	霞村	陸中遠野	明治17	70	久子翠峰・安積艮齋	岩手ノ儒者(信成堂)、詩・書・畫
1088	江夏	友賢	友賢			友賢		慶長15	73		
1089	江帾	澹園	通靜	運藏		澹園	羽後	明治42	68	大沼枕山	晩香男、詩(寧靜吟社)
1090	江帾	訥齋	執－道雲・通誠	春庵	中行	訥齋・金剛・大癡太夫	秋田大館	嘉永2	33	中島豫齋・諸方洪庵	那珂梧樓兄、姓ヲ江幡トモ書ク後、田口氏、南部藩士、儒・醫
1091	江帾	晩香	通寛	味右衛門	子(士)厚	晩香	秋田大館	明治14	77	大沼枕山	姓ヲ江幡トモ書ク、詩、書・畫・歌
1092	江帾	木鷄		愛之助		木鷄	秋田大館	文久2		皆川淇園	易學・理學
	江帾	五郎	↓那珂梧樓 4215								
	江幡		↓江帾 1089〜								
1093	江馬	金粟	千次郎－桂	元齡	秋齡	金粟・黄雨樓主人	大垣	明治15	71	梁川星巖	細香甥、大垣藩醫(洋學館教授)、詩・文
1094	江馬	湘夢	裊・多保	琦々・梟々	綠玉・細香	湘夢・箕山	美濃大垣	文久元	75	賴　山陽・山本北山	蘭齋長女、詩(白鷗社－黎祁吟社－咬菜社)・書・畫
1095	江馬	天江	正人・聖欽	俊吉	永弼	天江	近江	明治34	77	緒方洪庵・梁川星巖	本姓下坂氏、篁齋六男、江馬榴園養子、醫・詩

1096	江馬	藤渠	益也−元益	春齡(四代)	子友	藤渠・活堂・萬春		明治24	86	宇田川榕庵 山本亡羊	湘夢甥、大垣藩醫、本草
1097	江馬	蘭齋	庄次郎−元恭− 春琢	春齡(二代)		蘭齋・好蘭齋	美濃	天保9	92	前野蘭化	本姓鷲見氏、江馬元澄養子、湘夢父、大垣藩儒醫−蘭醫(好蘭堂)
1098	江馬	榴園	修	權介・權之助	士得	榴園・靜安居	美濃	明治23	87	江馬蘭齋 宇田川榕庵	本姓飯尾氏、仁和寺宮侍醫(京都)
1099	江間	月所	秋峰	五郎作	得人	月所		文政中			(江戸)
1100	江村	毅庵	簡・悰簡		易從	毅庵・青甸	京都	享保19	69	江村訥齋	訥齋男、樸齋養子、丹波宮津青山侯儒、文・書(江戸)
1101	江村	愚菴	宗祐		惠夫	愚菴					專齋三男
1102	江村	愚亭	秉・悰業		孔均	愚亭	京都	明和7	27	江村北海	北海次男、文・書(京都)
1103	江村	剛齋	宗珉		友石	剛齋・全庵	京都	寛文元	54	那波活所	專齋次男、攝津尼崎青山侯儒
1104	江村	春軒	宗晋−宗純			春軒	京都	元祿以後			美作津山藩儒−熊本藩士
1105	江村	恕亭	如圭・簡易		希南	如亭・復所	京都			江村毅庵 松岡玄達	毅庵次男、攝津尼ヶ崎青山侯儒、本草學(享保19以前沒)
1106	江村	青郊	悰實		若虛	青郊	京都	享保19	44		毅齋長男、丹波宮津青山侯儒
1107	江村	專齋	宗具	專齋		專齋・倚松庵老人	京都	寛文4	100	曲直瀬宗巴	熊本加藤清正侯侍醫、和歌
1108	江村	道立	彥倫・敬義	源左衞門	道卿	道立・柴庵・芥亭・自在庵		文化9	75		北海男、後、樋口氏ヲ稱ス、武藏川越藩主(京都留守居役)、漢學・俳諧(蕪村ニ師事、寫經舍)
1109	江村	訥齋	宗流		若水	訥齋・節齋	京都	延寶元	51	江村剛齋	剛齋長男、樸齋養子、宇和島藩儒
1110	江村	風月	厚	彥之進	季德	風月・醉顚	周防	元治元	33	安積艮齋	德山藩士(興讓館句讀師)、勤皇家
1111	江村	北海	萬藏−綬	傳左衞門	君錫	北海	京都	天明8	76	江村毅庵	本姓伊藤氏、龍洲次男、毅庵養子、宮津藩儒(明石)−京都ノ儒者、詩(賜杖堂)

1112	江村	樸齋	宗寛		斯民	樸齋・好庵	京都	寶永4	70		專齋男
1113	江村	老泉	重胤	兵太夫・彌三	震・致福	老泉		文化11	80	岡　鳳岡	本姓秦氏、高知藩士、書
1114	江守	城陽	長順	左久馬		城陽	加賀大聖寺	弘化元	55	佐藤一齋 大田錦城	大聖寺藩儒
1115	江良	仲文	元昌	又十郎	仲文		肥後	寛政元	45		肥後ノ儒者
1116	海老名	翹齋	絅(敬)	周輔	叔尚	翹齋	奥州				江戸ノ儒者(天保中)
1117	惠美	好古	長城	主鈴	好古		京都	安永中			詩
1118	惠美	寧固	貞榮	三白		寧固	廣島	天明元	75		廣島藩儒
1119	慧	寂(僧)	慧寂		大默	曇華		寶暦12		萩生徂徠	僧
	永	忠原	→永田東皐 4457								
	永	東皐	→永田東皐 4457								
	永	雄(僧)	→ヨウユウ 6435								
	英	甫(僧)	→永雄(僧) 6435								
1120	役	藍泉	淨觀	右京・役觀	道甫	藍泉・輿山	周防徳山	文化6(3)	57	國富鳳山 瀧　鶴台	修驗僧、徳山藩校鳴鳳館教授、詩(幽蘭社)、姓ヲ島田トモ稱ス
	枝	多門	→玉乃五龍 3872								
1121	枝吉	神陽	經種	駒一郎-杢之助・木工助	世德	神陽・焦冥巣	佐賀	文久2	41	昌平黌	南濠長男、佐賀藩儒(弘道館教授)-佐賀ノ儒者、國學
1122	枝吉	南濠	種彰	平左衛門		南濠	佐賀	安政6	74		神陽・副島蒼海父、佐賀藩士(弘道館教授)
	越	雲夢	→越智雲夢 1277								

No.	姓	號	名	通稱	字	號	生地	沒年	享年	師名	備考
	越	君端	→越智雲夢 1277								
	越	正珪	→越智雲夢 1277								
	越	鐵兜	→河野鐵兜 2096								
	榎倉	雅樂	→渡會末雅 6674								
1123	榎本	梁川	武揚	釜次郎・鎌二郎		梁川・柳川	江戸下谷	明治41	73	昌平黌	本姓源氏、幕臣‐明治政府、詩・文・書
1124	遠藤	葵岡	信威	恕助	士充	葵岡	小倉	天保中			小倉藩儒
1125	遠藤	古遇	泰通	克(勝)輔(助)‐新五右衛門 又通・通克・通	士(子)同	古遇・白鶴義齋・鶴洲・義齋	江戸	嘉永4	63		和歌山藩士(奥儒者・江戸)、書
1126	遠藤	訒齋	量平		甫識	訒齋・大義堂・東奥處士	大和				詩・文(文政・天保)
1127	遠藤	隨所	寬謙	謙藏・謙哉	子得	隨所		明治22	67	大槻磐溪	篆刻・砲術
1128	遠藤	星陵	節	十郎	士保	星陵	岸和田	文久中			岸和田藩士
1129	遠藤	靖軒	立	進士	士巖	靖軒	豊前	弘化3	51	池田秋水 龜田綾瀨	下總柏村ノ儒者
1130	遠藤	隆吉	隆吉				前橋	昭和21	73	東京帝大	漢學・易學・社會學
	淵		→フチ 5305〜								
	〔お〕										
	小		→ショウ (3165)								
	小笠原雲溪		→笠原雲溪 1817								

1131	小笠原快齋	昇		光福	快齋	羽前	明治42	82	三浦葛山	本姓瀬川氏、新庄藩士
1132	小笠原冠山	謙	仲	益卿	冠山・樂易道人	肥前	文政4	59	山本北山 山中天水	小倉藩儒(思水館教授)(江戸)、原冠山ト修ス
1133	小笠原敬齋	棟敬	敬二(次)郎	美卿	敬齋・直方軒・白馬山人	播磨	文久3	36	安積艮齋 佐藤一齋等	小倉藩主小笠原忠幹弟
1134	小笠原午橋	勝修	常次郎	勝之	午橋・雁木子	會津	明治14	60	昌平黌	本姓長坂氏、會津藩儒(日新館教授)、詩・文
1135	小笠原昨雲	爲政	勝三		昨雲入道				藤原惺窩	兵學(元和頃)
1136	小笠原松泓	基長			松泓・靈芝主人	遠江				
1137	小笠原信南	庸昌	奎藏	彦卿	信南・日新樓					江戸ノ儒醫
1138	小笠原東陽	董	鐵四郎	龜吉−公威	東陽・半漁	江戸	明治20	58	昌平黌	姫路藩儒−相模ノ儒者(耕餘塾)、易學、(私諡)文德
1139	小笠原明山	長行	敬七郎		明山・天全・洗耳・遠清		明治24	70	朝川善庵	小倉藩士
1140	小川鷗亭	吉亭	大内藏・岡之丞	伯通	鷗亭・弦齋	秋田	安政5	67		秋田藩儒
1141	小川華山	大鵬	尙記	圖南	華山	會津				詩
1142	小川含章	式	弘藏	民德	含章	杵築				杵築藩儒(弘化−安政・大坂)(安政・江戸)
1143	小川其瀾	萬−肅		萬甫−寬卿	其瀾・城山	志摩	文久2	24	齋藤拙堂 安積艮齋等	
1144	小川義軒	方	祐碩	子敬		江戸				詩(明治初)
1145	小川敬所	守中	廉治(次)	誠甫	敬所・進德齋		文政6	61		名古屋藩年寄志水家儒醫
1146	小川乾山	謙	道平	益卿	乾山・乾々齋	德山	安政4	49	佐藤一齋	德山藩儒(鳴鳳館學頭)
1147	小川弘齋	成材	茂輔		弘齋		享保3	68		京都ノ儒者

1148	小川　廣湍	則要		士期	廣湍	陸前				
1149	小川　三益	三益					慶長11	76		
1150	小川　士穀	戩		士穀		長門				詩(文化)
1151	小川　述堂	通愼(昌)	楨齋	修(脩)父・秋文・隆卿・脩甫	述堂・瀛洲(洌)散人・神野山人・秋圃・敬山	上總				田邊藩儒、醫・詩・書(安政・江戸)
1152	小川　俊成	俊成		子正		京都			林　羅山	
1153	小川　松園	濤	粲之助	伯殷	松園					(安政・江戸)
1154	小川　心齋	弘	五平	道甫	心齋・北海野史	越後	明治3	55	丹羽思亭・安積艮齋	本姓水野氏、新發田鄉士
1155	小川　靖齋	忠篤	幸三・三義	士信	靖齋・後素	加賀	元治元	29		加賀藩士、儒・醫
1156	小川　泰山	信成	藤吉〔郎〕	誠甫	泰山	江戸(相模)	天明5	17	山本北山	折衷學、勤皇家(武州金澤・相州藤澤)
1157	小川　天固	經固	忘却先生	子明	天固	伊勢				
1158	小川　南堵	安	玄節	子貞	南堵	越後	明治29	63	廣瀬淡窓・河野鐵兜	儒醫、詩・文
1159	小川　蒙軒	影明・觀	左傳次	國光	蒙軒	肥後	正德6	29	佐藤竹塢	熊本藩儒
1160	小川　要齋	惟明			要齋・樂々庵德成	武藏鶴ヶ島	天保7	44		醫(要齋堂)、詩
1161	小川　柳溪	舜夫		通玄	柳溪(谿)	羽後橫手	寶曆6	63	片山北海・山縣峯雲	詩・文・書
	小川	↕小河 1162〜								
	小川屋喜太郎	↓加藤竹里 1729								
1162	小河　逸齋	政常	與十郎		逸齋・致遠堂・蕉雨堂		明治33	74		水戸藩士、詩

1163	小河 弘齋	成材	茂輔		弘齋	京都	享保3	68	伊藤仁齋	立所弟
1164	小河 天門	寬		仲樂	天門山人	長崎	寶暦11	50	中西淡園 細井平洲	醫、河天門ト修ス
1165	小河 得所	成材(梯)		莊吉	得(德)所	京都			伊藤仁齋	立所弟
1166	小河 立所	成章	茂七〔郎〕	伯達・茂實	立所	京都	元祿9	48	伊藤仁齋	得所兄、京都ノ儒者–江戸ノ儒者、書・醫
	小河	↔オゴウ 1182								
	小河	↔小川 1140〜								
1167	小國 玉淵	融	融藏	繼明	玉淵・船石	長門 須佐	文政13	62	龜井南溟 皆川淇園	山口藩老益田氏儒–山口ノ儒者
1168	小國 嵩陽	武英	剛(融)藏	武彝(彜)	嵩陽・豐所	長門 須佐	慶應元	42	昌平黌 安井息軒	玉淵男、萩藩士(育英館學頭)
1169	小倉 簡齋	正恒				金澤	昭和36	87	三宅眞軒	貴族院議員
1170	小倉 鯤堂	百合熊–乾	乾(健)作	士乾(健)	鯤堂・劍槊	長門 萩	明治24	61	安積艮齋	本姓松島氏、遜齋養子、仙臺ノ儒者
1171	小倉 三省	克通・克	彌右衛門	政義(實)	三省	土佐 高知	承應3	51	谷 時中	本姓高畑氏、土佐藩儒
1172	小倉 尙齋	萬次郎–貞・升允	彦兵衛	實操・季操	尙齋	長門	元文2	61	伊藤坦庵 林 鳳岡	萩藩儒(明倫館祭酒)(私諡)長肅先生
1173	小倉 遜齋	實敏	尙藏	公修	遜齋	長門 萩	明治11	74	安積艮齋 佐藤一齋	本姓內藤氏、萩藩儒醫(明倫館學頭)
1174	小倉 竹苞	正殷	三藏		竹苞	武藏				(享保)
1175	小倉 無邪	三	三藏	永世・新甫	無邪・無隣	江戸				江戸ノ儒者(天明2・93在世)
1176	小倉 明原	實輝	內藏之助		明原・櫻舍		嘉永元	47	林 述齋	本姓林氏、述齋五男、田安家侍講
1177	小倉 鹿門	實廉	彦平	廉平	鹿門	周防 三田尻	安永5	74	山縣周南	本姓山本氏、尙齋養子、後、坂氏ヲ稱ス、萩藩儒(明倫館祭酒)

1178	小栗　鶴皐	元愷	七右衛門	子佐	鶴皐	若狭小濱	明和3	60	柳川滄州	本姓平氏、若狭ノ儒者、詩
1179	小栗　十洲	光胤		萬年	十洲・癡僊(仙)居士	若狭小濱	文化8			本姓平氏、常山弟、畫・詩・書(京都)
1180	小栗　常山	煥・世煥	宗吉・直之進	明卿	常山	若狭小濱	天明4	22	江村北海	本姓平氏、十州兄、鶴皐孫、畫・詩(京都)
1181	小栗　東溟	久道	因	貞幹	東溟・歩月園	岩代				岩代白河藩士—桑名藩士(立教館學頭)、書(江戸後期)
1182	小河　一敏	一崇—一敏	彌衛門・孫右衛門			豊後	明治19	74	角田九華	岡藩士—堺縣知事—宮内省
1183	小笹　燕齋	喜三			燕齋・寶燕石齋・燕安居	京都	昭和55	85		陽明文庫、書蹟鑑定
1184	小澤　槐蔭	隆八			槐蔭		(昭和10)			靜嘉堂文庫主事
	小澤　玄達	→清原崑岡 2312								
1185	小澤　山東	含章	多仲	公平	山東	常陸	寛政9	44		水戸藩儒、詩
1186	小澤　尚古	繁太郎—重圖	平右衛門	豊功	尚古堂	武藏八潮	安政2	70	萩原大麓	名主、開塾(尚古堂)、藏書家(綾瀬館文庫)
1187	小澤　精庵	延美・孱守	新兵衛	自炤	精庵(葊)・嶒峨		元治元	67		小田原藩士—越後ノ儒者
1188	小澤　潛鱗	時亮・知足		子諒	潛鱗	常陸太田				江戸ノ儒者、書(江戸後期)
1189	小澤　蘭江	政敏	多門	叔通	蘭江	水戸	天明7	33	大場南湖	水戸藩儒
	小筱(篠)	→ササ 2735								
1190	小島　祐馬	祐馬				高知	昭和41	86	京　大	中國哲學、京大教授
	小島	↕コジマ 2248〜								
1191	小瀬　助信	助信	又四郎	信夫		加賀	元祿5			甫庵孫、加賀藩儒

1192	小瀬　桃溪	良正	復庵	順元	桃溪		享保3	50		本姓坂井氏、甫庵後裔、加賀藩醫、詩・文
1193	小瀬　甫庵	道喜(機)・秀正	又四郎・長大夫・中務		甫庵	尾張春日井	寛永7(17)	77	藤原惺窩・吉田長淑	本姓坂井氏、後土肥氏、豊臣秀次臣—松江侯臣—前田侯臣
	小關	→コセキ 2560								
1194	小田　海僊	瀛(嬴)	良平	巨海	海僊・百(谷)穀(山人)・南豊	長門	文久2	78(80)		畫・詩(京都)、王百石・王嬴ト稱ス
1195	小田　穀山	煥章・敏	五兵衛・定右衛門	子文	穀山	越後	文化元	65	片山兼山	本姓佐藤氏、陳氏ヲ自稱、陳穀山ト稱ス、江戸ノ儒者、一時駿府ニ赴ク、姓ヲ田ト修ス(私謚)適清先生
1196	小田　濟川	泰		亨叔	濟川	長門	享和元	55	山脇東洋	本姓松岡氏、初メ勝原氏、永富獨嘯庵弟、長門府中藩儒醫(敬業館督學)
1197	小田　松樹	惟明	大學	君昭	松樹					本姓源氏、京都ノ儒者
1198	小田　璋	璋	亨太郎	孟章		長門		36	昌平黌	南畡男
1199	小田　鐵齋	信贛	和三郎—文藏		鐵齋	信州岩村田	明治3	67		幕臣(御書物奉行等)
1200	小田　天眞	爲綱			天眞・子愷	陸中	明治34	63	芳野金陵・昌平黌	盛岡藩儒、維新後衆議院議員
1201	小田　南畡	圭	順藏	廷錫	南畡	長門	天保6	46	昌平黌・古賀精里	本姓松岡氏、濟川養子、長門府中藩儒(敬業館訓導)
1202	小田　日州	仲卿			日州	紀伊				和歌山藩士
1203	小田　蘆州			淳夫・眞卿	蘆州・貞庵					大坂ノ儒者、姓ヲ田ト修ス(寛政)
1204	小田切昌倫	昌倫	主水—治大夫				寶暦3	38		幕臣(御書物奉行)
1205	小田切盛德	盛德					(明治)			米澤藩儒—元老院書記官
1206	小田切藤軒	敏	要助・慵	修來	藤軒				松崎慊堂	唐津藩儒—濱松藩儒(江戸後期)

1207	小田島翠塢	悝・言足	儀兵衛		翠塢・吹竿・石枕	越後水原	嘉永6	71		本姓安孫子氏、松翁養子、越後ノ儒者、詩
1208	小田野清軒	行世・直養	權之介	子行	清軒	常陸	安政3	59		長倉松平氏家宰
1209	小田村直道	直道		仲行		長門			江村北海	鄜山男
1210	小田村鄜山	望之	權三郎－文甫・文助・伊助	公望・士彦	鄜山・鹿門	周防	明和3	64	山縣周南 荻生徂徠	本姓山本氏、萩藩儒、姓ヲ田ト修ス(私謚)郡下大先生
	小宅	↓オヤケ1250～								
	小谷	↓コタニ2562～								
1211	小津桂窓	久足	安吉－與吉－岩佐屋與右衛門－新(進)藏		桂窓(窗・窻)	伊勢松阪	安政5	55		木綿問屋、詩、藏書家(西莊文庫)
1212	小塚竹溪	信達	莊兵衛	得孚	竹溪・虬峯		享保5	63		擧母藩家老
1213	小野晏齋	侗		愿卿	晏齋	近江				
1214	小野櫻山	積			櫻山・如鐵・〔耶〕馬溪文庫	廣島	昭和12	85	阪谷朗盧 藤澤南岳	詩
1215	小野鶴山	道熙	平藏－勝藏－忠市郎		鶴山・文關	豊後	明和7	70	若林強齋	江戸ノ儒者(望楠軒書院教授)－小濱藩儒(順造館教授)
1216	小野君山	明	五郎(剃髮後)善庵	子彝	君山・蓮花道人	江戸			片山兼山	書・篆刻(江戸中期)
1217	小野蕙畝	職孝		士德	蕙畝・衆芳軒	京都	嘉永5		小野蘭山	本姓安部氏、本草學
1218	小野湖山	卷－長愿・左仲	僊(仙)助－侗之助	懷之・舒公・士達	湖山・玉池仙史・狂狂(生)老(道)人・晏齋－侗翁・賜硯樓	近江	明治43	97	梁川星巖	本姓横山氏、三河吉田藩儒－東京ノ詩人(優遊吟社)
1219	小野柿園	務	本太郎	孝卿・伯本	柿園・蘇庵・古甕・改堂・同禹子・卽山・七三居士・六不知庵・坡南莊・移山亭・知らずのや	備中	嘉永7	68	賴山陽 菅茶山	櫟翁男、詩・歌
1220	小野招月	達	熊吉	泉藏	招月・樗山	備中	天保3	66	西山拙齋 菅茶山	豪農、詩・歌

	小野　松陰	→高野松陰 3646								
	小野　信	→藤田先憂斎 5269								
1221	小野　損庵	正端	正五郎−軍九郎	民表	損庵・遙靑	桑名	文久2	59	昌平黌	桑名藩士、詩・文(江戸)
1222	小野　東溪	士(子)厚	玄林	于鱗	東溪	筑前				(江戸中期)
1223	小野　桃溪	政敏		子民	桃溪		明治12	60		儒(京都)
1224	小野　白水	良材	三益・玄信	子能	白水	越前丸岡	文政11	42	新井靜齋 關赤城	丸岡藩儒醫
1225	小野　飯山	高尙	忠左衛門		飯山・佚泰子・竹叢	江戸	寛政11			
1226	小野　蘭山	職(希)博・道敬	喜内	以文	蘭山・衆(聚)芳軒・朽匏(瓠)子・張寧・松軒	京都	文化7	82	松岡恕庵	本姓佐伯氏、蕙畝祖父、京都ノ本草學者(衆芳軒)−幕府醫官
1227	小野　栗齋	寛	常八郎	士栗	栗齋		萬延元	90		壬生藩儒(私諡)古學道人
1228	小野　栗野	勝興−包龍・立禮		子濳・名竹・靑鄕	栗野・寶善堂主人・小石湖堂	盛岡	文政9	44	三輪秀福 日野資枝等	有栖川宮仕臣、詩・文
1229	小野　龍園	世秀		壽軒	龍園	備前	寛政8	78	香川太冲	醫
1230	小野　櫟翁	方	猶吉	仲直	櫟翁・玄暢・移山亭	備中	文化13	58	西山拙齋	招月兄、豪農、儒・歌、後、失明
	小野寺　謙	→小野寺鳳谷 1231								
1231	小野寺鳳谷	篤謙・謙	謙治・謙吾	君鳴	鳳谷	陸前	慶應2	57		石巻儒者−仙臺藩儒(養賢堂)、詩・文
1232	小野原琴水	種次郎−丹治−善言		奉德	琴水・鬼丘	豊前	明治6	(61)64	倉澤正志齋 廣瀨淡窓	本姓田中氏、後、井上氏、致仕後、小野原氏ヲ稱ス、小倉藩壽−豊前ノ儒者
1233	小畑　詩山	行簡	良卓・中務	居敬	詩山・眞隱・居敬堂	陸前古川	明治8	82		江戸ノ儒醫、詩
1234	小幡　太室	文華	吉(杏)仙	君英	太室(山人)	京都			龍草廬	醫・詩、幡文華・幡君英・幡太室ト修ス(江戸中期)

1235	小幡	道牛	熊千代-縄直-景憲	孫七郎・勘平衛		道牛		寛文3	92		本姓平氏、幕臣(家康・秀次)、兵學(甲州流)
1236	小幡	樂山	正己	儼太郎		樂山・水哉	紀伊			並河華翁	和歌山ノ儒者
1237	小濱	王臣	王臣		子蹇		志摩鳥羽	安政3			清渚男、鳥羽藩儒
1238	小濱	清渚	大海	朝倉庄太郎-樸助	子洋	清渚・樸齋	志摩鳥羽	安政2	67	皆川淇園	江戸ノ儒者-鳥羽藩儒(尚志館)
1239	小汀	利得	利得	借金コンクリート			出雲	昭和47	82	早大	日經新聞社長・經濟評論家・藏書家(小汀文庫)
1240	小原	僖窟子	定靜	孫兵衛		僖窟子			77	小倉三省・野中兼山	丹波ノ儒者
1241	小原	敬齋	克紹	勘八	子緒	敬齋・巴山・敬修齋	長崎	安永6(4)			長崎ノ漢學者、畫
	小原	四熊	↓岡村簣齋 1600								
1242	小原	如瓶	正長			如瓶	備前		73		岡山藩儒
1243	小原	大丈軒	正義	朝倉庄太郎-善助	伯實	大丈軒・丈夫軒	美濃	正德2	76		本姓紀氏、岡山藩儒(閑谷學校教授)
1244	小原	鐵心	忠寛	仁(二)兵衛・本太郎	栗卿	鐵心・是水・醉逸	美濃	明治5	56	齋藤拙堂	本姓源氏、大垣藩家老、詩・文
1245	小原	桃洞	良貴	政之助・源三郎		桃洞	和歌山	文政8	80	吉益東洞・小野蘭山	和歌山藩醫、本草學
1246	小原	梅坡	正修	大之助	業夫	梅坡	備前	天保3	58		大丈軒曾孫、岡山藩儒、詩・文・書・畫
1247	小原	蘭峡	良直	八三郎		蘭峡		嘉永7	58	本居太平・山本樂所	桃洞孫、和歌山藩士、本草學
1248	小尾	鳳山	保教	兵之進		鳳山	甲斐	弘化元	53		
1249	小町	玉川	玉成・成	甚藏-雄八	温鄕	玉川・再生翁	武藏多摩	天保9	64	龜田鵬齋	江戸ノ儒者-井伊家儒醫
1250	小宅	采菊	忠	忠次平	子告・子朴	采菊・中隱子・女几山・醯鶏老人	常陸	寛保元	69		水戸藩士(彰考館)

1251	小宅　處齋	順	生順	安之・坤德	處齋	常陸	延寶2	37	人見朴幽軒	水戸藩士
	小柳司氣太	↓コヤナギ 2618								
1252	小山　杉溪	尙陶		猶存	杉溪・三逕	備中	明治29	78	昌平黌	越後高田藩士(修道館教官)、蘭學
1253	小山　春山	朝弘	鼎吉・直三郎・彌惣治・重遠	遠士・士遠・毅卿	春山・楊園	下野眞岡	明治24	65	會澤正志齋・藤森天山	本姓塚田氏、勤皇家、詩
	小山	↕コヤマ 2619〜								
1254	小山田春水	吉明	新助(藏)		春水・宕山		享保17	85		盛岡藩士、漢學・句(江戸―盛岡)
1255	小山田宗碩	重範	半八	子寛	宗碩	常陸細谷	寶永7	63		水戸藩醫
1256	小山田宗碩	廣貞	介衞門	彥輔	宗碩・南塘子・松隣	京都	享保18	58	伊藤仁齋	水戸藩儒＊前項トノ異同不明
1257	小山田與淸	寅吉―貴長―與淸	寅之助・仁(茂)右衞門・庄(正)次郎・六郎右(左)衞門・將曹・外記	文儒・將曹	藥(樂)山堂・玉川(河)亭・松屋・知非齋・報國恩舍・擁書樓(倉)	武藏	弘化4	65	古屋昔陽	本姓田中氏、高田氏モ稱ス、隱居後小山田氏ヲ稱ス、國漢學者、藏書家(江戸)
1258	尾池　松灣	世璜	享平	玉民	松灣・海(梅)隱	丸龜	慶應3	78	尾池桐陽・菅茶山	桐陽次男、丸龜藩醫、詩
1259	尾池　存齋	敬續	彈之丞		存齋	丸龜	享保20	69	佐藤直方・三宅重固	高知藩儒
1260	尾池　桐陽	槃	左膳	寬翁	桐陽	讃岐	天保5	70	中井竹山	本姓村岡氏、丸龜藩醫、詩
1261	尾形　洞簫	維民	彥左(右)衞門	仲顯	洞簫	肥前多久	文化2	81		多久聖堂教諭
1262	尾崎　矯齋	寬信	萬太郎	久愷	矯齋	伊豫	明治25	69	奧平棲遲庵	本姓金子氏、伊豫藩儒(明倫館教授)
1263	尾崎　銀岡	敬季・慶安		玄愼	銀岡	江戸	天明6	57		書
1264	尾崎　稱齋	修	修(脩)平	子成・子平	稱齋・鳩居・鏡湖	江戸			井上金峨	磐城中村藩儒、姓ヲ尾ト修ス(天明)

1265	尾崎 石城	貞幹	隼之助	梁甫	石城	武藏	明治7	45	久保盅齋	本姓淺井氏、忍藩士(培根堂教頭)、畫
1266	尾崎 訥齋	時春	彈次	士善	訥齋・震澤・匏繁舍	伊豫				松山藩儒、姓ヲ尾ト修ス(天明)
1267	尾崎 南龍	樗		散木	南龍	大坂	安永5	74	新興蒙所	書
1268	尾崎 蘿月	雅嘉・嘉	俊(春)藏・綾藏	木(有・勇)魚	蘿月(庵)・華陽・春の屋・博古知今堂・春陽軒	大坂	文政10	73	奥田尚齋	國學・歌・醫、『群書一覽』
1269	尾柴 靜所	質		文彬	靜所	播磨				大和ノ儒者(享和−文化)
1270	尾關 當補	當補	隼人				文政12	51	稻葉默齋	館林藩老
	尾田 玄古	→馬場信武 4764								
1271	尾臺 榕堂	元逸・逸	四郎治・良作	士超	榕堂・敲雲	越後中條	明治3	72	尾臺淺嶽	本姓小杉氏、師ノ沒後、尾臺氏ヲ嗣グ、江戸ノ儒醫、詩・文
1272	尾高 藍香	惇忠	新五郎		藍香	武藏	明治34	72		殖産興業家、詩・文
1273	尾見 綠塢	忠鵠	龜之助		綠塢	宮津	慶應2	61	山口菅山	本姓飯原氏、宮津藩儒(禮讓館學頭)、詩
1274	尾本 雪齋	鑒	太郎太	子興	雪齋	越後				本姓大江氏、龍淵孫、新發田藩士、篆刻(文化中出生)
1275	尾本 龍淵	元遜	喜次郎	公謙	龍淵・鷴鷀亭主人	越後	文政10	86	淺見東皐・安達清河	本姓大江氏、新發田藩士、詩
1276	男澤 道機	眞成	又左衛門−抱一		道機・澤畔子	陸前	明治29	61	大槻習齋	內閣修史官
1277	越智 雲夢	龜次郎−正珪	養壽(安)院	君瑞	雲夢・神門叟−雪翁	江戸	延享3(寬文元	63 61)	荻生徂徠	平庵男、幕府醫官、後曲直瀨氏ト稱シ、越君瑞・越雲夢・越正珪ト修ス、詩・文
	越智 高洲	→赤松高洲 144								
	越智 春雲	→河野春雲 2087								
1278	越智 霜傑亭	直澄			霜傑亭				岡田寒泉・鈴木椿亭	本姓河野氏、藏書家(享和−弘化)

1279	越智	平庵	正球			平庵	江戸	享保13	85	荻生徂徠	本姓曲直瀬氏、幕府醫官
1280	越智	鳳台	通眞		子章	鳳台(臺)	江戸	安永7	48		江戸ノ儒者
1281	緒方	槐窓	惟純	源十郎	子佑	槐窓	京都	享保17	餘60	伊藤仁齋	新發田藩儒
1282	緒方	研堂	惟嵩	郁藏(三)	子文	研堂・獨笑軒	備中梁瀬	明治4	56	昌谷精溪 坪井誠軒等	本姓大戸氏、大坂ノ醫―高知藩囑託、洋學
1283	緒方	洪庵	惟章(彰)・章	田上騂之介(助)―三平	公裁	洪庵・華陰・適々齋	備中	文久3	54	坪井誠軒 宇田川榛齋	本姓佐伯氏、一時田上氏ヲ稱ス、惟因季子、大坂ノ蘭醫(適塾)―幕府醫官
1284	緒方	清溪	達太郎			清溪	豊前	大正9		中津藩黌	中津中學校教諭
1285	緒方	東海	道	又右衛門	世祥	東海・九仙樓主人	肥前				
1286	緒方	南湫	羽	拙前	子儀	南湫				廣瀨淡窓 廣瀨旭莊	大坂ノ醫、詩
1287	緒方	默堂	維文		宗哲	默堂・木樵(鐘)堂	備後	享保7	78	伊藤仁齋	伊藤仁齋甥、土佐藩士(私諡)謙光先生
1288	緒方	蘭皐	修		叔明	蘭皐	磐城	寶暦10(14)	44		姓ヲ緒田氏トモ稱ス
1289	隱岐	五瀨	廣福	相模守	德卿	五瀨	大坂	天明5(寛保3)	45(40)		本姓藤原氏、二條公臣、隱廣福ト修ス(京都)
1290	隱岐	茱軒	秀明	造酒・宇右衛門	子遠・誠甫	茱軒・茱軒・茱萸軒・隱岐文庫	大坂	天明8	47(44)	片山北海 尾藤二洲	本姓米津氏、大坂町奉行與力、詩(混沌社)、隱秀明ト修ス
1291	織田	確齋	小太郎―小覺		斌叔	確齋・古佛・三所居士・帶秋草盧		昭和11	79		無窮會
	生沼		→イクヌマ 583								
1292	大井	松隣	廣貞・昌崎・貞 廣	彦助―助(次郎) 右門衛門・介 〔左〕衛門	彦輔	松隣(鄰)・南塘子	京都	享保18	58	伊藤仁齋	水戸藩儒(彰考館總裁)、姓ヲ大江氏トモ稱ス
1293	大井	雪軒	守靜		篤甫	雪軒・蟻〔遊〕亭主人・汶山	攝津				詩(江戸中期・大坂)

1294	大石 鳳蕉	穰次郎-貞和	純藏	叔穰	鳳蕉	紀伊新宮	明治11	67		和歌山ノ儒者、和算
1295	大内 玉江	正敬	與一郎	子行	玉江	常陸	安政元	71	小宮山楓軒	水戸藩儒(弘道館訓導)
1296	大内 子德	定盛	平馬・小左衛門	子德			天保5	53	田邊中洲	仙臺藩士、儒學・槍術
1297	大内 守山	定興		子陵	守山					(江戸後期)
	大内 松嶽	→青木東庵 95								
1298	大内 熊耳	承祐(裕)	忠(仲)太夫	子綽	熊耳	陸奥三春	安永5	80	秋元澹園 荻生徂徠等	本姓余氏、祖、馬韓國太子余琳、唐津藩儒(江戸)、余承祐・余熊耳ト稱ス
1299	大内 蘭室	衡	良助	孟玉・子詮	蘭室	江戸			大内熊耳 荻生徂徠	本姓遠山氏、熊耳養子、唐津藩儒、余蘭室ト稱ス
1300	大浦 柳溪	恭		子敬	柳溪		明治初			古河藩儒醫(安政・江戸)
1301	大江 維寧	維寧	秀二郎	仲騏		京都			大江玄圃	玄圃男(江戸後期)
1302	大江 荊山	維絅		仲熙	荊山	京都	文化8	49	大江玄圃	本姓久川氏、玄圃男
1303	大江 敬香	小太郎-孝之		子琴	敬香・愛琴・楓山	江戸	大正5	60		詩・文
1304	大江 玄圃	資衡	久川靭負	穉圭	玄圃・時習堂	京都	寛政6	66(67)	龍草廬 石田梅岩	本姓久川氏、京都ノ儒者(時習堂)、詩・書、江玄圃ト修ス
	大江 松隣	→大井松隣 1292								
1305	大江 星渚		襲吉	無咎	星渚					
1306	大江 揚鶴	卓		元良	揚鶴	土佐			宿毛藩黌	神奈川縣令
1307	大江 藍田	維翰	久川玄蕃(番)	伯祺・文擧	藍田(水)・東陽	京都	天明8	32(34)	大江玄圃	本姓久川氏、玄圃男、久米玄蕃トモ稱ス、京都ノ儒者、詩・文
1308	大岡 雲峰	成寛	治兵衛	雲峰			嘉永元			幕臣(御書物奉行)

1309	大岡　清長	清長	五平次				寶曆12	55		幕臣(御書物奉行)
1310	大岡　栗齋	寛通・寛		士(子)栗・廉平	栗齋・笙洲	近江	天保7	38	秦滄浪 佐藤一齋	
	大河内	→オオコウチ 1341〜								
1311	大河原龜文	包章	賤乃屋文左衛門	龜文・夷彦	非虚陳人・周滑平・賤乃屋・杵虚陳人	武藏飯能	天保2	59		藥種商(龜屋)、滑平ト稱シ滑稽本ヲ著ス
1312	大河原長伯	丑四郎-臣敎	長八	長伯			天保5	56		會津藩士、漢學・書
1313	大賀　翁山	國民		世寧	翁山	肥前	文政8	33	古賀精里	福江藩儒
1314	大賀　旭川	賢勵			旭川	伊勢	明治39	88	廣瀬淡窓	伊勢ノ儒者、僧
1315	大鐘　清風	義鳴	彌兵衛	具	清風・桂園主人・錦絅堂	岩代	文久2	56		二本松藩士(江戸)
1316	大神　青霞	景貫		子一	青霞	京都	寛政7	88		本姓山井氏、禁裏ニ出仕
	大川　滄洲	→赤松滄洲 148								
	大川　蘭室	→赤松蘭室 150								
	大川　魯齋	→赤松魯齋 153								
1317	大木　忠篤	忠篤	丹二・權右衛門			上總	文政10	63	稲葉默齋	闇齋學、書
1318	大城　壺梁	煥	多十郎	文卿	壺梁・菡萏居	肥後	文化8	71	秋山玉山	熊本藩儒(時習館助教)
1319	大喜多泰山	多蔚・巖	甚右衛門・左司馬	文豹	泰山					京都ノ儒醫、詩・書、(文政-慶應)
1320	大久保一岳	好述	秀太郎	公睡	一岳(嶽)・秋陽堂	江戸				書・詩(弘化2生)
1321	大久保格庵	德輔			格庵・筧庵	羽後			金　蘭齋	詩

1322	大久保狹南	次郎吉-忠休	三十郎・五郎兵衞	明夫	狹南(山人)・名齋	武藏多摩	文化6	73	服部白賁 大内熊耳	滕狹南ト稱ス(江戸)
1323	大久保鷲山	好知	門兵衞・長(辰)之助	學海	鷲山	江戸	嘉永5	56	大田錦城	越後高田藩儒(江戸)
1324	大久保湘南	俊吉-達		雋吉	湘南	佐渡相川	明治41	44	圓山溟北	詩(隨鷗吟社)
1325	大久保隨朝	彦國	杢太夫	隨朝		三河	寛政10	69		京都ノ儒者(本願寺仕學館教授)
1326	大久保靖齋	親・親賢-親春	杢之助・默之助-要	子信	靖齋・拙堂(齋)・愛日樓・玄武堂・正氣堂	土浦	安政6	62	平山兵原	土浦藩士(郁文館教授)、兵學、安政ノ大獄ニ座ス
1327	大久保石泉	忠寛	一翁		石泉	江戸	明治21	72		幕臣、子爵
1328	大久保藏岳	義丈	探二		藏岳(嶽)・無一	三河田原	文政9	72		詩・文・歌(盲人)
1329	大久保忠胤	忠胤					安永8			下野烏山藩士
1330	大久保忠榮	忠榮	甚(五)左衞門・長三郎			江戸	元祿2	50		幕臣、詩・文
1331	大久保酉山	内匠・靭負-忠寄	一郎右衞門・保次郎・主水・主計		酉山、愛岳(嶽)・櫻川齋		享和元	(60)		幕臣、藏書家(愛岳麓文庫)
1332	大草振鷺	公明	大次郎・磨之助		振鷺	江戸				幕府儒官(江戸後期)、姓ヲ大艸トモ書ク
1333	大串雪蘭	元善	平五郎	子平	雪蘭・雪瀾	京都	元祿9	39	人見懋齋	本姓平野氏、水戸藩儒(彰考館總裁)
1334	大國葵園	秀文・秀清・隆正	一造・匠作・仲衞・總一郎	子蝶	葵園・眞瓊園・居射室・如意園・佐紀廼家・戴雪・天隱		明治4	80	昌平黌	元、姓ヲ山本・今井・野々口ト稱ス、音韻學
1335	大窪詩佛	行	柳太郎-行光	天民	詩佛(老人)・痩梅(書屋)・詩聖堂(主人)・柳圯・江山翁・綠雨亭主・艇樓(主)・柳庵・含雪・玉池樵者・婁庵・江山詩屋	常陸	天保8	71	山本北山 市河寛齋等	江戸ノ詩人(二痩詩社・詩聖堂)、畫・書
1336	大窪有山	謙	兼助	自牧	有山	常陸	天保中			詩佛男、秋田藩儒
1337	大隈萍堂	言道		萍堂		福岡	明治元	71	廣瀬淡窓	詩・歌

1338	大熊 秦川	寅	文叔	子亮・伯虎	泰川・克齋・龜隱・膽庵・夢墨・半醫(鑿)	備中			菅　茶山	大坂ノ儒醫(眼科)、書(安政)
1339	大藏 笠山	穀		國寶	笠山	山城笠置	嘉永3	66	賴　山陽・人見竹洞	本姓森島氏、詩・書
1340	大藏 龍河	讓	讓齋	仲謙・謙甫	龍河・桐蔭・謙齋	信濃飯田	弘化元	88	猪飼敬所・柴野栗山	儒醫(江戸-信州)
	大黑	→ダイコク 3602								
1341	大河内 桂閣	恭三郎-輝照-照聲	右京亮		桂閣・桂栖舍・丹桂園		明治15	35		上州高崎藩主、歌・連歌・詩(桂林莊)
1342	大河内 恒庵	重敦-重德	道濟・存眞	子厚	恒庵・還諸士・八松・東郭・生濟堂	名古屋	明治16	88	淺井貞庵・水谷豊文	本姓西山氏、名古屋藩醫大河内周碩養子、名古屋藩醫、本草學(嘗百社)
	大坂屋喜右衞門	→清水江東 3041								
1343	大崎 小窓	榮子		文姬	小窓・靜々居士		文政元			儒・詩・畫
1344	大幸 岱畎	淸方・方	伴十郎-百助	義卿	岱畎	加賀	寶曆7	51	太宰春臺	本姓兒玉氏、大聖寺藩儒
1345	大鄕 學橋	穆	卷藏	穆卿	學橋・葵花書屋	越前	明治14	52	昌　平　黌	本姓須子氏、浩齋男、鯖江藩儒、書・畫・詩
1346	大鄕 浩齋	博須(通)			浩齋	越前	安政2	63		本姓須子氏、信齋養子、鯖江藩儒(江戸)
1347	大鄕 信齋	良則・友信・寬	金藏	伯儀・仁甫	信齋・鯖江・庥布學究・城南讀書樓	越前	弘化元	71(73)	林　述齋・芥川思堂	江戸ノ儒者(城南讀書樓)-鯖江藩儒(江戸)、田寬ト稱ス
1348	大澤 君山	猶興	忠左衞門	希傑・基甫	君山・四水・閲耕窠・水南潛夫・對東山房	加賀	寬保2	70餘	羽黒迂庵・伊藤萬年	本姓印牧氏、詩・文
1349	大澤 順軒	定永	秀之助	子世	順軒					江戸ノ儒者(天保)
1350	大澤 松堂	貞雄	平藏		松堂	岡山	明和8	74		岡山藩儒
1351	大澤 赤城	賚	權之助	四海	赤城・四海	武藏	慶應元	89	黒澤雉岡	川越藩儒、音韻學
1352	大澤 鼎齋	敬遇	雅五郎	季德	鼎齋	京都	明治6	61	山口菅山	京都ノ儒者-小濱藩儒(順造館教授)

1353	大鹽　中齋	文之助-正高-後素	平八郎	子起・愼獨	連齋・中軒-中(盎)齋・洗心洞(堂)	大坂	天保8	45	林　述齋	本姓眞鍋氏、大坂東町奉行所與力
1354	大鹽　敦齋	恭		温卿	敦齋		明治初			
1355	大鹽　鼇渚	良	與右(左)衞門	子顯	鼇渚	江戸	天明5	69	太宰春臺	元、薪炭商
	大島　逸記	↓大嶋芙蓉1362								
1356	大島　景雅	雅太郎			景雅		昭和23	81		藏書家(靑谿書屋)、姓ヲ大嶋トモ書ク
1357	大島　古關	直如		矢輔	古關	江戸				堯田男、姓ヲ大嶋・大隝氏トモ書ク、詩・書
1358	大島致遠齋	永清	三次郎	時卿	致遠齋	越後	明治25	50	木村容齋	絲魚川中學校教諭
1359	大島　半隱	仲施	四郎五郎・四郎左衞門	三設・良說(設)	半隱・養齋	越前	寶永元	70	柴田良藏 石川丈山等	仙臺藩主伊達綱村侍講
	大島	↕大嶋1360〜								
1360	大嶋　贇川	吉五郎-維直(道)	忠藏	無害	贇川・希軒・三古堂・三古庵(菴)主	越中魚津	天保9	77	昌平黌 山本北山	本姓矢嶋氏、加賀藩儒(明倫堂都講)、姓ヲ大島・大隝氏トモ書ク
1361	大嶋　蜺窩	信	堯田	立輔(卿)	蜺窩	武藏忍	明治18	81	卷　菱湖	本姓矢島氏、詩・書(江戸)、姓ヲ大島トモ書ク
1362	大嶋　芙蓉	孟彪	大島逸記-近藤齋宮	孺皮	芙蓉・中嶽(岳)畫史・氷壑〔山人〕・三岳(嶽)道人・菡萏(萏)居	甲斐	天明4	63		宍戸藩儒、書・畫・篆刻、高芙蓉ト稱ス
1363	大嶋　藍涯	桃年	淸太	景實	藍涯・柴垣・催詩樓	金澤	嘉永6	60	昌平黌	贇川男、加賀藩儒(明倫堂助教)
	大嶋	↕大島1356〜								
1364	大須賀筠軒	履	次郎	子泰	筠軒・鷗渚・舟門	磐城平	大正元	72	昌平黌	神林復所次男、平藩儒(佑賢堂頭取)-第二高等學校教授
1365	大菅　休	休	新太郎	承卿		彦根	天保5	34		本姓森下氏、南陂養子、彦根藩儒、詩・文
1366	大菅　中養	圭・白(公)圭	權(精)兵衞	瓚美	中養・中養父・中藪	彦根	安永7	(69)67	荻生徂徠	彦根ノ國學・漢學者

1367	大菅　南陂	集	權之丞・權兵衞・綿衣先生	翔(翃)之	南陂(坡)・蘭澤	彦根	文化11	61	野村東皐	本姓岩泉氏、中養養子、京都ノ儒者－彦根藩儒(稽古館學問方)
1368	大關　杞陰	賢弘	吉郎右衞門	公毅	杞陰	越後	安政4	70		本姓片岡氏、詩・文
1369	大關　劍峰	克・悳(愿)		俊佐・義方	劍峰	越後白根	明治24		龜田鶯谷	田安侯儒－宮内省圖書寮、詩・文
1370	大關　琢堂	惟	八十八	惟孝	琢堂	秋田	天保中			
1371	大關　忍齋	爲孝・惟孝	修敬	伯悌	忍齋	江戸	天保中			詩・文
1372	大田宜春堂	長好		東作	宜春堂	長崎	享保8			名古屋ノ儒醫、神道・詩
1373	大田　喬松		福祿郎	元端	喬松	加賀	明治5			錦城六男、詩・文(江戸)
1374	大田　錦城	元貞	才助・乙之助－才佐(輔)	公幹(韓)	錦城・春草翁・柳橋釣史・多稼軒	加賀大聖寺	文政8	61	皆川淇園・山本北山	江戸ノ儒者(春草堂)－加賀藩儒、一時、吉田藩儒(時習館教授)(江戸)
1375	大田　愚溪	如晦	金剛五郎	季明	愚溪	加賀	天保6	34		錦城五男、詩
1376	大田　載陽	晙	鎌太郎	子皚	載陽					南畝孫、江戸ノ儒者、詩
1377	大田晶二郎	晶二郎				東京澁谷	昭和62	73	東京帝大	史料編纂所長、尊經閣文庫長、書誌學
1378	大田　晴軒	敦	魯三郎・魯佐	叔復	晴軒	加賀	明治6	79	大田錦城	錦城三男、吉田藩儒(時習館教授)、詩・文
1379	大田　晴齋	修文	成之進－成之	翼武	晴齋・竹庵・玉海・澹淵	加賀	明治30	65		晴軒男、吉田藩士
1380	大田　大洲	澄元(玄)		子通	大(太)洲・崇廣堂	江戸	寛政7	75		本姓岩(巖)永氏、醫學館講義、本草學

1381	大田　南畝	覃	直次(二)郎－七左衛門	子耕(耜)	南畝・四方赤良・四方山人・蜀山(人)・杏(花)園・石楠齋(亭)・遠櫻山人、寢惚先生、滄洲樓・巴人亭・鶯谷隱士・玉川漁翁・竹羅山人・四方屋本太郎・山手馬鹿人・風鈴山人・舳羅山人・鶯谷史隱・惰濃子・六郷漁翁・櫻山人・南極老人・千金子・此楓・新寧武子・改年堂御慶・毛唐陳奮翰・新場先漁・無量軒・南樓坊路錢・心逸日休	江戸	文政6	75	松崎觀海	幕臣、狂歌師、雜學者、蜀山人ハ享和元年以後大坂ニテ用イル
1382	大田　晩成	玄齡	遮那四郎	季喬	晩成・蠅虎庵・敬時堂	加賀	慶應3	66		錦城四男、江戸ノ儒者
	大田	↔太田 1490〜								
1383	大高坂維佐子	いち		維佐子		阿波	元祿12	40		芝山妻、女子教育
1384	大高坂義明	義明				土佐				芝山男、伊豫松山藩儒(江戸前期)
1385	大高坂芝山	季明	岡九郎三郎－清助(介)・文京	清甫(介・助)	芝山・一峰(峯)・黃軒・黃裳閣(園)・喬松子・紫清・清士處・休也・立庵	土佐	正德3	67	谷　一齋	本姓平氏、初メ岡氏、大高氏トモ稱ス、稻葉侯賓儒－伊豫松山藩儒(江戸)
1386	大竹　雲夢	親從	與五兵衛	子虛	雲夢・長嘯	水戸	天保2	68	菊池景英	水戸藩儒(彰考館)
1387	大竹　蔣逕	温		新之	蔣逕	遠江福田			小野湖山江馬天江等	詩
1388	大竹　蔣塘	培	斧八	達夫	蔣塘・心靜堂・石舟・小舫	江戸	安政5	58	巻　菱湖	書
1389	大竹　東海	融	太(多)仲・太冲	子陽・陽文	東海・白雲樓	三河	享和3	69	大内熊耳	本姓淺井氏、江戸ノ儒者、備中足守藩儒トモ、岳(嶽)東海ト修ス
1390	大竹　武陽	鸞		仲鳳・九儀	武陽・白雲樓	江戸	弘化3			東海男、江戸ノ儒者、姓ヲ岳ト修ス
1391	大竹　鳳羽	住護	英治		鳳羽・風月皆宜樓主人	越後	明治29	78	今井玄中北澤仲益	新發田藩儒(郷校濟美堂)
1392	大竹　麻谷	之浩(誥)	榮(英)藏	之(子)蕩	麻谷山人・清(晴)暉樓・暉岳(嶽)	江戸	寛政10	72	大内蘭室	江戸ノ儒者、岳麻谷ト稱ス

1393	大武	葆光	忠吾		元朗	葆光・東閣(郭)	越後	享和元	64	芥川丹邱	江戸ノ儒者–越後ノ儒者、詩・文
1394	大立目	克明	克明	鐵右衛門・市郎太夫	德甫	囂々子・守拙園主人	仙臺	弘化4	55	櫻田虎門 田邊希哲	
1395	大館	霞城	謙氏			霞城	上野	明治8	52	古賀侗庵	上野ノ儒者
1396	大谷	尙古	謙	淸吉	益夫	尙古堂・霞龍	上野	嘉永6	81	浦野神村	上野ノ儒者、書・俳諧
1397	大谷	愼齋	鼎	震藏	玉鉉	愼齋・水堂	江戸	天保中			江戸ノ儒者、詩・書
1398	大谷	正敦		仙右衛門		正敦		文政10		山田靜齋	京都ノ儒者
1399	大地	東川	昌言	新八郎	士俞・行甫	東川・奚疑・遜軒・瑟(毖)齋	加賀	寶暦2(3)	60(61)	室鳩巣	室鳩巣外孫甥、加賀藩士、經・史・詩・文
1400	大冢	公黍	公黍		稷卿		伊勢				
1401	大塚	雲渦	弘		士毅	雲渦・臥隱・昌伯	伊勢				大坂ノ醫–彦根藩老家臣、詩・文・書・畫(文政–天保)
1402	大塚	稼圃	孝威(感)	善助	子儀	稼圃	江戸	享和2	80	服部南郭	慥齋男、幕臣
1403	大塚	觀瀾	靜氏	太一郎	子儉	觀瀾・梅樓・拙齋・冬扇子・考槃窩	日向高鍋	文政8	65	宇井默齋等	精齋男、高鍋藩儒(明倫館敎授)
1404	大塚	毅齋	直之	桂	菊卿	毅齋・木圭・愚堂・古香・棗亭・苟完	磐城	文政10	44	昌平黌	本姓鳥飼氏、白河藩儒–桑名藩儒(移封)、書・詩
1405	大塚	桂山	言	賴母	有中	桂山・恕齋	肥前	嘉永2	77	大塚松所	克忠男、佐賀藩儒
1406	大塚	湖東	重文	喜(嘉)十郎	明卿	湖東・碧蘆館					詩・書(安政)
1407	大塚	頤亭	良能–孝綽	太(大)助	子祐(裕)	頤亭・容與園	江戸	寛政4	74	荻生北溪	稼圃兄、幕臣
1408	大塚	克忠	顯・義知	忠五郎	克忠		肥前	安永7		大塚松所	松所男、佐賀藩儒
1409	大塚	師政	師政	三左衛門			備前 佐賀	寛保2		武富廉齋	松所男、一時福地氏ヲ稱ス、佐賀藩儒、和算

1410	大塚	如雲	尙			如雲	下總			大沼枕山	詩(武州杉戸)
1411	大塚	昌平	照明		子融	昌平	伊勢	文化2			江戸ノ儒者
1412	大塚	松所	倫・道恒	良佐衛門	子和・恕卿	松所(處)	佐賀	享和元	95	實松眞恒・(僧)大潮	佐賀藩儒、武術
1413	大塚	水石	敬業	新左衛門	士業	水石・適川	富山	明治7	56	大野介堂・昌平黌	富山藩儒、篆刻
1414	大塚	正健	正健				神奈川	昭和24	91		漢語音韻史
1415	大塚	精齋	氏愼	七郎次		精齋	高鍋	文化4	79	久米訂齋	高鍋藩儒
1416	大塚	巣南	紳	六郎	佩玉	巣南	越後柏崎	文久3		梅辻春樵	本姓水落氏、雲渦男、彦根藩老家臣、詩
1417	大塚	蒼梧	嘉樹	市(一)郎左(右)衛門	子敏・敏卿	蒼梧・老漢・茅園・駿岳・牛渚	江戸	享和3	73		本姓橘氏、有職家、詩・文
1418	大塚	慥齋				慥齋					稼圃父、田安府(徳川宗武)儒官
1419	大塚	退野	又十郎-久成	藤(丹)左衛門		退野・孚齋・蹇齋	熊本	寛延3	74	佐藤一齋	熊本藩儒-熊本ノ儒者
1420	大塚	桐華	重遠	莊右衛門		桐華	熊本	享保4	26		退野弟、武術・算法・詩
1421	大塚	梅里	長敏	八郎左衛門	修甫	梅里・夢鶴齋		明治8	72		丸龜藩士、『西府志』
1422	大塚	泊雲	完齋		成章	泊雲	近江	明治26	53	奥野小山	
1423	大塚	晩香	直弘-直久-桂		宮治-敬之	晩香	江戸	元治元	47	昌平黌	毅齋長男、桑名藩儒
1424	大塚	蘭園	義卿	源次左衛門		蘭園	掛川	文化3			儒
1425	大月	履齋	吉廸(迪)	正藏		履齋	伊豫大洲	享保19	61	淺見絅齋	本姓藤原氏、松山藩儒
1426	大槻	習齋	清格	格治	文禮	習齋	仙臺	慶應元	55	古賀侗庵・梁川星巖	平泉男、仙臺藩儒(養賢堂學頭)

1427	大槻	如電	清修	修二		如電・電	江戸 淺草	昭和6	87		磐溪長男、復軒兄、洋學者、藏書家(淺草文庫)
1428	大槻	西磐	清禎(祥)・禎	恒輔	瑞卿	西磐(盤)・蕉陰	仙臺	安政4	40	昌平黌	平泉甥、江戸ノ儒者、海防論
1429	大槻	泰嶺	良貴	讓助・知柔	公恕・士望	泰嶺・雲林逸士	相模				江戸ノ儒者、書・詩
1430	大槻	磐溪	大次郎–清崇	平次・平次郎	士廣	磐溪・江隱・磐翁・鴻漸老人(齋)・寧靜・卍翁	江戸	明治11	78	井上四明 林　述齋	本姓平氏、磐水次男、仙臺藩儒(江戸)–仙臺ノ儒者
1431	大槻	磐水	陽吉・元節–茂質	玄澤	子煥	磐水・芝蘭堂・半醉半醒	陸奥 一ノ關	文政10	71	杉田玄白 前野良澤	本姓平氏、仙臺藩儒醫(江戸)–幕臣、蘭學
1432	大槻	磐里	茂楨・茂	玄幹	子節	磐里・不錦書屋・月洲・木貞子	仙臺	天保8	53	中野柳圃	本姓平氏、磐水長男、幕臣、蘭學
1433	大槻	復軒	清復・文彦	復三郎		復軒	江戸	昭和3	82		本姓平氏、磐溪次男、『言海』
1434	大槻	平泉	清準	民治	子縄	平泉–縄翁	仙臺	嘉永3	78	志村東嶼 古賀精里等	仙臺藩儒(養賢堂學頭)
1435	大鶴	篠谷	百太郎–謹良・定香	活庵・石川玄迪	君馨	篠谷	伊勢 桑名	文政8	72	岡田新川	尾張ノ醫、詩
1436	大友	遠霞	參		子商	遠霞(可)	筑前				詩(長崎・大坂)
1437	大友	孝叔	與藤治–吉德	玄圭	孝叔		出羽	文政10	58	皆川淇園 本居宣長	秋田ノ醫(風土病)
1438	大鳥	圭介	純彰	圭介		如楓	赤穗	明治44	79	閑谷黌	本姓小林氏、幕臣–外交官、兵學・築城學
1439	大縄	念齋	久悠	織衛	子誠	念齋・楢川釣客・烏柏園	秋田	明治15	71	伊藤萬年	秋田藩士、詩(江戸)
1440	大西	寛	寛			九十九木盦主人		昭和63	76		國立國會圖書館
1441	大西	志轂	原		子混	志轂	大和	文化中	50	增田敬業 戸崎淡園	大和ノ儒者
1442	大沼	竹溪	典・守諸	次右衛門	伯經	竹溪	尾張	文政10	66		本姓源氏、鷲津幽林長男、沈山父、幕臣、詩、源典ト修ス(江戸)
1443	大沼	枕山	厚・益友	捨吉	子壽・直公	枕山・臺嶺・熙々堂・水竹居	江戸	明治24	74	菊池五山 梁川星巖	竹溪長男、幕臣、詩(下谷吟社)

1444	大野	介堂	賁	欽一郎	士文	介堂	越中	文久元	54	昌平黌	拙齋男、富山藩儒
1445	大野	鏡湖	敬	敬助	子顔	鏡湖		天保中			唐津藩儒(江戸)
1446	大野	拙齋	鼎	十郎	國寶・元龍	拙齋・清儉堂	越中富山	天保元	59	(僧)大典 古賀精里	本姓紀氏、富山藩儒
1447	大野	恥堂	紳	敬吉	垂卿	恥堂・脩齋	越後	明治17	78	丹羽思亭	越後ノ儒者(絆己樓)
1448	大野	竹軒	自反	貫右衛門	子縮	竹軒	常陸	天保7	66	廣瀬克齋	土浦藩儒
1449	大野	竹瑞	董喜		玄格	竹瑞・庚金・保精菴	豊後竹田		60		江戸ノ儒醫-富山藩儒醫(江戸後期)
1450	大野	秩嶽	滿穗・賴行	蕃次郎-玄鶴	臯卿	秩嶽(岳)・玄鶴・天禽子・天生堂・五雲庵	武藏秩父	明治25	79	朝川善庵 東條琴臺等	儒醫、鄉土誌
1451	大野	貞齋				貞齋				伊庭一貫堂	鈴木養齋玄孫、儒醫(江戸後期)
1452	大野	梅華	誠		仲亨	睡虎-梅華	越後	明治17	餘50		恥堂長男、書、勤皇家
1453	大野	北海	通明	忠右衛門	子赫・子哲	北海	奥州			荻生徂徠	兵學(明和・江戸)
1454	大野	魯山	世禮			魯山	加賀			大幸岱畊	大聖寺藩儒
1455	大野	梁村	平一	五郎左衛門	衡卿	梁村・兮翁	肥前	明治8	71	古賀侗庵	肥前蓮池藩儒
1456	大場	南湖	景明	大二郎	俊甫	南湖・廉齋-大樂	常陸	天明5	67	小池桃洞	水戸藩士、和算・教・史
1457	大橋	云何	勝千代-重保	長左衛門		云可	河内	正保2	64		書(秀賴・秀忠・家光右筆)
1458	大橋	綽堂	貞裕	壽作	寛壽	甦所・綽堂		明治11	59	奥田桐園 神波延仲	本姓平氏、初メ岡谷氏、名古屋ノ儒醫-名古屋藩醫
1459	大橋	重政	重政	小三郎-長左衛門			京都	寛文12	55		重保長男、幕臣、書(大橋流)
	大橋	淡雅	→菊池淡雅 2243								

1460	大橋	東堤	富之		子教	東堤	京都				書
1461	大橋	陶庵	正燾・正憲	燾次	仲載	陶庵(菴)	下野	明治15	46		本姓河田氏、迪齋次男、訥庵養子、詩
1462	大橋	訥庵	龜藏－正順・順	順藏・安本・屋良介・梅・梅隱・龍岡・玄龍	周道・承天	訥庵(菴・葊)・曲洲・承天・屠龍居士・順周	江戸	文久2	47	佐藤一齋	清水赤城三男、大橋淡雅・酒井義重養子、宇都宮藩士－江戸ノ儒者(思誠堂)
1463	大橋	白鶴	淑明・弼	宗之助	仲亮	白鶴・退軒	越後栃尾	嘉永5	80	近藤峨眉・秋山景山	富川玄嶽弟、越後ノ儒者、詩賦(復禮館)
1464	大畠	九齡	九齡	官兵衞	壽玉		明石				明石藩士、書・詩、平九齡ト稱ス
1465	大林	荷坪	儀		子表	荷坪					詩
1466	大原	觀山	有恒・恒成・三寅	大次郎・城(晋)之助・武右衞門・市兵衞	士行	觀山・頑翁・蝸亭・蕉鹿	伊豫	明治8	58	昌平黌	本姓加藤氏、松山藩儒
1467	大原	道學	延清－武明	喜右衞門		道學				林羅山	武清長男(江戸初)
1468	大原	呑響	翼	觀(官)次・左金吾	雲卿	呑響・墨齋	陸中	文化7	(50)	井上金峨	經世家、畫・詩・文・琴
1469	大原	武清	武清				越前福井			林羅山	福井藩儒醫(承應－寛文)
1470	大卷	鳳陽	恒實－秀詮	勇助		鳳陽	陸中	享和元	62		本姓戸田氏、盛岡藩士
1471	大亦	俊	俊				京都	明治21	41		京都ノ儒者
1472	大町	桂月	芳衞			桂月	高知	大正14	57	東京帝大	文章家
1473	大町	敦素	實(質)		正淳	敦素	京都	享保14	71	伊藤仁齋	京都ノ儒醫
1474	大村	桐陽	成章		斐夫	桐陽・滃灣	津山	明治29	79	稻垣寒翠	
1475	大村	蘭林	貞陸(達)	莊(庄)助	子漸	蘭林	肥後熊本	寛政元	66	西依成齋	熊本藩士－津山藩儒－女子師範

1476	大村　良庵	永敏—益次郎	宗太郎—藏六・六藏		良(亮)庵(安)・淵山	周防	明治2	45	廣瀬淡窓 緒方洪庵	本姓村田氏、山口ノ醫—宇和島藩士—幕臣(講武所教授)—兵部大輔、軍政家、慶應元年、主命ニヨリ大村益次郎ト改名
1477	大森　快庵	君欽・欽	七郎右(左)衛門	舜民	快庵・詩史園・蘇州	甲斐	嘉永2	53	朝川善庵 大窪詩佛	農商業家、詩(江戸)
1478	大森　狹川	樂	八五郎	子陽	狹川	越後蒲原	寛政3	54	(僧)大舟 瀧鶴台	越後ノ儒者—奥州鶴岡ノ儒醫
1479	大森　漸齋	秀祐	安右衛門		漸齋・玉川	京都	寶永3	82	石川丈山	京都ノ儒者、詩
1480	大矢　透	又七郎—透				新潟	昭和3	79		音韻學
1481	大谷木醇堂	秀純—季良	源太郎	忠醇	醇堂	江戸	明治30	60	枕崎柳浪	幕臣(昌平黌)—東京ノ儒者、藏書家
1482	大藪　錢塘	良興	久右衛門		錢塘		明和4	64		
1483	大柳　庱園	元齡	新五郎		庱園		享和4			本姓片山氏、越前ノ儒者
1484	大山　葦水	爲起	大膳・左(吉)兵衛・七介		葦水〔齋〕	京都	正德3	63	山崎闇齋	本姓秦氏、伏見稲荷祠宮松本氏男、京都ノ商人大山氏養子、伊豫松山藩祠官—京都デ開塾(葦水軒)、秦忌寸ト稱ス

大山彦太郎　→中岡迂山4267

1485	大山　融齋	誠	吳一郎・語一	成言	融齋・梅所・書癡	水戸	文久3	70		江戸ノ儒者—安中藩儒(江戸)、國學、書、姓ヲ太山トモ書ク
1486	大類　鴨邨	久徵			鴨邨・耶來老人	江戸	昭和13	85	昌平黌	書・詩
1487	大類　伸	伸				東京神田	昭和60	91	東京帝大	本姓伊藤氏、文博
1488	大脇　自笑	肅・重騏	武一郎	希魯	自笑・栗齋	木曾	明治9	69	秦滄浪 松崎慊堂	木曾福島山村氏臣—開塾(自笑塾)、一時織田氏ヲ稱ス
1489	大渡　靄村	貞	周策	子幹	靄村		安政6	43	廣瀬淡窓	府内藩儒醫
1490	太田　益齋	雅	權之丞	田成	益齋					(文政・江戸)

1491	太田　玩鷗	隆玄・象	榮助・近江介・左衞門	伯魏	玩鷗・鶴（隺）汀・拙（杣）窩・鬧上老隱	京都	文化元	60	江村北海 南宮大湫	本姓甲賀氏、京都ノ儒者—淀藩儒、詩、姓ヲ賀・田ト修ス、岡鶴汀ト同一人カ
	太田儀左衞門	→池田秋水598								
1492	太田　玉巖		和泉屋金右衞門		玉巖（堂）					江戸ノ儒者、書賈（文政—明治）
1493	太田　玄九	善世		子龍	玄九	陸奥				江戸ノ儒者（文政）、田子龍ト修ス
1494	太田　三峽	有孚	盛三	孔昭・盈嶽（岳）	三峽・蘭堂	陸前	明治12	50	昌平黌	仙臺藩儒
1495	太田　子規	嘉方	半左衞門	子規		京都				韻學（寛文・京都）
1496	太田　岫雲	有終	新之丞		岫雲・無爲子	駿河	明治35	74		幕臣—遠江横須賀藩儒
1497	太田　翠陰	重厚—成章	彦八郎—正五郎・治太夫—丹下	士達	翠陰	信濃上田	寶暦4	79	林　鳳岡	秋田藩士
1498	太田　全齋	龜之助—勝明—經方・方	八郎	叔龜	全齋	江戸	文政12	71		福山藩儒、音韻學、考證家
	太田　東谷	→太田代東谷1504								
1499	太田　稻香	穀	梁平	有年	稻香・紅葉山房	周防三田尻	慶應2	57	高島秋帆 廣瀬淡窓	山口藩老毛利氏儒（學文堂—本教館）
1500	太田　道灌	資長			春苑・香月・靜勝軒・含雪齋（入道號）道灌		文明18	55		本姓源氏、扇谷上杉氏臣、詩・歌
1501	太田芙蓉館	徵	清兵衞	子徵	芙蓉館					大坂ノ儒者（寛政）、田徵ト修ス
1502	太田　方齋	保・保世	泰（退）藏・善藏	君明	方齋・熊山	佐渡	安政初	60前後	本間默齋 朝川善庵	下野壬生藩儒（江戸）
1503	太田　夢聲	伯	主計	聖居	夢聲・快庵					大坂ノ儒者
1504	太田代東谷	恒德	熊太郎		東谷・不知庵	岩手	明治34	68	照井一宅 海保漁村等	盛岡藩士—盛岡藩儒—盛岡ノ儒者、姓ヲ太田トモ稱ス

	太山	→大山 1484〜									
	近江屋源右衛門	→手島堵庵 4007									
1505	鉅鹿	皓	皓	民部	子明		長崎				本姓魏氏
	櫻	→サクラ 2959									
1506	丘本	遜齋	思純	正吉	守心	遜齋	京都			堀南湖 向井滄洲	京都ノ儒醫、天文・地理・詩・文(文化)、姓ヲ岡本トモ書キ丘思純ト修ス
1507	岳	玉淵	庸		孔庸	玉淵子・鼎文		寛政10	62		本姓岡田氏、篆刻(私謚)九疑先生
1508	岳	東海	融	太冲	子陽	東海	三河赤坂	享和3	69	大内熊耳	本姓淺井氏、江戸ノ儒者、詩
1509	岳	武陽	鸞		九儀	武陽	三河	文政中			東海男
	岳	↕ガク (1810)									
1510	岡	芸臺	施國		賓王	芸臺	大坂			片山北海	大坂ノ儒者
1511	岡	雲臥	武韶	藤馬	士競・汝肅	雲臥・九畹	倉敷	安永元	62	松岡恕庵 江村北海	高松藩儒
1512	岡	鶴汀	壽卿	總(総)左衛門	元齡(路)	鶴(隺)汀・闌上老隱	倉敷	文化8	76	江村北海 岡雲臥	詩、太田玩鷗ト同一人カ
1513	岡	起雲	栖龍	中書	起雲		京都				(安永–天明)
1514	岡	麑泉	濯	嘉太夫	萬里	麑泉・白雲山房主人	陸前	昭和6	79	岡鹿門	宮城中學教員、詩(白鷗吟社)
1515	岡	研水	鼎・鼎信	定太郎		研水	伊豫宇和島	天保2	餘70	賴春水 尾藤二洲	宇和島藩士
1516	岡	孝卿	直友	縫殿・左衛門		孝卿	高田	天明9	45		高田藩儒
1517	岡	三慶	道		明卿	三慶	江戸			森田節齋 森田月瀬	文章家(嘉永–明治)

1518	岡	紫陰	弘道	直次郎・直輔	子毅	紫陰	筑後柳川			帆足愚亭	大坂ノ儒者（文化14生、天保15以降沒）
1519	岡	周東	精	研介	子究	周東・恥斎・萬松精里	周防	天保10	41	廣瀬淡窓	鳴瀧塾長‐大坂ノ儒醫
1520	岡	秀竹	承篤	權平		秀竹	江戸	元文3	83		林竹男、書
1521	岡	恕齋	子龍	長右衛門	伯潛	恕齋・鶴皐・南濱	播磨	安永8	37	岡部龍洲	龍洲長男、肥前蓮池藩儒
1522	岡	它山	玄		太玄	它山・稽翁	土佐	文政6	67	篠崎三島	儒醫、詩・書
1523	岡	長洲	長祐	正吉・平藏	子申	長洲・來青軒	讃岐	明治3		林　鳳岡	京都ノ儒者‐高松藩儒、詩
1524	岡	道溪	壽精		翁伯	道溪	江戸	寶暦8	25	大内熊耳 服部南郭	幕府醫官、文
	岡	白駒	↓岡部龍洲 1598								
1525	岡	鳳鳴	懋德		肅夫	鳳鳴	京都	天明元		小野鶴山	京都ノ儒者、書
1526	岡	穆齋	正英		子蘭	穆齋	攝津			梁田蛻巖	淀藩儒、書
1527	岡	熊嶽	嬰・文暉	勝之助	少年・世昌	熊嶽（岳）・餘香堂	大坂	天保4	72		畫（『唐土名勝圖會』）
	岡	龍湖	↓岡島龍湖 1547								
1528	岡	林竹	義直（道）	三右衛門	渤海	林竹・卽翁	江戸	元文元	66	林　鳳岡	幕府儒官、書
1529	岡	魯庵	元鳳	元（尙）達	公翼	魯庵・白洲・澹齋・慈庵・隔凡所	河内	天明6	50	片山北海 菅　甘谷	大坂ノ醫、詩・文（混沌社）、本草學
1530	岡	鹿門	琢	清二	潛玉	鹿門（初代）・鯨飲道人	奥州				江戸ノ詩人（文化）
1531	岡	鹿門	天爵‐千仞	啓（慶）輔（助）・敬助	子文‐振衣	鹿門（二代）・振衣閣・鹿門精舍	仙臺	大正3	82	昌平黌	大坂ノ儒者（雙松岡塾）‐仙臺藩儒‐東京書籍館長‐私塾（東京綏猷堂）
	岡	↕コウ (2681)									

1532	岡井 嵰洲	孝先	九八郎・文次郎・郡太夫	仲錫	嵰洲・滄浪	江戸	明和2	64	荻生徂徠	黄陵弟、水戸藩儒-高松藩儒（江戸）、岡仲錫ト修ス（私謚）安省先生
1533	岡井 黄陵	孝祖	彦太郎	伯錫	黄陵	江戸	享保3	53		江戸ノ儒者、唐音
1534	岡井 柿堂	愼吾			柿堂	福井丹生	昭和20	74		五高教授
1535	岡井 赤城	孝卿・鼎・鼐	文次郎・郡太夫	伯鼎・伯和	赤城	江戸	享和3		岡井嵰洲	嵰洲長男、讃岐高松藩儒（江戸）、書・文・畫
1536	岡井 圖南	彪	初四郎・郡太夫	文皮	圖南		文政5			赤城養子、初メ門馬氏、讃岐高松藩儒
1537	岡井 碧庵	泰		定叟	碧庵（菴）・東皐	江戸	元祿11	73	林鳳岡	讃岐高松藩士
1538	岡井 蘭室	馨	郡太夫	德卿・子春	蘭室・湖西	江戸				（安政・江戸）
1539	岡井 蓮亭	璵・多加良	富五郎	子璠	蓮亭	江戸	文政9	76	岡井嵰洲	嵰洲次男、水戸藩儒（彰考館教授）
1540	岡内 綾川	棣	甚藏	伯華	綾川・槐園・半隱舍	高松	天保3	69	齋宮靜齋	讃岐高松藩儒（講道館總裁）
1541	岡尾 正惠	正惠			正惠		元祿中	76		書（尊圓親王流）（京都）
1542	岡崎 槐陰	正忠	忠介-次郎兵衛	子衛	槐陰・梅巷・淸風堂	常陸	天保2	48	藤田幽谷	水戸藩儒（彰考館）
1543	岡崎 鵠亭	元軌	彦太（五）郎	伯則	鵠亭（汀）・櫯亭・霞亭	京都	天保3	67	岡崎廬門	本姓平氏、廬門男、京都ノ儒者、詩・文
1544	岡崎 春石				春石		昭和18	76		
1545	岡崎 貞庵	正章	謙吉	子含	貞庵					本姓平氏、京都ノ儒者（天保）
	岡崎 龍湖	→岡島龍湖 1547								
1546	岡崎 廬門	信好	平太（郎）	平太-師古	廬（盧）門・廬（盧）彭齋	京都	天明7	54	龍 草廬	本姓平氏、京都ノ儒者、詩、平信好ト稱ス
	岡島 安齋	→岡嶋竹塢 1550								

1547	岡島	龍湖	忠濟‐樗	官藏	君美‐櫟夫	漪〔々〕齋‐龍湖	羽後秋田	文化4	37	皆川淇園	本姓吉成氏、谷田部氏養子、後、岡島ト改姓、更ニ岡崎・岡トモ稱ス、大坂ノ儒者
	岡島		↕岡嶋 1548〜								
1548	岡嶋	冠山	明敬‐璞	長左衛門‐彌太夫‐喜兵衛	玉成・援之	冠山	長崎	享保13	55	林　鳳岡	長崎譯官‐萩藩士‐大坂・江戸・京都ノ儒者、唐話・唐音
1549	岡嶋	石梁	達	忠四郎	仲通	石梁	加賀金澤	寶永6	44	木下順庵	本姓河野氏、加賀藩儒、詩、岳石梁ト修ス
1550	岡嶋	竹塢	順	信夫・忠藏	忠甫	竹塢〔館〕・安齋・慧〔彗〕日山人	長崎			岡嶋冠山	冠山男、萩藩儒(江戸中期)
	岡嶋		↕岡島 1547〜								
1551	岡田	雲洞	和	榮藏	文鳴	雲洞	越後	明治2	74		岡田香雪男、詩・文・畫
1552	岡田	鴨里	僑	周輔(圃)		鴨里・山陽山人	淡路	明治13	75	賴　山陽	本姓砂川氏、德島藩儒(洲本學問所教授)
1553	岡田	花邨	義謙	源吉郎		花邨・善庵	上野	文久2	49	朝川善庵 多紀安叔	儒醫
1554	岡田	華陽	寅吉‐元(玄)好・靜默	靜安・佳與	子成	華陽・松響園・盧得齋・養生堂	武藏戸田	嘉永元	79	齋藤東海	戸田ノ儒醫、詩・文
1555	岡田	確堂	寧安	直(喜)太郎‐良彦	君升	確堂	安藝	明治9	43	坂井虎山 賴　聿菴	廉齋男、廣島藩士‐廣島藩議事所判事
1556	岡田	鶴鳴	皐	本房・治右衛門・幸之允	士聞・士簡	鶴鳴	河内			海保青陵	幕臣水野氏世臣、河内一ノ宮祠職‐河内ノ儒者(江戸後期)
1557	岡田	寒泉	善(前)里‐恕	又次郎‐式部‐清助(介)	仁卿‐中卿‐子強	寒泉・泰齋・招月樓・冷水	江戸牛込	文化13	77	村士玉水 井上金峨等	幕府儒官、沒年一ニ文化一四年(71)ニ作ルハ誤リ
1558	岡田	寛翁	輔幹・寛・幹・正弼	八郎左衛門		寛翁・靜山		天保2	57	松村九山 田中大秀	越前大野藩士、漢學・國學
1559	岡田	兼山	宜汎	彦左衛門	彦愛	兼山・遯軒	水戸	寛延3	63	安積澹齋	本姓中澤氏、水戸支藩磐城守山藩士
1560	岡田	劍西	正之		君格	劍西	富山	昭和2	64	重野成齋	吳陽男、文學博士、學習院教授、詩・書
1561	岡田	元理	元理	半太夫				享和2	71	村主玉水	伊勢崎藩家老(學習堂學頭)

1562	岡田	吳陽	信之	順二	君行	吳陽	越中	明治18	61	昌平黌	本姓小西氏、栗園養子、富山藩儒-富山師範學校
1563	岡田	煌亭	欽	彥助	秀三・彥輔	煌(惶)亭・南嶽(岳・嶺)・利川	上總	天保9	47	朝川善庵	姓ヲ崗田氏トモ書ク、折衷學
1564	岡田	篁所	穆	恒庵	清風	篁所・大可山人	長崎	明治36	84	宇津木靜區・野田笛浦	儒醫
1565	岡田	濟	濟							冢田大峯	尾張高須藩儒(江戸後期)
1566	岡田	小篁	敬	恭助		小篁・如愚庵		弘化4	47	浦野神村・大橋訥庵	伊勢崎藩士(學習堂助教-江戸信古堂教授)、詩
1567	岡田	勝興	子幹			勝興	因幡				儒(文化)
1568	岡田	眞	眞					昭和59	83		實業家、アララギ派歌人、藏書家
1569	岡田	新川	宜生	彥左衞門・仙太郎	挺之・宜士	新川・暢園・朝陽館〔堂〕・甘谷・杉齋・迺園	尾張	寛政11	63	松平君山	恩田蕙樓兄、名古屋藩儒(明倫堂督學)、詩
1570	岡田	世庵	弍・貳	立助	十旦	世庵		文政中			(江戸)
1571	岡田	靜山	信之		信民	靜山	加賀			伊藤莘野	金澤藩士(享保)
1572	岡田	竹軒	宣純		汎文	竹軒	江戸	享保6			江戸ノ儒者
1573	岡田	竹圃	文	文藏	信威	竹圃	武藏			木下順庵	祖父朝鮮人、紀伊南部侯儒-和歌山藩儒(元祿)、姓ヲ田ト修ス
1574	岡田	仲實	敬		季誠	仲實				中江藤樹	陽明學
1575	岡田	東洲	德尚・彝(彛)	俊作		東洲	肥後	明治15	40	月田蒙齋・轟木遊冥等	肥後ノ儒者
1576	岡田	南涯	邦彥	節藏	士髦・節叟	南涯・遵古堂	大坂	天保7	74	岩垣龍溪	京都ノ儒者
1577	岡田	寧處	豹	文治-善二(次)郎	君章	寧處(所)・南山・墨樵・青白〔主人〕	阿波	文化7	69	片山北海	德島藩儒(大坂-德島)、詩(混沌社)・書・篆刻、岡豹ト修ス
1578	岡田	梅陵	祐	眞吾・元貞	伯柔	梅陵・拂雲		明治9	51	大橋訥庵・春日潛庵	宇都宮藩士-宇都宮ノ儒者

1579	岡田　半江	肅	彦兵衛・羽左衛門	子羽	半江・無聲・自適・寒山・獨松庵	大坂	弘化3	65		大坂ノ儒者、畫
1580	岡田　阜谷	贇	權兵衛	子贇	阜谷	江戸				江戸ノ儒者
1581	岡田　楊齋	成憲		喜陸	楊齋	加賀金澤	元治元	80		畫・儒
1582	岡田　蘭洲	鼎	嘉右衛門	有實	蘭洲					久留米藩儒(江戸)
1583	岡田　栗園	淳之	萬三郎	爲之助─大(太)初	栗園	越中	元治元	79	昌平黌	富山藩儒(廣德館教授)
	岡田　龍洲	→岡部龍洲 1602								
1584	岡田　廉齋	寧靜	直之助─靜春	致遠	廉齋	安藝	明治17	75	賴春水 賴杏坪	本姓高野氏、安藝支藩吉田氏儒
	岡谷	↕オカノヤ 1590								
1585	岡永　松陽	君賛		世襄	松陽	江戸	明治初	餘70		久留米藩儒、詩・書
1586	岡野　黃石	和	友輔	芝瑞	黃石・嘿翁・曉月樓・青黎閣・温故(古)樓	加賀	文政5	67		加賀書賈岡野得入男、加賀藩老儒臣
1587	岡野　春林	彦昭		子回	春秋	尾張				本姓菅氏、安永元年ノ生レカ
1588	岡野　石城	元韶・融	內藏太・陽之助	叔儀	石(赤)城	信濃	文政13	86	菊池南陽	本姓河內氏、松代藩儒─松代ノ儒者(翠篁館)
1589	岡野　逢原	行從	庄五郎	子言	逢原(堂)	常陸	文政3	46	立原翠軒	水戶藩士(彰考館)、姓ヲ岡埜氏トモ書ク
1590	岡谷　寒香園	繁實	鉦吉		寒香園・天民	山形	大正9	86	青山延光	館林藩士、足利學校・金澤文庫ノ再興ニ盡力、斯波純一郎トモ稱ス
1591	岡橋　叙夕	世廉		魯直	叙夕	大坂	明和6	36		詩
1592	岡久　桂堂	宗	宗十郎	元岱	桂堂	阿波	明治24	79	辻　蘭堂	德島藩儒─德島ノ儒者
1593	岡部　菊涯	英	新吾(吉)	晚香	菊涯・淡如・木奴(二世)	秋田			山本北山	秋田藩士、詩(江戸・天保)

1594	岡部　四溟	世懋	平八(一・二)郎	公修(脩)	四溟(陳人)・嘯月樓(剃髮後)素觀・一阿道人	江戸	文化11	70	井上金峨 (僧)耆山	幕臣、後出家スル、詩・文
1595	岡部　紫陽	千仞		子寓・墨邱	紫陽・大凝	筑前	明治41	67	昌平黌 古賀穀堂	榴園男、福岡藩儒(修猷館教授)
1596	岡部　拙齋	玄又	忠平		拙齋・雪齋	播磨網干	明曆元	63	鎌田得庵	水戸藩儒-高松藩儒
1597	岡部　榴園	寓		子啓	榴園	弘前	明治4	70		筑前藩儒
1598	岡部　龍洲	白駒	太仲	千里	龍洲	播磨網干	明和4	76		本姓河野氏、姓ヲ岡田トモ稱ス、攝津ノ醫-肥前蓮池藩儒-京都ノ儒者、唐音、岡白駒ト修ス
1599	岡松　甕谷	辰	辰吾(五)・伊助	君盈	甕谷(江)	豊後高田	明治28	76	帆足萬里	熊本藩儒-昌平黌-大學教授、(私謚)文靖先生(書齋)竹寒紗碧書莊
1600	岡村　簣齋	酌中(熊)	熊七(彦)	士黄・伯熊	簣齋・覆齋・覆簣齋・雲巖・橙陰	長門萩	明治6	59	山縣墨遷 牧　百峰	萩藩士-京都ノ儒者-山口藩儒、姓ヲ岡邨トモ稱シ、小原四熊トモ稱ス
1601	岡村　松仙	甫		丈白(山)	躋壽菴・松仙	丹波			石川丈山 平井仙木	(元祿)
	岡邨	↓岡村 1600～								
1602	岡本　韋庵	監輔	文平	子博	韋庵	阿波	明治37	66	岩本贅庵	德島藩士-外務省御用掛等、探檢家
1603	岡本一得齋		爲竹	一抱	一得齋	京都			味岡三伯	本姓杉森(相森)氏、近松門左衞門弟、醫(享保・京都)
1604	岡本　一方	賴	賴平(兵衞)		一方・待雲	土佐	明治9	67	鹽谷宕陰 安井息軒等	本姓棚橋氏、高知藩儒、詩
1605	岡本閻魔庵	久次郎			閻魔庵	橫濱	大正2			質商、藏書家
1606	岡本　花亭	成	忠次(二)郎	子省(成)・王汝	花(華)亭・豊洲老人・醒(省)翁・詩癡・括囊道人	江戸	嘉永3	84(83)	南宮大湫	本姓源氏、幕臣(近江守・勘定奉行)、詩(私謚)忠靖
1607	岡本　況齋	孝-保孝(孜)	縫殿助-勘右衞門	子戒	況齋・拙誠堂・戒得居士・順臺・歲計堂・庥志天之屋	江戸根津	明治11	82	清水濱臣 狩谷棭齋	本姓若林氏、國學者、考證家、姓ヲ岡ト修ス
1608	岡本　元亭	十貫		士晋	元亭(亮)	秋田			村瀨栲亭	

1609	岡本	胡保	胡保	甲斐守			京都	天保7	63		況齋男、加茂祠官、書博士
1610	岡本	晤堂	知充	堅三郎	叔達	晤堂(叟)・樸陰・近南	阿波	明治14	74	柴野碧海 中島櫻隱	遜齋男、徳島藩儒
1611	岡本	岡々	喬	岡太夫	孟升	岡々	江戸				姫路藩士、篆刻(江戸)
1612	岡本	黄石	宣迪(廸)	留彌-織部之介-半介(助)	吉甫	黄石	近江	明治31	88	梁川星巖等	宇津木昆岳男、岡本業常養子、詩(麴坊吟社)
1613	岡本	宗什	宗什・諸品	玄冶		啓迪院	京都	正保2	59	曲直瀬玄朔	玄朔女婿、幕府醫官
1614	岡本	遜齋	維孚	禎作	伯亭	遜齋	阿波	文政10	59	尾藤二洲	德島藩士
1615	岡本	稚川	充	八輔(介)	石介・至剛	稚川・玉藻	紀伊	寛政4		川合春川	紀伊田邊藩儒、姓ヲ岡ト修ス
1616	岡本	椿所	義邦・叔禮			椿所	津山	大正8	50	中井敬所	篆刻
1617	岡本	通理	通理	富次郎	黄中		大和			谷　三山	(江戸後期)
1618	岡本	天岳	巍		士坦	天岳(嶽)	岡山			山田方谷	藩主池田公歷史編纂係-閑谷學校長
1619	岡本	寧浦	維(惟)密	退藏		寧浦(甫)・大年	土佐	嘉永元(6)	50	賴　春水 龜井南溟等	一向宗僧-大坂ノ儒者-高知藩儒(教授館教授)-高知ノ儒者
1620	岡本	約齋	秀堅	四郎左衛門		約齋		嘉永3			本姓服部氏、桑名藩儒
	岡谷		↓オカノヤ 1590								
	嶽		↓岳 1507～ ↕ガク (1810)								
1621	沖	薊齋	共常・共平	作次郎・新七郎		薊齋	越前	安政6	65		本姓竹内氏、後、松永氏ヲ稱ス、竹内霞堂弟、越前府中藩儒(立教館教授)
1622	沖	清渚	安海・就將	正(莊)藏	公熙	清渚山人・甕栗	伊勢白子	安政4	75	本居太平 清水雷首	染形紙販賣、國學・和歌・漢學
1623	沖	天外	孝(高)祿・銓	剛介	秉衡	天外〔狂夫〕・嚼々齋	江戸	元治元	22	昌平黌	鳥取藩士-藩儒(江戸)

1624	沖野　南溟	孝寛	市郎右衛門				享保4	36		尾張藩士、詩、姓ヲ岡ト修ス(私諡)文毅先生
1625	興田　箕山	吉從	十左衛門・新助		箕山・遲齋・居由斎				西依成齋 本居宣長	本姓源氏、若狭小濱藩儒(京都・文化)
1626	荻井　尙絅				尙絅	盛岡			芳野金陵	盲人、易學(安政・江戸)
1627	荻生　櫻水	維則	惣右衛門	式卿	櫻水・蘐園	江戸				本姓淺井氏、徂徠曾孫、鳳鳴養子、大和郡山藩儒
1628	荻生　義賢	義賢	小三郎	子彦		江戸	文化9	74		本姓朝比奈氏、北溪孫、幕臣(御書物奉行)
1629	荻生　金谷	道濟	伊三郎—惣右衛門	大寧	金谷	江戸	安永5	74	荻生徂徠	本姓物部氏、徂徠兄伯達男、徂徠養子、大和郡山藩儒(總稽古所教授)、姓ヲ物ト修ス
1630	荻生　靑山	義俊	是三郎—惣七郎	彦卿・子彦	靑山	江戸	享和元			北溪男、幕府儒官
1631	荻生　徂徠	景丸(元)—雙松	傳次郎・傳助・惣(總)右衛門	茂卿・公材	徂徠・蘐園(塾)・赤城翁・庸庵	江戸	享保13	63		本姓物部氏、初メ鳥居氏、後、尾崎氏ヲ稱ス、江戸ノ儒者—柳澤侯儒—江戸ノ儒者(蘐園)、物徂徠・物茂卿ト稱ス
1632	荻生　鳳鳴	天祐	惣右衛門	順卿	鳳鳴	江戸	文化12		荻生金谷	本姓物部氏、金谷男、大和郡山藩儒、物鳳鳴・物天祐ト稱ス
1633	荻生　北溪	玄覽—觀	惣七郎	叔達	北溪・玄覽道人	江戸	寶曆4	82	荻生徂徠	本姓物部氏、徂徠弟、幕府儒官、物北溪・物叔達・物觀ト稱ス
1634	荻州　親卿	因・景信	恕因(愼)		親卿	三河岡崎	天保8	80		本姓筒井氏、岡崎藩典醫、詩
	荻野　鳩谷	→萩野鳩谷 4775								
1635	荻野　獨園	獨園				備前	明治28	77	帆足萬里	臨濟宗僧
1636	荻野斃己齋	重裕(祐)	莊右衛門		斃己齋・拂目翁	廣島		餘80	佐藤直方 淺見絅齋	備後福山藩士(享保)
1637	荻原　格齋	守直(道)	伴次		格齋	掛川	寛政5	80		小笠原侯儒—江戸ノ儒者
1638	奥井　中里	非熊	承(稱)助	子祥	中里	洲本	弘化3	63		德島藩儒、周易・詩

1639	奥瀬　龍洲	清簡（閑）	和次郎	一學	龍洲・鶴友	陸奥	萬延元	71	岡田新川	本姓鹿内氏、弘前藩士（稽古館句讀師）、詩・文・句
1640	奥田　鶯谷	恒三郎‐永業	與（孫）三郎	叔建	鶯谷・巽亭・牧齋	尾張	文政13	71	岡田新川	本姓藤原氏、名古屋藩儒（明倫館教授）、詩
1641	奥田　橘園	誠美	民輔・市郎太夫	原卿	橘園	陸前	文政2	37	奥田勺堆	勺堆男、仙臺藩士、詩
1642	奥田　勺堆	盛直‐直輔	太郎・一郎左衞門	良弼・公達	勺堆	陸前仙臺	享和2	46	澤邊東谷	仙臺藩士、詩・文
1643	奥田　三角	士亨	宗（總）四郎‐清十郎	嘉（喜）甫	三角〔亭〕・蘭汀（亭）・南山・三角文庫	伊勢櫛田	天明3	81	伊藤東涯	津藩儒、詩・歌・書（私諡）簡肅先生
1644	奥田　尙齋	元繼		志季	尙（松）齋・仙樓・拙古堂	播磨姫路	文化4	79	那波魯堂	本姓那波氏、魯堂弟、草庵次男、大坂ノ儒者
1645	奥田　松庵	舒雲		子章	松庵				那波木庵	（寛文）
1646	奥田　大觀	淑	傳藏	季淸	大觀・姑射・髯仙・愛竹酒史・浪越遺老		明治34	77	齋藤拙堂	奥田桐園男
1647	奥田　桐園	鳳文	文次郎	夢得	桐（東）園・小朴	尾張	嘉永5	62	河村乾堂	鶯谷長男、名古屋藩儒
1648	奥田容安齋	世文	周之進	仲獻・子松	容安齋	尾張	天明元	26	岡田新川	鶯谷兄、名古屋藩儒醫、詩
1649	奥田　樂山	盛香	蕉藏・貞藏・貞介		樂山・蕉窓・莫過詩亭・五愛樓	備中	萬延元	84	中井履軒　菅茶山	高梁藩士（有終館學頭）
1650	奥田　劣齋	子基・道逸		子讓	劣（省）齋	京都				詩・文・書
1651	奥平　鶯山	魯人	甚兵衞	西遇	鶯（翁）山	京都				（天保）
1652	奥平　華溪	重該		伯堅	華溪	中津				詩（安永）
1653	奥平　毅齋	謙輔		居正	毅齋	長門	明治9	37	藩黌（明倫館）	文章家
1654	奥平棲遲庵	定時	幸（剛）次郎	玄甫	棲遲庵‐玄圃	江戸	嘉永3	82	市川如柳　稲葉默齋	本姓源氏、桑名藩士‐忍藩士‐今治侯賓師（桑名‐江戸）
1655	奥平　遜齋	穆	小太郎		遜齋・藏六山人		萬延元	27	齋藤拙堂	丹波龜山藩士、詩

1656	奥平　竹溪	節		正安	潛思堂・竹溪老人・淨軒居士					萩藩士、詩(享保)
1657	奥西　花囿	親好	久次	正卿	花囿					伊賀上野藤堂藩士、詩
1658	奥貫　友山	正卿	五(小)平次・正助	伯雅	友山	武藏	天明7	80	成島錦江	本姓荻生氏、詩
1659	奥野　小山	純	彌太郎	温夫	小山(堂)・胖庵・寸碧樓	大坂	安政5	59	篠崎小竹	和泉伯太藩儒-近江三上藩士(大坂)
1660	奥野信太郎	信太郎				東京	昭和43	68	慶　大	慶大教授
1661	奥野　寧齋	篤之	又一		寧齋・瀧川翁	近江大津	享和3	68		儒學・武術
1662	奥原　晴湖				晴湖		大正2	76	大沼沈山　長谷川茶溪	古河候藩士女、畫・詩
1663	奥原　明敬	權左-明敬	權左衞門			松本安曇	明治25	53		書
1664	奥宮　曉峯	正路・禮	卯(右)之助	和卿	曉峯・存齋	土佐	明治26	75	山口菅山　佐藤一齋等	慥齋弟、高知藩儒(致道館)-文部省・内務省
1665	奥宮　慥齋	由・正由	忠次郎-周次郎	士道・子通	慥齋・悔(晦)堂・百梅樓・敬簡齋	土佐	明治15(10)	65(67)	佐藤一齋	曉齋兄、土佐ノ儒者(蓮池書院)-土佐藩士(致道館)
1666	奥村　葛陽	駒(藤)之助・尚柔	立藏		葛陽隱士、葛陰	紀伊	明治35	88	鳴澤素堂	和歌山藩士
1667	奥村　玉蘭	源・保全	源之丞	淵伯	玉蘭堂	筑前博多	文政11	68	龜井南溟	醬油釀造業、儒・畫
1668	奥村　硯山	一齋-榮發		士長	硯山・璋圭・仙臺・迎春堂	名古屋	文政4	42	河村乾堂	醫・儒・詩
1669	奥村　止齋	榮實・爲質	丹後・義十郎・助右衞門		止齋・豐武	加賀	天保14	52		本姓平氏、加賀藩士(明倫堂總奉行)
1670	奥村　愼齋	尚寛	橘次郎・助左衞門	靜甫・白羽	愼齋・石臺・一樂	會津	享和3	47	新井白蛾	加賀藩士(明倫堂總奉行)
1671	奥村　茶山	愼(智)猷		子彦・修夫	茶山	相模			山本北山	(江戸後期・江戸)
1672	奥村殘跡庵	繁次郎	芋繁・いもしげ		殘跡庵(菴)・化曼		大正8	46		博學者

1673	奥村 南山	直	良竹		南山	越前	寶曆10	75		府中藩醫
1674	奥村 蒙窩	庸禮・和豊・克	多宮・因幡・壹岐	師儉・顯思	蒙窩	加賀	貞享4	61	木下順庵・朱舜水等	金澤藩國老・藩儒
1675	奥村 六石	任	又十郎	致遠	六石	土佐	明治17	62	吉田東洋	土佐藩士(江戸)―土佐ノ儒者
1676	奥山 華嶽	共建	六左衞門・右膳	子樹	華嶽(岳)・嘯月樓	淡路	寛政元	62	野村東皐	彦根藩士、藤共建ト稱ス、詩・文
1677	奥山 吉齋				吉齋・北堂山人					大坂ノ儒者(弘化)
1678	奥山 高水	久武		如山	高水	中津				
1679	奥山 四娟	萬	半三郎	萬年・大年	四娟	江戸				(文政)
1680	奥山 審軒	弘道	卯藏	君美	審軒	福岡	享和2	56	安井維允	福岡藩儒
1681	奥山 桃陰	家憲	中書	叔章	桃陰・閑窓・金陵	伊勢山田	慶應2	60(72)	松本遇山・廣瀨旭窓	本姓神田氏、儒臣・詩・文
1682	奥山 眉峰	家韶	憲・中書		眉峰・黑竹軒・桃雲庵	伊賀山田	昭和7	86	奥山桃陰	桃陰次男・儒醫
1683	奥山 鳳鳴	操	弘平	存中	鳳鳴	伊豫		42	近藤篤山	陸中盛岡藩士(天保)
1684	奥村 榕齋	高翼	九兵衞・九平	君鳳	榕齋・槎湖・虎塘・修竹齋	羽後角館	天保12(13)	61(66)	山本北山	本姓絲井氏、秋田藩儒(明德館教授)、詩・文(江戸―秋田)
1685	落合 虛舟	濟	濟三	君楫	虛舟	長門		48	長門藩黌	
1686	落合 雙石	賡	鐵五郎・敬助	子載	雙石	日向	慶應4	84	菅茶山・冢田大峯等	日向飫肥藩儒(振德堂教授)(大坂)
1687	落合 東堤	文六―直養		季剛	東堤(隄)・守拙子	秋田	天保12	93	中山菁莪	秋田ノ儒者(守拙亭)、角間川聖人ト稱サレル
1688	乙骨 耐軒	完(寛)	彦四郎	栗甫	耐軒・碧僊・乙事山人・菊甫	江戸	安政6	54	昌平黌	本姓島氏、幕府儒官(昌平黌助教・徽典館學頭)、詩

男澤　→オザワ 1276

1689	織本	東岳	履道	義太夫	坦卿	東岳(嶽)	上總	明治25	50		古河藩儒、詩・文
1690	恩田	鶴城	角彌―銀竹―廷頌	啓吾(五)	大雅	鶴城	肥前唐津	享和4	66	原　雙桂	
1691	恩田	仰嶽	利器	爲―恭太郎―豹太	大用	仰嶽(岳)・豹隱	駿河田中	明治24	83	石井繩齋	駿河田中藩士―駿河ノ儒者、兵學
1692	恩田	蕙樓	宣充・維周―仲任	新治郎・進治	仲任	蕙樓・巵園・白山・米倉・栩々園・牡丹花老人	尾張	文化10	71	松平君山	本姓岡田氏、新川弟、恩田宗致養子、名古屋藩儒(明倫堂教授)、田仲任ト修ス
1693	恩田	眞籬	敬休	金松・平次・金右衛門・六兵衛・文八		眞籬・名湖	土佐	天明3	66	富永惟安	高知藩老深尾氏臣
1694	恩田	柳磵	就正	德太郎―淳三郎	道鄕	柳磵(澗)・春水・梅顚	土佐	明治20	79		高知藩老深尾氏臣、詩・文

〔か〕

	姓	號	名	通稱	字	號	生地	沒年	享年	師名	備考
1695	加加美	櫻塢	光章	信濃守	大章	櫻塢・霞沼	甲斐	天明2	72	三宅尙齋	本姓間宮氏、源姓ヲ稱ス、神官、甲斐ノ儒者
1696	加加美	鶴灘	貞一	又太郎	仲精	鶴灘	肥後	寬延4	48	水足博泉	姓、一ニ加加見ト書ク
1697	加倉井	砂山	久雍・雍	淡路	立卿	砂山・西軒・懶庵・不知老齋・砂山文庫	常陸	安政2	51	加倉井松山	常陸ノ儒者(日新塾)
1698	加倉井	松山	豊吉・彌太郎―忠珍	平八郎	子彌	松山・江水・好水・牝牛・松林・淨光	常陸	文政11	65	立原翠軒 山本北山	醫、常陸ノ儒者―平藩儒
1699	加古	角洲	壽	松雲菴	君齡	角洲	德島				大坂ノ醫(文政)
1700	加古川	顧言	周之	周藏		顧言・遜齋・甗川	播磨加古川	文化13	71		本姓糟谷氏、京攝―江戸ノ儒者
1701	加治	紫山	胤禎	啓次郎	直彌―吉甫	紫山・靜軒	磐城白河	文政3	58	昌平黌 古賀精里	本姓杉野氏、片山恒齋弟、白河―桑名藩儒(白河―江戸)、詩・文、兵法(加治流)
1702	加治	嵐山	善之亟―光輔	善右衛門	左極	嵐山・嘯翁		安永6	71	三浦竹溪	濱松藩士―岡藩士―江戸ノ儒者

1703	加島	北溟	矩安	叶	方卿	北溟・卿雲館				伊東藍田	小倉藩儒
	加島		↕カトウ1705～・加藤1706								
1704	加世	季弘	季弘	八兵衛						中江藤樹	備前候儒、陽明學
1705	加島	霞石	濟	玄叔	世美	霞石・椿山・蓑丘・掬靄	安房平群	明治6	72	若山勿堂 佐藤立軒	江戸ノ醫–伊勢長島藩儒、詩・書・畫(江戸)
	加島	宗叔	↓加藤圓齋1706								
	加島		↕カシマ1705～・加藤1706～								
1706	加藤	圓齋	矩直–宗叔	莊(宗)左(右)衛門	宗叔	圓齋・泉齋	岐阜	天明中	餘50	岡部龍洲	大坂ノ儒者、姓ヲ加島・賀嶋・加嶋トモ書ク、詩・文
1707	加藤	櫻老	信智・熙–隣・有隣	日出吉・日出太郎	伯敬	櫻老・榊陰・穆軒・櫻花山人	水戸	明治17	74	倉澤正志齋 昌平黌	本姓佐藤氏、變名ヲ山田貢ト稱ス、常陸笠間藩儒(十三山書樓)–長門藩儒(詠歸塾)
	加藤	霞石	↓加島霞石1705								
1708	加藤	豈苟	友德	孫三	好謙	豈苟・十千	安藝	安永7	80	植田玄節	缶樂男、廣島藩儒
1709	加藤	寛齋	政(啓)發	大弐(貳)・大三郎・多左衛門	揚甫	寛齋		寛保元	67	佐藤直方	庄内藩士(庄内儒學ノ祖)
1710	加藤	岩船	晋	晋十郎		岩船					肥前大村藩士、詩(江戸)
1711	加藤	毅堂	泰得	駒之助–得藏		毅堂	桑名	明治20	54	昌平黌	本姓筑摩氏、桑名藩儒
1712	加藤	九皐	博	宗博	與厚	九皐・春風洞	武藏	享保13	65		水戸藩儒醫
1713	加藤	空山	倫・利正		子明	空山・士峯	武藏				江戸ノ詩人(江戸前期)
1714	加藤	謙齋	忠實		衛愚	謙齋・烏(鳥)巣道人・衣舖先生・洛下隱士	三河	享保9	56	淺見絅齋 稻生若水	本姓藤原氏、京都ノ儒醫、藤謙齋ト修ス

1715	加藤 香園	淵	米屋兵助	珠文	香園・王香主人・王香園・文華堂・十二雨樓	廣島		35		書賈
1716	加藤 國紀	國紀・雲昌				越前				醫
1717	加藤 艮齋	敬信	彦五郎・權平		艮齋・南山	攝津今津	寶曆4	70		本姓伊丹氏、書
1718	加藤 松齋	其德	平三郎		松齋・樗散堂	越後村松	明治14	80	古賀精里	北溟男、村松藩儒
1719	加藤 章庵	延雪・絅	紙屋半三郎	默子	章庵(菴)	伊勢	(寛文・元祿)		山崎闇齋	
1720	加藤 信陵	咸昭		百陽	信陵	小諸				(寛政)
1721	加藤 正庵	公逵			正庵	尾張				外科醫(文化11・69在世)
1722	加藤 靜古	秉次	甲次郎		靜古	廣島	安永7	42		豈苟次男、廣島藩儒
1723	加藤 石棧	梅之助・要治郎−磯足	右衛門七−壽作		石棧・河乃邊乃翁・磊石・五十石(足)	尾張	文化6	63	細井平州 本居宣長	本姓藤原氏、詩・歌
1724	加藤 染古樓	古風	十左衛門		染古樓		嘉永元	83	成島龍洲	武藏忍藩士(江戸)、詩・文・歌、冷泉古風ト稱ス
1725	加藤 善庵	良由		良白(伯)	善庵・草軒・富春	播磨姫路	文久2		大田錦城	姫路藩儒醫(江戸)
1726	加藤 棕廬	景纉	太郎三(助)	君緒	棕廬・肯堂	安藝	嘉永4	62	賴杏坪	定齋長男、廣島藩儒(江戸)
1727	加藤 竹窓	良		良吉	竹窓・靜處・香叢(業)	富山	嘉永5	27	貫名海屋 帆足萬里	本姓稻垣氏、富山藩儒
1728	加藤 竹亭	翼	平八郎	圖南	竹亭	甲斐	寛政2	76	五味釜川 加加美櫻塢	本姓春日氏、富商、甲斐ノ儒者、書
1729	加藤 竹里	景範・友輔(助)・太助・遜	小川屋喜太郎・友輔	子常	竹里・居貞齋・撫松庵・有(友)山	大坂	寛政8	77	五井蘭洲 中井竹山等	賣藥業、詩・文
1730	加藤 暢庵	信成	源吉・淸右衛門・源四郎	子原	暢庵・愼齋・禹門・季朔・休々亭	大坂	寛延4	65	五井持軒 後藤艮山	大坂ノ儒醫
1731	加藤 定齋	德基−友諒	三平		定齋・中瀨	安藝	天保6	80	金子樂山 加藤豈苟	本姓淸水氏、豈苟養孫、廣島藩儒

1732	加藤　天淵	虎之亮		子弸	天淵	駿河吉原	昭和32	80	三宅眞軒	支那文學、東洋大教授
1733	加藤　天山	勤		子成	天山	信濃上田	明治11	67	昌平黌	上田藩儒(明倫堂總司)－長野縣師範學校
1734	加藤　東郡	茂	他三郎	子承	東郡	江戸	寛延4	20	昌平黌	本姓谷口氏、谷口千秋三男、姓ヲ滕ト修ス
1735	加藤　南岡	文内		中孚	南岡・木子・章峯壺・慶雲亭		享保7	51		久留米藩士、詩・句
1736	加藤　梅崖	穀	俊治	士戩	梅崖・俊齋(翁)	讃岐丸龜	弘化2	63	渡邊柳齋 昌平黌	丸龜藩儒(集義館教授)
1737	加藤　磐齋		濱五郎・新太郎		磐(盤・槃)齋・等空・冬木齋(翁)・灘(臨)淵・踏雪軒・槃柴	京都	延寶2	50(49・54)	松永尺五 石川丈山	詩・文(京都－攝津)
1738	加藤　缶樂	友益	次郎左衞門－新右衞門		缶樂	安藝	元文3	66	植田玄節	
1739	加藤　米山	重愼	幾次郎	保卿	米山・聽鶯舍	筑後久留米	明治20	74	安積艮齋	久留米藩士(明善堂講官)(江戸)
1740	加藤　北溟	明	小右衞門	文卿	北溟・梅園	武藏	文政2	79		本姓中川氏、武藏金澤藩米倉氏儒臣－越後村松藩儒、書
1741	加藤　雄山	義適	雄三		雄山	會津				
1742	加藤　鹵山	知雄		守雎	鹵山	京都	安永6			詩
1743	加藤　鹿洲	守德	左司馬	魯藏	鹿洲	秋田	文化13	66	山本北山 皆川淇園	本姓本木氏、秋田藩士－大村・長崎ノ儒者－大村藩儒(五教館學頭)
1744	加部　誠齋	龜太郎－常－誠意	淸(誠)左衞門		誠齋	上野	天保13	59	龜田鵬齋	上野ノ儒醫、本草學
1745	甲斐　士幹	重秋		文貞	士幹	日向	天保8	53	賴　山陽	延岡藩士、醫・蘭語
1746	甲斐　岷谷	穀	愼之丞・淸太夫	士誠	岷谷・鷄窓	大垣	文政9	55	關　元洲 細井平洲	名古屋藩儒
1747	花山院常雄	常雄					明和8	72	伊藤仁齋	本姓藤原氏、國文・詩・文
	河　三亥	→市河米庵755								

河　子龍　→河野恕齋　2090
河　春恒　→河村滄洲　2112
河　恕齋　→河野恕齋　2090
河　世寧　→市河寛齋　750
河　天門　→小河天門　1164
河　米蓉　→市河米庵　755
河　保壽　→河原井臺山　2103
神代　→カミシロ　1948

1748	香川	花亭	忠孝		純甫	花亭	土佐				詩(江戸・明治前後)
1749	香川	箕山	純方		子坤	箕山		寛政11	50		本姓山川氏、京都ノ儒者
1750	香川	琴橋	徽	一郎	公琴	琴橋・古桐齋・古鼎・琴松漁人・桐處・樂群書屋・鳥文堂	安藝廣島	嘉永2	56	劉　琴溪	本姓北川氏、大坂ノ儒者
1751	香川	琴山	晃・景晃	舍人	子光	琴山	周防	天保7	75		周防岩國吉川氏老臣、詩・書
1752	香川	桂園	景樹	銀之助		桂園	鳥取	天保14	74		本姓荒井氏、和歌
1753	香川	午谷	牧	新左衛門	伯羊	午谷・午睡軒		嘉永6	46	香川琴山	琴山男、周防岩國藩士、詩・文
1754	香川	修庵	修德(理)	太仲	太仲(冲)	修(秀)庵(菴)・一本堂	姫路	寶曆5	72	伊藤仁齋 後藤艮山	京都ノ儒醫
1755	香川	將監	正直	將監			安藝	寛政5	77	加藤豈苟	宮司、神・儒
1756	香川	宣阿	景繼・隣善	木工允		宣阿・一枝軒・淵龍・梅月堂		享保20	89	宇都宮遯庵 木下順庵	本姓平氏、周防岩國藩士、歌・有識

1757	香川	南濱	蓋(葢)臣	脩藏・園藏	爾公・忠夫・史夫・八藏	南濱・蕉雨堂	廣島	寛政4	59		本姓平氏、廣島ノ儒者-廣島藩儒
1758	香川	南洋	景與		主善・孟公	南洋・紙莊主人	姫路	安永6	64	香川修庵 伊藤東涯	修庵養子、儒醫(大坂-京都)
1759	香月	牛山	則眞		啓益	牛山・被髪翁・貞庵	筑前	元文5	85	貝原益軒 鶴原玄益	中津藩醫-京都ノ醫
1760	香取	竹齋	重弘	權次郎-猪左衛門		竹齋	彦根	文久3	64		彦根藩儒
1761	香山	崇峰	大(太)常		國典・玉典	崇峰	播磨赤穗				播磨ノ儒者-伊勢長島藩儒(江戸中期・江戸)
1762	香山	適園	彰	文内・大學	吉甫	適園・東朧菴・三樂亭	京都	寛政7	47	江村北海 村瀬栲亭	詩・書
1763	狩野	羽北	國松-良知	深藏	君達	羽北・廣居	羽後秋田	明治39	78	佐藤一齋 昌平黌	間齋男、秋田藩儒(明德館支配)
1764	狩野	間齋	良安	與十郎-良夢	君修	間齋	羽後	明治2	73		秋田藩士佐竹西家臣
1765	狩野	旭峯	良貴	德藏		旭峯	羽後				
1766	狩野	君山	直喜		子穩	君山・半農人	熊本	昭和22	80		清朝考證學、京大教授
1767	狩野	亨吉	亨吉				秋田大館	昭和17	78		間齋孫、教育家、藏書家(狩野文庫)
1768	夏秋	富雅	富雅	忠左衛門			佐賀	嘉永3	62		佐賀ノ儒者
1769	鹿島	東郊	守房		探春	東郊〔齋〕	日向	安永7			江戸ノ儒者
	鹿島		↕鹿嶋 1770								
1770	鹿嶋	櫻宇	則文			櫻宇	常陸	明治34	63	安井息軒	鹿島大宮司、『古事類苑』、藏書家(櫻山文庫)
	鹿嶋		↕鹿島 1769								
	葛		↓カツ・カツラ (1869)								

1771	葛西 因是	質	健藏	休文	因是道人	大坂	文政6	(62)60	平澤旭山・林述齋	本姓新山氏、江戸ノ儒者、詩・老荘、葛因是ト修ス
1772	葛西 應禎	應禎	市郎兵衛	田卿		京都			伊藤仁齋	
1773	葛西 清俊	清俊	善太	子英		弘前	文化8		山崎蘭洲・昌平黌	弘前藩儒(稽古館小司)
1774	葛西 靖齋	孔彰・彰	俊藏	子言	靖齋・秋香・十洲	大坂	嘉永5	63		本姓小山田氏、大坂ノ醫、金石文
1775	楫取 耕堂	志毅–素彦	文助・素太郎	哲	耕堂		大正元	84	安積艮齋	本姓田村氏、山口藩士
	賀	→ガ 1785								
1776	賀川 玄迪	玄迪		子啓		秋田	安永8	41	賀川光森	本姓岡本氏、光森養子、阿波藩醫
1777	賀川 光森	光森	玄悦	子玄		彦根	安永6	78		本姓三浦氏、阿波侯醫(私謚)景定先生
1778	賀來 毅篤	佐之	佐一郎	公輔	毅篤・百卉莊	豊後	安政4	59	帆足萬里・シーボルト	有軒長男、飛霞異母兄、島原藩醫、本草學・詩・書、姓ヲ加來トモ書ク(私謚)毅篤先生
1779	賀來 玉淵	元龍	吉右衛門	子登	玉淵・九九子・彩雲	豊前中津	天明4	69	藤田敬所	釀造業、詩
1780	賀來 飛霞	睦之–弘之	睦三郎	季和	飛霞・百花山莊	豊後	明治27	79	帆足萬里・山本亡羊	有軒次男、島原藩醫、本草學、姓ヲ加來トモ書ク
1781	賀來 有軒	驥	太庵	千里	有軒	豊後	文化10		三浦梅園・小野蘭山	醫
	賀島 矩直	→加藤圓齋 1706								
1782	賀美 翫古	永藏			翫古	安藝				詩(江戸中期)
1783	賀美 公臺	通	喜和馬–臺	公臺			文化9	58		廣島藩儒
1784	賀茂 眞淵	政躬・政藤・政成・春栖	莊助・參(三)四・三之(枝)・衛士・與一		眞淵・縣滿(丸)・淵滿・淞城・茂陵・縣居・維陽・縣主	遠江濱松	明和6	76	荷田春滿・渡邊蒙庵	本姓岡部氏、田安家臣、國學者、漢學ニモ通ズ

樺　公禮　→樺島石梁 1934

樺　向陵　→多賀谷向陵 3566

1785 賀　十玉齋　璋　男載　十玉齋　江戸　林讀耕齋　林鵞峰　若狹藩儒(寛永19生、寛文9在世)

賀　象　→甲賀玩鷗 2680

介川　→スケガワ 3305

芥　煥　→芥川丹邱 189

芥　元澄　→芥川思堂 188

芥　丹邱　→芥川丹邱 189

1786 快　元(僧)　紹喜　快元　美濃　文明元　臨濟宗僧、足利學校庠主(初代)(勅號)大通智勝國師

1787 貝原　益軒　篤信　助三郎−久兵衛　子誠　柔齋−益軒・損軒　福岡　正德4　85　松永尺五　木下順庵等　寛齋五男、福岡藩儒(江戸)−京都ノ儒者

1788 貝原　寛齋　利貞　寛齋　筑前　寛文5　福岡藩醫

1789 貝原　存齋　十太(大)夫−回道−元端　子善　存齋　福岡　元祿8　74　寛齋三男、福岡藩儒(江戸)

1790 貝原　耻軒　重春・好古　市之進　敏夫　耻(恥)軒・厚齋　福岡　元祿13　37　樂軒長男、益軒甥・養子、福岡藩儒

1791 貝原　東軒　初　得生　東軒　筑前　正德3　62　本姓江崎氏、益軒妻

1792 貝原　樂軒　義質　善太夫　子實　樂軒・日休　筑前　元祿15　78　寛齋四男、福岡藩儒

1793 貝原　和軒　常春　百太・安平　元夫　和軒・清々翁　享保18　63　樂軒次男、一時益軒養子、詩・文

垣内(カイト)　→カキウチ 1803

1794	海	雲(僧)				海雲	越後	文政10	91		俗姓小野塚氏、書・詩
1795	海	量(僧)				海量	近江	文化19	85		彦根藩賓師、和漢ニ通ズ
1796	海妻	己百齋	周邦-直繩	靜馬・久兵衛・甘藏		己百齋・敵愾堂		明治42	86	井上學圃	學圃次男、福岡藩士-藩儒
1797	海東	駒齋	驥衡	友輔	千里	駒齋、鐸齋	相馬	嘉永2	57	龜田鵬齋 昌平黌	本姓富田氏、磐城中村藩儒(育英館儒官)、(私謚)弘道先生
1798	海東	恒衡	恒衡	辦三郎-友輔			相馬	安政中			駒齋男、中村藩儒
1799	海保	漁村	元備-紀之・尚賢	章之助	純(順)卿-春農・鄉老・純之	拙齋・愼齋・梅屋山人-漁村・傳經廬	上總	慶應2	69	大田錦城	幕府醫學館儒學教授-江戸ノ儒者、考證學
1800	海保	青陵	皐鶴	儀平(兵衛)・彌(弘)助	萬和	青陵	江戸	文化14	63	宇佐美灊水	本姓角田氏、名古屋藩儒-文章家(京都)
1801	海保	竹逕	元起	辨之助		竹逕		明治5	50		漁村養子、幕臣(醫學館儒學教授)
1802	崖	達巷	守典	常太郎		達巷		文政3	53		和歌山藩儒
	蓋(葢)	鳩陵	→衣笠鳩陵 2298								
1803	垣内	己山	維則-成章	全庵	君豹	己山・棲霞	紀伊	天保8	55	伊藤海嶠 和田東廓等	儒醫、詩(古碧吟社)
	垣内	溪琴	→菊池溪琴 2229								
1804	垣内	東皐	仲凱	希八	全庵	東皐	紀伊有田	享保17	53	伊藤仁齋	和歌山藩儒醫
1805	垣内	熊岳	文徽		鼎輔	熊岳(嶽)	紀伊湯淺	寶曆3	41	伊藤東涯	和歌山藩儒
1806	垣塚	東皐	尹長・文		成章	東皐	肥後	文政9			熊本藩士(書物奉行)
1807	垣本	莊町	雪臣			莊町	伊勢	天保10	63	龍 草廬	本姓菅原氏、詩(京都)
1808	柿岡	濬川	時行-時縝(績)	林藏-林宗	士元	濬川	羽後秋田	文化12	73		秋田ノ儒者(成章館)、劍術(柳生流)

1809	柿澤	靖齋	源八郎―克益		子謙・謙	靖齋	江戸	明治44	76		岡部藩士―家塾(儒・書)
1810	蠣崎	波響	廣年	金介(助)・彌次郎・將監	世祜	波響・杏(京)雨・東岱・梅春(痩)舎・柳民舎・富春館・滄廣軒	松前	文政9	63		本姓源氏、初メ松前氏ヲ稱ス、松前藩主松前資廣五男、畫・詩
	角	有則	→春田横塘 4988								
	岳	石梁	→岡嶋石梁 1549								
	岳	東海	→大竹東海 1389								
	岳	麻谷	→大竹麻谷 1392								
	岳(嶽)		↔オカ 1507~								
	嶽	石梁	→岡嶋石梁 1549								
	嶽	東海	→大竹東海 1389								
1811	景山	立碩	蕭			立磧	伯耆	文久2	89		伯耆ノ儒醫(中野塾)
1812	陰山	豊洲	雍	忠右衛門	文熙	豊洲・松桂園	江戸	文化5	59		狹山藩儒(大坂)、詩
1813	蔭山	東門	元質	源七	淳夫(父)	東門	紀伊	享保17	64	伊藤仁齋	和歌山藩儒(講釋所總裁)、姓ヲ陰山トモ書ク
1814	影田	蘭山	隆德(悳)	良作	可久	蘭山・驪峯	陸中磐井	嘉永5	62	志村五城・大槻平泉	仙臺藩儒(順造館督學)
1815	影山	道村	龍造		雍卿	道村・學庵	伯耆	明治5	56	昌平黌	鳥取藩儒、姓ヲ景山トモ書ク
1816	梯	箕嶺	隆恭	傳	季禮	箕嶺	筑後	文政2	52	龜井南溟	久留米藩儒
1817	笠原	雲溪	龍鱗	玄蕃	魯子	雲溪	山城西岡	享保中	餘60	伊藤仁齋	本姓小笠原氏、詩・文、原雲溪ト修ス
1818	笠原	大川	久道	文右衛門	伯文	大川	越後	明治6	73	昌平黌・松崎慊堂	

1819	笠原　大梁	信	源三郎・勘助	士信	大梁		文化8	39	松山天姥	書
1820	笠原　白翁	良	良策	子馬	白馬・天香樓・桂山・桂窻・鐵仙・無涯堂	越前足羽	明治13	72	高野春華	福井ノ醫(除痘館)、本草學
1821	笠原　筆子	筆子				陸奥白河	明治24	92		丹羽佚齋次女、書
1822	笠間　奥庵	惟房	養左衛門	秀實	奥庵	筑前	慶應元	88	細井平洲・椛島石梁	本姓今村氏、柳川藩儒(傳習館助教)
1823	笠間　梧園	廣延	辰之助-益三		梧園・十六松園	筑後	明治30	54	木下韡村	東大・兵部省・五高等
1824	嵩　古香	俊海		啓要	古香・翠宇・五鬣軒	下野本村	大正8	83	大沼枕山	淨土眞宗僧、詩(春桂家塾)
1825	樫田活々庵	直猷	安房守		活々庵主人	京都	天明2	52		大坂ノ漢學者
1826	樫田　東巖	命平	玄覺		東巖		安永7	64	掘　元厚・松岡玄達	本姓平氏、初メ橋本氏、大田錦城父、大聖寺藩醫、本草學、詩・歌
1827	樫田　北岸	命眞(貞)	順格	伯恒・君帆・名公	北岸・竹隱・瓶花庵・澄碧堂・石公・旗山	加賀	寛政6	38	樫田東巖	東巖四男、大田錦城兄、加賀藩儒、詩
1828	梶　莊嶽	忠	權二郎	子訓	莊嶽					(江戸・文政)
1829	梶川　可久	可久	作右衛門				元文6			本姓貝原氏、貝原存齋男、益軒甥、國學・漢學・和算
1830	梶川　景典	景典	佐(作)左衛門	士常		宮津	明治3	83	皆川淇園・佐藤一齋等	宮津藩儒(禮讓館學頭)
	梶川　秀軒	↓川瀬狂莽 2033								
1831	梶原　藍渠	景惇	九郎右衛門	復初	藍渠	高松	天保5	73		
1832	梶村　李北	高朗	謙吉	伯令	李北・匏堂		文久3	56	摩島松南	姓ヲ椛村氏トモ書ク、京都ノ儒者
1833	楓井　古齋	純			古齋	伊勢	明治24	42	津　藩　黌	土井贅牙次男、津藩儒-近江ノ儒者
1834	柏　夢江	貞宜	紺野九郎(左)衛門	叔通	夢江	陸前	文政7	69	畑中荷澤	磐城白石片倉氏儒

柏

↕ハク(4784)

1835	柏木	如亭	謙-昶	門作(彌)	益夫-永日	如(舒)亭(山人)・柏山人・痩竹・晩晴吟社(堂)・一枝・默齋	江戸神田	文政2	57	市河寛齋	幕府小普請方棟梁、詩
1836	柏木	探古	貨一郎			探古		明治31	58		古錢蒐集家、正倉院調査
1837	柏木	無究	通直	飛驒・長門	眞海	無究(窮)山人・孝經堂	江戸				如亭孫、幕臣(江戸、江戸後期)
	柏屋藤左衛門	→金澤松下亭1908									
1838	春日	載陽	頤	寛平	叔觀	載陽・玉臺	大坂	明治19	75	藤澤東畡	大坂ノ儒醫、詩・文
1839	春日	政治	政治			杉之舍・雲止鳥還處	長野	昭和37	85		九州帝大教授、國語學、藏書家
1840	春日	潛庵	仲好-仲襄	直之助-讃岐守	子賛	潛庵	京都	明治11	68	五十嵐君山 鈴木恕平	本姓源氏、久我内大臣士-京都ノ儒者
1841	春日	竹窓		剛太郎	仲襲	竹窓	京都	萬延元	24		潛庵長男
1842	春日	白水	白衷	中二郎	中淵	白水・竹醉	京都	大正5	74	春日潛庵 森田節齋等	潛庵次男、京都ノ儒者
1843	春日	融化	仲裝	裝三郎		融化	京都	明治6	(26)20	廣瀬青村等	潛庵三男、詩・書
1844	春日龜	敬齋	政紹(照)		子卿・字敬	敬齋・龍洲	對馬	安永5	71	雨森芳洲 仲山浮山	京都ノ儒者、春政紹ト修ス
1845	春日龜	坦齋	政美	彌太郎	子濟	坦齋・蘭洲	對馬				敬齋長男、京都ノ儒者、春政美ト修ス
1846	片岡	芸香亭	芸・正英	淀屋十(重)右衛門	子蘭・子雲	芸香亭・香亭・芸亭・穆齋	大坂	文政元		梁田蛻巖	商人-山城淀藩儒、岡芸亭・岡正英ト修ス
1847	片岡	朱陵	維良	善次郎	子祺(騏)	朱陵	肥後	明和5	54		本姓平尾氏、熊本藩儒
1848	片岡	如圭	基成	吉二郎-平助	平甫	如圭	京都	天明中	餘60	新井白峨	易學(江戸)
1849	片岡	成齋	定(貞)興	旗之助-左富-伊佐衛門		成齋	遠江	明治2	64		美濃加納藩士

1850	片岡	竹亭	承行		子訓・順伯	竹亭	伊勢津	寛政元	48	奥田三角 江村北海	伊勢ノ儒醫
1851	片岡	南陔	直幹	又四郎	士温	南陔	武藏忍	天保3	55		忍藩儒
1852	片桐	南莊	直方	省介	義卿	南莊・石厓	越後二保	明治6	37		詩
1853	片倉	鶴陵	元周		深甫	鶴陵・靜儉堂	相模	文政5	72	井上金峨	醫(江戸)
1854	片山	一眞	一眞								米澤藩儒(寶暦10在世)
1855	片山	觀光	一積	紀兵衛		觀光				細井平洲	一眞男、米澤藩儒(天明6在世)
1856	片山	九畹	蘭子			九畹	福井	天保7	58	高野眞齋 菊池五山	儒・詩
1857	片山	兼山	世璠	東(冬・藤)藏・東(冬)造	叔瑟	兼山	上野	天明2	53	鵜殿士寧 秋山玉山等	朝川善庵父、一時宇佐美灊水養子、後本姓ニ復ス、熊本藩儒-松江藩儒-江戸ノ儒者、山子點デ知ラレル、山子・山兼山・山叔瑟ト修ス
1858	片山	元輔	元輔		修輔		江戸	明治40	64		和歌山藩儒
1859	片山	恒齋	成器・器	鐵之進・利(理)助	君彝(彛)	恒齋・箕山・得庵・香雪・得々山人	白河	嘉永2	58	廣瀬蒙齋 昌平黌	本姓杉野氏、白河-桑名藩儒(移封)(立教館教授)(私諡)文通先生
1860	片山	修堂	壽-尙絅	朝川壽太郎	不騫-士錢-修堂	雲臺・南山-修道・鏡水	江戸	明治45	76		本姓杉野氏、一時朝川氏ヲ稱ス、加治紫山兄・述堂男、平戶藩士-滋賀師範學校長
1861	片山	述堂	格	立造	天壽	述堂・直堂・養拙齋・梅坰	江戸	天保11	31	朝川善庵	兼山孫、朝川善庵次男、江戸ノ儒者
1862	片山	沖堂	達	直造	元章	沖(冲)堂・六石陳人	高松	明治21	73	昌平黌	恬齋男、讃岐高松藩儒(講道館助教)
1863	片山	恬齋	信・信成	直五郎・亮助・亮平	成之	恬齋・養和堂		元治元	77	高尾椿溪	讃岐高松藩儒(講道館講釋)、詩・文
1864	片山	童観	一源		元僑・僑	童觀・呼老堂	伏見	享保8	61	篠崎三竹 人見鶴山	江戸ノ儒醫、米澤藩儒

1865	片山	豊嶼	介	喜三郎・八十介	介夫	豊嶼・春梦(夢)庵主人	江戸	明治5	58	辛嶋鹽井	熊本藩儒(時習館教授)(熊本)
1866	片山	鳳翩	則	順藏	順甫	鳳翩	周防	文化5	69	田中蘆城	山口支藩清末藩儒(育英館學頭)萩藩儒-周防ノ儒者(私謚)孝憲先生
1867	片山	北海	徽猷・猷	忠(中)藏	孝秩	北海・孤雲館(樓)	新潟	寛政2	68	宇野明霞	農家ノ子、大坂ノ儒者、詩(混沌詩社)、片北海・片猷・片徽猷ト修ス
	片山	和藏	→中村栗園 4416								
1868	片山	良菴	源四郎-三盛			秋扇-(剃髪後)良菴	羽後	寛文8	68	藤原惺窩	信州松代-福井藩士、兵學(武田流)
1869	堅田	獨得	馮・紱造		君翼	獨得	武藏	文化9	67	小野蘭山	本姓鈴木氏、京都ノ儒醫
	葛	因是	→葛西因是 1771								
	葛	烏石	→松下烏石 5599								
	葛	葵岡	→松下葵岡 5600								
	葛	子琴	→葛城螙庵 1897								
	葛	辰	→松下烏石 5599								
	葛	張	→葛城螙庵 1897								
	葛	螙庵	→葛城螙庵 1897								
	葛	樂郊	→橋本樂郊 4796								
	葛井		→クズイ 2396								
	葛飾	螙庵	→葛城螙庵 1897								

葛城　→カツラギ 1897
葛山　→クズヤマ (2397)

1870	勝	彦龍		菱屋茂兵衛	子雲―子昇	彦龍・孔雀樓主人					京都ノ儒者
1871	勝	飛川	義邦	麟太郎―安房	安芳	海舟―飛川	江戸	明治32	77	永井青崖	蘭學―幕臣(軍艦奉行)、物部義邦ト稱ス
1872	勝島	惟德	惟德	九右衞門			尾道	享保20	66	伊藤仁齋・伊藤東涯	
1873	勝島	翼齋	惟恭	敬助(輔)	敬仲(中)	翼齋	尾道	文化5(享保15)	49(79)	伊藤東里	惟德曾孫、詩・文
1874	勝瀨	馬洲	高資	啓十郎	士啓(靜)	馬洲	德島			古賀精里	大坂ノ儒者
1875	勝田	雲鵬	養元		子彝(彜)	雲鵬	江戸			木下順庵	田雲鵬ト修ス(江戸中期)
1876	勝田	季鳳	之德	新藏		季鳳	豐後	文政5	28	龜井昭陽・帆足萬里	日出藩士―日出ノ醫
1877	勝田	五嶽	良延	九八郎―精兵衞	士(子)壽	五嶽(岳)	讃岐	天明4	68		本姓原氏、丸龜藩儒、詩・文・書
1878	勝田	子祐	子祐		安石		豐後	安政5	54	帆足萬里	本姓宮嶋氏、季鳳養子、日出藩儒
1879	勝田	正履	準	九一郎		正履・華陵					高島藩儒(長善館儒學師範)(江戸後期)
1880	勝田	半齋	獻	彌十郎	士(子)信・成信	半齋	江戸	天保2	52	古賀精里	本姓荒井氏、幕臣(御書物奉行)、詩・文、田成信・田半齋ト修ス
1881	勝田	鹿谷	濟	九一郎	寧卿	鹿谷・梅月居	丸龜	嘉永2	73	井上四明	江戸ノ儒者―諏訪・高島藩儒(長善館教授)、詩
1882	勝部	靑魚	弸	正析	禮彪	靑魚・朔庵・南谿子・疎竹庵・宗靈	攝津西宮	天明8	77	宇野明霞	大坂―西宮ノ儒醫、姓ヲ勝ト修ス
1883	勝間田	雲蝶	忠行―稔	百太郎	子靜―子護	雲蝶・鐵琴	周防	明治39	65	山口藩黌	山口藩士
1884	勝村	蠖齋	師軻	靜吉	志尹	蠖齋・石水隱史	金澤	安政2	63	中井履軒・增島蘭園	仙臺藩儒

1885	桂	金溪	道坦―希言		有中・士寛	金溪・蝸殼	信濃	文化8	72		上田藩儒、菅氏トモ稱ス
1886	桂	湖邨	五十郎		子孝・小隱	湖邨(村)・雷同・電庵(菴)	越後新津	昭和13	71		早大教授、『漢籍解題』
	桂	香逸	→雲井龍雄 2431								
1887	桂	周水	綏・貞綏	治右衛門	猷輔	周水・潛齋	周防	天保3	25	樋口義所 伊藤東峰	岩國藩士
1888	桂	南野	廣保・道孚	長治郎―三郎左衛門・能登・主殿	季成	南野	長門	明和6	82		本姓大江氏、長門萩藩士
	桂		↕ケイ (2511)								
1889	桂井	酒人	在高	蒼八		酒人	大坂	明和2			大坂ノ儒醫、狂詩、葛井宗八トモ稱ス
1890	桂井	素庵	建・健・伯・光 實	新助・又三郎		素庵・居易齋・艮山・東溪・東谷・耕庵・東海	土佐	寶永3	55	黑岩慈庵	酒商(根來屋)、書
1891	桂川	桂林	中良	南粲(山)	虞山	桂林〔舍〕		文化元	55		湖月樓次男、加賀藩士、蘭學・唐音
1892	桂川	月池	小吉―國瑞	甫謙―甫安―甫周	公鑑・世民	月池・無礙庵・雷晋・雷庵・膳世堂・迎旭書屋	江戸	文化6	(57)56	杉田好古 前野良澤	湖月樓長男、幕府醫官
1893	桂川	湖月樓	小吉―國訓	甫謙―甫三・甫筑	榮修	湖月樓・釣月	江戸	天明3	(56)54		幕府醫官、書・詩
1894	桂川	翠藍	小吉―國寧	甫安―甫賢	清遠	翠藍・桂嶼・綠窓・書舫・眞桂・梅街・月池	江戸	弘化元	(56)48		柳窓長男、幕府醫官、蘭學
1895	桂川	柳窓	國寶	甫筑	子春	柳窓	江戸	文政15	61		月池養子、幕府醫官
1896	桂山	彩巖	義樹	三郎左衛門―三郎兵衛	君華	彩巖・霍汀・天水漁者・淡麟	江戸	寛延2	72	林　鳳岡	幕臣(御書物奉行)、桂義樹・桂淡麟ト修ス
	葛井		→クズイ 2396								
1897	葛城	螙庵	張・湛・耽	橋本貞元	子琴	螙(蠹)庵・御(竹)風樓・小園叟・寶石齋	大坂	天明4 (寛政4)	47	菅谷甘谷 橋本樂郊	本姓橋本氏、橋本樂郊弟、大坂ノ醫、詩(混沌社)、葛螙庵・葛子張・葛張・葛子琴ト修シ、姓ヲ葛飾氏トモ稱ス(私諡)檜園詩老

1898	門田	杉東	二郎太–重長			杉東	備後	大正4	85	齋藤拙堂・藤森弘庵等	樸齋男、福山藩儒
1899	門田	樸齋	重隣・隣(鄰)	小三郎–正三郎	堯佐	百溪・綠鈴–樸(朴)齋・卜翁	備後	明治6	77	賴山陽・菅茶山	本姓山手氏、一時菅茶山ノ養子トナル、福山藩儒
1900	門屋	藍洲	淑明	富右衛門	士錦	藍洲・佩絃	松山			昌平黌	松山藩儒
1901	門屋	孤舟	德風・張衡	吉之助		孤舟・一艸堂		文久3	85		松山藩士(祐筆)、篆刻
1902	印牧	雪潭	直道	淺次郎		雪潭		(寶曆10)		大地昌言	本姓中村氏、詩
1903	金井	烏洲	子修–時敏・泰	左忠(仲)太・彦兵衛	林學	烏洲・朽木翁・白沙村翁・小禪道人・獅子吼道人・桑庵・華竹庵金彦・呑山樓	上野	安政4	62	朝川善庵・菊池五山	畫・詩・文
1904	金井	金洞	之恭		子誠	金洞・梧樓・金鷄・碧梧書樓	上野	明治40	75		烏州男、書、元老院・貴族院議員
1905	金井	莎邨	槃	丈太郎		莎邨	上野	文政11	31	古賀侗庵	烏洲兄、詩
1906	金井	秋蘋	雄		飛卿(鄉)	秋蘋	上野	明治38	42		詩
1907	金井	鳳臺	篤平–直方	彌平治	文思	鳳臺	佐渡	文政12	64		佐渡ノ儒醫、字義・音韻
1908	金澤	松下亭	休	柏屋藤左衛門	子匹	松下亭・東道	三河岡崎	文化2		岡田新川	旅宿主人、詩・文
1909	金谷	玉川	英・信英	英藏	世雄	玉川	江戸	寛政11	41	松崎觀海	姓ヲ金森トモ稱ス、和歌山藩儒(學習館講官)、詩・文
1910	金谷	靜臺	尙	六(八)右衛門	子德	靜臺	尾張	寶曆7	37	細井平洲	江戸ノ儒者
1911	金谷	遷齋	興詩	與右衛門	立禮	遷齋・夢野舍	大坂	天保6	62		詩
	金屋七郎右衛門		→田中鳴門 3530								
1912	鼎	春嶽	元・新・元新		世寶	春嶽		文化8	46	福原五岳	畫・書(大坂)
1913	蟹	養齋	維安	佐左(右)衛門	子定	養齋・東溟	安藝	安永7	74	三宅尙齋	名古屋藩儒、姓ヲ蟹トモ書ク

1914	蟹江	觀遊	昭明	壽右衞門	伯融	觀遊	肥後	文久3	93	中山默齋 安野公雍	熊本藩儒
1915	蟹江	義丸	義丸				富山	明治37	33		本姓大愚哉氏、東洋倫理、文學博士
	金		→キン 2323〜								
1916	金內	雲窓	謙	裕三	㒺卿	雲窓・全齋	北越				漢學者(江戶後期・江戶)
1917	金子	華山	忠周	希三	君郁	華山	安藝	文化13	55		樂山男、廣島藩儒
1918	金子	鶴村	有斐	吉次・劉助	仲豹・君仲	鶴村・絢齋	加賀	天保11	(73)72	皆川淇園	小松ノ儒者-加賀藩儒、畫
1919	金子	寒翠	容	莊助	恒公	寒翠・菉猗					詩・畫(江戶)
1920	金子	荊山	鼎	熊藏	玉鉉	荊山・谷中樵者	三河	天保中			吉田藩儒(江戶)
1921	金子	蓑香	好爵・孚	與一	魚吉	蓑香		明治25	78		幕臣(江戶)
1922	金子	松洞	惺・清	吉藏・清三郎	子誠	松洞	加賀	明治8	43	巽遜齋 藤森天山	金澤ノ儒者(松風社)-金澤藩儒(明倫堂教官)
1923	金子	蕉陰	璋	熊介	熊介	蕉陰		文化5	32	賴春水	廣島ノ儒者(敬塾)、詩
1924	金子	霜山	濟民-忠順-中導	德之助	伯成	霜山・勉廬・八霜山人	安藝	慶應元	77	金子華山	華山男、廣島藩儒、金濟民・金霜山ト修ス
1925	金子	竹香	晋	玖右衞門		竹香					(江戶後期)
1926	金子	得所	清邦-謙	與三郎-六左衞門	鳴卿・謙	得所(處)	出羽上山	慶應3	45	大槻平泉 佐藤一齋	出羽上山藩儒(明新館助講)
1927	金子	樂山	忠福	源內		樂山	安藝	文化2	87	加藤嵓芍	廣島藩儒
1928	金丸	淵齋	深原	昌輔	貞夫	淵齋・講習堂	京都				
1929	金本	摩齋	相觀・觀	顯(研)造	善卿	摩齋・椒園	出雲	明治4	42	篠崎小竹	近衞公儒(大坂)

	兼	→ケン (2514)								
1930	兼枝　柳村	健		子精	柳村	下野	明治12	51	安積艮齋	太田原藩儒
1931	兼子　天聾	穆	八三郎	如風	天聾	常陸水戸	文政12	71	井上金峨 長久保赤水	本姓宍戸氏、儒醫
1932	兼松　石居	誠	列三郎―三郎	成言	石居・晩居亭	弘前	明治10	68	古賀侗庵 佐藤一齋	本姓久庸氏、弘前藩儒(江戶)―東奥義塾
1933	兼康　百濟	元愷	渡邊久太郎	孟美	百濟	大坂			篠崎三島	(天明元生)(江戶)
	樺	→カ (1784)								
1934	樺島　石梁	公(元)禮	勇吉―勇七(八)	世儀	石梁山人、萬年	筑後久留米	文政10	74	細井平洲 宮原南陸	久留米藩儒(明善堂教授)、詩・文、樺公禮ト修ス
1935	樺鳥　蓮溪	龜吉―孝繼	小助	士述	蓮溪	久留米	天保5	59		石梁養子、久留米藩儒(明善堂教授)
	釜石　數馬	→荒木田鼎湖 303								
	蒲坂　松皐	→ホサカ 5344								
	蒲田　得庵	→鎌田得庵 1940								
	鎌	→レン (6577)								
1936	鎌田　環齋	禎	禎藏・松荷	資(士)庸・子德	環齋・生白堂	大坂	文政5	70	片山北海	大坂ノ儒者、書、鎌環齋ト修ス
1937	鎌田　虛百齋	一窓			虛百齋・卜翁	京都			齋藤北山	醫、心學
1938	鎌田　凝庵	政績		伯麟	凝庵・赤松	伊賀名張	明治35	52	鎌田梁洲	梁洲男、伊賀ノ儒者
1939	鎌田　醉石	景弼	新兵衛・平十郎	伯寧	醉石		明治21	47	木下韡村	佐賀縣知事
1940	鎌田　得庵	玄同(洞)	德庵	子(士)德	得(德)庵・室遠・生白(堂)	播磨	寛永5	48	藤原惺窩	本姓菅原氏、姓ヲ蒲田・土師トモ稱ス、京都ノ儒醫、菅玄同・菅得庵ト修ス

1941	鎌田	柳泓	鵬	玄珠	圖南	柳泓・曲肱庵	紀伊湯淺	文政4	68	江村北海	本姓久保氏、虛白齋養子、京都ノ儒醫
1942	鎌田	梁洲	重節―政擧	外記	翔甫	梁洲・隨山	名張	明治8（6）	63（61）	小谷巣松	名張藤堂氏儒
	鎌原		→カンバラ2135								
	上河		→ウエカワ948								
1943	上條	柳盧	山三郎―公美	作之右衛門	賓王	柳盧		文政3	66	北山橘庵	本姓横井氏、和泉堺奉行所與力、兵學・蘭學
1944	上司	乘齋	太八十―淵茂			乘齋		昭和4	81	今津秋庵	山口藩儒
	上月		→コウヅキ2675								
	上柳		→ウワヤナギ1069～								
1945	上領	乾堂	賴德・賴軌	九郎兵衛	君模・終卿	乾堂		明治28	70	萩明倫館	本姓藤井氏、詩・文、槍術
1946	神尾	房成	房成			房成		慶長13	76		
1947	神岡	竹嶼	彜	玄俊	得一	竹嶼・半山・雨亭	武藏美里	明治16	84	若林嘉陵　大窪詩佛	詩、醫
	神崎		→カンザキ2121								
1948	神代	鶴洞	守柔・熹	杢太夫	叔重	鶴洞・求心齋	江戸小石川	享保13	65		水戸藩儒（彰考館總裁）
	神田		→カンダ2122～								
	神谷		→カミヤ1950～								
	神戸		→カンベ2130～								
	神波		→カンナミ2127								

	神野	→カンノ 2128								
	神林	→カンバヤシ 2129								
1949	神村 鳳嶺	忠貞	信九郎	篤卿	鳳嶺	三河	安永10	42	深田厚齋	本姓鈴木氏、京都ノ國學者、姓ヲ神邨(邨)トモ書ク
1950	神谷 雲潭	重繩・讓		文禮	雲潭	美濃	文政3	48	秦 滄浪	儒醫
1951	神谷 玉水	英	英藏	世雄	玉水	紀伊	寛政11	41	松崎觀海	和歌山藩儒
1952	神谷 東溪	謙	彌六	冲卿(伯)	東溪・迂齋	江戸	文化2	62		(江戸)
1953	神谷 東條	貞一	定助	文饒	東條	江戸				(文化)
1954	神谷 南澗	直矩	丈大夫	頑廉	南澗・鄰石・硜齋	尾張			松平君山	姓ヲ谷ト修ス(安永)
1955	神屋 立軒	亨	彌左衞門―安治	原明	立軒・松堂・松軒・毅齋	筑前	享保14	66	貝原益軒	福岡藩士、書・歌
1956	神山 鳳陽	至明―述	四郎	季(爲)德・古翁	鳳陽・三野々史	美濃	明治23	67		詩・書
	神吉	→カンキ 2118〜								
	紙屋半三郎	→加藤章庵 1719								
	龜	→キ (2218)								
1957	龜井 雲來	昇		大壯	雲來	筑前	文政8	51		南溟次男、醫
1958	龜井 幻菴	曇榮―(僧)榮曄			幻菴(庵)・禪月樓	筑前	文化15	67	(僧)大潮	南溟弟、崇福寺住職
1959	龜井 玄谷				玄谷	筑前	明治24	62		暘洲長男
1960	龜井 孝	孝			秋耕不雨讀齋		平成7	82		成城大學、東洋文庫、國語學

1961	龜井　小琴	友			小琴	筑前	安政4	60		昭陽長女、詩・書
1962	龜井　昭陽	昱	昱太(次)郎	元鳳	昭陽・空石(谷)〔道人〕・月窟・天山遯者・草香江亭	筑前福岡	天保7	64	荻生徂徠・龜井南溟	南溟長男、福岡藩儒―福岡ノ儒者(百道社)、詩・文
1963	龜井　成齋	重均	久藏	子均	成齋・坦齋・早月樓					江戸ノ儒者―桑名藩儒
1964	龜井天地房	萬		大年	天地房	筑前	文化9	36	龜井南溟	南溟三男、醫・詩
1965	龜井　南溟	開可―魯	道哉・主水	道載	南溟(冥)・信天翁・狂念居士・苛樓・魯玄南溟	筑前	文化11	72	(僧)大潮・山縣周南	京都ノ儒醫(蜚英館)―福岡藩儒、龜道載・龜魯ト修ス
1966	龜井　暘洲				暘洲	筑前	明治9	69		昭陽次男
1967	龜井　雷首	源・復	源吾	應龍	雷首山人	筑前	嘉永5	64	龜井昭陽	本姓三苫氏、昭陽次女小栞婿養子、福岡ノ儒醫
1968	龜田　鶯谷	穀―長保・保	保二(次)郎―嚶(樓)彦	申(甲)之・由士・任夫	鶯谷・磐谷・學孔堂・嚶彦・木敎々舍・稽古堂(樓)・鵬離獊兒	下總	明治14	75	龜田綾瀬	本姓鈴木氏、綾瀬養子、江戸ノ儒者―關宿藩儒(敎倫館敎授)―東京ノ儒者
1969	龜田　鶴山	勝喜・章	喜十郎・伊右衛門	純藏	鶴山・鹿心齋・蘭泉・(屋號)宮竹屋	加賀金澤	天保5	67	大窪詩佛・賴山陽	藥種商、詩、姓ヲ田ト修ス
1970	龜田　宮水	貞重―末壽―康弘―末雅	左衛門	敬文	宮水・寄生園	伊勢	天保中			本姓藤原氏、外宮神職、詩
1971	龜田　窮樂	曳尾	久兵衛		窮樂・無悶子	京都	寶曆8	83		書
1972	龜田　鵬齋	彌吉―翼―長興・興	文左衛門	圖南―心卿・公龍・穉龍・士龍・士雲	鵬齋・善身堂主人・惰々子・金杉醉學生・關東第一風顚生	江戸神田	文政9	75	井上金峨	江戸ノ儒者(育英堂・樂群堂)、詩・書
1973	龜田　綾瀬	長梓	三藏	木王・清遠	綾瀬・學經堂・佛樹齋	江戸	嘉永6	76	龜田鵬齋	鵬齋男、關宿藩儒(江戸)―江戸ノ儒者、詩・文
1974	龜谷　守拙	寛			守拙・三杉道人	富山	大正10			詩(明治25生・大正10在世)
1975	龜谷　省軒	行藏・行・所		子藏・子省	省軒・惜陰書屋・搜奇窟・花の屋・潛龍窟	對馬	大正2	76	廣瀬旭荘・安井息軒	對馬藩儒―明治政府官吏、詩・文(光鳳社)
	龜屋　量平	→松岡修菴5580								

1976	龜山	節宇	美和―敬佐	雲平・源五右衛門	由之	節宇・觀海講道・曳庵	播磨	明治32	78	佐藤一齋	姫路藩儒(好古堂教授)
1977	龜山	夢硯	士綱	油屋元(本)助	紀卿	夢硯	備後 尾道	文政10	58	菅茶山 若槻幾齋	尾道ノ儒者
1978	蒲生	君平	秀實・夷吾	伊三郎	君藏・君平	修靜菴・靜脩齋・修直庵	下野	文化(10 11)	(46 47)	鈴木石橋 山本北山	本姓福田氏、勤皇家、『山陵志』
1979	蒲生	褧亭	重章・章		子闇・意賛	褧(絅)亭(寧)・精庵(菶)・白嚢子・螻屈潛夫・靑天白日樓主人・省庵	越後 村松	明治34	69	多紀茝庭 加藤松齋	村松藩儒―江戸ノ儒醫(有爲塾)、詩
1980	鴨井	熊山	西銘	耕太郎	東仲	熊山・探山野人・愛吾廬	肥前 兒島	安政4	55	菅茶山 古賀侗庵	備前藩老池田氏儒
1981	鴨田	白翁	維章		煥文	白翁	和泉 伯太	文化8	71		伯太藩士―尼崎ノ儒者、詩
	茅野		→チノ 3887〜								
	茅原		→チハラ 3889								
	萱		→ケン (2515)								
1982	萱嶋	景嶠	克己			景嶠	日向 高鍋	弘化3			高鍋藩儒
1983	萱野	考潤	儀章	市平	可貞	考潤・靑莪館	熊本	寶曆11	87	荻生徂徠	熊本藩儒、詩、萱考潤ト修ス
1984	萱野	錢塘	來章	司馬太	君譽	錢塘	熊本	天明元	53		考潤次男、熊本藩儒
1985	萱生	茅山	多仲―金言		玄順(淳)	茅山	三河	天保8	66	龜田鵬齋	田原藩儒(成章館教官)、醫
1986	辛島	春帆	種任―丈庵	雁二良	茅窓	春帆	宇佐	安政6	42	廣瀬淡窓	中津藩儒醫
1987	辛島	淸溪	光輔	義助	翼之	淸溪		寛政5	70	秋山寶山	熊本藩儒(時習館助教)、姓ヲ辛嶋トモ書ク
1988	辛嶋	鹽井	憲・知雄	才藏	伯彝(彜)	鹽井	熊本	天保10	86	熊本藩黌	淸溪男、熊本藩儒(時習館訓導)―昌平黌教授、詩、姓ヲ辛ト修ス
1989	辛嶋	古淵	道珠・惟明		之寶	古淵・鹽井・藏齋・朴庵	肥後	元祿6	63	江村全庵 山崎闇齋	熊本藩儒

	唐牛		↓カロウジ 1997								
1990	唐金	梅所	吉三郎‐興隆	總左衛門・嘉右衛門	孟喜	梅所・垂裕堂	和泉佐野	元文3	64	伊藤東涯	本姓飯野氏、岸和田ノ回船問屋、詩・文・畫
1991	唐崎	廣陵	欽	乙之助‐萬助・多門・金吾‐金(欽)四郎・仁右衛門	信々‐彦明	廣陵	安藝竹原	寶暦8(6)	45(43)	三宅尚齋・宇野明霞	伊勢長島藩增山氏儒‐竹原ノ儒者、詩
1992	唐橋	君山	世濟・剛克		美卿	君山・五息齋延命	江戸	寛政12	65	高野蘭亭	豊後岡藩醫、詩・文
1993	烏田	智庵	貫通	留之允		智庵・智璞	萩	明和5	80	山縣良齋	萩藩儒醫、本草學、姓ヲ田ト修ス
1994	刈谷	無隱		三郎	狷介	無隱	下野	明治43	67	田中従吾軒・古賀茶溪等	本姓鈴木氏、勤皇家
	狩野		↓カノウ 1763～								
1995	狩谷	棭齋	賢治郎‐眞末‐眞秀‐望之	高橋與惣次・津輕屋三右衛門	自直‐卿雲	棭齋・仰高・六漢老人・蟫翁・求古樓・超華(花)亭・青裳堂〔文庫〕	江戸神田	天保6	61	屋代弘賢	本姓高橋氏、考證學、(齋號)常閑書院・實事求是書屋
1996	狩谷	懷之	懷之		少卿		江戸	安政3	53		棭齋長男(江戸淺草)
1997	唐牛	東洲	滿春	大六	伯陽	東洲	弘前	享和3	45	山崎蘭洲・昌平黌	弘前藩儒(稽古館學頭)
1998	川	春山	碧		霞生	春山	美濃高須			柴山老山	詩
1999	川	熊峰	齋之		魯叔	熊峰	安藝西條			蘐山東門	西條藩儒
	川		↕セン (3451)								
2000	川合	元	元	忠藏							和歌山藩儒
2001	川合	春川	孝衡・衡	丈平・文	襄平	春川・春草・鶴一樓	美濃高須	文政7	75(74)	龍草廬	本姓佐竹氏、和歌山藩儒、源孝衡・源衡ト稱ス
2002	川合	大壑	鼎		子長	壑		文化5	32	川合春川	本姓喜多村氏、春川養子、和歌山藩儒(學習館助教)

2003	川合	梅所	修	豹藏	伯敬	梅所・維浮洞仙	紀伊	明治	78		本姓梅本氏、春川養子、和歌山藩儒(學習館督學)
2004	川合	槃山	孝太郎			槃山	伯耆	昭和15	77	藤澤南岳	本姓田口氏
2005	川井	桂山	雍	立牧	子和	桂山-全機居士	大坂	明和3	59	梁田蛻巖	大坂ノ醫、詩
2006	川井	壽伯	寛裕・裕	壽伯	仲舒		大坂				本姓鈴木氏、桂山次男、大坂ノ醫、詩、鈴裕ト修ス
2007	川井	東村	與	與佐衛門	正直	東村	大坂	延寶5	77	山崎闇齋	大坂ノ茶商
2008	川井	白蓮	温	子節	子玉	白蓮	大坂				桂山弟、詩
2009	川内	一鶚	侗	逸學	同人	一鶚・育英堂	江戸				(天保)
2010	川勝	廣常	直永-廣常	彌十郎-賴母				文政10	69		永井筑前守直令六男、幕臣(御書物奉行)
2011	川上	閑淵	孝德	重右衛門	教正	閑淵					戸田侯儒、(江戸・安政)
2012	川上	春山	廣樹・弘	八十吉	才輔	春山	足利	明治28	57	日尾荊山	本姓中村氏、足利藩士
2013	川上	東山	顒	儀佐衛門	君幰(璋)	東山・史話樓・東海	越前	天保11		古賀精里 頼山陽	京都ノ儒者
2014	川北	温山	重熹	喜右衛門	義(儀)卿	温山・春風樓	島原	嘉永6	61(60・66)	古賀侗庵	島原藩儒(稽古館教授)(江戸)、詩・文、姓ヲ河北トモ書ク
2015	川北	梅山	長顒	榮(英)吉・新甫	有孚	梅山・夢清樓	津	明治38	84	齋藤拙堂 猪飼敬所	津藩儒(有造館會頭)
2016	川口	乾城	希逸		子壽	乾城・延壽道人・霜溪道人・臥游園	尾張			岡田新川	詩人-臨濟宗僧(安永-寛政)
2017	川口	謙齋	恭		子蕭	謙齋				恩田蕙樓	津ノ儒者
2018	川口	江東	翯	亮輔	君濯-濯夫	江東	尾張	明治41	93	佐藤牧山	名古屋藩士(江戸)、詩(舊雨社)、維新後名古屋ニ移ル(明倫堂助教)
2019	川口	西洲	愷	治佐衛門	樂善	西洲・蕭洞・松音堂	備後三原	文化12	83	芥川丹邱	大坂ノ詩人

2020	川口 知還	爲之―信友	萬五郎―頼母		知還(致仕後)		明和8	78		本姓都筑氏、幕臣(御書物奉行)、本草學
2021	川口 道齋	基		公善	道齋・左眉一毛長翁		安政中			儒醫(江戸)
2022	川口 東州	嘉	覺藏	子儀	東州	江戸	明治21	48	海保漁村	本姓梨本氏、幕臣
2023	川口 綠野	長孺(繻)	三省―助九郎・九郎	嬰卿	綠野園	水戸	天保9(6)	63	大内熊耳	水戸藩儒醫(彰考館總裁)
2024	川窪 信近	信近	齋宮				享保10	37		幕臣(御書物奉行)
2025	川窪 蘭涯	信古	要人	好古	蘭涯		文久元	49		
2026	川崎也魯齋	履	魯輔(介・助)	叔道	也魯齋・魯齋・碌々庵	上野沼田	明治9	72(73)	佐藤一齋	本姓工藤氏、沼田藩儒
2027	川治 南山	義豹	泰藏	伯玄	南山				鵜殿本荘	近江宮川侯儒、詩(文化)
2028	川路 敬齋	彌吉―歳福―聖謨	彌太郎―三左衛門―左衛門尉		敬齋・遊藝園・頑民齋	豊後日田	明治元	68		本姓内藤氏、幕臣(外國奉行)、自殺
2029	川島 楳坪	敬孝―浩		緝鄕―浩然	楳(梅)坪	武藏	明治24	57	芳川波山・大沼枕山	教育家、詩・文
2030	川島 栗齋	正臣・寛正・直正	專藏		栗齋・淸々翁	近江大津	文化8	57		石原氏臣、漢學
2031	川澄 蘭坡	明義	萬治	大路	蘭坡					濱松藩儒(江戸・天保)
2032	川瀬 一馬	一馬			三柚書屋	東京	平成11	93	東京文理大	古辭書、書誌學
2033	川瀬 狂莽	外也・能安―定	太宰	子靜・靜甫	狂莽(庵)・含秀軒・釆釣亭	膳所	慶應2	46	黒田梁洲	本姓戸田氏、聖護院宮舍人、梶川秀軒トモ變名シ、姓ヲ河瀬トモ書ク
2034	川田 甕江	竹二郎―剛	城之助・城三郎―剛介	毅卿	甕江・執齋・行雲流水書屋・百日紅園	備中松山	明治29	67	山田方谷・藤森天山等	備中松山藩士―江戸ノ儒者―諸陵頭、文學博士、書
2035	川田 喬遷	良熙		宗仲	喬遷	遠江				相良藩儒(江戸中期)

川

↕ 河 2052〜

2036	川田	薊山	致眞	貞六		薊山	土佐	明和6	64	谷　塊齋	高知藩士、天文・暦算・神道
2037	川田	芝嶠	資哲		子明	芝嶠・爲谿	江戸	寛政5	74		琴卿男、大洲藩儒(明倫堂教授)
2038	川田	雪山	瑞穗			雪山	土佐	昭和26	73		早大教授、詩
2039	川田	東岡	孝成	八助・丈右衞門	子行	東岡			餘60	伊藤東所	鳥取藩士、儒・易
2040	川田	雄琴	資深	半太夫	君潤・琴卿	雄琴・北窓翁	江戸	寶暦10	77	梁田蛻巖 三輪希賢	蒔田侯儒-大洲藩儒(明倫堂教授)
2041	川名	南條	祐・孟綽	林助	仲裕	南條山人・獨鈷山人・東海狂生		安永2	42	林　門	筆耕林助トモ稱ス、詩・文、後、高野山ニ入ル
2042	川西	函洲	潛	確輔(助)・格輔-三助	士龍・確甫	函(凾・涵)洲	江戸	天保13	42	竹村悔齋 昌　平　黌	本姓中井氏、三河擧母藩儒(崇化館教授)、自刄、姓ヲ河西トモ書ク
2043	川西	文淵		成藏		文淵		明和9			棚倉侯儒
2044	川淵	春山	寛	喜三郎	大度	春山	土佐			藤澤東畡	儒醫
2045	川邊	橘亭	清	清次郎	士纓	橘亭		天保8			本姓藤原氏、對馬藩士、唐音・韓音
2046	川村	華陽	榮壽	孫八	萬年	幕陽〔居〕・松風館・靑梧園	江戸	天明4	49	井上金峨 澤田東江	江戸ノ儒者、書
2047	川村	竹坡	尙迪	貞藏	毅甫	竹坡・依水園主人・耕堂窩・愛吾廬	伊勢	明治8	79	津坂東陽 猪飼敬所等	津藩儒(有造館督學)
2048	川村	榴窠	直良・良直	善之進-彰之助	仲甫	榴窠(窩)	陸奥	明治元	42	昌　平　黌	津輕藩士(稽古館學士)
2049	川目	子繩	直	彦太夫	子繩		江戸			蒲阪菁莊	江戸ノ儒者(天保)
2050	川本	衡山	貞	豊吉	輔卿	衡山		文久3	37	遠山雲如	幕臣、詩
2051	川本	裕軒	裕	敬藏-同民	幸民	裕軒	攝津三田	明治4	62	坪井誠軒	三田藩醫-幕臣(蕃書・洋書調所教授)

河　↓カ (1747)

2052	河合	菊泉	正修(脩)	傳次	誠甫・子吉	菊泉・白桃・桃華・風月間(閒)人	水戸	寶暦5	57	安積澹齋	水戸藩儒(彰考館總裁)
2053	河合	新齋	良温	方助	季卿	新齋・恕庵・鹿鳴社					加賀藩士臣、儒醫(江戸後期)
2054	河合	靜宇	隆吉-專堯	七郎次郎	直卿	靜宇		安永9	89		本姓仙石氏、岡山藩士(藩校督學)
2055	河合	東江	維修		子安	東江	伊勢白子				(江戸中期)
2056	河合	桐葉				桐葉		享保19	72	中江藤樹	京都ノ儒者
2057	河合	萬	萬				加賀				新齋男、漢學(明治14・74餘在世)
2058	河合	屏山	良翰・鎧	七隼之助		屏山	姫路	明治9	74		本姓松下氏、姫路藩儒
2059	河合	容菴	光卿		保	容菴				龜井南溟	江戸ノ儒者
2060	河合	鹿門	維明(名)		子南	鹿門	大坂				詩・書
2061	河井	喬松	秋義	繼之助		喬松・蒼龍窟		慶應4	42	齋藤拙堂 山田方谷 等	長岡藩士
2062	河內	竹洲	君泰	宇八郎	子眞	竹洲	武藏				山形藩士、儒、姓ヲ河ト修ス
2063	河內	立牧	雍		子知	立牧・桂山・停雲館主人		明和3	59	有賀長伯	書・歌・詩(大坂)
2064	河上	春川	忠精-忠晶	市之丞		春川		文久2	68	佐藤一齋 大鹽中齋	本姓紀氏、岡山藩士、姓ヲ川上トモ書ク
2065	河北	笠山	景楨	十(重)藏		笠山・鼓峰	伊勢	(天明)	餘70	松岡雄淵	津藩儒
2066	河口	靜齋	光遠	三八	子深・穆仲・仲賓	靜齋・苧山・新酊嘯月庵	江戸	寶暦4	52	室　鳩巣	姫路・前橋藩儒、姓ヲ河ト修ス
2067	河崎	敬軒	善弼・弼	良佐	子文	敬軒	伊勢山田	文政元(13)	39	山本凹菴 菅　茶山	伊勢ノ儒者、姓ヲ川崎トモ書ク

2068	河島	春翠	氏榮(章)	覺輔・謙藏	士章	春翠・五晴	紀伊	明治8	61		詩
2069	河尻	製阪	育・春之	甚五郎	士文	製阪		文化12	60		幕臣(蝦夷地奉行)、兵學、詩
	河瀬	狂莽	→川瀬狂莽 2033								
2070	河田	檜溪	朴		子朴	檜溪・蹈雲	島原				島原藩儒(江戸・安政)
2071	河田	貫堂	熙	通(貫)之助・相模守	伯緝	貫堂・古香莊	江戸	明治33	66		迪齋長男、幕臣
2072	河田	栞風	嘉豊		公實	栞風	武藏	明治13	60		詩・文・書
2073	河田	迪齋	興	八之助	猶興	迪齋・白齋・屏淑・藻海・惠迪齋・轂音子	讃岐	安政6	54	近藤篤山・佐藤一齋等	一齋女婿、幕府儒官、姓ヲ川田トモ書ス
2074	河田	東岡	孝成	八助・文右衛門→十右衛門・關助	子行	東岡・方翁・方山・詠歸齋	播磨	寛政4	79	伊藤東所・三宅尚齋	本姓竹中氏、鳥取藩儒、易
2075	河津	省庵	卓		子立	省庵	相模	嘉永5	53	芳川波山	忍藩儒醫
2076	河津	湯谷	祐之		吉甫	湯谷子	江戸	正德元(寛保2)	32	太宰春臺	本姓大瀧氏
2077	河波	悰園	有道	豊太郎		悰園		明治33	69	大村良庵	加賀藩儒(明倫堂助教)-加賀ノ儒者(梅塢塾)
2078	河浪	自安	道忠	忠兵衛	信甫	自安	肥前佐賀	享保4	85		本姓菅原氏、佐賀藩儒醫(東京庠舍教授)
2079	河浪	質齋	道義	所兵衛	路甫	質齋	肥前佐賀	享保19	63	河浪自安・中村惕齋	本姓野田氏、自安養子、佐賀藩儒(東京庠舍教授)
2080	河南	寧齋	文平	庄七郎		寧齋・寒林詩屋	三河田原	弘化4	63	柏木如亭	詩・書・篆刻
	河西	涵洲	→川西函洲 2042								
2081	河野	界浦	清通・通清	齋宮	伯水	界浦・漣(連)窩	和泉堺				音韻(元祿)

2082	河野 槐蔭	公奕・奕	杏庵	廷(延)擧	槐蔭・東里	仙臺	嘉永2	56	櫻田欽齋 尾藤二洲	本姓越智氏、竹中氏モ稱ス、仙臺藩醫(醫學館學頭)、姓ヲ越ト修ス
2083	河野還水軒	通智(尹)	八十郎・新丞・四郎兵衞・三左衞門	弘文	還水(翠)軒	江戸	正德4	69	河野春察	春察男、關宿-大聖寺藩士、詩・文
2084	河野 杏村	逸	逸平		杏村・杏翁・澱水隱士・狂花村舍主人	淡路	明治10	67		大坂ノ儒者、詩
2085	河野 茳洲	通昉	茂三郎	君旦	茳洲	越前丹生	明治21	81		漢學
	河野 三平	→久坂秋湖 2329								
2086	河野 守弘	爲藏-守弘・通弘	伊右衞門			下野	文久3	71		地誌考證家
2087	河野 春雲	通桓	顯三	士藏	春雲(生・樓)・帛水學人	下野吉田	文久2	25		本姓越智氏、初メ甲田氏トモ稱ス、醫・詩、勤皇家(三島三郎ノ變名デ坂下門外ノ變ニ加ワル)
2088	河野 春察	自然-通英	喜平次		春察・忘巷子・晩翠軒・益庵	萩	延寶3	64	竹用定宣 林羅山	大聖寺藩士、醫・詩・文
2089	河野 春颿	通胤			春颿(帆)	淡路	明治19	56	河野杏村	杏村男、大阪中學校教官-大阪ノ儒者
2090	河野 恕齋	子龍	忠右衞門	伯潛	恕齋・鶴皐・南濱(溟)漁人	京都	安永8	37	岡田龍洲	岡田龍洲長男、肥前蓮池藩儒(大坂)、詩(混沌社)、河恕齋・河子龍ト修ス
2091	河野 小石	徵	金藏	文獻	小石・視庵(菴)	安藝廣島	明治28	72	賴聿庵 金子霜山等	廣島藩儒-廣島ノ儒者、書、姓ヲ河村トモ稱ス
2092	河野 靜山	通亮	三郎	子亮	靜山	京都	明治4	57	春日潛庵	本姓越智氏、京都ノ儒者
2093	河野 荃汀	通之	宋賢	子明	荃汀	陸前				仙臺藩醫杏庵男、仙臺藩儒、詩(舊雨社、如蘭社)
2094	河野 通英	通英				加賀			林羅山	大聖寺藩儒(寶永)
2095	河野 通文	通文		養哲		周防	享保12	67		山口藩儒

2096	河野鐵兜	羅・維羆	絢夫・俊藏	夢吉	鐵兜・秀野・趺蓮・秀農・秀生・秀叟・秀史・美竹西莊・白鷗樓・文選復興樓・月廓錦壇・鐵史	播磨網干	慶應3	43	吉田鶴山 梁川星巖	本姓越智氏、播磨ノ醫-林田藩儒(敬業館教授)-林田ノ儒者(秀野草堂)、詩・文・書・歌・本草、越智夢吉・祝田霽南・楡村右(石)南トモ稱ス、(私諡)文崇
2097	河野文翁	公明	仲亮		文翁	甲斐	安政2	77		醫、勤皇家
2098	河野亮	亮				淡路			伊藤東涯 村山佛山等	大坂ノ儒者、詩
	河野魯齋	↓赤松魯齋153								
2099	河鰭省齋	景明-默	富之丞・退藏		省齋・默齋	上野館林	明治22	64	橫井小楠	石見濱田藩士
2100	河原橘枝堂	澤		君潤	橘枝堂・九疑山人	京都				詩(寛政)
2101	河原翠城	寛	駱之助(輔)	士栗	翠城・亦夢	赤穗	文久2	36	坂井虎山 齋藤拙堂等	村上天谷三男、赤穗藩儒(博文館教授)、自刃
2102	河野遜齋	遠業	熊藏-熊五郎	懋成	遜齋	紀伊	文政8	45		
2103	河原井臺山	保壔(壽)	大坂屋茂兵衛・茂助・七郎兵衛	子昌	臺山・中臺・鵲巢山人	江戸	天明3	70	松下烏石	藥種商、書、姓ヲ河原井・小河原・小河トモ稱シ、河保壽ト修ス
2104	河原田春江	寛	三太夫	栗卿	春江・幸城		明治元	86	佐野西山 朝川善庵	伊勢久居藩士(句讀所助教)
2105	河東矯	矯	瀧之助・平藏	虎臣		松山	嘉永4	47	古賀精里	松山藩儒
2106	河東靜溪	坤		子厚	靜溪		明治27	65	古賀侗庵	碧梧桐父、伊豫松山藩儒(明教館教授)-松山ノ儒者(千舟學舍)
2107	河邊鳳溪	讓		伯謙	鳳溪	丹波	文政5	36	林 檉宇	丹波龜山藩士-仙臺ノ儒者
2108	河又浩齋	秀祐			浩齋					(江戸後期)
2109	河村彊齋	貫義	貫三郎		彊(強)齋	富山	慶應元	51	林 述齋 摩島松南	富山藩儒

2110	河村	乾堂	鍬九郎‐益根	桑九郎・培二(次)郎・培一	培公	乾堂(屋)・上野〔山房〕	尾張名古屋	文政2	64	岡田新川	本姓藤原氏、葎庵次男、尾張ノ儒者(詩・書)・國學者(紀典學)、姓ヲ滕ト修ス
2111	河村	壽庵	元善		子長	壽庵・錦城	南部	文化12			江戸ノ儒醫、川元善ト修ス
	河村	小石	↓河野小石 2091								
2112	河村	滄洲	巻辰・春恒	元東	子果	滄洲	伊勢山田	寛政4	77	伊藤仁齋	本姓太田氏、幕府醫官、河春恒ト修ス
2113	河村	竹溪	禎	鹿之助	君祥	竹溪	周防中津	大正3	83		詩
2114	河村	茗溪	類之			茗溪	江戸				江戸ノ儒者(天保)
2115	河村	葎庵	秀根	金之助(丞)・復太郎・又太郎・洗眼堂藤原唯彦・上野山人	君深・君律・信行	葎庵・曲州	尾張	寛政4	70		尾張藩士、紀典學
	河郁		↓河村 2109〜								
2116	河本	筑川	正安・弌・惟一	杜太郎	貫之	筑川	越後十日町	文久2	22	芳野金陵	姓ヲ川本トモ書キ豊原邦之助(輔・丞)・豊原親忠トモ稱ス、志士、詩
2117	河本	立軒	儼	又七郎	子恭・望之	立軒・經誼堂書院	岡山	文化6	61		藏書家
	河		↕川 1998〜								
2118	神吉	拙鳩	安宅			拙鳩	赤穂				赤穂藩儒醫
2119	神吉	東郭	世敬	主膳	子與	東郭	赤穂	天保12	86	赤松滄洲	赤穂藩儒醫(博文館督學)
2120	神吉	桐隱	良	良助	赤城	桐隱	赤穂				赤穂藩士、詩(安政・江戸)
2121	神崎	小魯	廉		介夫	小魯・朴齋	備中倉敷	明治4	69	蒲池九淵	倉敷ノ儒者‐郷校明倫館教授、易

2122	神田	香巖	醇・信醇		子醇・容安	香巖	京都	大正7	65	江馬天香	邕盦祖父、詩・古書畫蒐集・鑑定
2123	神田	邕盦	信暢	喜一郎	子衎・子充	邕盦・筑山	京都	昭和59	87	內藤湖南	東洋學者、書誌學、藏書家(佞古書屋・優鉢羅室)
2124	神田唐	華陽	孟恪	孝平		唐華陽・淡崖・有不爲樓	美濃不破	明治31	69	鹽谷宕陰 安積艮齋	南宮養子、儒學、蘭學
2125	神田	南宮	充・質		實甫	南宮(山房)・柳溪	美濃	嘉永4	56	賴 山陽	醫・詩
2126	神服	荊南	宗城	仙之進	子堅	荊南					京都ノ儒者
2127	神波	卽山	桓			卽山	尾張	明治24	62		詩・書
2128	神野	菊叢	景達(遠)	清紀・善左衛門	志(士)寧-子宏	菊叢・純奈・雪丘・一無	江戸	天保11	73	山本北山	名古屋藩儒
2129	神林	復所	弼・良弼	清介(助)-讓	伯輔	復所(齋)	磐城	明治13	86	佐藤一齋	磐城平藩儒
2130	神戸	武正	武正	七五三之丞-四郎右(左)衛門			越後長岡			秋田玉山	本姓梅澤氏、長岡藩儒
2131	神戸	由道	由道	莊助	子貫		河內國分			鳥山芝軒	詩(天文-安永)
	菅	甘谷	→菅谷甘谷 3258								
2132	菅	橋洲	定模	善太郎	公規	橋洲・芙蓉山人	伊豫小松原	明治33	91	近藤篤山 古賀侗庵	小松原藩儒(養正館學頭)-海南書院學長
	菅	元容	→石井白圭 636								
	菅	玄洞	→鎌田得庵 1940								
	菅	時憲	→秋元小丘園 170								
	菅	晨曜	→菅谷甘谷 3258								
	菅	正朝	→山田麟嶼 6330								

	菅	得庵	→鎌田得庵 1940								
	菅	麟嶼	→山田麟嶼 6330								
	菅		↕スガ 3240〜								
2133	菅野	東門	恭厚	龜六	子篤	東門	陸前松山	文化7	81	新井滄洲	仙臺藩老茂庭氏儒臣（大成館學頭）
	菅野		↕スガノ 3253〜・スゲノ 3306〜								
	乾		→イヌイ 796〜								
	間	英	→佐久間英 2748								
2134	閑	室(僧)	元佶		佶長老	閑室・三要・敬復齋	肥前小城	慶長17	65	玉崗瑞璵	臨濟宗僧、俗姓野邊田氏、足利學校第九世庠主、伏見版・圓光寺版々行
	館		→タテ 3820〜								
2135	鎌原	桐山	政幾久・重賢・貫忠	主税・伯耆・石見	子齋・子恕	桐山	松代	嘉永5	79	佐藤一齋 岡野石城	松代藩士、私塾（朝陽館）教授、佐久門象山師
2136	簡野	虚舟	米次郎―道明			虚舟・柳郷・不除草堂主人	江戸	昭和13	74	東京高師	漢語學、『字源』
	韓	凹菴	→山口凹菴 6200								
	韓	介石	→谷口藍田 3857								
	韓	大年	→中川天壽 4282								
	韓	潭香	→石井潭香 636								
	韓	天壽	→中川天壽 4282								
	韓	聯玉	→山口凹菴 6200								

	姓	號	名	通稱	字	號	生地	沒年	享年	師名	備考
	岸	嶰谷	→根岸嶰谷 4667								
	岸	季英	→岸畑芳洲 2270								
	岸		↔キシ 2253〜								

〔き〕

	姓	號	名	通稱	字	號	生地	沒年	享年	師名	備考
	木		→モク 6051〜								
2137	木内	悜堂	政淨	七助・豊吉	淸卿	悜堂・一堂	信濃南佐久	嘉永7	30	龜田綾瀬・梁川星巖等	信濃ノ儒者、詩・書
2138	木内	芳軒	政元	源五郎	子陽	芳軒	信濃	明治5	46	宮澤雲山・梁川星巖等	詩
2139	木内	龍山	倫	順二	仲和	龍山(三)・賞眞亭	讃岐	慶應3	57	福江六山・伊原南嶽等	本姓小橋氏、讃岐ノ儒者、勤皇家
2140	木口	皡齋	簡		君懋	皡齋				林 述齋	丹波園部藩士(天保)
2141	木崎	好尚	孝	愛吉		好尚(堂)	大坂	昭和19	80	五十川訒堂	大坂朝日新聞社記者、詩
2142	木澤	天童	大淵・九如	源一郎	澹兮	天童・樟山	信濃松本	文政2	(54)55		國幹(松本藩儒)男、松本藩儒(崇教館助教)、詩・文
2143	木代	竹禎	建達	定右(左)衛門		竹禎・虎嘯堂	岩代二本松	寶曆7			二本松ノ儒者、書
	木内		→キウチ 2137〜								
2144	木下	逸雲	相宰	志賀介	公宰	逸雲	長崎		68		(慶應)
2145	木下	寅孝	寅孝	新藏			京都				菊潭長男、金澤藩儒
2146	木下	寅道	寅道				京都				菊潭次男、金澤藩儒

2147	木下	鷗渚	國珍		香勳	鷗渚	加賀	享保20	24		栗園男、金澤藩儒
2148	木下	閑	閑	彌一兵衛			京都				寅孝男
2149	木下	觀水	靜	彌一兵衛	正直	觀水・愛蘭堂	京都	文化12	63		閑男、金澤藩儒
2150	木下	葵峰	公定	肥後守	讓甫	葵峰	備中	享保15			備中足守藩主
2151	木下	菊所	元高(喬)・守直	道圓(圓)・大學	平之	菊所・好靑館・休適	江戸	享保元	(85)84		江戸ノ儒醫
2152	木下	菊潭	汝弼	虎助－平三郎	寅亮	菊潭・竹軒・春齋	京都	寛保3	77		順庵次男、金澤藩儒(私謚)貞簡
2153	木下	恒軒	敬簡		居之	恒軒	京都	元祿10	41		順庵長男、金澤藩儒(天和2致仕)
2154	木下	犀潭	業廣(弘)	宇太郎－眞太郎	子勤	犀潭・韡村・澹翁	肥後菊池	慶應3	63	佐藤一齋	熊本藩儒(時習館訓導)(私謚)忠獻先生
2155	木下	紫溟	俊程	鑼四郎		紫溟・歸愚・衡山		慶應3	35		豊後日出藩士　詩、劍術
2156	木下	順庵	忠重－貞(定)幹	平之允(丞)・平藏	直夫	順庵・錦里・敏愼齋・薔薇洞	京都	元祿11	78	松永尺五	本姓平氏、京都ノ儒者－金澤藩儒－幕府ノ儒官、木貞幹ト修ス(私謚)恭靖先生
2157	木下	淨庵	順信	熊助	敬簡	淨庵					順庵長男、金澤藩儒
2158	木下	松園	推	槌三郎	子質	松園	京都	文政2			觀水弟、金澤藩儒
2159	木下	南溪	國鑑		維則	南溪・靜復軒	加賀	天明元	54		金澤藩儒
2160	木下	梅庵	建	健藏	成美・立夫・伯美	梅庵(菴)・方外道人	江戸			(齋藤拙堂)	本姓福田氏、詩、狂詩(天保)
2161	木下	梅里	眞弘	小太郎		梅里	肥後菊池	明治30	75		熊本藩士(時習館訓導)－菊池ノ儒者(古精舍)
2162	木下	蘭皐	實聞・達夫	宇佐(左)衞門・喜藏	公達・希聲	蘭皐・玉壺眞人・白玉壺	尾張	寶曆2	72	岡嶋冠山 荻生徂徠	本姓豊臣氏、名古屋藩儒、支那音韻學、木實聞・木蘭皐ト修ス
2163	木下	栗園	國堅		彌夫	栗園・巽軒	加賀	寛保2	68		金澤藩儒

2164	木曾	明陽	仲冬─仲泰	平右衛門・十郎右衛門・旭翁	大來・垤堂	明陽・退一歩・八十一峯道人・三學堂	美濃	明治24	85	吉田清暉・澤田眉山	美濃久々利領主
2165	木蘇	岐山	僧泰─牧		自牧	岐山・果齋・三壺軒主人・五千巻堂主人・白鶴道人	美濃	大正7	60	野村藤陰	本姓小川氏、典故考證
2166	木畑	坦齋	隆敬─道夫			坦齋		明治37	82		池田家儒臣
2167	木原	桑宅	籍之	愼一郎	君茅	桑宅・撚(捻)白老人・愼齋	安藝	明治14	68	坂井虎山	廣島藩儒
2168	木原	老谷	元禮	雄吉	節夫	老谷	常陸土浦	明治16	60	藤森天山	本姓柴沼氏、土浦藩儒、詩・文
2169	木部	滄洲	敦	順吉	子敏	滄洲	江戸	明和3	46		郡山藩儒
2170	木村	嘉平	嘉平				仙臺	文政6	68		彫師(初代)姓ヲ木邨トモ書キ邨嘉平ト修ス(江戸)
2171	木村	嘉平		嘉平		鴨溪	京都	天保11	58		彫師(二代)、初代嘉平養子、邨嘉平ト修ス
2172	木村	嘉平	房義	嘉平				明治19	64		彫師(三代)
2173	木村	嘉平	昌義	嘉平		春海		明治16	29		彫師(四代)『古逸叢書』、邨嘉平ト修ス
2174	木村	嘉平	赤次郎	嘉平				昭和3	58		彫師(五代)
2175	木村	芥舟	毅	攝津守・圖書	士杲・天模	芥舟・楷堂・勉齋	江戸	明治34	72	和氣柳齋・林復齋	旗本(海軍奉行)、姓ヲ木邨トモ書ク
2176	木村	鶴皐	衆		子容	鶴皐	江戸			佐々木琴臺	忍藩儒
	木村	櫬齋	→2195(ツキサイ)								
2177	木村	毅齋	高敦	彌十郎	世美	毅齋	武藏	寛保2	63		本姓根岸氏、幕臣
2178	木村	愚山	敏	左次郎	遜志	愚山・拙修	越後	明治3	68	井部香山・古賀侗庵	高田藩儒
2179	木村	桂庵	俊篤		彦恭	桂庵	京都				詩(江戸中期)

2180	木村 見山	維長-明	長輔	子發-士遠	見山	紀伊	大正13	84		本姓中井氏、大讓養子、和歌山ノ儒者
2181	木村 賢齋	博昭			賢齋		昭和6	66		詩
2182	木村 剛石	增二			剛石・樹堂	岐阜	昭和13	77		書
2183	木村 自秀	清四郎			自秀	備中小田	昭和9	74		詩
2184	木村 秋亭	豊平・豊櫆	陽藏		秋(周)亭・鏡之屋・蒲園	周防三田尻	天保3		廣瀬淡窓	國學、醫
2185	木村 松軒	立		信甫	松軒・後凋堂・望雲散人・睡隱士	羽後	享保13	71	伊藤仁齋	秋田藩儒醫
2186	木村 松石	之貞	昌碩	公幹	松石・竹屋・瀟灑園	伊勢	天保12	66	杉田鶴齋 大槻磐水等	本姓梅田氏、久居藩儒醫
2187	木村 松陵	重章・重任	三郎	士遠	松陵・赤村	筑後久留米	明治17	68	昌平黌 松崎慊堂等	久留米藩儒(明善堂教官)
2188	木村 醉古	謙	謙次	子虛	醉古堂・禮齋・愚鈍	常陸	寛政8	60		探險家
2189	木村 清蔭	元昌-坦之	伊左衛門	履道	清蔭	吉田	安永5	33		呉服商、詩・文・歌
2190	木村 石居	孔陽	坪井屋吉右衛門	世輝	石居・蒹葭堂(二代)	大坂	天保9			巽齋養子、書・詩・文
2191	木村 巽齋	小太郎-鵠-孔恭	壺井屋太吉・坪井屋吉右衛門・太吉郎	千里-世肅	巽(遜)齋・蒹葭堂(初世)・進齋	大坂	享和2	67	片山北海 小野蘭山等	酒造業・文房具商、大坂ノ博學家、詩(混沌社)、木世肅・木孔恭ト修ス
2192	木村 大讓	良	平右衛門	貞卿	大讓・履軒・三霞	紀伊名草	明治26	76		書・畫・篆刻・茶道
2193	木村 卓堂	章	文六	成卿	卓堂・象水・徽外	薩摩	慶應元	57	大鹽中齋 龜田綾瀬	本姓源氏、信濃-上野ノ儒者、詩・文・篆刻
2194	木村 鐸山	荄	平六		鐸山・鋤雲		嘉永6	75	市河米庵	金澤藩士、書
2195	木村 欟齋	莊之助-正辭		埴滿	欟齋・集古葉堂・圓珠經屋・三十二草(艸)庵・爾谷	下總成田	大正2	87	伊能穎則 寺門靜軒	本姓清宮氏、和學講談所助役-帝大教授(萬葉學)、木正辭ト修ス
2196	木村 桐陽	成章		斐夫	桐陽	美作	明治29	79	稻垣寒翠 古賀侗庵	津山藩儒-文部省

2197	木村 南冥	重光	平助・半兵衛		南冥	京都	寶暦6	94	石田梅岩	心學、(屋號)大喜屋
2198	木村 梅軒	晟		得臣	梅軒・玉涵(函)	江戸	寶暦2(3)	52	荻生北溪	詩、木晟ト修ス
2199	木村 八甲	高庸		萬年	八甲山人・虎目洞	弘前	文化10	52	龜井南溟 村井格庵	弘前ノ儒醫
2200	木村 蟠山	敬直	鐵太		蟠山		文久2	35	安積艮齋	蘭學者、詩
2201	木村 方齋		士方		方齋・默夫	大坂	明治19	34	藤澤南岳	
2202	木村 楓窓	雅壽	考安・鶴太郎	鶴卿	楓窓・渫庵	備後府中	天保8	47	菅 茶山	儒醫(學半書院)、詩
2203	木村 鳳梧	之漸	源之進	源進	鳳梧・兼山	近江	明和6	76	伊藤東涯	和歌山藩儒
2204	木村 蓬渚	奉尹		任輔	蓬渚		寛政9	餘70	伊藤蘭嵎	本姓岩橋氏、鳳梧養子、和歌山藩儒
2205	木村 蓬萊	貞實(貫)	勝吉	君恕	嶺南—蓬萊山人	尾張	明和3	51	荻生徂徠 石嶋筑波	京都ノ儒者—安房勝山藩儒、木貞實・木蓬萊ト修ス
2206	木村 無爲	豊	道尹	知徳	無爲	江戸	安政中			儒醫
2207	木村 明堂	温	新六	士新	明堂・鼎齋	常陸	安政2	46	中井乾齋	常陸ノ儒者
2208	木村 默老	能次郎—通明	與總右衛門—一旦・一樂	伯亮	默老・桃蹊・默々漁隱・訥言齋・頼翁・烏有山人・痴(癡)齋・樟川		安政3	83	岡井赤城	讃岐高松藩儒
2209	木村 容齋	温	一(市)太郎	士良	容齋(主人)	越後	明治21	55	井部香山 昌平黌等	愚山長男、高田ノ儒者(格知塾)—高田藩儒(修道館教授)、姓ヲ木邨トモ書ク
2210	木村 禮齋	謙	謙次	子虚	禮齋・醉古(館・堂)・愚鈍	常陸	文化8	60	立原東里 吉益東洞	儒醫、(變名)下野源助(北方探査)
2211	木山 楓谿	裴	三介	子文	楓谿(溪)	備後東條	元治2	78	丸川松隱 古賀精里	本姓中島氏、備中新見藩士
2212	吉賀 恪齋	禎		子祥	恪齋	長門	弘化3	33	吉武江陽	長門藩儒、詩・文

2213	吉良　義和	義和	六藏	子禮		豊後日出	文政6		帆足萬里	
2214	吉良　宣義	宣義	右近			伊豫	江戸初		南村梅軒	
2215	城戸　月庵	賢	友藏	公賢	月庵主人・芙蓉・敬業館主人	伊勢四日市	寛政11	56	江村北海 龍草廬	大和郡山藩儒（江戸）
	紀　惟徳	→白井赤水 3186								
	紀　平洲	→細井平洲 5378								
	紀　世馨	→細井平洲 5378								
	紀　徳民	→細井平洲 5378								
	崎　允明	→戸崎淡園 4052								
	崎　淡園	→戸崎淡園 4052								
2216	喜多野　遠齋	廣隆	信之助	大濟	遠齋・竹溪	江戸				書（天保）
2217	喜多村　筠庭	信節・節信	彦助―彦兵衛		筠庭・筠居・靜齋・靜舍・靜園・北翁	江戸	安政3（天明4）	73（74）		考證學者、藏書家
2218	喜多村　間雲	長命―政方	平十郎―監物・校尉		間雲（堂）・耕道・城門郎・一花翁	津輕	享保14	48		山鹿素行外孫、弘前藩士、兵學（山鹿流）
	箕　騰	→箕田牛山 5890								
	龜　道載	→龜井南溟 1965								
	龜　魯	→龜井南溟 1965								
	祇　南海	→祇園南海 2220								
	祇　瑜	→祇園南海 2220								

2219	祇園	鐵船	尙濂	孫三郎・餘一	師（子）援	鐵船〔道人〕・百懶・飡（餐）霞・唐嶼	紀伊	寛政3	79		南海次男、和歌山藩儒、詩・畫
2220	祇園	南海	正卿–瑜・貢	與（餘）一郎	伯玉・汝珉・斌・履昌	南海・蓬萊・鐵冠道人・觀雷亭・湘雲主人・信天翁	江戸	寶曆元	76	木下順庵	本姓源氏、和歌山藩醫、詩・書・畫、阮瑜ト稱シ、祇南海・祇瑜ト修ス
2221	義	演（僧）	義演			灌頂院		寛永3	69		俗姓二條氏、眞言宗僧
2222	義	海（僧）	義海		冲默			寶曆6			淨土宗僧（上洲新田）
2223	義	讓（僧）	義讓		子淳	遊仙窟・本法院		安政5	63	鷲津有隣	俗姓佐藤氏、眞言宗僧（大谷派講師職）
2224	義	端（僧）	端　左京–義但–義		勇進	空門子・墨浦・龍鱗翁（庵）・靈松道人・松雲道人		享和3	72	菅　甘谷	俗姓脇坂氏、淨土眞宗僧、詩・文・書
2225	菊田	亡羊	易直	申吉	仲文	亡羊	陸前	明治20	28	國分松嶼・國松甕谷	本姓小川氏、文
2226	菊地	松軒	駿	駿助	千里	松軒		明治19		昌　平　黌	忍藩儒（進修館）
2227	菊地	幽軒	履	順助	士素	幽軒・廓堂	下野宇都宮	文政13	32	佐藤一齋	江戸ノ儒者–丹波篠山藩士、姓ヲ菊池トモ書ク
	菊地		↕菊池2228〜								
2228	菊池	義東	武教	安兵衛		義東	伊豆				三島ノ儒者（享保）
2229	菊池	溪琴	保定	駒次郎–彌左衛門–孫助（輔）	士（子）固	溪琴・海莊（叟）・七十二連峰・琴渚・慈庵・生石・蓮峰	紀伊有田	明治14	83	大窪詩佛・並河天民等	本姓垣内氏、詩（古碧吟社）、海防論、（私諡）泰忠先生
2230	菊池	五山	桐孫	左太（大）夫	無弦（絃）	五山〔堂〕・娯庵・小釣舍（雪）	讚岐高松	（嘉永2・安政2・6）	（82・84・81）	後藤芝山・柴野栗山	半隱孫、室山（高松藩儒）男、江戸ノ詩人（江湖詩社）、池桐孫・池五山・池無弦ト修ス
2231	菊池	高洲	武矩	助三郎	周夫	高洲	讚岐高松	文化5	62	菊池黄山・齋宮靜齋	高松藩儒
2232	菊池	耕齋	東尹–東匀・匀		東匀	耕齋	京都	天和2	65	菅原得庵・林　羅山	五山曾祖父、久留米藩儒–京ノ儒者–鹿兒島藩賓師（江戸）
2233	菊池	黄山	武賢・元仲	八右衛門	庭實	黄（キ）山・崧溪・一聽天	讚岐高松	安永5	80	宮村荊山・岡井氷室	本姓增田氏、高松藩儒、淸河牧・綾小路左太夫・入江只吉トモ稱ス

2234	菊池 衡岳	禎・維禎	內記・角藏	叔成(茂)	衡岳(嶽)・思玄亭・元習・方壺	江戶	文化2	59	松崎觀海 高野蘭亭	本姓關口氏、和歌山藩儒、詩(私諡)泰忠先生
2235	菊池 三溪	純	純太郎	子顯	三溪・晴雪樓主人	紀伊	明治24	73	林　檉宇 安積艮齋	梅軒男、和歌山藩儒(江戶明教館教授)-常陸下館藩儒-京都ノ儒者、詩・文
2236	菊池 式亭	泰輔	太輔	久德	式亭・遊戲道人・洒落齋	江戶	文政5	47		戲作者式亭三馬ト同人
2237	菊池 室山				室山	讃岐高松				五山父、高松藩儒
2238	菊池 守拙	繩式		萬年	守拙	讃岐高松				五山兄、高松藩儒
2239	菊池 秋浦	武廣・晉・蓋(盞)	新三郎	漢之-修夫・廷班	秋浦・秋峰・碌齋	江戶			野田笛浦	五山男、詩・畫(江戶)(文久3以後沒)
2240	菊池 西皐	元習・元	角右衞門	博甫	西皐	江戶	文化10	45	菊池衡岳	衡岳男・梅軒父・三溪祖父、和歌山藩儒
2241	菊池 素行	正陽	形左衞門		素行	弘前		73	荻生學派	弘前藩儒(天保)
2242	菊池 大瓠	一孚	華藏・文六・善九郎	缶卿	大瓠・松墩・衣關漫士	陸中一關	明治元	61	昌平黌 志村石溪	一關藩儒(教成館學頭)、姓ヲ菊地トモ書ク
2243	菊池 淡雅	知良	佐野屋孝兵衞・長四郎・良左衞門	溫卿	淡雅・亭軒・東海・蘊眞堂	下野	嘉永6	66		本姓大橋氏、宇都宮ノ富商-江戶出店、宇都宮藩學ノ興隆ニ盡力、書・書畫鑑定
2244	菊池 澹如	教中	佐野屋孝(教)兵衞・介之介	介石	澹如・貞軒	下野宇都宮	文久2	35		宇都宮藩士、詩・書(變名)浦安邦一郎
2245	菊池 桐江	忠充	武助・大助	子信	桐江	江戶			入江南溟	江戶ノ儒者(江戶中期)
2246	菊池 南洲	重固	造酒藏・平八郎	子厚	南洲	水戶	文化5	58	柴野栗山	南汀男、水戶藩儒(彰考館總裁)(江戶)
2247	菊池 南汀	重矩・矩	平八	子正	南汀	江戶	安永8			江戶ノ儒者
2248	菊池 南陽	武愼	專(千)藏	伯修	南陽・盍簪山房・多羅福山人・臥龍館	江戶			井上金峨 林　鳳岡	信濃松代藩儒(江戶)-江戶ノ儒者(安永)
2249	菊池 梅軒	遷・善	角右衞門	善(遷)甫	梅軒	江戶				西皐男、和歌山藩儒(江戶後期)

2250	菊池	半隱	搏─武雅	新三郎─帶刀・舍人	九萬─子師・師吉	半隱・鵬溟	京都	享保5	62	林鵞峰 林鳳岡	耕齋三男、幕府儒官─高松藩儒、姓ヲ菊地トモ書ク
2251	菊池	晩香	武貞	三九郎	仲幹	玉溪─晩香	紀伊	大正12	65		溪琴孫、早大教授
2252	菊池	魯齋	武敏		一學	魯齋	日向	寛政12	83	三宅尚齋 久米訂齋	日向佐土原藩儒、醫
	菊池		↕菊地 2226〜								
2253	岸	固齋	信之	忠二郎	子世	固齋	大坂				漢學者(江戸中期)
2254	岸	秋洋	充之	淵藏	仲擴	秋洋・淸時・有味堂					(江戸・安政)
2255	岸	勝明	勝明				伊賀	文化12	76		上野藩士
2256	岸	愼齋	綽・雅法	彦十郎	汝裕	愼齋・曲江・苞矣館	越前	文政4	71		本姓吉田氏、幕臣、詩・文
2257	岸	正知	正知	外記				寶曆4		合原窓南	本姓有馬氏、久留米藩家老、國學・儒學・神道
2258	岸	粟里	秀太郎─有秀	新左衛門	蘭夫	粟里	河波	文久3	72	岡田南山 紫野碧海	大庄屋、書
2259	岸	達巷	守典	常太郎	達巷			文政3	53		和歌山藩士、姓ヲ崖トモ稱ス
2260	岸	南岳	光・光輝		子充	南岳(嶽)	播州三日月	明治31	81	深澤樂山 牧百峰	本姓有吉氏、三日月藩士(廣業館都講)
2261	岸	南嶠	弘美	淳藏	世煥	南嶠					熊野男、和歌山藩儒(明和)
2262	岸	熊野	弘毅(敦)	順輔(助)・權兵衛	剛先(煥)	熊野	紀伊熊野	文化10	80		和歌山藩士、姓ヲ崖トモ稱ス
	岸		↕ガン (2136)								
2263	岸上	安亭				安亭		明治初			質軒叔父
2264	岸上	志㲉	安臣・弘	貞吉		志㲉	宇都宮	元治元	38	大橋訥庵	前橋藩士

2265	岸上　質軒	操			質軒	宇都宮	明治40	48	岸上安亭	前橋藩士
2266	岸田　于齋	義種	守衞-如同	耕之	于齋					詩
2267	岸田　月窓	鴻・茂元	元介	子漸・長孺	月窓・琴谷	讃岐香川	天保5	21	中山城山	默翁男、詩・書・篆刻
2268	岸田　墨江	櫻		國華	墨江、文瀾齋					江戸ノ儒者、姓ヲ岸ト修ス
2269	岸田　默翁	茂篤	亮仲	竹潭	默翁	讃岐香川	嘉永6	77	菊池高洲	本姓由良氏、儒醫(私謚)一玄
2270	岸畑　芳洲	季英			芳洲	大坂				岸季英ト修ス
2271	岸本　牛山	源眞	直次郎	思中	牛山					京都ノ儒者
	岸本　椎園	↓岸本椎園(ヤマブキエン)2373								
2272	岸本　晩翠	政和	孝左衞門	子順	晩翠・蝶遊園	江戸	文政4	48		書
2273	岸本　椎園	由豆流・弓弦	大隅・權之進		椎園・棣堂・棣棠園・尚古考證閣・露園・考證閣	伊勢朝田	弘化3	59	林　家	本姓平氏、朝田氏トモ稱ス、考證家・藏書家
2274	北　華亭	貞卿		仲利	醉臥亭・華亭		明和2	45		
2275	北　靜所	清	大太郎-眞逸郎		靜所・稻香	陸前	明治12	32	大槻磐溪	詩
	北　靜廬	↓北村靜廬2292								
	北	↕ホク(5355)								
2276	北尾　墨香居	禹	藤屋禹三郎	宗叔・惜陰	墨香居・巣居・香光書屋	大坂	嘉永6	45		書賈、書・畫
2277	北川　愛山	茂長	十五郎		愛山	高知	明治24	76		漢學者
2278	北川　尚亭	宗俊	新右衞門		尚亭	陸中				盛岡藩士

2279	北川 親懿	親懿	助十(三)郎・幸助・恕三			岩代會津	文政元	81		本姓坂内氏、儒醫
2280	北川 靜里	誠明-尚宏	舜治		靜里・柳暗花明村舍・讀我書屋	近江	明治35	62	山本榕堂・伊藤輶齋等	儒醫
2281	北川 眉來	清	玄伯	子徵	眉來	土佐	文化中	69	西依成齋	儒醫
2282	北川 孟虎		禮左衞門・西尾伊右衞門	文皮	孟(猛)虎・曦山・九華園・松雲廬		天保4(寶暦13)	72(71)	永井星渚	本姓西尾氏、名古屋藩士(明倫堂書記)、和算
2283	北川 汶陽	堅儔			汶陽	長門	寛保元	52	山縣周南	萩藩士
2284	北島 見信	見信(眞)				長崎			盧 草拙	幕臣(天文方)(享保-延享)
2285	北島 雪山	三立			雪山・花隱・蘭隱・雪參・花谿(溪)子	肥後	元祿10	62	俞立德(淸)	熊本藩儒-岡藩士、書、姓ヲ北村トモ稱ス
2286	北小路 竹窻	寵	大學介・肥後守	天爵	竹窻・梅莊		弘化元	82		本姓源氏、詩・儒(京都)
2287	北野 端居	克			端居	東京神田	平成2	86		書跡研究
2288	北圃 恪齋	恭	須原屋茂兵衞	仲温	恪齋	紀伊有田	天明2	52	伊藤蘭嵎	江戸ノ書賈(須原屋・千鍾房)、姓ヲ北畠トモ書ク
2289	北原 秦里	濟-成	辰次郎	世美-世民	秦里・箕山・半間主人	土佐	文化11(12)	46(45)		本姓吉松氏、高知藩士、詩、畫(三花盟友)
2290	北村 五嶺	實泰	平四郎	仲亨	五嶺・澹庵	秋田	天保10	61		秋田藩儒
2291	北村 松山	敬盛	爲次郎		松山	能登鵜川	安政6	78	島崎元愼・大野介堂	詩(鵜川詩社)
2292	北村 靜廬	定次郎-愼言	庄助-屋根屋三左(右)衞門・定次郎	有和	靜廬・梅園・四當書屋・尚友亭・網破損金針	江戸	嘉永元	84(83)		本姓鈴木氏、江戸ノ雜學者(狂歌・漢學)・藏書家、北靜廬ト修ス
2293	北村 篤所	可昌	伊平(兵)衞	伴平	篤所	近江野洲	享保3	72	伊藤仁齋	京都ノ儒者-大和芝村藩儒(遷喬館儒員)、姓ヲ北邨トモ書ク(私諡)文英先生
2294	北山 橘庵	彰		世美・元章	橘庵・友松子	河内	寛政3	61	柳澤淇園	本姓橘氏、河内ノ儒醫、詩(混沌社)、藏書家

2295	北山　七僧	皓・正皓	昌藏	伯(白)甫	七僧居士・桃庵・佛橋・定武樓	河内	文化3	86	服部南郭 柳澤淇園	橘庵甥、大坂ノ儒醫、詩
2296	北山友松子	道長	壽安		友松子・逃禪堂‐仁壽庵	長崎	元祿14		(僧)獨　立	馬榮宇(明人)男、大坂ノ醫
2297	北脇　淡水	志鴻・鴻	少監	翔雲	淡水	京都	安政3	54		京都ノ儒者
	吉　雨岡	→吉田雨岡　6476								
	吉　敬	→吉田　敬　6483								
	吉　篁墩	→吉田篁墩　6486								
	吉　有隣	→吉田狐山　6485								
	吉川	→ヨシカワ　6470〜								
2298	衣笠　鳩陵	延壽	六藏	康伯	鳩陵	江戸			井上金峨	江戸ノ儒者、蓋(葢)鳩陵ト稱ス(江戸後期)
2299	衣笠　豪谷	縉侯		紳卿	豪谷・天柱山人・白樂郝莊	備中倉敷	明治30	48	森田節齋	本姓大橋氏、書・詩
2300	衣笠　南翁	一淳	六(郎)左衛門	宗葛	南翁	松坂	延享3	67		松坂藩儒‐江戸ノ儒者
	丘　思純	→岡本遜齋　1614								
	丘　麻谷	→大竹麻谷　1392								
	宮　筠圃	→宮崎筠圃　5901								
	清	→セイ　(3397)								
2301	清川　靄墩	愷			靄墩					江戸ノ儒者、詩(天保)
2302	清川　菖軒	孫	玄道	念祖	菖軒	江戸	明治19	49	伊澤榛軒 伊澤柏軒	江戸ノ醫‐温知社(漢方醫學研究所)副都講

	清川	八郎	→清河樂水 2303								
	清河	牧	→菊池黃山 2233								
2303	清河	樂水	元同–正明・正雄	八郎・大谷雄飛	震志・士興	樂水・芻堯子・子與	羽前	文久3	34	東條一堂 安積艮齋	本姓齋藤氏、尊攘派、日下部達三・清川八郎トモ稱ス
2304	清澄	幽溪	景有	孫三郎	萬年	幽溪	豊後	天保6	38		岡藩儒
2305	清瀬	白山	清輿			白山	越前	明治15	81	賴 山陽	畫(岩代福島)
2306	清田	鶴皐	裕	梶之助・丹藏	公綽	鶴皐					京都ノ儒者(文化)
2307	清田	南山	征恒	新助	子班	南山	肥後	明和6	66		熊本藩士
2308	清田	藍卿	綏		君履	藍卿	播磨加古川				播磨ノ儒者、清綏ト修ス
	清田		↔セイダ 3398〜								
2309	清地	釣雪			以立	釣雪・弄花軒・肖柏亭	攝津池田	享保14	67	松下見林	本姓源氏、大坂ノ儒醫・詩
2310	清原	雲庵	賴賢–枝賢	道白(出家後)		雲庵	京都	天正18	72		本姓船(舟)橋氏、宣賢孫、公家、漢學者
2311	清原	貫	貫	理三郎			水戸				水戸藩士(彰考館)(文化13在世)
2312	清原	崑岡	藏・玄達・雄風	忠次郎	伯高	崑岡・楊伯・雲巣(巣雲)道人	豊後岡	文化7	64	龜井南溟	本姓森氏、初メ森楊伯、後、小澤玄達トモ稱ス、岡藩士(由學館司業)–江戸ノ醫、和歌・詩
2313	清原	業賢	業賢–良雄					永祿9	68		本姓船(舟)橋氏、宣賢長男、公家、漢學者
	清原	枝賢	→清原雲庵 2310								
	清原	秀賢	→船橋秀賢 5313								
2314	清原	宣賢	宣賢			環翠軒		天文19	76		本姓吉田氏・卜部氏、明經博士、船(舟)橋氏トモ稱ス(法名)宗尤

	清原	佩蘭	→伏原佩蘭 5300								
2315	清原	頼業	顯長・頼滋			頼業		文治5	68		
	清宮	棠陰	→セイミヤ 3400								
	巨	正純	→巨勢彦仙 2624								
	鉅鹿		→オオガ 1505								
2316	杏	一洞		輸心子		橘軒―一洞	長崎	元祿14		林道榮 南部草壽	其ノ先ハ中國人、本姓村田氏、富山藩儒醫、書
2317	杏	白翁	景高		三折	白翁・逸翁・岫雲	長崎	元文5	60	南部南山 伊藤東涯	一洞男、富山藩儒
2318	杏	凡山	立	敏次郎・甲子次郎	士立	凡山	越中	明治18	66	昌平黌	富山藩儒―富山師範學校教諭
2319	京極	琴峯	高朗	友三郎・源三郎	季融	琴峯(峰)・陶水		明治7	77		本姓源氏、丸龜藩主男、詩
	脇	長之	→脇屋愚山 6617								
2320	恭	畏(僧)				恭畏		寛永7	66		
2321	曉	山(僧)	亮徹		雲洞	曉山	宇都宮	寛保2	37	太宰春臺	本姓高木氏
	玉	淳成	→玉乃九華 3871								
2322	桐生	朝陽	興德		子馨	朝陽	臼杵	文政13	74		臼杵藩儒
2323	金	允植	允植					大正11	88		
2324	金	岳陽	秀實―秀順・順	宇平治	天祐・應元	岳(嶽)陽樓・玉振・寛齋	羽後	文化10	56		久保田藩儒
	金	濟民	→金子霜山 1924								

	姓	號	名	通稱	字	號	生地	沒年	享年	師名	備考
	金	子隣	→津金鷗洲 3918								
	金	霜山	→金子霜山 1924								
2325	金	蘭齋	德隣・玄固	小鴨忠佑(祐)	江長・三允	蘭齋・福庵・臥雲叟・洛山逸民	秋田	享保16	(78)79	西山季齋 伊藤仁齋等	小鴨三室(醫)男、小鴨ヲ稱シ醫ヲ業トス、後本姓ニ復シ京都ノ儒トナル、老莊學
2326	金	蓼洲	直養	齋輔-恕	子愼	蓼洲・筆山	陸前	明治14	57	志村蒙庵	仙臺ノ儒者
	金地院		→コンチイン 2730								
	琴	希聲	→梅辻春樵 1058								

〔く〕

	姓	號	名	通稱	字	號	生地	沒年	享年	師名	備考
2327	九鬼	温齋	隆都	歌垣綾麿		温齋・視如齋		嘉永6	54	奥平定時 近藤篤山	丹波綾部藩主、狂歌(苧環連)
2328	久貝	蓼灣	岱	金八郎・傳太夫	宗之	蓼灣	江戸	文久元	43		幕臣(昌平黌助教)、詩
2329	久坂	秋湖	秀三郎-誠-通武	義助・義質	實甫・玄瑞	秋(穐)湖・江月齋	長門萩	元治元	25	吉田松陰 芳野金陵	天籟弟、萩藩士(奇兵隊長)、詩・文・歌(變名)松野三平・河野三平
2330	久坂	天籟	眞・誠(靜)	玄機		天籟・江月流水書屋・長養堂	長門萩	嘉永7	35		秋湖兄、山口藩醫、蘭學
2331	久代	寛齋	景寛	彌三郎		寛齋・敲亭	姫路	享保3	77		振濯弟、越後村上-姫路-越後高田藩士
2332	久代	振濯	將業	甚右衛門		振濯	姫路	元文元	75		寛齋兄、越後村上-姫路-越後高田藩士
2333	久子	翠峰	水豊・豊	小五郎	景叔	翠峰・安齋・五葉山人	江戸	弘化4	57	龜田鵬齋	幕臣-仙臺ノ儒者
2334	久須美	蘭林	祐雋	權兵衛・六郎左衛門・佐渡守	挺美	蘭林・無不香園		文久3(元治元)	(69)68		大坂町奉行、詩・文

2335	久住　懋亭	鳴于	善右衛門	子皐	懋亭	因幡	寶暦7	36	細井平洲	儒者
2336	久世輕花坊	榮長	治郎左衛門-友輔	子陽	輕花坊・麗澤園・盧甫	美濃大垣	文化11	64	手島堵庵	大垣ノ心學者(深造舍)
2337	久世　順矣	順矣	次郎兵衛-治右衛門			美濃大垣	文政4		手島堵庵	輕花坊弟、大垣ノ心學者(深造舍)
2338	久津見華嶽	義(茂)治	吉左衛門	京國	華嶽(岳)・華山	三河			荻生徂徠	本姓源氏、刈谷藩儒、源京國・源華嶽ト稱ス(江戸)
2339	久野　君績	俊在	君績							鳳湫男、名古屋藩儒
2340	久野　鳳湫	俊明	彦八郎	彦遠・醉中	鳳洲-鳳湫・老饕生	江戸	明和2	70	林　榴岡	本姓藤原氏、初メ小谷氏ヲ稱ス、名古屋藩儒、詩・書、藤鳳湫・滕俊明ト稱ス
2341	久保　杉菴	季茲	鎭吉-玄直		杉菴(庵)居士・琴書・玉甌道人・水玉老人・杉乃舍・靜園・鹿住里人	江戸	明治19	57		本姓源氏、幕府儒醫、國學
2342	久保　侈堂	吉人	吉藏		侈堂	下總佐原	明治26	60	大槻磐溪	竹外男、佐倉藩儒-佐倉ノ儒者
2343	久保　重興	重興	宇兵衛		一至居士					本姓日暮氏、大阪城代青山氏臣(延寶6致仕)、詩・歌・句
2344	久保　善教	善教		甫學		越前				大野藩士(文政・天保)
2345	久保　竹外	楫	濟五郎	巨川	竹外・醉經	安藝			菅　茶山	佐倉藩儒、詩(江戸)
	久保　竹窓	→久保木竹窓 2348								
	久保　筑水	→久保田筑水 2351								
2346	久保　盅齋	泰亨	二(次)郎右衛門	仲通	盅齋	讃岐高松	天明5	56	後藤芝山 昌平黌	一橋公儒、詩、(私諡)正敬
2347	久保　天隨	得二			天隨・春琴・虚白軒	東京駒込	昭和9	59	東京帝大	文學博士、詩・文
2348	久保木竹窓	新四郎-清淵	太郎右衛門	蟠龍・仲默	竹窓(窗・窻)	下總	文政12	68	松永呑舟	香取郡津宮領主小笠原公儒、姓ヲ窪木トモ書キ久保トモ稱ス

2349	久保木 瑕堂	順卿	武兵衛	忠明	瑕堂					書(文化・江戸)
2350	久保田 損窓	精一		執中	損窓	但馬	明治24	50	島村弘堂 安井息軒 等	出石藩儒-文部省出仕
2351	久保田 筑水	愛・謙	荘左衛門	君節	筑水	松代(安藝)	天保6	77	片山兼山	江戸ノ儒者-一橋公儒、姓ヲ久保トモ稱ス
2352	久米 習齋	篤	徳太郎	子竹・竹馬	習齋	武藏 兒玉				詩・文(幕末)
2353	久米 水居	幹文	幸三郎	公斐	水居・桑園		明治27	67	本居内遠	本姓石河氏、國學者、藏書家
	久米 仙人	→世古葦洲 3387								
2354	久米 訂齋	順利	新(斷)二郎	斷治	訂齋・簡兮	京都	天明4	86	三宅尚齋	尚齋女婿、京都ノ儒者
	久米 玄蕃	→大江藍田 1307								
2355	工藤 艶文	彝(彜)	民助	徳卿	艶文・懿文・西郊	弘前	文化4		山崎蘭洲	弘前藩儒(稽古館學士)
2356	工藤 華山	佑忠	武二郎	恒順	華山・善食				赤松太庾	盛岡藩士
2357	工藤 鞏卿	源四郎-元輔・鞏卿	周庵	公強			文化4	36		萬光男、仙臺藩儒醫、詩・歌
2358	工藤 周山	靜卿	周庵		周山					本姓桑原氏、仙臺藩醫(文化)
2359	工藤 丈庵	安也	元齋		丈庵・英々舎	紀伊	寶暦5	52		儒醫
2360	工藤 他山	貢直-主善・貢士・斐彝	古川富太郎	温克	他山・思齋堂・拙齋・坦々堂(齋)・梨窓陳人	弘前	明治22	72	朝川善庵 篠崎小竹	本姓古川氏、弘前藩儒(稽古館教授)-私塾(思齋堂-向陽塾)ヲ開ク-東奥義塾教授
2361	工藤 萬光	球卿	周庵-平助	元琳	萬光	紀伊	寛政12	67	服部南郭	本姓長井氏、丈庵養子、仙臺藩儒醫(江戸)
2362	國栖 花溪	景雷・雷	大和介	伯脩	花溪	京都	文化12	69		京都ノ漢學者、世古氏トモ稱ス
2363	愚 公(僧)	魯洲		愚公	大河	出羽	安永8	45		俗姓谷村氏、臨濟宗僧、詩、魯洲愚公トモ稱ス

2364	陸　九皐	義猶	中村他三郎・静一郎	正路	九皐(居士)・板養堂・俟野・不知老齋・經德書院	越前	大正5	74		金澤藩士
2365	陸　柳窓	可彦	丈右衛門	士彦	柳窓・東溟專遇・芳宜・重習堂・蒼紫園・游賞子・山林逸翁・濟東陳人	長門 大津			西依成齋	大坂ノ醫(江戸後期)
2366	陸原　藤蔭	文淳・淳	大次郎		藤蔭・蒼厓-韋齋・水石居	越中			奥村止齋	加賀藩儒(明倫堂教授)(江戸後期)
2367	日下　勺水	寛		子栗	勺水・鹿友莊	下野	大正15	75	川田甕江 重野成齋	本姓松高氏、姓ヲ草加・孔坂トモ書ク
2368	日下　生駒	文雄	眞藏・龍藏	世傑(潔)	生駒(山人)・愚拙農夫・鳴鶴陳人・聖(望)楠舍	河内	寶暦2	41	荻生徂徠	本姓森氏、詩、姓ヲ日下部トモ稱シ孔生駒・孔文雄ト稱ス
2369	日下　陶溪	梁	宗八	伯巖(嚴)	陶溪	松山	慶應2	82	杉山熊臺 古賀精里	松山藩儒(明教館教授)、詩・文・書、宮崎復太郎ト稱ス
2370	日下部九皐	翼	伊三次	圖南	九皐・實稼	薩摩	安政5	45		水戸太田學館幹事、獄死
2371	日下部信政	信政	祐之進			薩摩	萬延元	25		九皐男、獄死
	日下部達三	→清河樂水 2303								
2372	日下部訥齋	崇義	連		訥齋	薩摩	天保12			本姓海江田氏、島津侯臣(造士館句讀)-水戸ノ儒者(鄉校益習館幹事)
2373	日下部鳴鶴	東作		士賜(暘)	鳴鶴(隺)	近江	大正11	(83)85		本姓田中氏、訥齋養子、彦根藩士、書家
2374	日柳　燕石	政章	加島屋長次郎-耕(浩)吉	士煥	燕石・柳東・猿赤・偃石・鴛石・春園・三白・捫蝨・三樂・半樂・樂王・九白堂・容膝里・愛松軒・撫松軒・呑象樓・雙龍閣・皆宜樓・雙松樓・芭蕉書屋主人	讃岐	慶應4	52	三井雪航	本姓草薙氏、勤皇家、詩、赤松劍吾トモ稱ス
2375	日柳　三舟	政愬		終吉	三舟	讃岐	明治36	65		大坂ノ教育者
2376	草加　崑山	定環	和助・宇右衛門	修文・脩夫・循夫	崑山	岡山	文化14	62		熊澤蕃山外孫、大坂-江戸ノ儒者
2377	草加　驪川	親賢	與八・五郎左衛門	玉(王)衡・公輔	驪川・與々如軒	岡山	寛政2		伊藤蘭嵎	備前ノ儒者(安永・堺)

2378	草鹿	三松	宣瓚	玄龍・孚	希玉	三松・竹浦・遯齋		明治2	79		蓮溪次男、大聖寺藩醫、詩・書
2379	草鹿	蓮溪	璠	穀祥・玄泰	白奐・子實	蓮溪・月翁・氿園・六洗居士・澹察・松風齋		文化7	57	皆川淇園 山本北山	大聖寺藩儒醫、詩
2380	草鹿	蓮浦	朝璋・璋	泰仲	公裳	蓮浦・一峰・睡佛齋・天爵樓		慶應2	34	東方芝山 巽遜濟 等	三松男、大聖寺藩醫、書・畫
	草野	權八	→合原窓南47								
2381	草野	石瀨	正	團助	子範	石瀨	肥後	文久元	餘70	佐藤一齋	宇土藩儒(温知館教授)
2382	草野	潛溪	雲	雲平	士龍	潛溪・草雲	肥後	寛政8	82	大塚退齋 藪愼庵	佐藤固庵男、熊本藩儒(時習館教授)
2383	草場	船山	廉	立太郎	立大	船山	肥前多久	明治22	69	古賀侗庵 篠崎小竹等	佩川男、嚴原藩儒−京都ノ儒者
2384	草場	佩川	韡	瑳(磋・嵯)助	棣芳	珮川−佩川・濯纓堂主人・玉女山樵・宜肅・栲の索綯先生	肥前多久	慶應3 (天明7	80 81)	古賀精里	佐賀藩儒(弘道館教授)、詩・畫、玉佩川ト稱ス(私謚)索綯先生
2385	櫛田	可頤	漪		文江	可頤	筑前	正德5	44	貝原益軒	福岡藩儒、詩・畫
2386	櫛田	琴山	涉	平次	巨源	琴山・水南・半隱堂・宜秋堂・餐菊館	筑前	寛保2	68	鶴原九皐	可頤弟、福岡藩儒
2387	櫛田	北渚	駿	駿平	千里	北渚・北渚陳人	福岡	明治5	58	古賀侗庵	琴山後裔、福岡藩儒(修猷館教授)
2388	櫛引	錯齋	淸基	儀三郎		錯齋	弘前	明治中			弘前藩儒
2389	鯨岡	桃塢	重胤	兵四郎・文右衛門	子卯	桃塢・臥雲亭	秋田				詩(文政)
2390	楠	蕉窓	文蔚	豹藏		蕉窓	佐伯	明治35	75	佐藤一齋 米良東嶠	佐伯ノ儒者(植松學舍)
2391	楠部	芸台	肇	金五郎	子春	芸台(臺)	能登	文政3	61		書、(屋號)楠部屋
2392	楠本	鼇山	長弘	一之進	教卿	鼇山	德島	文政7	77	仲 直齋	本姓矢野氏、德島藩士、訓詁學
2393	楠本	正繼	正繼					明治39	68		

2394	楠本 硯水	孚嘉	謙三郎	吉甫	硯水・天逸	肥前	大正5	85	廣瀬淡窓 佐藤一齋	端山弟、平戸藩儒
2395	楠本 端山	後覺	丈(定)大夫・覺(確)藏	伯曉(堯)	端山・悔堂・靜復	肥前	明治16	56	佐藤一齋 大橋訥庵	養齋男、平戸藩儒—肥前ノ儒者(鳳凰・江西書院)
	葛	→カツ(1869)								
	葛井 宗八	→桂井酒人 1889								
2396	葛井 文哉	温・雍・甃	和槌・甚兵衞・慶藏・要・稻藏	元温	文哉・月鴻・柳村・梅北・嚶其・愼靜舍	上野 桐生	嘉永2	39	佐藤一齋	下總佐原ノ儒者、姓ヲ橋本トモ葛飾トモ稱ス
	葛井 烏石	→松下烏石 5599								
2397	葛卷 寛軒	信祥	權助	有禎	寛軒					金澤ノ儒者
	葛山 烏石	→松下烏石 5599								
2398	口羽 杷山	通琦・親之・貞順	德祐	希琦	杷山・憂菴(庵)・龜山・枇杷山人	長門	安政6	26	羽倉簡堂	本姓大江氏、萩藩士
	屈 正超	→堀 景山 5390								
	屈 南嶠	→菅谷甘谷 3258								
	國	→コク(2695)								
2399	國枝 松宇	惟凞	大野屋嘉六	成(正)卿	松宇・老足菴・東郕野老・兀山	尾張	明治13	85	奥田鶯谷	尾張ノ儒者
2400	國重 龍原	俊		逸平	龍原・鹿野山人	周防	寛政12	51	小田切郿山 小倉鹿門	山口藩儒
2401	國嶋 筈齋	宏	傳右衞門	子長	筈齋・竹舌	長門 豊浦	文政9	58	蒲生貞固 小田濟川	本姓山澤氏、豊浦藩儒(敬業館教授)
2402	國嶋 凞	凞	俊藏			長門			廣瀬淡窓 昌平黌	筈齋養子、豊浦藩儒
	國栖	→クズ 2362								

	國造	→クニツクリ 2403								
2403	國造 塵隱	凞		玄貞(眞)	塵隱・凞々子	長崎	正徳3	53	(明)蔣眉山	長崎ノ儒醫、音韻・華音、國思靖ト稱ス(私謚)思靖先生
2404	國富 鳳山	彦敬	熊之助-惣左衛門	子禮	鳳山	周防徳山	延享12	56	服部南郭	徳山藩士(侍講)、音韻・詩・文
2405	國友古照軒	常彦-重昌	半右衛門・鐵叟・淡水		古照軒		明治17	62	鹽谷宕陰	熊本藩士(時習館訓導)-熊本ノ儒者
2406	國友 善庵	尚友-尚克	吉之助・萬(與)五郎	伯庸・温卿	善庵・寶竹堂	常陸	文久2	62	高橋坦室 藤田幽谷	水戸藩儒(弘道館教授)
2407	功力 君章	君章	庄左衛門	子含		彦根				彦根藩士
	櫟原	→イチイハラ 768								
2408	窪 素堂	全亮		肅卿	素堂	江戸	大正2	67	昌平黌	初メ僧、詩(下谷吟社)
2409	窪井 鶴汀	惟忠・惟恭・維忠	源兵衛	良祐・良佐	鶴汀	長門			山縣周南	京都ノ儒者、井維忠・井良佐ト修ス
	窪木 青淵	→久保木竹窓 2348								
	窪木 竹窓	→久保木竹窓 2348								
	窪嶋右衛門	→田中冠帶 3496								
2410	窪田 荊石	之貞	藤十郎	剛叔	荊石	備前				立軒次男、岡山藩儒
2411	窪田 梨溪	茂遂	宮藏・源右衛門		梨溪		明治10	61	山田蠖堂	米澤藩士(興讓館提學)、詩
2412	窪田 立軒	道和		重中	立軒	紀伊	享保2	74		岡山藩儒
	熊	→ユウ (6428)								
2413	熊井 雲溪	克明		子德	雲溪	江戸			伊東藍田	

2414	熊谷	活水	立設	水庵		活水	京都	明暦元		堀　杏庵	名古屋藩儒(京都)
2415	熊谷	箕山	尚之	平一郎	履善	箕山〔樵夫〕	江戸	寛政11	71	井上金峨	京都ノ儒者、詩・文、谷箕山ト修ス
2416	熊谷	毅庵	直興	助右衛門	子孝	毅庵・月郷(卿)	秋田	慶應4	41	那珂梧樓	本姓ハ丹又ハ丹治氏、勤皇家、詩・武術・書・句
2417	熊谷	醉香	直孝	久右衛門	公友	醉香・伴月・鳩居堂	京都	明治18	59	貫名海屋 山本梅逸	墨香具商、書・畫
2418	熊谷	竹堂	直平・維	傳兵衛	斯文・子孺	竹堂・藍田	京都	寛延元	72	林　鳳岡	熊本藩儒
2419	熊谷	南峰	武吉｜道伸	長左衛門	子屈	南峰	因幡鹿野	文化13	54	中井竹山	大庄屋、書
2420	熊谷	立設	立設		活水			明暦元			京都ノ儒者
2421	熊谷	茘齋	立閑		茘墩	茘齋(墩)・了庵・新蕉軒	京都	元祿8			活水男、名古屋藩儒｜京都ノ儒者
2422	熊坂	台州	定邦・邦	宇右衛門｜潰	子彦	台(臺)州・曳尾堂・白雲館・陳奮翰・大通館	岩代伊達郡	享和3	65	入江南溟 松崎觀海	姓ヲ熊阪トモ書ク、江戸ノ儒者(海左園)、高子先生ト稱サル
2423	熊坂	適山	元・昌三	登・昌三郎	子蹟	適山・通神堂・千水	江戸	元治元	69		松前藩士、畫
2424	熊坂	磐谷	秀	宇太郎｜宇右衛門	君實・君美	磐谷・定秀	岩代伊達郡				台州男、姓ヲ熊阪トモ書ク(寛政｜享和)
2425	熊澤	市谷	惟興	太郎・熊(彌)太郎	伯熊	市谷	江戸	嘉永7	64	昌　平　黌	駿河田中藩士(日知館教授)
2426	熊澤	淡庵	正與	權八郎｜猪(伊)太夫		淡(澹)庵(菴)・碎玉軒	肥前	元祿4	64	熊澤蕃山	後、南條氏ヲ稱ス、平戸藩儒
2427	熊澤	蕃山	伯繼・繼伯	左七郎｜次郎八｜助右衛門	了介・了海	蕃山・息遊(游)軒・不敢散人・不盈散人・有終庵主	京都	元祿4	73	中江藤樹	本姓野尻氏、岡山藩士｜明石藩士、藩主ノ轉封ニ伴イ大和郡山・下總古河ニ移ル、蕃山了介・宮城阿曾次郎トモ呼バル
2428	熊田	休庵	皥・純之	熊野屋喜平治	嘉叟	休庵・樫陰・憤翁・絜矩學舍・嘉石濃陰書屋	名古屋	安政6	66	奥田鶯谷	賣油商、詩

熊谷　→クマガイ 2414〜

2429	熊本　華山	元朗・朗一	自菴	君玉	華山・自庵	江戸	寶暦2	39	服部南郭 松下烏石	江戸ノ儒者、詩・書、熊元朗ト修ス
2430	組屋　鯤溟	翰		子鳳	鯤溟	若狭				
2431	雲井　龍雄	猪吉—權六・熊藏—龍雄・守善	辰(龍)三郎	居貞	枕月・湖海俠徒	米澤	明治3	27	安井息軒	本姓中島氏、中島守善・小島行正・桂香逸・遠山翠(綠)ト稱ス
2432	雲川　春庵	弘毅	治平		春庵	京都			山崎闇齋	(江戸前期)
2433	倉石　侗窩	絹・成憲	典太	子絹	侗窩	越後高田	明治9	62	安積艮齋 清水赤城	高田ノ儒者(濟美堂)—高田藩儒(修道館督學)
2434	倉石武四郎	武四郎			士桓	新潟	昭和50	79	東京帝大	小學家、東大教授
2435	倉田　何庵	朔太郎—績	龜之助	以成	何庵・袖岡・允齋・不可得翁・九十九軒	伊勢	大正8	93	佐野竹亭 佐藤一齋	和歌山ノ儒者
2436	倉田　螽山	元熙		養正	螽山	伊勢				
2437	倉田　幽谷	導—施報—務	亥之助—直八	善友—務卿	幽谷・抱樸園	下總佐倉	明治33	74	安井息軒	本姓立貝氏、佐倉藩儒、致仕後、倉田務ト稱シ上野吉井藩士トナル
2438	倉田　鹿山	彊	又八	子勉	鹿山	磐城三春	天保4	75	林　門	三春藩儒
2439	倉富　篤堂	胤厚	熊三郎—八兵衛		篤堂	筑後	明治23	62	廣瀬淡窓	本姓岡田氏、久留米藩儒
2440	倉成自嬉齋	貢		柏卿	自嬉齋	豊前中津	文政6	38		龍渚男、中津藩儒、詩・文
2441	倉成　龍渚	巠(莖)	善司(治)	善卿	龍渚	豊前宇佐	文化9	65	藤田敬所 伊藤東所	中津藩儒、詩・文
2442	倉橋　藍川	意	正作	士誠	藍川	諏訪				京都ノ儒者(文化)
2443	倉本　櫟山	雄	雄三	起業	瑞井—櫟山	淡路			山口南浦 岡田鴨里	
2444	鞍岡　蘇山	元昌	文二郎	煥甫	蘇山	江戸	寛延3	72	細井廣澤	書
2445	鞍懸　秋汀	吉寅	寅二郎	山君	秋汀・模稜	赤穗	明治4	38	鹽谷宕陰 會澤正志齋	赤穗藩士—美作ノ儒者—津山藩儒

2446	栗崎	履齋	時亮	傳五郎・正次郎・善右衛門	士欽	履齋・龍溪・一枝	肥後	安永10	82	大塚退野	熊本藩老米田家儒臣
2447	栗栖	天山	靖	平次郎	子共	天山	周防岩國	慶應2(3)	28(26)	昌平黌	岩國藩士、勤皇家、陽明學
2448	栗田	元次	元次				愛知	昭和30	65	東京帝大	東大史料編纂所–名大教授
2449	栗田	湛齋	昭	萬次郎		湛齋					宮津藩士、書(江戸)
2450	栗田	栗里	寛	八十吉–利三郎	叙(叔)栗	栗里・蕉窓・銀巷	水戸	明治32	65	石川明善	水戸藩儒(彰考館總裁)–文科大學教授、文學博士
2451	栗原	長洲	嘉十			長洲	尼崎	寛政6			蓮池藩儒
2452	栗原	桶川	永貞	五郎八	子元	桶川	武藏	寶暦12	62	太宰春臺	詩・文
2453	栗原	柳菴	陽太郎–信充	孫之丞	伯任	柳菴(庵)–柳闇–又樂閑人	上野沼田	明治3	77	柴野栗山・屋代輪池	本姓源氏、有職故實家、源信充ト稱シ、後、姓ヲ武田ト稱ス
2454	栗本	鋤雲	哲三–鯤	瑞見(六世)・瀬兵衛	化鵬	鋤雲・匏庵・栗本文庫	江戸神田	明治30	76	安積艮齋・佐藤一齋等	本姓喜多村氏、槐園三男、幕府醫官、外國奉行
2455	栗本	翠菴	元統		伯資	翠菴・杉說				栗本雲峰	江戸ノ畫家
	栗本	辰助	→柳川臥孟 6181								
2456	栗本	丹洲	新次郎–昌藏	元東・元格–瑞見(四世)		丹洲・瑞仙院	江戸	天保5	76		本姓田村氏、幕府醫官(奥醫師)、本草學
2457	栗山	敬齋	遵		大道	敬齋・不求甚解書屋					詩(江戸・江戸末–明治)
2458	栗山	孝庵	以直–獻臣	庄内・玄室・玄慶・養庵・孝庵(二世)	文仲	大隱齋・尚古閣		寛政3	64(61)	山根華陽・山崎東洋	萩藩醫
2459	栗山	石室	壽		子考	石室・快雪堂		明治20	65	相澤石湖・谷文晁	畫(江戸)
2460	栗山	濳鋒	成信・愿	源助(介)	伯立	濳鋒・拙齋主人・弊帚主人	山城淀	寶永3	36	朱舜水・桑名默齋	本姓長澤氏、京都ノ儒者–水戸藩儒(彰考館總裁)
2461	栗山	砥齋	敦恒		坦叔	砥齋		寛保元			濳峰弟、水戸藩儒

2462	呉	穀城	黄石	丙朔	貞先	穀城	廣島	明治9			
	呉	梅處	→紅林梅處 2464								
2463	呉	北渚	策・篇策	又之助‐肥前屋又兵衛	元駁・成章・子方・文英・君易・易俟	北渚・烏舟・藻亭・習靜齋・鳴霞堂・自怡堂・暢襟室	大坂	文久3	66	春田横塘・篠崎小竹	祖ハ明人、商人、書
	呉		↕ゴ(2661)								
2464	紅林	梅處	孟明	金槌‐順平‐十左衛門	士信	梅處	長門	文化14	(46)45		本姓増田氏、長門清末藩儒(育英館學頭)、呉梅處ト修ス
2465	黑井	幽量	忠寄	半四郎		幽量	米澤	寛政11	53		米澤藩儒
2466	黑岩	雲東	安節		達夫	雲東	土佐佐川	(安永末)			醫、姓ヲ黑巖トモ書ク
2467	黑岩	東峯	壽・恒	慈庵	震翁	東峯(峰)・慈庵・幽峰・幽山・碧山・壽翁	土佐安藝浦	寶永2	79	野中兼山・山崎闇齋	高知藩儒‐福岡藩儒(江戸學問所教授)、姓ヲ黑巖トモ書ク
2468	黑岩	龍谿	順	順之進	子進	龍谿	土佐	天保5	61		雲東男、高知藩老深尾氏儒
2469	黑川	靜庵	玄逸		道祐	靜庵(菴)・梅庵・遠碧軒	安藝	元祿4	69	林鵞峰・堀杏庵	杏庵外孫、廣島藩儒醫‐京都ノ儒醫、『雍州府志』
2470	黑川	荻齋	嘉吉‐寛長・眞賴			荻齋・萬里・墨水		明治39	78	黑川薄齋	本姓金子氏、薄齋養子、『古事類苑』、藏書家
2471	黑川	薄齋	勘吉‐春村	次郎左衛門・主水		薄齋・葵園・芳蘭・本蔭・淺草庵(三世)	江戸淺草	慶應2	68	狩谷棭齋	狂歌、考證學
2472	黑木	稼堂	植			稼堂・衆白堂		昭和11	80		金澤ノ儒者
2473	黑木	欽堂	安雄		飛卿	欽堂・蓍園	讃岐	大正12	58	片山冲堂	蕙圃男
2474	黑木	蕙圃	茂矩	倉太郎	子方	蕙(萱・蕙)圃・樛舍	讃岐	明治38	74		高松藩儒
2475	黑坂	維叙	維叙	丹助							本姓森氏、幕臣(御書物奉行)(寛政10生・慶應2・69在世)
2476	黑崎	洗心	貞孝	五郎左衛門・藤右衛門	子順・至純	洗心(山人)・漱石・璞齋	常陸大子			藤田幽谷	詩(樂山詩社)(常陸・文化・文政)

2477	黒澤　乾齋	宗明	一藏		乾齋・果堂・玉甫	羽後	明治18	52	林　鶴梁	秋田藩儒（明德館督學）
2478	黒澤　四如	米松–重巽	勘五郎–宇左衞門	風卿	四如・半村・巽	秋田角館	嘉永4	69	金　岳陽	秋田藩儒（明德館教授）・家塾（四如堂）、詩
2479	黒澤　深谷	盛行	宋榮	德甫	深谷山人	陸前	文政7	62	志村五城	醫・儒・詩
2480	黒澤　石齋	弘忠	伊勢次郎・三右衞門	有隣・隣玉	石齋・玉峯・節香齋	伊勢	延寶6	57	林　羅山	本姓奥村氏、松江藩儒
2481	黒澤　雪堂	惟直	正助	正甫	雪堂	武藏兒玉	文政7	67	黒澤雉岡	雉岡男、田安侯儒–昌平黌教授
2482	黒澤　節窩	順	六郎・彌六郎		節窩・活發童子	越後村上	寛延元	66	林　鳳岡	高田藩主榊原侯儒
2483	黒澤　雉岡	萬新	右仲	子新・新（眞）卿	雉岡	武藏兒玉	寛政8	84	林　鳳岡	田安侯儒（江戸）
2484	黒澤　竹蔭	道形–道恒	勘彌・多門・本之助・長右衞門・兵衞・監物		竹蔭・居易齋・大品	羽後大館	文政12	（68）63	大田錦城	羽後ノ儒者、姓ヲ二階堂トモ稱ス
2485	黒澤　東蒙	信良		子方	東蒙（山人）	筑前登米	寛政6	66	遊佐木齋	陸前ノ儒醫
2486	黒田　麴廬	行・行元	行次郎	大道	麴廬		明治25	66	緒方洪庵・伊東玄朴	梁洲男、近江膳所藩士（遵義堂督學）、洋學・漢學
2487	黒田　金城	玄鶴		千年・浩翔・華城	金城・庚松園（翁）・不老不死老人	越後石打	天保6	57	林　述齋・佐藤一齋	越後ノ儒醫（時習堂）、詩
2488	黒田　如淵	建若–慶賛・長知	官兵衞		如淵		明治35	65	佐藤一齋・市河米庵	本姓藤堂氏、賜姓松平氏、福岡藩主、國學・漢學・詩
2489	黒田　長德	岩虎・篤之允–長德			躬稼堂・自笑庵		明治25	45		秋月藩主、詩
2490	黒田　直邦	直邦					享保20			黒田用綱養子、上州沼田藩主
2491	黒田　東園	邦直	寛平	子彦	東園	德島富田	文久3	74		詩
2492	黒田　梁洲	善・扶善	五平次（治）	元民	梁洲・玄亭	近江膳所	安政4	66	猪飼敬所	本姓森氏、膳所藩士（遵義堂學頭）
2493	黒瀧　儀鳳	儀鳳	彦輔（助）			弘前			昌平黌	弘前藩儒

2494	黑瀧	水齋	儀任		毅卿	水齋	弘前	明治34	64	昌平黌	弘前藩儒
2495	黑瀧	鳴鶴	僚師	藤太	元師	鳴鶴	弘前			昌平黌	儀鳳弟、弘前藩儒
2496	鐵	復堂	煥・顯考	嘉三	子文	復堂・芳溪・渭洲・高亭	德島	天保14	67	那波網川 古賀精里	德島ノ儒者
2497	桑	安祥		喜平太	公祥	安祥	京都			服部天游 江村北海	京都ノ儒者
	桑		↕ソウ（3470）								
2498	桑田	立齋	和	八五郎	好爵	立齋・驅痘主人・椌幅軒	越後	慶應4	58		本姓村松氏、儒醫、種痘（江戸）
2499	桑名	元章	元章	文藏				延享4	33	三宅尙齋	默齋孫、仙臺藩士
2500	桑名	默齋		養順−十右衛門	子石	默齋・松雲・雲默翁・六有堂	京都	享保16	70	山崎闇齋	仙臺藩儒
2501	桑野	灊齋	公克	喜齋	子禮	灊齋・歸齋・仁堂・眉山・無事庵・梅溪	大坂	安政6			大坂ノ醫、詩
2502	桑原	空洞	守雌		爲溪（谿）	空洞・方外閑人・泉谷	京都	延享元	72	合田晴軒	京都ノ儒者、書・畫、桑守雌ト修ス
2503	桑原	鷲峯	啓−忱	元吉郎		鷲（就）峯（峰）・陸仙	美濃	慶應2	48	佐藤一齋	京都ノ儒者−田邊藩儒（修道館頭取）
2504	桑原	澄江	泉	玄泉	大海	澄江	中津				中津藩儒（江戸・安政）
	桑原	篤軒	↓多田東溪 3587								
2505	桑原	北林	灑	嘉藏	麗水	北林・蓼注	武藏兒玉	天保15	55		本姓峯岸氏、江戸ノ儒者、書・詩・文
2506	桑原	溶所	成德	愛之助		溶所・桃村		明治15	65		仙臺藩士（養賢堂助教）、詩
2507	桑滿	負郭	伯順		子義	負郭	肥後	安政4	91	澁江松石	熊本藩儒醫
2508	桑山	玉洲	嗣粲	左内	子戔（殘）	玉洲・鶴麗・明光居士・聽雨堂・珂雪堂	紀伊	寛政11	54		畫、野呂介石ノ師

番號	姓	號	名	通稱	字	號	生地	沒年	享年	師名	備考
2509	君	山(僧)	若沖		天盈	君山・老山・古月庵	肥後	安永6	62		熊本蓮光寺住職、詩・文
2510	郡司	跂齋	貞一	三之介–秀平	子德	跂齋・筑海	常陸	弘化3	50	吉田愚谷 立原東里	水戸藩儒
2511	郡司	巴塘	波次郎・渙		子文	巴塘	常陸	大正4	73	加倉井砂山 齋藤晩晴	詩

〔け〕

番號	姓	號	名	通稱	字	號	生地	沒年	享年	師名	備考
	桂	義樹	→桂山彩巖 1896								
	桂	淡麟	→桂山彩巖 1896								
	桂		↔カツラ 1885〜								
2512	敬	首(僧)	敬首			隨縁道人		寛延元	66		淨土宗僧(瓔珞院)・藏書家(眞如院)(江戸)
2513	月	性(僧)	月性		知圓	淸狂・烟溪・梧堂	周防	安政5	42		淨土宗僧、海防論者、詩・文
2514	月	照(僧)	宗久・久丸–忍向・忍鎧・忍介・忍鏡		月照	中將房・松問亭・菩提樹園・無隱庵・一鋒	讃岐	安政5	46		俗姓玉井氏、法相宗僧、尊攘論者、西郷隆盛ト入水
	建	有孚	→遠山雲如 4113								
	兼	康愷	→兼康百濟 1933								
2515	堅	卓(僧)	堅卓–立譽		慧巖(岩)	雪山	越後	天文5			淨土宗僧、詩・文(江戸)
	萱	考潤	→萱野考潤 1983								
	縣	考孺	→山縣周南 6220								
	縣	子祺	→山縣洙川 6219								

縣　周南　→山縣周南　6220

縣　魯彦　→山縣洙川　6219

顯　常(僧)　→大典(僧)　3599

元　晧(僧)　→大潮(僧)　3598

元　莠蔞　→山本蕉逸　6367

2516　元　政(僧)　俊平―元政　平之助・源八郎　日政・元政・妙子・日峰・不可思議・空子・幻子・日如・泰堂・幻生・埜處軒・稱心庵・霞谷山人・艸山和尚　京都　寛文8　46　俗姓名石井吉兵衛、彦根藩士一日蓮宗僧、詩・歌、洛南深草稱心庵(又、竹葉庵、後ノ瑞兆寺)ニ隱棲、深草ノ元政ト稱サレル

元　淡淵　→中西淡淵　4336

2517　玄　惠(僧)　玄惠(慧)・健軒・獨清軒・洗心子　健叟　正平5　72　比叡山學僧、程朱學、平洗心ト稱ス

2518　玄　道(僧)　玄道　教觀房　柴扇・忍岡道人　江戸　上野春性院住職、詩

阮　西陵　→菅沼西陵　3251

阮　東郭　→菅沼東郭　3252

阮　瑜　→祇園南海　2220

原　雲溪　→笠原雲溪　1817

原　冠山　→小笠原冠山　1132

原　義　→原　得齋　4962

原　絲江　→三原絲江　5786

原　知足　↓小島成齋　2549

原　東岳　↓原田東岳　4982

原　武雅　↓三原絲江　5786

原　武卿　↓榊原霞洲　2950

原　↕ハラ　4946～

源　惟明　↓小田松樹　1197

源　華嶽　↓久津見華嶽　2338

源　鶴皐　↓五十川鶴皐　364

源　京國　↓久津見華嶽　2338

源　君美　↓新井白石　317

源　敬義　↓樋口芥亭　5017

源　恒　↓東條一堂　4090

源　康純　↓松平寒松　5633

源　之熙　↓村瀬栲亭　5985

源　師道　↓屋代龍岡　6154

源　乘富　↓松原豹蔭　5681

源　信充　↓栗原柳菴　2453

源　千之　→澤田東里　3004
源　田麟　→澤田東江　3001
源　東江　→澤田東江　3001
源　敏　→松平東溪　5653
源　敏樹　→辻　湖南　3954
源　孟虎　→大嶋芙蓉　1362
源　璵　→新井白石　317
源　鱗(麟)　→澤田東江　3001

〔こ〕

	姓	號	名	通稱	字	號	生地	沒年	享年	師名	備考
2519	小池	琴河	正俊	志平	子鵲	琴河	甲斐	天保13	86		
2520	小池	崑岡	桓	奥左衛門・子珪	南齋	崑岡・子圭・紫蘭亭					犬山藩成瀬氏臣、詩(享保13在世)
2521	小池	晋	晋	幸三郎		常善堂	武藏	明治中			川越侯儒
2522	小池	桃洞	友賢	伊之助‐七左衛門・源太(左)衛門	伯純	桃洞‐大樂	水戸	寶暦4(元文4)	72	中村篁溪	水戸藩儒(彰考館總裁)、暦算
2523	小池	曼堂	重			曼堂・長生洞主人		昭和32	84		
2524	小石	矼齋	紹	中藏	君厥	矼齋・蘭屋・蓬岐行齋・晩山樓	京都	明治27	78	頼山陽 坪井信道	秋巖次男、蘭醫

2525	小石	秋巖	龍・龍太郎	元(玄)瑞		檉園・秋巖仙史・蘭齋・砡軒・窮理堂・用拙居・拙居・松芝老人・五竹茶寮	京都	嘉永2	66	篠崎三島 大槻玄澤	大愚男、京都ノ儒醫(龍門塾)、詩・文・書
2526	小石	大愚	道	右吉・元俊	有素	大愚・碧霞山人	小濱	文化5	66	永富獨嘯庵 皆川淇園	本姓林野氏、大坂ノ儒醫
2527	小泉	垣齋		見卓	子犖	垣齋	伊勢松坂			小泉棲眞窩	棲眞窩男、醫、詩・文(江戸中期)
2528	小泉	希齋	晃		子明	希齋					醫・詩(松坂)
2529	小泉	杏陰	玄常(讓)	梅五郎	守節	杏陰		安政3	63	龜井南溟 能美玄順	本姓村尾氏、萩藩儒醫、詩
2530	小泉	圭介	克		圭介		江戸	天明7			
2531	小泉	五林	蒙	見庵	子啓	五林・棲眞邃	伊勢松坂			小泉垣齋	垣齋男、醫、詩・文(江戸中期)
2532	小泉	棲眞窩	益	見菴	虚直	棲眞〔窩〕	伊勢松坂	寛保3	73		垣齋父、本姓奥村氏、醫、詩・文
2533	小泉	雪蕉	端		友賢	雪蕉・鬼隣・白水先生	岡山	元祿4	70	林羅山 半井龜庵	鳥取藩醫(江戸)
2534	小泉	檀山	斐-光定	檀藏	子章	檀山・青鸞・檀森齋・斐道人	下野益子	嘉永7	89	皆川淇園 圓山應擧	本姓木村氏、黑羽鎭國社社掌、畫
2535	小泉	良齋	濤		伯元	良齋・素白道人	羽後				尾張ノ儒者
2536	小出	永安	立庭	内記	不見	永安(庵)・新蕉軒・榮庵・蓬山父	播磨	貞享元		熊谷活水	京都・江戸ノ儒者-木下侯儒(江戸)
2537	小出	照方	照方	大助			江戸	文政2	77		幕臣
2538	小出	愼齋	孝承	周八		愼齋・停車園・求放舍	尾張	寶曆9	39	小出侗齋	本姓種田氏、侗齋養子、名古屋藩儒
2539	小出	千々齋	惟式	務平		千々齋・東郊	尾張	天明8	68	小出愼齋	愼齋養子、名古屋藩儒、詩
2540	小出	侗齋	晦哲-敬迂	治平	若眞・巖眞	侗齋	尾張	元文3	73	淺見絅齋	永安男、蓬山養子、名古屋藩儒、姓ヲ出ト修ス
2541	小出	二山	寛之(文)	義平	大年	二山	江戸	寶曆6			

2542	小出	蓬山	忠	内記	道恕	蓬山・賡翁・新蕉軒	尾張	元祿7		熊谷活水	永安男、尾張ノ儒者
2543	小栢	柳塘	謙	鴻叔	士光	柳塘・晩翠軒					(安政・江戸)
	小龜	寛吾	→建 孝銑 3818								
2544	小龜	勤齋	益英	三左衞門・眞琴・益奧	叔華	勤齋	京都				京都ノ書肆、韻學・俳諧(寛文・延寶)、新山氏・津高氏ヲ稱ス
	小鴨	玄固	→金 蘭齋 2325								
2545	小窪	瀚海	徹	佳藏	周索	瀚海	志摩	文化4	59		
	小倉		→オグラ 1169～								
2546	小阪	北嵩	實信	泰藏・宗十郎	實齋	北嵩	美濃	嘉永5	77		本姓郷氏、姓ヲ小坂トモ書ク、詩・文
2547	小崎	疏齋	展	門藏	大成	疏齋	遠江	安政4	79	松崎慊堂	掛川藩儒
	小篠		→ササ 2735								
	小島	守善	→雲井龍雄 2431								
2548	小島	焦園	夷・彝(彜)	源藏	公倫	焦園	江戸	文政9	56		唐衣橘洲(狂歌師)長男、幕府儒官
2549	小島	成齋	親長―知足	五一・岩太郎	子祥―子節	成(靜)齋・不惑道人・心畫齋(室)・風翁・奇觚樓	備後福山	文久2	67	市河寛齋・市河米庵	福山藩儒、姓ヲ小嶋トモ書キ、原知足ト稱ス、書(江戸)
2550	小島	省齋	愼	友吉―四郎兵衞―忠太	思之	省齋	丹波佐治	明治19	81	猪飼敬所	柏原藩儒(學問所儒官)
2551	小島	梅外	銙・均	小島屋吉右衞門・酉之助	克從・稚節	梅外野人・大梅〔居〕・孤山〔堂〕・瓢齋・唯阿彌・利庵	江戸	天保12	70	市河寛齋・鈴木道彦	必端男、詩・俳句、姓ヲ小嶋・兒島トモ書キ島梅外ト修ス
2552	小島	必端	範	小島屋酉之助	洪卿	必端〔堂〕・萬卷樓		文化6	64	高芙蓉	江戸ノ札差、藏書家、篆刻、姓ヲ小嶋・兒島トモ書キ、島範ト修ス
2553	小島	抱沖	尙眞	麓三郎・春沂		抱沖		安政4	29		寶素男、幕府醫官、書誌學者、姓ヲ小嶋トモ書ク

2554	小島 寶素	尚質(眞)・和戚	喜之助・喜(春)庵	學古	寶(葆)素(堂)	江戸	嘉永元	52		幕府醫官、書誌學者、姓ヲ小嶋トモ書ク
	小島	↔オジマ 1190～・小嶋 2555・兒島 2637～								
2555	小嶋 晴海	友章	彈正		晴海	武藏	明治7	58		川越藩士、詩、姓ヲ小島トモ書ク
	小嶋	↔小島 2548～・兒島 2637～								
2556	小代 布水	育	喜右衞門	萬成	布水・拙道人	佐賀	弘化4		佐賀藩黌	佐賀藩儒、詩・文
2557	小杉 杉園	眞瓶・明發・榲邨(村)	五郎		杉園・老杉園主人	阿波 德島	明治43	77	阿波藩黌	國學・和歌、教部省・內務省・文部省ニ出仕、『故事類苑』
2558	小杉 復堂	熙		敬止	復堂	富山	昭和4	75	大沼沈山	上野延年(華山)三男、詩・文・畫
2559	小菅 香村	揆	揆一	果卿	香村	江戸				詩・文(江戸後期)
	小瀨	↓オゼ 1191～								
2560	小關 學齋	貞義・好義・三英(榮)	貞吉(橘)・良藏(造)	仁里	學齋・德(篤)齋・鶴洲・確齋	出羽 庄内	天保10	53	シーボルト	仙臺藩醫—岸和田藩醫、蠻社ノ獄ニ際シ自殺
2561	小平 梅軒	元禎	陽之助		梅軒		嘉永3		田邊樂齋	仙臺藩士
	小宅	↓オヤケ 1250～								
2562	小谷 秋水	正躬	三治	白圭	秋水	伊勢	明治5	81	古賀侗庵 昌平黌	神戸藩儒、詩
2563	小谷 巢松	薫	左金吾	德孺(儒)	巢(雙)松・友松・紵山	伊勢 神戸	安政元	67	佐野酉山	神戸藩儒—津藩儒
2564	小谷 楳菊	謙策—耕雲・篤			楳菊	備中	明治45	76	江木鰐水 藤森弘庵等	高梁藩儒醫
2565	小谷 廉泉	繼成・成之	伊兵衞	勉善	廉泉・竹醉	加賀	享保5	64	室　鳩巢	加賀藩儒(江戸—金澤)
2566	小寺 希光齋	遵路	武兵衞・市郎右衞門	與義	希光齋		享保18	45	室　鳩巢	加賀藩士

2567	小寺 文虹	信正	三郎兵衛	文貢	文虹・梧軒・道五		寶暦4	73	太宰春臺 松崎觀海	庄内藩士
2568	小寺 楢園	清(靜)先	常陸介		楢園・雲齋	備中笠岡	文政10	80		本姓源氏、笠間稲荷祠官
2569	小中村東洲	榮之助―清矩	金四郎・金右衛門・將曹		東洲〔文庫〕・陽春廬・東〔阿豆麻〕居	江戸	明治28	75	西島蘭溪 龜田鶯谷 等	本姓紀氏、原田氏ヲ稱ス、和歌山藩士(古學館頭取)―東京帝大教授、『古事類苑』
2570	小永井小舟	岳(嶽)	八郎・五八郎	君山	小舟〔廬〕	下總佐倉	明治21	60	古賀謹堂 羽倉簡堂 等	本姓平野氏、田中從吾軒弟、渡米―一橋藩儒(明倫堂教頭)―東京ノ儒者(濠西塾)、詩・書
2571	小西 松江	績	與右衛門	伯熙	松江・琴詩酒書畫禪道人	丹後	文政2	72	江村北海	廻船業、詩(混沌社)
2572	小西 澹齋	膳繼―修	尙之助・八十之介・純達・惟冲	伯述	澹齋	播磨	嘉永7	86	中村竹山	龍野藩儒(敬業館教授)、詩・文
2573	小西 藤齋	篤好	藤右衛門		藤齋	攝津茨木	天保8	71		農學、儒學・國學ヲ兼ネル
2574	小西 梁山	好古		尙奇	梁山	京都			那波魯堂	京都ノ儒者
2575	小貫 循涯	徽典		眞五	循涯	紀伊	寶暦4	74	伊藤東涯	
2576	小橋 橘陰	勳	多助	季(子)績	橘陰	讃岐	明治12	56	藤澤東畡(藤森弘庵)	江戸ノ儒者―越後與板藩賓師、詩・文
2577	小橋 香水	友之輔(助)―以文	安藏	伯友	香水	讃岐香川郡	明治5	65		靜學長男、高松藩士、尊攘論者、詩
2578	小橋 靜學	道寧	伊三郎・渡・安藏	定夫・子靜	靜學・西原	讃岐	文政8	47	菊池萬年 菊池高洲	儒醫、書、劍術
	小幡	→オバタ 1234～								
2579	小幡 蘇門	子虬		郢中	蘇門					姓ヲ木幡トモ書ク(江戸中期)
2580	小林 畏堂	至靜	重介―柔介	德方	畏堂・利舟道(漁)人	信濃		餘60	武内錫命 佐藤一齋	松代藩儒・私塾(畏堂)
2581	小林 盈朔		九二		積翠―盈朔		安政2	21		長岡藩士、詩

2582	小林 瀛洲	信證	高藏	叔明	瀛洲	武藏	明治37	39	大沼枕山	東瀛弟、詩
2583	小林 歌城	元雄	由兵衞	子駿	歌城・四不出齋・髭岳堂・雪衣		文久2	85	本居宣長 村田春海	幕臣
2584	小林 函山	白蟻	垤藏	和同	函山					易(天保)
2585	小林 寒翠	虎	虎三郎	炳文	寒翠・雙松・病翁	越後	明治10	50	萩原綠野 佐久間象山等	誠齋男、長岡藩士(崇德館助教)、開港論者
2586	小林 龜溪	淑・一	順堂	子愼	龜溪・淵々齋	赤穗	文政9	72	皆川淇園	本姓田淵氏、醫
2587	小林 高英	高英	須原屋新兵衞			江戸				書肆(嵩山房)
2588	小林 瑴堂	廣德	良四郎		瑴堂	越後	明治40	52	大野恥堂	新發田藩士－學習院教授
2589	小林 秋水	勝	安石	安石	秋水	日田	安政元	61	廣瀨淡窓	堺ノ醫、詩・書
2590	小林 肅翁	貞亮		子(士)彦	肅翁	大和		75	石王塞軒	大和ノ儒醫(寛政)
2591	小林 西嶺	重德(悳)・重眞	滿(萬)架－佐(祐)哲	鳳(風)卿	西嶺・西岳(嶽)・觀耕亭	出羽秋田	安永8	85	入江南溟	秋田藩儒(江戸)
2592	小林 誠齋				誠齋					寒翠父、長岡藩儒
2593	小林 節堂	巖	壽作・恭四郎	魯瞻	節堂・尙友軒	江戸	天保9	23	藤森弘庵 安積艮齋	
2594	小林 卓藏	卓藏	大觀			京都			貫名菘翁	京都ノ儒者、書
2595	小林 卓堂	展親	郁太郎	子珍	卓堂	信濃				上田藩士(安政・江戸)
2596	小林 東瀛	信之		伯英	東瀛	武藏	明治28	39	大沼枕山	詩
	小林 東山	→千早東山 3882								
2597	小林 東皐	義方－文清	玄說		東皐				宮崎古崖	醫・詩・文(江戸中期)

2598	小林 北皐	恭	丈衛門	士敬	北皐・松茂堂		文政10	45		水戸藩士(彰考館員)
2599	小林 龍山	珠淵		子淵	龍山	丹波			片山兼山	
2600	小牧 櫻泉	昌業		偉卿	櫻泉	薩摩	大正11	80	横山鶴訂 向山黄村等	鹿兒島藩儒–明治政府官吏、文學博士、詩(晩翠吟社)
2601	小牧 天山	德方	金太郎・三四郎・清七〔郎〕		天山		嘉永6	78		高知藩士–五藤家侍讀、書
	小町 玉川	↓オマチ 1549								
2602	小松 愚山	弘毅	東吉–勇	任甫	愚山・本覺	羽後	明治30	76	秋田藩黌	本姓佐藤氏、秋田ノ儒者(碧梧堂)秋田藩儒(明德館助教)–秋田ノ儒者(誠敬塾)、東京デモ開塾
2603	小松 千年	恕	謙吉		千年	豊後	文政6			岡藩儒
	小松崎任藏	↓櫻 月波 2966								
2604	小松原恭齋	雄	順三・勇三	叔義	恭齋・吳牛	江戸	天保10	70		江戸ノ儒者
2605	小南 訥齋	認言	榮吉		訥齋	江戸				栗齋男、(安政・江戸)、京都デ殺害サレル
2606	小南 栗齋	寛	常八郎	士栗	栗齋・古學道人・小(日)南軒	江戸	萬延元	90		下野壬生藩儒(江戸)
2607	小宮山休庵				休庵				掘 杏庵	名古屋・二本松藩儒
2608	小宮山桂軒	昌嶠	本次郎–次郎〔右〕衛門	偉長	桂軒・忍亭	江戸	享和19	45	林 鳳岡	峴嶽男、水戸藩儒
2609	小宮山峴嶽	昌卿・鴻	忠兵衛	羽儀	峴嶽・東江散人	江戸	享和15	64	林 槿宇	二本松藩士–江戸ノ儒者
2610	小宮山謙亭	源三郎–昌(正)世	李之進	君延	謙亭	江戸	安永3	86	太宰春臺	本姓辻氏、幕臣(享保)–江戸ノ儒者(安政)
2611	小宮山東湖	昌德	忠右衛門	子隣(鄰)	東湖	江戸	天明3	58		桂軒長男、水戸藩儒
2612	小宮山南梁	昌玄	綏介	伯龜	南梁	水戸	明治29	68	小宮山楓軒 潤野秋齋	楓軒孫、水戸藩儒(弘道館助教)

2613	小宮山楓軒	昌秀	造酒介-次郎衛門	子實	芙蓉樓・忍亭-楓軒(先生)	水戸	天保11	(74)77	立原翠軒	東湖長男、水戸藩儒
2614	小室虚齋	崇	十内		虚齋	羽後横手	文久元	73	金岳陽	横手ノ儒者(習遠堂塾)
2615	小室少室	綽	久五郎	裕卿	少室				山本北山	
2616	小森桃塢	義啓	玄良		桃塢・鶉齋	美濃	天保14	62		美濃守
	小森畫月	→雨森炎川 267								
2617	小森桃郭	義眞		文眞	桃郭	美濃	文政7	22		出羽介、桃塢男
	小宅	→オヤケ 1250～								
2618	小柳司氣太	司氣太				新潟	昭和15	71	鈴木愓軒	本姓熊倉氏、道教研究、學習院教授
	小山杉溪	→オヤマ 1252								
	小山春山	→オヤマ 1253								
2619	小山素朴	貞	惣右衛門-久右衛門		素朴	羽後	元文4	79		詩
2620	小山米峰	良介-丹藏-正武			米峰	柏崎	大正末		阪谷朗廬	本姓馬場氏、桑名藩士(塾寮長)(嘉永2生)
2621	小山猷風				猷風	下野	元治元	18		春山男
2622	小山養快	儀	小山屋作(半)兵衛	伯鳳	養快・瑯環(嬛)園(閣)	和泉	安永3	25	片山北海	藥種商、詩(混沌社)・文
	小山屋作兵衛	→小山養快 2622								
2623	小幕松麓	勉	丈助	勉之	晩翠園・松麓		文久元	39	大山融齋	詩
	木幡蘇門	→小幡蘇門 2579								

2624	巨勢　彦山	正純	大和守		彦山	江戸				幕臣、巨正純ト修ス
2625	巨勢　卓軒	正德・貞幹		子映	卓軒・彦仙	京都	元祿14		熊澤蕃山	禁裡大工頭中井大和守正純男、幕臣（大和守）、姓ヲ巨ト修ス
	古　愛日齋	→古屋愛日齋 5327								
	古　昔陽	→古屋昔陽 5329								
2626	古賀　穀堂	燾	文太郎・敬一・太郎右衛門・一左衛門・修理－藤馬	溥卿	穀堂・淸風堂（樓）・琴鶴堂（山人）・淸成堂・潛窩・頑仙・花顚	佐賀	天保7	60	古賀精里	本姓劉氏、精里長男、佐賀藩儒（佐賀・弘道館教授－江戸・明善堂・講武所教授）
2627	古賀　若皐	坤	太一郎・大一	元戴（載）	若皐・素堂・恒軒	佐賀	安政5	48	中村嘉田　昌平黌	穀堂次男、佐賀藩儒（弘道館教官・江戶）
2628	古賀　西湟	煒・安胤	助右衛門	晦卿	西湟	佐賀	天保3	52		精里次男、佐賀藩儒
2629	古賀　精里	樸	彌助	淳（涼）風	精里・復原樓・穀道	佐賀	文化14	68	福井小車　西依成齋	本姓劉氏、佐賀藩儒（弘道館教授）－幕府儒官（聖堂取締）、詩・文・書
2630	古賀　竹堂	千斯	精藏	鶴年	竹堂・虎范	佐賀	明治21		井内南涯	佐賀藩儒（弘道館訓導）－佐賀ノ儒者
2631	古賀　茶溪	增	謹（欽）一郎	如川	茶溪・謹堂・沙蟲・憂天生	江戶	明治17	69	古賀侗庵	本姓劉氏、侗庵男、幕臣（蕃書調所頭取等）
2632	古賀　朝陽	能遷	健道	仲安	朝陽	佐賀	天保8	65	弘道館	本姓劉氏、佐賀藩儒醫
2633	古賀　侗庵	煜	小太郎	季曄	侗庵・蠖屈居・古心堂・紫溟・羅日小軒・鷃咲子－默釣道人・愛月堂・萬餘卷樓	佐賀	弘化4	60	古賀精里	本姓劉氏、精里三男、幕臣（昌平黌教授）、詩・文
2634	古賀　龍巷	德潤	富次郎	公胖	龍巷	肥後	昭和7	73		熊本ノ教育者
2635	古城　坦堂	貞吉			坦堂	熊本	昭和24	84	竹添井々	支那文學者、東洋大教授
2636	古屋野　意春	元隣		德卿	意春・春山	備中	文化9	57	近藤篤山　田中意順	倉敷ノ儒醫（香山樓塾）
2637	兒島　常耕齋	景範	平十郎・平兵衛	宋文	常耕齋・天泐	江戶	享保10		木下順庵	加賀藩儒、詩

2638	兒島	星江	獻吉郎			星江・一枝巣	岡山	昭和6	(70)66	三島中洲	支那文學者、京城大教授
2639	兒島	石城	長年	堅藏・篸(三)二(次)・三郎・小三郎・備後〔介〕		石城・紅蓼・白櫻	赤穗	明治元	42	閑谷學校 廣瀬青邨	攘夷論者、篆刻
2640	兒島	草臣	庫之助(介)-強助	清宮雛助	矯・成矯	草(艸)臣・寸鐵居士・葦原處士・草原列士・失憂慨人・鐵迂人	宇都宮	文久2	26	山本焦逸 藤田東湖等	志士、姓ヲ小島氏トモ書キ手塚氏トモ稱ス
2641	兒島	中山	信	太郎左衛門	好古	中山	倉敷	弘化5	70		詩・歌・易
	兒島		↕小島 2548～・小嶋 2555								
2642	兒玉	旗山	慎	三郎・喜太郎	士敬・默甫	旗山・空々	加賀	天保6	35	坂井梅屋 頼山陽	京都ノ儒者
2643	兒玉	金鱗	寶-利貞		宗因	金鱗・梅庵・霽月堂	薩摩出水	寛延元	81	深見玄岱	薩摩藩儒、書・詩
2644	兒玉	晋庵	雅氏	貞(定)一郎	伯淹(俺)	晋庵	尾張	文久2	65		名古屋藩士(明倫堂典籍)、詩・文・歌
2645	兒玉	圖南	一鳳(鵬)	主右衛門	希雲	圖南	薩摩	寛保元		深見玄岱 室鳩巣	金鱗男、薩摩藩儒
2646	兒玉	南珂	琮	宗吾	玉卿	南珂(柯)	甲府	文政13	85	林鳳谷	本姓豊島氏、武州岩槻藩儒(遷喬館教授)
2647	兒玉	梅坪	珝		鳳翼	梅坪・風顚					本姓豊島氏
2648	兒玉	北溟	鯤	安藏	大魚	北溟・遂庵(莽)・古愚堂	越中			龜田綾瀬	詩(幕末-明治)
2649	虎	溪(僧)	義洞			虎溪		弘化2			僧・開塾、詩
2650	高麗	東駒	大記		櫻陰	東駒	武藏	明治33	75		高麗神社神官、開塾
	湖	安	→多湖柏山 3583								
	湖	玄室	→多湖松江 3581								

	湖　玄岱	→多湖柏山 3583								
	湖　玄甫	→多湖玄甫 3580								
2651	五　岳(僧)	聞慧		五岳(嶽)	古竹		明治26	83	廣瀨淡窓	俗姓平野氏、豊後昌願寺住持、畫・書・詩
2652	五井　鶴城	守篤		子静	鶴城	江戸				江戸ノ儒者(文化)
2653	五井　持軒	守任(仁)・主任	[四書屋]加(茄)助		持軒	大坂	享保6	81	中村惕齋 貝原益軒	本姓藤原氏、蘭洲父、大坂ノ儒者(四書屋)－郡山藩儒
2654	五井　蘭洲	純禎	藤九郎	子祥	蘭洲・洌庵・梅塢・洲庵・杲塢	大坂	寶曆12	66	五井持軒	本姓藤原氏、持軒次男、懷德堂助教－津輕藩儒
2655	五弓　雪窓	久文	豊太郎・劇淫生	士(子)憲	雪窓(牕)・迂樵・清々舍主人・陶癖・偏愛菊道人・晩香(館)主人・壽龜精舍・桃屋樓・游心亭	備後	明治19	64	後藤春草 齋藤拙堂等	本姓石岡氏、祠官・福山藩士(誠之館教官)、『事實文編』ノ編修
2656	五代　五峯	秀堯	直左衞門・乾坤獨步學		五峯					鹿兒島藩儒(江戸後期)
2657	五島古經樓	慶太			古經樓	長野	昭和34	77		大東急記念文庫
2658	五島　赤水	惠迪(廸)・必賀	一彦・逸藏・逸玄	文敏・之辭	赤水	播磨	文化7	59		大坂ノ儒醫、詩・文・書
2659	五島　必賀	必賀(智)		子祥		大坂	(文化4以前)			赤水次男、姓ヲ五嶋トモ書ク
2660	五味　玄隣	貞於		子安	玄隣	越前				本姓齋藤氏、醫・詩(天明)
2661	五味　釜川	國鼎	貞藏	伯(泊・白)耳	釜川	甲斐	寶曆4	37	太宰春臺	甲斐ノ儒醫、詩
	五龍　二郎	→谷口王香 3853								
	吳	↕クレ 2462～								
	吳　梅處	→紅林梅處 2464～								

	呉 穆翁	→五十嵐穆翁 362								
	後島 友鷗	→成田頼宣 4536								
	後藤 鶴齋	→成田頼宣 4536								
2662	後藤 九皐	俊實		世樸・英卿	九皐	陸前	文化15	29		陸前米谷村主高泉氏臣、詩・文
2663	後藤梧桐庵	光正(生)	太仲(冲)	梨春	梧桐庵	江戸	明和8	75		
2664	後藤 衡陽	敏	香四郎	求之	衡(衝)陽					京都ノ儒者(明和・天明)
2665	後藤 艮山	達・養達	左(佐)一郎・三五郎・彦兵衛	有成	艮山・養庵	江戸	享保18	75	林 鳳岡	本姓藤中氏、醫儒
2666	後藤 芝山	岩之助・幸八郎—世鈞	彌兵衛	守中	芝山・竹鳳(風)・茂齋・玉來山人	讃岐高松	天明2	62(60・63・64)	林 榴岡 昌平黌	高松藩儒(講道館總裁)、姓ヲ藤ト修ス(私諡)敬忠
2667	後藤小芝山	昨(師)張	小三郎	厚甫	小芝山	高松	天明6	18	後藤芝山	芝山次男
2668	後藤 松陰	機	俊(春)藏	世張(弘)	松蔭・兼(鎌)山・春草	美濃大垣	元治元	68	菱田毅齋 頼山陽	篠崎小竹女婿、大坂ノ儒者(廣業館)、詩
2669	後藤 松窩	權八—忠彬・彬	半藏	子文	松窩	筑後久留米	文久元		福岡藩黌 昌平黌	久留米藩士、詩
2670	後藤 松軒	進	松進・松野(之)勾當—池澤邑舒嘯		松軒	大坂(三河)	享保2	86(87)		盲人、醫—會津藩儒(江戸—會津)—武藏ノ儒者、姓ヲ松野(之)・池澤邑トモ稱ス
2671	後藤 椿庵	省庵・省	仲助(介)	身之	椿庵・仲庵	京都	元文3	43(42)		艮山次男、醫(後藤流)
2672	後藤 東庵	彌仲—謙	良藏	益甫・甫益	東庵・松軒	筑後久留米	大正6	81	廣瀬淡窓 安積艮齋等	松窩養子、久留米藩儒(明善堂講釋方)—福岡師範學校長
2673	後藤 柏園	恭	薫平	子恭	柏園	豐後	天保11	41	帆足萬里	文、藏書家
2674	後藤 默齋	彌太郎—師周	彌右衛門	元茂	默齋	讃岐	文化12	57	柴野栗山	芝山長男、高松藩儒(講道館總裁)

2675	上月	鶴洲	信敬	丹藏	信敬	鶴洲・專庵・瓊洲	尼崎	寶曆2	49	山本復齋	大坂ノ儒醫、神道・詩
2676	公	巖(僧)	公巖				越後	文政4	64	皆川淇園	眞言宗僧(謚)海德院
2677	勾田	台嶺	寬宏		文饒	台(臺)嶺・存齋・存藻(艸)堂	尾張			中村竹洞	詩・畫(文政2在世)
2678	孔	思潛	思潛		孔彰		播磨				
2679	孔	珠溪	德	祝次－萊藏	之容	珠溪	豐後	明治22	66	廣瀨淡窓	本姓長野氏、穴井氏養子、豐後ノ儒者(石園學舍)
	孔	生駒	→日下生駒 2368								
	孔	文雄	→日下生駒 2368								
2680	甲賀	玩鷗	象	榮助－總左衞門	伯魏	玩鷗・鶴汀・闌文老隱	備中	文化8	76	南宮大湫 江村北海	賀象ト修ス
2681	甲把	南巣	長恒		瑞繹	南巣	津	安政元	67		津藩儒
	功力		→クヌギ 2407								
	向	榮	→向山黃村 5961								
	向	黃邨	→向山黃村 5961								
	江	秉通	→入江若水 834								
	江	玄圃	→大江玄圃 1304								
	江	思齋	→掘江思齋 5412								
	江	初	→江崎東軒 1084								
	江	忠囿	→入江南溟 840								

岡 ↔オカ 1510〜

岡 芸亭 →片岡芸香亭 1846

岡 正英 →片岡芸香亭 1846

岡 稚川 →岡本稚川 1615

岡 仲錫 →岡井嵰洲 1532

岡 白駒 →岡部龍洲 1598

岡 豹 →岡田寧處 1577

2682 幸田 子善 誠之−精義 善太郎 子善 道安（法號） 寛政4 73 三宅尚齋 稲葉迂齋等 本姓藤原氏、幕臣（私謚）穆靖先生

2683 幸田 成友 成友 三願樓（書屋） 昭和29 82 露伴弟、藏書家

河津 →カワヅ 2075〜

河野 →カワノ 2081〜

河本 →カワモト 2116〜

2684 香月 牛山 則眞 啓益 牛山・貞庵・被髪翁 元文5 85 醫

2685 香坂 衡山 昌直 登 衡山 天保4 古賀精里 米澤藩儒（興讓館總監）

2686 香渡 默齋 正重 晋 默齋・矢川 伊豫 明治35 73 兒玉暉山 近藤篤山等 新谷藩士、勤皇家

神代 →カミシロ 1948

神山 →カミヤマ 1956

	高	惟馨	→高野蘭亭 3653								
	高	彜	→高階暘谷 3625								
	高	頤齋	→深見頤齋 5189								
2687	高	雲外	鋭	鋭一	子敏	雲外・香雨・獨嘯	徳島	明治28	63	篠崎小竹・坂井虎山等	徳島藩士（蘭學・儒學教授ヲ兼ネル）、詩・文、自殺
2688	高	圓陵	啓			圓陵					越前ノ儒者（天明2・69在世）
2689	高	葛坡	峻	嘉右衛門・小左衛門	伯起・維岳（嶽）―道昂	葛坡（山人）・伊齋・伊宥	伊勢（大坂）	安永5	53	石島筑波	其先明人、大坂―下總葛飾―京都ニ住ム、後王氏ヲ稱ス、（私諡）麗明
	高	玄岱	→深見天漪 5191								
	高	克明	→高橋道齋 3681								
	高	子式	→高野蘭亭 3653								
	高	浚	→西野桂皐 4634								
	高	泉溟	→高志泉溟 3620								
2690	高	大誦	大誦				長崎	寛永中			明人籌覺男、長崎譯官、姓ヲ深見トモ稱ス
	高	天漪	→深見天漪 5191								
	高	敏愼	→高橋華陽 3656								
	高	芙蓉	→大嶋芙蓉 1362								
	高	浦里	→高楊浦里 3702								
	高	無二	→高階暘谷 3625								

高　暘谷　→高階暘谷 3625

2691 高　蘭亭　淡　子清　蘭亭　阿波　弘化2　48　シーボルト　本姓山本氏、明石藩儒

高　蘭亭　→高野蘭亭 3653

高　蘆屋　→高安蘆屋 3701

2692 高齋　單山　有常　精一　子恒　單山・三餘堂　信濃　明治23　73　卷　菱湖　本姓瀧澤氏、書・詩

高子　先生　→熊坂台州 2422

高野　→タカノ 3644〜

2693 高良　陶齋　養　仲頤　陶齋・息心齋(居士)・清暉閣・枸杞園　長崎　天明6　74　竺庵淨印　其ノ先明人、姓ヲ深見氏トモ稱ス、大坂-堺ノ書家、趙陶齋ト稱ス

高麗　→コマ 2650

2694 高力　雙石　一貫　惟一郎　忠卿　雙石・畏齋　平戸　文久元　33　平戸藩儒、詩・畫・書

皐　容　→澤邊東谷 3011

黄　雲安　→横田石痴 6452

廣津　→ヒロツ 5145〜

興　夏岳　→新興夏岳 4581

興　蒙所　→新興蒙所 4583

合　斗南　→細合斗南 5371

合　離　→細合斗南 5371

合原 ↓アイハラ 47

2695 鄕 東岡 實元 新兵衛 子長 東岡 美濃 天保14 82 岡田新川 詩・書

谷 箕山 ↓熊谷箕山 2415

谷 玄圃 ↓横谷藍水 6461

谷 友信 ↓横谷藍水 6461

谷 ↕タニ 3826〜

國 思靖 ↓國造塵隱 2403

國造 ↓クニツクリ 2403

2696 國分 松洲 章 平藏 子章 松洲 仙臺藩士(江戸)

2697 國分 青厓 高胤 子美 青厓(涯)・太白山人(房)・言志閣(主) 仙臺 昭和19 (5688) 岡鹿門 作並鳳山 詩

2698 國分 東野 義胤 五郎 東野(居士)・吾樓學人・如水軒・巖舟漁者・毅三一 下野都賀 明治41 77 大田玄齡 大橋訥庵 下野ノ儒醫、尊攘論者、姓ヲ國府トモ書ク

2699 國府 犀東 種德 犀東 金澤 昭和25 80 詩

2700 越 元仲 元仲 河內 漢學(江戸中期)

越 ↕エツ (1122)

2701 近衞 家熙 增君—家熙 吾樂軒・昭々堂・虛舟子・墨如・青々林、物外樓主人(出家後)豫樂院・眞覺虛舟 京都 天文元 70 本姓藤原氏、關白大政大臣、『大唐六典』ノ出版

2702 狛井 文溪 壽 曾夫 文溪 寶暦9 60 京都ノ儒者

2703 駒井 鶯宿 乘邨 忠兵衛 君聚 鶯宿・春院・梅軒・喜叟 弘化3 81 本姓田中氏、桑名藩士

2704	駒井	白水	一清	忠藏	子泉	白水	安藝	寛政5	39	香川南濱 廣島藩黌	廣島藩士・南濱家塾(修行堂)
2705	駒井	晩翠	重倫	多忠	理卿・岱宗	晩翠・玉山・麗澤堂主人		天保5	26		本姓南合氏、桑名藩士、詩・書
2706	駒澤	晏窓	利廉	冲之丞	士平	晏窓・撫松		明治8	87	古賀精里 頼山陽等	本姓服部氏、篠山藩士(振德館教授)
2707	米谷	金城	寅	次郎・大坂屋次郎八	子(一)虎	金城・桃邱・似月堂	山城伏見	文政7	67	皆川淇園	本姓平尾氏、伏見ノ商人、京都ノ儒者
2708	米谷	春里	元善	辰次郎		春里	筑後	明治33	59	廣瀬淡窓	福岡ノ儒者(青莪堂)
2709	近堂	克堂	杢			克堂	三重	昭和40	81		詩
2710	近藤	寡齋	勝直	彦勝—東作		寡齋	丹波	明治12(13)	62	奥平棲遲庵	綾部藩士(篤信館總督)
2711	近藤	峨眉	正信・義鄰	正平・敏	國寶・季德	峨眉山人	京都(周防)	寛政中			本姓藤原氏、京都ノ書家、滕正信ト修ス
2712	近藤	簣山	春壽		積中	簣山	伊豫	明治21	77	猪飼敬所	小松藩儒
2713	近藤	巨四	正麗・忠睡・清石	小十郎・虎十郎・四郎・登一郎	白華	巨四・巨芝・霜堤		大正5	84	近藤芳樹 土屋蕭海	本姓大玉氏、萩藩士(山口皇典講究所教授)
2714	近藤	浩齋	祇良—主靜	彦(泰)三郎		浩齋・感亭・受敬堂	美濃今尾	萬延元	80	中村習齋	美濃ノ儒者(受敬堂)—今尾藩儒
	近藤	齋宮	→大嶋芙蓉 1362								
2715	近藤	正齋	圓次郎—守重	吉藏—重藏	子厚・勝重・藤厚	正齋・芙蓉道人・昇天眞人・翠中軒・知新庵	江戸	文政12	59	山本北山	幕臣(御書物奉行)、探檢家、私塾(白山義學)
2716	近藤	西涯	篤	六之丞	子業	西涯	岡山	文化4	85	河口靜齋	岡山藩儒、詩・文
2717	近藤	潛菴	士專	順三郎	達卿	潛菴(庵)・蘇堂	伊勢	慶應4	56	齋藤拙堂 篠崎小竹等	本姓太田氏、富山ノ醫儒
2718	近藤	淡泉	昌門	英助	子中	淡泉	肥後	嘉永5	79	辛島鹽井	熊本藩儒醫(時習館教授)
2719	近藤	棠軒	元隆	作藏・大作	正公・公盛	棠軒・甘棠軒・敬齋	江戸	文政8	33		本姓藤原氏、武藏忍藩儒(進修館教授)

2720	近藤 藤堂		鼎助		藤堂	福井	天保8		賴 山陽	福井藩士、北國山陽ト稱サル
2721	近藤 篤山	春崧・敏	大八郎・新九郎─高太郎	金作・駿甫・愼甫	篤山・竹馬・勿齋・尋芳堂・五友園・日茅亭	伊豫	弘化3	81	尾藤二洲	本姓高橋氏、高橋坦齋男、三品容齋兄、小松藩儒（養正館教授・伊豫聖人）
2722	近藤 南海	春熙	勇（竹）之助	光風	南海・霞石・淸世一閑人	伊豫	文久2	56	越智高洲 昌平黌	篤山男、小松藩儒（養正館教授）
2723	近藤 南州	元粹		純叔・宜笑	南州〔外史〕・螢雪軒・猶興書院	伊豫	大正11	73	芳野金陵	大坂ノ儒者、詩
2724	近藤 南門	時憲	素右衛門	章卿	南門堂					京都ノ儒者、書、刀劍鑑定、藤時憲ト修ス（寛政）
2725	近藤 風興	雅家	安左衛門・左司馬	甫寛	風興・風興坊魯竹	羽後院内	嘉永元	83		鄕校（尚德書院）教授、句
2726	近藤 瓶城	宗元	元三郎─圭造	君元	瓶城・省齋	三河岡崎	明治34	70		本姓安藤氏、岡崎藩儒─出版業『史籍集覽』ノ刊行
2727	近藤 名洲	元良	廣吉・平作	平格	名洲・安樂閑人・南松山人・州南處士・二名嶋處士	伊豫	慶應元	69	大高坂芝山	心學者（六行舍教授）
2728	近藤 抑齋	守正	顧一郎	士進	抑齋					京都ノ儒者（文化）、藤守正ト修ス
2729	近藤 蘆隱	舜政	源二（次）郎	淳民・浮民	蘆隱	江戸	寛延3	63		幕臣（御書物奉行）、滕淳民・藤蘆隱・藤（滕）舜正ト修ス
	金 →キン 2323〜									
	金剛 五郎 →大田愚溪 1375									
2730	金地院崇傳	崇傳		以心	圓照本光國師		寛永10	65		俗姓一色氏、南禪寺長老、幕府參與
	根 遜志 →根本武夷 4674									
	根 伯修 →根本武夷 4674									
	根 武夷 →根本武夷 4674									
	紺野九郎〔左〕衞門 →柏 夢江 1834									

2731	權田	玄常	源之丞－直助			玄常・名越舍	武藏入間	明治20	79	安積艮齋	醫・神官、私塾(名越舍)
2732	權藤	延陵	直		大民	延陵	久留米	天保13	61	龜井南溟 華岡青洲	久留米ノ儒醫
2733	權藤	松門	直	暹三郎	士強	松門・秋溪・如雲	久留米	明治39	79	廣瀬淡窓 坂井虎山	延陵三男、久留目藩儒醫

〔さ〕

	姓	號	名	通稱	字	號	生地	沒年	享年	師名	備考
2734	三枝	愚庵	壽	鼎助	百年	愚庵	信濃				詩(江戸・文化)
2735	小筱	東海	敏・御野	十助(郎)・道沖・大記	興龍・德卿	東海・筱(篠)舍・轡龍・究學居	石見	享和元	74	松崎觀海 本居宣長	本姓田淵氏、姓ヲ小篠氏トモ書ク、三河岡崎藩儒醫－石見濱田藩士、書・歌、姓ヲ筱・篠ト修ス
	左	子岳	→佐々木魯庵 2788								
	左	文山	→佐々木文山 2780								
	左	魯庵	→佐々木魯庵 2788								
2736	左合	龍山	九成	大進	元鳳	龍山	岐阜	寶暦4	26		詩・書、姓ヲ左ト修ス
	佐	章	→佐野山陰 2852								
	佐	坦藏	→吉田篁墩 6486								
2737	佐	東洲	潤	文介	君澤	東洲	江戸	文化11			書
2738	佐伯	羽化	眞滿		達也	羽化	羽後	明治27	51		宮城縣吏、詩・書
2739	佐伯	櫻谷	有清	大作	種德	櫻谷	越中	安政5		昌平黌 佐藤一齋	富山藩士(廣德館儒官・富山－江戸)、詩
2740	佐伯	孝思	孝思		子則		江戸		32	細井平洲	

2741	佐伯鍾山	有融・融	新五右衛門	昭卿	鍾山	富山				北溟(富山藩儒)男、富山藩儒(廣德館訓導)(江戸後期)
2742	佐伯棠園	有穀(穀)	順藏	孔美	棠園	富山	嘉永2	62		本姓和田氏、鍾山養子、富山藩儒
2743	佐伯寧	寧	萬助	公靜		富山				芙蓉樓姉夫
2744	佐伯芙蓉樓	樸	八兵衛	季艧	芙蓉樓	富山			江村北海	富山藩士、詩(寛政18以前沒)
2745	佐伯容齋	惟忠	左藤次		容齋					京都ノ儒者(文化)
2746	佐河田昌俊	昌(正)俊	喜六		默々庵(翁)・俊瓢居士・壺齋山人・不二山人・臥輪子・酬恩庵・懸(掛)壺居士・薪里		寛永20	65	林羅山	本姓高階氏、歌人、姓ヲ佐川田トモ書ク
2747	佐久節	節					昭和36	80		漢文學、斯文會
2748	佐久間英	英	七三郎	太彦		福井				間英ト修ス
2749	佐久間華郁	安國	鼎	節夫	華郁	上總			藤森天山	素封家、詩(江戸後期)
2750	佐久間義方	辰之助–義方	喜内	共之・子直		仙臺	寶永元	28	遊佐木齋 上野景資	洞巖長男、仙臺ノ儒者、書
2751	佐久間鴻齋	思孝	新藏	其德	鴻齋・樫園					詩(江戸・天保)
2752	佐久間思齋	義齋	佐兵衛		思齋・龍園	長門		32	會澤正志齋	山口藩儒、蛤御門ノ變(元治元)ニ坐ス
2753	佐久間商山	廣典	平兵衛	子和	商山	江戸			細井廣澤	書(江戸・天保)
2754	佐久間泉臺		德太郎–多助		泉臺	上總	明治23	78	奥平棲遲庵	本姓眞行寺氏
2755	佐久間象山	國忠・啓・大星・衡樹	啓之助–修理	子迪・子明	象山・滄浪・養性齋・觀水・清虛・懷貞・碧樐	信濃松代	元治元	54	佐藤一齋 江川坦庵	本姓平氏、江戸ノ儒者(五柳精舍)松代藩儒、海防論者、平啓ト稱ス
2756	佐久間太華	盛明・包照	作之進–立僊(仙)	文明	太(大)華	讚岐	天明3			丸龜藩儒
2757	佐久間東川	富助–順助・茂・茂之	甚八・木殿	思明	東川・吏隱亭	江戸	寛政12(1012)	70	高野蘭亭	本姓平氏、幕臣、書

2758	佐久間洞巖	梅之助-義和	丁德・彦四郎	子巖	洞巖(嵒・嵓)・容軒・太白山人	仙臺	元文元	84	遊佐木齋	本姓新田氏、親重男、源氏ヲ稱ス、仙臺藩儒、詩・畫
2759	佐久間佩玉	綏		伯符	佩玉	京都	明治12			
2760	佐久間夜雨亭	維章		文爾	夜雨亭	肥前島原	寛政11	56	安達淸河	島原藩侯侍講(江戸)
2761	佐久間熊水	欽	英二	士(子)文	熊水・東里	岩代守山	文化14	67	齋藤東海 鵜殿士寧	江戸ノ儒者
2762	佐久間立齋	高方(常)・健・光風・高洋	權平-庄左衞門		和風・立齋・東野散人・獨立齋	大和郡山	寛保元	81	山鹿素行	水戸藩儒(彰考館)、兵學
	佐久良芳太郎	→櫻　月波 2959								
2763	佐々　十竹	宗淳	島之助・助(介)三郎・島介	子朴	十竹齋(剃髮後)祖淳	讃岐	元祿(12)11	59	朱　舜水	本姓良岑(峯)・丹羽氏、黄檗宗僧(還俗)水戸藩儒(彰考館總裁)
	佐々　正之	→丹羽正雄 4576								
2764	佐々　泉翁	泉	禮藏-泉右衞門	如是	泉翁・樂軒・樂庵・白水	石見濱田	明治19	77	猪飼敬所 賴　山陽 等	本姓小篠氏、東海男、奥州棚倉藩儒-川越藩儒
2765	佐々木晦山				晦山	江戸				文山男、書
2766	佐々木琴臺	世元	源三郎・良輔・帶刀	長卿	琴臺・仁里・彩瀾・淡海	近江	寛政12	(55)57	種村箕山 松永淵齋 等	本姓源氏、初メ和田氏、京都-江戸ノ儒者、詩・天文・兵法
2767	佐々木愚山	溥		子淵	愚山・十二峰小隱	陸前	明治29	74		足利學校都講-安中藩儒-私塾(白鳥洞)
2768	佐々木向陽	玷・景衡	並枝	圭(瓊)甫	向陽		文久3	63	辛島鹽井	本姓直木氏、周防ノ儒者-長門宇部鄕校晩成堂學頭-邑學菁莪堂教授
	佐々木志津磨	→佐々木靜庵 2774・澤井穿石 2990								
2769	佐々木儒山	成式			玄意・榮壽堂-壽山		安政3	73		本姓高杉氏、盛岡藩儒醫
2770	佐々木縮往	次郎	平太夫	沕眞	縮往		享保19	86		萩藩儒醫、畫
2771	佐々木松巖	毅			松巖		明治18	51		京都ノ儒者

2772	佐々木嘯堂	容	正藏	子申	嘯堂	尾張	文政4	60	細井平洲	名古屋藩儒
2773	佐々木星峽	熊	省吾	士璋	星峽	安藝	明治初		末田重邨	廣島ノ儒者、書
2774	佐々木靜庵	直信	七兵衛・七右衛門・志津(頭)磨	惠林	靜庵・松竹堂(剃髪後)專念居士(翁)	加賀	元祿8	77	藤木敦直	加賀藩士、書(志津磨流)(京都)
2775	佐々木雪峰	鏗	裕四郎	曾瑟	雪峰	美作	明治6	64		津山藩士-美作ノ儒者(育英社)、文・書
2776	佐々木專林	春	志頭磨	專林	松竹堂	京都	寛保元	56		大坂ノ書家
	佐々木坦藏	→吉田篁墩 6486								
2777	佐々木池庵	玄龍	萬次(二)郎	煥文(甫)・行	池庵	江戸	享保8	74		本姓田中氏、文山兄、幕府儒官、書
2778	佐々木獨往	利綱	圖書		獨往・獨德	伊勢	享和2		伊藤東所	本姓源氏、伏見宮家侍醫-伊勢ノ儒醫
2779	佐々木晩山	定賢	左門・左兵衛	汝儉	晩山		享保12	74	室鳩巣	本姓源氏、六角氏トモ稱ス、加賀藩士
2780	佐々木文山	襲・淵龍・臥龍	百助	文山	文山・墨華堂	江戸	享保20	77		本姓源氏、池庵弟、讃岐高松藩士、書、姓ヲ佐ト修シ左文山ト稱ス
2781	佐々木聞可	孝政	幹右衛門		聞可		延享4	77		九條家侍講-江戸ノ儒者-越後村上藩賓師
2782	佐々木方壺	禮	槍之助	伯高	方壺山人	明石	天保4	餘70	龜井南溟	木曾福島山村氏儒、詩・書、渡邊禮司ト稱シ、邊禮トモ修ス
2783	佐々木蘭嵎	養三[郎]-知芳(方)	仲(中)澤	仲蘭・國春	蘭嵎		弘化3	57	大槻玄澤 馬場轂里等	仙臺藩醫(醫學館教授)、詩・文・書・畫
2784	佐々木柳庵	寛-延之-重之	七右衛門-鐵三郎-六大夫	子容-叔卿	柳庵(莽・菴)	水戸	明治4	56		本姓青山氏、拙齋三男、佐々木氏養子、水戸藩儒(弘道館訓導)
2785	佐々木柳所	公明	内藏人	伯章	柳所					京都ノ儒者(文化)
2786	佐々木龍原	俊信		逸平	龍原・鹿野山人・逍遙・其園	周防 鹿野	寛政12	51	小倉鹿門	本姓國重氏、萩藩儒(明倫館講師)
2787	佐々木良齋	長秀・秀長	文次郎・四郎三郎・備後守	茂伯	良齋		天明7	85		本姓源氏、後、吉田氏モ稱ス、幕臣(天文方-御書物奉行)

2788	佐々木魯庵	鳳		子岳(嶽)・士詢	魯庵・海門	京都	嘉永3(安政3)	63	龍草廬	文山兄、書・詩(混沌社)
2789	佐々木蘆峯	正彬	文藏		蘆峯		天明5	67		京都ノ儒者
2790	佐々原梅操	宣明	久吉-數馬	君明	梅操・椥軒・衡明・播璵堂	大坂	安政2	23	春田古處・藤澤東畡等	江戸ノ儒者、詩・文
2791	佐治省軒	爲善			省軒・鶴城	伊勢	昭和10	78		桑名藩士、詩・書
2792	佐治竹暉	毘・毗	理平次	希辛	竹暉・鶉巣子	紀伊新宮	享保3	42	李一陽・木下順庵	水戸藩儒(彰考館總裁)
2793	佐治梅坡	爲秀(周)	治(次)太郎	召南	梅坡・東嶺	會津	明治20	48	會津藩黌	會津藩士-會津ノ儒者-福島師範學校教授、文
2794	佐瀬方齋	君方・伯連	剛太郎・三郎兵衛・尙一郎・平八郎・主計		方齋・苞齋・葦名大道・東の大道・黄鳥亭聲音		天保10	74	細井平洲・冢田大峯	陸中一ノ瀬藩家老(江戸)、句
2795	佐善元齡	元齡	清八・清藏	子質		但馬	文政2	74		本姓西谷氏、禮耕養子、鳥取藩儒
2796	佐善松溪	元熙	小次郎・源之亟		松溪	鳥取	安永2	70		本姓源氏、雪溪養子、津藩儒(江戸)
2797	佐善雪溪	元恭	二(次)郎・三郎	新九郎	雪溪	鳥取	延享2	90		本姓源氏、佐竹氏トモ稱ス、鳥取藩士-江戸ノ儒者-津藩儒(江戸)
2798	佐善舫山	元立	修藏	子達	舫山	鳥取	明治19	59	篠崎小竹・河田屏淑	鳥取藩儒
2799	佐善禮耕	萬吉郎-元雅	源(新)三郎・新平・半左衛門・新九郎		禮耕	鳥取	明和8	78	佐善雪溪	雪溪甥、鳥取藩儒(尙德館學職)
2800	佐田竹水	大道・直温	修平		竹水・直道	久留米	元治2	68	樺島石梁・昌平黌	久留米藩儒(明善堂講師)、詩(大來社)
2801	佐田白茅		素一郎		白茅	久留米	明治40	76		竹水弟、久留米藩儒-史談會、勤皇家
2802	佐渡山梁	在邦	達太郎・三龍・三良・養順	達夫	山梁・詩癡(痴)・葆齋・葆光齋	越中高岡	明治11	59	小石秋巖・昌平黌	高岡ノ醫、詩(娯兮吟社)
2803	佐藤靄村	貞	周策	子幹	靄村	豊後府内	安政中	43	竹内豊洲	本姓大渡氏、府内藩儒

2804	佐藤 維周	維周	治平・治兵衛	楨卿	安樂廬	秋田	文政9	68	龜田鵬齋	矢島藩士
2805	佐藤 一齋	信行—坦	幾久藏—捨藏	大道	一齋・愛日樓・老吾軒・百之寮・風自寮・惟一齋・靜修所・東暖樓・惟精廬	江戸	安政6	88	中井竹山・皆川淇園等	文永次男、岩村侯儒—幕府儒官
2806	佐藤 雲韶				雲韶					牧山養子、愛知師範學校・名古屋高女教諭
2807	佐藤 延陵	貞吉	龍如・龍之進		延陵・東山	日向				延岡藩儒醫(江戸後期)
2808	佐藤 應渠	元萇・萇		賜萇	應渠	會津	明治30	80	高津淄川・羽生賢了等	會津藩儒醫—幕府醫官(醫學館教授)、詩
2809	佐藤 桂陰	養	虎一	君正	桂(圭)陰・直養齋・愛蓮	江戸				詩(安政)
2810	佐藤 敬庵	惟孝	新介	士(子)友・經卿	敬庵・冬嶺館	江戸	寶曆5	73		江戸ノ儒者
2811	佐藤 硯湖	誠	實吉	思誠	硯湖・尚古齋・彫嵓居・研湖散人	越前	明治23	60		詩・篆刻
2812	佐藤 謙齋	就正	彦八		謙齋	備後福山	延享4			本姓山脇氏、直方男(江戸)
2813	佐藤 玄雪	輿	小雪	小衡	玄雪・隨所・種德堂・花結實詩屋		明治3			醫・詩
2814	佐藤 固庵	實祐・惠	半七・長之進・文右衛門	自大(天)・迪甫	固庵・松洞・醒軒	熊本	享保8	41	安東省庵・佐藤竹塢	本姓草野氏、竹塢男、潭水養子、熊本藩儒
	佐藤 剛齋	→佐藤直方 2828								
2815	佐藤 穀山	煥章		子文	穀山	越後	文化元	65		
2816	佐藤 主松		主松			羽後		24	朝川善庵	桶屋、(江戸後期・江戸)
2817	佐藤 周軒	廣義	勘平—塵也		周軒—塵也	江戸	寛保元	77	後藤松軒	一齋曾祖父、岩村藩儒(江戸)
2818	佐藤 舜海	尚中		泰卿	舜海・笠翁	佐倉	明治15	56	寺門靜軒・佐藤泰然	本姓山口氏、泰然養子、佐倉藩儒—大學大博士
2819	佐藤 松溪	延昌	量平・量二郎	仲卿	松溪	水戸	嘉永6	43		青山拙齋次男、佐藤中陵養子、水戸藩儒

2820	佐藤 蕉廬	信古	彦吉－次左衛門	子老	蕉廬・殘翁・殘夢・瓢渠山人	江戸	明治12	73	小山田與淸	幕臣、藏書家、詩・書・歌
2821	佐藤 西山	敎－熙	重二郎－廣右衛門	士讓	西山	越後新潟	明治元	57	松川癡堂 成島東嶽	本姓小林氏、和田天山弟、北方調査
2822	佐藤 節齋	登			節齋					武藏川越藩儒
2823	佐藤 雙峯	精明			雙峯	磐城	昭和12	91	安井息軒	福島・宮城縣ノ敎育者
2824	佐藤 泰然	泰然				江戸	明治5			本姓田邊氏、佐倉ノ儒者
2825	佐藤 竹塢	直方・鈞	半七・春竹	之有	竹塢－兼山・北海・安節	越後	寶永5	62	林　家	熊本藩士、蘭醫、姓ヲ藤ト條ス(江戸)
2826	佐藤 中陵	成裕	平三郎	子綽	中陵・莠義(莪)堂・温故齋・菁(靑)莪堂	江戸	嘉永元	87		水戸藩士(弘道館本草教授)、本草家、滕成裕ト稱ス
2827	佐藤 長裕	萬壽雄－長裕	元輔	元益		桑名	慶應4		秋山白賁堂 昌平黌	桑名藩儒
2828	佐藤 直方	彦七－直方	五郎左衛門－三郎左衛門－五郎左衛門		剛齋・蜂松軒	備後福山	享保4	70	永田養庵 山崎闇齋	江戸ノ儒者(多クノ大名ニ招サレル)、號ヲ剛齋トスルハ誤リノ説アリ
2829	佐藤 椿園	信淵	百祐(助)	孝伯・玄(元)海	椿園・玄明窩・松庵・祐(融)齋・磐(萬)松齋	秋田	嘉永3(明和4)	82(84)	宇田川玄隨 平田篤胤	本姓藤原氏、農學經濟
2830	佐藤 東齋	惟春			東齋	江戸				江戸ノ儒者(江戸後期)
2831	佐藤 梅軒	憲欽	勘解由	元謨	梅軒	秋田	明治26	68	大平龜陰 安積艮齋等	龜田藩儒(長善館學正)
2832	佐藤 栢堂	雄・相和		飛卿・元達	栢堂	信濃				(天保・早世)
2833	佐藤不除軒	幹員	吉太夫	士(子)文	不除軒・杞菊園(軒)	伊勢山田	天保中		菅　茶山	富豪、詩・茶道
2834	佐藤 復齋	尙志	八右衛門		復齋	江戸	寬政3	43	野田剛齋 幸田誠之	越後新發田藩儒(道學堂教授)
2835	佐藤 文永	信由	勘平	壹卿	文永	江戸	文化11	87	服部南郭 佐々木文山	松平能登守老職
2836	佐藤 懋德	懋德	松五郎	道益			文化14	57	幸田誠之 稻葉默齋	復齋末弟、越後新發田藩儒(道學堂教授)

2837	佐藤卜庵		朴庵・丹嶺・守一・獨笑庵	如愚		善光寺	天保8			詩・文・俳諧
2838	佐藤牧山	楚(素)材	十郎・三右衛門・惣右衛門・小十郎	晋用・晋明	牧山・雪齋	尾張	明治24	91	河村乾堂・昌平黌	江戸ノ儒者―名古屋藩儒(明倫堂教授)―名古屋ノ儒者―東京ノ儒者(斯文會)
2839	佐藤用之助	用之助				川越				川越ノ儒者―川越藩儒(明和)
2840	佐藤蘭齋	國		子野	蘭齋	仙臺	天明7	72	太宰春臺	儒醫、書
2841	佐藤蘭山	公忠		伯敬	蘭山・雙竹園	名古屋	寛政12	42		尾張ノ醫―京都ノ儒者
2842	佐藤六石				六石		昭和2	64		
2843	佐藤立軒	梘・棍	新九郎	亦光	立軒	江戸	明治18	64	青山拙齋	一齋三男、東叡山宮侍讀
2844	佐藤龍谷	親安	敬助	仲和	龍谷	越前鯖江	文政10	79	草野潛溪	本姓辛島氏、肥後高瀬ノ儒者―熊本藩儒(時習館句讀師)
2845	佐藤麟趾	成知	兵助	子圓	麟趾・北山隱士	陸前	天保5	72	山田靜齋	本姓松本氏、仙臺藩士、易
2846	佐野皆雲	信成	嘉兵衛	義卿	皆雲	伊勢	明治17	70		竹亭男、藤堂侯儒―久居藩士
2847	佐野煥	煥・愌	文郎			阿波	明治23		齋藤鑾江	大和五條ノ儒者
2848	佐野琴壑	元璋	大介	世瑞	琴壑(嶽)	備中	文化8		湯淺常山・林述齋	岡田藩儒(教學館教授)
2849	佐野琴嶺	元方	小介(助)・元一	子順	琴嶺	備中	萬延2		神吉主膳・安積艮齋	琴壑孫、岡田藩儒(教學館教授)
2850	佐野玄峰	俊明		方德	玄峰・孤峰・穆翁	越後	天明9	81	山崎闇齋	
2851	佐野光明	光明	竹之助			水戸	萬延元	22		水戸藩士、櫻田門外ノ變ニ死ス
2852	佐野山陰	憲・章・之憲	少進	元章・子憲	山陰・靖恭先生	阿波	文政元	68	伏原宣光	本姓藤原氏、阿波藩儒(京都)
2853	佐野節津	常民			節津		明治35	76	古賀侗庵・緒方洪庵	本姓下村氏、佐賀藩士、儒醫、蘭學

2854	佐野　泰藏	泰藏			敬德書院	東京	昭和40	46	東京帝大	
2855	佐野　竹亭	金八‐金平‐孝成		子紹	竹亭・間翁	伊勢	嘉永2	82	佐野西山 伊藤東所	西山長男、久居藩士
2856	佐野　東庵	宏	善太郎		東庵・竹原	筑前	安政5	37	廣瀨淡窓	儒醫、詩
2857	佐野　南岡	忠懿	淸兵衞		南岡・梅臥	甲斐 井出	文久元	58	林　篁亭	井出ノ儒者
2858	佐野　東洲	定綱‐潤	東十郎・忠次郎‐文助	文紀‐君津	東洲(州)		文化11		平林靜齋	書・詩、左潤ト稱ス(江戶)
2859	佐野　文同		音吉郎		文同	筑前	嘉永6	20	廣瀨淡窓	東庵男
2860	佐野　西山	富成	金八‐嘉兵衞	汝稷・君實	西山	伊勢	文化11	75	平井藍山 伊藤東所	本姓中井氏、源ヲ稱ス、久居藩儒
	佐野屋孝兵衞	↓菊池淡雅 2243・菊池澹如 2244								
	佐羽	↓サワ 2863								
	佐原	↓サワラ 2865								
2861	佐文理希亮	希亮	平藏・日記	明卿			文政5	47		桑名藩儒
2862	佐山　正武	正武	源右衞門				安政3			幕臣(御書物奉行)
2863	佐羽　淡齋	芳	吉右衞門	蘭卿	淡齋・菁莪堂	上野 桐生	文政8	54	龜田鵬齋 齋藤天籟	富豪(絹仲買商)、詩・書
2864	佐和　莘齋	淵・閔	莊太郎・佐和律師	伯惠	莘齋・華谷(齋)・五鹿洞(園)・鹿洞・大雲・右楠園	石見	天保2	(73)83	中井竹洞	石見ノ儒者、畫、出家シテ佐和律師ト稱ス
2865	佐原　豊山	盛純	佐輔‐貞一	業夫	豊山・蘇楳	會津 若松	明治41	(84)74	櫻田虎門 金子霜山	會津藩士(歐州視察)‐上野吉井藩文學‐會津ノ教育者
2866	嵯峨　朝來	直方	左三郎‐輔		朝來(山人)	肥後	文政2	77	高木紫溟	肥後ノ儒者、詩・書
2867	鵜鶘　春齋	昌	大治	大卿	春齋	備前	天保8	59	近藤西涯 菅　茶山	

2868 座光寺南屏　爲祥　利吉郎-三藏　履吉　南屏(潛夫)・龍園・鬼石子・東海紫府道人・確乎齋・桐花書屋　甲斐 市川　文政元　84　五味釜川 香川南洋　本姓源氏、儒醫、書

柴　子華　→芝田汶嶺 3097

柴　升　→柴野碧海 3108

柴　碧海　→柴野碧海 3108

柴　邦彦　→柴野栗山 3109

柴　栗山　→柴野栗山 3109

柴　↕シバ 3098

2869 最里　鶴州　之幹　禮卿・公濟　鶴州・謙恭先生　越前 敦賀　文政2　68　伊藤東所 富野仲達　小濱藩士、醫

齋　靜齋　→齋宮靜齋 770

齋　必簡　→齋宮靜齋 770

齋院　敬和　→人見和太郎 5073

2870 齋木　坦窩　文弼　周德・子鉉　坦窩　備後 福山　天明6　71　伊藤東涯　福山藩士、詩・文・書

齋宮　→イツキ 770

2871 齋藤　彜齋　有隣・斌　喜右衛門　文德　彜(彝)齋　下野　文政4　58　望月南堤 佐藤一齋　關宿藩士

2872 齋藤　霞亭　弘美　節隆　霞亭　攝津　詩

2873 齋藤　鶴磯　敬夫　宇八郎　之(子)休　鶴磯・鶴城・琢玉齋　江戸　文政11　77　(武藏所澤)

2874 齋藤　九畹　一興　岩之助-清右衛門　文實(貫)　九畹　岡山　文政6　66　江村北海 (僧)六如　本姓上坂氏、岡山藩士、詩

2875	齋藤月岑	幸成	市左衛門		月岑・翟巣・松濤軒・白雲堂・市井散人・斎藤文庫	江戸神田	明治11	75	日尾荊山	名主、『江戸名所圖會』
2876	齋藤愿中	義質		愿中		安藝竹原			鹽谷鳳洲	寺本立軒孫(江戸後期・京都)
2877	齋藤芝山	高壽	權之助	權佐(輔)	芝山	熊本	文化5	66	徂徠派	本姓米良氏、熊本藩士
2878	齋藤少雨莊	昌三	紙魚少掾・書痴		少雨莊	神奈川	昭和36	74		書物研究家
2879	齋藤松園	勝明	正五郎		松園・百花園		明治27	82	櫻田虎門	仙臺藩士-宮城縣廳、博學者
2880	齋藤眞鳥	眞鳥	彌一郎			名古屋			鈴木離屋	(江戸後期)
2881	齋藤西山	崔高・利長	嘉右衛門	孟翼	西山	肥前	文化6	(69)56	古賀精里	蓮池藩儒
2882	齋藤誠軒	正格	德太郎-德藏	致卿	誠軒	伊勢津	明治9	51	齋藤拙堂	拙堂長男、津藩儒(有造館督學)(私謚)文眞先生
2883	齋藤誠齋	正彰	次郎	有常	誠齋	伊勢	大正7	55	名越順堂・三島中堂	誠軒男
	齋藤靜齋	→齋宮靜齋770								
2884	齋藤赤城	三政	三郎	守信	赤城	越後	明治19	63	佐藤一齋	越後ノ儒者(青槐書院)-與板藩儒(正德館中教授)、文
2885	齋藤拙堂	正謙・謙	德藏	有終	拙堂・鐵研道人(文庫)-拙翁・茶磨山莊	江戸	慶應元	69	古賀精里	本姓增村氏、津藩儒(有造館督學)(江戸-津)、(私謚)文靖先生
2886	齋藤大雅	實延	大次郎・政右衛門	世父	大雅	江戸	文化3	52	片山兼山	和歌山藩士
2887	齋藤竹堂	馨	順治	子德	竹堂	仙臺	嘉永5	38	增島蘭園・昌平黌	江戸ノ儒者-仙臺ノ儒者(鄉校月將館學頭)
2888	齋藤東海	惟喬	三吾・忠藏	德明	東海					(江戸・文化)
2889	齋藤桃源	惟馨	孝內	叔明	桃源		明和2	78	服部南郭	仙臺藩士(伊達宗村侍講)、詩
2890	齋藤篤信齋	善道	彌九郎	忠卿	篤信齋	越中氷見	明治4	74	古賀精里・高島秋帆	江川坦庵手代等、兵學

2891	齋藤	南溟	蠡	海藏	大海	南溟・白鶴齋・憐蘷道人・自修館主人	江戸	安政2	55	遠藤古愚	大雅次男、和歌山藩儒(江戸)
2892	齋藤	白皐	謙			白皐	上總	文政10	74		文
2893	齋藤	文里	一德	監物	文里		水戸	萬延元	22		水戸藩士、櫻田門外ノ變ニ死ス
2894	齋藤	北山	全門	近江屋仁兵衛	二介	北山	京都	寶暦11	62	石田梅岩	京都ノ心學者
2895	齋藤	鳴湍	運治-驥	恭平	子德	鳴湍	陸前	明治28	74	大槻平泉、昌平黌	本姓菊池氏、陸前松山邑主茂庭氏儒
2896	齋藤	鑾江	象	五郎・彌五郎	世教	鑾(鸞)江・可也簡・昆山	阿波徳島	嘉永元	64	那波網川、古賀精里	大坂ノ儒者
2897	齋藤	笠山	寛	萬三郎	子信	笠山				齋藤金壺	齋藤金壺(岡山藩校教授)長男、岡山藩士(書物方)(江戸後期)
2898	齋藤	良介	良介		充升						川越藩儒(明和4在世)
2899	財津	愛藏	愛藏				熊本	昭和6	47	京大	中國文學、懷德堂
2900	財津	吉一	吉一		子愼		日向	明治中		古賀侗庵、篠崎小竹	吉惠曾孫、高鍋藩儒
2901	財津	吉惠	吉惠	十郎兵衛			日向	寛政10	71	久米訂齋	高鍋藩儒
2902	三枝	雲岱	汰		陶之	雲岱・八岳老樵・有山竹樓	甲斐	明治中			本姓小野氏、詩・畫
2903	坂	公堂	平	梅之丞	子衡	公堂	下總	嘉永5	16		
	坂	昌和	↓村田春海 6001								
2904	坂	靜山	光淳	將曹		靜山	江戸	延享4	56		
	坂		↕阪 2934〜・ハン (4991)								
2905	坂井	寒山	喚三			寒山		昭和26	62	鹽谷節山	漢文學

2906	坂井	虎山	槇-華	百太郎	公實	虎山・孤山・臥虎山人・安南・百千堂	廣島	嘉永3	53	頼　春水	東派男、姓ヲ阪井トモ書ク、廣島藩儒(學問所教授方-江戸講學所教授)、(私謚)文成先生
	坂井	靑霞	→板井靑霞 722								
2908	坂井	漸軒	伯元	漸	子亨	漸軒・伐木	江戸	元祿16		林　羅山	江戸ノ儒者、書、坂伯元ト修ス
2909	坂井	東派	積	孫三郎	善夫	東派	安藝	天保5	63		廣島藩儒(學問所教授)、詩・文
2910	坂井	梅屋	茂喬	彌次郎	子木	梅屋		弘化4	74		大聖寺藩士、詩
2911	坂尾	淸風		六郎	穆卿	淸風・觀水	羽前	弘化2	38	白井重勝	幽棲男、姓ヲ阪尾トモ書ク、庄内藩儒(致道館舍長)
2912	坂尾	宗吾	文成	權四郎・宗五郎・儀太夫	輔仁	宗吾・宋吳・四季庵		嘉永4	89		本姓日向氏、姓ヲ阪尾氏トモ書ク、庄内藩士、武術
2913	坂尾	幽棲	萬年	一藏・甚平	君頤	幽棲・鶴陵		文久3	78		宗吾男、姓ヲ阪尾氏トモ書ク、庄内藩士(致道館司書)
2914	坂上	烏涯	多仲		文若・武之	烏涯・柳窩主人	高崎	天明4	82		詩
2915	坂上	九山	弘祖	平野屋甚右衞門	大業	九山	大坂	慶應3	56	中島棕隱	商人、書・詩
	坂上		↔サカノウエ 2925								
2916	坂口	五峯	恭	仁一郎	思道	五峯	越後	大正12	67	大野恥堂・森　春濤	新潟新聞社々長・衆議員議員等、詩
2917	坂倉	澹翠	通貫	薑堅	之輔	澹翠・貊(貊)亭老人	大坂				詩(寶曆-安永)
2918	坂崎	紫瀾	斌			紫瀾		大正2	61		高知藩士-維新史料編纂委員
2919	坂田	威之	威之		仲	威之	越前				靖男、福井藩儒
2920	坂田	警軒	丈	丈助-丈平	夫卿	警軒・九邨	備中	明治32(12	61 62)	坂谷朗廬・木下犀潭等	岡山藩老池田氏賓師
2921	坂田	芝山	諸安	淸太夫		芝山	高鍋	文政3	83		高鍋藩儒

2922	坂田　靖	靖		伯共		越前				福井藩儒
2923	坂谷　朗廬	素	素三郎-希八郎	子絢	朗廬	備中	明治14	60	奥野小山・古賀侗庵等	廣島ノ儒者(櫻溪村塾・亦足軒・興讓館)-明六社、姓ヲ坂田・河野トモ稱シ、阪谷・昌谷トモ書ク
	坂谷	↕昌谷(サカタニ)2942～								
2924	坂梨　凞	凞・熙	要人	惟蕉(凞)		肥後				阪熙ト稱ス
2925	坂上　作東	恒	東助・忠介		作東・寓所・作樂山樵・冲所	萩	明治23	73	中村牛荘・安積艮齋等	萩藩儒(明倫館教授-江戸有備館教授)-京都ノ儒者、尊攘家
	坂上	↕サカガミ2944～								
2926	坂本　涓川	鷟	老圃・龍伯	君鈴	涓川	岩國	明治11			岩國藩儒
2927	坂本　葵園	亮	亮平	高亮	葵園・白蓮居士・牆東居士	淡路	明治14	55	村上佛山・岡田鴨里等	僧-大坂ノ儒者(白蓮池館塾・歳寒社)(私謚)文節居士
2928	坂本　玄岡	輔	馬之允	子徳	玄岡	陸奥	安政5	86	昌平黌	本姓木村氏、幕府儒官
2929	坂本　呉山	得(徳)明	仁右衛門		呉山	江戸	明和8	56		高田藩儒
2930	坂本　政均	政均				高松	明治23	60	赤井東海・緒方洪庵	赤井東海男、坂本氏養子、幕府飜譯局員
2931	坂本　天山	俊豈	孫八	伯壽	天山・臥遊樓・槃澗道人	信濃高遠	享和3	59	大内熊耳・宇佐美灊水	本姓源氏、阪本トモ書ク、高遠藩儒-大坂・彦根・長門等ノ儒者-平戸藩主賓師、砲術、詩
2932	坂本　融賢庵	久隆	左京		融賢庵		延享4	54		
2933	坂本　龍馬	直柔	龍馬			土佐	慶應2	33		高知藩士、志士
	坂谷	↓サカタニ2923								
2934	阪　時存	時存	九〔郎〕左衛門	子淇		周防山口	寶暦9	81	(僧)行海・服部南郭	本姓矢島氏、長門藩士(藩校創設ニ盡力)、書

阪　↕坂 2903～・ハン (4991)

2935	阪井	以堂		萬右衛門		以堂		文化2	38		本姓田宮氏、廣島藩儒
2936	阪野	耕雨	義敬		大來	耕雨・月波樓	下總			朝川善庵	
2937	阪元	牛庵	正周‐正衡	聞五・喜(伊)兵衛	士鍾・生宇	牛庵	都城	天保11	74	皆川淇園	都城領主儒臣(稽古館學頭)、一時種子田氏ヲ稱ス
2938	阪本	弦山	勇	宜業・純吾	公修・子義	弦山・弦羽・淸熙園	攝津尼崎	文政8	79	加藤竹里	幸庵男、尼崎ノ儒者(淸熙園塾)‐尼崎藩儒醫
2939	阪本	幸庵	胤宣			幸庵	播磨	天明元	72		本姓河合氏、順庵(尼崎藩儒)養子、尼崎藩儒
2940	阪本	蘋園	劍之助‐釤之助			三橋‐蘋園	名古屋				詩
2941	阪本	猷	猷			橡陋舍	奈良	昭和17	52		阪本龍門文庫
2942	昌谷	華陽	麟・千里	麟之助・瑞一郎	千里	華陽・槿宇・蠡齋	美作津山	明治36	66	長戶得齋	精溪男、津山藩士、詩・文(江戶)
2943	昌谷	精溪	碩	五郎左衛門・五郎	子儼	精溪・莫知其齋・無二三道人・寄々園主人・望岳(嶽)樓	備中	安政5	67	龜井南溟 佐藤一齋	本姓原田氏、初メ阪谷ト書ク、津山藩儒(江戶)

昌谷　↕坂谷 2923

2944	酒井	晦堂	泰光	孫之允‐貞藏	公賓	晦堂	越後長岡	慶應3	40	萩原綠野 杉原心齋	長岡藩儒(江戶就正館教授‐藩校崇德館教官)
2945	酒井	義篤	義篤		元貞		久留米	天保10	81	中西深齋	久留米ノ醫、姓ヲ有馬トモ稱ス
2946	酒井	昌村	九浪兵衛‐昌村	七郎左衛門				享保元	78		幕臣(御書物奉行)
2947	酒井	白鷺	德太郎‐忠道	雅樂頭	恕誨	白鷺		天保8	61	關 松窓	姬路藩主、詩
2948	酒泉	竹軒	弘	彥左衛門‐彥太夫	道甫・惠迪	竹軒・東山・小魯庵・何憂園	福岡	享保3	65		本姓源氏、水戶藩儒(彰考館總裁)、書(江戶)

彭城　東閣　↓劉　東閣 6568

2949	榊	篁邨	綽	令輔		篁邨・零南山房主人	江戸	明治27	72	杉田梅里・服部北溟	幕臣(蕃書調所–活字方)、油繪
2950	榊原	霞洲	順德–延壽	小太郎	萬年・武卿	霞洲(州)・求古精舍・間主人	和泉	萬延元	58	榊原篁洲	本姓源氏、篁洲男、和歌山藩儒、詩・文、原(源)武卿ト修ス
2951	榊原	琴洲	芳野	馬藏・金太郎	作良	琴洲・佳園・雲琴堂・櫻舍・鬲齋・豊洲・尼屋	江戸	明治14	50	深川霽宇	『文藝類纂』、姓ヲ柅原トモ書ク
2952	榊原	敬之	敬之	幸八–七左衞門	子顯		越前	寛政8	74	關　思恭	福井藩士、書
2953	榊原	香山	長俊		子草・五陵	香山・忘筌齋		寛政9	66	伊勢貞丈	僧、故實家、藏書家
2954	榊原	篁洲	玄(元)輔	小太郎–元輔	希翊	篁洲(州)・惕々子・勃窣散人	和泉	寶永3	51	木下順庵	本姓下山氏、和歌山藩儒(江戸)
2955	榊原	靑洲	良顯		彰明・彰	靑洲	和泉				篁洲孫、和歌山藩儒
2956	榊原	拙處	守典	三郎	子典	拙處・三痴・蘭所・夢松・一翁・逸翁・梅下書屋	金澤	明治8	85		本姓上田氏、詩・書・畫
2957	榊原	草澤	敬文	權之助	子禮	草澤					(江戸・文政)
2958	作並	鳳泉	清亮	亮之進	釆卿	鳳泉・雲世・錦絅堂	仙臺	大正4	75	大槻習齋	仙臺藩儒(養賢堂塾長)–伊達侯臣
2959	櫻	月波	眞金	小松崎任藏・佐久良芳太郎	飛卿	月波	常陸	安政6	48	藤田東湖	水戸藩士、勤皇家
2960	櫻井	舟山	良翰	善藏	子顯	舟山	但馬伊佐村	寶暦7	41	伊藤蘭嵎・宇野明霞	出石藩儒
2961	櫻井	成憲	成憲								詩(文久)
	櫻井	淸八	→谷　秦山 3837								
2962	櫻井	霽松	安處	善太郎	子善・瓢三	霽松・松齋・一芳	水戸	明治19	83		
2963	櫻井	石泉	苾	蘭五郎・三郎	叔蘭	石泉	但馬出石	嘉永6	46	佐藤一齋・大城壺城	東門次男、出石藩儒
2964	櫻井	石門	茁	一太郎・一棹	伯蘭	石門	但馬出石	嘉永3	52	赤松滄洲	東門長男、出石藩士(弘道館教授役・勘定奉行頭取等)(私謚)憲昭

2965	櫻井	東亭	篤忠	俊藏	士(子)績	東亭	但馬出石	嘉永3	59	乘竹東谷・伊藤東所	本姓河瀨氏、舟山養子、出石藩儒
2966	櫻井	東門	惟温	良藏	士(子)良	東門・迂叟・知非子・馬上隱者	備前	安政3	81	皆川淇園・中井竹山	本姓近藤氏、赤松滄洲養子－櫻井東亭女婿、出石藩儒(弘道館講師)
2967	櫻井	瑤池	永孚	新兵衛	伯林	瑤池				伊東藍田	江戸ノ儒者
2968	櫻井	龍淵	安享(亨)	彦之允	君節・通卿	龍淵・居易堂	水戸	文化2	40	立原東里	水戸藩儒(彰考館)、詩・歌
2969	櫻木	誾齋	千之	清右衛門・清十郎	剛中	誾齋	上總	文化元	80	稻葉迂齋・幸田子善	本姓大木氏、長崎聖堂教授
2970	櫻木	春山	正宏	彌十郎	士毅	樂山・春山	伊勢	明治36	83	三宅棠陽・齋藤拙堂等	本姓須山氏、詩・文
2971	櫻田	簡齋	迪・景迪・迪之	甫助・良佐	子惠	簡齋・簡堂・濟美・郝然居士	仙臺	明治9	80	櫻田虎門	贅庵次男、近江堅田侯士－仙臺藩士
2972	櫻田	虎門	質・景賢	周輔	仲文	鼓缶子・虎門・欽齋	仙臺	天保10	66	志村東嶼・服部栗齋	江戸ノ儒者(麴溪書院)－仙臺藩儒(江戸順造館－仙臺養賢堂)
2973	櫻田	贅庵	景雄	榮助・門彌		贅庵・崇易叟	仙臺	天保9	72		虎門兄、周易
2974	櫻田	澹齋	景行	春輔・權太夫	九德	澹齋	仙臺	文久4	70		贅庵長男、仙臺ノ儒者(聚勝園)
	櫻山	五郎	→村上清節 5976								
2975	笹川	臨風	種郎			臨風〔文庫〕	東京	明治24	80	東京帝大	支那哲學史、東洋大教授
2976	篠岡	謙堂	重遠－利貞	次郎七郎		謙堂	備前	天文4	67	市浦毅齋・小原大丈軒	岡山藩士(學校奉行)
2977	篠本	越南	昂(昻)	大藏		越南	信濃		40		詩(失明)
2978	篠本	竹堂	廉・氏廉	久二郎・久兵衛	子温	新齋－竹堂	會津	文化6	64	井上金峨	本姓佐治氏、幕臣、文・書(江戸)
2979	篠本	篤行	篤行	源太郎	信卿		江戸	寛政12			江戸ノ儒者
2980	指原	豊洲	安三			豊洲・左腕居士	大分	明治36	54	藤澤南岳	

	幸田		↓コウダ 2682～								
2981	薩埵	藁川	元雌(雄)	雄助	雄甫	藁川	三河	寛政8	59	服部南郭 江村北海	詩、姓ヲ薩ト修ス
2982	薩埵	德軒	敬德	熊三郎・與左衛門・完藏	君恪	德軒	三河	天保7	59	猪飼敬所 上河淇水	藁川男、京都ノ心學者(時習舍−樂行舍)、詩・歌
2983	里井	浮丘	孝幹	治右衛門	元禮	浮丘・快園・跛鼈老人・把香軒・挾芳園・芳海草舍・梅園	和泉佐野	慶應2	68	內藤碧海	廻船問屋、書・畫
2984	里見	醉經	昭		子潛	醉經・墨齋・蠖堂	江戶				(仙臺・嘉永)
	里見	東山	↓岩波東山 881								
2985	寒川	梅野	重福丸−主水・權之助−原淸−辰淸	儀太夫−水右衛門	元水	梅野−鐵心忠肝居士	京都	元文4	43		本姓中邨氏、膳所藩儒
2986	鮫島	白鶴	黃裳	吉左衛門	元吉	雲蘿・皷川・白鶴(霍)	薩摩	安政6			鹿兒島藩儒
2987	澤	箕山				箕山				井上金峨	
	澤	三伯	↓高野瑞皐 3648								
	澤	天學	↓服部大方 4838								
2988	澤	熊山	徽	三郎	子愼	熊山・育英塾	德島	安政2	77	佐野山陰	德島藩士臣−伊勢神戶藩儒(江戶進德堂儒官)−江戶ノ儒者(海鷗社)
	澤		↕タク 3723～								
2989	澤井	鶴汀	桂	素庵	晚香	鶴汀	遠江	文久元	50		蘭醫、詩
2990	澤井	穿石	居敬	十藏−佐々木志津(頭)磨	主一−史頭	穿石・松竹堂	大坂	安永8		關山恭庵	書
2991	澤田	一齋	重淵	風月堂庄左衛門	文拱(拙)	一齋・風月堂・奚疑齋	京都	天明2	82	若林強齋	京都商賈(風月堂)、唐音
2992	澤田	介石	正信	右衛門・燈		介石		寶曆3	64		擧母藩士、和・漢・佛

2993	澤田	鶴山				鶴山	伊豫			森　華山・細井平洲	儒、武技
2994	澤田	菖庵		道玄	宗堅	菖庵	京都		84		訥齋男、金澤藩儒–京都ノ儒者（正保4生・貞享2在世）
2995	澤田	織部	希	織部			會津				（享保）
2996	澤田	靜庵	徽・重徽	斧象	伯猷	靜庵（菴）・岨山・藩南	木曾福島	文久2	78	大田錦城・菊池五山	木曾代官山村氏儒臣（江戸）
2997	澤田	靜修	義晝	一・二三九・一作		靜修		慶應3	54	金子恥堂・安積艮齋	本姓伊尾喜氏、昌平黌儒官–伊豫吉田藩儒（時觀堂教官）、書
2998	澤田	泉山	新五郎–正勝			泉山	武藏狹山	明治43	88		教育家（私塾・北廣堂）、詩
2999	澤田	長莎	員矩	伊兵衛	呂少	長莎館	大坂			森　謹齋	大坂ノ儒者、地理（延享–寶曆）
3000	澤田	直温	直温	市太郎・覺之助			加賀小松	明治29	63	岩垣月洲	金澤ノ儒醫–金澤藩士
3001	澤田	東江	麟–鱗	文治（次・二）郎–文藏	景端（瑞）–文龍	東江（郊）居士・來禽（堂）・萱舍・青蘿館（叟）・玉島山人・無々道人	江戸兩國	寛政8	65	井上蘭臺・林　鳳岡	商賈、書、本姓平氏、後、源氏、一時平林氏ヲ稱ス、源東江・源麟・平鱗ト稱シ、田麟ト修ス
3002	澤田	東皐	宗周			東皐					伊勢津藩士、詩（江戸中期）
3003	澤田	東洋	哲	文二（次）郎	文明	東洋・來禽堂	江戸兩國	弘化4	44		東江孫、東里男、書
3004	澤田	東里	千之・潤	文太（次・二）郎	文己	東里・君澤	江戸	文政4	42		東江男、書、源千之ト稱ス
3005	澤田	訥齋	貞三・貞		宗堅	訥齋・菖庵	和泉堺	寶永4	84	石川丈山・熊谷活水	金澤藩儒–京都ノ儒者
3006	澤田	眉山	師厚	三次郎・傳之丞・良藏・正業・三郎	無功–天爵	眉山・三堂	尾張	嘉永6		永井星渚	名古屋藩儒（明倫堂教授）、書（練塾）・詩・文（江戸）
3007	澤田	鹿鳴	永世	庄藏	君孝	鹿鳴・田山人	伊勢	安永3（8）	53（54）	西依成齋	
3008	澤野	雲臺	喬緒	半藏		雲臺・中谷・白柯園・（俳號）算杜	吉田	安永5	41		詩・書・俳諧、姓ヲ澤ト修ス

3009	澤野	含齋	修	修藏(輔)	詢叔	含齋	出雲	明治36	76	雨森精齋・昌谷精溪等	松江藩主侍讀
3010	澤邊	謝山	知輿		季文	謝山	宮津	安政3	64		北溟弟、北溟養子、宮津藩儒
3011	澤邊	東谷	容	元冲	子德	東谷	仙臺	天明4	57	菅原南山・堀公恕	仙臺ノ儒醫、皐容ト稱ス
3012	澤邊	北溟	知紞(紘)	淡(談)右衛門—陸介・隆内	孟紘	北溟	宮津	嘉永5	89	皆川淇園	宮津藩儒醫(禮讓館學頭)
3013	澤村	琴所	維顯	宮(九)内	伯揚(陽)	琴所・松雨亭	近江彦根	元文4	54	伊藤東涯	彦根藩士—近江ノ儒者(松雨亭)、詩・書、姓ヲ澤郮トモ書キ澤琴所ト修ス
3014	澤村	西陂	藹	武左衛門・宮門	子(士)寛・伯黨	西陂(坡)	肥後	安政6	60	佐藤一齋	熊本藩儒(時習館助教)
3015	澤村	墨庵	德基	市之進	温卿	墨庵・正齋	江戸				宮津藩儒(安政)
3016	澤渡	精齋	繁	茂吉	公繁・世昌・廣繁	精(清)齋				山脇廣成	京都ノ儒者、畫・詩(天保)
3017	三田	蘭堂	六之進—清七郎—義勝	傳左(右)衛門		蘭室(堂)・桐江	讃岐	安永6	77	跡部光海・室鳩巣等	丸龜藩儒、詩・文(變名)小島素助
3018	三分一所	訒齋	景明	平(兵)助	岩松	訒齋		天明4	86		本姓渡邊氏、又、長江氏トモ稱ス、仙臺藩儒

三瓶 →ミカメ 5757
山 惟熊 →藤山秋水 5293
山 瑛 →山田鼎石 6317
山 活 →丸山活堂 5725
山 君彝 →山井崑崙 6404
山 兼山 →片山兼山 1857

番号	姓	號	名	通稱	字	號	生地	沒年	享年	師名	備考
	山	子	↓片山兼山 1857								
	山	子濯	↓山根華陽 6342								
	山	叔瑟	↓片山兼山 1857								
	山	蕉窓	↓山地蕉窓 6277								
	山	清	↓山根華陽 6342								
	山	政體	↓横山東皐 6465								
	山	鼎	↓山井崑崙 6404								
	山	良由	↓山村蘇門 6348								
3019	山宮	雪樓	惟深・維信(深)・源之允	官兵衛	仲淵・源允	雪樓・翠漪(猗)・默養	江戸			室鳩巣 三宅尚齋等	龜山藩儒(享保)
	杉		↓スギ 3293～								

〔し〕

番号	姓	號	名	通稱	字	號	生地	沒年	享年	師名	備考
	四十宮月浪		↓ヨソミヤ 6431								
	四書屋加助		↓五井持軒 2653								
3020	司馬	遠湖	騰・滕	勝太郎	守默	遠湖	肥前唐津	明治11	67	佐藤一齋	濱松藩水野侯儒-東京ノ儒者
3021	司馬	凌海	盈之・津	亥之助(吉)・凌海・太仲	子虧・士孱・大傳	凌海・損(揖)軒・無彩・樹下船樓・五洋學人・挹堂・蘭衢	佐渡	明治12	91	佐藤泰然	本姓島倉氏、佐渡ノ醫-醫學校教授、「獨語」(春風社)
3022	志賀	學齋	篤行	元三郎	子信	學齋					理齋孫、詩(江戸・天保)

3023	志賀	控堂	重職		士由	控堂		明治6	37		京都ノ儒者
3024	志賀	節菴	孝思	楠二郎	子則	節菴・南岡	紀伊 和歌山	嘉永3	49	山本樂所	和歌山藩儒(學習館督學)
3025	志賀	巽軒	喬木			巽軒	筑後	明治11	49	木下韡村 鹽谷宕陰	本姓杉森氏、柳川藩儒
3026	志賀	理齋	忍	鍋太郎-理助	子堪	理齋・天鷄道人・叡北山樵・我樂多老人・牛渚・潤身堂		天保11	79		幕臣、狂歌
3027	志毛	耩塘	正應	秀二(次)郎	子健	耩塘・霞海・芙蕖亭・奎山	江戸	弘化2	49	佐藤一齋	鵜殿氏ヲ稱ス、江戸ノ儒者、詩
3028	志田	丙村	保吾		士遠	丙村	肥前	明治13	61	古賀侗庵	蓮池藩儒
3029	志村	五城	實因-士轍	勘右衛門	子環	五城・東華-五條	陸前 江刺	天保3	87	昌平黌	仙臺藩儒
3030	志村	石溪	弘強	篤治	仲行	石溪・蒙菴・菊垣・菊隱・紫霞山人・獲心軒	陸前 江刺	弘化2	77	古賀精里	五城・東嶼弟、五城養子、仙臺藩儒(養賢堂副學頭)
3031	志村	天目	益之	禮助	子謙	天目・青玉園	甲斐 末木	文化13(14)	72(73)	加賀美光章 高芙蓉	本姓源氏、武田氏臣
3032	志村	東嶼	義甲(申)-直-時恭	吉之助・義申・東藏	仲敬	東洲-東嶼・博約齋	陸前 江刺	享和2	51	河島桃津	五城弟、仙臺藩儒、詩・文
3033	志村	麗澤	時敏	東之進	子訥	麗澤・交翠	仙臺	嘉永3	58		東嶼男、仙臺藩儒(養賢堂指南役)
3034	志村	良治	良治				神奈川 藤澤	昭和59	57	東北大學	中國文學、文博
3035	清水	以義	以義	小兵衛			土佐			山崎闇齋	
3036	清水	霞堂	親知・知周	清太郎	子齋	霞堂	長門	元治元	22	大橋訥菴	志士、自殺
3037	清水	季格	季格							中江藤樹	本姓西川氏
3038	清水	月齋	近義-濱臣	玄長		泊洦舍・月齋	江戸	文政7	49	昌平黌 村田春海	本姓藤原氏、江戸ノ醫、國學者(考證學派)、姓ヲ清ト修ス
3039	清水	賢良	民部-賢良				熊谷	明治19	45	林　學齋	教育者

3040	清水	賢林	綱		紀卿	賢林	越後	明治39	76	江村北海	本願寺侍醫、書
3041	清水	江東	嘉英	大坂屋嘉右衛門	子發	江東漁人・明經典閣	江戸	寛政7(6)	56	宮瀬龍門	江戸ノ商人-江戸ノ儒者
3042	清水	春流	仁	孫三郎	不存	春流・釣虚子(散人)・賣文翁・吸月堂(居士)	名古屋	元禄7以後	69以上	(僧)木庵	詩、俳諧、姓ヲ清ト修ス
3043	清水	丈山	常武	金二		丈山	尾張	寛政12			名古屋藩老石川氏儒
3044	清水	正健	正健				水戸	昭和9	79	栗田栗里	史學、無窮會
3045	清水	西阪	善勝	金吾-吉左衛門		西阪	陸奥白川	文政中			桑名藩儒、詩
3046	清水	靜修	宗禮		士和	靜修・雪翁	武藏			中村敬宇	忍藩士
3047	清水	赤城	煥-正德	俊藏	章卿-俊平	赤城・遯齋(菴)・虚舟・淡庵・正氣堂・文喚藍齋・屠龍居士	高崎	嘉永元	83	冢田大峯	砲術(練武堂・俟盡軒)
3048	清水	積翠	敬勝-勝從	精藏-新六	子誠・吉甫	積翠	陸奥白川	慶應3	52		西阪男、桑名藩儒
3049	清水	南山	柔		伯翼・醉翁	南山・三清堂	出雲				松江藩士
3050	清水	梅莊	成美			梅莊・一文不知翁	伊勢	大正7		大賀旭山	楠正成後胤、詩
3051	清水	雷首	鍋吉-長孺	正助(介)・平八(郎)	子正-中(仲)和	雷首・彩川外史・雷岡・貉翁	尾張鳴海	天保7	82	市川鶴鳴・細井平洲等	本姓下郷氏、神戸藩儒-京都ノ儒者、詩・文・俳諧
3052	清水	礫洲	正巡・巡・正直	太郎・英吉	士遠	礫洲・矮竹・二薙・牛門迂夫	江戸	安政6	61		赤城男、長島藩儒、書・兵學
3053	清水	魯庵	清富	魯庵	孟胖	富春堂					(江戸・天保)
3054	設樂	東郭	軌保	唯右衛門	仲乂	東郭				服部南郭	江戸ノ儒者
3055	滋賀	萊橋	貞	有作	先民	萊橋・連處	越前	明治28	61	伴　閑山	福井藩士

斯波純一郎　→岡谷寒香園 1590

	寺	臨川	→寺田臨川 4035								
	兒	圖南	→チゴ 3891								
3056	慈	雲(僧)	萬治郎-飲光	平治郎	慈雲	百不知童子・葛城山人・雙龍庵	大坂	文化元	87	伊藤東涯	俗姓上月氏、梵學、詩・文
3057	慈	音(僧)	水原		慈音			明治41	71		近江圓照寺僧、詩・書
	慈	周(僧)	→六如(僧) 6565								
	慈	仲(僧)	→谷時中 3834								
3058	椎名	沙村	健		子光	沙村・松窓	常陸龍崎	明治8	14		詩
3059	椎名	秋村	逸	半次郎	佳友	秋村(邨)・半痴・晩榮堂		慶應4	69	賴山陽	上野新田郡藪塚里正、詩
3060	椎名	南浦	秀胤	安治郎		松浦-南浦	讃岐	明治45	62	藤澤東畡	本姓岡田氏、高松藩士
3061	鹽尻	梅宇	恭	雄右衞門	子讓	梅宇・清風樓		明治9	73	佐藤一齋	備中岡田藩士(敬學館教授)
3062	鹽田	松園	泰		順庵	松園・順庵	金澤	明治4	67	增島蘭園・鹽田宗温	本姓宮河氏、宗温養子、幕府醫官、海防論者
3063	鹽田	隨齋	重華・華	又之丞	士蕚(萼・鄂)	隨齋・巨瓢子・澤雷居(醉)士・晩甘園	江戸	弘化2	48	古賀精里	津藩儒、詩(江戸)
3064	鹽田	廉齋	重弘(弦)	弦三郎		廉齋	伊勢				津藩儒(安政・江戸)
3065	鹽谷	簣山	誠	量平-周(脩)輔(助)	誠之	簣山・晩翠園・楠陰書屋	江戸	明治7	63	松崎慊堂	宕陰弟、濱松侯儒-幕府儒官(甲府徽典館督學)
3066	鹽谷	志師	貞敏		道碩	鳳洲-志師翁	安藝竹原	明和元	62	植田艮齋	儒醫
3067	鹽谷	青山	時敏		修卿	青山	江戸	大正14	71	昌平黌	簣山男、江戸ノ儒者(菁莪書院)-一高教授等
3068	鹽谷	節山	温			節山・樂水・牧野隱士	東京	昭和37	85	東京帝大	青山男、支那文學、東大教授、詩・文(菁莪塾)

3069	鹽谷　宕陰	毅-世弘	甲藏	毅侯	宕陰・九里香園・梅(悔)山・晩香廬・愛皐	江戸	慶應3	60	松崎慊堂 昌平黌	大坂ノ儒者-濱松侯儒-幕府儒官、海防論者
3070	鹽谷　老田	處	鼎助	古侯	老田	周防	明治23	66	廣瀬淡窓 奥野小山	萩藩儒-岩國藩權大參事・福岡縣大參事等
3071	重田　蘭溪	正爲	玄泰(恭)		蘭溪					儒醫、畫(江戸・天保-嘉永)
3072	重富　縄山	鼎	永助	文卿	縄山	筑後	明治7	69	廣瀬淡窓	筑後ノ儒者-久留米藩儒(明善堂教授)
3073	重富　揚水	休-惟恭	卯二(次)郎-健助	叔容	揚水・遠翠	筑後	明治13	80	廣瀬淡窓	大庄屋
3074	重野　成齋	安繹	厚之丞	士(子)徳	成齋・隼所・龍泉・末齋	鹿兒島	明治43	84	昌平黌 安積艮齋	鹿兒島藩儒(造士館助教)-東大教授・文學博士、漢文・國史(舊雨社・麗澤社)
3075	重野　櫟軒	葆光	宗一	子潤	櫟軒	攝津東成			片山兼山 松下葵岡	日向延岡藩儒(文化・文政)
3076	重松　錦江	驥	忠右(左)衛門・篤(徳)太夫	千里	錦江・鷲洞		寛政12		岡田新川	名古屋藩主、書、姓ヲ尾張ト稱シ張ト修ス
3077	宍戸　方鼎	隆熹			方鼎	刈谷				詩(文化・文政)
	賤乃屋文左衛門	→大河原龜文 1311								
3078	下野　空花				空花山人	下野			大窪詩佛	詩(失明)
3079	七條　宗貞	宗貞	權藏						林　春齋	讃岐高松藩儒、詩・文(享保)
	室　恭先	→岩室恭先 887								
	室　恭豊	→岩室雲處 886								
	室	↔ムロ 6026~								
3080	品川　鶴洲	希明		友哲	鶴洲・勿所	周防			伊藤東涯	山口藩老益田氏儒
3081	信夫　槐軒	道別-顯祖	眞五郎	順卿	槐軒・壽山	江戸	天保3	67		本姓源氏、一橋侯士、書

3082	信夫	恕軒	粲		文則	恕軒・天倪・奇文欣賞書樓	鳥取	明治43	76	芳野金陵 海保漁村等	東大講師
	篠	↕ササ 2976 ～・ショウ (3177)									
3083	篠崎	睽孤	英次		司直・和卿	睽孤隱士・固窮處士	上總	弘化3（5）	69（67）	大田錦城	兵法
3084	篠崎	三島	應道	伊豫屋長兵衞	安道	三島・郁洲・梅花堂書屋	大坂	文化10	77	菅甘谷	大坂ノ商人（紙問屋）―大坂ノ儒者（梅花塾）、詩（混沌社）、篠郁洲・篠三島・篠應道ト修ス
3085	篠崎	小竹	金吾―碩―弼	長左衞門	承弼	小竹〔斎〕・畏堂・南豊・退庵・聶江・些翁・丁橋・棠隱・紅柑主人	豊後	嘉永4	71	篠崎三島 古賀精里等	本姓加藤氏、三島養子、大坂ノ儒者（梅花社）、詩・文・書、（私謚）貞和先生
3086	篠崎	竹陰	概（槩）	長平	公概（槩）	竹陰・訥堂―武江	江戸	安政5	餘50	古賀侗庵 篠崎小竹	本姓加藤氏、小竹養子、大坂ノ儒者（梅花社）
3087	篠崎	東海	維章	金吾・三悦	興龍（隆）・子文	東海〔逸民・子〕	江戸	元文5	54	荻生徂徠 伊藤東涯	本姓平氏、江戸ノ儒者、唐話
3088	篠崎	富訥	久敬	嘉藤太	子交	富訥翁	二本松	文化2	64		二本松藩士
3089	篠田	雲鳳	儀			雲鳳	伊豆下田	明治16	74	朝川善庵 中井董齋	詩・書、女流（江戸）
3090	篠田	金溪	興貞	嘉兵衞	行休	金溪（鷄）陳人	上野	寶暦13	79		本姓關口氏、書（江戸）
	篠田	元亮	↓武田梅龍 3787								
3091	篠田	秋村	熊五郎―隆懋	藤四郎	詔訓	秋村		嘉永2	53		幕臣（御書物奉行）
3092	篠原	靜安	惟秀	與五右衞門		靜安	上總	文化9	68	稲葉默齋	本姓北田氏、上總成東ノ儒者
3093	篠原	叢山	弼		希亮	叢山・良齋	大坂				大坂ノ儒者（寛政）、篠弼ト修ス
3094	篠原	徵余	元埻（博）	坦藏	以禮	徵（澄）余（餘）・正誼書塾	大坂	安政2	68		書（正誼書塾）
3095	篠原	笠山	級長	良輔	小卿	笠山	豊前	安政6	55	石川彦岳	本姓風早氏、小倉藩儒（思永館學頭助役）

3096	芝田	温	直藏–温	清藏(三)・庄助	恭甫		因幡	嘉永6	62	伊良子大洲	本姓西尾氏、鳥取池田氏臣
3097	芝田	汶嶺	央・嚴	淸八郎	子(士)華	汶嶺・修芝	江戸	寛政13	46	澤田東江	書、姓ヲ柴田氏トモ書キ柴子華ト修ス
3098	柴	秋村	莘(華)	六(太)郎	綠野・東野	秋村(邨)・佩香草堂・藾山樵夫	德島	明治4	42	新井水竹・大沼枕山	德島藩儒(私謚)文肅
	柴		↕サイ(2868)								
3099	柴田	艾軒	熊次郎–武修・厚	謙藏	艾輔・遊翁	艾軒		明治7	66	柴田鳩翁	本姓笹島氏、鳩翁養子、越前大野藩士、心學者
3100	柴田	鳩翁	亨・惟敬	謙藏	陽方	鳩翁・眉山・維鳩庵	京都	天保10	57	薩埵德軒	心學者
3101	柴田	桓山	敬	敬藏	叔輿	桓山					(江戸・文政)
3102	柴田	紫秋	直可	金右衞門		紫秋	越後高田	安政4	79		高田藩士、程朱學・兵法
3103	柴田	風山	成章	文之丞	文進	風山・隨菴・朴翁・漸齋	筑前	享保13	74	貝原益軒	福岡藩士、書
3104	柴田	方庵	海		谷王	方庵	水戶	安政3	57	朝川善庵	西洋醫術、種痘法
	柴田	汶嶺	→芝田汶嶺 3097								
3105	柴田	利直	利直	修三郎			松本	明治13	59	東條信耕	松本藩儒
3106	柴野	貞穀	貞穀・養貞		小輔		讃岐牟禮				栗山弟、醫(江戸中期)
3107	柴野	方閑	允常		恒甫	方閑・霞嶠	讃岐	天保中			貞穀長男、栗山養子
3108	柴野	碧海	允升・升	平次(二)郎	吉甫・應登	碧海・研南・東霞	讃岐牟禮	天保6	63	柴野栗山	貞穀次男、栗山養子、德島藩儒(寺島學問所主席)、柴升ト修ス
3109	柴野	栗山	邦彦	彦助	彦輔	栗山・古愚(軒)・五峯(峰)山(書)房・石顛・三近堂・雙玉樓・青悟庵・萬卷樓	讃岐牟禮	文化4	74	林復軒・後藤芝山	德島藩儒(京都)–幕府儒官(江戶)、柴栗山・柴邦彦ト修ス
3110	柴山	鳳來	博我		子文	鳳來	武藏	明和8	80	荻生徂徠	本姓木戶氏、岡藩儒

3111	柴山	豫章	寛猛・協		季和	豫章	武藏	明和4	38	柴山鳳來	鳳來男、岡藩儒
3112	柴山	老山	琴	司	氷清・太古	老山・海棠園主	美濃揖斐	文化中		山本北山	本姓菅原氏、詩(江戸)、妻ハト部金英
3113	澁井	小室	至德	貫	子要	小室山人	武藏	天保6	61	澁井太室	太室男
3114	澁井	大室	孝德	平左衛門	子章	大(太)室山人	下總佐倉	天明8	69	井上蘭臺・林　樫宇	佐倉藩儒(江戸-大坂)、井孝德・井太室ト修ス
3115	澁井	德章	德章	伊右衛門							太室從弟(江戸中期)
3116	澁江	羽化	保			羽化	江戸	昭和5	74	海保漁村・島田篁村	易
3117	澁江	涒灘	公雲	忠太	德翼	涒灘	肥後	弘化3	59		松石三男
3118	澁江	紫陽	公豊	貞之丞	士錫	紫陽	肥後	寛政4	74	水足博泉・加加美鶴灘	
3119	澁江	松石	公正	宇内	子方	松石	肥後菊池	文化11	72	加賀美鶴灘・秋山玉山	紫陽養子、熊本藩士、神職、家塾(星聚堂)
3120	澁江	抽齋	恒吉-全善	道純	子良	抽齋・觀柳書屋・柳原書屋・容安書院・三亦堂・目耕肘書齋・今來是翁・不求甚解翁・劇神仙(三世)・三壽山房	江戸神田	安政5	54	伊澤蘭軒・狩谷棭齋　等	定所男、弘前藩儒醫・幕府躋壽館講師、書誌學
3121	澁江	定所	允成	專之助-玄庵・道隆	子禮	定所・容安	江戸	天保8	74	柴野栗山・依田松純	本姓稻垣氏、抽齋父、弘前藩主侍醫
3122	澁江	龍淵	公隆	安宅	孟吉	龍淵	肥後	嘉永5	75		松石長男
3123	澁川	敬直	敬直	六藏				嘉永4	37(41)		幕臣(御書物奉行・天文方)
	澁川	春海	→保井新蘆 6179								
3124	澁澤	仁山	阿鼎	龍輔	龍甫	仁山	武藏深谷	文政13	53	三浦無窮	武藏ノ儒者(三長室)
3125	澁澤	青淵	市三郎・英二(次)郎・篤太夫-榮一	篤太郎		青淵〔文庫〕	武藏	昭和6	92		實業家、子爵、論語ノ集收

3126	澁谷	松堂	亮	潛藏	子亮	松堂・獨涤子	越中礪波	寛政9	70		金澤藩老横山氏臣
3127	澁谷	牀山	啓	啓藏	子發	牀山	彦根	明治41	62	若山勿堂・中村敬宇	彦根藩士
3128	澁谷	蟫廬	光・貞光	悰吉・悰逸・一郎	子輝	蟫廬・奏蔞園	肥後	嘉永元		中島樱隱	京都ノ醫
3129	澁谷	梅所	清助-義行	桂助	祇載	梅所・糙々庵・九思堂		文政7	95		擧母藩儒(崇化館學頭)(私謚)祇載先生
3130	澁谷	幽軒	方均	儀平	佳成	幽軒・閑棲庵	紀伊	享保18	85	永田善齋	和歌山藩士
3131	澁谷	老驥	敬信			老驥・荊山	陸奥				東奥ノ儒者(江戸中期)
3132	島	惟精	惟精	精一郎		蒼湖・嶽陽・蓉港	豊後	明治19	53	廣瀬淡窓・鹽谷宕陰	本姓阿南氏、府内藩儒-官吏
3133	島	清齋	義見			清齋・蘭皐	杵築	安永10	74		杵築藩儒醫
3134	島	樂齋	義男	團右衛門	國華	樂齋・櫻翁(陰)・超然窩・從吾道人	佐賀	明治7(3)	53	佐藤一齋	鍋島藩士-蝦夷開拓使判官-刑死、姓ヲ嶋トモ書ク
	島	↕トウ(4099)									
3135	島居	春帆	萬	萬之助	魏卿	春帆	備後	明治23	24	宇都宮龍山	
3136	島田	翰	翰		彦楨	雙桂后人・山水綠處邨莊	東京	大正4	37	島田篁邨・竹添井井	篁邨三男、漢學者、書誌學者『古文舊書考』
3137	島田	橘山	則裕		好問	橘山	伊勢				
3138	島田	篁邨	源六郎-重禮・禮	源六郎	敬甫	篁邨(村)・雙桂園(樓)・雙桂書樓	武藏荏原	明治31	61	海保漁村・昌平黌	江戸ノ儒者-東大教授、文學博士、詩・文(雙桂精舍)、藏書家
3139	島田	南邨	圓眞-蕃根			南邨(村)・三經學人・吐佛	周防德山	明治40	81		德山藩士、佛教學者、愛書家
3140	島田	伴完	鐵五郎-伴左衛門			伴完	武藏三芳	明治17	85	高井蘭山・太田錦城	陰陽師、書
3141	島田	穆堂	鈞一		彦和	穆堂		昭和12	72	藤澤南岳	篁邨長男、一高教授

	島田	藍泉	→役　藍泉 1120								
3142	島谷	南山	粲	宗吉	精白	南山・靜庵	伊勢松坂				酒造家
3143	島津	榮翁	重豪	薩摩守		榮翁・南山					齊彬祖父、薩摩藩主、唐話
3144	島津	華山	義張	左馬助	琴玉	華山	京都	寛政6	57	龍　草廬	本姓源氏、阿波足利氏臣
3145	島津	桑田	元肅	寛藏	子寛	桑田・尋田					京都ノ儒者(文政)、姓ヲ嶋津トモ書ク
3146	島津	天錫	久徵・久憑・久容	大郎次郎・兵庫	子嘏	天錫・錦水・名山樓・薩天錫		文化6	58		鹿兒島藩士(加治島津家・藩校毓英館設立)
3147	島村	弘堂	䵅(鼇)	慊助(甫)-衡平	千里(金)	弘堂	但馬豊岡	明治9	55	櫻井石門 藤澤東畡	本姓下村氏、出石藩儒(弘道館教授)-少參事
3148	島村	柴軒	鼎甫・鼎	貞藏	鉉仲	柴軒	備前	明治14	52	後藤松陰 緒方洪庵	本姓津下氏、阿波侯侍臣-幕府醫官(醫學所教官)
3149	島村	秋江	皓	宇兵衛	漢濯	秋江		安永8	62		福岡藩儒島村晩翠養子、福岡藩儒・藩主侍講
3150	島村	儺川	彬	孫六	子質	儺川	福岡	弘化2	69		福岡藩儒
3151	島村	竹樓	政	孫太夫	子正	竹樓					(安政・江戸)
3152	島村	泮林	遜・常	宇兵衛	子讓	泮林	福岡	文化14	67		福岡藩儒
	嶋		→島 3132								
	嶋津	尋田	→島津桑田 3145								
	下川	寛	→下鄉樂山 3155								
3153	下川	東海	孝遷	濱三郎	叔窩	東海					詩(安永中)
3154	下川	東里	貴慶・貫道	三右衛門・慶一	伯餘・貴一	東里	福井	寛政12	55	清田儋叟 江村北海	福井藩儒、詩・劍術

3155	下郷	樂山	歳雄‐寛	千藏‐才右衞門‐次(治)郎八・千藏	君栗	樂山・百川學海・龜洞・莓苔園・巳人・常川・知足齋・御柳園・千代倉・銀杏館	尾張鳴海	寛政2	49	西依成齋 市川鶴鳴	本姓下川氏、釀酒業(千代倉)、經史・和歌・俳諧、姓ヲ下里トモ書キ、平寛ト稱ス
3156	下田	師古	師古	幸太夫				享保13	37	荷田春滿	本姓大江氏、由正(泉翁・律令研究家)男、幕臣(御書物奉行・奥右筆)
3157	下田	智表	智表	市司‐太右衞門‐頭八			陸奥白川			廣瀨蒙齋	白川藩儒
3158	下田	芳澤	武卿	三藏	一甫	芳澤	盛岡	文政3	71	井上金峨	江戸ノ儒者‐盛岡藩儒(江戸)
	下野	源助	→木村禮齋 2210								
	遮那	四郎	→大田晩成 1382								
3159	若	霖(僧)	桃溪	若霖・汝岱			武藏金澤	享保20	61		眞宗僧、詩・文、新井白石・伊藤東涯等ト交ル(私諡)離塵院
	守	煥明	→守屋峨眉 6071								
	守	秀緝	→守屋峨眉 6071								
	朱	義	→赤田 義 133								
3160	朱	舜水	之瑜		魯嶼(璵)・楚嶼(璵)	舜水・容霜齋	浙江省餘姚	天和2	83	朱 永佑	明朝遺臣、水戸藩賓師(江戸)(私諡)文恭先生
	種	箕山	→種村箕山 3862								
	周	滑平	→大河原龜文 1311								
	秋	以正	→秋元澹園 172								
	秋	儀	→秋山玉山 175								
	秋	玉山	→秋山玉山 175								

	秋	子師	→秋元澹園 172								
	秋	時憲	→秋元小丘園 170								
	萩	大麓	→萩原大麓 4782								
3161	集堂	學山	元成	安左衛門	愼甫	學山-迂亭	阿波	天明4	85	室鳩巣	阿波藩儒
3162	集堂	大與	厚	小平太		大與	阿波			室鳩巣	
	楢		→ユウ (6428)								
	十二屋源兵衛		→藤村庸軒 5288								
	春	政紹	→春日龜敬齋 1844								
	春	政美	→春日龜坦齋 1845								
3163	春	靜(僧)	泰元		春靜・關山			享和3		永田蘭泉	詩
3164	春屋	妙葩	妙葩		春屋	芥屋・不輕子・西河潛子	甲斐	嘉慶2	78		臨濟宗僧、俗姓平氏、天龍寺版 (謚號)智覺普明國師
3165	如	竹(僧)		文之		如竹	薩摩屋久島	明暦元	86		法華宗、伊勢藤堂氏臣-薩摩島津氏臣
	小	祐馬	→小島祐馬 1190								
	小源寺星舲		→梅辻星舲 1059								
3166	正墻	適處	薫・董		朝華	適所・研志堂-適處	鳥取	明治9	59	佐藤一齋 篠崎小竹	鳥取藩儒、姓ヲ正垣トモ書ク
3167	正司	碩溪	考祺	庄治	子壽	碩溪・南鈌	肥前有田	安政4	65		富商、兵學
3168	庄司	南海	驥・春作	源三郎	千里	南海・囂々齋	江戸	明治24	79	池田秋水	江戸ノ儒者、一時竹島氏ヲ稱ス

3169 庄原 篁墩　懿　文助　彜〔彝〕卿　篁墩・柳暗　周防　（安政・江戸）

昌谷　→サカタニ 2942〜

松 烏涯　→松本烏涯 5692

松 延年　→松村梅岡 5689

松 儀　→松浦霞沼 5566

松 元泰　→松井長江 5561

松 秀雲　→松平君山 5635

松 松庵　→今井松庵 806

松 貞吉　→村松蘆溪 6016

松 篤所　→松浦篤所 5572

松 敏卿　→今井松庵 806

松 平陵　→松會平陵 5575

莊　→ソウ (3470)

3170 莊門 霞亭　文嚮　制〔右〕衛門　子原　霞亭・鷗波居士　丹後　萬延元　65　田邊藩儒、書

3171 莊司 健齋　寛・秀實　健齋　水戸　水戸藩士、醫、姓ヲ庄司トモ書キ畠山氏トモ稱ス（天保・弘化）

3172 莊田 鷗處　教　教四郎　彬叔　鷗處　備中　明治28　25　莊田霜溪　霜溪男、高梁藩儒

3173 莊田 霜溪　霜溪　高梁藩儒

3174	莊田	膽齋	忠坦	半藏	君平	膽齋	會津	明治9	62	巻菱湖	會津藩儒
3175	莊田	恬逸	伊勢松―良資	傳吉郎・新助・五郎太夫・藤左衞門	斌卿	恬逸・春龍	安藝廣島	享保8	(65)64	林鳳岡	初メ植木氏・大河内氏ヲ稱シ莊田氏ニ改ム、廣島藩士―幕府儒官、莊恬逸ト修ス
3176	莊田	豊城	立木・仁靜―允益	平五郎	子謙	豊城先生・新橋先生	江戸	寶暦4	58	伊藤東涯・服部南郭	臼杵藩儒、詩・文、莊子謙ト修ス(私謚)文恭
3177	莊田	琳庵	靜	萬右衞門	子默	琳庵(菴)	武藏	延寶2	36	谷一齋	丹波龜山藩儒、刑死
	篠	三島	→篠崎三島 3084								
	篠	郁州	→篠崎三島 3084								
	篠	弼	→篠原叢山 3093								
	鷦鷯		→ササギ 2867								
3178	城	鞠洲	由道	允	升卿	鞠洲	肥後	明治3	71		熊本藩儒
	城	峴山	→今城峴山 819								
3179	城	劫齋	世敬	周佐衞門	子猶	劫齋	松本	天保中			今城峴山男、松本藩儒
3180	城	竹窓	重淵・重教	勇雄・勳	子潛・伯儀	竹窓・牧山・半白癡(痴)・天則廢人・立花八重淵	高鍋	明治33	73	古賀茶溪等	高鍋藩儒(明倫館教授)―大參事
3181	城	長洲	晋	隆平	康卿	長洲・亦政堂・精義塾主人・華臍道人	紀伊長島	慶應3	63	佐藤一齋・大窪詩佛	伊豫ノ醫、詩
3182	城	朴齋	世寔	郡之丞	子温	朴齋	松本	寛政中			今城峴山男、松本藩儒
3183	城	連城	世璞	貢	趙卿	連城	松本	文久中		安積艮齋	今城峴山男、松本藩儒
	饒田		→ニギタ 4590～								
3184	白井	華陽	廣・景廣・實	貞介	士潤・伯(白)華	華亭・華陽・梅泉	新潟	天保7		呉北汀・龜田鵬齋	詩・畫

3185	白井　靖齋	重陽	彌平・彌五郎	任卿	靖齋・西郭先生		天保4	62		本姓源氏、長坂氏ヲ稱ス、庄内藩士(致道館統括)
3186	白井　赤水	惟德(慮)	元藏	士恭	赤水・養素園	京都	天保9	77		京都ノ儒醫、詩、紀維德ト稱ス
3187	白井　東月	重行	矢太夫・彌太由	子德	東月	羽前	文化9	60	加賀山桃季	庄内藩儒(致道館祭酒兼司業)
3188	白井　樂山	同風			樂山	北海道	昭和41	73	東京外大	英文學、ジャーナリスト、詞
3189	白石　照山	牧	常人	白羊	照山	豊前中津	明治16	69	野本白巖・古賀侗庵	本姓久保田氏、中津藩儒
3190	白石　桃花洞	榮	彦三郎	子春	桃花洞(園)・眞人・黃堂	肥前平戸	明和9		入江南溟	平戸藩儒
3191	白木　半山	彰		有常	半山・半水	讃岐			中井竹山	
3192	白土　惠堂	清直	右門	士(子)温	惠堂・志道館	常陸佐竹	明治14	67		佐竹藩儒(明倫館助教)-秋田藩權大參事
3193	白鳥　庫吉	庫吉				上總	昭和17	77	東京帝大	東洋文庫
	城	→ジョウ 3178〜								
3194	心　越(僧)	興儔	心越		東皐	杭州金華	元祿9	57		明歸化僧、俗姓蔣氏、水戶祇園寺住職
	津　士雅	→津田東陽 3925								
	神　行簡	→神保蘭室 3210								
3195	神　晉齋	惟孝	讓助	伯友	晉齋	備前邑久	慶應2	67		京都ノ醫-篠山藩儒醫(江戶)
3196	神　履堂	惟德	斧三郎	子愼	履堂・秋洞	京都	明治37	71	佐藤一齋・市河米庵	晉齋長男、篠山藩儒(江戶)-成城學校講師等
	神藤　峨眉	→眞藤峨眉 3198								
	神野	→ジンノ 3207								

3197	神馬	泰運	善繼	敬齋		泰運・敬益・善眞・千松・銚子房・敬天山人・卜遊齋・邑齋・渥涯・泰雪	羽後山本	安政3	72	鈴木朴隣	儒醫
	神保		→ジンボウ 3209〜								
	神龍院梵舜		→梵舜(僧) 5451								
3198	眞藤	峨眉	世範	宗七	叔度	峨眉・漁樵	福岡	文化8	82	井上周道	福岡藩儒、姓ヲ神藤トモ書ク
	秦		→ハタ 4807〜								
3199	進	鴻溪	漸	昌一郎	迂(于)達	鴻溪・祥山・鼓山・歸雲	備中阿賀	明治17	64	山田方谷・佐藤一齋	高梁藩儒(有終館學頭)―高梁ノ儒者(閑々塾)
3200	進藤	雲嶺	雅		翰吾	雲嶺・嶺南學人・淵泉廬	甲斐				詩
3201	進藤	杏村	雅章	成溪		杏村・資生堂	甲斐				(江戸末期・江戸)
3202	進藤	香塢	眞孝			香塢・蘆花・淺水漁者	近江	明治9	69	梅辻春樵	天台宗僧、詩(白鷗吟社)
	森	生駒	→日下生駒 2368								
	新	白石	→新井白石 317								
3203	新宮	涼庭	織造―碩		涼亭―涼庭	驅豎齋・鬼國山人・順正書院(主人)・大愚・市井癡(痴)人	丹後由良	嘉永7	68	吉雄如淵・巖溪嵩行	京都ノ蘭醫・詩
	新興		→ニオウ 4581〜								
3204	新庄	柏園	道雄・敬恭	三階屋幸次郎・平藏・仁右衛門・新右(左)衛門・甚右衛門		柏園(文庫)・松華主人・三階松(廼)屋・清藁科河	駿河江川町	天保6	60	平田篤胤等	豪商、漢學・國學・天文・暦算
3205	新保	西水	正興	清次・右源太	靖雨	西水	越後	明治26	62	大槻盤溪	峯岡藩儒
3206	新見	茅山	正路	吉次郎・伊賀守	義卿	茅山・賜蘆堂(書院・文庫)		嘉永元	58		幕臣(大坂西町奉行)、藏書家(賜蘆文庫・新見文庫)

	姓	號	名	通稱	字	號	生地	沒年	享年	師名	備考
3207	神野	菊叢	景遠(達)	清紀-善右衛門	志(士)寧-子宏	菊叢・鈍齋・一無・雪丘	江戸	天保11	73	山本北山	名古屋藩儒
3208	神野	半洲	世猷	左衛門・十藏・半十郎・順藏	文徽	半洲・松篁軒	尾張	嘉永6	82	細井平洲	本姓服部氏、名古屋藩士(勘定奉行)
3209	神保	暘谷	忠貞・貞一	甲作	純甫	暘谷・半隱	米澤	天保10	60	細井平洲・龜井南溟	蘭室男、米澤藩儒
3210	神保	蘭室	善彌-綱忠-行簡(管)	容助	子廉(祥)	蘭室・蘭齋堂	米澤	文政9	84	細井平洲	米澤藩儒(興讓館督學)-米澤ノ儒者(宜雨堂)、神行簡ト修ス

〔す〕

	姓	號	名	通稱	字	號	生地	沒年	享年	師名	備考
3211	周布	觀山	兼翼	政之助	公輔	觀山・庥田・搜梅・澤江漁夫・雛翁・爲春・愼獨齋		元治元	42	村田清風・小谷遜齋	萩藩士、詩、自刃、(變名)庥田公輔・松岡敬助
3212	周布	藍陵	兼親	簡一・五郎左衛門	子文	藍陵	萩	文政6	30	萩藩黌(明倫館)	詩
3213	首藤	思成	宗昌		世美	思成	信濃上田		47		西條侯儒
3214	首藤	水晶	元昺	文三(二)郎	文二・仲虎(乕)	水晶山人	美濃岩村	明和9	(35)33	南宮大湫	姓ヲ須藤トモ書キ鈴木トモ稱ス、桑名・江戸ノ儒者、滕(藤)元昺・滕(藤)水晶ト稱ス
3215	陶山	訥庵	存・以直	五一郎・庄右衛門	士道	訥庵・鈍翁・西丘老夫・海隅生	對馬	享保17	76	木下順庵	對馬藩士
3216	陶山	南濤	冕・元常	生島春卿-源四郎・七助	尙善・廷美	南濤	土佐	明和3	67	伊藤東涯	本姓井戸氏、後、生島氏、土佐藩醫-丹後宮津藩士-大坂ノ儒者、華音ニ通ズ、姓ヲ陶・岡ト修ス
3217	須賀	衡齋	安重	重右衛門		衡齋	尾張	文化6			亮齋男、名古屋藩儒
3218	須賀	精齋	安長・安致-諠安	吉平次(治)		精齋・麗澤窩	尾張	寶暦5	67	小出侗齋・吉見幸和	名古屋藩儒、姓ヲ賀ト修ス
3219	須賀	亮齋	安貞	順次郎-圖書	順次	亮齋・玉潤(潤)・燈心齋	尾張	文化元	81	須賀精齋・吉見幸和	精齋男、名古屋藩儒
3220	須田	水明	秀直	市右衛門	子敬	水明・水境	羽後	明治21	83	沼田孤松	秋田ノ儒者

3221	須藤	神庵	丞	芳之丞	敬布	神庵	京都				（江戸後期）
	須藤	水晶	→首藤水晶 3214								
3222	須藤	柳圃	温	理右衛門	子直	柳圃	下野越名	明和8	53	中根東里・柴野栗山	河岸問屋
	須原屋茂兵衛		→北圃格齊 2288								
3223	諏訪	頼寶	頼寶	太郎八・安左衛門							幕臣、詩・文（寛政）
3224	諏訪	頼庸	頼庸	鶴藏							信濃高遠藩主男、詩・文（天明）
3225	鷲見	淡成	慶明・休明・保明	新助・權之丞	子休	淡成舍・忘言亭		文化5	59	安藤箕山	鳥取藩士、和歌
3226	鷲見	東柯	良熙		逸仲	東柯・幽蘭館	名古屋	安永5	56	中西淡淵	名古屋ノ儒者（私謚）正貞先生
	水	業元	→水足博泉 5840								
	水	屏山	→水足屏山 5841								
3227	出納	玉嶺	尚堅	藤九郎	實行	玉嶺	備前邑久	安政元	79		備前國老伊木氏臣、姓ヲ納ト修ス
3228	吹田	千巖	定孝	傳之助	繼志	千巖	若狹			江村北海	
3229	吹田	定敏	定敏		君脩		若狹				
	隋朝		→随朝 3230〜								
3230	随朝	欽哉	達	揆一	子(士)善	欽哉	下總高岡	明治26	62	朝川善庵	若水養子
3231	随朝	若水	千里駒郎–肇臣・陳		欽若	若水・不不芳齋・一貫堂純齋	京都	嘉永元（3）	64（61）	猪飼敬所	本姓大久保氏、河野氏トモ稱ス、常陸金江津ノ算學者
	嵩		→カサミ 1824								

	嵩	傳(僧)	→金地院嵩傳 2730								
3232	末包	玉山	曼壽	藤太郎(夫)	隺齡	玉山・玄齋・玉仙叟	江戸				金陵男、江戸ノ儒者
3233	末包	金陵	時亮		君卿	金陵	讃岐				(江戸中期)
3234	末包	立石	文事・世彦		孟俊・文郁	立石	江戸				玉山男(江戸後期・江戸)
3235	末永	虚舟	九太夫―十兵衛―景順	爲左衛門		虚舟・了仲	筑前久留米	享保14	95	貝原益軒	久留米藩士―直方藩士
3236	末永	周洋	節	修輔	子淸	周洋	岩國	明治4	75	龜井昭陽	詩・書・畫
3237	末松	靑萍	謙澄		受卿	靑萍	筑前	大正9	66	村上佛山	英國留學、明治政府高官、文學・法學博士
3238	末吉	雲陽		捨介		雲陽・鳳洲		明治2	54	龜井昭陽	島原藩士・開塾(天口舍・雲陽塾)
3239	陶	半窓	惟禎(貞)	儀三郎		半窓・砂山	伊豫	明治6	77		伊豫ノ儒醫
3240	菅	櫻廬	政友	亮之介	櫻廬	櫻廬	水戸	明治30	74		水戸藩儒
3241	菅	寂眉	義鄰	武環	季德	寂眉					(江戸・文政)
3242	菅	葛陵	凞	城助	子凞	葛陵				片山兼山	笠原藩士(江戸)
	菅	甘谷	→菅谷甘谷 3258								
3243	菅	牛鳴		須原屋茂平		牛鳴・積葉園	伊勢松坂		餘70	韓 天壽	本姓田中氏、易・詩・書(江戸末期)
3244	菅	亨	亨		仲徹		京都	延寶中			
	菅	玄同	→鎌田得庵 1940								
3245	菅	五老	基	伊織・宗藏・孟幸	孝伯	南風館・五老(山人)		文政2	40	白井東月・立原杏所	庄内藩士(致道館助教)、畫

3246	菅	自牧齋	惟繩	三郎	昭叔	自牧齋・良庵	備後	萬延元	51	頼杏坪 頼山陽等	本姓菅波氏、茶山甥、備後ノ儒者(廉塾)
3247	菅	新菴	震孟	孟苟	巽旬	新菴	江戸				(江戸後期)
3248	菅	耻庵	晋葆・晋寶	圭二	信卿	耻(恥)庵・小驛・三間	備後	寛政12	33	西山拙齋	茶山弟、京都ノ儒者、詩
3249	菅	茶山	晋帥(師)	喜太郎—百助—太中(仲・冲)	禮鄉(卿)	茶山・黄葉夕陽村舍・廉塾	備後神邊	文政10	80	那波魯堂	本姓菅波氏、酒造業、神邊ノ儒者(黄葉夕陽村舍)—備後福山藩儒(廉塾)、醫、詩(私謚)文恭先生
	菅	得庵	→鎌田得庵 1940								
	菅		↕カン(2134)								
3250	菅井	覇陵	敬勝	愼次郎	吉甫	覇陵	大坂	天明4	38	林家	棚倉藩儒(江戸)、姓ヲ菅ト修ス
	菅波	茶山	→菅 茶山 3249								
3251	菅沼	西陵	攀髯	文次(治)郎	子證(登)	西陵(山人)・王屋山人	江戸			菅沼東郭	東郭男、大坂ノ儒者(江戸中期)、阮西陵ト稱ス
3252	菅沼	東郭	大簡	文庵・文藏	子行	東郭	江戸	寶曆13	74		徂徠派、江戸ノ醫—大坂ノ儒者、阮東郭ト稱ス
3253	菅野	葛陵	煕	城助	子煕	葛陵		文政3		片山兼山	笠間藩儒
3254	菅野	兼山	彰彥	甚平—彥兵衞	直養	兼山・會輔堂	水戸	延享4	68	三宅尚齋	江戸ノ儒者(會輔堂)
3255	菅野	綸齋	要中	勘平	子和	綸齋	江戸	寛政11		三宅尚齋 菅野謙山	兼山男
	菅野		↕スゲノ 3306〜								
3256	菅間	鷲南	元祥	貞介(助)	休卿	鷲南・禮張堂	加賀				加賀ノ儒者(江戸後期)
3257	菅谷	霞北	軍次郎			霞北		昭和40	80		詩・文

3258	菅谷	甘谷	晨耀	小善(膳)	子旭	南嶠-甘谷・滄英堂	和泉岸和田	寶暦14(明和元)	(75)74	荻生徂徠	本姓藤原氏、後、菅原氏、始メ姓ヲ府川氏、後、掘氏養子、岸和田藩儒-大坂ノ儒者、詩・文(混沌社)、屈南嶠ト稱シ、菅甘谷・菅晨耀ト修ス
3259	菅谷	歸雲	清成	門次・喜兵衛	伯美	歸雲・松夢・五癡(痴)	江戸	文政6	(70)67	平澤旭山 澤田東江	高崎藩士、詩・文・書
3260	菅谷	幽峰	正作			幽峰	武藏男衾	昭和35	68		書
	菅原	玄洞	→鎌田得庵 1940								
	菅原	時憲	→秋元小丘園 170								
3261	菅原	東海	基・誼	文藏	子恭	東海	奥州	文政11		井上金峨	今津・佐伯侯賓師
	菅原	得庵	→鎌田得庵 1940								
3262	菅原	南山	茂實	新内	子英	南山・巴調・居易	仙臺	天明2	81	遊佐木齋 室鳩巢	仙臺ノ儒者
3263	菅原	二山	勝意	餘語彈正	子敬	二山				山本北山	江戸ノ儒者
	菅原	麟嶼	→山田麟嶼 6330								
3264	菅原	老山	琴	司	冰清	老山	美濃		(70)		詩(文化)
3265	杉	信生	信生		子適		出石	明和5	70	伊藤東涯	
3266	杉	聽雨	重華	忠次郎・德祐・少輔・九郎-孫七郎	子華	聽雨(山房)・古鍾庵・古鐘・松城・古硯齋・鯨肝・三泉生・古隅山人・古研樓・古竹堂・玉蘭堂・八研堂・無悔堂主人・五樂道人・鴻東・呑鵬・鞠蕣・猴林・今蜀人・竹堂・今業平・立墩・三影・樧華		大正9	86	萩藩黌(明倫館)	本姓植木氏、萩藩士(幕府遣歐使隨行)-樞密顧問官、子爵、詩・書・句(變名)杉山七郎・植木德輔
3267	杉浦	蹇齋	正春・正職	市十郎・内藏允		蹇齋・琴川		寶永8	41	東條一堂 人見竹洞	幕臣、琴
3268	杉浦	止齋	宗恒	千輔(助)		止齋・誠齋		寶暦10	50	石田梅岩	本姓平氏、丹波龜山藩士-京都ノ心學者

3269	杉浦　西涯	吉統	市郎兵衛	總中	西涯・細香園	江戸	文政中		柴野栗山	書
3270	杉浦　南陰	正臣	退藏		南陰・楠陰		明治21	41	岩垣月洲	膳所藩士(遵義館教官)
3271	杉浦　梅潭	誠	正一郎	求之	梅(楳)潭(書屋)	江戸	明治33	75	大橋訥庵・大沼枕山	本姓久須美(見)氏、幕臣、詩(晩翠吟社)
3272	杉江　岸龍	常翁	道雲		岸龍・慈岳・龍常・空背子・中山含章軒					儒醫(江戸前期)
3273	杉江　聽松	重			聽松		大正4	71		詩
3274	杉岡　暾桑	道啓(敬)		公暗(睹)	暾桑・鈍吟	京都	文政5		江村北海・清田儋叟	美濃郡上藩儒
3275	杉崎　正弘	正弘	彦三			豊後	明治6	77		岡藩儒
3276	杉田　鷧齋	翼	玄(元)白(伯)	子鳳	鷧齋・天眞樓・紫石老人・九幸翁・小詩仙堂	江戸	文化14	85	西　玄哲・宮瀬龍門	小濱藩醫─江戸ノ醫(天眞樓)、詩・歌・句・畫、姓ヲ椕田トモ書ク
3277	杉田　錦腸	豫・預		立卿・甫仙	錦腸・泉堂・天眞樓	江戸	弘化2	60		鷧齋男、小濱藩醫、蘭學
3278	杉田　紫石	勤・公勤	亮策─伯元	士業	紫石・牆東(居士)	江戸	天保4	71	杉田玄白・柴野栗山	本姓建部氏、鷧齋養子、小濱藩醫(奥醫師)
3279	杉田　梅里	信		成卿	梅里・風來山人・天眞樓	江戸	安政6	43	萩原綠野・坪井信道	錦腸男、幕臣─小濱藩醫─幕臣(蕃書調所教授)、蘭書ノ飜譯
3280	杉田　蘭園	靖		恭卿	蘭園				伊東藍田	紫石長男、詩
3281	杉林　吳山	維修	主鈴	猷卿	吳山		文政元			京都ノ儒者
3282	杉原　凱	凱	外之助			會津	明治4	66	安部井帽山	會津藩儒
3283	杉原　豪盛	豪盛	團吉			武藏	明治33	74	昌平黌	川越藩士、詩・文
3284	杉原　心齋	直養	平助(介)	浩然	心齋・綠静堂	江戸	明治元	餘60	昌平黌	幕府儒官
3285	杉原　半水	燁・曄		文林	半水・懶(懶)仙		天保5	22	安積艮齋	幕臣

3286	杉村	霞泉	易助			霞泉		文政元			川越藩士─川越ノ儒者
3287	杉村	氷臺	輪之助		仲轍	氷臺(俳號)					霞泉男、川越藩儒、句
3288	杉本	蠖蕣	孟鍾	玄澤	蠖蕣						大坂ノ儒者、詩
3289	杉本	剛齋		忠四郎	玄義─操義	剛齋	丹後田邊	享保6			丹後田邊藩儒醫、詩・文
3290	杉本	沖庵	信清	軍之亟─德左衞門		沖庵・至德軒	因幡若櫻	享和元	62		因幡若櫻藩士
3291	杉山	活齋	方歸・方	泰助・鴨右衞門・宇八郎	子淳・廉夫	活齋・鍾淵・橘州	三河	天明3	61	荻生北溪	擧母藩儒
3292	杉山	恒齋	正義	謙・清兵衞		恒齋	筑後	寛延2	64	合原窓南	久留米藩士、易・書
3293	杉山	三關	弼		良哉・諧公	三關	三田尻	文化10	44	龜井南溟	長門藩儒
3294	杉山	隨齋	懿	海助	文人	隨齋・隨翁・讀書庵	江戸				江戸ノ儒者(江戸後期)
3295	杉山	竹外	魁	四郎	春卿・大魁	竹外	羽前山形	明治10	67	古畑玉函 昌平黌	江戸ノ儒者─上野館林藩儒、書、杉魁ト修ス
3296	杉山	梅園	延─皞	勝善治	子長─白華	梅園・不如學齋・不高語		弘化元	40	秦滄浪	名古屋藩老石河氏儒臣、書、姓ヲ椙山トモ書ク
3297	杉山	復堂	忠亮	千太郎	士(子)元	復堂・致遠齋・敦齋	常陸	弘化2	45	古賀精里 藤田幽谷	水戸藩儒(彰考館總裁)
3298	杉山	茂肅	造	武助─勇右衞門		茂肅	越後絲魚川	寛政6			越後ノ儒者
3299	杉山	熊臺	惟脩(修)・檀	平兵衞・平之丞(允)	公敏	熊臺・東邦・東郭・遜志齋	伊豫	文政5	68	尾崎訥齋 古賀精里	伊豫松山藩儒(考德館督學)
3300	杉山	豫齋	篤信・信	良藏	子良	豫齋・日州・九龍	越前福城	弘化4	54	皆川淇園 小林常次	本姓源氏、初メ青山氏、大聖寺宮侍醫(謚號)思誠
3301	杉山	良哉	良哉	威八	混公		周防三田尻	文化10	44	龜井南溟	山口藩老毛利氏儒
3302	椙山	堯陳	精一		堯陳		江戸				幕臣(御書物奉行)(江戸末期)

3303	村士	玉水	宗章・元章		行（剛）藏	玉水・一齋	江戸	安永5	(4448)	村士淡齋 稲葉迂齋	淡齋男、福山藩儒（江戸）・私塾（信古堂）
3304	村士	淡齋	宗恒・宗殖	彌十郎・彌左衞門		淡齋・不厭庵	江戸	明和9	73	三宅尙齋	福山藩儒
3305	介川	綠堂	通景・景	東馬	子玖・子明	綠堂・靜齋・東馬	秋田		69	秋田藩黌	秋田藩士（江戸・天保中）
3306	菅野	彊齋	景知	岱立	子行	彊齋・維新庵・鷄肋山人	播磨	文政13	65	西山拙齋	姫路藩士（鄕校教授）－龍野藩儒醫、詩・文
3307	菅野	眞齋	弘祖	武助		眞齋・松塢	播磨北條	天保15	72	賴　春水	姫路藩士（高砂申義堂教授－家老私塾仁壽山黌副督學）
3308	菅野	白華	潔	狷介	聖與興（典）	白華・伯和・乾齋・東塢・天山堂主人・有所不爲軒	播磨高砂	明治3	51	古賀侗庵	眞齋三男、姫路藩儒（江戸－姫路）
	菅野	↕スガノ 3253〜									
3309	薄木	雷山	如一			雷山		昭和20以前			薄木病院長（大阪）
	鈴	↓レイ (6576)									
3310	鈴木	遺音	棟			遺音	京都	弘化3	64		京都ノ儒者
3311	鈴木	一鳴	汪・重元	主馬		一鳴・北溟釣客－萬頃	羽後	文政元		金　嶽陽 古賀精里	秋田藩儒（明德館文學）、弓術
3312	鈴木	榮順	常吉－榮次			榮順	上總	明治17	80		
3133	鈴木	益堂	善教	德之助	叔德	益堂	江戸	萬延元	42	昌　平　黌	江戸ノ書肆
3314	鈴木	鶯塘	時信	主稅		鶯塘	江戸	明治元	53	佐藤一齋 市河米庵	上野輪王寺宮臣
3315	鈴木	蝸庵	勝鳴	五郎次	叔先	蝸庵・自賁堂	白河	明治7	77		本姓秋山氏、桑名藩儒
3316	鈴木	雅之	雅之	一平			下總	明治4	35		大學小教授、和漢ニ通ズ
3317	鈴木	寛裕	仲舒			寛裕・壽伯					大坂ノ儒者、姓ヲ鈴ト修ス

3318	鈴木	瀚齋	汪々	千里		瀚(翰)齋		安政6	53		本姓長沼氏、米澤–長門–足利藩士
3319	鈴木	宜山	圭	雲中・圭輔・德輔	君璧	宜山	備後福山	天保5	63		福山藩儒醫
3320	鈴木	恭齋	諧	集司	舜弼	恭齋					松本藩士、儒(江戸・天保)
3321	鈴本	恭齋	讓		文讓	恭齋				朝田善庵	上州高崎ノ儒者(聿脩堂)(江戸後期)
3322	鈴木	恭節	恭節	長藏			上總	文政13	69	稻葉默齋	本姓藤原氏、初メ鵜澤氏ヲ稱ス、館林藩士(教授・侍講)
3323	鈴木	仰山	祥正		子師	仰山	沼津				詩・文(寛政・享保)
3324	鈴木	旭山	定寛		温卿	旭山	大坂	天明8	35	奥田尚齋	大坂ノ儒醫
3325	鈴木	金谷	重時	半次郎・半兵衛	奉卿	金谷・露川	常陸	安政3	42	靑地林宗	水戸藩士、蘭學、姓ヲ鱸氏トモ書ク
3326	鈴木	荊山				荊山	越後水原	文政4	73	三浦鷗沙	詩・句
3327	鈴木	玄道	睦太郎–豊	玄道	韭卿		尾張犬山	明治11	65	秦　松洲等	犬山ノ醫–犬山藩士(敬道館教授)
3328	鈴木	伍草	重眞	治部左衛門	子實	伍草・雲莊・羽自齋・愛蘭堂		天明6	52	須賀精齋 須賀亮齋	犬山藩士
3329	鈴木	交陵	親	三六	伯長	交陵	武藏妻沼	文久中		寺門靜軒	旅籠業、詩・文(文政8在世)
3330	鈴木	浩然	元義(藏)	主馬	浩然	龍松閣(園)		文化中			江戸ノ儒者
3331	鈴木	黄軒	鐸・振道		素道	黄軒	常陸				水戸藩士
3332	鈴木	廣川	惟親	四九郎	克敬	廣川・漂麥園・默山・木任陳	上野	天保9	59		詩・文、姓ヲ鱸氏トモ書ク
3333	鈴木	始卿	始卿				伊勢				津藩士、詩(寶暦・明和)
3334	鈴木	柿園	鹿	鹿之助	公鹿	柿園・恥(耻)堂	越後	明治20	27	近藤眞琴 中村敬宇	文臺孫、惕軒男、越後ノ儒者、詩・文・洋學

3335	鈴木修次	修次				東京	平成6	66	東京文理大	廣島文理大教授、中國文學
3336	鈴木春山	強	俊二郎	自強	春山・童浦	田原	弘化3	46	朝川善庵	田原ノ醫―田原藩醫（成章館教授）、兵學家
3337	鈴木春山	淳	道察	忠海	春山	陸前	明治29	77	南山(僧)・油井牧山	本姓笹本氏、醫―儒
3338	鈴木純淵	小三郎―重榮	主稅	叔華	純淵・鑾城	福井	安政3	43	前田梅洞	本姓海福氏、福井藩士
3339	鈴木順亭	嘉		君則	順亭・松溪（谿）	越後	嘉永元	24	多紀安叔・山田昌榮	文臺兄、桐軒男、儒醫、詩・文
3340	鈴木潤齋	温・公温		澤父	潤齋・尋思齋	京都	文化元	61	西依南洋	
3341	鈴木小蓮	恭通・恭	文藏	遠耻（恥）	小蓮	江戸	享和3	(23)25	皆川淇園	芙蓉男、畫・詩、姓ヲ木ト修ス
3342	鈴木松江	玄淳		子朴	松江	常陸	天明4	81		常陸ノ醫、姓ヲ鱸氏ト改メ盧氏トモ稱ス、詩
3343	鈴木松江	宜愛（受）	子之吉		松江	水戸				水戸藩儒（文久元年教授）
3344	鈴木松塘	元邦	禮助	彦之	松塘・東洋釣史・十髯叟堂・晴耕雨讀齋（翁）・懷人詩屋	安房	明治31	76	梁川星巖	鱸氏トモ書ク、詩（江戸・七曲吟社）
3345	鈴木松嵐	道	廉之助	士行	松嵐	陸前仙臺	文政以後		志村五城	江戸ノ儒者、詩
3346	鈴木新藏	歛	主稅・新藏	貢文		陸奥八戸	文化5	79	香川南洋	八戸ノ醫―盛岡ノ儒醫（私諡）倉部先生
	鈴木水晶	↓首藤水昌 3214								
3347	鈴木星海	世孝	俊平・圖書	子養	星海・漁翁・南山・曠達居士	赤穗	文久2	81		天文・易學
3348	鈴木菁々	元長	爲三郎	子淵	菁々・祝琳齋・必庵・庭拍子・爲三堂・噲々其一		安政5	63		畫・詩
3349	鈴木盛寶	盛（成）寶	傳藏・才兵衛						林家	本姓中嶋氏、幕臣（寛政3在世）
3350	鈴木靜山	清一郎・讓		實侯	靜山・串宇	伊豫	昭和5	77		詩

3351	鈴木	石橋	至(之)德	四郎兵衛	澤民	石橋・麗澤之舍・閑翁	下野 鹿沼	文化12	62	昌平黌	鹿沼ノ儒者(麗澤之舍)-宇都宮 藩士、易
3352	鈴木	澶洲	吉明・嘉章	嘉藏	子煥・煥卿	澶洲山人	江戸	安永5	62	荻生徂徠 篠崎東海	江戸ノ儒者、姓ヲ木ト修ス
3353	鈴木	莊丹	莊藏		能靜	莊丹・棻䆫	川越	文化12	84		儒醫、俳諧
3354	鈴木	大拙	貞太郎			大拙・也風流庵	石川	昭和41	95	東京帝大 (僧)宗　演	禪思想家、「松ヶ岡文庫」
3355	鈴木	大凡	重宣	千介	俊卿	大凡・檻泉・風詠亭	常陸	文政6	73		水戸藩士(彰考館)
3356	鈴木	椿亭	文・忠恕	文(分)左衛門	猶人	椿亭・幽谷・二歩只取・櫻園	江戸	文政12	65	大田南畝	幕臣、詩(牛門詩社同人)、姓ヲ鱸 トモ書キ鈴ト修ス
3357	鈴木	貞齋	重充	鳥羽金次郎- 金七		貞齋	土佐	元文5	61	淺見絅齋 室　鳩巣等	伊勢-大坂ノ儒者
3358	鈴木	惕軒	謙	健藏	光卿	惕軒	越後	明治29	61	鈴木文臺	本姓小川氏、文臺養子
3359	鈴木	宕陽	融			宕陽	紀伊	昭和6	73	鳥山　啓 石田醉古等	田邊藩士
3360	鈴木	東海	恒	才助・正立	如升	東海	安房	萬延2	41	坪井信道 安積艮齋	抱山兄、安房ノ儒醫
3361	鈴木	桃野	成夔	孫兵衛	一足	桃野・詩漠山人・醉桃子・桃 花外史・慥亭	江戸	嘉永5	53	多賀谷向陵 藤木白藤	本姓紀氏、白藤男、幕臣(昌平黌 教授)、書
3362	鈴木	透軒	元辰	辰之助	孟陽	透軒	安房	慶應元	22	鈴木松塘	松塘長男、詩、姓ヲ鱸トモ書ク
3363	鈴木	槑林	豊大・大	安之進	子明	槑林・欄台(臺)		明治30			水戸藩士-修史館
3364	鈴木	白泉	重祐	又吉-與市	子答	白泉・竹笣	水戸	寛政5	77	安積澹泊	水戸藩儒(彰考館)
3365	鈴木	白藤	成恭・恭・烘	岩次郎	士敬	白藤(桃)	江戸	嘉永4	85		本姓紀氏、幕臣(御書物奉行)、藏 書家、姓ヲ木ト修ス
3366	鈴木	半山	清(正・政)寧	礒右衛門	又甫(介)	半山	伊勢		餘60		津藩儒(有造館典籍)(江戸後期)
3367	鈴木	豹軒	虎雄			〔詩〕豹軒・〔和歌〕葯房	新潟	昭和38	86	東京帝大	詩人、京大教授

3368	鈴木	芙蓉	雍	新兵衛	文熙	芙蓉〔窩〕・老蓮・眞逸	信濃飯田	文化13	68	池 大雅	本姓木下氏、德島藩士(繪師)、詩・文(江戸)
3369	鈴木	文臺	弘	陳藏	子毅	文臺・石舟	越後	明治3	75		越後ノ儒者(長善館)
3370	鈴木	抱山	森二郎–恭	正立	思道–克齋	抱山・研北・天眞道人・天眞觀迂人・奚疑〔庵〕	安房館山	明治31	66	伊東玄晁	東海弟、館山ノ醫(種痘)、詩
3371	鈴木	豊	豊	玄道	非卿		犬山	明治11	54	秦 世壽　飯沼慾齋	犬山藩儒
3372	鈴木	養齋	直二	莊内		養齋・空水・大順堂	上總姫島	天保8	74	安井利恒　櫻木闇齋等	養察孫、上總ノ儒者
3373	鈴木	養察	養察	權次郎・源兵衛・莊内			上總姫島	安永8	85	稲葉迂齋	上總ノ儒者
3374	鈴木	蘭園	龍	修敬	子雲	蘭園		寛政2	51		(京都)
3375	鈴木	蘭臺	大			蘭臺		明治36			水戸藩士
3376	鈴木	離屋	恒吉–朖(朗)	常介(助)	叔清	離屋	尾張枇杷島	天保8	74	丹羽 謝　本居宣長	本正山田氏、名古屋藩士(明倫堂教授)
3377	鈴木	栗里	良翰	澤次郎	憲叔	栗里・菁莪園	松山	文政8	39		松山藩士
3378	鈴木	龍洞	行義		子達	龍洞・好古軒	東武	明和中			儒・和學
3379	鈴木	蓼處	魯		敬玉	蓼處	福井	明治11	46	森 春濤	福井藩儒(明道館句讀師)–教部省(東京)
3380	鈴木	廉泉	重禮	又介	子興	廉泉・翠園	水戸	安永8	35		白泉男、姓ヲ穂積氏トモ稱ス

鱸 金谷 →鈴木金谷 3325

鱸 元邦 →鈴木松塘 3344

鱸 玄淳 →鈴木松江 3342

鱸 ↔鈴木 3310〜

	進		↓シン 3199								
3381	砂川	由信	由信	順助			淡路	天保中			本姓物部氏
3382	住江	滄浪	昭猷	萬之允(助)	君徽	滄浪	肥後	享保13	38	荻生徂徠	本姓中瀬氏、熊本藩士、詩・畫、姓ヲ墨江トモ書キ、牧滄浪ト稱ス
3383	角田	青溪	平・明	平(市)左衛門-平之丞	公熈	青溪	江戸 青山	寛政元	80	宇佐美灊水	本姓平氏、海保青陵父、丹後宮津藩士-名古屋藩士(世子侍讀)、書(私謚)協眞公
	角田		↕ツノダ 3988〜								
3384	角倉	素庵	玄之・光昌	與一	子元	素庵・蘇庵-貞順	京都 嵯峨	寛永9	(6362)	藤原惺窩	本姓吉田氏、了以長男、豪商、書、「嵯峨本」
3385	角倉	了以	光好	興七		了以	京都	慶長19	61		本姓吉田氏、海外貿易
	墨江	滄浪	↓住江滄浪 3382								
3386	墨田	貫	貫	住吉屋	子習		廣島			香川南濱	廣島ノ商家、音韻學、姓ヲ墨江トモ稱シ、墨ト修ス(江戸後期)

〔せ〕

	姓	號	名	通稱	字	號	生地	沒年	享年	師名	備考
3387	世古	葦洲	元應		子精	葦洲	伊勢	昭和3	72	大林正修 河崎恪齋等	詩(滄水吟社)、久米仙人ト稱ス
3388	世古	延世	延世	格太郎	子直		伊勢	明治9	53	齋藤拙堂	禁裡奉仕
3389	世良	周陽	砥德	修藏		周陽	周防	明治元	34	安井息軒	本姓中司氏
3390	妹尾	老雨		謙三郎		老雨	松江	明治16	61	篠崎小竹 佐藤一齋等	松江藩儒
	瀬		↓ライ (6561)								
3391	瀬尾	劍北	惟實	他之助-健造	子彊	劍北	加賀 石川	明治37	66		加賀ノ教育者

3392	瀬尾用拙齋	維賢	丸屋源兵衛	俊夫	用拙齋・奎文館	京都	享保13	38	伊藤仁齋	京都ノ書賈（奎文館）詩 瀬維賢ト修ス
3393	瀬上梅園	詢			梅園	會津				
3394	瀬能白陽	重衛			白陽	千葉	昭和40	70		支那文學、日大教授
3395	瀬谷桐齋	晋・勝明	小太郎	子順	桐齋・程野・聖雨齋	羽後久保山	天保4	61		秋田藩儒（明德館祭酒）

瀬良　一齋　↓谷　一齋 3827

井　維忠　↓窪井鶴汀 2409

井　義端　↓永井三齋 4443

井　金峨　↓井上金峨 403

井　敬義　↓中井董堂 4252

井　廣正　↓井坂松石 376

井　四明　↓井上四明 408

井　濳　↓井上四明 408

井　太室　↓澁井大室 3114

井　通熈　↓井上蘭臺 436

井　南臺　↓井上南臺 429

井　富藏　↓井上富有 432

井　蘭臺　↓井上蘭臺 436

	井	良佐	→窪井鶴汀 2409								
	西	健甫	→西山西山 4647								
3396	成	實(僧)	空外			成實・啄峰					詩(天保)
	青	厚甫	→青木昆陽 83								
3397	青山堂枇杷麿			青山清吉	吉備	枇杷麿(廡呂)・平々山人・青山居士〔文庫〕・萬巻書樓・千巻文庫		天保9	66		江戸ノ書賈(雁金屋・青山堂)、狂歌
	清	絢	→清田儋叟 3398								
	清	勳	→清田龍川 3399								
	清	綏	→清田藍卿 2308								
	清	儋叟	→清田儋叟 3398								
3398	清田	儋叟	絢	文興・文平	元琰‐君錦	儋叟・千秋齋・孔雀樓主人	京都	天明5(4	67 78)	梁田蛻巖 伊藤龍洲	本姓伊藤氏、龍洲三男、伊藤錦里・江村北海弟、福井藩儒(京都)、白話小説、清絢・清儋叟ト修ス
3399	清田	龍川	勳	大太郎	公績	龍川	京都	文化5(8	63 62)	清田儋叟	本姓江村氏、北海三男、儋叟養子、福井藩儒、清勳ト修ス
	清田		↔キヨタ 2306								
	清地		→キヨチ 2309								
3400	清宮	棠陰	秀堅	秀太郎・總三郎‐利右衛門	顕栗	棠陰・縑浦漁者	下總佐原	明治12	71	久保木竹窓 宮本茶山	佐原邑主津田氏臣、地理
	石	安貞	→石川香山 651								
	石	雲嶺	→石野雲嶺 691								

	石	江村	→石合江村 618								
	石	丈山	→石川丈山 655								
	石	正猗	→石島筑波 679								
	石	晢菴	→石原晢菴 699								
	石	宣明	→石金瀬濱 642								
	石	多仲	→石金瀬濱 642								
	石	鼎庵	→石原晢菴 699								
	石	桃陽	→イシ 617								
	石	瀬濱	→石金瀬濱 642								
3401	關	一陽	安靜			一陽（齋）	常陸久慈				水戸ノ儒者（享保15在世）
3402	關	一樂	長博	正軒・眞庵・幸輔	載輔	一樂（翁）・仁堂	岡山	享保15	87		岡山ノ醫–豊後岡藩儒
3403	關	羽山	盈文			羽山・西擇館	上總市原			林家	博物學（寛政–文化）
3404	關	海南	鐸	公善	士振	海南・桂山	土佐	寶暦13	59	富永維安　香川修定	本姓源氏、京都ノ儒醫、詩・文・書
3405	關	機	機		之發						藍梁男
	關	義方	→石井三朶花 846								
3406	關	琴山	思順	金藏	子祐	琴山	江戸			關潢南　野澤醉石	潢南孫、養子トナル、土浦藩儒
3407	關	錦堆	遠	鐵之助	士仁	錦堆	水戸	文久2	39		水戸藩士、櫻田門外ノ變ニ死ス

3408	關	君達	政方		君達		備中			依田利用	備中ノ儒者
3409	關	虔齋	達	新藏	成章	虔齋・晩晴書屋					(江戸・文化)
3410	關	元洲	照-嘉	進治・晋次	公乘・公德	元洲	尾張名古屋	文化3	54	細井平洲	祖洲男、名古屋藩儒(明倫堂教授)、詩・文・書・畫
3411	關	玄武	毅・義寧		子弘	玄武・機峰	越後			安積艮齋	越後ノ儒醫
3412	關	五龍	重秀・工秀	九郎兵衛	君實	五龍	加賀			本多利明	本姓平氏、加賀藩士、和算(弘化在世)
3413	關	恒	恒	直吉・讃藏	君常		大坂	元治元	38	高島秋帆	蕉川長男、日出藩儒、砲術家
3414	關	潢南	克明	忠藏	子德・德	潢南	江戸	天保6	68(61)	關 南樓	南樓養子、東陽父、土浦藩儒
	關	載甫	↓關 一樂 3402								
3416	關	三一	三一			鴨渚漁史		明治			詩
3417	關	自由	孝和	新助	子豹	自由〔亭〕	上野	寳永5	(69)		本姓藤原氏、初メ内山氏、甲斐府中藩士-幕臣、數學家(關流)、藤子豹ト稱ス
3418	關	重弘	重弘		仲毅		伊豫				(江戸末期)
3419	關	松窓	修(脩)齡	永一郎	君長	松窓(牕)・櫻(棲)雲樓	江戸(川越)	享和元	79(75)	井上蘭臺 昌平黌	上野厩橋藩儒-川越藩儒-林家學頭(江戸)、姓ヲ關藤トモ稱ス
3420	關	湘雲	龍二郎-義臣		季確	湘雲・秋聲窓	越前	大正6(7)	80(79)	林 復齋 羽倉簡堂	本姓山本氏、男爵
3421	關	蕉川	初之助・小太郎-勝之	準平-素平	子克	蕉川	江戸	安政4	65	帆足萬里	本姓小山氏、大坂ノ儒者-日出藩儒(大坂)
3422	關	睡峒	重疑	助五郎-助之亟・北面	子岐	睡峒・喚醒・容膝亭		天保7	81	村士玉水	伊勢崎藩士(學習堂學頭)
3423	關	正成	百助-正成	兵三郎-兵左衛門				寛文10			幕臣(御書物奉行)
424	關	赤城	龔	文太郎・吉十郎	子敬	赤城・懷風館主人	上野沼田	文化5	43	關 松窓	荒物商、江戸ノ儒者

3425	關	雪江	思敬・敬	忠藏・鐵藏	鐵卿・弘道	雪江〔樓〕・弘達	江戸	明治10	51	關　漬南 關　琴山	關鳳岡五世孫、東陽男、琴山養子、土浦藩士-江戸ノ書家(雪香樓)、詩
3426	關	仙籟	一味		士充	仙籟・嘯洞	播磨	慶應3	35	野田笛浦 齋藤拙堂等	龍野藩儒、詩・文
3427	關	祖洲	弘	安之進	子光	祖洲	大垣	安永2	75	荻生徂徠	名古屋藩儒
3428	關	東山	敬明	信藏	子哲	東山	江戸	天明8	38	關　南樓	本姓小堀氏、南樓養子、土浦藩儒、書
3429	關	東陽	思亮	源吉(吾)	世達	東陽・海棠庵	江戸	天保元	35	關　漬南 古賀精里	漬南男、土浦藩士、書
3430	關	南臺	良	二郎太夫	温卿	南臺				細井平洲	下野ノ儒者
3431	關	南賴	世美	文平	士濟	南賴	大坂	天明中		伊藤蘭嵎	篠山藩儒
3432	關	南樓	其寧	源藏	子永	南樓・恭默齋	江戸	寛政12	68	太宰春臺 關　鳳岡	本姓濱名氏、鳳岡養子、土浦藩儒、書
3433	關	鳳岡	思恭	源内	子肅	鳳岡・墨(黑)指堂(生)・恭默齋	江戸	明和2	69	細井廣澤 太宰春臺	本姓伊藤氏、江戸ノ書家-土浦藩士(右筆)、草聖ト稱サル
3434	關	養軒	元龍・元龔	良作・運吉	從卿	養軒	陸中一關	天保3	72(73)		一關ノ儒者-一關藩儒(教武館學頭)
3435	關	藍梁	研	研次	克精	藍(蘭)梁・湖西・惜陰樓	近江高島	文久3	59	林　述齋	膳所藩儒(江戸)
3436	關口	逸堂	益	泰藏	子謙	逸堂・曉泉	美作				美作藩士(安政・江戸)
3437	關口	金鷄	興貞	嘉兵衛	行林	金鷄	上野	寶暦13	79		書(大橋流)
3438	關口	金水	實		士華	金水	武藏生麥				
3439	關口	黄山	忠貞	貞助-嘉兵(平)	世篤	黄山	江戸小石川	延享2	28	太宰春臺 關　鳳岡	金鷄男、江戸ノ儒者、書、六朝史童ト呼バレル
3440	關口	雪翁	世植	完二・多仲・恒之進	子卿	雪翁	越後十日町	天保5	84	服部仲英	津山藩儒(江戸)-越後ノ儒者、書・畫・詩、姓ヲ關ト修ス

關藤　→セキフジ 3443

	關永	松牕	→關　松窓 3419								
3441	關根	癡堂	柔	錄三郎	延年	癡堂	三河	明治23	50	向山黄村	詩(晩翠吟社)
3442	關根	趙齋	爲寶	江山	新卿	趙齋・揮月堂	江戸	天保中			
3443	關藤	藤陰	成章	淵藏・和介(助)・文兵衛	君達(連)	藤陰	備中吉濱	明治9	(66)70	賴　山陽	本姓石川氏、備後福山藩儒、姓ヲ「セキトウ」トモ稱ス
3444	關谷	潛	潛・比曾武	敬藏			長崎			本居宣長	大坂ノ儒者(文化11・50在世)
3445	關屋	致鶴	榮	文白		致鶴・百千堂		文政13			二本松藩儒醫
3446	雪	巖(僧)	實順		覺道・覺瑞・珍成	雪藏・玩世道人・茲堂・含華堂	武藏足立	明和中		服部南郭 高野蘭亭	天台-眞宗僧(京都)-還俗(江戸)-越後ノ詩人
3447	錢田	立齋	靑	俵屋銅輔	銅輔	立齋		天保3	62		金澤ノ富商、詩
	千	諸成	→千村鵞湖 3883								
	千		↕チ 3876〜								
3448	千田大圓堂		玄智	玄知・元智	子韜	大圓堂・匠精軒	出羽最上	享保14(2)		井上玄徹	岡崎侯臣-幕府醫官(奥醫師)
3449	千手	旭山	興成	春三-謙治・謙齋	立淑(叔)	旭山・謙齋	日向	安政6	71	千手廉齋	廉齋三男、京都ノ儒者
3450	千手	廉齋	興欽	八太郎・剛之進	一靜・一齋	廣齋	高鍋	文政2	83	宇井默齋	本姓三浦氏、高鍋藩儒(明倫堂教授)
3451	千野	篛溪	乾弘-尙賢		玄長	篛溪・雪巣主人	讃岐高松	安永5	37	菊池五山 畑　柳庵	大坂ノ醫、暦算(千野算)、後、柳氏ト改メル
	川	元善	→河村壽庵 2111								
	川		↕カワ 1998〜								
	泉		→イズミ 706〜								

	姓 號	名	通稱	字	號	生地	沒年	享年	師名	備考
3452	禪 珠(僧)	禪珠		龍派	寒松	相模	寛永13	87		俗姓金子氏、臨濟宗僧、足利學校十世庠主

〔そ〕

	姓 號	名	通稱	字	號	生地	沒年	享年	師名	備考
3453	十河 節堂	樵	恭平・襄平・鈍作	山民・温卿	節堂・拙堂・王蘇山人・四竹・飯山・豬庵・鐵心心史・今時狂生・不求主人・蘇甲館	讃岐	慶應4	(74)70		藤澤東畡義弟、篆刻・書・琴(大坂－江戸－高松)
3454	十河 六有	大隼	永達	六有						京都ノ儒者(文政)
3455	曾 玄恭	愿		士恭	玄恭	出羽				占春男、鹿兒島藩儒
	曾 雲門	→增野雲門 5541								
3456	曾 占春	槃	昌道(適)	士考・煥卿	占春	出羽	天保5	77		醫
	曾 之唯	→曾谷學川 3463								
	曾 有原	→增野雲門 5541								
3457	曾我 簡堂	敬長	靜次	希淵	簡堂	越後北蒲原	明治17	55	佐藤一齋・大橋訥庵	越後ノ儒者(光霽塾)－新發田藩士(私諡)洪德先生
3458	曾我 耐軒	知章－景章	大三郎	士(子)明・士(子)直	耐軒・詩仙(佛)・蘭雪	江戸	明治3	55	古賀侗庵・松崎慊堂	本姓春田氏、後、伊藤氏、九皐弟、濱松藩士－岡崎ノ詩人(水玉社)(私諡)簡文先生
3459	曾我 晩亭	直之	六右衞門		晩亭	土佐	寛文6		小倉三省	
3460	曾我部 簡齋	元懋	式部	伯績	簡齋		文政6	53		京都ノ儒者
3461	曾我部 容所	元寛	式部	苞卿	容所・東里	阿波	天明7	53	岡部白駒	本姓源氏、阿波ノ儒者
3462	曾田 菊潭	迪・洋	左助		菊潭				古賀侗庵	金澤藩士(明倫堂助教)、詩・文(文政－天保)

3463 曾谷　學川　之（子）唯　忠介・仲助・忠藏・于（宇）作　應聖・畏聖　學川・九水漁人・讀騷庵・佛齋・請經居士・曼陀羅居（士）・善空・半佛居士・蘆江・何必醇・醒狂道人・毛必華・迂齋　京都　寛政9　60　片山北海　高芙蓉　大坂ノ詩人（混沌社）、篆刻、曾之唯ト修ス

3464 曾根　南岳　次倚　子衡　南岳・懶齋　（江戸・文化）

3465 曾根　魯庵　鳳・俊臣　敬一郎・宮次　元瑞　魯庵　米澤　慶應4　55　米澤藩士（興讓館助讀・友于堂讀長）

3466 曾根　礫齋　公欽　義兵衛　礫齋・星嶺・細石・小石　伊勢　明治45　79　齋藤拙堂　井野勿齋　本姓高野氏、津藩儒

3467 曾根田黄齋　楠吉-正信　源介　黄齋　紀伊和歌山　和歌山藩士-和歌山ノ儒者（翠陰學校）（明治11・50在世）

曾谷　↓ソタニ 3463

3468 宗　蘆屋　像洋　聖談　蘆屋　筑前　江戸ノ儒者、詩（天明）

草加（草鹿）　↓クサカ 2376〜

3469 相馬　寛齋　茂清　伊（伴）三郎　寛齋　津輕　文久2　72　津輕藩儒、30餘歳で失明

3470 相馬　九方　肇　一郎　元基　九方・圖南・立誠堂・逸郎・茅海　讃岐高松　明治12　79　中山城山　新宮涼庭　本姓片山氏、讃岐ノ儒者-岸和田藩儒（講習館教授）

倉　安世　↓板倉璜溪 728

荘　子謙　↓荘田豊城 3176

荘　恬逸　↓荘田恬逸 3175

荘田　↓ショウダ 3172〜

桑　朱雌　↓桑原空洞 2502

桑　↕クワ 2497

3471	僧	音(僧)	惠音-僧音		響流-興隆	棲心・栖心齋	越後	天保13	84	村松蘆溪	眞宗僧(謚號)等心院
	增	蘭園	→增島蘭園 5530								
3472	副島	崑崙	昭賢	彌兵衞-嘉善		崑崙	肥前	享保2	67		佐賀藩士、詩・文
3473	副島	蒼海	龍種-種臣	二郎		蒼海・一々學人	佐賀	明治38	78		佐賀藩士、參議、樞密顧問官、伯爵、詩・書
3474	添川	廉齋	龜次郎-栗	完(勘)平	寬夫・仲穎	廉齋・有所不爲齋・耶麻山人・盧州	會津喜多方	安政5	56	古賀穀堂等	安中藩主板倉勝明賓師(江戶)
3475	卽	非(僧)			卽非			寬文11	56		
3476	園田	天放	恒四郎		士德	天放・牛山人	豐後	大正15			不時宜男
3477	園田	不時宜	朝弼	保	士輔	不時宜・鷹巢・鷗處・學半舍	豐後	明治24	73	廣瀨淡窓	森藩儒(修身舍教授)(學半舍)-森ノ儒者
	園田	酉山	→園山酉山 3479								
3478	園田	鷹城	虎之助-朝業	肩吾・健吾-謙吉	子英・晉卿・士衡	鷹城	豐後	明治23	57	廣瀨淡窓	不時宜弟、森藩儒
3479	園山	酉山	正路-雄	勇三郎	子義・叔飛	酉山	松江	文政4(文化14)	69	桃井白鹿・宇佐美灊水	本姓加藤氏、松江藩儒(松江-江戶・明教館教授)(私謚)文恭先生
3480	蘭田	一齋	諸穗-守彝(彜)	宜客・右近	君秉	一齋	宇治	嘉永4	67		本姓荒木田氏、津藩家老藤堂氏賓師、詩、姓ヲ園田トモ書ク
3481	反町	茂雄	茂雄			月明莊〔文庫〕	新潟長岡	平成3	90		古書籍商(弘文莊)
	村	惟時	→村杉卜總 5984								
	村	諸成	→千村鵞湖 3883								
	村	漸	→村井平柯 5970								
	村	卜總	→村杉卜總 5984								

番号	姓	號	名	通稱	字	號	生地	沒年	享年	師名	備考
	村士		→スグリ 3303～								
	郇	仲欽	→中村惕齋 4405								
	郇	漫甫	→村上冬嶺 5980								
	巽		→タツミ 3816								

〔た〕

番号	姓	號	名	通稱	字	號	生地	沒年	享年	師名	備考
	田		→デン (4041)								
	田結莊		→タユイノショウ 3561～								
3482	田内	愛南	董史(文)	求馬	文熙	愛南・烟南・華陽道人	伊豫松山	弘化4	48	杉山熊臺 香川桂園等	伊豫松山藩士(江戸學問所三省堂教導)-松山ノ儒者(立本舍)
	田内		↔タノウチ 3547								
3483	田岡	凌雲	賚	小輔	夢弼	凌雲	讃岐	明治18	53	安井息軒	讃岐藩儒
	田上騂之助		→緒方洪庵 1283								
3484	田川立雪齋			俊藏		立雪齋		慶應2	54	賴　聿庵	廣島ノ儒者
	田口	江村	→石合江村 618								
3485	田口	尚古	明良			華陽同人・尚古主人・尚古堂・鳳良	江戸				書賈、書誌學(文化)
3486	田口	章山	藤好	彌兵衛・善平・彌右(左)衛門		章山(學士)		正德6			盛岡藩主儒臣、詩
3487	田口	柳所	興治		子朗	柳所・蘭鶴・適齋	江戸	明治25	54	大沼枕山	

3488	田子　方齋	方升			方齋				朝川善庵	文(江戸後期)
3489	田坂　灞山	長温・温	彦七	子恭	灞(灞)山・綠漪亭	長門	寶暦8	39	津田東陽 山縣周南	本姓竹中氏、姓ヲ田阪トモ書ク、萩藩士、田子恭ト修ス
3490	田崎　草雲	芸	恒太郎	草(艸)雲	七里香草堂主人・瑞白・白石生・硯田農夫・蓮岱山人	足利	明治31	84	谷文晁 龜井南溟	畫、田艸雲ト修ス
3491	田代　簡窩	桂四郎-政鬴(輔)	忠助・忠左衛門	李順	簡窩・自養・水哉亭	肥後	明治2	80	辛島鹽井 樺島石梁	人吉藩士
3492	田代　栖雲	綱倫	源太	伯審	栖雲・質堂	秋田				秋田藩士
3493	田代　青溪	俊治(二)		潤鄕	青溪	筑後	明治9	44	廣瀨淡窓	
3494	田所　竹軒	直達	勘兵衛	士方	竹軒	羽後	明治18	75		秋田藩士
3495	田中　華城	顯美	内記	君業	華城・紀律堂	大坂	明治12(13)	55	藤澤東畡	金峰父・大坂ノ儒醫、詩・文
3496	田中　冠帶	喜(希)古	窪嶋右衛門-兵庫	丘隅-邱愚	冠帶老人	八王子	享保14	68	荻生徂徠 成島錦江	本姓窪嶋氏、幕臣
3497	田中　雁宕	尙章-采蕙	庄藏	白圭	雁宕・松洞				小出侗齋	名古屋藩士、詩、姓ヲ田ト修ス(江戸前期)
3498	田中　希尹	登		岸卿	希尹	豐後臼杵	寛延3	76	伊藤仁齋	越前府中ノ儒者、和歌・笛
3499	田中　葵園	美清	安五郎-從太郎	士廉	葵園・北溟・空谷居士	佐渡相川	弘化2	64	西川恒山 林述齋	佐渡ノ儒者(廣業堂)(私諡)弘道先生
3500	田中　箕山	遜之	升太郎-善兵衛	志文	箕山	大坂				詩・書
3501	田中　歸春	五英	喜左衛門	淸友	歸春		文化9			書(江戸)
3502	田中　求堂	慶太郎		子祥	求堂	京都	昭和26	71	東京外大	文求堂書店
3503	田中　玉峰	爲則	收藏	子翼	玉峰	江戸	文政10	70		書
3504	田中　芹坡	榮・君美	秀次郎	子順	芹坡(波)・湖東・白鷗社	彦根	明治15	68	中川漁村 猪飼敬所等	彦根藩儒(弘道館教頭)、詩・文

3505	田中　金峰	樂美	右馬三郎	君安	金峰	大坂	文久2	19	田中華城	華城男、詩
3506	田中　謙齋	通德	龍藏	士濳	謙齋	日向飫肥	弘化中	53	安井息軒	飫肥藩儒(振德堂教授)
3507	田中　玄宰	玄宰				會津若松	文化5	61		會津藩士、日新館(藩校)造營
3508	田中　江南	應清・菊滿	三郎右(左)衞門	子纓	江南・甘谷園・優游社	江戸	寶永9	53	山本北山 大内熊耳	本姓高島氏、一時、宇留野氏、後、山野邊氏ヲ稱ス、水戸藩儒-江戸ノ儒者(甘谷園)、投壺、田江南ト修ス
3509	田中　岣嶁	由恭	勘八	履道	岣嶁・鳳泉	紀伊	明和7	76	祇園南海	和歌山藩儒
3510	田中　恒齋	式如	左源太	玉之	恒齋	丹後	享保19	75		田中一閑養子、加賀藩儒
3511	田中　散木	世誠・世繼	藤十(一)郎-五介	文實	散木	近江	文化13	68	野村東皐	彦根藩儒(稽古館教授)
3512	田中　止邱	乘時-好文-麟-犀	傳齋-理助(介)	一角	止邱(丘)・避塵齋・白雲居士	京都	天和2	46	林　羅山 林　鵞峰	小濱藩儒-水戸藩儒、田止邱ト修ス
3513	田中　脩道	恕	春東	仁卿	脩道	越後	明治5	68	佐藤一齋 柴田芸庵等	長岡藩儒醫(濟生館)、詩・書
3514	田中　昭偉	昭偉	良平	士業		日向		59	昌　平　黌	飫肥藩儒
3515	田中　靑山	光顯	濱田辰彌		靑山	土佐佐川	昭和14	97		宮内大臣、藏書家(靑山文庫)
3516	田中　淸溪	節	節齋-省庵	禮夫	淸溪	肥後山本	文化11	81		熊本藩醫-熊本ノ儒者、詩、姓ヲ田ト修ス
3517	田中　大觀	瓚	與(興)三郎	文瑟	大觀	京都	享保20	26	宇野明霞 中野白山	算術家田中眞男、京都ノ儒者、曆算・音韻、田大觀・田瓚ト修ス
3518	田中　竹所	重參・參・恭・益	彌五郎	子(士)忠	竹所・從吾軒	下總佐倉	明治27	68	古賀侗庵	小永井小舟兄、佐倉藩儒(江戸)、田中參ト修ス
3519	田中　貞延	貞延	伊衞門			上總	明治21	71	大木忠篤	
3520	田中　適齋	貞昭	新屋平右衞門	元卿	適齋	草津	文政4	54	岩垣龍溪	草津ノ豪商、詩(淡水社)

3521	田中　適所	允孚	信藏		適所・必大	豊後	享和元	77	奥村南山	希尹男、阿波侯儒醫―鯖江侯儒―福井ノ儒醫
3522	田中　東泉	親長	源内		東泉	京都	享保17	68	伊藤仁齋	京都ノ儒者
3523	田中　桐江	省―逸	平左(右)衛門・武助・清太夫	省吾・宗魯―日休・春叟	桐江・雪華道人・雪翁・竹灣・豁然居士・富春山人	庄内鶴岡	寛保2	75	荻生徂徠・山縣周南	庄内藩士―川越藩主柳澤吉保儒臣―攝津池田ノ詩人(呉江社)、姓ヲ富ト稱シ富桐江ト稱シ、田省ト修ス
3524	田中　道齋	和		文平	道齋	阿波齋田	天明8	67		本姓關氏、阿波佐古ノ儒者、中(仲)文平ト修ス
3525	田中　白水	延韶	新助		白水	和泉大津	明和6	58	伊藤東涯・伊藤蘭嵎	泉大津ノ儒者
3526	田中　白賁	耕		惟善	白賁		明和8	33	新井白蛾	本姓源氏、易
3527	田中　芳洲	善正	僊庵	子直	芳洲・弄叟	和泉堺	寛政9	70		本姓中島氏、堺ノ儒醫
3528	田中　鳳	鳳	徳右衛門	朝陽		出羽大山				詩、田鳳ト修ス
3529	田中　牧齋	常澤		素行	牧齋・得中堂	肥前大村	寶暦2	67	田中麗山	本姓富永氏、麗山養子、大坂ノ儒者
3530	田中　鳴門	章	金屋七郎右衛門	子明	鳴門・愛日園	近江栗太	天明8	67	菅　甘谷	鍋釜商、大坂ノ詩人(混沌社)、田章・田子明ト修ス
	田中　與清	→小山田與清 1257								
3531	田中　養拙	正誠	春回	子至	養拙・千樹	越後	明治44	79	木村松溪・大槻磐溪	長岡藩儒醫(崇徳館助教)
3532	田中　蘭陵	良暢	武助(介)	子舒・舒	蘭陵	江戸	享保19	36	荻生徂徠	桐江甥、江戸ノ儒者(白山塾)、田蘭陵・田良暢ト修ス
3533	田中　履堂	頤	大藏	大莊	履堂	越前福井	文政13	46	皆川淇園	本姓青山氏、適所養子、津藩儒―越前ノ儒者(私諡)修道先生
3534	田中　麗山	允澤	寛菴(庵)	景教	麗山	大坂	享保中			本姓源氏、大坂ノ儒者
3535	田中　魯軒	信恒・信敬・信謹	卯平―忠七	子庸	魯軒・見龍・常淑	攝津西宮	天明元	83	井上升齋	和泉堺ノ儒醫、一時、若林氏ヲ稱ス

	田中　弄叟	→田中芳洲 3527								
3536	田邊　捐齋	希元	良輔・喜右衛門	子善	捐齋・東里	仙臺	天明3	63		晉齋長男、仙臺藩儒(私諡)默成先生
3537	田邊　簡齋	布績	喜右衛門	叔考	簡齋・鷄澤	仙臺	文化10	68		本姓熊谷氏、捐齋養子、仙臺藩儒(私諡)良順先生
3538	田邊　希道	希道	良輔			仙臺	天保2	50		簡齋男、仙臺藩儒
3539	田邊　桂陰	元善		元卿・善庵	桂陰・鳳陽・天香齋	常陸笠間	明治15	70	朝川善庵	本姓棚谷氏、笠間藩儒醫
3540	田邊　螢窓	匡直	三藏	子養	螢窓	仙臺	嘉永5	63		樂齋男、仙臺藩儒(養賢堂副學頭)
3541	田邊　松坡	正守	新・新之助	子愼	松坡・菱花山人	唐津	昭和19	81	岡本黃石・大沼沈山	田邊元父、逗子開成中學校々長
3542	田邊　晉齋	希文	喜右衛門	子郁	晉齋・翠溪	京都	安永元	81	淺井重遠・高志貞直	本姓上毛野氏、整齋長男、仙臺藩儒(私諡)守正先生
	田邊晉二郎	→村瀬石庵 5986								
3543	田邊　整齋	希賢	喜右衛門	淳甫	整齋–西山贋樵・歸樂	京都	元文3	86	伊藤仁齋・木下順庵等	本姓上野毛氏、晉齋父、仙臺藩儒(私諡)恭懿先生
	田邊　石庵	→村瀬石庵 5986								
3544	田邊　碧堂	華	爲三郎	秋穀	碧堂	備中	大正中		森　春陽	詩(茉莉吟社)、二松學舍教授
3545	田邊　明庵	輅	龍衛	子冕	明庵	大聖寺	明治37			大聖寺藩儒
3546	田邊　樂齋	匡勅	三郎助	子順	樂齋・中州(洲)	仙臺	文政6	70	田邊晉齋・宇井默齋等	本姓野中氏、晉齋孫、簡齋養子、仙臺藩儒(養賢堂學頭)
3547	田内　月堂	親輔	主稅		月堂・月叟・月窓					磐城白河藩士–伊勢桑名藩士(江戸後期)
	田内	↕タウチ 3482								

3548	田能村青椀	癡(痴)	傳太	顧絕	小虎・直入・山樵・忘齋・幽谷齋・布袋庵・花下道人・竹翁居士・青椀(灣)・飲茶庵主人・笠翁・田癡・醉茗・芋仙・蝠翁・臥牛山下人・百棵園	豊後竹田	明治40	94	田能村竹田・角田九華等	本姓三宮氏、竹田養子、詩(堺)・京都府畫學校・私塾南宗畫學校(京都)
3549	田能村竹田	磯吉-孝憲	玄乘・行藏	君彝(彜)	竹田・花竹幽窓主人・九疊仙史・隨緣居士・紅荳詞人・補拙廬・雪月書堂(樓)・秋聲・三我主人・藍溪釣徒・九峰衲子・六止草堂・藍水狂客	豊後	天保6	59	村瀨栲亭・古屋昔陽等	岡藩儒、詩・文・畫
3550	田畑幽竹	穆	鐵平	清風	幽竹	但馬三田				三田藩士(安政・江戸)
	田原	→タワラ 3563								
3551	田部苔園	密	洗藏		苔園	近江				彦根藩士
3552	田宮宇內				宇內	土佐	文政13	70	箕浦立齋・中井竹山	京都ノ儒者-土佐ノ儒者(北固私塾)、書
3553	田宮橘庵	純・悠・有	和泉屋太助・由藏・朽索	仲宣・鳳卿	橘庵・素州・素秀・盧橘庵・楚洲・東牖子・大瘦堂・玉水館・玄卜・魯(呂)佶・玉江漁隱・橘潛夫・白舟子	京都	文化12	(63)	久米訂齋	大坂ノ儒者(放浪)
3554	田宮桂園	彊立-平篤・篤輝	彌太郎-如雲	子志	桂園・桂叢	尾張	明治4	64		本姓大塚氏、名古屋藩儒
3555	田村看山	猪三郎-久常・敏	可左衛門	子訥	看山	丹後柏原	明治27	75	安積艮齋	本姓清原氏、柏原藩儒(崇廣館教授)-大坂ノ儒者
3556	田村克成	克成	雄右衛門	義仲		日向高鍋				正明男、高鍋藩儒
	田村七藏	→劉　琴溪 6566								
3557	田村正明	正明	平太左衛門			高鍋	天保12			巒齋孫、高鍋藩儒
3558	田村寧我	令終	彌一兵衛	士(子)朗	寧我	松江	嘉永4	82	桃井白鹿	本姓水谷氏、松江藩儒
3559	田村巒齋	克明	織右衛門		巒齋	高鍋	寛政7	87	高木毅齋	高鍋藩儒
3560	田山方南	信郎			方南	三重	昭和55	77		墨跡研究

3561	田結莊金治	金治			玄武洞〔文庫〕	大坂	昭和53	80		千里男、『孝經』蒐集
3562	田結莊千里	邦光（香）–泌	齋治	必香	千里	但馬	明治29	82	大鹽中齋、篠崎小竹等	本姓、但馬氏、勤皇國防論、砲術家、畫（大坂）
3563	田原清福	清福		笠庵			文政中			
3564	田原天耕		守一郎	寅治	天耕	土佐	大正15	63		詩
3565	田原遼鶴	明	外茂男	貞卿	遼鶴仙史	信濃				
3566	多賀谷向陵	瑛之	貞吉	伯（白）華	向陵・五石居士	江戸	文政10（11）	62（63）	細井竹岡	樂山男、幕臣、書、賀向陵ト修ス
3567	多賀谷樂山	安貞	源藏		樂山人	上野	文化元	71		幕臣、儒醫
3568	多紀曉湖	元昕	安良	兆壽	曉湖	江戸	安政4	53		本姓丹波氏、柳沜長男、幕府醫官、劉元昕ト稱ス
3569	多紀桂山	金松–元簡	安長・安清	廉夫	桂山・櫟窓（窻・翁・陰）・聿修堂	江戸	文化7	56	井上金峨、多紀藍溪	本姓丹波氏、藍溪男、幕府醫官、劉桂山・劉元簡ト稱ス
3570	多紀元琰	元琰	安琢		永春院	江戸				茝庭男、幕府醫官
3571	多紀元孝	元孝	安元			江戸				本姓丹波氏、多紀氏祖、幕府醫官、躋壽館創設（明和2）
3572	多紀茝庭	鋼之進–元堅	安叔	亦柔	茝庭・樂眞院–樂春院・三松居〔齋・老人〕・奚暇斎・存誠藥室	江戸	安政4	63		本姓丹波氏、桂山次男、幕府醫官（醫學館教授）、劉元堅ト稱ス
3573	多紀棠邊	元佶			棠邊・藻湖痴人・永春院	江戸	文久3	39		本姓丹波氏、柳沜四男、曉湖養子、幕府醫官（醫學館督事）
3574	多紀藍溪	元悳–元德	安元・安長	仲明	藍溪・永壽院・廣壽院	江戸	享和元	70		本姓丹波氏、元孝五男、幕府醫官（醫學館教授）
3575	多紀柳沜	彌生之助–元胤	安良–安元・安長	紹翁・奕禧	柳沜	江戸	文政10	39	多紀桂山、大田錦城	本姓丹波氏、桂山三男、幕府醫官（醫學館督事）
3576	多久顏樂齋	安成	造酒		顔樂齋	佐賀	元文2	90		佐賀藩士（多久聖堂ノ設置・運營）
3577	多湖貫齋	安元・謹	大藏	公信	貫齋	松本	安政末			松江玄孫、松本藩儒（崇教館助教）

3578 多湖 岐陽	直	源三郎	温卿	岐陽	信濃	正徳3	37		水戸藩儒
3579 多湖 健齋	極人―安貞	大藏	子順	健齋・訂軒	松本	明治32	77	大橋訥庵	松本藩儒―長野ノ教育者
3580 多湖 玄甫			玄甫		美濃				松本藩醫
3581 多湖 松江	宣	昌藏	玄室	松江・文鳳陳人	美濃	安永3	66	林 榴岡	柏山長男、美濃加納藩儒―松本藩儒、湖玄室ト修ス
3582 多湖 訥齋	復	泰藏	大來	訥齋・明山	松本	文政中			松江男、松本藩儒、姓ヲ湖ト修ス
3583 多湖 柏山	安	新五郎	玄泰(岱)	柏(栢)山・賜門亭	美濃	寶暦3	74	林 鳳岡	玄甫男、戸田氏臣、藩主ノ轉封ニ従イ美濃加納・山城淀・志摩鳥羽・信濃松本ニ藩儒トシテ移ル、詩・書・畫
3584 多田 海庵	經之・立德	彌五郎	成卿	海庵	但馬	元治元	39	藤澤東畡 古賀侗庵	但馬出石藩士(弘道館教授)、西洋砲術
3585 多田 菊屏	固	準平		菊屏				森田節齋	姫路藩儒(好古堂教授)(明治43在世)
3586 多田 宏盧	誠明	良助	叔靖	宏盧・南風館	庄内	天保15	68	神保蘭室 佐藤一齋	庄内藩士(致道館司業)、詩
3587 多田 東溪	儀・篤靜	儀八郎	維則	東溪・蒙齋・篤軒・心遠堂	京都	明和元	63	三宅尚齋	一時桑原空洞ノ養子、江戸ノ儒者―秋田藩儒(造士館教授)―館林藩儒、書、桑原篤軒ヲ稱ス
3588 多田 暘谷	成允	常輔		暘谷・瑤池	紀伊	明和元	74	上野海門	文(私諡)文逸先生
3589 多多羅 西皐	弼	本吉屋宗右衛門		西皐・夢鶴・摩呵散人	金澤	天保9	57		町人(町年寄)、詩、韓弼ト稱ス
3590 太宰 春臺	純	千之助―彌右衛門	德夫	春臺(台)・紫芝園	信濃飯田	延享4	68	荻生徂徠	本姓平手氏、但馬出石藩士―下總生實藩士―諸侯ノ扶持ヲ受ケル
3591 太宰 定保	定保	彌右衛門	徵孺(繻)		江戸	寶曆7	55	太宰春臺	本姓阿武氏、春臺養子
3592 伊達 蕙園	邦孚	式部	子華	蕙園	仙臺	文久2	34	松井竹山	仙臺藩士、詩、洋式銃
3593 伊達 鼓江	彰		規絹	鼓江	伊勢				

3594	伊達	松瀾	峯宗	備前	子琴・弘亮・明卿	松瀾・翠華園	羽後	天明3	71		秋田藩士
	太地		→オオチ 1399								
3595	戴	曼公	(俗)觀胤・鼎立・笠(僧)性易		(俗)子辰・則之・耘野・曼公(僧)獨立	(俗)荷鋤人(僧)天外戴笠人・就庵・天外老人・獨立一間(閑)人・惕芳	明 杭州	寛文12	77		明人、長崎ノ儒者、詩
3596	大	含(僧)	大含(俗名)信慶	雲華院・末弘		雲華・鴻雪・獨秀・枳東(園)・染香人	豊前	嘉永3	78	龜井南溟	淨土眞宗僧、俗姓末弘氏、詩・書・畫
3597	大	溪(僧)	淨高		大溪	竺峰・天山・燕石	筑後 柳川	寶暦7			黄檗宗僧、詩
3598	大	潮(僧)	元皓		大潮	月枝・魯寮〔子〕・泉石陳人・西溟	肥前 松浦	明和5	91	荻生徂徠	黄檗宗僧、俗姓浦郷氏、佐賀・江戸ノ儒者、元皓トモ稱ス
3599	大	典(僧)	(俗)笠常(僧)顯常		梅荘	大典・蕉中・東湖・不生主人・小雲棲居・北禪書院・自牧齋・太眞・淡海	近江	享和元	83	宇野明霞(僧)大潮	臨濟宗僧、俗姓今堀氏、東庵(儒醫)男
3600	大	洞(僧)	惠明		達元・義達	大洞		文化4	79		安藝竹原ノ僧、詩・書
3601	大幸	岱畎	清方	百助		岱畎	加賀			太宰春臺	大聖寺藩儒
3602	大黒	梅陰		大黒屋龜二郎		梅陰	伊勢	嘉永4	55		大黒屋幸大夫長男、江戸ノ儒者
	大地		→オオチ 1399								
	平		→ヘイ 5338〜								
	高		→コウ (2686)〜								
3603	高井	華岳	天休	藤九郎		華岳(嶽)	江戸			伊東藍田	江戸ノ儒者
3604	高井	鴻山	健	三九郎	士(子)順	鴻山・翛然樓	信濃 小布施	明治16	78	梁川星巖・佐藤一齋等	本姓市村氏、豪農、江戸ノ儒者―東京ノ儒者(高矣義塾)
3605	高井	蘭山	伴寛	文左衛門	思(子)明	蘭山(斎)・三遷・哂我・寶雪庵・惜分院	江戸	天保9	77		幕臣、戯作者『掌中書名便覧』

3606	高内	松陰	寛剛	太郎・武一郎	勇計	松陰・明證菴・北岳(嶽)	江戸				(天保)
3607	高尾	太卿	篤	篤太郎	太(大)卿				26	昌平黌	讃岐高松藩儒
3608	高尾	竹溪	氏養	善三郎―七太郎	子皓・子賢	竹溪		嘉永元			讃岐高松藩儒
3609	高岡	養拙	秀成	閑八	實甫	養拙・醉月老人	江戸	文政7	72		江戸ノ儒者
3610	高垣	柿園	重明	第八郎		柿園・毬川	羽後	明治28	61		本姓源氏、秋田藩儒
3611	高川	樂眞	惟俊・懏	泰順	子信	樂眞・五樂堂	信濃	嘉永5	60		松代藩儒醫、詩・文
3612	高木	耕水	書英	内藏助		耕水	上野桐生	文政6	70		桐生ノ儒者(松廣舍)
	高木	紫溟	→高本紫溟 3700								
3613	高木	松居	惟藩―忠	忠次郎	子材・子忠・子高	松居	安藝	明治13	53	坂井虎山 篠崎小竹	廣島藩士
3614	高木	東陽	成孟	油屋喜兵衛	士寅	東陽・眉壽堂	河内	寛政2	48	細谷斗南	詩(混沌社)
3615	高木	篤庵	良篤―守業			篤庵・堅苦齋		天明3	80	小出侗齋	尾張ノ儒者
3616	高木	芳洲	固・景福	金二郎・十左衛門	仲翰・子剛・子邦	芳洲(州)		寛政11	68	鷹見星皐	三河擧母藩家老、詩
3617	高木	利太	利太			甲麓莊	大分中津	昭和8	63	慶大	新聞人、藏書家(「高木文庫」古版地誌・古活字版)
3618	高木	龍洲	信鞭		士羊	龍洲・棲鳳園	丹後	文化中		大窪詩佛	詩
3619	高澤	菊磵	達	仙之助		菊磵		文久3	58		金澤藩士(明倫堂教官)、詩
3620	高志	泉溟	利甫	一介	養浩	泉溟・茅溟・穆齋	和泉堺			伊藤東涯	嘿山弟、總年寄、高泉溟ト修ス(江戸中期)
3621	高志	嘿山	利貞―昭皓		松年・芝巖	嘿(默)山	和泉堺	享保17	70		總年寄、『全堺詳志』、晩年ハ禪宗ニ歸依

3622	高志　狼浩	利甫			狼浩	和泉堺			伊藤東涯	泉溟弟
3623	高階　春帆	秀民	民太郎	公賴	春帆・天衣道人	攝津高槻	明治38	81	藤井竹外	高槻藩士、詩(竹外吟社)
3624	高階　氷壺	秀實		勉甫・九畹	氷壺	大坂	寶暦7	82	田中桐江	高槻藩士、詩
3625	高階　暘谷	彝(彜)	忠藏	君秉	暘谷・芙蓉詩社	長崎	明和3	48	(僧)大潮	本姓渡邊氏、長崎譯官-長崎ノ詩人(芙蓉社)、高暘谷・高彝ト修シ高無二ト稱ス
3626	高島　九峯	張	張輔		九峯・碧澗草(艸)堂主人	長門萩	昭和2	82	森春濤	詩
3627	高島此君園	尉之介・金毛・介壽・周冊			此君園		明治15	78		鳴海ノ儒醫、句
3628	高島　秋帆	茂敦・敦	四郎太夫-喜平	舜臣・子温	秋帆・梅花御史・瓊浦・蓬壺樓	長崎	慶應2	69		幕臣・砲術(高島流)
	高島　順良	→淺見絅齋215								
3629	高島　竹雨	文鳳			竹雨・研精堂		安政4	66	竹村晦齋・林述齋	江戸ノ詩人(女性)
3630	高須　甘棠	信盈	監物	彌輔	甘棠					壬生藩士(江戸・天保)
3631	高杉　東行	春風	晋作・東一・和一・和助(介)・谷梅之助・谷和助・谷潛三・藏・備後屋助一郎	暢夫	東行・西海一狂生・東洋一狂生・楠樹小史・赤間隱[密]人・市隱生・研海・些々生・默生	長門萩	慶應3	29	吉田松陰・昌平黌	萩藩士(明倫館都講)、勤皇家、奇兵隊總監
3632	高瀬　學山	忠敦・敦・孟觀(親)	忠兵衞・作右衞門	希璞(樸)・喜璞(朴)	學山・松菴	紀伊	寛延2	82	林鳳岡	和歌山藩儒醫、律學
3633	高田　小洲		禎二郎		小洲・不倒翁	岡山	明治11	71	篠崎小竹	
3634	高田　松亭	保淨	次松-彌市(次)郎	仲廉	松亭	越前	弘化4	61		本姓井上氏、福井藩士
3635	高田　西巷	岱	周三郎	公嵩	西巷	江戸	文政中			

3636	高田　白翁	正方			白翁・未白	備後			山崎闇齋	
	高田　與清	→小山田與清 1257								
3637	高田　良庵	春清		良庵	温良庵・萬華軒	河内	元文5	90	松下見林	大坂ノ儒醫
3638	高谷　龍洲	衷	薫平	欵(款)夫	龍洲	豊前	明治28	78	帆足萬里	
3639	高津　淄川	泰・光泰	學・平藏	平甫	淄川	會津	慶應元	87(86)	林　述齋 古賀精里	本姓佐藤氏、會津藩儒(日新館教授)
3640	高妻　芳洲	友	廉平	士直	芳洲	豊後	文久元	51	帆足萬里 中島米華	佐伯藩儒(四教堂教授)
3641	高梨　紅葉	魯・一魯		聖誕	紅葉		文政5	49	柏木如亭	詩(江戸)、姓ヲ高ト修ス
3642	高成田　琴臺	賴亮	甚十郎	君明	琴臺・浦遷	陸前	文化10	67	富田王屋	仙臺藩士、易・文
3643	高根　敬節	茂體		孝夫	敬節・翠亭	伊勢	天明6	69	伊藤蘭嵎	津藩士、詩・書
3644	高野　榮軒	永貞	秀右衞門		榮軒		安永2	81	小出柳塘	越後長岡藩儒
3645	高野　春華	謙・縑	市之丞－惣左衞門	君素	春華	福井	天保10	79	佐藤一齋 山本清溪	福井藩儒(江戸－福井)
3646	高野　松陰	正則	虎太(吉)		松陰(蔭)		嘉永2	39	佐藤一齋	越後長岡藩士
3647	高野　眞齋	進	半右衞門	德卿	眞齋	福井	安政6	73	佐藤一齋 林　述齋等	本姓廣部氏、春華養子、福井藩儒(明道館教授)
3648	高野　瑞皐	讓	悦三郎・長英	卿齋	瑞皐(華)・曉夢樓(主人)・驚夢山人・幻夢山人・大龍堂・無名士・大觀堂・擴充居	陸中水澤	嘉永3	47	吉田長叔 シーボルト	本姓後藤氏、醫・蘭學(變名)高柳柳之助・澤三伯
3649	高野　貞幹	貞幹－點	久八－儀右衞門			伊勢	天保9	前後75		桑名藩士、文
3650	高野　莠叟	武貞	車之助		莠叟	信濃	明治40	90	佐久間象山 山寺常山	松代藩士
3651	高野　餘慶	常道	泰助		餘慶	越後	文化12	87		榮軒長男、長岡藩主侍讀

3652	高野　容齋	絢		君素	容齋					越前ノ儒者
3653	高野　蘭亭	惟(維)馨・勝明	文之助－香之進・才助	子式	蘭亭・東里・松濤館	江戸	寶曆7	54	荻生徂徠	本姓高石氏、俳人百里居士男、詩、高惟馨・高子武・高蘭亭ト修ス(江戸－鎌倉)
3654	高野陸沈亭	世龍	昌碩－文助	子龍	陸沈亭・千比呂	常陸久慈	享和2	43		水戸藩士
3655	高橋　一庵	環・群		仁輔	一(逸)庵・太瘦生・復然堂逸士・敬業堂	仙臺	天保9	45	龜田鵬齋	上總東金ノ儒者
3656	高橋　華陽	閔・敏愼	八丈屋與市(一)	正卿	華陽・女護島	八丈島	文政5	71	澤田東江	(江戸)、高敏愼ト修ス
3657	高橋　確齋	利常	常人		確齋	信濃	明治14	71	星野東郭	高遠藩儒
3658	高橋　確堂	重健	甲太郎		確堂	但馬	慶應3	44	昌平黌	出石藩士(變名)橋本將監
3659	高橋　觀巣	作助－景保	作左衛門	子昌	觀巣・蠻蕪・玉岡・求己堂〔主人〕・求己文庫・GLOBIUS	大坂	文政12	45	高橋至時	東岡長男、幕臣(天文方－御書物奉行)、天文・蘭學・滿州語
3660	高橋　牛渚	廷園	庄左衛門		牛渚	江戸	寛政11			江戸ノ儒者
3661	高橋　玉齋	以敬	與右衛門		玉齋		寶曆13	78	遊佐木齋	仙臺藩儒(明倫館督學)
3662	高橋　玉蕉	瀧・多禧(喜)		水瀧・白華	玉蕉・松菊書屋	陸前	明治元	67	富松松溪	江戸ノ儒者(女性)、詩
3663	高橋　巾山	湛	唯右衛門	魯卿	巾山	安藝	明治17	58(59)	石川豊洲	竹原－京都ノ儒者
3664	高橋　經和	經稚－經和	半次郎		春睹軒・庾牛		元文元	65		幕臣(御書物奉行)
3665	高橋　古溪	宗彰	清(誠)三郎	有常	古溪	會津	文久元	31	高津淄川	昌平黌舍長、詩・文
3666	高橋　克庵	子欽	驤一郎		克庵	江戸			朝川善庵	水戸藩儒、詩・文(江戸後期)
3667	高橋　松園	通久	仙右衛門	君微	松園	秋田大館	明治13	69	鹽田隨齋・梁川星巖	詩
	高橋　眞末	→狩谷棭齋 995								

3668	高橋 濟菴	順德・政順	仙益－平八郎	德卿	濟菴(庵)・謙齋	大和	天保5	70	中西深齋 皆川淇園	本姓並河氏、大和郡山藩醫、詩・文(江戸－郡山)
3669	高橋 石霞	興孝	半右衛門	成立	石霞	安藝竹原	明治16	76		本姓和田氏、醫・易
3670	高橋 石齋	豊珪・珪	幸次郎	子玉	石齋・煙岳・松谷山樵	尾張	明治5	56	鈴木離屋	詩・書(江戸)
3671	高橋 赤水	祐	龍朔	子信	赤水	德島	嘉永元	80	皆川淇園 猪飼敬所	京都ノ儒醫－德島ノ醫
3672	高橋 太華	七郎			太華(山房)	二本松	(昭和)		重野安繹	(文久3生)
3673	高橋 坦室	廣備	又一郎	子大	坦室	水戸	文政6	53	長久保赤水	水戸藩儒(彰考館總裁)
3674	高橋 坦堂	正巧	作彌(也)	有命	坦堂	近江	慶應元	41	篠崎小竹	膳所藩儒(通義堂教授)、勤皇家
3675	高橋 竹中	克俊	小四郎	遮傑	竹中	上總			市河寛齋	詩(江戸後期)
3676	高橋 中谷	篤	龍藏	子敬	中谷	讃岐小豆	文政10	57	菊池南洲	讃岐ノ儒者
3677	高橋 泥舟	謙三郎・政晃	精一・伊勢守	寛猛	泥舟・忍齋・執中庵・高橋文庫	江戸	明治36	69		本姓山岡氏、山岡鐵舟義兄、幕臣(新徴組)、書
3678	高橋 東岡	至時	作左衛門	子春	東岡・梅軒(林)	大坂	享和4	41	麻田剛立	幕臣(天文方)
3679	高橋 東陽	直養・平六－長熙	判左衛門	子績	東陽・東洋亭	陸中宮古	天明元	82		盛岡藩士
3680	高橋 桐陽	熀	彌平次		桐陽	伊豫松山	明治19	70	昌平黌	復齋男、松山藩儒(明教館教授)
3681	高橋 道齋	克明	九郎右衛門	子啓	道齋・九峰山人・白雲山人・青霞堂主人・月巣圓之・勿齋	上野下仁田	寛政6	77	井上蘭臺	詩・文・書、高克明ト修ス
3682	高橋 德香	休			德香	美濃			林伯英	(江戸後期)
3683	高橋 南溪	英濟	玄三		南溪	羽後	明治9	74		秋田ノ儒醫
3684	高橋 忍南	未雄－祐雄	新三郎・古三郎	子吉	忍南		大正7	99	安積艮齋 梁川星巖	福島藩士(講學所師範)

3685	高橋　巴山	貞則	季八郎‐八郎‐松島漁隱	青卿	巴山	仙臺	明治4	76	櫻田虎門、朝川善庵	本姓鳥山氏、仙臺藩士、畫
3686	高橋　梅洲	政美	重藏‐十兵衛‐十之允	元達	梅洲・洗心亭・汎樂隱士	羽後秋田	天保3	75		秋田藩士(明道館教授)、老・莊・詩・書
3687	高橋　白山	直太郎‐利貞	敬十(一)郎	子和	白山	信濃高遠	明治37	69	中村黑水、藤森天山	高遠藩儒(進徳館師範)‐信濃ノ儒者
3688	高橋　復齋	栗	善次	士寛・公董	復齋・蘭林	松山	天保5	47	宮原龍山、古賀精里	本姓山崎氏、伊豫松山藩儒(明教館教授)
3689	高橋　柚門	愛諸	多一郎	敬卿	柚門	水戸	萬延元	41	國友善庵	水戸藩士、勤皇志士
	高橋與惣次	→狩谷棭齋 1995								
3690	高橋　柳坡	術	哲三郎	士權	柳坡	陸前	明治36	78	油井牧山、鈴木春山	詩
3691	高畠　慶成	敦定‐慶成	伊大夫	之善		加賀			大地東川	金澤藩儒
3692	高畠　耕齋	道隆			深齋‐耕齋		安政6	47	緒方洪庵	德島藩醫
3693	高濱　龜山	季文	順藏	周輔(甫)	龜(龍)山		享和4	(61)62	山口滄洲、那波魯堂	姫路藩儒(好古堂教授)
3694	高原　東郊	淵藏			東郊	岡山				岡山藩老日置氏儒臣(江戸中期)
3695	高原　東郊	熙		子喜	東郊・清風	備後	安政元	79		東郊(淵藏)男、岡山ノ儒者、詩(失明)
3696	高松　貝陵	芳孫・辰榮			貝陵・易蘇堂					本姓源氏、江戸ノ儒者、易(江戸後期)
3697	高松　李村	温良	文(丈)庵	士良	李村	岸和田				岸和田藩儒(安政・江戸)
3698	高見　昭陽	岱	猪之助		昭陽	伊賀	明治13	53	齋藤拙堂、中内樸堂	
3699	高宮　鳌州	士彪・彪	三中	弸中	鳌州	大坂				大坂ノ儒者(江戸後期)
3700	高本　紫溟	傳八‐順	慶順‐敬藏	子友	紫溟・番(萬)松廬・せ見の屋・田舍珍夫	肥後熊本	文化10	(78)76	秋山玉山	本姓原田氏、熊本藩儒醫(時習館教授)、詩・書・歌、李紫溟・李順ト稱ス

3701	高安	蘆屋	昶	荘次郎	載陽	蘆屋・川覵の舎	大坂				書、高廬屋ト修ス
	高柳	柳之助	→高野瑞皐 3648								
3702	高楊	浦里	栞	庭次郎	子迪	浦里	肥前	文政3	55	古賀精里	本姓江口氏、佐賀藩士(弘道館教授)—小城藩賓師、高浦里ト修ス
3703	高山	畏齋	一之	可三郎—金二(次)郎		畏齋	筑後	天明4	58	留守希齋	久留米ノ儒者—久留米藩儒
3704	高山	弘高	弘高(孝)	信濃			日向		73	中井積善	飫肥藩儒
3705	高山	赤城	正之	彦九郎	仲縄	赤城	上野	寛政5	47	岡部白駒・細井平洲	尊皇家
3706	高山	北溟	尚賢	平助		北溟	江戸	安永6			書
	鷹		→ヨウ(6435)								
3607	鷹巣	呉門	公朝	甚三郎	子聘	呉門	豊後	文政11	57	古屋昔陽・岳東陽	岡藩儒
3708	鷹羽	雲淙	龍年・世直	主税	壯潮・半鱗	雲淙・瀑翁・天紳子・根石・布袋・蓑唱庵	志摩	慶應2	71	林檉宇	鳥羽藩儒(尚志館督學)
3709	鷹見	星皐	定允・允	三郎右衛門・彌市右衛門	子允	星皐・翠竹園	江戸	文化8	(61)62	鷹見爽鳩等・細井平洲	爽鳩孫、三河田原藩儒
3710	鷹見	爽鳩	才三郎—正長	三郎兵衛	子方	爽鳩子・不求齋	三河	享保20	46	荻生徂徠	本姓石川氏、兒島氏・高見氏トモ稱ス、田原藩士、詩、鷹爽鳩・鷹正長ト修ス
3711	鷹見	楓所	忠常		伯直	楓所・秦西江	古河	天保中			古河藩儒、蘭學・地理
3712	寶田	蘭陵	忠行	百助	士仲	蘭陵	越後	文化7	42	古屋昔陽	村上藩主内藤侯侍讀、詩・文
3713	瀧	鶴台	長愷	龜松	彌八	鶴台	長門	安永2	65	山縣周南・服部南郭	本姓引頭氏、萩藩主侍講、書
3714	瀧	高渠	鴻	玄悅・鴻之允	子儀	高渠		天明4	48		鶴台三男、一時河野氏ヲ稱ス、萩藩主侍講
3715	瀧	松隱	榮	中書	守恭	松隱・蘇亭	播磨小野	天保6	58	中井竹山	本姓赤松氏、大坂ノ儒醫(懷德堂・平野郷校含翠堂)

3716	瀧	北山	正武		仲季	北山		享保12	18	入江南溟	
3717	瀧	無量	清			無量	出雲				(文化)
3718	瀧川	君山	資源	龜太郎		君山(小史)	松江	昭和21	82	雨森精雨 島田篁村	二高教授
3719	瀧川	恕水	昌樂		隨有	恕水子	京都			松永尺五 堀杏庵	京都ノ儒者、俳人(慶安─天和)
3720	瀧川	南谷	利濟─利雍	郁之丞・靭負・帶刀・長門守・安藝守	肅之	南谷		(文政3)	(60)		本姓毛利氏、幕臣、詩(風月舍)
3721	瀧口	松嶺		文治		松嶺	肥前				大村藩儒
3722	瀧口	藏山	美領			藏山		安永中			詩
3723	澤	庵(僧)	秀喜─宗彭		宿玄・澤庵	春翁・冥之・東海暮翁・十竹叟・且過子・無名子・噴嚏子・又玄・春雨庵・烏有	但馬出石	正保2	73		本姓秋庭氏、臨濟宗僧、詩・歌・書・畫・茶
	澤	一齋	→澤田一齋 2991								
	澤	琴所	→澤村琴所 3013								
	澤	元豈	→平澤旭山 5103								
	澤		↔サワ 2987〜								
	竹		→チク (3892)								
3724	竹内	郁堂	可貞	孫平治		郁堂	越後	明治8	41	藍澤北溟・水落雲濤等	詩・文
3725	竹内	雲濤	鵬	玄壽	九萬	雲濤・醉死道人・不可無竹居主人・海棠詩屋	豊前小倉	文久2	48	梁川星巖	本姓山上氏、江戸ノ詩人(玉池吟社同人)
3726	竹内	霞堂	包教─豹	團	博侯─文翁	霞堂	武生	文政11	37		無因齋男、越前府中城代本多氏臣

3727	竹内 確齋		四郎右衛門		確齋	武生	文政9	57	篠崎三島 安積艮齋	武生藩儒
3728	竹内 好	好				長野	昭和52	68	東京帝大	都立大教授、中國文學
3729	竹内 錫命		八十五郎		錫命	信濃			古賀侗庵	松代藩儒
3730	竹内 吹臺	訥	與惣右衛門	士言	吹臺	江戸	文政中			
3731	竹内 正庵	敬持	式部		羞庵─正庵・天龍道人	越後	明和4	(54)56		京都德大寺公臣、勤皇家、垂加流神道
3732	竹内 西坡	玄洞			西坡・渭川院	越前	明治13	76	シーボルト	幕府醫官
3733	竹内 淡齋	直彦	壽平	子良	淡齋・澧洲	豊後 府内	慶應元	71		初世東門次男、府内藩儒
3734	竹内 長水	盈之		大冲	長水	美濃	天明7	59	服部南郭	和歌山藩儒
3735	竹内 東仙	忠貞・貞	兵介	誠甫	東仙	岩代	大正13	87	三谷愼齋	二本松藩士
3736	竹内 東門	安孝─安明		文會	東門・輔仁堂	府内	文化12	65	後藤艮山	(初世)、豊後三ツ川ノ醫─府内藩儒醫、一時是永氏ヲ稱ス
3737	竹内 東門	安世		安眞	東門	府内	嘉永6	65		(二世)、初世東門長男、府内藩儒醫
3738	竹内 福水	世綱			福水	大聖寺	文化中		大田錦城 龜田鵬齋	問裕亭男、大聖寺藩儒
3739	竹内 豊洲	直彦	壽平	子良	豊洲	府内	元治2	71	大城壺梁	二世東門男、府内藩儒(采芹堂教授)(私諡)徹應先生
3740	竹内無因齋	長孝		子順	積翠─無因齋	越前	文政11	71	淸田儋叟	越前府中城代本多氏臣
3741	竹内問裕亭	親知			問裕亭	大聖寺	天保中		泉 豊洲	大聖寺藩儒
3742	竹内 楊園	妥素	行助	子行	楊園・臥雲・扇和書屋	伊豫				河内丹南藩士(江戸)、詩(安政)
3743	竹川 竹齋	政胖	章	綠麿	竹齋・射陽書院・古葛園	伊勢 射和	明治15	74		本姓源氏、藏書家(射和文庫・いさわ文庫)、竹綠麿ト修ス

3744	竹川	馬陵	政辰		子德	馬陵	伊勢			高野蘭亭	
3745	竹崎	茶堂	政恒	律次郎		茶堂	肥後	昭和19	66	横井小楠	肥後ノ儒者
3746	竹添	井井	光鴻	進一郎・滿	漸卿	井井〔居士〕	天草	大正6	76	木下犀澹	熊本藩士‐朝鮮辨理公使、文學博士
3747	竹添	藜藿	光琳	利鎌	文叔	藜藿					井井ノ緣者（明治）
3748	竹田	梧亭	定夫	助太夫・茂兵衛	子毅	梧亭	福岡	天保11	54		梅廬次男、福岡藩儒
3749	竹田	子龍	弘益	玄春・三益	泰（恭）明	子龍	播磨	享保20			儒醫
3750	竹田	春庵	定直（眞）	千之助‐七之助・助太夫	子敬	春庵（菴）	京都	延享2	85	貝原益軒	福岡藩儒‐福岡ノ儒者（笛塾）
3751	竹田	榛齋	定琮	貞之丞	器甫	榛齋	福岡	文政11	38	菅茶山　佐藤一齋	復齋男、福岡藩儒
	竹田	東門	→竹内東門 3736								
3753	竹田	梅廬	定良	茂兵衛・茂平・助太夫	子俊	梅廬	福岡	寛政10	61		本姓高畠氏、春庵外孫、蘿定養子、福岡藩儒
3754	竹田	復齋	定矩	平之丞	子恕	復齋	福岡	寛政11	31	西依成齋　若槻幾齋	梅廬長男、福岡藩儒
3755	竹田	蘿亭	定澄	貞之進	取映	新庵・蘿亭		明和6	76	竹田春庵	春庵長男、福岡藩儒醫
3756	竹中	重門	重門			竹裏館〔文庫〕		寛永8	59	林羅山	竹中半兵衛男、歌人・茶人
3757	竹中	淡齋	呉	順吾	欽若	淡齋		文政6	57		京都ノ儒者
3758	竹花	藍谷	正修・左膳	厚次・堅藏	見遠	藍谷・淡齋	伊豫	文化2	62	山田靜齋	松山藩士
3759	竹鼻	纜山	則	小左衛門	士効	纜山	大坂				大坂ノ詩人（江戸後期）
3760	竹原	澧水	吉		孟勞・黄離	澧水	大坂	文政5			大坂ノ書家（篆刻）

3761	竹村 悔齋	豊・[illegible]・正信・贄	海藏	伯實・去華	蠙可-悔齋・樛堂・楡堂・註我書屋・不忘溝壑樓・奚所須窩主人・蚓可	三河	文政3	36	佐藤一齋 林 述齋等	擧母藩儒、詩、自刃
3762	竹村仙太郎		仙太郎-平右衞門			伊豆	弘化元	76	本居宣長	江川坦庵師
3763	竹村 東野	脩	節之進	靜夫	東野	土佐	慶應2	63	佐藤一齋 安積艮齋	高知藩儒(教授館教授)-土佐ノ儒者(武英塾)
3764	竹村 梅隱	敬		忠節	梅隱	和泉				
3765	竹村 方齋	正的	的之丞	中甫	方齋	三河	明治6			悔齋男、擧母藩儒(崇化館教授)
3766	竹本 石亭	興	又八郎		石亭・對松堂	靜岡	明治21	67		畫・詩・文
	岳	↓オカ 1507〜・ガク(1810)								
	武	↓ブ (5171)								
3767	武井 子廉	簡		子廉		信州				(江戸中期)
3768	武井 節庵	恭・享・亨	蘭之助(輔)-精一郎	元卿・安卿	節(雪)庵(菴)・養浩堂	信州			菊池五山 大窪詩仙	本姓吉田氏、鶖湖次男、高島藩士-江戸ノ詩人、姓ヲ武居トモ書ク(文化4生)
3769	武井 淡山	群司	吉之進	乾之・德義	淡山	廣島	明治19	51	坂井虎山	廣島藩儒
3770	武井 㰅齋	驥		千里	㰅齋					(文政)
3771	武居 敬齋	兼吉・慶助-端	補助-禮助	章(正)甫	敬齋	木曾福島	安政2	71	古賀精里 樺島石梁	本姓平井氏、木曾福島山村氏儒臣(江戸)
3772	武居 用拙	彪	清記-拙藏	文甫	用拙	木曾福島	明治25	77	古賀侗庵 松崎慊堂	敬齋長男、山村氏儒-木曾ノ儒者(鄕校靑莪館學頭)、詩(攻玉社)
3773	武内 確齋	温	丹波屋西左衞門	子玉	確齋・藍臺・栗枝園・蕉園・中聖人・晦所	大坂	文政9	59	篠崎三島	詩・書・篆刻
3774	武内 義雄	義雄				三重	昭和41	81	狩野直喜	中國哲學、東北大教授

3775	武雄　逍遙	麟・頼之	左(佐)門	君瑞	逍遙・南川史氏	肥前武雄	文久2	43	清水龍門 飯森鳳山	佐賀藩國老鍋島氏臣(鄕校身教館教授)、詩・文
3776	武川　南山	幸順		建德	南山	京都	安永9	56		醫、本居宣長師
3777	武田　于龍	信卿	叔安		于龍・常春院	京都	安永2	74		本姓黑川氏、幕府醫官
3778	武田　繹	繹				會津				
3779	武田　琴亭	大	右京	有文・仲天	琴亭	大坂				卜筮(大坂-京都・寶暦-天明)
3780	武田　秉山	靜	次郎	杏仙・信成	秉山・長春院	京都	寶永2	80	冷泉爲景 石川丈山	幕府番醫
3781	武田耕雲齋	正生	彦九(太)郎・伊賀・修理	伯道	如雲-耕雲齋	水戸	元治2	62		本姓跡部氏、水戸藩士、尊攘家
3782	武田　象庵	信勝		岌淵	象庵・學山		萬治2	64	藤原惺窩	道安弟
3783	武田　泰淳	泰淳				東京	昭和51	65		中國文學、小說家
3784	武田　韜軒	敬孝	勘八-龜五郎		韜軒-熱軒・修古庵・伯佐・伯經・天經		明治19	67	大槁訥庵 佐藤一齋	大洲藩儒(明倫堂教授)
3785	武田　道安	信重	三淸-道安		獵德院		寶永5	82	藤原惺喬 林羅山	儒醫
3786	武田　野堂	載周	源三郎		野堂・稚(雅)川		明治2	81	丹羽磐桓子	尾張ノ儒者、書
3787	武田　梅龍	惟嶽(岳)-元亮・亮-欽繇	三彌	峻卿-士明-聖謨	南陽-梅龍-蘭籬	美濃	明和3	51	伊藤東涯 堀　南湖等	一時篠田元亮ヲ稱ス、妙法院親王侍讀、武梅龍・武惟岳・武欽繇ト修シ篠蘭籬ト稱シタ(私諡)文靖先生
3788	武田　鳳鳴	龍・信英	孫兵衞	孟玉	鳳鳴・草廬	江戸				
3789	武田　立齋	藤太郎-久文	三益	士友	立齋	羽後	文化9	78	伊藤介亭	羽後秋田郡十二所城代茂木氏儒醫
3790	武谷　雲庵	泉		子龍	雲庵(菴)・六甲山人・松濤	大坂	明和2	64		本姓絹岡氏、醫・詩・文・畫

3791	武谷　澧蘭	祐之	元立	元吉	掠亭・澧蘭・鷗洲・三餘學人	筑前	明治27	75	廣瀬淡窓・緒方洪庵	福岡藩儒醫(贊生館督學)、蘭學
	武谷 ↕タケヤ 3798									
3792	武知　愛山	萬(方)獲	作八–幾右衛門	伯慮	愛山・五友〔書院〕・五友十甌書院・梅外・清風・黑犬・佯聾・臥南	伊豫	明治26	78	日下陶溪・昌平黌	松山藩儒–松山ノ儒者
3793	武富　圯南	定保	文之助	元謨	圯(圮)南・密莽(庵)・碧梧樓・欸翁	肥前	明治8	68	古賀侗庵	佐賀藩儒(弘道館教授)
3794	武野　安齋	宗朝–知信	五郎	本英	安齋	和泉堺	明曆2	60	(僧)澤庵・掘杏庵	臨在宗僧–名古屋藩士、詩・文
3795	武郡　南窓	吉幹・幹	新兵衛	君貞	南窓(窗・窻)・歸一	京都	寛政7			姓ヲ武村トモ書ク、書、武吉幹ト修ス
3796	武元登々庵	正質・質賛	周平・孫兵衛	景文	登々庵(菴)・行庵・泛庵	備前和氣郡	文政元	52	長尾蘭洲・柴野栗山	本姓明石氏、京都ノ儒者、詩・書、醫(眼科)、武正質ト修ス
3797	武元　北林	正恒・恒	勇次・與兵衛・立平	君立	北林・高林	備前和氣郡	文政3	52	志村東洲・林述齋	本姓明石氏、登々庵弟、岡山藩儒(閑谷黌教授)–京都ノ儒者(高林社)
3798	武谷　錦汀	成章	與二兵衛	豹卿	錦汀					雲庵長男、醫・詩・文・畫(江戸中期)
	武谷 ↕タケタニ 3790〜									
3799	立川　雅生	淳美		雅生		常陸太田			長久保赤水	(江戸後期)
3800	立花　玉蘭	玉蘭		澁香	中山	柳川	寛政6		服部南郭	本姓立花氏、後、矢島氏、柳河藩士女、詩
3801	立花　蘭齋	淳次郎–壽淑(俶)	左京		蘭齋・鶴舞堂・洗心庵・居業樓主人	柳川	天保2	31	黑川雪堂・關克明等	柳河藩主鑑壽公男、詩・文
3802	立原　杏所	任	甚(任)太郎	遠卿・子(士)遠	杏所・東軒・玉琤舍・香案小史	水戸	天保11	56	立原翠軒・山本北山	翠軒男、水戸藩士、書・畫(江戸)
3803	立原　翠軒	萬	甚五郎	伯時	東里・此君堂–翠軒・葆先閣	水戸	文政6	80	大内熊耳・田中江南等	蘭溪男、水戸藩儒(彰考館總裁)(江戸)
3804	立原　蘭溪	朝豊・豊	甚藏	子部	蘭溪	水戸	明和7	48	谷田部東壑	本姓佐久間氏、翠軒養子、水戸藩儒

3805	橘	守國	有税―守國	惣(宗)兵衛・大助・辨次		後素軒	大坂	萬延元	70		本姓楢村氏、畫(刻版)
3806	橘	壽菴	晋明		順明	壽菴・蘿崖(厓)	大坂				大坂ノ儒者、詩・文
3807	橘	東皐	維嶽	内記	周翰	東皐					本姓野田氏、大坂ノ詩人(江戸中期)
3808	橘	南谿	春暉	東市	惠風	南谿・梅仙(僊)・梅華仙史	伊勢久居	文化2	53	佐野酉山	本姓宮川氏、朝廷ノ儒醫、詩・文・歌
3809	橘	南溟	維發		仲英	南溟	阿波				
3810	立木	信憲	信憲	新助			阿波	文政7	84		徳島藩儒
3811	立野	觀梅	範建・範義	兵庫少允・大和介	安正・士規	觀梅・觀海		文政9			京都ノ儒者
3812	立野	桂山	元定		麟卿	桂山・夢庵(菴)	肥前竹雄	明治(1913	6057)	飯盛鳳山・草場佩川	佐賀藩老多久氏儒臣(鄕校身教館教授)
	龍		→リュウ6571〜								
3813	龍神	秋陽	永壽	伊兵衛	大年	秋陽館		文政中			(江戸)
3814	龍崎	冠東	養中	信左衛門	文卿	冠東					龍野藩士、道學・儒學(江戸)
3815	龍田	善達	在寛		善達		播磨加東	享保19	58	伊藤仁齋・中島浮山	大坂ノ儒者
	龍野	草廬	→龍　草廬6574								
3816	巽	遜齋	世大		耀文	遜齋・羅城	京都	文久3	42	森田節齋・藤拙堂	京都ノ儒者
3817	立松	東蒙	八十郎―懷之・悌文	嘉兵衛・八右衛門	子玉	東蒙山人・嘉穂庵・東毬・平秩東作(狂詩)	江戸	寛政元	64	伊藤蘭嵎	江戸ノ之儒者、狂詩
3818	建	孝銑	孝銑	小龜寛吾	澤夫		近江				日野藩儒
	建		↕ケン(2514)								

3819	建部	樸齋	嘉	東五郎	遯夫	樸齋・犾肉山人	因幡	天保9	70		因幡藩支封池田氏儒、詩・書・畫
3820	館	霞舫	儁(雋)	俊藏	昆陽	霞舫・松籟畫人・小籟詩屋・幽佳	越後	嘉永6		椿 椿山	柳灣男、幕臣(江戸)
3821	館	天籟	豹	豹藏		天籟・海庵・北門山人	秋田			山本北山	北山女婿、秋田藩士、詩(翠屏吟社)
3822	館	柳灣	機	雄次(二)郎	樞卿	柳灣・古錐子・賞雨老人・三十六灣漁叟・石香齋・驪臺耄叟、弐餘堂	新潟	天保15	83	龜田鵬齋	本姓小山氏、幕臣(高山—江戸)、詩(小籟詩屋)
3823	棚谷	桂陰	元善		元卿	桂陰・鳳陽・天香齋・善庵	常陸笠間	明治15	70	朝川善庵	本姓田邊氏、笠間藩儒醫、詩
3824	棚橋	松村	嘉忠	大作	伯貫	松村	美濃	明治26	67	廣瀬旭莊	詩
3825	棚橋	天籟	嘉和・喜滿太	衡平・敬太	禮仲	天籟	美濃	明治43	77	林 鶴梁 梅田雲濱 等	松村弟
3826	谷	維揚	遵	佐之衞門	義夫(父・甫)	維揚	水戸	天明4	62	德田錦江	水戸藩儒(彰考館史員)
3827	谷	一齋	松	三介	宣貞・己(巳)千	一齋・懲窟子	土佐	元祿8	71(72)	小倉三省	時中男、高知藩儒、姓ヲ瀬良トモ稱ス
3828	谷	嚶齋	喬			嚶齋					詩、(明治12在世)
3829	谷	塊齋	垣守	丹四郎		塊齋	土佐	寶暦2	55	玉木葦齋	泰山男、高知藩士
3830	谷	槐堂	義信	哲齋・了閑(寛)	伯行	槐堂・南岳(嶽)		文化2	59	安藤陽洲	宇和島藩儒醫(藩主侍醫)、詩・書・篆刻
3831	谷	鬼谷	忠明	佐之衞門	子陽	鬼谷・揣摩堂	常陸水戸	天保3	76		維揚男、水戸藩士、兵學、姓ヲ服部トモ稱ス
3832	谷	採薇	好井	萬六		採薇	土佐	文化2	64		本姓大神氏、高知藩士、醫學・兵學
3833	谷	三山	市三—操	新助—昌平	子正・存誠(正)	三山・繹齋・淡庵(齋)・無耳山人・相在室	大和八木	慶應3	66	猪飼敬所	大和ノ儒者(興讓館)、聾盲
3834	谷	時中	義有—素有	大學・三郎右衞門	時中	鈍齋・慈仲(冲)—時中	土佐	慶安2	51(52)	南村梅村 (僧)天質	モト僧、慈仲(冲)ト稱ス、高知ノ儒者(南學ノ祖)
3835	谷	春水	寛得	左平太	子衆	春水	伊豫松山	慶應元	75	杉山熊臺	松山藩士(明教館講義官)

3836	谷 城東	貞夫	保太郎	庸	城東・五瀬・旭園陰士・悔庵	周防 防府	大正15	75		伊勢松坂藩士
3837	谷 秦山	重遠	丹三郎・小三次・櫻井清八		秦山	土佐 長岡	享保3	56	山崎闇齋 淺見絅齋等	本姓大神氏、高知藩士
	谷 濳藏	→高杉東行 3631								
3838	谷 太湖	鐵心(臣)	退一・騮太郎	百錬	太(大)湖・如意	近江 彦根	明治38	84	林 復齋	彦根藩士
3839	谷 斗南	立悳・立木		太公	斗南・梅花長者	江戸	天保6	64	井上金峨	赤穗儒醫、詩
3840	谷 東陽	安之	駒次郎	文行	東陽・東堤・謙齋	江戸				麓谷男、書
	谷 梅之助	→高杉東行 3631								
3841	谷 麋山	鸞	左仲	子祥・沖天	麋山・眉山・芙蓉精社	阿波	安永2	73	伊藤東涯	本姓橘氏、京都ノ儒者
3842	谷 物外	包保	茂右衛門	子康	物外・斷書居士・龍鼻翁	丹波 水上	文化7	79	手島堵庵	丹波ノ心學者(傳習舍都講)
3843	谷 文仲	脩			文仲	下野				
3844	谷 文晁	正安・文朝・文晁	文伍・文五郎	子方・子穆・文晁	文晁・文朝・師陵・山東居・東海・一如・南總樓・寫山樓・畫學齋・蜨叟・無二道人・樂山・畫禪居・水雲軒・蝶樓	江戸 下谷	天保11	78		麓谷男、田安家畫師
3845	谷 北溪	眞潮・學準	虎藏	丹内	北溪	土佐	寛政9	71		塊齋男、高知藩儒
3846	谷 遊水子	一主	傳左衛門		遊水子	越後			林 羅山	越後藩儒
3847	谷 麓谷	本修(脩)	十次郎	務卿	麓谷	江戸 下谷	文化6	81	入江南溟	文晁父、田安家家臣、詩
	谷	↕コク (2695)								
3848	谷井 玉洲	敬英	世昌	世昌	玉洲・高臺	紀伊 田邊	文政3(4)	58(59)		金澤ノ儒醫、聾者

3849	谷川	松樹	信忠			松樹	南部盛岡				詩、姓ヲ谷河トモ書ク
3850	谷川	龍山	順・久亮	順助・順祐	祐信	龍山・含章堂	播州東畑	天保2	58	眞瀬中洲	大坂ノ儒醫、易學
3851	谷口	靄山	貞二(治)			靄(藹)山	京都	明治32	84	廣瀬淡窓	詩・文・畫
3852	谷口	渭陽	精一	大造	允中	渭陽	肥前	文久2	21		藍田長男、詩・文
3853	谷口	王香	八重次郎−研太郎−王香	望月庵太郎・五龍二郎・若林龜六	穆如	清風・仁風・楠岡・龍田	肥前	明治34	52		藍田次男
3854	谷口	琴廬	復	復四郎	季雷	琴廬	肥前	明治17	32		藍田四男
3855	谷口	千秋	千秋	多善	子春		江戸	寶暦4			江戸ノ儒者−上州沼田藩儒
3856	谷口	大雅	元淡	新助	大雅	心水軒・鄭圃	近江	寛保2	66	荻生徂徠・北村季吟	柳澤吉保儒臣(江戸)−郡山藩儒(大和郡山)、和歌
3857	谷口	藍田	秋之助−中秋	山口龍藏−良藏	大明	藍田・介石	肥前有田	明治35	81	廣瀬淡窓・羽倉簡堂	有田ノ儒者−肥前鹿島藩儒(弘文館教授)、詩、韓介石ト稱ス
3858	谷口	鹿洞	豊	豊五郎	季章	鹿洞・思齋堂		大正3	48		藍田五男
3859	谷村	秋村	一太郎			秋村	富山	昭和11	66		實業家、藏書家
3860	溪	百年	世尊	親太・代(大)錄・大六	士達	百年・玉藻亭	大坂	天保2	78		本姓河口氏、鳥取藩儒、『經典餘師』
	種		→シュ (3160)								
3861	種野	友直	友直	徳之助−徳九郎	子諒		安藝	明治11	62	香川南濱	本姓石井氏、廣島藩儒(修道館儒員)−廣島ノ教育者
3862	種村	箕山	濟	新治(次)・文安	元民	箕山	近江彦根	寛政12	79	澤村東所	近江ノ儒者、詩、種箕山ト修ス
	玉		→ギョク (2321)								
3863	玉井	海嶠	華	一郎	氷鑑	海嶠・鐵崑崙	越後柏崎	文久2	46	原松洲・梁川星巖	儒醫、詩

	姓	號	名	通稱	字	號	生地	沒年	享年	師名	備考
3864	玉井	忠田	英穆・穆		養純	忠田	豊後日田	明治10	70	廣瀬淡窓等	咸宜園都講–久留米藩醫（醫學館教授助）
3865	玉置	讓齋	直雄	環一郎	子恭	讓齋・東陵	肥前	明治22	62	朝川善庵	平戸藩儒
3866	玉置	柏山	希憲		玄甫	柏山〔堂〕	大和	明和8	77	伊藤東涯 松岡玄達	大坂ノ儒醫
3867	玉川	錦丘	有秋	春庵	連作	錦丘・三省堂	南部	天保10		朝川善庵	本姓中津川氏、江戸ノ醫、詩・文
3868	玉川	灝齋	玄龍			灝齋・泉溟	和泉堺				本姓武内氏（和歌山・寛政2・58在世）
3869	玉木	葦齋	正英	兵庫		葦齋・五十鰭翁		元文元		山崎闇齋	神道、和學
3870	玉田	默翁	信成	彌内–久左衞門		默翁・虎溪庵	播磨印南	天明5	89	三宅尙齋	播磨ノ儒者（虎溪精舍）
3871	玉乃	九華	淳（惇）成	嘉全・斗南・小太郎	裕甫・成裕	九華・松雪洞	周防岩國	嘉永4	55	龜井昭陽	本姓森脇氏、岩國藩儒醫（養老館督學）、玉淳成卜修ス（私諡）文靖先生
3872	玉乃	五龍	世履	辰次郎・多門・泰吉（次）郎・東平	公素	五龍	岩國	明治19	62	玉乃九華 齋藤拙堂等	本姓桂氏、一時枝多門ヲ稱ス、九華養子、岩國藩士（養老館助教）–大審院長、自殺
	玉屋市兵衛		↓上野海門 974								
3873	丹波	正濟	正濟							阪谷朗廬	丹波篠山藩儒（江戸末期）
3874	端	春莊	隆	順助	文仲	春莊	近江	寛政2	59	清田儋叟	京都ノ儒者、詩
3875	壇	東郊	秋芳	總吉郎		東郊・宇宙閑人	筑後松延	明治19	83	樺島石梁	福岡ノ儒者（鶴鳴堂）

〔ち〕

千
↕セン
(3447)

3876	千賀	玉齋	璋	源右衛門	男載	玉齋	江戸	天和2	50	林讀耕齋 林鵞峰	小濱藩主侍講-小濱藩儒
3877	千坂	廉齋	纖	一學・莞爾・都麿	千里・稀楠	廉齋・綠兮(谷)・北聞・莞翁・尚友〔堂〕・三鹿	下總關宿	元治元	78	淸水濱臣 古賀精里	本姓横山氏、千坂氏養子、幕臣-江戸ノ儒者
3878	千葉	逸齋	要	潛藏	子簡	逸齋	陸中	嘉永元	57	關　元龍 冢田大峯	江戸ノ儒者-一ノ關藩儒(教成館教授)
3879	千葉	芸閣	玄之	茂右衛門	子玄	芸閣	江戸	寛政4	66	秋山玉山	古河藩主侍講-江戸ノ儒者
3880	千葉	師古	直寛・直枝	三吉		師古堂		慶應元	76		仙臺藩士(養賢堂指南役)
3881	千葉	松堂	繁伯			松堂					陽明學(享保)
3882	千早	東山	正忠	武一郎	子恕・恕公	東山・綠天居		明治34	80	成島東嶽 龜田綾瀬	本姓小林氏、山地蕉窓養子、江戸ノ儒者-仙臺藩士、小林東山ヲ稱ス
3883	千村	鵞湖	諸成	總(惣)吉-孫太夫	伯就・力之	鵞湖・釣叟・自適園・笠澤・七樂居・大觀廬	尾張	寛政2	64	松平君山 石島筑波	夢澤男、名古屋藩士、畫・茶、千諸成・村諸成ト修ス
3884	千村	峒陽	吉之丞-仲冬-仲泰	帶刀・平右衛門・十郎右衛門・鳩翁	大來・垤堂	峒陽・明陽・八十一峰道人・退一歩堂・三學堂	美濃	明治24	85	鈴木離屋 丹羽磐桓子	名古屋藩士、詩・文(名古屋)
3885	千村	伯濟	伯濟(齋)	多門	廷美	華不注山人・水竹居主人	尾張	寶曆4	50	松平君山	名古屋藩士、詩、『張州府志』
3886	千村	夢澤	七之丞-義武-良重	勘平-潛夫	興臣・鼎臣	夢澤・保合・天塊舍	尾張	安永2	80	小出侗齋	名古屋藩士、詩、一時井出氏ヲ稱ス
	池	桐孫	→菊池五山 2230								
3887	茅野	寒綠	爲宜-泰	伊豫之介	伯陽・士誠	寒綠	常陸	安政4	55	國友善庵 會澤正志齋	水戸藩儒(弘道館舍長)-水戸ノ儒者
3888	茅野	雪庵	包純	熊之介	子德	雪庵・小蘇堤長・忘憂草堂					(江戸・安政)
	茅野	錢塘	→萱野錢塘 1984								
3889	茅原	虛齋	定・玄定	文(丈)助	叔同・玄常	虛齋・茅窓(窻)・長南	長門	天保11	67		京都ノ儒醫、本草家

3890	遲塚	速叟	久德	九二八		速叟	常陸				岩代守山藩儒(江戸中期)
3891	兒	圖南	一鵬		希雲	圖南	鹿兒島	寛保元	41	室　鳩巣	鹿兒島藩儒
3892	近松	南海	茂矩	彦之進		南海・囊玄子・練兵(武)堂・琴舍・丁牧・正己堂		安政7	82	小出侗齋等	名古屋藩士、兵法家(一全流)、和歌・俳諧・神道・儒學・茶道、姓ヲ松ト修ス
	力丸		→リキマル 6564								
	竹	綠麿	→竹川竹齋 3743								
	中	文平	→田中道齋 3524								
	中		↕ナカ 4240〜								
	仲	延仲	→中山高陽 4427								
	仲	欽	→中村惕齋 4405								
	仲	敬甫	→中村惕齋 4405								
	仲	象先	→中山高陽 4427								
	仲	文平	→田中道齋 3524								
3893	丁野	丹山	遠影	左右助	良圭	丹山・丁々道士・鶴姓野人	土佐	大正5	66	南部靜齋 奧宮慥齋等	高知藩儒、詩(麴坊吟社)
3894	丁野	南洋	粲	彦十郎・雄二郎	君美	南洋・鼓山	高知	享和2	49	宇佐美灊水 皆川淇園	本姓田中氏、丁氏トモ稱ス、生藥業、近江坂本ノ儒者
3895	長	鶯山	德信		義父	鶯山	播磨				(江戸中期・夭死)
3896	長	屋山	國華・葖	春次	春父	屋山	讃岐				
3897	長	三洲	主馬-炗(光)	富太郎-光太郎	世章・秋史	三洲・秋史・韻華	豊後日田	明治28	63	廣瀨淡窓	本姓長谷氏、梅外男、長門藩儒-文部大丞、書

3898	長	青楓	公勳 宗仁	禹功	青楓	山城伏見	安永3	59		畫
	長	赤水	→長久保赤水 4486							
	長	梅外	→長谷梅外 4747							
3899	長	萬年	昂秀	伯盈	萬年	紀伊			片山兼山	和歌山藩儒(江戸中期)
	晁	玖珂	→朝枝穀齋 224							
	晁	玄洲	→朝比奈玄洲 234							
	晁	泰亮	→朝比奈南山 235							
	晁	文淵	→朝比奈玄洲 234							
3900	張	徵水	矩		徵水	攝津池田			田中桐江	大坂ノ書家—仙臺ノ儒者
3901	超	然(僧)	超然・若英	不群	虞淵・高尚坊・深慨隱士・高尚院	近江	明治元	77		俗姓御薗氏、眞宗本願寺派僧、詩
	朝	文淵	→朝比奈玄洲 234							
	趙	陶齋	→高良(コウラ)陶齋 2693							
	趙	養	→高良陶齋 2693							
3902	陳	元贇	珦	義都・士昇(升)	元贇・東瀛士・既白山人・虎魄道人・瀛壺逸士(史)・逸叟・玄香齋・猗々居・仰松軒・菊秀軒・芝山・昇(升)庵(菴)・碧雲軒・九十軒・虎林(謚)廣學	明國虎林	寛文11	85		崇禎進士、元和5年來日、名古屋藩賓儒—江戸ノ儒者、詩・陶器・拳法
	陳	穀山	→小田穀山 1195							
3903	陳	錢塘	厚	生卿	錢塘	上總				(江戸中期)

〔つ〕

	姓	號	名	通稱	字	號	生地	沒年	享年	師名	備考
3904	戸次	朝陽	晃	彦助	宜春	朝陽	筑前	天保9	72	龜井南溟	本姓清水氏、福岡藩士、詩・文
3905	栢植	葛城	常熙・常	卓馬	君績(積)	葛城	河内	明治7(13)	71(72)	頼　山陽	龍洲男、大坂ノ醫−大和高取藩醫、教育(立教館)・詩(白鷗吟社)
3906	栢植	常山		萬吉	萬年	常山				山本北山	江戸ノ儒者
3907	栢植	竹塢	浩			竹塢	信濃飯田	明治6	41	安井息軒	漢學・畫
3908	栢植	龍洲	常彰	中務	叔順	龍洲・光天堂	河内	文政3	51	淺井圖南 中井竹山	大和高取藩醫−大坂ノ儒醫、姓ヲ拓ト修ス
3909	津金	鷗洲	胤臣	文左衛門	子隣	鷗洲・默齋	尾張	享和元	75	須賀精齋 須賀亮齋	幕臣、金子隣ト修ス
3910	津輕	儼淵	左多吉・貞吉−貞正−絹熈	永孚−中書・式部	建齋・子莊(壯)・敬躋	儼(巖)淵	弘前	文政11	56	松田正卿 山崎闇齋等	弘前藩家老・藩黌(稽古館)ヲ開ク、周易
	津輕屋三右衛門		→狩谷棭齋 1995								
	津久井清彰		→平塚飄齋 5118								
	津久見華岳		→久津見華嶽 2338								
	津坂		→津阪 3911〜								
3911	津阪	拙脩	達・邦達	貫之進	有功	拙脩・稽古精舍	伊勢				本姓菅原氏、東陽男、詩、姓ヲ津坂トモ書ク(江戸中期)
3912	津阪	東陽	孝綽	常之進	君裕	東陽・匏菴・癡叟・懸匏菴(庵)	伊勢	文政8	69		津藩儒(伊賀上野−津、有造館督學)姓ヲ津坂トモ書ク、(私謚)文成先生
3913	津島	北溪	佶	彦逸	叔問	北溪・憊翁・憊道人	越中高岡	文久2	50	增島蘭園	富山ノ儒醫
3914	津田	逸齋	俶		令終	逸齋	明石	嘉永元	62	龜田鵬齋	明石藩儒醫

3915	津田 學齋	正臣	橋次郎		學齋・香巖・不如學齋	紀伊	明治29	57		
3916	津田 閑齋	信貞	兵藏	與鷗	閑齋	近江	正德3	73	今井桐軒	水戸藩士(彰考館)
3917	津田 義宗	正生	三輪助・神助・賤屋六右衛門		六合庵(亭)・義宗・祇宗	尾張	嘉永5	77	恩田蕙樓・鈴木離屋	酒造業、地誌
3918	津田 近義	近義	勘六			加賀	寶曆11	71	三宅尙齋	京都ノ儒者
3919	津田 梧岡	邦儀	亮之助	鳳卿	梧岡(崗)	加賀	弘化4	69		金澤藩士(明倫堂助教)
3920	津田左右吉	左右吉				岐阜	昭和36	88		東洋史學、早大教授
3921	津田 出	出	又太郎			和歌山	明治28	74		和歌山藩士、蘭學
3922	津田 春村				春村		明治25	63	青山佩弦齋	水戸藩儒
3923	津田 小石	以義	雅之助‐范曹	小石		豐前中津	明治5	83		賦
3924	津田 東巖	信臣‐信孝(存)	繁太郎	伯行	東巖・春村	水戸	明治25	63	青山佩弦齋	水戸藩儒(彰考館編修員)
3925	津田 東陽	泰	忠助	士雅・士龍	東(重)陽	萩	寶曆4	53	山縣周南	萩藩儒、津士雅ト修ス
3926	津田 梅南	邅		大路	梅南・宵陶齋	明石				明石藩士、詩(江戸・安政)
3927	津田 賁	賁							古賀侗庵	姫路藩儒(天保13在世)
3928	津田 蓼溪	致令		士春	蓼溪	江戸			西島蘭溪	詩(幕末)
3929	津野 滄洲	義見	福島屋五右衛門		滄洲	飛驒高山	寛政2	73	江村北海・松平君山	酒造業、詩・文
	津國屋藤次郎	→細木香以 5382								
3930	津山 東溟	懋		德卿	東溟・斗龍	久留米	享和元	58		久留米藩儒

3931	都賀 大江	庭鐘	六藏	公聲	大江漁夫(人)・近路行者・莘荑館・千里浪子・十千閣・巣庵・辛夷館・巣居・鹿鳴・白沙・亭亭亭逸人・堂堂堂・毛野村丹三郎・渡頭一舟子・春の海の一釣子	大坂	寛政中	(80)	新興蒙所 香川修庵	儒醫、篆刻・白話(大坂)、都庭鐘ト修ス(享保3生)
3932	都賀 大陸	枝春	直之丞	直丞	大陸	大坂				大江男、大坂ノ醫・讀本作家
3933	都筑 道乙	道乙				土佐			坂井漸軒	儒
3934	都築 虚堂	彧	九郎右衛門	寧父	虚堂・蘇門		天保3	55	荻野鼈己齋	備後三原淺野家臣、詩
3935	對馬 留雲	世鼎	新太郎・新		留雲	讃岐	安政5	63	菊池五山	詩・書・畫
3936	冢田 簡	簡	簡太郎				文化7	(37)33		大峯長男、姓ヲ塚田トモ書ク
3937	冢田 旭嶺	慧一-行宜(宣)	慧一・善助-義平・梅翁	延美	旭嶺・玉峰・梅翁・克仙・長澤・業乃	信濃長野	明和4	70	室鳩巣 新井白石	大峯父、水戸ノ儒醫、姓ヲ塚田トモ書キ、田行宜ト修ス
3938	冢田 謙堂	愿	愨四郎	季愨	謙堂・雄鳳	尾張	慶應4	(61)65	冢田大峯	本姓渡邊氏、大峯養子、名古屋藩儒(鳴倫堂教授-江戸)、處斬
3939	冢田 三石	淳五郎		三石		尾張	明治34	62	冢田謙堂	謙堂男、尾張ノ儒者-東京ノ儒者(成美館)
3940	冢田 大峯	虎(乕)	多門	叔貔(豼)	大峯・雄鳳館	信濃	天保3	88	室鳩巣 冢田旭嶺	本姓塚田氏、旭嶺六男、江戸ノ儒者(雄鳳館)-名古屋藩儒(明倫堂督學)、姓ヲ冢ト修ス
3941	塚 拳齋	雲	源藏	龍噓	拳齋	江戸	文政中			
	塚田	→冢田 3936～								
3942	塚村 嘉平吾	嘉平吾							西山拙齋	岡山藩士(天明6在世)
3943	塚本 寧海	金太郎-明毅		桓補	寧海	江戸	明治18	53	田邊石庵 昌平黌	幕臣、海軍・地理
3944	月形 漪嵐	弘	駒太郎・三太郎-深藏	伯重	漪嵐	福岡	文久2	65	古賀精里	鷦窠男、福岡藩士、獄死

3945	月形	格庵	詳	洗藏	伯安	格庵(𦿆)	福岡	慶應元	38	月形漪嵐	漪嵐男、福岡藩士、刑死
3946	月形	鷗窠	潤–質・勝孟・勝文	六次・市平・七助	君璞	鷗窠–鷗栖・南埠	福岡	天保13	86	西依成齋 若槻幾齋等	福岡藩士
3947	月田	蒙齋	強	右門–鐵太郎	伯恕	蒙齋・道胤・輝	肥後玉名郡	慶應2	60	辛島鹽井 千手旭山	熊本藩儒(時習館助教)・野原八幡宮々司
3948	築田	元叔	勝信		元叔					山崎闇齋	
3949	築田	清水	穆	文哉	士清	清水	筑後	安政6	36	廣瀨淡窓	筑後ノ儒者
3950	辻	維德	維德	小八・周助			丹波	寶曆6	58	關　南賴	丹波ノ儒醫、詩・文
3951	辻	雅堂	市次郎			雅堂	桑名	昭和20	70		詩(雅聲社)
3952	辻	觀山	信敏	權之丞	愼卿	觀山	京都	寬延3	57	伊藤東涯	本姓柳川氏、晚庵養子、鳥取藩儒
3953	辻	堯山	章達			堯山		安政元			京都ノ儒者
3954	辻	湖南	敏樹		稷鄉	湖南	近江			荻生徂徠	丹波龜山藩儒、源敏樹ト稱ス
3955	辻	興庵	隆	好庵		興庵	京都	寶永5	66		端亭甥、後、養子トナル、水戸藩儒(彰考館)
3956	辻	子禮	言恭			子禮	讃岐仁尾	安永4	24		讃岐ノ儒醫
3957	辻	珠涯	幾治郎–信古	玄通		珠涯・珠甫・彭卿	讃岐	享和2	57	三田義勝 菊池黃山等	本姓組橋氏、丸龜藩醫–讃岐ノ醫
3958	辻	勝才	勝才	官太夫				享保15			久留米藩士、詩・文
3959	辻	端亭	達	了的・聊適	思卿	端亭	京都	寬文8	45	林　羅山	水戸藩儒
3960	辻	晚庵	範信–達	權之丞・惣左衛門	成卿	晚庵	鳥取	正德3	53	伊藤仁齋	本姓野呂氏、井上氏トモ稱シ十街トモ書ク、鳥取藩儒
	辻	辨庵	→細井廣澤 5374								

3961	辻	蘭室	幾彌—章從・瑛	信濃守・出羽守	爲槻・文克	蘭室・孜軒	京都	天保6	80	大槻玄澤	本姓中原氏、久我公臣、蘭學
3962	辻	蘭室	道	準平	大路	蘭室	阿波徳島				阿波ノ儒者、詩
3963	辻葩	菅陽	琢成	七右衛門		菅陽		天保13			百濟男、三河岡崎藩儒
3964	辻葩	百濟	適成	五左衛門		百濟		文化10			三河岡崎藩儒
3965	辻元	崧庵	崧	崧庵(菴)	山松	多嶺・爲春院	江戸	安政4	81	山本北山・多紀藍溪	江戸ノ醫—幕府醫官、詩
	土		↓ド (4075)								
3966	土田	貞仍	貞仍	清助			江戸	安永6	71		幕臣(御書物奉行)
3967	土橋	誠齋	次郎吉—平八郎・保安・友直	四郎兵衛—七郎兵衛		誠齋・好古堂	和泉貝塚	享保15	46	伊藤仁齋・三輪執齋	本姓三宅氏、大坂ノ儒者(鄕校老松堂—舍翠堂)
3968	土屋	曲江	繩直	勘解由	準夫	曲江・琴臺	江戸	寶曆4	57	太宰春臺	久留米藩侯族
3969	土屋	三條	述作	宗三		三條	伊豆	慶應2	52		伊豆ノ儒者
3970	土屋	蕭海	敬之—椳	矢之介(助)	松恕	蕭海	長門萩	元治元	36	坂井虎山・羽倉簡堂等	萩ノ儒者、文、尊攘派
3971	土屋	訥齋	弁(辨)幾	士明・反求	士(子)明・反求	訥齋	江戸	寛政5			江戸ノ儒者
3972	土屋	鳳洲	弘		伯毅	鳳洲・晩晴樓〔書院〕	和泉岸和田	大正15	86	相馬九方・池田草庵等	岸和田藩儒(講習館教授)、詩・文
3973	土屋	藍洲	昌英		伯(白)曄	藍洲	小倉	寶曆11	76	荻生徂徠	延岡藩儒—小倉藩主儒醫・侍讀、土昌英・土藍洲ト修ス
3974	筒井	秋水	載		元卿	秋水	三河	明治37	67	齋藤拙齋	
3975	筒井	鑾溪	政憲	左馬助	子恒			天保11	56		幕臣
3976	堤	一雲	正敏	兵藏	子行	一雲〔齋〕	京都				京都ノ儒者、禪學(京都・文化)

3977	堤 新甫	迪	大介(助)		新甫	阿波	明治32	75	篠崎小竹・佐藤一齋	江戸ノ儒者-洲本ノ儒者(猪尻學校教官)-德島ノ儒者
3978	堤 靜齋	正勝	十郎-省三	威(成)卿	靜齋	伊豫	明治25	66	廣瀬淡窓・安積艮齋	幕臣-東京ノ儒者(知新學舍)
3979	堤 它山	公愷	鴻(之)佐	公甫	它山・稚松亭	越前	嘉永2	67	大田錦城・佐藤一齋	大野藩儒(江戸)-姫路藩儒(江戸-姫路仁壽山黌)、姓ヲ塘トモ書キ唐公愷ト稱ス
3980	堤 不占	朝風	三五郎		竹裏亭・不占・正心齋		天保5	70	本居宣長	幕臣、國學者、藏書家
3981	堤 有節	有節	文右衛門	仲文					太宰春臺	本姓石川氏、一橋侯儒
	塘	→堤 3976～								
3982	綱川 藤谷	廣	貞一郎	子輪	藤谷		文政中			(江戸)
3983	恒川 樸巖	濟	泰藏	君楫	樸巖	越中	弘化2	60	市河米庵・仁科白谷	富山藩儒(廣德館教授)、書
3984	恒河 唯江	健		子健	唯江・竹陰	近江	安政2	38	佐藤一齋	大溝藩儒
3985	恒遠 醒窓	和市-和	賴母	子達・眞卿	醒窓・轟谷・櫟川・遠帆樓・求溪	豐前	文久3	61	廣瀬淡窓	豐前ノ儒者(自遠館-藏春園)
3986	常泉 穗波	穗波				上總	慶應4	62		上總ノ儒者(三畏塾)、姓ヲ石原氏トモ稱ス
3987	常見 浩濟	彌三郎・彌市-一之	要藏・五作	子寬	浩齋・谷水		天保6	90	村士玉水	上野伊勢崎藩士-江戸ノ儒者-復職
3988	角田 櫻岳	定輕・勒	與市		櫻岳	駿河	明治6	59	朝川善庵	本姓佐野氏
3989	角田 九華	國松-簡	才次郎	大可・廉夫	九華山房	大坂	安政2	72	中井竹山・脇蘭室等	本姓仲島氏、東水養子、豐後岡藩儒(由學館教授)
3990	角田 錦江	炳	春策	文虎	錦江	美濃	明治17	82		美濃ノ儒醫
3991	角田 東水	美利		子和	東水	豐後	寬政9	65	吉益東洞	岡藩士
	角田	↔スミタ 3383								

3992	角館	子章	正珍・固佐		子章	子章	羽前	弘化4	49	三浦龍山 昌平黌	新庄藩儒
3993	椿	椿山	弼	忠(仲)太—忠太郎	篤甫	椿山・琢華堂・四休庵・羅漢・青松軒・碧梧山房・林菴	江戸	嘉永7	54	谷文晁 渡邊崋山	幕臣、畫・兵學
3994	坪井	虹山	臣		仲隣	虹山	阿波	弘化3	87	皆川淇園	詩・文
3995	坪井	信友	友	信友・信道	孝卿			慶應3	36	西島蘭溪 鹽谷宕陰 等	誠軒男、萩藩好生堂教諭
3996	坪井	靑城	敏求		子俊	靑城	江戸	安永2			江戸ノ儒者
3997	坪井	誠軒	環—道	一助・道庵	信道	誠軒(齋)・冬樹	美濃	嘉永元	54	倉成龍渚 宇田川榛齋	江戸ノ儒醫(安懷堂—日習堂)—萩藩儒醫、蘭方醫
	坪井屋吉右衛門	↓木村石居 2190・巽齋 2191									
	壺井屋太吉	↓木村巽齋 2191									
3998	妻木	棲碧	頼矩	齋宮・務		棲碧・自閑居士		明治24	76	昌平黌	幕府醫官
	妻鹿	↓メガ 6037									
3999	鶴岡	精齋	宗直	文右衛門		精齋	上總	明治20	50	三上是庵	上總ノ儒者
4000	鶴田	松山	忠	九郎太夫		松山	佐賀	延享2	65		省庵男、佐賀藩老多久氏儒
4001	鶴田	省庵	精	平兵衛	極夫	省庵	佐賀	享保16	88		佐賀藩老多久氏儒
4002	鶴田	長溪	重定	重之	閑逸	長溪子・檀樂居(園)	長崎			伊藤仁齋	長崎ノ儒者—水戸ノ儒者(私謚)閉戸先生
4003	鶴田	嫈坨	斌	平治	仲斌	嫈(嫩・嫰)坨	肥前	明治14	82	草場佩川	佐賀藩老多久氏儒
4004	鶴峰	海西	戊申	和左治・彦一郎・左京	季尼・世靈	海西漁夫・中橋・皐(皇)舎(屋)	豊後臼杵	安政6	72	武藤東里	大坂ノ儒者—江戸ノ國學者(究理塾—海鷗社)—水戸藩士(和書編集所)、姓ヲ鶴峯トモ書ク

〔て〕

	姓	號	名	通稱	字	號	生地	沒年	享年	師名	備考
4005	手島	海雪				海雪	伯耆	明治40		森　槐南	製鹽業、詩
4006	手島	久誠	久誠	鷲一郎			廣島	明治14	82	賴　氏	廣島ノ儒者
4007	手島	堵庵	宗吉郎—信・喬房	近江屋源右衛門・喜(嘉)左衛門	應元	堵庵・東郭・朝倉隱者	京都	天明6	69	石田梅岩	本姓上河氏、商人、京都ノ心學者(五樂舍・修正舍・時習舍・明倫舍等)
4008	手島	約軒	季隆	鐘彌太—八助・八郎・八子		約軒	土佐	明治30	84	山口菅山 若山勿堂	高知藩儒—高知ノ儒者
4009	手島	和庵	建	嘉左衛門		和庵	京都	寛政3	45	手島堵庵	堵庵長男、心學者(五樂舍・明倫舍)
4010	手塚	一齋	可久	徐・小源太		一齋		嘉永5		手塚坦齋	本姓日原氏、坦齋男、土浦藩士
4011	手塚	玄通	子徹	玄通	獨有	同々齋	陸奥	文化5			弘前藩儒醫
4012	手塚	坦齋	義道・以道	日原小源太		坦齋・困齋・坦蕩齋・困學齋	常陸	天保5	73	稻葉默齋	本姓日原氏、土浦藩士(郁文館教授)
4013	豊島	洞齋	毅	安三郎	靜修	洞齋	加賀	明治39	83	杉原心齋	上野安中藩士—金澤藩士(明倫堂助教)—斯文會(江戶—東京)
	丁野		↔チョウノ 3893〜								
4014	程	順則	思武太—順則	名護親方・名護聖人	寵文	念菴	琉球	享保19	72		清國留學、學校(明倫堂)創設
4015	鄭	永寧	卯四郎・牛郎—永寧	右十郎			長崎	明治30	69		本姓呉氏、敏齋養子、唐通事—外務省
4016	鄭	敏齋	昌延	大助・來助—幹輔	素敬	敏齋		萬延元	50	昌平黌	唐通事、滿州語
4017	鄭	秉哲	秉哲・佑實	伊三川親方・古波藏親方	濬橋		琉球久米村	寶暦10	66		清國留學、唐通事、姓ヲ伊佐川氏トモ稱ス
	鵜		↔ウ 940〜								

番号	姓	号	名	通称	字	号・別号	出身	没年	享年	師	備考
	鵜	士寧	↓鵜殿本荘 946								
	鵜	信之	↓鵜飼石齋 942								
	鵜	石齋	↓鵜飼石齋 942								
	鵜	孟一	↓鵜殿本荘 946								
4018	鐵	眼(僧)	道光		徹玄-鐵眼	寶藏國師	肥後益城	天和2	53	(僧)隱元	俗姓佐伯氏、黄檗宗僧、大藏經開板
	鐵		↓クロガネ 2496								
	寺		↓ジ (3055)								
4019	寺井	謙齋	鶯溪	大膳	子令	謙齋					(江戸・天保)
	寺井	玄東	↓井上挹翠 434								
4020	寺井	養拙	辰・愼	臧夫・利兵衛	子共	養拙齋・維堂・革巷	京都	正德元	72	佐々木志津磨	書(養拙流)(大坂)
4021	寺尾	一純	一純	銛治	子德	鐘秀亭・桃塢先生					大和高取藩士、詩(江戸中期)
4022	寺尾	鶴雲	克清	九郎右衛門		鶴雲・十竹堂・閑雲堂	肥後熊本	享保17			詩・彫刻
4023	寺尾	東海	正長	伊織	子長	東海・扶桑園	讃岐	安永中			本姓源氏、音韻學(大坂)
4024	寺門	靜軒	良	彌(五)左衛門	子(士)温	靜軒・克己塾・蓮湖・靜翁・三餘堂	常陸石塚	慶應4	73	山本緑陰	江戸ノ儒者(克己塾)-武藏妻沼ノ儒者(兩宜塾)、詩・文
4025	寺門	先行	謹	政次郎	信卿	先行・守拙		明治39	76	會澤正志齋	水戸藩士
4026	寺崎	蛠洲	一貫	三木屋半左衛門	孟恕・伯道	蛠洲・紫苑齋・櫻廂・鶯幽靈	越中高岡	文政5	62	村瀬栲亭 皆川淇園	町年寄、三木修木・三樹一貫トモ稱ス、詩・文・句
4027	寺崎	梅坡	利憲・憲	友三	士監	梅坡・精齋・寒香堂	武藏	(明治20)		芳川波山	忍藩儒、詩・文

4028	寺澤	友齋	政辰	友太夫		友齋・深淵堂	江戸	元文6	71		書(寺澤流)
4029	寺島	俊叟	天祐	俊平	吉公	俊叟・白鹿		嘉永2	74		京都ノ儒者、姓ヲ寺嶋トモ書ク
4030	寺島	靜齋	兢	藏人	季業	靜齋・應養・五梁元・乾泉亭	加賀	天保8	61		本姓持原氏、加賀藩儒
4031	寺嶋	杏林	良安		尙順	杏林堂	能代	正德中			醫(大坂)
	寺嶋	白鹿	→寺島俊叟 4029								
4032	寺田	愚佛	貞義	大文字屋嘉平		愚佛(山人・先生)・鈍狗齋・猪飼五九郎・惟竹堂	京都	文政11	(31)(32)	中島樱隱	京都ノ書肆、書・詩・狂詩
4033	寺田	桂叢	高年	文次郎	士濴					掘 南湖	臨川男、儒
4034	寺田	望南	弘—盛(成)業		士弘	望南・讀杜草堂・靜節山房	薩摩				本姓平氏、古典籍收藏・仲介家(東京・明治)
4035	寺田	臨川	革—高通	半藏	士豹—立革	鳳翼—臨川	安藝	延享元	67	味木立軒	本姓源氏、廣島藩儒(學問所教授)、田臨川・寺臨川ト修ス
4036	寺西	易堂	鼎			易堂	名古屋			藤森弘庵 後藤松陰等	書
	寺西	貫夫	→中岡迂山 4267								
4037	寺本	湖萍	直廉	八郎助・八郎		湖萍・好古齋・包荒	肥後	文化2	69	森本一瑞	熊本藩士、地誌
4038	寺本	直道	直道	十三郎			肥後	文化4	34	大城壺梁	湖萍男、熊本ノ儒者
4039	照井	一宅	全都	小作		一宅・螳螂齋	盛岡	明治14	63	古澤温齋	盛岡藩儒(作人館教助)—三戶ノ儒者(日新社)
4040	天	海(僧)	隨風—天海	兵太郎		南光坊・智樂院(諡號)慈眼大師	會津	寛永20	108		俗姓三浦氏、蘆名氏トモ、天台宗僧、寛永寺開祖
4041	天	章(僧)	肇海—慈英		天章	杞憂庵・天風脈脈老禪	京都	明治4	57	摩島松南 仁科白谷	臨濟宗僧、詩・文
	田	維嶽	→武田梅龍 3787								

田雲鵬 → 勝田雲鵬 1875
田英 → 上田和英 971
田温信 → 藤田東閣 5271
田鶴樓 → 益田鶴樓 5522
田寛 → 大郷信齋 1347
田煥章 → 小田穀山 1195
田器 → 蒔田暢齋 5515
田憲章 → 八田龍溪 4820
田公望 → 小田村鄜山 1210
田好古 → 仁井田南陽 4565
田好銑 → 矢田部鳳臺 6139
田行宜 → 冢田旭嶺 3937
田江南 → 田中江南 3508
田高領 → 飯田高領 561
田瓚 → 田中大觀 3517
田子恭 → 田坂灞山 3489
田子明 → 田中鳴門 3530

田子龍 → 太田玄九 1493
田止邱 → 田中止邱 3512
田助 → 益田鶴樓 5622
田正益 → 深田九皐 5182
田章 → 田中鳴門 3536
田信威 → 岡田竹圃 1573
田省 → 田中桐江 3523
田宗叔 → 圓田雲鳳 5729
田妥壽 → 山田妥壽 6314
田大觀 → 田中大觀 3517
田徵 → 太田芙蓉館 1501
田仲任 → 恩田蕙樓 1692
田東皐 → 永田東皐 4457
田鳳 → 田中　鳳 3528
田望之 → 小田村鄜山 1210
田鳴門 → 田中鳴門 3530
田榕 → 宇田川榕庵 914

	姓	號	名
	田	蘭陵	→田中蘭陵 3532
	田	臨川	→寺田臨川 4035
	田	麟	→澤田東江 3001
	田	良暢	→田中蘭陵 3532

〔と〕

	姓	號	名	通稱	字	號	生地	沒年	享年	師名	備考
	十一屋五郎兵衛		→間 長涯 4785								
4042	十市	石谷	敬之		子元	霞村—石谷・温古堂	杵築	嘉永6	61		杵築藩士、畫・詩
	十河		→ソゴウ 3453〜								
4043	十時	梅厓	業—賜	半藏	季長—子羽	顧(碩)亭—梅厓(崖)・清夢軒・天臨閣・蘇生道人・時賜	大坂	文化元	(7356)	伊藤東所	伊勢長嶋藩儒(文禮館祭酒)、詩・文・書・畫
4044	十時	梅谷	順	五助	伯祐	梅谷樵父	大坂				梅厓男、伊勢長嶋藩儒
	土		↕ド (4075)								
4045	土岐	霞亭	欽尹	元信	聖耕	霞亭(窓)・自休	京都	寛政5	61	宇野明霞	本姓武田氏、初メ篠田氏ヲ稱ス、武田梅龍弟、醫・詩
4046	土岐	愚叟	朝旨	豊前守	承之	愚叟	江戸				幕臣
	土岐	神州	→村瀬栲亭 5985								
	土岐	中書	→村瀬栲亭 5985								
4047	土岐	貞範	貞範	渡人			弘前	文政中			弘前藩儒

4048	土部	恐廬	漑正		緝通	恐廬	水戸	明治元			儒者
4049	土井田	研齋	廣業	眞太郎		研齋		明治25	81	井部香門	川越藩儒—川越ノ儒者
4050	戸川	殘花	安宅			殘花〔書屋〕		大正13	69		南葵文庫、藏書家
4051	戸倉	竹圃	忱	六郎	有終	竹圃・養老山房	美濃	明治14	50		本姓永谷氏、詩
4052	戸崎	淡園	要太・丹治—計・哲—允明	五郎太夫・重太夫・十大夫	子明—哲夫—希哲	淡園(淵)・降雪館—淨巖(嚴)	常陸松川	文化3	83(78)	平野金華	本姓源氏、守山藩儒(養老館教授)、詩・文・書(江戸)
4053	戸澤	祖洲	惟顯	文之丞	敬之	祖洲・湯谷—休庵	弘前	安永2	64		弘前藩儒
4054	戸田	旭山	齋・光	齋宮	千雲	旭山・无(無)悶子・百卉園	備後	明和6	74		本姓鈴木氏、大坂ノ醫、物産學
4055	戸田	琴山	養恬			琴山	伊豫				
4056	戸田	常閑	重氏—氏鐵	新二郎・左門		常閑	三河	明暦元	80	藤原惺窩	大垣城主、老・莊
4057	戸田	竹堂		健太郎—乾吉	子疆	竹堂・不息・有終窩	筑後	明治37	75		久留米藩士
4058	戸田	勉室	孝本	新吾—忠藏		勉室	犬山	文久3	74	秦滄浪	犬山藩儒
4059	戸田	葆堂	光	鼎耳	條來	葆逸・葆堂・葆身堂・問鶴園・十二羽天齋		明治41	58	小原鐵心	美濃大垣藩士、詩(鷃笑社)
4060	戸田	蓬軒	忠敞	忠太夫		蓬軒	水戸	安政2	52		水戸藩儒
4061	戸谷	澹齋	孝		弟卿	萩堂—澹齋	江戸	明治35	61		大坂—奈良ノ儒者(精干勤塾)
4062	戸塚	靜海	維泰	春輔・亮齋	藻德	靜海—春山・靜春院	遠江掛川	明治9	78	宇田川榛齋・松崎慊堂等	幕府醫官—江戸ノ醫
4063	戸塚	柳齋	維春	春輔		柳齋	福岡				

戸次 ↓ツズキ 3904

4064	戸原	卯橋	繼明		公實	卯橋	筑前	文久2	29	原　采蘋	秋月藩儒醫、詩・文、勤皇家、自刃
4065	戸部	愿山	良熙	助五郎		愿(原)山・韓川	土佐	寛政7	83	小野鶴山等	土佐ノ儒者(韓川舍)―土佐藩儒醫(教授館教授役)
4066	戸部	春行	春行	德之進・助之丞							本姓野見氏、愿山養子、土佐藩儒(教授館教授役)(江戸後期)
4067	外村	半雲	三行	己(巳)之助・程輔―省吾	有師	半雲	近江	明治10	57	中川漁村	本姓並江氏、彦根藩儒(弘道館教授)―彦根ノ儒者
4068	外山	星崖	敬明	源助	義方	星崖(俳號)文思・紹堂・靜遠松隱者	越後	元治元	78	秦　星池	書・文・句
4069	外山	苔園	政道・格	忠三		苔園・苔煙・山外・家人・水樂亭	和泉深井	昭和5	67	田結荘千里 木蘇岐山	詩・歌・句
	杜	効	→森　蘭澤 6104								
	鳥羽	金七	→鈴木貞齋 3357								
	鳥羽	耐軒	→乙骨耐軒 1688								
4070	富田	鶴坡	景煥	與太郎・織部		鶴坡		天保9	60		癡龍男、金澤藩士、文
4071	富田	春郭	好禮	彦左衛門	苟美	春郭	加賀	文政6	77	乾　莊岳	癡龍弟、金澤藩士
4072	富田	癡龍	景周	縫殿・權佐・越後	大賚	癡龍・韜照・攖寧齋・樂地堂・方竹庵・暮松樓	加賀	文政11	83	乾　莊岳	金澤藩士、地誌
	富田		↔トミタ 4145〜								
	富山		→トミヤマ 4168								
	都	三近	→宇都宮遯庵 924								
	都	庭鐘	→都賀大江 3931								
4073	都丸	董庵	親壽・廣治・貞幹		子靜・子梁	董庵	出羽庄内	明治7	61	東條一堂	江戸ノ儒者―庄内ノ儒者

4074	圖	南(僧)	日收・一鷗		秋澗・睡心	圖南	能登	慶安3	72		肥後妙法寺住持
4075	豊島	豊洲	幹	周(終)吉・勘七郎	子卿	豊洲・由己亭・考(孝)亭	江戸	文化11	78	宇佐美灊水・澤田東江	本姓中岡氏、江戸ノ儒者、豊幹ト修ス
	豊島		↔テシマ 4013								
	豊		↔トヨ 4181~								
	土	昌英	↓土屋藍洲 3973								
	土	蘭洲	↓土屋藍洲 3973								
4076	土井	聱牙	有恪	幾之助	士恭(喬)	松徑-聱牙・渫庵・花宿	伊勢	明治13	64	川村竹坡・齋藤拙堂等	篤敬次男、津藩儒(有造館講官)、書・詩・文・畫、(私諡)文窮軒潛光
4077	土井	淡山	光華		士濟	淡山	淡路	大正7	72	岡田鴨里・森田節齋等	勤皇家-自由黨
4078	土井	篤敬	弘	楊藏	毅夫	篤敬・橘牕	伊勢	文政9	44		本姓片岡氏、津藩儒
4079	土居	香國	通豫	莞爾・龍輔	子順	香國・拂珊釣	土佐	大正12	73	伊藤蘭林・山本澹泊齋	本姓越智氏、詩(隨鷗吟社)
	土師		↓ハジ (4733)								
	土橋		↓ツチハシ 3967								
4080	土肥	霞洲	元成	源四郎-傳右衛門	允仲	霞洲・新川・松巖	江戸	寶曆7	65	新井白石	默翁男、甲斐府中藩主徳川綱豊侍續-幕府儒員
4081	土肥	鶴洲	君澤		德甫	鶴洲					霞洲男
4082	土肥	鶚軒	慶藏			鶚軒	越前	昭和6	66		醫學史、藏書家(日本漢詩文)
4083	土肥	石齋	實臣	晉三-謙藏	子正	石齋	江戸	明治33	74	鹽谷宕陰	本姓田村氏、鳥取藩士(江戸學問所)-大政官
4084	土肥	默翁	政平	左仲・太郎右衛門	政平	默翁・堪齋・自觀居士	越前絲魚川	享保11	67	坂井漸軒	江戸ノ儒者、書

4085	土肥	鹿鳴	貫雅	周(秀)太郎		鹿鳴(館)	因幡	文化13	(73)70	山田靜齋	江戸ノ儒者-鳥取藩儒(江戸)
4086	土門	適々齋	恒道	元亨-皓哉	維敬	適々齋	羽後	明治13	64	芳野金陵	本荘藩醫
	土	↔ト 4045〜									
4087	百々	確齋	俊德	內藏太	克明	確齋・漢陰・冬青老人	京都	天保10	66	皆川淇園	本姓越智氏、京都ノ醫、詩
4088	百々	鳩窓	俊範・絢	一郎	茅	鳩窓・鳩巣		明治11			本姓越智氏、確齋男、京都ノ醫
	東	維肖	→伊東鼇岳 460								
	東	龜年	→伊東藍田 463								
	東	鼇嶽	→伊東鼇岳 460								
	東	璞	→伊藤峨眉 470								
	東	藍田	→伊東藍田 463								
	東		↔ヒガシ 5035〜								
	東奥	山人	→那波山齋 4221								
4089	東海	梅居	百邦		韶中	梅居	長崎				通事
	東山		→ヒガシヤマ (5043)								
4090	東條	一堂	和七郎-弘	文藏	士(子)毅	一堂(坣)・瑤池(谷)閒人・螺瀛窟・焚書以上人、棲鸞書屋	上總	安政4	80	皆川淇園	本姓逸見氏、弘前藩儒(稽古館督學)-江戸ノ儒者、源恒ト稱ス、(私諡)古徵先生
4091	東條	永胤	永胤							東條方庵	方庵次男(幕末-明治)
4092	東條	芹水	太仲-直樹			芹水	武藏熊谷	明治32	74	寺門靜軒	修驗僧-熊谷ノ儒者(麗澤學舍)

4093	東條	琴台	義藏ー幸藏ー信 耕ー耕	文(源)左衛門	子臧(藏)	琴台(臺)・呑海翁・梅亭・掃葉山房・無得〔志〕齋	江戸	明治11	84	大田錦城 龜田鵬齋等	一時平尾氏ヲ稱ス、越後高田藩儒(修道館教官)ー龜戸神社祠官(江戸)、東條耕ト修ス
	東條	耕	↓東條琴台 4093								
4094	東條	淡齋	保			淡齋					方菴長男、信濃田野口藩儒(尙友館督學)
4095	東條	灞山	徵	孝太郎	子信	灞(灞)山	江戸	安政中			(江戸)
4096	東條	方庵	哲〔夫〕・喆〔夫〕	文藏・主善	子明・大有	方菴(庵)	上總	明治13(14)	72	東條一堂	一堂長男、三河奥殿藩儒ー信濃田野口藩儒(江戸)ー信濃ノ儒者
	東方		↓ヒガシカタ 5040〜								
4097	東里	翠山	宣猷ー宣浚(濬)	將監	君擇	翠山・南湖・任齋・翠關・翠陰(隱)・翠迺舍・常足軒		慶應3	81	柴野栗山 尾藤二洲等	本姓吉村氏、磐城白河ー伊勢桑名藩士、詩・書・歌
4098	凍	滴(僧)	凍滴		豹隱	笙洲	江戸			龍 草盧	
	唐	公愷	↓堤 它山 3979								
	唐金		↓カラカネ 1990								
4099	桃	溪(僧)	汝岱		若霖	桃溪・暘谷・綿嶽・息影	武藏金澤	享保20	61		淨土眞宗僧、近江正崇寺住持
	桃	源藏	↓桃井白鹿 6067								
	桃	好裕	↓桃井節山 6065								
	桃	翠庵	↓桃井翠庵 6063								
	桃	世明	↓桃井西河 6064								
	桃	西河	↓桃井西河 6064								
	桃	盛	↓桃井白鹿 6067								

桃　節山　→桃井節山　6065

桃　東園　→桃井東園　6066

桃　白鹿　→桃井白鹿　6067

島　↕シマ　3132〜

島　歸德　→成嶋錦江　4537

島　規　→中島櫻隱　4306

島　梅外　→小島梅外　2551

島　範　→小島必端　2552

陶　晃　→陶山南濤　3216

陶　→スエ　3239

湯　元禎　→湯淺常山　6418

湯　明善　→湯淺明善　6419

嶋　梅外　→小島梅外　2551

嶋　漁　→中島雪樓　4305

隝　謙吉　→市島春城　756

稻　義　→稻生若水　772

稻　若水　→稻生若水　772

滕 維寅 →淺井圖南 201

滕 狹南 →大久保狹南 1322

滕 元昺 →首藤水晶 3214

4100 滕 元鳳 繼文 元鳳 寶曆6 文

滕 駿 →毛利扶搖 6049

滕 俊明 →久野鳳湫 2340

滕 舜政 →近藤蘆隱 2729

滕 淳民 →近藤蘆隱 2729

滕 水晶 →首藤水晶 3214

滕 正信 →近藤峨眉 2711

滕 成粲 →三田村栗所 5775

滕 成裕 →佐藤中陵 2826

滕 太冲 →畑中荷澤 4803

滕 忠統 →本多猗蘭 5439

滕 道春 →林 羅山 4940

滕 南昌 →伊藤南昌 520

滕 鷹 →中山城山 4429

滕 ↔ 藤 (4100)

藤寅 → 吉田松陰 6489

藤桓 → 藤吉木石 5294

藤煥圖 → 安藤東野 353

藤共建 → 奥山華嶽 1676

藤謙齋 → 加藤謙齋 1714

藤元啓 → 伊藤南昌 520

藤元昺 → 首藤水晶 3214

藤子豹 → 闞 自由 3417

藤時憲 → 近藤南門 2724

藤守正 → 近藤抑齋 2728

藤叔藏 → 藤井無佛齋 5241

藤肅 → 藤原惺窩 5298

藤舜政 → 近藤盧隱 2729

藤章 → 安藤箕山 346

藤水晶 → 首藤水晶 3214

藤正啓 → 藤野海南 5284

藤 盛徳 ↓藤森天山 5291

藤 知愼 ↓細井廣澤 5474

藤 長胤 ↓伊藤東涯 513

藤 直 ↓淺井圖南 201

藤 貞幹 ↓藤井無佛齋 5241

藤 東野 ↓安藤東野 353

藤 南豊 ↓毛利扶搖 6049

藤 鳳湫 ↓久野鳳湫 2340

藤 木石 ↓藤吉木石 5294

藤 璞 ↓伊藤峨眉 470

藤 蘭齋 ↓伊藤蘭齋 534

藤 蘆隱 ↓近藤蘆隱 2729

藤 ↕滕(4099)

4101 藤堂 觀瀾　久米介-高基　仁右衛門　業卿　觀瀾　伊勢　文政7　22　津藩老臣、詩・文・武術(私諡)義正

4102 藤堂 景山　高芥　米藏　蘭卿　景山　天保11　奥田恕堂 津坂東陽　儒者、武技ニモ通ズ

4103 藤堂 元甫　千之助-元甫　藤介-伊織　伊賀　寶暦12　86　伊賀支城藤堂元光男

4104 藤堂 高疑　初次郎-高教- 高疑(嶷)　和泉守　義(德)卿　鶴汀　伊勢　文化3　61　津藩主、詩・文

4105	藤堂	渫齋	只之丞―光寛	數馬	寅亮	渫齋・殿春館	伊勢	文政9	72		本姓多羅尾氏、津藩國老、(私謚)文肅
4106	藤堂	東山	三郎助―高文	出雲	子樸・大璞	東山・魚目道人	伊勢	天明4	65	奧田三角	津藩士、詩・文
4107	藤堂	巴陵	良鼎	平藏	君鼐	巴陵				入江南溟	伊賀世臣、龍山祖父、詩
4108	藤堂	蘿月	光太郎―祐範			羅月・遊軒	京都	昭和20	70		淨土宗僧、淨土教版ノ研究
4109	藤堂	龍山	良道	主計	子基	龍山・如蘭亭・梅花山人・富士唐丸(麿)	江戸	天保15	75		巴陵孫、伊賀上野藩士、詩、姓ヲ張ト修ス(江戸)
	道	立	→江村道立 1108								
	道明寺屋吉左衞門		→富永芳春 4167								
	道明寺屋吉兵衞		→富永謙齋 4158								
4110	遠坂	樂翁	玄房・義	關内	子方	樂翁	肥後	文政2	65		熊本藩士
4111	遠近	鶴鳴	斐	宇和屋次左(右)衞門	民彝	鶴鳴(幽人)・夢侵齋	土佐中村	天保15	50	篠崎小竹 岩垣松苗	土佐中村ノ儒者、號ノ「夢侵」ヲ「蘉」トモ書ク
4112	遠近	桓齋	愼	晋八		桓齋	土佐中村	文久3	40		鶴鳴男、土佐中村ノ儒者
4113	遠山	雲如	有孚―澹		子發・春平	雲如(山人)・裕齋	江戸	文久3	54	梁川星巖 長野豊山等	本姓小倉氏、建部氏トモ稱シ建ト修ス、江戸―京都ノ儒者、詩
4114	遠山	荷塘	松陀―圓陀		一莖	荷塘(道人)・一圭	陸前石巻	天保2	37	廣瀬淡窓	臨濟宗僧(妙心寺住持)―唐話(長崎)―月琴(江戸)、音韻
	遠山	翠	→雲井龍雄 2431								
4115	常盤	鶴軒	雄五郎			鶴軒・松壽堂	仙臺	昭和31	69		内閣文庫・東北帝大等ニ勤務
4116	常盤	謙齋	顯信	吉尾・謙吉	子信	謙齋・綠陰		萬延元	58	櫻田鼓兵 大立目克明等	陸前亘理邑主伊達家臣(家老・邑學日新館學頭)、詩・書
4117	鴇田	魯齋	忠厚	喜内	敬夫	魯齋・東皐	武藏	寛政5			金澤藩儒(江戸)、書

4118	禿氏	祐祥	祐祥			禿氏文庫	福井今立	昭和35	81		淨土眞宗僧、佛典書誌學
4119	得能	淡雲	極馬	龜吉		淡雲	大洲	文久2	28	藤森天山 近藤篤山	大洲藩士、人見極馬ト稱ス
4120	德川	義直	義知・義利・義俊—義直	千々世丸・五郎太	子敬			慶安3	51		尾張初代藩主(謚號)敬公・武衞公
4121	德川	景山	紀教—齋昭	敬(啓・虎)三郎	子信	景山・潛龍閣	江戸	萬延元	61		水戸藩主、講道館(水戸)開設(私謚)烈公
4122	德川	光圀	長丸—千代松—光國—光圀	黄門	德亮—觀之—子龍〔父〕	日新齋・常山人・梅里・卒然子—西山〔隱士〕	水戸	元祿13	73		德川賴房三男、水戸藩主、彰考館(江戸)開設(私謚)義公
4123	德田	錦江	養—庸	儀七—五左衞門	子疇	錦江・汶江・薜茘園	水戸	明和8	62	增子滄洲 安積澹泊齋	水戸藩儒(彰考館總裁)
4124	德富	淇水	一敬			淇水	肥後葦北	大正3	93	横井小楠	蘇峰父、教育者
4125	德富	蘇峰	猪一郎			蘇峰〔學人・文庫〕・德富文庫・百般院	熊本	昭和32	94		民友社、藏書家「成簣堂文庫」
4126	德山	重陽	重陽	唯一			福井	明治3	74		福井藩儒
4127	德山	龍岱	正明	養齋	文英	龍岱・玉光堂	江戸	安政中			書
4128	德山	麟岱		平治郎		麟岱	江戸	安政中			書
4129	德力	桃溪	良容—良翰	十五郎・嘉平		桃溪					龍洲男、幕臣(江戸中期)
4130	德力	有隣	良顯	十之丞	子原	有隣・恭軒	高松	元文3	77	林 鳳岡	本姓佐々木氏、幕府儒官
4131	德力	龍澗	十五郎—茂(良)弼	藤八郎・十兵衞	子靜	龍澗・菔園・混々齋	江戸	安政6	72		有隣男、幕府儒官(御書物奉行)
4132	獨	菴(僧)	玄光		蒙山	獨菴(庵)・睡庵	佐賀	元祿11	69		曹洞宗僧、書・詩
4133	獨	立(僧)	笠	性易	曼公	獨立・天外一間人		寛文12	77		俗姓戴氏、明浙江省杭州人

殿丘 →殿岡 4134

4134	殿岡	北海	從	又一(市)・玻璃藏	復一・復・大體	北海・神通・海雲・神道・瓊華堂・墨顚・易翁・直臣・松陰(蔭)	越中富山	慶應元	(83)84	清水濱臣	本姓青木氏、富山藩儒—江戸ノ儒者
4135	飛田	逸民	武明—勝	勝太郎	子建・子虛	逸民	水戸	文久元	(87)85	大田錦城、藤田幽谷	水戸藩士(彰考館)
4136	飛田	春山	知白	扇之助	春山			文久2(慶應元)	58	奥平棲遲庵	上野館林藩士—石見濱田藩士
4137	泊	如竹	日章	養善院		如竹(散人)	大隅屋久島	明曆元	86	藤原惺窩	僧、津藩儒(江戸)
	冨		→フ (5170)								
4138	富岡	敬明		九郎左衛門—耿介—敬明	左次郎	耿介	肥前	明治42	88	山鹿素行、草場佩川	勤皇家、貴族院議員
4139	富岡	淨敬	以直	土屋傳兵衛—忠助		淨敬	京都	天明7	71	石田梅岩	法衣商、心學者
4140	富岡	鐵齋	猷輔—百錬	道節・欽四郎	猷齋・無倦	裕軒—鐵(銕)齋(居士・外史)・贘々翁・寒翁・鐵崖・鐵硯齋・鐵山人・鐵史・鐵人・鐵鎗齋・銕(鐵)道人・鐵如意齋・鐵老齋(小隱)・鐵學人・鐵仙史・鐵叟(隱居)・雲介間人・學古主人・毫生佛堂主人・松壽居・居易堂(書院)・萬卷書寮・倉山居・蘇書寮・畫禪翕・賜楓書樓	京都	大正13	89	岩垣月洲、春日潛庵	畫・書、藏書家
4141	富岡	桃華	謙藏			桃華	京都	大正7	46		鐵齋長男、金石・甲骨學
4142	富川	玄嶽	里恭—利光	伊右衛門	伯仁—伯民	玄嶽・靜齋・晩翠亭	越後古志	文政5	52	近藤峨眉	大庄屋、詩・篆刻・書
4143	富川	大塊	温・直温	衛門・伊右衛門	士良・春風	大塊・大晦・塊庵・蒙齋	越後古志	安政2	57		大橋白鶴長男、玄嶽養子、大庄屋、詩・文・書
4144	富澤	咸齋	尙熙・昇	胖右衛門		咸齋	羽前	安政7	73	三浦龍山	新庄藩儒
4145	富田	育齋	安實	魁朔・三郎・三郎平	慶壽・魁朔	育齋・南丘・酣叟・知非堂	仙臺	寛政6	89		省齋男、仙臺藩士、儒醫、兵法、西村明觀ト稱ス
4146	富田	王屋	充實・充	源吉(郎)	伯耳	王屋	仙臺	安永5	49		育齋長男、仙臺藩士、天文・詩賦

4147	富田	鷗波	久稼		美卿―厚積	鷗波・病虎山人・巴縣逸士	越前	明治40	72	高野眞齋 花木澹齋等	福井藩儒、詩
4148	富田	虞軒	元(玄)眞			虞軒・靜齋	攝津	貞享4	64		岡山藩儒、詩
4149	富田	春山	守高	善右衛門	元郎	春山・煙霞洞・洛蘭堂	肥後	寛政3	55		本姓水野氏、熊本藩士(時習館句讀師)
4150	富田	省齋	以實	郷助	子和	蘭皐・草湖・省齋		天明4	69		仙臺藩士、書
4151	富田	節齋	小藤太―定禮―禮彦	稻太	和卿	節齋・南東與可樓・白檮園		明治10	67	赤田章齋	富山藩士
4152	富田	長洲	敏貞(直)	理助(介)	復圭	長洲	水戸	寛政6	77	增子滄洲	水戸藩儒(彰考館總裁)(江戸)
4153	富田	德風	助・美宏	横町屋彌三衛門・八十右衛門・横町新左衛門	順天	德風・冬青園・松齋・晴雪窓・修三堂・幸迺(廼)舍・町乃舍・恒亭	越中 高岡	文化9		皆川淇園 本居宣長	豪商、開塾(修三堂)、詩・國學、姓ヲ陸ト稱ス
4154	富田	日岳	大鳳・鯤	大淵・守善	伯圖・大鵬	日岳	肥後	享和3	42		春山男、熊本藩儒醫、勤皇家、詩・文
4155	富田	武陵	幹	富五郎	君楨	武陵	江戸	文化9	71		甲府徽典館教授
4156	富田	碧山	秀實	吉右衛門	有秋	碧山	甲斐	明治14	56	大槻磐溪	詩
	富田		↕トダ 4070～								
4157	富永	毅齋	信美―宗太郎	吉左衛門		毅齋		明和3			芳春養子、詩(懷德堂)
4158	富永	謙齋	幾三郎―德基・基―仲基	道明寺屋吉兵衛・三郎兵衛	子仲・仲子	南關・藍關―謙齋	大坂 尼崎	延享元(3)	32	三宅石庵 田中桐江	本姓大伴氏、芳春長男、詩、伴仲基ト稱ス
4159	富永	莘陽	辰治―清靜―辰治	半平・省吾・正治	子龍―士龍	莘陽・梅雪・瀞・靜(清)幽・經德堂・兵性堂	尾張	明治12	64	神野菊叢	尾張ノ儒者、勤皇家、後姓ヲ長深氏・神墨氏ト改ム(私諡)生平先生
4160	富永	仁里	親辰	酢屋平三郎	明倫	仁里	豐前 中津	寶曆11	65	富永沌翁	本姓興津氏、沌翁養子、中津ノ儒者
4161	富永	滄浪	瀾	左仲(冲)	子源	滄浪居士	近江 淺井郡	明和2(享保17)	33(34)		近江ノ儒者

4162	富永竹村	裕	大五郎・春郎・仙八	好向	竹村・日春	越後	嘉永4	51	龜田鵬齋	儒醫
4163	富永長南	正美		君巖・正翼	長南・玄東		明和8	74		大和郡山藩醫（江戸）、詩・文・白話
4164	富永東華	重		子黎	九皐―東華				富岡謙齋	芳春五男、文
4165	富永沌翁	守節	嘉右衛門		沌翁	豊前中津	享保11	77		中津ノ儒者（藩主講書）
4166	富永南陔	贛	貢	君貢	南陔・草々庵・文隆園・未足齋・鈍樂堂	名古屋	嘉永7	81		名古屋藩家老家臣、詩・文・歌
4167	富永芳春	徳通	道明寺屋吉左衛門		芳春	大坂尼崎	元文4	56	五井持軒・三宅石庵等	醤油業、懷徳堂ノ創設ニ盡力、和漢、特ニ上代假名ニ通ジル
4168	富山方亭	謹	保定	子温	方亭・水哉堂	伊賀柘植	明治3	51	齋藤拙堂・小谷巣松等	伊賀上野ノ醫、詩
4169	友石慈亭	文儀	宗左衛門	元度	慈亭	豊前	安政5	60	矢島伊濱	大庄屋、漢學
4170	友石愓堂	盛郊			愓堂					慈亭男
4171	友野霞洲	瑍	雄助	子玉	霞洲（舟）・崑岡・錦天山房・臥心	江戸	嘉永2	59	井川東海・野村篁園	幕府儒官（甲府徽典館學頭）、詩
4172	友淵南江	宜卿	庸節	伯明	南江	大坂			梁田蛻巖	大坂ノ醫、詩（江戸中期）
4173	友部松里	好正	正介		松里・歳々園	常陸	弘化4	58	立原翠軒	水戸藩儒（彰考館）
4174	友部忍廬	熙正・熙	八太郎	廷緝	忍廬	常陸	明治元	51		翠軒女婿、水戸藩儒
4175	友松南翁	氏興	勘十郎・内藏	忠彦	南翁・而翁（齋）	土佐高知	貞享4	66	山崎闇齋	一時佐藤氏ヲ稱ス、信濃高遠藩主保科正之側臣―出羽山形藩士―會津藩士（轉封）、詩
4176	友安竹溪	傳之丞―三冬・盛彬	良介	子文	楢舍（文庫）・竹溪・寧樂亭	讃岐香川	文久2	75	菊池高洲・藤井高尙	本姓藤原氏、讃岐高松藩士、國學・漢學、姓ヲ紀ト稱ス
4177	伴林蒿齋	光平	六郎		蒿齋・斑鳩隱士	攝津	元治元	52		
178	伴部止定齋	安崇	武右衛門		止定齋・八重垣翁	江戸品川	元文5	74	矢野拙齋・跡部光海	山崎垂加神道家（江戸）

4179	朝長　晋亭	自昭・長昭・昭徳	直二郎・直治	徳臣	晋亭	肥前竹松村	弘化元	45	朝川善庵	肥前大村藩士(五教館、藩主侍讀
4180	豊浦被褐翁	懷		子玉	被褐翁	長門				江戸ノ儒者、老莊學(天明8・60在世)
	豊島	→トシマ 4075								
4181	豊田　香窓	靖	小太郎		香窓	常陸	慶應2	33	豊田松岡	松岡長男、水戸藩儒(弘道館-彰考館)、暗殺
4182	豊田　松岡	亮	彦次郎	天功	松岡・晩翠堂	常陸久慈郡	文久4	60	藤田幽谷	水戸藩儒(彰考館總裁)
4183	豊田　信貞	信貞							山崎闇齋	(江戸前期)
	豊原　親忠	→河本筑川 2116								
	豊原邦之助	→河本筑川 2116								
4184	虎岩　道說	卯之松-玄乙	道說	忍性	塞馬	陸前	享保10(13)	98(99)		仙臺藩儒醫
4185	鳥居　九江	吉人	半十郎	伯龜	九江				山本北山	江戸ノ儒者
4186	鳥居　丘隅	止	秀作	止敬	丘隅	筑後	大正12	76	池尻葛覃	
4187	鳥居　研山	朝亭・亭	元吉		研山		嘉永4	32		美濃大垣藩士、藩校創設ニ盡力、詩
4188	鳥居　春澤	興治	源之丞		春澤	紀伊	寛保2	75		
4189	鳥居　龍藏	龍藏					昭和28	84		
4190	鳥海　松亭	恭	重三郎	仲默	松亭	羽後矢島	文政2	48	市河寛齋	江戸ノ儒者、老莊學、物産・書・畫
4191	鳥飼　定榮	定榮	吉文字屋市兵衛(二世)			播磨	寶暦8	66		本姓春名氏、書肆
4192	鳥飼　洞齋	幸十郎-旺	吉文字屋市兵衛(三世)	清廉	醉稚-洞齋	大坂	寛政5	73		定榮男、書肆

鳥羽　→トバ（4069）

	姓	號	名	通稱	字	號	生地	沒年	享年	師名	備考
4193	鳥山	確齋	貞一―景清・正清	新三郎	義一	確齋・義所・蒼龍軒・關以東生	安房	安政3	38	東條一堂	本姓宇山氏、江戸ノ儒者、兵學
4194	鳥山	香軒	輔門	孫平次―岡之助	通德・巽齋	香軒・鶴仙・細香軒	京都	享保14	43	鳥山芝軒	芝軒男、詩・文（大坂）
4195	鳥山	芝軒	輔寛	左太夫・五郎太夫	碩夫・頑夫	芝軒・入齋・鳴春・逃禪居士・嶽菘・瑞之軒	伏見	正德5	61		京都ノ儒者―大坂ノ儒者、詩・書
4196	鳥山	崧岳	宗成	宇内・右門	世章	崧岳・雛岳・碧翁・重葮館	越前府中	安永3（5）	70	宇野士朗・伊藤東涯	大坂ノ儒醫、詩（混沌社）
4197	鳥山	入齋	輔忠			入齋		延寶7			京都ノ書家

〔な〕

	姓	號	名	通稱	字	號	生地	沒年	享年	師名	備考
4198	名倉	松窓	信敦・敦	重次郎	先之	松窓・豫何人	遠江	明治34	80	佐藤一齋・安積艮齋等	本姓野田氏、濱松藩儒（克明館教授）―外務大錄
4199	名古屋	丹水	玄賢		閲甫・富潤	丹水子・宜春庵・桐溪	京都	元祿9	69	羽川宗純	京都ノ儒醫、姓ヲ名護屋トモ書ク
4200	名越	一菴	敏樹	十藏	士篤	一菴・囂々老人	水戸	明治26	81	梁川星巖	詩・書
4201	名越	香雪軒	順直	金次郎		香雪軒		明治25	67	齋藤拙堂	本姓藤波氏
4202	名越	南谿	時中―克敏	暮露十藏・十藏	子聰（聡）	南谿（溪）・簡齋・况軱洞・竹（居）簡齋	江戸	安永6	79	林　鳳谷	水戸藩儒（彰考館總裁）（江戸）
4203	名越	范齋	政敏	十藏		范齋	常陸	天保14	62		本姓富田氏、南谿養子、水戸藩士
4204	名須川	他山	良平			他山	陸中	明治32	70		盛岡藩士―盛岡ノ儒者
4205	名良	教遷	良熙		宗仲	教遷					遠江相良藩士、儒（明和）
4206	名和	眞民	眞民	桂之助			肥後	文久3	81	熊本藩黌	熊本藩儒―熊本ノ儒者、崎門派

	名和 宗助	→能勢南童 4676								
4207	奈古屋大原	以忠	松菊・與七・九郎左衛門尉	大慶・大夏	大原	長門	天明元	80	山縣周南	萩藩士、儒學、連歌
4208	奈古屋豊敬	豊敬	藏人	子信			寛政5	51		徳山藩士、藩黌鳴鳳館創設ニ盡力、詩・文・書・畫
4209	奈佐 勝英	又助−勝英	四兵衛				明和7	84		幕臣(御書物奉行)
4210	奈良 孝齋	眞令	猪太郎		孝齋・鋌山・春吟	羽後尾去澤	明治11	(51)52	大窪詩佛	養齋長男、詩・書
4211	奈良 松荘	廣葉(僧)義立	義立(僧)笑叟	洗心	松荘・翠岸・泡齋		文久2	77	菅 茶山	儒學・國學
4212	奈良 讓山	亘・方	圓藏	貞與	讓山・道記堂	盛岡	天保中			(江戸)
4213	奈良 神門	髦	八平次	士卿	神門	江戸			伊東藍田	江戸ノ儒者(寶暦)
4214	奈良 養齋		宮司眞守		養齋・東岐・壺中庵	羽後尾去澤	明治5	70	東條一堂等	盛岡藩士、儒醫、句
4215	那珂 梧樓	通高	江帾五郎・堅彌(輔)・彌八郎		梧(吾)樓(主人)−蘇隱・有待居主人	羽後那珂	明治12	53	森田節齋・坂井虎山等	本姓江帾氏、江戸ノ儒者−盛岡藩儒(明義堂教授)
4216	那珂 通世	通繼−通世	荘太(次)郎			盛岡	明治41	58	盛岡藩黌・那珂梧樓	本姓藤村氏、梧樓養子、帝大講師等
4217	那珂 碧峰	通博	長左衛門	公雅	碧峰・鶴峰・溪山閣・如琴・紘誦堂・飽煖・左右宜齋	秋田	文化14	70		秋田藩儒(明倫堂幹事)、書・詩・歌・句
4218	那古屋良富	良富	平太郎・一學	子訓			明和7	40	大幸岱畎	大聖寺藩士、詩・文
4219	那波 鶴峯	希顔	辰之助	如愚	鶴峯					魯堂孫、阿波藩儒(文政中在世)
4220	那波 活所	信吉−方−觚	平八郎・祐氏	道圓・方夫	活所・春秋館	姫路	正保5	54	藤原惺窩	熊本藩士−和歌山藩儒、祐觚ト稱ス
4221	那波 山齋	廣父		春林	山齋・青陽・東奥山(散)人	陸前	明和元	85	伊藤東涯	仙臺侯侍醫
	那波 尚齋	→奥田尚齋 1644								

4222	那波　蕉牕	祐英	九郎左衞門		蕉牕・古峰・柳隱・石居	京都	(元祿11	47)		詩・文・歌
4223	那波　草庵	定三・定元・定之		叔成	草庵	姬路			那波活所	活所次男(元和6生)
4224	那波　南陽	祐昌	伯藏	伯熾	南陽	京都	寶暦11			詩・文
4225	那波　木庵	守之・守		元成	木庵・老圃堂	姬路	天和3	70	那波活所　林羅山	活所長男、和歌山藩儒—京都ノ儒者
4226	那波　網川	績	與藏	世勳	網川	播磨	文化10	57	芥川丹邱　那波魯堂	本姓佐々木氏、魯堂養子、德島藩儒
4227	那波　魯堂	師曾	主膳・與藏	孝卿	魯堂・鐵硯(研)道人	姬路	寛政元	63	岡田龍洲	草庵長男、聖護院宮侍講—德島藩儒
4228	內藤　閑齋	就篤(馬)・希顏	六左衞門	以貫	閑齋・樂山〔人〕・白石山人	長門	元祿5(2)	68(66)	林　羅山	仙臺藩儒、書(江戸)
4229	內藤　景文	豊紹—景文	左膳—順藏	士(子)武	自娯齋		天明8	44	菅　茶山	高取藩士、詩・文
4230	內藤　湖南	虎次郎・虎		炳卿	湖南・恭仁山莊	秋田	昭和9	69	秋田師範	十灣長男、支那學者、京大教授、文學博士、藤虎ト修ス
4231	內藤　十灣	貞春—調一		子祥	十灣	秋田	明治41	77	川上東巖　那珂梧樓	樂善齋男、維新後南部藩學職
4232	內藤　鐘山	忠三郎—公基	滋之丞・虎(甚・藤)三郎	伯(仙)温	鐘山・笨庵	越後三島郡	嘉永6	67	龜田鵬齋	越後ノ儒者、詩
4233	內藤　著齋	貞顯—仲微	甚平		著齋		元祿15	55		水戸藩士(彰考館)
4234	內藤　碧海	正直(愼)	彌太夫	仲養・王(正)道	碧海・耻叟	水戸	明治35	77	會澤正志齋　藤田東湖	水戸藩儒(弘道館教授)—文科大學教授
4235	內藤　有恒	有恒	進			高鍋	安永中			有全長男、高鍋藩儒
4236	內藤　有全	有全	元吉			高鍋		73	三宅尙齋	高鍋藩儒
4237	內藤樂善齋	貞修	仙藏	天爵	樂善齋	羽後	嘉永2	56	朝川善庵　清水赤城	本姓湯瀬氏、秋田藩士—秋田ノ儒者
4238	苗村　芥洞	常伯・丈伯	道益	三友	芥(介)洞	近江八幡	寛延元	72	伊藤仁齋	儒醫

4239	直井	南洲	俊		君章	南洲		安永4	54		京都ノ儒者
4240	中	清泉	豹	主膳	文蔚	清泉	丸龜	弘化4	65	尾藤二洲 古賀精里	本姓勝村氏、丸龜藩儒(校正館教授)
4241	中	盛彬	松太郎-盛辰-盛彬	重之進-左太夫	星中	愛知齋・里喬山人・潛龍主人-靈の舍・於保廼舍・豚叟		安政5	80		隆井氏トモ稱ス、詩・文
4242	中	天游	玉樹・環・多庶喜		環中	思々齋・天游・大游・玉樹	丹後	天保6	53	大槻玄擇 古賀精里	本姓上田氏、稲村三伯女婿・西ノ宮ノ儒醫、蘭學(思々齋塾)
4243	中井	乾齋	豊民	準之助-隆益・甃輔	子來	乾齋・明善堂	三河	文政中		大田錦城	吉田藩儒(江戸)
4244	中井	錦齋	豊亨		王假	錦齋		明治31	52	鹽谷宕陰 昌平黌	
4245	中井	敬所	兼之		資同	敬所・菡萏(藺)居		明治40	79		篆刻
4246	中井	甃庵	誠之	四郎-忠藏	叔貴	甃庵	龍野	寶曆8	66	三宅石庵	龍野藩儒-大坂ノ儒者・懷德堂創建ニ盡力(私諡)貽(貽)範先生
4247	中井	蕉園	曾弘	淵(遠)藏	伯毅	蕉園・仙波(坡)・介庵・南呉子	大坂	享和3	37	中井竹山	竹山長男、懷德堂主(私諡)文明先生
4248	中井	醉亭	彦太郎-典信・利安	市左衛門-斧屋市郎右衛門	士閑	醉亭	京都	寛政5	(42)43	手島堵庵	本姓安藤氏、心學者(京都・修正學舍都講-大坂・靜安舍舍主)
4249	中井	碩果	曾縮	七郎	士(子)反(友)	碩果・仰樓・柳樓・石窩	大坂	天保11	70	中井竹山	竹山七男、大坂ノ儒者(懷德堂教授)
4250	中井	竹山	積善	善太・菊麿	子慶	竹山(居士)・雲翁・渫翁・同關子・奠陰逸史	大坂	享和4	75	五井蘭洲	甃庵長男、大坂ノ儒者(懷德堂主)、詩(混沌社)(私諡)文惠先生
4251	中井	桐園	乃泉	修二	公混	桐園		明治14	59		履軒孫、大坂-江戸ノ儒者(私諡)混良
4252	中井	董堂	敬儀(義)	友吉-嘉右(左)衛門	伯直	董堂・春星・小笠(外史・山樵)・宜(宣)松老人・(俳名)乙平・(狂歌)腹唐秋人・鵤鶏居	江戸	文政4	64	山中天水 山本北山	商人、詩・狂歌・書・句、井敬儀ト修ス(私諡)文載先生
4253	中井	柚園	環	菊次郎-雄右衛門	君玉	柚園	大坂	天保5	(40)53	中井履軒	履軒長男、大坂ノ儒者(水哉館)
4254	中井	藍江	直・伯養	養藏(三)・養清	子養	藍江・師古	大坂	文政13	65	中井竹山 蔀　關月	詩・畫
4255	中井	履軒	積德	德二(次)	處(長)叔・叔處	履軒・幽人・天樂堂主人	大坂	文化(13)14	(85)86	五井蘭洲	甃庵次男、大坂ノ儒者(水哉館-懷德堂主)(私諡)文淸先生

4256	中泉	恭祐	恭祐	六右衛門			大和			木下順庵	加賀藩儒
4257	中泉	祐信	祐信	一字				天文(元)3	74		恭祐男、金澤藩儒
4258	中內	樸堂	惇		五惇	樸堂	伊勢	明治15	61	齋藤拙堂	本姓島川氏、津藩儒
4259	中浦	石浦	僊-恒久-尙	半助	子成・子羽・士久	石浦	加賀				加賀藩儒(明倫堂教授)、姓ヲ中島氏トモ稱ス(江戸後期)
4260	中江	宜伯	宜伯	虎太郎・右衛門			近江	寛文4	23	中江藤樹	藤樹長男、岡山藩士
4261	中江	常省	龜之助-彌三郎-季重・孝	江西文內		常省	近江	寶永6	62	中江藤樹	藤樹三男、岡山藩士-近江ノ儒者-對馬侯儒-京都ノ儒者
4262	中江	揃	揃	藤之丞			近江			中江藤樹	藤樹二男、岡山藩士
4263	中江	藤樹	原藏-原	與右衛門・苦甜齋守株	惟命	頤(顧)軒・默(嘿)軒・天君-藤樹・一白・不能叟	近江高島	慶安元	41		米子藩士-大洲侯儒-近江ノ儒者、日本陽明學ノ祖、世ニ近江聖人ト稱サル
4264	中江	岷山	一貫(剃髪後)快安	然則先生	平八	岷山	伊賀柘植村	享保11	(62)72	伊藤仁齋	大坂ノ儒者
4265	中尾	廣德	廣德	正藏	士濟		江戸	寛延3			江戸ノ儒者
4266	中尾	竹厓	正絅	與三郎	子熙	竹厓	大坂	明治14	57		文
4267	中岡	迂山	爲鎭-道正	福太郎-光次・愼太郎		迂山・遠山	土佐	慶應3	30	間崎滄浪	高知藩士-討幕運動(陸援隊)(變名)石川誠(清)之助・大山彦太郎・寺西貫夫・横山勘藏
4268	中岡	芳範	勘七郎-芳範	長十郎-半九郎				天明4	71		幕臣(御書物奉行)
4269	中岡	豐州	甚七郎-幹	終吉-豐嶋	子卿	豐州・由己	江戸	文化11			芳範弟・養子
4270	中垣	謙齋	秀實	吉之助・欣吾・求馬・齋宮	仲成	謙(兼)齋	小田原	明治9	72		小田原藩儒(集成館助教)(江戸-小田原)-小田原ノ儒者(謙塾)
4271	中神	盖峯	守孝	九左衛門	忠順	盖(蓋)峯	江戸	天明8			江戸ノ儒者

4272	中神	琴溪	孚	右内	以隣	琴溪	近江	天保4	91		醫
4273	中川	關雄	圭	幸之進	圭甫	關雄	四日市	寶曆7	29	南宮大湫	
4274	中川	漁村	韡(韓)	祿郎・祿	子鄂	漁村	彦根	安政元	(58)59	平尾芹水	本姓小原氏、彦根藩儒(弘道館教官)
4275	中川	琴川	健	五兵衞	強甫	琴川	江戸	享和元			本姓菅原氏
4276	中川	景山	勝定	市右衞門	子靜	景山・葵園・寒松館		嘉永5	46		秋田藩主(江戸)、詩
4277	中川	憲齋	文(大)彭	文十郎	聃(册)卿	憲齋・日本書堂・無邊坊・筆正	江戸	慶應3	77		南山男、書
4278	中川	謙叔	熊・謙(兼)叔	權左(右)衞門			伊豫大洲	萬治元	35	中江藤樹	岡山藩士
4279	中川	黄庵	克一・升		允中	黄庵	淡路	文久2	52	楠本硯水 川田甕江	江戸ノ儒者
4280	中川	子訥	毅		子訥		甲斐	明治4		川田甕江	幕臣(徽典館學頭)
4281	中川	駿臺	忠英	重三郎・牛(馬)五郎・勘太(三)郎―飛驒守	士雄	駿臺	江戸	文政13	78		幕臣(長崎奉行)
4282	中川	天壽	天壽	細野精(齊)三郎―長四郎	大平	天壽・醉晋齋・三岳道者	伊勢松坂	寛政7	69	松下烏石	韓國余璋王後裔、本姓細野氏、中川氏養子、韓天壽・韓大年ト稱ス、書・篆刻
4283	中川	得樓	德基		月槎	得樓・鮮碧軒・光種廬・知味齋・二(貳)十五愛山房	江戸	大正4	83		幕臣、藏書家
4284	中川	南山	由儀		茂文	南山・若海・不騫齋	江戸	文政8	72		書
4285	中川	木齋	美遠	重藏		木齋	越後	明治42	66	鹽谷宕陰 蒲生褧亭 等	加藤北溟孫
4286	中川	鯉淵	好古	淸左衞門	子信	鯉淵・涼齋		天保3	(65)66	小田濟川 古賀精里 等	本姓越智氏、長門長府藩士、書・畫
4287	中莖	暘谷	謙	元悅・睍齋	恭卿	暘谷	下總結城				儒醫・國學、姓ヲ莖ト修ス(江戸後期)

4288	中澤	鴻洲	陸岩	直次郎–六右衛門	直夫	鴻洲・嬾雲(僑居)・芋谷	近江甲賀	安政3	73	梅辻春樵	京都ノ儒者、心學、詩・書・畫
4289	中澤	春藻	則敦	久四郎		春藻・竹塢	越後	明治35	67	藍澤北溟	本姓長谷川氏、詩
4290	中澤	雪城	俊卿	行藏	子(士)國	雪城・雪生	越後長岡	慶應2	(59)57	巻　菱湖	書(江戸)
4291	中澤	智山	藍	文右衛門	文卿	智山	越後	文久3	35	佐藤牧山	田安侯儒–江戸ノ儒者(以友堂)
4292	中澤	東皐	忠	善助–敬哉	敬卿	東皐・清涯	越前鹽竈	明治37	75	大槻習齋 東條一堂	本姓山本氏、仙臺藩儒(養賢堂指南役)–仙臺ノ教育家(文友學舎)
4293	中澤	道二	義通	龜屋久兵衛	道二			享保3			京都ノ織物業–江戸ノ心學者(參前舍)
4294	中澤	律齋	成章	治左衛門	文哉	律齋	陸前仙臺	文政12	41		仙臺藩儒(養賢堂指南役)
4295	中島	可庵	錫胤	永吉・直人		可庵	德島	明治38	77	篠崎小竹 古賀謙堂	德島藩士–兵庫縣令、貴族院議員
4296	中島	九華	德(篤)方	織部・貞吉・泰志	敬藏	九華	京都	文化13	73		櫻隱父、京都ノ儒者
4297	中島	玉振	竦・竦之助	晋	翹之	玉振道人・蠔山介夫	江戸	昭和15	80		撫山三男、久喜ノ儒者(言揚學舍–明倫館)–東京ノ儒者(善隣書院)
4298	中島	玄谷	元質	良佐	君義	玄谷	三河		23	馬淵嵐山	文仲男、文、姓ヲ島ト修ス
4299	中島	五風	光男			五風	三重龜山	昭和40	73		
4300	中島	黄山	淳・襲	長藏	大初・君敬	黄山	岩代二本松	明治3	56	鈴木堯民	二本松藩儒、書
4301	中島	綽軒	靖		靖之	綽軒	江戸	明治39	55	龜田鶯谷	撫山長男、栃木ノ儒者(明誼學舍)
	中島	守善	↓雲井龍雄 2431								
4302	中島	萩水	正興	市郎兵衛	士結	萩水	長門				儒者
4303	中島	春湖	道允(因)			春湖				山崎闇齋	岡山藩儒(江戸前期)

	中島石浦	→中浦石浦 4259								
4304	中島積水	高寛	良平	尚尚・尚卿	積水	盛岡	弘化3	79	山本北山	盛岡藩儒、姓ヲ中嶋トモ書ク
4305	中島雪樓	漁	僊(仙)太夫・潛藏	潛叟	雪樓・棕軒・因果道士	丹波	文政8	81	那波魯堂 岡部龍洲	京都ノ儒者-龜山藩儒(侍講)、嶋漁ト修ス
4306	中島椶隱	德規・規	文吉	景寛・士成	雲亭-椶(棕)隱(軒)・道華庵・畫餅居士・安穴道人・銅駝餘霞樓・水流雲在樓主人・錦在翁・因果居士(道士)・無諍般庵・三昧庵	京都	安政2(3)	77	村瀬栲亭	本姓藤原氏、九華次男、京都ノ儒者、詩・狂詩、島規ト修ス(私諡)文憲先生
4307	中島泰志	泰志	敬藏	德方		京都	文化12	70		訥所男、狂詩
4308	中島端藏	端藏				江戸	(明治)		龜田鶯谷	撫山次男、久喜ノ儒者(幸魂學舍-言揚學舍-明倫館)
4309	中島直方	直方	正治	文行		山城伏見	元文3	46	中島訥所	本姓平野氏、訥所養子(私諡)文行先生
4310	中島通軒	爲貞	平次	子幹	通軒	水戸	享保15(14)	48	大串雪蘭 酒泉竹軒	水戸藩儒(彰考館總裁)
4311	中島斗南	端		儼之	斗南狂夫・復堂	江戸	昭和5	72		撫山次男
4312	中島東關	嘉春	門藏		東關	江戸	天保6	64	山本北山	本姓百井氏、高田藩儒(藩主侍講)
4313	中島訥所	義方		正佐	訥(納)所・浮山・孤山・俊山	京都	享保22	70	伊藤仁齋	京都ノ儒者、書、(私諡)文節先生
4314	中島撫山	慶	慶太郎	伯章	撫山・演孔堂・有期齋・佐致(知)麻呂	江戸龜戸	明治44	83	龜田綾瀬 龜田鶯谷	江戸ノ儒者(演孔堂)-久喜ノ儒者(幸魂教會)、詩・書、中島敦ノ祖父
4315	中島文仲	元渙	源藏	文仲		三河	寛政12	59	齋宮靜齋	詩、姓ヲ島ト修ス
4316	中島汶水	敬方		良佐	汶水・樂水	福井	明和6	71	中島訥所	訥所養子、福井藩儒-京都ノ儒者
4317	中島米華	名玉-大賚・增太(多)・大華	盛太郎-增太	子玉・如玉	米華・愛琴堂・古香外史・海棠窠主人	豊後	天保5	34	廣瀬淡窓 古賀侗庵	佐伯藩儒(四教堂教授)
4318	中島豫齋	高廉	三右衞門	伯直	豫齋		弘化5	49	朝川善庵	積水長男、姓ヲ中嶋トモ書ク、陸中盛岡藩儒(明義堂教授)

4319	中島　龍橋	泰之・恭之－世績・正績	禎介－忠右衛門	通卿	龍橋・蓬壺	彦根	安政4	72	大菅南坡	彦根藩士－藩儒（弘道館教授）、詩・文
	中島	↕中嶋 4320								
4320	中嶋操存齋	健・正健	衡平・健次郎	仲強	操存齋・精義草廬	筑前	慶應4	47	佐藤一齋	本姓加峰氏、秋月藩儒（稽古館助教）・家塾（精義草廬）
	中嶋	↕中島 4295								
4321	中瀬　柯庭	長德	助之允	柯庭・西涯	文山・密齋・南河	肥後	明和5	81		熊本藩士
4322	中田　錦江	驥	萬治－新兵衛	千里	錦江	羽後	明治2	72	朝川善庵・大窪詩佛	本姓石井氏、秋田藩士、詩・文
4323	中田　粲堂	正博・博	平助・平右衛門	學古	粲堂・二水・萬竹樓・醉竹・博泉・雲湖		天保3	61	山本比山・谷　麗谷	幕臣、詩・文・篆刻、姓ヲ滕ト修ス
4324	中田　淡齋	謙	三平	孔遮	淡齋	陸前石巻	文政11	58		仙臺大町ノ儒者
4325	中田　南洋	琇瑩	觀古	士會	南洋・垢齋・履堂書屋	淡路洲本	安政6	72		洲本藩儒、詩
4326	中田　平山	正誠	市藏・小太郎・太郎左衛門・誠之允	文敬	平山・松菊園・敬齋・壽山	江戸	明治20	75	佐藤一齋・藤森天山	常陸土浦藩儒（江戸）、詩・文
4327	中臺　華陽	直矢・元		君道	華陽・永建・安節		明治21	51		出羽庄内藩士（致道館助教）
4328	中谷　雲漢	良壽・輝		南明	雲漢（漢）・龍壽軒・龍州	河内天河	明治10（8）	66（64）	藤澤東畡	尼ヶ崎藩儒（正業館督學）、詩・文
4329	中西　雩岳	敷邦	金吾	子直	雩岳・精天官	江戸	天保8	65	菅原東海・中山竹山等	幕府司天臺員
4330	中西　觀水	邦孚	平太郎－金吾	子彦	觀水	江戸	明治2	62		雩岳男、幕府司天臺員、書
4331	中西　敬房	敬房	加賀屋卯（宇）兵衛	如環	東嶺・華文軒	京都	天明元		伊藤仁齋	京都ノ書肆、暦算
4332	中西　研齋	惟寅	原吉（吾）	子恭・亦虎	研齋・小溪堂	江戸				書
4333	中西　元瑞	三之丞－定	平格・元定	子静	元瑞・桂海・吸霞臺・武夷館・術解樓		天保2	65	中西深齋・小野蘭山	本姓小川氏、後、杉山氏・赤松氏トモ稱ス、廣島藩醫

4334	中西　鯤溟	尙賢	市之進	士希	鯤溟	加賀				本姓中原氏、加賀藩儒
4335	中西　深齋	惟忠	主馬・萬助	子文	深齋	京都	享和3	80	鵜殿本荘 吉益東洞	京都ノ儒醫(私諡)寶慤先生
4336	中西　淡淵	維寧	曾七郎	文邦	須溪‐淡淵	三河 擧母	寶暦2	44	荻生徂徠 木下蘭皐	本姓福尾氏、秋元氏トモ稱ス、名古屋藩老竹腰氏儒‐江戸ノ儒者(叢桂社)、元淡淵ト稱ス
4337	中西　鯉城		雅吉		鯉城	安藝	明治19		三上是庵	
	中西　平馬	→荒木田息雅 302								
4338	中沼　看農軒	圓太郎	清藏		看農軒	京都				秋水長男、隱岐ノ儒者
4339	中沼　葵園	子(之)舜	了三	魯仲	葵園・湖南學舍	隱岐 中村	明治29	(82)81		京都ノ儒者‐京都學習院教授‐明治天皇侍講‐大津ノ儒者
4340	中沼　秋水	龍之助		子復	秋水	隱岐 中村	天保14			京都ノ儒者
4341	中根　華陽	清		子濯	華陽	周防			山縣周南	萩藩儒
4342	中根　桂叢	重玄	左內		桂叢	江戸	享保7			
4343	中根　彦脩	下	安之亟	彦脩		江戸	寶暦11			白山男、暦算
4344	中根　香亭	造酒‐淑		君艾・逸郎	香亭・迷花(華)書室・迷華室主	駿河	大正2	75		本姓各務氏、朝川善庵外孫、幕臣(江戸)
4345	中根　逍遙	威鄕	重太郎		逍遙	伊豫	明治27	27		文・詩
4346	中根　訒齋	容	半仙	公默	訒齋・閑徒(健)老人・玄石	江戸	嘉永2	52	巻　菱湖	越後高田藩醫、詩・書
4347	中根　正雅	大助‐正雅	傳左衞門‐新七郎				明和4	79		幕臣(御書物奉行)
4348	中根　惜我	義都	利八郎		惜我	會津				
4349	中根　素堂	正興	子興・善祐		素堂	伊勢 神山	文政12	65	山本北山	津藩國老藤堂氏臣、詩、姓ヲ中野トモ稱ス(私諡)貞靖先生

4350	中根東平	經世	覺太夫	君美	東平	信濃	文化2	65	大内熊耳	高遠藩儒(藩主侍講)、姓ヲ宇賀氏、又、河合氏ト稱ス
4351	中根東里	若思	貞右衛門	敬夫(父)	東里・(僧)證圓	下田	明和2	72	荻生徂徠 室鳩巣	初メ僧、後還俗、陽明學(江戸-下野-槌野-浦賀)
	中根南強	→中野清溪4360								
4352	中根白山	璋	丈右衛門	元圭(珪・求)	白山・律衆(襲)軒・律聚	近江浅井	享保18	72		本姓平氏、幕臣、曆算
4353	中根鳳河	紀・之紀		伯綱	鳳河	近江	寛政9	63	荻生徂徠	膳所藩儒
4354	中野箕洲		七郎左衛門		箕洲				古賀侗庵	蓮池藩儒
4355	中野撝謙	繼善	善助	完翁	撝謙	長崎	享保5	54	林道榮	道榮甥、江戸ノ儒者-關宿藩儒、野撝謙ト修ス
4356	中野愚洲	淳泰	順臺	公和	愚洲		寛政7	57	服部南郭	岩代二本松藩醫、詩
4357	中野敬齋	義賢		无妄	敬齋・退翁	伊豫新谷	明和元	70		大坂ノ醫
4358	中野廣伴	廣伴	權右衛門				享保11			蓮池藩士、軍學
4359	中野春洞	保定		孔固	春洞・桃亭・懸壺堂・壺堂	桑名	天保4	93	龍草廬	桑名ノ儒醫、詩
	中野正興	→中根素堂4349								
4360	中野清溪	南強	彦一(市)・七次郎	君教・珪	清溪	柳川	明治17	86	篠崎小竹 廣瀬淡窓	筑後柳川藩士(傳習館句讀師)、安政中、江戸ニ住ム、姓ヲ中根トモ稱ス
4361	中野梅隱	玷・元輿・玄輿	杏順	伯圭	梅隱		文政5	61		愚洲男、岩代二本松藩醫、詩・文
4362	中野容安齋	徵矩	斧太郎・平吉・平馬	君規	容安齋	近江	天保11			彦根藩士(稽古館稽古奉行)、詩・文
4363	中野龍田	渙(煥)	吾三郎・新吾	季文	龍田・龍閑	尾張	文化8	56	岡田新川	春洞弟、京都ノ儒者-三河岡崎藩儒、書・畫
4364	中林吾竹	隆經		子達	吾竹・個閑・鳳栖軒	肥前	大正2	87	市河米庵	書

4365	中林	竹洞	成昌・昌盛	大助・泰藏	伯明	竹洞・太〔大〕原庵・東山隱士・冲〔沖・仲〕澹・融齋・痴翁	尾張	嘉永6	78	宮崎筠圃	畫・書
4366	中道	正庵				正庵・松庵					桑名藩儒（寛文－元祿）
4367	中村	爲一		安八郎		爲一				古賀精里・野村篁園	幕臣、詩
4368	中村	諡齋	誠之	內記	安師	諡齋	京都	文政12			儒者
4369	中村	櫻溪	忠誠		伯實	櫻溪	江戸	大正10	70	倉田幽谷	上野吉井侯臣－埼玉師範教諭、詩・文
4370	中村	嘉田	咸一・咸	一之助	士德	嘉田・白崖・花竹堂	佐賀	文政13	54	古賀精里	佐賀藩儒（弘道館助教）
4371	中村	確堂	彥吉・三次－彝	鼎吾	士訓	確堂・十三松堂・憶松堂	近江	明治30	68	藤野海南	本姓山縣氏、栗園養子、水口藩儒－埼玉師範學校長、詩
4372	中村	觀濤	易直	新助		觀濤・竹叟（叢）	福岡			中村梅塢・入江東門	梅塢男、久留米藩士、天文學・詩・文（寛政）
4373	中村	凷州	耘・耛	元三郎・元之助	圃公	凷（岩）州	備前岡山			姫井桃源・村瀬栲亭	詩（安永6生）
4374	中村	義齋	澄恕			義齋	京都	天明7	51		京都ノ儒者
4375	中村	義竹			立節	義竹	出雲				水戸藩士、書（江戸前期）
4376	中村	牛莊	任	伊助	文淵	牛莊・止止庵		明治2	87	山田北海	長門萩藩儒（明倫館學頭）、篆刻
4377	中村	君山	文輔	彥三郎		君山	高松	寶曆13	63	林　鳳岡	高松藩儒
4378	中村	敬宇	釧太郎－正直	敬太郎	敬輔	鶴鳴－敬宇・梧山・無思敬山（陳人）・無所爭齋・超然樓	江戸	明治24	60	井部香山・佐藤一齋等	幕府儒官－東大教授等、文學博士、姓ヲ中邨トモ書ク
	中村	元禮	→中邑通方 4423								
4379	中村	梧竹	彥四郎－經隆		子達	梧竹・故閑・忘言	肥前小城	大正2	(87)88	市河米庵	書
4380	中村	厚齋	政峯	覺藏		厚齋	尾張	安永8	68	小出侗齋・蟹養齋	名古屋藩士

4381	中村 浩然	良直	彦五郎	子養	浩然〔窩〕	水戸	元文3	60	林 鳳岡	篁溪男、水戸藩士
4382	中村 篁溪	顧言	春帆・新八郎	伯行	篁溪・春帆・淡閑子	京都	正徳2	66	林 鵞峰、林 梅洞 等	水戸藩儒(彰考館總裁)、詩、姓ヲ仲邨・中邑トモ書ク
4383	中村 剛直	剛直	貞次郎			安房			大野貞齋	
4384	中村 國香	貞(定)治	勝治郎・善右衛門	子蘭	國香・蕙洲	上總	明和6	61	宇佐美灊水	上總ノ儒者
4385	中村 黒水	龍治郎―元起	忠藏・郁之丞	善卿	黒水・半狂	信濃	明治17	65	林 復齋	中倧次男、高遠藩儒(進德館教授)―松本ノ教育者(開智學校)
4386	中村 困齋		佐五右衛門	正義	困齋					上總鶴牧藩儒―丹波ノ儒者
4387	中村 三近子	一蒼	勘介・平吾(五)		三近子・三近堂・絅錦齋	京都	寛保元	71		京都ノ儒者、一時、名古屋藩士
4388	中村 三蕉	桑	正藏	子楡	三蕉・醒軒・清氣樓	丸龜	明治27	78	龜井昭陽、安積艮齋 等	丸龜藩儒(正明館教授)
4389	中村 七友齋	嘉種	惣次郎	仲武	七友齋	土佐	延享元	67	伊藤仁齋、三宅觀瀾	高知藩儒(侍讀)
4390	中村 習齋	蕃政	猪與八郎・猪八	伊八	習齋・張城	尾張	寛政11	81	小出侗齋、蟹 養齋	厚齋弟、尾張ノ儒者―名古屋藩士、姓ヲ中邨トモ書ク
4391	中村 松崖				松崖	上野桐生			館 天籟	詩(翠屏吟社)
4392	中村 松洲	德實		與一	松洲	長門赤間	天保13	65	中島九華	長門ノ儒者―長府藩主儒醫
4393	中村 松圃	世考	文太―安右衛門	弟美	松圃					本姓源氏、京都ノ儒者(文化)
4394	中村 信齋	興―良則		友信	信齋・風浪	江戸				江戸ノ儒者、姓ヲ仲村トモ書ク
4395	中村 新齋	弘毅	安右衛門	士卿	新齋・梅華	京都	天保5(明治29)	83(80)		本姓源氏、高知藩士―京都ノ儒者
4396	中村 正勝	六彌―正勝	六左衛門				寛政7	83		幕臣(御書物奉行)
4397	中村 西里	成穀・成新	十次郎		西里	土佐高知			古賀精里	七友齋孫、高知藩儒(教授館教授)、詩・文(江戸後期)

4398	中村滄浪亭	重勝	日三郎-政八郎-加介・彈之介	子威	滄浪亭	近江	文政7	50		樂天弟、彦根藩儒(稽古館素讀方)
	中村他三郎	→陸 九皐 2364								
4399	中村 卓齋	安至			卓齋	播磨		22	梁田蛻巖	明石藩士
4400	中村 擇齋	忠貞	休五郎	子篤	擇齋	越後新發田	文政13	55		越後ノ儒者
4401	中村竹香齋	勝弘	繁太郎-小十郎・清八	伯毅	竹香齋	近江	天保12	45		滄浪長男、彦根藩士(稽古館素讀方)
4402	中村 中倧	大明-元恒	中書・紋彌	子成-大明	中倧・蕗原翁・不用舍・希月舍・九一亭	信濃高遠	嘉永4	74	木澤天童・猪飼敬所等	淡齋長男、黑水父、高遠藩儒醫
4403	中村 忠亭	持實-正尊	忠助		忠亭・感齋	熊本	寛政7	73	大塚退野	熊本藩士
4404	中村 直齋	百吉-政方	勘右衛門		直齋		天保10	83		厚齋男、名古屋藩士(書物奉行)
4405	中村 惕齋	之欽・欽	七次・七左衛門・仲次(二)郎・阿七	敬甫	惕齋	京都	元祿15	74	貝原益軒	『訓蒙圖彙』、仲邨欽・仲欽・仲敬甫・中村欽ト稱ス
4406	中村 得齋	政水	鐵太郎・十左衛門		得齋	尾張	明治元	81		直齋男、儒教・道教
4407	中村 培根	平之助-義章	孫左衛門		培根・龍盟	武藏八潮	明治8	58		本姓山澤氏、開塾(培根堂)、書
4408	中村 梅塢	易張	半内		梅塢	福岡				久留米藩士、詩、理學(江戸後期)
4409	中村 百川	富平	孫兵衛		百川	京都				京都ノ書肆(天和-正德)
4410	中村不能齋	勝知	繁太郎-内記		不能齋		明治39	73		竹香長男、彦根藩士(弘道館素讀方)
4411	中村 佛庵	璉・蓮・連	彌太夫・雲介	景璉(蓮・連)	佛庵・南無佛庵・至觀・雲介精舍	江戸	天保5	84	關 鳳岡	幕府御用疊屋、書、姓ヲ中邨トモ書ク
4412	中村 夢洲	愈積	太郎-權左衛門		夢洲・鐵(鍼)齋・瘦丁	松江	天保元	73	由井天山	

4413	中村 樂天	元・元勝	千次郎	子愷	樂天亭	彦根	寛政5	24	室 鳩巣	彦根藩士
4414	中村 蘭林	明遠	玄春－深藏	子晦	蘭林・盈進齋	江戸	寶曆11	65		本姓藤原氏、玄悦男、幕府儒醫、藤原明遠ト稱シ姓ヲ中郇トモ書ク
4415	中村 鸞溪	德勝	彌作	士(子)建	鸞溪・孳々齋・鶯溪	近江	寛政2	79	伊藤蘭嵎・安原省所	大溝藩儒、(私諡)愼德先生
4416	中村 栗園	和・和周	片山和藏・三郎	子臧	栗(桌)園・半仙子・醉山	豊前中津	明治14	76	龜井昭陽・帆足萬里	本姓片山氏、水口藩儒、勤皇家
4417	中村 柳坡	安	春作・安吉	吉士	柳坡・綠筠・紅杏碧桃書屋	越後	明治13	59	井部香山・戸塚靜海	本姓庥場氏、越後ノ醫－高田藩儒－新潟ノ教育者
4418	中村 龍庵	鉉	圓藏	君貞	龍庵・道記堂	盛岡	天保中			書
4419	中村 良齋	睦峰	三星屋武右衛門		良齋		享保17	60	三宅石庵	商人、詩(懷德堂)
4420	中村 兩峯	有則		君美	兩峯		天明2	43		京都ノ儒者
4421	中村 梁山	恭	幾之進・九(八)郎兵衛	子順	梁山		寛政13	71	山縣周南	長門萩藩儒(學館都講)、姓ヲ中郇トモ書ク
4422	中村 綠泉	維禎	佐野屋清左衛門	祥卿	綠泉	名古屋	文化2	59		酒造業、詩、姓ヲ中ト修ス
4423	中邑 通方	通方	太助	元禮		江戸	寛保元	29	太宰春臺	江戸ノ儒者、姓ヲ中村トモ書ク
	中邑	↕中村4367〜								
	中郇	↓中村4367〜								
4424	中山花陽軒		三柳		花陽軒	土佐	貞享元	71	三宅鞏革齋	京都ノ醫
4425	中山久四郎	久四郎			究史樓		昭和36	86		文理大教授、日本漢詩文
4426	中山 巖水	秀全	十平		巖水	土佐	天保3	69	谷北溪・服部栗齋等	本姓宮川氏、高知藩士

4427	中山	高陽	清・適－象先－廷沖・修錫	阿波屋清右(左)衛門	子修－汝玄－子達－廷仲(沖)－子和	鎌川－江竹居(山人)・香山人・醉墨子(山人)－清松白石人家－高陽・玩世道人・清修居士・松石齋(山人)	土佐	安永9	64	富永惟安 闕思恭	土佐藩士(江戸)、畫・詩・書、姓ヲ仲ト稱ス
4428	中山	鼇山	騮		士騮	鼇山	讃岐香川	文化12	27		城山次男、讃岐藩儒
4429	中山	城山	勝鷹・鷹	塵	伯鷹	城山	讃岐	天保8	75	吉田東園	本姓藤原氏、高松藩士、滕(藤)鷹ト稱ス
4430	中山	正善	正善					昭和42	62		天理教二代眞柱、天理圖書館
4431	中山	菁莪	盛履	幸(小)次郎・宗專(仙)・傳(文)右衛門	子約・子絢	菁莪	秋田	文化2	78	小野鶴山 稻葉迂齋	秋田藩儒(明道館祭主)
4432	中山	桑石		晦三		桑石		安政3		朝川善庵	丹後宮津藩士
4433	中山	長彦	榮充・長彦	甲斐守			和歌山	弘化2	64	河合春川 本居宣長	有田郡立神社神主、詩・文、姓ヲ阿刀氏・阿部氏トモ稱ス
4434	中山	南街	光繁		子纓	南街	備後	文化7	62		本姓江坂氏、福山藩士、詩・文
4435	中山	梅庵	盛直	壽庵・專庵・道伯・静安		梅庵	秋田			吉原蘇庵 淺見絅齋	本姓倉光氏、秋田ノ儒醫(延寶8生)
4436	中山	白雪		泰橘		白雪・一陣	筑後	明治30	76	重富縄山 昌平黌	福岡ノ儒者
4437	中山	美石	美石	彌助			三河	天保14		大田錦城 本居宣長	豊橋藩儒
4438	中山	默齋	昌禮	市之進	公幹	默齋・綠川・益城山人	肥後	文化12	54	岡田寒泉 古賀精里	本姓藤原氏、肥後有吉氏儒－熊本藩儒(時習館塾長)
	仲		→チュウ(3892)								
4439	仲子	岐陽	由基	文右衛門	士(子)路	岐陽	長門	明和3	45	山縣周南	萩藩士(明倫館都講)、書、姓ヲ仲ト修ス(江戸)
	仲郝		→中村4367〜								
	仲村		→中村4367〜								

永 ↓エイ(1119)・ヨウ 6435

4440	永井	隠求	行達・誠之	三右衛門	隠	隠求・淳菴(庵)・豊島處士	江戸	元文5	52	佐藤直方	
4441	永井	禾原	温	久一郎	伯良・耐甫	禾原・來青閣(散人)	尾張	大正2	62	青木樹堂・鷲津毅堂等	詩(茉莉吟社)
4442	永井	介堂	尚志	岩之丞		介堂・永井書屋		明治24	76		幕臣
4443	永井	三齋	義端	澄三郎	廉卿	三齋・風來閣		天保中			伊勢長島藩士(江戸)、詩、井義端ト修ス
4444	永井	醇	醇	三藏			江戸				幕府儒官
4445	永井	如瓶	喜		政(正)純	如瓶子・走帆堂・自得・主靜翁	大坂	享保16	71	和氣由貞	書
4446	永井	星渚	襲吉・襲	千太郎-松右衛門-翁	損疾-無咎	星渚・畛齋・胗齋・一翁・鷹揚處	尾張	文政元	58	市川鶴鳴	本姓大江氏、名古屋藩士、姓ヲ江ト稱ス
4447	永井	貞卿	貞卿		孝幹		備後				
4448	永坂	石埭	德彰	周二		石埭・一桂堂・玉池仙館	尾張	大正13	80	森　春濤	儒醫-東大醫學部教授、詩・書
4449	永嶋	華隱	紀修		明甫	華隱	伊勢				
4450	永嶋	信山	丕顯	安龍	宗旦	信山・臥龍窟	駿河		69	大田錦城・朝川善庵	儒醫
4451	永田	格庵	思達		守常	格庵・狂痴(癡)	京都	萬治3			養齋長男、和歌山藩儒、(私謚)文莊
4452	永田	枵船	道鱗		禹門	枵船・半雲栖主・蓮華主人・松古堂	長崎	明治17	51	廣瀬淡窓	黄檗宗僧、詩
4453	永田	純齋	自厚			純(順)齋		慶安4			善齋男
4454	永田	西河	忠藏-忠成	周介	伯行	西河・虚心齋	京都	文化6	(4953)		東皐男、式部省史生、書
4455	永田	善齋	正明-道慶	善吾	平安(庵)	善齋・石蘊・沕潛居(士)	京都	寛文4	(8768)	藤原惺窩・林　羅山	本姓廣島氏、和歌山藩儒(和歌山)

4456	永田　忠順	忠順								西河男(江戸後期)
4457	永田　東皐	忠原		俊平	東皐・觀鵞道人・黎祁(祈)道人	京都	寛政4	55	服部蘇門・江村北海	書・詩、永忠原・永東皐・田東皐ト修ス
4458	永田　桐隱	善冢(家)	敬藏		桐隱(蔭)		天保7	55	古義堂	美作津山藩儒(學問所教授)、畫
4459	永田　蘭泉	猪之助-知章	六兵衛・祖部右衛門	子煥	蘭泉		文化7(8)	89(90)		本姓林氏、三河擧母藩士、詩
4460	永谷　八瀬	質	習吉	士成	八瀬	伊勢	昭和7	83	曾根礫齋	三重縣官吏、詩・文
4461	永富　龜山	友(庵)	數馬	充國	龜山	長門	享和元	45	龜井南溟	獨嘯庵男、福江(五島)藩儒
4462	永富獨嘯庵	鳳	昌安(菴)-鳳介(助)	朝陽	獨嘯庵・嘯庵	長門赤間關	明和3	35	山縣周南・山脇東洋	本姓勝原氏、大坂ノ儒醫、詩・文、永葛氏トモ稱ス
4463	永橋　成文	成文	章助-輪吉						昌平黌	桑名藩士-柏崎藩儒
4464	永原　南山	伯綱	忠藏		南山	大和				江村北海弟(天明)
4465	永山　亥軒	平	平太・平八	政時	亥軒・椿園	加賀	明治12	65(66)	西坂成庵・安積艮齋等	本姓岸氏、金澤藩儒(明倫堂講官)
4466	永山　近彰	近彰				金澤	昭和16			加賀前田家家令
4467	永山　二水	貞武	十兵衛-寛助	德夫	二水・迂亭	肥前	弘化2	44	辛島鹽井・佐藤一齋	佐賀藩儒(弘道館助教)
4468	長井　葵園	在寛	平吉	寛鄕(卿)・子毅	葵園・陶齋・菫齋・菫居		安政6	82		本姓馬渕氏、金澤藩士(明倫堂助教)、書
4469	長井　松堂	保		天年	松堂・谷神	越後	明治16	77	丹羽思亭	本姓大江氏、越後ノ儒者、書・畫
4470	長井　旌峨	韋	修(脩)藏	佩弦(絃)	旌峨	越後柏崎				江戸ノ儒者、詩・文、姓ヲ永井トモ書ク(嘉永)
4471	長井　東原	英賢	武兵衛	俊卿	東原	長門			山縣周南	儒・歌
4472	長尾　雨山	甲	槇太郎	子生	雨山・石隱	讃岐高松	昭和17	79		京都ノ詩人-東京美術學校創設

4473	長尾秋水	景翰	直次郎−藤次(十)郎	文景(卿)	秋水・山樵・臥牛・青樵老人・王暮秋・玉立山樵・百一翁	越後	文久3	85		越後村上藩士、北方防備、勤皇家、詩・書
	長尾赤城	↓井田赤城 383								
4474	長尾漱瓊	景範	一雄・美髯公	法正	漱瓊・西山・蓮了・練兵全主人・無適齋		慶應2	81	岡田寒泉 柴野栗山	上野伊勢崎藩士、兵術・詩・文
4475	長尾遁翁	元弼	敬三郎−矢治馬	子憲	遁翁	肥前佐賀	安永3	61	村島政方 服部南郭	佐賀藩儒(世子侍講)
4476	長尾鳳翔	毅	進九郎		鳳翔	肥前佐賀				遁翁男(孫)(江戸後期・早逝)
4477	長尾無墨	渲	平右衛門		無墨・冀北・天雁	信濃高遠	明治27		中村黑水	本姓宇夫形氏、高遠藩士(進徳館助教)−信濃ノ儒者(漁稚吟社)
4478	長尾友山	重威	正兵衛	子固	友山	福岡	明治5	70		福岡藩士
4479	長雄耕雲		半左衛門		耕雲・柏梁堂	上野沼田	寛延2	62	細井廣澤	久留米藩士(江戸)、書(長雄流祖)、姓ヲ長ト修ス
4480	長岡懷山	純正−恂・醇	順正(清)−謙吉・敦美	子行・醒鄉	懷山・蓬雨・秋舫	土佐	明治5	39	奥宮慥齋 鈴木松塘	本姓今井氏、脱藩後長岡氏ヲ稱ス
4481	長岡元甫	元甫				京都	寶永中			桑名藩儒、詩
4482	長川華山	寛	寛藏	士猛	華山(逸士)・芝山	江戸	文化4	30	山本北山	江戸ノ儒者
4483	長川東洲	熙	彦次郎−退藏	元皞(皐)	東洲・竹院	長崎	明治7	67		本姓田代氏、長崎ノ儒者−日向高鍋藩士(明倫堂教授)
4484	長川東明				東明	長崎	明治44	73	長川東洲 福田滑水	本姓黑田氏、東洲養子、聖堂世話役見習−廣運館學助教
4485	長川復堂	政德	幹二	士恒	復堂・二水晋齋・鐵壁次翁	長崎	明治26	68	廣瀨淡窓	本姓高杉氏、長崎府漢學教導
4486	長久保赤水	守道−玄珠	源(五)兵衛	伯義−子玉	赤水・松月亭	常陸赤濱	享和元	85	名越南溪	水戸藩士、地理學(江戸)、姓ヲ長ト修シ、長窪トモ書ク
4487	長久保藤巷	猷	權三郎	君徵	藤巷	常陸	明治33	62		水戸藩士(弘道館訓導)
4488	長久保暘谷	中行	隆軒−多左衛門		暘谷	常陸	寛政8	49		赤水甥、水戸藩士(彰考館)、姓ヲ長ト修ス

4489	長坂　圓陵	黒肱	平介(助)	晉人	圓陵〔子〕	高崎	寶暦10	24	大内熊耳	高崎藩士(高崎−江戸)、姓ヲ長阪トモ書ク
4490	長阪　成齋	侗	程之助・艮藏		竹軒・成齋	江戸	明治34	75		菅野兼山養子、江戸ノ儒者(會輔堂教授)−上總菊間藩督學−東京ノ儒者(會輔學舎)、書、姓ヲ永坂トモ書ク
4491	長崎　金城	弼	慶助	子直	金城	弘前	安政6	73	林　述齋・佐藤一齋	弘前藩儒(稽古館副督學)
4492	長崎　元貴	權之丞−元貴	四郎左衛門−半七郎				天保10	76		幕臣(御書物奉行)
4493	長崎　浩齋	哲次郎−健	愿禎・言定・玄貞	中世	養浩齋・浩齋・清風明月樓主人・鵶郊居士・千文山蒙求寺	越中高岡	元治元	66	大窪詩佛・市河米庵等	本姓荻原氏、高岡ノ醫、詩・書
4494	長崎　梅軒	武敏	勘助	周民	梅軒	弘前	元治元	66	昌平黌・安積艮齋	黒石藩儒
4495	長崎　默淵	克之	舟橋屋四郎右衛門		默淵				五井持軒・三宅石庵	商人、詩・(懷德堂)(江戸中期)
4496	長崎　由章	龜洞	友松		由章	伊勢				儒醫
4497	長澤　粹庵	貞義	純平	無己	粹庵	出雲	元文2	77	伊藤仁齋	松江藩主侍講−江戸ノ儒者−下總佐倉藩儒
4498	長澤　靜盦	規矩也・規	永溪早陽	士倫・倫	靜盦・學書言志軒・早陽山房(文庫)・雙紅堂〔文庫〕	神奈川小田原	昭和55	78	東京帝大	中國文學、圖書學、漢和辭典
4499	長澤　潛軒	虎(乕)	文藏	小弍(貳)	潛軒	土佐	延寶4	56	小倉三省・野中兼山	京都ノ儒醫
4500	長澤　棗菴	保敬	豫内	勝甫	棗菴・局蹐樓	越後	明治5	66	松崎慊堂	越後ノ儒醫、詩・文
4501	長澤　東海	丑・學	總太郎	素位(仁)・元丁	東海・不怨齋	出雲	延享2	49	長澤粹庵	粹庵長男、宇都宮藩士−松江藩儒、詩、盲人
4502	長澤　樂浪	岩太郎−主・達	順平	行賤	樂浪・不尤所(齋)・萬大(太)甫	肥前	安永8	81	伊藤仁齋	粹庵次男、宇都宮藩儒、盲人
4503	長瀬　東山	無害	春臺	文公	東山	江戸	文化中			醫、詩・文
4504	長田知足齋	德本			知足齋・茅庵	三河	寛永7	118		醫

4505	長戸	得齋	讓	寛司	士讓	得齋(所)	美濃	天保中		佐藤一齋 林述齋	江戸ノ儒者
4506	長沼	玄珍				道安・常庵・玄珍		享保15		脇東行	本姓野村氏、周防德山藩士(藩主文學)
4507	長沼	釆石	簡	文治郎	大斐	釆石・蒙山		天保5	60	高本紫溟	周防德山藩士(鳴鳳館教授)
4508	長沼	澹齋	宗敬		外記	澹齋	松本	元祿3	56		明石藩國老、朱子學、兵學家
4509	長野	秋山		菊十郎		秋山・長陽舍	豊前 田川郡	明治26	58		田川ノ儒者
4510	長野	方義	方義		之宜					柳川滄州	
4511	長野	芳齋	牧之助‐誠	和平	叔達	芳齋・短齋・矯堂・佩絃	福岡	明治24	84		月形鷦窠男、久留米藩儒
4512	長野	芳積	祐清			芳積	伊豫				
4513	長野	豊山	確	友太郎	孟確	豊山・積陰書屋・嘉聲軒	伊豫	天保8	55	中井竹山 尾藤二洲等	芳積男、伊勢神戸藩儒‐京都ノ儒者‐川越藩儒‐上野前橋藩儒(博喩堂教授)、詩
4514	長村	靖齋	鑒・鑑	内藏助(介)	仲槃	靖齋	平戸	文政3	54	皆川淇園	平戸藩老(維新館學頭)、詩・書・畫
4515	長森	以休	敬一	傳次郎		以休	肥前	寶暦3	70	林鳳岡	佐賀藩儒
4516	長山	樗園	貫	孝之助	子一・一通	樗園(菴)・小陶・芸室	江戸				江戸ノ儒者、畫(安政)
4517	長山	椿齋	祇敬	釣(鉤)五郎	子敬	椿齋	江戸				樗園男、江戸ノ儒者(安政)
4518	長良	顧齋	承芳	洞彦	子軌	顧齋・十金堂	伊勢 津	文化3	61	奥田三角 伊藤東所	津ノ儒醫‐津藩儒醫
4519	夏目	隨齋	包嘉	成美	萬齡	隨齋		文化13			
4520	夏目	成允	成允	勇次郎				安政5			幕臣(御書物奉行)
4521	鍋島	直興	直興	攝津守			肥前	元治元	67		蓮池藩主

4522	鍋田	晶山	三善	舎人	士行	晶山・靜幽(堂)・靜堂・木鶏書屋	磐城	安政5	81		平藩士(江戸)
4523	並河	華翁	朋(鳳・明)來・濟	復一・小(又)一郎	亨先・伯楫	鵠齋—寒泉—華(樺)翁	大坂	明治12	83	中井碩果	中井碩果養子(改姓セズ)、懷德堂教授—大坂ノ儒者、(私謚)恭肅
4524	並河	誠所	永・永崇	五一(市)郎	宗永—尙永・永父・崇永・月漢	誠所・五一居士・知竹	山城	元文3	71	伊藤仁齋	天民兄、掛川—川越藩儒—江戸ノ儒者
4525	並河	天民	亮・良弼	傳之助・復一・勘助(介)	簡亮・傳亮・永亮	天民	山城	享保3	40	伊藤仁齋	誠所弟、京都ノ儒者、(私謚)天民先生
4526	並河	魯山	子健・健	自晦(悔)	德修	魯山・釣耕軒・東洋(陽)	尾張	寶永7	82	堀　杏庵	名古屋藩儒醫、姓ヲ並ト修ス
4527	並木	栗水	正韶	左門	九成	栗水	下總	大正3	86	大橋訥庵	下總ノ儒者
4528	行田	守齋	正熈			守齋	攝津枚方	寛政2	78	久米訂齋・三宅尙齋	攝津ノ儒者(南明堂)
	楢	→ユウ(6428)									
4529	楢崎	正員	正員	忠左(右)衛門			備後三原	元祿9	77	山崎闇齋	藥種商、三原城主淺野氏賓師
4530	楢林	榮迪	榮迪(廸)		伯啓		大坂				醫、楢榮迪ト修ス
4531	楢林	鎭山	時敏・榮休	新五兵衛		鎭山	長崎	寶永8	69	ホッフマン	通事、醫
4532	楢林	由仙	由仙				京都	寛政中	75		醫
4533	楢林	和山	高房	宗建		和山	長崎	嘉永5	51	シーボルト	佐賀藩醫(種痘)
4534	成合	桃齋	洪	繁三郎	子量	桃齋・桃軒・容安亭	伊勢	嘉永2		廣瀬蒙齋	桑名藩儒
4535	成田	秋佩	元美	太郎兵衛—太郎	美卿	秋佩	備前	明治16	(55)53		岡山藩士
4536	成田	賴宣	賴宣	彌義右衛門—後島友鷗	伯温	鶴齋・遊藝堂	岩代	天保4	64		後、後藤鶴齋・後島友鷗ト稱ス
	成島	→成嶋 4537〜									

4537	成嶋	錦江	信遍－鳳卿	巳之助－忠八郎	歸德・子陽	錦江・芙蓉道人・道筑	陸奥白河	寶曆10	72	荻生徂徠 服部南郭	本姓平井氏、幕儒、鳴歸德・鳴江・鳴鳳卿ト稱シ、島歸德ト修ス
4538	成嶋	衡山	峰雄－勝雄(男)	仙(千・僊)藏	叔飛・叔藏	衡山・芙蓉樓		文化12	68		本姓北角氏、龍洲養子、幕臣(御書物奉行)
4539	成嶋	筑山	良讓・讓	桓吉－桓之助	儉卿	筑山－稼堂・秋榭	江戸	嘉永6(7)	52	成島東岳	本姓杉本氏、東岳養子、幕府儒官、(私謚)肅莊
4540	成嶋	東岳	司直	豐之助・邦之助－圖書頭・邦之丞	邦之	東岳・翠麓・潤園	江戸	文久2	85		衡山男、錦江曾孫、幕臣(御書物奉行)
4541	成嶋	柳北	惟弘・温－弘・雅弘	甲子太郎・甲子麿(麻呂)・大隅守	叔厲－保民・確堂	柳北・確堂・濹上漁史・何有仙史・我樂多堂・不可拔齋・松菊莊〔文庫〕	江戸淺草	明治17	48	成嶋東岳 成嶋筑山	筑山三男、幕府儒官－新聞記者、詩・文
4542	成嶋	龍洲	和(筑)鼎	忠八郎・梅之助・仙藏		龍洲	江戸	文政5	89		錦江男、幕臣
4543	成瀬	正觀	正觀・高介	力・主稅				明治33	63	林學齋 羽倉簡堂	伊豫今治藩士(克明館教授)、後城所氏ヲ稱ス
4544	成富	信中	信中	謙兵衛				明治6	56	古賀侗庵	蓮池藩儒
	南	金溪	→南川金溪 5879								
4545	南	山(僧)	昭(苕)岷・昭眠		古梁	南山・山庵・南屏山人	相模	天保10	87		臨濟宗僧、京都妙心寺住持、詩・文・畫・書
	南	南山	→南部南山 4554								
4546	南宮	大湫	岳	彌六郎・彌六	文太－喬卿	大湫・萱洲・煙(烟)波釣叟・積翠樓・晴雪樓	尾張	安永7	51	中西淡淵	本姓井上氏、桑名藩儒－江戸ノ儒者
4547	南宮	藍川	壽齡・壽	大助	大年	藍川・龍湫	江戸	寛政3	27	南宮大湫 細井平洲	大湫男、名古屋藩儒
4548	南合	果堂	琦	龍橘－彦左衛門	圭叔・圭卿・希韓	果堂・長風樓・頑石幽人	陸奥白河	文久3	65	南合蘭室 廣瀬蒙齋	蘭室三男、桑名藩儒(立教館教授)、詩
4549	南合	賁園	義此－直道	哲三郎－桑名省三－三崎三郎	子無	賁園	伊勢	明治元	34		桑名藩儒
4550	南合	蘭室	義之	彦左衛門	希韓	蘭室・東郭	白河	文政8	60前後	井上金峨	白河藩士(立教館教授)－桑名藩儒

	姓號	名	通稱	字	號	生地	沒年	享年	師名	備考
4551	南部 景春	景春	豊太郎−權藏	國華		富山	享保2	23		南山男、富山藩儒、詩・書・畫、姓ヲ南ト修ス
4552	南部 靜齋	思克	從吾		靜齋・從吾軒		萬延元	46	佐藤一齋	土佐ノ儒者
4553	南部 積善堂	彝(彜)		伯民	積善堂	周防			皆川淇園	儒醫
4554	南部 南山	景衡(行)	昌八郎−昌輔	思聰	南山・環翠園	長崎	正德2	55	南部陸沈軒 安東省庵	本姓小野氏、陸沈軒養子、富山藩儒、詩・文、南南山ト修ス
4555	南部 白雲堂	濳−裕		君綽	白雲堂	周防		37	木下犀潭	岩國藩士、勤皇家、刑死
4556	南部 陸沈軒	草(艸・宗)壽		子壽	陸沈軒・五軒・古碩子	京都	元祿元		木下順庵	京都ノ儒者−富山藩儒
4557	南摩 羽峰	綱紀	八之丞−三郎	士張	羽峰(峯)	會津若松	明治42	87	會津藩黌 昌平黌等	會津藩士−東大教授等

〔に〕

	姓號	名	通稱	字	號	生地	沒年	享年	師名	備考
4558	二 溪(僧)				二溪		元和元	80		
4559	二階堂愼叟	平淇(堪)			愼叟	江戸				幕府儒員(享保)
	二川	→フタカワ 5301								
4560	二宮 錦水	尙德		子容	錦水	岩國	明治7	70	龜井昭陽 松崎慊堂	岩國藩儒
4561	二宮 叟樂	獻		彦可・齡順	叟樂・雍(推)鼻	遠江	文政10	74	赤松滄洲 湯淺常山等	本姓小篠氏、石見濱田藩醫
4562	二宮 尊德	尊德	金次郎			相模	安政3	70		幕臣、報德君ト稱サレル
4563	二宮 東郭	(勳)	槌太郎−元助 杢之助(剃髮後)無名園一草	子業	東郭	米子	明治元	76	溪百年 建部樸齋	鳥取藩士(尙德館教授)、詩・文
	二山	→フタヤマ 5303~								

4564	仁井田雅岡	長群	源一郎	子羊	雅岡	紀伊	安政6	61		南陽長男、和歌山藩儒（學習館督學）
4565	仁井田南陽	兵太郎–好古	兵太郎–恒吉–茂(模)一郎	伯信・伯陽・紹明	南陽・松陰・樂古堂	紀伊	嘉永元	79		和歌山藩儒（學習館授讀助）、田好古ト修ス
4566	仁上如蘭	純	久三郎	子一	如蘭	常陸	嘉永5	68		水戸藩儒（弘道館訓導）
4567	仁科琴浦	貞	雲太夫	正夫	琴川–琴浦	備前	文化11	59	龜田鵬齋	岡山藩老臣伊木氏臣–備前ノ儒者
4568	仁科白谷	幹・貞	源藏	禮宗	白谷・明浦	備前	弘化2	55	龜田鵬齋	琴浦次男、詩
4569	丹羽雲氣	晨		奎仲	雲氣	江戸	寛政12			
4570	丹羽花南	賢		大受・士覺	花南	尾張	明治11	33	奥田鶯谷 森春濤	名古屋藩士、詩（茉莉吟社）
4571	丹羽杏邨	吉信	孝太郎–嘉助	子恭	杏邨・行餘堂	伊勢	明治34	75	齋藤拙堂	和歌山藩儒–三重ノ儒者
4572	丹羽思亭	惪	惣(總)助	伯弘	思亭・積善堂・學半樓・方軒・六任文房・弗得弗措齋	越後新發田	弘化3	52	松崎謙堂	新發田藩士・家塾
4573	丹羽謝菴	嘉言	新治	彰甫(父)	謝菴・聚珍堂・〔福〕善齋	尾張	天明6	45	伊藤東涯	本姓竹中氏、畫
4574	丹羽嘯堂	文虎	德太郎–左門	子牙	嘯堂	越前丹生	寛政5	53		本姓源氏、三河西尾藩儒
4575	丹羽振	振	嘉七	輔之		尾張	明治初			盤桓子男、名古屋藩儒、書
4576	丹羽正雄	正雄	卯之助・玄輔・肇			近江鯰江村	元治元	31	梅田雲濱	本姓福田氏、尊攘論者（變名）佐々成之
4577	丹羽太華	諄(惇)德		元張	太華・允當	伊勢	延享2	20		詩・篆刻
4578	丹羽南莊	應清	又右衞門	子白	南莊		天明5	(58)56		名古屋藩士、老莊・天文・暦數・書、姓ヲ丹ト修ス
4579	丹羽盤桓子	勗	嘉六	子勉	盤桓子・覺非道人	尾張	天保12	69	鈴木離屋	名古屋藩儒、書
4580	新居水竹	百太郎–謙	與一郎	受益	水竹〔居〕・成園	阿波	明治3	58	柴野碧海 那波鶴峰	德島藩士（料理方・藩儒–長久館學頭）、詩

番号	姓	号	名	通称	字	号	出身	没年	享年	師	備考
	新居		↕アライ 323								
4581	新興	夏岳	世儀	周平		夏岳	大坂	寶暦13		新興蒙所	本姓牧氏、書、興夏岳ト修ス
4582	新興	眞漁	正音	大藏	子聲					新興蒙所	本姓巽氏、師ノ姓ヲ冒ス、書
4583	新興	蒙所	光鍾	文治・文次郎	中連	蒙所・積小館・稽古館	肥前				蓮池藩士(大阪)、書、興蒙所ト修ス
4584	新岡	旭宇	久頼		公徴	旭宇・大海	弘前	明治37	70		書
4585	新妻	雙岳	胤剛		金夫	雙岳(嶽)	日向延岡	元治元		頼 山陽	延岡藩醫、詩・文
4586	新妻	道齋	元冲	雄記	公奇	道齋・天姥・道威齋	陸前佐沼	弘化4	59	志村五城 日々澤鉅鹿	仙臺藩士、詩
	新納		↓ニイロ 4589								
	新見		↓シンミ 3206								
4587	新山	樂山	政辰—忠	忠右衛門	士順	球湖・樂山		明治39	73	安積艮齋	長門萩藩士・山口師範學校教諭
4588	新樂	閑叟	定	鄉右衛門・傳藏	子固	閑(間)叟・馬門・愛間(閑)堂	江戸	文政10	64		幕臣、足利學校藏書調査等
4589	新納	空翠	時升	次郎九郎・彌(矢)太右衛門	伯剛	空翠・如泉・乾々道人		慶應元(元治元)	88	向井滄浪 冢田大峯	鹿兒島藩士(造士館助教)
4590	饒田	西疇	喩義	顯藏—謙藏	君曉(饒)・強明	西疇・養齋・寛齋・齋信	長崎	天保4	62	櫻木誾齋	本姓熊野氏、怡齋男、長崎聖廟助教
4591	饒田	怡齋	正紹・長恒	與四郎	守廉	怡齋	長崎				
4592	西	玄甫	玄甫	吉兵衛			長崎	貞享元			幕府醫官
4593	西	湖學	小角			湖學	薩摩				
4594	西	鼓嶽	賛	在三郎	叔襄	鼓嶽・芳隣(鄰)舍	佐賀	安政4	55	草場佩川 古賀侗庵	佐賀藩老多久氏儒(多久聖堂助教)、詩

4595	西　秋谷	雍	運平—春庵	子桑	秋谷	豊前	明治25	84	廣瀬淡窓	恒遠醒窓弟、小倉藩儒醫、詩
4596	西　薇山	毅一	久之助	伯毅	薇山	岡山	明治37	62	篠崎小竹 森田節齋等	本姓霜山氏、岡山藩儒、閑谷學校長
4597	西　鹿城	時懋・魚(魯)人	經太郎—修亮—周助—周	壽專	鹿城—天根・甘寢(寐)齋	津和野	明治30	69	後藤松陰	幕臣(蕃書調所教授手傳並—開成所教授)、男爵
4598	西尾　混山	公龍	豊吉・隆治	仲淵・子雲	混山	彦根	文政4	74	野村東皐 龍草廬	彦根藩儒
4599	西尾　正保	正信—正保	加右衛門				寛文元	60		幕臣(御書物奉行)
4600	西尾　東谷	新興	忠左衛門		東谷	江戸	安政4	64	松野雲谷	幕臣、書
4601	西岡　翠園	宣	介藏	季迪	翠園(軒)	三河渥美	慶應3	65	大田錦城	天津次男、吉田藩儒
4602	西岡　天津	淵	善助	於菟・無咎	天津	三河渥美	文化14		大田錦城	吉田藩儒(時習館教授)
4603	西垣　桐齋	義萬・萬	莊太夫	子兆	桐齋・松巷・松陽	肥後八代	文化10	61	熊本藩黌	露庵男、八代郷校傳習館教授、詩・文・書
4604	西垣　露庵	政在		今陵・露庵		肥後八代	寛政12	81		八代城代松井氏臣、郷校傳習館創設ニ盡力、詩・歌
4605	西川　季格	季格				伊豫	元祿中		中江藤樹	本姓清水氏、大洲藩士(寛永11脱藩)
4606	西川　箕山	雍	杏平	鳳皆	箕山・友梅書屋	松前				詩・書(江戸・天保)
4607	西川　求林齋	忠英	次郎右衛門	如見	求林齋・恕軒(見)・金梅庵・淵梅軒・釣潮子	長崎	享保9	77		本姓源氏、長崎通事・天文學
4608	西川　藁園	執	文仲	君亮	藁園(散人)・困學堂主人	近江高島	明治17	72	牧　百峯	本姓中村氏、近江ノ醫—大溝藩儒(修身堂教授)
4609	西川　國華	瑚	元章	子璉(璋)	國華(山人)	近江彦根	文政元	餘70	野村東皐 吉田桃源	綾部藩儒醫(江戸)、詩
4610	西川　春洞	元讓		子謙	春洞・稚學園・芳蘭翠竹居・石巷子・石屛通人・如瓶人・大晋道人・茄古山民・吉羊齋・謙愼書堂主人・雪城門人		大正4	69		唐津藩士、書

4611	西川 蕣園	景義		汝質	蕣園		寶暦10	33	龍 草廬	詩、李景義ト稱ス
4612	西川 正休	正休	忠次郎			長崎	寶暦6	64		求林齋男、幕臣(天文方)
4613	西川 桃源	懿		士德	桃源	大和五條	文政中	38	荒井鳴門	詩・文
4614	西川 白水	泰節		子淵	白水	和泉岸和田				高槻藩儒
4615	西川 俛齋	正義	太七–耕藏	直純	俛齋	近江	慶應元	43	梅田雲濱	勤皇家
4616	西川 雄山	知崇	平之允		雄山・長敬齋	近江坂田	寶暦9	49	伊藤東涯	近江ノ儒者
4617	西河 菊莊	瑛・景瑛		子發	菊莊〔山人〕	尾張	寛政6	61		本姓淺井氏、名古屋藩老志水氏儒
4618	西河 梅庵	通安	喜久之助–謙一		梅庵・五梅庵(軒)	伊豫	明治17	71		宇和島藩儒(明倫館教授)
4619	西坂 成庵	權次郎–餘所之助–常人–衷	錫	天錫	成庵・謙山・椿臺老人	加賀	文久2	58	大島贄川 清水赤城等	金澤藩儒(明倫堂助教)–私塾(孝友堂)
4620	西坂 成一	成一					明治21			成庵男
4621	西澤 曠野	周	萬次・義(權)右衛門	子邦	曠野・愚公(俳號)由義	武藏與野	文政4	79	細井平洲	儒醫、俳諧
4622	西澤 蘭陵	謙	儀右衛門	子光	蘭陵	武藏與野	嘉永4	86	細井平洲	曠野長男、詩・書
4623	西島 城山	周道	準之助	如砥	城山・睡庵・中城・菊村	江戸	明治13	75		本姓牧野氏、蘭溪養子、(私謚)憲明
4624	西島 梅所	醇	準之助	子粹	梅(楳)所	江戸	昭和10	75		城山孫、蘭溪曾孫、近江ノ儒者、姓ヲ西嶋トモ書ク
	西島	↕西嶋 4625〜								
4625	西嶋 葛坡	敬義		子禮	葛坡	大和高田	天保6	78		書
4626	西嶋 秋航	輗	龍作	大車	秋航	長門赤間關	安政中			本姓廣江氏、蘭溪養子、詩・書・畫(江戸)

4627	西嶋	蘭溪	長孫	良佐	元齡	蘭溪・湖海・坤齋・孜々齋・隺船	江戸	嘉永5	73	西島柳谷・林述齋等	本姓下條氏、柳谷養子、江戸ノ儒者(湖梅庵・櫓聲庵)、詩(私諡)勤憲先生
4628	西嶋	柳谷	準・謙―維英	準造	處平・子雄	柳谷	江戸	文化6	64	林述齋	江戸ノ儒者、詩・文(私諡)欽靖先生
	西嶋	↕西島4623～									
4629	西田	幸安	維則	幸安(庵)	子孝	贅世子・口木子・口木山人・烟水散人・風流快史	近江	明和2		岡部龍洲	伯話小說・飜譯(京都)
4630	西田	筱舍	直養	庄二(三)郎	浩然	筱舍	豊前小倉	文久3	70		小倉藩士(江戸)
4631	西田	鳴溪				鳴溪		大正5	54		
4632	西谷	淇水	信道			淇水		明治24	68		京都ノ儒者
4633	西塚	臥山	梅次			臥山・嗡霞山人	伊勢	昭和10	68		桑名藩士、詩(嗡霞吟社・含笑吟社)
4634	西野	桂皐	元俊・浚	文右衞門	士明	桂皐	富山	安永7	46	江村北海	高浚ト稱ス
4635	西宮	常龍	矢幹	本藏		常龍	京都	文化8	74		本姓古森氏、桐生ノ儒者、本草
4636	西宮	奎齋	先	豊太	子禮	奎齋・仁川・春風樓	秋田角館	嘉永6	54		秋田藩士(明德館教授)、書(隸書・篆刻)
4637	西村	越溪	豊	勇之助	明卿	越溪・黄微・木魚堂・後喩軒	備中	昭和3	65	石川鷄峰・進鴻溪	
4638	西村	時樹	時樹	城之助			薩摩種子	慶應3	26	鹽谷宕陰	天囚父
4639	西村	楫川	淑	道圓	子興	楫川	播磨				播磨ノ儒者、姓ヲ西邑トモ書ク、詩・文
4640	西村	眞齋	瑛	義眞	玉瑛	眞齋		天保2	42	賴山陽	長門萩藩醫、詩
4641	西村	天囚	時彦		子駿(俊)	天囚・碩園・紫駿道人	薩摩種子	大正13	58	島田篁村	文學博士、懷德堂再興、朝日新聞記者
4642	西村	南溟	直・正直	袴屋仁右衞門	孟淸	南溟・古愚〔堂〕	大坂	安永8		鳥山崧岳	商人、詩(混沌社)

4643	西村　泊翁	平太郎-芳在・鼎-茂樹		重器	泊翁・蔭畝・樸堂・庸齋	佐倉	明治35	75	安井息軒 佐久間象山	佐野藩士-佐倉藩士　貴族院議員 文學博士
4644	西村　峰庵	爲周	次右衞門		峰庵	豊橋	明治7		太田晴軒	豊橋藩儒-大參事
	西村　明觀	→富田育齋 4145								
	西村　良三	→柳川臥孟 6181								
4645	西山　完瑛	謙	謙一郎	子受	完瑛		明治30	64	後藤松陰	明石藩儒
4646	西山　元文	元文・元	寛兵衞			對馬				對馬藩士(寛政)
4647	西山　西山	順泰(恭)	健助	健甫	西山・蘋洲	對馬	元祿元	31(29)	木下順庵	本姓阿比留氏、對馬藩儒、書・醫、 西健甫ト修ス
4648	西山　拙齋	友吉-見利・思 義-正		士(子)雅	拙齋・石顚(巔)・綠天(外史)・ 雪堂・華嶽・匡廬・至樂居・坂 下菟痲呂・山陽逸民・逍遙窩	備中 鴨方	寛政10	64	古林見宜 那波魯堂	本姓坂本氏、備中ノ儒者(欽塾)、 詩(詩窮社)、歌
4649	西依　成齋	正固-周行	門平-儀(義) 平・儀平(兵) 衞	潭明	成齋	肥後 玉名郡	寛政9	96	若林強齋 小野鶴山	京都ノ儒者(望楠軒書院講主)、 姓ヲ西ト修ス
4650	西依　墨山	景翼	丹右衞門	翼夫(甫)	墨山	肥後 玉名郡	寛政12(10)	75(58)	西依成齋 淺見絅齋	成齋姪・養子、小濱藩儒(小濱・江 戸)、姓ヲ西ト修ス
4651	西脇　呉石	靜		子遠	呉石・師山樵夫	福井 勝山	昭和45	92		書・詩
4652	西脇　春江			玉卿	春江	丹波	天保中			棠園男、龜山藩儒
4653	西脇　裳園	簡	總左衞門	居敬	裳園	丹波	天保2	69	伊藤藍田	本姓高階氏、龜山藩儒
4654	錦織　晩香	積・清	良藏・庄藏	子和	晩香	磐城	明治21	73	古賀侗庵 昌平黌	中村藩儒
	楡村石(右)南	→河野鐵兜 2096								

根
↓コン
730)

〔ぬ〕

	姓　號	名	通稱	字	號	生地	沒年	享年	師名	備考
4655	額田擁萬堂	正	正三郎		擁萬堂主人	京都				詩(安政)
4656	貫名海屋	直知・直友—苞	省吾〔郎〕—泰次郎・政三郎	君茂—子善	海屋〔生〕・海仙・海客(叟)・林屋・摘菘翁(人)・菘翁(叟)・摘芸人・苞(方)竹山人・須靜主人(堂)・三緘主人(堂)・嘉永子・勝春園・方竹園・咲青軒・鴨干漁父・鴨漁	德島	文久3	86	中亥竹山 矢上快雨	本姓吉井氏、書(京都・須靜塾)・畫・詩(大坂・懷德堂)
4657	布川菱潭	通璞	源(弦)吾(五)・源吉	子琢	菱潭・向春居	江戸				姫路藩士(江戸)(弘化3在世)
4658	沼古濂	晋(進)	甘白	文〔之〕進	古濂〔道人〕・嘯翁	和泉	天明元	61	香川修庵 後藤艮山	本姓梅本氏、大坂ノ儒醫、本草學
4659	沼澤竹洲	勝江		子敬	竹洲・水哉亭	羽前	明治25	67	三島葛山	新庄藩儒、詩
4660	沼尻龍涯	其章	收(修)平	子玉	龍涯・逢原叟	常陸	文政5	75	細井九華	書(江戸)、陸其章ト稱ス
4661	沼田一齋	重淵		文栱	一齋	京都	天明2	82		
4662	沼田孤松	信挺	織部	勁直	孤松	秋田	安政2	65	須田節齋	秋田横手鄕校育英書院教授、易・詩
4663	沼田香雪		良藏		香雪	備後三原	昭和38	89		鄕校明善堂教授—小學校教諭
4664	沼田竹溪	信	郁太郎	好吉	竹溪・桂園	備後三原	明治9	62	石井豊洲 都築蘇門等	備後ノ儒者
4665	沼田樂水堂	順義		道意	樂水堂	上野群馬	嘉永2	58	座光寺南屏 林述齋	失明後、三芳野城長ト稱シ江戸按摩業ヲ總括

〔ね〕

	姓	號	名	通稱	字	號	生地	沒年	享年	師名	備考
4666	根市	恭齋	政德	半藏・權四郎		恭齋(剃髮後)安養・安節		元文2	67	林鳳岡	本姓田鎖氏、又、根城氏、盛岡藩儒(稽古所教授・書物奉行)
4667	根岸	嶰谷	典則・鳳質	喜右衛門・太平	文卿	嶰谷・溪雲軒・鳳質居士	武藏青梅	天保2	(7074)	井上金峨 日野資枝	本姓中原氏、綿問屋、和歌、岸嶰谷ト修ス
4668	根岸	混處		行藏	混(根)處						姫路藩儒(好古堂教授)
4669	根岸	椢園	武香	伴七		椢園	武藏吉見	明治35	64	平田銕胤 寺門靜軒等	國學者、藏書家(青山文庫)
4670	根岸	友山	信輔	伴七・房吉・瓊枝	輔鄉	友山・晩晴樓	武藏吉見	明治23	82	山本北山 寺門靜軒	志士、詩(三餘堂)
4671	根津	青山	嘉一郎			青山(莊)	山梨	昭和15	81		實業家、古美術收集家
4672	根本	羽嶽	周助-通明		子龍	羽嶽・健齋・梅南書屋	羽後仙北郡	明治39	85	秋田藩黌(明德館)	秋田藩士-文科大學教授、文學博士
4673	根本	古柳	通猶	正右衛門		古柳・述情		元文元	81	淺見絅齋	秋田藩士
4674	根本	武夷	遜志	八(郞)右衛門	伯修	武夷(威)(山人)	鎌倉	明和元	(6266)	荻生徂徠	考勘學、『七經孟子考文』、根遜志・根武夷・根伯修ト修ス

〔の〕

	姓	號	名	通稱	字	號	生地	沒年	享年	師名	備考
4675	能勢	卓軒	直陳	二郎(左衛門)		卓軒	日向	明治27	74	山口菅山	日向佐土原藩士(學習館學頭)
4676	能勢	南童	成章	達太郎-名和宗助	公達	南童・深川・惺軒		元治元	22	佐藤一齋 安積艮齋	志士
4677	能美	維楨	維楨	兵太夫	子軒		肥後				肥後藩士(安政)、詩、美維楨ト修ス
4678	能美	雪水	遠	富吉・隆庵	子靜	雪水・五一居士・龍溟・墨香・三十六灣漁人	周防三田尻	明治23	66	會津桐園 山縣太華	萩藩醫(藩主侍醫)、詩・文
	野		→ヤ(6155)								
4679	野上	蔣江	國幹	雄風丸・藏人	允禮	蔣江	備後玉浦	天明5	42		廣島白鳥神社神職、詩

4680	野上	仁里	通煥	仁八・甚八郎	子文	仁里	羽後横手	文久2	47		横手郷校育英書院教授
4681	野上	文山	搗謙		豊水	文山・待賢堂	豊後	明治6	49		越中高岡ノ儒者
4682	野上	楢山	陳令	東藏・國佐	安民・子正	楢山・好古堂・自得・千秋園・右香庵（菴）	秋田	弘化3	73	山本北山	秋田藩儒（明德館教授）-秋田ノ儒者（興進堂）
4683	野口	甘谷	祐	多新次	子謙	甘谷	水戸	安永7	65	增子滄州	水戸藩儒（彰考館總裁）
4684	野口	犀陽	之布	斧吉	士政	犀陽・杉陽	金澤	明治31	69	昌平黌	詩（舊雨社）、勤皇家
4685	野口	松陽	常共		伯辰	松陽・晩齋	肥前諫早	明治14		森田節齋	詩・文
4686	野口	西里	景張	左門	方祖	西里	阿波德島	嘉永4	73		嵯峨王府醫員、詩
4687	野口	東溟	正安	哲太郎	伸路	東溟・成章館主人	常陸多賀	文久3	31	藤田東湖	水戸ノ儒者（東溟塾）、尊攘家
4688	野口	寧齋	弌	太郎・一太郎	貫卿（鄕）	寧齋・謫天情仙・嘯樓	肥前諫早	明治38	39	森春濤	松陽男、詩（星社）
4689	野口	梅居	道直	市兵衞		梅居・汲古堂・金花樓・繼志軒	名古屋枇杷島	慶應元	81		青物商、藏書家
4690	野阪	完山	健	三益	子乾	定山					廣島ノ儒醫
4691	野崎	雅明	雅明	伊太夫				文化13	60		富山藩士（廣德館學正）
4692	野崎	玉峯	元		士亨	玉峯	越後	明治15	21	寺田小陶	本姓玉井氏、詩
4693	野崎	習堂	教景	平八	子高	習堂	江戸	嘉永5	36	昌平黌・松崎慊堂	久留米藩儒（世子侍讀）（江戸）
4694	野崎	藤橋	雍	謙藏-源造（藏）	黎民	藤橋	加賀	文政11	63	皆川淇園	鳥取藩儒
4695	野澤	岐山	翽	雄輔	鳳卿	岐山・梧庵	越後小千谷	天保6	36	藍澤南城・朝川善庵	越後ノ儒者、詩
4696	野澤	醉石	恒	彦六	寧恒	醉石		天保12（8）	61（62）		幕府儒官、野醉石ト修ス

4697	野尻 雙馬	愼義			雙馬	豊後	文政8	73		芙蓉養子、岡藩儒
4698	野尻 芙蓉	邦憲	傳兵衛	良佐	芙蓉	豊後	天明7	66	姥柳有莘・柴山鳳來	岡藩儒
4699	野尻 流憩	一成	藤助・藤兵衛		流憩・三樂軒	豊後	正徳3	74		熊澤蕃山弟、岡藩儒
4700	野田 剛齋	宅之助−徳勝	七右衛門		剛齋	江戸	明和5	79	佐藤直方	幕臣−講説ヲ業トスル、石原先生ト稱サレル
4701	野田 成勝	成勝	彦之進				文政5	69		幕臣（御書物奉行）
4702	野田 石陽	孝彝（彜）・長裕	吉右衛門	叔友・梁穎	石陽・靈星閣	伊豫	文政10	62		松山藩儒
4703	野田 竹溪	知彰	剛次郎−九十郎	士明	竹溪		明治12	77	猪飼敬所・賴山陽	伊勢津藩士（有造館講官）
4704	野田 中洲	好古	勘右衛門	尚甫	中洲・華陽・文恭	紀伊	寛政3	60	多田暘谷	和歌山藩士、詩・文
4705	野田 笛浦	逸	希一（二・市）・希一郎	士（子）明・子前	笛浦・海紅園	丹後田邊	安政6	61	古賀精里	田邊藩家老、詩・文
4706	野田 白石	元堅	長十郎・文三右衛門・文柄	季好	新甫・白石〔園〕・雑亭・雑亭・駄鹿・鈍齋	岐阜	天保5	64		釀造業、詩
4707	野田 無名	常尹・泉翁	元右衛門		無名	佐賀	文化9	54		佐賀藩儒醫
4708	野中 婉	婉					享保10		谷 重遠	兼山女、儒醫
4709	野中 兼山	佐八郎−止・止道	傳右衛門−主計・伯耆	良繼	兼山−（致仕後）高山	姫路	寛文3	49	谷 時中	本姓山中氏、高知藩家老、朱子學書ノ蒐集・出版、野兼山ト修ス
4710	野中 蘭畹	準		處平	蘭畹	豊後戸次	明治21	58	帆足萬里	臼杵學館教授
4711	野野山 謙齋	謙光	左一郎	剛直	謙齋	田邊	正徳3	37		田邊藩儒
4712	野間 靜軒	成大	三竹	子苞	靜軒・柳谷・白雲洞・潛樓散人・壽昌院・白雲書庫	京都	延寶4	69（62）	松永尺五・林 羅山	白雲男、幕府儒醫、詩・文・句、野子苞・野柳谷ト修ス
4713	野間 白雲	成岑	玄琢		白雲・壽昌院	山城	正保2	56	曲直瀨玄朔	幕府醫官

4714	野見	嶺南	照歆		煒煌	嶺南・大港・天柱・菱花人	土佐	寛政6	63	戸部愿山	醫・文・詞
4715	野村	嶽陽	嶽陽				岩手一關	昭和39	80	鹽谷節山	山形高校教授
4716	野村	空翠	圓・圓平	八田屋次左衛門		空翠・栖霞	金澤	元治2	82	本居宣長 大窪詩佛等	酒造業、博識家、國學・詩・畫等
4717	野村	篁園	直温・温	兵藏	君玉	篁園・靜宜軒・霽西莊・玉松山莊・叟紫芝山樵	江戸	天保14	69	古賀精里	幕府儒官、詩
4718	野村	西巒	松之丞—世業—忠誨	忠誨・杢藏・木工藏	大受	西巒・遜庵・雲關居・不測庵・爲己齋	伊勢	文政10	64	奥田三角 伊藤東所	本姓丹治比氏、津藩儒醫(有造館大學曹長)
4719	野村	素軒	素介		素軒		山口	大正中	餘80	鹽谷宕陰	本姓有地氏、山口藩儒、伯爵
4720	野村	東皐	公臺	新(信)左衛門	子賤	東皐・蘘園	彦根	天明4	68	澤村琴所 服部南郭等	彦根藩儒、詩、野子賤・野公臺ト修ス
4721	野村	藤陰	喜三郎—煥	龍之助	士章	藤陰・觳堂	美濃大垣	明治32	73	後藤松陰 齋藤拙堂等	大垣藩儒(敬教堂督學)
4722	野本	雪巖	新吉—晃光・晃	元亮・亮右衛門	謙卿	雪巖(岩)・橘齋	豊前宇佐	安政5	74	原田東嶽 赤松滄洲等	豊前ノ儒者(僊喬舍)—中津藩儒(進脩館教授)
4723	野本	白巖	理	武藏(三)	伯(白)美	白巖・眞城山人・白岩(巖)樵夫・清江堂	豊前宇佐	安政3	60	帆足萬里 賴山陽	雪巖男、中津藩士—豊前ノ儒者
4724	野呂	介石	隆・隆年	九一郎	松齡	介石・班石・矮楳(梅)・混齋・十友(窩)・四碧齋(道人)・第五隆・澄湖・台岳(臺嶽)樵者・悠然野逸	紀伊和歌山	文政11	82	伊藤蘭嵎	和歌山藩繪師、詩
4725	野呂	松廬	隆訓	九助(介)	翼卿・式夫	松廬・槃澗(磵)・盤谷・九鶴山樵・自誤居士	紀伊	天保14	53	野呂正祥 山本東籬	介石甥、京都ノ儒者—田邊城主賓儒、書
4726	野呂	深處	公鱗(麟)	八十一郎	龍草	深處・訒庵	紀伊				松廬長男、和歌山藩儒(江戸後期)
4727	野呂	靜處	公翊	靜吉郎	鶴章	靜處	紀伊	文久2			松廬次男、和歌山藩儒
4728	野呂	陶齋	省・惟省	省吾	希曾	陶齋・天隨庵	武藏越谷	天保9		龜田鵬齋	本姓會田氏、一時龜田鵬齋養子、後、野呂氏婿養子、江戸ノ儒者、書
4729	野呂	道庵	俊	駿(俊)太郎	德民・民父・德臣・俊臣	同庵(菴)—道庵・北海・鯤齋	江戸	明治22	77	龜田鵬齋	陶齋長男、江戸ノ儒者—安房勝山藩儒(江戸・勝山藩校育英館教授)—安房ノ儒者(明善塾)、書

	姓	號	名	通稱	字	號	生地	沒年	享年	師名	備考
4730	野呂	連山	元丈	源次–實夫		連山	伊勢	寶暦11	69	並河天民・稻生若水	幕府醫官、呂元丈ト脩ス
4731	莅戸	太華	孫惣–政種–善政・鵬	九郎兵衛–六郎兵衛	士雲	太華・南溟・好古堂・既醉亭	米澤	享和3	69	澁井大室	本姓源氏、米澤藩士、詩
4732	信原	鴻溪	和作–昌一郎–漸		于逵	鴻溪・鼓山・祥山・歸雲	備中	明治17	64		詩・文
4733	乘竹	東谷	良弼	九郎右衛門	子賚	東谷	但馬	寛政6	62	櫻井舟山	出石藩士（藩老）、藩校弘道館創設ニ盡力
	〔は〕										
	土師	玄同	↓鎌田得庵 1940								
	土生	應期	↓羽生懋齋 4779								
	羽		↓ウ (928)								
4734	羽倉	簡堂	用九	外記	士乾	簡堂・天則・可也–蓬翁・小四海堂	大坂	文久2	73	古賀精里	幕臣
4735	羽倉	三峰	信卿		子晟	三峰	京都	享保3	62	龍　草廬	
4736	羽黑	迂巷	成實・成仁	牧野左平治（次）	養潛	迂巷・謙齋・牧野老人	近江彦根	元祿15	74	山崎闇齋	本姓牧野氏、彦根藩士–金澤ノ儒者
4737	羽田	正養	正養				江戸				幕臣（文化中函館奉行）
4738	羽生隨	宜軒	良熙	水安		隨宜軒	江戸（上野）	明治38	77	朝川善庵	本姓堀川氏、又萩原氏、三河西尾藩醫、詩
4739	羽生	懋齋	遠業	五郎・熊五郎		懋齋・應期				井上四明	和歌山藩士–江戸ノ儒者、兵學（江戸後期）
4740	羽淵	青城	太玄	文仲		青城					羽太玄ト修ス
4741	羽村	子馨	惟德	東之進	子馨			文政10	63		本姓藤中氏、相馬御風養子、書

4742	芳賀　觀齋	高重	虎雄・三太夫		觀齋	武藏	明治34	72	三上是庵	忍藩士
4743	芳賀　篁墩	勝安			篁墩	羽後湯澤	大正3	86		秋田藩儒(時習書院教官)、詩・文
4744	波田　嵩山	兼虎	熊介(助)	士(子)熊	嵩山	長門須佐	天明5	51	山根華陽	本姓秦氏、萩藩老益田氏儒、詩・文・兵書
4745	波多　駒嶽	定策		子永	駒嶽・牧園		明和7	37		本姓西宮氏
4746	波多　北固	守節	與一	貞夫(父)	北固	長門須佐	寶暦5	30	山縣周南	本姓秦氏、波田トモ書ク、嵩山兄
	長谷　三洲	↓長　三洲 3897								
4747	長谷　梅外	允文		世文	梅外・南梁	豊後日田	明治18	76	廣瀬淡窓	三洲父、儒醫－長門侯賓師－東京ニ住ム、詩・書、長梅外ト修ス
4748	長谷川安卿	帶刀－安卿	主馬				安永8	61		本姓田中氏、幕臣(御書物奉行)、歌
4749	長谷川一峯	義太郎・龜吉－正心・正義・元亮・昭道	深美		一峯・戸隱舍・靜儉陳人・東洋逸民・獨柳子		明治30	83	鎌倉桐山・佐藤一齋等	松代藩士、勤皇家
4750	長谷川櫻南		恭平		櫻南・釣雪・釣軒	備後	明治18	57	宇都宮龍山・昌平黌	備後藩儒
4751	長谷川強庵	世傑	鐵之進	公興(輿)	強庵	越後	明治3	50	朝川善庵	志士、孝經
4752	長谷川昆溪	域	與一郎	子肇	昆溪・醒翁・釣書(詩)屋・寒香園	上野	明治元	53	昌平黌	高崎藩士(江戸)、詩・書
4753	長谷川秋水	方省		吾身	秋水・夢生陳人	周防				(京都)
4754	長谷川梅窓	元貞	治郎兵衛	禎卿	梅窓・六有齋・環翠亭	伊勢松坂	安政5	63		豪商、書・詩・歌・茶道
4755	長谷川北固	尙	準左衛門		北固	加賀	天明中		中西尙賢	金澤藩儒
4756	葉室　黄華	世和	直次郎	敬輿	黄華(山人・山樵)・春塢		天保2	41	林述齋・佐藤一齋	熊本藩儒(時習館教授)
4757	葉山　鎧軒	高行	萬次郎－左內	孝卿	鎧軒・壺丘		元治元	69	佐藤一齋	平戸藩士(維新館學頭)

4758	葉山	莘亭	沃			莘亭	福岡		64		篠崎侯士
	馬	會通	→馬淵嵐山 5459								
4759	馬場	一梯	氏信	源右衛門		一梯・雲山	土佐	享保12	(60)71	淺見絅齋 持明院基時	高知藩士、書
4760	馬場	逸齋	成	貞四郎		逸齋・紫園	江戸				和歌山藩儒（江戸明教館教授）（江戸後期）
4761	馬場	空齋	穀	重助－縫殿右衛門－不知也	致（知）遠	空齋・不知姣齋	美作津山	明治35	74	佐藤一齋 箕作阮甫等	津山藩儒
4762	馬場	轂里	千之助－貞田	佐十郎	職夫	轂里	長崎	文政5	36	中野柳園（志筑忠雄）	本姓三栖谷氏、幕臣（蘭・露語通事）
4763	馬場	春水	政房	條助・官太夫		春水・青池堂・春海堂	江戸	寛延元	(85)86		書
4764	馬場	信武	信武	尾田玄古			京都				京都ノ儒者
4765	馬場	泰里	存義			泰里・李井庵・古來庵・有無庵		天明2	81	服部南郭	江戸ノ儒者、句
4766	馬場	正通	正通	源一郎－右源次－寛藏	正成		近江	文化2	26	鷹見爽鳩 羽田正養	近江ノ儒者
4767	馬場	竹坡	文安		上恭	竹坡	美濃	安政6	77		書（江戸）
4768	馬場	竹坡	哲		明卿	竹坡	江戸	明治11		西島城山	
4769	馬場	樂山	周時	彌右衛門		樂山	會津	明治元	66	海東駉齋	本姓天野氏、中村藩士、書
4770	早田	恒齋	彝憲	治五平	伯弼	恒齋		明治7	49	吉村秋陽	平戸藩儒
4771	早田	簫山	知元	久吉・理右衛門	子哲	簫山・東園		明治7	64		出羽庄内藩士（致道館司業）
4772	拜崎	琴台	恭忠		相恕・蕃臣	琴台（臺）				伊藤蘭嵎	越後高田藩士、韓語（江戸中期）
4773	梅	心（僧）				梅心		慶長18	53		

	梅	荘(僧)	→大典(僧) 3599								
4774	梅	痴(僧)	秦問	笑譽・唯阿	白純	梅痴(道人)・小蓮主人・拈華	阿波	安政5	66		浄土宗僧、下總弘經寺住持、詩・書・畫
4775	萩野	鳩谷	伊三郎−子敏−求之	喜内・天愚孔平	好古−信繁	鳩谷・天愚老人・天愚齋・草鞋大王・萬垢君	出雲	文化14	101	荻生徂徠	本姓孔氏、又、孔平氏トモ稱ス、復堂男、松江藩儒(江戸)、文
4776	萩野	闕里	信龍	彦一郎	伯麟	闕里					本姓平氏、孔平氏トモ稱ス、鳩谷長男、出雲松江藩士、文(江戸後期)
4777	萩野	復堂	信珉・珉文	玄改・求之助	石甫・春庵	復堂	江戸				本姓平氏、孔平氏トモ稱ス、松江藩醫(江戸・江戸前期)
4778	萩原	華亭	道養	二郎太郎		華亭	松本	明治11	47	安積艮齋	松本ノ儒者
4779	萩原	秋巖	原泉・翬	祐助−唯(只)助・自然	文侯・大飛	秋巖・介庵・秋筠堂・古梁漁史(夫)	常陸鹿島	明治10	76	巻菱湖 市河米庵	鹿島神宮神職、書・詩(江戸)
4780	萩原	春亭	貫		子恕	春亭・東井	高槻	安政5			高槻藩儒
4781	萩原	西疇	裕	英助	公(子)寬・好問(間)	西疇	江戸	明治31	70	萩原綠野	樂亭長男、姓ヲ萩野トモ稱ス、今治藩儒(江戸)
4782	萩原	大麓	萬世	英助(輔)	休卿	大麓	上野藤岡	文化8	60	片山兼山	江戸ノ儒者、萩大麓ト修ス
4783	萩原	樂亭	善韶	駒太郎−英助(輔)	文華	樂亭・嵩岳(嶽)	江戸	文政12	40	萩原大麓	大麓長男、江戸ノ儒者
4784	萩原	綠野	承−公寵	鳳二(次)郎	公寵	綠野・敬齋・石桂堂・一枝庵・靜軒・鶴堂	江戸	安政元(3)	59(62)	萩原大麓	大麓次男、江戸ノ儒者、詩・文
	泊		→トマリ 4137								
	柏	昶	→柏木如亭 1835								
4785	間	長涯	彌六郎−重富	土屋五郎兵衛(七代)	大業	長涯・耕雲(堂)主人	大坂	文化13	61	麻田剛立	初メ羽間氏ヲ稱ス、質屋(十一屋)、天文(大坂)
4786	橋川	醉軒	時雄			醉軒・子雍	福井足羽	昭和57	88	勝屋明賓	『文字同盟』
4787	橋爪	哂齋	盛道	助次(二)郎	士恭	哂齋		明治13	76	昌平黌	會津藩士(藩主侍講)、詩

4788	橋本	寛栗	知義	榮藏	子中	寛栗・培根	尾道	寛政5	56	加藤豈苟	尾道ノ儒者(培根堂)
4789	橋本	杏園	長勝			杏園		明治45	46		詩
4790	橋本	景岳	綱紀	左内	伯綱・弘道	景岳・藜(黎)園・桃(櫻)花晴暉樓主人・容易・篤齋・松亭・挹翠・無憂子・雄氣樓	福井	安政6	26	吉田東篁緒方洪庵等	福井藩儒醫、勤皇家、安政ノ大獄ニテ刑死(變名)桃井伊織・亮次郎・不破鐵次郎
4791	橋本	香坡	通	桂太郎–半助	大路	香坡・靜山(庵)・毛山人・戴盆子・程方珍・東山・小梅道人・適〔適〕園・風月主人	上野沼田	慶應元	57	篠崎小竹	近藤公領伊丹儒(明倫堂學頭)–大坂ノ儒者、勤皇家
	橋本	子琴	→葛城蠡庵 1897								
	橋本	將監	→高橋確堂 3658								
4792	橋本	竹下	旋–德聽	吉兵衛–莊右衛門	元吉	竹下	備後三原	文久2	73	菅茶山賴山陽	本姓川口氏、詩
	橋本	貞元	→葛城蠡庵 1897								
4793	橋本	梅窓	經亮			梅窓					本姓橘氏、京都ノ神官、有職故實(文化)
4794	橋本	晩翠	惟孝	矢五郎	子友	晩翠・九淵・凝洲	淡路	明治20	76	中田南洋	大坂ノ儒者–德島藩儒
4795	橋本	蓉齋	寧		靜甫	蓉齋・愼齋	京都	明治17	40	森　春濤	詩(茉莉吟社)
4796	橋本	樂郊	臧		字藏	樂郊	大坂	明和2		菅谷甘谷	大坂ノ儒者、葛樂郊ト稱ス
4797	畑	鶴山	貞道	勘解由・民部	柳敬・士濳・維(惟)龍	鶴山(巣)	阿波	文政10	80		本姓源氏、初メ元木氏、黄山養子、京都ノ儒醫、姓ヲ錢トモ稱ス
4798	畑	橋州	維(元)禎–徵	柳泰	世古–綠猗	橋洲(州)	山城宇治	天保3	62		本姓上林氏、一時、波多氏、黄山養子、京都ノ儒醫、詩、姓ヲ錢トモ稱ス
4799	畑	黄山	惟(維)和	柳安	厚生	黄山・醫學院	京都	文化元	84		本姓安藤氏、朝廷侍醫・京都ノ儒醫(醫學館)
4800	畑	象卿	成文	柳平		象卿・醫學館	美濃				詩(京都・天保)

4801	畑	鐵鷄	時習	道意	習之	鐵鷄(雞)・翰齋・翰音齋主人	上野七日市	文久2	49	伊藤玄朴 東條琴台	本姓平氏、江戸ノ醫-上野七日市藩醫、書
4802	畑井	蟠龍	常武		多仲	蟠龍	陸奥	嘉永3	52	佐藤一齋	黑石藩儒
4803	畑中	荷澤	盛雄・多忠	多忠-太平	冲藏・太(多)冲(忠)	荷澤	仙臺	寛政9	64	別所穀城 蘆野東山	蘆野東山女婿、姓ヲ畠中トモ書ク、仙臺藩儒、詩・文、滕太冲ト稱ス
4804	畑中	西嶽	景	介藏		西嶽・靜齋・痩竹	江戸	文化中			書、姓ヲ畠中トモ書ク
4805	畠中	寛齋	正春・正盈・騏	政五郎・頼母	子允	寛(觀)齋(狂詩)銅脈先生・太平館主人・片屈道人・胡逸滅方海	讃岐	享和元	50	那波魯堂	本姓都築氏、畠山氏トモ稱ス、聖護院宮近習-狂詩
	畠中	↔畑中 4803〜									
4806	畠山	桂花	光政・重好	牛庵		桂花・隨世	常陸	明暦2	68		水戸藩醫、古筆鑑定
4807	秦	峨眉	子恭・恭	東拭	原(元)丕	峨眉	美濃	寛政3	76	服部南郭 細井廣澤	名古屋藩儒、書
4808	秦	守節	守節		貞夫		長門			山縣周南	
	秦	松峡	→松室松峡 5691								
4809	秦	松洲	世壽	壽太郎	無疆	松洲	尾張	安政6	64	秦　滄浪	滄浪男、名古屋藩儒(明倫堂教授)
4810	秦	新村	度	貞八	惟(維)貞	新村・宵陶齋	三河	弘化2	(6668)	服部栗齋	武藏岡部藩儒、藩校就將館再興(江戸)
	秦	嵩山	→波田嵩山 4744								
4811	秦	星塢	鍾	源十郎	伯美	星塢	江戸			松會平陵	星池男、書
4812	秦	星池	其馨	源藏	子馨	星池・菊如齋	江戸	文政6	61		書
4813	秦	滄浪	鼎	嘉奈衛	士(子)鉉	滄浪・小琖翁・小翁・夢仙	美濃	天保2	(7173)	細井平洲	峨眉男、名古屋藩儒(明倫堂教授並)

4814	秦　蘭汀	郁		士芳	蘭汀・半月齋	江戸				江戸ノ儒者
4815	秦　魯齋	履		中正	魯齋・魯仙	勝山	文久3	54		勝山藩儒醫
4816	端　春莊	隆	順助	文仲・文治	春莊	江戸	天明8		清田儋叟	書(京都)
	幡	→バン (4997)								
4817	幡鎌　鄰齋	顯(穎)	三吾	子達	鄰齋・崇古道人	水戸	文政6	(40)48	松下葵岡	江戸ノ儒者
4818	蜂屋　惺齋	可敬	又左衛門・彦助		惺齋	仙臺	享保12	67		仙臺藩士
	八丈屋與市	→高橋華陽 3656								
4819	八田　華陽	繇	大(太)二郎・秦(大)次郎	靖民	華陽	三河	文化14	(56)72	井上金峨	江戸ノ儒者
4820	八田　龍溪	憲章	五郎八	子漢	龍溪	備前	寶暦5	64		岡山藩士、詩・文・天文、田憲章ト修ス
	八田屋次左衛門	→野村空翠 4716								
	服	→フク (5191)								
4821	服部　愛軒	保章	石九郎	子裁	愛軒	播磨	明治43	64	明石藩黌 林鶴梁	明石藩儒
4822	服部　安休	仙菊	門十郎		安休・春庵	江戸	天保元	63	林羅山	會津藩儒
4823	服部　惟恭	惟恭(馨)		愿卿		江戸	元文5	17	服部南郭	南郭次男、詩、姓ヲ服ト修ス
4824	服部　惟良	惟良		温卿		江戸	寛延中	38	服部南郭	南郭長男
4825	服部宇之吉	宇之吉			隨軒	福島	昭和14	74	東京帝大	支那哲學
4826	服部　羽西	元夫	勘助	大仲	羽西	江戸				仲山次男、詩

4827	服部　葛城	時壽	宗賢	子篤	葛城	大和	文政3	69	畑　黄山・小野蘭山	高取藩儒醫、本草學
4828	服部　寛齋	保庸	長十郎-藤五郎	紹卿(鄕)	寛齋・龍溪	江戸	享保6	47	木下順庵	甲府藩主儒員(江戸)-幕府儒官、服紹卿ト修ス
	服部　鬼谷	→谷　鬼谷 3831								
4829	服部　拳齋	膺	兵彌	士善	拳齋・撫瓢迂史	備中	明治44	59	山田方谷	本姓渡邊氏
4830	服部　古硯	嘉久	新右衛門		古硯・松濤	廣島	寛延2	68		書(大坂)
4831	服部　芝山	元濟	眞藏	君美	芝山	江戸				白賁孫、小山男、服元濟ト修ス
4832	服部　小山	元雅	小右衛門	量(豊)卿	小山	江戸				白賁長男、尼ヶ崎藩儒(江戸・文政)
4833	服部　昌庵	永一	永一郎	子一	昌庵	江戸				隨庵男(江戸・安政)
4834	服部　隨庵	和喜	和喜太	士瑞	隨庵・祿天齋	江戸				書(江戸・安政)
4835	服部　素堂	誠	久太夫・久太郎	誠之	素堂	越後頸城	明治9	61	安積艮齋	本姓宮崎氏、越後ノ儒者、詩・文
4836	服部　蘇門	天瑞-天游	六藏	玄符-伯和	蘇門山(道)人(居士)・嘯翁・三教主人	京都	明和6	46	伊藤介亭	織物業、京都ノ儒者(觀自在堂・長嘯社)、服蘇門・服天游ト修ス
4837	服部　滄州	厚戴	文次	公德	滄州(洲)	肥前	明治13	80		佐賀藩士
4838	服部　大方	誼・宜	典學(膳)・半十郎・星溪	和甫・義平	大方	信濃	弘化3	77		本姓澤氏、京都-江戸ノ儒者-岩代二本松藩儒(敬學館教授)(江戸)
4839	服部　坦風	轍	粂之丞	子雲	蕁塘-坦(擔)風・藍亭	尾張	明治39	98		詩
4840	服部　竹塢	耕	右助	文稼	竹塢・交翠竹堂	伊賀上野	安政3	67	猪飼敬所・頼　山陽	本姓勝田氏、伊賀上野藩士(崇講堂講官)、服耕ト修ス
4841	服部　仲山	元立(丘)	眞藏	仲山(英)	霸(灞)陵・芙蓉館	江戸			服部白賁	白賁男、尼ヶ崎藩儒
4842	服部　樗州	保命	源八	愿恭	樗州	江戸	正德元	65		寛齋弟、幕府儒官、詩・書

4843	服部	東洋	主言	武平	子訥	東洋	江戸	安永中		安達清河	本姓源氏、姓ヲ服ト修ス
4844	服部	南郭	元孝—元喬	小右衛門・幸八	子遷	南郭・芙蕖館・周雪・觀翁・赤羽先生	京都	寶曆9	77	荻生徂徠	柳澤侯士—江戸ノ儒者、詩・文、服元喬・服南郭ト修ス
4845	服部	波山	謙	謙藏	謙々	波山・蹊村・自牧居	下總	明治27	68	和田溪齋 海保漁村	書・詩
4846	服部	梅圃	行命	與右衛門		梅圃	播磨	寶曆5	70	三宅尚齋	保科侯儒—上總飯野藩儒
4847	服部	白賁	元雄・雄	多門(聞)	仲英	白賁・蹈海	攝津西宮	明和4	54	服部南郭	本姓西村氏・中西氏、南郭養子、江戸ノ儒者、詩、服仲英・服元雄ト修ス
4848	服部	撫松	誠一			撫松	岩代	明治41	63	安積艮齋 昌平黌	
4849	服部	保好	五郎八—保好	五兵衛—甚太夫				元祿4	68		幕臣(御書物奉行)
4850	服部	保考	保考					享保14			
4851	服部	保正	老之助—保正	金左衛門—善右衛門		甫齋		明和3	76		幕臣(御書物奉行)
4852	服部	豊山	正相—世經	吉彌—與右衛門	子綸	豊山・愛月舎		天保4	69	細井平洲 神保蘭室	羽前米澤藩士(興讓館主宰)—米澤ノ儒者—羽前上山藩儒(天輔館教授)
4853	服部	北翠	行	泰輔			米澤				越後ノ儒者(弘化)
4854	服部	默齋	進	修藏	叔養	默齋(堂)		弘化4		松崎慊堂	因幡若櫻藩士(藩主池田冠山近侍)
4855	服部	樂山	孝	新重郎			京都			大沼枕山	詩(嘉永)
4856	服部	栗齋	保命	善藏	佑甫	栗齋・旗峯・信古堂・麴溪書院	攝津西成	寛政12	65	服部南郭 五井蘭洲	梅圃男、飯野藩儒—江戸ノ儒者(庠麴舍・麴溪書院)、詩
4857	花木	潭齋	鴻榮	馨助		潭齋・澹齋	京都	文久元	73	皆川淇園	福井藩儒—福井ノ儒者
4858	花房	雷嶽	正慶・正恒	傳藏・藤九郎	子斐・積善	雷嶽	福岡	天保15	93	嶋　松江	福岡藩儒(東學問所佐訓導)

4859	華岡	鹿城	文獻	良平	子徵	鹿城・中洲	紀伊那賀	文政10	49	佐野山陰・吉益南涯	青洲養子、堺-大坂ノ儒醫（合水堂）（私謚）靖節先生
4860	塙	一瓢	勝文	長次郎	子質（賢）	一瓢	常陸	嘉永5	80	立原翠軒	水戸藩儒（彰考館總裁代役）
4861	塙	忠韶	保忠-忠韶	敬太郎			江戸	大正7	87		保己一孫、幕臣（和學講談所附）-大學・修史局
4862	塙	忠寶	瑤・忠瑤・忠寶	次（二）郎		温古堂		文久2	56		保己一四男、幕臣（和學講談所御用掛）、暗殺
4863	塙	保己一	寅之助・辰之助	保己一・千彌・多聞坊・保己野一		水母子・温古堂・早鞆和布刈	武藏兒玉	文政4	76	川島貴林・萩原宗固等	本姓荻野氏、（失明）總檢校、和學講談所、『群書類從』『史料』
4864	濱	眞砂	和助			眞砂	大坂	明治44	66		質商、藏書家
4865	濱	新泉	貞彝（彜）	新兵衞	希卿	新泉	福岡	明治10	85	昔　茶山	福岡藩儒
	濱	忠太郎 →眞木保臣 5460									
4866	濱田	箕山		章吉		箕山	備後	大正5	92	坂井虎山・齋藤拙堂等	福岡藩士
4867	濱田	杏堂	世憲		子徵	杏堂・希庵・痴仙	大坂	文化11	49		本姓名和氏、醫・畫・詩・文・書
4868	濱田	春菴	爲章	鳳二郎・主殿	文卿	春菴（庵）	伊勢安濃				姓ヲ田ト修ス（江戸中期）
	濱田	辰彌 →田中青山 3515									
4869	濱地	春山	惇明	重次郎	德鄕	春山	伊勢	天保6	41	朝川善庵・齋藤拙堂	詩、藏書家
4870	濱中	恭齋	良亮			恭齋	武藏	明治28		西山練三	漢學・國學
4871	濱野	箕山	王臣	章吉	以寧	箕山・猶賢	備後福山	明治41	87		福山藩士、詩、藏書家
4872	濱野	穆軒	知三郎			穆軒		昭和16	72		
4873	早川	巖川	勝任	新平-門太夫	士（子）信	巖川・南涯	津	明治19	82	津坂東陽・古賀侗庵	本姓森田氏、津藩儒

4874	早川	圖南	儀之助・儀			圖南	安房保田	大正10	64	野呂洞庵	保田ノ儒者（明善塾）—町長　早儀ト修ス
4875	早川	愿	愿・德隣	又一郎	子侗		福岡	安政6	67		福岡藩儒
4876	早崎	希白	勝文	三郎太郎	文叔	希白	津	明治8	36		津藩儒
	早田	↓ハイダ4770～									
4877	早野	仰齋	辨之	永輔（助）・榮輔	士譽・士堯	仰齋・太瘦生	大坂	寛政2	45	中井甃庵	懷德堂教授
4878	早野	思齋	良輔	生三	子序	思齋・小石					流水男（天保—嘉永）
4879	早野	流水	正己	三太郎・義三（藏）	子發	流（柳）水・反求（堂）・橘隧・反堂	大坂	天保2	54	中井竹山 中井履軒	仰齋男、大坂ノ儒者（私謚）節孝先生
4880	速水	象之	恒則	仁右衞門	象之		紀伊	延享元	60	太宰春臺	本姓山田氏、紀伊田邊藩士（江戶）
4881	速水	梨陰	常忠			梨陰・清流	京都	寛政3	39		朝臣
4882	林	爲龍	守滿	圓治		爲龍	廣島	安永7			廣島藩士上田氏臣、書
4883	林	宇門	長泰	吉十郎	三陽	宇門	熊本	享保20	87		本姓荒川氏、熊本藩儒
4884	林	鶯溪	都賀大郎・晃	圖書頭・式部少輔	伯華	鶯溪	江戶	明治7	52		復齋長男、幕儒（七代）（私謚）文懿
4885	林	屋山	翼	慶助	師馮（彪）	屋山・柏堂	加賀金澤	寛政9	54	澁谷松堂	金澤ノ儒者—金澤藩儒（明倫堂教授）
4886	林	鵞峰	吉松—春勝—恕	又三郎—（剃髮後）春齋	子和—之道	鵞峰・向陽軒・葵軒・竹牖（牖）・爬脊子・櫻峰・晞顏齋・也魯齋・格物菴・温故知新齋・頭雪眼月菴・碩果（翁）・傍花隨柳堂・恒宇・辛夷塢・仲林・南榮・南扇・春齋・南牕・柳風梧月・東武精舍・禮部尚書・忍岡山莊（塾主）・春湘過客・弘文院學士・國史館提擧・晩林夕陽叟・南墩・玉鵞峰	京都	延寶8	63	那波活所 林羅山	羅山三男、大學頭（二代）（私謚）文穆先生

4887	林	介軒	攅		仲叢	介軒・武陵處士	江戸			林　羅山	
4888	林	確軒	信智・惷	百助	禹玉	確軒・退省(齋)・容與園・日鶴觀主人	江戸	寛保3	57		鳳岡四男、幕儒(經筵講員・初代)(私諡)靖厚先生
4889	林	鶴梁	贑心	伊(猪)太郎・鐵藏・伊三郎・鐵太郎	長孺	鶴梁(橋)・醉亭・蒼鹿	上野群馬	明治11	73	松崎慊堂　長野豊山	本姓西川氏、江戸ノ儒者–幕臣(甲府徽典館學頭)、書、尊攘家
4890	林	學齋	昇		平仲	學齋・溝東精舎	江戸	明治39	74	林　復齋	復齋男、大學頭(十二代)、(私諡)文靖先生
4891	林	葛廬	源次郎–信明–信如・徽(徵)	源三郎–春益–又右衛門	翼成・利生	葛廬・學軒・谷飲(剃髮後)春益	江戸	享保19	64		本姓高麗氏、晋軒養子、幕儒(三代)(私諡)温謙先生
4892	林	乾城	希逸		子壽	乾城・凡城	美濃	文化中		岡田新川	美濃ノ儒醫
4893	林	觀山	信富–信方	銕三郎–式部・又右衛門	文禮	觀山・龜谷	江戸	寛政8	64		菊溪男、幕儒(五代)(私諡)良順先生
4894	林	菊溪	又次郎–信亮	式部・宇兵衛・勝文	伯虞	菊溪・松洞・稽古齋	江戸	天明元	75		葛廬男、幕儒(四代)(私諡)齊莊先生
4895	林	九華	貞亮	儀内	嘉卿	九華	阿波	安永5	61		阿波–大坂ノ儒醫
4896	林	琴山	信隆	宇兵衛		琴山・大年	江戸	文化4	38		觀山男、幕儒(六代)(私諡)端恪先生
4897	林	錦峯	信敬・志	内記–大吉	子行	錦峯・潤齋	江戸	寛政5(4)	29(26)		本姓富田氏、鳳潭養子、大學頭(七代)(私諡)簡順先生
4898	林	景範	景範		文進					伊藤仁齋	
4899	林	三洲	文肅	又太郎	敬夫(父)	三洲	桑名				桑名藩儒、詩(延享–寛延)
4900	林	三陽	長泰・春泰	吉十郎–宇門		三陽	京都	享保20	87	林　鵞峯	本姓荒川氏、羅山ノ妻ノ姪、熊本藩儒
4901	林	士謙	龔			士謙	近江				(江戸後期)
4902	林	子平	友直・直邦	定治	子平	六無齋	江戸	寛政5	56	工藤球卿	本姓越智氏、仙臺藩儒、海防論者
4903	林	叔勝	敬吉	左門		叔勝	京都	寛永6	17		羅山長男

4904	林	述齋	熊藏–衡・乘衡	大內記・祭酒	德詮・叔紞・公鑑	述齋・蕉軒・蕉窓・天瀑(山人)・蕉隱(陰)・蕉雨堂(軒)・快烈・樂園逸民・墨水漁翁	美濃	天保12	74	澁井大室・服部仲山等	岩村城主支族大給乘蘊次男、錦峰養子、大學頭(八代)(私諡)快烈府君、『佚存叢書』、詩・文
4905	林	晋軒	又助–勝澄・憲	右近・春東	章卿・子章	晋軒・洗林・高麗春澤法眼	江戸	延寶4	23	林讀耕齋	讀耕齋男、幕儒(二代)
4906	林	進齋	直養	泰輔	浩卿	進齋	下總香取	大正11	69	並木栗水・東京帝大	漢・史學者、文學博士、藏書家
4907	林	雪篷	陳	愼助	希甫	雪篷		明治32	79		毛川次男、越前勝山藩權大參事
4908	林	潛齋	秀直	文二郎・文次		潛齋	上總	文化14	68	稻葉默齋	農家、丸龜侯儒–上總ノ儒者、一時花澤氏ヲ稱ス
4909	林	壯軒	象彥–健	健二郎・又三郎	寧卿	壯軒・倜齋	江戸	嘉永5	26	佐藤一齋・安積艮齋	檉宇三男、大學頭(十代)(私諡)昭肅先生
4910	林	雙橋	英		俊仲	雙橋		明治29	69		京都ノ儒者(維新後)
4911	林	雙桂	瑜	三右衛門	公瑤	雙桂・尙庵・桂館	京都	明和4	50	伊藤東涯	唐津侯侍醫–(移封)古河藩儒
4912	林	存誠齋	彊	條作・洞海	健卿	存誠齋・梅仙・茶農・冬皐	豐前小倉	明治28	83		江戸ノ醫–小倉藩醫–幕府醫官(侍醫・江戸–駿府)–大阪醫學校長等
4913	林	蓀坡	瑜	周輔	孚尹	蓀坡・蘭坡・藤波	加賀	天保7	56	古賀精里	澁谷松堂次男、林屋山養子、金澤藩儒(明倫館助教)、詩(私諡)恭貞先生
4914	林	淡齋			玄說	淡齋	河內	寬政3	83		大坂ノ儒醫
4915	林	淡水	通爲		立節	淡水		天明2	82		大坂ノ儒醫
4916	林	淡風	秀一			淡風書屋		昭和55	78		『孝經』研究
4917	林	單山	清憲	丈左衛門	孔彰	單(旦)山・一重山	信濃	天保7	71	林 述齋	本姓武田氏、松代藩儒(江戸–松代)
4918	林	檉宇	皝・皝藏	又三郎	用韜	檉宇・摘齋・培(梅)齋・筠亭・九香艸堂・闕下迂夫	江戸	弘化3	54	佐藤一齋・松崎慊堂	述齋三男、大學頭(九代)(私諡)恭格先生
4919	林	東谷	信彭	主水–百助	松壽	東谷	江戸	寬政8	34		本姓畠山氏、幕儒(三代)(私諡)堅頤先生

4920	林	東舟	信澄―(剃髪後)永喜	彌一郎		東舟・樗墩子・刑部卿法印	京都	寛永15	54	藤原惺窩 林羅山	羅山弟、幕儒
4921	林	東陽	桓虎		子昜	東陽	大坂	文化2	60		大坂ノ儒醫
4922	林	東溟	義卿	周介(助)	周父	東溟・紫碧仙叟	長門	安永9	73	山縣周南	大坂―京都―江戸ノ儒者
4923	林	桃溪	信有	仙助―百助	子功	桃溪	江戸	天明5	55		幕儒(經筵講官二代)(私諡)紹定先生
4924	林	讀耕齋	右兵衛―守勝―靖	右近―春德	子文―彦復	讀耕齋(子)・函三子・考槃窩(薖)・剛訥(納)子・欽哉亭・靜廬・甚齋	京都	萬治4	38	松永貞德 松永尺五	羅山四男、幕儒(初代)(私諡)貞毅先生
4925	林	南涯	維祺(棋)	彦八	介父(夫)	南涯	尾張	天保12(11・13)	67	磯谷滄洲	本姓日比野氏、名古屋藩儒(明倫堂督學)
4926	林	梅洞	愨(慤)・春信	又三郎	孟著	梅洞・勉亭	江戸	寛文6	24	林羅山 林讀耕齋	鵞峯長男、幕儒(私諡)顗(穎)定先生
4927	林	伯英	世興	大進		伯英	美濃	寛政8	19		美濃ノ儒者
4928	林	品美	品美	周次郎・倉之助						細野要齋	名古屋藩士(文政10生・明治11在世)
4929	林	復齋	煒之助―煒	右近・式部少輔	弸中	梧南・藕潢―復齋	江戸	安政6	60	林述齋 松崎慊堂	述齋四(六)男、大學頭(十一代)(御書物奉行)(私諡)文毅先生
4930	林	文會堂	義端	九兵衛	九成	文會堂	京都	正德元		伊藤仁齋	書賈、京都ノ儒者
4931	林	方齋	隆久	久平	道甫	方(芳)齋・旭川	羽後角館	弘化3	52		秋田藩儒(明倫館助教)、詩・畫
4932	林	方成	方成				尾張			千村夢澤	(江戸中期)
4933	林	鳳岡	戇心・信篤	又四郎・大内記・春常	直民	鳳岡・整宇・拙々翁・鶏窓居・橘隱亭主人・徐干子・(僧)春常	江戸	享保17	89	林　梅洞	鵞峰次男、大學頭(三代)(私諡)正獻先生
4934	林	鳳谷	信武―信言―愿	泰助・内記	子(士)恭・士(子)雅	鳳谷・松風亭	江戸	安永2	53	林　榴岡	榴岡男、大學頭(五代)(私諡)正貞先生
4935	林	鳳潭	信徵・悳	内記・又三郎	子明	鳳潭	江戸	天明7	27		龍潭男、大學頭(六代)(私諡)正良先生

4936	林	鳳池	[illegible]・信寛	主馬・助次郎	之進	鳳池	江戸	延享元	14		榴岡次男
4937	林	墨痴	應朶(宷)	疑知	欵(款)雲	墨痴〔老人〕・蘿(薀)山・道榮・官梅	長崎	寶永5	69		通詞、書
4938	林	毛川	嵓三郎・棟	主税・芥藏	季華・季梁	毛川・成器堂	美作	安政5	58		勝山藩儒、勝山文庫
4939	林	抑齋	保定	富太郎	定卿	抑齋・雨村	備中	明治4	59	山田方谷	備中松山藩儒
4940	林	羅山	菊松麿(麻呂)信勝・忠	又三郎−(剃髪後)道春・民部卿法印	子(之)信	羅山・浮山・羅浮子(山人)・羅洞・四維山長・胡蝶洞・瓢巷・梅〔花〕村・夕顔叟・尊經堂(洞)・麝眠・雲母溪・顔苟(巷)・林提學・白雲齋・江雲渭樹	京都	明暦3	75	藤原惺窩	本姓藤原氏、大學頭(初代)(私諡文敏先生、滕道春ト稱ス
4941	林	立齋	敬勝	忠藏		立齋				淺見絅齋	(江戸前期)
4942	林	榴岡	忢・信充	七三郎	士厚・士僖・春察・士信	榴岡・快堂・復軒・翼齋・彩雲峯・龍洞	江戸	寶暦8	78	林　鳳岡	鳳岡次男、大學頭(四代)(私諡正懿先生)
4943	林	龍潭	信愛・恕・慤	又四郎−内記	子節	龍潭・此君亭・竹風	江戸	明和8	28		鳳谷長男、幕儒(圖書頭)(私諡孝悼先生)
4944	林	良齋	牛松−林壯・時壯・久中	求馬・直記	子虛	良齋・自明軒	讃岐多度津	嘉永2	(4342)	長野豊山 大鹽中齋	多度津藩家老・私塾(弘濱書院)
4945	林	亮齋	豊明		亮朶	亮齋	上田	安政中			上田藩士、書
	林	↕リン(6575)									
4946	原	一庵	良胤		朴伯	一庵	京都			原　雙桂	雙桂長男
4947	原	芸菴	永貞			芸菴	姫路	享保元	74	宇津宮遯庵 伊藤仁齋	儒醫
4948	原	雲齋	尚賢		子才(方)	雲齋・湖南	江戸	安永3		太宰春臺	江戸ノ儒醫
4949	原	花祭	五	五太夫	士岳	花祭	肥前多久	明和6	51		肥前多久氏儒(多久聖堂教諭)
4950	原	淇園	元昭・元寅・元憲	九左衛門・將監	正夫・伯成	淇園・弛休	加賀	享保13		木下順庵	金澤藩士、詩

4951	原	鳩巣		謹二(次)郎		鳩巣	筑前秋月	天保元	32		古處三男、詩
4952	原	狂齋	公逸	冲藏・豹藏	飛卿	狂齋(剃髮後)修愼(眞)道人	淡路洲本	寛政2	56	井上金峨	江戸ノ儒者
4953	原	恭胤	恭胤		敬仲		京都	寛政5		原　雙桂	雙桂次男、古河藩儒-幕臣
4954	原	古處	叔燁	震平	士萠(荊)	古處山人(樵)・海鷗	筑前秋月	文政10	61	龜井南溟	本姓手塚氏、秋月藩儒(稽古館教授)、詩(天城詩社)・文
4955	原	五嶽	良延		寧德	五嶽					儒醫
4956	原	采蘋	猷			采(菜)蘋・霞窓・有煒樓	筑前秋月	安政5	62	原　古處	古處長女、詩・文
4957	原	修齋	雄・世雄	理一	君量・古傑・公飛	修(脩)齋・淡圃	越後柏崎	明治10	64	丹波思亭 朝川善庵	松洲男、柏崎ノ儒者、書
4958	原	尚不愧齋	小熊-忠敬-忠成	任藏-市之進	仲寧	尚不愧齋・伍軒	水戸	慶應3	38	藤田東湖 古賀茶溪等	水戸藩儒(弘道館訓導)-幕臣
4959	原	松洲	簡	淸介	南史	松洲・優所・別所十六堂・翠光軒	江戸	文政12	54		本姓大泉氏、丹波福知山藩主朽木家臣(江戸)-越後柏崎ノ儒者
4960	原	雙桂	瑜	三右衛門	公瑤	雙桂・尚菴(庵)	京都	明和4	50	伊藤東涯	唐津藩儒醫(盈科堂教授)(轉封)-古河藩儒醫(盈科堂學監)、詩
4961	原	斗南	存之	義助	子希	斗南	京都			中井甃庵	懷德堂教授(江戸後期)
4962	原	得齋	義胤・義	米(友)之助・三右衛門	正道	得(德)齋・修德齋	江戸	明治3	71	原　念齋	志賀理齋男、念齋養子、江戸ノ儒者、原義ト修ス
4963	原	南陽	昌克	玄定・玄春-玄與	子柔	叢桂亭-南陽		文政3	68		水戸ノ儒醫
4964	原	念齋	善胤・善	三右衛門	公道	念齋	下總	文政3	47	山本北山	雙桂孫、恭胤男、下野古河藩儒、『先哲叢談』
4965	原	鳳山	喩	喩左衛門	大矩	鳳山・蕩々齋	土佐	天明7	71		高知藩儒、兵學者
4966	原	孟豬	映・種英	瑛太郎		孟豬・白圭(珪)	筑前	文政11	35	龜井昭陽	古處長男、秋月藩儒(稽古館訓導)
4967	原	有隣	有隣				岩代	明治41	81	林存誠齋	儒醫

4968	原	綾齋	龍元	柳亭	恒	綾齋・龜藏堂	江戸				
4969	原	櫟窓	戩	外巻	叔穀	櫟窓・執古堂	江戸				江戸ノ儒者(安政)
4970	原	老柳	健	左一郎	天行	老柳	攝津	安政元	72		醫
	原		↕ゲン(2518)								
4971	原田	霞裳	瓚	內記	叔馨(卿)	霞裳・瀬芳園	紀伊	天保2	35		紀伊田邊藩儒、詩・書
4972	原田	穫齋	耕種	半之丞・喜三郎		穫(獲)齋	土浦	安政2	62	手塚坦齋・平瀬克齋等	土浦藩儒
4973	原田	紫陽	種興	敬太郎	子熊	紫陽・鴟夷子	佐賀	明治11	40	昌平黌	復初養孫、葭涯男、佐賀藩儒
4974	原田	種成	種成			停雲草堂(書屋)	東京	平成7	84		『貞觀政要』研究
	原田	秀箇	↓村井平柯 5970								
4975	原田	淑人	淑人				東京神田	昭和49	89	東京帝大	東洋考古學
4976	原田	熟齋	種秀	桐二郎－元吉郎		熟齋	土浦	明治10	48		土浦藩儒
4977	原田	筍齋	正次郎－勇・健建・保		子義・子益	筍齋	近江	明治8	68	中川漁村・龜井南溟	本姓小森氏、彦根藩儒(文武館教頭)
4978	原田	靖堂	安	貞吉	眞卿	靖堂		嘉永元	38		本姓田中氏、節齋養子、醫
4979	原田	節齋	亮	眞卿	伯惠	節齋・優游	美作津山	嘉永4	74		大坂ノ儒醫、詩・文・書・畫
4980	原田	蘇堂	韶	政一郎・元一郎・一郎太夫	舜琴	蘇堂	佐賀	文政11	26	藩黌	復初長男、佐賀藩儒(弘道館訓道)、詩・文
4981	原田	靛山	正巽	端太夫	子止	靛山・鼈曡					江戸ノ儒者(幕末)
4982	原田	東岳	殖－直	吉右(左)衞門－清藏	温夫	東岳(丘)	豐後	天明3	(75)55	伊藤東涯・服部南郭	本正酒田氏、豊前日出藩儒－京都ノ儒者－中津ノ儒者、原東岳ト修ス

4983	原田	復初	喬・種雄	忠助（志）―多嘉士	維岳	復初・西隍・松永・鶴樓・鶴橋	佐賀	文政8	59	古賀精里 藪孤山等	佐賀藩儒（弘道館教授）
4984	原田	柳外	譲	四郎左衛門	公基	柳外・謙齋・又半山人	近江	元治元	57	牧百峯 梁川星巖等	
	春		→シュン（3162）								
4985	春木	南華	麟		伯祥	南華	江戸				南湖孫（弘化）
4986	春木	南湖	鯤	門彌	子魚	南湖・烟（煙）霞釣叟・幽石〔亭〕・呑墨翁	江戸	天保10	81	木村巽齋	本姓結城氏、伊勢長崎侯賓師、畫
4987	春木	南溟	秀凞・龍	卯之助	子緯・字敬・子揖・子龍・門彌	南溟・畊雲漁者・耕雲山樵・呑山樓・黑顚翁・春翁・南湖	江戸	明治11	84		南湖男、畫・詩（江戸）
4988	春田	横塘	有則・走	仁左衛門・尙平・松二郎	有物	横塘・海老	岸和田	文政11	61	古賀精里	本姓土生氏、姓ヲ角野・春田・海老名トモ稱ス、大坂ノ儒者、篆刻、角有則ト稱ス
4989	春田	九皐	翯・享	玄藏・六藏	元卿・秋禽・羽高・景純	九皐・葆眞庵・眞庵	江戸	文久2	51	佐藤一齋	濱松藩士―江戸ノ儒者、詩・文
4990	春田	樟塘	厚生	弟四郎	和仲	樟塘（島）―壺（古）處		明治12	74		本姓岩崎氏、横塘養子、大坂ノ儒者、詩
	春日龜		→カスガメ 1844〜								
4991	春名	天都	春友	東吉	有聞	天都					京都ノ儒者
	坂	伯元	→坂井漸軒 2908								
	阪	熙	→坂梨 凞 2924								
4992	伴	閑山		習輔・圭左衛門	温卿	閑山		明治12	61	横井小楠	福井藩士
4993	伴	建尹	建尹	才助	元尹		陸奥	享和3		山崎闇齋	弘前藩儒、經濟字書ト稱セラル
4994	伴	蒿蹊	富二郎―資芳	彦重郎・庄右衛門		閑田子（翁・廬）―蒿蹊・操山	京都	文化3	74		近江八幡ノ商家―京都ノ國學者、和漢ニ通ズ
	伴	仲基	→富永謙齋 4158								

	姓	號	名	通稱	字	號	生地	沒年	享年	師名	備考
4995	伴	東山	徙義	兎毛–只七	伯德	東山	彦根	天保5	62	大菅南陂	本姓望月氏、彦根藩儒(稽古館素讀方)
4996	伴	侗庵	温之–成	材太郎–只七	伯玉	侗庵–梅村	彦根	明治6	68	伴　東山	東山男、彦根藩儒(稽古館教授)
	板	帆邱	→板倉璜溪 725								
	板	復軒	→板倉復軒 728								
	板	美仲	→板倉璜溪 725								
4997	萬	庵(僧)	原資		萬庵	芙蓉軒・大慈妙雲禪師	江戸	元文4	74	荻生徂徠・服部南郭	臨濟宗僧、芝東禪寺住持、詩
	蕃山	了介	→熊澤蕃山 2427								
	幡	君英	→小幡太室 1234								
	幡	太室	→小幡太室 1234								
	幡	文華	→小幡太室 1234								

〔ひ〕

	姓	號	名	通稱	字	號	生地	沒年	享年	師名	備考
4998	日尾	花月園	邦子			花月園		明治8	71	日尾荊山	本姓石井氏、荊山妻、歌・書(竹陰女塾)
4999	日尾	荊山	璞–瑜・政寛	魚住善司・多門–宗右衞門	葆光–德光・得象	荊山・至誠堂・呉竹舍・恭齋・直麿	秩父日尾	安政6	71	龜田鵬齋・清水濱臣	本姓魚住(澄)氏、日尾林庵男、江戸ノ儒者、書(私謚)文貞先生
5000	日尾	省齋	約		省三	省齋	江戸	嘉永中		日尾荊山	荊山養子
5001	日尾	直子	直子				江戸	明治30	69	日尾荊山	荊山妻、書・歌(竹陰女塾)
	日置		→ヘキ 5337								

5002	日高耳水	明實・杲・謙	謙三	東卿	耳水・安素堂	日向	弘化4	39	廣瀬淡窓 古賀侗庵	本姓源氏、高鍋藩儒(明倫堂教授)、詩・文・書
5003	日高誠實	誠實		大經		日向	大正4	80	古賀謹堂	耳水男、高鍋藩儒(明倫堂學頭)
5004	日根野鏡水	弘言-弘亨	惠右衛門-修平	大卿	鏡水・嗽玉社・夕佳園	土佐	安政元	(4969)	脇田東川	高知藩儒(教授館學頭)、詩(嗽(漱)玉社)
5005	日野春靄	韶	貞庵	九成	春靄	長門	萬延元	53		本姓秋良氏、初メ松岡氏ヲ稱ス、萩藩醫(江戸)、詩、姓ヲ秋ト修ス
5006	日野南洞	資愛			南洞		弘化3	67		藤原資矩男、詩・文・歌
5007	日野釀泉	和煦(喣)	大介・德右衛門・暖太郎	公春	釀泉・半隱	伊豫西條	安政5	74	近藤篤山 古賀精里等	本姓岡田氏、西條藩儒(擇善堂教官)
	日原小源太	→手塚坦齋 4012								
5008	日比野秋江	仲援	彦太郎-太玄	肇甫	秋江	尾張	文政8	76	岡田新川	高須藩儒(日新館教授・初代)、詩・書
	日柳	→クサヤナギ 2374~								
5009	日吉湯島	蠡	偉三郎・偉(移)三		湯島	伊豆	慶應元	67		江戸ノ儒者
5010	比志島文軒	良貴	丈(文)左衛門	士有	文軒					江戸ノ儒者、文
5011	比留正房	七之助-正房	右衛門-勘右衛門				享保7	85		幕臣(御書物奉行)
	肥　元成	→土肥霞洲 4180								
	肥前屋文兵衛	→呉　北渚 2463								
5012	肥田野竹塢	節	一平次・嘉平次	士操	竹塢・抱甕	越後	明治20	53	芳野金陵	築村男、越後ノ儒者
5013	肥田野築村	徹	徹太郎	士朗	築村	越後蒲原	明治7	74	松田本庵 龜田綾瀬等	越後ノ儒者
	飛　圭洲	→飛鳥圭洲 249								

5014	飛田逸民	武明−勝	勝太郎	子虚・子健	逸民	常陸	文久元	(85)87	大田錦城 藤田幽谷	水戸藩儒
5015	飛田春山	知白	扇之助		春山	石見	慶應元		奥平棲遲庵	濱田藩士
5016	樋口逸齋	觀之	昌(章)之助	子順・曬之	逸齋・有竹・逸々庵	江戸	明治10	66		秩山男、書
5017	樋口芥亭	敬義	源左衛門	道卿−道立	芥亭		文化9	75	江村北海	江村北海長男、川越藩儒、源敬義ト稱ス(京都)
5018	樋口邂庵	成・遜	善藏(三)	子敏	邂庵(菴)	岩國	安政3	56	伊藤東峯	本姓東氏、義所養子、岩國藩儒(養老館教授)(私諡)成純
5019	樋口義所	多文・豊	太一郎	太一	義所・楓窓	岩國	文政2	59	伊藤東所	東里男、岩國藩儒(侍講)
5020	樋口慶千代	慶千代				廣島福山	昭和31	75	東京帝大	東京帝大圖書館−東洋文庫司書、樋慶ト修ス
5021	樋口芝溟	矯	起之助	公強	芝溟					小田原藩士−江戸ノ儒者(江戸・天保)
5022	樋口周南	元憲		右仲	周南	越後	明和8	78	伊藤東涯 香川修庵	儒醫、詩
5023	樋口赤陵	質	儀左衛門	伯義	赤陵・葵陵		明治11			越後絲魚川藩儒(明道館教授)、詩・文
5024	樋口碩果	好古	貞次郎−又兵衛	信夫	碩果翁・遲日軒・知足齋	名古屋	文政9	77	本居宣長	名古屋藩士、書
5025	樋口雪汀	榮芳・仰	彌門	子用	雪汀	江戸	嘉永6	90	林　鳳谷	本姓菅原氏、小田原藩士(私諡頃譽先生)
5026	樋口秩山	文之		白賁	秩山	江戸			鷹見爽鳩	江戸ノ儒者(天保)
5027	樋口東里	盈・良民・公英−公瑛	保七・造酒之允・欽藏	俊卿	東里・竹廬・三畏軒・畏軒	周防	文化5	87	朝枝毅齋 伊藤蘭嵎	本姓桂氏、岩國藩儒−岩國ノ儒者、詩
5028	樋口銅牛	勇夫			銅牛	筑後	昭和7	68		朝日新聞社員、金石文、詩
5029	樋口萬山	國章・邦古	小文治・佐左衛門		萬山		文政6			碩果男、名古屋藩士
5030	樋口養生堂	玄信			好運・松士軒・養生堂・養儒庵					儒醫

5031	樋口	和堂	謙吉	順太郎		和堂・和驪堂・城山人・玄黄洞人	筑後	明治31	74	安井息軒	
5032	尾藤	孝章	孝章		閭叔		伊豫	天明2	22	頼春水 尾藤二洲	二洲弟、詩・文
5033	尾藤	二洲	孝肇・肇	伊豫屋良佐(助)	志(士)尹	二洲・約山・流水齋・半隱・靜寄軒・獨醒樓	伊豫	文化10	67(69)	片山北海	大坂ノ儒者-幕府儒官(昌平黌教授)
5034	尾藤	水竹	積高	高藏	希大	水竹・弦(絃)庵	江戸	安政6(2)	60		二洲三男、幕府儒官
	美	維禎	→能美維禎 4677								
5035	東	恒軒	吉尹		君孚	恒軒	伊勢	文政12(文化12)	53(53)		本姓久田氏、伊勢ノ儒者
5036	東	正堂	敬治		順浦	正堂・南浦	岩國	昭和10	76	東澤瀉	澤瀉男
5037	東	省齋		清太郎		省齋	武藏			藤川三溪	詩
5038	東	澤瀉	正純	崇一郎	崇一	澤瀉・白沙・迂恠(怪)子・水月道人・鼇邱主人・陳樓主人	岩國	明治24	60	二宮錦水 佐藤一齋等	岩國藩儒(養老官助教)-岩國ノ儒者(澤瀉塾)(私謚)壯快
5039	東	夢亭	裴・聚	文良(亮)・一學	伯頎(欣)	夢亭・悔庵・鉏雨亭	伊勢松阪	嘉永2	59(54)	山本凹庵	本姓清水氏、恒軒養子、三重ノ儒醫、詩・文・書
	東		↕トウ(4088)								
5040	東方	芝山	履	元吉-眞平	天澤	芝山・雙岳・芝湖・五楊	加賀	明治12	67	安積艮齋	祖山孫、大聖寺藩士(藩校會頭助教)、一ニ姓ヲ東山トモスル
5041	東方	祖山	望・由賢・屯	宇左衛門	滿卿	祖山	加賀江沼	文化10	66	山本北山	大聖寺藩士(江戸)
5042	東方	北溟	明時	藤兵衛	子華	北溟	山形			伊東藍田	水野候儒
5043	東里	翠山	宣猷-宣濬-宣浚		君擇	南湖・任齋・翠山・翠關・翠陰・翠廼舎	伊勢	慶應3	81	柴野栗山 尾藤二洲等	桑名藩士
	東山	芝山	→東方芝山 5040								
5044	匹田	九皐	進	帶刀	子蘭	九皐	庄内	元文2			庄内藩儒

5045	疋田	松塘	鶴治・八彌—定綱—厚綱	又八彌—久馬・齋・鐵五郎	鶴治—伯紀	松塘・春風樓・十雪館	羽後	天保4	55		本姓藤原氏、姓ヲ匹田トモ書ク、柳塘男、秋田藩家老、詩・文
5046	疋田	柳塘	鶴治—定常・定忠	齋	鶴治—考祥	柳塘・自怡齋・聽松館・稱齋・九華	羽後	寛政12	51		本姓藤原氏、姓ヲ匹田トモ書ク、秋田藩家老、藩校開設ニ盡力
	久川	靭負	→大江玄圃 1304								
5047	久子	翠峰	豊	小五郎	景叔	翠峰・安齋	江戸	弘化4	57	龜田鵬齋	幕臣—江戸ノ儒者
5048	久田	湖山	犁(犂)	典膳	耕甫	湖山	近江				遊説ヲ常トス(江戸後期)
5049	久田	蘭園	誠	哲藏	子儀	蘭園		寛政11	83		京都ノ儒者、書
5050	久田	蘭洲	昇・升	舍人	子恒	蘭洲	伊勢山田	享和2	(7266)		京都ノ儒者(私諡)彰信先生
5051	久永	松陵	徽	助三	懿伯	松陵	上野	安政3	59	長野豊山	前橋藩儒(博喩堂助教)、詩
	久野		→クノ 2339～								
5052	久松	定通	定通				伊豫	天保6	32	林　述齋	松山藩主
	菱		→リョウ (6575)								
5053	菱川	月山	在	宗助	士崇(宗)	月山	安房	文化13	48	柴野栗山	本姓菅氏、岡山養子、佐倉藩儒、姓ヲ菱ト修ス
5054	菱川	岡山	賓	宇(右)門	大觀	岡山・秦(泰)領	備前赤坂郡	享和3	(5356)	後藤芝山	大坂ノ儒者(混沌社)—堀田侯儒—佐倉藩儒、菱賓・菱岡山ト修ス
5055	菱田	海鷗	重禧・禧	文藏	士瑞	海鷗	美濃	明治28	60	安積艮齋	毅齋六男、大垣藩儒(致道館教官)—大坂ノ教育者
5056	菱田	毅齋	重明	清次	伯麗	毅齋	美濃大垣	安政4	74	合田恒齋 皆川淇園	大垣ノ儒者—大垣藩士(致道館助教)
5057	菱田	弘毅	弘毅				會津				
5058	菱田	房明	房明	丹波	諶		江戸	明治3	70	雨森芳洲 梁田蛻巖	幕臣、菱諶ト修ス

5059	土方　秦山	楠左衛門–久元			秦(泰)山	土佐	大正7	86	大橋訥庵・佐藤一齋等	勤皇家
	筆耕　林助	↓川名南條 2041								
5060	人見　雀川	求–美至	善八・七藏–又兵衛	克己	雀川	江戸	天明6	64		本姓小野氏、雪江長男、幕臣(御書物奉行)(私諡)興隆
5061	人見　璣邑	黍	彌右衛門	子魚	璣邑道人	尾張	寛政9	69	松平君山	本姓小野氏、雪江次男、名古屋藩士(江戸)
	人見　極馬	↓得能淡雲 4119								
5062	人見　賢知	賢知	又七郎				貞享元	81		皇室醫–幕府醫官(私諡)隨祥
5063	人見　元浩	元浩					寛保元			
5064	人見　行充	行充	又七郎–又兵衛				享保16	62		幕府儒官(私諡)謹謙
5065	人見蕉雨齋	常治–藤寧	宅右衛門–但見	士(子)安	蕉雨齋(子)・長流窩翁・看山樓・黑甜病瘦・江峰流人	出羽	文化元	44		文
5066	人見　雪江	活–美佐	帶刀・又兵衛・又七郎	實函・行察	雪江・白峰(峯)・默齋・大椿・知在	江戸	寶暦9	73		本姓小野氏、桃原長男、幕府儒官、詩(私諡)靖安
5067	人見　竹洞	節–宜卿(鄉)	友元・竹次(皃)・又七郎・葛民	子苞・時中	竹洞・鶴(雀)山・括峯(峰)	京都	元禄9	69(元60)	林羅山	本姓小野氏、卜幽軒姪、幕府儒官、詩・文、野鶴山卜修ス(私諡)安節
5068	人見　桃原	沂–行充	又七郎・元沂・又兵衛	魯南	桃原・栝峯(峰)		享保16	62		本姓小野氏、竹洞長男、幕府儒官、詩
5069	人見　伯毅	見		元德	伯毅	江戸				竹洞次男、詩
5070	人見　懋齋	傳	又左衛門	子(士)傳・道設	懋齋・竹墩・井々堂	京都	元祿9	59	林鵞峰・朱舜水	本姓小野氏、初メ藤田氏、卜幽軒養子、水戸藩儒(彰考館總裁)、姓ヲ野ト修ス
5071	人見　卜幽	壹	卜友	道生	卜幽(軒・齋)・友軒・林塘菴(庵)・白賁園・把茅亭	京都	寛文10	72	菅得菴・林羅山	本姓小野氏、幼時栢原氏養子、水戸藩儒(藩主侍講)、姓ヲ野ト修ス
5072	人見樂義齋	直養		友竹・友節	樂義齋	京都	正德中			攝津ノ儒醫

5073	人見和太郎	和太郎	齋院敬和			伊豫			三上是菴	
5074	一松　昔櫻	拙忠・拙	又之進	伯通・十竹・士存	昔櫻・夜雨村	近江高島	享保10	73		本姓淡海氏、水戸藩士(彰考館史員)、詩
5075	雛田　松溪	中清・銘	一學	士新	松溪・我爲我堂	越後	明治19	68		越後ノ儒者、勤皇家、詩
5076	姫井　桃源	元詰	幸十郎―貞吉	仲明	桃源・靜修	備中	文政元	69	和田一江	醫―岡山藩士(藩校授讀師・閑谷學校奉行等)
5077	姫井　栗谷	元淳	孝之介(助)	淳甫	栗谷・琢堂		慶應3	71		本姓成田氏、桃源養子、岡山藩士(藩校督學・學校奉行等)、詩・文・書・畫
5078	百　拙(僧)	子蓮―祖蓮・元養		百拙	百拙・元椿・茅庵・葦庵(叟)・釣雪	京都	寛延2	88		臨濟―黄檗宗僧、俗姓原田氏、詩・書
	平	→ヘイ 5338～								
5079	平井　温故			知新	温故・履視齋		享保19			本姓熊野氏、長門府中藩儒
5080	平井　雅齋	嘉太郎―維章・篤業	仙右衛門	子良	雅齋	江戸	文化元			書
5081	平井　次久	次久	五右衛門				享保4			幕臣(御書物奉行)
5082	平井　澹所	業	直藏―東之進	君敬・可大	澹所・崑崙山人	伊勢	文政3(7)	59	林述齋・平澤旭山等	桑名藩儒(進脩館總督)
5083	平井　樗堂	清白	兎毛―良藏―主馬	君瑾―公操・士文	樗堂―日涉園	羽後秋田	天保元			秋田藩士、詩
5084	平井　聽雨	義綱	齋次	紀宗	聽雨(雪)・滄池・幽暢園	近江逢坂	寛政2	56	建部箕山	詩、姓ヲ平ト修ス、後、姓ヲ服部氏ト稱ス
5085	平井　東堂	俊章	修理	伯民	東堂・迂齋・半間釣夫・綠玎	弘前				弘前藩儒、書(安政・江戸)
5086	平井　篤	篤	廉助・子信				天保15	46	古賀侗庵	水野謙齋次男、肥前蓮池藩儒
5087	平井　復齋	元直	五郎左衛門・勝馬		復齋・無人		明治3	67	江守城陽	大聖寺藩士(時習館會頭)、詩
5088	平岩　元珍	元珍	十右衛門	子重			文化中		須賀精齋・中村習齋	名古屋藩士、音律

5089	平岩	仙山	桂		仙桂(擣)	仙山・僊山・一柳軒・晞(希)顏齋・忘筌窩	京都	元祿末		石川丈山	加賀藩儒(寛文11致仕)、姓ヲ平巖トモ書ク、詩
5090	平尾	芹水	義	辨次郎	路卿	芹水・獨樂亭	彦根	天保8	74	種村其山 大菅南坡	本姓西鄉氏、彦根藩儒(藩主侍講)、詩・文
5091	平尾	他山	信從・順	覺之助・鍬藏	德卿	他山	美濃	天保11	75	大田錦城	本姓力丸氏、岩村藩士(知新館教授)
5092	平岡	春齋	惟質		子直	春齋・雄齋・長桑	備後				書・醫(大坂)
5093	平賀	鳩溪	國倫	源(元)內・源	士(子)彝	鳩溪・天竺浪人・風來山(散)人・松籟子・紙鳶堂・福內鬼外・無根叟(翁)・古今獨步我慢坊・悟道軒・李山・謂滄浪・安天星名	讃岐志度浦	安永8	52(48・54)	菊池黄山 戸田旭山	本姓白石氏、物產學・蘭語
5094	平賀	蕉齋	周藏		子英	蕉齋・獨醒庵・白山〔園〕	廣島	文化2	61	服部白賁	後、小川氏ヲ稱ス、詩・文
5095	平賀	中南	叔明－晋民	惣(宗・總)右衛門・圖書〔子〕	士亮－房父(文)	中南・果亭	安藝豊田郡	寛政4	71(72)	(僧)大湖 月枝元昭	本姓木原氏、後、土生氏ヲ稱ス、安藝豊田ノ儒者－靑蓮院宮臣(京都)－大坂ノ儒者(私謚)好古先生
5096	平賀	東巖	季忍	謙(顯)二郎	君成	東巖	安藝	天保9	89		本姓源氏、京都ノ儒者
5097	平賀	文甫	賁趾		文甫		磐城三春	文化9	27	井上四明	三春藩儒
5098	平賀	鳳臺	義憲		文成	鳳臺	伊勢	寛延中			桑名藩儒、平鳳臺ト修ス
5099	平賀	鷹峰	共昌		君重	鷹峰	長門	寛延4	62		山口藩士、天文・曆算
5100	平川	坦翁	淸古	駿太		坦翁	肥後	明治16	69		熊本藩儒
5101	平佐	忠順	忠順	次郎右衛門－二藏			三田尻	安政4	84		
5102	平澤	槐庵	常安	十藏	鋼鋏	槐庵	秋田				秋田藩士
5103	平澤	旭山	元愷	左門・茂助・五助(介)	俤(弟・悌)侯	旭山・兎道山樵	宇治	寛政3	59	昌平黌 片山北海	本姓山内氏、松前侯臣－江戸ノ儒者、文、澤元愷ト修ス
5104	平澤	香山	尙德	彌一左衛門・新藏	君卿・實幹	香山・依竹齋・徹山・一夢	福岡	享和2	66(63)	增井玄覽齋	小倉藩儒(江戸恩永館助教)

5105	平澤	隨龍	廣之	左仲	篤夫	隨龍		天保4	53		
5106	平澤	適齋	元古	四郎左衛門・甚吉・淳治		適齋	秋田	天保5	59	秋田藩黌(明德館)	陸中花輪ノ醫
5107	平住	專庵	周道	專安	季直	專庵(菴)・靜齋・橘館・橘(立花)墩・建春山人	大坂				大坂ノ儒醫(享保4在世)
5108	平田	虛舟	敬	一郎	簡夫	虛舟・寶善樓					(江戶—東京・明治十年代在世)
5109	平田	群堂	尙常	孝之進	有典	群堂・樂群堂	江戶	天保中			
5110	平田	春里	公(宗)愷	新助	新民	春里・寶善堂	上野伊勢崎	文政12	73	山本北山	江戶ノ儒者(寶善堂)
5111	平田	誠齋	豐愛	馬之助	子遠	誠齋					江戶ノ儒者(天保)
5112	平田	篤胤	正吉—玄琢—胤行—篤胤	正吉・半兵衞—又五郎・大角・大壑		眞菅乃舍・菅乃屋・氣吹廼舍・伊吹之屋・玄瑞	出羽久保田	天保14	68	中山菁莪・大和田柳元等	本姓大和田氏、秋田藩士、儒醫—國學
5113	平田	彬齋	質	新助	秀野	彬齋・陋窠・菊莊					山城壬生藩儒(江戶)
5114	平田	友谷	辰	瑞庵	子共	友谷	豐前	明治31	66	廣瀨青村・恒遠醒窓等	小倉藩儒醫、詩
5115	平田	龍洲	弘通	太兵衞	納結	龍洲	和泉岸和田	安政中			岸和田藩儒
5116	平塚	春江	盛韻	千歲	香卿	春江・上代野人	出羽	明治27	71	林 方齋	秋田藩儒、詩・文・書
5117	平塚	筑峰	知卿	平八郎	直温	筑峰					(安政・江戶)
5118	平塚	瓢齋	茂喬		士梁	瓢齋		明治8	84		後、津久井清影ト稱ス
5119	平野	鷗邊	藹臣	安之允	廷美	鷗邊	新潟	天保10	54	卷 菱湖	北海貿易、詩・書
5120	平野	金華	玄仲(中・冲)	源右衞門	子和・文莊	金華	陸奧三春	享保17	45	荻生徂徠	三河刈谷藩士—磐城守山藩儒、平玄中・平金華ト修ス(私諡)文莊先生

5121	平野	玄幹			國禮	玄(元)幹					金華長男、磐城守山藩士(江戸中期)
5122	平野	五岳	聞慧・岳		五岳	古竹園・竹邨・方外仙史	豊後日田	明治26	85	廣瀬淡窓	眞宗僧、詩・書・畫
5123	平野	國臣	國臣	次郎		獨醒軒・月廼舍・友月庵・柏舍	福岡	元治元	37		福岡藩士、勤皇家、刑死
5124	平野	深淵	時成	權九郎	仲龍	深淵・孤雲	肥後	寶暦7	52	大塚退野	熊本藩儒
5125	平野	雪蘭	元善	平五郎	子平	雪蘭	水戸	元禄9			水戸藩儒
5126	平野	戇窩	重久	縫殿・重太郎	伯敬	戇窩	下總	明治16	70		佐倉藩士、勤皇家
5127	平野	庸齋	貞(定)則	休助	準甫	庸齋	武藏				忍藩儒(江戸・天保)
5128	平林	鴻山	可儀	東馬・庄五郎	士(子)羽	鴻山・虛實庵・空山房	江戸	文政4	49		東嶽男、書
5129	平林	靜齋	淳信	庄五郎	明義	靜齋・桐江山人・東維軒・消日居士・侑日居士・寶賢堂	江戸	寶暦3	58	細井廣澤・佐藤直方	書
5130	平林	東嶽	淳(惇)篤	庄五郎	子孝・平甫(圃)	東嶽・越水	江戸	文化3	(64)60		靜齋男、江戸ノ畫家、書
5131	平林	東谷	明雅		德卿	東谷・仁山	江戸				東嶽男、書
5132	平林	東秀	淳陽	重二郎	子德	東秀	江戸	天保中			靜齋五世孫
5133	平部	嶠南	俊良	良介(助)	温卿	嶠南・抱膝庵・六隣莊	日向宮崎	明治23	76	安井息軒・古賀侗庵	本姓和田氏、飫肥藩儒(振德堂教授)
5134	平松	樂齋	正愨(慤)	健之助-喜藏	子愿	樂齋・至樂窩・寬栗堂	伊勢	嘉永5	61	奧田恕堂・猪飼敬所	本姓河野氏、津藩儒、藩校有造館設立ニ盡力
5135	平元	謹齋	重德・德・无淸	貞治-正	恒卿	謹齋・鼯堂・一齋・孤柳・梅花書屋	秋田	明治9	(73)67	黑澤四如	秋田藩儒(明德館教授)、平无淸ト修ス
5136	平元	梅隣	忠弼	小助・卜(撲)玄・墨(朴)元	仲弼・仲	梅隣・福庵愚益・月潭・入中	秋田	寬保3	84	佃養軒・伊藤仁齋等	京都ノ醫-秋田ノ儒者
5137	平本	定智	定智				京都	寬文中		林家	

5138	平山	省齋	安定-敬忠	六藏・謙二郎	安民	省齋	會津	明治23	76		幕臣(國書頭)
5139	平山	兵原	潛	行(剛)藏	子龍(龍)	兵(平)原・潛龍子・潛軒・練武堂・運籌眞人	江戸	文政11	70	昌平黌	幕臣、兵學
5140	廣井	赤水	良圖		子重	赤水					(明治24在世)
5141	廣井	遊冥	鴻	喜十郎	千里	遊冥	土佐佐川	嘉永6	84	入交幽山	高知藩老深尾氏儒(鄕校名教館教授)
5142	廣江	秋水	鐘	吉郎・吉藏・常藏	大聲	秋水・松下清齋	長門下關	天保5	50	高木紫溟・頼山陽	殿峰三男、醤油釀造業、詩
5143	廣江	殿峰	爲盛	吉右衛門	文龍	殿峰・西江堂	長門下關	文政5	67		醤油釀造業、詩・畫・篆刻
5144	廣岡	政則	政則	子之次郎			水戸	萬延元	21		水戸藩士、櫻田門外ノ變ニテ刑死
5145	廣澤	障岳	眞臣	平助		障岳	山口	明治4	39		山口藩士
5146	廣澤	文齋	維(惟)直	文内	温卿	文齋	江戸			和氣柳齋	江戸ノ儒者、詩(江戸中期)
5147	廣瀬	一峯	鱗・麟	才二・才一郎	士(上)瑞	一峯				伊藤東涯	老荘家
5148	廣瀬	旭荘	謙・健	謙吉	吉甫	旭荘・梅墩(墩)・秋村(邨)・改庵・碧翁・九拜堂	豊後日田	文久3	57	廣瀬淡窓・龜井昭陽等	淡窓弟、豊前浮殿ニ開塾後、所々デ講學、攝津池田デ沒ス、詩・書、(私謚)文敏先生
5149	廣瀬	曲巷	光		謙甫	曲巷・九拜艸堂	筑後	明治31	75	佐田竹水・昌平黌等	久留米藩儒、文
5150	廣瀬	濠田		貞文		濠田	豊後日田	大正3		東亞同文書院	青村長男、衆議員議員
5151	廣瀬	克齋	以文・以禮	伊三郎・繁藏		克齋		文化8		手塚坦齋	常磐土浦藩士(郁文館教官)
5152	廣瀬	青村	範治(詒)	矢野卯三郎-範次	世叔	青村(邨)・東宜園	豊前	明治17	66	廣瀬淡窓	本姓矢野氏、淡窓養子、府内藩儒(遊焉館督學)-東京ノ儒者(東宜園)(私謚)文通先生
5153	廣瀬	台山	清風	周藏-雲太夫	穆甫	台(臺)山・書畫齋・自雲窩・六無齋・小不朽社	美作津山	文化10	62	細谷斗南	米澤藩主賓師、書・畫

5154	廣瀬	淡窓	簡・玄簡—建	寅(虎)之助—求馬	子基・廉卿	淡窓・南陽・苓陽・青溪・遠思樓主人・醒齋・咸宜園・成章舍・桂林園	豊後日田	安政3	75	龜井南溟・龜井昭陽	本姓内山氏、大村・府内侯賓師—日田ノ儒者、詩、(私謚)文玄先生
5155	廣瀬	竹塢	郁		文哉	竹塢	越中			鈴木松塘	詩(七曲吟社)
5156	廣瀬	筑梁	履道	十兵衛	公坦	筑梁	大坂	天保14	63	篠崎三島	本姓高島氏、詩
5157	廣瀬	保菴	包章			保菴	甲斐	慶應元	58		儒醫
5158	廣瀬	保水	滿忠	宰平	遠園	保水	伊豫				
5159	廣瀬	蒙齋	政典・典	臺八	以寧・仲謨・仁重(里)	蒙齋	陸奥白河	文政12	62	昌平黌・柴野栗山	白河藩儒(立教館教授)—桑名藩儒(移封)
5160	廣瀬	鶺榮	政師	廉平	以正	鶺榮					蒙齋季子、書・詩
5161	廣瀬	林外	孝	孝之助	維孝	林外・仙岱	豊後日田	明治7	39	廣瀬淡窓	旭莊長男、淡窓甥、詩(私謚)文靖先生
5162	廣瀬	林谷	潔	春(俊)平	氷壺・痩仙	林谷(山人)・林道人・忍冬庵・三生翁・白髮小兒・天然畫仙・不可刻齋・有竹	讃岐	天保(13)14	(61)65		後、細川氏を稱ス、詩・篆刻・書・畫(京都—江戸)
5163	廣田	憲令	鐵馬—憲令	文輔	德甫			文化中		柴野栗山	桑名藩儒
5164	廣田	東海	執行	精一		東海	宇都宮	元治元	28	大橋訥庵	宇都宮藩儒
5165	廣田	亮齋	憲章	鐸藏—小次郎	希文	亮齋・鹿癖・如泥				昌平黌	桑名藩儒
5166	廣津	藍溪	弘恒・省	善藏	有修	藍溪	筑後	寛政6	86	服部南郭	久留米藩士
5167	廣戸	正武	半左衛門—正武	源右衛門—藤右衛門	柏庭	松風軒		寶永2	(84)80		幕臣(御書物奉行)
5168	廣部	鳥道	良知			淵默—鳥道・野水狂生	福井	明治14	(54)60	高野眞齋	福井藩儒—福井ノ儒者・本願寺大學林教授

備後屋助一郎　→高杉東行 3631

〔ふ〕

No.	姓	號	名	通稱	字	號	生地	沒年	享年	師名	備考
	不破鐵次郎		→橋本景岳 4790								
5169	不破	南臺	浚明・巖	勘太夫-和平		南臺・介翁	加賀金澤			伊藤莘野 新井白蛾	加賀藩儒(明倫堂學職)、詩
	布川		→ヌノカワ 4657								
5170	布施	遇溪	貞賢	傳右衞門	冲和	遇溪				龜井南溟	秋田藩士
	布施	養齋	→蟹 養齋 1913								
	富	春叟	→田中桐江 3523								
	富	桐江	→田中桐江 3523								
	富士谷	層城	→皆川北邊 5876								
5171	福家	大有	大有	才右衞門	隆卿		讃岐高松				福大有ト修ス(江戸中期)
	武	維嶽	→武田梅龍 3787								
	武	吉幹	→武郁南窓 3795								
	武	欽繇	→武田梅龍 3787								
	武	元質	→武元登々庵 3796								
	武	梅龍	→武田梅龍 3787								
5172	風	牀(僧)	教存		快行	風牀(山人)	讃岐	天保2	53		眞言宗僧、詩

	風月堂庄左衛門	→澤田一齋 2991								
	楓井	→カジイ 1833								
5173	深井鑑一郎	鑑一郎					昭和18	79		城北・府立第四中學校校長
5174	深井　秋水	政圓	主膳	得繇	秋水	土佐	享保8	82	山崎闇齋	江戸ノ儒者
5175	深江　簡齋	順房・順暢	三太夫		簡齋	佐賀多久	弘化5	78		佐賀藩老多久氏儒(多久聖堂教授)
5176	深尾　訒亭	直―永常		子方	訒亭・湖隱	武藏	正德5	76	林　羅山	幕府儒官
5177	深尾　省齋	謙		致恭	省齋	江戸	享保3			江戸ノ儒者
5178	深尾　滄浪	元儔		君初	滄浪・九龍	江戸	天明4			省齋男
5179	深川　霽宇	元儁	潛藏		霽宇	上總	安政3			江戸ノ儒者
5180	深澤　君山	薫	杢・十太夫	南公(山)・播山	君山・東阿	江戸	文化6	69		播磨三日月藩士(廣業館都講)
5181	深田　圓空	得和		正室	圓空	美濃加茂	寛政3		堀　杏庵	本姓石川氏、名古屋藩儒
5182	深田　九皐	正益	彦九郎	子謙	九皐	尾張	享和2	67	深田愼齋	愼齋次男、厚齋養子、名古屋藩儒、田正益ト修ス
5183	深田　厚齋	正純	佐市・佐市郎	美(義)之	厚齋	尾張	天明4	71	松岡恕齋	愼齋長男、名古屋藩儒
5184	深田　香實	正韶	助太郎―增藏	子繩	香實・豊坂翁	尾張	嘉永3	78	石川香山 中村習齋等	九皐長男、名古屋藩儒(藩主侍講)、詩(江戸)
5185	深田　愼齋	正倫	清藏―宗信―正實	彝(彜)卿	愼齋	近江	元文2	55	深田明峯	本姓永原氏、明峯養子、名古屋藩儒
5186	深田　精一	精一			百信菴・放下叟・木石居	尾張	安政2	54	深田香實	香實長男、名古屋藩儒、詩
5187	深田　明峯	正清	宗信―正室	晋甫	明峯	美濃	寳永4	69	深田圓空	圓空男、名古屋藩儒、天文

5188	深見	右翁	松之助–但賢–有隣	久太夫–新兵衛	松年	右翁(致仕後)	中國福建	安永2	82		天漪長男、幕臣(御書物奉行)
	深見枸杞園		→高良陶齋 2693								
5189	深見	頤齋	玄融	久兵衛・久之丞・新右衛門	雙玉	頤齋・有(友)隣	長崎	(明和6	80)		天漪次男、高頤齋ト稱ス
5190	深見	順麟	順麟		子春		長崎				天漪弟、儒醫
	深見	大誦	→高　大誦 2690								
5191	深見	天漪	玄泰・玄岱	新兵衛・新右衛門	子新・斗膽	天漪・婺山老人	長崎	享保7	75	(僧)獨立 岩本知新	本姓高氏(明人)、薩摩藩醫–幕府儒官、高天漪ト稱ス、詩・書
	深山		→ミヤマ 5829								
	吹田		→スイタ 3228〜								
	服	維恭	→服部維恭 4823								
	服	元喬	→服部南郭 4844								
	服	元濟	→服部芝山 4831								
	服	元雄	→服部白賁 4847								
5192	服	芝岡	處和		其一	芝岡	美濃				
	服	紹卿	→服部寛齋 4828								
	服	蘇門	→服部蘇門 4836								
	服	仲英	→服部白賁 4847								
	服	天游	→服部蘇門 4836								

	服	南郭	→服部南郭 4844								
5193	副	士定	士定		保卿		播磨				
5194	福	嘉貞	嘉貞		士標		京都			堀　景山	京都ノ儒者
5195	福	奚處	奚處			望駒山人					
	福	松江	→福島松江 5209								
5196	福	石室	世謙		益夫	觀瀾・紫山-石室	和泉岸和田				岸和田藩儒、詩（江戸中期）
	福	大有	→福家大有 5171								
5197	福井	學圃	毓・繁	繁太郎	公簡	學圃	江戸	大正7	51	岡本黃石　長三洲	圖書寮、詩（泳詠吟社）・書
5198	福井	敬齋	軏（軌）	嚴助	小車	敬齋、衣笠山人	京都	寛政12		蟹　養齋	楓亭次男、丹波篠山藩儒-幕府醫官、宋學、詩・文、姓ヲ福ト修ス
5199	福井	松山	親倫	忠助・泰藏	子叙	松山・赤城	陸奥	享和3	68	新井滄洲	本姓佐藤氏、陸前志田郡松山邑主茂庭氏儒臣、詩
5200	福井	雪水	時雍	耕作	聖民	雪水・雪翁・雪皐	伊豆	明治3	57	山本北山　朝川善庵	伊豆ノ儒者、書・畫
5201	福井	棣園	晋	近江守（介）	貞吉	棣園	京都	嘉永2	67		榕亭男、朝廷御醫、詩・文・書
5202	福井	楓亭	輗・立啓・啓發	柳介・立助	大車・立啓	楓亭	京都	寛政4	68	菅　龍白	幕府醫官（躋壽館製藥監）-京都ノ醫、姓ヲ福ト修ス
5203	福井	榕亭	需・有孚	丹波守・少將	光享・終（周）吉	榕亭（齋號）崇蘭館	京都	天保5	92		本姓源氏、楓亭長男、朝廷御醫、藏書家
5204	福井	鹿川	藹	謙藏	碩人	鹿川-塔北	伊勢	明治17	51	服部松溪　江馬天江等	詩
	福家		→フケ 5171								
5205	福岡	東廓	勝準			東廓	大聖寺	寛政中			大聖寺藩儒

5206	福澤　雪池	諭吉・範		子圍	雪池・三十谷人	大坂	明治34	68	白石照山 緒方洪庵	一時中村氏ヲ稱ス、豊前中津藩士—幕臣(外國奉行飜譯方等)—慶應義塾
5207	福島　九淵	謙・久道	謙次郎	季恒	九淵・三畏堂					盤城藩士、詩(安政・江戸)
5208	福島　脩齋	艮		邦成・進卿	脩齋・退菴・葵園・赤州・橘南	日向	明治31	82	昌平黌	延岡藩醫
5209	福島　松江	興世	茂左衛門	子幹	松江	江戸	明和9	51(61)	服部南郭	江戸ノ儒者—美濃岩村藩士(知新館儒員)、武術、福松江ト修ス
	福島　造酒	→渡會鶴溪6672								
5210	福田　渭水	思恭・恭	七郎	儉夫	渭水	肥前諫早				諫早藩儒(好古堂教授)、詩
5211	福田　峨山	篤信・愛信	熊之助—林右衛門		峨山	德島佐古	天保14	86	本居大平 柴野碧海	德島藩士
5212	福田　浩齋	本忠	德郎・一忠・宗禎	士宣	浩齋	上野吾妻	天保11	50	市河寛齋 高野長英	上野ノ醫、蘭學、詩
5213	福田　二城	有龍	春藏	子同	二城・北泉堂	肥後	明治9	71	辛島鹽井	
5214	福田　少室	元鳳・元朋	助右衛門	成文	少室		文政2	(79)	服部南郭	太室男、美濃大垣藩士(藩主侍讀)、姓ヲ田ト修ス
5215	福田　誠齋	正福・正德	常吉		誠齋	石見	明治3(2)	50	奥平棲遲庵	上野館林藩儒(求道館教授)
5216	福田　太室	元秀	助右衛門	俊卿	太室	常陸那珂	寶曆6	(50)	荻生徂徠	美濃大垣藩儒、姓ヲ田ト修ス
5217	福永　紅雪	義人・祥人・淑		君艾	紅雪・有眞齋・鬢北・防海史・小史公	周防湯野	明治21	61	帆足萬里 廣瀬淡窓等	周防邑兵鋭武隊參謀—山口ノ儒者(西鄙塾)
5218	福原　映山	尙脩		承明	映山・水雲居士	大坂	明和5	34		丹安男、大坂ノ醫者、詩(混沌社)、姓ヲ福ト修ス
5219	福原　五岳	玄素—元素・元東	太助・太郎	美初・子絢	五岳(嶽)・玉峯	備後尾道	寛政11	71	賴　春水	詩・書・畫(大坂)
5220	福原　翠崖	元僴	越後		翠崖	長門	文久3	50		山口藩家老
5221	福原　丹安	剛		百錬	丹安	攝津高槻	明和9	64		本姓森本氏、大坂ノ醫、詩(混沌社)

5222	福原 灞水	克・就道	敬藏	子復	灞(㶚)水・松暾	江戸	文化3	30	昌平黌 古賀精里	幕臣、詩・文・歌
5223	福原 梅客	幸雄・居貞	與一郎・忠之進		梅客・倩齋	越後 柏崎	嘉永5		原 松洲 小林 翔	本姓市川氏、後、福原氏、幕臣
5224	福山 鳳洲	貞儀		羽卿	鳳洲・松門・雨亭	安藝	天明5	62	寺田臨川	本姓杉山氏、廣島藩老上田氏儒(鄕校講學所設置ニ盡力・教授)、詩・文・書、姓ヲ福ト修ス
	藤	→トウ (4100)								
5225	藤井 葦川	乾	森太郎		葦川	備後	明治25	54	江木鰐水 村山佛山等	備後ノ儒者
5226	藤井 一堂	靜		致遠	一堂・白賁庵	攝津 洲本				攝津ノ儒者
5227	藤井 乙男	乙男			紫影(俳號)		昭和20	78		
5228	藤井 右門	祐之	右衞・右門			越後	明和4	48		正親町三條公家臣
5229	藤井 寛齋	子麗	政助	公澤	寛齋	廣島	文化元			廣島ノ儒者、書・歌
5230	藤井 義知	義知	佐左衞門-清次郎				文化13	64		幕臣(御書物奉行)
5231	藤井 瓊陵	俊		方亭	瓊陵・醉蘭	伊勢	弘化2	68	宇田川榛齋	加賀藩醫
5232	藤井 恒齋	尙	唐民	若人	恒齋	越後	文化13	46	岩垣龍溪	儒醫、詩
5233	藤井 黄山	正端	榮次郎-犀右衞門		黄山	廣島	天保4	73		廣島ノ儒者、書
5234	藤井 三淳	玄洞			三淳	大坂	享保3	76		攝津尼崎藩士-大坂ノ儒醫
5235	藤井 松年	和	和七郎		松年・四狂	安藝	明治41	63	坂谷朗廬 河野小石	廣島縣會議員・議長
5236	藤井 西洞	玄芝(之)	伊織	子祥	西洞・祥安	京都	明和7	41		醫、書
5237	藤井 霽雲	行權		準卿	霽雲・幽花窓・一松堂・如水軒・遺興莫過詩樓・多雨洲樓	尾張	明治22	57		詩・文

5238	藤井竹外	啓	吉郎・啓次郎	士開・強哉	竹外・雨香（仙史）・小廣寒宮主人	攝津高槻	慶應2	60	賴山陽・梁川星巖	高槻藩儒、詩
5239	藤井樗亭	肅・元肅・世衡	洪平・鴻平・東祇	子穆・銓卿	樗亭	大坂	文化7	51	片山北海・賴春水	大坂ノ醫、詩・文
5240	藤井暮庵	公顯・惟明	料介（助）	士晦	暮庵	備後	寛政中		菅茶山	備後ノ大庄屋、詩
5241	藤井無佛齋	貞幹	叔藏	子冬	無佛齋・龜石堂・盈科堂・蒙齋・好古・端祥齋・芙蓉	京都	寛政9（元）	66（68）	後藤芝山・柴野栗山	本姓藤原氏、國學者、考證學、篆刻、藤貞幹・藤叔藏ト修ス
5242	藤井懶齋	臧・玄逸	眞名部（眞部・眞邊・眞鍋）忠（仲）菴－勝藏	季廉	懶齋・蘭齋・伊蒿子・よもぎが仙人	讃岐高松	寶永2	88（92）	山崎闇齋	久留米藩醫－京都ノ儒者
5243	藤井藍田	德	綿屋卯吉衛門	伯恭	藍田・梅軒・獨鶴巣	阿波	慶應元	50	廣瀬旭莊	吳服商、私塾（玉生堂）ヲ大坂南堀江ニ開ク、詩・書・畫
5244	藤井柳所	穆・基邦	又藏	伯彥	柳所	長門	慶應3			陸中盛岡藩儒（明義堂助教・三戸分校爲憲場教授）
5245	藤江石亭	秀	斧助	子文	石亭	淡路洲本	文化10	75		洲本城代稻田氏臣（洲本學問所教官）
5246	藤江東江	邦良	清藏		東江	播磨	延享3	51		熊陽男、龍野藩儒
5247	藤江梅軒	惟孝	貞藏・松之助	克施	梅軒・岱山		文政6	66	藤江龍山	龍山男、龍野藩儒、詩・文
5248	藤江熊陽	忠廉	直藏・平介（助・輔）		熊陽・良亭	播磨赤穗	享保18（寛延4）	66（69）	伊藤仁齋・伊藤東涯	龍野藩儒（私諡）文幽先生
5249	藤江龍山	致遠	源藏	子任	龍山	江戸	寛政10	70		東江男、熊陽女婿、龍野藩儒
	藤尾禹三郎	→北尾墨香居 2276								
5250	藤川岡山	賓	右（宇）門	大觀	岡山		享和3	56	後藤芝山	（私諡）正敬先生
5251	藤川三溪	忠猷（獻）	求馬－能登・將監	伯孝	三溪	讃岐	明治22	74	中山城山・高島秋帆	吉田東園男、勤皇家
5252	藤川冬齋	貞・晴貞	爲太郎－友（大）作	士（子）幹	冬齋・皐鶴・百花堂	大和郡山	明治2	74	賴山陽	大和郡山藩儒（總稽古所督學）
5253	藤木實齋	福穗・游	茂次郎	子秀・子穰	實齋・竹窓・北陲・滄浪	佐渡相川	安政6	36	昌平黌	田中葵園男、詩（小滄浪亭）

5254	藤木　敦直	敦直	甲斐守				慶安2	68		加茂祠官、書(加茂流)
5255	藤倉　癖玉	立言	元龍	次公	癖玉	佐倉	天保中			佐倉藩儒醫、詩(江戸)
5256	藤咲　仙潭	幹事-正方	傳八-小右衞門	叔通-叔稱	仙(僊)潭・粹精堂	江戸	寶暦11(12)	76(74)	朱　舜水	水戸藩儒(彰考館)
5257	藤澤　黄鵠				黄鵠					南岳ノ男、大坂ノ儒者(泊園書院)
5258	藤澤　黄坡	章次郎		士明	黄坡					南岳次男、大坂ノ儒者(泊園書院)-關大教授
5259	藤澤　雪齋	周	子山		雪齋・藍川	佐渡	寛政10	68	入江南溟・吉益東洞等	南川長男、佐渡ノ儒醫、姓ヲ藤ト修ス
5260	藤澤　東畡	輔・甫	昌藏	元發(慶)	東畡・泊園	讃岐安原	元治元	71	中山城山	高松ノ儒者(守泊庵)-大坂ノ儒者(泊園書院)-尼崎侯賓師-高松藩士、姓ヲ藤ト修ス
5261	藤澤　南岳	元章	恒・恒太郎	君成	盤橋・南岳(嶽)-醒狂・七香齋主人・九々山人・香翁	讃岐大川	大正9	79	藤澤東畡・中谷南明	東畡長男、高松藩儒(講道館督學)-大坂ノ儒者(泊園書院)
5262	藤澤　南川	直民	長達	斯(子)道	南川・子鏈	佐渡相川	明和8	69	伊藤東涯・後藤艮山	佐渡奉行所詰醫師-江戸ノ儒者-伊勢菰野藩儒
5263	藤田　畏齋	重勝	源之丞(允)		畏齋	常陸	嘉永元	68	手塚坦齋	土浦藩儒(土浦-江戸)
5264	藤田　英茂	英茂				阿波				丹岳男(江戸後期)
5265	藤田　敬所	貞一			敬所	豊前中津	安永5			中津奥平氏儒
5266	藤田　劍峰	豊八			劍峰	阿波	昭和4	61		史學、文學博士、東大教授
5267	藤田　呉江	憲		憲章	呉江	富山	明治18	59	藤森天山	富山藩儒、畫
5268	藤田　春莊	淳	精一郎	履道	春莊・盈進齋					詩・書(安政・江戸)
5269	藤田先憂齋	信・斌雄	小四郎	小立	先憂齋・雲溪	水戸	慶應元	24		東湖四(三)男、姓ヲ小野トモ稱ス、水戸藩士、書
5270	藤田　丹岳	逸		世逸	丹岳	阿波	天保12			儒醫(豈欺塾・阿波-山城-伏見)

5271	藤田	東閣	温信		惠叔	東閣	赤穂				詩・書、田温信ト修ス
5272	藤田	東湖	武次(二)郎・虎之助(介)–彪	士彪・誠之進	斌卿(鄉)	東湖・梅庵・不足齋・不息舍	水戸	安政2	50	藤田幽谷 龜田鵬齋等	本姓小野氏、幽谷次男、水戸藩儒(彰考館總裁)、尊攘家、詩・文(江戶)
5273	藤田	陶庵		敬一郎		陶庵	廣島	明治5			廣島ノ儒者
5274	藤田	帛川	安正		子靜	帛川	下野	天保元		提 它山	宇都宮藩士、詩・書・畫
5275	藤田	百城	積靖	佐五郎	好直	百城	攝津 兵庫	文政13	33	菅 茶山 三宅橘園	攝津ノ儒醫、詩
5276	藤田	北郭	貞正	將監・主書	子師	北郭	常陸	弘化3	73	立原東里	水戸藩士
5277	藤田	萬樹	正章	禮助	禮甫	萬樹					朽木藩儒(江戶・天保)
5278	藤田	幽谷	一正	熊之介–與介–次郎左衛門	子定	幽谷	水戸	文政9	53	立原翠軒	東湖父、水戸藩儒(彰考館總裁)・私塾(青藍舍)
5279	藤田	雄山	定賢–定資–貞資	彦太夫–權平	子證	雄山・龍川・退道散人		文化4	74		本姓本田氏、天文・曆數
5280	藤田	容齋	維正	誠一郎–六左衛門	公甫	容齋・咲翁・蘿月窟主人・芙翁・野航齋	金澤	明治25	68	藤澤東畡	金澤藩儒(明倫堂教師)、詩(松風社)
5281	藤谷	竹溪	英			竹溪	淡路				
5282	藤塚	素軒	鄰			素軒	宮城 釜石	昭和23	70		本姓佐々木氏、清朝經學
5283	藤浪	千溪	鍪	鍬次郎	田器	千溪(谿)	江戶	昭和11	72	向山黃村 廣瀨淡窓	詩、裁判官
5284	藤野	海南	立馬–正啓	立馬	伯廸(迪)	海南・致遠齋主人	伊豫 松山	明治21	63	昌 平 黌	松山藩儒(明教館學寮長)–幕府儒臣(昌平黌舍長)、藤正啓ト修ス
5285	藤野	木槿	氏春		東甫(圃)	木槿	京都	寶曆中			京都ノ儒者、佛教・道教
	藤原		→フジワラ 5295〜								

5286	藤牧	英信	英信	繁次郎				萬延元	69		賢修次男、書
5287	藤牧	賢修	義久	又次郎		賢修	松本	天保6	72		庄屋、松本ノ儒者、書
5288	藤村	庸軒	當直	十二屋源兵衛		庸(傭)軒・反古庵・徹翁	京都	元祿12	88	三宅寄齋	本姓久田氏、茶道(庸軒流)、詩
5289	藤本	鐵石	眞金	津之助	鑄公	鐵石・鐵寒士・都門・賣菜翁	備前	文久3	47	廣瀬淡窓・村上佛山	本姓片山氏、詩・畫、大和義擧ノ一人
5290	藤森	桂谷	壽平	厚		桂谷・烏川・莘田・蝶岳	松本安曇	明治38	72		詩・畫
5291	藤森	天山	大雅・盛德	恭助・弘庵	淳風	天山・如不及齋・春雨樓・葵園・菁阿堂主人・鐵研・澹學	江戸	文久2	64	長野景山・古賀侗庵等	播磨小野藩士(右筆)−土浦侯賓師−江戸ノ儒者、詩・書・文、藤盛得ト修ス
5292	藤山	鶴峰	嚴	一畫	子孝	鶴峰・松柏堂					書・詩(天保・江戸)
5293	藤山	秋水	維熊	五郎兵衛	子祥	秋水・霞關・懷月樓	江戸	天明6	58	高野蘭亭	杵築藩儒、詩・書
5294	藤吉	木石	桓	嘉一兵衛	子虎	木石	姫路	寛政9	(48)62	鵜殿士寧	姫路藩儒、姓ヲ藤好トモ稱シ、藤垣・藤木石ト修ス
5295	藤原	温齋	隆都	大隅守		温齋					本姓九鬼氏、丹波綾部藩主、孝經
5296	藤原	久勁	剛	久勁	全節		常陸			宮本篁村	詩・文
5297	藤原	憲	憲					文化中			阿波侯儒
	藤原	壺邱	→毛利扶搖 6049								
5298	藤原	惺窩	肅・(僧)蕣(舜)		斂夫	惺窩・惺齋・北肉山人・都句墩・柴立子・廣胖窩・竹居・昨木山人・東海狂波子・是尙窩・惺々子・竹房・竹處・竹所堂・松邁所・松下・都勾墩(剃髮後)妙壽〔院〕	播磨三木	元和5	59	(僧)九峯	冷泉爲純三男、初メ僧、藤肅ト修ス
	藤原	貞幹	→藤井無佛齊 5241								

	藤原	鳳湫	→久野鳳湫 2340								
	藤原	明遠	→中村蘭林 4414								
	藤原	唯彦	→河村葎庵 2115								
	藤原	慵軒	→藤村庸軒 5288								
	藤原	櫐所	→三田村栗所 5775								
5299	伏原	宣光	宣光				京都	文政10	78	伏原宣條	
5300	伏原	佩蘭	宣條		子保	佩蘭・佩菊堂主人	京都	寛政3	72		本姓清原氏
5301	二川	松陰	助(相)近	幸之進		松陰・篁里・嬰風		天保7	70	龜井南冥	福岡藩士、書(二川流)・詩・歌
5302	二見	直養	八		忠直	直養	江戸	享保18	77	中江藤樹	本姓渡會氏、伊勢山田祠官－江戸ノ儒者
5303	二山	格堂	義長			格堂・遊翁	石見	寛保3	66		時習堂男、中川侯儒
5304	二山	時習堂	義長(方)	彌三郎・二郎	伯養	時習堂	石見津和野	寛永6	87		本姓藤原氏、賣藥業、豊後岡藩中川氏臣－江戸ノ儒者
5305	淵	葭鄉	惟傳	貞藏		葭鄉		天明2	68		京都ノ儒者
5306	淵	景山	在寛			景山	江戸				(安永・江戸)
5307	淵	岡山	惟元・宗誠・友	四郎右衞門・源兵衞・源右衞門		岡山	仙臺(攝津)	貞享3	70	中江藤樹	本姓大神氏、伊達家臣－京都ノ儒者
5308	淵	章甫	惟倫	良藏	章甫			寛政11	49		
5309	淵	伯養	惟直	半平		伯養		元文元			京都ノ儒者
5310	淵簡	修禮	修禮				紀伊			木下順庵	儒醫

	物 觀	↓荻生北溪 1633								
	物 金谷	↓荻生金谷 1629								
	物 叔達	↓荻生北溪 1633								
	物 徂徠	↓荻生徂徠 1631								
	物 天祐	↓荻生鳳鳴 1632								
	物 北溪	↓荻生北溪 1633								
	物 茂卿	↓荻生徂徠 1631								
	物集	↓モズメ 6041〜								
5311	舟木 杏庵	信通	杏庵	伯裳		河内 東瓜破	寛政6	33	北山橘庵	儒醫、一時北山氏ヲ稱ス、詩・文
5312	舟木 藻雅堂	嘉	須原屋嘉助	士可	藻雅堂	江戸				江戸ノ書賈(明和)
5313	舟橋 秀賢	秀賢			鐘奇齋		慶長19	40		本姓山田・清原氏、明經博士
5314	舟橋 晴潭	澂・徵	八三郎	秋月	晴潭・豁如軒	武藏	安政3	49	安積艮齋 梁川星巖	武藏忍藩士山口氏臣―關宿藩久世氏臣、詩
5315	舟生 釣濱	滿成		榮卿	釣濱	江戸				江戸ノ儒者
5316	船曳 谷園	有貞	彦亮	子參	谷園・青柳翁・嵐吹・苔瓦	播磨	享和元	78	中井甃庵	本姓奥氏、大坂ノ儒醫
5317	船曳 文陽	展	圖書	大成(通)	文陽	播磨 三日月	文化11	68	赤松滄洲	三日月藩儒
5318	船山 瀇陽	光遠・光	太郎兵衛	萬年	瀇陽	陸前 仙臺	安政4	67	(僧)南山	詩・文、姓ヲ舟山トモ書ク
	古	↓コ (2625)								

5319	古市　南軒	剛・興孝・孝慈	東（藤）之進	士（子）強	南軒・芳林園・春光（堂）	江戸	享保7	（74・6362）		儒醫-前橋藩主酒井氏臣、天文・暦學・易學
5320	古川古松軒	辰・正辰	戸古郎-平次兵衛	子曜	古松軒・黄薇山人・竹亭	備中	文化4	82		藥種業、備中岡田藩主伊東氏臣、測量、姓ヲ古河トモ書ク
5321	古川　大航	宗琢		大航	嶺南室	秩父	昭和43	99		臨濟宗僧、詩・書
	古川富太郎	→工藤他山 2360								
5322	古田　含章	重威	左膳	子儀	含章	豐後			姥柳有莘 古屋昔陽	岡藩儒（由學館司業）（明和7在世）
5323	古野　鏡山	元軌	十次郎-勘佐（助）・清宇	敬叔・子教	鏡山・梅峰・厚軒	筑前	元文5	67	貝原益軒 林　鳳岡	福岡藩儒
5324	古畑　玉函	岳	文右衛門	子高・公文	玉函（凾）-本翁・長嘯樓	相模	嘉永元	71		小田原藩儒（江戸）
5325	古林　桂庵	道芥-正温	見宜・耕庵		桂庵・壽仙坊（房）	播磨 飾磨	明暦3	79	曲直瀬正純	京都-江戸-大坂ノ醫・文
5326	古松　蕉窓		簡二		蕉窓	筑後	明治15	48		詩・文、勤皇家
5327	古屋愛日齋	鼎・鼎助		公餗	愛日齋	肥後	寛政10	68	秋山玉山	熊本藩儒（時習館助教・侍講）、古愛日齋ト修ス
5328	古屋　周齋	保眞		繼志	周齋	甲斐	明治12	76		蜂城男
5329	古屋　昔陽	鬲	重太（次）郎-十二郎	公款	昔陽・紫陽・紫源・紫溟（陳人）	肥後 熊本	文化3	73	秋山玉山	愛日齋弟、江戸ノ儒者-岩代-津藩士-熊本藩儒、古昔陽ト修ス
5330	古屋　智珍	智珍	勝次・作（佐久）左衛門				明治3	37	安積艮齋	本姓高松氏、筑後久留米藩士-幕臣、蘭學・英式用兵術
5331	古屋　蜂城	希眞	專藏	修之	蜂城	甲斐	嘉永5	88	加加美櫻塢	本姓伴氏、初メ志村氏、甲斐ノ儒者、書
5332	古屋　有齋	敏	文作	文成	有齋	丹波	明治26	80		久留米藩儒-久留米ノ儒者
5333	古家　魯山	殷富	辰之助（輔）		魯山	和泉 堺	天保14	22	奥野小山	詩
5334	古和　流水	翼		矯雲	流水・澹齋	石見	明治22		廣瀬淡窓 廣瀬旭莊	石見ノ儒者

5335	文	之(僧)	玄昌		文之	雲興軒・南浦(蒲)・懶雲・狂雲・時習齋	日向飫肥	元和6	(65)66		臨濟宗僧、俗姓湯佐・和木氏、四書「文之點」
	文	雄(僧)	→モンノウ 6133								

〔ヘ〕

	姓	號	名	通稱	字	號	生地	沒年	享年	師名	備考
5336	戶次	朝陽	晃	彥助	宜春	朝陽	筑前	天保9	72	龜井南溟	本姓清水氏、福岡藩士、詩・文
5337	日置	花木	新	新六		花木・深處					僧—水戶藩儒
5338	平	安止	長清		輔德	安止堂	大和	正德中		北村可昌	芝村藩儒
	平	葛山	→星野葛山 5360								
	平	寛	→下鄉樂山 3155								
	平	九齡	→大畠九齡 1464								
	平	金華	→平野金華 5120								
	平	義質	→三浦竹溪 5744								
	平	玄中	→平野金華 5120								
	平	子彬	→三浦竹溪 5744								
	平	時春	→尾崎訥齋 1266								
	平	信好	→岡崎廬門 1546								
	平	仙桂	→平岩仙山 5089								

平 洗心 →玄恵(僧) 2517
平 鳳台 →平賀鳳臺 5098
平 鱗 →澤田東江 3001
平秩 東作 →立松東蒙 3817
片 徽猷 →片山北海 1867
片 北海 →片山北海 1867
片 猷 →片山北海 1867
邊 湊水 →渡邊湊水 6655
邊 禮 →佐々木方壺 2782

〔ほ〕

	姓	號	名	通稱	字	號	生地	沒年	享年	師名	備考
5339	帆足	杏雨	熊太郎・遠	庸平	致大	杏雨・聽秋・牛農・鶴城・杏花春雨村莊	豊後戸次	明治17	75	田能村竹田 廣瀬淡窓	酒造業、畫(南畫)・詩
5340	帆足	愚亭	萬里	里吉	鵬卿	愚亭・西崦	豊後日出	嘉永5	75	脇蘭堂 廣瀬淡窓 等	日出藩儒(致道館教授)-日出ノ儒者(西崦精舍)(私諡)文簡先生
5341	帆足	通楨	通楨	松	子幹・喬年		肥後	天明5	49	吉益東洞	村井見朴男、宇土藩醫
	保木	野一	→塙 保己一 4863								
5342	保科嘉一郎		嘉一郎			髑髏亭		文政2	55	中村履軒	大坂ノ儒者
5343	保科	正之	幸松丸-正之	土津公・幸麿・會津中將				寛文12	62	山崎闇齋	本姓松平氏、徳川秀忠四男、家光弟、正光養子、信濃高遠-會津若松藩主、(私諡)土津靈社

	浦	衞興	→三浦瓶山 5748								
	浦	則武	→松浦篤所 5572								
5344	蒲坂	靑莊	圓	松澤金三郎－内藏助	行方	靑莊・松皐・修文(門)齋・支散人・靑山居士	江戸	天保5	60	井上四明 松崎觀海	伊豫西條藩士－幕府賄方
5345	穗積能改齋		以貫	善兵衞－伊(以)助		能改齋	姫路	明和6 (享保11)	78	伊藤東涯	播磨ノ醫－伏見柳原家賓儒－大坂ノ儒者、唐話(私謚)遵古先生
5346	北條	一樂	角磨	牛藏	舍安	一樂	羽前	明治35	85	角館子章	新庄藩儒
5347	北條	鷗所	直方			鷗所		明治38		島田篁村 森春濤	詩
5348	北條	霞亭	讓・襄	讓四郎	士(子)讓・景陽	霞亭・天放生	志摩的矢	文政6	(48)44	皆川淇園	宇治山田松崎文庫長－福山藩儒(弘道館・江戸)
5349	北條	悔堂	道之進－知退	退藏(輔)・退一郎・新助	進之	悔堂	志摩	元治2	58	菅茶山 佐藤一齋	本姓河村氏、霞亭養子、福山藩士(誠之館教授)
5350	北條	蠖堂	永・伸	永二郎	士(子)伸	蠖堂	相模	文化中		佐々木琴臺	江戸ノ儒者
5351	北條	間軒	退	退輔	進之	間軒・秋佳	備後				霞亭男、詩
5352	北條	香雪	敬	惣五郎	德基	香雪	常陸	弘化5	50	藤田幽谷	水戸藩儒(弘道館手跡指南)
5353	北條	實時	實時(法名)正慧					建治2	53	清原教隆	金澤文庫ノ基礎ヲ作ル、稱名寺殿・金澤侍所ト稱サレル
5354	法	霖(僧)	法霖		元澤	蘭谷	江戸				詩
	彭城		→サカキ(2948)								
	豊	幹	→豊島豊洲 4075								
5355	防	寛	寛	庄兵衞	子容		松山				松山藩士
	望	三英	→望月鹿門 6054								

	望	鹿門	→望月鹿門 6054								
	北	靜廬	→北村靜廬 2292								
	北		↕キタ 2274								
5356	木	百年	壽	鼎助		小峯・愚莽・百年	信濃水内	文政4	54	柏木如亭	本姓三枝氏、後、木舖(敷)氏モ稱ス、床屋、詩
	木		↕モク 6051〜								
	牧	默庵	→牧野默庵 5508								
	牧		↕マキ 5497〜								
	墨	貫	→墨田貫 3386								
	墨	世儀	→新興夏岳 4581								
	墨	滄浪	→住江滄浪 3382								
5357	星合	具通	具通・充郷	太郎兵衛				延寶7	82		幕臣(御書物奉行)
5358	星合	具枚	虎之助(教)-具枚	伊左衛門				承應2			本姓北畠氏、幕臣(御書物奉行)
5359	星野	介堂		孝太郎	子敬	介堂	越後	明治8	35		鵜水孫、越後ノ儒者
5360	星野	葛山	常(當)富	蔀	伯有	葛山	信濃	文化9	40	坂本天山	高遠藩儒、平葛山ト稱ス
5361	星野	蓍山	文	文平	公質	蓍山〔人〕・好問子・小眉山長	廣島	文久3	29	羽倉簡堂・鹽谷宕陰	廣島藩儒、尊攘家
5362	星野	鏡里	省吾			鏡里	越後			古賀侗庵	鵜水男、越後ノ儒者
5363	星野	考祥	履	理右衛門	德基	考祥	越後中條	明治20	65		本姓國井氏、詩

5364	星野	鶺水	賁	菊三郎	文剛	鶺水・詠歸堂主人・癯軒	越後 柏崎	弘化 2	63	古賀精里	伊勢神戸侯士－越後ノ儒者
5365	星野	東郭	純貞	郁	子謹	東郭	信濃	天保 6	46		葛山弟・養子、高遠藩儒
5366	星野	東里	龍	小平太	子雲	東里・凌雲樓	三河	寶暦 4	61		丹波宮津藩儒
5367	星野	豊城	七五三藏－恒太郎－世恒		德夫	豊城	越後	大正 6	79	鹽谷宕陰	越後ノ儒者－東大教授、文學博士
5368	星野	熊嶽	璞		子常	熊嶽	伊勢				伊勢ノ儒者（江戸中期）
5369	星野	柳子	寧	良悦	子康	柳子	廣島	享和 2	49		醫
5370	細合	張庵	幸・孝・擧	三彌・莊六	元達	張庵（莽）	京都	安永 9	18	細合斗南	斗南長男、詩・文（京都）
5371	細合	斗南	離－方明	江嶋屋八郎右（左）衛門－次郎三郎	麗玉	斗南・學半齋・半齋・太乙眞人・大益居士・白雲山人・華翁	伊勢 阿曲	享和 3	77	菅　甘谷	大坂ノ儒者（學半書塾）－高田專修寺文學、書・詩（混沌社）、（法名）善明、合斗南・合離ト修シ姓ヲ細谷トモ稱ス
5372	細井	錦城	知雄	左右衛門	長羽	錦城	江戸	文化 5	57		廣澤孫
5373	細井	九皐	知文	文三郎	天錫	九皐・澤雉道人・權齋・鶴山・籀齋	江戸	天明 2	72	細井廣澤	廣澤長男、書・篆刻
5374	細井	廣澤	新次郎－新之丞－知愼	辻辨庵－次郎太夫・山本藤次郎	公謹	廣澤・菊叢・思貽堂（齋）・玉川・蕉林庵・奇勝堂・兼叢	遠江 掛川	享保 20	78	林　樫宇 北島雪山	芝山弟、大和郡山藩儒－江戸ノ儒者、書、藤知愼ト修ス
5375	細井	芝山	知名（順）	甚藏	孟賓・公從	芝山	遠江	元祿 10	42		廣澤兄、大和郡山藩儒
5376	細井	竹岡	庸	治郎兵衛	君中・子篤	竹岡	江戸	寛政 7	81	葛　烏石	幕臣、書
5377	細井	中堂	德勝（昌）	藤助・精三郎・主稅	世克	中堂・中台	尾張	弘化 2	59	細井平洲	本姓宇野氏、平洲養子、名古屋藩儒（江戸）
5378	細井	平洲	外衛－德民	甚三郎	世馨	平洲・如來山人・嚶鳴館・翁坡叟	尾張 知多	享和 元	74	中西淡淵	本姓紀氏、名古屋ノ儒者－江戸ノ儒者（嚶鳴舍）－名古屋藩儒（明倫堂督學）－米澤藩賓師、紀平洲・紀德民・紀世馨ト稱ス

5379	細貝 清逸	勉		瀏其	清逸・不倒翁	越後	明治42	74	大沼枕山・鈴木松塘等	詩
5380	細川 十洲	熊太郎－潤次郎			十洲・梧園	高知	大正12	90	高島秋帆	清齋男、高知藩士－法制學者
5381	細川 清齋	元春	延平	子陽	清齋・司成書室（屋）	土佐	明治3	78	佐藤一齋	高知ノ儒者－高知藩儒、經・史・詩・文
	細川 林谷	→廣瀨林谷 5162								
5382	細木 香以	子之助－鱗・德	〔攝〕津國屋藤次・津藤	冷和	香以（意）・鯉角・李蠖・鶴枝・もと枝・梅の木・俵口子・破笛山人・螺舍	江戸	明治3	49	北 靜廬	江戸ノ通人、姓ヲ「サイキ」トモ稱ス
	細野精（齋）三郎	→中川天壽 4282								
5383	細野 要齋	忠陳	壽三郎－爲藏－仙右衛門・仙之右衛門	子高	要齋・牧羊	尾張	明治11	68	深田香實	本姓藤原氏、名古屋藩儒（明倫堂教授）
5384	細野 栗齋	一得	得一		栗齋	尾張	明治30	62		要齋男、名古屋藩儒
	北國 山陽	→近藤藤堂 2720								
5385	堀 槐庵	正乙			槐庵（菴）	近江	寛文7		堀 杏庵	立庵長男、廣島藩士
5386	堀 完	完・勝		君綽		肥後		78		熊本藩士
5387	堀 管岳	田功	彌六	康夫	管岳	佐渡藤津	天保15	44	成嶋筑山	左山弟、成嶋筑山養子、詩・書
5388	堀 義卿	正路	禎次	義卿						京都ノ儒者（文化中在世）
5389	堀 杏菴	正意	與十郎・大弍（貳・弐）	敬夫・孟敬	杏菴・杏隱（陰）・茅山山人・敬庵・蘇巷	近江安土	寛永19	58	曲直瀨正純・藤原惺窩	本姓菅原氏、廣島藩士－名古屋藩儒、醫
5390	堀 景山	正超	彦助	君燕・彦昭	景山・垂山・曠懷堂	京都	寶暦7	70	堀 玄達	本姓菅原氏、姓ヲ屈トモ稱ス、玄達男、廣島藩醫、詩・文（私諡）忠靖
5391	堀 巖山	正武	主計	子德	巖山（山人）	彦根	天保2	31	賴 山陽	彦根藩士

5392	堀	孤山	七九郎―正龍	道隣		孤山・三遷子	京都	元祿8	(66)65	堀　杏庵	本姓菅原氏、杏庵三男、名古屋藩士、文
5393	堀	濱西	小七郎―友直	省治		濱西	陸前	明治14	66	大槻平泉	本姓新田氏、仙臺藩士（養賢堂指南統取）
5394	堀	左山	邦典	退藏	佐治	左山・解醒子	佐渡藤津	天保14	45	成嶋東岳 佐藤一齋	豪農、佐渡ノ儒者
5395	堀	順之	輔		順之		江戸			木下順庵	江戸ノ儒者
5396	堀	正朴	正朴				近江				立庵次男、木下順庵女婿
5397	堀	誠齋	富之進―直格			誠齋・淺齋・艸花園・玉弓樓江聲・九如堂・花廼家(屋)守枝・葛の屋	信濃須坂	明治13	75		本姓藤原氏、晩年、奥田氏トモ稱ス、須坂藩主、藏書家「花廼家文庫」
5398	堀	直詮	直詮	半三衛門・半三郎			伊勢			佐善雪溪	（江戸中期）
5399	堀	敦齋	熈(凞)明	庄次郎	子光	敦齋・玄尨	鳥取	元治元	35	河田迪齋	鳥取藩儒
5400	堀	南湖	正修	一六郎―七太夫・正藏	身之	南湖・習齋	京都	寶曆3	70	木下順庵	本姓菅原氏、杏庵曾孫、蒙窩男、廣島藩儒醫、姓ヲ屈ト稱ス
5401	堀	二樹	正輔	大彌	君弼	二樹					京都ノ儒者（文化）
5402	堀	忘齋	源五郎―貞邦―貞高	右京・外記・勘兵衛		忘齋・寒扇子・勘入	近江	元祿8	72	堀　杏庵	本姓菅原氏、杏庵次男、名古屋藩士
5403	堀	蒙窩	正樸	一六兵衛	毅父	蒙窩	近江	元祿13	46		本姓菅原氏、杏庵孫、立庵次男、廣島藩儒醫
5404	堀	有梅	利凞	綾部正	公績	有梅・梅花山人	江戸	萬延元	43		幕臣（外國奉行）
5405	堀	立庵	正英	七太夫		立庵・默桃軒	近江	寛文2	53	堀　杏庵	本姓菅原氏、杏庵長男、廣島藩儒（京都）
5406	堀	六友居	安道	和助		六友居	備中總社	明治8	47	近藤芳樹 三島中洲	本姓賀陽氏、香尾氏トモ稱ス、備中ノ國學者、詩・文
5407	堀井	簡亭	冽	魯藏	子泉	管亭・簡亭	攝津高槻				詩・文（江戸中期）
5408	堀池	柳外	恭		基卿	柳外・廣居	龜山				龜山藩儒（安政・江戸）

5409	堀内　信	信	田良吉			江戸				和歌山藩士
5410	堀内　素堂	忠公—忠寛・寛	忠藏	君栗・忠龍・忠亮	素堂・香雨花仙小史	米澤	安政元	54	神保蘭室 古賀穀堂	米澤藩醫、西洋醫書ノ飜譯、詩・文・句
5411	堀江　顯齋	是顯	太左(右)衛門	仲益	顯齋・賢斎	安房	嘉永3	46		本姓磯部氏、名主、數學
5412	堀江　思齋		武右衛門	省卿	思齋					江思齋ト修ス
5413	堀江　惺齋	允	仁藏	肩蘇	惺齋	江戸	天保13	71	昌平黌	岩代二本松藩儒(世子侍讀)
5414	堀江　半峯	章	仁藏・蓋藏	希達	半峯	岩代	明治21	70	安積艮齋 佐藤一齋	惺齋長男、二本松藩儒(敬學館教授)、文
5415	堀尾　秀齋	秋實		春芳	秀齋	尾張	寛政6	82	小出侗庵 須賀精齋等	書(高須日新堂)
5416	堀川　槐簃	嘉		偉堂	槐簃・舟菴					詩(江戸)
5417	堀川　舟庵	未濟・濟			舟庵					久留里藩儒醫(江戸後期)
5418	堀口　藍園	藤吉—貞歙	五郎兵衛・五郎平	張(長)卿	藍園・蓼翁・嗜辛齋・野飯翁・菜田樓主人	上野澁川	明治24	74	貫名海屋 橋本香坡等	染織業、上野ノ儒者—前橋藩士、詩(金蘭吟社)
5419	堀田　恒山	方致—方舊	忠(文)右衛門・治左衛門・紀六	維新	恒山・六林・其六・末足齋・護花關・蝙蝠庵・森々園・芋印亭	尾張	寛政3	82	松平君山	本姓紀氏、名古屋藩士、詩・文
5420	堀田　省軒	遊・爲之	友(反)爾	子敏	省軒	但馬出石	明治12	72	櫻井石問 龜井暘洲等	本間義制次男、爲恭養子、出石藩儒(講道館講師)
5421	堀野　松洲	義禮			松洲・松針	江戸			西島蘭溪 岡部春平	詩・歌(江戸末期)
5422	堀山　洞庭	暢		君得	洞庭		安永7	31		京都ノ儒者
5423	本郷　一泰	泰意—一泰	與四郎—與三右衛門				天明4	70		幕臣(御書物奉行)
5424	本郷　弘齋	信・信如(恕)	長門・正次郎・與兵衛		弘齋・二樂亭	仙臺	享保11	74		本姓和久氏、仙臺藩士、書
5425	本庄　梅翁	新兵衛			梅翁・梅屋・古山半醉	岡山	明治20	餘70		備中ノ儒者、書

5426	本莊	星川	直太郎–一謙（兼）・謙	一郎・齋一郎	撝・孟撝・子撝	星川・星溪・熊溪・禮憂也齋・鈍窩・吾憂也齋	久留米	安政5（安永3 弘化3）	73	古賀精里	本姓中村氏、姓ヲ本庄トモ書ク、久留米ノ儒者（川崎塾）–久留米藩儒（明善堂教授）
5427	本莊	適所	捐・一捐・忠太		仲龜	適所		明治2	51	昌平黌	姓ヲ本庄トモ書ク、星川次男、久留米藩儒（藩校教授・江戸講學所教官）
5428	本城	紫巖	桓・寛	秀吉–寛治	子猛	紫巖		享和3	67	國富鳳山 山根華陽	德山藩儒（鳴鳳館學頭）、一時山縣氏ヲ稱ス
5429	本城	素堂	斐	清	仲章	素堂		元治2	41	安積艮齋	本姓江村氏、太華養子、德山藩儒（興讓館教授）
5430	本城	太華	訥		伯毅	太華	德山	天保11	70	龜井南溟	德山藩儒
5431	本城	問亭	贇		實生	問亭	越前	大正4	52	三島中洲 重野成齋	
5432	本田	豁堂	之助			豁堂	長崎	明治37	60	昌平黌	長崎聖堂儒臣
5433	本田	山雪	尙澂		叔清	山雪・灌園		寛政2			儒・書
5434	本田	四明	猶次郎–彌一兵衛–武德・武純		眞卿・子征	四明・閑崇山人	肥後	文化6	48	藪孤山 龜井南溟	筑後柳川藩儒
5435	本田	種竹	秀	幸之助	實卿・賀卿	種竹	德島	明治40	46	江馬天江 賴支峯等	詩（自然吟社）
5436	本田	眞卿				眞卿	肥後山本	文政4	50		熊本藩士（時習館生員）
5437	本田	鐵洲		章三		鐵洲	肥前			宇佐美灊水	大村藩儒
5438	本田	東陵	常安	辨助–龍藏	文仲（中）	東陵・蘭陵・來去子	肥後熊本	寛政8	48	秋山玉山	京都ノ儒者–白河藩儒（立教館教授）
5439	本多	猗蘭	卯之助–恒彌–忠良（梁）–忠統	駒之助・伊豫守	大乾	猗（漪）蘭子–拙翁・西臺滕侯・不言齋・冬日庵・白蓮子・雪山・宗範	近江膳所	寶曆7	67	荻生徂徠	本姓藤原氏、河内西代藩主–伊勢神戸初代藩主、書・畫・詩・文、滕忠統ト稱ス
5440	本多	壺山	忠恕	時之助・越前守	子璋	壺山・沖翁・千秋館・瀛洲	河内	安永2	60（62）	太宰春臺 服部南郭	本姓藤原氏、遠江相良藩主–磐城和泉藩主、詩・書・畫、姓ヲ藤ト稱ス

5441	本多	思齋	楙	茂一郎	伯楙	思齋・廬軒・木瓜子	常陸	天保12	61	佐藤一齋	山城淀藩儒
5442	本多	西皐	政要	左門		西皐	越前				越前藩老
5443	本多不求翁		郡房		伯順	不求翁	常陸	文化7	49		
5444	本多	鹿門	忠敬―忠升	說三郎	君積	幽篁齋・有功齋・鹿門・竹遷・宗些・冬日庵・不老泉隱・味翁		安政6	69	古賀精里	本姓藤原氏、伊勢神戸藩主、詩・文・歌・書
5445	本間	義香	資成	道偉		よし香・義香・自準亭		慶應2	80	原南陽 藤田幽谷	水戸藩醫(江戸―醫學館教授)
5446	本間	菊堂	簡	金松	狂夫	菊堂	越後蒲原	明治10	75		越後ノ儒者、尊攘論者
5447	本間	鑛山	忠	藤兵衛・藤平	君恕	鑛山	佐渡相川	(慶應3)		日尾荊山	佐渡ノ儒者
5448	本間	棗軒	資章・求	玄調	和卿	棗軒	常陸小川	明治5	69	大田錦城 華岡青洲	江戸ノ醫―常陸ノ醫―幕府醫官(醫學館教授)
5449	本間	眠雲	游(遊)清		士龍	眠雲・九江・九皐・潛齋・蛛庵・消閑子		嘉永3	75(70)	古屋昔陽 村田春海	伊豫吉田藩江戸詰典醫、歌・語學
5450	本間	樂山	全延・延菱	治右衛門		智庵・叔慶・樂山	羽前田川	明治5	61	庄内藩黌(致道館)	本姓土門氏、詩
5451	梵	舜(僧)	梵舜			神龍院・龍玄		寛永9	80		臨濟宗僧、俗姓吉田氏、古典ノ書寫・校合

〔ま〕

	姓	號	名	通稱	字	號	生地	沒年	享年	師名	備考
	曲直瀬	雲夢	→越智雲夢 1280								
5452	曲直瀬	盍靜	正盛・正慶	道三(初世)	一溪	等皓・盍靜(翁)・雖知苦齋・翠竹院(齋)・寧固・啓迪庵・亨德院	京都	文祿3(4)	88(89)	足利學校 田代三喜	本姓堀部氏、京都ノ醫(啓迪院)
5453	曲直瀬	篁庵	正貞		子幹	篁庵・楓齋		安政5	50	安積艮齋	本姓越智氏、幕府醫官、本草學

5454	曲直瀬東井	大刀之助‐正照	道三(二世)・延壽	玄朔	東井・延命院・延壽院	山城	寛永18	83	曲直瀬盍靜	本姓河崎氏、盍靜甥・養子、醫、秀吉・家康ニ仕エル
5455	曲淵政樹	數馬‐政樹	物兵衛				寶暦元	50		幕臣(御書物奉行)
5456	馬嶋杏雨	芳	瑞園	蘭叔	杏雨・靜齋		大正9	餘90		會津藩士、詩・文・書(江戸)
5457	馬嶋西山	安榮		君用	西山	伊勢洞津				姓ヲ間島トモ書ク、詩(江戸中期)
5458	馬杉雲外	繫		文苞	雲外・雲烟(煙)外史	京都	明治32	67	森田節齋・梁川星巖等	勤皇家、東京ノ儒者
5459	馬淵嵐山	會通	舍人‐小助	仲觀	嵐山・唐棣園	京都	天保7	84(83)	齋宮靜齋	京都ノ儒醫、馬會通ト修ス
5460	眞木保臣	保臣	和泉守		紫灘	筑後	元治元	51	會澤正志齋	久留米水天宮祠官、自刃、濱忠太郎ヲ稱ス
5461	眞下晩菘	穆	藤助・專之丞	元教	晩菘・蘇景堂	甲斐	明治5	77		本姓增田氏、幕臣‐横濱ノ教育者、詩・書
5462	眞勢中洲	達富(夫・齋)	彦右衛門	發貢・發貴	中洲(州)・復古堂	尾張	文化14	64	新井白蛾	大坂ノ儒者、易、姓ヲ眞瀬トモ書ク
	眞名部忠菴	→藤井懶齋 5242								
5463	眞部璋	璋		子明		紀伊				和歌山藩儒、詩・書・畫
5464	眞山迂堂	愿(洗禮後)保羅	保兵衛・温治・地球先生	陳逸・子恭	松窓・迂堂・五斗翁・間放野夫	仙臺	明治14	60		仙臺藩士(養賢堂目附)‐宮城縣傳習學助教師、地球儀ヲ作ル
5465	間崎滄浪	則弘	哲馬	士毅	滄浪	土佐	文久3	30	安積艮齋・岡本寧浦	高知藩士、勤皇家
	間瀬中洲	→眞勢中洲 5462								
5466	間中雲飄	宜之	與左衛門	禎卿	雲飄(帆)	下總岩井	明治16(26)	77(76)	藤田東湖・大沼枕山等	詩・文・畫
5467	間野可亭	欣榮・嘉瑞	喜一郎	春樹(喜)・芝生	可亭	伊勢				(江戸・文化)
5468	間部松堂	詮良‐詮勝	鉞之進	慈卿(鄕)	松堂・晩翠軒・常足齋	越前	明治17	83(81)		越前鯖江藩藩主、詩・書・畫

5469	間宮	信寧	鐵之助-信寧	三郎右衛門				文政9	77		幕臣（御書物奉行）
5470	間宮	讀古	恭寛	仁兵衛	信卿	讀古・慥々齋	江戸	天保中			
5471	間宮	白水	信民-士信	總（剛）次郎-庄五郎		白水・槐亭	江戸	天保12	65		幕臣（學問所地誌編修取調所調方出役）
5472	間宮	林藏	倫宗	林藏			常陸筑波郡	天保15	70	村上島之丞・伊能忠敬	幕臣、探検家
5473	摩嶋	松南	長（元）弘	助太郎	子毅	松南・潛夫	京都	天保10	49	若槻幾齋	本姓源氏、京都ノ儒醫、詩・書、姓ヲ摩島トモ書ク
5474	前川	研堂	忠	三郎	子信	研堂	伊勢	昭和33		芳野勝八郎	府立一中教諭、詩（聖社詩會・清風吟社）
5475	前川	秋香	温	文藏（造）・文		秋香・吟月主人	阿波撫養	嘉永7	54		長崎ノ蘭學者（麗澤塾）-阿波藩儒
5476	前川	石鼓	利渉	一右衛門	虚舟	石鼓〔館〕	大坂			高芙蓉・中井竹山	篆刻・詩・文
5477	前島	棕園				棕園	甲斐	文化2	32	甲府徽典館	甲府ノ醫、詩
5478	前田	雲洞	潤	彦次郎	士河（明）	雲洞・曇川・瑞梅館	越前	天保3	87		葉庵孫、赤淵養子、福井藩儒（正義堂總監）
5479	前田	花洞	元春	犬吉・龜麿・藥麿・道察・道通	子達	花洞・眞逸・杏林逋客・草父・桂叢・窮軒・博濟院	京都	元祿13	43	前田草洞・山崎闇齋	草洞長男、京都ノ醫（撚髭齋）
5480	前田	鶴皐	誠		子立	鶴皐	福井	寶暦5	33		葉庵季子、福井藩儒
5481	前田	香雪	夏繁	健太郎		香雪	江戸	大正5	76	平山有齋・海保漁村	夏蔭男、書畫鑑定
5482	前田	純陽	銅丸-道伯		夷長	純陽	肥後	寶暦9	47	秋山玉山・服部南郭	本姓菅原氏、宇土藩儒醫、詩、姓ヲ菅ト修ス
5483	前田	松雲	犬千代丸-綱利-綱紀		取益・振肅・中和・叙倫	松雲軒・梅暾（墩）・顧軒・香雪	加賀	享保9	82	木下順庵・朱舜水	金澤藩主
5484	前田	赤淵	翹		君擧	赤淵	越後				高田藩儒
5485	前田	草洞	好成	虎藏・清左衛門・玄通・道通		草洞・無求居士・生可軒・ノ翁・里庵・瓦墁子・田疇・賓宇・養節・芝昆・濟世院	京都	天和2	56	山脇玄心	京都ノ醫、詩

5486	前田	東渠	利興	出雲守−淡路守		東渠					富山藩主
5487	前田	東溪	龜鶴丸−元成−時棟・範常・剛徽	紋之助・文平・重藏・淸左衛門・一(市)之進	子績	東溪・菊叢・玄軒・水庵・鳳凰潭・克己齋・二酉堂	京都	延享元(享保10)	76(72)		山城淀藩儒−備中松山藩儒−伊勢龜山藩儒(轉封)、一時、一色氏ヲ稱ス
5488	前田	梅園	長畝	小右衛門		梅園	近江	安政5			大溝藩士
5489	前田	梅洞	修	新四郎・彦次郎	士(子)業	梅洞・華陽・漪園	越前	安政3	72	前田雲洞	雲洞男、福井藩儒、詩(江戸)
5490	前田	豊山				豊山	薩摩種子島	大正2	82		漢學者、種子島學校
5491	前田	默鳳	圓			默鳳(道人)		大正7	66		書『印文學』
5492	前田	葉庵	好春・時敏	龜吉麻呂・道通	子韞	葉庵・石水・竹叢・省軒・惺々齋・南巢老人・綽餘老人	京都	寶暦2	76	山崎闇齋・山脇東洋	東溪弟、越前福井松岡侯儒醫−福井藩儒、一時、玉野氏ヲ稱ス
5493	前野	華山	信		任卿	華山・東菴					本姓藤原氏、中津藩士(江戸・天保)
5494	前野	蘭化	熹之助−熹・蓮	良澤	子悅・士章	蘭化(道人)・樂山	江戸	享和3	81	青木昆陽	本姓谷口氏、中津藩醫、蘭學
5495	前原	丈軒	信行	善助		丈軒	肥後	元文5	85		熊本藩儒
5496	曲江	梅賓	惟直	介三郎・篤三郎		梅賓	攝津今津	享保4	72		詩・歌
5497	牧	香雪	將弼・將徽	庸造	子猷	香松・半村		元治2	53	廣瀨淡窓	周防德山藩士(興讓館訓導)、詩・歌
5498	牧	詩牛	驥	松藏・熊太郎・久五郎・藤兵衛	德稱	麻溪・詩牛・棲碧樓(山人)・獨樹軒・凝眠齋・畏犧・景周	讃岐	天保4	46	菅茶山・菊池五山	琴平ノ儒者、詩
	牧	滄浪	→住江滄浪 3382								
5499	牧	百峰	輗	善助	信侯・信吾	百峰(山人)・贛齋・三野	美濃	文久3	63	賴山陽	京都學習所儒師、詩・書
	牧		↔ボク (5356)								

5500	牧江	霞城	絹			霞城・郁軒・子熙主人				藍澤南城	詩(江戸後期)
5501	牧江	靖齋				靖齋	越後				詩・文・歌
5502	牧江	冥齋	正寛・禮亮			冥齋・冥々齋	越後絲魚川		23	藍澤朴齋	靖齋男、詩・文
5503	牧園	兜嶺	大業			兜嶺	筑後	明治14	79	佐藤一齋	本姓瀨谷氏、茅山養子、柳川藩儒
5504	牧園	茅山	豬・豬實	進士	大野	茅山・恬菴	筑前志摩	天保7	70	龜井南溟	柳川藩儒(傳習館助教)
5505	牧野	鉅野	履	泰輔	履卿	鉅野・松竹園・芙蓉樓	豐前仲津	文政10	60	片山北海・井上四明	市河米庵外孫、江戸ノ儒者、詩
	牧野左兵治	→羽黑迂巷4736									
5506	牧野	隨風	巽			隨風	讃岐高松	昭和49	69		東大教授、無窮會
5507	牧野	藻洲	謙	謙次郎	君益	寧靜齋・靜齋-藻洲・愛古田舍主人・我爲我軒	讃岐高松	昭和12	76	藤澤南岳・片山冲堂	早大教授、斯文會(私謚)文毅
5508	牧野	默庵	古愚	直右衛門-唯助	直(眞)卿	默庵・松山・我爲我軒・信天翁	讃岐	嘉永2	54	菅茶山・佐藤一齋	本姓臼杵氏、高松藩儒(江戸學問所文學・侍講)、詩、牧默庵ト修ス(私謚)信懿
5509	牧原	半陶	直亮	只二(次)郎・唯一郎	景武	半陶	會津	天保13	57	林述斎・古賀精里	會津藩儒、詩・文・書(江戸)
5510	牧村	光香	光香	三香之進				元治元	37	大國葵園	本姓源氏、津和野藩士(養老館教授)
5511	巻	棭山	之紀	柳輔	百里	棭山・鷗洲		明治2	46		菱湖男、書・詩
5512	巻	菱湖	大任・任	喜藤太-右内	致遠、起巖(岩)	菱湖(堂)・弘齋、(俳號)蘚苫	越後蒲原	天保4	67(64)	龜田鵬齋	本姓池田氏、小山氏トモ稱ス、江戸ノ書家(菱湖流・蕭遠堂)、詩
5513	巻	菱潭				菱潭		明治19	41		本姓深澤氏、菱湖養子
5514	蒔田	雲處	亮		公弼	雲處	越前	慶應元	64		鳳齋男、福井ノ儒者、詩・文・書・畫
5515	蒔田	暢齋	器	龜(喜)六・喜兵衛	必器	暢齋・彪山・金陵・箕山・鴻雁堂・小虎山房	伊勢山田	享和元	64	澤田東江・高芙蓉	本姓秦氏、初メ福井氏、篆刻・畫、田器ト修ス

5516	蒔田	直齋	俊親	直太郎		直齋・東雷	駿河			菊池容齋	江戸ノ儒者（文久）
5517	蒔田	鳳齋	忠貞・貞		元茂	鳳齋・雁門・高向山人	越前福井	嘉永3			雲處父、福井藩士―大坂ノ儒者―福井ノ儒者、書
	正墻		↓ショウガキ 3166								
5518	正木	梅谷	時宏	源太郎・右衛門八・三郎右衛門・三郎兵衛	達夫	梅谷	尾張	慶應元	85	冢田大峯	本姓阪谷氏、名古屋藩儒（明倫館督學・書物奉行）
5519	正木	幽谷	哲夫			幽谷					詩（上總高柳・江戸後期）
5520	正木	龍眠	瑣吉（古）・靑羊	四郎左衛門		玉淵堂・墨齋・家立・龍眠	江戸	安政6	73	松本龍澤	海苔商、書
5521	正野	玄三		萬四郎・玄三			近江日野	享保18	75	名古屋丹水・伊藤東涯	京都ノ醫―近江ノ賣藥業（日野賣藥）
	昌谷		↓サカタニ 2942～								
	升（舛）屋小右衛門		↓山片蟠桃 6215								
5522	益田	鶴樓	助・玄尚	助右衛門	伯隣	鶴（確・榷）樓	江戸	寶曆元（安永4）	51	木下順庵・新井白石	藥種屋、詩、姓ヲ增田トモ書キ田助ト修ス
5523	益田	遇所	肅		士敬	遇所		萬延元	64		篆刻（江戸）
5524	益田	香遠	厚	重太郎	士章	香遠	江戸	大正10	86		遇所長男、篆刻
5525	益戸	滄洲	仁藏―秀典	助四郎	君徽・伯惇・仙鼠	滄洲・南華道人（亭）・春芽堂・仙鼠・沙鷗（閑人）・瓶隱子・査翁・巴釣・把釣・巴丁	秋田	安永6	52	中西淡淵	佐竹侯儒、句
5526	增井	玄覽	勝之		彥敬	玄覽齋	小倉	安永2	53	石川麟洲	本姓松本氏、小倉藩士（藩主書齋思永館教授・學頭）、詩・文
5527	增子	毅齋	淑茂	幸八郎	子陽	毅齋	水戸	天保7	70		水戸藩儒
5528	增子	滄洲	淑時	幸八（郎）	子仲（中）	滄洲・快然亭	水戸	寶曆8	57		水戸藩儒（彰考館總裁）

5529	增澤	四明	久眞	與三郎		四明		明治13	74		
5530	增島	蘭園	信行–固	金之丞	孟鞏	蘭園・蘭畹・櫧陰・石原愚者・致思堂主人・不俗庵主人・雲柯	江戸	天保10	71	古賀精里	本姓平氏、增嶋トモ書ク、澧水男、幕府儒臣、畫、增蘭園ト修ス
5531	增島	澧水	信興 信道	藤之助・金之丞	子篤	澧水	江戸	文化9	(68)70		本姓平氏、增嶋トモ書ク、幕臣(御書物奉行)
	增田	鶴樓	→益田鶴樓 5522								
5532	增田	岳陽	允考・貢		世孫・伯享	岳陽	駿河	明治32		恩田仰嶽	田中藩士–江戸ノ儒者、文
5533	增田	敬業	尚正		久甫	敬業	大和葛上	寛政中		石王塞軒	本姓松尾氏、商家(吉野家)
5534	增田	紫陽	祺	春邇郎		紫陽・白水(隣人)・泉老・腰鼓堂・來翁・梅花屋	尾張名古屋	明治33	85	秦 松洲	名古屋藩儒(明倫堂助教授・藩主侍講)・名古屋ノ儒者
5535	增田	雙梧	成龍	道太郎	雲卿	雙梧・借月居	阿波				阿波藩儒、詩・書(安政・江戸)
5536	增田	枕石	讓	辨次郎	子讓	枕石・松石	越後	明治41	60	高橋赤山・大沼枕山等	詩
5537	增田	訥齋	繁徒	學之進		訥齋	仙臺	天保6	34	櫻田虎門	本姓別所氏、仙臺藩士、詩
5538	增田	梅甫	懋彦	孝之助	梅甫	借竹居	阿波				阿波藩儒、詩・書(安政・江戸)
5539	增田	來次	來次				廣島				廣島藩儒–廣島ノ儒者、書
5540	增田	立軒	三郎・玄俊–謙之・謙・謙益	道太郎–平(文)内	益夫・士益	立軒・立齋・不染居士・渭水・清世逸人	阿波德島	寛保3	80	中村惕齋	德島藩儒、一時中村惕齋養子
5541	增野	雲門	有原(厚)・原	内記	子泉	雲門	長門	寶曆13	46	山縣周南	本姓增田氏、萩藩儒、曾有原ト稱ス
5542	增村	越溪	度弘	信次郎	子律	越溪	越後	明治4	26	大田晩成・岩下櫻園等	越後ノ儒者(有恒學舍)、男朴齋(名、度次、初メ成堂ト號ス、昭和17沒75)モ教育ニ從イ詩ニモ長ズ
5543	增山	雪齋	勇之丞・千之丞–正賢・選		君選	雪齋・玉淵(園・瀾)・長洲・灌園・愚山・石顚道人・蕉亭・巣丘山人・雪旅・松秀園・活囊小隱	伊勢長島	文政2	66		本姓藤原氏、長島藩主、藩校創設、書・畫

5544	股野	玉川	充美		才介	玉川・樂翁・幽蘭堂	播磨	文化3	77	藤江熊陽 伊藤東涯等	龍溪長男、龍野藩儒(私謚)文恭
5545	股野	順軒	資原	嘉藤		順軒	播磨	文政(4)5	(63)64	中井竹山	玉川長男、龍野藩儒、詩
5546	股野	達軒	景質		好義	達軒・亡羊子	播磨	明治27	(80)79	股野順軒	本姓長尾氏、順軒養子、龍野藩儒(敬樂館教授)(私謚)諄精先生
5547	股野	藍田	琢		子玉	藍田・邀月樓主人	播磨 龍野	大正10	84	林　復齋	達軒長男、龍野藩儒―宮中顧問官
5548	股野	龍溪	延幹	貞七		龍溪	播磨			伊藤仁齋	龍野藩儒(江戸中期)
5549	町井	臺水	治			臺水	伊賀	明治39	70	中内樸堂 土井聱牙	砲術(奥村流)、伊賀藩士―伊賀ノ儒者
5550	町口	海嶠	是村・劉韶	美濃守	九成・蘂珠	海嶠	京都	文化11	72		詩
5551	町田	延陵	清興	十(重)五郎	孝通・子孝	延陵・烟霞堂・般若窟・毘耶離園	上野 吾妻	文化3	(52)64	平澤旭山 澤田東江	金澤藩主賓師、書
5552	町田	後凋	宣昭	錦之助―與左衛門―蝶夢	大明	後凋・愚山・謌々齋・松處―殘粒	伊勢	明治21	72	昌　平　黌	桑名藩士
5553	町田	石谷	久成	五郎太郎・三郎・民部		石谷〔道人〕	薩摩	明治30	60	林　鶯溪 平田篤胤	文化財保護行政、帝室博物館創設
	松		↓ショウ (3169)								
	松會		↓マツエ 5575								
5554	松井	河樂	良直	七右衛門		河樂・可樂・幽軒・愚翁	岡山	享保13	88		本姓廣澤氏、播磨山崎藩士―岡山藩士、詩
5555	松井	蝸庵	邦彦・甃	源太夫	之國	蝸庵(菴)・可庵・柳樊	出雲				松山藩儒
5556	松井	寒谷	樵	龜太	樵夫	寒谷・琴所				山本北山	詩(天保・江戸)
5557	松井	渙齋	濤	健藏	秋水	渙齋	江戸	嘉永7	49		甲斐ノ儒者(西野鄕校)―江戸ノ儒者、詩・文・書
5558	松井	耕雪	篤	六右衛門	士行	耕雪	越前 武生	明治18	67		越前ノ儒者(立教館)

番号	姓号	名	通称	字	号	出身	没年	享年	師	備考
5559	松井 澹所	儀	文三郎	世叔	澹所	弘前	天保中			弘前藩儒(江戸)
5560	松井 竹山	千年	玄鶴	鶴年(齡)	竹山・歳寒堂	陸前	文久2	59	松井梅屋	本姓亘理氏、初メ岩間氏ヲ稱ス、梅屋養子、仙臺藩主侍醫、詩
5561	松井 長江	元泰	五郎助	貞文	長江・玄々齋	奈良	寛保3	55		製墨家、松元泰ト修ス
5562	松井 梅屋	元輔	玄輔	長民	梅屋・梅花道人	仙臺	文化9	42	高成田琴臺	仙臺ノ儒醫、詩・書
5563	松井 羅州	暉(輝)辰(晨)・暉(輝)星	甚五郎―七郎	賚黄・苗賚	羅州(洲)・讀耕園(堂)・臨照堂・金瓶先生	大坂	文政5	72	眞勢中洲	易、源氏ヲ稱ス(大坂―京都)
5564	松井 龍涯	惟貞	八右衞門		龍涯	名古屋	天保4	82		詩・歌
5565	松浦 亦堂				亦堂	大坂	明治16	83	昌平黌	尼崎藩儒―大坂ノ儒者
5566	松浦 霞沼	儀・允任	小三郎―儀右衞門	禎卿	霞沼	播磨姫路	享保13	53	南部草壽 木下順庵	對馬藩儒、詩・文(江戸―對馬)、松儀ト修ス
5567	松浦 桂川	守保―暢守	平藏―彈正		桂川	對馬	寛政4	(5456)	雨森芳洲	雨森芳洲男、對馬府中藩士
5568	松浦交翠軒	默	藤五郎	成之	交翠軒	播磨室津	寶永4	64	林鵞峯	姫路藩儒―江戸ノ儒者―幕臣(私謚)光翠
5569	松浦 正明	正明	秀八・英三郎				明治39	78	昌平黌	本姓小寺氏
5570	松浦 大麓	鴻	安道・式部	鴻遠	大麓・清癡・醉煙(烟)居士	阿波鳴門	安政5			大坂ノ醫、詩・書
5571	松浦 東溪	政之・陶	惠八・文平	君平	東溪(谿)・競秀亭	長崎	文政3	69		本姓田氏
5572	松浦 篤所	則武・則營	齋宮	乃侯	篤所・學山堂	上野甘樂	文化10	(3433)	山中天水 市河寛齋	江戸ノ儒者(學山堂)、松篤所・浦則武ト修ス
	松浦	↕マツラ 5721～								
5573	松江 杉垣	氏貫	喜之助		杉垣		慶應4	40	東方芝山	大聖寺藩士、書
5574	松枝 篁山	秋氏		春卿	篁山		寛政4	21		名古屋ノ醫、詩

5575	松會　平陵	芳文	善三郎・三四郎	子言	平陵	下野	文化10	73	安達清河	書・詩(江戸)、松平陵ト修ス
5576	松尾　松門	萬	致孝	子實	松門	肥前武雄	明治中		井内南涯	佐賀藩老鍋島氏儒
5577	松尾　東萊	世良		子顯	東萊	美濃			岡田新川	高須藩儒(江戸後期)
5578	松岡怡顏齋	玄達・大震	如菴	成章	怡顏齋(亝)・恕庵・苟完居・眞鈴潮翁・埴鈴	京都	延享3	(69)79	山崎闇齋・伊藤仁齋等	本草學、書、姓ヲ松ト修ス
5579	松岡　毅軒	敏−時敏	七助	欲訥	毅軒(堂)	土佐高岡	明治10	64	安積艮齋	高知藩儒(藩主侍講・致堂館教授)−文部省、詩・文・書
	松岡　敬助	→周布觀山3211								
5580	松岡　修菴	光重	量平	貞卿	修菴・生申園					津藩士、書・詩(江戸)、龜屋量平トモ稱ス
5581	松岡　退堂	康毅			退堂・伴鶴	阿波	大正12	78	藤澤東畡	司法省、男爵
5582	松岡　台川	四郎三郎−與權	次郎	子常	台(臺)川・清風軒		安政5	45	佐藤一齋・渡邊崋山等	本姓那須氏、三河田原藩家老(成章館教授)
5583	松岡　蘆堤	兵次郎−唯懿	退藏	文德	蘆堤	備後市村	明治19	72	藤井暮庵	備後福山ノ儒者、易
5584	松川　渭水	重基	三之助	世德	渭水	越後	天保14	69		書
5585	松川　痴堂	健	倉八	率履	痴(癡)堂・蕉鹿	越後蒲原	嘉永元(2)	(54)53	昌平黌	三日市藩士(文武所教官)、詩・琴
5586	松川　東山	忠八−進修	喜三	德夫・世德	東山・松窗(窓)・松陰・岐山・春叟	陸中磐井	寛政6	52	伊藤仁齋	江戸ノ儒者、足利學校ノ再興ヲ圖ル
5587	松崎　觀海	惟(維)時	才藏	君修(脩)・子默	觀海・紹濤	丹波篠山	安永4	51	太宰春臺・高野蘭亭	觀瀾男、篠山藩士(世子侍讀)(江戶)
5588	松崎　觀瀾	堯臣	左吉	子允	觀瀾・白圭	江戶	寶暦3	72	伊藤東涯・三輪執齋等	觀海父、篠山藩儒
5589	松崎　慊堂	圭次−密−復・明復	教應−退藏	退藏−明復・希孫	慊堂・當歸山人・木倉・益城−翺仙・羽澤釣者・羽皐山人	肥後益城	天保15	74	昌平黌・林述齋	掛川藩儒(德造書院教授)−江戶ノ詩人(石經山房)、初メ僧(私謚)五經先生
5590	松崎　柔父	鶴雄			柔父	熊本	昭和26	80		

5591	松崎　商山	純庸	善右衛門		商山	江戸	天保9			幕府儒員(學問所)
5592	松崎　千之	千之						17	伊藤東涯	蘭谷長男
5593	松崎　東郭	賢	正輔	子齋	東郭	丹波		23		蘭谷次男、詩
5594	松崎　養拙	惟臣	義助	子若	養拙	江戸	文政中			
5595	松崎　蘭谷	祐之	多助	子慶	蘭谷・梅處・甘白	丹波篠山	享保20	62	伊藤仁齋	篠山藩儒(藩主侍史・侍講)、詩・書
5596	松崎　柳浪	純儉	滿(萬)太郎	子屋	柳浪・懷松・拙修主人	江戸	嘉永7	54	林　述齋	商山男、幕府儒官、文
5597	松澤　鷲湖	義章	四郎右衛門・丸屋助右衛門・佐傳丸助		春秋廼(迺)屋・鷲湖山人・春秋草庵	信濃諏訪	萬延2	71	佐藤一齋・平田篤胤	金銀鼈甲商、朝鮮語、尊王論者
	松澤金三郎	→蒲坂青莊 5344								
5598	松澤　老泉	麥	和泉屋庄次(二)郎	士(子)肩	老泉・慶元堂・三戒庵・成楊・一貫二麥居士	江戸	文政5	54		江戸ノ書賈、書誌學者
5599	松下　烏石	平吉-辰・曇一		君嶽(岳)・龍仲・神力	烏石・東海陳人・金栗・青蘿山(主)人・武藏野人・白玉齋・萩竇處士	江戸	安永8	81	服部南郭・細井廣澤	本姓葛山氏、江戸ノ儒者-本願寺賓師、書、葛辰・葛烏石ト稱ス
	松下　確峯	→松原鶴峰 5674								
5600	松下　葵岡	壽	清太郎	子福	葵岡・一齋	江戸	文政6	76	片山兼山	本姓葛山氏、烏石甥、幕臣、孟子學、松葵岡ト修ス
5601	松下　鳩台	綱煥	源之進	子(士)章	鳩台(臺)・觀古軒		嘉永2	79(70)	辻葩百濟・山本北山	三河岡崎藩士・私塾(繼明館)、詩
5602	松下　見林	慶・秀明・慶攝	見林	諸生	見林・西峯山(散)人	大坂天滿	元祿16	67	古林見宜	本姓橘氏、儒醫、京都ノ儒者-高松藩儒(京都)、藏書家
5603	松下　紫蟾	正翯・閑躋		仙翼	紫蟾・紫陽亭	江戸	安政中			
5604	松下　眞山	慶績	見櫟	子節	眞山	福井	延享3	80	伊藤坦庵・松下見林	本姓坂上氏、見林養子、京都ノ儒醫-高松藩儒醫、松山宗櫟ト稱ス

5605	松下　澹然	綱襄	直衛	子賛	澹然	阿波館山	安政中			館山藩儒
5606	松下　筑陰	夷	勇鳥—文之進・震左衛門・佐右衛門	世民	筑陰・西洋	久留米	文化7	47	廣瀬淡窓	久留米藩儒—豊後日田ノ儒者—佐伯藩儒
5607	松島　愚公	之先	觀八郎	子觀	愚公	廣島	文化4	63		廣島藩儒
5608	松島　北渚	坦・政坦	元碩	履鄕(卿)	北渚・行雲樓	信濃諏訪	天保15	31	猪飼敬所・鹽谷宕陰	信濃ノ儒醫、詩・文
	松嶋	↓松島5607〜								
5609	松田　迂仙	順之	多助(甫)		迂仙〔舍〕・菘廬・蓼藏舍	高崎	嘉永5	70	古賀精里	高崎藩儒(世子侍讀)
5610	松田　葵亭	幸混・混・幸	右兵衛	原泉	葵亭・九泉	伊勢	明治6	61	東夢亭・廣瀬旭莊	詩・文
5611	松田　駒水	善奇	常藏	正卿	駒水	弘前	文化13	74	山崎闇齋	弘前藩儒(稽古館經學學頭)、刑律史
5612	松田　五峰				五峰	越後				朴齋父、儒醫
5613	松田　浩瀾	健			浩瀾	若狹				小濱藩儒(享保)
5614	松田　黄牛	文成		三就・永安	黄牛〔子〕・不二庵・擇善堂	信濃伊那	嘉永6	93	坂本天山	高遠ノ醫(攝善舍)—高遠藩儒醫
5615	松田　鴻溝	久徵		子文	鴻溝	江戸	寶曆4			江戸ノ儒者
5616	松田自然齋	正禎	正次	周之	自然齋	京都	天明8	66	堀　南湖	京都ノ儒者、詩・書、姓ヲ松ト稱ス
5617	松田　思齋	覺	覺助	天民	思齋	土佐	文政3	45	賴　春水	高知藩儒
5618	松田　秋池	敏・幸敏	伊織	子愼	秋池	伊勢宮後	明治14	39	齋藤拙堂	葵亭男、詩
5619	松田　松窓	義齋	岸之進	志伯	松窓(窻)	日向	文政以後	41		飫肥藩儒
5620	松田　拙齋	長恭		宗養	拙齋	江戸	寛政3	60		江戸ノ儒者

5621	松田	雪柯	慶太郎-元修	縫殿・左近・玖(九)一郎	公靜・子踐	雪柯・澹所・聊得軒・五芝主人・巳千之齋・鐵舟・柴芝堂・山田逸農	伊勢	明治14	59	猪飼敬所 齋藤拙堂	伊勢外宮祠官、書
5622	松田	竹里	俊・儁	本庵	季彦	竹里・樫窓		嘉永5	65	荻野元凱 松本愚山	五峰三男、新發田藩醫、詩・文・句・歌
5623	松田	長治	長治	金兵衛				享保6	64		本姓藤原氏、幕臣(御書物奉行)
5624	松田	東門	通居			東門	伊豫	享保中		大月履齋	松山藩士
5625	松田	道齋	維貞			道齋・卜隱	備後尾道	安永5	46	久米訂齋	備後ノ儒醫
5626	松田	晩翠	重固		堅與	晩翠・壽庵	江戸	元祿16			江戸ノ儒醫
5627	松田	北溟				北溟	越後				五峰長男、朴齋兄、儒醫
5628	松田	朴齋	久雄	勇之進		朴齋	越後	文政13	52	七里恭齋 佐藤槃礀	五峰次男、北溟弟、新發田藩儒(道學堂教授)
5629	松田	蓼水	和孝	東吉郎	誠道	蓼水	福井	安政6	23	芳野金陵	福井藩儒
5630	松田	棣園	昭(照)裕	三藏	君綽・綽	棣園・常春齋	尾張	文政12	60	細井平洲	名古屋藩儒(明倫堂士林)
5631	松平	霍山	忠武	三左衛門	純臣	霍山	尾張	天明6	68	松平君山	君山男、名古屋藩儒、詩
5632	松平	鶴洲	恒三郎・源次郎-乘完		公善	鶴洲・琢玉齋・省己堂・五鵞亭・秀井・白超・西丘・飲鳳泉		寛政5	42	服部南郭 丹羽嘯堂	三河西尾藩主、歌・句・畫・書
	松平	冠山	→池田冠山 594								
5633	松平	寒松	康純	安五郎-倉之助	少卿	寒松子	石見濱田	文化10	68	野村東皐	彦根藩士(家老)、詩、源康純ト稱ス
5634	松平	龜山	帶刀・大助-賴恭		子敬・子相	龜山・白嶽・鵬雲・菅山・龜陰		明和8	61		讃岐高松藩主、詩・書(私謚)穆公
5635	松平	君山	彌之助-太郎助-秀雲	太郎左(右)衛門	士(子)龍	君山・龍吟子・富春山人・盍簪窩主人・吏隱亭・群芳洞	尾張	天明3	87		本姓千村氏、松本氏トモ稱ス、母、堀忘齋三女、名古屋藩儒(書物奉行)、詩、藏書家(吏隱亭)、松秀雲ト修ス

5636	松平 孤龍	泉四郎―信復			孤龍・泰河堂(公)		明和5	50	三浦竹溪	遠江濱松―三河吉田藩主、藩校時習館設置、詩
5637	松平 公偪	親恭	淸左衛門	龔	公偪	三河土呂				詩・文(享和3・66在世)
5638	松平 康國	康國					昭和20	85		
5639	松平 黄龍	武次郎・雄次郎・一學・主稅・頼寛	若狹守・大學頭・下問宰相	子孟(猛)	黄龍〔公子〕・觀濤閣・湖陽・仙子	常陸	寶曆13	61	平野金華 服部南郭	家康玄孫、頼貞男、磐城守山藩主、藩校養老館創設(私謚)頃公
5640	松平 秀彦	秀彦	九兵衛	伯邦		尾張				霍山男、名古屋藩儒
5641	松平 俊峯	龜松―三郎四郎―定淸・定	治・定淸―定綱		俊峯		慶安4	60	林羅山 小幡道牛	一時荒川氏ヲ稱ス、下總山川―常陸下妻―遠江掛川―美濃大垣―伊勢桑名藩主
5642	松平 春嶽	錦之丞―慶永		公寧	春嶽・榮井・鷗渚・礫川	江戸	明治23	63		田安齋男、松平侯嗣、越前福井藩主、洋學
5643	松平 春峰	元資	九郎左衛門	子秀	春峰	紀伊	文久2	55		本姓海野氏、和歌山藩士
5644	松平 乘雄	五郎吉―乘雄	左門―加賀右衛門				文化11	58		松平若狹守正淳三男、幕臣(御書物奉行)
5645	松平 信順	長次郎―信順					天保15	52	大田錦城 本居大平	信明男、三河吉田藩主、儒學・國學
5646	松平 信明	春之丞―信明					文化14	55	大田錦城	三河吉田藩主、詩・書
5647	松平 體翁	康成	安五郎・倉之助		體翁		天保10	67	松本寒松	寒松男、近江彦根藩家老、詩・畫
5648	松平 竹所	定緝―良臣	八十郎―源太兵衛	竹卿	竹所・甘雨亭	信濃	文化10			桑野藩儒、一時澤氏養子
5649	松平 忠房	八於國・五郎八―忠房					元祿13	82	林鵞峰	三河吉田―三河刈谷―丹羽福知山―肥前島原藩主、神道・國學・武術
5650	松平 定重	萬吉―定重					享保2	74	三宅誠齋	伊勢桑名―越後高田藩主、儒學・兵學
5651	松平 定通	保丸・勝丸・三郎四郎―定通	隱岐守	元志	聿修館・龜陽・皐鶴・祝山	松山	天保6	32		伊豫松山藩主、藩校明教館設置、詩・文

5652	松平　天行	康國		子寛	天行・破天荒齋・瓊浦	江戸	昭和20	83	堤　靜齋 三島三中	本姓大久保氏、大東大・早大教授、經・史・詩・文
5653	松平　東溪	敏	新助	子求	東溪	丹波				龜山藩士（家老）、源敏ト稱ス
5654	松平　南山	秀彦	小太郎・久兵衛	伯邦	南山		天保3	88		霍山男、名古屋藩士（書物奉行）
5655	松平　梅洴	正孫		士繩	梅洴・專齋					詩（寬政9・21在世）
5656	松平萬葉堂	源之助—定靜	監物		萬葉堂・千柳		安永8	51	齋宮靜齋 冷泉爲村	伊豫松山藩主
5657	松平　樂翁	賢丸—定信	越中守・夕顔（たそがれ）少將	貞卿	樂翁・旭峯（峰）・花月翁・白河〔文庫〕・桑名〔文庫〕・立教館・樂亭〔文庫〕		文政12	72		田安宗武男、松平定邦養子、白河—桑名藩主、幕府大老、詩・文
5658	松平　鸞岳	音三郎—賴紀—賴溥		萅丘	鸞岳・招（松）隱館		文化8	61		黃龍五男、詩・文・畫
5659	松平　棣山	惇典	孫三郎		棣山		明治21	64		姬路藩士（家老・好古堂督學）—姬路ノ儒者、詩・歌
5660	松永　淵齋				淵齋	京都				尺五孫
5661	松永　花遁	豊・一豊	宗助・德右衛門・德兵衛	子登	花遁〔山（散）人〕・焦隱・龍門	筑前	嘉永元	67	月形鷦窠 香川桂園	博多商人、詩・歌
	松永　共平	→沖　薊齋 1621								
5662	松永　國華	德榮（永）	臆藏		國華	尾張	文化元	67	飯田高嶺 河村秀根	名古屋藩儒、律曆
5663	松永　思齋	永三			思齋・講習堂	京都	寶永7	83	松永尺五	尺五次男、金澤藩儒（侍讀）
	松永新七郎	→沖　薊齋 1621								
5664	松永　寸雲	昌易			寸雲〔軒〕・春秋館・碧館・在西洞院	京都	延寶8	62	松永尺五	尺五長男、金澤藩儒
5665	松永　尺五	昌三	昌三郎	遐年	尺五〔堂〕、講習堂主人・春秋館・時習館	京都	明曆3	66	藤原惺窩	貞德男、京都ノ儒者（春秋館・講習堂・尺五堂）、（私謚）恭儉先生
5666	松永　澄齋	呂氏	文吉	白環	澄齋					京都ノ儒者

5667	松永 北溟	長鯤・鯤・石鯤	友也	宗弼−呑舟	北溟〔子〕	紀伊有田			林　家	山城越智氏臣−僧(江戸後期)
5668	松波 正當	正當	金五郎				元文4	67		本姓坂部氏
5669	松波 酊齋	光興	播磨守	士發	酊齋	京都	寛政5	76	伊藤東涯	本姓藤原氏、京都ノ儒者
	松野 勾當	→後藤松軒 2668								
	松野 三平	→久坂秋湖 2329								
5670	松野 眞維	眞維	廣藏			淡路	明治43	74	岡田南陽 萩原廣道	書・歌(淡路−大坂)
	松野仙三郎	→吉田松陰 6489								
5671	松野 保高	保高		子山		京都			林　羅山	(江戸初期)
5672	松橋 江城	純眞		埜逸	江城	近江彦根	安政3	44	梁川星巖 菊池五山	彦根藩士(江戸)−京都ノ詩人、後、服部氏ヲ嗣グ
5673	松林 飯山	漸	銀次郎・廉之助・漸之進	駒次郎・漸之進−伯鴻・千逵	飯山	筑前	慶應3	29	安積艮齋 昌平黌	肥前大村藩儒(五教館教授)−大坂ノ儒者(雙松岡塾)、勤皇家
5674	松原 鶴峰	一清	孫七郎	士清	鶴峰	安藝				廣島藩士、詩、姓ヲ松下トモ稱ス(天和)
5675	松原 箕隱	德義		永年	箕隱	紀伊有田			菊池海莊	詩(古碧吟社)(幕末)
5676	松原 小翁	萬五郎−基	杢		小翁		文政3	(72)	桃井白鹿 桃井西河	松江藩士、書
5677	松原西野居	正名	茂市−順太夫・順平		西野居		明治3	63		本姓源氏、陸中盛岡藩士、詩・文
5678	松原 節齋	德義	禮藏	子行	節齋					京都ノ儒者
5679	松原 東皐	和			東皐・舒嘯軒	出雲松江				詩(安永9生)
5680	松原 桃所	牧	平三	伯謙	桃所	備中松山	天保中			松山藩儒

5681	松原 豹蔭	乗富		大業	豹蔭〔公子〕				服部南郭	本姓源氏、詩、源乗富ト稱ス（天明）
5682	松原 約軒	衢	恕平	何天	約軒・葆齋		明治31	74	昌平黌	松本藩儒－幕府儒官－教育者
5683	松原 櫟園	泰最・泰	仁左衛門	子寧	櫟園	越後魚沼	文久3	70		岩代會津藩士－著述、史學、詩
5684	松宮 觀山	俊（復）仍	主鈴－左司馬	縄用・舊貫	觀山・觀梅道人・東岳散史	足利板倉	安永9	95	北條氏如	本姓菅原氏、江戸ノ儒者、兵學、姓ヲ菅ト稱ス
5685	松宮 麟亭	俊英		子僑	柳條・麟亭		寶暦6	37	松宮觀山	本姓菅原氏、觀山男、兵學・歌
5686	松村 九山	良猷	栖雲	公（孔）凱	九山	越前大野	文政5	80		勝山藩士－大野藩儒醫、姓ヲ松邨トモ書ク（私諡）文忠
5687	松村 元隣	昌風－元隣	橘太郎－左兵衛				寶暦7	73		幕臣（御書物奉行）
5688	松村 春風	操		節卿	春風・北睡陳人・垂柳亭	越後	明治17	42	中村敬宇 阪谷朗盧等	著述家
5689	松村 梅岡	延年	多仲	子長	梅岡・玉壺樓	江戸	天明4	（54）75	平野金華	詩、松延年・松梅岡ト修ス（江戸）
5690	松村 芳洲	榮－清榮－安	辰右衛門	信卿	芳洲・燕石窩	常陸	寶暦7	58	安積澹泊	水戸藩儒（彰考館）

松邨 →松村 5686～

5691	松室 松峽	種見・種博・種愷・熙（凞）載	式部	虞臣	松峽・要窩山人・快活道人	越後	延享4	56	伊藤東涯 片山北海	本姓松室氏、京都月讀社禰宜、唐音・白話小說、姓ヲ秦トモ稱ス
5692	松本 烏涯	愿・原	九（彌）右衛門	子恭	烏涯	上野高崎	文化7	26	古賀精里	高崎藩士（世子近侍）、詩・文、松烏涯ト修ス
5693	松本 寒綠	重信	東藏	實圃（甫）	寒綠・積翠・薫所	會津	天保9	50	羽倉簡堂 古賀精里	會津藩儒（日新館副教）（江戸）
5694	松本 觀潮樓	安美	伊萬里屋平藏	子純	觀潮樓	安藝廣島	明和元（寶暦13）	43	服部南郭	陶器商、詩
5695	松本 愚山	愼	才次（二）〔郎〕	君厚・幼憲	愚山	京都	天保5	80	皆川淇園	大坂ノ儒者、詩・文

松本 君山 →松平君山 5635

5696	松本	奎堂	孟成-衡	謙三郎	士權	奎堂・嬬川・洞佛子・三江	三河苅谷	文久3	(34)32	齋藤拙堂	本姓印南氏、苅谷藩士-名古屋ノ儒者-大坂ノ儒者(雙松岡塾)、勤皇家(天誅組)
5697	松本	月痴	幸彦	伊勢屋安右衛門・松本屋唯吉・板倉屋清七	子邦	月痴(癡)〔老人〕・風顛・鶴堤・痴(癡)庵主人	江戸				札差、藏書家(勝鹿文庫)(嘉永3・58在世)
5698	松本	古堂	元裕	巖・太一郎・暢元(玄)	士龍	古堂・尺木氏・錦江鷗史・八雲外史・古風俗人	出雲	明治11	60	龜井昭陽 梁川星巖等	出雲-京都ノ儒-越後村松藩儒(自強館教授)
5699	松本	思齋	文寛	森五郎	思敬	思齋・久昌堂	上野碓氷	天保8	72	昌平黌	料亭主人、上野ノ儒者
5700	松本	肅齋	重文・重次・長文	新藏		肅齋		寶暦8	80		會津藩士(侍講)
5701	松本	如石	洪			如石	大分宇佐	昭和40	90	藤澤南岳	漢學、無窮會
5702	松本	荻江	睦月-荻江				秩父	明治32	55	松本萬年	文齋女、女子教育(兩宜塾)
5703	松本	天谿	雄	順亭	子雌	天谿・紫陽亭	江戸	天保11	56		
5704	松本	董齋	正祐	正輔(助)	直方	董齋・小簑(蓑)・中岳(嶽)	江戸	明治3		中井董堂	書・句
5705	松本	董仙	宗祐		成義	董仙	江戸	安政中			董齋男、書
5706	松本	白華	隼丸-嚴護			白華・西塘・梅隱・林泉・孤松・仙露閣	加賀松任	大正15	89		書・詩
5707	松本	文齋	一郎-政秀		子邦	文齋・久齋・萬年	武藏秩父	明治13	66	足立春英 寺門靜軒	秩父ノ儒醫、詩(兩宜塾-止敬學會)
5708	松本	北溟	尙絅	大學・三左衛門・主稅	子錦	北溟		延享2	67	荻生徂徠	三河岡崎藩家老(江戸)
5709	松本	徠山	雋	半兵衛	君相	徠山・風月樓・牛山子		文化中			書
5710	松本	龍澤	就章	主膳	知道	龍澤・玉潤堂	江戸	天保5	75		書
5711	松本	魯山	元房	半右衛門		魯山	江戸	元文3	59		書

5712	松本	魯堂	秀實・肅	德之助–彦左衛門	春雍	魯堂	米澤	天保9	54	神保蘭室	米澤藩儒(興讓館都講)–米澤新田藩家老、詩
	松本屋	唯吉	→松本月痴5697								
5713	松山	琴谷	筠	察右衛門	大成	琴谷・觀堂・消夏樓	越後				五是長男、詩
5714	松山	五是	清	清右衛門	公謹	五是道人	越後	文政7			
5715	松山	春城	直藏		子方	春城	播磨明石	昭和2	57	重野成齋・井上巽軒	文學博士
	松山	宗櫟	→松下眞山5604								
5716	松山	造	造	勇右衛門	茂肅		越後絲魚川				
5717	松山	天姥	敬和	源藏・源三郎	伯義	天姥・聖隱		天明3	58	細井九皐	本姓源氏、播磨安志藩士、書(江戶)
5718	松山	梅屋	潤	禎四郎	士德	梅屋・龍谷・玄堂	越後	嘉永3			琴谷弟、詩・歌
5719	松山	味閒	壽	治五郎	君祺	味閒	越後	明治6		竹島穀山・貫名海屋	詩・書・畫
5720	松山	猷	猷	貞吉	子楨		越後			江村北海	造男
5721	松浦	乾齋	三穗松–熙		叔緝	觀中・乾齋・乾々齋・廊軒・龜岡山人		慶應3	77	佐藤一齋・朝川善庵	本姓源氏、靜山三男、平戶藩士、詩・文・歌
5722	松浦	靜山	榮三郎・清	壹岐守	小白	靜山・雪州(洲)・思齋・流水・常靜子	肥前	天保12	82	皆川淇園・朝川善庵	本姓源氏、平戶城主、『甲子夜話』
	松浦		↔マツウラ5565〜								
5723	丸岡	南陔	成章	傳藏–總四郎	子煥	南陔	佐渡	明治19	62	藤木實齋	鄉黌儒(私謚)文憲
5724	丸川	松隱	茂延	一郎	千秋	松隱(陰)	備中	天保2	74	中井竹山	備中新見藩儒(思誠館教授)(私謚)孝敬先生
5725	丸山	活堂	可澄(證)	雲(運)平・雲泉	仲活	活堂・混齋	水戶	享保16	75	佐々十竹・今井桐軒	本姓田代氏、水戶藩士(彰考館)、山仲活ト修ス

	姓	號	名	通稱	字	號	生地	沒年	享年	師名	備考
5726	丸山	南海	惟義	大藏		南海	伊豫				松山藩儒、歌
5727	丸山	貝陵	靖	靖左衞門	子權	貝陵・病隱	越後	慶應4	52	萩原綠野	越後ノ儒者(耕讀堂)、詩・文
5728	丸山	龍川	鑽		子堅	龍川	信濃	大正5	70	川田甕江	
5729	圓田	雲鳳	宗叔・養元		子彝(彜)	雲鳳	武藏			木下順庵	京都ノ儒醫、後、勝田氏ヲ稱シ田宗叔・田雲鳳ト修ス(江戸中期)
5730	圓山	學古	敏	三平	遜卿・子行	學古(堂)・蒲盧窩・峰(蜂)窩	庄内	天保8	62	龜田鵬齋	佐渡兩津ノ儒者–相川町學館修教館教授、姓ヲ丸山トモ書ク(私諡)文靖先生
5731	圓山	溟北	葆・九葆	三平	子光・三藏	溟北・與古爲徒齋・宛在水中央漁者・無孤松園・日本花園・浮海窩老人・鼇浦・二十八浦釣人・水飲百姓軒・赤川隱士・囂々居士・九葆	佐渡相川	明治25	75	龜田綾瀬 圓山學古等	本姓小池氏、學古養子、佐渡ノ儒者(相川町學館修教館教授)、姓ヲ丸山トモ書ク(私諡)文叔先生
	萬	庵(僧)	→バン4997								
5732	萬波	醒盧	俊成(誠)	甚太郎	伯信	醒盧・復堂	備前	天保14	82	昌平黌 那波魯堂	岡山藩儒(學校・閑谷學校教授)

〔み〕

	姓	號	名	通稱	字	號	生地	沒年	享年	師名	備考
	三井		→ミツイ5858～								
5733	三浦	一舟	義顯	文左衞門		一舟	會津	萬延元			二本松藩儒
5734	三浦	櫻所	龍–耕		士馬–長農	櫻所・鷗沙	越後水原	天保5	45	大田錦城 葛西因是	九折男、越後ノ儒醫、詩・文
5735	三浦	葛山	貞充–大年	良佐・寬右衞門	千秋	葛山	羽前	嘉永7	61	昌平黌	龍山男、新庄藩士
5736	三浦	九折	寛		士栗	九折・鳩拙	越後水原	文化14	62	萩野鳩谷 村瀬栲亭	東里男、一時樋口氏ヲ稱ス、越後ノ儒醫、詩
5737	三浦	鳩郵	端	東作	伯厚	鳩郵・友竹齋主人	越後水原	明治20	63	佐藤一齋 梁川星巖等	櫻所弟、越後ノ儒醫、詩

5738	三浦	協園	益德	吉助・又四郎	裕卿	協園		文久元	78	恩田蕙樓・秦滄浪等	名古屋藩士、國學
5739	三浦	乾齋	纉	祐元(玄)	世纉・子承	乾齋・乾惕齋・敬業舍	石見津和野			(僧)大典	津和野藩醫－京都ノ儒者(享保元・58在世)
5740	三浦	玄龜	玄龜		大年		杵築				梅園次男
5741	三浦	吳山	和多利			吳(吾)山	江戸	文化3	47		瓶山男、富山藩儒(江戸)
5742	三浦	思堂	黃鶴(隺)	主齡	修齡	思堂・坦齋	豐後	文政2	56	三浦梅園	梅園長男、杵築藩儒(學習館教授)
5743	三浦	清陰	與稽		元卿	清陰	石見			山縣周南	(江戸中期)
5744	三浦	竹溪	良能－義質	小五郎－平太夫	子彬	竹溪(窓)	江戸	寶暦6	68	荻生徂徠	本姓平氏、柳澤侯士－濱松侯士－三河吉田藩儒(時習館教授)、平子彬ト稱ス
5745	三浦	道齋	茂樹		周伯	道齋・復明・醫窟	鎌倉	萬延元	83		本姓安西氏、大坂ノ醫
5746	三浦	梅園	晋	辰次郎	安貞－安鼎	梅園・攣山・洞仙(山)・東川・季山・二子山人・孖山・孖山隱夫・無事齋主人・東滚居士	豐後國東	寛政元	67	綾部絅齋・藤田敬所	豐後ノ儒醫、詩
5747	三浦	佛巖	義端	泰一郎	正卿	佛巖	備中	明治43	82	山田方谷	高梁藩儒－岡山ノ儒者
5748	三浦	瓶山	衞興(貞)	左兵衞・平太夫・平三郎	淳夫	瓶山・石陽・鈴山	石見(周防)	寛政7	71(81)	山縣周南	清陰男、富山藩儒(廣德館學頭)(江戸)、浦衞興ト修ス
5749	三浦	無窮	眞・玄昌		伯誠	靑溪(谿)居士・無窮－眞伯	熊谷	文化13	80	入江南溟・稻垣白巖	熊谷ノ醫、詩・文
5750	三浦	蘭阪	義德	玄純	季行・子行	蘭阪・出雲行者・南行存庵・恬囊館・醉古堂・川内古雲行	河内	天保14	79	鈴木蘭園・小野蘭山	本姓松田氏、京都ノ儒醫、本草學
5751	三浦	龍山	貞寛	寛(淺・政)右衞門・新八		龍山	羽前	天保8	83	高羽翼之	新庄藩士－秋田ノ儒者
5752	三重	松庵	貞亮	新七郎	新七	松庵	京都	享保19	61		本姓平氏、佛教－朱子學－陽明學ヲ學ブ
5753	三上	是庵	六之助・長太郎・退助－景雄(夫)	新三郎・新左衞門・新三		是庵	伊豫松山	明治9	59	奥平棲遲庵	丹波綾部－紀伊田邊－伊豫松山藩儒－松山ノ儒者

5754	三上　赤城	恒	松亭	九如	赤城・松亭・静一(道人)	上野	天保中			江戸ノ醫、詩
5755	三上　藤川	默	主水	士川	藤川	美濃關ヶ原			神田柳溪 安積艮齋	本姓不破氏、勤皇家、詩(文政7生)
5756	三上　龍山	休復・德彦	忠八郎		龍山	龜山	文政6	65	柴野栗山	龜山藩儒、詩
5757	三瓶　信庵	甦		守己	信庵・鳳竹齋・駒岳(嶽)山樵	信濃高遠	文久元		市河米庵	書(大坂)
5758	三木　雲門	穀	宗大夫	士訥	雲門		寛政11			讃岐高松藩儒(講道館督學)
5759	三木　榮	榮					平成4	90		『朝鮮醫書誌』、姓ヲ弎木トモ書ク
5760	三木　幹齋	正貢	宗太郎		幹齋・其雪・菁里	阿波	文久元	30	赤松滄洲	藍商、詩・書・句
5761	三木　屈齋	權	周藏(造)	子謀・仲興	屈齋・俟知己齋・魯齋・秤堂・青誠主人	秋田			寺門靜軒	秋田藩士、詩、水野屈齋トモ稱ス(江戸・江戸後期)
5762	三木　之幹	之幹	左太夫・半左衛門				享保19	75		本姓源氏、水戸藩士、詩・文
	三木　修木	→寺崎蚴洲 4026								
5763	三木　貞成	貞成	平右衛門			岡山			伊藤東涯	(江戸中期)
5764	三木　半村	篤	彌總左衛門	周祐	半村(邨)・鷗洲・山高水長亭		嘉永中		久保城山	讃岐高松藩儒(講道館總裁)、詩
	三木屋半左衛門	→寺崎蚴洲 4026								
	三樹　一貫	→寺崎蚴洲 4026								
5765	三國　幽眠	直準	與吉郎-大學	子繩	鷹巣・碌々山人-幽眠	越前三國	明治29	87	摩島松南	豪商、京都ノ儒者、勤皇家
5766	三雲　成賢	内記-成賢	平左衛門				元祿2	81		本姓大河内氏、幕臣(御書物奉行)
	三崎　三郎	→河野春雲 2087								

5767	三品 容齋	崇		隆甫	容齋		弘化4	79	尾藤二洲	本姓近藤氏、伊豫西條藩儒
5768	三島 中洲	毅	廣次郎―貞一郎	遠叔	桐南―中洲・繪莊	備中	大正8	90	山田方谷・齋藤拙堂等	備中松山藩儒(有終館會頭)―二松學舍主
5769	三島 通庸	通庸	彌五郎―彌兵衛				明治20	54		本姓千木氏、鹿兒島藩士―內務省、子爵
5770	三島 雷堂	復		一陽	雷堂		大正13	47		
5771	三嶋 松韻	可封	武次郎―右衛門	堯武	松韻	備中	嘉永7	51	鶴鵜春齋	
5772	三須 蝀水	成允	孫兵衛	子巧	蝀水	岩國	文化4	57		詩・文
5773	三田 蘭堂	六之進―淸七郎―義勝	傳左(右)衛門		蘭堂	讃岐	安永6	77	跡部光海・室鳩巣等	高松藩儒
5774	三田村 蘭谷	吉明・播	長門大掾	伯璵	蘭谷・巣雲・一水	越前	安政2	69		栗所男、詩・文
5775	三田村 栗所	成粲	兵庫	子亮	栗(㮚)所・教證	越前	文政4	(57)55		本姓坪井氏、福井藩士、詩・文、藤原㮚所・滕成粲ト稱ス
5776	三谷 葵陵	堯民	兵助		葵陵		弘化3		加藤梅溪・巖村南里	讃岐丸龜藩儒(江戸集成館助教)、詩・文
5777	三谷 愼齋	僩	潛藏	純甫	愼齋				佐藤一齋	(江戸・文化)
5778	三谷 蒼山		萬四郎	獻民	蒼山	伊勢	天保12	63		
5779	三谷 坦齋	導	治平・仁三郎・次平衛		坦(擔)齋・巣鳩・盤舟	陸奥	嘉永元	82	山崎蘭洲	本姓前田氏、刀匠、詩・文
5780	三谷 南川	義方	丹下	良朴	宗鎭・南川〔子〕・南禪子・不偏齋・不易齋	明石	寛保元	(74)77	伊藤東涯	本姓多々良氏、廣島藩儒(京都)、茶道(三谷派)
	三谷 和助	↓高杉東行 3631								
5781	三繩 桂林	維(惟)直	準(順)藏・準	繩卿・温卿	桂林〔館〕・蒲山	江戸	文化5	65	安達淸河	詩、姓ヲ繩ト修ス
5782	三野 謙谷	知彰	新藏・信平	子剛	謙谷・對鷗亭	讃岐	嘉永5	70	賴杏坪・菅茶山	象麓男、高松藩儒

5783	三野 象麓	元密・必敬	彌兵衛	伯愼	象麓	讃岐那河	天保11	92	齋宮靜齋	高松藩儒
5784	三野 藻海	無逸	貞之進	仲壽	藻海	讃岐那河	寛政7	36	齋宮靜齋	象麓弟、高松ノ儒者、詩・文
5785	三野 二山	至	良晴		二山・隨翁・由己齋・艮背書屋・朝考夕減軒	香川	昭和41	84	土屋鳳洲	周易、詩
5786	三原 絲江	武雅		絲江		讃岐				原武雅・原絲江ト修ス
5787	三村 梧鳳	中行	政五郎	子文	梧鳳					崑山男、大坂ノ儒者
5788	三村 崑山	其原	貞藏	子達	崑山・玉來〔居〕	大坂	文政8	64	中井履軒	大坂ノ儒者
5789	三村 石床	聽(廳)璞・璞	道(親)益	季崑(崐)	石床(牀)	信州木曾	寶曆11	32	松平君山 山脇東洋	木曾代官山村氏儒醫、本草家
5790	三村 竹清	淸三郎・奣			竹清・大和室・十文字文庫・兩廢堂	東京	昭和28	78		文人傳研究、姓ヲ三邨トモ書ク
5791	三宅 閑齋	常範	帶刀	尙絅	閑齋					(貞享)
5792	三宅 觀瀾	緝(輯)明・維明	九十郎	用晦	觀瀾・端山・仵陽	京都(美濃)	享保3	45	淺見絅齋 木下順庵	石庵弟、水戶藩儒(彰考館總裁)—幕府儒官
5793	三宅 寄齋	島	玄蕃	亡(亾)羊	寄(喜)齋・江南野水翁・松明	和泉堺	慶安2	70	藤原惺窩	本姓淸原氏、京都ノ儒者
5794	三宅 著陽	元珉	要助		著陽・鳳翼	伊勢拡野	寛文8		饗庭東庵	伊勢ノ儒者、道教
5795	三宅 毅齋	友信	鋼(剛)藏	子信	毅齋・王山・芳春堂・片鐵翁	江戶	明治19	81	渡邊崋山	三河田原侯庶子、江戶ノ儒者、兵學・蘭書飜譯、上田亮章ト稱ス
5796	三宅 橘園	邦	又太郎	元興	橘園・威如齋・不知老齋	加賀	文政2	53	皆川淇園	京都ノ儒者、(私諡)文景先生
5797	三宅鞏革齋	昌—道乙	忠兵衛	子燕	鞏革〔齋〕・斫山樵人(父・夫)・大遺齋・日研山樵	京都	延寶3	62	三宅寄齋 菅原玄同	本姓淸原氏、初メ合田氏、寄齋養子、岡山藩等賓師、詩・書・畫
5798	三宅 玉淵	濟美	岩次郎		玉淵・拙堂—詠歸	京都	天明2	81	室 鳩巣	觀濤男、幕臣(甲府勤番)
5799	三宅 金谷	石屛	五百右衛門	文寧	金谷	近江				誠齋男

5800	三宅	錦川	昌綏		君靜	錦川	京都	天保6	65	三宅鞏革齋	津藩儒
5801	三宅	敬止	堅忠			敬止	近江	貞享2			澹庵長男、京都ノ儒者
5802	三宅	衡雪	三郎-可三・尙三		伯省	衡雪	京都	寛文12	39	三宅鞏革齋	本姓清原氏、鞏革齋長男、岡山藩賓儒、詩・文
5803	三宅	重德	重德	一平		長民	和泉	享保17	31		尙齋男
5804	三宅	春樓	正誼	才治・才次(二)郎	子和	春樓	大坂	天明2	71	三宅石齋	石齋男、大坂ノ儒者(懷德堂堂主)、書
5805	三宅	尙齋	小次郎-重固	雲八郎-儀平二-儀左(右)衞門・丹治	實操	尙齋・高尙・天山	播磨明石	元文6	80	山崎闇齋	本姓平出氏、武藏忍藩儒-京都ノ儒者(培根堂・達文堂)
5806	三宅	松庵	利興	民助	子英	松庵・藉蘭	阿波	文化2	69		德島藩家老稻田氏臣
5807	三宅	樅園	守常	能助-大岩井屋左兵衞	廣業	樅園	美濃	弘化4	57	吉田東堂	詩・句
5808	三宅	樅臺	守觀	復輔(助)・左平	海岳	樅臺	美濃	明治29	77	村瀬藤城・佐藤一齋等	本姓小坂氏、樅園養子、美濃ノ儒者(養曦塾)-加納藩儒(憲章館教授)
5809	三宅	嘯山	芳隆		子元	嘯山・葎亭・橘齋	京都	享和元	84		靑蓮院宮侍講
5810	三宅	眞軒	貞	少太郎	子固	松軒-眞軒・小大廬	加賀	昭和9	82	富川春塘・井口犀川等	金澤中學校等
5811	三宅	誠齋	堅恕			誠齋	近江	享保13			澹庵次男、桑名藩儒-京都ノ儒者
5812	三宅	石庵	正名	新次郎	實父	石庵(菴)・萬年・(俳號)泉石	京都	享保15	66	淺見絅齋	觀瀾兄、江戸ノ儒者-大坂ノ儒者(多松堂-懷德堂初代堂主)、書
5813	三宅	雪嶺	雄二郎			雪嶺	金澤	昭和20	86	東京帝大	評論家
5814	三宅	澹庵	正堅		子柔	澹庵・雪(雲)林	近江(京都)	萬治2		堀　杏庵	常陸下妻-遠江掛川-山城淀-美濃大垣-伊勢桑名藩儒(轉封)
5815	三宅	董庵	富次郎-春齡		八千	董庵		安政6	46	賴　聿庵・龜井昭陽等	廣島藩家老上田氏侍醫

5816	三宅 佩韋	維祺	總十郎		佩韋	京都				觀瀾弟、水戸藩儒
5817	三宅 瓶齋	安懿	相馬	德卿	瓶齋		萬延元	60		越後村上藩士、詩
5818	三宅 牧羊	徵		元獻	牧羊	京都	寶曆8	49	三宅鞏革齋	岡山藩儒
5819	三宅 鳴皐	昌扶		子熾	鳴皐		享保20	44		伊勢津藩儒
5820	三宅 沃地	新三郎‐黎・昌方		句節・徇節・順節・叔民	沃地	京都	元祿5	48	三宅鞏革齋	本姓淸原氏、鞏革齋三男、津藩儒
5821	三宅 立軒	恒	當一		立軒		明治20	62	古賀侗庵・多紀茝庭	儒醫
5822	三好 閑齋	淸房	監物	顯氏	閑齋	仙臺	慶應2	54		仙臺藩士、勤皇家
5823	三好 富山	正秀	泰令	泰令	富(芙)山・菊舍	江戸			海保漁村	任俠徒、藏書家(天保・江戸)
	三茅野城長	→沼田樂水堂 4665								
5824	三輪 韋齋		十郎右衞門	景仲	韋齋・冬秀館					(文政・江戸)
5825	三輪 執齋	希賢	善藏		執齋・窮(躬)耕廬・神山子・光齋・弄月・明倫堂	京都	寬保4	76	佐藤直方	本姓澤村氏、前橋厩橋侯儒‐京都ノ儒者‐丹波篠山藩侯賓師(京都)江戸ノ儒者(明倫堂)、一時大村・眞野氏ヲ稱ス
5826	壬生 水石	銀三郎‐正文・弘文・璞	八十郎、詩磨介・志摩介‐司馬介	無名・子文	水石・白髮山樵・三癖老人・石坡道人・霞樵	土佐	明治4	82	中村西里・篠崎小竹等	高知藩士、篆刻家、詩・文・書・畫
5827	水原 保民	是政‐保民	内藏助・彦十郎‐治郎右衞門				寬保3	71		人見竹洞三男、姓ヲ三原氏トモ稱ス、幕臣(御書物奉行)
	味 立軒	→味木立軒 247								
5828	美代 敦本	敦本・厚本・元剛・重勝・重本	傳太郎		甘代山人	土佐	享保19	73(71)	谷泰山・淺見絅齋	高知ノ儒者
	美	→ビ 5034)								

5829	深山	陸渾	安良	嘉右衞門	孟明	陸渾・壺峰	越中	寶暦4			金澤藩篠島氏臣、詩
5830	御牧	赤報	篤好	重次郎		赤報		天保4	(6261)		日向佐土原藩儒(學習館教主)、武術
	箕		→キ (2218)								
	箕浦		→ミノウラ 5884〜								
	箕田		→ミノダ 5890〜								
5831	箕作	宜齋	驥次郎–矩	秋坪・文藏・矩二郎		宜信齋・宜齋	備中	明治19	62	古賀侗庵・緒方洪庵等	本姓菊池氏、阮甫養子、幕臣(蕃書和解御用)–津山藩醫–三叉學舍
5832	箕作	玉海	高之助–寛	省吾・左衞次		玉海・夢霞山人・蘭山	奥羽水澤	弘化3	26	摩島松南・仁科白谷	本姓佐々木氏、阮甫養子
5833	箕作	紫川	惠迪–虔儒・虔	阮甫(圃)・玄甫・貞一	庠西	紫川・咸牛・逢谷・竹雨・一足庵・蘷庵居士・樂忘居主人	美作津山	文久3	65	古賀侗庵・宇田川榛齋	津山藩醫–幕臣(蕃書調所)
5834	箕作	麟祥	貞太郎–貞一郎			麟祥	江戸	明治30	52	藤森天山・安積艮齋	玉海長男、幕臣、洋學・法學
	水		→スイ (3226)								
5835	水落	雲濤	恭倩		良輔	雲濤・二顚	越後柏崎	明治8	63	梅辻春樵	伊勢桑名藩領柏崎儒醫、詩
5836	水落	梅磵	孝倩	八郎	二祖	梅磵	越後柏崎	嘉永6	25		醫、詩
5837	水越	耕南	成章		裁之	耕南・花竹居士・味豆居士	播磨	昭和8	85	芳野金陵	詩・書
5838	水谷	鉤致堂	爲吉–武之亟–助六–豊文	助六	士獻–伯獻	鉤致堂・有斐軒	名古屋	天保4	55		名古屋藩士、本草學
5839	水谷	雄琴	君龍	正介	起雲	雄琴	備中	文化初			大坂ノ儒者、易
5840	水足	博泉	安方・方・業國	平之進	斯立–業元	博泉・出泉	熊本	享保17	26	住江滄浪	屏山男、熊本ノ儒者、水叢元ト修ス
5841	水足	屏山	安直・信好	半助	仲敬–士方	屏山・成章堂・漁軒・味齋	大坂	享保17	62	淺見絅齋	熊本藩儒、水屏山ト修ス

5842	水野	華陰	元朗	嘉七郎・彌兵衛・勘解由・大膳	明卿	華陰	庄内	寛延元	57	太宰春臺	庄内藩士(家老)
5843	水野	霞洲	良		伯彦	霞洲					(安政・江戸)
	水野	屈齋	→三木屈齋 5761								
5844	水野	謙齋	濟	元吉		謙齋・志毅	佐賀	文政2	49	尾藤二洲 古賀精里	佐賀蓮池藩儒
5845	水野	湖山		勘一郎		湖山・豹齋	佐賀	慶應元	69	井内南涯	謙齋長男、蓮池藩儒
5846	水野	松軒	忠邦	於菟五郎		松軒・菊園・蘭園・三畏齋・引馬文庫		嘉永4	58	村田春門 鹽谷岩陰	濱松藩主(老中首座)、國學・漢學
5847	水野	丹鶴	鍵吉―忠央	藤四郎・大炊頭		丹鶴(書院)・鶴峯・黄菊壽園・聚景齋		元治2	52		紀伊新宮藩主、『丹鶴叢書』
5848	水野	陸沈	民興			陸沈・訥齋	美濃	嘉永7	72		大垣藩儒(致道館講官・藩主侍講)
5849	水野	魯齋	權・承	周藏―豊九郎	子謀・仲興(豊)	魯齋・屈齋・俟知己齋	秋田				秋田藩儒、(安政・江戸)
	水原		→ミハラ 5827								
5850	水本	樹堂	成美	保太郎	君之	樹堂	江戸	明治17	54	西島城山	鹿兒島藩士―昌平黌一等教授、明清律
5851	溝口	曉谷	成曉		子謙	曉谷・衆妙館・墨齋・自玄堂	江戸	寛政8	69		千谷男、書
5852	溝口	桂巖	恒	清兵衛	景弦	桂巖	相模	明治30	76	大沼枕山	詩
5853	溝口	源谷	成佳(住)	庄司		源谷・嘯齋(軒)・自玄堂	江戸	文化11	33		曉谷男、書
5854	溝口	浩軒	龜次郎―直範―直養	出雲守		浩軒・浩齋	越後新發田	寛政9	62	稻葉迂齋 野田剛齋	新發田藩主、醫學館・社講ノ設置
5855	溝口	千谷	成從	多膳・庄司	子春・子誠	千谷・自玄堂	江戸	文化5	65	松野龍谷	書
5856	溝口	直諒	直諒		益卿	健齋・景山・好古堂		安政5	60	佐藤明善 佐久間象山	新發田藩主、勤皇家(開國論者)

5857	溝口	幽軒	軌景・景濟	求馬	美卿	幽軒・隆中・玉江・望月亭・純一庵	越後	安永6	46	服部南郭	新發田藩士―新發田ノ儒者、詩・文・歌
5858	三井	雪航	重清	隆齋	子潔	雪航	讃岐	嘉永4	57	菅 茶山	琴平ノ醫、詩・文(正風館)
5859	三井	棗洲	善之	老孺・玄孺・玄珠	文卿	棗洲	大坂	天保4	68	片山北海	儒醫、詩(混沌社)
5860	三井	梅巖	惟明		克允	梅巖	江戸	天保中			
5861	三井	龍湖	親和	孫兵衞	孺卿	龍湖・萬玉亭	信濃	天明2	83	細井廣澤	書
5862	三井	龍洲	親孝	孫四郎		龍洲	江戸	文政元			龍湖男、書
5863	光吉	澆華	元次郎・元		子大	澆華(山人)・尙友書屋	佐賀	大正15	60	近藤南州	本姓執行氏、實業家、『日本外史詳注』
5864	密	乘(僧)	理準		密乘・麗天	南園・雲石・小自在		明治14	86	賴 山陽	俗姓平松氏、品川正德寺住持、詩
5865	滿生	大麓	晃		成章	大麓・靜學齋	和泉			齋宮靜齋	(江戸後期)
5866	滿岡	白里	允成	市助		白里	肥前佐賀	明治11	67	昌平黌	佐賀藩儒(弘道館教授)―佐賀ノ儒者
5867	滿田	懶齋	古文	龜藏	意林	懶齋		(天和元)		林 羅山	大和郡山藩士
5868	滿野	荷洲	順	代(傳)右衞門		荷洲	肥前	弘化3	68	古賀精里	蓮池藩儒(成章館教授)
5869	滿山	雷夏	環	左近―右内	太狆(中)	雷夏・白賁山人	對馬府中	寛政2	55	雨森芳洲 龜井南溟	對馬藩儒(思文館講師)
5870	皆川	鶴皐	成允	又藏	希賢	鶴皐					江戸ノ儒者(天保)
5871	皆川	淇園	愿	文藏	伯恭	淇園・筇(筠)齋・呑海子・有斐齋・明經先生	京都	文化4	74	三宅牧羊 伊藤錦里等	京都ノ儒者―龜岡藩儒、詩(三白社)・畫(私諡)弘道先生、老野狐ト稱サル
5872	皆川	葵園	正本	嘉平	理卿	葵園	越後蒲原	文化10	41	藍澤北溟 萩原大麓	越後ノ儒者(朝陽館)
5873	皆川	篁齋	允	猷藏	君猷	篁齋・灌園	京都	文政2	58	皆川淇園	淇園男、膳所藩・平戸藩賓師―丹波龜山藩儒(私諡)孝順先生

5874	皆川	誠藏	善	誠藏	子繼		京都				篁齋養子、丹波龜山藩士(江戸後期)
5875	皆川	宗海	次郎−盛貞−宗海	美也吉−辰右衛門	子恭・恭甫	宗海・梅翁・抽顛・雙巴齋	庄内	明治8	42	篠原鶴汀 大田錦城等	羽後本莊藩儒(藩主侍講・修身館學頭)
5876	皆川	北邊	成章	專右衛門	仲達	北邊・層城	京都	安永8	42		淇園弟、富士谷氏ヲ嗣グ、柳川藩士
5877	皆川	臨川		織之助	文休	臨川・古新	越後	明治29	72	萩原綠野	
5878	南	惠山	靜脩	伊平		惠山	土佐	天明8	80	宮地靜軒 尾池存齋等	高知藩士
	南		↓ナン(4544)								
	南合		↓ナンゴウ 4548〜								
5879	南川	金溪	維遷		士長・文璞・文伯	金溪	伊勢菰野	天明元	50	龍草廬	菰野藩侍講−桑名ノ儒者、南金溪ト修ス
5880	南川	蔣山	志道	文藏	伯寧	蔣山	伊勢	天保4	63	十時梅厓	金溪男、菰野藩儒−桑名ノ儒者(麗澤書院)
	南部		↓ナンブ 4551〜								
	南宮		↓ナングウ 4546〜								
5881	南村	梅軒				梅軒	周防				吉良氏賓士(伊豫・天文)
	源		↓ゲン(2518)								
5882	岑	貉丘	逸	右膳−少翁	斑如・歸昌	貉丘(釣人)・紫清	長門	文政元		吉益東洞	醫(江戸)
5883	嶺田	楓江	仙五郎−右五郎・雋・宜俊	右(宇)五郎	士德	楓江(釣人)	江戸	明治16	66	林復齋 梁川星巖等	本姓源氏、田邊藩士−房總ノ儒者(有餘學舍)、書・詩、姓ヲ峰田トモ書ク
5884	箕浦	江南	直彝	萬次郎・右源次	迂叔	江南・膽齋・立齋・進齋	土佐	文化13	87	西依成齋 澤田一齋等	秦川弟、高知藩儒醫(教授館教授役)
5885	箕浦	耕雨	貞行	幸吉−才七	香橘	耕雨・風月樓	土佐	天保13	59	箕浦北江	北江長男、高知藩士(教授館教授役)

5886	箕浦 秦川	行直	專八		秦川	土佐	文化10	88	宮地靜軒 稻葉迂齋	高知藩士
5887	箕浦 靖山	養彌—世亮	文藏—養伯・玄洞	長孺	靖山・玄東	鳥取	享和3	85	佐善禮耕 和田三養	本姓佐々木氏、節山父、鳥取藩分知東家池田家侍醫—鳥取藩儒(尚德館奉行)
5888	箕浦 節山	世德—德胤	東藏	恒夫	節山	鳥取	天保7	87	箕浦靖山 河田東岡	靖山男、鳥取藩儒(尚德館奉行)
5889	箕浦 北江	貞吉	乙三郎		北江	土佐	文政2	72	戸部愿山	江南弟、高知藩士(教授館教授役)
5890	箕田 牛山	騰・隲(隲)	重右衞門	世龍・士龍	牛山・風月樓・福應齋	江戸	文化9			書(江戸)、箕騰ト修ス
5891	箕田 欽齋	洪	寬次郎	範夫	欽齋・淸暉樓					(江戸)
	宮	→キュウ (2300)								
5892	宮內 鹿川	淸太郎—默藏		子淵	鹿川・磊々山人・孤琴獨調齋	伊勢	大正14	80	山木眉山 齋藤拙齋等	伊勢龜山藩儒
5893	宮川 昆山	德	虎之介	子潤	昆山	江戸	天明7		山本北山	
5894	宮川 膽齋	賴安	加兵衞		膽齋	越後高田	明治15	64		高田藩儒
5895	宮川 南谿	春暉		惠風	南谿・梅華仙史	伊勢	文化2	53	佐野酉山	本姓橘氏、久居藩士—京都ノ儒醫
5896	宮川 龍駒	貞吉		子房	龍駒	江戸	寬政3			江戸ノ儒者
5897	宮木 春意	孚		伯實	春意・子誠	江戸	寬文中		林 羅山	伊豫小松藩賓師、姓ヲ宮城トモ書ク
	宮城阿曾次郎	→熊澤蕃山 2427								
	宮城 春意	→宮木春意 5897								
5898	宮城 世恭	敬之	彥五郎	辨之助	世恭	備後尾道	寬政	58	賴春水 菅茶山	文
5899	宮崎 安貞	安貞	文丈夫			安藝廣島	元祿10	75		筑前藩士、農業技術改良

5900	宮崎 畏齋	成美	安之助・平四郎・寛助－次郎太夫	子愼	畏齋・囊谷	江戸			岡田寒泉	幕臣（御書院番）－江戸ノ儒者（學習館）（私謚）安永先生
5901	宮崎 筠圃	淳－奇	常之進	士（子）常	筠圃・四課處・尚友堂	尾張	安永3	58	伊藤東涯・伊藤蘭嵎	古崖長男、京都ノ儒者、詩・書・畫、宮筠圃・宮奇ト修ス（私謚）行恭先生
5902	宮崎 雲臺	郁・有成		子文	雲臺・瑞庵（安）・柳泉・菊存園	肥後	文化7	73	秋山玉山・藪孤山	本姓伊藤氏、醫－八代藩鄕黌傳習館文學指南
5903	宮崎 玉芝	甚藏		有成	玉芝・鯢思	上野	天保14	70	柴野栗山	上野ノ儒者（五惇堂）、句
5904	宮崎 古崖	文忠・忠	春郎		古崖（厓）・誠有軒・補石軒・竹蟶齋・春雨樓	尾張	元文4	53	伊藤東涯	尾張ノ儒者－京ノ儒者、姓ヲ宮ト修ス
5905	宮崎 靑谷	定憲・憲	彌三郎	士（子）達	靑谷・白沙翠竹江村舍	伊勢	慶應2	56	賴山陽・猪飼敬所等	津藩士（有造館講官）、畫、姓ヲ宮ト修ス
	宮崎復太郎	→日下陶溪 2369								
5906	宮崎 栗軒	成之－成身	太一郎－次郎大夫	信卿	栗軒・百拙齋・牛門老人		安政6			畏齋男、幕臣、晩年ニ剃髮
5907	宮澤 雲山	雉・達・邦達	新吾・正（吉）助	神遊・上侯	雲（雪）山・破硯翁・細庵・小無絃・再生翁・小靑軒・酒肉頭陀・桂花仙史・塊然道人・半醉翁・詩佛樓・三雲	秩父	嘉永5	73	市河寛齋	詩・書（秩父－江戸）、澤雉ト修ス
5908	宮澤 欽齋	安重	淸三郎	懶夫	欽齋・南溟	尾張	寛政9	63	中村習齋・蟹養齋	本姓磯野氏、桑名ノ儒者－伊勢長島藩儒－名古屋ノ醫－名古屋鄕黌時習館學頭
5909	宮澤 竹堂	胖・胖廣	左仲	廣甫	竹堂・晩晴堂	奥羽白河				江戸ノ詩人－播磨三草藩士（天保）
5910	宮澤 獨愼	行	澤屋由左衛門	公文	獨愼	越前大野	明治4	53	松村九山	大坂ノ商人
5911	宮地 畏山	貞枝	佐市		畏山	土佐	嘉永3	67		高知藩士
5912	宮地 爲齋	春樹・直弘・介明	三八・平次郎・嘉藤次・藤三郎・喜八郎		爲齋	土佐	天明5	58	西依成齋	靜軒次男、高知藩儒（教授館教授役）
5913	宮地 榮陰	午之助－榮陰－騰	馬之助				天保5	45	日根野鏡水	高知藩儒、詩

5914	宮地	水溪	仲枝	莊藏		水溪	土佐	天保12	74	谷 眞湖	爲齋男、高知藩儒
5915	宮地	靜軒	介行・介直・介正	藤彌・彌七郎		靜軒	土佐	寶暦3	80	谷 秦山・伊藤東涯	高知藩儒（江戸↔高知）
5916	宮重	忍齋	信義	甚左衞門・千之助	子房	忍齋・飯山・一清	江戸	安永6	54		幕府儒臣
5917	宮下	尙絅	茂武	主鈴-有常	君毅	尙絅（絅）	信濃	明治4	58	竹内錫命・佐藤一齋	松代藩士（私塾・弘道館-藩黌文武學校會頭）
5918	宮島	栗香	熊藏-誠一郎	吉久		栗香・養浩堂	米澤	明治44	74		米澤藩儒-貴族院議員
5919	宮瀨	龍門	維翰	三右（宇）衞門	文翼	龍門（山人）	紀伊	明和8	53	服部南郭	江戸ノ儒者、劉維翰ト稱ス
5920	宮田	維圭	維圭		士瑞		美濃				嘯臺弟
5921	宮田	迂齋	明	三右（宇）衞門	子亮	迂齋・金峯	大和郡山	天明3	66	太宰春臺	大和郡山藩儒（江戸）
5922	宮田	圓陵	敏	平五郎	茂行	圓陵・修古堂	信濃筑摩	明治3	61	松村景文・林 南涯	本姓江馬氏、名古屋藩士（明倫堂一等助教）
	宮田	器川	↓宮武器川 5927								
5923	宮田	五溪	華龍	清藏（甫・介）	史（子）雲	五溪・古香樓・梅花道人	武藏都築	天保14			近江水口藩儒（江戸）
5924	宮田	嘯臺	維禎	平作・秉作	士章・士祥	嘯臺・竹雨主人・藏六庵・看雲栖	美濃加納	天保5	88	龍 草廬・江村北海	酒造家（和泉屋）、詩、姓ヲ田ト修ス
5925	宮田	大鳳	日岳	大淵	伯圖	大鳳		享和3	42		熊本藩儒
5926	宮田	定則	定（貞）則	長之助-用藏			土佐	寶暦2	78	淺見絅齋	高知藩儒醫
5927	宮武	器川	唯善	良順	子德	器川	讃岐	文化7	68	伊藤蘭嵎	幕臣
5928	宮永	菽園	坦	直三（郞）・叔平	叔蕩	菽園	越中礪波	慶應3	73	三宅橘園	大倉兄、熊本藩主細川氏臣（大坂）-越中ノ儒者
5929	宮永	大倉	虞臣	才五郎	淵海	大倉・半儒半佛通人	越中礪波	安政2	58	古賀精里	菽園弟、僧、大坂ノ儒者-美作ノ儒者

5930	宮野	時敏齋	尹賢	伊兵衛-與兵衛		時敏齋・時好齋・浪穗翁	秋田	寶暦8	77	伊藤東涯	秋田ノ豪農、秋田ノ儒者(內館塾)
5931	宮原	弦堂	炳	守一郎・文太	虎文	弦堂	松山	文久2	67	古賀精里	龍山男、松山藩儒
5932	宮原	節庵	龍・忠龍	謙藏	士(子)淵	節庵・潛叟・易安(庵)・栗村・池南	備後尾道	明治18	80	賴山陽	本姓渡橋氏、京都ノ儒者-各地ヲ漫遊スル、書
5933	宮原	蒼雪	煥	成太	君章	蒼雪・抱天	松山	明治9	73	松崎慊堂	龍山男、松山藩儒
5934	宮原	桐月	模	文次・義平	子禮	桐月	松山	天保14	75	尾藤二洲 服部栗齋	龍山弟、松山藩儒
5935	宮原	南陸	存	半左衛門		南陸(陵)	久留米	寛政4	77		久留米藩老
5936	宮原	必太	贇	文太	必大		伊豫		餘40	服部栗齋	程朱學、龍山ト同人カ
5937	宮原	蔀山	嚴・詮胤	玄叔	莊叔	蔀山	備後福山	嘉永2	66	菅茶山 奥道一翁	備後ノ儒醫
5938	宮原	龍山	斌・律・義房・彬	文太・泰助	樂大(太)・子德	龍山・六竹軒・桑縣	伊豫	文化8	52	西依成齋 服部栗齋	松山藩儒(松山・江戸)
5939	宮村	荊山	經弼	忠藏	貞幹	荊山	讃岐	元文3	67	中村惕齋	讃岐ノ儒者
5940	宮本	篁村	鉉	鼎吉	士鉉・伯鼎・孟鼎	篁村	常陸潮來	天保9	51	山本北山	仙臺ノ儒者
	宮本	春意	→宮木春意 5897								
5941	宮本	神峰	善	常太郎-修藏	子善	神峰・峨々螺山人	安藝	明治31	66	坂井虎山 木原桑宅	儒醫
5942	宮本	正貫	正貫				廣島	明治45			中學校長
5943	宮本	竹墩	茂任		子任	竹墩陳人	筑前	明治27	74	井上學圃	福岡藩士
5944	宮本	茶村	元球・玄珠	尚一郎	仲笏・求玉	茶村(邨)・水雲・雙硯堂・三春社・鞏黃齋	常陸潮來	文久2	70	山本北山	篁村弟、庄屋、水戸藩郷黌賓師
5945	宮杜	藍齋	文暢・暢	壽庵		藍齋・貴山	陸中盛岡				詩(江戸後期)

	姓　號	名	通　稱	字	號	生地	沒年	享年	師　名	備　考
5946	宮脇　睡仙	政成	忠右衛門	民聽	睡仙・節齋	三河	明治15	64		吉田藩儒
	都	→ト(4072)								
5947	都澤　齊水	徹		一貫	齊水・乾山・德翁		安政5	74(75)	林　述齋	陸中一關藩儒(江戸)
	〔む〕									
5948	牟田口鷹村	元學	德太郎		鷹村(邨)・臨池閣主人・愛南書屋	佐賀	大正9	78		實業家、詩・書
	武	→ブ(5181)								
5949	武藤　虎峰	吉祥	祝	士(子)熊(然)	虎峰	豐後	慶應元	56	東條一堂・村田春海	臼杵藩儒(學古館學頭)(私謚)靜德先生
5950	武藤知足齋	盛達	禮治	子卿・直夫	知足齋・夕桂樓	羽後秋田	天保7	74	山本北山・皆川淇園	秋田藩儒(明德館教官)、國學
5951	武藤　東里	吉紀		成績(蹟)	東里	豐後	文政7	71		臼杵藩儒
5952	陸奥　福堂	手磨・陽之助―宗光			福堂	紀伊	明治29	54	安井息軒・水本成美	和歌山藩士―外交官
5953	無　隱(僧)	道費	金龍沙門	無隱	雜華堂	加賀	享保14	93		詩
	無該(弦)女子	→森田節齋6112								
	無　相(僧)	→文雄(僧)6123								
5954	向井　安重	安重	健次(二)郎	堅固						詩(大坂・江戸後期)
5955	向井　橘洲	信義		誠安	橘洲	京都	寬延3	64	柳川滄洲	柳川滄洲甥
5956	向井　震軒	元端		履言	震軒・仁焉子・益壽院	肥前	寬永元(正德2)			本姓藤原氏、靈蘭長男、朝廷御醫

	向井	滄洲	→柳川滄洲 6183								
5957	向井	滄浪	友章	嚴五左衛門	達夫	滄浪・賀山山人		文化9	54	昌平黌	鹿兒島藩士、詩
5958	向井	鳳梏	元成	粂丸	叔明	魯町・鳳梧堂・禮焉子・樵夫・懶漁〔齋〕・無爲・惰漁	肥前長崎	享保（1312	7572）		本姓藤原氏、靈蘭三男、長崎聖堂祭酒–幕臣（長崎奉行書物改役）、句（去來弟）
5959	向井	靈蘭	玄松–元（玄）升		以順・素柏（伯）	靈蘭〔堂〕・觀水〔子〕	肥前	延寶5	69	林羅山	本姓藤原氏、長崎ノ儒醫（輔仁堂・立山書院）–京都ノ儒醫
5960	椋木	濳	南八郎–濳				石見	明治45	85	大橋訥庵	津和野藩士
5961	向山	黄村	榮・一履	榮五郎・隼人正	欣七	黄村（邨）・寶來閣	江戸	明治30	72	千坂莞爾 昌平黌	本姓一色氏、誠齋（幕府奥右筆）養子、幕臣、詩（晩翠吟社）、向黄邨・向榮ト修ス
5962	宗像	箕山	靖	平格	伯共	箕山・晩翠軒					會津藩士（江戸）
5963	宗像	蘆屋	洋		聖謨	蘆屋	筑前				
5964	邨岡	櫟齋	良弼	五郎	賚卿	櫟齋	下總香取	大正6	73	昌平黌	明治政府出仕、國史編纂、姓ヲ村岡トモ書ク
	邨田	綱基	→村田南溟 6004								
	邨山		→村山 6018～								
	村		→ソン (3481)								
5965	村井	琴山	椿・杶	椿樹（壽）	大年	琴山・琴齋・原診館・六淸眞人・淸福道人・子琴	熊本	文化12	83	古益東洞 秋山玉山	復陽長男、姓ヲ邨井トモ書ク、熊本ノ醫、詩・文・琴
5966	村井	古巖	敬義	菱屋新兵衛		古巖・勤思堂	京都	天明6	46	市河寛齋 山本北山	吳服商、姓ヲ邑井・邨井トモ書ク、藏書家（藏書ヲ伊勢林崎文庫ニ奉納）
5967	村井	古香	煥		子陽	古香・古巖	熊本				琴山男、熊本藩儒、詩・文
5968	村井	習靜	桃	藤十郎・桃壽	蟠年	習靜	熊本	文政3	71	古屋愛日齋 藪孤山	復陽四男、熊本藩儒（時習館訓導）、詩

5969	村井	復陽	洞・朴・見朴(僕)		能章・醇(淳)民	復陽洞眞人・蛻巖	熊本	寶暦10	59	佐藤固庵 熊谷竹堂	本姓林田氏、熊本藩醫(醫學校再春館創設、教授)
5970	村井	平柯	漸		中漸	平柯・邱(丘)壑外史・痴道人	京都	寛政9	90	西依成齋 熊谷竹堂	京ノ儒醫、姓ヲ邨井トモ書キ原田秀箇トモ稱ス、書・畫・和算、村漸ト修ス
5971	村井	養齋	浚	岩太郎	明卿	養齋	廣島	明治43	74	吉村秋陽 奥野小山	廣島藩士－廣島ノ教育者
5972	村井	來山	正純	嘉右衞門	良甫	來山	周防	安政3	47	東條一堂	周防ノ儒者(邑學德修館教授)
5973	村尾	松陰	元融	良治・善四郎	薫(董)叔・東叔・彦明	松陰(野史)・楸軒外史	濱松	嘉永5	48	久保壽軒 朝川善庵	濱松藩儒
	村岡	櫟齋	→邨岡櫟齋 5964								
5974	村上	士精	量弘	宗太郎－守太郎	士精		筑後	嘉永3	32	松崎慊堂 會澤正志齋	久留米藩士(明善堂教官)、狂死(刃傷)
5975	村上	春亭	淵		龍眠	厚生館・春亭・晋亭	鳥取	天保6	39	伊良子大洲 村上潛龍	本姓中江氏、鳥取藩醫
5976	村上	清節	彦通・彦	俊平・櫻山五郎		清節・點狂生・九洞山人・牛背學人	上野	元治元	27	安井息軒	兵學、尊王家(變名)櫻山五郎
5977	村上	醒石	虎來－肇	愼次	孟端	醒石・姑南	豐後	明治23	72	廣瀬淡窓	森藩儒
5978	村上	中所	勤		子愼	中所	播磨			岩垣龍溪	赤穗藩儒、姓ヲ榛間氏トモ稱ス(江戸後期)
5979	村上	聽雨	恒天			聽雨・亦愚居士	京都	慶應2	73		
5980	村上	冬嶺	友佺	健平－讃藏	漫甫・等詮(全)	冬嶺・春臺(台)院	京都	寶永2	82	那波活所	醫、詩、邨漫甫ト稱ス
5981	村上	佛山	熊之助－東四郎－剛－健平	彦左衞門－喜左衞門・潛藏	大友(有)	佛山・稗田耕夫	豐前稗田	明治12	70	原古處 龜井昭陽 等	大庄屋、豐前ノ儒者(水哉園)、詩
5982	村上	蓬盧	忠順		承卿	蓬盧(廬)・千卷舍		明治(16 17)	(71 73)		三河刈谷藩醫、詩、藏書家
5983	村上	茂亭	義茂	英俊・松翁	棟梁	茂亭	下野	明治23	80	大野鏡湖 宇田川榕庵	幕府開成所佛蘭西語教授方
	村士		→スグリ 3303〜								

5984	村杉	卜總	惟時	文右衛門	子敏	卜總眞人・穀山	上總	天明中	70	片山兼山	村惟時・村卜總卜修ス
	村瀬	軍治	→山縣柳莊 6227								
5985	村瀬	栲亭	之熙	嘉(喜)右衛門・元忠・掃部	君績	栲亭‐神洲(州)・小華陽・土岐中書	京都	文政元	73	武田梅龍	本姓源氏、秋田藩儒‐京都ノ儒者、醫・書・畫、土岐神洲・源之熙ト稱ス(私謚)文獻先生
5986	村瀬	石庵	誨輔(甫)	田邊晋二郎・新次郎	季德	石庵・旭齋	尾張	安政3	76	秦　滄浪	田邊氏養子、名古屋藩士‐幕府儒臣(昌平黌教授‐甲府徽典館學頭)、姓ヲ瀬ト修ス
5987	村瀬	石齋	修		士業	石齋	京都				栲亭男、詩・書
5988	村瀬	素石	惟廣	幾之丞	士勤	素石	伊勢津	明治45	74	齋藤拙堂 井野勿齋	藤堂高驤男、高兌(津藩主)弟、津藩儒
5989	村瀬	太乙	外太郎‐黎・青 黎・藜	泰一	泰乙	太乙散人・晦園・濃山樵夫(散人)・翠仙・白雲太一・放屁先生	美濃	明治14	79	頼　山陽 村瀬藤城	藤城弟、名古屋ノ儒者‐犬山藩儒(致道館講師)
5990	村瀬	藤城	褧・絅	敬治・平助・平次郎	士錦	藤城山居(書屋)・庸齋・梅花村舍・春曦書屋	美濃	嘉永6	64	頼　山陽	大庄屋、美濃ノ儒者(藤城山居・梅花村舍)、史學、文
5991	村瀬	文三	文三			香雲・二十(一)回狂士	伊勢	明治7	47	山中靜逸 藤田東湖	伊那縣少參事、姓ヲ村松トモ稱シ、靑井幹三郎・靑井藴遊トモ稱ス
5992	村瀬	立齋	有本		原泉	立齋・豆洲	美濃	嘉永4		村瀬藤城	藤城弟、名古屋藩儒醫
5993	村瀬	櫟園	觀	良助	子瀾	櫟園・櫟岡	江戸	寛政9	45		江戸ノ儒者
	村田	一洞	→杏　一洞 2316								
5994	村田	季武	源太郎‐季武	十右衛門・伊左右衛門			攝津茨木				教育者(盈科書院)(享保)
5995	村田	箕山	常武	平藏	伯經	箕山・耻(恥)齋	松山	安政3	70	池内義方	伊豫松山藩儒、詩・書・句
5996	村田	敬所	政和・和	七左(右)衛門	子節	敬所・致堂	四日市	嘉永7	28		富商、詩・書
5997	村田	庫山	常道	兵部		庫山・醉古堂・樂國生	兵庫	天保8		藤田撫山 伊藤東里	京都ノ儒者、書

5998	村田　香谷	叔			香谷・蘭雪・適園	筑前福岡	明治45	(8382)	貫名海屋 梁川星巌	畫・詩・書(大坂)
5999	村田　子謙	允益		子謙		豊後			服部南郭	
6000	村田　氏純	氏純					天明8	76		本姓明石氏、越前福井藩士
6001	村田　春海	春海	傳藏・大學・昌和・平四郎・治兵衛	士観	琴後翁・錦織舍・織錦齋・漁長・淺草里人	江戸	文化8	66	加茂眞淵 服部白貢	本姓平氏、一時坂昌和ト稱ス、商賈、國學、漢文
6002	村田生育齋	經正	覺右衛門		惟孝・生育齋	和泉大津	天保14	71	篠崎三島	泉大津ノ儒者
6003	村田　誠齋	行		士文・順道	誠齋	越中井波	安政5	64	吉益北洲	京都ノ儒醫
	村田　藏六	→大村良庵 1476								
6004	村田　南溟	綱基	清藏	徂鄕	南溟	小濱				詩、姓ヲ邨田トモ書ク(安永)
6005	村田　農水	繼儒			農水				皆川淇園	姫路藩士、詩
6006	村田　匏庵	通信			匏庵				田淵三迪	詩・文・醫(江戸前期)
6007	村田　藍閭	冨年	岩五郎	大椿	藍閭					京都ノ儒者(文化)
6008	村田　柳涯	素行	耕之助		柳涯・湖上漁文	近江	明治22	78	的場天籟	詩・文・書
6009	村田　龍淵		元作	子問	龍淵(句)青牛		文政13	74		本姓鈴木氏、福井藩儒
6010	村田　廉窩	直景		仲介	廉窩	上野	明治38	64		清水礫洲男、田安藩儒
6011	村松　景卿	英之			果卿(鄕)	越後				蘆溪四男、高田藩儒(江戸後期)
6012	村松　浩齋	直	太十郎	養卿	浩齋	三河	天保中			吉田藩儒
6013	村松　之安	之安		伯泰		越後				蘆溪長男、高田藩儒

6014	村松尙志軒		標左衛門	紀風	尙志軒・樵畊齋		天保12	79	小野蘭山	本草學
6015	村松晩村	肅		良肅・簡卿	晩村	駿河	明治12	53	石井繩齋	静岡ノ儒醫
	村松文三	→村瀬文三 5991								
6016	村松蘆溪	文蔚–貞吉	與右衛門	叔豹–子(士)博–子水・子悟	蘆溪・梅亭	越後頸城	天明7	73	服部南郭	農家、高田藩儒、松貞吉ト修ス
6017	村松蘆洲	志孝			蘆洲	山梨市川	昭和49	99	岡千仞 三島中洲	詩
6018	村山荷汀	椒・通	秀一郎	其馨・仲宣	荷汀・半牧方士	越後	明治元	41		志士、自殺
6019	村山矩道	伯通	德兵衛		矩道	伊勢鈴鹿	慶應3	65	猪飼敬所	旅館業
6020	村山空谷	延長		子膺	空谷	越後	慶應3	33	藍澤南城 水落雲濤	本姓飯塚氏、文・詩
6021	村山止說	廣	新兵衛・一右衛門	子業	止說	福岡	文化5	72		福岡藩儒
6022	村山芝塢	絹	大次・一介・新左衛門	伯經	芝塢・霞關・退齋	福岡	文政3	63(67)	村上四明 林鳳潭	止說男、福岡藩儒(江戸)
6023	村山拙軒	德淳		大樸	拙軒(齋)	江戸	明治26	63		鹽田松園次男、幕府醫官–史官
6024	村山太白	漢	勘吾	孟倬	太白山叟(樵)	肥前田代	嘉永中	75前後		農業–田代藩士
6025	村山南海	維益		士謙	南海・以文	伊勢松本	享和2	58	岩垣龍溪	儒醫、姓ヲ村上氏、村井氏トモ稱ス
6026	室櫻關	松太郎–和平–克–衡平	直	無害・復甫	櫻關	磐城	明治18	68	古賀侗庵 尾藤水竹等	平藩儒(私謚)駿臺先生
6027	室何遠	重明		何(河)遠		豊後			柴山鳳來	岡藩儒(安永)
6028	室鳩巣	孫太郎–直清–玄朴	新助・玄朴	師(子)禮・汝玉・順祥	英賀–鳩巣・滄浪・駿臺・静俟齋	武藏谷中	享保19	77	木下順庵	草庵男、加賀藩儒–幕府儒官(私謚)駿臺先生
6029	室草庵	玄樸			草庵	備中	天和3	68		

番号	姓 號	名	通稱	字	號	生地	沒年	享年	師名	備考
6030	室 勿軒	洪謨	忠三郎	順祥-孔(公)彰	勿軒	江戸	元文4	34		鳩巣男
	室	↕シツ(3079)								
6031	室田 坤山	謙	退藏	子讓	坤山	紀伊	文化中	55	紀平洲	本姓泉氏、醫

〔め〕

番号	姓 號	名	通稱	字	號	生地	沒年	享年	師名	備考
6032	目々澤 鉅鹿	廣生	勇・新右衛門	子坤	鉅鹿・百一翁	陸前	弘化5	81	畑中荷澤 柴野栗山等	樗軒男、陸前佐沼邑主亘理氏世臣、詩・文
6033	目々澤 樗軒	廣喜	牧之進・良治・新右衛門	子昭	東皐-樗軒	陸前	文化9	67	畑中荷澤	陸前佐沼邑主亘理氏世臣
6034	目良 碧齋	憲			碧齋	紀伊	明治28	70	野呂松盧	漢方
6035	米良 悔堂			子明	悔堂	豊後	明治9	39		日出藩儒-大參事・判事
6036	米良 東嶠	倉	倉次郎	子庾(倉)	東嶠・稽古堂	豊後日出	明治4	61	帆足萬里 佐藤一齋等	本姓井上氏、日出藩儒(致道館督學-家老)、姓ヲ米ト修ス(私諡)文清先生
6037	妻鹿 友樵	雍	友樵・友蕘	子周	三友草廬	大坂	明治29	71	勝瀬馬洲	詩・文・畫
	鳴 歸德	↓成嶋錦江 4537								
	鳴 錦江	↓成嶋錦江 4537								
	鳴 鳳卿	↓成嶋錦江 4537								
6038	食野 青圃	常辰	次郎左衛門	青圃			文政元	53	十時梅厓	詩・文・書・畫、姓ヲ食ト修ス

〔も〕

	姓	號	名	通稱	字	號	生地	沒年	享年	師名	備考
6039	茂原	菊齋	仲導	莊助	環夫	菊齋	上野			梁田蛻巖	酒井侯儒
6040	茂呂	鼇岳	猷(猷)	源藏	原三	鼇岳	江戶	寶永中			江戶ノ儒者
6041	物集	高見	高見			鶯谷・董園・理書居士	大分	昭和3	82	東條琴台	高世長男、國文學者
6042	物集	高世	高世・正策・正孝・眞風	卯兵衞・丈右衞門		葎生(屋)	豊後杵築	明治16	57	元田竹溪・平田銕胤	杵築藩士(國學教授)
6043	最上	鶯谷	元吉-常(定)矩	房吉・俊治・德內・億內	士規(觀)・子員	鶯谷・甑山・白虹齋	出羽	天保7	82	本田利明	蝦夷地探檢家、音韻學
6044	毛利	霞山	高標	彥三郎	培松	霞山・寬龍・紅粟齋	豊後佐伯	享和元	49		佐伯藩主、藏書家(佐伯文庫)
6045	毛利	空桑	儉	到	愼甫	空桑	豊後大分	明治17	88	帆足萬里・龜井昭陽等	豊後ノ儒者(知新館)-熊本ノ儒者(成美館)、勤皇家
6046	毛利	泰齋	崇廣・齋廣	保三郎	公胖	泰齋・翠濤・吳竹・棲鳳		天保7	23		
6047	毛利	貞齋	瑚珀	香之進	虛白	貞齋	大坂	元祿中			京都ノ儒者
6048	毛利	南陵	權之助-廣漠	宮內・兵庫・下野		豊西・南陵		寶曆9	37	山縣周南・服部南郭	山內琴臺兄、詩・文・書・畫
6049	毛利	扶搖	髮・泰高・義方	圖書・兵庫頭	公錦	扶搖子・壺邱・南豊	豊後	天明6	57	宇佐美灊水・大內熊耳等	本姓藤原氏、豊後佐伯侯毛利周防守高慶庶子、水戶山野邊氏養子、後、離緣、詩・文、藤南豊・滕髮ト稱ス
6050	猛	火(僧)	勝-猛火		明了	赤須眞人	伊勢松坂	天明8	73		松坂眞台寺住持、書
6051	木	庵(僧)	戒瑫・性瑫		木庵	木庵(菴・闇)・方外學士・牛人	明國泉州	天和4	74	(僧)隱元	俗姓吳氏、明人、黃檗山萬福寺二世、書(謚號)慧明國師
	木	煥卿	→鈴木澶洲 3352								

木 孔恭 →木村巽齋 2191

木 實聞 →木下蘭皐 2162

木 世肅 →木村巽齋 2191

木 晟 →木村梅軒 2197

木 澶洲 →鈴木澶洲 3352

木 巽齋 →木村巽齋 2191

木 貞幹 →木下順庵 2156

木 貞實 →木村蓬萊 2205

木 蓬萊 →木村蓬萊 2205

木 蘭皐 →木下蘭皐 2162

望月庵太郎 →谷口王香 3853

6052 望月 毅軒 綱 萬一郎 孟玉(王) 毅軒 下總績川 明治11 61 野村篁園 昌平黌 本姓京極氏、幕府儒官(昌平黌儒官)-修史局地誌課

6053 望月 大象 大象 伊織 雍 伊豆韮山 明治10 50 韮山代官江川氏臣、儒

6054 望月 鹿門 吉之助-乘 三英 君彦 鹿門・桂華 江戸 明和6 72 服部南郭 幕府醫官、藏書家、望三英・望鹿門ト修ス

6055 元岡 鶴皐 三素 淵(湖)泉 鶴皐・飀々釣人・四時亭 江戸 儒醫(安政・江戸)

6056 元田 竹溪 彝(彛) 百平 伯倫 竹溪 豊後杵築 明治13 80(81) 帆足愚亭 佐藤一齋 杵築藩儒(學習館教授)

6057 元田 東野 大吉・傳之丞-遜-永孚 八右(左)衞門 子中 東野・茶陽・東皐・猿岳樵翁 熊本 明治24 74 熊本藩黌(時習館) 熊本藩士-樞密院顧問

6058	本内 以愼			三折(說・悅)	克己齋・己齋・以愼	上野	元祿14			本姓角田氏、陸中盛岡藩士(盛岡)–因幡鳥取藩儒(鳥取)、詩・歌
6059	百川 玉川	平章	順助・屯助	達夫	玉川	弘前	文化2	31	大田錦城	弘前藩儒(稽古館教授)
	桃	→トウ 4099〜								
	桃 伊織	→橋本景岳 4790								
6060	桃井 可堂	誠	儀八	中堂(道)	可堂・蓼洲	武藏	元治元	62	東條一堂	本姓福本氏、備中庭瀬藩賓師–武藏ノ儒者、志士
6061	桃井 山東	直德	宣三		山東	武藏	明治10	38		可堂次男、伊勢崎藩儒
6062	桃井 疊山	守器	八郎	之彦	疊山	武藏	明治11	43		可堂長男、儒醫
6063	桃井 翠庵	世文	文之助–大藏–題藏	君平	翠庵・北湖・珠顆園–成蹊	出雲	明治8	70		本姓坂根氏、西可男、松江藩士、桃翠庵ト修ス
6064	桃井 西河	鐵彌–世明・忠德	鐵彌–義三郎	君義	西河・孟津・鰐尾	出雲	文化7	63	柴野栗山 江村北海等	本姓脇坂氏、白鹿養子、松江藩儒(明教館教授)、桃世明ト修ス
6065	桃井 節山	勝藏–好裕	碩七–文之助	君綽	節山・修齋・靜遠處	出雲	明治8	44	佐藤一齋 安積艮齋等	本姓杉氏、翠庵養子、松江藩儒(修道館教授)、桃好裕・桃節山ト修ス
6066	桃井 東園	道隆		仲長	東園居士・浮葉庵主	江戶	寶曆10	74	太宰春臺	星學、桃東園ト修ス
6067	桃井 白鹿	友太郎・友之助–硯次郎–盛	大藏–源藏・題藏	茂功–子深	白鹿・百川	石見	享和元	80	林榴岡 林鳳谷	本姓地根氏、東園養子、松江藩儒(文明館・明教館教授)、桃源藏・桃盛・桃白鹿ト修ス
	桃井亮次郎	→橋本景岳 4790								
	守	→シュ (3159)								
6068	守田 敬齋	通敏		伯修	敬齋	長門				
6069	守村 鷗嶼	約	彌十郎・次郎兵衛	抱儀・希曾	鷗嶼(閑人)・松篁・交翠山房・求己・石經樓・經解樓・經胙・眞實庵・小靑軒・補陀落山房	江戶	文久4	(60)58		藏書家、詩・書・畫・句

6070	守元	溪圃	友德	回藏	脩三(之)	溪圃					姓ヲ森元トモ書ク、(文政・大坂)
6071	守屋	峨眉	煥明	小十郎・元恭	秀綽・伯亭	峨眉〔山人〕	江戸	寶曆4	62	安藤東野 荻生徂徠	東陽父、大垣藩儒醫、詩、守煥明・守秀綽ト修ス
6072	守屋	心翁	義門・尙義	氏右衞門		心翁	讃岐	寶曆12	81		本姓物部氏、姓ヲ森尾トモ稱ス、高松藩士、曆・易
6073	守屋	中洲	成廣	四郎左衞門	子勤	中洲・松園	仙臺	明治17	77		仙臺藩士、詩・文・書
6074	守屋	東陽	元泰		伯亭	東陽	江戸	天明2	51	守屋峨眉 服部南郭	峨眉長男、大垣藩醫(藩主侍講)
	守山		→森山 6115								
6075	森	横谷	正名	四郎		横谷	土佐	明治6	69	松田思齋 箕浦耕雨等	高知藩士(江戸−土佐)
6076	森	鷗外	林太郎			鷗外〔漁史〕・觀潮閣(樓)主人・千朶山房主人・頁和閣主人・雙木生・隱流・歸休庵・腰辨當・芙蓉生・夢みる人	津和野	大正11	61	依田學海	陸軍々醫・文學者
6077	森	鷗村	保定	定助・定吉	士興	鷗村	下野	明治40	77	安積艮齋 藤森弘庵	下野ノ儒者(鷗村學舍−修身館)、詩・文
6078	森	海菴	明−性		誠卿	海菴(庵)	水戸	文政10	43		儼塾五世孫、儒醫
6079	森	槐南	公泰	泰二(治・次)郎	大來	槐南・秋波禪侶・菊如澹人・說詩軒主人	名古屋	明治44	49	鷲津毅堂 三嶋中洲等	春濤男、詩(隨鷗吟社)、文學博士
6080	森	觀齋	久德・篤義−忠義	藤十郎	仲仁	觀齋		文久元	78		本姓石川氏、水戸藩士(彰考館)
6081	森	枳園	立之・弘之	養(秀)眞・伊織	立(六)夫	枳園・醒齋・節齋・二端老人・五禽〔堂〕・水谷山人・浴仙・詯齋・自言居士・竹窓主人(醫)養竹	江戸	明治18	79	伊澤蘭軒 狩谷棭齋	福山藩醫(水戸)−幕府醫官(醫學館講師)、書誌學者
6082	森	玉岡	謙	陶齋	子謙	玉岡・笠翁・杏園・小自在庵	江戸	嘉永6	56		詩・書・醫
6083	森	牽舟	潤三郎			牽舟	京都	昭和19	65		鷗外弟、教育史
6084	森	源流	尹祥	儀右衞門		源流		寛政10	71		

6085	森	儼塾	龜之助–尚謙		利沙	儼塾・不染居士・復庵	攝津高槻	享保6	69	福住道祐・松永昌易	水戸藩士（史館編修）
	森	二郎	→鈴木抱山 3470								
	森	修來	→佚山（僧）769								
6086	森	春濤	魯直	春道・浩甫・森髯	方大・古愚・希黄	春濤・香魚水裔廬・九十九峰軒・三十六灣書樓・眞齋・寒玉亭	尾張一之宮	明治22	71	鷲津益齋・梁川星巖	槐南父、詩（名古屋・桑三軒吟社、東京・茉莉吟社）
6087	森	松陰	長勳		士剛	松陰	河内				（甲斐）
6088	森	縱堂	靖・教	仲助	夷甫・子丈	縱堂	陸奥白河	明治3	73	廣瀬蒙齋・昌平黌	桑名藩士–下野日光郷校教授–桑名ノ儒者、詩・文
	森	生駒	→日下生駒 2368								
6089	森	省齋	祐望・久大	石見		省齋	肥後	安永3	61	大塚退野	肥後江田村熊野宮社司
6090	森	銑三	銑三			洗雲莊	尾張刈谷	昭和60	89		人物研究、近世學芸史
6091	森	滄洲	由己	十郎左衛門	子義	滄洲	館林	安永2	55		
6092	森	遜亭	時言	興平	子行	遜亭	京都				本姓源氏、京都ノ儒者
6093	森	退堂	嵩	峻藏	峻夫	退堂・華山・雨外	京都	文政4		龜井南溟・井上四明	伊豫吉田藩儒（時觀堂教授）、詩・文・書・句
6094	森	鼎	鼎	喜右衛門	伯享			嘉永3	60	皆川淇園	近江膳所藩士（遵義堂教授）
6095	森	鐵之助	鐵之助				大和高市	明治6	61	篠崎小竹・谷三山	本姓米田氏、狹山藩儒
6096	森	東郭	鐵（銕）・質	彥右衛門	大年	東郭	上總	寛政3	63		江戸ノ儒者、易
6097	森	東門	球	賓助–孫一〔郎〕	求玉	東門	美濃加納	寛政11		吉田東堂	詩
6098	森	梅溪	子順	喜右衛門		梅溪		慶應元	37	篠崎小竹・藤澤東畡等	近江膳所藩士（遵義堂教官）

6099	森	楓齋	愿	愿藏	叔恭	楓齋・梅莊					本姓源氏(江戸・江戸後期)
6100	森	保敬	保敬		季順		紀伊	天明3	42	菊池衡岳	
6101	森	鳴鶴	文雄		世傑	生駒山人・鳴鶴	河内日下				詩
6102	森	餘山	幽吉			餘山	伊豫宇和島				退堂孫、桑名ノ儒者(安政中)-江戸ノ儒者、詩・書
6103	森	庸軒	尚尉(蔚)・尉・尚猷・尚濟	太郎左(右)衛門・豹藏	豹卿	庸軒・靜觀廬・涵養亭・樂群堂	水戸	明治元	55		海菴孫、水戸藩儒醫(弘道館助教・彰考館修史・側醫師)
6104	森	蘭澤	劾	司馬	君則	蘭澤	江戸	安永6	56	太宰春臺	本姓谷田貝氏、廣島藩儒、杜劾ト稱ス
	森	↕シン(3202)									
6105	森井	月艇	以貫	恕仙	子道・以一	月艇・釣鼇道人	陸前	嘉永4	55	渡邊確齋 松井梅屋等	仙臺藩醫(醫學館學頭)、詩
6106	森川	竹磎	鍵藏		雲卿	竹磎・鬢絲禪侶・聽秋仙館・巘(巘)綺齋・窠莊館	東京	大正6	49	森 槐南	詩
6107	森川	竹窓	世黄	曹吾	離吉	竹窓・良翁・柏堂・習志齋	大和鳥屋村	文政12(13)	67(68)	岳 玉淵	書・畫
6108	森嶋	其進	其進	彌十郎	子與		甲斐	文政4	60	昌平黌	
6109	森田	櫻園	朗	哲之進	子謙	櫻園	常陸			藤田幽谷	笠間藩儒
	森田	巖川	↓早川巖川 4873								
6110	森田	桂園	行・清行	國太郎	士直	桂園・黄雪	江戸	文久元	50		本姓大城氏、森田霞舟女婿、幕臣(學問教授方出役)
6111	森田	士德	茂政-直政	吹田屋六兵衛	士德	懷玄堂・抱愼齋	河内	天明2	45		詩(混沌社)
6112	森田	節齋	益	謙藏		節齋(庵・翁)・五城・愚庵	大和五條	慶應4	58	猪飼敬所 頼 山陽	備中廣江丈兵衛賓師-京都ノ儒者、勤皇家、妻モ無該(弦)女子ト稱シ詩ニ通ズ
6113	森田	梅磵	居敬	良太郎	簡夫	梅磵・紫山樵夫・仙山外史	土佐	元治2	47	佐久間象山 梁川星巖	高知藩士、詩・書

	姓	號	名	通稱	字	號	生地	沒年	享年	師名	備考
6114	森田	葆庵	寛	月瀬	季裕	葆庵・詩禪	大和五條	明治21	63	梁川星巖	節齋孫、備中丹羽瀬藩儒醫（誠意館教授）―岡山ノ儒者、詩・書・畫
6115	森山	富涯	定志	團右衛門		富涯		寛政中			出雲廣瀬藩士、姓ヲ守山トモ書ク
6116	兩角	玉溪	融	孫四郎		玉溪	龜岡	萬延元	64	中島雪樓・松本愚山	
6117	諸井	春畦	直行	時三郎	習卿	春畦・山紫閣	本莊	大正8	54		詩・書、妻華畦モ書ヲ善クス
6118	諸木	蔀山	建敏	雄助	士愼	蔀山・敬堂	福山				福山藩儒（安政・江戸）
6119	諸葛	歸春	晃	次郎太夫	君韜	歸春・艮軒	下野	弘化4	65		琴臺男、姫路藩儒
6120	諸葛	琴臺	蠡	次（治）郎太夫	君測	琴臺・鬢髪山人・鳳棲園	下野那須	文化10	（67）66		日光輪王寺侍讀―姫路藩儒、度量學（江戸）
6121	諸葛	中如	武	尚一郎	興卿	中如・華月亭	江戸	天保11	37		琴臺孫、詩・書
6122	諸橋	止軒	轍次			止軒・遠人村舍	新潟	昭和57	99	東京高師	東京文理大教授、『大漢和辭典』
6123	文	雄（僧）	文雄		僧谿・僧然・谿然	然蓮社洞譽光阿無相・洞譽・光阿・無相〔子〕・尚絅堂・錦街	丹波桑田	寶曆13	64	太宰春臺	淨土宗僧、俗姓中西氏、音韻學（謚）洞譽上人
	門田		→カドタ 1898〜								
	〔や〕										
	八重	次郎	→谷口王香 3853								
6124	八木	沙村	彝（彜）	甚右衛門	倫道	沙村・橘里					萩藩士、詩
6125	八木	巽處	廸（迪）	兵太	孟卒	巽處	阿波				詩・書・畫（大坂・文化）
6126	八木	中谷	金松―林之助―美穗・美穟	金兵衛・太郎左衛門		中谷・中林・陽西成・誦習庵	遠江小笠郡	安政元	55	（僧）大肅	遠江横須賀藩士（藩學問所教授長）、歌道・和漢學

6127	八木 文琳		敬藏・右文		文琳(林)・退庵		文化12		服部南郭	二本松藩士(敬學館文學)、書
6128	八木澤 鑿石	元			鑿石(書屋)		昭和52	72	東京帝大	明代劇作家研究、『遊仙窟』
6129	八代 柳坨	元通	隆大	武元・公長	柳坨・閑々桑者	羽後横手	明治37	91	湯口龍淵	横手郷校教授見習
6130	矢尾板 拙谷	伯章	伯松・玄春・三印		拙谷・大痴軒主人	米澤	寶永2	66	野間三竹	米澤藩儒醫
6131	矢上 快雨	行	行助	子生	快雨	阿波			廣瀬淡窓	詩(京都・江戸後期)
6132	矢口 謙齋	正浩	浩一郎		謙齋	本荘	明治12	63		本姓森田氏、幕臣、詩・文
6133	矢倉 霞爛	安々	鍵屋半右衛門	文思・文選	霞爛・樂芳庵	京都	寛政元	67		草花栽培、文人
6134	矢島 伊濱	惇辰	四郎右衛門	宗惇	伊濱・伊川・大學堂	小倉	嘉永2	54	石川彦岳	小倉藩儒(思水館學頭)
6135	矢島 梨軒	椿齡		壽翁	梨軒	佐渡	明治中	63	昌平黌 大沼枕山	詩
6136	矢島 立軒	剛	禹年–恕輔(介)	毅侯	立軒・禹年	福井	明治4	46	安積艮齋 鹽谷宕陰等	福井藩儒(明新館教授)
6137	矢田 梅洞	棟吾–希一–精			梅洞・竹雨・對嶽樓	別府	明治26	66	廣瀬淡窓	別府ノ儒者
6138	矢田部 岐山	好久		子虔	岐山・台(臺)北・眞隱					詩・書(江戸・天保)
6139	矢田部 鳳臺	好銑	豊前守	子澤	鳳臺	江戸				東叡山中太夫、詩、田好銑ト修ス
	矢田部 ↔谷田部 6152～									
6140	矢田堀 函陵	鴻			函陵	江戸	明治20	59	昌平黌	幕臣–海軍總裁
6141	矢土 錦山	勝之		實夫・子克	錦山・金門仙史	伊勢	大正9	72	藤川三溪 松田元修等	詩・文
	矢野 卯三郎 →廣瀬青村 5152									

6142	矢野　玉洲	道和・義成		章卿	玉洲	江戸	天明2		細井廣澤	書
6143	矢野　恒齋	道積		元懷	恒齋		寶暦3			江戸ノ儒者
6144	矢野　蕉園	弘		毅卿	蕉園	豊後	文化13	44	三浦梅園	杵築藩儒(學習館教授)、詩・文
6145	矢野　翠竹	晋	佐太郎		翠竹		安政6	62	賴　山陽	伊豫西條藩儒、詩
6146	矢野　拙齋	義道・道義・知道	理平—山中久右衛門		拙齋	伊豫西條	享保17	71	山崎闇齋	江戸ノ儒者—甲府府中藩主侍講、姓ヲ山中トモ稱ス
6147	矢野　容齋	道垣		貞甫・固仲	容齋	江戸	明和元	67	矢野拙齋 細井廣澤	拙齋男、江戸ノ儒者、測量術・醫術
6148	矢橋　赤水	龍	辰二郎	子淵	赤水・竹雪廬	美濃赤坂	文化中		江村北海	詩
6149	矢部　正謙	正謙	彦五郎・駿河守			江戸	天保14			幕臣(勘定奉行)
6150	矢部　騰谷	保恵	與藏・爲八(郎)	誨人	騰谷	奥州	天保9	65		幕臣(同心)—江戸ノ儒者
6151	谷頭　溟南	清方—有壽	文藏	山民	溟南・痴客・齊東野人	豊前	明治14	62		小倉ノ儒者(龍松軒)—小倉藩儒
6152	谷田部漪齋	忠齋—樗	官藏	君美—櫟夫	漪齋—龍湖	羽後	文政4	37	皆川淇園	後、姓ヲ岡氏ト稱ス
6153	谷田部東壑	牝—常德	藤八郎	子玄—子朴(樸)	東壑	水戸	寛政元	57	吉益東湖 鈴木白泉	水戸藩儒(彰考館史員)、姓ヲ矢田部トモ書ク
	谷田部	↔矢田部 6138〜								
6154	屋代　龍岡	喜之助—師道	剛七郎・次右衛門・與左衛門・馬左衛門	友達	龍岡・空々居士	江戸	天明6	77	渡邊蒙庵 松下烏石	本姓永郈氏、幕臣、篆刻、源師道ト稱ス
6155	屋代　輪池	太郎吉—詮虎・詮賢・詮丈—弘賢	太郎・太郎吉		輪池	江戸	天保12	84	山本北山	幕臣(奥右筆)、書、考證學者、藏書家(不忍文庫)
	屋根屋三右衛門	→北村靜盧 2292								

	野	鶴山	→人見竹洞 5067								
	野	撝軒	→中野撝軒 4355								
	野	兼山	→野中兼山 4709								
	野	子賤	→野村東皐 4720								
	野	子包	→野間靜軒 4712								
	野	醉石	→野澤醉石 4696								
	野	柳谷	→野間靜軒 4712								
	安		→アン(336)								
6156	安井	玉洲	敬英		世昌	玉洲	紀伊				聾者(加賀没)
6157	安井	金龍	儀	三藏	民則	金龍・蓋山	福岡	寛政9	(5650)	長野一德	福岡藩儒(修猷館訓導)
	安井	春海	→保井新蘆 6179								
6158	安井	滄洲	朝完・完	平右衛門	子全	滄洲	日向	天保6	69	古屋昔陽 皆川淇園	飫肥藩儒(振德堂總裁)‐幕府儒官
6159	安井	息軒	順作‐衡・朝衡		仲平	清瀧・足軒‐息軒・半九子(陳人)・南陽・葵心子	日向	明治9	78	古賀侗庵 松崎慊堂	滄洲次男、飫肥藩儒(振德堂助教)‐幕府儒官、詩(三計塾)(江戸)
6160	安井	武山	武	三郎平	子桓	武山	備後				安武ト修ス
6161	安井	朴堂	朝康	小太郎		朴堂	肥前	昭和13	81	安井息軒	息軒外孫、一高教授
6162	安井	六橋	信富	大屋孫彦・上野介・山王のお髭	好古	六橋・剪燭齋・髭翁・白髭翁・點齋		弘化2	73	磯谷滄洲	本姓源氏、山王稲荷神主、狂歌
6163	安枝	蘇民	正亮	和助		蘇民・雲从堂		天保14	60	大城壷梁 中山默齋等	熊本ノ儒者

6164	安岡	瓠堂	正篤			瓠堂	大坂	昭和58	85	東京帝大	陽明學
6165	安岡	川莊	正令	正太郎	正卿	川莊・眠軒	武藏	明治16	56	藤森天山	嶺南男、醫、姓ヲ保岡トモ書ク
6166	安岡	嶺南	孚	元吉	元吉	英磧–嶺南・鳳鳴・近仙居・眠軒・寒齋–隨翁	武藏川越	明治元	66(68)	長野豊山	川越藩儒(博喩堂教授)–江戸ノ儒者、姓ヲ保岡トモ書ク
6167	安田	椎園	善助–善次郎(二代)			椎園		昭和11	58		實業家、藏書家(松迺屋文庫・安田文庫)
6168	安田	棟隆	棟隆	圖書	任卿		京都			堀　景山	
6169	安田	放庵	鐸・燮	健(謙)藏	適人・公和	放庵(菴)・靈巖	讃岐				詩(京都–大坂)(江戸後期)
6170	安武	雁連舍	領・鎮元・巖丸	彌十郎		雁連舍・傲霜窟	筑後	明治10	61	牧園茅山 西原晁樹	本姓後藤氏、柳川藩儒(傳習館寮頭)
6171	安並	惟齋	雅景	彌三八・八十八		惟齋	土佐	嘉永4	72	大槻磐溪	高知藩儒(教授館總宰)、歌
6172	安野	南岳	眞卿・肅	形助	公雍	南岳	熊本	文政12	69	高本紫溟	熊本藩儒(自習館奉行)、詩・文
6173	安原	方齋	寛・希曾	三吾(平)・富次郎	得衆	方齋・知言館	近江高島	享和元	66	安原霖寰	伊勢久居藩儒
6174	安原	霖寰	貞平	太郎	伯亨	霖寰・省所	近江高島	安永9	83	中江藤樹 伊藤東涯	方齋兄、信濃上田藩士(藩主侍講)
6175	安見	晩山	元道	文平	大(太)中	晩山	江戸	享保16	68	林　鳳岡	幕府儒官
6176	安光	南里	謙道・確	繁太郎	子亨(亭)	南里・韜堂	土佐	萬延元	51	中村西里 篠崎小竹等	土佐ノ儒者(清風堂)、詩
6177	安元	節原	眞凱	八郎		節原・蒼松園		天保6	45	倉成龍渚	久留米藩士(明善堂助教授)
6178	安元	猶龍	遜	杜預藏	伯言	猶龍	大和	嘉永7	27	森田節齋	郡山藩士
6179	保井	新蘆	春哲–春海・算(筭)哲・都翁	六藏–澁川助左衛門	順正	新蘆	京都	正德5	77	山崎闇齋	本姓安井氏、幕臣(天文方)、後、澁川氏ヲ稱ス
	保岡	→安岡 6164～									

	柳	↓リュウ(6565)								
6180	柳井 絅齋	碌	錄太郎	文甫	絅齋	備中	明治38	35	高梁藩黌	博文館編緝員
	柳井	↕楊井6193～								
6181	柳川 臥孟	栗本辰助―西村良三―春彦	春三		臥孟・楊江・春蔭・朝陽・楊大昕・鶺鴒樓・柳園・梔園・喫霞樓・細柳書屋・太平逸士(史)・幕天書屋・錦溪老人・擊壤仙史・又玄齋・白雲・抔月・艮庵・四溪・仁山・好文・弄玉・袞天樓・寶雪庵・概痴道人・醉雅・采英書屋・醉奴・葛城小仙・紀淑麿	名古屋	明治3	39	丹羽盤桓 伊藤圭介	和歌山藩士(蘭學所)―幕臣(開成所教授)、洋書飜譯、書、姓ヲ柳河トモ書ク
6182	柳川 震澤	順剛	平助	用中	平庵(菴)―震澤・震溪釣叟	近江	元祿3	41	木下順庵	京都ノ儒者、詩、柳順剛ト修ス
6183	柳川 滄洲	三省	小三次	魯甫・子春	滄洲	攝津	享保16	66	木下順庵	本姓向井氏、震澤養子、柳滄洲ト修ス
	柳河	↓柳川6181～								
	梁	↓リョウ(6575)								
6184	梁川 紅蘭	きみ・芸香―けい(景)・景婉・宛々	翹子	玉書・道華・月華	紅蘭(鸞)・讀易齋	美濃安八	明治12	76	梁川星巖 中林竹洞	本姓稻津氏、星巖妻、詩・畫、詩ノ姓ヲ張ト稱ス(美濃―江戸―京都)
6185	梁川 星巖	善之丞―卯―孟緯・長澄・緯	新十郎	伯兔―公圖・無象	星巖(嵒)・天谷(道人)・百峯・老龍庵・詩禪・鴨沂小隱・嬾和尚・三野逸民	美濃安八	安政5	70	山本北山	本姓稻津氏、美濃ノ詩人(梨花村草舍・白鷗舍)―江戸ノ詩人(玉池吟社)、梁孟緯・梁卯・梁緯ト修ス
6186	梁田 葦洲	邦恕	絅介・藤九郎	仲容	葦洲	淡路洲本	明治9	61	篠崎小竹 佐藤一齋等	本姓拜村氏、雪江養子、明石藩儒
6187	梁田 毅齋	忠・勝信	信輔	勝德	毅齋	江戸	寛保3	73		蛻巖兄
6188	梁田 錦江	邦彦		霽雲	錦江	丹波篠山	大正元	64	安井息軒 川田甕江	本姓中西氏
6189	梁田 象水	千熊―邦鼐	藤九郎	燮夫	象水―瀾齋・瀾哉・華銕	明石	寛政7	77	梁田蛻巖	蛻巖次男、明石藩儒

6190	梁田	蛻巖	新六郎−邦彦−邦美	新六・元叔・才右衛門	景鸞	蛻巖・蛻翁・龜毛・窊三子	江戸	寶曆7	86	人見竹洞・新井白石	毅齋弟、江戸ノ儒者−美濃加納藩士−明石藩儒(郷校景德館教授)、詩、梁蛻巖、梁邦美ト修ス(私謚)循古
6191	梁田	雪江	邦敬			雪江	明石				天柱男、明石藩儒
6192	梁田	天柱	邦維	八郎左衛門	義治	天柱・方正齋・西園花痴	和泉堺	文政8			本姓萬代氏、象水養子、明石藩儒
6193	楊井	龜山	義篤	平太(次)郎	仲貞	龜山・安宅	上總久留里	天保15	81	昌平黌	久留里藩士(江戸・藩主侍講−久留里三近塾教授)、書、姓ヲ柳井トモ書ク
6194	楊井	蕙洲	盛良	孫太郎	子(士)温	蕙洲・靜齋・靑坡・長福村叟・三希	長崎	萬延元	64		長門萩藩士、詩
	楊井		↕柳井 6180								
6195	柳澤	淇園	貞貴・里恭	權之助・帶刀・宇佐美九左衛門・圖書・下野−權太夫	公美	淇園・玉桂・竹溪(桂)・郡山散人・圓福室・郡玉山房	川越	寶曆8	55	祇園南海・谷口大雅	本姓曾根氏、大和郡山藩儒・家老、書・畫、柳里恭・柳淇園ト修ス
6196	柳澤	芝陵	信兆	太郎	伯民	芝陵・瓦金堂	島原	弘化2	30	川北温山・佐藤一齋	島原藩儒(稽古館教官)、詩・文
6197	柳澤	績齋	範		物先	績齋・霧雨山人				龜井昭陽	越後長岡藩醫、詩(江戸後期)
6198	柳田	正齋	貞亮・定・貞	定藏	節夫・仲靜	正齋	下總佐原	明治21	92	昌平黌	書(江戸)
6199	楊	東明	元廣		既白	東明	長崎	享保7	82		
6200	藪	鶴堂	平	平三(造)	太平	鶴堂・平叟	淡路福良	嘉永2	77		大坂ノ儒者、詩
6201	藪	孤山	愨	茂次(二)郎	士(子)厚	孤山・朝陽山人・大澤	熊本	享和2	68		愼庵次男、熊本藩儒(時習館教授)、姓ヲ叔トモ書ク
6202	藪	愼庵	正順−常遠−弘篤	孫(權)八−久左(右)衛門		震庵(菴)−愼庵・定軒・山陽山(散)人・京山人	熊本	延享元	56	高野蘭亭・荻生徂徠	孤山父、熊本藩儒
6203	藪	長水	良	大造		長水・朝翠・蝶睡	大坂	慶應3	57		鶴堂男、詩

6204	大和　恕堂	篤		敬直	恕堂	備後	大正9		門田朴齋 江木鰐水	備後ノ儒者-教諭
	山	↓サン(3018)								
	山井	↓ヤマノイ 6404～								
6205	山内　香雪	晋	熊之助	希逸	香雪・一枝堂	會津	安政7	62	龜田鵬齋 市河米庵等	會津藩士(日新館)、書
6206	山内　退齋	久作		新民	退齋	大坂	享保3	35		大坂ノ儒者
6207	山内　致亭	任	庸助-又十郎		致亭	伊勢			小野捐庵 鈴木蝸菴	本姓牛込氏、桑名藩士(江戸末期)
6208	山内　貞良	貞良	竹右衛門-佛助			日向	明治6	88		林伯男、高鍋藩儒
6209	山内　由己	玄春	由己	純仁		大坂				詩(江戸中期)
6210	山内　林伯	貞昌	富太郎		林伯	日向	寛政12	49	萩原恪齋 宇井默齋	高鍋藩儒
	山内	↕ヤマノウチ 6407～								
6211	山岡　襟島				襟島		明治33		成島東岳	幕臣、漢學
6212	山岡竹醉子	恭安		守全	竹醉子	尾張	享保中			本姓大伴氏、伊勢山田-京都ノ儒醫、姓ヲ伴トモ稱ス
6213	山鹿　素行	作太郎・文三郎-義矩-義以-高祐・高興・貞直	左(佐)太郎・甚五左衛門	子敬	因山・隱山-素行・若拙齋・屢空齋・如雲・播陽隱士(叟)・隱花・隱皤・播叟・潛夫・素皤・素愚・素翁・江叟・江山・成尾堂・積德堂	會津若松	貞享2	64	林羅山 北條氏長	赤穂侯賓師-江戸ノ兵術家
6214	山方　泰護	造酒-泰護	民部-太郎左衛門			羽後	享保5	59		秋田藩士
6215	山片　蟠桃	惣五郎-有躬-芳秀	升(舛)屋小右衛門・久兵衛・七郎左衛門	子厚-子蘭-焉	蟠桃	播磨神爪	文政4	74	中井竹山 麻田剛立等	本姓長谷川氏、商人、大坂ノ儒者、天文・蘭學
6216	山片　芳達	芳達								蟠桃男

6217	山縣 芝溟	亮	恭平	士明	芝溟		慶應2	52		萩藩儒（明倫館侍讀）、書・篆刻
6218	山縣守雌齋	儀・賴賢	弁（辨）之助	子羽	守雌齋・百齡	羽後	文政12	40	秋田藩黌	吉田謙齋男、詩・文
6219	山縣 洙川	子祺	季（秀）八	魯彦	洙川	長崎			山縣周南	縣子祺・縣魯彦ト修ス（寛延頃在世）
6220	山縣 周南	孝孺	少助	次公	周南	周防	寶曆2	66	荻生徂徠	良齋男、萩藩儒（明倫館學頭）、縣周南・縣次公・縣孝孺ト修ス
6221	山縣 昌樹	昌樹	齋宮			甲斐	寛政12			柳荘兄
6222	山縣 太華	禎	半七	文祥	太（大）華〔書堂〕・芸窓主人	周防	慶應2	86	龜井南溟	本姓吉田氏、周南養子、萩藩儒（明倫館學頭）
6223	山縣 東原	泰道	少内	弘卿	東原		寛政9	52		棠園長男、萩藩儒、詩・文
6224	山縣 棠園	泰恒	次（三）郎右衛門	伯恒・之恒	棠園	周防	天明3	65		周男長男、萩藩儒（明倫館學頭）
6225	山縣 溥泉	習	市三郎	子成	溥泉	周防	文化2	55	柴野栗山 皆川淇園等	周防岩國藩儒、詩・文
6226	山縣 榕所	整	小作	脩公	榕所		文政10	33		東原三男、萩藩士（明倫館都講）
6227	山縣 柳荘	三之助－昌貞・惟貞	軍治（次）・大弐（貳）	子恒・士明・公勝	柳荘・洞齋	甲斐巨摩郡	明和4	43	加加美櫻塢 五味釜川	甲斐府中藩士－江戸ノ儒醫－上總勝浦藩士－岩槻藩賓師－江戸ノ儒者、勤皇家、一時、村瀬氏ヲ稱ス
6228	山縣 良齋	長伯		子成	良齋	周防				萩藩儒
6229	山角 久矩	久矩	貞一郎				文政7			幕臣（御書物奉行）
6230	山上 定保	定保	藤一郎			江戸	寛政中			幕府儒官
6231	山上 龍淵	有透	松軒	君徹	龍淵				伊東藍田	江戸ノ儒者
6232	山川 玉樵	義之		子方	玉樵	豊前中津	慶應2	51	帆足萬里	東林男、長門府中藩賓師（敬業館教授）－中津藩儒
6233	山川 靑山	矩道	類助	子絜	靑山	肥後	寛政9	50		宇土藩士、詩・文、姓ヲ山ト修ス

6234	山川　孫水	子晋	元助	元輔	孫水	大坂	慶應2	78		讃岐高松ノ儒者（明善館）
6235	山川　東渠	愼	愼藏	子固	東渠	讃岐高松	明治33	67	藤澤東畡	高松ノ洋學・和算家
6236	山川　東林	蒙		子聖・聖功	東林	中津	天保14	60	龜井昭陽・倉成龍渚等	長門府中藩賓儒（敬業館教授）－中津藩儒・家塾（山川塾）、周易・佛典
6237	山木　衡陽	伯孝	宇兵衞	子曾	衡陽	越後			伊東藍田	越後ノ儒者
6238	山木　眉山	積善	善太	子善・伯履	眉山（外史）・狂庵・尊經堂	阿波	天保8	38	懷德堂	京都ノ儒者－龜山藩儒（明倫舍教授）、詩・文（江戸）
6239	山岸　德平	德平				越後西蒲原	昭和62	93		漢文學史
6240	山口　凹巷	鷟・瑴－珏（玨）	長次郎・覺太夫	馬卿・聯玉	凹巷（菴）・楊庵・顚庵（陳人）・臥隱・迂齋	伊勢山田	文政13	59	皆川淇園・菅茶山	本姓遠山氏、山口迂叟養子、詩（恒心社）、韓凹菴・韓聯玉ト稱ス
6241	山口　葛坡	文煥		士章	葛坡（披）・玄亭					詩（江戸・天保）
6242	山口　菅山	重明－重昭	定一郎－貞一郎		菅山・近齋	小濱	嘉永7	83	山口風簷・西依成齋	風簷長男、小濱藩儒（江戸）
6243	山口　謙齋	重吉	長三郎	知常	謙齋・觀水軒	江戸	天保中			江戸ノ儒者
6244	山口　行厚	行厚	甲斐守				天保9	66	岡本保孝	書
6245	山口　厚庵	美啓		大介・作平	厚庵	和泉堺	文政9	65	草加驪川	儒・書・醫・歌
6246	山口　耕軒	貴和	和一郎	士春	耕軒	尾張	天保8	70	昌平黌	犬山藩儒
6247	山口　剛齋	景德・純實	剛三郎	正懋・剛翁	剛齋・西月・一德（齋）・顔眞齋・梅廬	大坂	享和元	68	飯岡義齋	大坂ノ儒者－石見津和野藩儒（養老館教授）
6248	山口　修齋	充			修齋	安藝	明治5			鳴鶴男、廣島藩老上田氏儒
6249	山口　重山	弘毅	唯次	子重	重山	大坂	嘉永6	73		剛齋三男、津和野藩儒（養老館教授）

6250	山口	春水	重固-安固	團次郎・莊右衛門-莊左衛門		春水・艮齋	小濱	明和8	80	若林強齋	小濱藩士
6251	山口	愼齋	弘賢(顯)	顯藏		愼齋	大坂			賴　杏坪	剛齋孫、津和野藩儒
6252	山口	西園	直淳	恕助		西園	安藝	嘉永5	74	山口西里	西里長男、廣島藩老上田氏儒(講學所教授)・家塾(柳花園・敬業堂教授)
6253	山口	西郭	直方	大助(佐)		西郭	安藝	安政4	45		西園男、廣島藩老上田氏儒
6254	山口	西里	直道	貫右衛門		西里	伊豫宇和島	寛政11	61		廣島藩老上田氏儒
6255	山口	素堂	重五郎・市右衛門-信章	官兵衛	子晋・公商	素堂・來雪・今日庵・其日庵・信章齋・素仙堂・蓮池翁・葛飾隱士	甲斐	享保4	75	林　春齋、北村季吟	祠官、詩・句
6256	山口	巽齋	重周			巽齋		安政5		山口菅山	菅山養子、履齋孫、小濱藩儒(江戸學問所教授)
6257	山口	風簷	重貞-重深	貞吉-信八郎		風簷	若狹	文化3	66	小野鶴山、西依成齋	春水六男、小野鶴山女婿、小濱藩儒(江戸學問所教授)
6258	山口	睦齋	之謙	吉十郎	君享	睦齋・南浦(釣父)・敏樹・聞香舍・寧樂園・藻川・奈良曾能	淡路福良	安政6	76	篠崎小竹、賴　山陽	大坂ノ儒者(聞香舍塾)、詩・和歌
6259	山口	鳴鶴	直節	淸介(助)		西樵-鳴鶴	廣島	文政10	35(30)	山口西里、龜井南溟	西里次男、廣島藩老上田氏儒(講學所教授)、詩
6260	山口	履齋	安定-重遠	東十郎-治兵衛-次兵衛		履齋・野水		寛政9	72		春水長男(母、若林強齋女)、若狹小濱藩士
6261	山口	柳齋		次郎平		柳齋・凍溪	長崎				詩
	山口	龍藏	→谷口藍田3857								
6262	山崎	闇齋	長吉-柯-嘉	淸兵衛-嘉(加)右衛門・賀兵衛	敬義	闇齋・垂加・梅庵・似功齋(㐫)	京都	天和2	65	谷　時中、野中兼山	京都ノ儒者-會津侯賓儒-京都ノ儒者、初メ僧
6263	山崎玩水軒		勝政	半彌	權佐	玩水軒	肥後熊本	貞享3	36	中江藤樹	細川侯士(右筆)

6264	山崎	鯢山	吉謙	謙藏	士謙	鯢山・夢悶子	陸中	明治29	75	佐藤一齋・梁川星巖等	盛岡藩士(作人館侍讀)—盛岡ノ儒者(集義塾)、詩
6265	山崎	月邱	信助	平左衞門	順夫	月邱					日向飫肥藩儒(江戸・天保)
	山崎	子列	→山崎松心 6269								
6266	山崎	酒泉				酒泉	羽後横手				横手ノ儒者
6267	山崎	淳夫	徽淳		淳夫		土佐		43	中山子琢	儒醫(江戸後期)
6268	山崎	如山	苞		苞卿	如山・崌崍(山人)・釣詩亭					肥後宇土藩士、詩(江戸・江戸後期)
6269	山崎	松心	忠央	門平・泉・定規・勝藏	子列(洌)	松心	阿波	享保19	75	後藤松軒	會津藩儒(侍講)
6270	山崎	松濤				松濤	羽後横手	明治16	46		酒泉男、横手ノ儒者
6271	山崎	淨泉		又四郎		淨泉	播磨山崎	寛永元	68		闇齋父
6272	山崎	石燕	興虎	源藏	子虎	石燕・君山・吾川・臥雲亭	上野群馬	天明5	77	高橋道齋・井上金峨	詩・文・畫
6273	山崎	雪山	吉		元祥	雪山	能登	天保7	67	賴 山陽	
6274	山崎	北峯	美成	長崎屋新兵衞—久作	久卿	北峯・好問堂・耐煩居・三養居	江戸	安政3(文久3)	61(67)	小山田與清・下田芳澤	江戸ノ藥種屋、國學者、考證家(耽奇會・兎園會)
6275	山崎	蘭齋	長卿	右門		蘭齋					大坂ノ儒者(明和)
6276	山崎	蘭洲	明—道冲	丈助—圖書	仲漠・敬夫	蘭洲		寛政11	67		弘前藩醫、詩・文・書、姓ヲ崎ト修ス
6277	山地	蕉窓	正誠・寛	武一郎	孟教・孟叔	蕉窓・祿天居・鷦巣・醉翁	江戸	弘化4	71	龜田鵬齋	芙蓉孫、詩、山蕉窓ト修ス
6278	山地	東山	正忠	武(部)一郎	子恕・恕公	東山・祿天居	江戸	明治34	78	龜田綾瀨	蕉窓男、後、千早氏トモ稱ス
6279	山地	芙蓉	正廉・愚鈍			芙蓉・峯隱士	江戸	寛政9			書、姓ヲ山路氏トモ書ク

6280	山路	機谷	重濟	熊太郎	伯美	機谷(國)・三洲・白雪樓・重碧	備後	明治2	53	藤井暮庵・篠崎小竹	福山藩士、社會事業、詩・文
6281	山下	舜民	直温		仁里	舜民	江戸	明治12	84	古賀精里	磐城白河藩儒(江戸-白河)
6282	山下	西涯	世幹	官彌	子禮	西涯	播磨	享和2	54	大川滄洲	美作津山藩主賓儒、詩・文・書
6283	山下	太室	眞通		玄牧	太室	周防			赤松滄洲	山口藩老益田氏儒醫
6284	山下	棠邱	正心		主禮	棠邱					(江戸・天保)
6285	山科	求仁齋	元信	長安	申孚	求仁齋・菊溪子	京都	貞享5	47		本姓源氏、金澤藩士、醫(啞科)
6286	山瀬	蘭臺	好謙			蘭臺	上野			細井廣澤	本姓市河氏、寛齋父、書
6287	山田	惟雲	俊・俊明	伍兵衛	子英・元章	惟雲	肥後	安永9	69	秋山玉山	豪商、藏書家
6288	山田	雲窓	龜松-恒久	榮藏		雲窓	廣島	文政8	51		詩・畫・句
6289	山田	永年	鈍		子靜	永年・古硯堂	京都				詩(幕末-明治)
6290	山田	蠖堂	政苗	九右衛門・九十郎	實成	蠖堂・疎竹清陰・茶寮主人・梧桐軒・梧窓居士	米澤	文久元	59	古賀侗庵・昌平黌	米澤藩士(杜宇山莊)-羽前上山藩賓師(明新館師範)
6291	山田	丸鐵		仁三郎		丸鐵	尾張	天保6	41		詩・文・書
6292	山田	卉園		縫殿助-主稅-三千輔		卉園		天保元	67	由良箕山	儒、詩
6293	山田	寄齋	守畯・畯	俊藏	農師	寄齋・北陲・寄庵	佐渡			圓山溟北	佐渡ノ儒者、詩・文(江戸後期)
6294	山田	九畹	義方	大右衛門	友用	九畹		天保2	64		本姓郡山氏、郡山蘭畹(鹿児島藩儒)次男、鹿児島藩儒-奄美ノ儒者(流謫)
6295	山田	吸霞	徵	次郎八		吸霞	岩代	明治5	56		二本松藩儒
6296	山田	旭岳	直温・凊樹	山三郎	樂道	好文堂・旭岳(嶽)・歌山堂	江戸				(江戸・江戸末期)

6297	山田	金華	東溪	莊右衛門	子眞	金華	岐阜				
6298	山田	月洲	君豹・有雄	喜右衛門	文蔚	月洲	薩摩鹿兒島	明和5	54	河口靜齋 伊藤澹齋	鹿兒島藩士(藩主侍講)、詩
	山田	貢	↓加藤櫻老 1707								
6299	山田	篁軒	維則	房五郎−司馬助	子孝	篁軒・洗心舍		文久元	87	桂 金溪 古賀精里	信濃上田藩士(明倫堂惣司)
6300	山田	濟齋	準			濟齋	備中高梁	昭和27	85	山田方谷	方谷養孫、詩・文、二松學者大學學長
6301	山田	三川	飛・載飛・載鳴	三郎	瞻仲・致遠	三川・四有	伊勢	文久2	59	久保蘭所 津阪東陽等	昌平黌舍長−松前藩儒−上野安中藩儒(造士館教授)、伊藤三藏ト稱ス
6302	山田	十竹	浩		養吉	十竹	安藝	明治34	69	坂井虎山 金子霜山等	廣島藩儒
6303	山田	嘯廬	則之・成均	仁右衛門	王卿	嘯廬	越後柏崎	慶應2			詩
6304	山田	純齋	穀	門十郎	有年	純齋・半醉翁					江戸ノ儒者(天保)
6305	山田	松齋	丑之助−顯治−顯孝	莊(庄)左衛門	文靜・靜・太古	松齋・寶善堂・琴書樓	信濃	天保12	72	龜田鵬齋	信濃ノ儒者(琴書樓)、詩(晩晴吟社)
6306	山田	松堂	迪			松堂	和泉			森田節齋	儒醫、文
6307	山田	新川	長宜	東平	子昭	新川・太刀山人	越中	明治38	79	永山亥軒	本姓源氏、金澤藩儒、詩(東京、正葩吟社)・書
6308	山田	翠雨	信義・信	修敬	義卿	翠雨(軒)・鵝枝書巣・鵝巣	攝津中村	明治8	61	後藤松陰 摩島松南	京都ノ儒者、書・詩
6309	山田	靑門	淹−長爾	城太郎−府生	子雅	靑門		慶應3	53	玉乃九華	周防岩國藩士、詩
6310	山田	雪齋	直義	政雄		雪齋		明治26	70	今津桐園	
6311	山田	宣風	時章	勘解由		不倦齋・宣風		明治31	65	梅田雲濱	靑蓮院宮家臣、勤王家
6312	山田	霜筠	馨	八十八郎	波之助−子遠	霜筠	越後	大正4	80	原 修齋 水落雲濤	

6313	山田	慥齋	聯	綱二郎	思(子)叔・居歴	慥齋	京都	弘化3	66	服部栗齋	下野佐野藩儒(江戸)
6314	山田	妥壽	妥壽	造酒	雨龍						田妥壽ト修ス
6315	山田	知足齋	明遠	英太郎-耕藏	深卿	知足齋・瀬北	備中 高松	明治14	43	昌平黌	璉平(方谷弟)長男、方谷養子、高梁藩士
6316	山田	椿庭	業廣・惠迪	昌榮	子勤	椿庭・九折堂	上野 高崎	明治14	74	伊澤蘭軒	幕臣、儒醫
6317	山田	鼎石	好・瑛	大藏	子成	鼎(貞)石	美濃 岐阜	寛政12	81	江村北海	詩(鳳鳴詩社)、山瑛ト修ス
6318	山田	圖南	正珍	宗俊	玄同	圖南	江戸	天明7	39	山本北山	本姓菅原氏、麟嶼孫、幕府醫官
6319	山田	東園	重春	泰輔	孟卿	東園					上總ノ儒者(天保)
6320	山田	東海	久章	松三郎	民之	東海	伊豫 大洲	嘉永元	61	昌平黌	大洲藩士(明倫堂教授)、音韻學
6321	山田	梅村	亥吉	勝治(次)	乙生	梅村・三聖庵主人・瘦竹盧	高松	明治14	67	近藤篤山 廣瀬淡窓等	鹿庭男、高松藩儒、詩・文・篆刻
6322	山田	梅東	敬直	左一	其正	梅東・悾庵・松桂	京都	明治9	80	松本愚山	石清水八幡宮神職-京都ノ儒者、詩・文、清敬直ト稱ス
6323	山田	復軒	賴熙・熙・舜愈	又三郎	原欽	復軒・龍山	周防 三田尻	元祿6	28	宇都宮遯庵 伊藤坦庵	萩藩士、詩・文
6324	山田	勿庵	靜成	代右衞門		勿庵	伊勢	明治42	81	秋山白賁堂	桑名藩士-桑名ノ儒者
6325	山田	文啓	士専-文啓		達卿		伊勢 山田	慶應2	55	寺島俊叟 坂井虎山等	本姓松井氏、鳥羽藩士-富山ノ儒醫
6326	山田	方谷	阿璘-球(珠)	安五郎	琳卿	方谷	備中 松山	明治10	73	佐藤一齋 寺島俊叟	備中松山(高梁)藩儒(有終館學頭)・私塾(牛麓塾)、閑谷學校(備前)ノ再興ヲ計ル(江戸-松山)
6327	山田	北海	時文		運平	北海	長門 萩	文政3	66	山根華陽	萩藩士(鄉校德修館教授-藩校明倫館都講)
6328	山田	容軒	正・正修	忠治	仲乿(治)	容軒		寛政2(天明8)	57	山本寛齋	尾張ノ儒醫、律令學
6329	山田	羅谷	好之			羅谷	伊勢				農學者(延享元『齋民要術』刊行)

6330	山田	麟嶼	正朝–弘嗣	宗見・大助	大佐	麟嶼・尚古堂・翠柳・龜柳居	江戸	享保20	24	荻生徂徠 伊藤東涯	本姓菅原氏、圖南祖父、幕府儒官、唐話、菅正朝・菅麟嶼ト稱ス
6331	山田	鹿庭	汝翼	政助–正助	政輔	鹿庭・蕉甫		天保7	81	菊池五山 柴野栗山	讃岐高松藩儒(講道館教授)、詩・文
6332	山寺	常山	久道–信龍	源太夫	子彰	常山・懼堂・靜脩堂(齋)・不息・迂狂	信濃	明治11	71	平山兵原 古賀侗庵	松代藩儒、兵學、詩
6333	山寺	梅龕	遲芳	清三郎		梅龕・左文樓	若松	明治26	27		
6334	山名	雲巖	長太郎–義方	十藏	敬直	雲巖・黄鳥軒・梅居	江戸	寶永8	72		廣島藩儒
	山中久右衛門		→矢野拙齋 6146								
6335	山中	共古	英藏–笑			共古		昭和3	79		幕臣–民俗學者
6336	山中	松窓	信古	篤之助	子篤	松窓・謙齋・信古齋	紀伊	明治8	61	小原桃洞	和歌山藩士、本草學(柑橘)
6337	山中	靜逸	獻	七左衛門	子文	靜逸・信天翁・東浦釣客・對嵐山房・流水莊	三河	明治18	64	篠崎小竹 齋藤拙堂	京都ノ詩人–石卷・登米縣知事
6338	山中	釣青	貞裕・滿長	重藏–監物		釣青・無咎	伊勢	明治22	60	龍　三瓦 齋藤拙堂	本姓白米氏、伊勢神宮神職
6339	山中	天水	久宣・宣・恕之	猷平	宣卿–恕之	天水・鈴山・晴(青)霞亭	伊勢	寛政2	33	山本北山	江戸ノ儒者(青霞亭)、詩
6340	山梨	稻川	玄度・治憲・憲	東平	叔子	稻川・昆陽山人・於陵子・不如無齋・煙霞都尉・山野鞶民	駿河	文政9	56	陰山豊洲 大嶽太仲	詩・文・書、音韻學
6341	山根	華陽	久三郎–之清・清	七郎右(左)衛門	子濯	華陽	周防	明和8	(75)78	伊藤東涯 山縣周南	萩藩儒(明倫館祭酒・侍講)、山清・山子濯ト修ス
6342	山根	幸夫	幸夫				兵庫	平成17	83	東京帝大	中國明清史
6343	山根	濟洲	道之進–通之–道晋	清六	世祿	龍山–濟洲	周防	寶曆5	30	山縣周南	華陽養子、萩藩士(明倫館都講)
6344	山根	南溟	泰德	六郎	有隣	南溟	周防	寛政5(3・7)	52	山縣周南	華陽男、萩藩儒(明倫館學頭)
6345	山野邊	弘軒	豊享	丈助		弘軒・克庵・鯤溟	越後	元文5	28	緒方槐窓 伊藤東涯	本姓平氏、新發田藩儒

	山宮	→サングウ 3019								
6346	山村 九山	良猷		孔凱	九山					越前大野藩儒
6347	山村 昌永	昌永	彌一・才助	子明	夢遊道人	江戸	文化4	38	大槻玄澤	常陸土浦藩士、蘭學
6348	山村 蘇門	良由	七之助・甚兵衛・三郎右衛門	君裕・子榕	蘇門・清音樓・仙鶴亭	木曾	文政6	82	大内熊耳	木曾福島邑主、名古屋藩家老、姓ヲ山邨トモ書ク、詩・書・畫(江戸)、山良由ト修ス
6349	山村 通庵	重高		右一	通庵	伊勢	寶曆元	80	後藤艮山	醫
6350	山村 勉齋	十郎—良行		聞伯	勉齋・半城	出雲	明治44	72	鹽谷宕陰・大沼枕山	廣瀬藩儒—出雲ノ儒者
6351	山村 默齋	良顯	淸右衛門		默齋	松江				廣瀬藩儒
6352	山室 箕陽	恭		子安	如齋・箕陽	備後	天明7	49	伊藤梅宇・龜井南溟等	本姓土屋氏、福山藩士(藩醫・弘道館文學教授)
6353	山本 鋍溪	正剛		士毅	鋍溪					詩
	山本 陰綠	→山本綠陰 6399								
6354	山本 迂齋	謙	虎之助—曾太之丞	自牧	迂齋・竹園・國香園	土佐	明治26	71	坂井虎山	澹伯齋男、佐川藩儒
	山本 凹菴	→山口凹菴 6240								
6355	山本 霞嶽	敬	祐之進	祐進	霞嶽	土佐高知	天保10	74		玉岡弟、高知藩國老深尾氏儒(佐川鄉校名教館學頭)
6356	山本 確齋	正夫			確齋	京都				亡羊男(明治29在世)
6357	山本 學半	信錫	額藏	景胤	學半・箕山	江戸	嘉永6	49	山本綠陰	綠陰長男、江戸ノ儒者
6358	山本 寛齋	格安	伊兵衛・武平		寛齋	尾張名古屋			天野信景	書(寶曆)
6359	山本 簡齋				簡(勘)齋	福井	寶永7		熊澤蕃山	商賈、禪・神道

6360	山本 玉岡	禮		文進	玉岡	土佐	文化6	47	山本日下	日下長男、高知藩國老深尾氏儒(佐川鄉校名教館學頭)
6361	山本 愚溪	正五郎‐維(惟) 慶	藤十郎・章夫	章夫	愚溪・溪愚・溪山・對竹齋主人・茯苓齋	京都	明治36	77	山本亡羊 蒲生竹山	亡羊男、儒醫、本草畫
6362	山本敬太郎	敬太郎					平成3	76		山本書店(二代)
6363	山本 謙齋	勘三郎‐忠佐			謙齋・恕軒(散人)	豊橋	明治8	54	大田晴軒	三河吉田藩儒(時習館學頭)‐三河ノ儒者
6364	山本 亨齋	元恒	彦十郎	龜卿	亨齋	紀伊	安政4	63		本姓有馬氏、東籬養子、和歌山藩儒(學習館督學)
	山本 子善	→山木眉山 6238								
6365	山本 秋水	正誼	傳藏	子和	秋水・小醉翁	鹿兒島	文化5	75	山田月洲 大内熊耳	鹿兒島藩儒(造士館教授)、詩・文
6366	山本 順天	信・當國		順天		江戸	延享元			
6367	山本 蕉逸	莠蔞(要)	庄一	孟夏	蕉逸(散人)	江戸	嘉永5	47		下毛壬生藩儒(學習館教授)、元莠蔞ト稱ス
6368	山本 豆山	通春・道春	喜内・紀内		豆山・長青軒	京都			伊藤仁齋	和歌山藩主・德山藩主賓師、歌(江戸前期)
6369	山本 井蛙	義質	甚兵衛	孺禮	井蛙	伊豆三島				三島ノ儒者、詩・文・書・畫(享和)
6370	山本 青城	左傳次‐義方‐精義	勘右衛門	子直	青城・老迂齋	越後	寛政4	75	伊藤竹里	長岡藩士(家老)
6371	山本 清溪	正臣	近江守	欽若	清溪	京都	文政6	70	岩垣龍溪	本姓藤原氏、大炊御門家臣
6372	山本 晴海	逸	清太郎	無逸	晴海・秋村・淡齋	長崎	慶應3	63	松浦東溪 廣瀬淡窓等	蓮池藩儒、砲術
6373	山本 素堂	信孝	卯(宇)之助	天桂・天經	素堂・皎々齋	江戸	慶應2			綠陰次男、江戸ノ儒者
6374	山本澹泊齋	命助‐晋	仙藏	昭德	澹(泊)齋	土佐	明治2	72	松田思齋	本姓福富氏、霞嶽養子、高知藩國老深尾氏儒(佐川鄉校名教館教授)
6375	山本 竹扃	鐵太郎‐謙‐宗平		士成	竹扃・淇石・吾好軒・從好堂・仁壽屋	金澤	明治39	66	出口南洋 永井亥軒	詩

6376	山本　中齋	公簡・犀	友三郎	子文	中齋	信濃善光寺	天保11	47	古賀精里 葛西因是	善光寺ノ儒者-江戸ノ儒者
6377	山本　東嶽	周之		多士	東嶽	日向	寛政6		赤松滄洲	延岡藩儒
6378	山本　東溪	明清	漪(瀦)之助		東溪		天保6	42		本姓竹田氏、儒學・國學
6379	山本　東籬	惟恭	三之助-爲之進	子謙	東籬	紀伊	文化3	62		本姓倉地氏、和歌山藩儒(學習館督學)
	山本藤次郎	→細井廣澤 5374								
6380	山本　洞雲	泰順・尚勝	内藏助	三徑	洞雲	京都	寛文9	34	宇都宮遁庵 冷泉爲景 等	京都ノ儒者、詩
6381	山本　道齋	奎(圭)	鼎吉	仲章	道齋・牛馬堂	越中高岡	安政2	42	昌平黌 賴山陽	高岡藩儒醫、勤王家
6382	山本　南陽	龍	太仲	雲起	南陽	下野				下野ノ儒者
6383	山本　日下	鸞	仙藏	文翼	日下	土佐高知	天明8	64	富永維安 松田思齋 等	高知藩國老深尾氏儒(佐川鄉校名教館教授)
6384	山本　背松	正修	掃部	子修	背松	伊勢	明治7	53	園田一齋	伊勢ノ儒者
6385	山本　梅涯	憲	繁太郎	永弼	梅涯・梅清處主人	土佐	昭和3	77	松岡毅軒	澹泊齋孫、大坂ノ儒者(梅清處塾)-土佐ノ儒者-東京ノ儒者(青育義塾)-工部省官史
6386	山本　梅室	洞雲		子文	梅室					大坂ノ儒者(天和2在世)
6387	山本　反求	長方	半右衛門	子立	反求老人	江戸	天保9	76		江戸ノ儒者、詩
	山本　眉山	→山木眉山 6238								
6388	山本　封山	有香		有山・蘭卿	封山		文化10	72		京都ノ儒者
6389	山本　復齋	信義	原(源)藏		復齋・香山・守境靈社・雀松舍	攝津武庫	享保15	(43)51	淺見絅齋 三宅尚齋	酒造業、攝津ノ儒者(雀松精舍)
	山本　勉齋	→山村勉齋 6350								

6390	山本	亡羊	世孺	本三郎–永吉	仲直(道)	亡羊・讀書室	京都	安政6	82	山本北山 小野蘭山	本姓多々良氏、北山男、本草學、勤皇家
6391	山本	北山	信有	喜(嘉)六	天禧	北山・奚疑翁(堂・塾)・孝經樓主人・學半堂逸士・竹堤隱逸	江戸	文化9	61	山崎桃溪 井上金峨	江戸ノ儒者(奚疑塾)、詩(竹提吟社)–秋田藩賓儒(江戸日新館教授)(私諡)述古先生
6392	山本	蕣園	愛親	簡(甚)四郎	子孝	蕣園・聰(聡)庢	京都	安政2	67		本姓源氏、京都ノ儒者、書・畫
6393	山本	木齋	居敬	平太郎	公簡	木齋・翠雨亭・松菊猶存處・吹竿陳人・菊如淡人	越前	明治29	75	鈴木松塘 高野春華	福井藩儒
6394	山本	友石	克敬		子璞	友石(山人)・健齋	豊前 小倉	享保19	46	服部南郭	豊後杵築藩儒、詩・文
6395	山本	榕堂	錫夫	沈三郎	仲錫	榕堂					亡羊男、京都ノ儒者、詩(嘉永)
6396	山本	樂艾	維專	次右衞門	甫良	樂艾	越前 福井	天保10	60		韻鏡學
6397	山本	樂所	惟孝	源吾–源五郎	元禮	樂所・吹颾	紀伊	天保12	78		和歌山藩儒(學習館督學)
6398	山本	栗齋	直寛	清之進	子温	栗齋	近江	明治42	67	宮原節庵	詩
6399	山本	綠陰	信謹・謹	亮助	公行	綠陰・綠翁・茶佛老人・汎居	江戸	天保8	61	山本北山	北山男、江戸ノ儒者、詩
6400	山脇	東門	橘侃	道作	大鑄	東門・仲陶					東洋男、京都ノ儒者(天明)
6401	山脇	東洋	尙德	道作	玄飛・子樹	東洋・仁山・養壽院	京都	寶曆12	58	山脇玄修 渡邊荍谷	清水東軒男、玄修養子、幕府醫官
6402	山脇	道圓	重顯		士誨	道圓				山崎闇齋	儒醫(江戸前期)
6403	山領	梅山	利昌	主馬	師言	梅山・夏玉・梅岾・蛟江亭		文政6	68	長尾遁翁 石井鶴山等	本姓佐野氏、佐賀藩士、姓ヲ山ト修ス
6404	山井	崑崙	鼎・重鼎	善六(八)	君彝・定甫	崑(昆)崙・匪夷閣主人	紀伊 海草郡	享保13	39(49)	伊藤東涯 荻生徂徠	本姓大神氏、伊豫西條藩士、校勘學『七經孟子考文』(江戸)
6405	山井	靑霞	景貫	備中守(介)	子貫・子一(乙)	靑霞	京都	寛政7	88		詩・文・笛
6406	山井	靑溪	重章	幹六	善甫(輔)	淸溪	京都	明治45	67	安井息軒 鹽谷宕山等	本姓内田氏、伊豫西條藩儒(擇善堂學頭)–東京ノ儒者(淸溪塾)

	姓	號	名	通稱	字	號	生地	沒年	享年	師名	備考
6407	山内	畏齋	七郎−規重	主馬−深尾尙海		畏齋	土佐	享保6	40	谷　泰山	高知藩士（藩主師導）
6408	山内	琴臺	廣邑		子英	琴臺	長門	延享3	23	（荻生徂徠）	本姓毛利氏、萩藩士、文
6409	山内	三鏡	豊楨−豊熙	政太郎−晨太郎−對馬守	君載	三鏡	高知	嘉永元	34	山口菅山　佐藤一齋等	高知藩主
	山内		↕ヤマウチ 6205〜								

〔ゆ〕

	姓	號	名	通稱	字	號	生地	沒年	享年	師名	備考
6410	弓削	了莽				了莽		貞享中			
6411	由井	冠山	幹	源兵衛	貞卿	冠山	松山	文久3			松山藩儒
6412	由井	天山	純白・正德	源七郎	子共	天山・温古堂	松山	文化8	71	丹波南陵	松山藩儒
6413	由美	原泉	希賢・濬	彌二郎	子善・好道	原泉・混々齋・滾々齋・水哉堂	筑前	明和9（7）	84（74）	伊藤仁齋　貝原益軒	本姓稻富（留）氏、筑前福岡藩士−加賀藩儒（文學・侍講）
6414	由良	箕山	儀・由儀	孫兵衛・孫助・彌助	子威−彦鳳	箕山・裕齋	豊後	文化2	68	荻生徂徠　宇佐美灊水	大坂ノ儒醫（大坂−堺）
6415	油井	大壑	元德・德	川之輔	順之	大壑	仙臺	慶應元	41		牧山長男、仙臺ノ儒者
6416	油井	牧山	源五郎−元雄	太仲（沖）	飛卿	牧山・靜齋	陸前	文久元	63	松井梅屋	仙臺藩儒（養賢堂書學教授）、詩
	柚木		↓ユノキ 6429〜								
	湯		↓トウ (4099)								
6417	湯淺	英俊	英俊		子傑		備前	元文元	82		岡山藩士
6418	湯淺	常山	俊眞−元禎	新兵衛	之（士・子）祥	常山・南望常山	備前	安永10	74	服部南郭	英俊男、岡山藩士、湯元禎ト修ス

6419	湯淺	明善	明善	勝介・新兵衛	子誠		備前	寛政11	52		常山男、岡山藩士、湯明善ト修ス
6420	湯川	麑洞	民太郎―浴(裕)	新	君風	麑洞・清齋・墨仙(撰)堂・彙撰	紀伊	明治7	61	齋藤拙堂・大鹽中齋等	新宮藩儒(育英館督學)
6421	湯川	退軒	暢	退藏		退軒・竹香・醉鷗	紀伊田邊	明治(2330)	62	中田熊峰・池永壽敬等	田邊藩儒―田邊ノ儒者(有終塾)
6422	湯川	東軒	龜之介―元綱―要	丙次(治)	丁(一)甫	東軒・睡軒	京都	寶曆8	77	伊藤仁齋	久留米藩儒(世子侍讀)、姓ヲ湯河トモ書ク
6423	湯川	幽谷	元亨	安道	不因	幽谷・綠筠堂・半醉閑人	江戸	明治7	68		幕府醫官
6424	湯口	龍淵	嗣久	正(莊)司		龍淵・午睡廬	秋田横手	天保4	71	皆川淇園	秋田ノ儒者(三畏塾)
6425	湯本	武彦	武彦					明治6	27	芳野金陵・春日濳庵	鳥取藩士
	祐	觚	→那波活所 4220								
	遊佐	希齊	→留守希齊 6576								
6426	遊佐	木齋	次郎助―好生	養順・清左衛門―次郎左衛門		木齋	仙臺	享保19	77	山崎闇齋・中村惕齋等	仙臺藩儒
6427	結城	確所	濳	主計―常右衛門	子龍	確所・飛洲	出羽酒田			皆川淇園	長門府中藩士(敬業館教授)(明和6生)
6428	結城	香崖	三平―璧・剛	恂介	照卿・士毅	香崖・快軒・二水・古雪	長門	明治(1312	6362)	篠崎小竹・古賀侗庵等	本姓友田氏、確所養子、長門府中藩儒(敬業館學頭)
	楢	榮迪	→楢林榮迪 4530								
	熊	箕山	→熊谷箕山 2415								
	熊	元朗	→熊本華山 2429								
6429	柚木	知雄	知雄	清兵衛	伯華		京都			江村青郊	
6430	柚木	綿山	太玄		仲素	綿山	近江	天明8		江村北海	知雄弟、京都ノ儒醫

〔よ〕

番号	姓	號	名	通稱	字	號	生地	沒年	享年	師名	備考
6431	四十宮	月浪	淳行	三平	文卿	月浪	阿波	天保13	53	古賀精里	德島藩儒
	余	元徵	→青木東庵 95								
	余	承裕	→大内熊耳 1298								
	余	熊耳	→大内熊耳 1298								
	余	蘭室	→大内蘭室 1299								
6432	依田	學海	朝宗	幸造・信造・七郎・右衛門二郎	百川	學海	佐倉	明治42	77	藤森天山	佐倉藩士、詩・文（江戸）
6433	依田	誠廬	處安	喜左衛門	徐行・徐卿	誠廬・竹雲	讃岐高松	延享元	(52)56	林　鳳岡	水戸藩儒（彰考館總裁）、書
6434	依田	利用	利用	源太左衛門		樂士堂	江戸	嘉永4			本姓源氏、幕府儒官
6435	永	雄(僧)	永雄	雄長老	英甫	武牢・芳洲・沅・小溪	若狹	慶長7	56		臨濟宗僧、俗姓武田氏、詩・狂歌
	葉	廣	→青葉南洲 110								
	楊		→ヤナギ 6199								
	鷹	正長	→鷹見爽鳩 3710								
	鷹	爽鳩	→鷹見爽鳩 3710								
6436	横井	括囊子	時庸	藤兵衛・助之進・十郎左衛門－天遊		括囊子		寶永5	49		名古屋藩士（寺社奉行）、詩、姓ヲ井ト修ス

6437	横井	古城	忠直	壽一郎		古城・永天・柵山人	豊後	大正5	72	廣瀬青邨	中津ノ儒官(培養舍)-中津藩儒
6438	横井	小楠	又雄-時存・存	平四郎	子操	小楠・畏齋・沼山	熊本	明治2	61	昌平黌	熊本藩士(自習館居寮長)-熊本ノ儒者(小楠堂)
6439	横井	岱宗	作之丞-時理-時文	半之右衛門-作左衛門	伯章	岱宗				松平君山	名古屋藩士(江戸中期)
6440	横井	鐵叟	黄		叔敏	鐵叟	紀伊	明治中			畫
6441	横井	豊山	忠規	伊織・新右衛門	正則	豊山	豊前	安政2	42	野本白巖・帆足萬里等	越後ノ儒者(耕讀堂)
6442	横尾	紫洋	道質・道符	文助(輔)	孟篆	紫洋	佐賀	天明4	51	(僧)瀧鶴台・大潮	佐賀藩儒、姓ヲ黄トモ稱ス
6443	横尾	鐸峰	敬		直卿	鐸峰	高鍋	明治9	81	古賀侗庵	高鍋藩儒
6444	横尾	定	定		靜安		肥前	文化元	24	古賀精里	佐賀藩儒
6445	横尾	栗	栗		希寛		高鍋			古賀侗庵	鐸峰男、高鍋藩儒
6446	横川	元凱	元凱	才藏	濟美		安藝				詩・文(江戸中期)
6447	横須賀	靜齋	安枝	安二郎・重兵衛	叔卿	靜齋	常陸	明治40	84		水戸藩儒-江戸ノ儒者、詩(舊雨社)
6448	横田	何求	俊益・立益・友益	三平・清四郎	三友	何求(齋)・可及・養拙	會津	元祿15	83	堀杏庵・林羅山等	會津藩儒(藩主侍講)
6449	横田	乾山	維孝	順藏		乾山	武藏巣鴨	文政12	(58)56	加古川遜齋	本姓高津氏
6450	横田	術	術	宗碩	伯愼		上野			山本北山	諸子學、夭折(江戸後期)
6451	横田	俊晴	俊晴・近俊	九之助・清四朗・新右衛門				享保10	74	横田何求	何求男、會津藩儒(稽古館指南役)、詩・文
6452	横田	石痴	玄祥		雲安	石痴道人		明治13	68		詩、黄雲安ト稱ス
6453	横田	樗園	要久・玖	秋藏	公恭	樗園・笙嶹・笙・嶋(島)・竹嶼・九十九灣漁夫	近江	明治21	83	佐藤一齋	近江大溝藩士(修身堂教官)、詩・文(江戸)

6454	横田　椿村	好德	禮藏	維馨	椿村					(江戸・安政)
6455	横田　柏園	茂	保兵衛	松浦(甫)・守静	柏園	遠江	弘化3	74		詩
6456	横田　養浩	蕣	重敏	子行	養浩・亂苗	越前	明治32	68	安井息軒・鹽谷宕陰	大野藩儒(明倫館教諭)
	横谷	→ヨコヤ 6460〜								
6457	横地　楚山	就正・正務	玄常		楚山・三節	佐渡相川	延享3	餘50	松岡玄達	佐渡ノ儒醫-水戸藩士(江戸)
6458	横池　春齋	威明	玄蕃(之)助		春齋・獨醉・龍山	柳川	明治8	80	樺島石梁・佐藤一齋	柳川藩儒(傳習館學監)-柳川ノ儒者(龍山書院)、姓ヲ横地トモ書ク
6459	横溝　藿里	恒	俊輔	子久	藿里・赤洲	備中	天保5	54	西山拙齋・古賀精里	本姓安原氏、大坂ノ儒者-岡山ノ儒者
6460	横谷　葛南	友直		子信	葛(勝)南	大和五條	文化3	81	小林肅翁	大和ノ儒者-五條代官池田氏學校王膳館教授
6461	横谷　藍水	友信	玄圃	文卿	藍(濫)水・玄圃	江戸	安永7	59	高野蘭亭	盲人、醫、詩、谷玄圃・谷友信ト修ス
	横山　勘藏	→中岡迂山 4267								
	横山　湖山	→小野湖山 1219								
6462	横山　儋人	樵	一郎	伯通	儋人	江戸	文化7	27	古賀精里・昌平黌	江戸ノ儒者-幕府儒官(學問所出役)
6463	横山　致堂	政孝・孝誼	小五郎-多門-圖書-藏人	誼夫	致堂・海棠園主・蓮湖長翁		天保7	48		金澤藩士、書・詩
6464	横山　東湖	玄篤			東湖	近江				小野湖山父、吉田藩儒醫
6465	横山　東皐	政禮		子愼	東皐	加賀				加賀藩士
6466	横山　蘭畹	榮			蘭畹・靜好閣		文久3	59	横山致堂	致堂妻、詩
6467	横山　蘭蝶	桂		依之	蘭蝶		文化12	21		致堂妻、琴・書・詩

6468	横山　魯齋	謙益	榮伯	魯齋	黄木山人	陸奥	元祿12	71	林　羅山	
	吉	→キツ (2297)								
6469	吉雄　菊瀕	敦	藏六	公禮	菊瀕	豊前	明治24	63	廣瀬淡窓	小倉藩儒醫
	吉賀	→キガ 2212								
6470	吉川　介山	辰次	與衞		介山・越雲・青州・有海	越中	明治30	69	鹽谷宕陰	富山藩士-師範學校教諭
6471	吉川幸次郎	幸次郎					昭和55	76		中國文學
6472	吉川　天浦	堅・久堅	仲之助(輔)	多節	天浦・無所苟齋	常陸	安政5	(40)43	宮本茶山 昌平黌	本姓藤原氏、鹿島祠官
	吉川富太郎	→工藤他山 2360								
6473	吉澤　遠齋	忠恕	誠三郎	成文	遠齋					福山藩士、書(江戶)
6474	吉澤　糟溪	谷藏	一郎右衞門	惟善	糟溪・一鳥	上野佐波郡	明治9	76	寺門靜軒	伊勢崎藩鄉校五惇堂頭取、詩・文・句
6475	吉澤　聽松	清逑	市藏	子友	聽松	羽後横手	萬延元	48		詩
6476	吉田　雨岡	桃樹	忠藏	甲(申)夫	雨岡(嶼)〔道人〕・時雨園・鰲岐	江戶	享和2	66	井上金峨	本姓藤原氏、幕臣、吉雨岡ト修ス
6477	吉田　應安	元瑞			應安					宗恂曾孫、醫
6478	吉田臥龍軒	正敦(郭)	彌太右衞門	厖伯・厚甫	臥龍〔軒〕・無覺	豊後	享保10	77		臼杵藩士-臼杵ノ詩人
6479	吉田　鷲湖	清	豊八郎・豊八	士遮(廉)	鷲湖・靈鳳・不求堂	信濃	天保中			信濃高島藩士、詩・文(江戶)
6480	吉田　學軒				學軒		昭和16	76		
6481	吉田　含章	重威		子儀	含章	豊後岡			古屋昔陽	儒家、畫

6482	吉田　愚谷	尚典	本節－本助	子新	仁菴(庵)・謙齋－愚谷	常陸	天保3	69	立原翠軒	水戸藩儒(彰考館)
6483	吉田　敬	敬		孔夷		攝津				吉敬ト修ス
6484	吉田　謙齋	里美	源藏－藤右衛門	千秋	謙齋・夢鶴・孤松(館)・羽陰陳人	羽後	寛政7	52	入江南溟 武田梅龍	薄洲長男、秋田藩士、詩
6485	吉田　孤山	有隣	孫兵衛	臣哉	孤山	肥前大村			荻生徂徠	大村藩儒、吉有隣ト修ス(江戸前期)
6486	吉田　篁墩	坦－漢宧	林庵－坦藏	資坦－學儒・學生	篁墩(外史)・竹門・箕林外史・留蠹書屋	江戸小石川	寛政10	54	井上金峨	本姓藤井氏、一時、佐々木氏ヲ稱ス、水戸藩儒醫、校勘學、吉漢宧・吉篁敦ト修シ佐坦藏ト稱ス(水戸－江戸)
6487	吉田　芝溪	友直	宇助－甚兵衛	子正	芝溪	上野澁川	文化8	60	平澤旭山	上野ノ儒者、農學(私謚)芝中先生
6488	吉田　秀長	長秀－秀長	文次郎－四郎三郎				天明7	85		本姓佐々木氏、幕臣(天文方－御書物奉行)
6489	吉田　松蔭	虎之助－矩方	大(松)次郎－寅次(二)郎	義卿・子義	松蔭・二十一回猛士・蓬頭子(生)・無二瓢一房・柿實山人	長門萩萩	安政6	30	佐久間象山等	本姓杉(田)氏、萩藩士－萩ノ儒者(松下村塾)、刑死、藤寅ト稱ス(變名)松野仙三郎・瓜中眞一
6490	吉田　愼庵	文獻		子徵	愼菴	周防	寛政中	57	山根華陽	山口藩儒醫
6491	吉田　愼齋	訥言		子敏	愼齋	江戸	享保10	49		水戸藩士
6492	吉田　翠屏	榮秀	大左衛門		翠屏	上野澁川			平澤旭山	芝溪弟(文化8以前沒)
6493	吉田　正賢	榮賢	新藏	正賢		豐後	明和7	74		臥龍軒男、臼杵藩士、詩
	吉田　素庵	↓角倉素庵 3384								
6494	吉田　蘇寮	信	義輔	子可	蘇寮・臨川・卜信・不知老齋		文政中		山本北山	常陸麻生藩儒
6495	吉田　宗桂	與次・宗桂	意安(庵)		日華子・稱意館		元龜3	61		將軍足利義晴侍醫、明國ニ入リ醫ヲ學ブ、後、角倉氏ヲ稱ス
6496	吉田　宗恂	光政・宗恂	孫次郎・意庵(安)		意安・又玄子	京都	慶長15	53	藤原惺窩	宗桂次男、醫

6497	吉田	宗達	宗達－宗皓・吉皓	意安		如見		元和8	39		宗恂男、幕府醫官(家康・秀忠侍醫)
6498	吉田	竹窓	甚之助－泰	禎藏	子亨	竹窓・梅軒・清音塾		嘉永2	56	昌平黌	久留米藩士(江戸學問所師範)
6499	吉田	竹里	彦信		賢輔	竹里	江戸	明治36	56	田邊石庵 古賀茶溪	幕府儒官
6500	吉田	竹嶺	質・博房	藤七郎	子孔	竹嶺・竹義・蘭窩	河内	天保10	68	古義堂 後藤栗庵	河内ノ儒醫(春日鄉校善諭堂教授)
6501	吉田	天梁	柳			天梁・醉經堂	下總佐原	明治7	75	久保木竹窓	
6502	吉田	東園	康	定吉	士貞	東園		享和3	23	菅甘谷	本姓藤川氏、篁墩男、江戸ノ儒者
6503	吉田	東海	弘	豹三郎	伯毅	東海〔漁人〕・耕海村舍・禿鷲翁					江戸ノ儒者、詩(安政)
6504	吉田	東伍	東伍				越後	大正7	54		本姓旗野氏『大日本地名辭書』
6505	吉田	東篁	篤	悌藏	士行	東篁・蒙齋・江湖山(散)人	福井	明治8	68	松田雲洞 清田松堂等	福井藩儒、勤皇家、後、山守氏ト稱ス
6506	吉田	東洋	郁助－正秋	寛兵衞－元吉	子悦	東洋	土佐	文久2	47	中村西里 齋藤拙堂	高知藩士－土佐ノ儒者(少林塾)
6507	吉田	訥所		新之助		訥所					
6508	吉田	薄洲	里仲	藤右衞門	小(少)室	薄洲	羽後	明和9	71	入江南溟	秋田藩士、詩
6509	吉田	磐谷	全	源之助	士德	磐谷	筑前	文政10	52		福岡藩儒
6510	吉田	平陽	虎炳	競・紀四郎・喜三兵衞		平陽	筑前	元治元(文久2)	74(73)	龜井昭陽 佐藤一齋	本姓鵜沼氏、秋月藩儒(稽古館教授)
6511	吉田	友好	友好	丈太夫				元治2	55		仙臺藩儒(養賢堂指南役)
6512	吉武	江陽	康和	百助	士廸(迪)	江陽・節齋	周防	天保5	72		山口藩儒
6513	吉武	法命	團四郎－義質			法命	肥前	寶曆9	77	三宅尚齋	唐津藩儒－唐津ノ儒者

6514	吉嗣	拜山	達	達之進		拜山・蘇道人・獨臂翁・獨掌庵	筑前太宰府	大正4	70	廣瀬淡窓	畫
6515	吉留	復軒	置國	龜次郎	晋卿	復軒	筑後	大正3	79	廣瀬淡窓 木下犀潭等	久留米藩儒―久留米ノ儒者(簡林義塾)
6516	吉成	南園	十五郎―信貞	又右衛門	履善	南園・愼亭	常陸	嘉永3	54	大竹雲夢 藤田幽谷	水戸藩儒
6517	吉野	鏡山	元軌			鏡山					福岡藩儒(元祿)
	吉原		→ヨシワラ 6534								
6518	吉弘	磐齋	玄仍―元常	左介	子常	磐齋・菊潭・遜庵	周防徳山	元祿7	52	饗庭東庵 山本洞雲	水戸藩儒(彰考館總裁)
6519	吉益	東洞	爲則	周助(介)	公言	東庵―東洞	安藝廣島	安永2	72		本姓畠山氏、京都ノ儒醫
6520	吉益	南涯	大助―猷	周助(介)	修夫	南涯・謙齋	京都	文化10	64		東洞次男、大坂―京都ノ醫
6521	吉松	文山	正修	儀一郎	潤甫・德章	文山	石見	天明7	32	片山北海 賴春水等	津和野藩儒(養老館教授)
6522	吉見	虬洞	六三郎―幸混	右衛門―中務	伯盈	虬洞・龍門山人・大膳大夫		寶暦13	49	吉見恭軒 松平君山	本姓源氏、名古屋東照宮祠官
6523	吉見	南山	賴養		伯恭	南山	佐倉	安政4	79		佐倉藩儒
6524	吉村	迂齋		久右衛門	士興	迂齋・烟霞外史・披雲樓	長崎	文化2	57	高松南陵	
6525	吉村	幹齋	董洪・瑛	祐平	光甫	幹齋・麥濠・松滸	肥前	弘化4	59	昌平黌	佐賀藩儒(弘道館助教)
6526	吉村	紫溟	正隆		士興	紫溟	長崎				
6527	吉村	秋陽	晋	隆介―重介(助)	麗明	秋陽・六鄕(卿)史氏・三枝樓・我書樓・花王山樵	安藝	慶應2	(73)70	伊藤東涯 佐藤一齋等	本姓小田氏、廣島藩家老三原淺野家儒臣(朝陽館總裁)等
6528	吉村	翠山	宣浚			翠山・東里		慶應3	82		桑名藩士
6529	吉村	白齋	彰		世美	白齋・古處	安藝	明治41			斐山男

6530	吉村 斐山	駿	隆藏	景菘(崇)	斐山	安藝	明治15	61	吉村秋陽・佐藤一齋等	本姓中村氏、秋陽養子、三原淺野家儒臣(廣島朝陽館教授)-鄕校修道館教授(私謚)純格
6531	吉村 抑亭	遷	信之助	子喬	抑亭	大和	慶應元	72	谷 三山	田原藩儒
6532	吉本 東原	忠雄	外市		東原	土佐	文化2	91	谷 槐齋	土佐鄕士
6533	吉山 壽安	久馬喜-爲章	太左衛門		壽安	肥後	天保10	42		本姓明石氏、熊本藩儒(時習館訓導)
6534	吉原 湖南	頤	呼我	仲海	湖南・有無齋		明治33	59		本姓青木氏、吉原守拙養子、佐倉藩士-伊豆三島ノ儒者
6535	良野 華陰	芸(芝)之	平助	伯耕	華陰	讃岐吉野	明和7	72	林 鳳岡	京都ノ儒官、良華陰・良芸之ト修シ、後、新名氏ヲ稱ス(私謚)文惠
6536	芳川 襄齋	俊逸		子良	襄齋		明治19	62	佐藤一齋	本姓長谷川氏、波山養子、忍藩儒(進修館・培根堂教授)
6537	芳川 波山	俊逸・逸	善司(治)-萬助	公晦(誨)	波山・四山亭・晩晴樓・舍魚堂	常陸潮來	弘化3	53	宮本篁村・山本北山	江戸ノ儒者-忍藩儒(進修館教授)、文(私謚)文宗先生
6538	芳野 櫻陰	世行	秀六郎-新一郎	實甫	櫻陰	下總	明治5	29	鹽谷宕陰・安井息軒	金陵三男、幕府儒臣
6539	芳野 金陵	世育・育	愿三郎-立藏	叔果	金陵・匏宇	下總松崎	明治11	77	龜田綾瀨	南山男、江戸ノ儒者-駿河田中藩儒-幕府儒官
6540	芳野 南山	彜(彝)・彜倫		序(叙)卿	南山	下總松崎	天保2	65		本姓源氏、金陵父、醫・詩
6541	芳野 復堂	長毅・毅	純藏	伯任(仁)	復堂	江戸	弘化2	16	龜田綾瀨	金陵長男、易
6542	芳村 銀臺	衡	義助	子雀	銀臺	相模	延享元	42	荻生徂徠・服部南郭	
6543	芳村 夭仙	恂益		慄夫・謙受	夭仙(子)・五雨亭・北山				荻生徂徠	京都ノ醫
6544	四屋 穗峰	恒之	萬三郎・行藏	子固	穗峰		明治39	76	林 壯軒・鹽谷宕陰等	日向延岡藩儒(江戸崇德館教授)-修史館編修官-元老院書記官等
	淀屋十右衛門	→片岡芸香亭 1846								
6545	米川 操軒	重-一貞	儀兵衛	幹叔	操軒	京都	延寶6	52	三宅寄齋・山崎闇齋	京都ノ儒者

6546	米田	松洞	是著・著	波門	子隱	松洞	肥後	寛政9	78	服部南郭	本姓長岡氏、熊本藩士、詩
	米谷		→コメタニ 2707～								
	米屋	兵助	→加藤香園 1715								
6547	米山寅太郎		寅太郎					平成19	93		靜嘉堂文庫長

〔ら〕

	姓	號	名	通稱	字	號	生地	沒年	享年	師名	備考
6548	來	明	明		叔亮		大坂			田中桐江	詩
6549	賴	聿庵	元協	都具雄-餘一	承緒	聿庵・春嶂・天日堂・松廬	安藝	安政3	57(56)		山陽長男、廣島藩儒、書
6550	賴	鴨崖	醇	三木八-三樹三郎・三樹郎	士(子)春・子厚	鴨崖(厓)・三樹・古狂生・百城	京都	安政6	35(34)	後藤松陰・篠崎小竹	山陽三男、京都ノ儒者
6551	賴	杏坪	惟柔	萬四郎・阿萬	千(小)祺・季立	杏坪・春山・春草〔堂〕・杏皤・杏翁(叟)・南老人・南翁	安藝竹原	天保5	79	賴　春水・片山北海等	亨翁三男、廣島藩儒、詩・書
6552	賴	景讓	元鼎	熊吉-權次(二)郎	新甫	景讓・元鼎	安藝	文化12	26		春風長男
6553	賴	亨翁	惟清	又十郎		亨翁	安藝竹原	天明3	77	唐崎廣陵・小澤蘆庵	春水父、紺屋、姓ヲ羅井トモ書ク
6554	賴	釆眞	舜燾	左(佐)一郎	子晦	釆眞	安藝	嘉永3	60		杏坪長男
6555	賴	山陽	襄	久太郎-德太郎・隣二・改亭	子贊-子成	山陽〔外史〕・三(弎)十六峯外史	大坂	天保3	53	尾藤二洲・服部栗齋等	春水長男、京都ノ儒者(水西莊・山紫水明處)
6556	賴	支峯	復	又二(次)郎・復次郎	士(子)剛	支峯・西涯・東山・迂亭・穆庵	京都	明治22	67	後藤松陰・牧　百峰	山陽次男、詩・文
6557	賴	春水	青圭-惟寛(完)	彌太郎	伯栗・千秋	春水・(大坂)拙巣・(江戸)霞崕(崖)・和亭・青山莊・松廬・霞外史	安藝竹原	文化13	71	片山北海・趙　陶齋	本姓賴兼氏、羅井氏トモ書ク、亨翁長男、廣島藩儒、書・詩(混沌社)
6558	賴	春風	松三郎-惟強(彊)		千齡・叔義	春風・白堂・爽氣樓	安藝竹原	文政8	73	賴　春水・古林見宜	亨翁次男、春水弟、廣島藩醫、書・詩(混沌社)

	姓	號	名	通稱	字	號	生地	沒年	享年	師名	備考
6559	賴	誠軒	元啓	東(藤)三郎	子明	誠軒	安藝	明治27	66		聿庵男
6560	賴	達堂	鉉	三千三	君擧	達堂	安藝	明治17	70	昌平黌	景讓男
6561	賴	立齋	綱	常太郎	子常	立齋	安藝	文久3	61		春水甥
	瀬	維賢	→瀬尾用拙齋 3392								

〔り〕

	姓	號	名	通稱	字	號	生地	沒年	享年	師名	備考
6562	李	一恕			眞榮	一恕	朝鮮	寛永10	63		文祿ノ役後紀伊ニ住ム
	李	景義	→西川舜園 4611								
	李	紫溟	→高本紫溟 3700								
	李	順	→高本紫溟 3700								
6563	李	梅溪	全直(眞)		衡正	梅溪・一陽齋・澹窩・江西・釣巖叟・五(聶)松軒・隴西逸民	紀伊	天和2	66	李一恕 永田善齋	一恕男、和歌山藩儒(世子侍講)
	莅戸		→ノゾキ 4731								
6564	力丸	東山	之光	彈正	公暉	東山・松園	越前	文化12	59	那波魯堂	京都ノ儒者(青松塾)-福井ノ儒者
6565	六	如(僧)	慈周		六如	白樓・無着(著)庵・葛原	近江	享和元	(65)68	野村東皐 劉龍門	天台宗僧、俗姓苗村氏、詩
	六朝	史童	→關口黄山 3439								
	陸		→クガ 2364〜								
	柳	維翰	→宮瀬龍門 5919								

	柳	淇園	→柳澤淇園 6195								
	柳	士明	→上柳四明 1069								
	柳	順剛	→柳川震澤 6182								
	柳	滄洲	→柳川滄洲 6183								
	柳	里恭	→柳澤淇園 4195								
	留主		→ルス 6587								
	劉	維翰	→宮瀬龍門 5919								
	劉	誨輔	→村瀬石庵 5986								
6566	劉	琴溪	元高	田村七藏	伯大	琴溪・靜文堂	安藝	文政7	73	福山鳳洲	本姓田村氏、又、田西氏、廣島藩老上田氏儒(郷校講學所・私塾靜文堂教授)－攝津平野ノ儒者、劉跛子・劉陳波ト稱ス
	劉	桂山	→多紀桂山 3569								
	劉	水筑	→秋月橘門 161								
6567	劉	石秋	儀作－翥	左膳・三吉・尋四郎・君平	君鳳	石秋・石舟・竹所(處)・綠芋	肥後戸畑	明治2	74	廣瀬淡窓	本姓合谷氏、豊後戸畑ノ儒者－京都ノ儒者－近江西大路藩儒－丹波園部藩儒、詩
	劉	陳波	→劉琴溪 6566								
6568	劉	東閣	宣義	仁右(左)衞門	輝哲	東閣・淸軒	長崎	元祿8	63		長崎通事、姓ヲ彭城トモ稱ス
	劉	能遷	→古賀朝陽 2632								
	劉	跛子	→劉琴溪 6566								

6569	劉	龍門	維翰	三右衛門	文翼	龍門	紀伊	明和8	53	服部南郭	本姓宮瀬氏
6570	劉	冷窓	晃	三郎	君平	冷窓	豊後			廣瀬淡窓	石秋長男、詩（文政8生）
6571	龍	玉淵	世華	秀松・一郎−衛門	子春	玉淵	山城	文政4	71	龍　草廬	草廬長男、彦根藩儒（稽古館學問方）
6572	龍	鏡湖	世文	二郎	子章	鏡湖	山城				草廬次男、詩（江戸後期・早世）
6573	龍	三瓦	維孝	主計	伯仁	三瓦・東洲・松菊草堂	伊勢山田	明治26	71	篠崎小竹 齋藤拙堂	山田學校教授−修史館
6574	龍	草廬	美・公美−元亮−公美	彦（元）二（次）郎−衛門	子明−君玉−子寶	草（艸）廬・竹隱・松菊・呉竹翁・明々窓・緑蘿（羅）洞・鳳鳴	山城伏見	寛政4（正徳4）	79（78）	宇野明霞 賀茂眞淵	本姓武田氏、京都ノ儒者−彦根藩儒−京都ノ儒者、詩（幽蘭社）
	呂		→ロ（6577）								
	良	芸之	→良野華陰 6535								
	良	華陰	→良野華陰 6535								
6575	良	哉（僧）	元明		良哉	自笑軒	尾張	天明6	81		臨済宗僧、俗姓山田氏
	菱	岡山	→菱川岡山 5054								
	菱	諶	→菱田房明 5058								
	菱	賓	→菱川岡山 5054								
	梁	卯	→梁川星巖 6185								
	梁	蛻巖	→梁田蛻巖 6190								
	梁	邦美	→梁田蛻巖 6190								
	梁	孟緯	→梁川星巖 6185								

	姓	號	名	通稱	字	號	生地	沒年	享年	師名	備考
	林	隆琦	→隱元(僧) 900								

〔る〕

	姓	號	名	通稱	字	號	生地	沒年	享年	師名	備考
6576	留主	希齋	友信	辨治・退藏・武内	希賢・士實・好實	希齋・括囊・靈神	仙臺	明和2(3)	61	遊佐木齋 三宅尚齋	遊佐木齋養子、大坂ノ儒者、姓ヲ雷主トモ稱ス
	留守		→留主 6576								

〔れ〕

	姓	號	名	通稱	字	號	生地	沒年	享年	師名	備考
	冷泉	古風	→加藤染古樓 1724								
	鈴	澶洲	→鈴木澶洲 3361								
	鈴	裕	→川井壽伯 2006								
6577	蓮	山(僧)	交易		蓮山	海雲・定巖・不白・歸藏庵	常陸水戸	元祿7	60		曹洞宗僧、俗姓岸氏、詩
	鎌	環齋	→鎌田環齋 1936								

〔ろ〕

	姓	號	名	通稱	字	號	生地	沒年	享年	師名	備考
	呂	元丈	→野呂連山 4730								
	呂	公鱗	→野呂深處 4727								
	魯洲	愚公	→愚公(僧) 2363								

No.	姓	號	名	通稱	字	號	生地	沒年	享年	師名	備考
6578	盧	草拙	元敏	卯之助・平吉－元右衛門	草拙	清素(軒)・葆眞－草拙	長崎	享保14(11)	55(59)		曾祖父ハ明人、長崎通事、長崎聖堂學頭・書物改メ役
	蘆	東山	→蘆野東山 245								
	蘆		↔アシ 240								
	鱸		→スズキ (3380)								
	六		→リク 6565～								
6579	鹿鳴	探春	守房			探春・東郊齋	日向	安永7			

〔わ〕

No.	姓	號	名	通稱	字	號	生地	沒年	享年	師名	備考
	和	之璧	→和田荊山 6587								
	和	東郊	→和智東郊 6597								
	和	棣卿	→和智東郊 6597								
6580	和氣	果軒				果軒	越後				
6581	和氣	柳齋	行藏	行三	大道・古道	柳齋・尚古道(老)人	江戸	嘉永6	77		本姓半井氏、上總一宮藩儒
6582	和久田	意仲	寅	豹吉・要人	子清・叔虎	意仲		文政7	57	皆川淇園	遠江濱松藩士、醫(京都・大坂)
6583	和田	一江	邵	鐵之丞	伯高	一江	備前	天明5		河口靜齋	備前ノ儒者
6584	和田	雲村	維四郎	貞雄		雲村(郇)	小濱	大正9	65		鑛物・地質學者、『訪書餘錄』
6585	和田	英松	英松				廣島	昭和12	73		『本朝書籍目録考證』

6586	和田	儀丹	儀丹				下總佐倉	寛保4	51	菅野兼山 稲葉迂齋等	佐倉ノ儒醫
6587	和田	荊山	之璧	淸兵衞	克明	荊山	加賀				京都ノ詩人（安永）、和之璧ト修ス
6588	和田	蹊齋	典章	讓作	千宏	蹊齋	仙臺	嘉永2		龜田鵬齋	
6589	和田	子豹	九十彌—廉	伴兵衞	子表	子豹・伴平・蹋躔（驥）		文化11	87	松崎觀海	本姓中臺（台）氏、出羽庄内藩士（代官）
6590	和田	松江	世爲	源七	子道	松江・仙女香翁					江戸ノ儒者（天保）
6591	和田	省齋	正尹	彌兵衞	子温	省齋・芥舟	備前	元文4	55	市浦毅齋	岡山藩儒（藩校副監）
6592	和田	靜觀窩	宗允		子誠	靜觀窩（老人）・慵々子・慵翁・峨山（山人）	京都			吉田素庵	宗翁弟、信濃飯田藩士—龍野藩士（轉封）（延寶5・71在世）
6593	和田	宗翁	以悦			宗翁・一華堂	京都	延寶仲	72	藤原惺窩	
6594	和田	天山	茂善	次郎左衞門		天山・西灣	越後新潟	慶應元	75	館柳灣	本姓小林氏、佐藤西山兄、詩、姓ヲ林ト稱ス
6595	和田	東郭	璞	泰純	韞卿	東郭・含章齋・蕉窓	攝津高槻	享和3	60		京都ノ儒醫
6596	和田	萬吉	萬吉			須、紀乃屋		昭和9	70		東京帝大圖書館長、圖書館學
6597	和智	東郊	君實—棣（隸）卿・康卿	九郎左（右）衞門	子華—子萼	東郊・東閣	萩	明和2	63	山縣周南	本姓藤原氏、萩藩儒、詩・文、和東郊・和棣卿ト修シ、滕子萼ト稱ス
6598	若井	重齋	成章	鍬吉	子憲	重齋	尾張	明治23	69	細野要齋	名古屋藩士（明倫堂主事並）
6599	若江	秋蘭	薰子・文子			秋蘭・袖蘭・秋園	京都	明治14	47	岩垣月洲	本姓菅原氏、詩・歌・書、攘夷論者
6600	若月	大野	太（大）中		伯禮	大野	長門	寛政2	70	瀧鶴台 山縣周南	山口藩老毛利氏儒（鄉校時觀園督學）、詩・文、姓ヲ若・滕ト修ス
6601	若槻	幾齋	敬	玄（元・源）三郎	子寅	幾齋・畏齋（庵）・完（寬）堂	大坂	文政9	（81）83		本姓源氏、京都角倉家臣—京都ノ儒者、源敬ト稱ス
6602	若槻	整齋	皜	菊太郎	子光	整齋	京都	天保7	68		幾齋男

6603	若林　嘉陵	懋	重(十)太夫	德倫	嘉陵・游龍園主人	武藏秩父	天保10	82	伊藤東崖 井上金峨	秩父ノ儒者、詩・文
	若林　龜六	→谷口王香 3853								
6604	若林　強齋	進居・正義	新(進)七	子寅	強齋・寬齋・自牧・守中〔翁〕・虎元齋・望楠齋	京都	享保8(享和17)	45(54)	淺見絅齋	近江ノ儒者(望楠軒)
6605	若林　柳村	鴻-友輔	龜吉-三郎左衞門-修理	鵠之-濟美	柳村・靖亭・浣花堂	仙臺	慶應3	69	櫻田虎門 大槻平泉等	仙臺藩士、詩・文
6606	若松　竹軒	節		甘吉	竹軒	上野沼田	明治41	78	川崎魯齋 佐藤一齋	沼田藩儒-東京商工學校講師-成城學校助教
6607	若柳　珠山	友德	小太郎-文左衞門	士達	珠山・香巖	陸前	明治23	72	油井牧山	本姓若林氏、仙臺藩士
6608	若山　花咢	直昌	千太郎	登瀧	花咢	阿波				德島藩士、武學、大坂ニ沒ス
6609	若山　敬齋	如登	直參・立意	士善	敬齋・南溟		寬政5			三河吉田藩儒、醫
6610	若山　勿堂	拯	壯吉	用拯	勿堂	阿波	慶應3	66	佐藤一齋	美濃岩村藩儒-幕府儒官
	脇　蘭室	→脇屋愚山 6617								
	脇	→キョウ (2319)								
6611	脇坂八雲軒	甚太郎-亨	淡路守・中務少輔	安元	八雲軒・藤亭	山城	承應2	70	林　羅山	伊豫大洲・信濃飯田藩主、藏書家
6612	脇田　槐庵	信親		伯行	槐庵・厚齋・花黄山人	江戸				備中松山板倉侯賓士、醫・書(文政)
6613	脇田　岳陽	厚悳	甚作	子坤	岳陽					
6614	脇田　赤峰	順	鄉右衞門	和卿	赤峰	江戸	文化5			書(江戸)、姓ヲ田ト修ス
6615	脇田　琢所	才佐-貞基	全三	公固	琢所	備中	安政5	44	昌谷精溪 野田笛浦	備中松山藩儒(江戸學問所學頭)
6616	脇田　東川	讓・景虎	啓七	子叔・子皮	東川	土佐	寬政12	34	皆川淇園	高知藩儒

6617	脇屋	愚山	長之	儀一郎	子善	愚山・蘭室・菊園・菡海子・無獲子	豊後小浦	文化11	51	藪孤山 三浦梅園等	豊後ノ儒者-熊本藩儒(時習館訓導)-豊後ノ儒者、脇長之ト修ス(私諡)文教先生
6618	脇屋	恕亭	孝	次(二)郎・市正	仁卿・文卿・仲卿	恕亭	讃岐	天保10	46	米谷金城 猪飼敬所	京都ノ儒者-丹波園部藩儒(侍講)
6619	脇山	星陵	弼	郁太郎	希俞	星陵	越後村上				村上藩士(安政・江戸)
6620	脇山	退齋	該・諺	郁藏	子郁	退齋	丹波篠山	天保2	49	倉成龍渚	力士-越後村上藩士
6621	鷲尾	南溪	來章	小豆嶋屋貞太郎		南溪	攝津今津	天明8	62	加藤艮齋 飯田桂山等	酒造業、詩(大觀樓)、姓ヲ「ワシノヲ」トモ稱ス
6622	鷲津	益齋	弘	德太郎	德夫	益齋・松隱	尾張				毅堂父
6623	鷲津	毅堂	宣光・監	郁太郎・貞助・九藏	重光	毅堂・蘇洲・泉橋外史	尾張	明治15	58	猪飼敬所 昌平黌	益齋男、久留米藩士-名古屋藩儒(明倫堂督學)-江戸ノ儒者-明治政府ニ出仕
6624	鷲津	幽林	應			幽林	尾張				名古屋ノ儒者(萬松亭)
	鷲見		↓スミ 3225)								
6625	綿引	東海	泰	泰介	天行	東海・八朶峯・白雲洞	水戸	大正4	79	藤田東湖	文山弟、水戸藩儒
6626	綿引	文山	正雄		公禮	文山・正氣堂	水戸				儒醫
6627	渡部	琴溪	賁	吉太郎	文思・文恩	琴溪・任好・泛叟		明治10	74	坂屋清風	出羽庄内藩儒(致道館舍長)、詩・文、姓ヲ渡邊トモ書ク
	渡部		↕渡邊 6628)								
6628	渡邊	詠歸	方・豊吉	小右衛門	士蔀	詠歸	江戸	明治10	67		福岡藩儒
6629	渡邊	崋山	源(虎)之助-定靜	登・昇	子安・伯登・隨安	華山-崋山・寓繪(畫)堂・全樂堂・昨非居士・隨安居士・金暾居・觀海居士・鷗伴	三河	天保12	49	鷹見星皐 佐藤一齋等	田原藩士、書・詩、洋學
6630	渡邊	頑石	實	又兵衛	廷倫	頑石・石山房(居)・屼翁	大坂	寶暦13	49		本姓平瀨氏、淸人將眉山ニ學ビ華音ニ通ズ、書・詩・文

渡邊久太郎 →兼康百濟 1933

6631	渡邊	漁村	斐		美中	漁村	佐渡	大正3	61	圓山溟北	佐渡ノ黌師
6632	渡邊	芹溪	巖辰		文吉	芹溪	越後	明治39	73	木村愚山 昌平黌等	江戸ノ儒者、詩・文・書
6633	渡邊	琴臺	成憲・市郎助	文次	君彜	琴臺・消日齋	肥後	文化11	65	宮崎雲臺 西垣桐齋	八代藩儒(鄕校傳習堂文學師範)
6634	渡邊	弘堂	毅・存恭・存泰	新藏		弘堂・葭谷	京都	寶暦10	72	伊藤仁齋 並河天民	京都ノ儒者
6635	渡邊	荒陽	之望	政之助・源太兵衛・源太左衛門・玄祿	萬夫	荒陽・時習翁・花朝子・七福翁・瓻玉齋・瓢の屋	江戸	天保9	87	平田篤胤	江戸ノ儒者–越後高田藩儒
6636	渡邊	蘅園	昶	奎輔・敬輔	德夫	蘅園	近江淺井	天保3	52	龜井南溟 多紀元簡	近江膳所藩主侍醫、詩・文、琵琶湖魚類ヲ記録スル
6637	渡邊	克所	希明			克所		享保4	70		京都ノ儒者
6638	渡邊	三稼	恒		明卿	三稼・仙庵・翠竹堂					儒醫、書(江戸・天保)
6639	渡邊	子觀	恒			子觀	秋田横手			細井平洲	
6640	渡邊	思齋	正	正(庄)左衛門		思齋	對馬			陶山訥庵	陶山訥庵外從姪(江戸中期)
6641	渡邊	守時	守時	備後守	士乾		京都			向井三省	本姓源氏、京都ノ儒者、姓ヲ渡トモ稱ス
6642	渡邊	壽山	順輔・普磋吉–政香	助太夫	三善	壽山・保玉葉園・磯泊・臥喋園・僊雲亭・同人軒		天保11	65		本姓源氏、神官、詩
6643	渡邊	如水	務實	一平		如水		天保11	39	村田宇内 藤田畏齋等	新發田藩儒(道學堂教授)
6644	渡邊	松塢	原		逢侯	松塢・二君堂主人	越後直江津			大窪詩佛	越後ノ儒者、詩(安政6・83在世)
6645	渡邊	松軒	愼始	順治郎	有終	松軒				藤森天山	志士
6646	渡邊	象河	尙	楊藏	子綱	象河	讃岐	文化中			

6647	渡邊	樵山	魯	魯輔	正風	樵山・莊蘆(芦)	近江	明治6	53	松崎慊堂	蘅園男、江戸ノ儒者-和歌山藩儒
6648	渡邊	水哉	默容	純藏		水哉	越後	明治8	78		如水兄、新發田藩士(道學堂教授)
6649	渡邊	翠山	善	東榮	長夫	翠山・樹蕙堂主人	江戸	天保中			蘭學
6650	渡邊	正庵	宗臨		道生	正庵	延岡	元祿12	69	伊藤仁齋	延岡藩醫
6651	渡邊	青洲	信			青洲・萩苑草舍	甲斐	明治44	72		本姓小田切氏、實業家、藏書家
6652	渡邊	碩也	碩也			非知子	伊勢	明治26	61	土井聱牙	津藩儒-內務省
6653	渡邊	千秋	千秋			殘月讀書樓主人	信濃高島	大正10	79		宮內大臣、藏書家
6654	渡邊	善齋	道一(壹)			善齋	尾張				常陸谷田部藩儒(江戸中期)
6655	渡邊	湊水	從	甚藏	周木・隨庵	湊水・鋤雲軒		明和4	48		畫、邊湊水ト修ス
6656	渡邊	長城	積	東左衞門	眞卿	長城	阿波	文政10	57	篠崎三島	本姓布川氏
6657	渡邊	鐵崖	順叔	順治	子孝	鐵崖	越後	明治5	65	藍澤南城 佐藤一齋	越後ノ儒者
6658	渡邊	刀水	刀水	金造		快馬	前橋	昭和40	92		軍人、江戸和學者研究
6659	渡邊	東河	彭	文平		東河・拂(佛)石菴	江戸	文化12	52	澤田東江	書
6660	渡邊	柏園	眞吾-政敏	淸藏		柏園	桑名	明治41	65		漢學者
	渡邊	百濟	→兼康百濟1933								
6661	渡邊	弗措	世順		伯信	弗措學人・隴雲居士	丹波篠山	明治18	63	猪飼敬所 佐藤一齋	篠山藩儒
6662	渡邊	文堂	順-栗	吉次郎・吉郎・兵太夫	祐夫	文堂-三休		嘉永4	74	林屋山 昌平黌	金澤藩儒(明倫堂督學・藩主侍讀)

6663	渡邊 豊城		重石丸		豊城	豊前			帆足萬里	
6664	渡邊 北渚	知行	卯三郎		北渚	大聖寺	明治中			大聖寺藩儒醫
6665	渡邊 墨農	粲	慧藏	文則	墨農	江戸	嘉永元			
6666	渡邊 蒙庵	操		友節	蒙庵・竹亭	濱松	安永4	89	中野撝謙	濱松ノ儒醫-濱松藩儒、書
6667	渡邊 豫齋	豫章	萬平	思誠	豫齋	越後	安政6	(5464)	奥平棲遲庵 藤田畏齋	水哉弟、新發田藩儒(道學堂教授)
	渡邊 暘谷	→高階暘谷 3625								
6668	渡邊 樂山	竹之丞-堅石-重石	造酒		樂山・二幸樓		天保元	72	柴田栗山 本居宣長等	本姓藤原氏、豊前中津古表八幡社司・中津藩校進脩館教授
6669	渡邊 柳齋	浩	半八・半七	以直	柳齋	丸龜	文政7	(6362)	稻葉默齋 中井竹山	本姓荒井氏、丸龜藩儒(正明館教授)
	渡邊 禮司	→佐々木方壺 2782								
6670	渡邊 綠村	幸吉			綠村		昭和27	64		漢文學
6671	渡邊 魯庵		健藏		魯庵・雲峰	越後	明治45	77	倉石侗窩 吉田東篁	
	渡邊	↔渡部 6627								
6672	渡會 鶴溪	末(季)茂	福島造酒・大助・新四郎・外記	士造	鶴溪・龍駒	伊勢	享保18	(6159)	伊藤仁齋 伊藤東崖	山田祠官、詩・文
6673	渡會 錦川	末顯		子榮	錦川	伊勢				末雅弟、山田祠官(明和)
6674	渡會 末雅	末雅	榎倉雅樂	敬文		伊勢				山田祠官
6675	渡井 夢南		量藏		夢南	甲斐	明治30		茅根寒綠	水戸藩士-東京ノ儒者
	渡 守時	→渡邊守時 6641								

	姓	號	名	通稱	字	號	生地	沒年	享年	師名	備考
6676	渡	松齋	侗	侗太郎・楫雄	伯愿	松齋	陸奥	明治38	65	芳野金陵	東嵎長男、羽後岩崎藩儒
6677	渡	東嵎	政輿	長三郎	子(士)禮	東嵎・蓬室	陸奥八戸	明治20	77	芳野金陵	羽後岩崎藩儒(江戸)
6678	渡	東皐	欽	欽次–致雄	仲愼	東皐	陸奥	大正10	79	芳野金陵	東嵎次男、羽後岩崎藩儒–陸軍教授
6679	藁科	立澤	時雍	玄泉		東皐・立澤		安永2			本姓源氏、源時雍ト稱ス、米澤藩醫、詩・句
6680	藁科	龍洲	貞祐	柏伯	子鱗	龍洲・免狂・巣阜坊		明和6	33	細井平洲	立澤養子、米澤藩醫、詩・句

〔補遺〕

	姓	號	名	通稱	字	號	生地	沒年	享年	師名	備考
6681	荒木田	柴山	隆–麗	麗女(子)		柴山・清渚	伊勢	文化3	45		山田祠官荒木田武遠女、武遇養女、詩
6682	安藤	甃齋	勝吉		士敬	甃齋	常陸土浦	明治12	54	藤森天山	土浦藩儒
6683	井上	甫水	岸丸–圓了			甫水・非僧非俗道人・不知歌齋・無藝拙筆居人	新潟	大正8	62		東洋大學、詩
6684	猪口	觀濤	篤志		士厚	觀濤・何隨居主人	熊本			土屋竹雨 國分青崖	詩(大正4生)
6685	犬養	木堂	毅			木堂	備中	昭和7	78		政治家、詩・文・書
6686	小栗栖	香頂	實九–大戩			八洲・蓮舶・香頂	豊後大分	明治32	69	帆足杏雨 廣瀬淡窓	眞宗大谷派僧、詩
6687	奥井	寒泉	賁	莊一	子白	寒泉	淡路洲本	明治19	61	藤森弘庵	阿波藩儒–有栖川熾仁親王侍讀
6688	河田	希山	希傑	本右衛門–八助	子俊	希山・湧泉軒	鳥取	文化9	56	河田東岡	東岡男、鳥取藩儒
6689	岸田	吟香	銀次			吟香	岡山久米	明治38	73	昌谷精溪 林 述齋	詩(一圓唫社・淡々社)、東亞同文書院
6690	清浦	奎堂	圭吾			奎堂	熊本	昭和17	93	廣瀬淡窓	本姓大久保氏、政治家、詩

6691	京極	高明	善勝－高明	豊作・乙三郎・三右衛門	君柔	陽春館・江東公子		安永8	45	鵜殿士寧	本姓水野氏、幕臣、詩
6692	小峰	東岳	峯眞	嘉右衛門	子元	東岳(嶽)	武藏 青梅	享和元	73	深見頤齋	木炭商、書
6693	鹽野	鶏澤	光迪	周藏		鶏澤・修齋・芸園	武藏 八王子	文化3	60	千葉芸閣	多摩ノ儒者(芸園塾)、天文・畫・詩
6694	杉浦	梅窓	謙次郎－重剛			梅窓－天台道人	近江 膳所	大正13	70	岩垣月洲	膳所藩貢進生－英國留學(化學)
6695	田邊	蓮舟	太一			蓮舟		大正4	85	昌平黌	石庵男、甲府徽典館教授
6696	角田	無幻	光旄		公晃	無幻	上野 下野田	文化6	67	澤田東江	本姓狩野氏、京都ノ儒者、書
6697	直江	鉤齋	兼續－重光	山城守		鉤齋	越後	元和5	60		米澤藩主、「直江版」、詩
6698	中野	逍遙	重太郎		威卿	逍遙	伊豫 宇和島	明治27	27	東京帝大	詩
6699	永井	荷風	壯吉			荷風・斷腸亭主人・石南居士・鯉川兼侍・全阜山人・偏奇館	東京 小石川	昭和34	80		禾原男、詩
6700	西垣	堯欽	堯欽	鐵太郎		雪山木骸	丹波 福知山				福知山藩儒(惇明館)－福知山ノ儒者(愛花草舍)、詩、子堯民ヲ助ケル
6701	野崎	丹噲	義也	嘉右衛門	中享	丹噲・崎乾・皆山人(亭)	武藏 青梅	天保5	61	菊池五山	詩・文
6702	橋	東橋	加恭		君禮	東橋		寛政10	18		
6703	麓	寒泉	保孝			寒泉〔書屋〕	神奈川	昭和63	81	東京帝大	防衛大名譽教授、斯文會
6704	古莊	火海	鶴喜－養節	嘉門		火海	熊本	大正4	76		熊本國權黨々主、詩
6705	本田	石菴	定壽		子鈍	石菴	武藏 多摩	昭和10	58	市河遂庵 市河萬庵	退菴男、書、篆刻
6706	本田	退菴	定年		大登	退(苔)菴	武藏 多摩	大正12	71	市河遂庵 大沼枕山	書・詩
6707	宮崎	東明	喜太郎			東明・五樂庵	河内 四條畷	昭和44	80	藤澤黃坡 臼田岳洲	詩・書・畫

6708 森村大朴 宜民 大朴 尾張 明治29 75 川原南山

6709 矢野子清 茂太郎-敬遠・玄道 太清 子清・梅屋・谷蟆・眞弓・天放山(散)人・後樂閑人・神皇舊(遺)臣・神臣・倚梅堂・梅廼舍 伊豫喜多郡 明治20 65 日下陶溪 昌平黌 國學者、詩(私謚)稜別之道別

6710 山縣含雪 辰之助-有朋 小助(輔)・小(狂)介・千束 素狂-含雪・芽城山人・椿山荘主・新椿山荘主・無隣庵主・小淘庵主・古稀庵主 長門萩 大正11 88 吉田松陰 政治家、歌・詩

6711 若槻克堂 禮次郎 克堂 出雲松江 昭和24 84 大姓奥村氏、政治家、詩

「改訂增補版」あとがき

本書の初版が刊行されてから三十年が經過した。

小さな事典ではあったが――小さいが故でもあったが、幸い多くの利用をいただいたことに感謝している。

利用者からは、誤記の訂正や新しい情報の提供を、特に水田紀久・小谷恵造の兩先生には、常に暖かいご助言をいただいた。

出版社からも、改訂と增補を求められていたが、勤務の餘暇ではなかなか時間的餘裕がなく、退職後も慣れない職務に從事したこともあり、本格的に着手することが出來なかったが、やっと解放されたのを機に、腰を据えて作業を開始することとした。

本書編纂の目的は、養父の初版の序にもあるように、古書目録編纂時に遭遇する撰者・編者・書寫者とその書物の成立の時期を確定することの困難さを解決することにあった。

故に、本書は、單なる人名事典ではなく、目録編纂時に必要な情報を集積し、簡單に檢索出來るように配慮した所に形式上の大きな特徴をもっている。この『儒家小誌』を參考とする形式は、『和學者總覽』にも採用されることとなり、今回の改版にも踏襲することとした。

一方、肝心の情報に關しては、初版刊行時に比べて、その後數多くの人物に關する事典類が編纂・刊行され、現物資料以外からも情報を收集することが可能となった。それでも、目に出來る資料には限りがあるが、可能な限りそれらも參考に、利用者からのご指摘を加えて成ったのが本「改訂增補版」である。

單純に所載の標目數を比較しても一・三五倍強となっている。これは、參考とする資料が增加したためだけではなく、三十年間の編目作業に係わる中で、以前には見落としていた情報の中にも、必要と判斷する情報が存在したことにもよっている。各地で、未整理のまま埋もれている古書の中には、漢學者・漢文學者が直接關與する漢籍だけでなく、準漢籍や純粹な國書も存在する。これらに等しく日の目を與えるためには、國學者・國文學者に關する情報も必要である。詳しくは『和學者總覽』などに委ねるとしても、漢學を兼學した國學者くらいは必要でないかなどと欲を出したことも一つの理由である。

舊來の項目の中にも増訂したものも少なくないが、藏書印を集成して刊行された『新編藏書印譜』などの資料を參考に書齋號や文庫名を加えた。これによって、舊藏者の探索に役立つものと期待している。

次に、初版の〔附記〕でも觸れたが、使用する文字の字形について、今回もあれこれ試行錯誤を繰り返すこととなった。

初版と同樣、原則として「舊字體」を採用する理由は、本書が對象としている時代の人物が一般に使用していたと考えられる字體の文字「舊字體」を使用して表示するのが最適と考えたからである。これゆえ、敢えて「正字體」でも「常用字體」でもなく、「舊字體」を使用したのであるが、字體の混亂は、初版時に較べても更に進行しており、正確に區別することが、ますます困難となってきている。加えて、當時の人々が一樣に所謂「舊字」のみを使用していた譯でなく、「正字」も「俗字」も、現在の「常用字體」に近い「略字」も、時には「誤字」も使用していた譯で、それも、資料によって必ずしも一定でないとなると、果たしてどの文字を使用するのが一番妥當なのか決定することは、なかなか容易なことではなかった。そのため「岳陽」とも「嶽陽」ともというような曖昧な表現となる結果となってしまった。特に、草冠の「艹」と「⺿」の區別は複雜で、入力者に御迷惑をお掛けすることとなった。中には、「鹽」のように、一般に舊字體と認識している「鹽」は正字體で舊字體は「塩」であるが、舊版でも「鹽」を使用しているので、そのままとしたような例もある。この外にも、舊字體と認識している字體でそうでないものも少なくなかったので、利用者が不審に思われるかも知れない。もっとも、これ程字形に拘泥わっても、實際に目錄や文章に使用される場合は、それらが使用している字體に統一されてしまうのであるから、どれだけ意味があるのか、複雜な心境でもある。

本書は、本「あとがき」の初めにも觸れたように、編目作業を實施する現場で簡便に利用出來るようにと小型化を目指したものであったが、標目數と項目內の情報の增加により、かなりの厚冊となるばかりでなく、編者自身の視力の低下もあり、從來の文字の大きさでは、特に上段の數字の判別が難しくなったこともあり、判形をＢ６からＡ５に擴大變更した。それでも養父が目指した簡便さを維持するために、數字を出來るだけ大きくする以外、文字は同大とし、表記法等にも工夫を加え、壓縮を圖った。

餘談であるが、初版時の印刷原版は寫眞植字を用いて作成された。この方法では、行の移動が大變困難で、同人物を重複して違う場所に掲出してしまった場合などは、削除した場所に別の人物を挿入しなければ空白が出來てしまうという事態が發生し、その對應に苦慮した。現下の方法では、これらの移動はいとも簡單で、削除や追加に苦慮することはなかったが、一方で、版面が完全に固定されず、校正の度に位置が移動することがあったり、ある箇所の「嶽」を「岳」と校正したところ、本文中の「嶽」が全て「岳」に變更されてしまうということもあり、何時までも見落としはないかとの不安を拭い去ることが出來ないという缺點もあった。加えて、畫數の多い舊字體で一々原稿を作成するのは非效率と、「舊字拾い」と指定の上、常用字體等が混在したまま出稿したところ、常用字體のまま入力されたり、正字だったり、わざわざ「枵」が「椃」になったり、本來の文字でなく見たまま上下左右を別々に組み合わせて作字したために、間違った原稿の文字のままや文字の要素としては正しいもののバランスが悪くなったりと舊版時の活字の名殘の強かった時代と違った融通が利くが故の問題も思い知らされた。

また、索引の作成に關しては、初版時も、コンピュータの利用を検討したが、到底採算の取れる状態ではなく、結局カードによる並び替えで對應した。今回は、流石にカード式は採用しなかったが、コンピュータの苦手な筆者に代わって、娘絢子が、打ち込みと並び替えの作業を實施してくれた。なお、索引編成過程で氣附いた重複・追補の處理は、不體裁を免れ得なかった。

汲古書院の石坂社長は、なかなか進行しない改訂作業を根氣強く督勵くださった許りでなく、文字の決定に手間取り、初版の汲古書院創立十周年に續いて今回も四十周年の記念出版の一つにと慌てる私を落ち着かせ、悔いの殘らない充分な校正をと勸めてくださった。擔當くださった編集の飯塚さんとともに、いつもながらのご厚情に感謝致します。

本書も、多くの利用者に迎えられることを期待しながら、なお存する過誤と誤記、利用することのできなかった資料等について、舊版同様の御批正を切望致します。

平成二十三年三月

長澤孝三

657 石川　慎斎（訂正）（号）慎斎・大清→慎斎‐大清
675 石河　明善（追記）（備考）姓ヲ石川トモ書ク
771 稲生　恒軒（訂正）（師名）古林見誼→古林見宜
（追記）（備考）宮津侯士‐大坂ノ儒医
812 今井　魯斎（追記）（通称）小四郎‐松菴‐宋白
（削除）（号）魯斎・松菴・宋白→魯斎
958 上田　秋成（追記）（号）鶉廼舎・休西・（備考）薬種商・大坂ノ医
（訂正）（備考）白話小説→白話小説
1017 内田　遠湖（訂正）（号）遠湖→遠湖〔道人〕
(1122)（追記）（挿入）越克敏→名越南渓4702
1125 遠藤　古遇（訂正）（標目）古遇→古愚・（号）古遇→古愚
1257 小山田与清（追記）（通称）三縁山和学士・（生地）武蔵→武蔵／多摩
1223 緒方　洪庵（追記）（生地）備中→備中／足守
1290 隠岐　茱軒（訂正）（没年）47／（44）→46／（47）
（師名）片山北海／尾藤二洲→片山北海
・尾藤二洲との師弟関係は認められない。
1295 大内　玉江（追記）（生地）常陸→常陸／久慈郡
1338 大熊　秦川（訂正）（号）亀隠→亀陰
1401 大塚　雲渦（追記）（号）雲渦→雲渦〔鷗史〕・（備考）姓ヲ王トモ称ス
1456 大場　南湖（訂正）（備考）水戸藩士→水戸藩儒（彰考館総裁）
1477 大森　快庵（追記）（備考）森蘇州ト修ス
1529 岡　魯庵（追記）（通称）元（尚）達→元（尚）達・慈庵
（削除）（号）慈庵
（訂正）（師名）片山北海／管甘谷→管甘谷／片山北海
1601 奥原　晴湖（訂正）（師名）大沼沈山→大沼枕山・（備考）古河侯→古河侯
1697 加倉井砂山（追記）（号）三楽楼・（生地）常陸→常陸／成沢
1698 加倉井松山（追記）（通称）平八郎→平（弥）八郎

1704 加世　季弘（追記）（号）毅軒
（生地）常陸→常陸／成沢
1804 垣内　東皐（追記）（字）全庵（菴）・（備考）和歌山藩儒医‐備前中津藩儒医
1897 葛城　螙庵（訂正）（享年）47→46
2023 川口　緑野（訂正）（没年）天保9／（6）→天保6／（9）
2073 河田　迪斎（訂正）（号）迪斎→迪（廸）斎・屏淑→屏淑〔浦〕
2140 木口　暐斎（追記）（没年）寛政5・（享年）24・（備考）冠山ニ親侍
2188 木村　酔古（削除）上部番号・本文→木村礼斎2210（重複）
2220 祇園　南海（追記）（号）箕倨散（山）人
（訂正）（没年）寛暦元→寛延4
2245 菊池　桐江（訂正）（備考）（江戸中期）→（寛政頃在世）
（追記）（備考）滕忠充ト称ス
2353 久米　水居（訂正）（標目）水居→水屋・（号）水居→水屋
（追記）（通称）幸三郎→幸（孝）三郎
（備考）水戸藩士（江戸）、詩・文・歌・書
2501 桑野　瀃斎（追記）（師名）古益伺庵等・（備考）詩→詩・歌
2508 桑山　玉洲（訂正）（名）嗣燦→嗣燦‐文爵・子幹
（号）鶴麗→鶴（隺）麗・聴雨堂→聴雨堂（室）
（追記）（通称）左内→新太郎・茂平治・左内
（号）玉峰・幽興堂・鶴跡園・勧耕舎・需黴漁夫・清黴子
（師名）桜井山興／池　大雅
2510 郡司　跂斎（訂正）（号）跛斎→跂斎
2551 小島　梅外（訂正）（備考）必瑞男→必端男
2618 小柳司気太
・姓の読みについて「オヤナギ」ではとの指摘を受けたが、初版の監修者長澤規矩也の著書『昔の先生今の先生』の記述に従って「コヤナギ」に立項、「オヤナギ」に参照を附けた。

2680 甲賀　玩鷗（削除）上部番号・本文→太田玩鷗1491（重複）
2815 佐藤　穀山（削除）上部番号・本文→小田穀山1195（重複）
2826 佐藤　中陵（追記）（名）成裕→成裕・祐・（号）温古斎→温故（古）斎
(2925) 坂上（訂正）↕サカガミ2944〜→↕サカガミ2914〜
2927 坂本　葵園（追記）（備考）姓ヲ阪本トモ書ク
2950 榊原　霞洲（訂正）（没年）万延元→寛延元
2962 桜井　霽松（追記）（通称）善太郎→善太郎・瓢三
（号）霽松・松齋→霽松〔齋〕
（削除）（字）子善・瓢三→子善
(2987) 沢　天学（訂正）（標目）天学→典学
3086 篠崎　竹陰（訂正）（名）概（槩）→槩（概）・（字）公概（槩）→公槩（概）
3251 菅野　西陵（訂正）（通称）文次（治）郎→文治（次）郎
（字）子證（登）→子登（證）・（号）王屋山人→玉屋山人
（生地）江戸→大坂
3342 鈴木　松江（追記）（生地）常陸→常陸／多賀
3363 鈴木　楳林（訂正）（号）欄台（臺）→蘭台（臺）
3364 鈴木　白泉（追記）（備考）（彰考館）→（彰考館総裁）
3463 曾谷　学川（追記）（備考）読騒庵→読騒〔庵・居〕
3470 相馬　九方（追記）（通称）一郎→一郎・富五郎・（号）逸郎→逸郎（老）
3549 田能村竹田（追記）（生地）豊後→豊後／竹田
3562 田結荘千里（訂正）（通称）斎治→斉治
3599 大　典（僧）（訂正）（名）笠常→竺常・（号）蕪中→蕉中
3632 高瀬　学山（追記）（号）松菴→松庵（菴）
3654 高野陸沈亭（追記）（字）子龍→子隠（龍）
3689 高橋　柚門（訂正）（享年）41→47
3887 茅野　寒緑（訂正）（標目）茅野→茅根・（没年）安政4→安政6
（享年）55→36

3959 辻　端亭（訂正）（字）思卿→思聰
（追記）（備考）詩・文
4004 鶴峰　海西（訂正）（号）皐（皇）舎（屋）→皇（皐）舎（屋）
4024 寺門　先行（訂正）（号）先行・守拙→先行‐守拙
4031 寺嶋　杏林（訂正）（名）良安→尚順
（追記）（通称）良安
（削除）（字）高順
（追記）（備考）『和漢三才図会』、姓ヲ寺島トモ書ク
(4041) 田　憲章（追記）（標目）田　元堅→野田白石4706
4062 戸崎　淡園（追記）（備考）碕允明ト称ス
4099 桃　溪（僧）（削除）上部番号・本文→若　霖（僧）3159（重複）
(4100) 滕　太冲（追記）（標目）滕　忠充→菊池桐江2245
4202 名越　南谿（削除）（号）簡斎
（訂正）（号）竹（居）簡斎→居（竹）簡斎
（追記）（備考）姓ヲ越ト修ス
4234 内藤　碧海（訂正）（字）王（正）道→大（王）道・（没年）明治35→明治36
（追記）（備考）本姓美濃部氏（変名）湯沢三四郎
4247 中井　蕉園（訂正）（号）仙波（坡）→仙坡（波）
4345 中根　逍遙（削除）上部番号・本文→中野逍遙6698（重複）
4382 中村　篁溪（訂正）（通称）春帆・新八郎→新八〔郎〕
4504 長田知足斎（追記）（号）乾堂・（備考）姓ヲ永田トモ書ク
4583 新納　蒙所（追記）（名）光鍾→光鍾（鐘）・（没年・享年）宝暦5 69
（備考）本姓堀氏
（訂正）（生地）肥前→江戸／（肥前／蓮池）
（備考）蓮池藩士（大坂）→和泉堺デ書ヲ教授‐蓮池藩
士（大坂）・書→篆書・篆刻
4705 野田　笛浦（訂正）（通称）希一（二・市）・希一郎→希一〔郎〕

『改訂増補漢文学者総覧』補訂（正誤表）

長澤孝三

一昨年十月に表記の書籍を刊行後、御購入下さった方から幾つかのお便りをいただいたが、その多くは私の不備を御指摘下さるものであった。予想されたことではあるが、私としては細心の注意を払ってこの作業を実施したつもりでいたので残念であったが、それ以上に申し訳なく思っている。

御指摘の中にもあったが、本書は簡単に改版できる類のものではないので、「正誤表」として御指摘を含め、現時点で判明する不備とその対応を報告し、その責を塞ぐこととしたい。

御指摘者のお名前は上げないが、厚く御礼を申し上げ、更に今後の御批正をお願いいたします。

〔凡　例〕

記述は左の体裁で実施する。

番号 標　目　（補訂内容）（補訂箇所）　補　訂

使用する文字の字体は、原本の字体に拘泥わらず、常用字体のあるものは、それを使用したが、異なる文字が常用化の時点で同一の字形となったものは区別した。

（補訂内容）の内、（追記）として新たに記述を加える場合に、元の内容と関連する場合は再記するが、単に増加するだけの場合は再記しなかった。（削除）は多く重複するもので、記述を削除し、元の標目を案内した。

上部番号を持たない参照標目を追加する場合は、番号を持つ直前の番号に( )を附し、実際の挿入箇所の直前の標目を表示した。

筆者の注記は、「・」以下に記述した。

53 相場　九方（削除）上部番号・本文削除→相馬九方3470（重複）

91 青木　瑞翁（追記）（備考）水戸藩士（右筆）

109 青野　栗居（訂正）（没年）寛永3→宝永3

258 天沼　恒庵（訂正）（没年）寛政6→寛政6／（文化7）

・本欄については詳しい御指摘をいただいた。没年の寛政六年は誤りで、種々の根拠を上げ文化七年とすべきとあった。本書の旧版では、（文化7）を併記したが、今回はそれを削除した。生年と没年を明示した資料があり、享年52から寛政六年で良いと判断したからである。御指摘では生年と享年には触れられていなかったので、そちらも同時に解決されなければ、文化7に訂正するのには躊躇せざるをえない。故に旧に復し併記することとする。又、備考欄の「一時島氏トモ称ス」に対しても、「養父伊藤華岡の本姓が小島氏であるから、小島氏が正確でないか」とも指摘いただいた。これについても確認できず、「島氏」を称したことは指摘者も認めておられるので、従来のままとした。

346 安藤　箕山（訂正）（師名）荻生徂徠→（荻生徂徠）

・箕山は、徂徠に「私淑」したが、正式な師弟関係はない。

349 安藤　素軒（訂正）（名）為実→午之助－為実（誠） （追記）（通称）右兵衛・稲津左兵衛・主殿・内匠 （号）素軒・抱琴園・栗里・一葉・（師名）伊藤仁斎 （備考）本姓藤原氏、水戸藩儒（彰考館別館総裁）、国学

370 井狩　雪渓（追記）（生地）摂津／天王寺

374 井口　蘭雪（訂正）（没年）明和6→明和8

500 伊藤　千里（削除）上部番号・本文→伊藤幽篁軒528（重複）

528 伊藤幽篁軒（訂正）（号）幽篁軒・世父→幽篁軒世父 （追記）（生地）鳥取・（備考）鳥取藩儒医（寛政11致仕）

606 池永碧於亭（訂正）子（士）深→士（子）深・碧於（游）亭→碧於（游・遊）亭

623 石井　研堂（追記）（号）研堂・漂譚楼・芋仙子・麦仙・安陽

4706 野田　白石（追記）（字）高卿・（号）青城・（備考）姓ヲ田ト修ス （字）士（子）明・子前→子明（前）

4724 野呂　介石（追記）（号）第五隆

4726 野呂　深処（訂正）（字）龍草→龍章

4727 野呂　静処（追記）（備考）和歌山藩儒（学習館教授）

4760 馬場　逸斎（追記）（備考）武術・書

4785 間　長涯（訂正）（名）弥六郎→孫六郎・（通称）土屋→十一屋 （備考）天文（大坂）→天文・測量（大坂・江戸）

4828 服部　寛斎（追記）（備考）保考男

4838 服部　大方（追記）（備考）平賀雄助ト称ス

4842 服部　樗州（訂正）（備考）寛斎弟→寛斎兄

・御指摘で、樗州は橘州では、4828寛斎の弟でなく兄ではとあった。寛斎は延宝三年1675～享保六年1721四十七歳、樗州は正保四年1647～正徳元年1711六十五歳、樗州は寛斎の兄が正しい。前者については、確認出来なかった。

4850 服部　保考（追記）（備考）幕臣

4879 早野　流水（訂正）（名）正己→正己（巳）

4963 原　南陽（訂正）（通称）玄定→玄貞（定） （備考）水戸ノ儒医→水戸藩医 （追記）（師名）戸崎淡園

5154 広瀬　淡窓（訂正・追記）（名）簡・玄簡－建→寅（虎）之助－簡－建 （通称）寅（虎）之助－求馬→求馬・玄簡 （字）子基・廉卿→廉卿－子基 （号）桂林園→桂林園（荘）

5256 藤咲　仙潭（訂正）（没年・享年）（12・76）→（12・75）

5276 藤田　北郭（追記）（号）北郭→北郭－晴軒

(5298) 藤原　惺窩（追記）（標目）藤原正臣→山本清溪6371

5448 本間　棗軒（訂正）（名）求→救

5563 松井　羅州（訂正）（名）暉（輝）辰（晨）・暉（輝）星→暉－暉（輝）星（辰） （号）読耕園→耕読園

5952 陸奥　福堂（訂正）（名）手磨→牛磨・（没年）明治29→明治30 （追記）（備考）一時、伊達陽之助・陸奥小次郎等ト称ス

6080 森　観斎（訂正）（備考）本姓石川氏→石川桃蹊次子、森遜亭養子

6103 森　庸軒（訂正）（備考）海菴孫→海菴長子

6314 由良　箕山（追記）（備考）大坂ノ儒者→江戸－京都－大坂ノ儒医（大坂－堺）

6356 山本　確斎（訂正）（名）正夫→餘慶・（字） （追記）（字）正夫・（号）雪嶺・樫園 （没年・享年）明治38・77

6388 山本　封山（追記）（通称）中郎・（生地）越中／高岡 （師名）吉益東洞・（備考）読書室

6390 山本　亡羊（訂正）（師名）山本北山→山本封山 （訂正）（備考）→本姓日下氏、京都ノ儒医・西本願寺侍読

6395 山本　榕堂（訂正）（標目）（号）榕堂→榕室・（名）錫夫→篤慶 （備考）北山男→封山男 （字）仲錫→仲錫－錫夫 （備考）→亡羊次男、京都ノ儒医（本草学）、天文・数学 （追記）（生地）京都・（没年・享年）元治元・56

・6356・6388・6390・6395は、遠藤正治『山本読書室二〇〇年史』等を典拠に御教示いただいたものである。

6500 吉田　竹嶺（訂正）（字）子孔→子礼

6566 劉　琴溪（追記）（備考）静文堂→静文堂（館）

6577 蓮　山（僧）（訂正）（標目）・（字）蓮山→連山

6595 和田　東郭（追記）（字）韞卿→韞卿・泰純（順） （師名）戸田旭山／吉益東洞 （備考）京都ノ儒者→大坂－京都ノ儒医

編者略歴

長澤孝三（ながさわ　こうぞう）

昭和17年11月　兵庫縣に生まれる
昭和45年４月　大阪大學大學院文學研究科修士課程修了
昭和50年３月　長澤規矩也の養子となり、以後、圖書學研究法及び古書目錄編纂のための研修を受ける
昭和54年５月　國立公文書館（內閣文庫和漢書專門職）
平成13年１月　同・內閣文庫長
平成13年４月　獨立行政法人國立公文書館・統括公文書專門官
平成15年３月　同・停年退職
平成16年４月　帝京大學文學部專任講師（圖書館學）（21年３月まで）

この間、山形縣立米澤女子短期大學・早稻田大學教育學部・同大學院・東北大學大學院文學研究科・日本女子大學文學部の各非常勤講師及び昭和59年度以降東京大學東洋文化研究所漢籍整理長期研修講師（和刻本漢籍）・平成13—23年度文化廳文化審議會專門委員（書跡・典籍）

この外、大阪天滿宮・加賀市立圖書館・福井市立圖書館・山梨縣立圖書館・清見寺（靜岡縣）・足利學校・高梁市立圖書館（岡山縣）・岡林文庫（早稻田大學）・江川文庫（靜岡縣）等の古書調查・編目に從事、目錄を刊行する

改訂増補 漢文學者總覽

平成二十三年十月十六日　第一刷發行
平成二十六年三月三十一日　第二刷發行

監修者　長澤規矩也
編　者　長澤孝三
發行者　石坂叡志
整版印刷　富士リプロ株式會社

發行所　汲古書院
〒102-0072　東京都千代田區飯田橋二-五-四
電　話　〇三（三二六五）九七六四
FAX　〇三（三二二二）一八四五

ISBN978-4-7629-1224-5　C3000

KYUKO-SHOIN, Co., Ltd. Tokyo.

索　　引

凡　　例

1．本書中の名・號・通稱・字・私諡等に關するあらゆる項目を本文の姓以外の排列と同様の方法で五十音順に排列したもので、その所在は本文中の各項の上部に記載された一連番號で示した。

2．各項目は全て通常音の音讀みによる。

（例）弘忠：コウチュウ（×ヒロタダ）
主税：シュゼイ（×チカラ）
彌之助：ミシジョ（×ヤノスケ）
富三郎：フサンロウ（×トミサブロウ）　等

3．一般的に用いられる音が一字に複數ある場合は、いずれか一音に統一し、その他の音には「──→」を附けた。

（例）樂：ラク←──ガク
乾：カン←──ケン
木：モク←──ボク
正：セイ←──ショウ　　等

4．共用する文字には「←→」を附けた。

（例）岩←→巖・嵒・嵓
嶽←→岳　　　　等

あ

阿七……4405
阿豆麻居……2569
阿曾次郎……2427
阿鼎……3124
阿萬……6551
阿璘……6326
蛙麻呂……891
閼……39
閼崇山人……5434
愛……338, 2351
愛花草舎……6700
愛岳……1331
愛岳麓文庫……1331
愛嶽……1331
愛間堂……4588
愛閑堂……4588
愛吉……2141
愛琴……1303
愛琴堂……4317
愛溪餐玉……682
愛月舎……4852
愛月堂……2633
愛軒……4821
愛古田舎主人……5507
愛吾廬……1980, 2047
愛皐……3069
愛山……361, 2277, 3792
愛之助……1092, 2506
愛諸……3689
愛松軒……2374
愛信……5211
愛親……6392
愛藏……2899
愛知齋……4241
愛竹酒史……1646
愛南……3482
愛南書屋……5948
愛日園……3530
愛日齋……5327
愛日樓……2805
愛蘭堂……2149, 3328
愛蓮……2809
藹山……3851
藹臣……5119
靄山……3851
靄村……1489, 2803
靄墩……2301
渥涯……3197
閼——→ア
安……59, 1158, 3583, 4419, 4978, 5690
安々……6133
安懿……5817
安胤……2628
安右衞門……725, 1479, 4393, 4395, 5697
安永先生……5900
安榮……5457
安繹……3074
安海……336, 1622
安懷堂……3997
安吉……59, 1211, 4412
安休……4822
安享……2968
安金吾……851
安卿……3768, 4748
安藝守……3720
安穴道人……4306
安元……3572, 3574, 3575, 3577, 6611
安固……6250
安五郎……3499, 5633, 5647, 6326
安亨……2263, 2968
安孝……3736
安國……2748
安左衞門……680, 2725, 3161, 3223
安齋……1550, 2333, 3794, 5047
安三……2980
安三郎……4013
安之……505, 1251, 3840
安之允……5119
安之助……5900
安之丞……765
安之亟……4343
安之進……3363, 3427
安止堂……5338
安至……4399
安枝……6447
安師……4368
安次郎……549
安治……1955
安治郎……549, 3060
安實……4145
安重……3217, 5908, 5954
安叔……3572
安處……2962
安祥……2497
安臣……2264
安眞……3737
安正……215, 274, 3811, 5274
安世……725, 3737
安成……3576
安省先生……1532
安清……863, 3569
安靜……3401
安崇……4178
安石……1878, 2589
安節……2466, 2825, 4327, 4666, 5067
安素堂……5002
安藏……2577, 2578, 2648
安宅……2118, 3122, 4050, 6193
安琢……3570
安致……3218
安長……3218, 3569, 3574, 3575
安直……5841
安定……651, 5138, 6260
安亭……643
安貞……651, 3219, 3567, 3579, 5746
安鼎……5746
安天星名……5093
安田文庫……6167
安道……3084, 5406, 5570, 6423
安南……2906
安二郎……6447
安八郎……4367
安美……5694
安平……1793
安兵衞……334, 640, 2228
安方……5840
安芳……1871
安房……1871
安房守……1825
安本……1462
安民……4682, 5138
安明……3736
安也……2359
安雄……2473
安養……4666
安樂閑人……2727
安樂廬……2804
安龍……4450
安良……3568, 3575, 5829
案山子……820
晏齋……1213, 1218
晏窓……2706
庵……4461
庵太郎……3853

闇齋……6262
闇叔……5032
鷃咲子……2633
鷃笑社……4059
鷃適軒……110

い

いさわ文庫……3743
いち……1383
いもしげ……1672
以一……6105
以悦……6593
以貫……4228, 5345, 6105
以義……3035, 3923
以休……4515
以敬……3661
以顯……333
以實……4150
以順……5959
以助……5345
以心……2730
以愼……6058
以正……172, 5160
以成……2435
以忠……4207
以直……2458, 3215, 4139, 6669
以堂……2935
以道……4012
以寧……4871, 5159
以文……609, 1226, 2577, 5151, 6025
以友堂……4291
以立……2309
以隣……4272
以禮……3094, 5151
夷……2548, 5606
夷彦……1311
夷吾……1978
夷長……5482
夷濱釣叟……567
夷甫……6088
伊右衛門……1969
2087, 2282, 3115, 4142, 4143
伊衛門……3519
伊賀……3781
伊賀守……874, 3206
伊蒿子……5242
伊左右衛門……5994
伊左衛門……1849, 2189, 5358
伊齋……2689
伊作……127, 446
伊三次……2370
伊三川親方……4017
伊三郎……891, 1629
1978, 2578, 3469, 4775, 4889, 5151
伊之助……2522
伊市郎……947
伊助……1210, 1599, 4376, 5345
伊承……278
伊織……220, 3245, 4023
4103, 4790, 5236, 5618, 6081, 6441
伊吹之屋……5112
伊勢……10
伊勢守……37, 3677
伊勢松……3175
伊勢千代……117
伊川……6134
伊太夫……2426, 4961
伊太郎……4889
伊大夫……3691
伊澤文庫……453
伊豆……177
伊八……4390
伊濱……6134
伊平……5878
伊平衛……2293
伊兵衛……2293
2565, 2937, 2999, 3813, 5930, 6358
伊宥……2689
伊豫之介……3887
伊豫守……727, 5439
伊豫聖人……2721
衣關漫士……2242
衣舗先生……1714
衣笠山人……5198
圯南……3793
矣菴……599
依之……6467
依水園主人……2047
依竹齋……5104
依中……356
怡顔垒……5578
怡顔齋……5578
怡齋……4591
易——→エキ
畏庵……6601
畏犠……5498
畏軒……5027
畏齋……245, 1010, 2694
3703, 5263, 5900, 6407, 6438, 6601
畏山……5911
畏聖……3463
畏堂……2580, 3085
威鄕……4345
威卿……3978, 6698
威山……464
威之……2919
威如齋……5796
威臣……637
威八……3301
威明……6458
倚松庵老人……1107
倚梅堂……6709
韋……4470
韋庵……1602
韋右衛門……243
韋軒……159
韋齋……2366, 5824
韋相……211
唯——→ユイ
尉……6103
尉之介……3627
惟……1370
惟一……2116
惟一齋……2805
惟一郎……2694
惟寅……4332
惟雲……6287
惟翁……351
惟温……2966
惟艾……1047
惟岳……3787
惟嶽……3787
惟完……6557
惟寛……6557
惟凞……2399, 2924
惟義……146, 5726
惟恭……177
1873, 2409, 3073, 4823, 6379
惟強……6558
惟喬……2888
惟彊……6558
惟敬……141, 3100
惟慶……6361
惟馨……190, 2889, 3653, 4823
惟顯……4053
惟元……5307

惟弘……4541
惟孝……1370, 1371
2810, 3195, 4794, 5247, 6002, 6397
惟廣……5988
惟興……2425
惟齋……6171
惟時……5587, 5984
惟式……2539
惟質……5092
惟實……351, 3391
惟秋……719
惟秀……3092
惟修……3299
惟脩……3299
惟柔……6551
惟俊……3611
惟春……2830
惟純……1281
惟肖……460
惟章……485, 1283
惟彰……1283
惟蕉……2924
惟常……210
惟縄……3246
惟臣……5594
惟深……3019
惟親……9, 3332
惟嵩……1282
惟省……4728
惟清……6553
惟精……3132
惟精廬……2805
惟善……3526, 6474
惟竹堂……4032
惟冲……2572
惟忠……2409, 2745, 4335
惟直……738
2481, 5146, 5309, 5496, 5731
惟貞……3239, 4810, 5564, 6227
惟禎……3239, 4798
惟傳……5305
惟德……1872, 3186, 3196
惟藩……3613
惟房……1822
惟密……1619
惟明……1160, 1197, 1989, 5240, 5860
惟命……4263
惟木……274
惟龍……4797
惟慮……3186
惟良……4824
惟倫……5308
惟和……4799
移三……5009
移山……232
移山亭……1219, 1230
移山文庫……232
猗々居……3902
猗蘭子……5439
偉卿……2600
偉三……5009
偉三郎……5009
偉長……2608
偉堂……5416
偉文……577
渭洲……2496
渭水……5210, 5540, 5584
渭川……2926
渭川院……3732
渭陽……3852
爲……1691
爲一……4367
爲右衛門……953
爲己齋……4718
爲起……1484
爲槻……3961
爲宜……3887
爲吉……5838
爲溪……2502
爲谿……2037, 2502
爲孝……1371
爲綱……1200
爲左衛門……3235
爲齋……3442, 5912
爲山……392
爲三堂……3348
爲三郎……3348, 3544
爲之……2020, 5420
爲之助……1583
爲之進……6379
爲次郎……2291
爲質……1669
爲實……349
爲周……2793, 4644
爲秀……2793
爲春……3211
爲春院……3965
爲祥……2868
爲章……354, 4868, 6533
爲政……1135
爲盛……5143
爲善……2791
爲藏……2086, 5383
爲則……456, 3503, 6519
爲太郎……5252
爲竹……1603
爲鎮……4267
爲貞……4310
爲德……1956
爲八……6150
爲八郎……6150
爲寶……3442
爲明……354
爲龍……4882
葦庵……5078
葦原處士……2640
葦齋……3869
葦洲……3387, 6186
葦水……1484
葦水軒……1484
葦水齋……1484
葦川……5225
葦叟……5078
葦村……465
葦廼舍……439
葦名大道……2794
貽堂……14
貽範先生……4246
意……2442
意安……6495, 6496, 6497
意庵……6495, 6496
意齋……731
意賛……1979
意春……2636
意仲……6582
意伯……619
意林……5867
意林庵……236
彙撰……6420
煒……2628, 4929
煒煌……4714
蔚──→ウツ
漪……2385
漪々齋……1547
漪園……5489
漪齋……1547, 6152
漪之助……6378

漪嵐……3944
維……2418
維安……1913
維寅……201
維英……4628
維益……6025
維艾……1047
維岳……291, 2689, 4983
維嶽……2689, 3807
維翰……1307, 5919, 6569
維棋……4925
維祺……4925, 5816
維義……347
維鳩庵……3100
維圭……5920
維敬……4086
維慶……6361
維馨……947, 3653, 6454
維賢……3392
維顯……3013
維五郎……102
維光……856
維孝……5161, 6449, 6573
維佐子……1383
維貞……496, 5625
維四郎……6584
維思……1048
維時……294, 5587
維周……1692, 2804
維修……2055, 3281
維緝……1302
維春……4063
維叙……2475
維章……1981, 2760, 3087, 5080
維常……222
維信……3019
維新……5419
維新庵……3306
維深……3019
維正……5280
維專……6396
維遷……5879
維則……1627
1803, 2159, 3587, 4629, 6299
維泰……4062
維忠……2409
維長……2180
維直……1360, 5146, 5781
維貞……496, 4810, 5625
維楨……4677
維禎……496, 2234, 4422, 4799, 5924
維廸……520
維迪……520
維堂……4020
維道……1360
維德……3950
維寧……1301, 4336
維發……3809
維羆……2096
維孚……1614
維浮洞仙……2003
維文……1287
維密……1619
維民……1261
維名……2060
維明……2060, 5792
維熊……5293
維揚……3826
維陽……1784
維龍……4797
維良……1847
維和……4799
銕——→テツ
彝——→彛・彜
彛……691, 1575, 2355, 2548
3525, 4371, 4553, 6056, 6124, 6540
彛卿……3169, 5185
彛憲……4770
彛齋……2871
彛倫……6540
彜……1575, 1947, 2355
2548, 3625, 4553, 6056, 6124, 6540
彜卿……3169, 5185
彜齋……2871
煒……4929
煒之助……4929
緯……6185
謂滄浪……5093
頤……1838, 3533, 6534
頤卿……415
頤軒……4263
頤齋……5189
頤亭……1407
頤堂……393
遺音……3310
醫學院……4799
醫學館……4799, 4800
醫窟……5745
韡……4274
懿……3169, 3294, 4613
懿齋……720
懿德……409
懿伯……5051
懿文……2355
鷁齋……3276
域……4752
育……2069, 2556, 6539
育英社……2775
育英塾……2988
育英堂……1972, 2009
育齋……833, 4145
郁……4814, 5155, 5365, 5902
郁軒……5500
郁三……1282
郁之丞……3720, 4385
郁洲……3084
郁助……6506
郁藏……1282, 6620
郁太郎……2595, 4664, 6619, 6623
郁堂……3724
彧……3934
昱……1962
昱次郎……1962
昱太郎……1962
煜……2633
薁園……306
毓……5197
一……131, 2586, 2997
一阿道人……1594
一安……451
一庵……4946, 3655
一菴……4200
一々學人……3473
一右衛門……5476, 6021
一雲……3976
一雲齋……3976
一揖……5427
一淵……799
一圓唫社……6689
一翁……1327, 2956, 4446
一鷗……4074
一華堂……6593
一花翁……2218
一介……3620, 6022
一角……921, 3512
一畫……5292
一學……15, 744, 1639

2252, 3877, 4218, 5039, 5075, 5639
一岳……1320
一嶽……1320
一鶚……2009
一串居士……959
一貫……2694, 4026, 4264, 5947
一貫齋……233
一貫堂……543
一貫堂純齋……3231
一貫二麥居士……5598
一琴……1071
一圭……4114
一桂堂……4448
一莖……4114
一卿……396
一敬……4124
一溪……114, 5452
一瑩……4090
一兼……5426
一謙……5426
一元……474
一玄……2269
一彦……2658
一源……1864
一虎……2707
一江……6583
一興……2874
一左衛門……2626
一齋……1668, 2806, 2991, 3303, 3450
3480, 3827, 4010, 4661, 5135, 5600
一作……881, 2997
一三九……2997
一之……3703, 3987
一之助……4370
一之進……121, 733, 2392, 5487
一至居士……2343
一枝……457, 1835, 2446
一枝庵……4784
一枝軒……1756
一枝巣……2638
一枝堂……6205
一字……4257
一時閑人……891
一主……3846
一舟……5733
一舟子……3931
一重山……4917
一純……4021
一淳……2300
一如……3844
一助……296, 3997
一恕……6562
一松堂……5237
一眞……1854
一陣……4436
一水……5774
一崇……1182
一正……5278
一成……4699
一清……2704, 5674, 5916
一靜……3450
一積……1855
一全流……3892
一素……625
一艸堂……1901
一草……4563
一窓……1937
一蒼……4387
一造……1334
一藏……2477, 2913
一足……3361
一足庵……5833
一粟居士……1041
一太郎……2209, 2964, 3859, 4688
一泰……5423
一宅……4039
一棹……2964
一旦……2208
一忠……5212
一鳥……6474
一聽夫……2233
一通……4516
一貞……6545
一梯……4759
一鼎……680
一洞……2317
一堂……131, 2137, 4090, 5226
一道……955
一得……5384
一得齋……1603
一德……2893, 6247
一德齋……6247
一馬……2032
一白……4263
一瓢……4860
一敏……1182
一孚……2242
一文不知翁……3050
一平……3316, 5803, 6643
一平次……5012
一癖……660
一甫……242, 3158, 6422
一方……1604
一芳……2962
一抱……1603
一峰……1385, 2380
一峯……605, 1385, 4749, 5147
一峯子……605
一豊……5661
一鳳……2645
一鋒……2514
一鵬……2645, 3891
一本堂……1754
一味……3426
一無……2128, 3207
一夢……5104
一鳴……3311
一雄……591, 4474
一陽……3401, 5770
一陽齋……3401, 6563
一樂……1670, 2208, 3402, 5346
一樂翁……3402
一履……5961
一柳軒……5089
一魯……3641
一郎……225, 359
744, 1750, 3128, 3470, 3863, 4088
5108, 5426, 5707, 5724, 6462, 6571
一郎右衛門……1331, 1417, 6474
一郎左衛門……1642, 1417
一郎太夫……90, 4980
一臈……520
一臘……520
一六居士……897
一六兵衛……5403
一六郎……5400
弌……2116, 4688
壹……5071
壹岐……1674
壹岐守……5722
壹卿……2835
乙—→オツ
聿庵……6549
聿修館……5651
聿修堂……3569
聿脩堂……3321
佚山……769

佚泰子……1225
逸……437, 1271, 2084, 3059
3523, 4705, 5270, 5882, 6372, 6637
逸庵……3655
逸々庵……5016
逸雲……2144
逸翁……2317, 2956
逸學……2009
逸記……1362
逸休……425
逸玄……2658
逸彦……537
逸齋……334
1162, 3878, 3914, 4760, 5016
逸叟……3902
逸藏……2658
逸仲……3226
逸堂……3436
逸八……934
逸平……2084, 2400, 2786
逸民……4135, 5014
逸郎……3470, 4344
亀堂……1832
允…713, 843, 3178, 3709, 5413, 5873
允益……3176, 5999
允考……5532
允齋……2435
允升……3108
允常……3107
允植……2323
允成……3121, 5866
允澤……3534
允中……3852, 4279
允仲……4080
允當……4577
允任……5566
允孚……3521
允文……4747
允明……247, 4052
允禮……4679
尹賢……5930
尹祥……6084
尹長……1806
引馬文庫……5846
匀……2232
因……1181, 1634
因果居士……4306
因果道士……4305, 4306
因齋……994
因山……6213
因章……715
因是道人……1771
因幡……1674
印癡……25
印南……792
胤……604
胤永……159
胤卿……212
胤繼……160
胤行……5112
胤厚……2439
胤康……898
胤剛……4585
胤國……688
胤臣……3909
胤宣……2939
胤禎……1701
胤保……245
員胤……716
員矩……2999
員純……716
殷……79
殷善……98
殷富……5333
寅……1338, 2707, 6582
寅吉……337, 1257, 1554
寅孝……2145
寅之助……30, 1257, 4863, 5154
寅次郎……448, 6489
寅治……3564
寅太郎……6547
寅道……2146
寅二郎……2445, 6489
寅甫……5693
寅圃……5693
寅亮……2152, 4105
蚓可……3761
陰德……723
斌――→ヒン
飲光……899, 3056
飲茶庵主人……3548
飲鳳泉……5632
筠……2551, 2825, 5713
筠居……2217
筠溪……6353
筠軒……1364
筠齋……5871
筠亭……4918
筠庭……2217
筠圃……5901
蔭畝……4643
隱……4440
隱花……6213
隱岐守……5651
隱岐文庫……1290
隱求……4440
隱元……900
隱山……6213
隱之……901
隱茶老人……721
隱皤……6213
隱流……6076
螾可……3761
韻華……3897
贇……1580, 5936

う

又――→ユウ
于慶……6
于作……3463
于逵……4732
于達……3199
于龍……3777
于鱗……1222
右一……6349
右衛……5228
右衛門……2992
3496, 4260, 5011, 5644, 5771, 6522
右衛門七……1723
右衛門二郎……6432
右衛門八……5518
右翁……5188
右吉……2526
右京……303, 1120, 3779, 5402
右京亮……358, 1341
右近……444
2714, 3480, 4905, 4924, 4929
右源次……4766, 5884
右源太……3205
右五郎……5883
右香庵……4682
右香菴……4682
右之助……1664
右十郎……4015
右助……4840
右膳……35, 1676, 5882

右仲……419, 2483, 5022
右内……894, 4272, 5512, 5869
右南……2096
右楠園……2864
右馬三郎……3505
右文……6127
右平……354
右兵衛……4924, 5610
右門……284, 3192
3947, 4196, 5054, 5228, 5250, 6275
吁齋……655
有―→ユウ
宇右衛門……1290, 2376, 2422, 2424
宇角……97
宇五郎……5883
宇佐衛門……869, 2162, 2478, 5041
宇作……3463
宇之吉……4825
宇之助……6373
宇藏……4796
宇太郎……2154, 2424
宇宙閑人……3875
宇宙堂……141
宇内……3119, 3552, 4196
宇八郎……2062, 2873, 3291
宇兵衛……2343
3149, 3152, 4894, 4896, 6237
宇平衛……4331
宇平治……2324
宇平太……1001
宇門……561, 4883, 4900, 5054, 5250
卯―→ボウ
羽……1286
羽陰陳人……6484
羽化……2738, 3116
羽嶽……4672
羽儀……2609
羽卿……5224
羽皐山人……5589
羽高……4989
羽左衛門……1579
羽山……3403
羽自齋……3328
羽西……4826
羽澤釣者……5589
羽峰……4557
羽峯……4557
羽北……1763
芋印亭……5419
芋谷……4288
芋仙……3548
芋繁……1672
迂怪子……5038
迂恠子……5038
迂狂……6332
迂巷……4736
迂齋……780, 1952, 2266
3463, 5085, 5921, 6240, 6354, 6524
迂山……4267
迂叔……5884
迂樵……2655
迂仙……5609
迂仙舍……5609
迂叟……2966
迂達……3199
迂亭……3161, 4467, 6556
迂堂……897, 5464
雨隱……270
雨外……458, 6093
雨言……495
雨岡……6476
雨岡道人……6476
雨香……5238
雨香仙史……5238
雨山……4472
雨若……155
雨石……394
雨窓……5, 306
雨村……4939
雨亭……545, 1947, 5224
雨鼎……985
雨龍……6314
禹……2276
禹玉……4888
禹功……3898
禹三郎……2276
禹年……6136
禹門……1730, 4452
烏涯……2914, 5692
烏舟……2463
烏洲……1903
烏石……5599
烏川……5290
烏巣道人……1714
烏足園……615
烏柏園……1439
烏有……3723
烏有山人……2208
烏鱗子……655
雩岳……4329
鵜―→テイ
蔚……1319
云可……1457
芸……679, 1846, 3490
芸菴……137, 4947
芸園……6693
芸園塾……6693
芸閣……3879
芸香……6184
芸香亭……1846
芸之……6535
芸室……4516
芸窓主人……6222
芸台……2391
芸臺……1510, 2391
芸亭……1846
耘……4373
耘野……3595
雲……2382, 3941
雲安……6452
雲庵……2310, 3790
雲菴……3790
雲烟外史……162, 5458
雲烟道人……337
雲煙外史……5458
雲煙道人……337
雲翁……4250
雲柯……5530
雲華……1077, 3596
雲華院……3596
雲渦……1401
雲臥……1511
雲介……4411
雲介間人……4140
雲介精舍……4411
雲外……2687, 5458
雲漢……4328
雲關居……4718
雲巖……1600, 6334
雲氣……4569
雲起……6382
雲喜……1005
雲客老人……1067
雲居……155
雲琴堂……2951
雲卿……376, 383, 1468, 5335, 6106
雲溪……733, 1817, 2413, 5269

雲湖……4323
雲興軒……5335
雲齋……2568, 4948
雲山……609, 4759, 5907
雲山道人……326
雲止鳥還處……1839
雲室……1078
雲岫……68
雲从堂……1, 6163
雲處……886, 5514
雲如……4113
雲如山人……4113
雲昌……1716
雲韶……2806
雲樵……593
雲城……6567
雲世……2958
雲靑洞……773
雲石……1037, 5864
雲泉……1036, 5725
雲巣道人……2312
雲窓……1916, 6288
雲莊……3328
雲淙……3708
雲村……6584
雲邨……6584
雲太夫……4567, 5153
雲岱……2902
雲臺……2, 558, 1860, 3008, 5902
雲潭……1950
雲中……3319
雲蝶……1883
雲亭……4306
雲東……2466
雲濤……3725, 5835
雲洞……893, 1551, 2321, 5478
雲漠……4328
雲八郎……5805
雲帆……5466
雲濱……1053
雲飄……5466
雲平……1976, 2382, 5725
雲母溪……4940
雲峰……86, 1308, 6671
雲鳳……3089, 5729
雲鵬……1875
雲夢……1277, 1386
雲默翁……2500
雲門……5541, 5758
雲陽……3238
雲陽塾……3238
雲蘿……2986
雲來……1957
雲龍……118
雲林……5814
雲林逸士……1429
雲嶺……691, 3200
運右衞門……722
運吉……3434
運治……2895
運藏……1089
運籌眞人……5139
運平……4595, 5725, 6327
賴……4373
貟窓……762
滥遊……5991
蘊香……3800
蘊山……4937
蘊眞堂……2243
韞卿……6595

え

會──→カイ
慧──→ケイ
永……4524, 5360
永安……2536, 5614
永庵……2536
永一……4833
永一郎……3419, 4833
永胤……4091
永罋山人……1362
永喜……4920
永吉……4295, 6390
永業……1640
永溪早陽……4498
永月樓……405
永建……4327
永光……244
永三……5663
永壽……3813
永壽院……3574
永春院……3570, 3573
永助……2718
3072, 4781, 4782, 4783, 4877
永章……73
永常……5176
永崇……4524
永世……1175, 3007
永井書屋……4442
永清……1358
永藏……1782
永達……3454
永貞……582, 3644, 4947
永天……6437
永二郎……5350
永日……1835
永寧……4015
永年……339, 5675, 6289
永弼……1095, 6385
永敏……1476
永父……4524
永孚……2967, 3910, 6057
永甫……228
永保……749
永輔……4877
永雄……6435
永亮……4525
永和……134
曳庵……1976
曳尾……1971
曳尾堂……2422
英……653
1593, 1909, 1951, 2748, 4910, 5281
英々舍……2359
英賀……6028
英吉……2015, 3052
英卿……2662
英賢……4471
英濟……3683
英三郎……5569
英之……6011
英次……3083
英次郎……3125
英治……1391
英俊……1082, 5983, 6417
英助……2718, 4781, 4782, 4783
英松……6585
英信……5286
英政……289
英碩……6166
英藏……1392, 1909, 1951, 6335
英太郎……6315
英長……1026
英二……2761
英二郎……3125
英八……955

英甫……6435
英輔……653, 4782, 4783
英穆……3864
英明……845
英茂……5264
英龍……1082
映……4966
映山……5218
瑛……1005
3961, 4617, 4640, 6317, 6525
瑛之……3566
瑛次郎……135
瑛太郎……4966
盈……108, 5027
盈科書院……5994
盈科堂……5241
盈岳……1494
盈嶽……1494
盈朔……2581
盈之……3021, 3734
盈進齋……4414, 5268
盈文……3403
郢中……2579
詠歸……5798, 6628
詠歸齋……2074
詠歸塾……1707
詠歸堂主人……5364
榮……142, 1011, 3190, 3445
3504, 3715, 5690, 5759, 5961, 6466
榮庵……2536
榮一……3125
榮陰……5913
榮翁……3143
榮吉……307, 481, 1011, 2015, 2605
榮休……4531
榮卿……5315
榮建……17
榮軒……3644
榮賢……6493
榮五郎……5961
榮三郎……5722
榮之……603
榮之助……2569
榮子……1343
榮次……44, 3312
榮次郎……5233
榮實……1669
榮壽……2046
榮壽堂……2769
榮秀……6492
榮修……1893
榮充……4433
榮春……605
榮順……3312
榮助……1491, 2680, 2973
榮井……5642
榮藏……1392, 1551, 4788, 6288
榮大……5938
榮長……2336
榮迪……4530
榮廸……4530
榮伯……6468
榮發……1668
榮輔……4877
榮芳……5025
榮疇……1958
影明……1159
鋭……2687
鋭一……2687
穎……4817
穎川……679
穎定先生……4926
穎父……545
頴……4817
頴川……679
頴定先生……4926
頴栗……3400
衞愚……1714
衞興……5748
衞士……1784
衞貞……5748
衞門……4143, 6571, 6574
叡北山樵……3026
嬰……1527
嬰翁……950
嬰卿……2023
嬰風……5301
羸……1194
瀛……912, 1194
瀛壺逸士……3902
瀛壺逸史……3902
瀛洲……704, 2582, 5440
瀛洲散人……1151
瀛洌散人……1151
攖寧齋……4072
懲翁……3913
懲道人……3913
亦愚居士……5979
亦虎……4332
亦光……2843
亦柔……3572
亦政堂……3181
亦足軒……2923
亦顚道人……755
亦堂……5565
亦夢……2101
亦樂舍……270
易安……5932
易庵……5932
易翁……758, 4134
易侯……2463
易從……1100
易助……3286
易蘇堂……3696
易張……4408
易直……2225, 4372
易堂……4036
奕……2082
奕禧……3575
益……105, 2532, 3436, 3518, 6112
益庵……2088
益英……2544
益奧……2544
益卿……535, 1132, 1146, 5856
益軒……1787
益根……2110
益左衞門……1085
益齋……1490, 4368, 6622
益三……1823
益之……906, 3031
益次郎……1476
益壽院……5956
益城……5589
益城山人……4438
益太郎……199
益堂……3313
益道……468
益德……5738
益夫……918, 1396, 1835, 5196, 5540
益甫……2672
益也……1096
益友……1443
掖齋……1995
掖山……5511
繹……3778
繹齋……3833
悦三郎……3648

越雲……6470
越溪……4637, 5542
越後……4072, 5220
越後大雅堂……645
越水……5130
越前守……949, 5440
越中守……5657
越南……2977
鉞之進……5468
閲甫……4199
宛々……6184
宛在水中央漁者……5731
延……3296
延彜……121
延彛……121
延彝……121
延于……118
延擧……2082
延光……120
延之……2784
延壽……119, 853, 2082, 2950, 5454
延壽院……5454
延壽道人……2016
延昌……2819
延韶……3525
延世……3388
延清……1467
延雪……1719
延藏……519
延長……6020
延調……1058
延年……122, 972, 3441, 5689
延美……3937
延平……5381
延方……115
延命院……5454
延耀……1059
延陵……2732, 2807, 5551
延菱……5450
延禮……634
炎洲……267
炎川……267
垣……4212
垣園……22
垣齋……2527
垣守……3829
垣堂……2635
衍々子……1011
衍述……238
剡―→セン
捐……5427
捐庵……1214
捐齋……466, 3536
捐窓……2350
烟霞外史……6524
烟霞釣叟……4986
烟霞堂……5551
烟溪……2513
烟水散人……4629
烟南……3482
烟波釣叟……4546
烟←→煙
偃石……2374
偃鼠亭……805
淹……6309
婉……4708
焉……6215
焉用軒……674
援卿散人……417
援之……1548
琬……60
淵……84, 249, 365, 459
606, 910, 1715, 2864, 4602, 5975
淵々齋……2586
淵海……5929
淵卿……791
淵齋……1928, 5660
淵山……1476
淵靜……964
淵泉……6055
淵泉廬……3200
淵藏……2254, 3443, 3694, 4247
淵梅軒……4607
淵伯……1667
淵滿……1784
淵茂……1944
淵默……5168
淵龍……1756, 2780
圓……4716, 5344, 5491
圓空……5181
圓齋……1706
圓次郎……2715
圓治……4882
圓珠經屋……2195
圓照本光國師……2730
圓眞……3139, 6690
圓藏……4212, 4418
圓陀……4114
圓太郎……4338
圓福室……6195
圓平……4716
圓明……900
圓了……6683
圓陵……2688, 4489, 5922
圓陵子……4489
園藏……1757
猿岳樵翁……6057
猿赤……2374
煙霞釣叟……4986
煙霞都尉……6340
煙霞洞……4149
煙岳……3670
煙波釣叟……4546
煙←→烟
演孔堂……4314
瑗……1073
遠……3407, 5339
遠影……3893
遠園……5158
遠櫻山人……1381
遠可……1436
遠霞……1436
遠業……2102, 4739
遠卿……219, 3802
遠湖……1017, 3020
遠齋……2216, 6473
遠山……4267
遠士……1253
遠思樓主人……5154
遠叔……5768
遠人村舍……6122
遠翠……3073
遠清……1139
遠藏……4247
遠恥……3341
遠耻……3341
遠帆樓……3985
遠碧……104
遠碧軒……2469
燕安居……1183
燕々居……778
燕齋……1183
燕石……2374, 3597
燕石窩……5690
閻魔庵……1605
鴛城……467
鴛石……2374

艶文……2355
鵷郊居士……4493
鹽井……1988, 1989

お

於菟……337, 4602
於菟介……719
於菟五郎……5846
於保迺舎……4241
於陵子……6340
王嬴……1194
王屋……4146
王屋山人……3251
王假……4244
王卿……6303
王香……3853
王香園……1715
王香主人……1715
王衡……2377
王山……5795
王汝……1606
王臣……1237, 4871
王蘇山人……3453
王道……4234
王百石……1194
王暮秋……4473
央……3097
央政……289
凹……655
凹庵……6240
凹縣逸士……4147
凹凸窩……655
凹凸窠夫……655
汪……3311
汪々……3318
旺……4192
翁山……691, 1313, 1651
翁伯……1524
盎齋……1353
奥庵……1822
奥左衛門……2520
黄⟶コウ
奝……5790
滃瀠……1474
蓊齋……47
蓊松……1085
横谷……6075
横塘……4988
横波……1007
鴨右衛門……3291
鴨厓……6550
鴨崖……6550
鴨干漁父……4656
鴨脚……395
鴨漁……4656
鴨溪……2171
鴨渚漁史……3416
鴨泝小隱……6185
鴨邨……1486
鴨里……1552
應……6624
應安……6477
應寅……331
應期……4739
應渠……2808
應元……2324, 4007
應采……4937
應宷……4937
應清……3508, 4578
應聖……3463
應禎……1772
應躔……532
應登……3108
應道……3084
應養……4030
應龍……1967
甕江……1599, 2034
甕谷……1599
甕栗……1622
嚶其……2396
嚶彦……1968
嚶齋……3828
嚶鳴館……5378
嚶鳴舎……5378
櫻……2268
櫻陰……2650, 3134, 6538
櫻隱……496
櫻宇……1770
櫻塢……1695
櫻雲樓……3419
櫻園……868, 3356, 6109
櫻翁……3134
櫻花山人……1707
櫻花晴暉樓主人……4790
櫻岳……3988
櫻闕……6026
櫻溪……872, 4369
櫻溪村塾……2923
櫻谷……2739
櫻山……1214
櫻山人……1381
櫻山文庫……1770
櫻舎……1176, 2951
櫻所……5, 644, 5734
櫻廂……4026
櫻水……1627
櫻川齋……1331
櫻仙……369
櫻泉……2600
櫻巓山人……609
櫻塘……396
櫻南……4750
櫻峰……4886
櫻廬……3240
櫻老……1707
鶯溪……4019, 4415, 4884
鶯谷……270, 1640, 1968, 6041, 6043
鶯谷隱士……1381
鶯谷史隱……1381
鶯山……270, 1651, 3895
鶯宿……2703
鶯塘……3314
鶯幽靈……4026
鶯里……270
鷗雨……859
鷗外……6076
鷗外漁史……6076
鷗沙……5734
鷗洲……3791, 3909, 5511, 5764
鷗所……874, 5347
鷗渚……1364, 2147, 5642
鷗處……3172, 3477
鷗嶼……6069
鷗嶼閑人……6069
鷗村……6077
鷗村學舍……6077
鷗亭……1140
鷗波……4147
鷗波居士……3170
鷗伴……6629
鷗邊……5119
鷹⟶ヨウ
屋山……3896, 4885
屋良介……1462
億……14
億松堂……4371

億内……6043
臆藏……5662
乙五郎……643
乙三郎……5889, 6691
乙之助……937, 1374, 1991
乙事山人……1688
乙生……6321
乙男……5227
乙平……4252
乙滿……64
檻村……2557
檻邨……2557
梯──→テイ
音吉……625
音吉郎……2859
音三郎……5658
音之助……1027
温……25, 269, 523
790, 1042, 1387, 2008, 2207, 2209
2396, 3068, 3096, 3222, 3340, 3489
3773, 4143, 4441, 4541, 4717, 5475
温恭……286
温鄕……1249
温卿……1354
2243, 2406, 3015, 3324, 3430, 3453
3578, 4824, 4992, 5133, 5146, 5781
温謙先生……4891
温古堂……4042, 4862, 4863, 6412
温古樓……1586
温故……5079
温故齋……2826
温故知新齋……4886
温故樓……1586
温克……2360
温齋……1002, 2327, 5295
温山……2014
温之……4996
温治……5464
温信……5271
温知……829
温知社……2302
温知塾……440
温夫……1659, 4982
温良……3697
温良庵……3637
恩頼堂……554
檻──→オツ
隱──→イン

か

からし屋……689
下……4343
下谷吟社……1443, 2408
下總……917
下田翁……242
下田處士……680
下問宰相……5639
下野……6048, 6195
化鵬……2454
化曼……1672
火海……6704
可庵……4295, 5555
可儀……5128
可久……1010, 1814, 1829, 4010
可及……6448
可汲……811
可敬……4818
可彦……2365
可左衛門……3555
可三……5802
可三郎……3703
可昌……2293
可笑……85
可證……5725
可大……5082
可澄……5725
可貞……1983, 3724
可亭……5467
可堂……6060
可封……5771
可保……972
可也……4734
可也簡……2896
可樂……5554
可懶……2385
可蘭堂……167
加右衛門……4599, 6262
加介……4398
加恭……6702
加助……2653
加兵衛……5894
加門……1000
禾原……4441
禾麿……360
何庵……2435
何遠……6027
何求……6448
何求齋……6448
何隨居主人……6684
何天……5682
何必醇……3463
何有仙史……4541
何憂園……2948
花隱……2285
花王山樵……6527
花下道人……3548
花罘……6608
花溪……2362
花溪子……2285
花谿子……2285
花結實詩屋……2813
花月園……4998
花月翁……5657
花源樵夫……94
花黄山人……6612
花祭……4949
花宿……4076
花邨……1553
花廼屋守枝……5397
花廼家守枝……5397
花廼家文庫……5397
花竹居士……5837
花竹堂……4370
花竹幽窓主人……3549
花朝子……6635
花亭……1606, 1748
花顚……2626
花洞……5479
花遁……5661
花遁山人……5661
花遁散人……5661
花南……4570
花の屋……1975
花木……5337
花圃……1657
花陽居士……267
花陽軒……4424
佳園……2951
佳成……3130
佳藏……2545
佳友……3059
佳與……1554
茄古山民……4610
茄助……2653
茄堂……457

河遠……6027
河樂……5554
果……1045
果育……853
果育精舎……665
果鄉……6011
果卿……2559, 6011
果軒……6580
果齋……2165
果亭……5095
果堂……996, 2477, 4548
柯……6262
柯山……641
柯亭……1072
柯庭……4321
珂雪堂……2508
夏雲……809
夏岳……4581
夏玉……6403
夏繁……5481
家胤……708
家寛……708
家熙……2701
家憲……1681
家興……947
家人……4069
家韶……1682
家立……5520
貨一郎……1836
嶨山……6629
嶨←→華
荷洲……5868
荷鋤人……3595
荷澤……4803
荷汀……6018
荷塘……4114
荷塘道人……4114
荷坪……1465
荷風……6699
華…454, 2906, 3063, 3098, 3544, 3863
華陰……1283, 5842, 6535
華隱……4449
華園……191
華翁……4523, 5371
華岳……1676, 2338, 3603
華嶽……1676, 2338, 3603, 4648
華畦……6117
華溪……782, 1652
華月翁……655
華月亭……6121
華岡……468
華谷……2864
華谷齋……2864
華山……456
581, 972, 1141, 1917, 2338, 2356
2429, 3144, 4482, 5493, 6093, 6629
華山逸士……4482
華沼……871
華城……2487, 3495
華臍道人……3181
華藏……2242
華邨……2749
華竹庵金彦……1903
華頂文庫……939
華亭……1606, 2274, 3184, 4045, 4778
華銕……6189
華奴……56
華不注山人……3885
華文軒……4331
華陽……42
1268, 1554, 2942, 3184, 3656
4327, 4341, 4704, 4819, 5489, 6341
華陽同人……3485
華陽道人……3482
華龍……858, 5923
華陵……1879
華←→嶨
葭鄉……5305
葭谷……6634
過擴堂……1003
窠荘館……6106
遐年……5665
嘉……578, 1268, 2022
3339, 3410, 3819, 5312, 5416, 6262
嘉一兵衞……5294
嘉一郎……4671, 5342
嘉右衞門……655, 886, 1582, 1990
2556, 2689, 2881, 3041, 4165, 4252
5829, 5972, 5985, 6262, 6692, 6701
嘉英……3041
嘉永子……4656
嘉吉……2470
嘉久……4830
嘉卿……4895
嘉言……4573
嘉左衞門……4007, 4009, 4252
嘉三……2496
嘉七……4575
嘉七郎……5842
嘉種……4389
嘉樹……1417
嘉十……2451
嘉十郎……1406
嘉春……4312
嘉助……4571, 5312
嘉章……3352
嘉祥……750
嘉穗庵……3817
嘉瑞……5467
嘉聲軒……4513
嘉石濃蔭書屋……2428
嘉全……3871
嘉善……3472
嘉膳……436
嘉叟……2428
嘉藏……2505, 3352
嘉太夫……1514
嘉太郎……618, 5080
嘉忠……3824
嘉貞……673, 5194
嘉田……4370
嘉藤……5545
嘉藤次……5912
嘉藤太……3088
嘉遯舎……228
嘉奈衞……4813
嘉平……2170, 2171, 2172
2173, 2174, 3439, 4032, 4129, 5872
嘉平吾……3942
嘉平次……5012
嘉兵……3439
嘉兵衞…2846, 2860, 3090, 3437, 3817
嘉甫……1643
嘉方……1495
嘉豊……2072
嘉門……6704
嘉陵……6603
嘉六……2399, 4579, 6391
嘉和……3825
寡齋……2710
樺翁……4523
歌垣綾麿……2327
歌山堂……6296
歌城……2583
歌藏……601
嫁堂……2472
瑕堂……2349

碬……499
稼堂……60, 4539
稼圃……1402
蝸庵……182, 3315, 5555
蝸菴……5555
蝸殼……1885
蝸亭……1466
蝦侶……212
薖……5204
鍋吉……3051
鍋助……436
鍋太郎……3026
霞海……3027
霞外史……6557
霞崖……6557
霞崕……6557
霞嶽……6355
霞關……5293, 6022
霞嶠……3107
霞谷……918
霞谷山人……2516
霞山……973, 6044
霞舟……4171
霞州……2950
霞洲……2950, 4080, 4171, 5843
霞沼……1695, 5566
霞裳……4971
霞樵……587, 5826
霞城……1395, 5500
霞生……1998
霞石……1705, 2722
霞泉……3286
霞窓……4045, 4956
霞村……375, 1087, 4042
霞臺……469
霞亭……1543, 2872, 3170, 5348
霞洞……740
霞堂……3036, 3726
霞汭……763
霞舫……3820
霞北……3257
霞爛……6133
霞龍……1396
韡……2384, 4274
韡村……2154
牙卿……268
牙城山人……6710
瓦金堂……6196
瓦墁子……5485
我爲我軒……5507, 5508
我爲我堂……5075
我書樓……6527
我樂多堂……4541
我樂多老人……3026
臥陰軒……619
臥隱……1401, 6240
臥雲……3742
臥雲叟……2325
臥雲亭……2389, 6272
臥牛……4473
臥牛山下人……3548
臥牛山人……132
臥虎山人……2906
臥山……4633
臥心……4171
臥喋園……6642
臥南……3792
臥孟……6181
臥游園……2016
臥遊齋……410
臥遊樓……2931
臥龍……972, 2780, 6478
臥龍館……2248
臥龍窟……746, 4450
臥龍軒……6478
臥輪子……2746
峨々螺山人……5941
峨山……397, 5211, 6592
峨山山人……6592
峨眉……470, 3198, 4807, 6071
峨眉山人……2711, 6071
峩眉……3241
雅……1490, 3200
雅家……2725
雅嘉……1268
雅吉……4337
雅景……6171
雅言……476
雅五郎……1352
雅弘……4541
雅岡……4564
雅齋……5080
雅作軒……517
雅之……3316
雅之助……3923
雅氏……2644
雅壽……2203
雅章……3201
雅生……3799
雅聲社……3951
雅川……3786
雅太郎……1356
雅堂……3951
雅法……2256
雅明……952, 4691
雅樂……6674
雅樂頭……2947
畫學齋……3844
畫月……267
畫禪奩……4140
畫禪居……3844
畫餅居士……4306
賀卿……5435
賀山山人……5957
賀壽麻呂……914
賀邸……1032
賀兵衛……6262
鵞湖……3883, 6479
鵞湖山人……5597
鵞峰……4886
介……1865
介庵……4247, 4779
介菴……25, 705
介一……511
介衞門……1256, 1292
介翁……5169
介軒……347, 4887
介軒亭……347
介行……5915
介左衞門……1292
介三郎……2763, 5496
介山……6470
介之允……2
介之介……2244
介之丞……2
介壽……3627
介正……5915
介石……2244, 2992, 3857, 4724
介藏……4601, 4804
介直……5915
介亭……471
介洞……4238
介堂……1444, 4442, 5359
介夫……465, 1865, 2121, 4925
介父……4925
介明……5912
夬庵……398

叏庵……398
回藏……6070
回道……1789
回陽子……619
快安……4264
快庵……1477, 1503
快雨……6131
快園……2983
快活道人……5691
快軒……6428
快元……1786
快行……5172
快齋……1131
快雪堂……2459
快然亭……5528
快堂……4942
快馬……6658
快烈……4904
快烈府君……4904
改庵……5148
改亭……1064, 6555
改堂……1219
改年堂御慶……1381
戒得居士……1607
芥屋……3164
芥舟……2175, 6591
芥藏……4938
芥亭……1108, 5017
芥洞……4238
皆雲……2846
皆宜樓……2374
皆山……798
皆山人……6701
皆山亭……6701
皆助……841
界浦……2081
悔庵……3836, 5039
悔齋……3761
悔山……3069
悔堂……1665, 2395, 5349, 6035
海……3104
海庵……3584, 3821, 6078
海菴……6078
海隱……1258
海雲……1794, 4134, 6577
海鷗……4954, 5055
海鷗社……2988, 4004
海屋……4656
海屋生……4656
海岳……229, 5808
海客……4656
海嶠……69, 472, 3863, 5550
海隅生……3215
海左園……2422
海山……399
海舟……1871
海助……3294
海西漁夫……4004
海雪……4005
海仙……4656
海僊……1194
海莊……2229
海叟……2229, 4656
海藏……472, 2891, 3761
海棠庵……3429
海棠園……972
海棠園主……3112, 6463
海棠窠主人……4317
海棠詩屋……3725
海德院……2676
海南……3404, 5284
海南書院……2132
海門……130, 154, 974, 2788
海量……1795
海老……4988
海樓……192, 214
掛壺居士……2746
晦園……5989
晦卿……2628
晦三……4432
晦山……2765
晦所……3773
晦哲……2540
晦堂……800, 1665, 2944
愒――→ケイ
開號信士……761
開智學校……4385
會候……868
會津中將……5343
會通……5459
會輔學舍……4490
會輔堂……829, 3254, 4490
塊庵……4143
塊齋……3829
塊然道人……5907
楷堂……2175
解醒子……5394
詯齋……6081
槐庵……5102, 5385, 6612
槐菴……5385
槐陰……126, 1542
槐蔭……1184, 2082
槐園……911, 1540
槐軒……3081
槐篠……5416
槐窓……124, 1281
槐亭……5471
槐堂……951, 3830
槐南……6079
誨人……6150
誨甫……5986
誨輔……5986
魁……3295
魁朔……4145
魁堂……800
噲々其一……3348
嶰谷……4667
諧……3320
諧公……3293
檞園……200
檞亭……1543
薢苫……5512
懷……4180
懷月樓……5293
懷玄堂……6111
懷山……4480
懷之……1219, 1996, 3817
懷松……5596
懷人詩屋……3344
懷祖……531
懷貞……2755
懷德舍人……417
懷風館主人……3424
檜園詩老……1897
檜溪……2070
邂庵……5018
邂菴……5018
聵々翁……4140
繪莊……5768
翽……4695
外衞……5378
外卷……4969
外記……1022, 1055, 1257
1942, 2257, 4508, 4734, 5402, 6672
外之助……3282
外市……6532
外太郎……5989

1491, 1512, 2409, 2680, 2989, 4104
鶴洞……1948
鶴堂……4784, 6200
鶴年……2630, 5560
鶴坡……4070
鶴夫……502
鶴舞堂……3801
鶴峰……4217, 5292, 5674, 5847
鶴峯……4219
鶴鳴……23, 741, 1556, 4111, 4378
鶴鳴堂……3875
鶴鳴幽人……4111
鶴友……1639
鶴雄……5590
鶴梁……4889
鶴陵……1853, 2913
鶴林……610
鶴齡……5560
鶴麗……2508
鶴樓……4983, 5522
岳……2570, 4546, 5122, 5324
岳南……818
岳陽……23, 5532, 6613
岳陽樓……2324
岳←→嶽
樂──→ラク
學……3, 3639, 4501
學庵……1815
學海……1323, 6432
學橋……1345
學經堂……1973
學軒……4891, 6480
學古……2554, 4323, 5730
學古主人……4140
學古塾……227
學古先生……227
學古堂……227, 5730
學孔堂……1968
學齋……2560, 3022, 3915, 4890
學山……3161, 3632, 3782
學山堂……5572
學之進……5537
學儒……6486
學習館……5900
學書言志軒……4498
學生……6486
學川……3463
學孫……251
學半……6357
學半館……986
學半齋……5371
學半書院……2203
學半書齋……5371
學半舍……3477
學半堂逸士……6391
學半樓……524, 4572
學美……693
學圃……385, 5197
學魯……699
謌々齋……5552
壑……2002
嶽……2570
嶽菘……4195
嶽南……818
嶽陽……23, 3132, 4715
嶽陽樓……2324
嶽←→岳
額藏……6357
鶚軒……4082
鰐水……1083
鰐尾……6064
鑺四郎……2155
恬──→テン
括囊……6576
括囊子……6436
括囊道人……1606
括峰……5067
括峯……5067
活……5066
活庵……1435
活々庵主人……1825
活齋……3291
活所……4220
活水……206, 2414, 2420
活東子……888
活堂……827, 1096, 5725
活囊小隱……5543
活發童子……2482
栝峰……5068
栝峯……5068
筈齋……2401
聒翁……943
聒齋……943
葛陰……1666
葛原……6565
葛山……5360, 5735
葛城……3905, 4827
葛城山人……3056
葛城小仙……6181
葛城仙人……899
葛飾隱士……6255
葛覃……592
葛覃居……586
葛南……6460
葛の屋……5397
葛坡……2689, 4625, 6241
葛坡山人……2689
葛民……5067
葛陽隱士……1666
葛陵……3242, 3253
葛廬……4891
豁如軒……5314
豁然居士……3523
豁堂……5432
澗齋……4897
甘雨……727
甘雨亭……727, 5648
甘吉……6606
甘谷……388, 1569, 3258, 4683
甘谷園……3508
甘藷先生……83
甘寐齋……4597
甘寢齋……4597
甘藏……1046, 1796
甘代山人……5828
甘棠……3630
甘棠軒……2719
甘白……4658, 5595
甘露堂……473
串宇……3350
完……831, 1688, 5386, 6158
完瑛……4645
完翁……4355
完齋……1422
完藏……2982
完堂……8, 6601
完二……3440
完平……3474
函三子……4924
函山……2584
函洲……2042
函陵……6140
侃齋……645
官吾……142
官次……1468
官藏……599, 1547, 6152
官太夫……3958, 4763

官梅……4937
官兵衛…1464, 2488, 3019, 6255, 6506
官彌……6282
凾洲……2042
看雲栖……5924
看山……3555
看山樓……5065
看農軒……4338
冠……1030
冠嶽……1020
冠山……594, 1132, 1548, 6411
冠帶老人……3496
冠東……3814
冠峯……474
咸……4370
咸一……4370
咸宜園……5154
咸牛……5833
咸齋……4144
咸昭……1720
咸倫……647
浣花堂……6605
巻……1218
巻辰……2112
巻藏……843, 1345
莞翁……3877
莞爾……3877, 4079
栞城……889
桓……2127, 2520, 5294, 5428
桓吉……4539
桓虎……4921
桓齋……4112
桓山……3101
桓之助……4539
桓補……3943
欵雲……4937
欵翁……3793
欵夫……3638
欵←→款
菅刈學舎……624
菅丘……5658
菅山……868, 5634, 6242
菅乃舎……5112
菅陽……3963
萱──→ケン
涵虚樓……707
涵洲……2042
涵德……234
涵養亭……6103
貫……2311, 3113, 3386, 4516, 4780
貫一郎……718
貫右衛門……1448, 6254
貫雅……4085
貫義……2109
貫鄕……4688
貫卿……699, 4688
貫齋……1028, 3577
貫三郎……2109
貫之……2116
貫之助……2071
貫之進……3911
貫忠……2135
貫通……1993
貫堂……2071
貫道……3154
貫夫……4267
勘一郎……5845
勘右衛門……388
1607, 3029, 4404, 4704, 5011, 6370
勘解由……312, 317, 542
1058, 2831, 3968, 4797, 5842, 6311
勘介……4387, 4525
勘五郎……2478
勘吾……6024
勘佐……5323
勘左衛門……265
勘齋……6359
勘三郎……4281, 6363
勘七郎……4075, 4268
勘十郎……4175
勘助……1819, 4494, 4525, 4826, 5323
勘藏……4267
勘太夫……5169
勘太郎……4281
勘入……5402
勘八……1241, 3509, 3784
勘平……685
871, 2817, 2835, 3255, 3474, 3886
勘平衛……1235
勘兵衛……602, 3494, 5402
勘彌……2484
勘六……3918
乾……1170, 5225
乾屋……2110
乾々齋……1146, 5721
乾々道人……4589
乾吉……4057
乾弘……3451
乾坤獨步學……2656
乾齋……2477, 3308, 4243, 5721, 5739
乾作……1170
乾山……1146, 5947, 6449
乾之……3769
乾之丞……140
乾城……2016, 4892
乾泉亭……4030
乾惕齋……5739
乾堂……1945, 2110
喚三……2905
喚醒……3422
寒翁……4140
寒玉亭……6086
寒香園……1590, 4752
寒香堂……4027
寒谷……5556
寒齋……6166
寒山……1579, 2905
寒松……3452
寒松館……4276
寒松子……5633
寒松堂……876
寒翠……773, 1919, 2585
寒泉……1557, 4523, 6687, 6703
寒泉書屋……6703
寒扇子……5402
寒綠……174, 3887, 5693
寒林詩屋……2080
愌……2847
愌明……6071
渙……2511, 4363
渙丘……892
渙齋……716, 5557
涵虚樓……707
款雲……4937
款夫……3638
款←→欵
酣叟……4145
酣樂都督……1020
間菴……341
間雲……2218
間雲堂……2218
間翁……2855
間軒……5351
間齋……1764
間主人……2950
間叟……4588
間放野夫……5464

閒牛……475
閑……2148
閑逸……4002
閑雲堂……4022
閑淵……2011
閑翁……3351
閑々塾……3199
閑々桑者……6129
閑牛……475
閑健老人……4346
閑齋……3916, 4228, 5791, 5822
閑山……4992
閑室……2134
閑棲庵……3130
閑躋……5603
閑窓……1681
閑叟……4588
閑存……1004
閑田翁……4994
閑田子……4994
閑田廬……4994
閑徒老人……4346
閑堂……981
閑八……3609
寛……209, 382, 477, 599, 607, 831
861, 964, 1041, 1164, 1227, 1310
1347, 1440, 1558, 1688, 1974, 2044
2101, 2104, 2367, 2450, 2606, 2784
2897, 3155, 3171, 4482, 5355, 5410
5428, 5736, 5832, 6114, 6173, 6277
寛庵……3534
寛菴……3534
寛右衛門……5735, 5751
寛翁……1260, 1558
寛介……1039
寛郷……4468
寛卿……1143, 4468
寛軒……2397
寛謙……1127
寛吾……3818
寛宏……2677
寛剛……3606
寛齋……750
1709, 1788, 2324, 2331, 3469
4590, 4805, 4828, 5229, 6358, 6604
寛之……2541
寛司……4505
寛次郎……5891
寛治……5428
寛壽……1458
寛叔……479
寛助……4467, 5900
寛信……692, 1262
寛正……2030
寛叟……599
寛藏……3145, 4482, 4766
寛長……2470
寛通……1310
寛堂……6601
寛得……3835
寛夫……3474, 4730
寛文……2541
寛平……477, 1838, 2491
寛兵衛……4646
寛猛……3111, 3677
寛裕……2006, 3317
寛栗……4788
寛栗堂……5134
寛龍……6044
蕑齋……453
菡海子……6617
菡萏居……1318, 1362, 4245
菡蘭……4245
菡蘭居……1362
漢……6024
漢陰……4087
漢宦……6486
漢之……2239
漢濯……3149
感齋……4403
感亭……2714
煥甫……2777
煥……189, 1180, 1318, 2496
2847, 3047, 4363, 4721, 5933, 5963
煥圓……353
煥卿……3352, 3456
煥光……70
煥章……1195, 2815
煥圖……353
煥文……1981, 2777
煥甫……2444
煥明……6071
瑍……4171
戡……3761
幹……1558
3795, 4075, 4155, 4269, 4568, 6411
幹員……2833
幹右衛門……2781
幹克……675
幹三郎……5991
幹齋……5760, 6525
幹事……5256
幹修……675
幹叔……6545
幹藏……514
幹忠……661
幹亭……201
幹二……4485
幹二郎……675
幹文……2353
幹輔……4016
幹六……6406
倜……5777
倜齋……4909
綸──→リン
管岳……5387
管亭……5407
監……6623
監物……444, 2218
2484, 2893, 3630, 5656, 5822, 6338
監輔……1602
還諸士……1342
還水軒……2083
還翠軒……2083
翰……2430, 3136
翰音齋主人……4801
翰吾……3200
翰齋……3318, 4801
歛……3346
歛夫……5298
環……3655, 3997, 4242, 4253, 5869
環一郎……3865
環齋……1936
環山……986
環山樓……646
環翠園……479, 4554
環翠軒……2314
環翠亭……4754
環中……4242
環夫……534, 6039
簡……19, 1100, 2140, 3767, 3936
3989, 4507, 4653, 4959, 5154, 5446
簡一……3212
簡易……1105
簡齋……3491
簡卿……6015
簡兮……2354

簡齋……67
453, 2971, 3460, 3537, 5175, 6359
簡四郎……6392
簡修……985
簡肅先生……1643
簡順先生……4897
簡太郎……3936
簡亭……5407
簡堂……2971, 3457, 4202, 4734
簡二……5326
簡夫……5108, 6113
簡文先生……3458
簡亮……4525
簡林義塾……6515
歡……1006
韓川……4065
韓川舍……4065
觀……431, 1159, 1633, 1929, 5993
觀胤……3595
觀翁……4844
觀稼翁……961
觀鷲道人……4457
觀海……3811, 5587
觀海居士……6629
觀海講道……1976
觀劇老人……667
觀古……4325
觀古軒……5601
觀光……981, 1855
觀耕亭……2591
觀國……439
觀齋……4742, 4805, 6080
觀山……1215
1466, 3211, 3952, 4893, 5684
觀之……4122, 5016
觀次……1468
觀自在堂……4836
觀自在菩薩樓……914
觀水……2149, 2755, 2911, 5959, 4330
觀水軒……6243
觀水子……5959
觀巢……3659
觀太……431
觀中……5721
觀潮閣主人……6076
觀潮樓……5694
觀潮樓主人……6076
觀濤……4372, 6684
觀濤閣……5639
觀堂……5713
觀梅……3811
觀梅道人……5684
觀八郎……5607
觀文堂……495
觀文樓……55
觀遊……1914
觀雷亭……2220
觀瀾……1403, 4101, 5196, 5588, 5792
觀柳書屋……3120
檻泉……3355
關以東生……4193
關山……3163
關助……2074
關東第一風顚生……1972
關内……4110
關平……411
關雄……4273
灌園…378, 687, 860, 5433, 5543, 5873
灌頂院……2221
瀚海……2545
瀚齋……3318
鑑一郎……5173
鑑……4514
鑒……928, 1274, 4514
欟──→ツキ
驩虞堂……1047
丸鐵……6291
含圓樓主人……502
含華堂……3446
含齋……3009
含秀軒……2033
含笑吟社……4633
含章……1142, 1185, 5322, 6481
含章齋……6595
含章堂……3850
含翠堂……15
含雪……1335, 6710
含雪齋……1500
岩吉……783
岩虎……2489
岩五郎……877, 6007
岩之助……2666, 2874
岩之丞……4442
岩次郎……3365, 5798
岩州……4373
岩松……3018
岩船……1710
岩太郎……2549, 4502, 5971
岩瀬文庫……875
岩←→巖, 嵓, 嵒
岸丸……6683
岸卿……3498
岸之進……5619
岸龍……3272
玩易齋……245
玩鷗……1491, 2680
玩水軒……6263
玩世教主……436
玩世道人……3446, 4427
雁金屋……3397
雁宕……3497
雁二良……1986
雁木子……1134
雁門……5517
雁連舍……6170
嵓三郎……4938
嵒州……4373
頑翁……1466
頑石……1020, 6630
頑石庵……1020
頑石眞人……1020
頑石幽人……4548
頑拙齋……924
頑仙……2626
頑仙子……655
頑夫……4195
頑民齋……2028
頑廉……1954
翫古……1782
顔苟……4940
顔巷……4940
顔眞齋……6247
顔樂齋……3576
巖……1319, 2593, 5159, 5968
巖淵……3910
巖恭先生……507
巖山……5391
巖三……124
巖山……177
巖山山人……5391
巖舟漁者……2698
巖辰……6632
巖眞……2540
巖水……4426
巖川……4873
巖←→岩, 嵓, 嵒

き

キ山……2233
きみ……6184
己齋……6058
己山……1803
己之助……4067
己千……3827
己百齋……1046, 1796
卉園……6292
氿園……2379
希……736, 2995
希庵……4867
希夷……852
希一……4705, 6137
希一郎……4705
希逸……2016, 4892, 6205
希尹……3498
希雲……2645, 3891
希淵……3457
希寛……6445
希韓……4548, 4550
希顏……4219, 4228
希顏齋……5089
希琦……2398
希汲……997
希玉……2378
希卿……4865
希傑……1348, 6688
希月舍……4402
希軒……1360
希憲……3866
希賢……780
3543, 5825, 5870, 6413, 6576
希元……3536
希言……1885
希古……3496
希光齋……2566
希庚……852
希黄……6086
希齋……2, 2528, 6576
希三……1917
希山……6688
希之……691
希市……4705
希翊……2954
希辛……2792
希眞……5331
希聲……717, 1058, 2162
希曾……4728, 6069, 6173
希叟……178
希孫……5589
希大……5034
希達……5414
希中……306
希貞……968
希哲……4052
希道……3538
希南……1105
希二……4705
希白……4876
希博……1226
希璞……3632
希八……1804
希八郎……2923
希范……126
希範……126
希文……549, 3542, 4363, 5165
希甫……4907
希望齋……197
希樸……3632
希明……3080, 6637
希由……187
希兪……6619
希翊……2954
希亮……2861, 3093
希烈……1059
希魯……1488
岐雲園……874
岐山……824, 2165, 4695, 5586, 6138
岐陽……3578, 4439
沂……5068
杞陰……1368
杞菊園……2833
杞菊軒……2833
杞憂庵……4041
杞憂道人……939
奇……5901
奇觚樓……2549
奇勝堂……5374
奇文賞書樓……3082
季英……2270
季華……4938
季格……3037, 4605
季確……3420
季吉……147
季喬……1382
季業……4030
季嶢……368
季群……370
季卿……119, 2053
季彦……5622
季弘……1704
季行……5750
季好……4706
季恒……5207
季剛……1687
季慤……3938
季崑……5789
季崐……5789
季朔……1730
季山……5746
季茲……2341
季重……4261
季順……6100
季章……3858
季成……1888
季清……738, 1646
季誠……1574
季績……2576
季操……1172
季長……4043
季直……5107
季定……57
季迪……4601
季德……1110
1956, 1352, 2711, 3241, 5986
季尼……4004
季忍……5096
季八……6219
季八郎……3685
季武……5994
季文……3010, 3693, 4363
季平……58
季甫……565
季方……80
季鳳……1876
季明……1375, 1385
季茂……6672
季裕……6114
季融……2319
季曄……2633
季雷……3854
季立……6551
季隆……4008
季良……1481

季梁……4938
季禮……1816
季廉……5242
季和……1780, 3111
季艭……2744
芰荷園……679
其一……5192
其園……2786
其遠……363
其馨……4812, 6018
其原……5788
其章……4660
其正……6322
其進……6108
其雪……5760
其德……1718, 2751
其道……934
其日庵……6255
其寧……3432
其瀾……1143
其六……5419
枳園……6081
枳東……3596
枳東園……3596
紀……4353
紀一郎……1063
紀教……4121
紀卿……1977, 3040
紀之……1799
紀四郎……6510
紀修……4449
紀淑麿……6181
紀宗……5084
紀内……172, 6368
紀風……6014
紀兵衞……1855
紀方……737
紀律堂……3495
紀六……5419
軌……5198
軌景……5857
軌保……3054
軏──→ゲツ
鬼丘……1232
鬼谷……3831
鬼國山人……3203
鬼石子……2868
鬼隣……2533
倚──→イ
氣吹廼舍……5112
起雲……1513, 5839
起岩……5512
起巖……5512
起業……2443
起之助……5021
寄庵……6293
寄々園主人……2943
寄齋……5793, 6293
寄生園……1970
崎……1021
崎乾……6701
淇園……4950, 6195
淇水……948, 4124, 4632
淇石……6375
淇亭……953
晞顔齋……4886, 5089
規……734, 4306, 4498
規矩也……4498
規絹……3593
規重……6407
規儔……565
規文……563
基……2021, 3245, 3261, 4158, 5676
基卿……5408
基成……1848
基太郎──→甚太郎
基長……1136
基甫……1348
基邦……5244
跂齋……2510
喜……97, 4445
喜庵……2554
喜一郎……2123, 5467
喜右衞門……886, 974
1467, 2014, 2871, 3536, 3537, 3542
3543, 4667, 5985, 6094, 6098, 6298
喜久之助……4618
喜古……3496
喜左衞門……3501, 4007, 5981, 6433
喜齋……2501, 5793
喜三……1183, 5586
喜三兵衞……6510
喜三郎…824, 1865, 2044, 4721, 4972
喜之助……2554, 5573, 6154
喜次郎……1275
喜十郎……794, 1406, 5141, 1969
喜春……57
喜章……794
喜叟……2703
喜藏……207, 2162, 5134
喜多麿……351
喜太夫……374
喜太郎……552
686, 1555, 1729, 2642, 3249, 6707
喜藤太……5512
喜遯舍……228
喜内……172
1226, 2750, 4117, 4775, 6368
喜任……39
喜璞……3632
喜八郎……5912
喜平……3628
喜平次……2088
喜平治……2428
喜平太……2497
喜兵衞…1548, 2937, 3259, 3614, 5515
喜甫……1643
喜朴……3632
喜滿……578
喜滿太……3825
喜彌太……578
喜陸……1581
喜六……2746, 5515, 6391
喜和馬……1783
幾右衞門……3792
幾久藏……2805
幾齋……6601
幾三郎……4158
幾之允……967
幾之助……335, 4076
幾之丞……5988
幾之進……4421
幾次郎……1739
幾治……341
幾治郎……3957
幾彌……3961
葵園……71, 1334, 2471, 2927, 3499
4276, 4339, 4468, 5208, 5291, 5872
葵花書屋……1345
葵軒……4886
葵岡……1124, 5600
葵心子……6159
葵亭……5610
葵峰……2150
葵蓉……1362
葵陵……5023, 5776
揮月堂……3442

揆……396, 2559
揆一……2559, 3230
棋園……997
既酔亭……4731
既白……6199
既白山人……3902
琦……4548
琦々……1094
貴一……3154
貴慶……3154
貴山……5945
貴誠堂……718
貴長……1257
貴明山叟……245
貴和……6246
稀楠……3877
暉嶽……1392
暉嶽……1392
暉辰……5563
暉晨……5563
暉星……5563
祺……5534
僖窩子……1240
旗山……261, 1827, 2642
旗之助……1849
旗峰……1000
旗峯……4856
箕隠……5675
箕山……346
548, 1094, 1625, 1749, 1859, 2289
2415, 2987, 3500, 3862, 4606, 4866
4871, 5515, 5962, 5995, 6357, 6414
箕山樵夫……2415
箕洲……4354
箕水……668
箕陽……6352
箕嶺……1816
箕林外史……6486
熙……1707, 2071, 2558, 2821, 2924
3253, 3695, 4174, 4483, 5721, 6323
熙々堂……1443
熙載……5691
熙正……4174
熙明……5399
器……1859, 5515
器之……681
器川……5927
器堂……766
器甫……3751
輝……3947, 4328
輝照……1341
輝辰……5563
輝晨……5563
輝星……5563
輝祖……469
輝哲……6568
輝任……29
畿……3877
撝……5426
撝謙……4355, 4681
撝謙先生……510
毅……404, 1339, 1968, 2175
2771, 3069, 3411, 4013, 4280, 4476
4761, 5758, 5768, 6541, 6634, 6685
毅庵……1100, 2416
毅一……4596
毅卿……1039, 1253, 2034, 2494, 6144
毅軒……5579, 6052
毅侯……3069, 6136
毅齋……194, 224
401, 442, 438, 1404, 1653, 1955
2177, 4157, 5056, 5527, 5795, 6187
毅三二……2698
毅堂……861, 1711, 5579, 6623
毅篤……1778
毅篤先生……1778
毅夫……4078
毅父……5403
毅甫……149, 2047
凞……2402, 2403, 2924, 3242
凞々子……2403
凞載……5691
凞齋……2501
凞正……4048
凞明……5399
翬……4779
熹……5494
熹之助……5494
冀北……4477
機……2668, 3405, 3822
機谷……6280
機國……6280
機山……373
機峰……3411
璣邑道人……5061
龜……854
龜陰……5634
龜隱……1338
龜鶴丸……5487
龜鶴麿……733
龜學……380
龜丸……303, 513
龜季……463
龜吉……1138, 1935, 4119, 4749, 6605
龜吉麻呂……5492
龜卿……6364
龜溪……2586
龜五郎……3784
龜岡山人……5721
龜谷……4893
龜三……232
龜三郎……11
龜山……2398, 3693, 4461, 5634, 6193
龜之介……6422
龜之助……533
1273, 1498, 2435, 4261, 6085
龜之丞……576
龜次郎……1277, 3474, 5854, 6515
龜松……3713, 5641, 6288
龜石堂……5241
龜千代……928
龜藏……156, 1462, 5867
龜藏堂……4968
龜太……5556
龜太郎……814, 1744, 3718
龜洞……3155, 4496
龜二郎……3602
龜年……463
龜文……1311
龜甫……654
龜峯……702
龜麿……5479
龜毛……6190
龜陽……5651
龜柳居……6330
龜六……2133, 3853, 5515
徽……1750, 2988, 2996, 5051
徽外……2193
徽言……633
徽淳……6267
徽典……2575
徽猷……1867
歸一……3795
歸雲……3199, 3259, 4732
歸休庵……6076
歸橋……435
歸愚……2155

歸齋……2501
歸山……186
歸春……3501, 6119
歸昌……5882
歸藏庵……6577
歸德……4537
歸樂……3543
禧……5055
磯嶽……621
磯嶽……621
磯吉……3549
磯之進……1062
磯足……1723
磯亭……621
磯泊……6642
簣……1086
簣齋……1600
簣山……2712, 3065
騏……4805
騏八郎……931
驥……1781
2896, 3076, 3168, 3770, 4322, 5498
驥一郎……3666
驥衡……1797
驥次郎……5831
蘷庵居士……5833
宜……357, 4838
宜愛……3343
宜庵……377
宜雨堂……3210
宜義……6568
宜客……3480
宜鄕……5067
宜業……2938
宜卿……4172, 5067
宜齋……536, 5831
宜山……3319
宜士……1569
宜之……5466
宜受……3343
宜秋堂……2386
宜肅……2384
宜俊……5883
宜春……3904, 5336
宜春庵……4199
宜春堂……1372
宜松老人……4252
宜笑……2723
宜祥……559
宜信齋……5831
宜生……1569
宜珍……954
宜堂……476
宜伯……4260
宜汎……1559
宜民……6708
祇敬……4517
祇載……3129
祇載先生……3129
祇宗……3917
祇良……2714
義……133, 4110, 4962, 5090
義闇……646
義以……935, 6213
義一……4193
義一郎……191
義胤……2698, 4962
義右衛門……306, 4621
義演……2221
義海……2222
義畫……2997
義丸……1915
義誼……306
義久……5287
義矩……6213
義見……3133, 3929
義卿……795
1344, 1424, 1852, 2014, 2846
3206, 4104, 4922, 5388, 6308, 6489
義啓……2616
義敬……2936
義賢……1628
義謙……1553
義顯……5733
義憲……5098
義賢……4357
義言……948
義公……4122
義甲……3032
義行……3129
義香……5445
義綱……5084
義剛……974
義根……239
義三……4879
義三郎……6064
義齋……402
557, 1125, 2752, 4374, 5619
義之……4550, 5183, 6232
義此……4549
義治……2338, 6192
義七……4123
義質……314, 1053
1792, 2329, 2876, 5744, 6369, 6513
義種……2266
義樹……1896
義十郎……1669
義俊……1630, 4120
義所……4193, 5019
義助……1987, 2329, 4961, 5594, 6542
義章……4407, 5597
義勝……829, 3017, 5773
義丈……1328
義讓……2223
義申……3032
義臣……881, 3420
義信……930, 3830
義眞……2617, 4640
義人……5217
義正……4101
義成……6142
義詮……492
義宗……3917
義藏……4093, 4879
義太夫……1689
義太郎……4749
義達……3600
義但……2224
義端……2224, 4443, 4930, 5747
義男……3134
義知……1408, 4120, 5230
義竹……4375
義仲……3556
義長……5303, 5304
義張……3144
義直……1528, 4120
義通……4293
義適……1741
義都……3902, 4348
義德……5750
義篤……2945, 6193
義東……2228
義洞……2649
義道……1528, 4012, 6146
義寧……3411
義豹……2027
義夫……3826

義父……………………3826, 3896
義武……………………3886
義平……………………248
2541, 3937, 4649, 4838, 5934
義兵衛……………………3466
義甫……………………3826
義輔……………………6494
義方……………………589
846, 1369, 2597, 2750, 4068, 4313
5304, 5334, 5780, 6049, 6294, 6370
義邦……………………1616, 1871
義房……………………5938
義萬……………………4603
義明……………………1384
義鳴……………………1315
義茂……………………5983
義門……………………6072
義也……………………6701
義有……………………3834
義雄……………………3774
義猶……………………2364
義利……………………4120
義立……………………4211
義亮……………………881
義鄰……………………2711, 3241
義禮……………………5421
義和……………………2213, 2758
僞襲……………………682
疑知……………………4937
儀…175, 487, 1466, 2622, 3089, 3587
4874, 5559, 5566, 6157, 6218, 6414
儀一……………………361
儀一郎……………………6521, 6617
儀右衛門……………………175, 617, 637
3649, 4621, 4622, 5566, 5805, 6084
儀卿……………………637, 2014
儀左衛門………598, 2013, 5023, 5805
儀作……………………6567
儀三郎……………………2388, 3239
儀之助……………………4874
儀章……………………1983
儀太夫……………………2912, 2985
儀丹……………………6586
儀内……………………4895
儀任……………………2494
儀八……………………6060
儀八郎……………………3587
儀備……………………416
儀平……………248, 1800, 3130, 4649
儀平衛……………………4649
儀平二……………………5805
儀兵衛…657, 1207, 1800, 4649, 6545
儀鳳……………………2493
儀與八……………………991
誼……………………3261
誼安……………………3218, 4838
誼道……………………306
誼夫……………………6463
戯書屋……………………689
礒右衛門……………………3366
魏卿……………………3135
蟻亭主人……………………1293
蟻遊亭主人……………………1293
曦山……………………2282
巍……………………1618
巍父……………………758
菊……………………1060
菊隱……………………3030
菊垣……………………3030
菊園……………………5846, 6617
菊花園……………………1024
菊涯……………………1593
菊磵……………………3619
菊居……………………123
菊卿……………………1404
菊溪……………………4894
菊溪子……………………6285
菊齋……………………6039
菊三郎……………………943, 5364
菊次郎……………………4253
菊舍……………………5823
菊秀軒……………………3902
菊十郎……………………4509
菊所……………………2151
菊如齋……………………4812
菊如淡人……………………6393
菊如澹人……………………6079
菊松麻呂……………………4940
菊松麿……………………4940
菊溢……………………647
菊泉……………………2052
菊莊……………………4617, 5113
菊莊山人……………………4617
菊叢……733, 2128, 3207, 5374, 5487
菊存園……………………5902
菊村……………………4623
菊太郎……………………6602
菊潭……………………2152, 3462, 6518
菊堂……………………5446
菊苗……………………853
菊瀕……………………6469
菊屏……………………3585
菊甫……………………1688
菊圃……………………477
菊滿……………………3508
菊暦……………………4250
掬靄……………………1705
鞠莽……………………3266
鞠洲……………………3178
麹溪書院……………………2972, 4856
麹坊吟社……………………1612, 3893
麹廬……………………2486
吉……………………326, 3760, 6273
吉一……………………2900
吉尹……………………5035
吉寅……………………2445
吉右衛門…297, 870, 1779, 2190, 2191
2551, 2863, 4156, 4702, 4982, 5143
吉幹……………………3795
吉紀……………………5951
吉久……………………5918
吉惠……………………2901
吉謙……………………6264
吉五郎……………………1360
吉公……………………4029
吉亨……………………1140
吉皓……………………6497
吉左衛門……………………943, 973
2338, 2986, 3045, 4157, 4167, 4982
吉哉……………………12
吉齋……………………1677
吉三郎……………………1990
吉之助…1901, 2406, 3032, 4270, 6054
吉之丞……………………3884
吉之進……………………621, 3769
吉士……………………4417
吉次……………………1918
吉次郎……………87, 659, 3206, 6662
吉十郎………3424, 4883, 4900, 6258
吉從……………………1625
吉助……………………5738, 5907
吉松……………………4886
吉祥……………………5949
吉信……………………4571
吉人……………………2342, 4185
吉仙……………………1234
吉藏………12, 1922, 2342, 2715, 5142

吉太夫……2833
吉太郎…191, 298, 546, 818, 869, 6627
吉廸……1425
吉迪……1425
吉統……3269
吉德……1437
吉二郎……1848
吉尾……4116
吉備……3397
吉夫……92
吉平次……3218
吉平治……3218
吉兵衛……621
1484, 2516, 4158, 4592, 4792
吉甫……6, 474, 1612, 1701, 1762
2076, 2394, 3048, 3108, 3250, 6148
吉彌……4852
吉明……1254, 3352, 5774
吉雄……24
吉羊齋……4610
吉利……818
吉郎……5142, 5238, 6662
吉郎右衛門……1368
佶……3913
佶長老……2134
喫霞樓……6181
橘庵……3553, 2294
橘陰……2576
橘隱亭主人……4933
橘園……1641, 5796
橘翁……161
橘侃……6400
橘館……5107
橘軒……2316
橘齋……4722, 5809
橘山……3137
橘枝堂……2100
橘次郎……1670
橘洲……2132, 4798, 3291, 5955
橘隧……4879
橘潛夫……3553
橘窓……273
橘牕……4078
橘太郎……5687
橘亭……2045
橘墩……5107
橘南……5208
橘門……161
橘里……6124
九……728
九一亭……4402
九一郎……1879, 1881, 4724, 5621
九右衛門…253, 728, 1872, 5682, 6290
九淵……1061, 1082, 4794, 5207
九畹……1511, 1856, 2874, 3624, 6294
九華……3871, 4296, 4895, 5046
九華園……2282
九華山房……3989
九霞山樵……587
九介……4725
九鶴山樵……4725
九疑山人……2100
九疑先生……1507
九儀……1390, 1509
九々山人……5261
九九子……1779
九々鱗……100
九五郎……266
九江……4185, 5449
九幸翁……3276
九香艸堂……4918
九皐……191, 1712, 2364, 2370, 2662
4164, 4989, 5044, 5182, 5373, 5449
九皐居士……2364
九左衛門……2934, 4271, 4950, 6195
九山……2915, 5686, 6346
九之助……819, 6451
九思堂……3129
九十九軒……2435
九十九峰軒……6086
九十九木禽主人……1440
九十軒……3902
九十彌……6589
九十郎……683, 4703, 5792, 6290
九十灣漁夫……6453
九如……389, 2142, 5754
九如堂……5397
九助……4725
九疊仙史……3549
九水漁人……3463
九成……259
2736, 4527, 4930, 5005, 5550
九折……5736
九折堂……6316
九仙樓主人……1285
九泉……5610
九藏……6623
九郙……2920
九太夫……3235
九洞山人……5976
九德……2974
九內……3013
九二……2581
九二八……3890
九拜艸堂……5149
九拜堂……5148
九白堂……2374
九八郎……1532, 1877
九平……1684
九兵衛……1684, 4930, 5640
九方……53, 3470
九峰……737
九峰山人……3681
九峰衲子……3549
九峯……3626
九葆……5731
九萬……2250, 3725
九里香園……3069
九龍……3300, 5178
九齡……1464
九郎……443, 2023, 3266
九郎右衛門……804
1831, 3681, 3934, 4022, 4733, 6597
九郎衛門……1834
九郎左衛門……1834
2934, 4138, 4222, 5643, 6597
九郎左衛門尉……4207
九郎三郎……1385
九郎太夫……4000
九朗兵衛……1945
2946, 3412, 4421, 4731
久一郎……4441
久右衛門……262
1482, 2417, 2619, 6146, 6202, 6524
久稼……4147
久愷……1262
久丸……2514
久吉……2790, 4771
久矩……6229
久勁……5296
久敬……3088
久卿……6274
久堅……6472
久元……5059
久五郎……907, 2615, 5498
久左衛門……3870, 6202
久齋……225, 5707

久作 ……6206, 6274
久三郎 ……4566, 6341
久之助……4596
久之丞……5189
久四郎 ……4289, 4425
久次……1657
久次右衛門 ……668
久次衛門 ……668
久次郎……1605
久純 ……917
久昌堂……5699
久章……6320
久常……3555
久眞……5529
久成 ……1419, 5553
久誠……4006
久宣……6339
久藏……1963
久足……1211
久太夫 ……4835, 5188
久太郎……1933, 4835, 6555
久大……6089
久中……4944
久徵……668, 1486, 3146, 5615
久道 ……1181, 1818, 5207, 6332
久德……2236, 3890, 6080
久二郎……2978
久馬……5045
久馬喜……6533
久八……3649
久憑……3146
久武……1678
久文 ……2655, 3789
久平……4931
久兵衛 ……1787, 1796
1971, 2978, 4293, 5189, 5654, 6215
久米介……4101
久米仙人……3387
久甫……5533
久彌 ……473, 862
久悠……1439
久雄……5628
久容……3146
久雍……1697
久頼……4584
久隆……2932
久亮……3850
久老 ……299
弓弦……2273
弓馬之家 ……624
及淵 ……950
丘壑外史……5970
丘隅 ……3496, 4186
氿園……2379
休 ……1365, 1908, 3073, 3682
休庵……2428, 2607, 4053
休々齋 ……949
休々亭……1730
休卿 ……3256, 4782
休軒 ……193
休五郎……4400
休助……5127
休適……2151
休夫 ……437
休復……5756
休文……1771
休明……3225
休也……1385
朽瓠子……1226
朽索……3553
朽匏子……1226
朽木翁……1903
求 ……5060, 5448
求己……6069
求己堂……3659
求己堂主人……3659
求己文庫……3659
求玉 ……5944, 6097
求溪……3985
求古精舍……2950
求古樓……1995
求齋 ……863
求之……2664, 3271, 4775
求之助……4777
求心齋……1948
求信 ……984
求仁齋……6285
求堂……3502
求馬……3482
4270, 4944, 5154, 5251, 5857
求放舍……2538
求林齋……4607
吸霞……6295
吸霞臺……4333
吸月居士……3042
吸月堂……3042
汲古堂……4689
究學居……2735
究史樓……4425
究理塾……4004
岌淵……3782
玖……6453
玖一郎……5621
玖右衛門……1925
玖珂 ……224
虬洞……6522
虬峯……1212
邱壑外史……5970
邱愚……3496
韭卿……3327
宮次……3, 3465
宮治……1423
宮水……1970
宮藏……2411
宮竹屋……1969
宮内 ……252, 3013, 6048
宮門……3014
級長……3095
躬稼堂……2489
躬耕廬……5825
救郷 ……581
救卿……581, 2361
球 ……6097, 6326
球湖……4587
毬川……3610
翕坡叟……5378
裊──→ジョウ
鳩翁 ……3100, 3884
鳩居……1264
鳩居堂……2417
鳩溪……5093
鳩谷……4775
鳩拙……5736
鳩巣……4088, 4951, 6028
鳩窓……4088
鳩邨……5737
鳩臺……5601
鳩臺……5601
鳩峯 ……142
鳩陵……2298
韮──→韭
廐溪 ……975
廐谷 ……975
樛舍……2474
樛堂……3761
窮樂……1971
窮軒……5479

窮耕廬……5825
窮理堂……2525
噏霞……193
噏霞吟社……4633
噏霞山人……4633
噏霞樓……897
舊雨……1019
舊雨社……396
2018, 2093, 3074, 4684, 6447
舊貫……5684
舊邦……145
牛庵……2937, 4806
牛五郎……4281
牛山……1759, 2271, 2684, 5890
牛山子……5709
牛山人……3476
牛渚……6811417, 3026, 3660
牛松……4944
牛莊……4376
牛藏……5346
牛南……268
牛農……5339
牛馬堂……6381
牛背學人……5976
牛鳴……3243
牛門迂夫……3052
牛門詩社……3356
牛門老人……5906
牛郎……4015
牛麓塾……6326
巨海……1194
巨卿……211, 563
巨源……2386
巨山……243
巨四……2713
巨芝……2713
巨川……2345
巨瓢子……3063
去華……3761
居易……3262
居易齋……1890, 2484
居易書院……4140
居易堂……2968, 4140
居晦……987
居簡齋……4202
居業樓主人……3801
居敬……1233, 2990, 4653, 6113, 6393
居敬堂……1233
居謙……569
居之……2153
居射室……1334
居正……1653
居貞……673, 2431, 5223
居貞齋……1729
居由齋……1625
居歷……6313
崌崍……6268
崌崍山人……6268
虚齋……2614, 3889
虚實庵……5128
虚舟……820
1685, 2136, 3047, 3235, 5108, 5476
虚舟子……2701
虚心齋……4454
虚直……2532
虚堂……3934
虚白……6047
虚白軒……2347
虚白堂……19
虚百齋……1937
鉅野……5505
鉅埜逸民……134
鉅鹿……6032
鋸溪……385
據遊館……970
遽……691
擧……5370
擧因……989
擧準……3845
御風樓……1897
御野……2735
御柳園……3155
魚吉……1921
魚人……4597
魚目道人……4106
漁……4305
漁焉……958
漁翁……3347
漁々翁……318
漁軒……5841
漁樵……3198
漁村……1799, 4274, 6631
漁稚吟社……4477
漁長……6001
驋臺耄叟……3822
叶……1703
匡……741
匡卿……613
匡山……478
匡直……3540
匡敕……3546
匡磨……741
匡廬……4648
共建……1676
共古……6335
共之……2750
共昌……5099
共常……1621
共平……1621
共甫……919
况軏洞……4202
况←→況
狂庵……2033, 6238
狂莽……2033
狂雲……5335
狂花村舍主人……2084
狂介……6710
狂客……408
狂狂生道人……1218
狂狂生老人……1218
狂狂道人……1218
狂狂老人……1218
狂齋……4952
狂癡……4451
狂癡……4451
狂念居士……1965
狂夫……5446
杏庵……2082, 5311
杏菴……5389
杏陰……5389
杏隱……5389
杏蔭……2529
杏雨……1810, 5339, 5456
杏園……1381, 4789, 6082
杏翁……2084, 6551
杏花園……1381
杏花春雨村莊……5339
杏華奩……719
杏順……4361
杏所……3802
杏仙……1234, 3780
杏叟……6551
杏村……2084, 3201
杏邨……4571
杏堂……4867
杏皤……6551
杏平……4606

杏坪……6551
杏圃……591
杏林堂……4031
杏林逋客……5479
享……698, 3244, 3768, 4989
享先……4523
享平……1258
京雨……1810
京國……2338
京山人……6202
京傳……873
京輔……743
協……3111
協園……5738
協眞公……3383
況軏洞……4202
況齋……1607
況←→况
香――→コウ
拱齋……116
狹川……1478
狹南……1322
狹南山人……1322
楞船……4452
莢……3896
挾芳園……2983
恐廬……4048
恭……138, 372, 712, 896, 1300
1354, 2017, 2288, 2598, 2673, 2916
3061, 3341, 3365, 3370, 3518, 3768
4190, 4421, 4807, 5210, 5408, 6352
恭安……6212
恭庵……9
恭畏……2320
恭懿先生……245, 3543
恭胤……4953
恭格先生……4918
恭寬……5470
恭卿……3280, 4287
恭敬先生……519
恭軒……4130
恭儉先生……5665
恭厚……2133
恭齋……751
2604, 3320, 3321, 4870, 4999
恭齋安養……4666
恭三郎……1341
恭四郎……2593
恭之……4319
恭肅……4523
恭述……967
恭助……1566, 5291
恭仁山莊……4230
恭倩……5835
恭靖先生……134, 2156
恭節……3322
恭節先生……487
恭先……887
恭太郎……1691
恭忠……4772
恭通……3341
恭貞先生……4913
恭平……69, 2895, 3453, 4750, 6217
恭甫……3096, 5875
恭豊……886
恭明……3749
恭默齋……3432, 3433
恭祐……4256
恭理……81
珦……3902
強……3336, 3947
強庵……4751
強介……2640
強哉……5238
強齋……378, 940, 2109, 6604
強助……2640
強堂……767
強甫……4275
強明……4590
教……8, 2821, 3172, 6088
教應……5589
教觀房……2518
教景……626, 4693
教卿……2392
教四郎……3172
教之助……986
教叔……887
教證……5775
教親……400
教正……2011
教遷……4205
教存……5172
教中……2244
教兵衞……2244
喬……290, 1611, 2828, 4983
喬卿……4546
喬緒……3008
喬松……1373, 2061
喬松子……1385
喬遷……2035
喬年……5341
喬房……4007
喬木……3025
筇齋……5871
卿――→ケイ
鄕右衞門……352, 4588, 6614
鄕助……4150
鄕太郎……524
鄕老……1799
經――→ケイ
襄――→ジョウ
僑……1552, 1864
競……4030
嬌……2640
嶠南……5133
鞏革……5797
鞏革齋……5797
鞏卿……2357
鞏黄齋……5944
彊……2438, 4912
彊齋……72, 2109
彊立……3554
薑堅……2917
橋次郎……3915
矯……2105, 5021
矯雲……5334
矯齋……1262
矯堂……4511
疆齋……3306
鏡河……479
鏡湖……479, 1264, 1445, 6572
鏡山……5323, 6517
鏡之屋……2184
鏡洲……801
鏡水……1860, 5004
鏡の室……581
鏡里……5362
謦――→ケイ
競……6510
競秀亭……5571
響流……3471
驚夢山人……3648
龔……3424, 4300, 4901, 5637
行――→コウ
仰……5025
仰岳……1691
仰嶽……1691

仰繼堂……541
仰高……1995
仰齋……4877
仰山……3323
仰松軒……3902
仰樓……4249
業……4043, 5082
業卿……4101
業賢……2313
業元……5840
業弘……2154
業廣……2154, 6316
業國……5840
業乃……3937
業夫……1246, 2865
堯寅……198
堯欽……6700
堯佐……1899
堯山……3953
堯臣……5588
堯陳……3302
堯田……1361
堯武……5771
堯甫……200
堯民……281, 5776, 6681
澆華……5863
澆華山人……5863
凝庵……1938
凝洲……4794
曉月樓……1586
曉湖……3568
曉谷……5851
曉山……2321
曉泉……3436
曉峯……1664
曉夢樓……3648
曉夢樓主人……3648
翹……5484
翹齋……1116
翹之……295, 4297
翹子……6184
顒……2013
旭宇……4584
旭園陰士……3836
旭翁……2164
旭嶽……6296
旭嶽……6296
旭齋……5986
旭山……3324, 3449, 4054, 5103
旭川……1314, 4931
旭莊……5148
旭峯……1765, 5657
旭峰……5657
旭嶺……3937
曲江……2256, 3968
曲巷……5149
曲肱庵……1941
曲州……2115
曲洲……1462
局蹐樓……4500
昴……4579
極人……3579
極馬……4119
極夫……4001
極樂庵主人……407
跼驥……6589
玉瑛……4640
玉園……73, 5543
玉淵……1167, 1779, 5543, 5798, 6571
玉淵子……1507
玉淵堂……5520
玉甌道人……2341
玉河亭……1257
玉鵞峰……4886
玉海……587, 1379
玉匣……987
玉函……2198, 5324
玉凾……2198, 5324
玉澗……3219
玉巖……1492
玉巖堂……1492
玉弓樓江聲……5397
玉桂……6195
玉卿……2646, 4652
玉溪……2251, 6116
玉鉉……711, 1397, 1920
玉壺山人……234
玉壺眞人……2162
玉壺樓……5689
玉光堂……4127
玉江……1295, 5857
玉江漁隱……3553
玉岡……3659, 6082, 6360
玉衡……2377
玉齋……3661, 3876
玉山……175, 920, 2705, 3232
玉之……3510
玉芝……5903
玉樹……4242
玉洲……848, 2508, 3848, 6142, 6156
玉潤……3219
玉潤堂……5710
玉書……6184
玉女山樵……2384
玉松山莊……4717
玉蕉……3662
玉樵……6232
玉繩……317
玉振……2324
玉振道人……4297
玉水……1951, 3303
玉水館……3553
玉水廬……719
玉生堂……5243
玉成……1249, 1548
玉倩……25
玉淸……25
玉川……1249
1479, 1909, 5374, 5544, 6059
玉川漁翁……1381
玉川亭……1257
玉川文庫……624
玉仙叟……3232
玉泉……6
玉琤舍……3802
玉藻……1615
玉藻亭……3861
玉臺……1838
玉潭……187
玉池……163
玉池吟社……6185
玉池樵者……1335
玉池仙館……4448
玉池仙史……1218
玉典……1761
玉島山人……3001
玉堂……986, 1062
玉堂琴士……1062
玉佩……1057
玉梅……5832
玉甫……2477
玉峰……10, 3503, 3937
玉峯……2480, 4692, 5219
玉民……1258
玉來……5788
玉來居……5788
玉來居士……859

玉來山人……2666
玉蘭……3800
玉蘭堂……1667, 3266
玉瀾……586, 5543
玉立山樵……4473
玉嶺……3227
巾山……3663
今⟶コン
均……384, 2551
欣榮……5467
欣吾……4270
欣七……5961
欣商齋……59
芹溪……6632
芹水……4092, 5090
芹坡……3504
芹波……3504
近右衛門……577
近義……945, 3038, 3918
近江介……1491, 5201
近江守……5201, 6371
近江聖人……4263
近齋……6242
近俊……6451
近彰……4466
近情……1080
近水樓主人……112
近仙居……6166
近南……1610
近禮……185
近路行者……3931
金……990
金右衛門……213
1492, 1693, 2569, 3102
金羽山人……755
金英……1060
金花樓……4689
金華……5120, 6297
金峨……403
金峨道人……403
金介……1810
金溪……1885, 5879
金溪陳人……3090
金鷄……1904, 3437
金鷄陳人……3090
金言……1985
金五郎……2391, 5668
金吾……1991
3045, 3085, 3087, 4329, 4330
金剛……1090
金剛五郎……1375
金谷……1629, 3325, 5799
金谷山人……648
金左衛門……4851
金作……2721
金三郎……5344
金山……74
金杉醉學生……1972
金之助……2115
金之丞……212, 2115, 5530, 5531
金四郎……544, 1991, 2569
金次郎……3357, 3703, 4201, 4562
金治……3561
金七……3357
金助……1810
金松……994, 1693, 3569, 5446, 6126
金城……2487, 2707, 4491
金水……3438
金造……6658
金藏……463, 1347, 2091, 3406
金粟……1093
金粟道人……897
金太郎……2601, 2951, 3943
金太郎主人……462
金澤侍所……5353
金槌……2464
金洞……381, 1904
金洞山人……755
金暾居……6629
金二……3043
金二郎……3616, 3703
金梅庵……4607
金八……2855, 2860
金八郎……2328
金夫……4585
金平……691, 944, 2855
金兵衛……543, 5623, 6126
金瓶先生……5563
金峰……3505
金峯……5921
金彌……851
金毛……3627
金門仙史……6141
金蘭吟社……5418
金栗……5599
金龍……6157
金龍沙門……5953
金陵……1681, 3233, 5515, 6539
金鱗……2643
金嶺……960
衾天樓……6181
琴……1071, 3112, 3264
琴河……2519
琴鶴山人……2626
琴鶴堂……2626
琴壑……2848
琴嶽……2848
琴橋……1750
琴玉……3144
琴卿……2040
琴溪……4272, 6627, 6566
琴梧……157
琴後翁……6001
琴谷……2267, 5713
琴齋……307, 5965
琴山……1751
2386, 3406, 4055, 4896, 5965
琴詩酒書畫禪道人……2571
琴舍……3892
琴洲……2951
琴所……3013, 5556
琴書……2341
琴書樓……6305
琴渚……2229
琴松漁人……1750
琴水……75
琴川……3267, 4275, 4567
琴台……4093, 4772
琴臺……2766, 3642
3968, 4093, 4772, 6120, 6408, 6633
琴亭……3779
琴二……143
琴浦……4567
琴峰……2319
琴峯……2319
琴籟……656
琴嶺……2849
琴廬……3854
鈞一……3141
欽……1477
1563, 1991, 2761, 4405, 6678
欽一郎……1444, 2631
欽尹……4045
欽古……171
欽古塾……171
欽哉……3230
欽哉亭……4924

欽齋……622, 2972, 5891, 5908
欽之……109
欽四郎……622, 1991, 4140
欽次……6678
欽若……3231, 3757, 6371
欽塾……4648
欽靖先生……4628
欽曾……76
欽藏……5027
欽堂……238, 2473
欽堂文庫……238
欽繇……3787
勤……305, 587, 1733, 3278, 5978
勤憲先生……4627
勤齋……2544
勤子齋……330
勤思堂……5966
槿宇……2942
錦園……259
錦街……6123
錦丘……3867
錦絅堂……1315, 2958
錦溪老人……6181
錦江……3076
3990, 4123, 4322, 4537, 6188
錦江鷗史……5698
錦齋……4244
錦在翁……4306
錦山……6141
錦之助……5552
錦之丞……5642
錦腸……3277
錦城……1374, 2111, 5372
錦織舍……6001
錦水……3146, 4560
錦水樓主人……112
錦川……5800, 6673
錦村……77
錦堆……3407
錦汀……3798
錦天山房……4171
錦陌講堂……215
錦屏山人……317
錦峯……4897
錦里……480, 2156
襟島……6211
謹……3577, 4025, 4158, 6399
謹一郎……2631
謹謙……5064
謹齋……5135
謹次郎……4951
謹堂……2631
謹二郎……4951
謹良……1435
吟狂叟……655
吟月主人……5475
吟香……6689
吟座居士……635
吟松軒……482, 488
銀杏館……3155
銀岡……1263
銀巷……2450
銀齋……721
銀三郎……5826
銀之助……1752
銀次……6689
銀次郎……5673
銀臺……6542
銀竹……1690
誾齋……2969

く

九──→キュウ
久──→キュウ
句節……5820
吼──→コウ
玖──→キュウ
岣嶁……3509
枸杞園……2693
苦甜齋守株……4263
栩々園……1692
栩然……691
玽……2647
矩……723, 2247, 3900, 5831
矩安……1703
矩之允……919
矩直……1706
矩道……6019, 6233
矩二郎……5831
矩方……6489
駒一郎……1121
駒岳山樵……5757
駒獄……4745
駒嶽山樵……5757
駒之助……158, 246, 1666, 1711, 5439
駒之進……158
駒次郎……2229, 3840, 5673
駒水……5611
駒石……690
駒太郎……3944, 4783
駒福……127
駒郎……3231
懼堂……6332
驅豎齋……3203
驅痘主人……2498
衢……5682
癯軒……5364
グロビウス……3659
具……1315
具教……5358
具視……858
具通……5357
具枚……5358
愚庵……256, 1101, 2734, 6112
愚荼……5356
愚翁……5554
愚溪……969, 1375, 6361
愚公……2363, 4621, 5607
愚谷……6482
愚齋……738
愚山……2178
2602, 2767, 5543, 5552, 5695, 6617
愚洲……4356
愚拙農夫……2368
愚叟……4046
愚直翁……383
愚亭……1102, 5340
愚堂……1404
愚鈍……2188, 2210, 6279
愚佛……4032
愚佛山人……4032
愚佛先生……4032
虞淵……3901
虞軒……4148
虞山……1891
虞臣……5691, 5929
虞民……341
顒──→ギョウ
空花山人……3078
空外……3396
空々……2642
空々居人……6154
空谷……1962, 6020
空谷居士……3499
空谷道人……1962
空齋……4761

空山……1713
空山房……5128
空子……2516
空水……3372
空翠……4589, 4716
空石……1962
空石道人……1962
空桑……6045
空洞……2502
空背子……3272
空門子……2224
寓……1597
寓繪堂……6629
寓畫堂……6629
寓所……2925
嵎夷……172
隅叟……1065
遇溪……5170
遇所……5523
耩瀆……4929
耩塘……3027
耩風居……831
屈顯……771
屈齋……5761, 5849
棨之丞……4839
君孚……5035
君安……745, 3505
君彜……1859, 3549
君彝……1859, 3549, 6404, 6633
君育……1045
君郁……1917
君英……1234
君盈……1599
君易……2463
君益……705, 5507
君延……2610
君燕……5390
君夏……480
君華……454, 653, 1896
君雅……99
君艾……4344, 5217
君格……1560
君嶽……5599
君嶽……5599
君巖……4163
君規……4362
君祺……5719
君毅……5917
君徽……3382, 5525
君宜……14, 133
君義……839, 4298, 6064
君擧……5484, 6560
君享……6258
君恭……270, 869
君教……4360
君業……3495
君曉……4590
君饒……4590
君玉……1073, 2429, 4253, 4717, 6574
君欽……1477
君瑾……5083
君錦……3398
君謹……683
君敬……4300, 5082
君卿……3233, 5104
君謦……1435
君厥……2524
君元……2726
君彦……6054
君頤……2913
君行……1562
君孝……3007
君厚……5695
君貢……4166
君杗……235
君栄……235
君載……6409
君山……783
1216, 1348, 1766, 1992, 2509
2570, 3718, 4377, 5180, 5635, 6272
君山小史……3718
君山莊……239
君賛……1585
君之……5850
君子軒……1022
君實……217, 2424, 2860, 6412, 6597
君綽……4555, 5386, 5630, 6065
君錫……1111
君修……1764, 5587
君脩……3229, 5587
君楫……1685, 3983
君聚……2703
君重……5099
君柔……6691
君潤……2040, 2100
君初……5178
君緒……1726
君恕……1056, 2205, 5447
君升……1555
君昭……1197
君章……397, 1577, 2407, 4239, 5933
君祥……2113
君嶂……2013
君璋……2013
君常……3413
君津……2858
君深……2115
君瑞……1277, 3775
君正……2809
君成……330, 560, 5096, 5261
君靜……5800
君積……3905, 5444
君績……2339, 3905, 5085
君節……2351, 2968
君濳……649
君選……5543
君素……3645, 3652
君相……5709
君藏……1978
君則……3339, 6104
君測……6120
君泰……2062
君彛……4107
君澤……2737, 3004, 4081
君擇……4097, 5043
君濯……2018
君達……669, 1763, 3408, 3443
君旦……2085
君中……5376
君仲……1918
君忠……301
君長……3419
君徵……4487
君貞……558, 3795, 4418
君悌……453
君楨……4155
君徹……6231
君韜……6119
君道……4327
君得……5422
君璞……3946
君美……371, 1547, 1680, 2424
3504, 3894, 4350, 4420, 4831, 6152
君微……3667
君弼……5401
君豹……1803, 6298
君岷……1827

君孚……5035
君風……6420
君平……1984
3174, 5571, 6063, 6567, 6570
君秉……3480, 3625
君璧……3319
君輔……1062
君方……2794
君鳳……1684, 6567
君茅……2167
君懋……2140
君明……1502, 2790, 3642
君鳴……1231
君茂……4656
君模……1945
君裕……3912, 6348
君猷……5873
君輿……399
君譽……1984
君用……5457
君翼……1869
君恪……2982
君履……530, 2308
君立……3797
君栗……3155, 5410
君律……2115
君龍……5839
君亮……700, 4608
君量……4957
君倫……594
君鈴……2926
君禮……6702
君嶺……481
君齡……1699
君烈……444
君連……3443
勳……150, 2576, 3180, 3399
薫……2563, 3166, 5180
薫卿……303
薫齋……5704
薫子……6599
薫叔……5973
薫所……5693
薫平……2673, 3638
軍九郎……1221
軍之亟……3290
軍次……562, 6227
軍次郎……3257
軍治……6227
軍八……465
郡下大先生……1210
郡玉山房……6195
郡山散人……6195
郡之丞……3182
郡太夫……1532, 1535, 1536, 1538
郡二……562
郡房……5443
群……3655
群司……3769
群堂……5109
群芳洞……5635

け

けい……6184
化──→カ
家──→カ
氣──→キ
下──→カ
兮翁……1455
圭……1201, 1366, 3319, 4273, 6381
圭陰……2809
圭介……1438, 2530
圭卿……766, 4548
圭言……4843
圭吾……6690
圭左衞門……4992
圭齋……921
圭次……5589
圭洲……249
圭叔……4548
圭造……2726
圭二……3248
圭甫……2768, 4273
圭輔……3319
刑部……567
刑部卿法印……4920
巠……2441
形左衞門……2241
形助……6172
佳──→カ
勁直……4662
奎……6381
奎齋……4636
奎山……3027
奎章堂……779
奎藏……1137
奎仲……4569
奎堂……5696, 6690
奎文館……3392
奎輔……6636
荊山……231, 1116
1302, 1920, 3131, 3326, 4999, 5352
5939, 6443, 6483, 6533, 6587, 6601
荊石……2410
荊南……2126
計……4052
莖……2441
徑山……900
奚暇齋……3572
奚疑……457, 1399, 3370
奚疑庵……3370
奚疑翁……6391
奚疑齋……2991
奚疑塾……6391
奚疑堂……6391
奚所須窩主人……3761
奚處……5195
桂……1093
1404, 1423, 2989, 5089, 6467
桂庵……2179, 5325
桂陰……2809, 3539, 3823
桂園……166
698, 1752, 3554, 4664, 6110
桂園主人……1315
桂翁……411
桂花……4806
桂花仙史……5907
桂華……6054
桂海……4333
桂閣……1341
桂館……4911
桂巖……5852
桂月……1472
桂軒……2608
桂皐……4634
桂谷……5290
桂山……559, 1405
1820, 2005, 2063, 3404, 3569, 3812
桂之助……4236
桂四郎……3491
桂洲……241
桂嶼……1894
桂助……3129
桂川……5567
桂莊……593
桂窓……1211

桂窗……1211
桂嶼……1211, 1820
桂叢……3554, 4342, 5479
桂太郎……4791
桂廼舎……1341
桂堂……323, 1592
桂南……992
桂里……987
桂林……1891, 5781
桂林園……5154
桂林館……5781
桂林舎……1891
桂林莊……1341
珪……3670, 4360
頃公……5639
頃譽先生……5025
啓……1069
2503, 2688, 2755, 3127, 5238
啓益……1759, 2684
啓五……1690
啓吾……1690
啓齋……532
啓三郎……4121
啓之助……2755
啓次郎……1701, 5238
啓七……6616
啓十郎……1874
啓助……1531
啓藏……3127
啓迪庵……5452
啓迪院……1613
啓發……1709, 5202
啓輔……786, 1531
啓要……1824
絅……1116, 1719, 5990
絅介……6186
絅錦齋……4387
絅齋……215, 274, 6180
絅亭……1979
絅寧……1979
卿雲……1995
卿雲館……1703
卿齋……3648
卿鄰……694
愒芳……3595
惠……904, 2814
惠右衛門……5004
惠音……3471
惠介……904
惠吉……2
惠山……5878
惠叔……5271
惠助……904
惠迪齋……2073
惠廸……2658
惠迪……2658, 2948, 5833, 6316
惠堂……3192
惠八……5571
惠夫……1101
惠風……3808, 5895
惠明……776
惠林……2774
敬……1116
1445, 1566, 1574, 3101, 3425, 3764
5108, 5352, 6533, 6443, 6483, 6601
敬庵……2810, 5389
敬一……2626, 4515
敬一郎……3465, 3687, 5273
敬宇……4378
敬英……3848, 6156
敬益……3197
敬遠……448, 3207
敬迂……2540
敬簡……2153, 2157
敬簡齋……1665
敬季……758, 1263
敬基……1070
敬逵……6709
敬義……1108
4252, 4625, 5017, 5966, 6262
敬儀……4252
敬吉……1447, 4903
敬休……1693
敬恭……3204
敬業……1413, 5533
敬業館主人……2215
敬業舍……5739
敬業堂……3655, 6252
敬玉……3379
敬遇……1352
敬卿……3689, 4292
敬軒……2067
敬元……285
敬公……4120
敬孝……2029, 3784
敬香……1303
敬佐……1976
敬齋……496, 732, 1133, 1241
1844, 2028, 2457, 2719, 3197, 3771
4326, 4357, 4784, 5198, 6068, 6609
敬哉……4292
敬三郎……4121, 4475
敬山……1151
敬之……1048
1423, 2952, 3970, 4042, 4053, 5898
敬止……158, 2558, 5801
敬次郎……1133
敬治……5036, 5990
敬持……3731
敬時堂……1382
敬七郎……1139
敬首……2512
敬修齋……1241
敬十郎……3687
敬叔……5323
敬塾……1923
敬所……549, 1145, 2291, 5265, 5996
敬助……1445
1531, 1686, 1837, 2844, 3211
敬勝……3048, 3250, 4941
敬勝館……527
敬信……1717, 3131
敬親……400
敬盛……2291
敬躋……3910
敬節……3643
敬善……839
敬藏……77
929, 2051, 2396, 3101, 3444, 3700
4082, 4296, 4307, 4458, 5222, 6127
敬續……1259
敬太……3825
敬太郎……4378, 4861, 4973, 6362
敬中……1873
敬仲……1873, 4953
敬忠……2666, 5138
敬長……3457
敬直……2201, 3123, 6204, 6322, 6334
敬天山人……3197
敬堂……6118
敬德……729, 2982
敬德書院……2854
敬二郎……1133
敬夫……2873
4117, 4351, 4899, 5389, 6276
敬父……4351, 4899
敬布……3221

敬復齋……2134
敬文……549, 1970, 2957, 6674
敬甫……896, 3138, 4405
敬輔……1873, 4378, 6636
敬方……4316
敬房……4331
敬明……3428, 4068, 4138
敬輿……4756
敬和……5073, 5715
景……3305, 4804, 6184
景胤……260, 6357
景瑛……4617
景婉……6184
景遠……2128
景雅……1356
景岳……4790
景貫……1316, 6405
景煥……4070
景寛……2331, 4306
景翰……4473
景丸……1631
景義……4611
景教……3534
景矯……1982
景繼……1756
景賢……995
景憲……1235
景謙……6552
景元……285, 1631
景弦……5852
景虎……6616
景行……2974, 4554
景高……2317
景晃……1751
景廣……3184
景衡……2768, 4554
景濟……5857
景山……176
4102, 4121, 4276, 5306, 5390, 5856
景纘……1726
景質……5546
景實……1363
景樹……1752
景周……4072, 5498
景叔……2333, 5047
景春……4551
景純……4989
景惇……1831
景順……3235
景章……3458
景讓……6552
景信……1634
景槙……2065
景腎……2972
景瑞……3001
景崇……6530
景菘……6530
景淸……4193
景達……2128, 3207
景端……3001
景知……3306
景仲……5824
景張……1007, 4686
景定先生……1777
景迪……2971
景典……1830
景德……6247
景璞……231
景範……1729, 2637, 4474, 4898
景美……1076
景弼……1939
景夫……5753
景武……5509
景福……3616
景文……156, 397, 3796, 4229
景保……3659
景明……1016, 1456, 2099, 3018, 3600
景有……2304
景雄……2973, 5753
景與……1758
景陽……5348
景翼……4650
景雷……2362
景鸞……6190
景連……4411
景璉……4411
景蓮……4411
溪雲軒……4667
溪琴……2229
溪愚……6361
溪山……6361
溪山閣……4217
溪水……595
溪村……1008
溪圃……6070
溪隣……16
經解樓……6069
經誼堂書院……2117
經訓堂……490
經卿……2810
經固……1157
經濟字書……4993
經之……3584
經之丞……730
經種……1121
經重……387
經世……730, 4350
經正……6002
經胙……6069
經太郎……4597
經稚……3664
經德書院……2364
經德堂……4159
經弼……5939
經方……1498
經隆……4379
經亮……4793
經綸……382
經和……3664
絅──→絅
睽孤隱士……3083
筀齋……908
輕花坊……2336
慶……4314, 5602
慶安……1263
慶一……3154
慶雲亭……1735
慶永……5642
慶元堂……5598
慶賛……2488
慶壽……4145
慶順……3700
慶助……1531, 3771, 4491, 4885
慶成……3691
慶績……5604
慶播……5602
慶千代……5020
慶太……2657
慶太郎……3502, 4314, 5621
慶輔……1531
慶明……3225
蕙園……3592
蕙洲……4384, 6194
蕙畝……1217
蕙圃……2474
蕙樓……1692
慧一……3937

建徳……3776
建敏……6118
研……3435
研介……1519
研海……3631
研嶽……773
研湖散人……2811
研齋……4049, 4332
研山……4187
研志堂……3166
研次……3435
研水……1515
研精堂……3629
研造……1929
研藏……87
研太郎……3853
研堂……623, 1282, 5474
研南……3108
研北……3370
峴嶽……2609
峴山……819
兼丸……5958
兼規……802
兼吉……3771
兼虎……4744
兼齋……4270
兼山……106, 993, 1559, 1857
2203, 2668, 2825, 3254, 3780, 4709
兼之……4245
兼次……1722
兼叔……4278
兼助……1336
兼親……3212
兼叢……5374
兼續……6697
兼太郎……1014
兼知……624
兼通……834
兼傍……624
兼翼……3211
涓介……1994, 3308
虔……5833
虔齋……3409
虔儒……5833
拳齋……3941, 4829
拳石道人……1078
牽舟……6083
健……1890
1930, 2762, 3984, 4275, 4320
健卿……4912
健建……4977
健軒……2517
健吾……3478
健哉……1083
健齋……440, 715, 910
1083, 3171, 3579, 4672, 5856, 6394
健作……1170
健之助……5134
健次郎……4320, 5954
健助……21, 3073, 4647
健叟……2517
健造……3391
健藏……510
1771, 2160, 3358, 5557, 6169, 6671
健太郎……4057, 5481
健道……2632
健二郎……4909, 5954
健平……5980, 5981
健甫……21, 4647
健茂……976
睍齋……4287
萱舍……3001
萱洲……4546
萱圃……2474
硯果翁……5024
硯湖……2811
硯山……1668
硯次郎……6067
硯水……2394
硯田農夫……3490
硯人……5204
硯夫……4195
硯也……6652
絢……634, 1014, 3398, 3652
絢齋……1918
絢夫……2096
堅……6472
堅苦齋……3615
堅頑先生……4919
堅固……5954
堅三郎……1610
堅恕……5811
堅石……6668
堅藏……2639, 3758
堅卓……2515
堅忠……5801
堅儔……2283
堅輔……4215
堅彌……4215
堅輿……5626
嵰洲……1532
慊助……3147
慊堂……5589
慊甫……3147
筧庵……1321
乾──→カン
絹洲…25, 2762, 3058, 3604, 4493, 4526
4690, 4909, 4970, 5148, 5585, 5613
遣興莫過詩樓……5237
蒹葭堂……2190, 2191
劍吾……2374
劍槊……1170
劍之助……2940
劍西……1560
劍北……3391
劍峰……1369, 5266
憲……11
546, 1682, 1988, 2852, 4027, 4905
5267, 5297, 5905, 6034, 6340, 6385
憲欽……2831
憲齋……4277
憲之丞……916, 919
憲叔……3377
憲章……11, 4820, 5165, 5267
憲昭……2964
憲明……4623
憲令……5163
縑……3645
縑洲……25
縑浦漁者……3400
賢……2215, 4570, 5593
賢丸……5657
賢勱……687
賢弘……1368
賢齋……579, 2181, 5411
賢治郎……1995
賢修……5287
賢知……978, 5062
賢輔……6499
賢良……3039
賢林……3040
賢勵……1314
儉……6045
儉卿……4539
儉讓館……853
儉德……951
儉夫……5210

謇……292
蹇齋……1419, 3267
縣丸……1784
縣居……1784
縣主……1784
縣滿……1784
鍵吉……5847
鍵藏……6106
謙……36, 270, 415
467, 705, 763, 767, 906, 918, 1132
1146, 1231, 1336, 1396, 1809, 1835
1916, 1925, 1926, 2188, 2210, 2351
2543, 2672, 2885, 2892, 3292, 3358
3645, 4287, 4324, 4580, 4622, 4628
4645, 4845, 5002, 5148, 5177, 5207
5426, 5507, 6031, 6082, 6354, 6375
謙一……458, 4618
謙一郎……4645
謙益……5540, 6468
謙介……1042
謙吉……166, 316, 756, 1545, 1832
2603, 3478, 4116, 4480, 5031, 5148
謙恭先生……2869
謙卿……4722
謙々……4845
謙々齋……471
謙吾……1231, 3478
謙光……4711
謙光先生……1287
謙亨……718
謙谷……5782
謙哉……1128
謙齋……563, 696, 927
1340, 1714, 2017, 2812, 3409, 3449
3506, 3668, 3840, 4019, 4116, 4156
4270, 4711, 4736, 4984, 5844, 6132
6243, 6336, 6363, 6482, 6484, 6520
謙策……2564
謙三……5002
謙三郎……270
705, 2394, 3390, 3677, 5696
謙山……4619
謙之……356, 5540
謙之助……763
謙氏……1395
謙次……2188, 2210
謙次郎……5207, 5507, 5540, 6694
謙治……1231, 3449
謙受……6543
謙叔……4278
謙塾……4270
謙助……612
謙愼書堂主人……4610
謙節先生……471
謙造……87
謙藏……415, 595, 1128, 2068
3099, 3100, 4083, 4141, 4590, 4694
4845, 5204, 5932, 6169, 6112, 6264
謙澄……3237
謙亭……855, 856, 2610
謙堂……338, 596, 2976, 3938
謙道……6176
謙二郎……1123, 5096, 5138
謙兵衛……4544
謙甫……771, 1340, 5149
謙輔……1653
藺山樵夫……3098
蘐圃……2474
諼園……1627, 1631
諼塾……1631
獻……1880, 4561, 6040, 6337
獻吉郎……2638
獻臣……2458
獻民……5778
懸壺居士……2746
懸壺堂……4359
懸匏庵……3912
懸匏菴……3912
懸羅館……561
權……5761, 5849
權右衛門……4621, 1317, 4278, 4358
權介……1098
權九郎……5124
權左……1663
權左衛門……1663, 4278, 4412
權佐……2877, 4072, 6263
權齋……5373
權三郎……1210, 4487
權之介……1208
權之助……1098
1351, 2877, 2957, 2985, 6048, 6195
權之丞……1367
1490, 3225, 3952, 3960, 4492
權之進……2273
權四郎……2912, 4666
權次郎……1760, 3373, 4619, 6552
權助……855, 2397
權藏……392, 3079, 4551
權太夫……2974, 6195
權二郎……1828, 6552
權八……47, 2669, 6202
權八郎……2426
權平……697
941, 1520, 1717, 2262, 5279
權兵衛……208
1366, 1367, 1580, 2262, 2334
權輔……2877
權六……2431
顯……872, 1004, 1408
顯孝……6305
顯考……2496
顯齋……5411
顯三……2087
顯之……1016
顯氏……5822
顯思……1674
顯治……6305
顯常……3599
顯信……4116
顯祖……3081
顯造……1929
顯藏……308, 4590, 6251
顯長……2315
顯二郎……5096
顯美……3495
元……147, 474, 1912, 2000, 2240, 2423
4327, 4413, 4646, 4692, 5863, 6128
元安……450
元一……2849
元一郎……4980
元逸……1271
元尹……4993
元寅……4950
元胤……3575
元贇……3902
元右衛門……4707, 6578
元英……284
元益……1096, 2827
元悅……4287
元琰……3398, 3570
元應……3387
元温……2396
元華……1024
元雅……2799, 4832
元介……2267
元海……2829
元懷……6143

元凱……6446
元愷……79, 98, 1178, 1933, 5103
元格……2456
元學……5948
元渙……4315
元幹……5121
元僩……5220
元寬……3461
元簡……345, 3569
元沂……5068
元起……1801, 4385
元軌……1543, 5323, 6517
元貴……4492
元基……536, 3470
元熙……859, 2436, 2796
元禧……288
元義……132, 1078, 3289, 3330
元吉……801, 2986, 3791, 4187, 4236
4792, 5040, 5844, 6043, 6166, 6506
元吉郎……2503, 4976
元佶……2134, 3573
元詰……5076
元丘……4841
元求……4352
元球……5944
元馭……2463
元協……6549
元恭……523, 639, 1097, 2797, 6071
元教……5461
元喬……2151, 4844
元僑……1864
元龔……3434
元昕……3568
元勛……4563
元勳……4563
元圭……4352
元珪……4352
元啓……520, 6559
元敬……91
元卿……3520
3539, 3768, 3823, 3974, 4989, 5743
元慶……5260
元繼……1644
元堅……3572, 4706
元憲……4950, 5022
元獻……5818
元古……5106
元固……493
元弘……5473
元好……1554
元亨……4086, 6423
元孝……3571, 4844
元恒……4402, 6364
元高……2151, 6566
元浩……5063
元皐……4483
元皓……3598
元皡……4483
元綱……6422
元廣……6199
元衡……427
元興……5796
元剛……5828
元載……2627
元濟……4831
元齋……2359
元作……6009
元三郎……2726, 3022, 4373, 6601
元之助……4373
元四郎……147
元志……5651
元師……2495
元雌……2981
元資……5643
元次……2448
元次郎……5863, 6574
元治……18
元質……1813, 4298
元周……1853
元秀……35, 5216
元洲……3410
元修……5621
元習……2234, 2240
元叔……3948, 6190
元肅……3145, 5239
元春……5381, 5479
元俊……2526, 4634
元儁……5179
元淳……5077
元助……1977, 6234
元升……5959
元昌……1115, 2189, 2444
元昭……4950
元祥……3256, 6273
元章……328, 938, 1862, 2294
2499, 2852, 3303, 4609, 5261, 6287
元勝……4413
元韶……1588
元璋……2848
元丈……4730
元常……3216, 6518
元讓……4610
元辰……3362
元信……4045, 6285
元眞……913, 4148
元新……1912
元稹……311
元水……2985
元粹……2723
元瑞……2525, 3465, 4333, 6477
元成……733, 3161, 4080, 4225, 5958
元政……2516
元盛……1019
元聖……1040
元碩……5608
元節……1431
元泉……369
元善……326
1333, 2111, 2708, 3539, 3823, 5125
元素……5219
元藏……513, 3186, 3330
元遜……1275
元泰……5561, 6074
元戴……2627
元岱……1592
元澤……5354
元達……1529, 2832, 3686, 5370
元淡……3856
元端……1373, 1789, 5956
元智……3448
元仲……959, 2233, 2700
元冲……3011, 4586
元沖……959
元忠……5985
元儔……5178
元長……3348
元張……4577
元萇……2808
元徵……95
元澄……95, 188
元直……5087
元珍……5088
元椿……5078
元通……6129
元丁……4501
元定……3812, 4333
元亭……1608

元貞…………1374, 1578, 2945, 4754
元鼎……6552
元禎…………311, 2561, 4798, 6418
元度……4169
元東…………2112, 2456, 5219
元統……2455
元同……2303
元道……6175
元德…………988, 3574, 5069, 6415
元德院聖翁文心……949
元悳……3574
元內……5093
元二郎……6574
元白……3276
元伯……3276
元博……3094
元發……5260
元丕……4807
元美……4535
元備……1799
元弼……4475
元敏……6578
元夫…………1793, 4826
元文……4646
元兵衞……649
元昺……3214
元甫…………4103, 4481
元塼……3094
元輔……1858
2357, 2827, 2954, 5562, 6234
元謨…………2831, 3793
元方……2849
元邦……3344
元鳳……1529, 1962, 2736, 4100, 5214
元懋……3460
元房……5711
元密……5783
元民…………2492, 3862
元珉……5794
元務……504
元明…………461, 525, 5214, 6575
元茂…………2674, 5517
元裕……5698
元雄……803, 2583, 2981, 4847, 6416
元融……5973
元輿……4361
元容……636
元養……5078
元理……1561
元立…………2798, 3791, 4841
元隆……2719
元龍…………1446, 1779, 3434, 5255
元良…………1306, 2727
元亮……1608, 3787, 4722, 4749, 6574
元琳……2361
元隣…………2636, 5687
元禮……130
154, 1934, 2168, 2983, 4423, 6397
元齡……130
1093, 1483, 1512, 2795, 4627
元路……1512
元輅……645
元郎……4149
元朗…………1393, 2429, 5842
幻庵……1958
幻荞……1958
幻齋……970
幻子……2516
幻生……2516
幻夢山人……3648
玄……1522
玄庵……3121
玄意……2769
玄逸…………2469, 5242
玄悦…………1777, 3714
玄乙……4184
玄改……4777
玄海……2829
玄格……1449
玄覺……1826
玄鶴…………1450, 2487, 5560
玄嶽……4142
玄幹…………1432, 5121
玄簡……5154
玄機……2330
玄龜……5740
玄義……3289
玄議……23
玄九……1493
玄恭…………3071, 3455
玄圭……1437
玄惠……2517
玄慧……2517
玄慶……2458
玄軒……5487
玄賢……4199
玄々齋……5561
玄古……4764
玄固……2325
玄虎……240
玄光……4132
玄好……1554
玄岡……2928
玄香齋……3902
玄黄洞人……5031
玄谷…………1959, 4298
玄宰……3507
玄齋……3232
玄朔……5454
玄三…………3683, 5521
玄三郎……6601
玄之…………3384, 3879, 5236
玄芝……5236
玄室…………2458, 3581
玄珠…………1941, 4486, 5859, 5944
玄壽……3725
玄周……482
玄洲……234
玄叔…………1705, 5937
玄俊…………1947, 5540
玄春……3749, 4414, 4963, 6130, 6209
玄純……5750
玄淳…………1985, 3342
玄順……1985
玄升……5959
玄尙……5522
玄昌…………5335, 5749
玄松……5959
玄祥……6452
玄仍……6518
玄乘……3549
玄常…………2529, 2731, 3889, 6457
玄讓……2529
玄信…………1224, 5030
玄眞…………913, 2403, 4148
玄愼……1263
玄瑞…………2329, 2525, 5112
玄隨……911
玄石……4346
玄雪……2813
玄節…………483, 994, 1158
玄說…………2597, 4914
玄泉…………2504, 6679
玄孺……5859
玄素……5219
玄藏……4989
玄岱…………3583, 5191

玄泰…2379, 3071, 3583, 5191
玄對堂…713
玄琢…4713, 5112
玄澤…1431, 3288
玄達…40, 2312, 5578
玄知…3448
玄智…3448
玄中…5120
玄仲…5120
玄冲…5120
玄長…3038, 3451
玄暢…1230
玄調…5448
玄直…2341
玄珍…4506
玄通…4011, 5485
玄定…3889, 4963
玄亭…2492, 6241
玄貞…644, 2403, 4493
玄禎…456
玄迪…1435, 1776
玄撤…438
玄度…6340
玄東…50, 434, 4163, 5887
玄桐…434
玄同…1940, 6318
玄洞…3732, 5234, 5887
玄堂…5718
玄道…2302, 2518, 3327, 3371, 6709
玄德…57
玄篤…6464
玄白…3276
玄伯…50, 51, 746, 2281, 3276
玄番…1307, 5793
玄蕃…15, 231, 1307, 1817, 5793
玄蕃之助…6458
玄蕃助…6458
玄飛…6401
玄符…4836
玄武…3411
玄武洞…3561
玄武洞文庫…3561
玄甫…1654, 3580, 3866, 4592, 5833
玄圃…784, 1304, 1654, 6461
玄逋…3957
玄輔…2954, 4576, 5562
玄芳…825
玄峰…2850
玄房…4110
玄尨…5399
玄卜…3553
玄朴…6028
玄牧…6283
玄樸…459, 6029
玄昧居士…750
玄明…525
玄明窩…2829
玄冶…1613
玄野…560
玄又…1596
玄融…5189
玄與…4963
玄輿…4361
玄覽…1633
玄覽齋…5526
玄覽道人…1633
玄龍…1462, 2378, 2777, 3868
玄良…2616
玄林…1222
玄隣…2660
玄令…40
玄齡…1382
玄祿…6635
沅…6435
阮甫…5833
阮圃…5833
言…683, 1405
言恭…3956
言志閣…2697
言志閣主…2697
言足…1207
言定…4493
言道…1337
言揚學舍…4297, 4308
弦庵…5034
弦羽…2938
弦五…4657
弦吾…4657
弦齋…390, 1140
弦三郎…3064
弦山…2938
弦堂…5931
弦峯…362
彦…5976
彦愛…1559
彦一…4360
彦一郎…4004, 4776
彦逸…3913
彦右衛門…1261, 5462, 6096
彦遠…2340
彦可…4561
彦岳…649
彦嶽…649
彦吉…2820, 4371
彦九郎…3705, 3781, 5182
彦恭…2179
彦敬…2404
彦卿…1137, 1630
彦五郎…1543, 1717, 4381, 5898, 6149
彦國…220, 1325
彦左衛門…445, 1261, 1559, 1569
2948, 4071, 4548, 4550, 5712, 5981
彦三…3275
彦三郎…370, 2714, 3190, 4377, 6044
彦山…2624
彦纘…548
彦之…3344
彦之允…2968
彦之進…1110, 38924701
彦市…395, 4360
彦四郎…314, 1688, 2758, 4379
彦次郎…4182, 4483, 5478, 5489, 6574
彦七…2828, 3489
彦脩…4343
彦十郎…2256, 3894, 5827, 6364
彦重郎…4994
彦助…566, 1292, 1563, 2217
2493, 3109, 3904, 4818, 5336, 5390
彦昭…1587, 5390
彦章…189
彦勝…2710
彦信…6499
彦仙…2625
彦先…142
彦太夫…2049, 2948, 5279
彦太郎…1533
1543, 3781, 4248, 4267, 5008
彦通…5976
彦楨…3136
彦二郎…6574
彦博…549
彦八…2812, 4925
彦八郎…1497, 2340
彦復…4924
彦平…1177
彦兵衛…1172
1579, 1903, 2217, 2665, 3254

彦輔……1256, 1292, 1563, 2493, 3109
彦鳳……6414
彦明……857, 1991, 5973
彦龍……1870
彦亮……5316
彦倫……1108
彦禮……130, 154
彦齡……130
彦六……4, 4696
彦和……3141
限山堂……407
原……1441, 4263, 5541, 5692, 6644
原淵……352
原吉……4332
原欽……6323
原卿……1037
原吾……4332
原佐……496
原三……6040
原山……4065
原資……4997
原助……496
原診館……5965
原清……2985
原泉……4779, 5610, 5992, 6413
原藏……4263, 6389
原丕……4807
原明……1955
絃庵……5034
眼──→ガン
源……1079, 1667, 1967, 5093
源一郎……2142, 4564, 4766
源允……3019
源右衞門……2411, 2862
3876, 4007, 4759, 5120, 5167, 5307
源介……2460, 3467
源吉……496, 1730, 3419, 4146, 4657
源吉郎……1553, 4146
源五……4657
源五右衞門……1976
源五兵衞……4486
源五郎…776, 2138, 5402, 6397, 6416
源吾……3429, 4657
源谷……5853
源左衞門…109, 367, 1108, 4093, 5017
源佐……496
源作……954
源三……860
源三郎……791
1245, 1819, 2319, 2610, 2766, 2779
3168, 3578, 3786, 4891, 5717, 6601
源之允……1967, 3019, 5263, 6397
源之助……5656, 6509, 6629
源之丞……1667, 2731, 4183, 5263
源之亟……2796
源之進……257, 2203, 5061
源四郎……565
1730, 1868, 2357, 3216, 4080
源次……4730
源次右衞門……795
源次左衞門……795, 1424
源次郎……107
224, 1053, 2729, 4891, 5632
源七……1813, 6590
源七郎……496, 6412
源秀……817
源十郎……1281, 4811
源助…130, 154, 496, 2210, 2460, 4068
源進……2203
源眞……2271
源造……4694
源藏……71, 424
513, 606, 860, 1079, 2548, 3432
3567, 3941, 4315, 4568, 4812, 5249
5717, 6040, 6067, 6272, 6389, 6484
源太……3492
源太衞門……2522
源太左衞門……2522, 6434, 6635
源太夫……954, 5555, 6332
源太兵衞……5648, 6635
源太郎…320, 1481, 2979, 5518, 5994
源内……328, 1927, 3433, 3522, 5093
源二郎……224, 1053, 2729
源八……887, 4842
源八郎……1809, 2516
源兵衞……905, 1023, 2409
3373, 3392, 4486, 5288, 5307, 6411
源浦……816
源流……6084
源六郎……3138
鉉……711, 4418, 5940, 6560
鉉吉……711, 753
鉉仲……3148
愿……556, 1369, 2460, 3455, 3938
4875, 4934, 5464, 5692, 5871, 6099
愿恭……4842, 6099
愿卿……1213, 4823
愿三郎……6539
愿山……4065
愿藏……6099
愿中……2876
愿禎……4493
諺……6620
嚴……3097, 5292, 5937
嚴丸……6170
嚴五左衞門……5957
嚴護……5706
嚴山……177
嚴助……5198
儼……2117
儼淵……3910
儼之……4311
儼塾……6085
儼太郎……1236

こ

こと……884
己──→キ
戸隱舍……4749
戸古都……5320
古易館……316
古淵……1989
古翁……1956
古厓……5904
古崖……5904
古學先生……496
古學道人……751, 1227, 2606
古葛園……3743
古關……1357, 3435
古巖……5966, 5967
古稀庵主……6710
古器觀……100
古義堂……496, 518
古狂生……6550
古狂堂……939
古今獨步我慢坊……5093
古愚……3109, 4642, 5508, 6086
古愚軒……3109
古愚堂……2648, 4642
古隈山人……3266
古遇……1125
古溪……939, 3665
古經堂……939
古經堂爛人……939
古經樓……2657
古傑……4957

古月庵……2509
古研樓……3266
古硯……4830
古硯齋……3266
古硯堂……6289
古香……162, 1404, 1824, 5967
古香外史……4317
古香莊……2071
古香樓……5923
古侯……3070
古谷……385
古齋……1833
古三郎……3684
古山半醉……5425
古處……692, 4990, 6529
古處山樵……4954
古處山人……4954
古松軒……5320
古照軒……2405
古鐘……3266
古鍾庵……3266
古城……6437
古心堂……2633
古新……5877
古錐子……3822
古精舍……2161
古碩子……4556
古雪……6428
古竹……2651
古竹園……5122
古竹堂……3266
古徵先生……4090
古鼎……1750
古桐齋……1750
古堂……5698
古道……6581
古道照顏樓……604
古波藏親方……4017
古梅……897
古梅園……897
古梅堂……952
古風……1724
古風俗人……5698
古佛……1291
古文……5867
古碧吟社……1803, 2229, 5675
古峰……4222
古毛山人……172
古甕……1219
古來庵……4765
古梁……4545
古柳……4673
古梁漁史……4779
古梁漁夫……4779
古濂……4658
古濂道人……4658
杞菊園……2833
杞菊軒……2833
乕……3940, 4499
乕←→虎
呼我……6534
呼老堂……1864
固……182, 3585, 3616, 5530
固庵……484, 2814
固窮處士……3083
固佐……3992
固齋……2253
固仲……264, 6147
姑射……1646
姑南……5977
虎……247, 337, 2585, 3940, 4230, 4499
虎一……2809
虎吉……337, 3646
虎溪……2649
虎溪庵……3870
虎溪精舍……3870
虎元齋……6604
虎三郎……2585, 4121, 4232
虎山……2906
虎之介……5272, 5893
虎之助……247, 265, 970, 3478
5154, 5272, 5358, 6354, 6489, 6629
虎之亮……1732
虎次郎……34, 4230
虎嘯堂……2143
虎十郎……2713
虎助……2152
虎臣……2105
虎藏……3845, 5485
虎太……3646
虎太郎……4260
虎塘……1684
虎魄道人……3902
虎范……2630
虎文……5931
虎炳……6510
虎峰……5949
虎目洞……2200
虎門……2972
虎雄……3367, 4742
虎來……5977
虎林……3902
孤雲……5124
孤雲館……1867
孤雲樓……1867
孤琴獨調齋……5892
孤山……1044
2551, 2906, 4313, 5329, 6201, 6485
孤山堂……2551
孤舟……1901
孤松……4662, 5706, 6484
孤松庵……787
孤松館……6484
孤雪……955
孤峰……2850
孤峯……362
孤柳……5135
孤龍……5636
故閑……4379
胡安先生……416
胡逸滅方海……4805
胡蝶洞……4940
胡保……1609
個閑……4364
庫吉……3193
庫山……5997
庫之助……2640
庫次……749
瓠堂……6164
湖隱……5176
湖海……4627
湖海庵……4627
湖海俠徒……2431
湖學……4593
湖月樓……1893
湖山……1218, 5048, 5845
湖上漁文……6008
湖西……1538
湖泉……6055
湖村……1886
湖邨……1886
湖東……1406, 3504
湖南……1053, 3954, 4230, 4948, 6534
湖南學舍……4339
湖南塾……1053
湖萍……4037
湖陽……5639

鼓嶽……4594
鼓江……3593
鼓山……3199, 3894, 4732
皷川……2986
鼓缶子……2972
鼓峰……2065
瑚……4609
瑚珀……6047
觚……4220
壺丘……4757
壺邱……6049
壺齋山人……2746
壺山……5440
壺處……4990
壺中庵……4214
壺堂……4359
壺峰……5829
壺梁……1318
顧一郎……2728
顧軒……4263, 5483
顧言……1700, 4382
顧齋……4518
顧絶……3548
顧亭……4043
五……4949
五愛樓……1649
五一……891, 2549
五一居士……4524, 4678
五一郎……3215, 4524
五右衛門……770, 3929, 5081
五雨亭……6543
五雲庵……1450
五英……3501
五華山人……441
五鶖亭……5632
五介……3511, 5103
五岳……1877, 2651, 5122, 5219
五嶽……1877, 2651, 4955, 5219
五九郎……4032
五禽……6081
五禽堂……6081
五溪……5923
五經先生……5589
五軒……4556
五言……505
五左衛門……3964, 4123
五作……3987
五山……2230
五山堂……2230
五市郎……4524
五芝主人……5621
五十足……1723
五十槻園……299
五十鰭翁……3869
五十郎……1886
五惇……4258
五惇堂……5903
五助……4044, 5103
五松園……793
五松軒……6563
五城……3029, 6112
五條……3029
五心……891
五是道人……5714
五晴……2068
五石居士……3566
五千卷堂主人……2165
五足齋……918
五息齋延命……1992
五太夫……4949
五痴……3259
五癡……3259
五竹茶寮……2525
五鼎……227
五斗翁……5464
五梅庵……4618
五梅軒……4618
五伯……66
五八郎……2570
五筆和尚……350
五百右衛門……5799
五風……4299
五平……1154
五平次……1309, 1658, 2492
五平治……2492
五兵衛……831, 1195, 4275, 4849
五峰……5612
五峰山房……3109
五峰書房……3109
五峯……756, 2656, 2916
五峯山房……3109
五峯書房……3109
五萬卷堂……212
五萬卷樓……212
五友……3792
五友園……2721
五友十甎書院……3792
五友書院……3792
五洋學人……3021
五楊……5040
五葉山人……2333
五瀬……1289, 3836
五樂庵……6707
五樂舍……4007, 4009
五樂堂……3611
五樂道人……3266
五柳精舍……2755
五龍……3412, 3872
五龍山人……80
五陵……2953
五梁元……4030
五鬛軒……1824
五林……2531
五嶺……2290
五老……3245
五郎……256, 1216, 2557, 2698
2896, 2943, 3794, 4839, 5964, 5976
五郎吉……182, 5644
五郎左衛門……547, 688, 1010, 1455
2377, 2476, 2828, 2943, 3212, 5087
五郎作……1099
五郎三……1025
五老山人……3245
五郎次……3315
五郎治……182
五郎主人……4215
五郎助……5561
五郎太……4120
五郎太夫……3175, 4052, 4195
五郎太郎……5553
五郎八……153, 2452, 4820, 4829, 5649
五郎平……5418
五郎兵衛……1322, 4785, 5293, 5418
五鹿園……2864
五鹿洞……2864
午橋……1134
午谷……1753
午之助……5913
午睡軒……1753
午睡廬……6424
午晴……74
伍軒……4958
伍草……3328
伍八郎……139
伍兵衛……6287
仵陽……5792
吾一……891

吾好軒……6375
吾三郎……4363
吾山……5741
吾心……891
吾身……4753
吾川……6272
吾竹……4364
吾憂也齋……5426
吾樂軒……2701
吾樓……4215
吾樓學人……2698
吳……3757
吳一郎……1485
吳牛……2604
吳喬……295
吳江……291, 5267
吳江社……297, 3523
吳山……2929, 3281, 5741
吳石……4651
吳竹……6046
吳竹宇……514
吳竹翁……6574
吳竹舍……4999
吳門……3707
吳陽……1562
後──→コウ
娯庵……2230
娯兮吟社……2802
御──→ギョ
唔叟……1610
唔堂……1610
梧庵……4695
梧陰……404
梧園……1823, 5380
梧月軒……364
梧軒……2567
梧岡……3919
梧崗……3919
梧山……4378
梧之屋……425
梧所……667
梧窓居士……6290
梧竹……4379
梧亭……3748
梧桐庵……2663
梧桐軒……6290
悟道軒……5093
梧堂……654, 2513
梧南……4929
梧鳳……5787
梧樓……1904, 4215
梧樓主人……4215
語一……1485
護花關……5419
鼴堂……5135
工秀……3412
口木山人……4629
口木子……4629
公暗……3274
公威……1138
公維……593
公逸……4952
公偃……5637
公雲……3117
公瑛……5027
公奕……2082
公温……3340
公雅……4217
公晦……6537
公誨……6537
公凱……5686
公愷……3979, 5110
公概……3086
公槩……3086
公款……5329
公幹……673, 1374, 2186, 4438
公寛……4781
公簡……1070, 5197, 6376, 6393
公韓……1374
公鑑……1892, 4904
公含……774
公巖……2676
公奇……4586
公紀……819
公軌……1078
公規……2132
公基……4232, 4984
公逵……1721
公暉……6564
公祺……424
公毅……1368
公熙……1622, 3383
公恭……6453
公強……2357, 5021
公均……1018
公均釣者……1018
公琴……1750
公欽……3466
公勤……657, 3278
公錦……6049
公謹……5374, 5714
公勳……3898
公圭……1366
公賢……2215
公謙……763, 1275
公顯……5240
公言……6519
公固……6615
公行……6399
公晃……6696
公興……4751
公克……2501
公混……4251
公宰……2144
公裁……1283
公濟……2869
公材……1631
公瑟……650
公質……5361
公實……907, 937, 2072, 2906, 4064
公綽……2306
公修……1173, 1594, 2938
公脩……1594
公從……5375
公春……5007
公黍……1400
公睹……3274
公恕……661, 1429
公承……604
公商……6255
公祥……2497
公勝……6227
公彰……6030
公裳……2380
公乘……645, 3410
公信……3577
公睡……1320
公嵩……3635
公正……3119
公盛……2719
公靜……2743, 5621
公聲……3931
公績……3399, 5404
公善……2021, 3404, 5632
公素……3872
公楚……295
公操……5083

公悚……5327
公泰……6079
公臺……1783, 4720
公琢……794
公澤……5229
公達……1642, 1721, 2162, 4676
公坦……5156
公忠……2841
公長……6129
公朝……3707
公徴……4584
公龍……4784
公通……667, 1069
公定……2150
公圖……6185
公董……3688
公堂……2903
公道……219, 412, 717, 4964
公德……785, 3410, 4837
公寧……5642
公璞……5027
公胖……2634, 6046
公範……1078
公繁……3016
公斐……2353
公飛……4957
公美……1069, 1943, 6195, 6574
公弼……5514
公賓……2944
公敏……587, 3299
公賁……985
公文……570, 704, 5324, 5910
公平……1185
公保……972
公甫……332, 3979, 5280
公輔……221, 1778, 2377, 3211
公豊……3118
公望……1210
公明……318, 1332, 2097, 2785
公茂……134
公默……4346
公友……2417
公輿……4751
公雍……6172
公瑤……4911, 4960
公翊……4727
公翼……1529
公磊……675
公頼……3623
公履……282
公隆……3122
公龍……1972, 4598, 4784
公倫……2548
公鱗……4726
公禮……1934, 6469, 6626
公廉……283
公鹿……3334
公和……4356, 6169
勾當……2670
孔夷……6483
孔凱……5686, 6346
孔恭……2191
孔均……1102
孔固……4359
孔雀樓主人……1870, 3398
孔庶……4324
孔昭……674, 1494
孔彰……1774, 2678, 4917, 6030
孔美……2742
孔平……4775
孔庸……1507
孔陽……755, 2190
弘……149
208, 1039, 1154, 1401, 2012, 2264
2948, 3369, 3427, 3944, 3972, 4034
4078, 4090, 4541, 6144, 6503, 6622
弘安……81
弘庵……258, 5291
弘諡……3749
弘窩……485
弘毅……726
2262, 2432, 2602, 4395, 5057, 6249
弘強……3030
弘卿……93, 6223
弘軒……6345
弘賢……6155, 6251
弘顯……6251
弘言……5004
弘亨……507, 5004
弘孝……3704
弘恒……5166
弘高……2651, 3704
弘剛……538
弘濟……518, 812
弘齋……190
486, 1147, 1163, 5424, 5512
弘山……626
弘之……1780, 6081
弘嗣……6330
弘治……18
弘充……515
弘潤……811
弘助……1800
弘祖……2915, 3307
弘藏……1142
弘達……3425
弘忠……10, 2480
弘朝……472
弘通……5115
弘貞……514
弘道……15, 93, 179, 717
1518, 1680, 3147, 3425, 4790, 6634
弘道館……5917
弘道先生……1797, 3499, 5871
弘篤……903, 6202
弘敦……2262
弘美……519, 2261, 2872
弘濱書院……4944
弘文……2083, 5826
弘文院學士……4886
弘文莊……3481
弘平……1683
弘甫……402
弘明……516
弘龍……18
弘亮……3594
弘梁……389
甲……4472
甲作……3209
甲山……168
甲之……1968
甲子次郎……2318
甲子太郎……4541
甲子麿……4541
甲四郎……282
甲次郎……1722
甲藏……3069
甲太郎……3658
甲斐……797
甲斐守……1609, 4433, 5254, 6244
甲夫……6476
甲麓莊……3617
向謙……6085
向春居……4657
向陽……2768
向陽軒……4886
向陽塾……2360

向陵……3566
交易……6577
交翠……3033
交翠軒……5568
交翠山房……6069
交翠竹堂……4840
交泰院……438
交通……759
交陵……3329
光……2260
3128, 3897, 4054, 4059, 5149, 5318
光阿……6123
光胤……1179
光延……82
光遠……2066, 5318
光華……4077
光海……252
光寛……4105
光軌……1036
光輝……2260
光享……5203
光業……761
光卿……2059, 3358
光顯……3515
光彦……762
光好……3385
光香……5510
光興……5669
光鴻……3746
光圀……4122
光國……4122
光齋……5825
光次……4267
光實……1890
光種廬……4283
光重……5580
光淳……2904
光昌……3384
光章……1695
光鍾……4583
光森……1777
光翠……5568
光正……2663
光生……2663
光政……597, 4806, 6496
光霽塾……3457
光宣……732
光太郎……3897, 4108
光泰……3639
光男……4299
光致……621
光暢……134
光陳……963
光定……2534
光迪……6693
光天堂……3908
光繁……4434
光風……2722, 2762
光福……1131
光平……4177
光甫……6525
光輔……1702, 1987
光鳳社……1975
光明……2851
光雄……629
光隆……808
光旒……6696
光琳……3747
好……3728, 6317
好庵……1112, 3955
好右……861
好運……5030
好間……4781
好義……2560, 5546
好義齋……487
好吉……4664
好久……6138
好謙……169, 1708, 6286
好古……982
1117, 1790, 2025, 2574, 2641, 4286
4565, 4704, 4775, 5024, 5241, 6162
好古軒……3378
好古齋……4037
好古先生……1039, 5095
好古堂……3967, 4682, 4731, 5856
好向……4162
好好……582
好之……259, 6329
好實……6576
好爵……1921, 2498
好述……1320
好春……5492
好尙……2141
好尙堂……2141
行勝……483
好水……1698
好井……3832
好正……4173
好生……6426
好生堂……568
好成……5485
好青館……2151
好銑……6139
好知……1323
好直……926, 5275, 6413
好道……6413
好德……6454
好繁……26
好文……3512, 6181
好文堂……6296
好問……391, 3137, 4781
好問子……5361
好問堂……6274
好裕……6065
好蘭齋……1097
好蘭堂……1097
好禮……4071
好和……488
行……317, 1335, 1975, 2486
2777, 4853, 5910, 6003, 6110, 6131
行庵……3796
行雲流水書屋……2034
行雲樓……5608
行覺……127
行簡……1233, 3210
行宜……3937
行義……3378
行休……3090
行恭先生……5901
行權……5237
行元……2486
行言……871
行光……1335
行厚……6244
行察……5066
行三……6581
行次郎……2486
行充……5064, 5068
行從……1589
行助……3742, 6131
行勝……483
行世……1208
行正……2431
行宣……3937
行踐……4502
行藏……96, 1975, 3303
3549, 4290, 4668, 5139, 6544, 6581

行達……4440
行直……5886
行通……468
行甫……1399
行方……5344
行命……4846
行餘堂……4571
行林……3437
江……4738
江隱……1430
江雲渭樹……4940
江月齋……2329
江月流水書屋……2330
江湖山人……6505
江湖散人……6505
江湖詩社……2230
江湖詩老……750
江山……3442, 6213
江山翁……1335
江山詩屋……1335
江山人……834
江城……5672
江水……1698
江西……6563
江西書院……2395
江叟……6213
江村……618, 686
江竹居……4427
江竹居山人……4427
江長……2325
江亭……489
江東……2018
江東漁人……3041
江東公子……6691
江南……3508, 5884
江南野水翁……5793
江風山月莊……779
江峰流人……5065
江陽……6512
考安……2203
考潤……1983
考祺……3167
考綽……1407
考祥……5046, 5363
考證閣……2273
考亭……4075
考槃翁……403
考槃窩……1403, 4924
考槃邁……4924
考槃塾……403
考槃堂……403
考甫……424
更張……1057
亨……39, 1955, 3100, 3769, 4187, 6611
亨翁……6553
亨吉……1767
亨軒……2243
亨齋……379, 6364
亨叔……1196
亨太郎……1198
亨德院……5452
亨父……39
攻玉社……3772
宏……2401, 2856
宏濟……774
宏明……318
宏廬……3586
孝……1607, 1960, 2141
4061, 4261, 4855, 5161, 5370, 6618
孝愛……622
孝庵……2458
孝威……1402
孝彝……4702
孝彜……4702
孝一……473
孝感……1402
孝幹……2983, 4447
孝寛……1624
孝潤……1983
孝誼……6463
孝欽……557
孝卿……1219
1516, 1535, 3995, 4227, 4757
孝敬先生……5724
孝經堂……1837
孝經樓主人……6391
孝繼……1935
孝憲……3549
孝憲先生……1866
孝衡……2001
孝左衛門……2272
孝齋……4210
孝之……1303
孝之介……5077
孝之助……4516, 5077, 5161, 5538
孝之進……5109
孝思……2740, 3024
孝慈……5319
孝七郎……245
孝綽……3912
孝孺……6220
孝叔……1437
孝順先生……5873
孝承……2538
孝章……5032
孝成……2039, 2074, 2855
孝政……2781
孝倩……5836
孝先……1532
孝銑……3818
孝遷……3153
孝祖……1533
孝太郎……2004, 4095, 4571, 5359
孝秩……1867
孝暢……608
孝肇……5033
孝通……5551
孝亭……4075
孝悼先生……4943
孝德……2011, 3114
孝內……2889
孝伯……2829, 3245
孝繁……293
孝弼……1062
孝夫……76, 3643
孝平……2124
孝兵衛……2243, 2244
孝本……4058
孝友堂……4619
孝祿……1623
孝和……3417
効……6104
岡々……1611
岡山……5054, 5250, 5307
岡山花畑……1068
岡之助……4194
岡之丞……1140
岡太夫……1611
岡坊……405
幸……5370, 5610
幸安……4629
幸庵……2939, 4629
幸吉……5885, 6670
幸彦……5697
幸高……1050
幸混……5610, 6522
幸魂學舍……4308

幸魂教會……4314
幸三……1155
幸三郎……837, 2353, 2521
幸之允……1556
幸之助……5435
幸之丞……360
幸之進……4273, 5301
幸子……75
幸次郎…1654, 3204, 3670, 4431, 6471
幸七郎……245, 945
幸十郎……4192, 5076
幸順……989, 3776
幸助……2279
幸松丸……5343
幸城……2104
幸成……2875
幸造……6432
幸藏……4093
幸太夫……3156
幸廼舎……4153
幸迺舎……4153
幸八……840, 2952, 4844, 5528
幸八郎……2666, 5527, 5528
幸敏……5618
幸夫……6342
幸輔……3402
幸麿……5343
幸民……2051
幸猛……479
幸猷……547
幸雄……5223
幸隆……597
峋嶁……3509
庚金……1449
苟完……1404
苟完居……5578
苟美……4071
苟樓……1965
昂……2977
昻……2977
杲……5002
杲塢……2654
苂……3897
肯堂……1726
缸軒……2525
缸齋……2524
厚……1110
1443, 3099, 3162, 3903, 5290, 5524
厚庵……6245
厚軒……5323
厚元……45
厚愿……6613
厚綱……5045
厚齋……1790, 4380, 5183, 6612
厚載館……581
厚之丞……3074
厚次……3758
厚生……4799, 4990
厚生館……5975
厚積……4147
厚戴……4837
厚甫……83, 2667, 6478
厚本……5828
咬菜社……1094
咬菜堂……992
垢齋……4325
荒津桃花舍……1024
荒陽……6635
後覺……2395
後素……1155, 1353
後素軒……3805
後凋……5552
後凋堂……2185
後喩軒……4637
後樂閑人……6709
恒……2467, 2925
3360, 3767, 4696, 4968, 5261, 5754
5821, 5852, 6413, 6459, 6638, 6639
恒庵……258, 1342, 1564
恒宇……4886
恒吉……3120, 3376, 4565
恒久……4259, 6288
恒卿……5135
恒軒……771, 2153, 2627, 5035
恒公……1919
恒衡……1798
恒齋……43
1859, 3292, 3510, 4770, 5232, 6143
恒三郎……1640, 5632
恒山……5419
恒之……6544
恒之進……3440
恒四郎……3476
恒實……1470
恒順……2356
恒心社……6240
恒成……1466
恒藏……59
恒則……4880
恒太郎……3490, 5261, 5367
恒亭……4153
恒天……5979
恒道……4086
恒德……1504
恒夫……5888
恒兵衞……276
恒甫……3107
恒輔……1428
恒彌……5439
洪……4534, 5701, 5891
洪庵……1283
洪園……5871
洪卿……2552
洪川……820
洪德先生……3457
洪平……5239
洪謨……6030
畊雲漁者……4987
畊夫……384
畊⟷耕
皇屋……4004
皇舍……4004
香……1012
香案小史……3802
香以……5382
香意……5382
香逸……2431
香雨……55, 143, 2687
香雨花仙小史……5410
香塢……3202
香雲……774, 5991
香雲院……644
香遠……5524
香園……1715
香翁……5261
香崖……6428
香巖……2122, 3915, 6607
香橘……5885
香魚水裔廬……6086
香業……1727
香勳……2147
香卿……5116
香月……1500
香軒……4194
香光書屋……2276
香谷……5998
香國……4079

香山………441, 651, 2953, 5104, 6389
香山人………4427
香山道塾………2636
香之進………3653, 6047
香四郎………2664
香實………5184
香松………5497
香水………2577
香雪………1859
4663, 5352, 5481, 5483, 6205
香雪軒………4201
香窓………4181
香叢………1727
香村………2559
香頂………6686
香亭………1846, 4344
香坡………4791
紅霞山房………756
紅柑主人………3085
紅杏碧桃書屋………4417
紅雪………5217
紅粟齋………6044
紅荳詞人………3549
紅梅………406
紅梅樓………912
紅葉山房………1499
紅葉………3641
紅蘭………6184
紅鸞………6184
紅蓼………2639
虹山………3994
高矣義塾………3604
高胤………2697
高英………2587
高介………4543
高芥………4102
高寛………4304
高基………1030, 4101
高疑………4104
高嶷………4104
高渠………3714
高教………4104
高橋文庫………3677
高見………6041
高向山人………5517
高行………4757
高興………6213
高山………4709
高之助………5832
高子先生………2422
高資………1874
高壽………2877
高洲………144, 2231
高重………4742
高尙………1225, 5805
高尙院………3901
高尙坊………3901
高常………2762
高須日新堂………5415
高水………1678
高世………6042
高藏………2582, 5034
高太郎………2721
高臺………3848
高通………4035
高亭………2496
高敦………2177
高年………4033
高標………6044
高風齋………488
高文………4106
高方………2762
高房………4533
高明………6691
高木文庫………3617
高祐………6213
高洋………2762
高庸………2199
高陽………332, 4427
高翼………1684
高亮………2927
高林………3797
高林社………3797
高嶺………561
高麗春澤法眼………4905
高廉………4318
高朗………1832, 2319
高祿………1623
盍簪窩主人………5635
盍簪山房………2248
盍靜………5452
盍靜翁………5452
貢………1707
2220, 2440, 3183, 4166, 5532
貢士………2360
貢直………2360
貢父………1072
貢文………3346
荭洲………2085
浩………2029, 3907, 6302, 6669
浩一郎………6132
浩吉………2374
浩卿………4906
浩軒………5854
浩齋………1346, 2108
2714, 3987, 4493, 5212, 5854, 6012
浩翔………2487
浩然………2029, 3284, 3330, 4381, 4640
浩然窩………4381
浩甫………6086
浩瀾………5613
降雪館………4052
晃………461, 525, 652, 987, 1751
3904, 4722, 4884, 5336, 6119, 6570
晃光………4722
晃山………652
校尉………2218
栲亭………5985
栲の索綯先生………2384
紘誦堂………4217
耕………587, 628, 970, 3526, 5734
耕庵………1890, 5325
耕雨………2936, 5885
耕雲………27, 2564, 4479
耕雲齋………3781
耕雲山樵………4987
耕雲主人………4785
耕雲堂主人………4785
耕海村舍………6503
耕吉………2374
耕軒………6246
耕齋………933, 2232, 3692
耕作………5200
耕之………2266
耕之助………6008
耕種………4972
耕水………3612
耕石………400
耕雪………5558
耕藏………4615, 6315
耕太郎………27, 1980
耕堂………1775
耕堂窩………2047
耕道………2218
耕讀堂………27, 5727, 6441
耕南………5837
耕夫………384

耕甫……5048
耕餘塾……1138
耕←→畊
烘……3365
耿介……4138
康……6502
康介……640
康毅……5581
康卿……3181, 6597
康獻先生……521
康侯……707
康弘……1970
康國……5638, 5652
康純……5633
康助……640
康成……5647
康伯……2298
康夫……5387
康和……6512
崆峒軒……2498
悾庵……6322
控堂……3023
皐……1556
皐屋……4004
皐鶴……1800, 5252, 5651
皐卿……1450
皐舍……4004
皎々齋……6373
皎亭……1025
惶亭……1563
猴林……3266
皓……1505, 2295, 3149
皓哉……4086
蛟江亭……6403
甦──→ソ
黄……6440
黄庵……4279
黄雨樓主人……1093
黄華山人……4756
黄華山樵……4756
黄雀……5742
黄鶴……5742
黄菊壽園……5847
黄牛……5614
黄牛子……5614
黄軒……1385, 3331
黄鵠……5257
黄齋……3467
黄山……2233, 3439, 4300, 4799, 5233
黄州……316
黄裳……640, 639, 2986
黄裳園……1385
黄裳閣……1385
黄石……1586, 1612, 2462
黄雪……458, 764, 6110
黄雪園……764
黄雪書屋……764
黄村……5961
黄邨……5961
黄中……1617
黄鳥軒……6334
黄鳥亭聲音……2794
黄堂……3190
黄坡……5258
黄微……4637
黄薇山人……5320
黄木山人……6468
黄門……4122
黄葉夕陽村舍……3249
黄離……3760
黄龍……5639
黄龍公子……5639
黄陵……1533
茳町……1807
慊──→ケン
蒿蹊……4994
蒿齋……4177
溝東精舍……4890
煌亭……1563
彀堂……2588, 4721
鉤五郎……4517
鉤齋……6697
鉤致堂……5838
閘上老隱……1491
熀……3680
榥……2843
綱……3040, 6052, 6561
綱煥……5601
綱紀……4557, 4790, 5483
綱基……6004
綱襄……5605
綱忠……3210
綱二郎……6313
綱利……5483
綱倫……3492
敲雲……1271
敲亭……2331
廣……3183, 3982, 6021
廣右衛門……2821
廣延……1823
廣學……3902
廣鑑……900
廣喜……6033
廣義……2817
廣吉……2727
廣居……1763, 5408
廣業……756, 4049, 5807
廣業館……2668
廣業堂……3499
廣齋……3450
廣濟學舍……27
廣之……5105
廣次郎……5768
廣治……4073
廣樹……2012
廣壽院……3574
廣俊……977
廣常……2010
廣正……376
廣生……6032
廣斥居士……983
廣川……389, 3332
廣藏……5670
廣澤……5374
廣湍……1148
廣貞……1256, 1292
廣典……2753
廣德……2588, 4265
廣年……1810
廣漠……6048
廣伴……4358
廣胖窩……5298
廣繁……3016
廣備……3673
廣父……4221
廣福……1289
廣平……927
廣甫……5909
廣保……1888
廣邦……943
廣邑……6408
廣葉……4211
廣隆……57, 2216
廣亮……663
廣陵……1991
賡……1686
賡翁……2542

潢……2422
潢南……3414
皜……6602
皝……4918
皝藏……4918
篁庵……5453
篁園……4717
篁溪……4382
篁軒……724, 6299
篁齋……5873
篁山……5574
篁州……2954
篁洲……2954
篁所……1564
篁村……65, 3138, 5940
篁邨……2949, 3138
篁墩……3169, 4743, 6486
篁墩外史……6486
篁里……5301
衡……399, 579
1299, 2001, 4904, 5696, 6159, 6542
衡岳……2234
衡嶽……2234
衡卿……1455
衡齋……3217
衡山……2050, 2155, 2685, 4538
衡樹……2755
衡正……6563
衡雪……5802
衡平……3147, 3825, 4320, 6026
衡明……2790
衡陽……2664, 6237
興……1086, 1972, 2073, 3766, 4394
興庵……3955
興欽……3450
興卿……6121
興虎……6272
興孝……3669, 5319
興齋……912
興三郎……3517
興山……1120
興詩……1911
興治……3487, 4188
興七……3385
興勝……80
興讓館……2923, 3833
興臣……3886
興進堂……4682
興正……303
興世……5209
興成……3449
興儔……3194
興長……685
興貞……3090, 3437
興道……114
興德……2322
興文社……1039
興平……6092
興隆……1990, 3087, 3471, 5060
興龍……3087
璜溪……725
鋼鋏……5102
鋼之進……3572
鋼藏……5795
皡……2428
皡齋……2140
藁園……4608
藁園散人……4608
藁川……2981
鴻……2267, 2297
2609, 3714, 5141, 5570, 6140, 6605
鴻榮……4857
鴻遠……5570
鴻雁堂……5515
鴻卿……385
鴻溪……3199, 4732
鴻溝……5615
鴻佐……3979
鴻齋……653, 2751
鴻山……3604, 5128
鴻之允……3714
鴻之佐……3979
鴻洲……4288
鴻叔……2543
鴻雪……1077, 3596
鴻漸……1078
鴻漸齋……1430
鴻漸老人……1430
鴻東……3266
鴻平……5239
硜齋……1954
講習堂……967, 1928, 5663, 5665
講習堂主人……5665
鮫岳……852
鮫嶽……852
瀇西……5393
瀇陽……5318
翶仙……5589
蘅園……6636
曠懷堂……5390
曠達居士……3347
曠野……4621
鏗……2775
鏗二郎……157
轂音子……2073
鑛山……5447
贛……4166
贛心……4889, 4933
灝齋……3868
合歡亭……1032
合水堂……4859
劫齋……3179
剛……111, 442, 649, 2034
5221, 5295, 5319, 5981, 6136, 6428
剛翁……6247
剛介……412, 1623, 2034
剛煥……2262
剛徽……5487
剛克……1992
剛齋……111
308, 1103, 2828, 3289, 4700, 6247
剛三郎……6247
剛之進……3450
剛次郎……1654, 4703, 5471
剛七郎……6154
剛叔……2410
剛石……2182
剛先……2262
剛藏……37
96, 308, 1168, 3303, 5139, 5795
剛太郎……1841, 2794
剛中……378, 2969
剛直……4383, 4711
剛訥子……4, 4924
剛伯……364
剛立……277
毫生佛堂主人……4140
傲霜舍……6170
豪谷……2299
豪盛……3283
犛牙……4076
螯州……3699
濠西塾……2570
濠田……5150
耩──→グウ
蠔山……178, 183
蠔山介夫……4297

囂々居士……5731
囂々齋……3168
囂々子……1394
囂々老人……4200
轟谷……3985
鰲岐……6476
鰲嶼……6476
鼇……3147
鼇岳……460, 6040
鼇嶽……460
鼇邱主人……5038
鼇山……2392, 4428
鼇渚……1355
鼇←→鰲
石——→セキ
谷飲……4891
谷園……5316
谷王……3104
谷神……4469
谷水……3987
谷藏……6474
谷中樵者……1920
谷蟆……6709
克……171, 618, 686, 908
1369, 1674, 2287, 2530, 5222, 6026
克庵……3666, 6345
克一……908, 4279
克允……5860
克益……1809
克己……1982, 5060
克己齋……733, 5487, 6058
克己塾……4024
克敬……3332, 6394
克齋……1338, 3370, 5151
克之……291, 4495
克從……2551
克俊……3675
克所……6637
克助……1125
克紹……1241
克信……600
克成……3556
克淸……4022
克精……3435
克誠……475
克仙……3937
克施……5247
克忠……1408
克長……584
克通……1171
克堂……2709, 6711
克敏……4202
克輔……1125
克明……1394
2413, 3414, 3559, 3681, 4087, 6587
囫秀……581
殼——→カク
國……2840
國華……2268
3134, 3896, 4551, 4609, 5662
國華山人……4609
國幹……4679
國鑑……2159
國紀……1716
國器……470
國訓……1893
國軒……195
國堅……2163
國光……1159
國香……4384
國香園……6354
國佐……4682
國史舘提擧……4886
國秀……581
國松……1763, 3989
國章……5029
國春……2783, 2840
國臣……5123
國瑞……1892
國太郎……6110
國忠……2755
國珍……2147
國禎……458
國鼎……2661
國典……1761
國寧……1894
國寶……1339, 1446, 1895, 2711
國民……1313
國鸞……148
國倫……5093
國禮……5121
黒犬……3792
黒肱……4489
黒指生……3433
黒指堂……3433
黒水……4385
黒竹軒……1682
黒甜病瘦……5065
黒顚翁……4987
穀……1499, 1736, 1746, 6304
穀山……1195, 2815, 5984
穀祥……2379
穀太郎……1064
穀堂……2626
穀道……2629
穀夫……1064
轂里……4762
鵠……2191
鵠齋……4523
鵠之……6605
鵠汀……1543
鵠亭……1543
極——→キョク
兀山……2399
屼翁……6630
今業平……3266
今時狂生……3453
今蜀人……3266
今日庵……6255
今來是翁……3120
今陵……4604
艮——→ゴン
困學齋……4012
困學堂主人……4608
困齋……4012, 4386
困知翁……611
坤……168, 2106, 2627
坤齋……4627
坤山……6031
坤德……1251
昆岳……917
昆嶽……917
昆溪……4752
昆山……2896, 5893
昆臺……918
昆陽……83, 3820
昆陽山人……6340
根元……70
根處……4668
根石……3708
根來屋……1890
棍……2843
崑岳……917
崑嶽……917
崑岡……2312, 2520, 4171
崑山……802, 2376, 5788
崑崙……3472, 6404

崑崙山人……5082
崐山……802
混……5610
混公……3301
混々齋……4131, 6413
混齋……4724, 5725
混山……4598
混處……4668
混良……4251
髠岳堂……2583
滾々齋……6413
鯤……2454, 2648, 4154, 4986, 5667
鯤厓……490
鯤齋……721, 4729
鯤堂……1170
鯤溟……2430, 4334, 6345
艮……5208
艮庵……6181
艮軒……6119
艮齋……3, 1717, 6250
艮山……1890, 2665
艮藏……4490
艮背……994
艮背書屋……5785
艮雄……2313
艮崙……6404
權──→ケン
嚴──→ゲン

さ

叉──→ユウ
左一……6322
左一郎……2665, 4711, 4970, 6554
左右衞門……5372
左右宜齋……4217
左右吉……3920
左右助……3893
左衞次……5832
左衞門……204
239, 479, 1491, 1516, 1970, 3208
左衞門尉……2028
左介……6518
左格……1040
左吉……5588
左久馬……1114
左京……73, 2224, 2932, 3801, 4004
左極……1702
左近……5621, 5869
左近衞……655
左金吾……656
左源太……3510
左五郎……1061
左三郎……2866
左山……5394
左司馬……1319, 1743, 2725, 5684
左次郎……2178, 4138
左治……295
左七郎……2427
左助……3462
左親衞……655, 1081, 1468, 2563
左膳……946
1260, 3758, 4229, 5322, 6567
左多吉……3910
左太夫…2230, 2233, 4195, 4241, 5762
左太郎……6213
左大夫……2230
左仲……564, 379, 1006
1218, 3841, 4084, 4161, 5105, 5909
左仲太……1903
左冲……4161
左忠太……1903
左傳丸助……5597
左傳次……6370
左藤次……1159, 2745
左內……16, 2508, 4342, 4757, 4790
左二……295
左馬……567
左馬助……852, 3144, 3975
左眉一毛長翁……2021
左富……1849
左武郎……365
左文……240
左文樓……6333
左兵衞……325
1484, 2779, 5387, 5748, 5807
左平……417, 5808
左平次……4736
左平治……4736
左平太……3835
左民……188
左門……1037, 2779, 3775, 4056, 4527
4574, 4686, 4903, 5103, 5442, 5644
左門太……410
左腕居士……2980
佐……275
佐一郎……1778, 2665, 6554
佐右衞門……1913, 5606
佐紀廼家……1334
佐久左衞門……5230
佐五右衞門……4386
佐五郎……5275
佐左衞門……1830, 1913, 5029, 5230
佐之……1778
佐之衞門……3826, 3831
佐市……5183, 5911
佐市郎……385, 5183
佐治……5394
佐十郎……4762
佐助……385
佐太夫……386
佐太郎……6145, 6213
佐知麻呂……4314
佐致麻呂……4314
佐中……708
佐仲……708
佐哲……2591
佐渡守……2334
佐伯文庫……6044
佐八郎……4709
佐平……100
佐兵衞……279, 2752
佐輔……2865
佐門……3775
佐和律師……2864
沙鷗……145, 5525
沙鷗閑人……5525
沙村……3058, 6124
沙蟲……2631
些々生……3631
些翁……3085
些齋……864
査翁……5525
砂山……1697, 3239
茶──→チャ
莎邨……1905
嵯助……2384
槎湖……1684
瑳助……2384
瑣吉……5520
瑣古……5520
磋助……2384
蓑丘……1705
蓑唱庵……3708
簑香……1921
簑助……6097
鎖平……417

坐中佳士……756
坐馳……1039
才一郎……5147
才右衛門……3155, 5171, 6190
才介……5544
才五郎……5929
才佐……1374, 6615
才三郎……3710
才次……5695
才次郎……187
194, 800, 3989, 5695, 5804
才治……5804
才七……5885
才助……1374, 3360, 3653, 4993, 6347
才藏……532, 1988, 5587, 6446
才二……5147, 5695
才二郎……5695, 5804
才兵衛……3349
才輔……1374, 2012
西──→セイ
再生翁……1249, 5907
采英書屋……6181
采菊……1250
采卿……2958
采蕙……3497
采女……189, 784
采眞……6554
采石……4507
采釣亭……2033
采蘋……4956
洒──→シャ
宰平……5158
柴垣……1363
柴影……5227
柴軒……3148
柴山……6681
柴芝堂……5621
柴扇……2518
柴立子……5298
崔高……688, 2881
崔城……508
採薇……3832
菜軒……1290
菜慂……3353
菜田樓主人……5418
菜蘋……4956
菜風……2072
彩雲……1779
彩雲峯……4942
彩霞……129
彩巖……1896
彩川外史……3051
彩瀾……2766
彩連……1057
祭酒……4904
細庵……5907
細香……1094
細香軒……4194
細香園……3269
細石……3466
細桑屋敷……244
細柳書屋……6181
裁之……5837
犀……3512, 6376
犀右衛門……5233
犀潭……2154
犀東……2699
犀陽……4684
催詩樓……1363
載……3974
載周……3786
載飛……6301
載甫……3402
載鳴……6301
載陽……1376, 1838, 3701
塞軒……640
塞馬……4184
歳寒社……2927
歳寒堂……5560
歳計堂……1607
歳々園……4173
歳福……2028
歳雄……3155
碎玉軒……2426
碎山……17
截石……1039
蓑──→サ
齊──→セイ
濟…186, 775, 1565, 1685, 1705, 1881
2289, 3862, 3983, 4523, 5417, 5844
濟庵……3668
濟菴……3668
濟五郎……2345
濟齋……6300
濟三……1685
濟之……364
濟洲……6343
濟世院……5485
濟川……1196
濟東陳人……2365
濟美……317, 2971, 5798, 6446, 6605
濟美堂……2433
濟民……1924
齋……740, 4054, 5045, 5046
齋一郎……5426
齋院敬和……5073
齋宮……495, 1362, 2024
2081, 3998, 4054, 4270, 5572, 6221
齋賢……106
齋廣……6046
齋之……1999
齋次……5084
齋治……3562
齋昭……4121
齋信……4590
齋震……300
齋藤文庫……2875
齋輔……2326
灑……2505
曬之……5016
在……5053
在寛……3815, 4468, 5306
在高……1889
在三郎……4594
在西洞院……5664
在中……799
在沖……317
在田東洲……158
在邦……2802
材太郎……4996
梺──→ヤマブキ
榊陰……1707
作右衛門……3632, 1829
作左衛門……3659, 6439
作之右衛門……1943
作之丞……970, 6439
作之進……2756
作次郎……1621
作助……1830, 3659, 3678, 5230
作藏……2719
作太郎……6213
作東……2925
作内……479
作八……3792
作平……6245
作兵衛……2622
作彌……3674

作也……3674
作樂山樵……2925
作良……2951
昨雲入道……1135
昨張……2667
昨非……852
昨非居士……6629
昨木山人……5298
柵山人……6437
索綯先生……2384
索珠堂……110
朔庵……1882
朔太郎……2435
策……2463
錯齋……2388
鑿石書屋……6128
茁……2964
察右衛門……5713
薩天錫……3146
薩摩守……3143
雜華堂……5953
雜亭……4706
雜亭駄鹿……4706
三……1175
三畏……54
三畏軒……5027
三畏齋……5846
三畏塾……3986, 6424
三畏堂……5207
三一……3416
三允……2325
三印……6130
三寅……1466
三樹郎……6550
三右衛門……213, 244, 761
762, 1050, 1528, 1995, 2292, 2480
2838, 3154, 4318, 4440, 4911, 4960
4962, 4964, 5919, 5921, 6569, 6691
三宇衛門……5919, 5921
三雲……5907
三英……2560, 6054
三影……3266
三榮……2560
三亦堂……3120
三益……1149, 1224, 3749, 3789, 4690
三悦……3087, 6058
三花盟友……2289
三稼……6638
三霞……2192
三瓦……6573
三我主人……3549
三介……2211, 3827
三戒庵……5598
三階松屋……3204
三階廼屋……3204
三亥……755
三角……1643
三角亭……1643
三角文庫……1643
三岳道者……587, 4282
三岳道人……587, 1362
三學堂……2164, 3884
三嶽道者……587
三嶽道人……587, 1362
三間……3248
三緘主人……4656
三緘堂……4656
三關……3293
三願樓……2683
三願樓書屋……2683
三己叟……673
三希……6194
三義……1155
三吉……3880, 6567
三九郎……2251, 3604
三休……6662
三橋……538, 2940
三鏡……6409
三峡……1494
三教主人……4836
三近……924
三近子……924, 4387
三近塾……6193
三近堂……3109, 4387
三計塾……6159
三逕……1252, 6380
三溪……2235, 5251
三經學人……3139
三慶……1517
三兼……754
三古庵主……1360
三古菴主……1360
三古堂……1360
三壺軒主人……2165
三五郎……2665, 3980
三吾……2888, 4817, 6173
三行……4067
三江……5696
三香之進……5510
三左衛門……991, 1409
2028, 2083, 2292, 2544, 5631, 5708
三齋……4443
三山……3833
三山居士……752
三杉道人……1974
三之……1784
三之介……2510
三之助……5584, 6227, 6319
三之丞……81, 92, 1048, 4333
三四……1784
三四郎……2601, 5575
三枝……1784
三枝樓……6527
三次……2639, 4371
三次郎……1358, 3006
三治……752, 2562
三治郎……542, 752
三乱……752
三七……888
三手文庫……805
三樹……6550
三樹三郎……6550
三樹郎……6550
三壽山房……3120
三舟……2375
三洲……3897, 4899, 6280
三就……5614
三十谷人……5206
三十二草庵……2195
三十郎……1322
三十六峯外史……6555
三十六灣漁人……4678
三十六灣漁叟……3822
三十六灣書樓……6086
三春社……5944
三淳……5234
三所居士……1291
三助……2042
三松……2378
三松居……3572
三松齋……3572
三松老人……3572
三蕉……4388
三條……3969
三穗松……5721
三生翁……5162
三省……244, 361, 1171, 2023, 6183

三省堂……3867
三政……2884
三清……3785
三清堂……3049
三盛……1868
三聖庵主人……6321
三石……3939
三折……2317, 6058
三設……1359
三節……6457
三說……6058
三千……751
三千三……6560
三千太郎……751
三千輔……6292
三川……6301
三泉生……3266
三遷……3605
三遷子……5392
三善……4522, 6642
三素……6055
三藏……242
1174, 1175, 1973, 2868, 3158
3540, 4444, 5630, 5731, 6157, 6301
三足老人……655
三朶花……846
三太夫……306, 2104, 4742, 5175
三太郎……3944, 4879
三糺……752
三癡……2956
三竹……4712
三中……845, 3699
三長室……3124
三鼎……753
三的……921
三哲……271
三冬……4176
三島……3084
三堂……3006
三内……335
三二……888, 2639
三白……1118, 2374
三白社……148, 5871
三伯……788, 3648
三八……2066, 5912
三平……491
936, 1283, 1731, 2329, 4324
5730, 5731, 6173, 6428, 6431, 6448
三癖老人……5826
三峰……4735
三味庵……4306
三彌……655, 3787, 5370
三無……182
三木八……6550
三野……5499
三野逸民……6185
三野々史……1956
三又學舍……5831
三友……70, 4238, 6448
三友草廬……6037
三友堂……70
三柚書屋……2032
三餘學人……3791
三餘私塾……96
三餘亭……958
三餘堂……61, 2692, 4024, 4670
三要……2134
三陽……4883, 4900
三養居……6274
三養堂……453
三樂……2374
三樂軒……4699
三樂亭……1762
三立……2285
三柳……4424
三龍……2802
三良……2802
三輪助……3917
三郎……467
682, 1932, 1994, 2081, 2092, 2187
2639, 2642, 2797, 2884, 2956, 2963
3006, 3246, 4145, 4416, 4549, 4557
5474, 5540, 5553, 5802, 6301, 6570
三郎右衛門……542, 549, 3508
3709, 3834, 5469, 5518, 6224, 6348
三郎左衛門……1888
1896, 2828, 3508, 6605
三郎四郎……5641, 5651
三郎助……3546, 4106
三郎太郎……4876
三郎八……999
三郎平……4145, 6160
三郎兵衛……378, 761, 845
1896, 2567, 2794, 3710, 4158, 5518
三六……3329
三鹿……3877
三鹿齋……1083
山庵……4545
山陰……535, 2852
山王のお髭……6162
山下幽叟……245
山外……4069
山君……337, 2445
山高水長亭……5764
山齋……4221
山三郎……294, 1943, 6296
山紫閣……6117
山紫水明處……6555
山手馬鹿人……1381
山十郎……107
山松……3965
山樵……3548, 4473
山城守……6697
山水堂……796
山水綠處邨莊……3136
山雪……5433
山川塾……6236
山田逸農……5621
山東……1185, 6061
山東庵……873
山東居……873, 3844
山東京傳……873
山東窟……873
山東軒……873
山東人……873
山東亭……873
山民……3453, 6151
山木山材……655
山野聱民……6340
山陽……6555
山陽逸民……4648
山陽外史……6555
山陽山人……1552, 6202
山陽散人……6202
山陽舍……206
山梁……2802
山林逸翁……2365
弎十六峯外史……6555
弎中……845
弎餘堂……3822
杉庵居士……2341
杉菴居士……2341
杉園……2557
杉垣……5573
杉溪……1252
杉齋……1569
杉三郎……949

し

士久……4259
士享……526
士恭……3186, 3455, 4076, 4787, 4934
士強……2733, 5319
士喬……4076
士鄕……976
士競……1511
士堯……4877
士業……1413, 3278, 5987
士欽……2446
士勤……342, 5988
士錦……1900, 5990
士訓……4371
士啓……1874
士卿……4213, 4395
士敬……622
2642, 2598, 3365, 5523, 6682
士杰……757
士結……4302
士健……4415
士健……1170
士堅……688
士儉……687
士憲……2655
士謙……4901, 6025, 6264
士獻……5838
士權……3690, 5696
士顯……1022
士元……1808, 3297
士言……3730
士彥……1210, 2365, 2590
士鉉……4813, 5940
士固……2229
士虔……3021
士弘……110, 4034
士光……129, 2543
士行……1466
3345, 3742, 4522, 5558, 6505
士考……3456
士亨……39, 526, 1643, 4692
士效……3759
士杲……2175
士厚……1091, 1222, 4942, 6201, 6684
士恒……4485
士晃……652
士黃……1600
士綱……1977
士廣……1430, 4034
士衡……905, 3478
士興……2303, 6077, 6524, 6526
士剛……6087, 6556
士國……4290
士穀……1150
士濟……4265, 4077
士賜……2373
士實……6576
士錫……28, 3118
士壽……1877
士修……228
士充……1124, 3426
士柔……974
士叔……69
士述……1935
士俊……192, 214
士春……3928, 6246, 6550
士順……3604, 4587
士詢……2788
士潤……3184
士庶……6479
士升……3902
士尙……665
士昇……3902
士祥……5924, 6418
士章……2068
4721, 5494, 5524, 5601, 5924, 6241
士璋……2773
士常……393, 1830, 5901
士條……74
士繩……5655
士讓……4505, 5348
士伸……5350
士辰……590
士信……1080, 1155
1819, 1880, 2464, 4873, 4942, 5471
士晋……1608
士振……3404
士深……365, 606
士進……2728
士新……163, 936, 2207, 5075
士愼……6118
士仁……3407
士瑞……4834, 5055, 5147, 5920
士崇……5053
士成……752, 4306, 4460, 6375
士政……4684
士淸……3949, 5674
士誠……1746, 2442, 3887
士精……5974
士靜……1874
士積……2965
士屑……5598
士川……5755
士宣……5212
士專……2717, 6325
士戩……1736
士潛……3506, 4797
士錢……1860
士澳……4033
士然……5949
士善……481, 1266, 3230, 4829, 6609
士素……2227
士宗……5053
士操……5012
士造……6672
士藏……2087
士則……640
士粟……1310
士存……5074
士巽……124
士達……596
1218, 1497, 3860, 5905, 6607
士坦……1618
士仲……3712
士忠……3518
士長……1668, 5879
士張……4557
士超……1271
士直……3458, 3640, 6110
士定……5193
士貞……6502
士廸……6512
士迪……6512
士轍……3029
士傳……5070
士同……1125
士道……1665, 3215
士得……1098
士德……204, 262
1004, 1031, 1217, 1940, 3074, 3476
4370, 4613, 5718, 5883, 6111, 6509
士篤……4200
士訥……5758
士寧……946, 2128, 3207
士馬……5734
士博……6016
士璞……1034
士發……5669

士反……4249
士豹……4035
士彪……3699, 5272
士標……5194
士武……4229
士文……1444
2069, 2761, 2833, 5083, 6003
士聞……1556
士平……2706
士保……1128
士輔……3477
士方…152, 860, 935, 2202, 3494, 5841
士芳……194, 4814
士峯……1713
士萌……4954
士蒴……4954
士蔀……6628
士望……1429
士名……1069
士明……3458, 3787, 3971, 4634
4703, 4705, 5258, 5478, 6217, 6227
士孟……831
士猛……4482
士髦……1576
士由……3023
士俞……1399
士友……2810, 3789, 4249
士有……4010
士雄……4281
士熊……4744, 5949
士譽……4877
士羊……3618
士庸……1936
士暘……2373
士立……2318
士栗……1227, 2101, 2606, 5736
士龍……511, 1972, 2042, 2382
3925, 4159, 5449, 5635, 5698, 5890
士騮……4428
士良……2209, 2966, 3697, 4143
士亮……144, 5095
士梁……5118
士倫……4498
士勱……633
士禮……144, 6677
士廉……3499, 6479
士路……4439
士朗……928, 3558, 5013
士和……3046
子安……2055, 2660, 5065, 6352, 6629
子闇……1979
子威……4398, 6414
子園……5206
子緯……4987
子彝……1875, 5093, 5729
子彜……1216, 1875, 5729
子育……568
子郁……3542, 6620
子一……1316, 4516, 4566, 4833, 6405
子允……3709, 5588
子員……6043
子寅……6601, 6604
子穩……1766, 6546
子贇……1580
子羽……175
1579, 4043, 4259, 5128, 6218
子雨……848
子雲……1846
1870, 3374, 4598, 4839, 5366, 5923
子韞……5492
子永……3432, 4745
子英……1773
3262, 3478, 5094, 5806, 6287, 6408
子映……2625
子盈……291
子榮……6673
子衞……1542
子纓……3508, 4434
子益……4977
子悦……378, 5494, 6506
子援……2219
子淵……2599
2767, 3348, 4614, 5892, 5932, 6148
子圓……2845
子園……840, 1087
子遠……34
108, 1290, 3802, 4651, 5111, 6312
子燕……5797
子屋……5596
子乙……6405
子温……556, 2978, 3182, 3192
3628, 4024, 4168, 6194, 6398, 6591
子可……6494
子果……940, 2112
子華……3097, 3266, 3592, 5042, 6597
子曄……761
子齦……3146
子牙……4574
子雅……941, 4648, 4934, 6309
子回……1587
子戒……1607
子晦……4414, 6554
子愷……1200, 4413
子赫……727, 1453
子鶴……441
子岳……2788
子蕚……6597
子鄂……4274
子嶽……2788
子串……988
子衎……2123
子桓……6160
子貫……876, 2131, 6405
子乾……4690
子間……6009
子寛……239
1255, 3014, 3145, 3987, 4781, 5652
子漢……4820
子煥……1431, 3352, 4459, 5723
子僩……650
子幹……690, 956, 1489, 1567
2803, 4310, 5209, 5252, 5341, 5453
子環……3029
子簡……492, 3878
子觀……5607, 6639
子含……1545, 2407
子顔……1445
子巖……2758
子希……4961
子岐……3422
子紀……81
子軌……4518
子起……1353
子淇……2934
子規……1495
子基……712, 1650, 4109, 5154
子喜……207, 3695
子祺……1847, 6219
子熙……3253, 4266
子熙主人……5500
子輝……3128
子毅……1518
3369, 3748, 4090, 4468, 5473
子澌……3242
子虧……3021
子騏……1847
子義……2507

2938, 3479, 4977, 6091, 6489
子儀……1286
1402, 2022, 3714, 5049, 5322, 6481
子撝……5426
子誼……642
子吉……633, 2052, 3684
子久……6459
子休……392, 2873, 3225
子求……5653
子究……1519
子玖……3305
子虬……2579
子居……253
子虚……1386
2188, 2210, 4135, 4944, 5014
子魚……4986, 5061
子共……2447, 4020, 5114, 6412
子享……6176
子恭……33
2117, 2673, 3261, 3489, 3865, 4332
4571, 4807, 4934, 5464, 5692, 5875
子強……1557, 5319
子教……1460, 5323
子喬……6531
子僑……5685
子彊……3391
子疆……4057
子仰……1050
子業……223
418, 2716, 4563, 5489, 6021
子旭……3258
子勗……4921
子玉……2008, 3670, 3773, 3817
4171, 4180, 4317, 4486, 4660, 5547
子均……1963
子琴……957
1058, 1303, 1897, 3594, 5965
子欽……843, 944, 3666
子勤……2154, 6073, 6316
子錦……5708
子謹……5365
子寓……1595
子屈……2419
子訓……1828, 1850, 4218
子群……143
子圭……2520
子珪……2520
子啓……1597, 1776, 2351, 3681
子卿……1844, 3440, 4075, 4269, 5950
子惠……991, 2971
子敬……61, 314, 601, 1144
1300, 3220, 3263, 3424, 3676, 3750
4120, 4517, 4659, 5359, 5634, 6213
子慶……4250, 5595
子繼……82, 5874
子馨……2322, 4741, 4812
子傑……6417
子絜……6233
子潔……5858
子建……4135
子虔……6138
子軒……4677
子健……111, 796
987, 3027, 3984, 4415, 4526, 5014
子絢……2923, 4431, 5219
子堅……688, 2126, 5728
子儉……687, 1403
子憲……346, 2655, 2852, 4475, 6598
子賢……3608, 4860
子蹇……1237
子謙……180
1809, 3031, 3176, 3436, 4683
5182, 5851, 5999, 6082, 6109, 6379
子權……941, 5727
子顯……1355, 2235, 2952, 2960, 5577
子元……2452
3297, 3384, 4042, 5809, 6692
子玄……1777, 3879, 6153
子言……871, 1589, 1774, 5575
子彦……1628
1630, 1671, 2422, 2491, 2590, 4330
子原……1730, 3170, 4130
子源……4161
子鉉……2870, 4813
子愿……138, 5134
子儼……2943
子固……1087
2229, 4478, 4588, 5810, 6235, 6544
子虎……2707, 5294, 6272
子悟……6016
子護……1883
子孔……6500
子弘……3411
子巧……5772
子功……855, 4923
子交……176, 3088
子光……1751
3058, 3427, 4622, 5399, 5731, 6602
子好……121, 386
子行……20
468, 583, 626, 1000, 1208, 1295
2039, 2074, 3252, 3306, 3976, 4480
4897, 5678, 5730, 5750, 6092, 6456
子考……2459
子亨……578, 2908, 6498
子宏……2128, 3207
子孝……7, 1886, 2416, 4629
5130, 5292, 5551, 6299, 6329, 6657
子厚……1091, 1222, 1342
2106, 2246, 2715, 6201, 6215, 6550
子恒……2692, 3975, 5050, 6227
子高……144, 3613, 4693, 5324, 5383
子耕……628, 1381
子浩……306
子康……3842, 5369
子皐……2335
子黄……135
子皓……179, 3608
子綱……6646
子衡……2903, 3464
子興……1274, 2119, 3380, 4349, 4639
子剛…297, 442, 703, 3616, 5782, 6556
子告……633, 1250
子克……3421, 6141
子國……4290
子穀……128
子鵠……2519
子坤……1749, 6032, 6613
子混……1441
子佐……1178
子才……4948
子裁……4821
子載……1686
子齋……258, 995, 2135, 3036, 5593
子濟……1845
子材……3613
子山……5259, 5671
子參……5316
子琖……2508
子贊……1840, 5605, 6555
子纘……84
子殘……2508
子之吉……3343
子之助……5382
子之次郎……5144
子止……4981
子至……3531

子志……3554
子師……172, 2250, 3323, 5276
子耜……1381
子雌……5703
子熾……5819
子爾……848
子式……3653
子識……587
子質……2158, 2795, 3150, 4860
子實……842
1792, 2379, 2613, 3328, 5576
子綽……1298, 2826
子錫……159
子若……632, 5594
子雀……6542
子受……4645
子壽……1443
1877, 2016, 3167, 4556, 4892
子樹……1676, 6401
子孺……2418
子周……701, 6037
子秀……16, 5253, 5643
子修……1903, 4427, 6384
子習……3386
子衆……3835
子緝……2433
子充……2123, 2260, 4805
子重……5088, 5140, 6249
子柔……4963, 5814
子叔……436, 6313, 6616
子肅……1047, 3433
子縮……1448
子俊……3753, 3996, 4641, 6688
子春……429
1538, 1895, 2391, 3190, 3678
3855, 5190, 5855, 6138, 6550, 6571
子舜……4339
子駿……2583, 4641
子純……32, 5694
子淳……2223, 3391
子順……3, 181, 998, 1008, 2272
2476, 2849, 3395, 3504, 3546, 3579
3604, 3740, 4079, 4421, 5016, 6098
子潤……3075, 5893
子醇……2122
子緒……1241
子序……4878
子舒……3532
子敍……752, 5199
子恕……2135, 3754, 3882, 4780, 6278
子承……1734, 5739
子昌……2103, 3659
子昇……1870
子松……1648
子昭……6033, 6307
子商……1009, 1436
子章……1280, 1645, 2534
2696, 3114, 3992, 4905, 5601, 6572
子祥……1638
2212, 2549, 2654, 2659, 3210
3502, 3841, 4231, 5236, 5293, 6418
子紹……2855
子彰……6332
子璋……4609, 5440
子蕭……2017
子證……3251, 5279
子丈……6088
子常……308, 387
1729, 5368, 5582, 5901, 6518, 6561
子襄……993
子繩……1434, 2049, 5184, 5765
子饒……886
子穰……5253
子讓……809, 1650, 2821
3061, 3152, 4610, 5348, 5536, 6031
子申……1523, 2772
子伸……5350
子辰……3595
子信……1326
1880, 2245, 2897, 3022, 3611
3671, 4095, 4116, 4121, 4208, 4286
4873, 4940, 5086, 5474, 5795, 6460
子晋……62, 561, 6234, 6255
子眞……2062, 6297
子軫……186
子深……365, 606, 2066, 6067
子進……2468
子愼……216
806, 1008, 2326, 2586, 2900, 2988
3196, 3541, 5618, 5900, 5978, 6465
子新……432, 790, 2483, 5191, 6482
子人……741
子水……6016
子帥……172
子粹……4624
子崇……536
子世……118, 1349, 2253
子正……1152, 2247
3051, 3151, 3833, 4083, 4682, 6487
子生……4472, 6131
子成……185, 305, 457, 546
933, 961, 1264, 1554, 1606, 1733
4259, 4402, 6225, 6228, 6317, 6555
子征……5434
子省……1606, 1975
子清……2691, 3236, 6582, 6709
子晟……4735
子聖……6236
子誠……114, 1439, 1787, 1904
1922, 3048, 5855, 5897, 6419, 6592
子精……1930, 3387
子齊……258, 542
子靜……249, 415
750, 1883, 2033, 2578, 2652, 4073
4131, 4276, 4333, 4678, 5274, 6289
子聲……4582
子石……2500
子績……733, 2576, 2965, 3679, 5487
子蹟……2423
子屑……5598
子節……687
1432, 2008, 2549, 4943, 5604, 5996
子先……4
子泉……188, 2704, 5407, 5541
子詮……1299
子賤……4720
子踐……5621
子遷……290, 4844
子潛……1228, 2984, 3180
子全……6158
子前……4705
子然……5949
子善……780
990, 1789, 2682, 2962, 3230, 3536
3695, 4656, 5941, 6238, 6413, 6617
子漸……1475, 2267
子素……1014
子壯……3910
子相……714, 5634
子草……2953
子莊……3910
子倉……6036
子桑……4595
子曾……6237
子庾……6036
子聽……4202
子操……6438

子聴……4202
子臧……4093, 4416
子藏……1975, 4093
子則……2740, 3024
子粟……1310
子存……429
子兌……636
子泰……1364
子大……3673, 5863
子琢……4657
子澤……6139
子濯……4341, 6341
子達……2798, 3378, 3985, 4364
4379, 4427, 4817, 5479, 5788, 5905
子堪……3026
子知……2063
子竹……2352
子中……1035, 4788, 2718, 5528, 6057
子仲……4158, 5528
子忠……3518, 3613
子疇……4123
子兆……4603
子長……494, 2002
2111, 2401, 2695, 3296, 4023, 5689
子徵……2281, 4859, 4867, 6490
子肇……4752
子蝶……1334
子寵……5139
子直…497, 512, 942, 2750, 3222, 3388
3458, 3527, 4329, 4491, 5092, 6370
子珍……2595
子通……1380, 1665
子定……1913, 5278
子亭……6176
子貞……1158
子楨……5720
子廸……904
子迪……195, 904, 2755, 3702
子適……3265
子哲……632, 1453, 3428, 4771
子徹……834, 1501, 4011
子轍……187
子典……546, 2956
子傳……5070
子冬……5241
子侗……4875
子登……1779, 3251, 5661
子答……3364
子統……548
子蕩……1392
子韜……3448
子同……1125, 5213
子道……841, 5262, 6105, 6590
子得……1128
子德……190, 229, 524, 621, 960, 1910
1936, 1940, 2413, 2510, 2887, 2895
2928, 3011, 3074, 3187, 3414, 3744
3888, 4021, 5391, 5132, 5927, 5938
子篤……2133
4400, 4827, 5376, 5531, 6336
子訥……3033, 3555, 4280, 4843
子鈍……6705
子南……2060
子任……5249, 5943
子寧……363, 5683
子能……1224
子馬……1820
子白……4578, 6687
子博……1602, 6016
子璞……6394
子發……2180
3041, 3127, 4113, 4617, 4879
子反……4249
子班……2307
子範……802, 2381
子璠……1539
子皮……296, 6616
子肥……797
子斐……4858
子美……2697
子微……852
子匹……1908
子表……1465, 6589
子豹……3417, 6589
子彪……90
子彬……1074, 5744
子敏……1417, 2169
2687, 4775, 5018, 5420, 5984, 6491
子武……4229
子復……4340, 5222
子福……5600
子勿……183
子文……416
749, 1038, 1040, 1195, 1282
1531, 2067, 2211, 2496, 2511, 2669
2761, 2815, 2833, 3087, 3110, 3212
4176, 4335, 4680, 4924, 5245, 5615
5787, 5826, 5902, 6337, 6376, 6386
子平……1015, 1264, 1333, 4902, 5125
子聘……3707
子勉……433, 569, 847, 2438, 4579
子冕……3545
子甫……990
子保……5300
子輔……1027
子方……146
935, 2463, 2474, 2485, 3119, 3710
3844, 4110, 4948, 5176, 5715, 6232
子邦……567
762, 3616, 4621, 5697, 5707
子苞……4712, 5067
子弸……1732
子彭……638
子蔀……3804
子鳳……2430, 3276
子寶……6574
子卯……2389
子房……5896, 5916
子謀……5761, 5849
子朴……1250, 2070, 2763, 3342, 6153
子牧……343, 767
子穆……3844, 5239
子樸……4106, 6153
子彌……1698
子民……1223
子無……4549
子明……3
190, 678, 1157, 1505, 1713, 2037
2093, 2528, 2755, 3305, 3363, 3458
3530, 3605, 3971, 4052, 4096, 4705
4935, 5463, 6035, 6347, 6559, 6574
子孟……5639
子猛……5428, 5639
子木……739, 2910
子默……116, 3177, 5587
子野……23, 2840
子約……828, 4431
子楡……4388
子唯……3463
子友……1096
2810, 3700, 4249, 4794, 6475
子佑……1281
子祐……87, 1407, 1878, 3406
子雄……4628
子揖……4987
子猶……3179
子裕……209, 382, 1407

子猷……5497
子遊……679
子熊……943, 4744, 4973, 5949
子融……1411
子輿……2303, 6108
子用……5025
子羊……4564
子洋……1238
子要……3113
子容……48, 2176, 2784, 4560, 5355
子庸……3535
子揚……694
子陽……1389, 1478, 1508, 2138
2336, 3831, 4537, 5381, 5527, 5967
子雍……4786
子楊……694
子曄……761
子榕……6348
子養……851, 3347, 3540, 4254, 4381
子膺……6020
子曜……5320
子鎰……1376
子纓……3508
子鷹……948
子翼……1033, 3503
子來……4243
子賚……4733
子犖……2527
子樂……259
子蘭……1526, 1846, 4384, 5044, 6215
子瀾……5993
子履……801
子陸……193
子立……377, 2075, 5480, 6387
子律……5542
子栗……477, 2367
子龍……12, 440, 617, 635, 800, 1493
1521, 2090, 3654, 3749, 3790, 4122
4159, 4672, 4987, 5139, 5635, 6427
子龍父……4122
子良……103, 793, 1030, 2966
3120, 3300, 3733, 3739, 5080, 6536
子亮……1338, 2092, 3126, 5775, 5921
子陵……1297
子梁……4073
子量……4534
子諒……1188, 3861
子綸……4852
子輪……3982
子隣……2611, 3909
子鄰……2611
子鱗……6680
子麟……559
子令……4019
子黎……4164
子禮……603, 618, 639, 686
2213, 2404, 2501, 2958, 3121, 3956
4625, 4636, 5934, 6028, 6282, 6677
子麗……5229
子列……6269
子洌……6269
子廉……3210, 3767
子蓮……5078
子璉……4609
子鏈……5262
子路……4439
子老……2820
子朗……3487, 3558
子和……344, 743, 992, 1412
2005, 2753, 3255, 3687, 3991, 4150
4427, 4654, 4886, 5120, 5804, 6365
氏鎬……300
氏右衞門……6072
氏榮……2068
氏貫……5573
氏興……4175
氏春……5285
氏純……6000
氏章……2068
氏信……4759
氏愼……1415
氏鐵……4056
氏養……3608
氏廉……2978
支散人……5344
支峯……6556
止……4186, 4709
止丘……3512
止邱……3512
止敬……4186
止敬學會……5707
止軒……6122
止齋……1669, 3268
止止庵……4376
止說……6021
止定齋……4178
止道……4709
卮言狂夫……80
司……3112, 3264
司氣太……2618
司成書屋……5381
司成書室……5381
司直……3083, 4540
司馬……6104
司馬介……5826
司馬助……6299
司馬太……1984
市隱詩社……6
市隱詩堂……6
市隱生……3631
市隱艸堂……6
市右衞門……624, 3220, 4276, 6255
市五郎……59
市谷……2425
市左衞門……2875, 3383, 4248
市三……3833
市三郎……3125, 6225
市之丞……2064, 3645
市之進……343, 569, 733
1790, 3015, 4334, 4438, 4958, 5487
市司……3157
市次郎……3951
市十郎……3267
市助……5866
市松……761
市井散人……2875
市井痴人……3203
市井癡人……3203
市正……6618
市藏……376, 4326, 6475
市太郎……891, 1109, 3000
市平……1983, 3946
市兵衞……48
805, 974, 1466, 4191, 4192, 4689
市郎……314
市郎右衞門……1417, 1624, 2566, 4248
市郎左衞門……1417
市郎助……6633
市郎太夫……1394, 1641
市郎兵衞……1772, 3269, 4303
仕學齋……342
矢幹……4635
矢五郎……4794
矢之介……3970
矢之助……3970
矢治馬……4475
矢川……2686

矢太右衛門……4589
矢太夫……3187
矢輔……1357
史雲……5923
史山……551, 803
史頭……2990
史夫……1757
史話樓……2013
只吉……2233
只之丞……4105
只次郎……5509
只七……4995, 4996
只助……4779
只二郎……5509
四維山長……4940
四娟……366, 1679
四課處……5901
四海……1351
四季庵……2912
四九郎……3332
四休庵……3993
四狂……5235
四溪……6181
四姸……366
四山……56
四時亭……6055
四書屋……2653
四如……2478
四如堂……2478
四水……1348
四竹……3453
四當書屋……2292
四不出齋……2583
四兵衛……4209
四碧齋……4724
四碧齋道人……4724
四方屋本太郎……1381
四方山人……1381
四方赤良……1381
四明……408, 1069, 5529, 5434
四明山人……655
四溟……1594
四溟陳人……1594
四有……6301
四郎……343
1956, 2713, 3295, 4246, 6075
四郎右衛門……2130
3727, 4495, 5307, 5597, 6134
四郎五郎……1359
四郎左衛門……1359, 1620
2130, 4492, 4984, 5106, 5520, 6037
四郎三郎……2787, 5582, 6488
四郎次……56
四郎次郎……604
四郎治……1271
四郎太夫……3628
四郎二郎……339
四郎兵衛……2083, 2550, 3351, 3967
至……5785
至觀……4411
至剛……1615
至穀……624
至時……3678
至純……2476
至誠堂……4999
至靜……2580
至德……3113, 3351
至德軒……3290
至明……1956
至樂窩……655, 5134
至樂居……4648
弛休……4950
孖山……5746
孖山隱夫……5746
芝庵……698
芝塢……6022
芝翁……97
芝巖……3621
芝嶠……2037
芝溪……6487
芝軒……813, 4195
芝湖……5040
芝岡……5192
芝昆……5485
芝山……1385, 2666, 2877
2921, 3902, 4482, 4831, 5040, 5375
芝山外史……653
芝之……6535
芝場……698
芝場庵……698
芝瑞……1586
芝生……5467
芝浦……13
芝溟……5021, 6217
芝蘭堂……1431
芝陵……6196
此華堂……624
此君園……3627
此君軒……764
此君亭……4943
此君堂……3803
此三……102
此楓……1381
此豫宅……604
卮園……1692
志……4897
志尹……1884, 5033
志賀介……2144
志季……1644
志毅……1775, 5844
志堅……688
志孝……6017
志鴻……2297
志穀……2264, 1441
志師翁……3066
志津馬……7
志津磨……2774, 2990
志頭磨……2774, 2776, 2990
志道……5880
志道館……3192
志寧……2128, 3207
志伯……5619
志文……3500
志平……2519
志摩介……5826
志庸……1936
志朗……928
孜……1038
孜軒……3961
孜々齋……4627
侈堂……2342
始……592
始卿……3333
始達……713
枝賢……2310
枝春……3932
枝栖……1034
俟盡軒……3047
俟知己齋……5761, 5849
俟野……2364
施國……1510
施政堂……517
施報……2437
柹員……245
柹園……948, 1219, 3334, 3610
柹實山人……6489
柹堂……1534

思義……4648
思恭……3433, 5210
思卿……435, 3959
思敬……3425, 5699
思玄亭……2234
思孝……77, 2751
思克……4552
思齋……309, 2752, 4878, 5412
5441, 5617, 5663, 5699, 5722, 6640
思齋堂……2360, 3858
思之……2550
思々齋……4242
思々廉塾……4242
思叔……6313
思純……1506
思順……3, 3406
思成……3213
思誠……2811, 3300, 6667
思誠堂……1462
思靖先生……2403
思濳……2678
思聰……4554
思貽齋……5374
思貽堂……5374
思達……4451
思中……2271
思忠……495
思忠甫……643
思亭……4572
思堂……188, 372, 5742
思道……116, 2916, 3370
思難齋……330
思父……962
思武太……4014
思文……191
思甫……643
思無邪堂……746
思明……2757, 3605
思亮……3429
師援……2219
師軻……1884
師吉……2250
師儉……1674
師言……6403
師古……756, 1546, 3156, 4254
師古堂……3880
師厚……3006
師山樵夫……4651
師周……2674
師政……1409
師聖……804
師曾……361, 4227
師張……2667
師道……6154
師彪……4885
師馮……4885
師陵……3844
師禮……6028
莚庭……3572
砥齋……2461
砥德……3389
祗……61
祗卿……830
紙鳶堂……5093
紙魚少掾……2878
紙莊主人……1758
徙義……4995
梔園……6181
淄川……3639
梓山……698, 699
視庵……2091
視菴……2091
視如齋……2327
揣摩堂……3831
絲江……5786
紫庵……1108
紫陰……1518
紫苑齋……4026
紫園……4760
紫霞園……949
紫霞山人……3030
紫巖……5428
紫源……5329
紫山……197, 1701, 5196
紫山樵夫……6113
紫芝園……3590
紫秋……3102
紫駿道人……4641
紫淸……5882
紫石……3278
紫石老人……3276
紫川……5833
紫蟾……5603
紫灘……5460
紫碧仙叟……4922
紫溟……48
2155, 2633, 3700, 5329, 6526
紫溟陳人……5329
紫洋……6442
紫陽……317
1595, 3118, 4973, 5329, 5534
紫陽太守……317
紫陽亭……5603, 5703
紫瀾……1074, 2918
紫蘭亭……2520
斯于……304
斯道……5262
斯文……261, 342, 2418
斯民……1112
斯立……5840
嗜辛齋……5418
嗣徽……733
嗣久……6424
嗣槼……2508
蓍園……2473
蓍山……5361
蓍山人……5361
蓍陽……5794
孶々齋……4415
獅子吼道人……1903
獅子童……838
詩窮舍……4648
詩牛……5498
詩山……1233
詩史園……1477
詩聖堂……1335
詩聖堂主人……1335
詩仙……3458
詩仙堂……655
詩禪……6114, 6185
詩禪居士……705
詩痴……2802
詩癡……1606, 2802
詩漠山人……3361
詩佛……1335, 3458
詩佛老人……1335
詩佛樓……5907
詩磨介……5826
資愛……5006
資原……5545
資源……3718
資衡……1304
資之……490
資章……5448
資深……218, 2040
資生堂……3201
資成……5445

資坦……6486
資長……1500
資哲……2037
資同……4245
資芳……4994
資庸……1936
雌雄五郎……135
誌……823
賜……4043
賜硯樓……1218
賜杖堂……1111
賜萇……2808
賜楓書樓……4140
賜門亭……3583
賜蘆堂……3206
賜蘆堂書院……3206
賜蘆堂文庫……3206
賜蘆文庫……3206
髭翁……6162
鵐夷子……4973
贊川……1360
二──→ニ
耳水……5002
而翁……4175
而齋……4175
自安……2078
自庵……2429
自菴……2429
自怡齋……5046
自怡堂……504, 2463
自雲……311
自雲窩……5153
自遠館……3985
自悔……4526
自晦……4526
自閑居士……3998
自觀居士……4084
自嬉齋……2440
自休……4045
自強……3336
自玄堂……5851, 5853, 5855
自言居士……6081
自誤居士……4726
自娯齋……4229
自厚……4453
自在庵……1108
自秀……2183
自修館主人……2891
自準亭……5445
自昭……4179
自炤……1187
自笑……1488
自笑庵……2489
自笑軒……6575
自笑塾……1488
自醉軒……294
自然……2088, 4779
自然吟社……5435
自然齋……5616
自足堂……611
自大……2814
自直……1995
自適……1579
自適園……3883
自天……2814
自得……4445, 4682
自得堂……584
自反……1448
自賁堂……3315
自茅樵舍……448
自牧……1336, 2165, 6354, 6604
自牧居……4845
自牧齋……3246, 3599
自明軒……4944
自由……3417
自由亭……3417
自養……3491
次倚……3464
次右衛門……80
1442, 4111, 4644, 6154, 6396
次久……5081
次公……5255, 6220
次左衛門…80, 2820, 4111, 4716, 5419
次松……3634
次太郎……2793
次平衛……5779, 6260
次郎……10, 80, 153
1364, 2480, 2707, 2770, 2797, 2883
3780, 4862, 5123, 5582, 5875, 6618
次郎右衛門……281, 1292
1322, 2346, 2608, 4607, 5101, 6224
次郎衛門……2608, 2613
次郎吉……758, 3967
次郎九郎……4589
次郎左衛門……688
1738, 2471, 5278, 6038, 6426, 6594
次郎作……670
次郎三右衛門……10
次郎三郎……5371
次郎七郎……2976
次郎助……6426
次郎太夫……5374, 5900, 6119, 6120
次郎大夫……5906
次郎八……2427, 2707, 3155, 6295
次郎平……153, 6261
次郎兵衛……376
1065, 1542, 2337, 4754, 6069
字敬……1844, 4987
字助……6487
似雲亭……1019
似閑……805
似月堂……2707
似功塋……6262
似功齋……6262
治……5549, 5641
治右衛門……80, 206
281, 1556, 1887, 2337, 2983, 5450
治憲……949, 6340
治五平……4770
治五郎……5719
治左衛門……80, 206, 2019, 4294
治太一……789
治太郎……2793
治大夫……1204, 1497
治部……263
治部左衛門……3328
治平……824, 2432, 2540, 2804, 5779
治兵衛…1069, 1308, 2804, 6001, 6260
治郎……10
治郎右衛門……5827
治郎左衛門……2336
治朗太夫……6120
治郎八……3155
治郎兵衛……5376
玆堂……3446
持軒……2653
持實……4403
抒僚……243
時雨園……6476
時恭……3032
時卿……1358
時憲……170, 2724
時言……6092
時彦……4641
時好齋……5930
時行……1808
時宏……5518

時三郎……6117
時之助……5440
時賜……4043
時樹……4638
時壽……4827
時習……4801
時習翁……6635
時習館……5665
時習齋……5335
時習舎……2982, 4007
時習堂……1304, 2487, 5304
時春……1266
時升……4589
時章……6311
時信……3314
時縝……1808
時成……5124
時績……1808
時壯……4944
時存……2934, 6438
時中……255, 3834, 4202, 5067
時棟……733, 5487
時敏……1903
3033, 3069, 4531, 5492, 5579
時敏齋……5930
時文……6327, 6439
時懋……4597
時雄……4786
時雍……5200, 6679
時庸……6436
時理……6439
時亮……1188, 2446, 3233
孳──→シ
滋之丞……4232
慈庵……1529, 2229, 2467
慈雲……899, 3056
慈英……4041
慈音……3057
慈岳……3272
慈眼大師……4040
慈郷……5468
慈卿……5468
慈周……6565
慈仲……3834
慈冲……3834
慈亭……4169
辭安……453
爾公……1757
爾谷……2195
式……1142
式卿……1627
式如……3510
式亭……2236
式夫……4725
式部……1557, 3460, 3461, 3592
3731, 3910, 4893, 4894, 5570, 5691
式部少輔……4884, 4929
識此……210
竺峰……3597
舳羅山人……1381
七右衞門……496, 1178
2774, 2784, 3963, 4700, 5554, 5996
七介……1484
七九郎……5392
七曲吟社……3344, 5155
七硯堂……163
七劍堂……163
七五三之丞……2130
七五三藏……5367
七香齋主人……5261
七左衞門……1381
2552, 2952, 4405, 5996, 6337
七三居士……1219
七三郎……2748, 4942
七山……163
七之助……3750, 5011, 6348
七之丞……3886
七次郎……4360, 4405
七十二連峰……2229
七十郎……376
七隼之助……2058
七助……2137, 3216, 3946, 5579
七僧居士……2295
七藏……5060, 6566
七太夫……5400, 5405
七太郎……3608
七福翁……6635
七兵衞……2774
七友齋……4389
七樂居……3883
七里香草堂主人……3490
七郎……3266
4249, 5210, 5563, 6372, 6407, 6432
七郎右衞門……1477, 3530, 6341
七郎左衞門……1477
2946, 4354, 6215, 6341
七郎次……1415
七郎次郎……2054
七郎兵衞……2103, 3967
質──→シツ
失憂慨人……2640
室遠……1940
室山……2237
執……1090, 4608
執古齋……478
執古堂……4969
執行……5164
執齋……2034, 5825
執中……2350
執中庵……3677
瑟齋……1399
漆園……1066
質……447
1269, 1473, 1771, 2125, 2972, 3946
4460, 5023, 5113, 5890, 6096, 6500
質贇……3796
質軒……2265
質齋……2079
質堂……3492
隲……5709
隲……5890
日──→ニチ
實……1473, 3184, 3438, 6630
實因……3029
實延……2886
實稼……2370
實函……5066
實幹……5104
實輝……1176
實吉……2811
實九……6686
實国……4083
實卿……5435
實元……2695
實行……3227
實候……3350
實齋……538, 2546, 5253
實時……5353
實事求是書屋……1995
實順……3446
實勝……390
實信……2546
實生……5431
實成……6290
實操……1172, 5805
實泰……2290
實繁……335

實敏……1173
實夫……6141
實父……5812
實聞……2162
實甫……2125, 2329, 3609, 5693, 6338
實圃……5693
實祐……2814
實廉……1177
且過子……3723
沙──→サ
車之助……3650
舍安……5346
舍魚堂……6537
舍人……852
1751, 2250, 4522, 5050, 5459
舍翠堂……3967
舍徒……864
舍明……864
些──→サ
洒落齋……2236
射陽書院……3743
射和文庫……3743
捨介……3238
捨吉……1443
捨藏……2805
遮那四郎……1382
遮莫……677
寫經舍……1108
寫山樓……3844
謝菴……4573
謝山……3010
灑──→サイ
麝眠……4940
勺水……2367
勺堆……1642
尺五……5665
尺五堂……5665
尺木氏……5698
斫山樵人……5797
斫山樵夫……5797
斫山樵父……5797
借金コンクリート……1239
借月居……5535
借竹居……5538
酌源堂……453
酌中……1600
酌熊……1600
綽……2255, 2615, 2949, 5630
綽軒……4301
綽堂……1458
綽夫……831
綽餘老人……5492
錫……4619
錫胤……4295
錫我……654
錫夫……6395
錫民……421
錫命……3729
爵……258
鵲──→ジャク
嚼々齋……1623
若英……3901
若海……4284
若虛……1106
若狹守……5639
若皐……2627
若思……4351
若眞……2540
若人……5232
若水……670, 772, 834, 1109, 3231
若拙齋……6213
若沖……2509
若無子……638
若霖……3159, 4099
雀松舍……6389
雀松精舍……6389
寂然堂……225
篛溪……3451
鵲巢山人……2103
手磨……5952
主……4502
主一……2990
主右衞門……2645
主計……37, 1013, 1331, 1503
2794, 4109, 4709, 5391, 6427, 6573
主佐……768
主書……5276
主松……2816
主水……1204
1331, 1965, 2471, 2985, 4919, 5755
主靜……2714
主靜翁……4445
主税……299, 439
2135, 3314, 3338, 3346, 3547, 3708
4543, 4938, 5377, 5639, 5708, 6292
主善……9, 1758, 2360, 4096
主膳……946
2119, 4227, 4240, 5174, 5710
主殿……400, 1888, 4868
主任……2653
主馬……3311, 3330, 3897
4335, 4748, 4936, 5083, 6403, 6407
主鈴……1117, 3281, 5684, 5917
主齡……5742
主禮……6284
朱義……132
朱陵……1847
守……4225
守彝……3480
守彜……3480
守一……2837
守一郎……3564, 5931
守衞……2266
守官……341
守觀……5808
守己……5757
守器……6062
守境靈社……6389
守恭……3715
守愚……236
守經……342
守弘……2086
守孝……4271
守高……4149
守國……3805
守齋……865, 4528
守山……1297
守之……4225
守雌……1742, 2502
守雌齋……6218
守時……6641
守柔……1948
守重……2715
守晙……6293
守諸……1442
守勝……4924
守常……390, 4451, 5807
守心……1506
守信……746, 2884
守眞……968
守人……566
守仁……2653
守正……343, 2728
守正先生……3542
守靜……1293, 6455
守拙……820, 1974, 2238, 4025
守拙園主人……1394

守拙子……1687
守拙亭……1687
守拙盧……99
守節……2529, 4165, 4746, 4808
守全……6212
守善……2431, 4154
守太郎……5974
守泰……3615
守中……1145, 2666, 6604
守中翁……6604
守直……345, 1637, 2151
守典……1802, 2259, 2956
守道……1637, 4486
守篤……2652
守德……1743
守任……2653
守泊庵……5260
守保……5567
守房……1769, 6579
守滿……4882
守默……3020
守約……343
守禮……344
守廉……4591
取映……3755
取益……5483
首出……900
首道麿……581
洙川……6219
狩野文庫……1767
茱軒……1290
茱萸軒……1290
酒人……1889
酒泉……6266
酒肉頭陀……5907
珠……6326
珠淵……2599
珠顆園……6063
珠涯……3957
珠溪……2679
珠山……6607
珠文……1715
珠甫……3957
須──→ス
蛛──→チュ
棕──→ソウ
種英……4966
種愷……5691
種見……5691
種興……4973
種次郎……1232
種樹……162
種秀……4976
種彰……1122
種臣……3473
種成……4974
種竹……5435
種豆拙者……959
種德……2699, 2739
種德堂……2813
種任……1986
種博……5691
種雄……4983
種郎……2975
受益……4580
受敬堂……2714
受卿……1916, 3237
壽……1699, 1860, 2459, 2467
2702, 2734, 4547, 5356, 5600, 5719
壽安……2296, 6533
壽庵……2111, 4435, 5626, 5945
壽菴……3806
壽一郎……6437
壽右衞門……1914
壽翁……2467, 6135
壽賀若……518
壽賀藏……486, 518
壽喜……836
壽龜精舍……2655
壽玉……1464
壽敬……606
壽卿……1512
壽軒……1229
壽作……1458, 1723, 2593
壽三郎……5383
壽山……2769, 3081, 6642, 4326
壽淑……3801
壽俶……3801
壽春翁……655
壽昌院……4712, 4713
壽精……1524
壽仙坊……5325
壽仙房……5325
壽專……4597
壽太郎……893, 1860, 4809
壽伯……2006, 3317
壽平……3373, 3739, 5290
壽麿……821
壽齡……4547
綬……1111
需……5203
樹庵……375
樹下船樓……3021
樹蕙堂主人……6649
樹堂……85, 2182, 5850
嬬川……5696
孺卿……5861
孺皮……1362
孺禮……6369
鷲──→シュウ
収──→收
囚山亭……6537
州南處士……2727
舟庵……5417
舟菴……5416
舟山……29, 2960
舟之……186
舟雪……337
舟門……1364
收……368, 395, 846
收藏……3503
收平……4660
秀……285, 2424, 5245, 5435
秀庵……1754
秀菴……1754
秀一……4916
秀一郎……6018
秀胤……3060
秀右衞門……3644
秀雲……5635
秀喜……3723
秀漑……4987
秀毅……937
秀吉……5428
秀堯……2656
秀軒……2033
秀堅……1620, 3400
秀賢……5313
秀彥……5640, 5654
秀箇……5970
秀根……2115
秀齋……933, 5415
秀作……4186
秀三……1563
秀三郎……2329
秀之助……124, 1349
秀史……2096

秀次郎……3027, 3504
秀實……128, 1822, 1978
2324, 3171, 3624, 4156, 4270, 5712
秀綽……6071
秀純……1481
秀順……2324
秀松……759, 6571
秀眞……6081
秀井……5632
秀正……1193
秀生……2096
秀成……3609
秀清……1334
秀詮……1470
秀全……4426
秀叟……2096
秀太郎……1320, 2258, 3400, 4085
秀竹……1520
秀衷……743
秀長……2787, 6488
秀直……3220, 4908
秀道……233, 5525
秀二郎……1301, 3027
秀農……2096
秀八……5569, 6219
秀文……1334
秀平……2510
秀民……3623
秀明……1290, 5602
秀野……2096, 5113
秀野草堂……2096
秀祐……1479, 2108
秀六郎……6538
周……4597, 4621, 5259
周庵……196
周介……4454, 4922, 6519, 6520
周滑平……1311
周翰……3807
周丸……858, 1462, 4623, 5107
周吉……4075, 5203
周軒……2817
周吾……753
周行……4649
周左衞門……819, 3179
周齋……86, 1019, 5328
周索……2545
周策……1489, 2803
周冊……3627
周三郎……3635
周山……2358
周之……1700, 5616, 6377
周之進……1648
周次郎……1665, 4928
周時……4769
周助……467, 556
3065, 4597, 4922, 6519, 6520, 6950
周水……1887
周雪……4844
周造……5761
周藏……309
1700, 5094, 5153, 5761, 5849, 6693
周太郎……4085
周亭……2184
周迪……202
周東……1519
周道……1462
周德……386, 2870
周南……6220
周二……4448
周璞……196, 625, 2357, 2358, 2361
周伯……196, 5745
周八……2538
周盤……385
周弼……78
周夫……2231
周父……4922
周平……1017, 3796, 4581
周圃……1552
周輔……462, 556, 1116
1552, 2972, 3065, 3639, 3693, 4913
周邦……1796
周北……201
周民……4494
周木……6655
周祐……5764
周洋……3236
周陽……3389
周利……386
宗──→ソウ
岫雲……1496, 2317
拾藏……186
洲庵……2654
洲尾……895
秋庵……823
秋筠堂……4779
秋園……6599
秋佳……5351
秋澗……4074
秋巖……4779
秋巖仙史……2525
秋義……2061
秋漁……1057
秋禽……4989
秋卿……719
秋溪……87, 2733
秋月……5314
秋湖……2329
秋江……3149, 5008
秋香……1774, 5475
秋航……4626
秋耕不雨讀齋……1960
秋谷……4595
秋穀……3544
秋齋……585
秋山……4509
秋之助……3857
秋史……3897
秋氏……5573
秋室……155
秋實……5415
秋榭……4539
秋渚……719
秋水……598
615, 2562, 2589, 3974, 4340, 4473
4753, 5142, 5174, 5293, 5557, 6365
秋水軒……203
秋聲……3549
秋聲窓……3420
秋成……958
秋雪……165
秋扇……1868
秋藏……6453
秋邨……3059, 3098, 5148
秋村……3059
3091, 3098, 3859, 5148, 6372
秋池……5618
秋汀……2445
秋亭……2184
秋洞……3196
秋南……1014
秋の屋……73
秋波禪侶……6079
秋佩……4535
秋帆……3628
秋颿……462
秋蘋……1906
秋文……1151

秋平……587
秋坪……5831
秋畝……163
秋圃……1151
秋浦……2239
秋芳……3875
秋芳閣……212
秋峰……1099, 2239
秋舫……4480
秋洋……2254
秋陽……6527
秋陽館……3813
秋陽堂……1320
秋蘭……6599
秋里……347
秋齢……1093
修……6, 102, 897, 963, 1098, 1264
1288, 2003, 2572, 3009, 5489, 5987
修庵……1754
修菴……1754, 5580
修居……248
修卿……3067
修敬……839, 865, 1371, 3374, 6308
修古庵……3784
修古堂……5922
修好菴……236
修好齋……236
修行堂……2704
修佐……531
修齋……4957, 6065, 6248, 6693
修三堂……4153
修三郎……3105
修之……5331
修芝……3097
修次……3335
修錫……4427
修助……768
修身館……6077
修眞道人……4952
修愼道人……4952
修正學舍……4248
修正舍……4007
修成先生……517
修省書院……604
修靜菴……1978
修藏……485, 984
2798, 3009, 3389, 4470, 4854, 5941
修太夫……638
修竹齋……1684
修直庵……1978
修堂……1860
修道……1860
修道先生……3533
修德……1754
修德齋……4962
修二……1427, 4251
修夫……1671, 2239, 6520
修父……1151, 2239
修文……1379, 2376
修文齋……5344
修平……572, 1264, 2800, 4660, 5004
修甫……1421
修輔……1858, 3009, 3236
修木……4026
修門齋……5344
修來……769, 1206
修理……874
1754, 2626, 2755, 3781, 5085, 6605
修亮……4597
修禮……5310
修齡……3419, 5742
修←→脩
袖岡……2435
袖蘭……6599
脩……60, 433, 439, 1018, 3763, 3843
脩公……6226
脩齋……1447, 4957, 5208
脩三……6070
脩之……6070
脩助……3065
脩藏……1757, 4470
脩道……3513
脩夫……2376
脩平……1264
脩甫……1151
脩輔……3065
脩立……829
脩齡……3419
脩←→修
琇瑩……4325
終吉……2375, 4075, 4269, 5203
終卿……1945
羞庵……3731
習……6225
習遠堂塾……2614
習吉……4460
習卿……6117
習軒……832
習齋……1426, 2352, 4390, 5400
習之……170, 4801
習志齋……6107
習靜……5968
習靜齋……2463
習堂……4693
習輔……4992
就庵……3595
就章……5710
就將……1622
就正……1694, 2812, 6457
就道……5222
就篤……4228
就馬……4228
就峰……2503
就峯……2503
萩苑草舍……6651
萩水……4302
萩堂……4061
衆……2176
衆白堂……2472
衆芳軒……1217, 1226
衆妙館……5851
集……1367
集義……233
集義塾……6264
集義堂……976
集古堂……689
集古葉堂……2195
集司……3320
崧──→スウ
菘──→スウ
嵩──→スウ
遒人……6169
廋園……1483
廋牛……3664
楸軒外史……5973
楫……2345
楫川……4639
楫雄……6676
楢──→ユウ
筱舍……2735
酬恩庵……2746
甃……2396, 5555
甃庵……4246
甃齋……6682
甃輔……4243
聚……5039
聚化軒……273

聚景齋……5847
聚勝園……2974
聚正義塾……1078
聚珍堂……4573
聚芳軒……1226
緝……601, 2433, 5500, 6022
緝漑……3910
緝鄉……2029
緝通……4048
緝明……5792
緝明先生……472
輯明……5792
螽山……2436
篠舍……2735
篠の屋……101
鍬・鍪──→ショウ
襲……2780, 4446
襲吉……1305, 4446
襲平……3453
鷲一郎……4006
鷲山……491, 1323
鷲巢……85
鷲洞……3076
鷲南……3256
鷲峰……2503
鷲峯……2503
穐湖……2329
十右衛門……1036
1846, 2074, 2500, 5088, 5994
十貫……1608
十玉齋……1785
十金堂……4518
十五郎……781
2277, 4129, 4131, 5551, 6516
十左衛門……781
1625, 1724, 2464, 3616, 4406
十三山書樓……1707
十三松堂……4371
十三郎……664, 4038
十之允……3686
十之丞……4130
十次郎……664, 3847, 4397, 5323
十洲……1179, 1774, 5380
十助……2735
十雪館……5045
十千……1063, 1708
十千閣……3931
十髯叟堂……3344
十藏……521, 2065, 2990, 3208
4200, 4202, 4203, 4285, 5102, 6334
十太夫……1789, 5180, 6603
十太郎……664
十大夫……1789, 4052
十旦……1570
十竹……5074, 6302
十竹齋……2763
十竹叟……3723
十竹堂……4022
十内……2614
十二羽天齋……4059
十二雨樓……1715
十二峰小隱……2767
十二郎……5329
十文字文庫……5790
十平……4426
十兵衞……582
689, 3235, 3686, 4131, 4467, 5156
十友……4724
十友窩……4724
十郎……742, 915
1128, 1446, 2735, 2838, 3978, 6350
十郎右衞門……5, 2164, 3884, 5824
十郎左衞門……379, 6091, 6436
十郎兵衞……2901
十六松園……1823
十灣……4231
充……907, 1615, 2125, 4126, 6248
充延……84
充鄉……5357
充國……4461
充之……2254
充實……4146
充升……2898
充藏……694
充美……5544
戎谄……6051
住吉屋……3386
住傚……747
仕護……1391
重……2523, 3273, 4164, 6545
重威……90, 1087, 4478, 5322, 6481
重彜……1037
重彝……1037
重胤……1113, 2389
重右衞門……1846, 2011, 3217, 5890
重榮……3338
重衞……3394
重遠……205, 533
894, 1253, 1420, 2976, 3837, 6260
重淵……2991, 3180, 4661
重華……3063, 3266
重葭館……4196
重介……2580, 6527
重該……1652
重基……373, 5584
重器……4643
重熹……2014
重徽……2996
重禧……5055
重騏……1488
重疑……3422
重吉……6243
重久……5126
重教……3180
重均……1963
重矩……724, 2247
重健……3658
重賢……725, 893, 2135
重顯……6402
重元……3311
重玄……4342
重弦……3064
重固……2246, 5626, 5805, 6250
重五郎……5551, 6255
重弘……1760, 3064, 3418
重光……529, 2197, 6623, 6697
重好……4806
重行……3187
重厚……1497
重高……6349
重興……2343
重剛……6694
重豪……3143
重齋……6598
重濟……6280
重三郎……664, 4190, 4281
重山……6249
重參……3518
重之……655, 2784, 4002
重之進……4241
重氏……4056
重次……5700
重次郎……215
664, 4198, 4869, 5329, 5830
重時……3325
重周……6256
重秀……3412

重秋……1745
重習堂……2365
重充……3357
重春……1790, 6319
重助……4761, 6527
重舒齋……252
重昭……6242
重昌……2405
重章……1979, 2187, 6406
重勝……4398, 5263, 5828
重繩……1950
重職……3023
重信……3, 443, 5693
重眞……2591, 3328
重深……6257
重愼……1739
重政……1459
重清……5858
重石……6668
重石丸……6663
重節……1942
重宣……3355
重藏……521, 2713, 3686, 5487, 6338
重巽……2478
重太夫……4052, 6603
重太郎……664
4345, 5126, 5329, 5524, 6698
重帶……1043
重中……2412
重長……1898
重直……375
重定……4002
重貞……6257
重鼎……6404
重圖……1186
重德……1342, 2591, 5135, 5803
重悳……2591
重敦……1342
重二郎……2821, 5132
重任……2187
重範……1255
重敏……6456
重富……4785
重福丸……2985
重文……1406, 5700
重兵衛……689, 6447
重碧……6280
重保……1457
重本……5828
重明……1002, 3610, 5056, 6027, 6242
重門……3756
重祐……1636, 3364
重裕……1636
重陽……3185, 3925, 4126
重隆……104
重倫……2705
重隣……1899
重禮……276, 3138, 3380
重麗……276
拾──→シュウ
柔……3049, 3441
柔介……2580
柔齋……1787
柔父……5590
従……4134, 6655
従卿……3434
従吾……4552
従吾衛門……426
従吾軒……3518, 4552
従吾道人……3134
従好堂……6375
従太郎……3499
澁民梅隱……245
絨造……1869
鈕──→チュウ
夙夜……201
夙夜堂……895
叔……436, 1020, 5998
叔安……3777
叔果……6539
叔華……2544, 3338
叔燁……4954
叔窩……3153
叔稼……970
叔觀……1838
叔貴……4246
叔龜……1498
叔義……2604, 6558
叔儀……1588
叔恭……6099
叔卿……2784, 4971, 6447
叔慶……5450
叔馨……4971
叔建……1640
叔元……109
叔虎……6582
叔考……3537
叔孝……333
叔轂……4969
叔子……770, 6340
叔瑟……1857
叔壽……456
叔緝……5721
叔重……1948
叔順……3908
叔處……4255
叔尙……1116
叔章……1681
叔勝……4903
叔稱……5256
叔襄……4594
叔穰……1294
叔井……754
叔成……2234
叔清……3376, 5433
叔靖……3586
叔先……182, 3315
叔藏……4538, 5241
叔泰……311
叔達……1610, 1633, 4511
叔紞……4904
叔潭……664
叔通……1189, 1834, 5256
叔度……3198
叔蕩……5928
叔同……3889
叔道……37, 2026
叔德……3313
叔飛……3479, 4538
叔豼……3940
叔貔……3940
叔豹……6016
叔敏……6440
叔復……1378
叔平……5928
叔穆……46
叔民……5820
叔明……1020
1288, 2095, 2582, 2889, 5958
叔茂……2234, 4223
叔問……3913
叔友……4702
叔輿……3101
叔容……3073
叔養……4854
叔蘭……2963
叔栗……2450

叔亮……6548
叔厲……4541
叔禮……1616
俶……3914
淑……1646, 2586, 4344, 4639, 5217
淑時……5528
淑人……4975
淑明……1463, 1900
淑茂……5527
祝……5949
祝山……5651
祝之進……892
祝次……2679
祝琳齋……3348
宿玄……3723
菽園……5928
菽村……616
菽邨……616
菽竇處士……5599
肅……155, 1047, 1143, 1488
5239, 5298, 5523, 5712, 6015, 6172
肅翁……2590
肅卿……2408
肅齋……5700
肅之……3720
肅莊……4539
肅夫……1525
肅文……758
縮往……2770
熟齋……4976
出……3921
出羽守……3961
出雲……4106
出雲行者……5750
出雲守……5486, 5854
出泉……5840
朮……49
述……1956
述古先生……6391
述齋……149, 4904
述作……3969
述情……4673
述堂……1151, 1861
術……3690, 6450
術解樓……4333
俊……1471
2400, 4239, 4729, 5231, 5622, 6287
俊逸……6536, 6537
俊右衞門……671
俊英……5685
俊益……6448
俊翁……1736
俊介……492
俊海……1824
俊豈……2931
俊吉……1095, 1324
俊卿……762
3355, 4290, 4471, 4539, 5027, 5216
俊佐……1369, 2339
俊齋……1736
俊作……1575
俊山……4313
俊治……1736, 3493, 6043
俊實……2662
俊淳……1013
俊助……628
俊章……5085
俊仍……5684
俊臣……3465, 4729
俊信……2786
俊眞……6418
俊親……5516
俊成……1152, 5732
俊晴……6451
俊誠……5732
俊叟……4029
俊藏……476
760, 1268, 1774, 2096, 2402
2668, 2965, 3047, 3484, 3820, 6293
俊太郎……4729
俊仲……4910
俊貞……339
俊程……2155
俊藤……676
俊德……4087
俊篤……2179
俊二……3493
俊二郎……3336
俊範……4088
俊瓢居士……2746
俊夫……3392
俊平……678, 2516
3047, 3347, 4029, 4457, 5162, 5976
俊甫……1456
俊輔……492, 6459
俊峯……5641
俊明……2340, 2850, 6287
俊利……998
俊良……273, 5133
春……2776
春靄……5005
春庵……146, 1090, 2432, 2554
3750, 3867, 4595, 4777, 4822, 4868
春菴……3750, 4868
春意……5897
春逸……987
春院……2703
春蔭……6181
春雨庵……3723
春雨樓……5291, 5904
春塢……4756
春雲……1080, 2087
春雲生……2087
春雲樓……2087
春益……4891
春苑……1500
春園……2374
春翁……3723, 4987
春屋……3164
春華……3645
春芽堂……5525
春回……3531
春海……410, 2173, 6001, 6179
春海堂……4763
春郭……4071
春岳……253
春嶽……253, 1912, 5642
春栞……1063
春喜……5467
春暉……3808, 5895
春熙……2722
春曦書屋……5990
春漁……410
春鄉……3295
春近……614, 2553
春琴……1063, 2347
春吟……4210
春桂家塾……1824
春畦……6117
春卿……3216, 5574
春溪……929
春軒……1104
春彥……6181
春湖……4303
春光……5319
春光堂……5319
春行……4066

春江……2104, 4652, 5116
春恒……2112
春齋……2152, 2867, 4886, 5092, 6458
春作……3168, 4417
春策……3990
春察……2088, 4942
春三……3449, 6181
春山……1253, 1998
2012, 2044, 2636, 2970, 3336, 3337
4062, 4136, 4149, 4869, 5015, 6551
春之……2069
春之助……96
春之丞……5646
春次……3896
春邇郎……5534
春樹……5467, 5912
春壽……2712
春秋……1587
春秋館……495, 526, 4220, 5664, 5665
春秋草庵……5597
春秋廼屋……5597
春秋迺屋……5597
春睹軒……3664
春勝……4886
春湘過客……4886
春嶂……6549
春樵……1058
春城……756, 5715
春城子……756
春常……4933
春信……4926
春水……1254
1694, 3835, 4763, 6250, 6557
春水堂……48
春翠……2068
春崧……2721
春生……300, 4252
春星……4252
春星草堂……168
春栖……1784
春清……3637
春靜……3163
春石……1544
春川……2001, 2064
春草……1012, 2001, 2668, 6551
春草翁……1374
春草堂……1374, 6551
春莊……3874, 4816, 5268
春叟……3523, 5586
春藻……4289
春藏……1268, 2668, 5213
春村……2471, 3922, 3924
春泰……4900
春台……3590
春台院……5980
春臺……3590, 4503
春臺院……5980
春琢……1097
春澤……4188
春譚……266
春竹……2825
春潮……179
春亭……4780, 5975
春哲……6179
春東……3513, 4905
春濤……6086
春洞……4359, 4610
春堂……919
春道……6086
春德……4924
春の屋……1268
春の海の一釣子……3931
春農……1799
春帆……1986, 2089, 3135, 3623, 4382
春飄……2089
春父……3896
春風……3631, 4143, 5688, 6558
春風社……3021
春風洞……1712
春風樓……2014, 4636, 5045
春平……4113, 5162
春輔……2974, 4062, 4063
春畝……492
春芳……5415
春峰……5643
春梦庵主人……1865
春夢庵主人……1865
春夢居士……120
春友……4991
春洋……410
春陽軒……1268
春雍……5712
春里……2708, 5110
春流……3042
春龍……3175
春林……4221
春淋……493
春齡……1096, 1097, 5815
春郎……4162, 5904
春樓……5804
春和……848
峻……2689
峻卿……3787
峻藏……6093
峻太郎……327
峻夫……6093
恂──→ジュン
荀──→ジュン
浚……4634, 5971
浚新齋……107
浚平……678
浚明……362, 5169
隼丸……5706
隼之助……1265
隼所……3074
隼人……70, 304, 1270
隼人正……5961
晙……1376, 6293
竣……919
舜……5298
舜海……2818
舜琴……4980
舜治……2280
舜臣……198, 3628
舜水……3160
舜政……2729
舜燾……6554
舜弼……3320
舜夫……1161
舜民……1477, 6281
舜愈……6323
雋……5883
雋吉……1324
詢──→ジュン
儁……3820, 5622
蕣……5298
蕣園……4611
惷……3611
濬……671, 6413
濬橋……4017
濬川……1808
駿……837, 2226, 2387, 6530
駿河守……6149
駿岳……1417
駿助……2226
駿藏……693
駿太……5100

駿太郎……4729
駿臺……4281, 6028
駿臺先生……6026, 6028
駿平……1007, 2387
駿甫……2721
儁……3820
鵔鸃樓……6181
巡……3052
恂……4480
恂益……6543
恂介……6428
徇節……5820
荀龍……168
純……1659
1833, 2235, 3553, 3590, 4566
純一……368
純一庵……5857
純一郎……171, 1590
純淵……3338
純格……6530
純卿……403, 1799
純儉……5596
純吾……2938
純齋……3231, 4453, 6304
純之……1799, 2428
純實……6247
純叔……2723
純彰……1438
純臣……5631
純信……327, 448
純眞……5672
純仁……6209
純正……4480
純藏……1294, 1969, 6641, 6648
純太郎……2235
純達……2572
純貞……5365
純禎……2654
純奈……2128
純白……6412
純夫……499
純平……4497
純甫……872, 1748, 3209, 5777
純方……1749
純庸……5591
純陽……5482
隼──→シュン
惇……86, 4258
惇行……729
惇叔……728
惇叙……728
惇成……3871
惇忠……1272
惇典……5659
惇德……4577
惇篤……5130
惇明……4869
淳……446
580, 2366, 3337, 4300, 5268, 5901
淳庵……4440
淳菴……4440
淳五郎……3939
淳行……6431
淳三郎……1694
淳之……1583
淳次郎……3801
淳治……5106
淳時……1032
淳信……5129
淳成……3871
淳藏……2261
淳泰……4356
淳篤……5130
淳八郎……499
淳美……3799
淳夫……1203, 1813, 5748, 6267
淳父……1813
淳風……2629, 5291
淳甫……3543, 5077
淳民……2729, 5969
淳陽……5132
焞辰……6134
順……811, 992, 1251
1462, 1550, 2324, 2468, 2482, 3700
3850, 4044, 5091, 5868, 6614, 6662
順庵……2156, 3062
順矣……2337
順格……1827
順活……2887
順義……4665
順吉……2169
順恭……4647
順卿……495
522, 1632, 1799, 2349, 3081
順軒……1349, 5545
順元……1192
順吾……3757
順剛……6182
順齋……4453
順作……6159
順三……2604
順三郎……2717
順之……5395, 5609, 6415
順之進……2468
順次……673, 3219
順次郎……204, 3219
順治……673, 2887, 6657
順治郎……6645
順周……1462
順叔……6657
順助……2227, 2262
2757, 3381, 3850, 3874, 4816, 6059
順蕉堂……344
順祥……6028, 6030
順信……544, 2157
順正……4480, 6179
順正主人……3203
順正書院……3203
順淸……4480
順節……5820
順藏……1201, 1462, 1866
2742, 3208, 3693, 4229, 5781, 6449
順則……4014
順泰……21, 4647
順太夫……5677
順太郎……5031
順臺……1607, 4356
順暢……5175
順直……4201
順亭……3339, 5703
順天……4153, 6366
順堂……2586
順道……105, 6003
順德……348, 2950, 3668
順二……1562, 2139
順伯……1850
順夫……651, 6265
順平……2464, 4502, 5677
順甫……1866
順浦……5036
順輔……280, 2262, 6642
順房……5175
順民……423
順明……3806
順祐……3850
順利……2354
順良……215

順麟……5190
循涯……2575
循古……6190
循夫……2376
筍齋……4977
準……1879, 4628, 4710, 5781, 6300
準卿……5237
準左衞門……4755
準之助……4243, 4623, 4624
準造……4628
準藏……5781
準夫……3968
準平……3421, 3585, 3962
準甫……5127
詢……3393
詢叔……3009
潤……565
2737, 2858, 3004, 3946, 5478, 5718
潤園……4540
潤吉郎……289
潤鄕……3493
潤齋……3340
潤三郎……6083
潤次郎……5380
潤身堂……3026
潤藏……318
潤甫……6521
遵……412, 2457, 3826, 3926
遵古先生……5345
遵古堂……1576
遵人……6169
遵成……882
遵路……2566
諄精先生……5546
諄德……4577
醇……2122, 4444, 4480, 4624, 6550
醇仙……906
醇堂……1481
醇民……5969
鶉翁……891
鶉居……958
鶉の屋……958
且―→シャ
初……1084, 1791
初之助……3421
初四郎……1536
初次郎……4104
所……1975
所兵衞……2079
杵……17
杵虛陳人……1311
書英……3612
書畫齋……5153
書痴……2878
書癡……1485
書舫……1894
庶傑……3675
處……3070
處安……6433
處齋……1251
處叔……4255
處平……4628, 4710
處和……5192
黍……5061
翥……6567
諸安……2921
諸穗……3480
諸生……5602
諸成……3883
諸品……1613
諸兵衞……57
樰陰……5530
女華……1060
女几山……1250
女護島……3656
如萑……5578
如意……3838
如意園……1334
如一……3309
如雲……1410, 2733, 3554, 3781, 6213
如淵……2488
如晦……1375
如環……4331
如玉……44, 269, 4317
如琴……4217
如愚……2837, 4219
如愚庵……1566
如圭……1105, 1848
如見……4607, 6497
如齋……6352
如山……1678, 6268
如砥……4623
如春……731
如春叟……731
如升……3360
如水……736, 6643
如水軒……2698, 5237
如是……499, 2764
如石……5701
如川……2631
如泉……4589
如竹……3165, 4137
如竹居士……297
如竹散人……4137
如亭……1105, 1835
如亭山人……1835
如泥……5165
如鐵……1214
如電……1427
如登……6609
如同……2266
如不及齋……5291
如風……1931
如楓……1438
如瓶……177, 1242
如瓶子……4445
如瓶人……4610
如來山人……5378
如蘭……4566
如蘭社……297, 2093
如蘭亭……4109
汝玉……614, 6028
汝儉……2779
汝玄……4427
汝質……4611
汝肅……1511
汝稷……2860
汝岱……3159, 4099
汝弼……2152
汝珉……2220
汝裕……2256
汝翼……6331
序卿……6540
助……4153, 5522
助一郎……3631
助右衞門……1292, 1669, 2416
2427, 2628, 5214, 5216, 5522, 5597
助九郎……2023
助近……5301
助五郎……3422, 4065
助左衞門……1670, 6179
助三……5051
助三郎……729, 1787, 2231, 2279, 2763
助之允……4321
助之丞……4066
助之亟……3422
助之進……342, 801, 6436

助四郎………259, 343, 344, 947, 5525
助次郎………725, 4787, 4936
助十郎………2279
助信………1191
助太夫………3748, 3750, 3753, 6642
助太郎………1030, 5184, 5473
助二郎………4787
助六………5838
叙卿………86, 6540
叙夕………1591
叙栗………2450
叙倫………5483
洳水………136
徐………4010
徐干子………4933
徐卿………6433
徐行………6433
除痘館………1820
恕………1557
2326, 2603, 3513, 4886, 4943
恕庵………2053, 5578
恕闇居士………182
恕因………1634
恕介………6136
恕誨………2947
恕卿………895, 1412
恕見………4607
恕軒………3082, 4607, 6363
恕軒散人………6363
恕公………3882, 6278
恕齋………922, 1405, 1521, 2090
恕三………2279
恕之………6339
恕助………1124, 6252
恕上………1071
恕愼………1634
恕水子………3719
恕仙………6105
恕亭………6618
恕堂………6204
恕平………5682
恕輔………6136
敍──→叙
茹堂………457
裄軒………2790
舒………3532
舒雲………1645
舒公………1218
舒嘯………2670
舒嘯軒………5679
舒長………5
舒亭………1835
舒亭山人………1835
鋤雲………2194, 2454
鋤雲軒………6655
小一郎………903, 4523
小隱………1886
小右衛門………753, 1740
4832, 4844, 5256, 5488, 6215, 6628
小雲樓居………3599
小驛………3248
小園叟………1897
小翁………4813, 5676
小華陽………5985
小雅堂………143
小介………2849, 6710
小角………4593
小覺………1291
小祺………6551
小吉………1892, 1893, 1894
小丘園………170
小琴………1961
小卿………3095
小溪………6435
小溪堂………4332
小拳子………1078
小源太………4010, 4012
小虎………3548
小虎山房………5515
小五郎………2333, 5047, 5744, 6463
小廣寒宮主人………5238
小篁………1566
小衡………2813
小左衛門…750, 755, 1296, 2689, 3759
小蓑………5704
小簑………5704
小作………4039, 6226
小三次………3837, 6183
小三郎………141, 1459
1628, 1899, 2639, 2667, 3338, 5566
小山………1659, 4832
小山堂………1659
小山林堂………755
小琖翁………4813
小四海堂………4734
小四郎………190, 805, 812, 3675, 5269
小史公………5217
小芝山………2667
小詩仙堂………3276
小次郎………2796
小自在………5864
小自在庵………6082
小七郎………5393
小室………6508
小室山人………3113
小車………5198
小舟………2570
小舟廬………2570
小洲………3633
小湫………454
小十郎………2713, 2838, 4401, 6071
小春………755
小助………1935
2849, 5136, 5459, 6220, 6710
小將………5203
小醉翁………6365
小成………953
小靑軒………5907, 6069
小聖………756
小精庵………756
小精廬………756
小石………599, 2091, 3466, 3923, 4878
小石湖堂………1228
小雪………2813
小泉漁夫………228
小泉書院………227
小善………3258
小膳………581, 3258
小禪道人………1903
小蘇堤長………3888
小相………161
小窓………1343
小滄浪亭………5253
小太郎………1291, 1303, 1655, 2161
2191, 2633, 2950, 2954, 3395, 3421
3871, 4181, 4326, 5654, 6161, 6607
小大廬………5810
小竹………3085
小竹齋………3085
小釣舍………2230
小釣雪………2230
小汀文庫………1239
小淘庵主………6710
小陶………4516
小藤治………676
小藤太………200, 676, 4151
小德………1296

小南軒……2606
小楠……6438
小楠堂……6438
小貳……4499
小貳……4499
少年……1527
小梅道人……4791
小白……5722
小八……3950
小眉山長……5361
小不朽社……1078, 5153
小文治……5029
小平次……1658
小平太……3162, 5366
小兵衞……3035
小輔……3106, 3266, 3483, 6710
小峯……5356
小舫……1388
小朴……1647
小彌太……866
小無絃……5907
小熊……4958
小有……655
小籟詩屋……3820, 3822
小立……5269
小笠……4252
小笠外史……4252
小笠山樵……4252
小林塾……6506
小蓮……3341
小蓮主人……4774
小魯……2121
小魯庵……2948
升……318, 1020, 3108, 4279, 5050
升庵……3902
升菴……3902
升允……1172
升卿……3178
升齋……411
升叔……1012
升寂……1012
升太郎……3500
升平……321
少允……799
少雨莊……2878
少翁……5882
少監……2297
少卿……1996, 5633
少室……2615, 5214, 6508
少助……770
少進……2852
少藏……963
少太郎……5810
少内……6223
少白山人……719
少平……848
正──→セイ
召宜……14
召南
召南……642, 2793
生──→セイ
匠作……1334
匠精軒……3448
庄一……6367
庄右衞門……3215, 4994
庄五郎……76
1589, 5128, 5129, 5130, 5471
庄左衞門……2407
2762, 2991, 3660, 6305, 6640
庄三郎……4630
庄之丞……894
庄司……5853, 5855
庄次郎……1097, 1257, 5399, 5598
庄治……3167
庄七郎……2080
庄助……346, 735, 1475, 2292, 3096
庄藏……3007, 3497, 4654
庄太郎……1238, 1243
庄内……2458
庄二郎……4630, 5598
庄平……848
庄兵衞……5355
肖柏亭……2309
承……4784, 5849
承卿……1365, 5982
承行……1850
承之……4046
承緒……6549
承助……1638
承天……1462
承篤……1520
承弼……3085
承芳……4518
承明……5218
承祐……1298
承裕……1298
尙……1410
1910, 4259, 4755, 5232, 6646
尙庵……872, 4911, 4960
尙菴……4960
尙尉……6103
尙一郎……2794, 5944, 6121
尙蔚……6103
尙永……4524
尙海……6407
尙寬……1670
尙奇……2574
尙記……1141
尙熙……4144
尙義……6072
尙絅……265, 1860, 5708, 5791, 5917
尙絅齋……273
尙絅堂……273, 6123
尙綗……1626, 5917
尙卿……4304
尙堅……3227
尙賢……1799, 3451, 3706, 4334, 4948
尙謙……6085
尙古閣……2458
尙古考證閣……2273
尙古齋……2811
尙古主人……3485
尙古堂……1186, 1396, 3485, 6330
尙古道人……6581
尙古老人……6581
尙宏……2280
尙綱……923
尙克……2406
尙齋……226, 1172, 1644, 5805
尙作……890
尙三……5802
尙之……2415
尙之助……2572
尙志……976, 2834, 4442
尙志軒……6014
尙質……2554
尙脩……5218
尙柔……1666
尙順……4031
尙尙……4304
尙章……3497
尙勝……6380
尙常……5109
尙眞……2553, 2554
尙正……5533
尙濟……6103
尙節介……532

尙善……3216
尙藏……1173
尙達……1529
尙中……2818
尙忠……3849
尙瀲……5433
尙亭……2278
尙迪……2047
尙典……6482
尙陶……1252
尙德……4560, 5104, 6401
尙不愧齋……4958
尙平……4988
尙甫……4704
尙友……2406, 3877
尙友軒……130, 2593
尙友古人……317
尙友書屋……5863
尙友亭……2292
尙友堂……41, 3877, 5901
尙猷……6103
尙濂……2219
岹岷……4545
招隱館……5658
招月……1220
招月樓……1557
沼山……6438
邵……6583
昌……2867, 5797
昌安……4462
昌庵……4833
昌菴……4462
昌一……946
昌一郎……3199, 4732
昌永……6347
昌英……3973
昌榮……951, 6316
昌易……5664
昌延……4016
昌崎……1292
昌義……2173
昌嶠……2608
昌業……2600
昌卿……2609
昌碩……3654
昌玄……2612
昌言……1399
昌克……4963
昌三……2423, 2878, 5665
昌三郎……2423, 5665
昌之助……5016
昌質……984
昌樹……6221
昌秀……562, 2613
昌俊……2746
昌遒……2186, 3456
昌綏……5800
昌世……2610
昌盛……4365
昌善……838
昌藏……2295, 2456, 3581, 5260
昌村……2946
昌直……2685
昌貞……6227
昌道……3456
昌德……2611
昌伯……1401
昌八郎……4554
昌扶……5819
昌符……576
昌風……5687
昌平……14113833
昌輔……1928, 4554
昌方……5820
昌豊……576
昌門……2718
昌樂……3719
昌倫……1204
昌禮……4438
昌和……6001
昇……1131
1957, 4144, 4890, 5050, 6629
昇庵……3902
昇菴……3902
昇吉郎……976
昇軒……450
昇天眞人……2715
昇六……754
松……464, 3827, 5341
松庵……806
1645, 2829, 4366, 5752, 5806
松菴……812, 3632
松陰……268, 3606, 3646, 4134
4565, 5301, 5586, 5724, 5973, 6087
松陰野史……5973
松筠……742
松隱……3715, 5724, 6622
松隱館……5658
松蔭……2668, 3646, 4134, 6489
松韻……790, 5771
松右衞門……4446
松宇……2399
松雨亭……3013
松塢……3307, 6644
松雲……2500
松雲菴……1699
松雲軒……5483
松雲道人……2224
松雲廬……2282
松永……4983
松園……28, 1153
2158, 2879, 3062, 3667, 6073, 6564
松泓……1136
松翁……939, 5983
松屋……1257
松音堂……2019
松下……5298
松下清齋……5142
松下村塾……6489
松下亭……1908
松荷……1936
松華主人……3204
松窩……2669
松崖……4391
松岳……95
松嶽……95
松巖……2771, 4080
松菊……5, 4207, 6574
松菊園……4326
松菊書屋……3662
松菊草堂……6573
松菊莊……4541
松菊莊文庫……4541
松菊猶存處……6393
松居……3613
松峽……5691
松響園……1554
松琴草堂……143
松ヶ岡文庫……3354
松徑……4076
松桂……6322
松桂園……1812
松卿……407
松溪……2796, 2819, 3339, 5075
松谿……3339
松月亭……4486
松軒……1226, 1955, 2185, 2226

2670, 2672, 5810, 5846, 6231, 6645
松古堂……4452
松五郎……2836
松江……2571
3342, 3343, 3581, 5209, 6590
松岡……4182
松巷……4603
松皐……5344
松廣舍……3612
松篁……6069
松篁軒……3208
松谷山樵……3670
松齋……743
1644, 1718, 2962, 4153, 6305, 6676
松齋堂……828
松三郎……6320, 6658
松山……1698, 2291, 4000, 5199, 5508
松之助……248, 5188, 5247
松之丞……4718
松士軒……5030
松芝老人……2525
松次郎……6489
松樹……1197, 3849
松壽……4919
松壽居……4140
松壽堂……4115
松秀……88
松秀園……5543
松洲……2696, 4392, 4809, 4959, 5421
松順……807
松所……1412
松處……1412, 5552
松恕……3970
松城……3266
松心……6269
松針……5421
松進……2670
松石……376, 599, 2186, 3119, 5536
松石齋……4427
松石山人……4427
松雪洞……3871
松仙……1601
松莊……4211
松叟……245
松窓……3058
3419, 4198, 5464, 5586, 5619, 6336
松窓農史……791
松窗……5586
松牕……3419
松窻……5619
松窻農史……791
松藏……5498
松村……3824
松陀……4114
松太郎……4241, 6026
松迺屋文庫……6167
松竹園……5505
松竹堂……2774, 2776, 2990
松亭……3634, 4190, 4790, 5754
松島漁隱……3685
松塘……3344, 5045
松疇……579
松濤……412
413, 580, 1081, 3790, 4830, 6270
松濤館……3653
松濤軒……2875
松洞……1922, 2814, 3497, 4894, 6546
松堂……627, 1350
1955, 3126, 3881, 4469, 5468, 6306
松墩……2242
松暾……5222
松南……5473
松二郎……4988
松年……340, 3621, 5188, 5285
松坡……3541
松柏堂……5292
松苗……855, 856
松風……586
松風館……2046
松風軒……5167
松風齋……2379
松風社……1922, 5280
松風亭……4934
松浒……6525
松甫……6455
松浦……3060, 6455
松圃……4393
松邁所……5298
松夢……3259
松明……5793
松茂堂……2598
松門……2733, 5224, 5576
松問亭……2514
松陽……1015, 1585, 4603, 4685
松蘿館……857
松蘿館詩社……857
松籟畫人……3820
松籟子……5093
松嵐……3345
松瀾……3594
松里……4173
松陵……2187, 5051
松林……1698
松隣……1256, 1292
松鄰……1292
松嶺……849, 941, 3721
松齡……4724
松廬……4725, 6549, 6557
松麓……2623
松灣……1258
牀山……3127
咲翁……5280
咲青軒……4656
省──→セイ
苕岷……4545
庠麴舍……4856
庠西……5833
烝詠吟社……5197
昶──→チョウ
昭……2449, 2984
昭偉……3514
昭卿……2741
昭賢……3472
昭皓……3621
昭叔……3246
昭肅先生……4909
昭々堂……2701
昭道……4749
昭德……4179, 6374
昭眠……4545
昭明……1914
昭裕……5630
昭猷……3382
昭陽……1962, 3698
玿……135
相──→ソウ
宵陶齋……3926, 4810
消夏樓……5713
消閑子……5449
消日居士……5129
消日齋……6633
逍遙……2786, 3775, 4345, 6698
逍遥窩……4648
笑……6335
笑仙……453
笑僊……453
笑叟……4211

笑譽……4774
商丘道人……353
商衡……135
商山……298, 2753, 5591
莊──→ソウ
崧──→スウ
涉……2386
淞城……1784
章……185, 261, 346, 669
715, 774, 956, 1283, 1969, 1979
2193, 2696, 2852, 3530, 3743, 5414
章庵……1719
章菴……1719
章吉……4866, 4871
章鄕……3047
章玉……123
章卿……13, 704, 2724, 4905, 6142
章齋……134
章三……5437
章山……3486
章山學士……3486
章之助……1799, 5016
章次郎……5258
章從……3961
章助……4463
章達……3953
章廸……272
章夫……6361
章甫……746, 3771, 5308
章峯壺……1735
章倫……398
將翁……29
將翁軒……29
將監……1755
1810, 3658, 4097, 4950, 5251, 5276
將徽……5497
將業……2332
將興……812
將曹……499, 1257, 2569, 2904
將弼……5497
將──→將
祥安……5236
祥卿……4422
祥山……3199, 4732
祥助……497, 512
祥人……5217
祥正……3323
笙山……930
笙洲……1310, 4098
笙島……6453
笙嶋……6453
紹……2524
紹翁……3575
紹喜……1786
紹鄕……4828
紹卿……4828
紹孝先生……521
紹述先生……513
紹章……1013
紹定先生……4923
紹濤……5587
紹堂……4068
紹復先生……228
紹明……4565
紹明先生……532
象……1491, 2680, 2896
象庵……3782
象河……6646
象卿……4800
象軒……70
象彥……4909
象山……2755
象之……4880
象水……2193, 6189
象雪軒……864
象先……4427
象麓……5783
菖庵……2994, 3005
菖軒……2302
菘──→スウ
湘雲……3420
湘雲主人……2220
湘南……7561324
湘夢……1094
晶山……4522
晶二郎……1377
勝……2589, 4135, 5014, 5386, 6050
勝安……4743
勝英……4209
勝介……6419
勝寬……831
勝丸……5651
勝喜……1969
勝機……183
勝吉……287, 2205, 6682
勝弘……4401
勝江……4659
勝興……949, 1228, 1567
勝剛……174
勝左衛門……880
勝才……3958
勝三……1135
勝山文庫……4938
勝之……1134, 3421, 5526, 6141
勝之助……245, 1527
勝次……5230, 6321
勝治……6321
勝治郎……4384
勝修……1134
勝重……2715
勝從……975, 6048
勝春園……4656
勝準……5205
勝助……1125
勝賞樓……1032
勝信……3948, 6187
勝成……1044
勝政……6263
勝千代……1457
勝善治……3296
勝藏……236, 1216, 5242, 6065, 6269
勝太郎……3020, 4135, 5014
勝怠……3263
勝男……4538
勝知……4410
勝澄……4905
勝直……2710
勝定……4276
勝德……6187
勝南……6460
勝任……193, 4873
勝馬……5087
勝文……3946, 4860, 4876, 4897
勝甫……4500
勝輔……1125
勝明……727
1498, 2255, 2879, 3395, 3653
勝鳴……182, 3315
勝孟……3946
勝雄……4538
勝鷹……4429
勝鹿文庫……5697
椒……6018
椒園……988, 1929
竦……4297
竦之助……4297
翔雲……2297

翔之……1367
翔甫……1942
詔訓……3091
詔之助……764
焦陰……1428
焦隱……5661
焦園……2548
焦桐……117
焦冥巣……1121
焦鹿……1466
脩然樓……3604
照……3410
照歆……4714
照卿……6428
照山……3189
照聲……1341
照任……29
照方……2537
照明……1411
照裕……5630
筱舍……2735, 4630
詳……3945
蒋逕……1387
蒋江……4679
蒋山……5880
蒋潭……212
蒋塘……1388
障岳……5145
彰……308, 814, 996, 1762
1774, 2294, 2955, 3191, 3593, 6529
彰彦……3254
彰之助……2048
彰常先生……531
彰信……619, 772
彰信先生……5050
彰父……4573
彰甫……4573
彰明……2955
稱……1015
稱意館……6495
稱葛覃居……478
稱齋……941, 1264, 5046
稱助……1638
稱心庵……2516
稱太郎……347
稱名寺殿……5353
嘗百社……1342
裳陰……3400
裳園……4653
裳川……878
誦習庵……6126
蜨──→チョウ
韶……259, 4980, 5005
蕉逸……6367
蕉逸散人……6367
蕉陰……1923, 4904
蕉隱……4904
蕉雨……794
蕉雨軒……4904
蕉雨齋……5065
蕉雨子……5065
蕉雨堂……1162, 1757, 4904
蕉園……3773, 4247, 6144
蕉月……56
蕉軒……4904
蕉齋……5094
蕉川……3421
蕉窓……124, 183, 1649
2390, 2450, 4904, 5326, 6277, 6595
蕉牕……4222
蕉藏……1649
蕉竹園……750
蕉中……3599
蕉亭……5543
蕉甫……6331
蕉林庵……5374
蕉蘆……2820
蕉鹿……5585
衝陽……2664
樟齋……626
樟山……2142
樟川……2208
樟島……4990
樟塘……4990
樅園……5807
樅臺……5808
樅堂……6088
璋……123, 1198
1785, 1923, 2380, 3876, 4352, 5463
璋庵……277
璋圭……1668
賞雨老人……3822
賞眞亭……2139
嘯庵……4462
嘯翁……1702, 4658, 4836
嘯月翁……655
嘯月樓……1594, 1676
嘯軒……5853
嘯嗷軒……54
嘯齋……5853
嘯山……5809
嘯臺……5924
嘯洞……3426
嘯堂……2772, 4574
嘯廬……6303
嘯樓……4688
薔薇館……189
薔薇洞……2156
蕭……1579, 1811
蕭遠堂……5512
蕭海……3970
蕭洞……2019
樵……3453, 5556, 6462
樵溪……494
樵畊齋……6014
樵山……6647
樵水……693
樵夫……2415, 5556, 5958
橡廼舍……2941
燮……6169
燮夫……6189
牆東……3278
牆東庵……704
牆東居士……2927, 3278
篠溪……1016
篠谷……1435
篠舍……2735
鍾……4481
鍾淵……3291
鍾山……2741
鍬吉……6598
鍬九郎……2110
鍬次郎……5283
鍬藏……5091
鍪……5283
瀟灑園……2186
簫山……4771
證圓……4351
證遂……1078
鐘……4811, 5142
鐘奇齋……5313
鐘山……4232
鐘秀亭……4021
鐘彌太……4008
攝──→セツ
鷦窠……3946
鷦栖……3946

鵜巣……6277
鵜鶘居……4252
鵜鶘亭主人……1275
丈……2920
丈庵……1986, 2359, 3697
丈右衛門……2039, 2365, 4352, 6042
丈衛門……2598
丈軒……5495
丈左衛門……4010, 4917
丈山……655, 1601, 3043
丈助……61
2623, 2920, 3889, 6276, 6345
丈太夫……6511
丈太郎……1905
丈大夫……1954, 2395
丈白……1601
丈伯……4238
丈夫軒……1243
丈平……2001, 2920
上恭……4767
上侯……5907
上山……209
上瑞……5147
上代野人……5116
上野……2110
上野介……6162
上野山人……2115
上野山房……2110
丞……3221
城橋……269
城三郎……2034
城山……1143, 4429, 4623
城山人……5031
城之助……1466, 2034, 4638
城助……3242, 3253
城太郎……6309
城長……4665
城東……3836
城南讀書樓……186, 1347
城門郎……2218
城陽……1114
条──→クメ
拯……6610
晟──→セイ
乗……6054
乗完……5632
乗衡……4904
乗齋……1944
乗時……3512
乗邨……2703
乗富……5681
乗雄……5644
條作……4912
條助……4763
條太夫……638
條來……4059
淨庵……2157
淨觀……1120
淨巖……4052
淨敬……4139
淨軒居士……1656
淨嚴……4052
淨光……1698
淨高……3597
淨心……127
淨泉……6271
常……1744, 3152, 3905
常安……5102, 5438
常庵……4506
常尹……4707
常右衛門……6427
常遠……6202
常翁……3272
常介……3376
常閑……4056
常閑書院……1995
常熙……3905
常歸山人……5589
常吉……3312, 5215
常共……4685
常矩……6043
常彦……2405
常耕齋……2637
常山……4, 1180, 3906, 6332, 6418
常山人……4122
常之進……3912, 5901
常次郎……1134
常治……5065
常習館……144
常淑……3535
常春……288, 1793
常春院……3777
常春齋……5630
常助……3376
常彰……3908
常辰……6038
常眞居士……814
常人……3189, 3657, 4619
常正……860
常省……4261
常清……328
常靜子……5722
常川……3155
常善……908
常善堂……2521
常藏……5142, 5611
常足軒……4097
常足齋……5468
常足道人……769
常太郎……1802, 2259, 5941, 6561
常澤……3529
常忠……4881
常道……3651, 5997
常德……48, 6153
常伯……4238
常八郎……1227, 2606
常範……5791
常盤園……1081
常富……5360
常武……3043, 5995, 4802
常輔……3588
常民……2853
常雄……1747
常樂居士……934
常陸介……2568
常龍……4635
蒸民……332
裊……1094
裊々……1094
襄……5348, 6555
襄齋……6536
襄平……2001
聶江……3085
聶松軒……6563
繩……124
繩翁……1434
繩卿……5781
繩齋……628
繩山……3072
繩式……2238
繩直……1235, 3968
繩用……5684
蘘園……4720
蘘谷……5900
穰次郎……1294
疊山……6062
疊翠……656

疊翠軒 ……656
讓……1340
1950, 2107, 2129, 3321, 3350, 3648
4505, 4539, 4984, 5348, 5536, 6616
讓齋 ……1340, 3865
讓作……6588
讓山……4212
讓四郎……5348
讓助 ……1429, 3195
讓水 ……106
讓甫……2150
釀泉……5007
埴滿……2195
埴鈴……5578
寔 ……217
植……2472
植松學舎……2390
殖……4982
蜀山……1381
蜀山人……1381
稷鄕……3954
稷卿……1400
織右衛門……3559
織衛……1439
織錦齋……6001
織之助……5877
織之丞 ……435
織造……3203
織部 ……316
1064, 2995, 4070, 4296, 4662
織部之介……1612
職孝……1217
職博……1226
職夫……4762
心逸日休……1381
心越……3194
心遠堂……3587
心翁……6072
心畫齋……2549
心畫室……2549
心卿……1972
心耕子 ……942
心齋 ……1154, 3284
心水軒……3856
心靜堂……1388
心叟 ……445
申吉……2225
申甲樓 ……801
申之……1968
申夫……6476
申孚……6285
身之 ……2671, 5400
臣……3994
臣教……1312
臣哉……6485
伸 ……1487, 5350
伸庵 ……410
伸卿 ……174
伸路……4687
辰……1009
1599, 4020, 4159, 5114, 5320, 5599
辰一 ……590
辰右衛門 ……5690, 5875
辰榮……3696
辰丸 ……919
辰五……1599
辰吾……708, 1599
辰三郎……2431
辰之助 ……190, 1323, 1823
2750, 3362, 4219, 4863, 5333, 6710
辰之進……170, 1008
辰之輔……5333
辰次……6470
辰次郎 ……2289, 2708, 3872, 5746
辰治……4159
辰助……6181
辰清……2985
辰二郎……6148
辰彌……3515
岑滿 ……449
忱 ……953, 2503, 4051
辛夷塢……4886
辛夷館……3931
枕──→チン
信…3, 20, 522, 1361, 1819, 1863, 2641
3279, 3300, 4007, 4664, 5269, 5409
5424, 5493, 6308, 6366, 6494, 6651
信愛……4943
信庵……5757
信威 ……1124, 1573
信懿……5508
信寅……89
信英 ……1909, 3788
信盈……3630
信淵……2829
信階……450
信寬……4936
信義 ……5916, 5955, 6308, 6389
信吉……4220
信九郎……1949
信近……2024
信謹 ……3535, 6399
信卿 ……903, 2979, 3248
3777, 4025, 4735, 5470, 5690, 5906
信景 ……263
信敬……2675, 3535, 4897
信慶……3596
信憲……3810
信言……4934
信古 ……2025, 2820, 3957, 6336
信古齋……6336
信古堂 ……3303, 4856
信吾……5499
信行 ……2115, 2805, 5495, 5530
信好 ……1546, 5841
信好先生 ……224
信孝 ……3924, 6373
信侯……5499
信厚 ……451
信恒……3535
信耕……4093
信興……942, 5531
信贛……1199
信左衛門 ……3814, 4720
信齋 ……382, 390, 1347, 4394
信山……4450
信之 ……942, 1562, 1571, 2253, 2596
信之助 ……2216, 6531
信次郎……5542
信錫……6357
信緝 ……158
信充 ……2453, 4942
信重……452, 3785
信從……5091
信順……643, 5645
信醇……2122
信如 ……4891, 5424
信助……6265
信恕……5424
信祥……2397
信章……6255
信章齋……6255
信勝 ……944, 3782, 4940
信彰 ……772
信證……2582
信臣……3924
信々……1991

信親……6612
信正……2567
信生……3265
信成……855
1156, 1730, 1863, 2846, 3780, 3870
信成堂……1087
信政……2371
信淸……3290
信節……2217
信造……6432
信藏……3428, 3521
信存……3924
信太郎……1660
信達……1212
信男……554
信智……1707, 4888
信中……4544
信兆……6196
信暢……2123
信徵……4935
信澄……4920
信通……5311
信貞……3916, 4183, 6516
信挺……4662
信的齋……294
信天翁…645, 1965, 2220, 5508, 6337
信恬……453
信頭……16
信道……452, 3995, 3997, 4632, 5531
信篤……4933
信敦……4198
信南……1137
信任……22
信寧……5469
信濃……3704
信濃守……1695, 3961
信八郎……6257
信繁……4775
信美……4157
信敏……3952
信夫……1191, 1550, 5024
信富……4893, 6162
信武……4764, 4934
信復……5636
信平……5782
信遍……4537
信鞭……3618
信甫……2078, 2185
信輔……4670, 6187
信方……4893
信彭……4919
信民……1571, 5471
信珉……4777
信明……4891, 5646
信也……52
信由……2835
信友……2020, 3995
信有……4923, 6391
信隆……4896
信龍……4776, 6332
信良……2485
信亮……4894
信陵……1720
信郎……3560
哂我……3605
哂齋……4787
津……3021
津之助……5289
津藤……5382
神庵……3221
神皇遺臣……6709
神皇舊臣……6709
神左衞門……680
神山子……5825
神州……5985
神洲……5985
神習舍……414
神助……3917
神臣……6709
神村……1065
神通……4134
神道……4134
神峰……5941
神門……4213
神門叟……1277
神野山人……1151
神遊……5907
神陽……1121
神力……5599
神龍院……5451
晋……56, 588
707, 911, 1004, 1710, 1925, 2239
2521, 2686, 3181, 3395, 4297, 4658
5201, 5746, 6145, 6205, 6374, 6527
晋庵……2644
晋戈……1083
晋卿……3478, 6515
晋軒……4905
晋齋……3195
晋作……3631
晋三……4083
晋之助……1466
晋四郎……228
晋師……3249
晋次……3410
晋十郎……190, 1710
晋助……133
晋帥……3249
晋太郎……67
晋亭……4179, 5975
晋二郎……5986
晋伯……317
晋八……4112
晋平……74
晋甫……5187
晋葆……3248
晋寶……3248
晋民……5095
晋明……2838, 3806
晋用……2838
晋陽……67
眞……1568, 2330, 5749
眞庵……723, 3402, 4989
眞維……5670
眞逸……3368, 5479
眞逸郎……2275
眞隱……1233, 6138
眞榮……6562
眞淵……1784
眞海……1837
眞凱……6177
眞覺虛舟……2701
眞鶴……682
眞葛屋眞風……373
眞菅乃舍……5112
眞弓……6709
眞金……2959, 5289
眞琴……2544
眞桂……1894
眞卿……164, 1203, 2483, 3985, 4978
4979, 5434, 5436, 5508, 6172, 6656
眞瓊園……1334
眞軒……5810
眞五……2575
眞五郎……3081
眞吾……1578, 6660
眞弘……2161

眞孝……3202
眞砂……4864
眞齋……3307, 3647, 4640, 6086
眞三郎……820
眞山……5604
眞實庵……6069
眞守……4214
眞秀……1995
眞如院……2512
眞昌……944
眞城山人……4723
眞臣……5145
眞人……3190
眞成……1276
眞清……973
眞藏……2368, 4831, 4841
眞太郎……2154, 4049
眞泰……941
眞鳥……2880
眞潮……3845
眞通……6283
眞二……6489
眞伯……5749
眞髮山人……652
眞風……373, 6042
眞平……5040
眞瓶……2557
眞末……1995
眞滿……2738
眞民……4206
眞名介……925
眞賴……2470
眞籬……1693
眞龍……1029
眞令……4210
眞鈴潮翁……5578
眞碌……975
莘……3098
莘荑館……3931
莘齋……2864
莘亭……4758
莘田……5290
莘野……495
莘陽……4159
振……4575
振衣……1531
振衣閣……1531
振肅……5483
振濯……2332
振道……3331
振鷺……1332
畛齋……4446
昣齋……4446
秦問……4774
秦山……3837, 5059
秦次郎……4819
秦西江……3711
秦川……1338, 5886
秦里……2289
秦領……5054
深淵……5124
深淵堂……4028
深慨隱士……3901
深卿……6315
深原……1928
深谷山人……2479
深齋……3692, 4335
深處……4726, 5337
深川……4676
深草元政……2516
深造……490
深造舍……2336, 2337
深藏……1763, 3944, 4414
深美……4749
深甫……1853
紳……1416, 1446
紳卿……2299
晨……4569
晨太郎……6409
晨耀……3258
進……406
2670, 3647, 4235, 4658, 4854, 5044
進一郎……3746
進九郎……4476
進居……6604
進卿……5208
進齋……186, 324, 2191, 4906, 5884
進士……1129, 5504
進之……5349, 5351
進治……1692, 3410
進七……6604
進修……15, 5586
進藏……1211
進德齋……1145
進平……274
森五郎……5699
森々園……5419
森髯……6086
森太郎……5225
森二郎……3370
軫石……1070
愼……228
2550, 2642, 4020, 4112, 5695, 6235
愼庵……6202
愼菴……6490
愼一郎……2167
愼義……4697
愼卿……3952
愼言……2292
愼吾……1534
愼齋……594, 657, 816
923, 1397, 1670, 1730, 1799, 2167
2256, 2538, 5185, 5777, 6251, 6491
愼之丞……1746
愼始……6645
愼次……5977
愼次郎……3250
愼助……4907
愼靜舍……2396
愼叟……4559
愼藏……6235
愼太郎……184, 4267
愼亭……6516
愼德先生……4415
愼獨……1353
愼獨齋……3211
愼甫……2721, 3161, 6045
愼猷……1671
新……163, 178, 818
1912, 3541, 3935, 5337, 6020, 6190
新庵……3755
新菴……3248
新一郎……6538
新右衛門……437
695, 1738, 2278, 3204, 4830, 5189
5191, 6022, 6032, 6033, 6441, 6451
新介……354, 2810
新吉……1593, 4722
新九郎……2721, 2797, 2799, 2843
新橋先生……3176
新卿……2483, 3442
新見文庫……3206
新五右衛門……1125, 2741
新五兵衛……4531
新五郎……355, 1272, 1483, 2998, 3583
新吾……1593, 4058, 4363, 5907
新好齋……991

新興……4600
新左衛門……1413
1753, 2258, 3204, 4153, 4720, 5753
新齋……2053, 2978, 4395
新三……5753
新三郎……2239
2250, 2799, 3684, 4193, 5753, 5820
新之……1387
新之助……3541, 6507
新之丞……1496, 5374
新四郎…82, 84, 796, 2348, 5489, 6672
新次……3862
新次郎…449, 2456, 5374, 5812, 5986
新治……3862, 4573
新治郎……1692
新七……5752, 6604
新七郎……1621, 4347, 5752
新十郎……6185
新重郎……4855
新助……132, 134, 354, 681
877, 1254, 1625, 1890, 2307, 3175
3225, 3417, 3525, 3810, 3833, 3856
4372, 5110, 5113, 5349, 5653, 6028
新蕉軒……2421, 2536, 2542
新丞……2083
新場先漁……1381
新川……1569, 4080, 6307
新泉……4865
新藏……429
1211, 1254, 1876, 2145, 2751, 3346
3409, 5104, 5700, 5782, 6493, 6634
新藏人……626
新村……4810
新太郎……163
358, 579, 597, 1365, 1737, 3935
新椿山荘主……6710
新酊嘯月庵……2066
新内……3262
新二郎……2354, 4056
新寧武子……1381
新八……5751
新八郎……1399, 4382
新平……750, 811, 2799, 4873
新兵衛…1187, 1939, 2587, 2695, 2967
3368, 3795, 4322, 4865, 5188, 5191
5425, 5966, 6021, 6274, 6418, 6419
新甫……145
1175, 2015, 3977, 4706, 6552
新民……5110, 6206
新蘆……6179
新六……332, 2207, 3048, 5337, 6190
新六郎……6190
新祿……332
寝惚先生……1381
榛軒……451
榛齋……913, 3751
榊──→サカキ
槇齋……4795
槇太郎……4472
審卿……391
審軒……1680
鋠太郎……667
震……1113
震庵……6202
震菴……6202
震翁……2467
震溪釣叟……6182
震軒……5956
震左衛門……5606
震齋……726
震志……2303
震藏……1397
震澤……1266, 6182
震平……4954
震孟……3247
薪里……2746
親……3329
親安……2844
親懿……2279
親谥……5789
親恭……5637
親卿……1634
親賢……2377
親好……1657
親孝……5862
親之……2398
親壽……4073
親從……1386
親春……1326
親辰……4160
親善……343
親太……3860
親知……3036, 3741
親忠……2116
親長……2549, 3522
親輔……3547
親倫……5199
親和……5861
縉……480
縉侯……2299
諶……5058
鍼齋……4412
麕……228
鬒髪山人……6120
濶水……904
仁……3042
仁庵……6482
仁菴……6482
仁一郎……2916
仁右衛門……353, 1257, 1991, 2929
3204, 4101, 4642, 4880, 6303, 6568
仁焉子……5956
仁卿……1557, 3513, 6618
仁左衛門……353
418, 1065, 4988, 5683, 6568
仁齋……496
仁三郎……5779, 6291
仁山……367, 3124, 5131, 6181, 6401
仁壽庵……2296
仁壽屋……6375
仁重……5159
仁正候……764
仁靜……3176
仁川……4636
仁藏……544, 5413, 5414, 5525
仁智樓……107
仁堂……2501, 3402
仁八……4680
仁風……3853
仁兵衛……425, 1244.2894, 5470
仁甫……1347
仁輔……3655
仁里……2560, 2766, 4160, 5159, 6281
仁籠……6482
甚右衛門……234
1319, 2332, 2915, 3204, 6124
甚吉……2471, 5106
甚五左衛門……1330, 6213
甚五郎……2069, 3803, 5563
甚左衛門……234, 1330, 5916
甚齋……4924
甚作……6613
甚之助……6416498
甚四郎……267, 6392
甚三郎……3707, 4232, 5378
甚七郎……4269
甚十郎……3642

甚藏……1249
1540, 3804, 5375, 5903, 6655
甚太夫……4849
甚太郎……307
873, 980, 3802, 5732, 6611
甚八……2757
甚八郎……4680
甚平……2913, 3254, 4233
甚兵衛…1651, 2396, 6348, 6369, 6487
訒庵……4726
訒齋……1126, 3018, 4346
訒亭……5176
訒堂……365
尋四郎……6567
尋思齋……3340
尋田……3145
尋芳堂……2721
靭負……303, 1304, 1331, 3720
腎林……3040
塵……4429
塵隱……2403
塵也……2817
蕁塘……4839
藎……2239
藎臣……1757

す

栖──→セイ
須溪……172, 4336
須谿……172
須原屋……2288
須ヽ紀乃屋……6596
須靜主人……4656
須靜主堂……4656
須靜塾……4656
豆──→トウ
荳──→トウ
圖──→ト
水安……4738
水庵……2414, 5487
水飲百姓軒……5731
水右衛門……2985
水雲……5944
水雲居士……5218
水雲軒……3844
水居……2353
水境……3220
水玉社……3458
水玉老人……2341
水溪……5914
水月道人……5038
水原……3057
水香……767
水谷山人……6081
水國館……443
水哉……1236, 6648
水哉園……5981
水哉館……4253, 4255
水哉亭……3491, 4659
水哉堂……4168, 6413
水齋……2494
水晶山人……3214
水西莊……6555
水石……1413, 5826
水石居……2366
水竹……4580, 5034
水竹居……1443
水竹居主人……3885
水堂……1397
水南……2386
水南漕夫……1348
水母子……4863
水豊……2333
水明……3220
水樂亭……4069
水流雲在樓主人……4306
水瀧……3662
吹竿……1207
吹竿陳人……6393
吹臺……3730
吹颺……6397
垂加……6262
垂卿……1447
垂山……5390
垂穗舍……624
垂井の聖堂……768
垂裕堂……1990
垂柳亭……5688
推……2158
推德……4741
推鼻……4561
彗日山人……1550
椎園……6167
揣──→シ
遂庵……752, 2648
遂菴……752
遂薺……2648
睡庵……1063, 4132, 4623
睡隱士……2185
睡軒……6422
睡虎……1452
睡香……794
睡心……4074
睡仙……5946
睡峒……3422
睡佛齋……2380
綏……1887, 2308, 2759
綏介……2612
綏猷堂……1531
粋庵……4497
粋精堂……5256
翠……413, 2431
翠庵……6063
翠菴……2455
翠猗……3019
翠漪……3019
翠陰……1497, 4097, 5043
翠陰學校……3467
翠隱……4097
翠宇……1824
翠雨……808, 6308
翠雨軒……6308
翠雨亭……6393
翠塢……1207
翠雲堂……102
翠園……3380, 4601
翠華園……3594
翠崖……5220
翠闕……4097, 5043
翠岸……4211
翠溪……3542
翠軒……293, 3803, 4601
翠光軒……4959
翠篁館……1588
翠山……4097, 5043, 6528, 6649
翠山樓……690
翠樹……90
翠松觀……259
翠城……2101
翠仙……5989
翠迺舍……4097
翠廼舍……5043
翠竹……6145
翠竹院……5452
翠竹園……3709
翠竹齋……5452

翠竹堂……6638
翠竹樓……110
翠中軒……2715
翠亭……3643
翠濤……6046
翠堂主人……417
翠屏……6492
翠屏吟社……3821, 4391
翠峰……2333, 5047
翠藍……1894
翠柳……6330
翠麓……4540
穂波……3986
穂峰……6544
醉逸……1244
醉烟居士……5570
醉煙居士……5570
醉翁……176, 3049, 6277
醉鷗……6421
醉雅……6181
醉臥亭……2274
醉魚……329
醉鄉太守……1020
醉經……2345, 2984
醉經堂……6501
醉月老人……3609
醉月樓……265
醉軒……4786
醉古……682, 2210
醉古館……2210
醉古堂……2188, 2210, 5750, 5997
醉香……2417
醉山……4416
醉死道人……3725
醉晋齋……4282
醉石……1939, 4696
醉稚……4192
醉竹……4323
醉中……2340
醉亭……4248, 4889
醉顚……1110
醉奴……6181
醉桃子……3361
醉堂……762
醉墨山人……4427
醉墨子……4427
醉墨主人……370
醉茗……3548
醉蘭……5231
雖知苦齋……5452
瑞安……5902
瑞庵……5114, 5902
瑞一郎……2942
瑞繹……2681
瑞園……5456
瑞翁……91
瑞霞園……845
瑞華……163, 3648
瑞卿……1428
瑞見……2454, 2456
瑞皐……3648
瑞之軒……4195
瑞城……161
瑞穂……2038
瑞井……2443
瑞仙院……2456
瑞兆寺……2516
瑞梅館……5478
瑞白……3490
隨安……6629
隨安居士……6629
隨庵……809, 4834, 6655
隨菴……3103
隨緑居士……3549
隨緣道人……2512
隨翁……3294, 5785, 6166
隨鷗……788
隨鷗吟社……1324, 4079, 6079
隨宜軒……4738
隨軒……4825
隨古堂……962
隨齋……3063, 3294, 4519
隨山……1942
隨所……1128, 2813
隨處……425
隨祥……5062
隨世……4806
隨朝……1325
隨風……4040, 5506
隨有……3719
隨龍……5105
蘂珠……5550
芻蕘子……2303
崇……2614, 5767
崇一……5038
崇一郎……5038
崇永……4524
崇易叟……2973
崇義……2372
崇古道人……4817
崇廣……6046
崇廣堂……1380
崇傳……2730
崇峰……1761
崇蘭館……5203
崧……3965
崧庵……3965
崧菴……3965
崧岳……4196
崧溪……2233
菘翁……4656
菘叟……4656
菘廬……5609
嵩……6093
嵩岳……4783
嵩獄……4783
嵩山……4744
嵩山房……2587
嵩臺……896
嵩天……291
嵩陽……1168
數奇屋雜史……635
數馬……303, 1790, 4105, 4461, 5455
樞卿……3822
雛翁……3211
雛岳……4196
雛助……2640
寸庵……484
寸雲……147, 5664
寸雲軒……5664
寸鐵居士……2640
寸碧樓……1659

せ

せ見の屋……3700
世庵……1570
世夷……691
世爲……6590
世彝……691
世彜……691
世育……6539
世逸……5270
世華……6571
世煥……1180, 2261
世幹……6282
世輝……2190

世儀 ……1934, 4581
世恭……5898
世教……2896
世業……4718
世鈞……2666
世勳……4226
世絅……3738
世敬 ……2119, 3179
世經……4852
世繼……3511
世馨……5378
世傑……318, 2368, 4751, 6101
世潔……2368
世憲……4867
世謙……129, 5196
世元……2766
世彦……3234
世古……4798
世祜……1810
世弘 ……2668, 3069
世行……6538
世考……4393
世孝……3347
世恒……5367
世黄……6107
世綱 ……819
世衡……5239
世興……4927
世璜……1258
世克……5377
世濟 ……1992, 2191
世纘……5739
世壽……4809
世穤……6390
世秀……1229
世叔 ……5152, 5559
世肅……2191
世順……6661
世昌 ……1527, 3016, 3848, 6156
世祥……1285
世章 ……949, 3897, 4196
世襄……1585
世寔……3182
世植……3440
世晋 ……190
世瑞……2848
世誠……3511
世績……4319
世孫……5532
世尊……3860
世大……3816
世達……3429
世張……2668
世直……3708
世鼎……3935
世典 ……489, 498
世德 ……1121, 5584, 5586, 5888
世篤……3439
世寧……710, 750, 1313
世璞……3183
世範……3198
世璠……1857
世美……224, 555, 1705
2177, 2289, 2294, 3213, 3431, 6529
世父……500, 2886
世文 ……318
528, 1648, 4747, 6063, 6572
世輔 ……245
世懋……764, 1594
世寶……1912
世樸……2662
世民……1892, 2289, 5606
世明……6064
世雄……1909, 1951, 4957
世猷……3208
世履……3872
世龍 ……3654, 5890
世良……5577
世亮……5887
世禮……1454
世靈……4004
世廉……1591
世祿……6343
世和……4756
施──→シ
是庵……5753
是顯……5411
是三郎……1630
是尚窩……5298
是水……294, 1244
是政……5827
是村……5550
是著……6546
井蛙……6369
井井……3746
井井居士……3746
井々堂……5070
正……2381
4648, 4655, 5135, 6328, 6640
正安 ……1656, 2116, 3844, 4687
正庵 ……277, 1721, 3731, 4366, 6650
正猗 ……679
正意……5389
正爲……3071
正懿先生……4942
正鋶 ……225
正一……37
正一郎……3271
正懋……6247
正尹……6591
正員……4529
正殷……1174
正贇 ……191
正右衛門……4673
正英 ……1526, 1846, 3869, 5405
正盈……4805
正益……5182
正應……3027
正乙……5385
正音……4582
正温……5325
正雅……4347
正介……3051, 4173, 5839
正格……2882
正郭……6478
正慤……5134
正愨……5134
正翯……5603
正貫……5942
正幹 ……250
正寛……5502
正觀……4543
正己 ……1236, 4879
正己堂……3892
正氣堂 ……3047, 6626
正熙……4528
正毅 ……307
正義 ……781, 998
1243, 3292, 4386, 4615, 4749, 6604
正義堂 ……983
正誼 ……5804, 6365
正誼書塾……3094
正吉……1506, 1523, 5112
正休……4612
正球……1279
正躬……2562
正鄉 ……714

正業……3006
正隅……137
正珪……1277
正啓……5284
正卿……714, 1657, 1658
2220, 2399, 3656, 5611, 5747, 6165
正惠……1541
正敬……1295, 2346
正敬先生……5250
正慧……5353
正慶……4858, 5452
正繼……2393
正軒……3402
正健……1414, 3044, 4320
正堅……5814
正憲……1461
正賢……5543, 6493
正謙……2885, 6149
正獻先生……4933
正固……4649
正五郎……1221, 1497, 2879, 6361
正公……2719
正弘……37, 3275
正巧……3674
正光……492
正宏……2970
正孝……6042
正恒……672, 1169, 3797, 4858
正高……1353
正貢……5760
正浩……6132
正皓……2295
正衡……2937
正興……3205, 4302, 4349
正剛……6353
正左衛門……6640
正佐……4313
正齋……2715, 3015, 6198
正濟……3873
正作……2442, 3260
正策……6042
正三郎……1899, 4655
正之……1560, 3705, 5343
正之進……345
正司……6424
正志齋……59
正次……5616
正次郎……1257, 2446, 4977, 5424
正兒……99
正治……771, 4159, 4309
正辭……2195
正識……34
正室……5181, 5187
正質……3796
正實……5185
正守……3541
正周……2937
正秀……5823
正秋……6506
正修……223, 1246
2052, 3758, 5400, 6328, 6384, 6521
正脩……2052
正緝……4266
正重……2686
正俊……757, 2519, 2746
正春……3267, 4805
正巡……3052
正純……196
2624, 4445, 5038, 5183, 5972
正惇……580
正淳……1473
正順……1462, 6202
正助……735, 1658, 2481, 5704, 6331
正章……1545, 5277
正紹……4591
正勝……2998, 3978, 4396
正照……5454
正彰……2883
正韶……4527, 5184
正職……3267
正心……4749, 6284
正心齋……3980
正臣……417, 2030, 3270, 3915, 6371
正辰……5320
正信……787
2711, 2992, 3467, 3761, 4599
正愼……4234
正人……1095
正世……2610
正生……3781, 3917
正成……3423, 4766
正清……4193, 5187
正盛……5452
正誠……3531, 4326, 6277
生石……2229
正析……1882
正績……4319
正善……4430
正相……4852
正藏……471
1425, 1622, 2772, 4265, 4388, 5400
正則……3646, 6441
正孫……5655
正巽……4981
正尊……4403
正太郎……6165
正端……1214, 5233
正知……2257
正仲……202
正忠……1542, 3882, 6278
正長……1242, 3710, 4023
正朝……6330
正超……5390
正直……997, 1755
2007, 2149, 3052, 4234, 4378, 4642
正珍……3992, 6318
正通……4766
正貞……5453
正貞先生……3226, 4934
正禎……5616
正的……3765
正典……195
正當……5668
正董……299
正燾……1461
正堂……5036
正道……4234, 4962
正德……2625, 3047, 5215, 6412
正篤……6164
正敦……1398, 6478
正寧……3366
正葩吟社……6307
生白……1940
生白堂……1936, 1940
正博……225, 4323
正美……784, 4163
正弼……1558
正彬……2789
正敏……216, 3976
正夫……4567, 4950, 6356
正富……301, 302
正武……30
2620, 2862, 3716, 5167, 5391
正封……200
正風……6647
正風館……5858
正福……5215

正文……5826
正平……905, 2711
正兵衞……4478
正甫……2481, 3771
正保……4599
正輔……5401, 5593, 5704
正方……585, 3636, 5256
正房……5011
正懋……6247
正朴……5396
正樸……5403
正本……5872
正務……6457
正名……5677, 5812, 6075
正明……2303, 3557, 4127, 4455, 5569
正由……1665
正祐……5704
正雄……835, 2303, 4576, 6626
正與……2426
正揚……948
正陽……2241
正養……4737
正翼……197, 4163
正履……1879
正立……241, 3360, 3370
正立齋……825
正柳……241
正隆……6526
正龍……5392
正良先生……4935
正亮……1, 6163
正倫……5185
正令……33, 6165
正麗……1002, 2713
正廉……6279
正路……1664, 2364, 3206, 3479, 5388
正郎……915
世──→セ
生育齋……6002
生宇……2937
生可軒……5485
生駒……2368
生駒山人……2368, 6101
生卿……3903
生濟堂……1342
生三……104, 4878
生順……1251
生申園……5580
生生……959
生白齋……25
生平先生……4159
西塢……114
西崦……5340
西崦精舍……5340
西園……6252
西園花癡……6192
西河……4454, 6064
西河濳子……3164
西海一狂生……3631
西涯……2716, 3269, 4321, 6282, 6556
西郭……6253
西郭先生……3185
西岳……2591
西嶽……1024, 2591, 4804
西丘……5632
西丘老夫……3215
西遇……1651
西月……6247
西軒……1697
西原……2578
西湖……572
西湖外史……462
西江堂……5143
西郊……1047, 2355
西巷……3635
西皐……2240, 3589, 5442
西湟……2628
西隍……4983
西左衞門……3773
西山……21
2821, 2881, 4122, 4474, 4647, 5457
西山隱士……4122
西山贋樵……3543
西之助……2552
西洲……2019
西樵……6259
西水……3205
西陬……3045
西莊文庫……1211
西臺滕侯……5439
西擇樓……3403
西疇……4590, 4781
西塘……5706
西洞……5236
西坡……3014, 3732
西陂……3014
西磐……1428
西盤……1428
西鄙塾……5217
西鄙人……750
西峯山人……5602
西峯散人……5602
西溟……3598
西銘……1980
西野……750
西野居……5677
西野鄕校……5557
西洋……5606
西巒……4718
西里……4397, 4686, 6254
西陵……3251
西陵山人……3251
西嶺……715, 2591
西灣……6594
成……39, 328
1249, 1606, 2289, 4760, 4996, 5018
成庵……4619
成一……4620
成允……3588, 4520, 5772, 5870
成遠……678
成園……4580
成佳……5853
成寛……1308
成器……1859
成器堂……4938
成簣堂文庫……4125
成夔……3361
成義……5705
成儀……213
成恭……3365
成嶠……2640
成業……4034
成曉……5851
成均……6303
成卿……930
2193, 2399, 3279, 3584, 3960, 3978
成溪……3201
成蹊……6063
成憲……938, 1581, 2433, 2961, 6633
成賢……5766
成言……1485, 1932
成廣……6073
成穀……4397
成齋……775
1849, 1963, 2549, 3074, 4490, 4649
成材……1147, 1163, 1165
成粲……5775

5000, 5037, 5138, 5177, 6089, 6591
省三……………………3978, 4549, 5000
省治……………………………………5393
省所……………………………………6174
政………………………289, 972, 3151
政一郎…………………………………4980
政右衛門 ……………863, 2886, 5751
政圓……………………………………5174
政演 ……………………………………873
政寛……………………………………4999
政幾久…………………………………2135
政義……………………………………1171
政吉 ……………………………………779
政躬……………………………………1784
政擧……………………………………1942
政均……………………………………2930
政矩 ……………………………………407
政敬 ……………………………………593
政憲……………………………………3975
政元……………………………………2138
政五郎 ……………………4805, 5787
政孝……………………………………6463
政恒……………………………………3745
政香……………………………………6642
政晃……………………………………3677
政興……………………………………6677
政在……………………………………4604
政三郎…………………………………4656
政之……………………………………5571
政之助………………1245, 3211, 6635
政師……………………………………5160
政次郎…………………………………4025
政治……………………………………1839
政時……………………………………4465
政實……………………………………1171
政種……………………………………4731
政樹……………………………………5455
政秀……………………………………5707
政純……………………………………4445
政順……………………………………3668
政助 ……772, 3051, 5229, 5907, 6331
政昭 ……………………………………203
政章……………………………………2374
政紹……………………………………1844
政照……………………………………1844
政常 ……………………1162, 3745
政淨……………………………………2137
政辰…………………3744, 4028, 4587
政水……………………………………4406
政成 ……………………1784, 5946
政績……………………………………1938
政憩……………………………………2375
政則……………………………………5144
政太郎…………………………………6409
政坦……………………………………5608
政直 ……………………………………201
政典……………………………………5159
政藤……………………………………1784
政道……………………………………4069
政德 ……………………4485, 4666
政寧……………………………………3366
政八郎…………………………………4398
政發……………………………………1709
政胖……………………………………3743
政美 ……………………1845, 3686
政苗……………………………………6290
政敏 ………1189, 1223, 4203, 6660
政黼……………………………………3491
政文 ……………………………………419
政平……………………………………4084
政輔 ……………………3491, 6331
政方…………………2218, 3408, 4404
政峯……………………………………4380
政房……………………………………4763
政友……………………………………3240
政雄……………………………………6310
政輿……………………………………6677
政要……………………………………5442
政禮……………………………………6465
政和 ……………………2272, 5996
星塢……………………………………4811
星翁 ……………………………………710
星海……………………………………3347
星崖……………………………………4068
星嵓……………………………………6185
星巖……………………………………6185
星峡……………………………………2773
星溪 ……………………4838, 5426
星江……………………………………2638
星皐……………………………………3709
星社……………………………………4688
星聚堂…………………………………3119
星渚 ……………………1305, 4446
星川……………………………………5426
星池……………………………………4812
星中……………………………………4241
星堂 ……………………………………710
星峯 ……………………………………764
星陵 ……………………1128, 6619
星舲……………………………………1059
星嶺……………………………………3466
倩齋……………………………………5223
栖雲 ……………………3492, 5686
栖霞……………………………………4716
栖齋叟人………………………………1034
栖心齋…………………………………3471
栖龍……………………………………1513
栖龍閣 …………………………………239
晟………………………………………2198
清……………………………660, 1922
2045, 2274, 2281, 3717, 4341, 4427
4654, 5429, 5714, 5722, 6341, 6479
清一郎 ………………7, 3350, 5268
清逸……………………………………5379
清陰……………………………………5743
清蔭……………………………………2189
清右衛門………………………………1730
2874, 2969, 4427, 5714, 6351
清宇……………………………………5323
清盈 ……………………………………658
清榮……………………………………5690
清影……………………………………5118
清遠 ……………………1894, 1973
清淵……………………………………2348
清音塾…………………………………6498
清音樓…………………………………6348
清河 ………………………………………6
清夏堂 …………………………………203
清介……………………………………1385
1557, 2129, 4959, 5923, 6259
清涯……………………………………4292
清格……………………………………1426
清閑……………………………………1639
清簡……………………………………1639
清記…………926, 2128, 3207, 3772
清氣樓…………………………………4388
清基……………………………………2388
清暉閣…………………………………2693
清暉樓 ………………1392, 5891
清熙園…………………………………2938
清熙園塾………………………………2938
清吉 ……………………1396, 3397
清九郎……………………………………74
清虚……………………………………2755
清狂……………………………………2513
清矩……………………………………2569
清卿……………………………………2137

清溪……1284
1987, 3383, 3516, 4360, 6371, 6406
清溪塾……6406
清軒……1208, 6568
清堅……927
清儉堂……1446
清憲……4917
清古……5100
清行……6110
清江堂……4723
清興……2305, 5551
清藁科河……3204
清左衛門……391, 734, 1744, 4286
4422, 4427, 5485, 5487, 5637, 6426
清齋……3016, 3133, 5142, 5381, 6420
清三……3096
清三郎…1992, 3665, 5790, 5908, 6333
清之助……4267
清之丞……992
清之進……6398
清士處……1385
清四郎……2183, 6448, 6451
清次……3205, 5056
清次郎……141, 2045, 5230
清時……2254
清七……2601, 5697
清七郎……738, 2601, 3017, 5773
清樹……6296
清秋……657
清修……1427
清修居士……4427
清十郎……1643, 2969
清嘯軒……533
清逑……6475
清俊……1773
清準……1434
清渚……1238, 6681
清渚山人……1622
清助……1385
1557, 2129, 3129, 3966, 6259
清松白石人家……4427
清祥……1428
清賞……659
清水……3949
清綏……530
清崇……1430
清世一閑人……2722
清世逸人……5540
清成……3259
清成堂……2626
清々翁……1793
清々舍主人……2655
清靜……4159
清石……2713
清節……5976
清先……2568
清泉……4240
清素……6578
清素軒……6578
清藏…7, 790, 1031, 2795, 3096, 4338
4982, 5185, 5246, 5923, 6004, 6660
清則……851
清太……1363
清太夫……1746, 2921, 3523
清太郎……189
3036, 5037, 5600, 5892, 6372
清癡……5570
清長……1309
清直……3192
清通……2081
清禎……1428
清內……114
清二……1530
清寧……3366
清白……5083
清八……2795, 3837, 4401
清八郎……3097
清富……3053
清風……7, 182, 1315, 1564
2911, 3550, 3695, 3792, 3853, 5153
清風吟社……5474
清風軒……5582
清風堂……1542, 2626, 6176
清風明月樓主人……4493
清風樓……2626, 3061
清復……1433
清福……3563
清福道人……5965
清平……660
清兵衛……28, 1501
2857, 3292, 5852, 6262, 6429, 6587
清甫……1385, 5923
清方……1344, 3601, 6151
清邦……1926
清房……5822
清彌庵……603
清夢軒……4043
清友……3501
清流……4881
清亮……2958
清廉……4192
清瀧……6159
清六……6343
旌峨……4470
旌藏……104
盛……6067
盛韻……5116
盛恭……180
盛業……4034
盛行……2479
盛孝……136
盛香……1649
盛郊……4170
盛三……1494
盛時……624
盛純……2865
盛辰……4241
盛太郎……4317
盛達……5950
盛直……1642, 4435
盛貞……5875
盛傳……793
盛道……4787
盛德……1205, 5291
盛彬……4176, 4241
盛寶……3349
盛明……2756
盛唯……610
盛雄……4803
盛履……4431
盛良……6194
犀──→サイ
菁阿堂主人……5291
菁莪……4431
菁莪園……3377
菁莪學舍……111
菁莪塾……3068
菁莪書院……3067
菁莪堂……2826, 2863
菁々……3348
菁里……5760
惺……1207, 1922
惺窩……5298
惺軒……4676
惺齋……989, 4818, 5298, 5413
惺叔……839
惺々齋……5492

惺々子……5298
惺堂……2137
晴……165
晴霞亭……6339
晴海……2555, 6372
晴暉樓……1392
晴吉……165
晴溪……884
晴軒……45, 1378
晴湖……281, 1662
晴耕雨讀翁……3344
晴耕雨讀齋……3344
晴齋……1379
晴雪窓……4153
晴雪樓……4546
晴雪樓主人……2235
晴潭……5314
晴貞……5252
晴峰……157
晴雷……359
棲雲樓……3419
棲霞……1803
棲心……3471
棲眞……2532
棲眞窩……2532
棲眞邃……2531
棲遅庵……1654
棲碧……3998
棲碧樓……5498
棲碧樓山人……5498
棲鳳……6046
棲鳳園……3618
棲鸞書屋……4090
棲龍閣……239
晳──→テイ
靖……760, 919, 926, 2447, 2922, 3280
4181, 4301, 4924, 5727, 5962, 6088
靖安……5066
靖雨……3205
靖懿……69
靖共先生……518
靖恭先生……2852
靖軒……1129
靖厚先生……4888
靖左衛門……5727
靖齋……497, 512, 1155
1326, 1774, 1809, 3185, 4514, 5501
靖山……5887
靖之……4301
靖所……752
靖節先生……4859
靖亭……6605
靖堂……4978
靖道……916, 919
靖民……4819
聖隱……5717
聖雨齋……3395
聖居……1503
聖欽……1095
聖訓……489, 498
聖功……6236
聖耕……4045
聖社詩會……5474
聖祥……813
聖城山人……228
聖誕……3641
聖談……3468
聖南舍……2368
聖楠舍……2368
聖謨……2028, 3787, 5963
聖民……778, 5200
聖與興……3308
聖與典……3308
蛻──→ゼイ
誠……167, 1452
1485, 1932, 2329, 2330, 2811, 3065
3271, 4511, 4835, 5049, 5480, 6060
誠安……5955
誠意……1744
誠一……4848
誠一郎……5280, 5918
誠懿……385
誠卿……897, 6078
誠敬塾……2602
誠軒……135, 2882, 3997, 6559
誠縣……579
誠懸……579
誠左衛門……1744
誠齋……39
1744, 2592, 2883, 3268, 3967
3997, 5111, 5215, 5397, 5811, 6003
誠三郎……3665, 6473
誠之……2682, 4246, 4368, 4440, 4835
誠之允……4326
誠之助……4267
誠之進……5272
誠實……5003
誠所……4524
誠清……273
誠藏……5874
誠道……5629
誠美……1641
誠甫……1145, 1156, 1290, 2052, 3735
誠明……2280, 3586
誠有軒……5904
誠廬……6433
齊賢……106
齊三郎……4282
齊水……5947
齊荘先生……4894
齊東野人……6151
製阪……2069
精……692, 1519, 4001, 6137
精庵……1187, 1979
精菴……1187, 1979
精一……2350
2692, 3302, 3677, 3852, 5164, 5186
精一郎……3132, 3768, 5268
精翁……270
精干勤塾……4061
精義……2682, 6370
精義塾主人……3181
精義草廬……4320
精吉……692
精溪……2943
精齋……270
311, 1415, 3016, 3218, 3999, 4027
精齋翁……270
精三郎……4282, 5377
精藏……2630, 3048
精天官……4329
精白……3142
精兵衛……1366, 1877
精明……2823
精里……2629
請經居士……3463
整……6226
整宇……4933
整齋……3543, 6602
濟──→サイ
醒……873
醒翁……1606, 4752
醒狂……118, 5261
醒狂道人……3463
醒鄉……4480
醒軒……2814, 4388
醒齋……873, 5154, 6081

醒世……873
醒石……5977
醒窓……3985
醒廬……5732
靜……957, 2149
2330, 3177, 3780, 4651, 5226, 6305
靜安……1554, 3092, 4435, 6444
靜安居……1098
靜安舍……4248
靜庵……934
2469, 2774, 2996, 3142, 4791
靜菴……2469, 2996
靜盦……4498
靜一……543, 5754
靜一道人……5754
靜一郎……2364
靜逸……6337
靜宇……2054
靜遠處……6065
靜遠松隱者……4068
靜園……2217, 2341
靜翁……4024
靜海……4062
靜學……2578
靜學齋……5865
靜觀窩……6592
靜觀窩老人……6592
靜觀堂……200
靜觀廬……6103
靜寄軒……5033
靜宜軒……4717
靜吉……1884
靜吉郎……4727
靜區……919
靜卿……2358
靜溪……2106
靜軒……415
1701, 4024, 4712, 4784, 5915
靜儉陳人……4749
靜儉堂……1853
靜古……1722
靜好閣……6466
靜香……190
靜齋……770
919, 2066, 2217, 2549, 3305, 3978
4030, 4142, 4148, 4552, 4804, 5107
5129, 5456, 5507, 6194, 6416, 6447
靜山……1558
1571, 2092, 2904, 3350, 4791, 5722
靜氏……1403
靜俟齋……6028
靜思翁……148
靜次……3457
靜舍……2217
靜修……757, 2997, 3046, 4013, 5076
靜修館……132
靜修所……2805
靜脩……5878
靜脩齋……1978, 6332
靜脩堂……6332
靜春……1584
靜春院……4062
靜所……1269, 2275
靜處……1727, 4727
靜勝軒……1500
靜正堂……180
靜成……6324
靜々居士……1343
靜節山房……4034
靜先……2568
靜窓山人……934
靜臺……1910
靜堂……4522
靜德先生……5949
靜馬……1796
靜夫……1015, 3763
靜復……2395
靜復軒……2159
靜文堂……6566
靜甫……1670, 2033, 4795
靜名道人……934
靜默……1554
靜也……708
靜幽……4159, 4522
靜幽堂……4522
靜里……2280
靜廬……2292, 4924
騂之介……1283
騂之助……1283
瀞……4159
鯖江……1347
躋壽菴……1601
霽宇……5179
霽雲……5237, 6188
霽月堂……2643
霽松……2962
霽西莊……4717
霽南……2096
蛻翁……6190
蛻窩……1361
蛻巖……5969, 6190
贅庵……890, 2973
贅世子……4629
夕佳園……5004
夕顔……528
夕顔少將……5657
夕顔叟……4940
夕桂樓……5950
尺──→シャク
石庵……942, 5812, 5986
石菴……942, 5812, 6705
石隱……4472
石蘊……4455
石園學舍……2679
石燕……6272
石窩……4249
石霞……3669
石介……1615
石厓……1852
石嶽……528
石九郎……4821
石居……1932, 2190, 4222
石橋……3351
石桂堂……4784
石經山房……5589
石經樓……6069
石溪……416, 3030
石見……2135, 6089
石原愚者……5530
石原先生……4700
石鼓……5476
石鼓館……5476
石公……1827
石巷子……4610
石香齋……3822
石谷……4042, 5553
石谷道人……5553
石鯤……5667
石齋……10
942, 971, 2430, 3670, 4083, 5987
石山居……6630
石山房……6630
石棧……1723
石室……2459, 5196
石舟……1388, 3369, 6567
石秋……6567
石床……5789

石牀……5789
石城……1265, 1588, 2639
石水……5492
石水隠史……1884
石川文庫……656
石泉……1327, 2963
石窓……1075, 1078
石窻……1075
石埭……4448
石臺……499, 1670
石痴道人……6452
石枕……1207
石亭……836, 3766, 5245
石顚……3109, 4648
石巓……4648
石顚道人……5543
石南……2096
石南居士……6699
石楠齋……1381
石楠亭……1381
石年……31
石坡道人……5826
石屏……5799
石屏通人……4610
石甫……4777
石浦……4259
石貌……375
石門……2964
石陽……4702, 5748
石瀬……2381
石巒……773
石梁……1549
石梁山人……1934
赤羽先生……4844
赤淵……5484
赤間隠人……3631
赤間隠密人……3631
赤次郎……2174
赤州……5208
赤洲……6459
赤松……338, 1938
赤城……383
794, 1351, 1535, 1588, 2120
2884, 3047, 3424, 3705, 5199, 5754
赤城翁……1631
赤須眞人……6050
赤水……417
2658, 3186, 3671, 4486, 5140, 6148
赤川隠士……5731
赤草……149
赤村……2187
赤蟲……245
赤峰……6614
赤報……5830
赤樂舍……164
赤陵……5023
昔櫻……5074
昔陽……5329
惜陰……2276
惜陰書屋……1975
惜陰樓……3435
惜我……4348
惜分院……3605
晳庵……699
晳菴……699
碩……631, 2943, 3085, 3203
碩園……4641
碩果……4249, 4886
碩果翁……4886
碩溪……3167
碩七……6065
碩亭……4043
碩美……799
磧夫……4195
磧葉園……3243
積……1214, 2909, 4654, 6656
積陰書屋……4513
積高……5034
積小館……4583
積水……4304
積翠……2581, 3048, 3740, 5693
積翠軒……629
積翠樓……4546
積靖……5275
積善……4250, 4858, 6238
積善堂……4553, 4572, 6213
積中……2712
積徳……4255
錫―➤シャク
藉蘭……5806
籍之……2167
績……2435, 2571, 4226
績齋……6197
切偲塾……266
拙……5074
拙翁……2885, 5439
拙窩……1491
拙鳩……2118
拙居……2525
拙軒……6023
拙古堂……1644
拙谷……6130
拙齋……118, 371, 943, 1403, 1446, 1596
1799, 2360, 4648, 5620, 6023, 6146
拙齋主人……2460
拙修……2178
拙修主人……5596
拙脩……3911
拙誠堂……1607
拙々翁……4933
拙前……1286
拙處……2956
拙巣……6557
拙藏……3772
拙忠……5074
拙堂……2885, 3453, 5798
拙道人……99, 2556
雪庵……3768, 3888
雪菴……3768
雪衣……2583
雪翁……261
1277, 3046, 3440, 3523, 5200
雪柯……5621
雪華道人……3523
雪岩……4722
雪巖……4722
雪丘……2128, 3207
雪溪……370, 418, 925, 2797
雪溪處士……370
雪月書堂……3549
雪月樓……3549
雪軒……1293
雪江……3425, 5066, 6191
雪江樓……3425
雪香樓……3425
雪航……5858
雪皐……5200
雪齋……1274
1596, 2838, 5259, 5543, 6310
雪山……2038
2285, 2515, 5439, 5907, 6273
雪山木骸……6700
雪參……2285
雪州……5722
雪洲……5722
雪蕉……2533
雪城……4290

雪城門人……4610
雪臣……1807
雪水……4678, 5200
雪生……4290
雪靑洞……773
雪船……330
雪巣主人……3451
雪窓……2655
雪牕……2655
雪藏……3446
雪廼舍……49
雪潭……1902
雪池……5206
雪汀……5025
雪泥居士……653
雪泥處士……653
雪洞……773
雪堂……688, 2481, 4648
雪峰……2775
雪篷……4907
雪鳴……261
雪瀾……1333
雪蘭……1333, 5125
雪旅……5543
雪林……5814
雪嶺……5813
雪樓……3019, 4305
渫庵……2203, 4076
渫翁……4250
渫齋……4105
踅──→テイ
節……71, 961, 1128, 1656
2747, 3236, 3516, 5012, 5067, 6066
節庵……344, 3768, 5932, 6112
節菴……3024, 3768
節宇……1976
節翁……6112
節窩……2482
節卿……1, 5688
節軒……199
節原……6177
節孝先生……4879
節香齋……2480
節齋……711, 1109, 2822, 3516, 4151
4979, 5678, 5946, 6081, 6112, 6512
節山……138
727, 1219, 3068, 5888, 6065
節之進……3763
節信……2217
節津……2853
節叟……1576
節藏……1576
節堂……2593, 3453
節夫……760, 2168, 2749, 6198
節父……760
節隆……2872
説三郎……5444
説之……261
説詩軒主人……6079
薛茘園……4123
攝津守……2175, 4521
攝善舍……5614
千一居士……549
千雲……4054
千介……3355
千卷舍……5982
千卷文庫……3397
千巖……3228
千逵……5673
千祺……6551
千金……3147
千金子……1381
千溪……5283
千谿……5283
千宏……6588
千谷……5855
千歳……5116
千之……940, 2969, 3004, 5592
千之齋……2539
千之助……3590, 3750, 4103, 4762, 5916
千之丞……5543
千斯……2630
千次郎……1093, 4413
千尺……856
千樹……3531
千舟學舍……2106
千秋……3197
3855, 5724, 5735, 6484, 6557, 6653
千秋園……4682
千秋館……5440
千秋齋……3398
千助……602, 3268
千鍾房……2288
千仞……1531, 1595
千水……2423
千々世丸……4120
千藏……258, 2248, 3155, 4538
千束……6710
千太郎……322, 433, 3297, 4446, 6608
千代倉……3155
千代松……4122
千朶山房主人……6076
千年……2487, 2603, 5560
千比呂……3654
千風……960
千文山蒙求寺……4493
千別舍……177
千輔……3268
千彌……4863
千熊……6189
千里……237, 500
528, 837, 1598, 1781, 1797, 2191
2226, 2387, 2942, 3076, 3147, 3168
3318, 3562, 3770, 3877, 4322, 5141
千里駒……285
千里駒郎……3231
千里浪子……3931
千柳……5656
千齡……1066, 6558
川靚の舍……3701
川崎塾……5426
川之輔……6415
川莊……6165
川内古雲行……5750
仙庵……982, 6638
仙菴……1054
仙右衛門……1398, 3667, 5080, 5383
仙益……3668
仙温……4232
仙鶴亭……6348
仙菊……4822
仙桂……5089
仙五郎……5883
仙三郎……6489
仙山……5089
仙山外史……6113
仙之右衛門……5383
仙之助……3619
仙之丞……665
仙之進……2126
仙子……5639
仙次……155
仙次郎……958
仙女香翁……6590
仙助……1218, 4923
仙鼠……5525
仙藏……4237, 4538, 4542, 6374, 6383

仙太夫……4305
仙太郎……1569, 3762
仙岱……5161
仙臺……1668
仙潭……5256
仙擣……5089
仙坡……4247
仙波……4247
仙八……4162
仙翼……5603
仙籟……3426
仙露閣……5706
仙樓……1644
仙←→僊
占春……3456
尖庵……398
尖菴……398
先……4636
先行……4025
先孝……77
先之……4198
先勝……483
先民……401, 3055
先憂齋……5269
串──→カン
宣……3581, 4601, 6339
宣阿……1756
宣右衛門……778
宣義……772, 2214, 6568
宣卿……313, 671, 6339
宣經……1023
宣賢……2314
宣光……5299, 6623
宣左衛門……778
宣三……6061
宣之……680
宣充……1692
宣浚……4097, 5043, 6528
宣濬……4097, 5043
宣純……1572
宣松老人……4252
宣昭……5552
宣條……5300
宣生……1569
宣瓚……2378
宣宗……405
宣貞……3827
宣廸……1612
宣迪……1612
宣風……6311
宣名齋……398
宣明……642, 2790
宣明齋……398
宣猷……4097, 5043
洗雲莊……6090
洗眼堂藤原唯彥……2115
洗耳……1139
洗心……2476, 4211
洗心庵……3801
洗心山人……2476
洗心子……2517
洗心舍……6299
洗心亭……3686
洗心洞……1353
洗心堂……1353
洗藏……3551, 3945
洗林……4905
染古樓……1724
染香人……1077, 3596
泉…894, 1087, 2504, 2764, 3790, 6269
泉右衛門……2764
泉翁……2764, 4707
泉窩……706
泉橋外史……6623
泉谷……2502
泉齋……1706
泉山……2998
泉四郎……5636
泉石……74, 5812
泉石陳人……3598
泉石鄰々居……653
泉藏……1220
泉臺……2754
泉堂……3277
泉溟……3620, 3868
泉老……5534
剡溪……495
倩──→セイ
穿石……2990
荃齋……441
荃汀……2093
扇之助……4136, 5015
扇和書屋……3742
閃……2864
專安……5107
專庵……2675, 4435, 5107
專菴……5107
專右衛門……5876
專堯……2054
專吾……575
專齋……1107, 5655
專之助……3121
專之丞……5461
專藏……2030, 2248, 5331
專太郎……956
專念翁……2774
專念居士……2774
專八……5886
專林……2776
剪枝畸人……958
剪燭齋……6162
淺右衛門……707, 5751
淺齋……5397
淺次郎……543, 1902
淺水漁者……3202
淺艸文庫……731
淺草庵……2471
淺草文庫……1427
淺草里人……6001
旋……4792
船山……2383
船石……1167
釧太郎……4378
孱守……1187
揃……4262
渲……4477
僊……4259
僊庵……3527
僊雲亭……6642
僊喬舍……4722
僊山……5089
僊助……1218
僊藏……4538
僊太夫……4305
僊潭……5256
僊←→仙
詮……427
詮胤……5937
詮賢……6155
詮虎……6155
詮輿……542
詮勝……5468
詮丈……6155
詮良……5468
戩……1083, 1150, 4969
銑三……6090
銓……1623

銓卿……5239
銛治……4021
潛……408, 440, 598, 800, 1061
2042, 3444, 4555, 5139, 5960, 6427
潛庵……1840, 2717
潛菴……2717
潛窩……2626, 6563
潛玉……1530
潛溪……2382
潛軒……4499, 5139
潛光……4076
潛齋……1887, 4908, 5449
潛思堂……1656
潛叟……4305, 5932
潛藏……440, 3126
3631, 3878, 4305, 5179, 5777, 5981
潛塘……1984
潛夫……615, 3886, 5473, 6213
潛鋒……2460
潛龍閣……4121
潛龍窟……1975
潛龍子……5139
潛龍主人……4241
潛龍堂……380
潛鱗……1188
潛樓散人……4712
暹三郎……2733
賤乃屋……1311
澶洲山人……3352
遷……2249, 6531
遷齋……655, 1911
遷甫……2249
遷明……988
選……1063, 5543
錢塘……1482, 3903
鮮碧軒……4283
瞻仲……6301
蟾洲……874
蟾蜍園……848
闡上老隱……1512
闡文老隱……2680
灊──→シン
全……6509
全庵……1103, 1803, 1804
全延……5450
全機居士……2005
全齋……707, 1498, 1916
全三……6615
全眞……6563
全節……5296
全善……3120
全直……6563
全都……4039
全阜山人……6699
全門……2894
全樂堂……6629
全亮……2408
前里……1557
然則先生……4264
然蓮社洞譽光阿無相……6123
嫰──→ドン
善……1031
2249, 2492, 4964, 5874, 5941, 6649
善庵……227
1216, 1553, 1725, 2406, 3589, 3823
善胤……4964
善右衛門……298
463, 646, 961, 1702, 2335
2446, 3207, 4149, 4384, 4851, 5591
善淵……961
善家……4458
善奇……5611
善吉……285
善九郎……2242
善久……877
善教……2344, 3313
善空……3463
善卿……1929, 2441, 4385
善繼……3197
善言……1232
善吾……285, 4455
善左衛門……2128
善齋……4455, 4573, 6654
善作……739
善三……5018
善三郎……3608, 5575
善之……5859
善之助……245, 477
善之丞……79, 6185
善之亟……1702
善之進……2048
善司……2441, 4999, 6537
善四郎……5973
善次……3688
善次郎……224, 1577, 1847, 6167
善治……2441, 6537
善七郎……30
善助……1243, 1402, 3937
4292, 4355, 4602, 5495, 5499, 6167
善勝……3045, 6691
善韶……517, 4783
善食……2356
善身堂主人……1972
善眞……3197
善正……3527
善世……1493
善政……4731
善藏……468, 990
1502, 2960, 4856, 5018, 5166, 5825
善則……143
善太……1773, 4250, 6238
善太夫……1792
善太郎……2132, 2682, 2856, 2962
善達……3815
善冢……4458
善道……2890
善內……583
善二郎……224, 1577
善八……5060, 6404
善弼……2067
善夫……2909
善平……3486
善兵衛……3500, 5345
善甫……2249, 6406
善輔……6406
善彌……3210
善民……94
善明……874, 5371
善鳴……874
善友……2437
善祐……4349
善里……1557
善隣書院……4297
善六……255, 6404
漸……2908
3199, 3746, 4732, 5673, 5970
漸卿……3746
漸軒……2908
漸齋……1479, 3103
漸之進……5673
禪溪……93
禪月樓……1958
禪珠……3452
髯仙……1646
膳繼……2572
膳世堂……1892

そ

岨山……2996
徂郷……6004
徂徠……1631
素……2923
素庵……1890, 2989, 3384
素位……4501
素一郎……2801
素右衛門……2724
素雲……593
素翁……1015, 6213
素介……4719
素觀……1594
素狂……6710
素鏡……962
素愚……6213
素敬……4016
素軒……349, 4719, 5282
素彦……1775
素行……1003, 2241, 3529, 6008, 6213
素材……2838
素三郎……2923
素州……3553
素秀……3553
素助……3017
素心……236
素仁……4501
素石……5988
素仙堂……6255
素太郎……1775
素堂……2408, 2627
4249, 4835, 5410, 5429, 6255, 6373
素道……3331
素白道人……2535
素伯……5959
素柏……5959
素皤……6213
素平……3421
素朴……2619
素有……3834
素良……435
祖右衛門……373
祖山……5041
祖之太郎……375
祖洲……3427, 4053
祖淳……2763
祖部右衛門……4459
祖方……85
祖蓮……5078
祚景……630
甦……5757
甦所……1458
疎竹庵……1882
疎竹清陰……6290
疏齋……2547
曾──→ソウ
楚材……2838
楚山……6457
楚洲……3553
楚嶼……3160
鉏雨亭……5039
蘇庵……1219, 3384
蘇隱……4215
蘇翁……931
蘇景堂……5461
蘇甲館……3453
蘇巷……5389
蘇山……2444
蘇州……1477
蘇洲……6623
蘇書寮……4140
蘇生道人……4043
蘇亭……3715
蘇堂……2717, 4980
蘇道人……6514
蘇楳……2865
蘇峰……4125
蘇峰學人……4125
蘇峰文庫……4125
蘇民……1, 6163
蘇門……2579, 3934, 6348
蘇門居士……4836
蘇門山人……4836
蘇門道人……4836
蘇寮……6494
双──→雙
艸雲……3490
艸花園……5397
艸山和尚……2516
艸壽……4556
艸臣……2640
艸廬……6574
艸←→草
早月樓……1963
早鞆和布刈……4863
早陽……4498
早陽山房……4498
早陽文庫……4498
走……4988
走帆堂……4445
宋榮……2479
宋賢……2093
宋呉……2912
宋相……126
宋柏……812
宋文……2637
壯一郎……368
壯右衛門……1636, 1706, 6250, 6297
壯快……5038
壯吉……6610, 6699
壯軒……4909
壯左衛門……1706
壯潮……3708
宗……1592
宗一……3075
宗允……6592
宗因……2643
宗右衛門……1706, 3589, 4999, 5095
宗雲……466
宗永……4524
宗翁……6593
宗温……820
宗海……5875
宗愷……5110
宗葛……2300
宗寛……1112
宗吉……1180, 3142
宗吉郎……4007
宗久……2514
宗具……1107
宗桂……6495
宗敬……4508
宗見……6330
宗建……4533
宗硯……6450
宗堅……2994, 3005
宗賢……877, 4827
宗元……2726
宗五郎……2912
宗吾……2646, 2912
宗光……5952
宗恒……3268, 3304
宗皓……6497
宗左衛門……1706, 4169
宗呰……5444

宗三……3969
宗之……2328
宗之助……1463
宗四郎……1643
宗七……3198
宗壽……4556
宗周……1033, 3002
宗十郎……1592, 2546
宗什……1613
宗叔……1706, 2276, 5729
宗俊……2278, 6318
宗恂……6496
宗純……1104
宗淳……2763
宗焞……6134
宗助……652, 865, 4676, 5053, 5661
宗恕……504
宗昌……3213
宗章……3303
宗彰……3665
宗城……2126
宗殖……3304
宗信……5185, 5187
宗晋……1104
宗眞……268
宗仁……3898
宗成……4196
宗誠……5307
宗碩……1255, 1256
宗仙……4431
宗專……4431
宗藏……1015, 3245
宗大夫……5758
宗太郎……480, 1476, 4157, 5760, 5974
宗琢……5321
宗達……6497
宗旦……4450
宗儋……723
宗仲……2035, 4205
宗朝……3794
宗直……3999
宗鎭……5780
宗貞……3079
宗禎……5212
宗哲……1287
宗伯……210, 222
宗博……828, 1712
宗八……2369
宗範……5439
宗弼……5667
宗平……6375
宗兵衞……3805
宗彭……3723
宗彌……926
宗珉……1103
宗明……2477
宗尤……2314
宗祐……1101, 5705
宗養……5620
宗流……1109
宗臨……6650
宗禮……3046
宗靈……1882
宗櫟……5604
宗魯……3523
相觀……1929
相近……5301
相宰……2144
相在室……3833
相恕……4772
相長舍……1027
相馬……5817
相忘亭主人……1041
相模守……1289, 2071
相和……2832
奏蓁園……3128
倉……6036
倉山……1027
倉山居……4140
倉之助……4928, 5633, 5647
倉次郎……6036
倉太郎……2474
倉八……5585
倉部先生……3346
倧川……611
草蛙翁……891
草鞋大王……4775
草庵……601, 4223, 6029
草菴……601
草雲……2382, 3490
草軒……1725
草原列士……2640
草湖……4150
草香江亭……1962
草壽……4556
草臣……2640
草聖……3433
草拙……6578
草々庵……4166
草澤……2958
草洞……5485
草父……5479
草廬……710, 3788, 6574
草⟷艸
莊一……6687
莊右衞門……1420
1636, 1706, 4792, 6250, 6297
莊岳……796
莊嶽……796, 1828
莊吉……1165
莊左衞門……1706, 2351, 6250, 6305
莊三……1086
莊三郎……1086
莊之助……2195
莊司……536, 6424
莊次郎……3701, 4216
莊治……480
莊叔……5937
莊肅先生……536
莊助……447
1475, 1784, 1919, 2131, 6039
莊藏……1622, 3353, 5914
莊太夫……4603
莊太郎……2864, 4216
莊丹……3353
壯潮……3708
莊內……3372, 3373
莊兵衞……948, 1212
莊甫……323
莊芦……6647
莊蘆……6647
莊六……5370
桑……4388
桑庵……1903
桑園……2353
桑園主人……581
桑九郎……2110
桑縣……5938
桑三軒吟社……6086
桑石……4432
桑宅……2167
桑田……3145
桑名……5657
桑名文庫……5657
桑陽……305
曹吾……6107
爽……952

爽恢先生……874
爽氣樓……6558
爽鳩子……3710
巣庵……3931
巣雲……216, 5774
巣雲道人……2312
巣丘山人……5543
巣鳩……5779
巣居……2276, 3931
巣松……2563
巣南……1416
巣阜坊……6680
窓南……47
叟紫芝山樵……4717
叟樂……4561
悰逸……3128
悰園……2077
悰簡……1100
悰吉……3128
悰業……1102
悰實……1106
悰川……611
掃部……5985, 6384
掃葉山房……4093
嚢菴……4500
嚢軒……5448
嚢洲……5859
嚢亭……1404
曾原山人……260
曾弘……4247
曾七郎……4336
曾瑟……2775
曾縮……4249
曾太之丞……6354
曾夫……2702
湊水……6655
惣右衛門……1627
1629, 1631, 1632, 2619, 2838, 5095
惣吉……3883
惣五郎……5352, 6215
惣左衛門……2404, 3645, 3960
惣次郎……4389
惣七郎……1630, 1633
惣助……4572
惣藏……951
惣兵衛……3805, 5455
棕隱……4306
棕園……5477
棕軒……32, 4305, 4306
棕廬……1726
棕←→樅
琮……2646
廋──→シュウ
捜奇窟……1975
捜梅……3211
滄英堂……3258
滄海……94
滄廣軒……1810
滄州……4837
滄洲…148, 314, 714, 2112, 2169, 3929
4837, 5525, 5528, 6091, 6158, 6183
滄洲樓……1381
滄水吟社……3387
滄池……5084
滄浪……660, 1532, 2755, 3382
4813, 5178, 5253, 5465, 5957, 6028
滄浪閣主人……492
滄浪居……840
滄浪居士……840, 4161
滄浪亭……4398
装三郎……1843
樅隱……4306
樅軒……4306
樅←→棕
僧音……3471
僧谿……6123
僧然……6123
僧泰……2165
嗽玉吟社……5004
嗽玉社……5004
蒼海……3473
蒼厓……2366
蒼崖……20
蒼湖……3132
蒼梧……1417
蒼齋……998
蒼山……5778
蒼紫園……2365
蒼松園……6177
蒼雪……5933
蒼八……1889
蒼龍軒……4193
蒼龍窟……820, 2061
蒼鹿……4889
漱玉吟社……5004
漱瓊……4474
漱石……2476
漱平……501
漱芳閣……212
槍之助……2782
層城……5876
嶒峨……1187
痩松園……2487
痩松翁……2487
痩仙……5162
痩竹……1835, 4804
痩竹廬……6321
痩丁……4412
痩梅……1335
痩梅書屋……1335
操……1683, 2265, 3833, 5688, 6666
操義……3289
操軒……6545
操齋……661
操山……4994
操存齋……4320
甑山……6043
糟溪……6474
總……370
總一郎……1334
總右衛門……1631, 5095
總吉……3883
總吉郎……3875
總左衛門……1512, 1990, 2680, 4653
總三郎……3400
總四郎……1643, 5723
總次郎……5471
總十郎……5816
總助……4572
總太郎……129, 4501
總中……3269
總内……253
總朋……654
聴翁……977
聴厓……6392
霜筠……6312
霜溪……3173
霜溪道人……2016
霜傑亭……1278
霜山……1924
霜堤……2713
雙岳……4585, 5040
雙嶽……4585
雙魚……756
雙魚堂……756
雙橋……4910
雙玉……5189

雙玉樓……3109
雙桂……4911, 4960
雙桂園……3138
雙桂后人……3136
雙桂書樓……3138
雙桂精舍……3138
雙桂樓……3138
雙硯堂……5944
雙梧……5535
雙紅堂……4498
雙紅堂文庫……4498
雙松……1631, 2563, 2585
雙松岡塾……1531, 5673, 5696
雙松樓……2374
雙石……631, 1686, 2694
雙竹園……2841
雙巴齋……5875
雙馬……4697
雙峯……2824
雙木生……6076
雙龍庵……3056
雙龍閣……2374
藪里翁……655
叢桂社……4336
叢桂亭……4963
叢山……3093
藻雅堂……5312
藻海……2073, 5784
藻湖痴人……3573
藻洲……5507
藻川……6258
藻蟲庵……1037
藻亭……2463
藻德……4062
造……3298, 5716
造酒……445, 1290
3576, 4344, 6214, 6314, 6668, 6672
造酒介……2613
造酒之允……5027
造酒之助……1041
造酒藏……1041, 2246
象──→ショウ
像洋……3468
臧……4796, 5242
臧夫……4020
慥齋……1418, 1665, 6313
慥々齋……513, 5470
慥亭……3361
増……2631
増君……2701
増質……267
増藏……5184
増多……4317
増太……4317
増二……2182
糙々庵……3129
藏……2312
藏岳……1328
藏嶽……1328
藏器……333
藏齋……1989
藏山……3722
藏春園……3985
藏人……106
445, 630, 4030, 4208, 4679, 6463
藏六……294, 1476, 6469
藏六庵……5924
藏六山人……1655
足軒……6159
卽翁……1528
卽山……1220, 2127
卽非……3475
則……1866, 3759
則營……5572
則弘……5465
則之……3595, 6303
則眞……1759, 2684
則正……670
則中……378
則敦……4289
則武……5572
則文……1770
則裕……3137
則要……1148
息影……4099
息雅……302
息軒……6159
息齋……778
息心居士……2693
息心齋……2693
息正……303
息遊軒……2427
速叟……3890
粟里……2258
續醒齋……342
卒然子……4122
杣窩……1491
存……3215, 5935, 6438
存義……4765
存恭……6634
存齋……1259, 1664, 1789, 2677
存之……4961
存身堂……906
存眞……1342
存正……3833
存誠……3833
存誠館……4912
存誠藥室……3572
存艸堂……2677
存藻堂……2677
存泰……6634
存中……1683
孫……2302
孫一……6097
孫一郎……6097
孫右衛門……1182
孫彦……6162
孫左衛門……4407
孫三……1708
孫三郎……1640
2219, 2304, 2909, 3042, 5659
孫之允……2453, 2944
孫四郎……338, 5862, 6116
孫次郎……6496
孫七郎……1235, 3266, 5674
孫助……2229, 6414
孫水……6234
孫惣……4731
孫太夫……965, 3151, 3883
孫太郎……261, 6028, 6194
孫八……2046, 2931, 6202
孫平次……4194
孫平治……3724
孫兵衛……1246, 3361, 3788
3796, 4409, 5772, 5861, 6414, 6485
孫輔……2229
孫六……3150
巽……987, 2478, 5506
巽軒……420, 2163, 3025
巽谷……361
巽齋……1048, 2191, 4194, 6256
巽旬……3247
巽處……6125
巽亭……1640
尊經洞……4940
尊經堂……4940, 6238
尊德……4562

殯霞……2219
損庵……1221
損軒……1787, 3021
損疾……4446
損窓……2350
蓀坡……4913
遜……181, 792
1729, 2302, 3152, 5018, 6057, 6178
遜庵……4718, 6518
遜卿……5730
遜軒……1399
遜齋……502, 1173, 1506
1614, 1655, 1700, 2102, 2191, 3816
遜之……3500
遜志……2178, 4674
遜志齋……3299
遜太夫……181
遜亭……6092

た

太──→タイ
たそがれ少將……5657
他三郎……1734, 2364
他山……2360, 4204, 5091
他之助……3391
它山……1522, 3979
多一郎……131, 3689
多雨洲樓……5237
多蔚……1319
多加良……1539
多稼軒……1374
多嘉士……4983
多嘉志……4983
多紀……342
多喜……3662
多禧……3662
多久馬……404
多宮……1674
多左衞門……1709, 4488
多士……6377
多十郎……1318
多助……2578, 2754, 5595, 5609
多松堂……5812
多新次……4683
多節……6472
多善……3855
多膳……5855
多仲……642, 1185
1389, 1985, 2914, 3440, 4802, 5689
多冲……4803
多忠……2705, 4803
多文……5019
多聞……4847
多聞坊……4863
多米吉……529
多甫……5609
多保……1094
多廡喜……4242
多門…581, 741, 868, 1189, 1991, 2484
3872, 3885, 3940, 4847, 4999, 6463
多門太……176
多羅福山人……2248
多嶺……3965
汰……2902
妥胤……278
妥壽……6314
妥彰……277
妥素……3742
惰漁……5958
惰々子……1972
惰濃子……1381
儺川……3150
太庵……1781
太一……131, 648, 5019, 6695
太一郎……131
918, 1403, 2627, 5019, 5698, 5906
太陰……503
太右衞門……556, 3157, 5411
太瀛……959
太乙……131, 648
太乙散人……5989
太乙眞人……5371
太華……563, 837
2756, 3672, 4577, 4731, 5430, 6222
太華山房……3672
太華書堂……6222
太奇子……635
太吉……445, 2191, 6305
太吉郎……720, 2191
太虛……467
太卿……3607
太玄……1522, 4740, 5008, 6430
太彦……2748
太原庵……4365
太古……3112
太湖……3838
太公……3839
太左衞門……6533, 5411
太宰……2033
太子堂……868
太七……4615
太室……1234, 5216, 6283
太室山人……1234, 3114
太洲……1380
太十郎……6012
太初……1583
太助……1407, 1729, 3553, 4423, 5219
太常……1761
太眞……3599
太淸……657, 6709
太戩……6685
太素……447
太庾……149
太痩生……3655
太藏……959
太中……3249, 5869, 6175, 6600
太仲……1009, 1389, 1598, 1754
2663, 3021, 3249, 4092, 6382, 6416
太冲……1389
1508, 1754, 2663, 3249, 4803, 6416
太忠……4803
太狆……5869
太刀山人……6307
太二郎……4819
太白山樵……6024
太白山人……2697, 2758
太白山叟……6024
太白山房……2697
太八十……1944
太平……4667, 4803, 6200
太平逸士……6181
太平逸史……6181
太平館主人……4805
太兵衞……5115
太輔……457, 745, 2236
太朴……446
太郎……347, 1642
2115, 2425, 3052, 3098, 3606, 4417
4535, 4688, 5219, 6155, 6174, 6196
太郎右衞門……834
2348, 2626, 4084, 5635, 6103
太郎吉……6155
太郎左衞門……179, 1016, 1082
2641, 4326, 5635, 6103, 6126, 6214
太郎三……1726
太郎次郎……3146

太郎助……106, 1726, 5635
太郎太……1274
太郎八……3223
太郎兵衛……150
267, 269, 4535, 5318, 5358
台──→ダイ
岱……2328, 3635, 3698
岱海……758
岱畎……1344, 3601
岱山……5247
岱宗……2705, 6439
岱立……3306
苔菴……6706
苔煙……4069
苔園……3551, 4069
苔瓦……5316
待雲……1604
待賈堂……587, 891, 4681
胎範先生……4246
耐軒……1688, 3458
耐甫……4441
耐煩居……6274
退……5351
退庵……3085, 5208, 6127
退菴……6706
退一……3838
退一歩……2164
退一歩堂……3884
退一郎……5349
退翁……792, 831, 4357
退休……662
退軒……306, 1463, 6421
退耕處士……383
退齋……4888, 6022, 6206, 6620
退助……5753
退省……4888
退藏……126, 417
1502, 1619, 2099, 3270, 4483, 5349
5394, 5583, 5589, 6031, 6421, 6576
退堂……5581, 6093
退道散人……5279
退輔……5349, 5351
退野……1419
泰……759, 1196, 1537, 1903, 3062
3639, 3887, 3925, 5683, 6498, 6625
泰意……5423
泰一……5989
泰一郎……5747
泰運……3197
泰乙……5989
泰河公……5636
泰河堂……2027
泰介……6625
泰吉郎……3872
泰橘……4436
泰卿……2818
泰溪……42
泰元……3163
泰護……6214
泰光……2944
泰亨……2346
泰恒……6224
泰高……6049
泰佐……8
泰最……5683
泰齋……1557, 6046
泰三郎……2714
泰山……1156, 1319, 5059
泰之……4319
泰志……4296, 4307
泰次郎……3872, 4656, 6079
泰治郎……6079
泰純……6595
泰淳……3783
泰順……3611, 6380
泰助……3291, 3651, 4934, 5938
泰西江……3711
泰雪……3197
泰節……4614
泰川……1338
泰然……2825
泰藏……538, 590, 1502, 2546, 2854
3436, 3582, 3983, 4365, 5199, 5636
泰仲……2380
泰忠先生……2229, 2234
泰通……1125
泰堂……2516
泰道……6223
泰得……1711
泰德……6344
泰二郎……6079
泰輔……2236, 4853, 4906, 5505, 6319
泰明……3749
泰里……4765
泰亮……235
泰領……5054
泰令……5823
泰嶺……1429
帶秋草廬……1291
帶刀……896, 2250, 2766, 3720, 3884
4748, 5044, 5066, 5634, 5791, 6195
棣──→テイ
貸成……587
蹛──→テイ
臺──→ダイ
對鷗亭……5782
對嶽……858
對嶽樓……6137
對此君堂……908
對松堂……3766
對竹齋主人……6361
對東山房……1348
對馬守……6409
對嵐山房……6337
對栗山房……190
憝……388
戴雪……1334
戴盆子……4791
體翁……5647
體信……68
大……3363, 3375, 3379
大遺齋……5797
大一……2627
大隱齋……2458
大右衛門……6294
大雲……2864
大瀛……959
大谹居士……5371
大圓堂……3448
大淵……2142, 4154, 5925
大可……3989
大可山人……1564
大河……2363
大夏……4207
大華……2756, 4317, 6222
大華書堂……6222
大雅……870, 1690, 2886, 3856, 5291
大雅堂……587
大介……890, 2848, 3977, 5007, 6245
大海……1238, 2504, 2891, 4584
大晦……4143
大塊……4143
大魁……3295
大角……5112
大壑……785, 5112, 6415
大學……414, 590, 1197
2151, 2762, 3834, 5708, 5765, 6001

大學助……2286
大學頭……5639
大學堂……6134
大乾……5439
大簡……19, 3252
大觀……1646, 2594, 3517, 5250, 5054
大觀堂……3648
大觀廬……3883
大觀樓……559, 6621
大含……3596
大記……2650, 2735
大喜屋……2197
大義堂……1126
大吉……4897, 6057
大魚……2648
大業…150, 373, 2915, 4785, 5503, 5681
大矩……4965
大愚……381, 2526, 3203
大隅……1003, 2273
大隅守……4541, 5295
大卿……2867, 3607, 5004
大溪……3597
大經……153, 5003
大慶……4207
大原……4207
大原庵……4365
大瓠……2242
大湖……3838
大五郎……4162
大光普照國師……900
大江漁人……3931
大江漁夫……3931
大航……5321
大港……4714
大佐……469, 6253, 6330
大左衛門……6492
大歳……177
大濟……2216
大作……2719, 2739, 3824, 5232
大三郎……229, 524, 1709, 3458
大之助……1246
大之進……1087
大次……6022
大次郎……1332
1430, 1466, 2366, 2886, 4819, 6489
大治……2867
大慈妙雲禪師……4997
大室山人……3114
大車……4626, 5202
大舍人……856
大舍人少允……855
大受……4570, 4718
大州……1380
大洲……546
大洲山人……1078
大湫……4546
大隼……3454
大順堂……3372
大初……1583, 4300
大助……155, 541, 574, 1407, 2245
2537, 3805, 3977, 4016, 4347, 4365
4547, 5634, 6253, 6330, 6520, 6672
大昇……450
大章……1695
大象……6053
大誦……2690
大丈軒……1243
大常……1761
大讓……2192
大心……350, 964
大晋道人……4610
大進……588, 2786, 4927
大震……5578
大炊頭……5847
大成……409, 2547, 5317, 5713
大星……2755
大聲……5142
大拙……655, 3354
大川……1818
大戩……6686
大膳……1484, 4019, 5842
大膳大夫……6522
大素……447
大壯……1957
大倉……5929
大莊……3533
大庾……149
大瘦堂……3553
大造……3582, 6203
大藏……538, 959, 2977, 3533, 3577
3579, 4582, 5726, 6063, 6067, 6317
大太郎……2275, 3399
大體……4134
大澤……6201
大癡軒主人……6130
大癡……1595
大癡太夫……1090
大中……6175, 6600
大中道人……581
大仲……4826
大冲……3734
大潮……3598
大鑄……6400
大椿……663, 5066, 6007
大通……5317
大通館……2422
大典……3599
大傳……3021
大登……6706
大度……2044
大刀之助……5454
大洞……3600
大道……2457, 2486, 2800, 2805, 6581
大內記……4904, 4933
大內藏……1140
大二郎……1456, 4819
大弍……6227
大貳……1709, 5389
大貳……1709, 5389, 6227
大任……5512
大寧……1629
大年……315
366, 1619, 1679, 1964, 2541, 3813
4547, 4896, 5735, 5740, 5965, 6096
大梅……2551
大梅居……2551
大璞……612, 4106
大八郎……2721
大斐……4507
大飛……4779
大品……2484
大平……4282
大方……4838
大峯……3940
大彭……4277
大鵬……1141, 4154
大鳳……4154, 5925
大朴……446, 6708
大樸……4106, 6023
大凡……3355
大凡山人……664
大味……50
大彌……5401
大民……2732
大明……3857, 4402, 5552
大明堂……1024
大默……1119

大野 ……………………5504, 6600
大友……………………5981
大有……………4096, 5171, 5981
大游……………………4242
大猷 ……………………885
大輿……………………3162
大用……………………1691
大來……2164, 2936, 3582, 3884, 6079
大來社……………………2800
大賚 ……………………4072, 4317
大樂 ……………………1456, 2522
大陸……………………3932
大陸山人 ……………………209
大龍堂……………………3648
大亮 ……………………322
大梁……………………1819
大禮 ……………………770
大路 …………3031, 3926, 3962, 4791
大六 ……………………1997, 3860
大錄……………………3860
大麓……………4782, 5570, 5865
大和介 ……………………2362, 3811
大和室……………………5790
大和守……………………2624
乃翁……………………1723
乃侯……………………5572
乃泉……………………4251
代右衞門 ……………………5868, 6324
代錄……………………3860
台嶽樵者……………………4724
台山……………………5153
台洲……………………2422
台川……………………5582
台北……………………6138
台嶺……………………2677
台←→臺
第五隆……………………4724
第八郎……………………3610
臺……………………1783
臺嶽 ……………………503
臺嶽樵者……………………4724
臺山 ……………………2103, 5153
臺洲……………………2422
臺水……………………5549
臺川……………………5582
臺八……………………5159
臺北……………………6138
臺陽……………………1049
臺嶺 ……………………1443, 2677
臺←→台
題藏 ……………………6063, 6067
𣁽……………………1535
宅右衞門……………………5065
宅廣 ……………………7
宅之助……………………4700
卓 ……………………377, 1306, 2075
卓軒 ……………………2625, 4675
卓齋……………………4399
卓藏……………………2594
卓堂 ……………………2193, 2595
卓馬……………………3905
卓平 ……………………278
啄峰……………………3396
琢 ……………………1530, 5547
琢華堂……………………3993
琢玉齋 ……………………2873, 5632
琢卿 ……………………231
琢左衞門……………………4965
琢所……………………6615
琢成……………………3963
琢堂 ……………………1370, 5077
擇齋……………………4400
擇所 ……………………632
擇善堂……………………5614
澤……………………2100
澤庵……………………3723
澤翁 ……………………373
澤江漁夫……………………3211
澤次郎……………………3377
澤瀉……………………5038
澤瀉塾……………………5038
澤雉道人……………………5373
澤畔子……………………1276
澤夫……………………3818
澤父……………………3340
澤民……………………3351
澤雷居士……………………3063
澤雷醉士……………………3063
濯……………………1514
濯纓堂 ……………………967
濯纓堂主人……………………2384
濯夫……………………2018
謫天情仙……………………4688
鐸……………………3331, 3404, 6169
鐸齋……………………1797
鐸山……………………2194
鐸藏……………………5165
鐸峰……………………6443
只——→シ
達……………………1220, 1324, 1549
1862, 2665, 3230, 3409, 3619, 3911
3959, 3960, 4502, 4678, 5907, 6514
達卿 ……………………2717, 6325
達軒……………………5546
達元……………………3600
達巷 ……………………1802, 2259
達齋……………………708, 5462
達三……………………2303
達之進……………………6514
達次郎 ……………………930
達太郎……………1284, 2802, 4676
達堂……………………6560
達夫……………………1388
2162, 2466, 5462, 5518, 5957, 6059
達富……………………5462
達文堂……………………5805
達磨屋 ……………………888
達也……………………2738
丹安……………………5221
丹右衞門……………………4650
丹下 ……………………300, 1497, 5780
丹噲……………………6701
丹鶴……………………5847
丹鶴書院……………………5847
丹岳……………………5270
丹丘 ……………………189
丹邱 ……………………189
丹桂園……………………1341
丹後……………………1669
丹左衞門……………………1419
丹齋 ……………………915
丹三郎 ……………………3837, 3931
丹山……………………3893
丹四郎……………………3829
丹治……………………1232, 4052, 5805
丹洲……………………2456
丹助……………………2475
丹水子……………………4199
丹藏……………………2306, 2620, 2675
丹内……………………3845
丹二……………………1317
丹波……………………5058
丹波守……………………5203
丹陵 ……………………612
丹嶺……………………2837
反——→ハン
旦山……………………4917

旦三郎……4398
但見……5065
但賢……5188
但馬聖人……601
但←→儋
坦……2805, 5608, 5928, 6486
坦庵……250, 504, 1082
坦菴……504
坦翁……5100
坦窩……2870
坦卿……1689
坦齋……1068
1845, 1963, 2166, 4012, 5742, 5779
坦之……2189
坦室……3673
坦叔……2461
坦藏……3094, 6486
坦々……282
坦々齋……2360
坦々堂……2360
坦蕩齋……4012
坦堂……3674
坦風……4839
担──→擔
胆──→膽
炭瓢齋……138
聃卿……4277
耽……1897
耽奇會……6274
探古……1836
探山野人……1980
探春……1769, 6579
探春亭……870
探二……1328
淡……2691
淡庵……2426, 3047, 3833
淡菴……2426
淡右衛門……3012
淡雲……4119
淡園……172, 4052
淡淵……4052, 4336
淡翁……505
淡雅……2243
淡海……195, 2766, 3599
淡崖……2124
淡閑子……4382
淡久子……994
淡齋…33, 905, 2863, 3304, 3733, 3757
3758, 3833, 4094, 4324, 4914, 6372
淡山……3769, 4077
淡洲……397
淡如……1593
淡水……505, 2297, 2405, 4915
淡水社……3520
淡成舍……3225
淡泉……2718
淡窓……5154
淡々子……994
淡々社……6689
淡風書屋……4916
淡圃……4957
淡麟……1896
淡路……1697
淡路守……5486, 6611
聃卿……4277
單山……2692, 4917
堪齋……4084
湛……429, 1897, 3663
湛齋……2449
湛々……894
短齋……4511
覃……1381
摶……2250
端……2533, 3771, 4311, 5733
端庵……1031
端居……2287
端齋……712
端山……2395, 5792
端祥齋……5241
端藏……4308
端太夫……4981
端亭……3959
端恪先生……4896
儋人……6462
儋叟……3398
儋←→但
歎啓……655
潭香……633
潭齋……4857
潭明……4649
擔──→坦
擔齋……5779
擔風……4839
憺翁……2154
憺父……453
憺甫……453
澹……670, 1015, 4113
澹庵……2290, 2426, 5814
澹菴……2426
澹園……12, 172, 1089
澹淵……1379
澹翁……634
澹雅樓……634
澹學……5291
澹兮……2142
澹齋……506, 557, 1529, 2572
2974, 4061, 4508, 4857, 5334, 6374
澹察……2379
澹所……5082, 5559, 5621
澹如……2244
澹翠……2917
澹然……5605
澹寧……557
澹寧居……971
澹泊……4, 384
澹泊齋……4, 6374
膽庵……1338
膽齋……3174, 5884, 5894
蟫翁……1995
蟫廬……3128
男右衛門……793
男載……1785, 3876
男山……142
暖太郎……5007
團……3726
團右衛門……3134, 6115
團吉……3283
團四郎……6513
團次郎……6250
團助……2381
談庵……3833
談右衛門……3012
談齋……3833
彈之介……4398
彈之丞……1259
彈次……1266
彈正……2555, 5567, 6564
彈正大弼……949
檀……3299
檀山……2534
檀春園……764
檀春齋……764
檀森齋……2534
檀藏……2534
檀樂園……4002
檀樂居……4002
斷……183

斷治……2354
斷書居士……3842
斷腸亭主人……6699
斷二郎……2354
灘淵……1737

ち

地球先生……5464
地山……169
池庵……2777
池香……212
池南……5932
治──→ジ
知雨樓……163
知圓……2513
知遠……4761
知還……2020
知義……4788
知卿……5117
知元……4771
知言館……6173
知行……6664
知紘……3012
知在……5066
知三郎……4872
知周……1065, 3036
知秋庵……654
知秌庵……654
知秌菴……654
知充……1610
知柔……1429
知順……5375
知章……3458, 4459
知彰……4703, 5782
知常……6243
知信……943, 3794
知愼……5374
知新……5079
知新庵……2715
知新學舍……3978
知新館……6045
知崇……4616
知足……1188, 2599
知足齋…3155, 4504, 5024, 5950, 6315
知退……5349
知紞……3012
知竹……4524
知冬……356
知道……5710, 6144
知德……425, 2206
知白……4136, 5015
知非齋……1257
知非子……2966
知非堂……4145
知文……5373
知方……922, 2783
知芳……2783
知味齋……4283
知名……5375
知雄……1742, 1988, 5372, 6429
知輿……3010
知らずのや……1219
知良……2243
恥庵……3248
恥莽……1519
恥軒……1790
恥齋……343, 5995
恥堂……261, 1447, 3334
恥←→耻
耻庵……3248
耻軒……1790
耻齋……343, 5995
耻叟……4234
耻堂……3334
耻←→恥
致遠……448, 1584
1675, 4761, 5226, 5249, 5512, 6301
致遠齋……1358, 3297
致遠齋主人……5284
致遠堂……1162
致鶴……3445
致恭……5177
致卿……894, 2882
致孝……5576
致思堂主人……5530
致眞……2036
致大……5339
致忠……18
致亭……6207
致堂……5996, 6463
致福……1113
致雄……6678
致令……3928
致和堂……1002
乱……752
智庵……1993, 5450
智覺普明國師……3164
智山……4291
智信……934
智仙……381
智珍……5230
智璞……1993
智表……3157
智猷……1671
智樂院……4040
智量……506
智朗……381
痴……3548
痴庵主人……5697
痴雲……584
痴翁……4365
痴客……6151
痴齋……2208
痴仙……4867
痴堂……5585
痴道人……5970
痴←→癡
置國……6515
置長……192
置良……192
雉……5907
雉岡……2483
稚學園……4610
稚松亭……3979
稚節……2551
稚川……1615, 3786
遅齋……1625
遅日軒……5024
遅芳……6333
稈圭……1304
稈明……777
稈鳴老人……645
稈龍……1972
癡……3548
癡庵主人……5697
癡雲……584
癡齋……389, 2208
癡仙居士……1179
癡僊居士……1179
癡叟……3912
癡堂……3441, 5585
癡眠齋……5498
癡龍……4072
癡←→痴
竹庵……1379
竹院……4483

竹陰 ……3086, 3984
竹陰女塾 ……4998, 5001
竹隱 ……1827, 6574
竹蔭……2484
竹右衛門……6208
竹雨……3629, 5833, 6137
竹雨齋……95
竹雨主人……5924
竹塢……2825
3907, 4289, 4840, 5012, 5155
竹塢館……1550
竹雲……6433
竹雲山房 ……926
竹園……6354
竹翁居士……3548
竹屋……2186
竹下……4792
竹外……475, 2345, 3295, 5238
竹外吟社……3623
竹厓……665, 4266
竹涯漁者 ……705
竹寒紗碧書莊……1599
竹簡齋……4202
竹傀……51
竹暉……2792
竹義……6500
竹居……587, 5298
竹桂……6195
竹逕……1801
竹卿……5648
竹溪……1212
1442, 2113, 2216, 3608, 4176
4664, 4703, 5281, 5744, 6056, 6195
竹溪老人……1656
竹磎……6106
竹軒……1448
1572, 2152, 2948, 3494, 4490, 6606
竹原……2856
竹原書院 ……637
竹香 ……1925, 6421
竹香齋……4401
竹岡……5376
竹齋 ……1760, 3743
竹山 ……4250, 5560
竹山居士……4250
竹之助 ……2722, 2851
竹之丞……6668
竹次……5067
竹兒……5067
竹洲 ……2062, 4659
竹所……3518, 5648, 6567
竹所堂……5298
竹處 ……7, 5298, 6567
竹嶼 ……1947, 6453
竹水……206, 2800
竹醉 ……1842, 2565
竹醉子……6212
竹瑞……1449
竹清……5790
竹雪廬……6148
竹舌……2401
竹遷……5444
竹叟……4372
竹窓 ……124, 1727, 1841
2348, 3180, 5253, 5744, 6107, 6498
竹窓主人……6081
竹窗……2348
竹窻 ……2286, 2348
竹叢……1225, 4372, 5492
竹村……4162
竹邨……5122
竹潭……2269
竹中……3675
竹亭…51, 1728, 1850, 2855, 5320, 6666
竹堤隱逸……6391
竹堤吟社……6391
竹禎……2143
竹蟶齋……5904
竹田……3549
竹洞 ……4365, 5067
竹堂……7, 829, 2418
2630, 2887, 2978, 3266, 4057, 5909
竹牘……4886
竹墩……5070
竹墩陳人……5943
竹二郎……2034
竹の屋主人……65
竹坡……507, 2047, 4767, 4768
竹馬 ……2352, 2721
竹風 ……2666, 4943
竹風樓……1897
竹扃……6375
竹甫 ……866
竹圃……1573, 4 051
竹浦……2378
竹苞……1174
竹笣……3364
竹鳳……2666
竹房……5298
竹門……6486
竹友……5072
竹牖……4886
竹葉庵……2516
竹陽 ……635
竹籟山人……254, 1381
竹里……508, 1729, 5622, 6499
竹裏館……3756
竹裏館文庫……3756
竹裏亭……3980
竹陵 ……419
竹嶺……6500
竹廬……5027
竹老……1012
竹樓……3151
竹灣……3523
筑陰……5606
筑海……2510
筑山 ……2123, 4539
筑水……2351
筑川……2116
筑鼎……4542
筑波山人 ……679, 766
筑峰……5117
筑峯 ……990
筑梁……5156
築村……5013
秩 ……616, 885
秩岳……1450
秩嶽……1450
秩山……5026
茶溪……2631
茶山 ……1671, 3249
茶仙堂 ……624
茶村……5944
茶邨……5944
茶堂……3745
茶農……4912
茶佛老人……6399
茶磨山莊……2885
茶陽……6057
茶寮主人……6290
蛛庵……5449
丑……4501
丑四郎……1312
丑之助……6305
中隱子……1250
中淵……1842

中岳……5704
中岳畫史……1362
中嶽……5704
中嶽畫史……1362
中享……6701
中橋……4004
中卿……1557
中軒……1353
中行……1090, 4488, 5787
中谷……3008, 3676, 6126
中齋……1353, 6376
中山……2641, 3800
中山含章軒……3272
中州……3546, 5462
中洲……3546
4704, 4859, 5462, 5768, 6073
中秋……969, 3857
中所……5978
中書……1513
1681, 1682, 3715, 3910, 4402
中如……6121
中將房……2514
中丈……233
中城……4623
中世……4493
中正……4815
中清……5075
中聖人……3773
中漸……5970
中倧……4402
中藪……1366
中藏……546, 872, 1867, 2524
中台……5377
中臺……2103
中澤……2783
中堂……5377, 6060
中道……6060
中導……1924
中南……5095
中二郎……1842
中孚……1735
中甫……3765
中務……977, 1193, 1233, 3908, 6522
中務少輔……6611
中野塾……1811
中養……1366
中養父……1366
中瀨……1731
中里……1638
中良……1891
中陵……2826
中林……6126
中連……4583
中和……3051, 5483
仲……408, 1132, 2919, 5136
仲愛……706
仲安……675, 2632
仲庵……2671
仲菴……5242
仲頤……2693
仲英……3809, 4841, 4847
仲潁……3474
仲衞……1334
仲益……5411
仲越浚人……408
仲衍……293
仲援……5008
仲淵……3019, 4598
仲温……2288
仲介……2671, 6010
仲海……6534
仲乂……3054
仲凱……1804
仲擴……2254
仲活……5725
仲幹……2251
仲寬……1574
仲觀……5459
仲季……3716
仲基……4158
仲熙……1302
仲毅……3418
仲騏……1301
仲龜……5427
仲強……4320
仲坰……245
仲卿……1202, 2819, 6618
仲敬……3032, 5841
仲謙……1340
仲獻……1648
仲顯……1261
仲虒……3214
仲虎……374, 3214
仲好……1840
仲行……15, 1209, 3030
仲亨……1452
仲興……5761, 5849
仲載……1461
仲山……4841
仲贊……1001
仲之助……6472
仲之輔……6472
仲子……4158
仲施……1359
仲枝……5914
仲次郎……4405
仲治……6328
仲實……1574
仲車……620
仲笏……5944
仲錫……1532, 6395
仲壽……5784
仲襲……1841
仲峻……659
仲循……45
仲助……2671, 6088
仲舒……2006, 3317
仲章……5429, 6381
仲襄……1840
仲繩……3705
仲愼……6678
仲仁……6080
仲成……1068, 4270
仲精……1696
仲靜……6198
仲宣……3553, 6018
仲素……6430
仲草……746
仲裝……1843
仲叢……4887
仲則……742
仲太……3993
仲太夫……1298
仲泰……2164, 3884
仲澤……2783
仲達……5876
仲澹……4365
仲亂……6328
仲長……6066
仲直……1230, 6390
仲通……1549, 2346
仲貞……6193
仲徹……3244
仲轍……3287
仲天……3779
仲冬……2164, 3884
仲陶……6400

仲道……534, 6390
仲導……6039
仲二郎……4405
仲任……1692
仲寧……991, 4958
仲漠……6276
仲槃……4514
仲徴……4233
仲弼……5136
仲豹……1918
仲賓……2066
仲斌……4003
仲武……4389
仲文……1115, 2225, 2972, 3981
仲平……6159
仲甫……2048
仲謨……5159
仲豊……5849
仲鳳……1390
仲明……62, 3574, 5076
仲默……2348, 4190
仲裕……2041
仲容……6186
仲養……4234
仲樂……1164
仲蘭……2783
仲利……2274
仲立……589
仲栗……607
仲龍……408, 5124
仲亮……1463, 2097
仲緑……679
仲林……4886
仲隣……3994
仲禮……177
仲廉……3634
仲和……2139, 2844, 3051
冲卿……1952
冲齋……459
冲之丞……2706
冲所……2925
冲藏……4803, 4952
冲澹……4365
冲堂……1862
冲伯……1952
冲默……418, 2222
冲和……5170
冲⟷沖
冲庵……3290
沖翁……5440
沖澹……4365
沖天……3841
沖堂……1862
沖漠……574
沖⟷冲
抽齋……3120
抽顛……5875
忠……102
1250, 1828, 2542, 3613, 4000, 4292
4587, 4940, 5447, 5474, 5904, 6187
忠菴……5242
忠懿……2857
忠胤……1329
忠右衛門……1453, 1812, 2090, 2611
3076, 4319, 4529, 4587, 5419, 5946
忠英……4281, 4607
忠榮……1330
忠宴……1055
忠央……5847, 6569
忠介……1542, 2925, 3463
忠海……3337
忠誨……4718
忠貫……7, 721
忠寛……1244, 1327, 5410
忠翰……3616
忠規……6441
忠寄……1331, 2465
忠義……6080
忠休……1322
忠敬……542, 4958, 5444
忠卿……2694, 2890
忠溪……495
忠獻……5251
忠獻先生……2154
忠彦……567, 4175
忠原……4457
忠五郎……1408
忠吾……1393
忠公……5410
忠行……247, 1883, 3712
忠亨……2290
忠孝……1748
忠厚……41, 4117
忠鵠……1273
忠佐……6363
忠左衛門……1225
1348, 1768, 3076, 3491, 4529, 4600
忠齋……6152
忠濟……1547
忠三……4069
忠三郎……935, 4232, 6030
忠之進……5223
忠市郎……1215
忠四郎……1549, 3289
忠次……651
忠次平……1250
忠次郎……829, 888, 1606
1665, 2312, 2858, 3266, 3613, 4612
忠治……895, 6328
忠七……3535
忠實……827, 1714
忠周……1917
忠充……2245
忠重……325, 2156
忠順……1924, 4271, 4456, 5101, 5982
忠醇……1481
忠助……3463
3491, 3925, 4139, 4403, 4983, 5199
忠恕……876, 895, 3356, 5440, 6473
忠升……5444
忠晶……2064
忠韶……4861
忠常……1056, 3711
忠親……117
忠震……874
忠睡……2713
忠成……4454, 4958
忠靖……1606, 5390
忠精……2064
忠誠……4369
忠節……3764
忠藏……171, 517, 546, 1360
1550, 1867, 2000, 2704, 2888, 3414
3425, 3463, 3625, 4058, 4246, 4385
4454, 4464, 4941, 5410, 5939, 6476
忠太……2550, 3117, 3993, 5427
忠太夫……1298, 4060
忠太郎……3993, 5460
忠岱……541
忠坦……3174
忠智……720
忠直……5302, 6437
忠珍……1698
忠陳……5383
忠貞……1949
3209, 3439, 3735, 5517, 4400
忠亭……4403

忠田……3864
忠統……5439
忠道……2947
忠德……6064
忠篤……1155, 1317
忠敦……3632
忠二郎……1606, 2263
忠八……5586
忠八郎……4537, 4572, 5756
忠弼……5136
忠彬……2669
忠夫……1757
忠武……69, 5631
忠福……1927
忠兵衛…2078, 2609, 2703, 3632, 5797
忠平……1596
忠敝……4060
忠甫……643, 1550
忠芳……348
忠邦……5846
忠寶……4862
忠房……5649
忠明……2349, 3831
忠佑……2325
忠囿……840
忠祐……2325
忠雄……117, 6532
忠猷……5251
忠瑤……4862
忠龍……5410, 5932
忠良……5439
忠亮……3297, 5410
忠梁……5439
忠林……568
忠廉……5248
衷……3638, 4619
衷助……2925
盅齋……2346
冑山文庫……4669
註我書屋……3761
鈕吉……1590
鑄公……5289
杻……5965
苧環連……2327
苧山……2066
猪一郎……4125
猪吉……2431
猪尻學校……3977
猪左衛門……1760
猪三太……223
猪三郎……3555
猪之助……3698, 4459
猪太夫……2426
猪太郎……4210, 4889
猪八……4390
猪與八郎……4390
紵山……2563
著……6546
著齋……4233
瀦之助……6378
樗……1267, 1547, 6152
樗菴……4516
樗園……4516, 6453
樗軒……6033
樗齋……3770
樗山……1220
樗散堂……1718
樗州……4842
樗亭……5239
樗堂……5083
樗墩子……4920
豬──→猪
豬……5504
豬實……5504
丁──→テイ
兆熙……462
兆壽……3568
町……586
町乃舍……4153
岹峨……4545
苕峨……4545
長……372
長安……206, 450, 451, 6285
長一……946
長胤……513
長蔭……509
長右衛門……1521, 2484
長羽……5372
長英……521, 3648
長温……3489
長涯……4785
長愷……3713
長丸……4122
長熙……3679
長毅……6541
長宜……6307
長吉……6262
長恭……372, 5620
長顒……2015
長勳……6087
長群……4564
長卿……1022, 2766, 5418, 6275
長景先生……135
長溪子……4002
長敬齋……4616
長堅……532
長彥……4433
長愿……1218
長五……90
長弘……2392, 5473
長好……1372
長行……1139
長江……5561
長孝……797, 3740
長恒……2681, 4591
長衡……471
長興……1972
長鯤……5667
長佐衛門……938
1457, 1458, 1459, 2419, 3085, 4217
長莎館……2999
長三郎……1330, 6243, 6677
長之……6617
長之助……1323, 5926
長之進……2814
長四郎……2243, 4282
長梓……1973
長次郎……2374, 4860, 5645, 6240
長治……136, 5623
長治郎……1888
長爾……6309
長繻……2023
長壽……459
長秀……379, 380, 2787, 6488
長洲……1523, 2451, 3181, 4152, 5543
長秋……478
長十郎……4268, 4706, 4828
長叔……4255
長肅先生……1172
長俊……2953
長春院……459, 3780
長順……575, 1114
長準……508
長松軒……351
長昭……764, 4179
長章……261, 777
長勝……4789

長嘯……1386
長嘯社……4836
長嘯樓……5324
長城……1117, 6656
長水……3734, 6203
長生……502, 1060
長生洞主人……2523
長青軒……6368
長清……5338
長川……608
長善館……3369
長孺……2023, 2267, 3051, 4889, 5887
長祚……212
長桑……5092
長藏……291, 478, 3322, 4300
長孫……4627
長尊……855
長太郎……731, 5753, 6334
長泰……4883, 4900
長大夫……1193
長澤……3937
長達……709, 5262
長知……2488
長澄……6085
長等……856
長德……2489, 4321
長敦……521
長南……3889, 4163
長年……2639
長農……5734
長伯……1312, 6228
長博……3402
長八……1312
長敏……1421
長夫……6649
長風樓……4548
長福村叟……6194
長文……510, 5700
長平……3086
長兵衞……715, 3084
長保……1968
長畝……5488
長輔……838, 2180
長方……6387
長民……1064, 5562, 5803
長命……724, 2218
長門……1837, 5424
長門介……857
長門守……3720
長門大掾……5774
長有……491
長祐……1523
長裕……2827, 4702
長陽舍……4509
長養堂……2330
長流窩翁……5065
長璉……765
長和……776
重──→ジュウ
昶……1835, 3701, 6636
晁……2528
邑禽……2123
邑園……1569
挺──→テイ
彫嵓居……2811
張……1007, 1897, 3626
張庵……5370
張菴……5370
張卿……5418
張衡……1901
張城……4390
張寧……1226
張輔……3626
珽──→テイ
釣巖叟……6563
釣虛散人……3042
釣虛子……3042
釣經……1038
釣月……1893
釣軒……4750
釣五郎……4517
釣耕軒……4526
釣鼇道人……6105
釣詩屋……4752
釣詩亭……6268
釣書……4750
釣書屋……4752
釣靑……6338
釣雪……2309, 5078
釣叟……3883
釣潮子……4607
釣濱……5315
頂雲閣……789
鳥巢道人……1714
鳥道……5168
鳥文堂……1750
萇……2808
棖──→トウ
瓞玉齋……6635
超……634
超花亭……1995
超華亭……1995
超然……3901
超然窩……3134
超然樓……4378
朝華……3166
朝完……6158
朝業……3478
朝弘……1253
朝亨……4187
朝考夕減軒……5785
朝康……6161
朝衡……6159
朝旨……4046
朝璋……2380
朝翠……6203
朝宗……6432
朝倉隱者……4007
朝直……367
朝弼……3477
朝風……3980
朝豊……3804
朝陽……2322
2632, 3528, 3904, 4462, 5336, 6181
朝陽館……1569, 2135, 5872
朝陽山人……6201
朝陽堂……1569
朝來……2866
朝來山人……2866
艇──→テイ
蔦溪……786
蔦蹊……786
肇……2391, 3470, 4576, 5033, 5977
肇海……4041
肇臣……3231
肇甫……5008
暢……5422, 5945, 6421
暢庵……1730
暢園……1569
暢襟室……2463
暢元……5698
暢玄……5698
暢齋……5515
暢守……5567
暢夫……3631
蜨叟……3844
趙卿……3183

趙齋……3442
銚子房……3197
徴……700, 1501, 2091
　4095, 4798, 4891, 5314, 5818, 6295
徴矩……4362
徴卿……722, 2907
徴繻……3591
徴水……3900
徴孺……3591
徴民……422
徴余……3094
徴餘……3094
澄……95
澄元……1380
澄玄……1380
澄湖……4724
澄江……2504
澄齋……5666
澄三郎……4443
澄恕……4374
澄碧堂……1827
澄余……3094
澄餘……3094
澂……5314
蝶岳……5290
蝶睡……6203
蝶夢……5552
蝶遊園……2272
蝶樓……3844
調一……4231
調古庵……769
寵……2286
寵文……4014
懲……4891
懲窟子……3827
聴雨……3266, 5084, 5979
聴雨山房……3266
聴雨堂……2508
聴鶯舎……1739
聴松……511, 3273, 5339, 6475
聴松館……5046
聴秋仙館……6106
聴雪……5084
聴璞……5789
廳璞……5789
直……103, 309
　1673, 2049, 2732, 2733, 3032, 3578
　4254, 4642, 4982, 5176, 6012, 6026
直彜……5884
直右衞門……68, 663, 5508
直雨……1052
直永……2010
直衞……5605
直温……2800
　4143, 4717, 5117, 6281, 6296
直可……3102
直格……5397
直幹……1851
直寛……3880, 6398
直丸……949
直記……401, 4944
直喜……1766
直義……6310
直吉……3413
直久……1423
直矩……1954
直卿……2054, 5508, 6443
直景……6010
直彦……3733, 3739
直五郎……1863
直公……1443
直弘……1423, 5912
直行……6117
直好……248, 785
直孝……2417
直興……2416, 4521
直左衞門……2656
直齋……4404, 5516
直三……5928
直三郎……1253, 5928
直參……6609
直之……695, 1404, 3459
直之助……1584, 1840
直之丞……3932
直之進……1180
直之祐……579
直子……5001
直矢……4327
直至……124
直枝……3880
直次郎……233
　1381, 1518, 2271, 4288, 4473, 4756
直治……4179
直樹……4092
直柔……2933
直春……739
直純……4615
直淳……6252
直準……5765
直如……1357
直助……2731
直昌……6608
直松……949
直丞……3932
直繩……124, 1796
直臣……4134
直信……46, 2774
直人……4295
直正……1035, 2030
直政……6111
直清……6028
直節……6259
直詮……5398
直造……1862
直藏……3096, 5082, 5248, 5715
直太郎……174, 1555, 3687, 5426, 5516
直達……3494
直知……4656
直中……666
直澄……1278
直陳……4675
直堂……1861
直道……778
　1209, 1902, 2800, 4038, 4549, 6254
直德……6061
直内……829
直二……3372
直二郎……1381, 4179
直入……3548
直年……110
直八……2437
直範……5854
直夫……2156, 4288, 5950
直武……444
直平……2418
直輔……1518, 1642
直方……1852, 1907, 2418, 2825
　2828, 2866, 4309, 5347, 5704, 6253
直方軒……1133
直邦……2490, 4902
直膺……4999
直彌……1701
直民……210, 222, 4933, 5262
直友……1516, 4656
直雄……3865
直猷……1825
直養……1208, 1687, 2326, 3254, 3284

3679, 4630, 4906, 5072, 5302, 5854
直養齋……2809
直良……214, 2048
直亮……5509
直諒……5856
直廉……4037
忱……953, 2503, 4051
沈三郎……6395
枕月……2431
枕山……1443
枕石……5536
珍成……3446
珍藏……1067
陳……3231, 4904
陳逸……5464
陳衍……298
陳水……700
陳藏……3369
陳奮翰……2422
陳與……26
陳令……4682
陳樓主人……5038
椿……5965
椿庵……2671
椿園……2829, 4465
椿軒……1032
椿齋……991, 4517
椿山……1705, 3993
椿山莊主……6710
椿樹……5965
椿壽……5965
椿所……1616
椿村……6454
椿臺老人……4619
椿亭……3356
椿庭……6316
椿齡……6135
鎭吉……2341
鎭匡……1008
鎭元……6170
鎭山……4531
鎭張……1007

つ

椎──→スイ
追蠡……759
槌三郎……2158
槌太郎……4563
對──→タイ
通……1125, 1783, 4791, 6018
通安……4618
通庵……6349
通爲……4915
通尹……2083
通胤……2089
通英……2088, 2094
通温……44
通桓……2087
通貫……2917
通煥……4680
通寛……1091
通琦……2398
通凞……436
通久……3667
通居……5624
通卿……2968, 4319
通景……3305
通經……781
通繼……4216
通軒……4310
通玄……1161
通弘……2086
通高……4215
通克……1125
通之……2093, 6343
通之助……2071
通春……6368
通昌……1151
通信……6006
通神堂……2423
通眞……1280
通愼……1151
通世……4216
通清……2081
通靖……869
通誠……1090
通靜……1089
通泰……431
通智……2083
通直……1837
通楨……5341
通德……3506, 4194
通博……4217
通璞……4657
通敏……6068
通武……2329
通文……2095
通方……4423
通昉……2085
通明……1453, 2208, 4672
通猷……4673
通豫……4079
通庸……5769
通理……1617
通亮……870, 2092
通綸……153
欟齋……2195

て

丁橋……3085
丁々道士……3893
丁德……2758
丁甫……6422
丁牧……3892
玎璫……914
弟卿……4061
弟侯……5103
弟三郎……94
弟四郎……4990
弟美……4393
廷……744
廷園……3660
廷幹……5548
廷擧……2082
廷喬……298
廷錫……1201
廷緝……4174
廷頌……1690
廷仲……4427
廷冲……4427
廷沖……4427
廷班……2239
廷美……3216, 3885, 5119
廷倫……6630
矴庵……39
定……2033
3889, 4333, 4588, 5641, 6198, 6444
定爲……355
定一……262
定一郎……2644, 6242
定允……3709
定右衛門……193, 1195, 2143
定永……1349
定榮……4191
定遠……80

定寛……3324
定幹……2156
定環……2376
定巌……6577
定規……6269
定吉……6077, 6502
定矩……3754, 6043
定卿……4939
定軽……3988
定軒……6202
定堅……297
定憲……5905
定賢……2779, 5279
定元……4223
定源……674
定孝……3228
定香……1435
定康……898
定興……798, 1297, 1849
定綱……2858, 5045, 5641
定左衛門……2143
定斎……1731
定策……4745
定三……4223
定山……4690
定之……4223
定之丞……1056
定志……72, 6115
定資……5279
定次郎……2292
定治……4384, 4902
定時……1654
定七郎……383
定壽……6705
定秀……2424
定緝……5648
定重……5650
定所……3121
定助……1953, 6077
定常……594, 5046
定信……5657
定眞……3750
定政……175
定清……5641
定盛……1296
定静……1240, 5656, 6629
定叟……1537
定琮……3751
定藏……6198
定則……5127, 5926
定太夫……2395
定太郎……1515
定智……5137
定忠……5046
定澄……3755
定直……3750
定通……5052, 5651
定年……6706
定敏……3229
定夫……2578, 3748
定武樓……2295
定保……3591, 3793, 6230
定邦……2422
定明……358, 1053
定模……2132
定理……106
定良……3753
定禮……596, 4151
亭亭亭逸人……3931
俤佚……5103
貞……339, 506
648, 690, 696, 703, 842, 1172, 1489
2050, 2619, 2803, 3005, 3055, 3735
4567, 4568, 5252, 5517, 5810, 6198
貞庵……200
1203, 1545, 1759, 2684, 5005
貞彝……4865
貞彜……4865
貞一……140, 464, 703, 1696
1953, 2510, 2865, 3209, 5265, 5833
貞一郎……651, 665, 690
2644, 3982, 5768, 5834, 6229, 6242
貞右衛門……506, 4351
貞榮……1118
貞延……3519
貞於……2660
貞介……1649, 3184, 3256
貞貫……2205
貞幹……130, 970, 1181
1265, 2156, 2625, 3649, 4073, 5241
貞寛……402, 5751
貞簡……2152
貞基……6615
貞貴……6195
貞毅先生……4924
貞宜……1834
貞義……2560, 4032, 4497
貞儀……5224
貞吉…2, 399, 507, 548, 2264, 2560, 2635
2807, 3566, 3910, 4296, 4978, 5076
5201, 5720, 5889, 5896, 6016, 6257
貞橘……696, 2560
貞歙……5418
貞喬……509
貞卿……250, 356, 2192
2274, 3565, 4447, 5580, 5657, 6411
貞馨……456
貞軒……2244, 5939
貞賢……101, 5170
貞顯……4233
貞元……1897
貞固……956
貞光……3128
貞行……5885
貞孝……2476
貞高……5402
貞廣……1292
貞興……1849
貞穀……3106
貞齋……1451, 3357, 6047
貞三……3005
貞之丞……3118, 3751
貞之進……3755, 5784
貞四郎……4760
貞枝……5911
貞資……5279
貞次郎……4383, 5024
貞治……3851, 4384, 5135
貞七……5548
貞實……2205
貞修……4237
貞充……5735
貞重……1970
貞叔……107
貞春……4231
貞順……2398, 3384
貞助……3256, 3439, 6623
貞昌……6210
貞昭……3520
貞仍……3966
貞綏……1887
貞正……3910, 5276
貞成……5763
貞靖先生……4349
貞石……6317
貞節……942
貞節先生……942

貞先……2462
貞造……909
貞藏……507, 1649, 2047, 2661, 2944, 3148, 5247, 5305, 5788
貞則……3685, 5127, 5926
貞太郎……3354, 5834, 6621
貞達……1475
貞直……6213
貞通……1083
貞田……4762
貞度……676
貞道……4797
貞悳……931
貞德……931
貞二……3851, 4193
貞八……4810
貞範……4047
貞敏……3066
貞夫……1928, 3836, 4746, 4808
貞父……4746
貞武……4467
貞文……5150, 5561
貞平……6174
貞甫……264, 6147, 6404
貞邦……5402
貞祐……6680
貞雄……602, 1350, 6584
貞裕……1458, 6338
貞融……868
貞與……4212
貞陸……1475
貞隆……782
貞良……6208
貞亮……2590, 4895, 5752, 6198
貞六……2036
貞和……1294
貞和先生……3085
訂軒……3579
訂齋……2354
酊齋……5669
庭次郎……3702
庭實……2233
庭鐘……3931
庭拍子……3348
砥──→シ
悌侯……5103
悌次郎……159
悌藏……6505
悌二郎……159
悌文……3817
挺之……1569
停雲館主人……2063
停雲書屋……4974
停雲草堂……4974
停雲樓……100
停車園……2538
珽美……1187, 2334
珵……4723
棣……1540
棣園……5201, 5630
棣卿……6597
棣山……5659
棣棠園……2273
棣堂……2273
棣芳……2384
晢庵……699
晢菴……699
程之助……4490
程輔……4067
程方珍……4791
程野……3395
楨……1019, 2906
楨介……4319
楨幹……154, 1076
楨翰……130
楨卿……2804, 5466
楨齋……1151
鼎……227, 936, 1397, 1446, 1515, 1535, 1582, 1920, 2002, 2749, 3072, 3148, 4036, 4643, 4813, 5327, 6094, 6404
鼎庵……699
鼎菴……699
鼎吉……1253, 5940, 6381
鼎湖……303
鼎吾……4371
鼎齋……1041, 1352, 2207
鼎耳……4059
鼎助……2720, 2734, 3070, 5327, 5356
鼎臣……3886
鼎信……1515
鼎石……6317
鼎文……1507
鼎甫……3148
鼎輔……1805
鼎立……3595
艇齋……667
艇樓……1335
艇樓主……1335
踶齋……768
鋌……744
鋌山……4210
禎……1428, 1936, 2113, 2212, 2234, 6222
禎介……4319
禎卿……2804, 4754, 5466, 5566
禎作……1614
禎四郎……5718
禎次……5388
禎助……589
禎藏……601, 1936, 6498
禎二郎……3633
鄭圃……3856
檉蔭……2428
檉宇……4918
檉園……2525, 2751
檉窓……5622
鵜洲……1020
鵜水……5364
鵜川詩社……2291
佞──→ネイ
泥舟……3677
鷏鳩外史……182
鷏鷯外史……182
狄肉山人……3819
的……924
的之丞……3765
廸……6125
迪……2971, 3462, 3977, 6125, 6306
迪齋……2073
迪之……2971
迪甫……2814
荻江……5702
荻齋……2470
惕軒……3358
惕齋……4405
惕々子……2954
惕堂……4170
笛塾……3750
笛浦……4705
摘藝人……4656
摘齋……4918
摘菘翁……4656
摘菘人……4656
翟巣……2875
適……4427
適園……1762, 4791, 5998
適齋……295, 352, 3487, 3520, 5106

適山……2423
適塾……1283
適所……3166, 3521, 5427
適處……3166
適成……3964
適清先生……1195
適川……1413
適々園……4791
適々齋……1283, 4086
敵愾堂……1796
埑藏……2584
埑堂……2164, 3884
哲……1775, 3003, 4052, 4096, 4768
哲齋……3830
哲三……2454
哲三郎……3690, 4549
哲之進……6109
哲次郎……420, 4493
哲人……932
哲藏……5049
哲太郎……4687
哲馬……5465
哲夫……4052, 4096, 5519
哲←→喆
喆……4096
喆夫……4096
喆←→哲
徹……2545, 5013, 5947
徹翁……5288
徹應先生……3739
徹玄……4018
徹山……5104
徹之助……864
徹助……384
徹太郎……5013
徹定……939
銕……6096
銕齋……4140
銕齋外士……4140
銕齋居士……4140
銕三郎……4893
銕道人……4140
銕←→鐵
轍……4839
轍次……6122
鐵……627, 6096
鐵右衞門……1394
鐵迂人……2640
鐵崖……4140, 6657
鐵崕……41
鐵學人……4140
鐵冠道人……2220
鐵寒士……5289
鐵眼……256, 4018
鐵琴……1883
鐵鶏……4801
鐵卿……3425
鐵雞……4801
鐵研……5291
鐵研道人……2885, 4227
鐵研文庫……2885
鐵硯齋……4140
鐵硯道人……4227
鐵五郎……297, 1686, 3140, 5045
鐵崑崙……3863
鐵齋……297, 1199, 4140, 4412
鐵齋外史……4140
鐵齋居士……4140
鐵三郎……2784
鐵山人……4140
鐵之助……594, 864, 3407, 5469, 6095
鐵之丞……6583
鐵之進……1859, 4751
鐵史……2096, 4140
鐵四郎……1138
鐵次郎……4790
鐵舟……5621
鐵洲……5437
鐵如意齋……4140
鐵心……1244, 3838
鐵心齋……744
鐵心心史……3453
鐵心忠肝居士……2985
鐵臣……3838
鐵人……4140
鐵石……5289
鐵仙……1820
鐵仙史……4140
鐵船……2219
鐵船道人……2219
鐵叟……2405, 4140, 6440
鐵叟隱居……4140
鐵槍齋……119, 4140
鐵藏……397, 3425, 4889
鐵太……2201
鐵太郎…3947, 4406, 4889, 6375, 6700
鐵直……414
鐵兜……2096
鐵道人……4140
鐵二郎……1064
鐵馬……5163
鐵平……3550
鐵壁次翁……4485
鐵彌……6064
鐵老齋……4140
鐵老小隱……4140
鐵←→銕
天衣道人……3623
天漪……5191
天逸……2394
天隱……1334
天盈……2509
天淵……1732
天海……4040
天塊舍……3886
天外……293, 1623
天外一間人……4133
天外狂夫……1623
天外戴笠人……3595
天外老人……3595
天覺……401
天岳……1618
天學……401
天嶽……1618
天雁……4477
天禧……6391
天休……3603
天均堂……691
天禽子……1450
天愚孔平……4775
天愚齋……4775
天愚老人……4775
天君……4263
天桂……6373
天經……3784, 6373
天谿……5703
天鶏道人……3026
大倪……350, 3082
天固……1157
天口舍……3238
天功……4182
天行……4970, 5652, 6625
天江……1095
天香……166
天香齋……3539, 3823
天香樓……1820
天耕……3564

天谷……6185
天谷道人……6185
天根……4597
天山……594, 1733, 2447, 2601
2931, 3597, 5291, 5805, 6412, 6594
天山堂主人……3308
天山遯者……1962
天散生……285
天竺浪人……5093
天赦……743
天錫……3146, 4619, 5373
天爵……258
421, 1531, 2286, 3006, 4237
天爵堂……317
天爵樓……2380
天壽……1861, 4282
天囚……4641
天洲……683
天祥……422
天章……4041
天城詩社……4954
天津……4602
天眞……1200
天眞觀迂人……3370
天眞道人……3370
天眞樓……3276, 3277, 3279
天紳子……3708
天水……271, 6339
天水漁者……1896
天瑞……4836
天隨……2347
天隨庵……4728
天生堂……1450
天全……1139
天然畫仙……5162
天藻山人……4904
天則……4734
天則廢人……3180
天台……663
天台道人……6694
天臺……663
天澤……5040
天地房……1964
天柱……4714, 6192
天柱山人……2299
天都……4991
天童……1067, 2142
天日堂……6549
天年……4469
天年子……17
天瀑……4904
天瀑山人……4904
天風脈脈老禪……4041
天浦……6472
天姥……4586, 5717
天放……163, 918, 3476
天放山人……6709
天放散人……6709
天放生……5348
天彭……821
天民……1335, 1590, 4525, 5617
天民先生……4525
天模……2175
天目……577, 3031
天門……318
天門山人……1164
天祐……423, 818, 1632, 2324, 4029
天游……4242, 4836
天游館……463
天遊……555, 6436
天遊館……463
天籟……760, 2330, 3821, 3825
天樂堂主人……4255
天龍道人……3731
天梁……6501
天臨閣……4043
天聾……1931
天渤……2637
典……1442, 5159
典學……4838
典章……6588
典信……4248
典膳……721, 4838, 5048
典則……4667
典太……2433
恬庵……262
恬菴……5504
恬逸……3175
恬齋……1863
恬囊館……5750
玷……2768, 4361
展……2547, 5317
展親……879, 2595
奠陰逸史……4250
傎卿……164
靛山……4981
點……3649
點狂生……5976
點齋……6162
顚庵……6240
顚庵陳人……6240
顚道人……755
田器……5283
田卿……1772
田功……5387
田山人……3007
田舍珍夫……3700
田成……1490
田藏……873
田癡……3548
田疇……5485
田良吉……5409
拈──→ネン
傳……8, 1816, 5070
傳右衛門……368, 2401, 3017
4080, 4431, 4709, 5170, 5773, 5868
傳吉……443
傳吉郎……3175
傳經廬……1799
傳五郎……2446
傳左衛門……1111
3017, 3846, 4347, 5773
傳齋……3512
傳三……1032
傳之助……3228, 4525
傳之丞……3006, 4176, 6057
傳次……1003, 2052
傳次郎……312, 319, 576, 1631, 4515
傳助……1631
傳藏……317, 322, 357, 873, 1032, 1646
3349, 4588, 4858, 5723, 6001, 6365
傳太……3548
傳太夫……2328
傳太郎……5828
傳八……3700, 5256
傳兵衛……110, 2418, 4139, 4698
傳亮……4525
殿春館……4105
殿峰……5143
電……1427
電庵……1886
電菴……1886
澱水隱士……2084

と

斗膽……5191

斗南 ……550, 3839, 3871, 4961, 5371
斗南狂夫……4311
斗龍……3930
吐佛……3139
兎園會……6274
兎道山樵……5103
兎毛 ……4995, 5083
杜宇山莊……6290
杜太郎……2116
杜預藏……6178
堵庵……4007
屠龍 ……852
屠龍居士 ……1462, 3047
渡……152, 2578
渡人……4047
渡頭一舟子……3931
都翁……6179
都賀大郎……4884
都句墩……5298
都具雄……6549
都勾墩……5298
都曆……3877
都門……5289
都梁 ……453
登⟶トウ
圖書 ……574, 682
917, 2175, 2778, 3219, 3347, 5095
5317, 6049, 6168, 6195, 6276, 6463
圖書子……5095
圖書頭 ……4540, 4884
圖南 ……201, 436, 531
1141, 1536, 1728, 1941, 1972, 2370
2645, 3470, 3891, 4074, 4874, 6318
睹⟶ショ
螙庵……1897
蠹庵……1897
蠹書生 ……315
土岐中書……5985
土佐……1064
土濟……3431
土錘……2937
土津公……5343
土津靈社……5343
度……4810
度弘……5542
度次……5542
駑……6240
刀水……6658
冬皐……4912
冬齋……5252
冬至郎 ……201
冬樹……3997
冬秀館……5824
冬青園……4153
冬青老人……4087
冬扇子……1403
冬造……1857
冬藏……1857
冬日庵 ……5439, 5444
冬木翁……1737
冬木齋……1737
冬嶺……5980
冬嶺館……2810
豆山……6368
豆洲……5992
投轄 ……417
東 ……273, 810
東阿……839, 5180
東庵……66
95, 826, 2672, 2856, 5493, 6519
東菴……95
東維軒……5129
東昱 ……919
東一……273, 3631
東尹……2232
東匀……2232
東塢 ……1053, 3308
東榮……6649
東瀛……2596
東瀛士……3902
東園 ……856
1647, 2491, 4771, 6319, 6502
東園居士……6066
東奥義塾……2360
東奥山人……4221
東奥散人……4221
東奥處士……1126
東河……497, 512, 542, 6659
東柯……3226
東華 ……581, 3029, 4164
東霞……3108
東海 ……124
372, 810, 845, 866, 911, 948
1285, 1508, 1890, 2013, 2243, 2735
2888, 3087, 3153, 3612, 3360, 3844
4023, 4501, 5164, 6320, 6503, 6625
東海逸民……3087
東海漁人……6503
東海狂生……2041
東海狂波子……5298
東海子……3087
東海紫府道人……2868
東海釣客……1067
東海陳人……5599
東海暮翁……3723
東涯 ……513
東畡……5260
東郭……1342
393, 2119, 3054, 3252, 3299, 4007
4550, 4563, 5365, 5393, 6096, 6595
東閣……1393, 4312, 5271, 6568, 6597
東岳 ……1689, 4540, 4982, 6692
東岳散史……5684
東壑……6153
東嶽…514, 696, 1689, 5130, 6377, 6692
東關……4312
東岸 ……515
東巖……1826, 3924, 5096
東岐……4214
東宜園……5152
東祇……5239
東吉 ……2602, 4991
東吉郎……5629
東丘……4982
東毬……3817
東居……891, 2569
東渠 ……5486, 6235
東嶠……6036
東嶠梅隱 ……245
東橋……6702
東駒……2650
東嵎……6677
東郡……1734
東卿……5002
東溪 ……424, 564
655, 733, 860, 1222, 1890, 1952
3587, 5487, 5571, 5653, 6297, 6378
東谿……5571
東月……3187
東軒 ……202, 1084, 1791, 3802, 6422
東原……529, 4471, 6223, 6532
東湖 ……2611, 3599, 5272, 6464
東菰……4807
東五郎……273, 3819
東伍……6504
東行……3631
東江 ……2055, 5246

東江居士……3001
東江散人……2609
東岡……2039, 2074, 2695, 3678
東郊……1769
2539, 3694, 3695, 3875, 6597
東郊居士……3001
東郊齋……1769, 6579
東皐……516, 1537, 1804, 1806, 3002
3194, 3807, 4117, 4292, 4457, 4720
5679, 6033, 6057, 6465, 6678, 6679
東皐樵者……550
東篁……6505
東谷……761, 1504
1890, 3011, 4600, 4733, 4919, 5131
東左衞門……6656
東齋……2830
東作……616
958, 1372, 2373, 2710, 3817, 5737
東三郎……6559
東山……96
245, 776, 861, 881, 933, 2013
2807, 2948, 3428, 3882, 4106, 4503
4791, 4995, 5586, 6278, 6556, 6564
東山逸民……933
東山隱士……4365
東之進……3033, 4741, 5082, 5319
東市……3808
東四郎……5981
東州……2022, 2858
東舟……4920
東秀……5132
東洲……1575, 1997
2569, 2737, 2858, 3032, 4483, 6573
東洲文庫……2569
東十郎……2858, 6260
東叔……5973
東浚居士……5746
東所……517
東嶼……3032
東條……1953
東水……291, 3991
東井……4780, 5454
東赤……731
東川……1399, 2757, 5746, 6616
東仙……3735
東泉……3522
東造……1857
東藏……982
1857, 3032, 4682, 5205, 5693, 5888
東村……2007
東郬野老……2399
東岱……217, 1810
東太郎……808
東暖樓……2805
東知退……52
東仲……1980
東亭……22, 701, 2965
東堤……1460, 1687, 3840
東隄……701, 1687
東洞……6519
東堂……5085
東道……1908
東牖子……3553
東寗……311
東寧山人……581
東の大道……2794
東派……2909
東馬……3305, 5128
東皁……2597
東武精舎……4886
東武野史……638
東平……273, 3872, 4350, 6307, 6340
東壁……353
東璧……353
東甫……5285
東圃……5285
東浦釣客……6337
東邦……3299
東峰……2467
東峯……486, 518, 2467
東民……245
東明……4484, 6199, 6707
東溟……1181, 1913, 3930, 4687, 4922
東溟塾……4687
東溟專遇……2365
東蒙……2485
東蒙山人……2485, 3817
東門……1813, 2133
2966, 3736, 3737, 5624, 6097, 6400
東野……353, 2698, 3098, 3763, 6057
東野居士……2698
東野散人……2762
東洋……3003, 4843, 4526, 6401, 6506
東洋一狂生……3631
東洋逸民……4749
東洋釣史……3344
東洋亭……3679
東陽……1138, 1307, 3429, 3614, 3679
3840, 3912, 3925, 4526, 4921, 6074
東萊……5577
東雷……5516
東里……112, 519, 2082
2761, 3004, 3154, 3461, 3536, 3653
3803, 4351, 5027, 5366, 5951, 6528
東籬……6379
東陵……684, 694, 3865, 5438
東林……6236
東嶺……2793, 4331
東隴菴……1762
侗……1213, 2009, 4490, 6576
侗庵……345, 2633, 4996
侗翁……1218
侗窩……2433
侗齋……2540
侗之助……1218
侗太郎……6676
宕陰……3069
宕山……1254
宕陽……3359
到……6045
凍溪……6261
凍滴……4098
唐華陽……2124
唐嶼……2219
唐民……5232
唐棣園……5459
逃禪居士……4195
逃禪堂……2296
桃……5968
桃庵……2295
桃陰……1681
桃塢……2389, 2616
桃塢先生……4021
桃雲庵……1682
桃園……581
桃翁……751
桃屋樓……2655
桃花園……946, 3190
桃花外史……3361
桃花舍……1024
桃花晴暉樓主人……4790
桃花洞……3190
桃華……2052, 4141
桃郭……2617
桃邱……2707
桃溪……1192
1223, 3159, 4099, 4129, 4923

桃溪書院……894
桃蹊……2208
桃蹊齋……668
桃軒……4534
桃原……5068
桃源……2889, 4613, 5076
桃幸洞……1024
桃幸堂……1024
桃齋……4534
桃樹……6476
桃壽……5968
桃所……5680
桃仙……1021
桃村……2506
桃太郎……197
桃亭……4359
桃洞……1245, 2522
桃年……1363
桃野……3361
桃陽……617
桐陰……703
桐隱……2120, 4458
桐蔭……317, 1340, 4458
桐園……547, 824, 1647, 4251
桐花書屋……2868
桐華……1420
桐溪……4199
桐月……5934
桐軒……811
桐梧……732
桐江……2245, 3017, 3523
桐江山人……5129
桐齋……425, 3395, 4603
桐山……2135
桐處……1750
桐助……732
桐孫……2230
桐亭……575
桐南……5768
桐二郎……4976
桐磨……425
桐陽……1260, 1474, 2196, 3680
桐葉……2056
島……5793
島介……2763
島之助……2763
陶……5571
陶庵……1416, 5273
陶菴……1461
陶溪……2369
陶齋……2693, 4468, 4728, 6082
陶之……2902
陶所……590
陶水……2319
陶々逸民……891
陶癖……2655
陶民……934
透……1480
透軒……3362
桶川……2452
兜嶺……5503
塔北……5204
湯谷……4053
湯谷子……2076
湯島……5009
楝……3310, 4938
楝吾……6137
楝敬……1133
楝隆……6168
楝梁……5983
棖……3970
登……2423, 2685, 2822, 3498, 6629
登一郎……2713
登々庵……3796
登々菴……3796
登龍……6608
棠陰……3400
棠隱……496, 3085
棠隱齋……496
棠園……2742, 6224
棠邱……6284
棠軒……2719
棠助……451
棠邊……3573
等空……1737
等皓……5452
等心院……3471
等詮……5980
等全……5980
當一……5821
當歸山人……5589
當國……6366
當直……5288
當富……5360
當補……1270
董……1138, 3166
董庵……4073, 5815
董園……6041
董喜……1449
董居……4468
董卿……303
董洪……6525
董齋……883, 4468
董史……3482
董十郎……883
董叔……5973
董仙……5705
董太郎……197
董堂……4252
董文……3482
絢……4088
蝀水……5772
踏雪軒……1737
滕……3020
蕩々齋……4965
燈……2992
燈心齋……3219
橙陰……1600
橙園……616
稻香……1499, 2275
稻左衛門……204
稻川……6340
稻藏……2396
稻太……4151
稻亭……315
蹈雲……2070
蹈海……4847
頭雪眼月菴……4886
頭八……3157
濤……1153, 2535, 5557
螳螂齋……4039
燾……1948, 2626
燾次……1461
藤一郎……3511, 6230
藤陰……669, 3443, 4721
藤蔭……2366
藤右衛門……64
304, 2476, 2573, 5167, 6484, 6508
藤介……4103
藤丸……236
藤吉……1156, 5418
藤吉郎……1156
藤九郎……2654
3227, 3603, 4858, 6186, 6189
藤渠……1096
藤橋……4694
藤軒……1206

藤五郎 ………………201, 4828, 5568
藤好………………………………3486
藤巷………………………………4487
藤厚………………………………2715
藤谷………………………………3982
藤左衞門……………1419, 1908, 3175
藤齋………………………………2573
藤三…………………………124, 1034
藤三郎………………4232, 5912, 6559
藤之助 …………………1666, 5531
藤之丞……………………………4262
藤之進……………………………5319
藤四郎 …………………3091, 5847
藤次………………………………5382
藤次郎 …………………4473, 5374
藤七郎……………………………6500
藤樹………………………………4263
藤十郎……………………………2410
3511, 4473, 5968, 6080, 6381
藤助………………4699, 5377, 5461
藤城山居…………………………5990
藤城書屋…………………………5990
藤川………………………………5755
藤藏 ……………47, 1034, 1072, 1857
藤太………………………………2495
藤太夫……………………107, 3232
藤太郎 …………497, 512, 3232, 3789
藤亭………………………………6611
藤堂………………………………2720
藤寧………………………………5065
藤波………………………………4913
藤馬 ……………………1511, 2626
藤八郎 …………………4131, 6153
藤平………………………610, 5447
藤兵衞………………………………91
741, 4699, 5042, 5447, 5498, 6436
藤彌………………………………5915
騰………………………3020, 5890, 5913
騰谷………………………………6150
韜庵 ………………………………580
韜軒………………………………3784
韜光 ………………………………803
韜照………………………………4072
韜堂………………………………6176
戆窩………………………………5126
戆齋………………………………5499
同庵………………………………4729
同菴………………………………4729
同禹子……………………………1219
同關子……………………………4250
同齋 ………………………………228
同人………………………………2009
同人軒……………………………6642
同々齋……………………………4011
同風………………………………3188
同民………………………………2051
侗──→トウ
峒陽………………………………3884
洞…………………………………5969
洞庵 ………………………………345
洞雲 ……………………6380, 6386
洞海………………………………4912
洞嵓………………………………2758
洞巖………………………………2758
洞彦………………………………4518
洞齋………………4013, 4192, 6227
洞山………………………………5746
洞簫………………………………1261
洞仙………………………………5746
洞庭………………………………5422
洞佛子……………………………5696
洞譽………………………………6123
洞譽上人…………………………6123
動山 ………………………………994
堂山 ………………………………963
堂堂堂……………………………3931
道 …………………………………426
1285, 1517, 2526, 3345, 3962, 3997
道安……………241, 2682, 3785, 4506
道庵 ………………294, 3997, 4729
道威齋……………………………4586
道偉………………………………5445
道意 ……………………4665, 4801
道一………………………237, 6654
道弌 ………………………………718
道壹………………………………6654
道逸………………………………1650
道允………………………………4303
道尹………………………………2206
道因………………………………4303
道胤………………………………3947
道雲 ………………605, 1090, 3272
道榮………………………………4937
道益………………2836, 4238, 5789
道垣………………………………6147
道圓 …………2151, 4220, 4639, 6402
道遠 ………………………………110
道圜………………………………2151
道乙 ……………………3933, 5797
道華………………………………6184
道華庵……………………………4306
道芥………………………………5325
道學………………………………1467
道灌………………………………1500
道記堂 …………………4212, 4418
道基 ………………………………536
道喜………………………………1193
道熙………………………………1215
道機 ……………………1193, 1276
道義 ……………………2079, 6146
道牛………………………………1235
道鄕………………………………1694
道形………………………………2484
道啓………………………………3274
道敬 ……………………1226, 3274
道卿 ……………………1108, 5017
道溪………………………………1524
道慶………………………………4455
道顯 ………………………………901
道玄………………………………2994
道五………………………………2567
道光………………………………4018
道弘 ………………………………279
道恒 ……………………1412, 2484
道昂………………………………2689
道哉………………………………1965
道載………………………………1965
道齋……………………………228, 2021
3524, 3681, 4586, 5625, 5745, 6381
道濟 ……………………1342, 1629
道作 ……………………6400, 6401
道察 ……………………3337, 5479
道三 ……………………5452, 5454
道之進 …………………5349, 6343
道砥………………………………1054
道治 ………………………………378
道質………………………………6442
道珠………………………………1989
道春 ……………………4940, 6368
道純………………………………3120
道恕………………………………2542
道伸………………………………2419
道晋………………………………6343
道正………………………………4267
道生 ……………………5071, 6650
道碩………………………………3066
道積………………………………6143

道設……5070
道節……4140
道說……4184
道村……1815
道太……547
道太郎……5535, 5540
道坦……1885
道竹……674
道筑……4537
道冲……2735
道沖……574, 6276
道忠……2078
道長……2296
道直……4689
道通……5479, 5485, 5492
道亭……369
道統……927
道二……4293
道寧……2578
道白……2310
道伯……4435, 5482
道費……5953
道夫……547, 2166
道孚……1888
道符……6442
道平……1146
道別……3081
道甫……1120, 1154, 2948, 4931
道磨……581
道滿……581
道明……264, 2136
道祐……2469
道雄……3204
道養……4778
道立……1108, 5017
道隆……3121, 3692, 6066
道隣……5392
道鱗……4452
道和……2412, 6142
童觀……1864
童浦……3336
銅丸……5482
銅牛……5028
銅駝餘霞樓……4306
銅輔……3447
銅脈先生……4805
導……2437, 5779
禿鶖翁……6503
禿氏文庫……4118
得庵……753, 1859, 1940
得一……1947, 5384
得齋……4406, 4505, 4962
得衆……6173
得所……1165, 1926, 4505
得處……1926
得象……4999
得臣……2198
得人……1099
得水……125
得生……1084, 1791
得藏……1711
得中堂……3529
得々山人……1859
得二……2347
得孚……1212
得明……2929
得繇……5174
得樓……4283
得和……5181
督暢……74
督陽……74
悳……42, 393, 1369, 4572, 4935
悳←→德
德……740, 2679
3414, 5135, 5243, 5382, 5893, 6415
德安……557
德庵……1940
德一郎……785
德胤……5888
德右衛門……3528, 5007, 5661
德永……5662
德榮……5662
德翁……5947
德規……4306
德基……1731
3015, 4158, 4283, 5352, 5363
德義……3769, 5675, 5678
德九郎……3861
德卿……60, 289, 917, 1289
1538, 2355, 2636, 2735, 3647, 3668
3930, 4104, 4869, 5091, 5131, 5817
德軒……2982
德彥……5756
德言……1000
德五郎……661
德光……4999
德香……3682
德左衛門……3290
德濟……224
德齋……4962
德之助……1924, 3313, 3861, 5712
德之進……4066
德次……4255
德實……4392
德儒……2563
德孺……2563
德修……4526
德淳……6023
德潤……2634
德所……1165
德尙……1575
德昌……5377
德章……3115, 6521
德勝……4415, 4700, 5377
德稱……5498
德彰……4448
德臣……4179, 4729
德信……3895
德詮……4904
德藏……529, 1765, 2882, 2885
德太夫……3076
德太郎……195, 1694, 2352, 2754
2882, 2947, 4574, 5948, 6555, 6622
德聽……4792
德通……4167
德內……6043
德二……4255
德夫……3590
4467, 5367, 5586, 6622, 6636
德富文庫……4125
德風……1901, 4153
德平……6239
德兵衛……5661, 6019
德甫……823, 1394, 2479, 4081, 5163
德輔……1321, 3266, 3319
德方……2580, 2601, 4296, 4307
德峰……97
德峯……97
德本……4504
德民……929, 4729, 5378
德明……2888, 2929
德門道人……883
德祐……2398, 3266
德裕……535
德翼……3117
德亮……4122
德林……245

德倫……6603
德隣……2325, 4875
德郎……5212
篤……2352, 2564, 2716, 3607
3676, 5086, 5558, 5764, 6204, 6505
篤庵……3615
篤胤……5112
篤輝……3554
篤義……6080
篤業……5080
篤卿……1949
篤敬……4078
篤敬齋……201
篤軒……3587
篤謙……1231
篤光……321
篤好……411, 768, 2573, 5830
篤行……2979, 3022
篤齋……2560, 4790
篤三郎……874, 5496
篤山……2721
篤之……1661
篤之允……2489
篤之助……6336
篤志……6684
篤治……3030
篤所……2293, 5572
篤信……253, 1787, 3300, 5211
篤信齋……2890
篤靜……3587
篤太夫……3076, 3125
篤太郎……195, 3125, 3607
篤忠……2965
篤堂……2439
篤道……581
篤棐……1027
篤夫……41, 5105
篤平……1907
篤甫……1293, 3993
篤方……4296
讀易齋……6184
讀我書屋……2280
讀古……5470
讀耕園……5563
讀耕齋……4924
讀耕子……4924
讀耕堂……5563
讀書庵……3294
讀書室……6390
讀騷庵……3463
讀杜草堂……4034
獨……660
獨庵……4132
獨菴……4132
獨園……1635
獨往……2778
獨鶴巢……5243
獨喜庵……195
獨鈷山人……2041
獨樹軒……5498
獨秀……3596
獨松庵……1579
獨笑庵……2837
獨笑軒……1282
獨掌庵……6514
獨嘯……2687
獨嘯庵……4462
獨愼……5910
獨醉……6458
獨清軒……2517
獨醒庵……5094
獨醒軒……5123
獨醒棲……5033
獨德……2778
獨得……1869
獨臂翁……6514
獨有……4011
獨樂亭……5090
獨立……3595, 4133
獨立一間人……3595
獨立一閑人……3595
獨立齋……2762
獨柳子……4749
獨渌子……3126
讀──→トク
髑髏亭……5342
訥……96, 3730, 5430
訥庵……1462, 3215
訥菴……1462
訥言……6491
訥言齋……2208
訥齋……1090, 1109, 1266, 2372
2605, 3005, 3582, 3971, 5537, 5848
訥所……4313, 6507
訥堂……3086
屯……5041
屯助……6059
沌翁……4165
涒灘……3117
豚叟……4241
惇──→ジュン
遁庵……924
遁菴……924
遁翁……4475
敦……1378
2169, 3628, 3632, 4198, 6469
敦恒……2461
敦齋……1354, 3292, 5399
敦書……83
敦素……1473
敦直……5254
敦定……3691
敦美……4480
敦本……5828
敦祐……503
惇辰……6134
遯庵……924
遯菴……924, 3047
遯軒……1559
遯齋……2378, 3047
遯夫……3819
墩……5107
暾桑……3274
呑海翁……4093
呑海子……5871
呑響……1468
呑山樓……1903, 4987
呑舟……5667
呑象樓……2374
呑澤……897
呑鵬……3266
呑墨翁……4986
鈍……6289
鈍翁……3215
鈍窩……5426
鈍吟……3274
鈍狗齋……4032
鈍齋……3207, 3834, 4706
鈍作……3453
鈍樂堂……4166
嫉坨……4003
嫩坨……4003
嫩坨……4003
曇一……5599
曇榮……1958
曇華……1119
曇川……5478

な

奈良曾能……6258
儺──→ダ
内館塾……5930
内記……444, 855, 2234, 2536
2542, 3495, 3807, 4368, 4410, 4897
4934, 4935, 4943, 4971, 5541, 5766
内匠……349, 1331
内膳……444
内藏……4175
内藏允……624, 3267
内藏介……4514
内藏之助……1176
内藏助…3612, 4514, 5344, 5827, 6380
内藏人……2785
内藏太……1588, 4087
廼・迺──→ダイ
南陰……3270
南榮……4886
南園……5864
南翁……2300, 4175, 6551
南河……4321
南珂……2646
南柯……2646
南華……4985
南海……2220
2722, 3168, 3892, 5726, 6025
南陔……847, 1851, 4166, 5723
南涯……368, 1576, 4873, 4925, 6520
南畡……1201
南街……4434
南郭……4844
南岳……1563
2260, 3464, 3830, 5261, 6172
南嶽……1563, 2260, 3830, 5261
南豁……5895
南華亭……5525
南華道人……5525
南澗……1954
南關……4158
南丘……4145
南宮……2125
南宮山房……2125
南強……4360
南嶠……2261, 3258
南橋……635
南極老人……1381
南薰……79, 98
南圭……626
南溪……2159, 3683, 4202, 6621
南谿……3808, 4202
南谿子……1882
南駃……3167
南軒……5319
南湖……1456
4097, 4986, 4987, 5043, 5400
南吳子……4247
南公……5180
南光坊……4040
南行存庵……5750
南江……4172
南岡……1735, 2857, 3024
南皐……427
南濠……1122
南谷……3720
南國……6516
南齋……2520
南山……235, 283, 386
428, 1022, 1577, 1643, 1673, 1717
1860, 1891, 2027, 2307, 3049, 3142
3144, 3262, 3347, 3766, 4284, 4464
4545, 4554, 5180, 5654, 6523, 6540
南粲……1891
南史……4959
南州……2723
南州外史……2723
南洲……110, 2246, 4239
南湫……1286
南昌……520
南松山人……2727
南城……61, 1042
南條山人……2041
南川……5262, 5780
南川子……5780
南川史氏……3775
南扇……4886
南禪了……5780
南莊……1852, 4578
南巢……2681
南巢老人……5492
南窓……3795
南窗……3795
南牕……4886
南牕樓……3844
南窻……3795
南村……935, 3139
南邨……935, 3139
南臺……429, 3430, 5169
南竹……739
南汀……2247
南亭……949
南天莊……431
南堵……1158
南東與可樓……4151
南塘子……1256, 1292
南濤……3216
南洞……5006
南童……4676
南墩……4886
南坡……1367
南陂……1367
南八郎……5960
南濱……1521, 1757
南濱漁人……2090
南埠……3946
南風館……3245, 3586
南屏……2868
南屏山人……4545
南屏潛夫……2868
南畝……1381
南浦……3060, 5036, 5335, 6258
南浦釣父……6258
南蒲……5335
南峰……2419
南豊……1194, 3085, 6049
南望常山……6418
南無佛庵……4411
南明……4328
南明堂……4528
南冥……1965, 2197
南溟……840, 1965, 2891, 3809, 4642
4731, 4987, 5908, 6004, 6344, 6609
南溟漁人……2090
南門……676
南門堂……2724
南野……1888
南洋……1758, 3894, 4325
南陽……2248, 3787
4224, 4565, 4963, 5154, 6159, 6382
南賴……3431
南里……885, 6176
南陸……5935
南龍……1267
南梁……2612, 4747
南陵……303, 5935, 6048

南嶺……1563
南老人……6551
南樓……3432
南樓坊路錢……1381
楠陰……3270
楠陰書屋……3065
楠吉……3467
楠岡……3853
楠左衞門……5059
楠樹小史……3631
楠二郎……3024
楠部屋……2391

に

二介……2894
二休樓……256
二橋外史……645
二鄕……1063
二薌……3052
二君堂主人……6644
二卿……1063
二溪……4558
二幸樓……6668
二三屋……888
二山……2541, 3263, 5785
二子山人……5746
二樹……5401
二洲……5033
二十一回狂士……5991
二十一回猛士……6489
二十回狂士……5991
二十五愛山房……4283
二十八浦釣人……5731
二城……5213
二水……678, 4323, 4467, 6428
二水晋齋……4485
二翠軒……268
二川流……5301
二祖……5836
二瘦詩社……1335
二藏……5101
二端老人……6081
二顚……5835
二步只取……3356
二兵衞……1244
二峯庵……138
二名嶋處士……2727
二酉洞……733
二酉堂……5487
二樂亭……5424
二柳外史……645
二郎……414, 2797, 3473
3853, 4675, 4862, 5304, 6572, 6618
二郎右衞門……2346
二郎左衞門……4675
二郎太……1898
二郎太夫……3430
二郎太郎……4778
二郎平……153
弍……1570
尼屋……2951
貳……1570
貳十五愛山房……4283
日下……6383
日華子……6495
日鶴觀主人……4888
日岳……4154, 5925
日記……2861
日休……1792, 3523
日研山樵……5797
日向介……853
日收……4074
日州……1202
日習堂……3997
日出吉……1707
日出太郎……1707
日春……4162
日如……2516
日涉園……5083
日章……4137
日新館……6205
日新齋……4122
日新社……4039
日新塾……1697
日新堂……5415
日新樓……1137
日政……2516
日爽……381
日南……478
日南軒……2606
日峰……2516
日茅亭……2721
日本花園……5731
日本書堂……4277
入齋……4195, 4197
入中……5136
乳嶽……1041
女―→ジョ
如―→ジョ
佞―→ネイ
人―→ジン
仁―→ジン
任……1675, 3802, 4376, 5512, 6207
任卿……3185, 5493, 6168
任好……6627
任齋……1039, 4097, 5034
任三……748
任重……894
任藏……2959, 4958
任太郎……3802
任夫……1968
任甫……2602
任輔……2204
忍……3026
忍介……2514
忍鎧……2514
忍鏡……2514
忍向……2514
忍岡山莊……4886
忍岡塾主……4886
忍岡道人……2518
忍齋……1371, 3677, 5916
忍性……4184
忍亭……2608, 2613
忍冬庵……5162
忍南……3684
忍廬……4174
認言……2605

ね

佞古書屋……2123
寧……448, 745, 841, 2743, 4795, 5369
寧安……1555
寧我……3558
寧海……3943
寧景……1066
寧卿……1881, 4909
寧固……1118, 5452
寧恒……4696
寧齋……1661, 2080, 4688
寧所……1577
寧處……1577
寧靜……1430, 1584
寧靜吟社……1089
寧靜齋……5507

寧泉 ……839
寧德……4955
寧父……3934
寧甫……1619
寧浦……1619
寧樂園……6258
寧樂亭……4176
熱軒……3784
年山 ……354
年覽 ……667
拈華……4774
念菴……4014
念齋 ……1439, 4964
念祖……2302
捻白老人……2167
然──→ゼン
稔……1883
撚髭齋……5479
撚白老人……2167

の

能安……2033
能改齋……5345
能次郎……2208
能助……5807
能章……5969
能靜……3353
能遷……2632
能登 ……1888, 5251
能登守 ……101
能甫 ……179
納 ……572
納結……5115
納所……4313
農師……6293
農水……6005
濃山散人……5989
濃山樵夫……5989
囊玄子……3892

は

巴山 ……1241, 3685
巴菽園……39
巴人……3155
巴人亭……1381
巴釣……5525
巴調……3262
巴丁……5525
巴塘……2511
巴陵……4107
把群堂 ……763
把香軒……2983
把釣……5525
把茅亭……5071
坡南莊……1219
波響……1810
波山 ……4845, 6537
波之助……6312
波次郎……2511
波門……6546
杷山……2398
爬脊子……4886
玻璃藏……4134
破硯翁……5907
破笛山人……5382
破天荒齋……5652
跛齋……2510
跛鼈老人……2983
播山……5180
播叟……6213
播磨守……5669
播陽隱士……6213
播陽隱叟……6213
覇陵 ……3250, 4841
灞山 ……3489, 4095
灞水……5222
灞山 ……3489, 4095
灞水……5222
芭蕉園 ……570
芭蕉書屋主人……2374
馬卿……6240
馬溪文庫……1214
馬五郎……4281
馬左衞門……6154
馬之允……2928
馬之助 ……5111, 5913
馬洲……1874
馬上隱者……2966
馬藏……2951
馬門……4588
馬陵……3744
抔──→ホウ
佩韋……5816
佩菊堂主人……5300
佩玉 ……1416, 2759
佩絃……1900, 4470, 4511
佩弦園 ……408
佩弦齋 ……120
佩弦堂 ……408
佩香草堂……3098
佩川……2384
佩蘭……5300
拜山……6514
背松……6384
珮川……2384
稗田耕夫……5981
貝陵 ……3696, 5727
苺苔園……3155
培……1388
培公……2110
培根 ……4407, 4788
培根堂……425, 5805, 4407, 4788
培齋……4918
培次郎……2110
培松……6044
培二……2110
培二郎……2110
培養舍……6437
梅……1462
梅庵……2160
2469, 2643, 4435, 4618, 5272, 6262
梅陰……3602
梅隱 ……973
1258, 1462, 3764, 4361, 5706
梅宇……521, 3061
梅塢 ……2654, 4408
梅右衞門 ……744
梅塢塾……2077
梅崦 ……164
梅園……173, 307, 1740
2292, 2983, 3296, 3393, 5488, 5746
梅翁……3937, 5425, 5875
梅屋 ……2910, 6709
梅屋山人……1799
梅下書屋……2956
梅花園 ……808
梅花屋……5534
梅花御史……3628
梅花山人 ……4109, 5404
梅花社 ……3085, 3086
梅花塾……3084
梅花書屋……5135
梅花村……4940
梅花村舍……5990
梅花長者……3839

梅花堂書屋…3084
梅花道人…5562, 5923
梅華…1452, 4395
梅華仙史…3808, 5895
梅窩…906
梅臥…2857
梅外…3792, 4747
梅外野人…2551
梅厓…4043
梅崖…1736, 4043
梅涯…6385
梅街…1894
梅磵…5836, 6113
梅關…655
梅岩…685
梅龕…6333
梅巖…685, 5860
梅客…5223
梅居…4089, 4689, 6334
梅坰…1861
梅溪…2501, 6563, 6098
梅月居…1881
梅月堂…1756
梅軒…767
2198, 2249, 2561, 2703, 2831
3678, 4494, 5243, 5247, 5881, 6498
梅岵…6403
梅五郎…2529
梅岡…5689
梅巷…1542
梅紅園…4705
梅谷…5518
梅谷樵父…4044
梅齋…431, 4918
梅山…2015, 3069, 6403
梅之助…1723, 2758, 3631, 4542
梅之丞…2903
梅次…4633
梅室…6386
梅樹…624
梅洲…3686
梅春舍…1810
梅所…1485, 1990, 2003, 3129, 4624
梅處…5595
梅心…4773
梅清處主人…6385
梅清處塾…6385
梅石…685, 880
梅雪…4159
梅仙…3808
梅泉…3184
梅僊…3808
梅窓…4754, 4793, 6694
梅莊…2286, 3050, 3599, 6099
梅痩舍…1810
梅操…2790
梅村…4940, 4996, 6321
梅潭…3271
梅潭書屋…3271
梅痴…4774
梅痴道人…4774
梅竹長者…339
梅忠…2078
梅亭…4093, 6016
梅廼舍…6709
梅顚…744, 1694
梅奴…624
梅東…6322
梅洞…4926, 5489, 6137
梅堂…212
梅墩…5148, 5483
梅暾…5148, 5483
梅南…3926
梅南書屋…4672
梅の木…5382
梅坡…1246, 2793, 4027
梅賓…5496
梅濱…844
梅坪…2029, 2647
梅汧…5655
梅甫…5538
梅圃…4846
梅峰…5323
梅北…2396
梅野…2985
梅里…298, 1421, 2161, 3279, 4122
梅龍…3787
梅陵…1578
梅林…3678
梅隣…5136
梅廬…3753, 6247
梅樓…1403
梅←→楳・槑
楳菊…2564
楳所…3, 4624
楳潭…3271
楳潭書屋…3271
楳堂…212
楳坪…2029
楳林…3363
楳←→梅・槑
槑齋…431
槑←→梅・楳
賣茶翁…5289
賣文翁…3042
白隱齋…272
白羽…788, 1670
白雲…4713, 6181
白雲館…2422
白雲居士…3512
白雲齋…4940
白雲山人…727, 3681, 5371
白雲山房主人…1514
白雲散人…504
白雲書庫…4712
白雲太一…5989
白雲洞…4712, 6625
白雲堂…2875, 4555
白雲道人…772
白雲樓…56, 1389, 1390, 6280
白翁…2317, 1981, 3636
白櫻…2639
白鷗吟社…1514, 3202, 3905
白鷗社…1094, 3504
白鷗舍…6185
白河…5657
白河文庫…5657
白柯園…3008
白華…263, 2713
3184, 3296, 3308, 3566, 3662, 5706
白蛾…316
白崖…4370
白寉主人…949
白霍…2986
白鶴…1463, 2986
白鶴義齋…1125
白鶴齋…2891
白鶴臺…949
白鶴道人…2165
白嶽…5634
白奐…2379
白幹…339
白環…5666
白環居士…165
白岩樵夫…4723
白嵒…777
白巖…777, 1056, 4723

白巖樵夫……4723
白紀……4774
白蟻……2584
白玉壺……2162
白玉齋……5599
白駒……1598
白圭……636, 979
1366, 2562, 3497, 4361, 4966, 5588
白珪……4966
白趐……5632
白虹齋……6043
白阜……2892
白谷……4568
白沙……3931
白沙翠竹江村舍……5905
白沙村翁……1903
白齋……2073, 6529
白山……272
1048, 1692, 2305, 3687, 4352, 5094
白山園……5094
白山義學……2715
白山塾……3532
白髭翁……6162
白耳……2661
白舟子……3553
白洲……1529
白純……4774
白嶼……328
白水……964, 1224, 1842
2704, 2764, 3525, 4614, 5471, 5534
白水先生……2533
白水陳人……5534
白石……317, 4706
白石園……4706
白石山人……4228
白石生……3490
白雪……4436
白雪樓……495
白泉……3364
白叟……777
白澤老人……838
白東……1842
白鳥洞……2767
白桃……2052, 3365
白島……777
白藤……3365
白檮園……4151
白堂……6558
白囊子……1979
白馬……1820
白馬山人……1133
白髪山樵……5826
白髪小兒……5162
白美……4723
白賁……182, 3526, 4847, 5026
白賁庵……5226
白賁園……5071
白賁山人……5869
白賁堂……182
白甫……2295
白峰……5066
白峯……5066
白鵬樓……2096
白茅……2801
白茅山……926
白野……825
白羊……3189
白陽……3394
白曄……3973
白鷹山樵……1067
白樂邨莊……2299
白里……5866
白蓮……2008
白蓮居士……2927
白蓮子……5439
白蓮池館塾……2927
白鷺……2947
白樓……6565
白鹿……4029, 6067
白灣……894
伯……1503, 1890
伯安……3945
伯彝……1988
伯彜……1988
伯殷……1153
伯英……2596, 4927
伯盈……709, 3899, 6522
伯淹……2644
泊園……5260
泊園書院……5257, 5258, 5260, 5261
泊翁……4643
伯温……4232, 4536
伯華……1079
1540, 3184, 3566, 4884, 6429
伯雅……1658
伯海……19
伯貫……237, 3824
伯幹……339
伯煥……715
伯巖……2369
伯紀……5045
伯耆……2135, 4709
伯起……161, 2689
伯貴……237
伯頎……5039
伯祺……1307
伯熙……2571
伯毅……672, 3972
4247, 4401, 4596, 5069, 5430, 6503
伯龜……2612, 4185
伯宜……132
伯義……4486, 5023, 5717
伯儀……1347, 3180
伯魏……1491, 2680
伯求……42
伯擧……1063
伯共……2922, 5962
伯享……5532, 6094
伯恭……5243, 5871, 6523
伯堯……2395
伯曉……2395
伯玉……25, 2220, 4996
伯欣……5039
伯驅……983
伯虞……4894
伯啓……4530
伯卿……120, 672
伯惠……2864, 4979
伯敬……672, 1707, 2003, 2841, 5126
伯經……1442, 3784, 5995, 6022
伯繼……2427
伯堅……1652
伯謙……2107, 5680
伯獻……5838
伯元……500, 528, 2535, 2908, 3278
伯玄……2027
伯言……6178
伯彦……5244, 5843
伯原……580
伯愿……6676
伯嚴……2369
伯虎……1338
伯弘……4572
伯行……3830, 3924, 4382, 4454, 6612
伯亨……475, 6074, 6174
伯孝……28, 5251, 6237
伯厚……580, 5737

伯恒……1827, 6224
伯高……2312, 2782, 6583
伯耕……6535
伯綱……4353, 4464, 4790
伯鴻……5673
伯剛……4589
伯佐……3784
伯濟……3885
伯孜……106
伯資……2455
伯熾……4224
伯耳……2661, 4146
伯時……3803
伯實……1243, 3761, 4369, 5897
伯錫……1533
伯壽……456, 459, 2931
伯修……973, 2248, 4674, 6068
伯脩……2362
伯就……3883
伯楫……4523
伯緝……2071
伯重……29, 3944
伯柔……1578
伯述……2572
伯純……2522
伯惇……5525
伯順……2507, 5443
伯恕……3947
伯松……6130
伯祥……4985
伯章……274, 2785, 4314, 6130, 6439
伯裳……5311
伯信……4565, 5732, 6661
伯辰……4685
伯審……3492
伯愼……5783, 6450
伯仁……4142, 6541, 6573
伯水……2081
伯成……1924, 4950
伯省……5802
伯誠……668, 5749
伯績……3460
伯潛……1521, 2090
伯遷……298
伯藏……4224
伯則……1543
伯泰……6013
伯大……6566
伯達……1166
伯長……3329
伯直……3711, 4252, 4318
伯通……1140, 5074, 6019, 6462
伯亭……1614, 6071
伯悌……1371
伯鼎……1535, 5940
伯廸……5284
伯迪……5284
伯兎……6185
伯圖……4154, 5925
伯登……6629
伯黨……3014
伯道……3781, 4026
伯德……4995
伯任……2453, 6541
伯寧……1939, 5880
伯斐……953
伯美……3259, 4723, 4811, 6280
伯弼……4770
伯夫……307, 2160
伯符……2759
伯文……1818
伯甫……2295
伯輔……2129
伯邦……762, 5640, 5654
伯鳳……2622
伯楙……5441
伯本……1219
伯民……5, 59, 4142, 4553, 5085, 6196
伯明……4172, 4365
伯友……2577, 3195
伯有……5360
伯祐……4044
伯猷……2996
伯熊……1600, 2425
伯融……1914
伯餘……3154
伯璵……5774
伯羊……1753
伯庸……2406
伯揚……3013
伯陽……273
810, 1997, 3013, 3887, 4565
伯曄……3973
伯養……4254, 5304, 5309
伯鷹……4429
伯翼……3049
伯蘭……2964
伯履……6238
伯立……2460
伯栗……6557
伯慮……3792
伯良……4441
伯亮……2208
伯林……2967
伯倫……6056
伯隣……5522
伯麟……1938, 4776
伯令……1832
伯禮……6600
伯麗……5056
伯連……2794
伯和……1535, 3308, 4836
泊雲……1422
泊園……5260
泊園書院……5257, 5258, 5260, 5261
泊翁……4643
泊耳……2661
泊洦舍……3038
帛水學人……2087
帛川……5274
柏園……2673, 3204, 6455, 6660
柏園文庫……3204
柏洪樓……212
柏卿……2440
柏軒……452
柏山……3583, 3866
柏山人……1835
柏山堂……3866
柏舍……5123
柏亭……532
柏伯……6680
柏梁堂……4479
栢山……3583
栢庭……203
栢堂……103, 2832, 4885, 6107
博……791, 1712, 4323
博我……3110
博古知今堂……1268
博侯……3726
博濟院……5479
博詢……492
博昭……2181
博須……1346
博泉……4323, 5840
博桑山人……581
博通……1346
博文……492

博甫……2240
博房……6500
博約齋……3032
樸――→ボク
璞……254, 470, 614, 803, 1034
1548, 4999, 5368, 5789, 5826, 6595
璞巖……3983
璞齋……2476
薄齋……2471
薄洲……6508
莫過詩亭……1649
莫知其齋……2943
麥……5598
麥濠……6525
貊亭老人……2917
貃亭老人……2917
幕天書屋……6181
幕陽……2046
幕陽居……2046
瀑翁……3708
藐姑射山人……453
畑霞釣叟……4986
八……5302
八右衞門……706, 1910
2233, 2834, 3817, 4674, 5564, 6057
八雲外史……5698
八雲軒……6611
八於國……5649
八介……1615
八岳老樵……2902
八研堂……3266
八五郎……1478, 2498
八甲山人……2199
八左衞門……6057
八三郎……961, 987, 1247, 1931, 5314
八之助……2073
八之丞……390, 1013, 4557
八子……4008
八次郎……797
八洲……6686
八十……1865
八十一峰道人……2164, 3884
八十一郎……4726
八十右衞門……4153
八十吉……971, 2012, 2450
八十五郎……3729
八十綱……5
八十之介……2572
八十八……100, 1370, 6171
八十八郎……6312
八十郎……2083, 3817, 5648, 5826
八重垣翁……4178
八重次郎……3853
八助……28, 2039, 2074, 4008, 6688
八松……1342
八千……5815
八霜山人……1924
八藏……1757
八朶峯……6625
八太郎……3450, 4 174
八百里……203
八平次……4213
八兵衞……1704, 2439, 2744
八輔……1615
八彌……5045
八瀬……4460
八郎……1498, 2303, 2570
3685, 4008, 4037, 5836, 6062, 6177
八郎右衞門……407, 4674, 5371
八郎左衞門…1421, 1558, 5371, 6192
八郎助……4037
八郎兵衞……4421
發……687
發貴……5462
發三郎……687
發生塾……966
發貟……5462
髲北……5217
伐木……2908
凡――→ボン
反求……3971, 4879
反求堂……4879
反求老人……6387
反古庵……5288
反爾……5420
反堂……4879
反哺……156
反哺堂……156
半隱……1359, 2250, 3209, 5007, 5033
半隱舍……1540
半隱堂……2386
半右衞門……658, 885, 1055
2405, 3647, 3669, 5711, 6133, 6387
半雲……4067
半雲栖主……4452
半可山人……987
半介……1612
半間主人……2289
半間釣夫……5085
半九子……6159
半九子陳人……6159
半九郎……4268
半漁……1138
半狂……4385
半月齋……4814
半五郎……83
半江……1579
半江漁夫……750
半江詩屋……750
半左衞門……1495
2799, 4026, 4479, 5167, 5762, 5935
半齋……1880, 5371
半三衞門……5398
半三郎……366, 1679, 1719, 5398
半山……1947, 3191, 3366
半之右衞門……6439
半之丞……4972
半四郎……946, 2465
半次郎……838, 3059, 3325, 3664
半七……2814, 2825, 6222, 6669
半七郎……4492
半儒半佛道人……5929
半洲……3208
半十郎……1344, 3208, 4185, 4838
半助……1612, 4259, 4791, 5841
半城……6350
半人……6051
半水……3191, 3285
半醉翁……5907, 6304
半醉閑人……6423
半醉半醒……1431
半仙……4346
半仙窟……593
半仙子……655, 4416
半窓……3239
半藏……265, 283, 1055
2669, 3008, 3174, 4035, 4043, 4666
半村……2478, 5497, 5764
半邨……5764
半太夫……570, 1561, 2040
半痴……3059
半陶……5509
半內……4408
半南子……268
半農書齋……934
半農人……1766
半農叟……791

半白痴……3180
半白癡……3180
半八……1255, 6669
半佛居士……3463
半平……4159, 5309
半兵衛…2197, 2622, 3325, 5112, 5709
半峯……5414
半牧方士……6018
半彌……6263
半樂……2374
半鱗……3708
帆丘……725
帆邱……725
伴──→バン
汎居……6399
汎文……1572
汎樂隱士……3686
判左衞門……3679
坂下菟麻呂……4648
泛庵……3796
泛叟……6627
泮林……3152
板──→バン
范齋……4203
范曹……3923
胖……5909
胖庵……1659
胖右衞門……4144
胖廣……5909
班石……4724
般庵……4306
般若窟……5551
絆己樓……1447
斑鳩隱士……4177
斑如……5882
斑藏……283
斑竹……986
飯山……1225, 3453, 5673, 5916
飯峯……218
槃……1260, 3456
槃澗……4725
槃礀……4725
槃柴……1737
槃齋……1737
槃山……2004
槃澗道人……2931
蕃──→バン
範……2552, 5206, 6197
範圓……152
範義……3811
範建……3811
範之……983
範次……889, 5152
範治……5152
範常……733, 5487
範信……3960
範詒……5152
範通……734
範夫……5891
範平……324
繁……3016, 5197
繁一……55
繁三郎……4534
繁次郎……1672, 5286
繁實……1590
繁藏……5151
繁太……1026
繁太郎……1026, 1083, 1186
3924, 4401, 4410, 5197, 6176, 6385
繁徒……5537
繁伯……3881
璠……2379, 5774
璠庵……436
璠璵堂……2790
蟠──→バン
藩南……2996
攀髯……3251
伴鶴……5581
伴完……3140
伴寛……3605
伴月……2417
伴左衞門……3140
伴三郎……3469
伴次……1637
伴七……4669, 4670
伴十郎……1344
伴平……2293, 6589
伴兵衛……6589
板溪……522
板養堂……2364
晩庵……3960
晩榮堂……3059
晩甘園……3063
晩居亭……1932
晩香……850
1091, 1423, 1593, 2251, 2989, 4654
晩香館主人……2655
晩香主人……2655
晩香廬……3069
晩齋……745, 4685
晩山……2779, 6175
晩山樓……2524
晩菘……5461
晩翠……120, 2705, 2272, 4794, 5626
晩翠園……2623, 3065
晩翠吟社……2600, 3271, 3441, 5961
晩翠軒……2088, 2543, 5468, 5962
晩翠塾……357
晩翠亭……4142
晩翠堂……4182
晩成……1382
晩晴吟社……1835, 6305
晩晴吟堂……1835
晩晴書屋……3409
晩晴堂……5909
晩晴樓……3972, 4670, 6537
晩晴樓書院……3972
晩村……6015
晩亭……3459
晩風軒……986
晩夢樓主人……3648
晩夢樓人……3648
晩林夕陽叟……4886
番松廬……3700
萬──→マン
播──→ハ
蕃根……3139
蕃山……2427
蕃次郎……1450
蕃臣……4772
蕃政……4390
盤桓子……4579
盤橋……5261
盤谷……4725
盤齋……1737
盤舟……5779
磐安……452
磐翁……1430
磐溪……1430
磐谷……1968, 2424, 6509
磐齋……1737, 6518
磐松齋……2829
磐水……1431
磐里……1432
蟠山……2201
蟠杜……656
蟠桃……6215

蟠年……5968
蟠龍……2348, 4802
蟠龍子……379
蠻蕪……3659

ひ

比君菴……443
比曾武……3444
丕顯……4450
披雲樓……6524
肥後……414
肥後守……874, 2150, 2286
非虚陳人……1311
非卿……3371
非僧非俗道人……6683
非知子……6652
非非……746
非熊……1638
毖齋……1399
飛……987, 6301
飛霞……1780
飛郷……1906
飛卿……1906
2473, 2832, 2959, 4952, 6416
飛洲……6427
飛川……1871
飛驒……1837
飛驒守……4281
飛鳥山房……55
匪夷閣主人……6404
被褐翁……4180
被髪翁……1759, 2684
賁……1444, 3927, 5364, 6627, 6687
賁園……4549
賁趾……5097
斐……2534, 4111, 5429
斐彝……2360
斐恭先生……540
斐山……6530
斐道人……2534
斐夫……1474, 2196
棐……3702
蜚英館……1965
榧園……4669
罷齋……183
避塵齋……3512
鞞中……4089
羆一郎……494
轡龍……2735
尾山……778
枇杷山人……2398
枇杷麻呂……3397
枇杷麿……3397
眉卿……848
眉公……848
眉山……2501, 3006, 3100, 3841, 6238
眉山外史……6238
眉壽堂……3614
眉峰……1682
眉來……2281
毘……2792
毘耶離園……5551
吡……2792
美……220, 6574
美允……560
美遠……4285
美啓……1069, 6245
美卿……1133, 1992, 4147, 4535, 5857
美宏……4153
美佐……5066
美作守……34
美至……5060
美之……5183
美叔……730
美初……5219
美織屋文庫……891
美穗……6126
美穟……6126
美成……6274
美清……3499
美石……4437
美髯公……4474
美竹西莊……2096
美中……63, 6631
美仲……725
美濃吉……582, 5550
美也吉……5875
美利……3991
美領……3722
美和……1976
梶之助……2306
備後……265, 2639
備後介……2639
備後守……2787, 6641
備前……3594
備中介……6405
備中守……6405
糜山……3841
彌→ミ
薇山……4596
靡蕪園……408
必庵……3348
必賀……2658, 2659
必簡……770
必器……5515
必敬……5783
必香……3562
必山人……163
必大……469, 3521, 5936
必端……2552
必端堂……2552
必智……2659
苾……92, 2963
弼……1062, 1463, 2067, 2129, 3085
3093, 3293, 3589, 3993, 4491, 6619
筆山……2326
筆子……1821
筆正……4277
祕……3562
百一翁……4473, 6032
百花園……2879
百花山莊……1780
百花叢居……803
百花堂……5252
百卉園……4054
百卉莊……1778
百吉……4404
百溪……1899
百合熊……1170
百谷山人……1194
百穀……1194
百穀山人……1194
百濟……1933, 3964
百之寮……2805
百助……313
727, 1344, 2780, 2829, 3249, 3423
3601, 3712, 4888, 4919, 4923, 6512
百城……5275, 6550
百信菴……5186
百石……1194
百拙……5078
百拙齋……5906
百千堂……2906, 3445
百川……565, 4409, 6067, 6432
百川學海……3155
百太……1793

百太郎 ………1435, 1883, 2906, 4580
百道社……………………………1962
百日紅園…………………………2034
百年…………………2734, 3861, 5356
百梅 ………………………………323
百梅楼……………………………1665
百楳園……………………………3548
百八山人 …………………………926
百般院……………………………4125
百筆齋 ……………………………755
百不知童子…………………899, 3056
百不知道人 ………………………899
百平………………………………6056
百鞭 ………………………………329
百邦………………………………4089
百峰………………………………5499
百峰山人…………………………5499
百峯………………………………6185
百祐………………………………2829
百陽………………………………1720
百懶………………………………2219
百里…………………………874, 5511
百亮 ………………………………313
百林樵人 …………………………579
百齢………………………………6218
百錬………………3838, 4140, 5221
百六散人 …………………………100
氷叡………………………………1362
氷鑑………………………………3863
氷壷 ……………………3624, 5162
氷清………………………………3112
氷川 ………………………………603
氷臺………………………………3287
冰清………………………………3264
俵口子……………………………5382
俵二 ………………………………919
豹 …283, 570, 1577, 3726, 3821, 4240
豹庵 ………………………………283
豹隠 ………………579, 1691, 4098
豹蔭………………………………5681
豹蔭公子…………………………5681
豹吉………………………………6582
豹卿 ……………………3798, 6103
豹軒………………………………3367
豹齋………………………………5845
豹三郎……………………………6503
豹藏……2003, 2390, 3821, 4952, 6103
豹太………………………………1691
彪 ………296, 1536, 3699, 3772, 5272
彪山………………………………5515
萍──→ヘイ
漂潭樓 ……………………………623
漂麥園……………………………3332
標左衛門…………………………6014
馮…………………………………1869
瓢庵 ………………………………511
瓢渠山人…………………………2820
瓢巷………………………………4940
瓢齋 ……………………2551, 5118
瓢三………………………………2962
瓢の屋……………………………6635
飇々釣人…………………………6055
苗賓………………………………5563
病隠………………………………5727
病翁………………………………2585
病虎山人…………………………4147
牝…………………………………6153
牝牛………………………………1698
品美………………………………4928
彬…………………2669, 3150, 5938
彬卿 ………………………………984
彬齋…………………………749, 5113
彬之………………………………1074
彬叔………………………………3172
斌………2220, 2871, 2918, 4003, 5938
斌鄉………………………………5272
斌卿 ……………………3175, 5272
斌叔………………………………1291
斌雄………………………………5269
賓 ………………………5054, 5250
賓宇………………………………5485
賓王 ……………………1510, 1943
賓玉 ………………………………431
濱五郎……………………………1737
濱三郎……………………………3153
濱臣………………………………3038
蘋園………………………………2940
蘋洲………………………………4647
蘋亭 ………………………………907
贇──→イン
岷谷………………………………1746
岷山………………………………4264
珉文………………………………4777
忞…………………………………4888
敏 ………………………861, 1195, 1206
2178, 2664, 2711, 2721, 2735, 3555
5332, 5579, 5618, 5653, 5730, 5922
敏求………………………………3996
敏卿…………………………806, 1417
敏行………………………………1052
敏齋…………………………742, 4016
敏次郎……………………………2318
敏樹………………3954, 4200, 6258
敏愼………………………………3656
敏愼齋……………………………2156
敏直………………………………4152
敏貞………………………………4152
敏夫………………………………1790
瓶──→ヘイ
閔…………………………………3656
鬢絲禪侶…………………………6106

ふ

不因………………………………6423
不盈散人…………………………2427
不易齋……………………………5780
不怨齋……………………………4501
不厭庵……………………………3304
不遠 ………………………………890
不可刻齋…………………………5162
不可思議空………………………2516
不可得翁…………………………2435
不可拔齋…………………………4541
不可無竹居主人…………………3725
不敢散人…………………………2427
不羈齋 ……………………………184
不覊齋 ……………………………184
不求翁……………………………5443
不求齋……………………………3710
不求主人…………………………3453
不求甚解翁………………………3120
不求甚解書屋……………………2457
不求堂……………………………6479
不錦書屋…………………………1432
不群………………………………3901
不輕居士 …………………………594
不輕子……………………………3164
不見………………………………2536
不倦 ………………………………973
不騫………………………………1860
不騫齋……………………………4284
不言齋……………………………5439
不言亭 ……………………………973
不高語……………………………3296
不時宜……………………………3477
不如學齋 ………………3296, 3915

不如及齋……476
不如無齋……6340
不除軒……2833
不除草堂主人……2136
不笑……822
不生主人……3599
不夕……963
不占……3980
不先齋……978
不染居士……5540, 6085
不足齋……5272
不息……919, 4057, 6332
不息舎……5272
不測庵……4718
不俗庵主人……5530
不存……3042
不知庵……1504
不知歌齋……6683
不知姣齋……4761
不知也……4761
不知老齋……1697, 2364, 5796, 6494
不轗齋……504
不倒翁……3633, 5379
不動山人……1041
不二庵……5614
不二山人……2746
不忍文庫……6155
不能齋……4410
不能叟……4263
不白……6577
不不芳齋……3231
不偏齋……5780
不忘溝壑樓……3761
不昧居……963
不鳴……410
不尤齋……4502
不尤所……4502
不用舎……4402
不老泉隠……5444
不老不死老人……2487
不惑道人……2549
夫卿……2920
夫山……876
布水……2556
布續……3537
布袋……3708
布袋庵……3548
缶卿……2242
缶樂……1738
扶善……2492
扶桑園……4023
扶搖子……6049
孚……1921, 2378, 4272, 5897, 6166
孚尹……4913
孚嘉……2394
孚卿……368
孚齋……1419
阜谷……1580
府生……822, 6309
芙翁……5280
芙蕖館……4844
芙蕖亭……3027
芙山……5823
芙蓉……2215, 3368, 4698, 5241, 6279
芙蓉窩……3368
芙蓉館……1501, 4841
芙蓉軒……4997
芙蓉山人……2132
芙蓉詩社……3625
芙蓉社……3625
芙蓉生……6076
芙蓉精社……3841
芙蓉道人……2715, 4537
芙蓉樓……1032, 2613, 2744, 4538, 5505
斧吉……4684
斧吉郎……1018
斧三郎……3196
斧助……5245
斧象……2996
斧太郎……709, 4362
斧八……1388
負郭……2507
郛……4942
俛──→ベン
浮海窩老人……5731
浮丘……2983
浮山……4313, 4940
浮民……2729
浮棄庵主……6066
釜次郎……1123
釜川……2661
冨春山人……5635
冨←→富
富右衞門……1900
富雅……1768
富涯……6115
富吉……4678
富五郎……1539, 4155
富三郎……28
富山……5823
富之……1460
富之丞……2099
富之進……5397
富士唐丸……4109
富士唐麿……4109
富次郎……1617, 2634, 5815, 6173
富春……1725
富春館……1810
富春山人……3523
富春子……341
富春堂……3053
富潤……4199
富助……2757
富成……2860
富藏……381, 432
富太郎……2360, 3897, 4939, 6210
富訥翁……3088
富南……185
富二郎……4994
冨年……6007
富八……93
富坂……278
富阪……278
富平……4409
富有……432
趺蓮……2096
普磋吉……6642
傅甫……2240
溥……2767
溥卿……2626
溥泉……6225
鳧滸釣叟……587
鄜山……1210
敷邦……4329
武……337, 6121, 6160
武夷……4674
武夷館……4333
武夷山人……4674
武威……4674
武威山人……4674
武彝……1168
武彜……1168
武一郎……1488, 3606, 3882, 6277, 6278
武右衞門……1466, 4178, 4419, 5412
武英……1168
武英塾……3763
武衞公……4120

武雅 ……2250, 5786
武介……3532
武環……3241
武吉……2419
武教……2228
武鄕 ……566
武矩……497, 512, 2231
武遇 ……304
武卿 ……242, 2950, 3158
武賢……2233
武元 ……56, 6129
武彦……6425
武五郎 ……305
武江……3086
武香……4669
武廣……2239
武綱 ……497, 512
武左衞門……3014
武三……4723
武山……6160
武之……2914
武之亟……5838
武四郎……2434
武次郎……5272, 5639, 5771
武修……3099
武十郎 ……773
武純……5434
武助 ……957
2245, 3298, 3307, 3523, 3532
武韶……1511
武臣 ……337
武愼……2248
武人 ……140
武正……2130
武淸……1469
武藏……4723
武藏野人……5599
武中 ……577
武仲 ……577
武貞 ……2251, 3650
武德……850, 5434
武内……6576
武二郎 ……2356, 5272
武敏 ……2252, 4494
武平 ……4843, 6358
武平次 ……639
武兵衞……171, 562, 2349, 2566, 4471
武甫 ……155
武明 ……43, 1467, 4135, 5014
武揚……1123
武陽 ……1390, 1509
武陵……4155
武陵處士……4887
武窂……6435
部一郎……6278
婺山老人……5191
無（无）──→ム
撫山……4314
撫松 ……2706, 4848
撫松庵……1729
撫松軒……2374
撫瓢迂史……4829
颪詠亭……3355
颪簷……6257
颪翁……2549
颪卿 ……2478, 2591
颪月……1110
颪月皆宜樓主人……1391
颪月間人……2052
颪月閒人……2052
颪月社 ……764
颪月舍……3720
颪月主人……4791
颪月堂……2991
颪月樓……5709, 5885, 5890
颪興……302, 2725
颪興坊……2725
颪山……3103
颪自寮……2805
颪牀……5172
颪牀山人……5172
颪顚 ……2647, 5697
颪來閣……4443
颪來山人 ……3279, 5093
颪來散人……5093
颪流快史……4629
颪鈴山人……1381
颪浪……4394
封山……6388
楓館 ……373, 375
楓溪……2211
楓谿……2211
楓軒……2613
楓軒先生……2613
楓江……5883
楓江釣人……5883
楓齋 ……5453, 6099
楓山……1303
楓所……3711
楓窓 ……2203, 5019
楓村 ……607
楓邨 ……607
楓亭……5202
伏見宮邦茂王 ……351
茯──→ブク
葍園……4131
復……164, 392, 890, 1967
3582, 3854, 4134, 5589, 5770, 6556
復庵 ……830, 1192, 6085
復一……4134, 4523, 4525
復圭……4152
復軒 ……219
728, 963, 1433, 4942, 6323, 6515
復原樓……2629
復古堂……5462
復齋……433, 747, 2129
2834, 3688, 3754, 4929, 5087, 6389
復三郎……1433
復之 ……279
復四朗……3854
復次郎……6556
復初 ……1831, 4983
復所 ……1105, 2129
復助……5808
復仍……5684
復然堂逸士……3655
復太郎 ……2115, 2369
復堂 ……740, 2496, 2558
3297, 4311, 4485, 4777, 5732, 6541
復甫……6026
復輔 ……5808, 6026
復明……5745
復陽洞眞人……5969
復禮館……1463
腹唐秋人……4252
福庵……2325
福庵墨谹……5136
福應齋……5890
福水……3738
福綏 ……591
福穗……5253
福善齋……4573
福太郎……4267
福堂……779, 5952
福内鬼外……5093
福祿郎……1373
蝠翁……3548

覆簣齋……1600
覆載……247
覆齋……1600
茯苓齋……6361
勿──→ブツ
弗措學人……6661
弗得弗措齋……4572
拂雲……1578
拂珊鈞……4079
拂石菴……6659
拂目翁……1636
勿庵……6324
勿軒……6030
勿齋……317, 391, 2721, 3681
勿所……3080
勿堂……6610
佛庵……4411
佛塢……628
佛巖……5747
佛橋……2295
佛齋……3463
佛山……5981
佛慈……900
佛樹齋……1973
佛助……6208
佛石菴……6659
沕眞……2770
沕潛潛居……4455
沕潛居士……4455
物外……3842
物外樓主人……2701
物先……6197
芬……194
焚書以上人……4090
賁──→ヒ
賁……3761, 5431
噴嚏子……3723
憤翁……2428
文……1573
1806, 2001, 3356, 5361, 5475
文安……3862, 4767
文安先生……750
文庵……3252, 3697
文漪……280
文懿……4884
文郁……3234
文逸先生……3588
文右衛門……823, 1818
2074, 2389, 2814, 3981, 3999, 4291
4431, 4439, 4634, 5324, 5419, 5984
文蔚……2390, 4240, 6016, 6298
文永……2835
文英……1051, 2463, 4127
文英先生……2293
文淵……234, 280, 877, 2043, 4376
文翁……318, 2097, 3726
文恩……6627
文華……1234, 4783
文華堂……1715
文稼……4840
文介……2737
文海……462
文會……3736
文會堂……4930
文會樓……410
文恪先生……480
文貫……2874
文喚藍齋……3047
文換先生……1058
文煥……6241
文寬……5699
文簡先生……5340
文關……1215
文己……3004
文紀……2858
文姬……1343
文熙……1812, 3368, 3482
文暉……1527
文毅……5507
文毅先生……1624, 4929
文徽……1805
文儀……4169
文吉……971, 4306, 5666, 6632
文休……5877
文求堂……3502
文窮軒潛光……4076
文擧……1307
文京……1385
文拱……2991, 4661
文恭……3176, 4704, 5544
文恭先生……3160, 3249, 3479
文教先生……6617
文鏡亭……1063
文響……3170
文饒……1953, 2677
文啓……6325
文卿……549, 822, 1032
1318, 1470, 3072, 3814, 4291, 4473
4667, 4868, 5859, 6431, 6461, 6618
文惠……6535
文惠先生……4250
文敬……4326
文景……4473
文景先生……5796
文溪……2702
文瑩……617
文軒……4010
文憲……5723
文憲先生……770, 4306
文獻……722, 2091, 4859, 6490
文獻先生……132, 5985
文玄先生……5154
文彦……1433
文虎……3990, 4574
文五郎……3844
文伍……3844
文吾……828
文公……4503
文行……3840, 4309
文行先生……4309
文江……2385
文侯……4779
文虹……2567
文貢……2567
文興……3398
文剛……985, 5364
文克……3961
文佐……540
文左衛門…318, 674, 1311, 1972, 3356
3605, 3909, 4010, 4093, 5733, 6607
文哉……2396, 3949, 4294, 5155
文載先生……4252
文齋……5146, 5707
文作……5332
文三……5991
文三右衛門……4706
文三郎……3214, 5373, 5559, 6213
文山……318
808, 2780, 4321, 4681, 6521, 6626
文之……618, 686, 316, 50265, 5335
文之助…1353, 3653, 3793, 6063, 6065
文之丞……3103, 4053
文之進……4658, 5606
文子……6599
文四郎……481, 1067
文思……1907, 4068, 6133, 6627
文次……948

4837, 4908, 5934, 5938, 6633
文次郎……125
1532, 1535, 1647, 2787, 3001
3003, 3004, 3251, 4033, 4583, 6488
文治……1577, 3721, 4583, 4816
文治郎……125, 3001, 3251, 4507
文事……3234
文爾……2760
文瑟……3517
文實……2874, 3511
文若……2914
文儒……1257
文十郎……4277
文叔……1338, 3747, 4876
文叔先生……5731
文肅……3098, 4105, 4899
文淳……2366
文助……647, 1210
1775, 2858, 3169, 3654, 3889, 6442
文祥……6222
文樵……335
文丈夫……5899
文讓……3321
文燭堂……200
文眞……2617
文眞先生……2882
文進……883, 3103, 4658, 4898, 6360
文人……3294
文端先生……538
文崇……2096
文成……2912, 5098, 5332, 5614
文成先生……2906, 3912
文清……2597
文清先生……4255, 6036
文靖先生……1599
2885, 3787, 3871, 4890, 5161, 5730
文靜……6305
文拙……2991
文節居士……2927
文節先生……4313
文選……6133
文選復興樓……2096
文莊……4451, 5120
文藏……83, 112, 185, 286
479, 485, 618, 686, 798, 1020, 1199
1573, 2499, 2789, 3001, 3208, 3252
3261, 3341, 4049, 4096, 4999, 5055
5475, 5831, 5871, 5880, 5887, 6151
文造……5475
文宗先生……6537
文莊先生……5120
文則……3082, 6665
文太……4393, 4546, 5931, 5936, 5938
文太郎……2626, 3004, 3424
文臺……3369
文中……5438
文仲……6, 2458, 3843
3874, 4315, 4608, 4740, 4816, 5438
文忠……5686, 5904
文衷……632
文晁……3844
文暢……63, 5945
文朝……3844
文通先生……1859, 5152
文貞……1745
文貞先生……665, 4999
文同……2859
文堂……6662
文德……1138, 2871, 5583
文內……1735, 1762, 4261, 5146, 5540
文二……3214
文二郎……2444
3001, 3003, 3004, 3214, 4908
文寧……5799
文白……3445
文伯……5879
文璞……5879
文八……1693
文皮……1536, 2282
文弼……2870
文豹……1319
文彬……1269
文敏……2658
文敏先生……4940, 5148
文平……140, 144, 403
920, 1061, 1602, 2080, 3398, 3431
3524, 5361, 5489, 5571, 6175, 6659
文兵衞……3443
文炳……240, 374, 4706
文甫……921, 1210, 3772, 5097, 6180
文輔……4377, 5163, 6442
文邦……4336
文苞……5458
文峯……814
文彭……4277
文鳳……3629
文鳳陳人……3581
文穆先生……4886
文明……2756, 3003
文明先生……4247
文鳴……1551
文友學舍……4292
文幽先生……5248
文雄……2368, 6101, 6123
文陽……5317
文翼……902, 5919, 6383, 6569
文瀾齋……2268
文里……2893
文隆園……4166
文龍……3001, 5143
文良……5039
文亮……5039
文林……3285, 6127
文琳……6127
文禮……1426, 1950, 4893
文嶺玄德居士……57
文郎……2847
文六……1687, 2193, 2242
分左衞門……3356
汶江……4123
汶山……1293
汶上……46
汶水……287, 4316
汶陽……2283
汶嶺……3097
聞可……1965, 2781
聞慧……2651, 5122
聞五……2937
聞香舍……6258
聞香舍塾……6258
聞信院……336
聞伯……6350

へ

丙朔……2462
丙次……6422
丙治……6422
丙村……3028
平……2903, 3383, 4465, 6200
平安……4455
平庵……523, 1279, 4455, 6182
平菴……536, 6182
平一……1455
平一郎……1594, 2415
平右衞門……797, 960
1020, 1186, 2164, 2192, 3520, 3523

3762, 3884, 4323, 4477, 5763, 6158
平柯……5970
平介……3284, 4489, 5248
平格……1057, 2727, 4333, 5962
平堪……4559
平淇……4559
平吉……345
793, 4362, 4468, 5599, 6578
平原……5139
平五……4387
平五郎……1333, 3176, 5125, 5922
平吾……4387
平左衛門……293
平作……2727, 5924
平三……5680, 6200
平三郎…1718, 2152, 2826, 4160, 5748
平山……4326
平之……2151
平之允……2156, 3299, 4516
平之助……2516, 4407
平之丞…200, 2156, 3299, 3383, 3754
平之進……5840
平四郎……2290, 5900, 6001, 6438
平次……1430, 1693, 2386, 4310
平次兵衛……5320
平次郎……1430
2447, 3108, 5912, 5990, 6193
平治……4003
平治郎……3056, 4128
平洲……5378
平十郎……1939, 2218, 2637
平助……389
923, 1715, 1848, 2197, 2361
2845, 3018, 3284, 3706, 4323, 4489
5145, 5248, 5776, 5990, 6182, 6535
平章……6059
平泉……1434
平叟……6200
平造……6200
平藏……313, 508, 964
1215, 1350, 1523, 2105, 2156, 2696
2861, 3639, 4107, 5567, 5694, 5995
平太……1546, 4465
平太左衛門……1065, 3557
平太夫……2770, 5744, 5748
平太郎……613
1546, 4218, 4330, 4643, 6193, 6393
平秩東作……3817
平仲……979, 4890
平篤……3554
平内……5540
平二郎……1594, 3108
平馬……302, 839, 1296, 4362
平八……234
716, 2247, 3051, 4264, 4465, 4693
平八郎…1353, 1594, 1668, 1728, 2246
2794, 3051, 3668, 3967, 4220, 5117
平々山人……3397
平兵衛…672, 2637, 2753, 3299, 4001
平甫……616, 1848, 3639, 5130
平圃……5130
平輔……5248
平野……376
平陽……6510
平陵……5575
平六……2194, 3679
兵右衛門……1062
兵衛……527, 641, 2484
兵介……928, 3735
兵吉……782
兵原……5139
兵庫……34, 331
917, 3146, 3496, 3869, 5775, 6048
兵庫少允……3811
兵庫頭……6049
兵左衛門……57
373, 483, 488, 663, 1002, 1122
3114, 3383, 3423, 3523, 5766, 6265
兵三郎……680, 3423
兵之進……1248
兵四郎……2389
兵次郎……726, 5583
兵助……1715
兵性堂……4159
兵藏……3916, 3976, 4717
兵太……916, 6125
兵太夫……1113, 4677, 6662
兵太郎……4040, 4565
兵馬……839
兵部……585, 5997
兵彌……4829
秉……347, 1102
秉衡……1623
秉作……5924
秉哲……4017
屏山……759, 2058, 5841
屏淑……2073
並枝……2768
炳……3990, 5931
炳卿……4230
炳文……2585
秤堂……5761
病──→ビョウ
瓶隱子……5525
瓶花庵……1827
瓶齋……5817
瓶山……5748
瓶城……2726
閉戸先生……4002
萍堂……1337
敝齋……989
弊帚主人……2460
鼈己齋……1636
鼈休……492
米……100
米庵……755
米菴……755
米華……4317
米山……1739
米之助……4962
米次郎……2136
米松……2478
米倉……1692
米藏……4102
米峰……2620
碧……1998
碧庵……1537
碧菴……1537
碧雲軒……3902
碧雲仙館……719
碧於亭……4, 606
碧翁……4196, 5148
碧霞山人……2526
碧海……3108, 4234
碧澗艸堂主人……3626
碧澗草堂主人……3626
碧館……5664
碧梧山房……3993
碧梧書樓……1904
碧梧堂……2602
碧梧樓……3793
碧齋……6034
碧山……1015, 2467, 4156
碧水……966
碧僊……1688
碧堂……3544
碧峰……4217

碧游亭……606
碧楠……2755
碧蘆館……1406
璧……6428
癖玉……5255
蓂──→メイ
丿翁……5485
鱉曡……4981
別所十六堂……4959
鼈……3147
鼈浦……5731
片屈道人……4805
片鐵翁……5795
蝙蝠庵……5419
偏愛菊道人……2655
偏奇館……6699
篇策……2463
弁幾……3971
弁之助……6218
弁←→辨・辦
俛齋……4615
勉……847, 2623, 5379
勉齋……2175, 6350
勉之……2623
勉室……4058
勉善……2565
勉亭……4926
勉甫……3624
勉廬……1924
冕……3216, 5865
辨庵……5374
辨幾……3971
辨五郎……747
辨之助……13, 110, 1801, 5898, 6218
辨次……3805
辨次郎……5090, 5536
辨治……6576
辨助……5438
辦三郎……1798
辦之……4877
鞭羊居愚傴……311

ほ

甫……323, 1601, 5260
甫安……1892, 1894
甫庵……1193
甫益……2672
甫學……2344
甫寛……2725
甫賢……1894
甫謙……1892, 1893
甫齋……4851
甫三……1893
甫識……1126
甫周……1892
甫助……2971
甫水……6683
甫仙……3277
甫則……323
甫筑……1893, 1895
甫良……6396
步月園……1181
保……1502, 1968
2059, 3116, 3477, 4094, 4469, 4977
保安……3967
保菴……5157
保丸……5651
保己一……4863
保己野一……4863
保教……1248
保玉葉園……6642
保卿……1739, 5193
保惠……6150
保敬……4500, 6100
保吾……3028
保好……4849
保考……4850
保孜……1607
保孝……1607, 6703
保高……5671
保合……3886
保三郎……6046
保次郎……1331, 1968
保七……5027
保壽……2103
保叔……839
保章……4821
保淨……3634
保臣……5460
保眞……5328
保水……5158
保世……1502
保正……4851
保精菴……1449
保全……1667
保太郎……3836, 5850
保大……850
保忠……4861
保定……2229, 4168, 4359, 4939, 6077
保壔……2103
保二郎……1968
保兵衞……5464, 6455
保民……4541, 5827
保命……4842, 4856
保明……3225
保庸……4828
保羅……5464
圃公……4373
浦里……3702
葆──→ホウ
逋遷……3642
補助……3771
補石軒……5904
補拙廬……3549
補陀落山房……6069
溥──→フ
蒲園……2184
蒲山……5781
蒲廬窩……5730
輔……2866, 2928, 5260, 5395
輔幹……1558
輔寛……4195
輔鄕……4670
輔卿……2050
輔之……275, 4575
輔仁……2912
輔仁堂……3736, 5959
輔世……494
輔忠……4197
輔德……309, 5338
輔門……4194
戊申……4004
牡丹花老人……1692
菩薩樓……914
菩提樹園……2514
暮庵……5240
暮松樓……4072
暮露十藏……4202
模──→モ
方……1144, 1230, 1344
1498, 3291, 4212, 4220, 5840, 6628
方庵……3104, 4096
方菴……4096
方翁……2074
方外學士……6051
方外閑人……2502

方外仙史……5122
方外道人……2160
方獲……3792
方閑……3107
方歸……3291
方義……4510
方舊……5419
方均……3130
方卿……1703
方軒……4572
方壺……2234
方壺山人……2782
方谷……6326
方齋……1502
2202, 2794, 3488, 3765, 4931, 6173
方山……2074
方至……286
方助……2053
方升……3488
方正……284, 942
方正齋……6192
方成……4932
方省……4753
方祖……4686
方慭……388
方大……6086
方致……5419
方竹庵……4072
方竹園……4656
方竹山人……4656
方亭……4168, 5231
方鼎……3077
方得……456
方德……362, 2850
方篤……362
方南……3560
方夫……4220
方明……5371
包嘉……4519
包教……3726
包荒……4037
包純……3888
包章……1311, 5157
包照……2756
包政……202
包保……3842
包龍……1228
抔月……6181
邦……2422, 5796
邦維……6192
邦一郎……2244
邦介……553
邦儀……3919
邦敬……6191
邦賢……319
邦憲……4698
邦彥……78
87, 1576, 3100, 555, 6188, 6190
邦古……5029
邦光……92, 3562
邦孝……320
邦香……3562
邦之助……2116, 4540
邦之丞……2116, 4540
邦子……4998
邦至……4540
邦次郎……1082
邦恕……6186
邦成……5208
邦鼐……6189
邦達……487, 3911, 5907
邦直……2491
邦典……5394
邦美……6190
邦孚……3592, 4330
邦茂王……351
邦良……5246
芳……194, 2863, 5456
芳衞……1472
芳櫻書院……453
芳海草舍……2983
芳宜……2365
芳桂……734
芳溪……2496
芳軒……2138
芳滸……108
芳齋……4511, 4931
芳之丞……3221, 4540
邦之輔……2116
芳次郎……1082
芳秀……6215
芳州……3616
芳洲……273, 1033, 2270
3527, 3616, 3640, 3527, 5690, 6435
芳住……4643
芳春……4167
芳春堂……5795
芳所山人……207
芳積……4512
芳孫……3696
芳太郎……2959
芳澤……3158
芳達……6216
芳楳書屋……492
芳範……4268
芳文……5575
芳野……2951
芳蘭……2471
芳蘭翠竹居……4610
芳隆……5809
芳林園……5319
芳隣舍……4594
芳鄰舍……4594
抱一……1276
抱義……6069
抱琴……349
抱琴園……351
抱山……3370
抱剏齋……532
抱膝庵……5133
抱膝齋……532
抱愼齋……6111
抱沖……2553
抱天……5933
抱樸園……2437
抱甕……5012
法齋……891
法士……786
法自然庵……959
法正……4474
法命……6513
法霖……5354
泡翁……410
泡齋……4211
放庵……6169
放菴……6169
放下叟……5186
放屁先生……5989
朋信……176
朋來……4523
奉尹……2204
奉卿……3325
奉時……590
奉政……204
奉德……1232
苞……4656, 6268
苞矣館……2256

苞卿 ……3461, 6268
苞齋……2794
苞竹山人……4656
倣霜窟……6170
峰庵……4644
峰窩……5730
峰雄……4538
峯隱士……6279
峯眞……6692
峯松軒 ……411
峯宗……3594
舫山……2798
匏庵 ……2454, 6006
匏菴……3912
匏宇……6539
匏繁舍……1266
硼……1882
硼中 ……3699, 4929
逢原……218, 1589
逢原叟……4660
逢原堂……1589
逢侯……6644
逢谷……5833
報國恩舍……1257
報德君……4562
彭……6659
彭卿……3957
彭康 ……898
葆……5731
葆庵……6114
葆逸……4059
葆光……1393, 3075, 4999
葆光園 ……777
葆光齋……2802
葆齋 ……2802, 5682
葆眞……6578
葆眞庵……4989
葆眞常 ……466
葆身堂……4059
葆先閣……3803
葆素……2554
葆素堂……2554
葆堂……4059
蜂窩……5730
蜂松軒……2828
蜂城……5331
蜂要 ……655
豊…315, 2206, 2333, 3327, 3371, 3761
3804, 3858, 4637, 5019, 5047, 5661
豊愛……5111
豊芥 ……689
豊芥子 ……689
豊熙……6409
豊吉……1698, 2050, 2137, 4598, 6628
豊九郎……5849
豊享 ……4244, 6345
豊珪……3670
豊敬……4208
豊卿……4832
豊五郎……3858
豊後守……34
豊功……1186
豊作……6691
豊三郎 ……765
豊山……2865, 4513, 4852, 5490, 6441
豊之助……4540
豊州……4269
豊洲 ……637
709, 1812, 2951, 2980, 3739, 4075
豊洲老人……1606
豊檝……2184
豊所……1168
豊嶼……1865
豊昭……4229
豊城 ……556, 5367, 6663
豊城先生……3176
豊水……4681
豊西……6048
豊前守 ……4046, 6139
豊藏……41
豊太……151, 4636
豊太郎 …315, 2077, 2655, 4551, 6479
豊泰 ……151
豊大……3363
豊亭 ……689
豊楨……6409
豊島處士……4440
豊嶋……4269
豊八 ……5266, 6479
豊八郎……6479
豊坂翁……5184
豊武……1669
豊文……5838
豊平……2184
豊民……4243
豊明……4945
飽煖……4217
鳳 ……824, 2788, 3465, 3528, 4462
鳳羽……1391
鳳凰書院……2395
鳳凰潭……5487
鳳河……4353
鳳介……4462
鳳皆……4606
鳳卿……2591, 3553, 3919, 4537, 4695
鳳溪……2107
鳳梧……732, 2203
鳳梧堂……5958
鳳崗 ……3433, 4933
鳳谷 ……1231, 4934
鳳齋……5517
鳳山…229, 524, 578, 1248, 2404, 4965
鳳次郎……4784
鳳質……4667
鳳質居士……4667
鳳洲……2340, 3066, 3238, 3972, 5224
鳳湫……2340
鳳助……4462
鳳翔……4476
鳳蕉……1294
鳳栖軒……4364
鳳棲園……6120
鳳泉 ……2958, 3509
鳳台……1280
鳳臺 ……1280, 1907, 5098, 6139
鳳潭……4935
鳳池……4936
鳳竹齋……5757
鳳二郎 ……4784, 4868
鳳文……1647
鳳翩……1866
鳳鳴……1525
1632, 1683, 3788, 6166, 6574
鳳鳴詩社……6317
鳳毛 ……104
鳳陽 ……480
949, 967, 1470, 1956, 3539, 3823
鳳翼……2647, 4035, 5794
鳳來 ……3110, 4523
鳳良……3485
鳳陵 ……367
鳳嶺……1949
鳳樓……34
蓬雨……4480
蓬園 ……139
蓬翁……4734
蓬岐行齋……2524

蓬軒……4060
蓬壺……456, 4319
蓬壺樓……3628
蓬蒿園……907
蓬山……2542
蓬山父……2536
蓬室……566, 6677
蓬渚……2204
蓬頭子……6489
蓬頭生……6489
蓬篤園……907
蓬萊……2220
蓬萊山人……2205
蓬盧……5982
蓬廬……5982
蔀……5360
蔀山……5937, 6118
縫殿……436, 1516, 4072, 5126, 5621
縫殿右衛門……4761
縫殿助……1607, 6292
縫殿頭……594
鵬……1941, 3725, 4731
鵬雲……5634
鵬卿……5340
鵬齋……1972
鵬溟……2250
鵬離瀹兒……1968
寶……2643
寶燕石齋……1183
寶慤先生……4335
寶賢堂……5129
寶石齋……1897
寶雪庵……3605, 6181
寶善堂……5110, 6305
寶善堂主人……1228
寶善樓……5108
寶素……2554
寶素堂……2554
寶藏國師……4018
寶竹堂……2406
寶來閣……5961
亡羊……2225, 5793, 6390
亡羊子……5546
亾羊……5793
卯……6185
卯吉衛門……5243
卯橋……4064
卯三郎……5152, 6664
卯之助……1664
4576, 4987, 5439, 6373, 6578
卯之松……4184
卯四郎……4015
卯次郎……3073
卯藏……1680
卯二郎……3073
卯平……3535
卯平衛……4331
卯兵衛……6042
防海史……5217
忘却先生……1157
忘言……4379
忘言亭……3225
忘巷子……2088
忘齋……3548, 5402
忘筌窩……5089
忘筌齋……2953
忘憂草堂……3888
房……545
房義……2172
房吉……4670, 6043
房五郎……6299
房成……1946
房父……5095
房文……5095
房明……5058
厖伯……6478
茅……4088
茅庵……4504, 5078
茅園……1417
茅海……3470
茅山……1985, 3206, 5504
茅山山人……5389
茅窓……1986, 3889
茅窻……3889
茅溟……3620
望……969, 5041
望雲散人……2185
望岳樓……2943
望嶽樓……2943
望駒山人……5195
望月亭……5857
望之……1210, 1995, 2117
望南……4034
望楠軒……215, 6604
望楠軒書院……1215, 4649
望楠齋……6604
望楠舍……2368
望楠堂……215
望楠樓……215
傍花隨柳堂……4886
萌・蕄――→ホウ
帽山……13
楙……5441
夢――→ム
瞀人……4489
髦……4213
懋……3930, 6603
懋彦……5538
懋齋……4739, 5070
懋成……2102
懋亭……2335
懋德……1525, 2836
北翁……2217
北海……842, 1111
1453, 1867, 2825, 4134, 4729, 6327
北海野史……1154
北郭……5276
北岳……3606
北嶽……3606
北岸……1827
北溪……1633, 3845, 3913
北固……4746, 4755
北固私塾……3552
北湖……6063
北江……5889
北皐……2598
北閘……3877
北廣堂――→ホウ……2999
北國山陽……2720
北山……298, 2894, 3716, 6391, 6543
北山隱士……2845
北渚……2387, 2463, 5608, 6664
北渚陳人……2387
北陲……5253, 6293
北睡陳人……5688
北嵩……2546
北泉堂……5213
北禪書院……3599
北窓翁……2040
北堂山人……1677
北肉山人……5298
北邊……5876
北峯……6274
北溟……35
62, 1050, 1703, 1740, 2648, 3012
3499, 3706, 5042, 5627, 5667, 5708
北溟子……5667

北溟釣客……3311
北面……3422
北門山人……3821
北林……2505, 3797
蔔──→フク
樸──→ボク
卜隱……5625
卜翁……1899, 1937
卜玄……5136
卜齋……731
卜叔……436
卜信……6494
卜總眞人……5984
卜友……5071
卜幽……5071
卜幽軒……5071
卜幽齋……5071
卜遊齋……3197
木──→モク
朴……2070, 5969
朴庵……392, 1989, 2837
朴翁……355, 3103
朴元……5136
朴齋……63
1899, 2121, 3182, 5542, 5628
朴仙……908
朴堂……6161
朴伯……4946
朴甫……451
牧……1753, 2165, 2233, 3189, 5680
牧園……4745
牧齋……1070, 1640, 3529
牧山……2838, 3180, 6416
牧之助……4511
牧之進……6033
牧太……713, 893
牧野隱士……3068
牧野老人……4736
牧羊……5383, 5818
睦月……5702
睦齋……6258
睦三郎……1780
睦之……1780
睦太郎……3327
睦峰……4419
墨庵……3015
墨華堂……2780
墨邱……1595
墨元……5136
墨江……2268
墨香……4678
墨香居……2276
墨齋……1468, 2984, 5520, 5821
墨山……4650
墨指生……3433
墨指堂……3433
墨如……2701
墨樵……1577
墨水……2470
墨水漁翁……4904
墨仙堂……6420
墨泉……848
墨撰堂……6420
墨池庵……258
墨痴……4937
墨痴老人……4937
墨顚……4134
墨農……6665
墨浦……2224
撲玄……5136
樸……612, 2629, 2744
樸陰……1610
樸巖……3983
樸齋……1035, 1112, 1238, 1899, 3819
樸助……1238
樸仙……908
樸堂……4258, 4643
樸々老人……908
穆……1345, 1564, 1655
1931, 3550, 3864, 3949, 5244, 5461
穆庵……6556
穆翁……362, 2850
穆卿……199, 1345, 2911
穆軒……1707, 4872
穆公……5634
穆齋……1062, 1238, 1846, 1526, 3620
穆如……3853
穆靖先生……2682
穆仲……2066
穆堂……3141
穆甫……5153
瀷上漁史……4541
勃海……461
勃窣散人……2954
渤海……525, 1528
本庵……5622
本蔭……2471
本右衞門……6688
本英……3794
本翁……5324
本覺……2602
本三郎……6390
本之助……2484
本次郎……2608
本修……3847
本脩……3847
本助……1977, 6482
本章閣……949
本節……6482
本莊……946
本莊先生……946
本藏……4635
本太郎……1219, 1244, 1381
本忠……5212
本平……575
本法院……2223
本房……1556
笨庵……4232
笨齋……124
凡山……2318
凡城……4892
梵舜……5451

ま

茉──→マツ
馬──→バ
麻溪……5498
麻谷山人……1392
麻志天之屋……1607
麻田……3211
麻布學究……1347
摩呵散人……3589
摩齋……1929
磨之助……1332
米──→ベイ
味翁……5444
味齋……5841
埋藏……72
莓──→バイ
邁……3014
末雅……1970, 6674
末顯……6673
末弘……3596
末齋……3074
末壽……1970
末足齋……5419

末茂……6672
茉莉吟社……3544
4441, 4570, 4795, 6086
卍翁……1430
曼公……3595, 4133
曼壽……3232
曼陀羅居……3463
曼陀羅居士……3463
曼堂……2523
萬……80, 131, 366
581, 624, 860, 1143, 1679, 1964
2057, 3135, 3746, 3803, 4603, 5576
萬庵……131, 754, 4997
萬一郎……6052
萬右衛門……205, 2935, 3177
萬架……2591
萬華軒……3637
萬獲……3792
萬巻書寮……4140
萬巻書樓……3397
萬巻樓……2552, 3109
萬吉……3906, 5650, 6596
萬吉郎……2799
萬玉亭……5861
萬頃……3311
萬五郎……2020, 2406, 5676
萬光……2361
萬垢君……4775
萬三郎……441, 1583, 2897, 6544
萬山……5029
萬之允……3382
萬之助……624, 3135, 3382
萬子……443
萬四郎……5521, 5778, 6551
萬次……4621
萬次郎…1172, 2449, 2777, 4757, 5884
萬治……2031, 4322
萬治郎……3056
萬壽雄……2827
萬樹……5277
萬春……1096
萬助……1991, 2743, 4335, 6537
萬松齋……2829
萬松精里……1519
萬松亭……6624
萬松廬……3700
萬松樓……444
萬象……350
萬新……2483
萬世……4782
萬成……2556
萬藏……1111
萬太郎……1262, 5596
萬太甫……4502
萬竹樓……4323
萬二郎……2777
萬年……478, 526, 527, 1179, 1679
1934, 2046, 2199, 2238, 2304, 2913
2950, 3899, 3906, 5312, 5318, 5707
萬夫……6635
萬平……6667
萬甫……1143
萬輔……311
萬邦……88
萬餘巻樓……2633
萬葉堂……5656
萬里……478, 1514, 2470, 5340
萬齡……4519
萬六……3832
萬和……1800
滿……3746
滿架……2591
滿卿……5041
滿五郎……863
滿春……1997
滿穗……1450
滿成……5315
滿藏……356, 515
滿太郎……5596
滿忠……5158
滿長……6338
漫甫……5980

み

未濟……5417
未足齋……4166
未白……3636
未雄……3684
味右衛門……1091
味開……5719
味豆居士……5837
菋園……6392
美──→ビ
彌一……6347
彌一左衛門……5104
彌一兵衛……2148, 2149, 3558, 5434
彌一郎……725, 2880, 4920
彌右衛門……375, 559, 1171, 2674
3486, 3590, 3591, 4769, 5061, 5692
彌衞門……1182
彌義右衛門……1066, 4536
彌吉……1972, 2028
彌九郎……180, 2890
彌五左衛門……4024
彌五兵衛……846
彌五郎…2896, 3185, 3518, 3584, 5769
彌左衛門……546
1955, 2229, 3304, 3486, 4024
彌作……330, 4415
彌三……1113
彌三衛門……4153
彌三八……6171
彌三兵衛……249, 832
彌三郎……762
2331, 3987, 4261, 5304, 5905, 5905
彌之助……867, 5635
彌四郎……106, 1074
彌市……367, 3987
彌市右衛門……3709
彌市郎……3634
彌次郎……1810, 2910, 3634
彌七郎……5915
彌十郎……995, 1047, 1880, 2010
2177, 2970, 3304, 6069, 6108, 6170
彌助……875, 1800, 2629, 4437, 6414
彌生之助……3575
彌惣治……1253
彌總左衛門……5764
彌太右衛門……4589, 6478
彌太夫……1548, 4234, 4411
彌太由……3187
彌太郎……347, 580, 861, 1659, 1698
1845, 2028, 2425, 2674, 3554, 6557
彌仲……2672
彌内……835, 3870
彌二郎……6413
彌八……3713
彌八郎……614, 1035, 4215
彌夫……2163
彌平……3185
彌平四郎……1074
彌平次……3680
彌平治……1907
彌兵衛……1315, 2666
3472, 3486, 5769, 5783, 5842, 6591
彌輔……3630

彌門……5025
彌六……1952, 4546, 5387
彌六郎……2482, 4546, 4785
靡――→ビ
密……3551, 5589
密庵……3793
密菴……3793
密齋……4321
密乘……5864
妙子……2516
妙壽……5298
妙壽院……5298
妙葩……3164
民彝……4111
民卿……537
民興……5848
民之……6320
民之輔……537
民司……623
民治……1434
民助……2355, 5806
民則……6157
民太郎……3623, 6420
民聽……5946
民德……1142
民表……1221
民父……4729
民部……765
1505, 3039, 4797, 5553, 6214
民部卿法印……4940
民輔……1641
岷――→ビン
珉――→ビン
眠雲……5449
眠雲山房……228
眠軒……6165, 6166
閔――→ビン

む

无礙庵……814
无咎……582
无清……5135
无妄……4357
无悶子……4054
務……1219, 2437, 3998
務卿……2437, 3847
務實……6643
務平……2539
無爲……2206, 5958
無爲子……1496
無一……1328
無逸……5784, 6372
無因齋……3740
無隱……1994, 5953
無隱庵……2514
無何有山人……163
無悔堂主人……3266
無害……1360, 4503, 6026
無涯堂……1820
無該女子……6112
無獲子……6617
無覺……6478
無患子……22
無己……4497
無求居士……5485
無究山人……1837
無咎……582, 1305, 4446, 4602, 6338
無窮……991, 5749
無窮山人……1837
無彊……4809
無琴齋……74
無琴道人……74
無藝拙筆居人……6683
無幻……6696
無弦……2230
無弦琴堂……760
無弦齋……760
無弦女子……6112
無絃……1058, 2230
無孤松園……5731
無公……491
無功……3006
無根翁……5093
無根叟……5093
無彩……3021
無志齋……4093
無思敬山……4378
無思陳人……4378
無耳山人……3833
無事庵……2501
無事齋主人……5746
無邪……1175
無所爲……182
無所苟齋……6472
無所爭齋……4378
無象……6185
無人……5087
無盡齋……321
無聲……232, 1579
無僊……4140
無相……6123
無相子……6123
無諍……4306
無息……741
無着庵……6565
無著庵……6565
無腸……958
無碮庵……1892
無適齋……4474
無得齋……4093
無二……3625
無二園……1056
無二三道人……2943
無二道人……3844
無二瓢一房……6489
無不可齋……74
無不香園……2334
無佛齋……5241
無物……891
無物翁……891
無邊坊……4277
無墨……4477
無滿……64
無々道人……3001
無名……587, 4707, 5826
無名園一草……4563
無名士……3648
無名子……3723
無悶子……1971, 4054
無憂子……4790
無量……3717
無量軒……1381
無隣……1175
無隣庵主……6710
夢庵……3812
夢菴……3812
夢霞山人……5832
夢鶴……3589, 6484
夢鶴齋……1421
夢吉……2096
夢硯……1977
夢江……1834
夢洲……4412
夢松……2956
夢侵齋……4111
夢生陳人……4753

夢清樓……2015
夢聲……1503
夢仙……4813
夢澤……3886
夢亭……5039
夢得……1647
夢南……6675
夢弼……3483
夢墨半醫……1338
夢墨半盤……1338
夢みる人……6076
夢悶子……6264
夢野舍……1911
夢遊道人……6347
霧雨山人……6197
霧洲……892

め

名越舍……2731
名玉……4317
名湖……1693
名公……1827
名護親方……4014
名護聖人……4014
名齋……1322
名山樓……3146
名洲……2727
名竹……1228
命助……6374
命眞……1827
命貞……1827
命平……1826
明……1216, 1740, 2180
3383, 3565, 5921, 6078, 6276, 6548
明庵……3545
明遠……4414, 6315
明霞……936
明霞軒……936
明雅……5131
明觀……4145
明巖……5169
明毅……3943
明義……2031, 5129
明誼學舍……4301
明啓……125
明卿……203
271, 322, 911, 1180, 1406, 1517
2861, 3594, 4637, 4768, 5842, 6638
明敬……1548, 1663
明經先生……5871
明經典閣……3041
明原……1176
明光居士……2508
明山……1139, 3582
明時……5042
明實……5002
明昌……999
明證菴……3606
明清……6378
明誠……640, 999
明善……675, 6419
明善館……6234
明善塾……4729, 4874
明善堂……4243
明哲先生……885
明堂……2207
明德……67, 659
明發……2557
明夫……1322
明復……5589
明甫……4449
明浦……4568
明峯……5187
明々窓……6574
明陽……2164, 3884
明來……4523
明了……6050
明良……3485
明倫……4160
明倫館……4297, 4308
明倫舍……948, 4007, 4009
明倫堂……768, 5825
茗溪……2114
冥齋……5502
冥之……207, 3723
冥々齋……5502
迷庵……762
迷菴……762
迷花……710
迷花書室……4344
迷華室主……4344
迷華書室……4344
迷陽……99
溟南……6151
溟北……5731
鳴……441
鳴于……2335
鳴霞堂……2463
鳴隺……2373
鳴鶴……2373, 2495, 6101, 6259
鳴鶴陳人……2368
鳴卿……824, 1926
鳴溪……4631
鳴皐……5819
鳴春……4195
鳴泉草堂……972
鳴湍……2895
鳴門……283, 3530
蓂之……207
銘……5075
免狂……6680
俛──→ベン
冕──→ベン
綿衣先生……1367
綿嶽……4099
綿山……6430

も

もと枝……5382
茂……1068, 1432, 1734, 2757, 6455
茂一郎……4565, 5411
茂右衛門…777, 967, 1257, 3842, 3879
茂延……5724
茂吉……3016
茂喬……2910, 5118
茂矩……2474, 3892
茂卿……1631
茂元……2267
茂功……6067
茂行……5922
茂左衛門……592, 777, 5209
茂齋……2666
茂三郎……2085
茂之……2757
茂市……5677
茂次郎……5253, 6202
茂治……2338
茂七……1166
茂七郎……1166
茂質……1431
茂實……1166, 3262
茂樹……4643, 5745
茂肅……3298, 5716
茂助……776, 2103, 5103
茂松……773

茂政……6111
茂清……3469
茂善……6594
茂太郎……6709
茂體……3643
茂仲……245
茂長……2277
茂遂……2411
茂亭……5983
茂楨……1432
茂篤……2269
茂敦……3628
茂二郎……6201
茂任……5943
茂伯……2787
茂弼……4131
茂武……5917
茂文……4284
茂平……20, 3243, 3753
茂兵衞…1870, 2103, 2288, 3748, 3753
茂輔……1147, 1163
茂明……112
茂雄……3481
茂陵……1784
模……5934
模一郎……4565
模稜……2445
毛山人……4791
毛川……4938
毛唐陳奮翰……1381
毛必華……3463
毛野村丹三郎……3931
孟緯……6185
孟一……946
孟王……6052
孟夏……6367
孟確……4513
孟恪……2124
孟觀……3632
孟喜……1990
孟僞……5426
孟吉……3122
孟教……6277
孟鞏……5530
孟玉……1299, 3788, 6052
孟卿……6319
孟敬……5389
孟虎……2282
孟公……1758
孟光……439
孟幸……3245
孟厚……857
孟苟……3247
孟紘……3012
孟緯……2041
孟叔……6277
孟俊……3234
孟純……85
孟恕……4026
孟升……1611
孟章……1198
孟鍾……3288
孟津……6064
孟親……3632
孟成……5696
孟淸……4642
孟卒……6125
孟倬……6024
孟端……5977
孟著……4926
孟豬……4966
孟鼎……5940
孟篆……6442
孟德……494
孟胖……3053
孟美……1933
孟彪……1362
孟賓……5375
孟明……2464, 5829
孟陽……3362
孟瑤……744
孟翼……2881
孟勞……3760
厖――→ボウ
猛火……6050
猛虎……2282
猛叔……1041
蒙……2531, 6236
蒙庵……6666
蒙菴……3030
蒙窩……1674, 5403
蒙軒……1159
蒙齋……3587
3947, 4143, 5159, 5241, 6505
蒙山……4132, 4507
蒙所……4583
蒙堂……1045
網川……4226
網破損金針……2292
髦――→ボウ
木庵……4225, 6051
木菴……6051
木闇……6051
木王……1973
木瓜翁……149
木瓜子……5441
木瓜亭……149
木華園……624
木魚……1268
木魚堂……4637
木教々舍……1968
木權……5285
木圭……1404
木鷄……1092
木鷄書屋……4522
木工允……1756
木工助……1121
木工藏……4718
木公……773
木齋……4285, 6393, 6426
木子……1735
木樵堂……1287
木鐘堂……1287
木石……5294
木石居……5186
木倉……5589
木貞子……1432
木殿……2757
木奴……1593
木堂……6685
木任陳……3332
木米……100
目耕肘書齋……3120
杢……2709, 5180, 5676
杢之助……1121, 4563
杢之進……2610
杢藏……4718
杢太夫……1325, 1948
嘿翁……1586
嘿軒……4263
嘿山……3621
默……410, 2099, 5568, 5755
默庵……5508
默隱……769
默淵……4495
默翁…230, 618, 686, 2269, 3870, 4084
默軒……4263

默齋……36, 664
787, 903, 1835, 2099, 2500, 2674
2686, 3909, 4438, 4854, 5066, 6351
默山……3332, 3621
默子……1719
默生……3631
默成子……511
默成先生……3536
默叟……567
默藏……116, 5892
默釣道人……2633
默桃軒……5405
默堂……1287, 4854
默夫……2202
默甫……2642
默鳳……5491
默鳳道人……5491
默々庵……2746
默々翁……2746
默々漁隱……2208
默容……6648
默養……3019
默霖……925
默老……2208
勿――→ブツ
汶――→ブン
門作……1835
門次……3259
門十郎……4822, 6304
門藏……2547, 4312
門太夫……4873
門平……4649, 6269
門兵衛……1323
門彌……1835, 2973, 4986, 4987
紋之助……5487
紋彌……4402
捫蝨……2374
問鶴園……4059
問亭……5431
問裕亭……3741

や

八――→ハチ
也軒……814
也風流庵……3354
也魯齋……2026, 4886
夜雨村……5074
夜雨亭……2760
夜歸讀書齋……426
夜春房……1080
耶馬溪文庫……1214
耶麻山人……3474
耶來老人……1486
埜逸……5672
埜處軒……2516
埜←→野
野航齋……5280
野水……6260
野水狂生……5168
野堂……3786
野飯翁……5418
野←→埜
彌――→ミ
役觀……1120
約……5000, 6069
約軒……4008, 5682
約齋……1620
約山……5033
葯房……3367
藥山堂……1257
藥磨……5479
栬園……2273

ゆ

由……1665
由己……920, 4269, 6091, 6209
由己齋……5785
由己亭……4075
由基……4439
由義……4621
由儀……4284, 6414
由恭……3509
由賢……5041
由言……495
由左衛門……5910
由之……1976
由十……1968
由巳……920
由章……4496
由信……3381
由仙……4532
由藏……529, 3553
由貞……526
由的……924
由廸……924
由迪……924
由豆流……2273
由道……2131, 3178
由兵衛……2583
岫――→シュウ
柚――→ユウ
喩……4965
喩義……4590
愈……4936
愈積……4412
楡堂……3761
瑜……2220, 4911, 4913, 4960, 4999
諭吉……5206
輸心子……2316
窳三子……6190
唯阿……4774
唯阿彌……2551
唯懿……5583
唯一……4126
唯一郎……5509
唯右衛門……3054, 3663
唯吉……5697
唯彦……2115
唯江……3984
唯次……6249
唯助……792, 4779, 5508
唯善……5927
惟――→イ
又一……1661, 4134
又一郎……3673, 4523, 4875
又右衛門……724
1285, 4578, 4891, 4893, 6616
又介……3366, 3380
又吉……3364
又玄……3723
又玄齋……6181
又玄子……6496
又玄堂……860
又五郎……5112
又左衛門……1276, 4818, 5070
又三郎……787, 1890, 4886
4909, 4918, 4926, 4935, 4940, 6323
又之助……2463
又之丞……3063
又之進……5074
又四郎……1067, 1191
1193, 1891, 4933, 4943, 5738, 6721
又市……4134
又次郎……587, 1557, 4894, 5287, 6556
又七郎……1480

2117, 5062, 5064, 5066, 5067, 5068
又十郎…1115, 1419, 1675, 6207, 6558
又助……849, 4209, 4905
又造……677, 1125
又藏……551, 5244, 5870
又太郎……239
1696, 2115, 3921, 4899, 5796
又二郎……6556
又八……2438
又八彌……5045
又八郎……3766
又半山人……4984
又兵衛……216, 849, 2463
5024, 5060, 5064, 5066, 5068, 6630
又甫……3366
又雄……6438
又樂閑人……2453
友……1961, 3640, 3995, 4461, 5307
友益……1738, 6448
友鷗……4, 4536
友格……952
友吉……2550, 4252, 4648
友蕘……6037
友月庵……5123
友軒……5071
友賢……968, 1088, 2522, 2533
友元……5067
友古人齋……937
友好……6511
友谷……5114
友齋……4028
友作……5252
友三……4027
友三郎……919, 2319, 6376
友山……858, 1658, 1728, 4478, 4670
友之助……2577, 4962, 6067
友之進……29, 39
友之輔……2577
友爾……5420
友俊……833
友助……1729
友松……2563, 4496
友松子……2294, 2296
友章……2555, 5957
友樵……6037
友信……1347, 4394, 5795, 6461, 6576
友石……1103, 6394
友石山人……6394
友節……5072, 6666
友佺……5980
友藏……2215
友太夫……4028
友太郎……359, 4513, 6067
友達……6154
友竹……5072
友竹齋主人……5737
友直……54, 367
3861, 3967, 4902, 5393, 6460, 6487
友哲……3080
友德……1708, 6070, 6607
友梅書屋……4606
友風……986
友輔……1027
1586, 1729, 1797, 1798, 2336, 6605
友也……5667
友裕……141
友用……6294
友諒……1731
友隣……5189
右──→ウ
由──→ユ
有……620, 3553
有爲塾……1979
有煒樓……4956
有華……1040
有海……6470
有恪……4076
有基……418
有期齋……254, 4314
有躬……6215
有魚……1268
有軒……1781
有原……5541
有功……3911
有功齋……5444
有厚……5541
有恒……1466, 4235
有恒學舍……5542
有香……6388
有穀……2742
有穀……2742
有儕……873
有齋……5332
有濟……873
有作……3055
有山……1336, 1729, 6388
有山竹樓……2902
有師……4067
有實……1582
有壽……6151
有秀……2258
有秋……3867, 4156
有修……5166
有終……592, 1496, 2885, 4051, 6645
有終庵主……2427
有終窩……4057
有終塾……6421
有終先生……274
有從……244
有順……811
有所不爲軒……3308
有所不爲齋……3474
有助……620
有常……814
2692, 2883, 3191, 3665, 5917
有莘……1040
有眞齋……5217
有成……2665, 5902, 5903
有淸……2739
有稅……3805
有節……3981
有全……4236
有素……2526
有則……4420, 4988
有竹……5016, 5162
有待居主人……4215
有中……1405, 1885
有貞……5316
有禎……2397
有典……5109
有透……6231
有道……2077
有年……151, 1499, 6304
有梅……5404
有斐……1918
有斐齋……5871
有斐軒……5838
有美……258
有不爲齋……465
有不爲樓……2124
有孚……1494, 2015, 4113, 5203
有物……4988
有文……267, 3779
有聞……4991
有朋……6710
有本……883, 5992
有味堂……2254

有無庵……4765
有無齋……6534
有命……3674
有雄……6298
有融……2741
有餘學海……5883
有翼……742
有龍……5213
有倫……568
有隣……10, 483, 1707, 2480, 2871
4130, 4967, 5188, 5189, 6344, 6485
有隣齋……483
有隣塾……476
有和……2292
酉山……1331, 2860, 3479
酉之助……2551
酉松……244
酉星……873
佑實……4017
佑忠……2356
佑甫……4856
攸齋……732
邑齋……3197
侑日居士……5129
岫──→シュウ
勇……122, 2602, 2938, 4977, 6032
勇右衞門……3298, 5716
勇紀……158
勇吉……1934
勇魚……1268
勇計……3606
勇三郎……3479
勇之助……122, 2722, 4637
勇之丞……5543
勇之進……5628
勇次……3797
勇次郎……4520
勇七……1934
勇助……1470
勇進……2224
勇大……663
勇鳥……5606
勇八……1934
勇夫……5028
勇雄……3160
宥齋……1076
宥輔……1076
幽遠窟……838
幽花窓……5237
幽佳……3820
幽澗……568
幽吉……6102
幽溪……2304
幽軒……2227, 3130, 5554, 5857
幽篁軒……528
幽篁齋……5444
幽篁亭……500
幽谷……2437, 3356, 5519, 5278, 6423
幽谷齋……3548
幽山……843, 2467
幽讓先生……539
幽人……4255
幽栖……2913
幽石……4986
幽石亭……4986
幽竹……3550
幽暢園……5084
幽峰……2467, 3260
幽眠……5765
幽蘭館……3226
幽蘭社……1120, 6574
幽蘭堂……5544
幽量……2465
幽林……6624
柚園……4253
柚門……3689
莠……6456
莠莪堂……2826
莠叟……3650
莠要……6367
莠蔞……6367
挹翠……434, 4790
挹堂……3021
祐……166, 496, 1578, 2041, 3671, 4683
祐胤……528
祐英……4222
祐介……3
祐義……541
祐元……5739
祐玄……5739
祐吾……36
祐齋……2829
祐之……495
511, 2076, 3791, 5228, 5595
祐之進……2371, 6355
祐氏……4220
祐實……499
祐助……3, 4779
祐昌……4224
祐祥……527, 4118
祐信……3850, 4257
祐進……6355
祐淸……4512
祐碩……1144
祐雋……2334
祐直……796
祐哲……2591
祐登……316
祐道……457
祐馬……1190
祐範……4108
祐夫……6662
祐平……6525
祐輔……3
祐望……6089
祐雄……3684
悠……3553
悠哉……506
悠山……817
悠然野逸……4724
雄……581, 1906, 2443
2604, 2832, 3479, 4847, 4957, 5703
雄右衞門……3061, 3556, 4253
雄記……4586
雄氣樓……4790
雄吉……2168
雄琴……2040, 5839
雄五郎……4115
雄國……681
雄齋……5092
雄作……814
雄三……1741, 2443, 2604
雄三郎……917
雄山……1741, 4616, 5279
雄之助……503, 756
雄次郎……961, 1039, 3822, 5639
雄助……2981, 4171, 6118
雄眞……902
雄長老……6435
雄二郎……3822, 3894, 5813
雄八……1249
雄飛……2303
雄風……2312
雄風丸……4679
雄甫……2981
雄輔……4695
雄鳳……3938

雄鳳館……3940
揖軒……3021
游……5253
游藝館……34
游賞子……2365
游心亭……2655
游清……5449
游龍園主人……6603
湧泉軒……6688
猶吉……1230
猶賢……4871
猶興……1348
猶次郎……5434
猶存……1252
猶存舍……5
猶龍……6178
裕……2006
2051, 2306, 4162, 4555, 4781, 6420
裕卿……2615, 5738
裕軒……37, 2051, 4140
裕齋……4113, 6414
裕三……1916
裕四郎……2775
裕善……564
裕然……564
裕甫……3871
遊……5420
遊翁……3099, 5303
遊戯道人……2236
遊藝園……2028
遊藝堂……4536
遊軒……4108
遊水子……3846
遊清……5449
遊仙窟……820, 2223
遊文館……709
遊文居……207
遊冥……5141
猷……1867
2941, 4487, 4956, 5720, 6040, 6520
猷卿……3281
猷興書院……2723
猷興……2073
猷齋……4140
猷舍……4176
猷人……3356
猷藏……5873
猷風……2621
猷平……6339
猷輔……1887, 4140
楢園……2568
楢山……4682
楢舍文庫……4176
楢川釣客……1439
楢陵……448
脩──→ショウ
熊……2773, 4278
熊一郎……123, 2102
熊介……1923, 4744
熊岳……1527, 1805
熊嶽……1527, 1805, 5368
熊吉……1220, 6552
熊溪……5426
熊彦……1600
熊五郎……2102, 3091, 4739
熊三郎……2439, 2982
熊山……553, 1502, 1980, 2988
熊之介……92, 3888, 5278
熊之助……2404, 5211, 5981, 6205
熊次郎……3099
熊耳……1298
熊七……1600
熊助……2157, 4744
熊水……2761
熊千代……1235
熊藏……393
1920, 2102, 2431, 4904, 5918
熊太郎……757
1504, 2425, 5339, 5380, 5498, 6280
熊臺……3299
熊八郎……239
熊峰……1999
熊峯……639
熊野……2262
熊陽……5248
憂庵……5, 2398
憂菴……2398
憂天生……2631
輶齋……529
融……280, 1167
1389, 1508, 1588, 2741, 3359, 6116
融化……1843
融賢庵……2932
融齋……1485, 2829, 4365
融藏……1167, 1168
優所……4959
優鉢羅室……2123
優游……4979
優遊館……904
優遊吟社……1219
優游社……3508
繇……4819
繇行……281

よ

よし香……5445
よもぎが仙人……5242
預……3277
豫……1075, 3277
豫何人……4198
豫介……1075
豫齋……3300, 4318, 6667
豫章……3111, 6667
豫内……4500
豫樂院……2701
餘一……2219, 6549
餘一郎……2220
餘韵……68
餘慶……3651
餘語彈正……3263
餘香堂……1527
餘齋……958
餘山……6102
餘修……47
餘脩……47
餘所之助……4619
與……173, 2007
與一……1784
1921, 3384, 3656, 4392, 4746
與一郎……310
1295, 2220, 4580, 4752, 5223
與右衞門……679, 842, 962, 1211, 1355
1911, 2571, 3661, 4846, 4852, 6016
與衞……6470
與鷗……3916
與介……5278
與義……2566
與吉……1211
與吉郎……5765
與稽……5743
與權……5582
與古爲徒齋……5731
與五右衞門……3092
與五兵衞……1386
與五郎……317, 951, 962, 2406
與厚……1712

與左衞門……842
1355, 2007, 2982, 5466, 5552, 6154
與三右衞門……5423
與三郎……65, 891
1027, 1640, 1926, 3517, 4266, 5529
與四郎……4591, 5423
與市……3364, 3656, 3988
與次……6495
與次右衞門……317
與七……4207
與十郎……1047, 1162, 1764, 5389
與助……173
與清……1257
與惣右衞門……2208, 3730
與惣次……1995
與藏……4226, 4227, 6150
與太郎……4070
與藤治……1437
與二兵衞……3798
與八……2377
與兵衞……235, 3797, 5424, 5930
與々如軒……2377
輿……2813
輿龍……2735
璵……317, 1539
夭仙……6543
夭仙子……6543
用晦……5792
用九……4734
用拯……6610
用拙……3772
用拙居……2525
用拙齋……3392
用藏……5926
用中……6182
用韜……4918
幼憲……5695
幼之助……460
羊一郎……684
羊卿……102
佯聾……3792
杳齋……253
容齋……2745, 3652
洋……3462, 5963
要……2396, 3878, 6422
要窩山人……5691
要久……6453
要齋……1160, 5383
要齋堂……1160
要治郎……1723
要助……61, 1206, 5794
要人……380, 567, 2025, 2924, 6582
要藏……3987
要太……4052
要中……3255
容……1919, 2772, 3011, 4346
容安……2122, 3121
容安齋……1648, 4362
容安書院……453, 3120
容安亭……4534
容菴……2059
容易……4790
容軒……2758, 6328
容齋……264, 2209, 5280, 5767, 6147
容齋主人……2209
容膝亭……3423
容膝里……2374
容衆堂……468
容所……3461
容助……3210
容霜齋……3160
容與園……1407, 4888
庸……1507, 3836, 4123, 5376
庸庵……1631
庸軒……5288, 6103
庸齋……4643, 5127, 5990
庸助……4172, 6207
庸昌……1137
庸節……4172
庸造……5497
庸德……107
庸平……5339
庸禮……1674
揚鶴……1306
揚州……638
揚水……3073
陽吉……1431
陽山……1012
陽之助……1588, 2561, 5952
陽洲……336, 789
陽春……85
陽春館……6691
陽春廬……2569
陽西成……6126
陽藏……2184
陽太郎……2453
陽文……1389
陽甫……825
陽方……3100
雍……199
839, 1697, 1812, 2006, 2063, 2396
3368, 4595, 4606, 4694, 6037, 6053
雍卿……1815
雍洲……968
雍鼻……4561
葉庵……5492
葉山……1012
葉藏……2679
溶所……2506
蓉港……3132
蓉齋……4795
塋──→エイ
遙靑……1221
暘谷……3209
3588, 3625, 4099, 4287, 4488
暘洲……1966
腰鼓堂……5534
腰辨當……6076
楊庵……6240
楊園……1253, 3742
楊江……6181
楊齋……1581
楊藏……4078, 6646
楊大昕……6181
楊伯……2312
楊甫……1709
羪浩……3622
慵……1206
慵翁……6592
慵軒……5288
慵々子……6592
曄……3285
熚……3285
曅……3296
榕……914
榕庵……914
榕齋……1684
榕所……6226
榕亭……5203
榕堂……363, 1271, 6395
瑤……4862
瑤溪……121
瑤谷間人……4090
瑤池……2967, 3588
瑤池間人……4090
養……409, 2693, 2809, 4123

養庵 ……914, 2458, 2665
養安院……1277
養華齋……1054
養快……2622
養曦塾……5808
養吉……6302
養愚 ……288
養卿……6012
養軒……189, 3434
養元 ……1875, 5729
養浩 ……3620, 6456
養浩齋……4493
養浩堂 ……3768, 5918
養左衞門……1822
養齋……1359
1913, 3372, 4127, 4212, 4590, 5971
養察……3373
養三 ……2783, 4254
養三郎……2783
養儒庵……5030
養壽院 ……1277, 6401
養純……3864
養順……2500, 2802, 6426
養眞……6081
養正……2436
養正塾 ……270
養生窟 ……934
養生堂 ……1554, 5030
養性齋……2755
養清……4254
養拙 ……3531, 3609, 5594, 6448
養拙軒……1002
養拙齋 ……235, 1861, 4020
養節 ……5485, 6704
養潛……4736
養善院……4137
養素園……3186
養藏……4254
養達……2665
養竹……6081
養中……3814
養貞……3106
養哲……2095
養恬……4055
養伯……5887
養彌……5887
養老山房……4051
養和堂……1863
擁書倉……1257
擁書樓……1257
擁萬堂主人……4655
邀月樓主人……5547
繇──→ユウ
臒……4829
甕──→オウ
蠅虎庵……1382
糴文……3816
瓔珞院……2512
鷹……4429
鷹起子……40
鷹山 ……949
鷹城……3478
鷹巣 ……3477, 5765
鷹村……5948
鷹邨……5948
鷹峰……5099
鷹揚處……4446
抑齋 ……2728, 4939
抑亭……6531
抑樓……4249
沃……4758
沃地……5820
昱──→イク
浴……6420
浴仙……6081
翊之……1367
翌章 ……435
欲翁 ……611
欲訥……5579
慾齋 ……575
翼……144, 221, 1468
1728, 1973, 2370, 3276, 4885, 5334
翼卿……4725
翼齋 ……1873, 4942
翼之……1987
翼成……4891
翼飛 ……893
翼夫……4650
翼武……1379
翼甫……4650
翼々齋……1012

ら

螺瀛窟……4090
螺舍……5382
羅……2096
羅漢……3993
羅谷……6329
羅山……4940
羅州……5563
羅城……3816
羅洞……4940
羅日小軒……2633
羅浮山人……4940
羅浮子……4940
蘿匡……3806
蘿崖……3806
蘿月 ……1268, 4108
蘿月庵……1268
蘿月窟主人……5280
蘿紅 ……966
蘿山……4937
蘿亭……3755
來翁……5534
來去子……5438
來禽……3001
來禽堂 ……3001, 3003
來山……5972
來次……5539
來助……876, 4016
來章 ……1984, 6621
來青閣……4441
來青軒……1523
來青散人……4441
來雪……6255
倈山……5709
萊橋……3055
萊藏……2679
雷……2362
雷庵……1892
雷夏……5869
雷獄……4858
雷巖 ……122
雷岡……3051
雷山……3309
雷首……3051
雷首山人……1967
雷晋……1892
雷同……1886
雷堂……5770
磊石……1723
磊々軒 ……579
磊々山人……5892
賚 ……1351, 3483
賚卿……5964
賚黄……5563

頼……583, 1604
頼安……5894
頼永……330
頼翁……2208
頼寛……445, 5639
頼紀……5658
頼軌……1945
頼熙……6323
頼恭……5634
頼業……2315
頼矩……3998
頼賢……2316, 6218
頼行……1450
頼囿……414
頼之……3775
頼滋……2315
頼宣……4536
頼德……1945
頼溥……5658
頼武……822
頼平……1604
頼兵衞……1604
頼母……201, 235
648, 1405, 2010, 2020, 3985, 4805
頼寶……3223
頼房……1001
頼養……6523
頼庸……3224
頼亮……3642
瀬介……333
瀬濱……642
瀬兵衞……2454
瀬芳園……4971
瀬北……573, 6315
懶⟶懶
洛下隱士……1714
洛下儒隱聱叟……549
洛山逸民……2325
洛蘭堂……4149
樂……1478
樂庵……2764
樂易道人……1132
樂園逸民……4904
樂翁……4110, 5544, 5657
樂王……2374
樂我小室……227
樂我小堂……227
樂艾……6396
樂義齋……5072
樂郡堂……6103
樂群書屋……1750
樂群堂……1972, 5109
樂軒……569, 1792, 2764
樂古堂……4565
樂行舍……2982
樂郊……4796
樂郊子……1064
樂國生……5997
樂齋……755, 3134, 3546, 5134
樂山……331, 736, 934, 1236
1649, 1927, 2970, 3155, 3188, 3844
4228, 4587, 4769, 5450, 5494, 6608
樂山園……186
樂山詩社……2476
樂山人……3567, 4228
樂山堂……1257
樂山樓……397
樂士堂……6434
樂春院……3572
樂所……6397
樂處……999
樂眞……3611
樂眞院……3572
樂水……611, 2303, 3068, 4316
樂水堂……4665
樂是幽居……212
樂善……258, 2019
樂善齋……4237
樂太……5938
樂大……5938
樂地堂……4072
樂亭……4783, 5657
樂亭文庫……5657
樂天翁……542
樂天亭……4413
樂道……6296
樂美……3505
樂文……758
樂芳庵……6133
樂忘居主人……5833
樂々庵德成……1160
樂浪……4502
駱之助……2101
駱之輔……2101
辣庵……885
嵐山……1702, 5459
嵐吹……5316
亂苗……6456
濫水……6461
爛雲……4288
爛雲僑居……4288
藍……4291
藍園……5418
藍涯……1363
藍閭……6007
藍關……4158
藍渠……1831
藍卿……530, 2308
藍溪……3574, 5166
藍溪釣徒……3549
藍江……4254
藍香……1272
藍谷……3758
藍齋……5945
藍洲……1900, 3973
藍水……1307, 6461
藍水狂客……3549
藍川……2442, 4547, 5259
藍泉……1120
藍臺……3773
藍亭……4839
藍田……463
1307, 2418, 3857, 5243, 5547
藍陵……3212
藍梁……3435
蘭隱……2285
蘭韻……892
蘭園……795
1424, 3280, 3374, 5049, 5530, 5846
蘭畹……5530
蘭屋……2524
蘭化……5494
蘭化道人……5494
蘭窩……6500
蘭涯……2025
蘭鶴……3487
蘭峽……1247
蘭嶼……532, 2783
蘭卿……2863, 4102, 6388
蘭溪……533, 729, 3071, 3804, 4627
蘭軒……453
蘭五郎……2963
蘭江……1189
蘭皐……297, 1288, 2162, 3133, 4150
蘭谷……5354, 5595, 5774
蘭齋……534, 1097, 2325
2525, 2840, 3605, 3801, 5242, 6275

蘭齋堂……3210
蘭山……1226, 1814, 2841, 3605, 5832
蘭之助……3768
蘭之輔……3768
蘭子……1856
蘭室……150, 285, 867, 1299, 1538
3017, 3210, 3961, 3962, 4550, 6617
蘭洲……452
574, 1582, 1845, 2654, 5050, 6276
蘭叔……5456
蘭所……2956
蘭渚……1023
蘭衡……3021
蘭雪……374, 3458, 5998
蘭泉……937, 1969, 4459
蘭村……92
蘭臺……436, 583, 3363, 3375, 6286
蘭澤……437, 1367, 6104
蘭蝶……6467
蘭汀……1643, 4814
蘭亭……1643, 2691, 3663
蘭堂……1494, 3017, 5773
蘭坡……2031, 4913
蘭阪……5750
蘭夫……2258
蘭籬……3787
蘭陵……613, 3532, 3712, 4622, 5438
蘭陵先生……297
蘭梁……3435
蘭林……535, 1475, 2334, 3688, 4414
蘭畹……531, 4710, 6466
懶庵……1697
懶雲……5335
懶漁……5958
懶漁齋……5958
懶齋……3464, 5242. 5 867
懶仙……3285
懶夫……5908
懶和尚……6185
瀾……4161
瀾哉……6189
瀾齋……6189
欄牛……901
欄台……3363
辯齋……3559
孌江……2896
孌城……3338
孌峯……987
纜山……3759
鸞……1390, 1509, 2926, 3841, 6383
鸞岳……5658
鸞溪……4415
鸞江……2896

り

吏隱亭……2757, 5635
李螻……5382
李鶴……836
李谿……298
李山……9, 5093
李樹散人……411
李順……3491
李井庵……4765
李村……3697
李甫……565
李北……1832
利安……4248
利庵……2551
利右衞門……3400
利起……909
利器……1691
利熈……5404
利吉郎……2868
利恭……138
利憲……4027
利謙の舍……581
利光……4142
利綱……2778
利興……815, 5486, 5806
利沙……6085
利濟……3720
利三郎……2450
利舟漁人……2580
利舟道人……2580
利助……492, 1859
利昌……6403
利涉……5476
利常……3657
利正……1713
利生……4891
利清……646
利積……445
利川……1563
利太……3617
利長……2881
利直……3105
利貞……1788, 2643, 2976, 3621, 3687
利得……1239
利八郎……4348
利兵衞……4020
利甫……3620, 3622
利用……6434
利容……965
利雍……3720
利廉……2706
利鎌……3747
里庵……5485
里吉……5340
里恭……4142, 6195
里喬山人……4241
里仲……6508
里美……6484
梨陰……4881
梨花村草舍……6185
梨溪……2411
梨軒……6135
梨春……2663
梨女……1071
梨窓陳人……2360
理一……4957
理右衞門……3222, 4771, 5363
理介……3512, 4152
理卿……2705, 5872
理齋……3026
理三郎……2311
理準……5864
理書居士……6041
理助……1859, 3026, 3512, 4152
理平……6146
理平次……2792
理兵衞……833
犁……5048
犂……5048
裏風……373
履……1364
2026, 2227, 4815, 5040, 5363, 5505
履吉……2868
履鄕……5608
履卿……5505, 5608
履軒……2192, 4255
履言……5956
履齋……713, 1425, 2446, 6260
履視齋……5079
履昌……2220
履仁……258
履善……2415, 6516

履堂 ……550, 3196, 3533
履堂書屋……4325
履道……1689, 2189, 3509, 5156, 5268
履甫 ……591
鯉淵……4286
鯉角……5382
鯉城……4337
鯉川兼侍……6699
離……5371
離屋……3376
離吉……6107
離塵院……3159
驪川……2377
驪峯……1814
力……4543
力五郎……43
力之……3883
力信 ……453
六――→ロク
陸介……3012
陸岩……4288
陸渾……5829
陸舟 ……969
陸仙……2503
陸沈……5848
陸沈居 ……748
陸沈軒……4556
陸沈亭……3654
陸沈洞 ……294
立……1129, 2185, 2318
立庵 ……1385, 5405
立意……6609
立花八重淵……3180
立介……1052
立革……4035
立閑……2421
立教館……3905, 5558, 5657
立啓……5202
立卿……1361, 1697, 3277
立溪……15
立軒……247, 1955
2117, 2412, 2843, 5540, 5821, 6136
立元 ……403
立言……5255
立齋……980, 2498, 2762, 3447
3789, 4941, 5540, 5884, 5992, 6561
立山書院……5959
立之……6081
立志齋 ……813
立叔……3449
立淑……3449
立所……1166
立助 ……1570, 5202
立誠 ……484
立誠塾 ……601
立誠堂……3470
立石……3234
立磧……1811
立設……2414, 2420, 4375
立雪齋……3484
立節……4915
立仙……2756
立僊……2756
立造……1861
立藏 ……1666, 6539
立太郎……2383
立大……2383
立澤……6679
立庭……2536
立悳……3839
立德……3584
立墩……3266
立馬……5284
立夫 ……2160, 6081
立平……3797
立輔……1361
立牧 ……2005, 2063
立本舍……3482
立盆……6448
立木 ……3176, 3839
立譽……2515
立禮 ……1228, 1911
律……5938
律齋……4294
律次郎……3745
律衆軒……4352
律聚……4352
律襲軒……4352
栗 ……3474, 3688, 6445, 6662
栗園 ……210
222, 289, 910, 1583, 2163, 4416
栗居 ……109
栗卿 ……1244, 2104
栗軒……5906
栗谷……5077
栗齋 ……1034, 1227
1310, 1488, 2030, 4856, 5384, 6398
栗山……3109
栗枝園……3773
栗所……5775
栗水……4527
栗村……5932
栗香……5918
栗甫……1688
栗本文庫……2454
栗野……1228
栗里 ……2450, 3377
笠――→リュウ
率履……5585
葎庵……2115
葎屋……6042
葎生……6042
葎亭……5809
慄夫……6543
梟園……4416
梟所……5775
掠亭……3791
柳……6501
柳安……4799
柳庵 ……1335, 2784
柳菴 ……2453, 2784
柳荓……2784
柳暗……3169
柳暗花明村舍……2280
柳闇……2453
柳坨 ……1335, 6129
柳隱……4222
柳園……6181
柳花園……6252
柳窩主人……2914
柳介……5202
柳外 ……712, 4984, 5408
柳外庵 ……138
柳涯……113, 6008
柳澗……1694
柳磵……1694
柳鄕……2136
柳橋 ……570
柳橋釣史……1374
柳溪……670, 1161, 1300, 2125
柳敬……4797
柳谿……1161
柳原書屋……3120
柳泓……1941
柳谷 ……4628, 4712
柳齋 ……4063, 6261, 6581, 6669
柳之助……3648

柳 留 流 笠 隆 榴 劉 龍			リュウ		
柳子	5369	隆庵	634, 4678	龍衛	3545
柳所	2785, 3487, 5244	隆莠	634	龍淵	357
柳昌	225	隆一	38		1275, 2968, 3122, 6009, 6231, 6424
柳嶂	671	隆益	4243	龍園	1229, 2752, 2868
柳條	5685	隆介	6527	龍河	1340
柳水	4879	隆琦	900	龍涯	4660, 5564
柳川	325, 1123	隆熹	3077	龍閑	4363
柳泉	5902	隆吉	1130, 2054	龍澗	4131
柳莊	6227	隆久	4931	龍橘	4548
柳窓	1895, 2365	隆恭	1816	龍噓	3941
柳村	1930, 2396, 6605	隆訓	4725	龍橋	4319
柳太郎	1335	隆卿	1151, 5171	龍吟子	5635
柳泰	4798	隆敬	2166	龍駒	5896, 6672
柳亭	70, 444, 4968	隆經	4364	龍卿	698
柳東	2374	隆軒	4488	龍溪	857, 2446, 4820, 4828, 5548
柳塘	2543, 5046	隆玄	1491	龍谿	2468
柳塘閑人	403	隆興	564	龍研堂	605
柳塘老人	1006	隆佐	1028	龍元	4968
柳坡	3690, 4417	隆齋	5858	龍玄	5451
柳樊	5555	隆三郎	966	龍原	2400, 2786
柳風梧月	4886	隆治	4598	龍湖	18, 1547, 5861, 6152
柳平	4800	隆助	254	龍岡	1462, 6154
柳坪	101	隆驥	635	龍郊	970
柳沜	3575	隆正	1334	龍巷	2634
柳圃	3222	隆藏	6530	龍谷	2844, 5718
柳輔	5511	隆大	6129	龍作	4626
柳北	4541	隆中	5857	龍朔	3671
柳民舍	1810	隆都	2327, 5295	龍三	2139
柳廬	1943	隆悳	1814	龍三郎	2431
柳浪	5596	隆德	1814	龍山	316, 926, 2139
柳樓	4249	隆內	3012		2599, 2736, 3693, 3850, 4109, 5249
柳灣	3822	隆年	4724		5751, 5756, 5938, 6323, 6343, 6458
留雲	3935	隆八	1184	龍山書院	6458
留之允	1993	隆平	3181	龍之助	4340, 4721
留盦書屋	6486	隆甫	5767	龍之進	2807
留彌	1612	隆懋	3091	龍治	635
流憩	4699	隆禮	786	龍治郎	4385
流水	4879, 5334, 5722	榴園	1098, 1597	龍種	3473
流水齋	5033	榴窠	2048	龍壽軒	4328
流水莊	6337	榴窩	2048	龍州	536, 4328
流芳園	776	榴岡	4942	龍洲	523, 536, 730, 1598, 1639, 1844
笠	3595, 4133	榴莊	375		3618, 3638, 3908, 4542, 5115, 6680
笠庵	3563	劉助	1918	龍湫	4547
笠翁	2818, 3548, 6082	劉韶	5550	龍渚	839, 2441
笠山	1339, 2065, 2897, 3095	龍	161	龍如	2807
笠常	3599		383, 598, 615, 2525, 3374, 3788	龍助	645
笠澤	851, 3883		4987, 5366, 5734, 5932, 6148, 6382	龍松園	3330
隆	450	龍庵	4418	龍松閣	3330
	786, 3874, 3955, 4724, 4816, 6681	龍右衛門	627	龍松軒	6151

167

龍常 … 3272	了閑 … 3830	良壽 … 4328
龍川 … 3399, 5279, 5728	了寛 … 3830	良重 … 3886
龍泉 … 822, 3074	了軌 … 1078	良肅 … 6015
龍草 … 4726	了義院 … 239	良順 … 5927
龍造 … 1815	了三 … 4339	良順先生 … 3537, 4893
龍藏 … 2368	了仲 … 3235	良助 … 461, 525
3506, 3676, 3857, 4189, 5438	了的 … 3959	1299, 2120, 3586, 5033, 5133, 5993
龍太郎 … 2525	令→レイ	良章 … 609
龍岱 … 4127	良 … 171, 558, 1355, 1727, 1820	良讓 … 4539
龍澤 … 5710	2120, 2192, 3430, 4024, 5843, 6203	良臣 … 5648
龍潭 … 4943	良安 … 451, 1081, 1476, 1764, 4031	良信 … 644
龍仲 … 5599	良庵 … 1476, 3246, 3637	良正 … 1192
龍田 … 3853, 4363	良菴 … 1868	良晴 … 5785
龍洞 … 3378, 4942	良胤 … 4946	良設 … 1359
龍南 … 151	良右衛門 … 427	良說 … 1359
龍二郎 … 3420	良悦 … 5369	良造 … 737, 2048, 2560, 4381
龍年 … 3708	良延 … 1877, 4955	良藏 … 516
龍派 … 3452	良翁 … 6107	737, 2560, 2672, 2966, 3006
龍馬 … 2933	良温 … 2053	3300, 3857, 4654, 4663, 5083, 5308
龍伯 … 2926	良介 … 118, 2620, 2898, 4176, 5133	良則 … 1347, 4394
龍鼻翁 … 3842	良幹 … 702	良太郎 … 6113
龍夫 … 575	良翰 … 2058, 2960, 3377, 4129	良卓 … 1233
龍甫 … 3124	良貴 … 1245, 1429, 1765, 4010	良澤 … 5494
龍輔 … 3124, 4079	良熙 … 2035, 3226, 4065, 4205, 4738	良知 … 1763, 5168
龍峰 … 102	良吉 … 1727	良竹 … 1673
龍眠 … 5520, 5975	良恭 … 809	良暢 … 3532
龍溟 … 4678	良玉 … 1042	良直 … 1247, 5554
龍盟 … 4407	良圭 … 3893	良亭 … 5248
龍門 … 5661, 5919, 6569	良繼 … 4709	良鼎 … 4107
龍門山人 … 5919, 6522	良賢 … 252	良圖 … 5140
龍門舍 … 801	良顯 … 252, 880, 2955, 4130, 6351	良道 … 4109
龍門塾 … 2525	良彦 … 1555	良篤 … 3615
龍門文庫 … 2941	良行 … 6350	良能 … 1407, 5744
龍野 … 970	良興 … 1482	良白 … 1725
龍雄 … 2431	良佐 … 2067, 2409, 2971	良伯 … 1725
龍鱗 … 1817	4298, 4316, 4627, 4698, 5033, 5735	良弼 … 460, 710
龍鱗庵 … 2224	良佐衛門 … 1412, 2243	1642, 2129, 4131, 4525, 4733, 5964
龍鱗翁 … 2224	良哉 … 3293, 3301, 6575	良富 … 4218
瀏其 … 5379	良齋 … 2535	良平 … 25, 148, 149, 555, 571
箶齋 … 5373	2787, 3093, 4419, 4944, 6228	632, 1194, 3514, 4204, 4304, 4859
騮 … 4428	良材 … 1224	良炳 … 540
騮太郎 … 3838	良作 … 712, 1271, 1814, 3434	良甫 … 5972
呂→ロ	良策 … 1820	良輔 … 710
了庵 … 830, 2421	良三 … 6181	2766, 3095, 3536, 3538, 4878, 5835
了菴 … 6410	良山堂 … 25	良朴 … 5780
了以 … 3385	良之助 … 460	良民 … 5027
了翁 … 358	良四郎 … 2588	良夢 … 1764
了介 … 2427	良資 … 3175	良明 … 254
了海 … 2427	良治 … 3034, 5973, 6033	良由 … 1725, 6348

良有	539	
良祐	2409	
良歓	5686, 6346	
良容	4129	
良隆	1028	
良亮	4870	
兩宜塾	4024, 5702, 5705	
兩紅軒	501	
兩紅軒文庫	501	
兩村樵史	537	
兩日庵	1080	
兩廢堂	5790	
兩峯	4420	
亮	587, 830, 2098, 2927, 3126	
	3787, 4182, 4525, 4979, 5514, 6217	
亮安	1476	
亮庵	1476	
亮右衛門	4722	
亮卿	857	
亮采	4945	
亮齋	3219, 4062, 4945, 5165	
亮策	3278	
亮之介	3240	
亮之助	3919	
亮之進	2958	
亮次郎	4790	
亮助	1863, 6399	
亮章	5795	
亮仲	2269	
亮徹	2321	
亮平	1863, 2927	
亮甫	197	
亮輔	2018	
涼亭	3203	
涼庭	3203	
涼風	2629	
涼←→凉		
凌雲	3483	
凌雲樓	5366	
凌海	3021	
凌郊	171	
凌宵軒	87	
凌霜荅	161	
凌平	678	
料介	5240	
料助	5240	
凉齋	4286	
凉←→涼		
梁	2369	

梁頴	4702	
梁山	2574, 4421	
梁洲	1942, 2492	
梁川	1123	
梁藏	600	
梁村	1455	
梁平	1499	
梁甫	1265	
聊爾齋	723	
聊適	3959	
聊得軒	5621	
菱花山人	3541	
菱花人	4714	
菱湖	5512	
菱湖堂	5512	
菱潭	4657, 5513	
量介	118	
量卿	4832	
量弘	5974	
量四郎	119	
量藏	6675	
量太郎	120	
量二郎	2819	
量平	1126, 2819, 3065, 5580	
椋園	152	
椋亭	11	
稜別之道別	6709	
僚師	2495	
漁─→ギョ		
綾齋	4968	
綾川	1540	
綾藏	1268	
綾部正	5404	
綾麿	2327	
綾瀨	1973	
綾瀨館文庫	1186	
領	6170	
領全	674	
蓼園	64	
蓼翁	5418	
蓼溪	3928	
蓼洲	2326, 6060	
蓼處	3379	
蓼水	5629	
蓼藏舍	5609	
蓼注	2505	
蓼灣	2328	
遼鶴仙史	3565	
嶺─→レイ		

瞭	581	
獵德院	3785	
鶺榮	5160	
鶺齋	2616	
鶺技書巢	6308	
鶺巢	6308	
鶺巢子	2792	
力─→リキ		
菉猗	1919	
綠	2431	
綠猗	4798	
綠猗園	33	
綠滴園	33	
綠滴亭	3489	
綠陰	4116, 6399	
綠筠	4417	
綠筠堂	6423	
綠芋村莊	6567	
綠雨亭主	1335	
綠塢	1273	
綠翁	6399	
綠玉	1094	
綠兮	3877	
綠溪	220	
綠谷	3877	
綠山	1005	
綠靜堂	3284	
綠川	4438	
綠泉	4422	
綠窓	1894	
綠村	6670	
綠汀	5085	
綠天	4648	
綠天外史	4648	
綠天居	3882	
綠堂	3305	
綠舫	914	
綠麿	3743	
綠野	3098, 4784	
綠野園	2023	
綠羅洞	6574	
綠鈴	1899	
林庵	6486	
林篁	3993	
林右衛門	5211	
林屋	4656	
林外	5161	
林覺	322	
林學	1903

る

れ

蠡 蠧 鱧 靈 曆 櫟 礫 劣 列 冽 洌 烈 連 廉 蓮 漣 練 璉 憐 聯 鍊 鎌 舉 呂 鹵 路 輅 魯　　　レイ―ロ

蠡 ……… 638, 2891, 5009, 6120	廉窩 ……… 6010	**ろ**
蠡齋 ……… 2942	廉卿 ……… 4443, 5154	
齡順 ……… 4561	廉齋 ……… 103	呂佶 ……… 3553
鱧臍 ……… 593	1456, 1584, 3064, 3474, 3877	呂氏 ……… 5666
靈雨山人 ……… 447	廉之助 ……… 3345, 5673	呂少 ……… 2999
靈巖 ……… 6169	廉次 ……… 1145	呂平 ……… 1043
靈山 ……… 387	廉治 ……… 1145	呂門 ……… 2718
靈芝主人 ……… 1136	廉塾 ……… 3249	鹵園 ……… 983
靈松道人 ……… 2224	廉助 ……… 5086	鹵山 ……… 1742
靈神 ……… 6576	廉讓亭 ……… 243	路卿 ……… 5090
靈星閣 ……… 4702	廉泉 ……… 2565, 3380	路甫 ……… 2079
靈叟 ……… 438	廉夫 ……… 3291, 3569, 3989	輅 ……… 3545
靈の舍 ……… 4241	廉平 ……… 283, 1177, 1310, 3640, 5160	魯 ……… 699, 1965, 3379, 3641, 6647
靈鳳 ……… 6479	蓮 ……… 4411, 5494	魯庵 ……… 673
靈蘭 ……… 5959	蓮花道人 ……… 1216	1529, 2788, 3053, 3465, 6671
靈蘭堂 ……… 5959	蓮華主人 ……… 4452	魯介 ……… 2026
高→カク	蓮溪 ……… 1935, 2379	魯佶 ……… 3553
厤山 ……… 254	蓮湖 ……… 4024	魯卿 ……… 3663
櫟陰 ……… 3569	蓮湖長翁 ……… 6463	魯軒 ……… 3535
櫟園 ……… 5683, 5993	蓮山 ……… 6577	魯玄南溟 ……… 1965
櫟翁 ……… 1230, 3569	蓮軸 ……… 655	魯彦 ……… 6219
櫟軒 ……… 3075	蓮舟 ……… 6695	魯佐 ……… 1378
櫟岡 ……… 5993	蓮岱山人 ……… 3490	魯齋 ……… 153, 445, 812, 2026
櫟谷山人 ……… 834	蓮池翁 ……… 6255	2252, 4117, 4815, 5761, 5849, 6468
櫟齋 ……… 39, 5964	蓮池書院 ……… 1665	魯三郎 ……… 1378
櫟山 ……… 2443	蓮亭 ……… 1539	魯山 ……… 1454, 4526, 5333, 5711
櫟川 ……… 3985	蓮坂 ……… 831	魯子 ……… 1817
櫟窓 ……… 3569, 4969	蓮舶 ……… 6686	魯洲 ……… 2363
櫟窻 ……… 3569	蓮浦 ……… 2380	魯叔 ……… 1999
櫟亭 ……… 17	蓮峰 ……… 2229	魯嶼 ……… 3160
櫟夫 ……… 1547, 6152	蓮了 ……… 4474	魯璵 ……… 3160
礫齋 ……… 3466	漣窩 ……… 2081	魯助 ……… 2026
礫洲 ……… 3052	練塾 ……… 3006	魯人 ……… 1651, 4597
礫川 ……… 5642	練武堂 ……… 3047, 3892, 5139	魯仙 ……… 4815
劣齋 ……… 1650	練兵全主人 ……… 4474	魯藏 ……… 1743, 5407
列三郎 ……… 1932	練兵堂 ……… 3892	魯瞻 ……… 2593
冽 ……… 369	璉 ……… 4411	魯竹 ……… 2725
冽庵 ……… 2654	憐夔道人 ……… 2891	魯仲 ……… 4339
洌 ……… 5407	歛→カン	魯町 ……… 5958
烈公 ……… 4121	聯 ……… 6313	魯直 ……… 1591, 6086
連 ……… 2372, 4411	聯玉 ……… 6240	魯堂 ……… 4227, 5712
連窩 ……… 2081	鍊齋 ……… 944	魯南 ……… 5068
連齋 ……… 1353	鎌川 ……… 4427	魯甫 ……… 6183
連作 ……… 3867	鎌山 ……… 2668	魯輔 ……… 2026, 6647
連山 ……… 4730	鎌太郎 ……… 1376	魯默 ……… 343
連之助 ……… 502	舉山 ……… 5746	魯璵 ……… 3160
連處 ……… 3055		魯寮 ……… 3598
連城 ……… 3183		魯寮子 ……… 3598
廉 ……… 2121, 2383, 2978, 6589

盧橘庵	3553	
盧州	998, 3474	
盧得齋	1554	
盧甫	2336	
盧彭齋	1546	
盧門	1546	
蕗原翁	4402	
盧軒	5441	
盧彭齋	1546	
盧門	1546	
蘆穩	2729	
蘆屋	3468, 3701, 5963	
蘆花	3202	
蘆岸	539	
蘆溪	6016	
蘆江	3463	
蘆洲	104, 439, 604, 1203, 6017	
蘆汀	540	
蘆堤	5583	
蘆東	540	
蘆峯	2790	
櫓聲庵	4627	
露庵	4604	
露園	2273	
露川	3325	
鷺洲	128, 984	
鱸香	1027	
老迂齋	6370	
老雨	270, 3390	
老驥	3131	
老牛居士	4	
老牛道士	4	
老邁	1417	
老吾軒	2805	
老香	645	
老谷	2168	
老山	359, 2509, 3112, 3264	
老杉園主人	2557	
老之助	4851	
老之輔	983	
老孺	5859	
老松堂	3967	
老泉	1113, 5598	
老足菴	2399	
老樗	105	
老田	3070	
老田居士	1045	
老饕	2340	
老饕生	2340	
老甫	4	
老圃	4, 2926	
老圃堂	4225	
老野狐	5871	
老柳	4970	
老龍庵	6185	
老龍軒	1034	
老蓮	3368	
弄花軒	2309	
弄玉	6181	
弄月	5825	
弄泉堂	1081	
弄叟	3527	
陋棄	5113	
陋齋	373	
浪越遺老	1646	
浪華生	143	
浪江	177, 975	
浪穗翁	5930	
浪速蘆父	838	
朗	157, 334, 3376, 6109	
朗一	2429	
朗廬	2923	
朖	3376	
娘→ル		
廊軒	5721	
瑯環園	2622	
瑯環閣	2622	
瑯嬛園	2622	
瑯嬛閣	2622	
漏齋	40	
樓彦	1968	
樓眞窩	2532	
瀧	3662	
瀧之助	2105	
瀧川翁	1661	
隴雲居士	6661	
隴西逸民	6563	
礱米	100	
六右衞門	1910	
	3459, 3917, 4256, 4288, 5558	
六漢老人	1995	
六橋	6162	
六鄕漁翁	1381	
六鄕史氏	6527	
六卿史氏	6527	
六甲山人	3790	
六行舍	2727	
六合庵	3917	
六合亭	3917	
六左衞門	249	
	1679, 1926, 2300, 4228, 4396, 5280	
六三郞	6522	
六之助	5753	
六之丞	2716	
六之進	3017, 5773	
六止草堂	3549	
六次	3946	
六如	6565	
六助	160	
六淸眞人	5965	
六石	158, 1675, 2842	
六石陳人	1862	
六洗居士	2379	
六藏	854, 1476, 2213, 2296	
	3123, 3931, 4836, 4989, 5138, 6179	
六大夫	2784	
六竹軒	5938	
六朝史童	3439	
六任文房	4572	
六不知庵	1219	
六夫	6081	
六兵衞	209, 1693, 4459, 6111	
六彌	4396	
六無齋	4902, 5153	
六友居	5406	
六有	3454	
六有軒	532	
六有齋	529, 532, 4754	
六有堂	2500	
六幽書樓	96	
六雄	123	
六林	5419	
六隣莊	5133	
六郎	33, 1416	
	2482, 2911, 3098, 4051, 4177, 6344	
六郎右衞門	1257	
六郎右門	376	
六郎左衞門	1257, 2300, 2334	
六郎左門	376	
六郎兵衞	127, 4731	
六々山人	535, 655	
六々洞	655	
鹿	3334	
鹿垣	1009	
鹿谷	1881	
鹿山	2438	
鹿之助	3113, 3334

鹿洲……1743	鄽→フ	和次郎……1639
鹿住里人……2341	錄三郎……3441	和七郎……4090, 5235
鹿城……4597, 4859	錄太郎……6180	和周……4416
鹿心齋……1969	麓谷……3847	和助……1, 1049
鹿川……5204, 5892	麓三郎……2553	2376, 3443, 3631, 4864, 5406, 6163
鹿庭……6331		和戚……2554
鹿洞……2864, 3858	**わ**	和泉守……4104, 5460
鹿蘚……5165		和藏……4416
鹿鳴……3007, 3931, 4085	和……701, 1551, 1586, 2498	和多利……5741
鹿鳴館……4085	3524, 3985, 4416, 5235, 5679, 5996	和太郎……7, 5073
鹿鳴社……2053	和庵……4009	和仲……4990
鹿門……1177	和一……3631	和槌……2396
1210, 1530, 1531, 2060, 5444, 6054	和一郎……6246	和亭……6557
鹿門精舍……1531	和英……971	和鼎……4542
鹿野山人……2400, 2786	和介……333, 669, 3443, 3631	和同……2584
鹿友莊……2367	和喜……4834	和堂……5031
鹿里……541	和喜太……4834	和風……2762
勒……3988	和煦……5007	和平……140, 4511, 5169, 6026
祿……4274	和煦……5007	和甫……4838
祿陰……6399	和卿……71	和豊……1674
祿翁……6399	400, 1664, 3083, 4151, 5448, 6614	和譯太郎……958
祿天居……6277, 6278	和軒……1793	和雄……394
祿天齋……4834	和孝……5629	和驪堂……5031
祿郎……4274	和左治……4004	矮竹……3052
碌……6180	和作……4732	矮梅……4724
碌齋……2239	和三郎……1199	矮楳……4724
碌々庵……2026	和山……4533	
碌々山人……5765	和市……3985	GLOBIUS……3659

173

『改訂増補漢文学者総覧』補訂（正誤表）

長澤孝三

一昨年十月に表記の書籍を刊行後、御購入下さった方から幾つかのお便りをいただいたが、その多くは私の不備を御指摘下さるものであった。予想されたことではあるが、私としては細心の注意を払ってこの作業を実施したつもりでいたので残念であったが、それ以上に申し訳なく思っている。

御指摘の中にもあったが、本書は簡単に改版できる類のものではないので、「正誤表」として御指摘を含め、現時点で判明する不備とその対応を報告し、その責を塞ぐこととしたい。

御指摘者のお名前は上げないが、厚く御礼を申し上げ、更に今後の御批正をお願いいたします。

〔凡　例〕

記述は左の体裁で実施する。

番号　標　　目　（補訂内容）　（補訂箇所）　補　　訂

使用する文字の字体は、原本の字体に拘泥わらず、常用字体のあるものは、それを使用したが、異なる文字が常用化の時点で同一の字形となったものは区別した。

（補訂内容）の内、（追記）として新たに記述を加える場合に、元の内容と関連する場合は再記するが、単に増加するだけの場合は再記しなかった。（削除）は多く重複するもので、記述を削除し、元の標目を案内した。

上部番号を持たない参照標目を追加する場合は、番号を持つ直前の番号に（）を附し、実際の挿入箇所の直前の標目を表示した。

筆者の注記は、「・」以下に記述した。

53相場　九方（削除）上部番号・本文削除→相馬九方3470（重複）

91青木　瑞翁（追記）（備考）水戸藩士（右筆）

109青野　栗居（訂正）（没年）寛永3→宝永3

258天沼　恒庵（訂正）（没年）寛政6→寛政6／（文化7）

・本欄については詳しい御指摘をいただいた。没年の寛政六年は誤りで、種々の根拠を上げ文化七年とすべきとあった。本書の旧版では、（文化7）を併記したが、今回はそれを削除した。生年と没年を明示した資料があり、享年52から寛政六年で良いと判断したからである。御指摘では生年と享年には触れられていなかったので、そちらも同時に解決されなければ、文化7に訂正するのには躊躇せざるをえない。故に旧に復し併記することとする。又、備考欄の「一時島氏トモ称ス」に対しても、「養父伊藤華岡の本姓が小島氏であるから、小島氏が正確でないか」とも指摘いただいた。これについても確認できず、「島氏」を称したことは指摘者も認めておられるので、従来のままとした。

346安藤　箕山（訂正）（師名）荻生徂徠→（荻生徂徠）

・箕山は、徂徠に「私淑」したが、正式な師弟関係はない。

349安藤　素軒（訂正）（名）為実→午之助-為実（誠）

（追記）（通称）右兵衛・稲津左兵衛・主殿・内匠

（号）素軒・抱琴園・栗里・一葉・（師名）伊藤仁斎

（備考）本姓藤原氏、水戸藩儒（彰考館別館総裁）、国学

370井狩　雪渓（追記）（生地）摂津／天王寺

374井口　蘭雪（訂正）（没年）明和6→明和8

500伊藤　千里（削除）上部番号・本文→伊藤幽篁軒528（重複）

528伊藤幽篁軒（訂正）（号）幽篁軒・世父→幽篁軒世父

（追記）（生地）鳥取・（備考）鳥取藩儒医（寛政11致仕）

606池永碧於亭（訂正）子（士）深→士（子）深・碧於（游）亭→碧於（游・遊）亭

623石井　研堂（追記）（号）研堂・漂譚楼・芋仙子・麦仙・安陽

657 石川　慎斎（訂正）（号）慎斎・大清→慎斎-大清
675 石河　明善（追記）（備考）姓ヲ石川トモ書ク
771 稲生　恒軒（訂正）（師名）古林見誼→古林見宜
（追記）（備考）宮津侯士-大坂ノ儒医
812 今井　魯斎（追記）（通称）小四郎-松菴-宋白
（削除）（号）魯斎・松菴・宋白→魯斎
958 上田　秋成（追記）（号）鶉廼舎・休西・（備考）薬種商・大坂ノ医
（訂正）（備考）自話小説→白話小説
1017 内田　遠湖（訂正）（号）遠湖→遠湖〔道人〕
(1122)（追記）（挿入）越克敏→名越南渓4702
1125 遠藤　古遇（訂正）（標目）古遇→古愚・（号）古遇→古愚
1257 小山田与清（追記）（通称）三縁山和学士・（生地）武蔵→武蔵／多摩
1223 緒方　洪庵（追記）（生地）備中→備中／足守
1290 隠岐　茱軒（訂正）（没年）47／（44）→46／（47）
（師名）片山北海／尾藤二洲→片山北海
・尾藤二洲との師弟関係は認められない。
1295 大内　玉江（追記）（生地）常陸→常陸／久慈郡
1338 大熊　秦川（訂正）（号）亀隠→亀陰
1401 大塚　雲渦（追記）（号）雲渦→雲渦〔鷗史〕・（備考）姓ヲ王トモ称ス
1456 大場　南湖（訂正）（備考）水戸藩士→水戸藩儒（彰考館総裁）
1477 大森　快庵（追記）（備考）森蘇州ト修ス
1529 岡　魯庵（追記）（通称）元（尚）達→元（尚）達・慈庵
（削除）（号）慈庵
（訂正）（師名）片山北海／管甘谷→管甘谷／片山北海
1601 奥原　晴湖（訂正）（師名）大沼沈山→大沼枕山・（備考）古河候→古河侯
1697 加倉井砂山（追記）（号）三楽楼・（生地）常陸→常陸／成沢
1698 加倉井松山（追記）（通称）平八郎→平（弥）八郎
1704 加世　季弘（追記）（号）毅軒
（生地）常陸→常陸／成沢
1804 垣内　東皐（追記）（字）全庵（菴）・（備考）和歌山藩儒医-備前中津藩儒医
1897 葛城　蟲庵（訂正）（享年）47→46
2023 川口　緑野（訂正）（没年）天保9／（6）→天保6／（9）
2073 河田　迪斎（訂正）（号）迪斎→迪（廸）斎・屏淑→屏淑〔浦〕
2140 木口　皞斎（追記）（没年）寛政5・（享年）24・（備考）冠山ニ親侍
2188 木村　酔古（削除）上部番号・本文→木村礼斎2210（重複）
2220 祇園　南海（追記）（号）箕倨散（山）人
（訂正）（没年）寛暦元→寛延4
2245 菊池　桐江（訂正）（備考）（江戸中期）→（寛政頃在世）
（追記）（備考）滕忠充ト称ス
2353 久米　水居（訂正）（標目）水居→水屋・（号）水居→水屋
（追記）（通称）幸三郎→幸（孝）三郎
（備考）水戸藩士（江戸）、詩・文・歌・書
2501 桑野　凞斎（追記）（師名）古益伺庵等・（備考）詩→詩・歌
2508 桑山　玉洲（訂正）（名）嗣燦→嗣燦-文爵・子幹
（号）鶴麗→鶴（隺）麗・聴雨堂→聴雨堂（室）
（追記）（通称）左内→新太郎・茂平治・左内
（号）玉峰・幽興堂・鶴跡園・勧耕舎・需激漁夫・清激子
（師名）桜井山興／池　大雅
2510 郡司　跂斎（訂正）（号）跛斎→跂斎
2551 小島　梅外（訂正）（備考）必瑞男→必端男
2618 小柳司気太
・姓の読みについて「オヤナギ」ではとの指摘を受けたが、初版の監修者長澤規矩也の著書『昔の先生今の先生』の記述に従って「コヤナギ」に立項、「オヤナギ」に参照を付けた。

2680 甲賀　玩鷗(削除)上部番号・本文→太田玩鷗1491(重複)
2815 佐藤　穀山(削除)上部番号・本文→小田穀山1195(重複)
2826 佐藤　中陵(追記)(名)成裕→成裕・祐・(号)温古斎→温故(古)斎
(2925) 坂上　(訂正)↕サカガミ2944〜→↕サカガミ2914〜
2927 坂本　葵園(追記)(備考)姓ヲ阪本トモ書ク
2950 榊原　霞洲(訂正)(没年)万延元→寛延元
2962 桜井　霽松(追記)(通称)善太郎→善太郎・瓢三
(号)霽松・松齋→霽松〔齋〕
(2987) 沢　(削除)(字)子善・瓢三→子善
天学(訂正)(標目)天学→典学
3086 篠崎　竹陰(訂正)(名)概(槩)→槩(概)・(字)公概(槩)→公槩(概)
3251 菅野　西陵(訂正)(通称)文次(治)郎→文治(次)郎
(字)子證(登)→子登(證)・(号)王屋山人→玉屋山人
(生地)江戸→大坂
3342 鈴木　松江(追記)(生地)常陸→常陸／多賀
3363 鈴木　楳林(訂正)(号)欄台(臺)→蘭台(臺)
3364 鈴木　白泉(追記)(備考)(彰考館)→(彰考館総裁)
3463 曾谷　学川(追記)(備考)読騒庵→読騒〔庵・居〕
3470 相馬　九方(追記)(通称)一郎→一郎・富五郎・(号)逸郎→逸郎(老)
3549 田能村竹田(追記)(生地)豊後→豊後／竹田
3562 田結荘千里(訂正)(通称)斎治→斉治
3599 大　典(僧)(訂正)(名)笠常→竺常・(号)蕪中→蕉中
3632 高瀬　学山(追記)(号)松菴→松庵(菴)
3654 高野陸沈亭(追記)(字)子龍→子隠(龍)
3689 高橋　柚門(訂正)(享年)41→47
3887 茅野　寒緑(訂正)(標目)茅野→茅根・(没年)安政4→安政6
(享年)55→36

3959 辻　端亭(訂正)(字)思卿→思聰
(追記)(備考)詩・文
4004 鶴峰　海西(訂正)(号)皐(皇)舎(屋)→皇(皐)舎(屋)
4024 寺門　先行(訂正)(号)先行・守拙→先行-守拙
4031 寺嶋　杏林(訂正)(名)良安→尚順
(追記)(通称)良安
(削除)(字)高順
(4041) 田　(追記)(備考)『和漢三才図会』、姓ヲ寺島トモ書ク
4062 戸崎　憲章(追記)(標目)田　元堅→野田白石4706
4099 桃　淡園(追記)(備考)碕允明ト称ス
(4100) 滕　溪(僧)(削除)上部番号・本文→若　霖(僧)3159(重複)
4202 名越　太冲(追記)(標目)滕　忠充→菊池桐江2245
南谿(削除)(号)簡斎
(訂正)(号)竹(居)簡斎→居(竹)簡斎
(追記)(備考)姓ヲ越ト修ス
4234 内藤　碧海(訂正)(字)王(正)道→大(王)道・(没年)明治35→明治36
(追記)(備考)本姓美濃部氏(変名)湯沢三四郎
4247 中井　蕉園(訂正)(号)仙波(坡)→仙坡(波)
4345 中根　逍遙(削除)上部番号・本文→中野逍遙6698(重複)
4382 中村　篁溪(訂正)(通称)春帆・新八郎→新八〔郎〕
4504 長田知足斎(追記)(号)乾堂・(備考)姓ヲ永田トモ書ク
4583 新納　蒙所(追記)(名)光鍾→光鍾(鐘)・(没年・享年)宝暦5 69
(備考)本姓堀氏
(訂正)(生地)肥前→江戸／(肥前／蓮池)
(備考)蓮池藩士(大坂)→和泉堺デ書ヲ教授-蓮池藩
士(大坂)・書→篆書・篆刻
4705 野田　笛浦(訂正)(通称)希一(二・市)・希一郎→希一〔郎〕

(字)士(子)明・子前→子明(前)

4706 野田　白石(追記)(字)高卿・(号)青城・(備考)姓ヲ田ト修ス

4724 野呂　介石(追記)(号)第五隆

4726 野呂　深処(訂正)(字)龍草→龍章

4727 野呂　静処(追記)(備考)和歌山藩儒(学習館教授)

4760 馬場　逸斎(追記)(備考)武術・書

4785 間　長涯(訂正)(名)弥六郎→孫六郎・(通称)十屋→十一屋
(備考)天文(大坂)→天文・測量(大坂・江戸)

4828 服部　寛斎(追記)(備考)保考男

4838 服部　大方(追記)(備考)平賀雄助ト称ス

4842 服部　樗州(訂正)(備考)寛斎弟→寛斎兄

・御指摘で、樗州は橘州では、4828寛斎の弟でなく兄ではとあった。寛斎は延宝三年1675～享保六年1721四十七歳、樗州は正保四年1647～正徳元年1711六十五歳、樗州は寛斎の兄が正しい。前者については、確認出来なかった。

4850 服部　保考(追記)(備考)幕臣

4879 早野　流水(訂正)(名)正已→正己(巳)

4963 原　南陽(訂正)(通称)玄定→玄貞(定)
(備考)水戸ノ儒医→水戸藩医
(追記)(師名)戸崎淡園

5154 広瀬　淡窓(訂正・追記)(名)簡・玄簡-建→寅(虎)之助-簡-建
(通称)寅(虎)之助-求馬→求馬・玄簡
(字)子基・廉卿→廉卿-子基
(号)桂林園→桂林園(荘)

5256 藤咲　仙潭(訂正)(没年・享年)(12・76)→(12・75)

5276 藤田　北郭(追記)(号)北郭→北郭-晴軒

(5298) 藤原　惺窩(追記)(標目)藤原正臣→山本清溪6371

5448 本間　棗軒(訂正)(名)求→救

5563 松井　羅州(訂正)(名)暉〔輝〕辰〔晨〕・暉(輝)星→暉-暉(輝)星(辰)
(号)読耕園→耕読園

5952 陸奥　福堂(訂正)(名)手磨→牛磨・(没年)明治29→明治30
(追記)(備考)一時、伊達陽之助・陸奥小次郎等ト称ス

6080 森　観斎(訂正)(備考)本姓石川氏→石川桃蹊次子、森遜亭養子

6103 森　庸軒(訂正)(備考)海菴孫→海菴長子

6314 由良　箕山(追記)(備考)大坂ノ儒者→江戸-京都-大坂ノ儒医(大坂-堺)

6356 山本　確斎(訂正)(名)正夫→餘慶・(字)
(追記)(字)正夫・(号)雪嶺・樫園
(没年・享年)明治38・77

6388 山本　封山(追記)(通称)中郎・(生地)越中／高岡
(師名)吉益東洞・(備考)読書室
(訂正)(備考)→本姓日下氏、京都ノ儒医・西本願寺侍読

6390 山本　亡羊(訂正)(師名)山本北山→山本封山
(備考)北山男→封山男

6395 山本　榕堂(訂正)(標目)(号)榕堂→榕室・(名)錫夫→篤慶
(字)仲錫→仲錫-錫夫
(備考)→亡羊次男、京都ノ儒医(本草学)、天文・数学
(追記)(生地)京都・(没年・享年)元治元・56

・6356・6388・6390・6395は、遠藤正治『山本読書室二〇〇年史』等を典拠に御教示いただいたものである。

6500 吉田　竹嶺(訂正)(字)子孔→子礼

6566 劉　琴溪(追記)(備考)静文堂→静文堂(館)

6577 蓮　山(僧)(訂正)(標目)・(字)蓮山→連山

6595 和田　東郭(追記)(字)韞卿→韞卿・泰純(順)
(師名)戸田旭山／吉益東洞
(備考)京都ノ儒者→大坂-京都ノ儒医